外国文学名著丛书

〔英〕查尔斯·狄更斯／著

大卫·科波菲尔 上

庄绎传／译

"外国文学名著丛书"编委会

人民文学出版社
PEOPLE'S LITERATURE PUBLISHING HOUSE

Charles Dickens
DAVID COPPERFIELD

图书在版编目(CIP)数据

大卫·科波菲尔:上下/(英)查尔斯·狄更斯著;庄绎传译.—北京:人民文学出版社,2020(2022.11 重印)
(外国文学名著丛书)
ISBN 978-7-02-015833-1

Ⅰ.①大… Ⅱ.①查… ②庄… Ⅲ.①长篇小说—英国—近代 Ⅳ.①I561.44

中国版本图书馆 CIP 数据核字(2019)第 247205 号

责任编辑　张海香
装帧设计　刘　静
责任印制　王重艺

出版发行　人民文学出版社
社　　址　北京市朝内大街 166 号
邮政编码　100705

印　　刷　河北新华第一印刷有限责任公司
经　　销　全国新华书店等

字　　数　816 千字
开　　本　850 毫米×1168 毫米　1/32
印　　张　36.875　插页 4
印　　数　10001—13000
版　　次　2000 年 12 月北京第 1 版
印　　次　2022 年 11 月第 2 次印刷

书　　号　978-7-02-015833-1
定　　价　119.00 元(全两册)

如有印装质量问题,请与本社图书销售中心调换。电话:010-65233595

查尔斯·狄更斯

出 版 说 明

人民文学出版社自一九五一年成立起,就承担起向中国读者介绍优秀外国文学作品的重任。一九五八年,中宣部指示中国科学院文学研究所筹组编委会,组织朱光潜、冯至、戈宝权、叶水夫等三十余位外国文学权威专家,编选三套丛书——"马克思主义文艺理论丛书""外国古典文艺理论丛书""外国古典文学名著丛书"。

人民文学出版社与中国科学院文学研究所,根据"一流的原著、一流的译本、一流的译者"的原则进行翻译和出版工作。一九六四年,中国社会科学院外国文学研究所成立,是中国外国文学的最高研究机构。一九七八年,"外国古典文学名著丛书"更名为"外国文学名著丛书",至二〇〇〇年完成。这是新中国第一套系统介绍外国文学作品的大型丛书,是外国文学名著翻译的奠基性工程,其作品之多、质量之精、跨度之大,至今仍是中国外国文学出版史上之最,体现了中国外国文学研究界、翻译界和出版界的最高水平。

历经半个多世纪,"外国文学名著丛书"在中国读者中依然以系统性、权威性与普及性著称,但由于时代久远,许多图书在市场上已难见踪影,甚至成为收藏对象,稀缺品种更是一书难求。在中国读者阅读力持续增强的二十一世纪,在世界文明交流互鉴空前频繁的新时代,为满足人民日益增长的美好生活的需要,人民文学出版社决定再度与中国社会科学院外国文学研究所合作,以"网罗经典,格高意远,本色传承"为出发点,优中选优,推陈出新,出版新版"外国文学名著丛书"。

值此新版"外国文学名著丛书"面世之际,人民文学出版社与中国社会科学院外国文学研究所谨向为本丛书做出卓越贡献的翻译家们和热爱外国文学名著的广大读者致以崇高敬意!

"外国文学名著丛书"编委会
二〇一九年三月

编委会名单

目　次

译本序 ……………………………………… 薛鸿时 1

作者序 …………………………………………… 1

第 一 章　我出生了 ………………………………… 1

第 二 章　我观察 ………………………………… 16

第 三 章　换环境 ………………………………… 36

第 四 章　我丢脸了 ……………………………… 57

第 五 章　我被迫离家 …………………………… 82

第 六 章　我交更多的朋友 …………………… 105

第 七 章　我在萨伦学堂的"第一学期" ………… 115

第 八 章　我的假日,特别是一个快乐的下午 … 139

第 九 章　难忘的生日 ………………………… 160

第 十 章　我遭冷落,又有了安排 …………… 176

第 十 一 章　我开始独自生活,但不喜欢这种

　　　　　　生活 ……………………………… 202

第 十 二 章　依旧不喜欢独自生活,我下了大

　　　　　　决心 ……………………………… 223

第 十 三 章　下定决心以后 …………………… 235

第十四章　姨奶奶为我做出决定 ·············· 261

第十五章　我又从头开始 ·············· 282

第十六章　在各方面开始新的一页 ·············· 294

第十七章　遇见一个人 ·············· 322

第十八章　一段回顾 ·············· 344

第十九章　我一走一看,有所发现 ·············· 354

第二十章　斯蒂福的家 ·············· 376

第二十一章　小艾米丽 ·············· 388

第二十二章　几处旧地,几位新人 ·············· 414

第二十三章　我证实了迪克先生的话,也选定了一种

职业 ·············· 444

第二十四章　我初次放荡 ·············· 463

第二十五章　天使与恶魔 ·············· 474

第二十六章　我被俘了 ·············· 500

第二十七章　汤米·特拉德 ·············· 521

第二十八章　米考伯先生挑战 ·············· 533

第二十九章　我再次到斯蒂福家做客 ·············· 558

第三十章　一大损失 ·············· 569

第三十一章　更大的损失 ·············· 581

第三十二章　开始长途跋涉 ·············· 593

第三十三章　喜事 ·············· 618

第三十四章　姨奶奶吓了我一跳 ·············· 639

第三十五章　消沉 ·············· 651

第三十六章　热情 ·············· 678

第三十七章　一点儿冷水 ·············· 699

第三十八章　散伙 ·············· 710

第三十九章 威克菲尔与希普 …………………… 731

第 四 十 章 流浪者 …………………………………… 757

第四十一章 朵拉的两个姑姑 …………………… 768

第四十二章 搞鬼 …………………………………… 790

第四十三章 再次回顾 …………………………… 816

第四十四章 我们怎样料理家务 ………………… 828

第四十五章 迪克先生应验了我姨奶奶的预言 … 848

第四十六章 消息 …………………………………… 868

第四十七章 马莎 …………………………………… 885

第四十八章 家务 …………………………………… 900

第四十九章 坠入迷雾 …………………………… 914

第 五 十 章 裴果提先生的梦想实现了 ………… 930

第五十一章 开始一次更远的旅行 ……………… 944

第五十二章 我参与一桩爆炸性事件 …………… 967

第五十三章 再次回顾 …………………………… 998

第五十四章 米考伯先生的业务 ………………… 1007

第五十五章 风暴 …………………………………… 1027

第五十六章 新仇旧恨 …………………………… 1042

第五十七章 移居海外的人们 …………………… 1052

第五十八章 离去 …………………………………… 1066

第五十九章 归来 …………………………………… 1075

第 六 十 章 艾妮斯 ……………………………… 1097

第六十一章 我见到两个有趣的忏悔者 ………… 1109

第六十二章 一盏明灯照亮我的路 ……………… 1125

第六十三章 一位来客 …………………………… 1137

第六十四章 最后的回顾 ………………………… 1148

译 本 序

　　《大卫·科波菲尔》是英国小说家查尔斯·狄更斯的第八部长篇小说，被称为他心中"最宠爱的孩子"，于一八四九年至一八五〇年间，分二十个部分逐月发表。全书采用第一人称叙事语气，其中融进了作者本人的许多生活经历。

　　狄更斯出身社会底层，祖父、祖母都长期在克鲁勋爵府当用人。父亲约翰是海军军需处职员，在狄更斯十二岁那年，因负债无力偿还，带累妻子儿女和他一起住进了马夏尔西债务人监狱。当时狄更斯在泰晤士河畔的华伦黑鞋油作坊当童工，比他大两岁的姐姐范妮在皇家音乐学院学习，全家人中只有他俩没有在狱中居住。父亲出狱后，狄更斯曾一度进惠灵顿学校学习，不久又因家贫而永久辍学，十五岁时进律师事务所当学徒。后来，他学会速记，被伦敦民事律师公会聘为审案记录员。一八三一年至一八三二年间，狄更斯先后担任《议会镜报》和《真阳报》派驻议会的记者。这些经历有助于他日后走上写作的道路。他一生所受学校教育不足四年，他的成功全靠自己的天才、勤奋以及艰苦生活的磨练。一八三六年，狄更斯终于以长篇小说《匹克威克外传》而名满天下，当时他年仅二十四岁。

　　一八四八年，范妮因患肺结核早逝，她的死使狄更斯非常悲伤，因为在众多兄弟姐妹中，只有他俩在才能、志趣上十分接近。他俩都有杰出的表演才能，童年时曾随父亲到罗彻斯特的米特尔饭店，站在大餐桌上表演歌舞，赢得众人的赞叹。范妮死后，狄更斯写下一篇七千字的回忆文章，记录他俩一起度过的充满艰辛的童年。狄更斯身后，他的好友福斯特在《狄更斯传》中首次向公众披露了狄更斯的早年生活，根据的正是这篇回忆。

狄更斯写这篇回忆是为创作一部自传体长篇小说做准备。他为小说主人公取过许多名字，最后才想到"大卫·科波菲尔"。福斯特听了，立刻叫好，因为这个名字的缩写D. C. 正是作者名字缩写C. D. 的颠倒。于是小说主人公的名字便定了下来。

狄更斯早期作品大多是结构松散的"流浪汉传奇"，是凭借灵感信笔挥洒的即兴创作，而本书则是他的中期作品，更加注重结构技巧和艺术的分寸感。狄更斯在本书第十一章中，把他的创作方法概括为"经验想象，糅合为一"。他写小说，并不拘泥于临摹实际发生的事，而是充分发挥想象力，利用生活素材进行崭新的创造。尽管书中大卫幼年时跟母亲学字母的情景是他本人的亲身经历，大卫在母亲改嫁后，在极端孤寂的环境中阅读的正是他本人在那个年龄所读的书，母亲被折磨死后，大卫被送去当童工的年龄也正是狄更斯当童工时的年龄，然而，小说和实事完全不同：狄更斯不是孤儿，而他笔下的大卫却是"遗腹子"。同时，狄更斯又把自己父母的某些性格糅进了大卫的房东、推销商米考伯夫妇身上。

大卫早年生活的篇章以孩子的心理视角向我们展示了一个早已被成年人淡忘的童年世界，写得十分真切感人。例如：

大卫以儿童特殊的敏感对追求母亲的那个冷酷、残暴、贪婪的商人摩德斯通一开始就怀有敌意，当摩德斯通虚情假意地伸手拍拍大卫时，他发现那只手放肆地碰到母亲的手，便生气地把它推开。大卫向母亲复述摩德斯通带他出去玩时的情景，当他说到摩德斯通的一个朋友在谈话中老提起一位"漂亮的小寡妇"时，母亲一边笑着，一边要他把当时的情景讲了一遍又一遍。叙事完全从天真无邪的孩子的视角出发，幼儿并不知道人家讲的就是自己的母亲，而年轻寡妇要求再醮、对幸福生活的热烈憧憬已跃然纸上。又如：大卫跟保姆裴果提到她哥哥家去玩，她的哥哥裴果提先生是一位渔民。大卫看见他从海上作业后回来洗脸，觉得他与虾蟹具有某种相似之处，因为那张黑脸被热水一烫，立刻就发红了。这个奇特的联想，充满童趣和狄更斯特有的幽默。

本书充分显示出狄更斯在人物塑造上的高超技巧，推销商米考伯就是一个突出的例子。米考伯子女众多，生活负担沉重，时常挣不到佣金，背了一身债。尽管如此，他的绅士风度、周全的礼貌、得体的举止、文雅的谈吐以及和太太之间的忠诚和恩爱却始终不变。夫妇俩常因经济拮据哭得肝肠寸断，可是一转身，马上又哼起快乐的歌曲来。（这种"债多不愁"的乐天性格，正是作者父母的性格。）狄更斯塑造这一人物的成功之处，并不在于描绘出下层市民贫困潦倒的具体情状，而在于创造了"米考伯"类的人物典型。如今"Micawber-ism"一词以"无远虑而老想走运的乐天主义"的解释已进入每一部普通英语词典。狄更斯善于抓住人物身上某些最能体现其本质的性格特征，加以夸张，并反复展示。如：威克菲尔律师身边埋伏着的那个野心家、阴谋家希普，就是一条毒蛇。

他外表谦卑，其实包藏祸心，对恩主的业务蚕食侵吞，一旦羽翼丰满，不但要把威克菲尔玩于股掌之中，还想把他的爱女艾妮斯霸占到手。小说塑造这一人物时，突出写他那双又冷又湿的手。大卫刚住到威克菲尔律师家中时，就看见希普常深夜加班工作或用功苦读。他一边读，一边用手指在书上比划，在书上留下一道道又粗又湿的印记，好像有蜗牛爬过一样。希普又冷又湿的手与狄更斯前一部小说《董贝父子》中的卡克尔那两排又白又亮的牙齿都是狄更斯人物塑造上的著名范例。大卫童年时的灾星、继父的姐姐摩德斯通小姐的性格特点是极端冷酷和残忍，她身边常带一只钢制的钱包，合上的时候，咔哒一声，像是狠狠地咬谁一口。在狄更斯笔下，没有生命的东西也都是活的，都是它们主人性格的写照。

狄更斯的全部创作都体现了他的"道德意图"，那就是博爱、宽恕的人道主义精神。小说在女仆裴果提、裴果提先生以及他的侄子哈姆的身上表现了劳动人民的诚实、善良，他们都有比金子更可贵的心灵。大卫被继父打得遍体鳞伤，单独锁在房间里，连他母亲也不敢来看望他，只有裴果提半夜里偷偷来安慰他，两人通过钥匙孔对话的描写十分感人。从此大卫和这位普通的劳动妇女建立起无法言喻的深情。小说的高潮是亚茅斯海滨的船难。诱拐了哈姆未婚妻的纨绔子弟斯蒂福在狂风恶浪中挣扎求生，与他有夺妻之恨的青年渔民哈姆却冒死下海救他，结果两人都被淹死。两人死亡的意义截然不同，斯蒂福的死是他奸险行为的报应，而哈姆的死却是狄更斯人道主义理想的最高体现。正是这种鲜明的道德意图，使小说具有净化人的灵魂的巨大感染力。

大卫历尽磨难，终于找到他唯一的亲人——贝西姨奶奶，并在她的爱护下健康成长，终于成为一位著名作家。他忠实地奉行姨奶奶对他的教导："永不卑贱，永不虚伪，永不残忍"，这可以成为一个人立身、行事的座右铭。值得一提的是：许多研究者都把姨奶奶家住着的那位常像小孩一样和大卫一起放风筝的年长亲戚迪克先生视为一位"怪人"，而没有认识到他在小说中的意义。英国剑桥大学利维斯教授对此做了发人深省的阐释，他认为：迪克在大卫成长过程中起着积极的作用，因为健康的童年必须有"游戏、幻想和诗的想象力"。小说真实、具体地描绘了大卫感情成长的经历：早年对小姑娘艾米丽的喜爱、青年时对朵拉带有盲目性的热恋和婚姻以及朵拉逝世、他在海外闯练数年归来才最终发现在他的生活中一直给予他照顾和影响的艾妮斯才是他最理想的伴侣。狄更斯的描写不但在细节配置和情绪烘托上都做到入情入理，恰到好处，并且还能给人以启发，让你对恋爱、婚姻和家庭问题有很深刻的感悟。

俄国文豪列夫·托尔斯泰曾把本书和《圣经》并列，誉为"所有英国小说中最好的一部"。的确如他所说，《大卫·科波菲尔》是世界文学经典中的经典，值得我们欣赏、品味。我甚至认为，谁若有幸在少年时代就阅读这本书，必将有助于塑造健康的人格。无论 C. D. 或是 D. C. 都是谈不尽的，让我们就此打住，一起来欣赏这部能净化我们灵魂的经典吧！

薛鸿时

作 者 序

我在本书的原序里说过:我刚写完这本书,心情激动,要想保持一定的距离,用与这一严肃的标题相称的冷静态度来谈论它,我觉得是不容易的。对于这本书,就在不久以前,我还全神贯注,我的心情是悲喜交集——喜的是一项酝酿已久的心愿实现了,悲的是离开了众多的伙伴——因此,我很可能会说一些心里话,表达一些内心的感情,惹得读者厌烦。

除此之外,所有该说的话,我都尽量在书里说了。

一件历时两年之久,发挥想象力的工作,一旦搁笔,有多么痛苦;一位作者当他头脑里生出的无数人物永远向他告别的时候,怎样觉得好像把自己身体的一部分投进了那朦胧的世界;这些事对读者来说,也许是无关紧要的。然而我没有别的话可说了,除非让我坦率地说(也许这就更无关紧要了),任何人在读这篇记述的时候,也不会比我写的时候更觉得它真实。

以上这些发自内心的话,今天看来,依然成立,因此我现在只能请读者再听我一句心里话。在所有我写的书里,我最喜欢这一本。大家不难相信,对于我凭想象而生的每一个孩子,我都疼爱,也不可能有人爱这些孩子像我爱得那么深。但是我和许多疼爱孩子的父母一样,在我内心深处有一个孩子最得宠,他的名字就是《大卫·科波菲尔》。

第一章　我出生了

在我这部自传里,主人公究竟是我,还是别的什么人,看下去就清楚了。这部自传要是从我出生的时候讲起,就得先写上我生于一个星期五,时间是午夜十二点。这是后来人家告诉我的,我也深信不疑。据说时钟一打点,我就哭起来,这两件事是同时发生的。

由于我出生在那样一个日子,又是那样一个钟点,护士就说:第一,我命里注定要一辈子倒霉;第二,我有看见鬼怪的特殊才能。不光护士这么说,左邻右舍有见识的女人也这么说。她们在有可能和我结识之前好几个月,就对我产生了浓厚的兴趣。其实,在她们看来,凡是不幸在星期五深夜出生的孩子,不论男女,都一定具有以上两种天生的才能。

关于第一点,我就不必说了,因为事实证明这一预言究竟是对,还是错,我本人的经历最能说明问题。至于这个问题的第二点,我只想说我还没有继承到这部分遗产,除非我在很小的时候就把它糊里糊涂地用光了。但是我丝毫也不因为没有继承到这份遗产而怨天尤人;如果眼下某人正在享用,那就衷心地欢迎他留着自己享用吧。

我是带着一层头膜出生的,于是就为这头膜在报上登了一则出售广告,要价不高,只有十五几尼。不知当时出海的人究竟是手头没有钱,还是对头膜的威力缺乏认识,宁愿穿软木上衣,我光知道只有孤零零一个人还了还价,此人是一位与证券经纪人的活动有关的律师,他愿意出两镑现钱,其余部分用雪利酒支付,宁可不要求保他不淹死,也不肯再加钱了。既然如此,广告撤回,钱也白花了。要是给雪利酒,我那可怜的亲爱的母亲自己还有雪利酒在市场上卖不出去呢。十年以后,我们在本地用抽彩的办法卖那头膜,五十个人,每人付半克朗,中彩的人付五先令便可得到头膜。当时我本人也在场,记得眼看着我身体的一部分就这样处理掉了,好生不自在,而且感到莫名其妙。我现在回想起来,记得中彩的是一位老太太,她提着一个篮子,从篮子里拿钱付那五先令的时候,显出一副非常舍不得的样子。她给的都是半便士的硬币,最后还差两个半便士。花了很长时间,给她算了老半天,想让她明白,可她还是不明白。这位老太太活到九十二岁,在床上高高兴兴地去世了,的确不是溺水而死的,这件事在当地传为佳话,流传很久。我听说,直到临终,最能使她感到自豪的是她除了过桥以外,一辈子从来没有到水上去过;直到临终,她总是在喝茶的时候(她还特别喜欢喝茶)埋怨出海的人和别的人不虔诚,因为他们大言不惭地到世界各地去"闲逛"。人们向她解释,有些供人享用的东西,可能也包括茶叶在内,就来自她所反对的这种活动。她就更起劲儿地顶他们,而且本能地感到自己所持的反对态度很有分量,她总是说:"咱们要禁止闲逛。"

　　我也别在这里闲聊了,还是回过头来谈谈我出生的情况吧。

　　我出生在萨福克郡布伦德斯通镇,或者像苏格兰人所说的，就在布伦德斯通"那一疙瘩"。我是个遗腹子。在我睁开眼睛看到世上的光明之前六个月，我父亲就闭上了眼睛。直到如今，我一想到父亲从来没有见过我，就感到有些怪。尤其使我感到怪的是我还隐隐约约记得，我初次看到墓地里那洁白的墓碑时产生过种种幼稚的联想，记得由于他在黑夜里孤零零地躺在外边，使我产生过一种难以述说的同情心，因为我们的小客厅里生着火，点着蜡，又暖和，又亮堂，而我们的房门却插着门闩，锁着锁，不让他进来，有时我觉得这种做法未免有些残酷。

我父亲的姨妈，也就是我的姨奶奶，是我们家的一位重要人物。下面我还会提到她。这位特洛乌德小姐，我母亲总是称她贝西小姐，我那可怜的母亲也只是在不得不提到她的时候，在克服了她对这个庞然大物的恐惧心理之后，才鼓起勇气来这样称呼她的（好在次数也不多）。她嫁了个丈夫比她年轻，人长得很漂亮。常言道："美不美，看行为。"他可不是这样，因为大家非常怀疑他打过贝西小姐，而且有一次甚至因家用物品而发生口角，急忙布置了一下，非要把贝西小姐从三层楼的窗口扔下去。事实证明他们性情合不来，贝西小姐就给了他一笔钱，两人同意分居。他拿着钱到印度去了。我们在家里听到的传说简直神了，说有人在印度看见他和一只狒狒骑在大象身上，不过我想那一定不是狒狒，而是位绅士，或者公主①。然而不到十年，从印度传来了他去世的消息。这对姨奶奶有何影响，无人知晓，因为分居以后，她立刻恢复了做姑娘时用的名字，在遥远的海边一个村子里买了一所房子，在

----

① 此处的三个词在当地读音相近。

那里过起独身女人的生活,有一个用人伺候。大家知道她从那以后就一心一意地隐居了。

据我了解,我父亲一度很受我姨奶奶的宠爱,但是他的婚事刺伤了她的心,因为她认为我母亲是个"蜡娃娃"。姨奶奶从来没见过我母亲,不过她知道她不满二十岁。从那以后,我父亲和贝西小姐再没有见过面。结婚的时候,我父亲的年龄比我母亲大一倍,身体也很虚弱。一年以后他就去世了,我在前面已经提到,这是在我出生以前六个月发生的事。

那个星期五,我想我是有理由称之为艰难而重要的一天的。那天下午,情况就是这样。所以我不能硬说我当时就知道正在发生什么事情,也不能说我是根据亲眼目睹的事实记得后来发生的事情的。

当时我母亲坐在壁炉旁边,身体很弱,情绪低沉,两眼含泪望着那火焰,对自己和那个尚未见面的没有父亲的小人儿感到悲观,心情十分沉重。那个小人儿倒是受到欢迎的,楼上抽屉里早就准备了大量的别针,欢迎他到这个世界上来,不过世人对于他的到来却毫不感到兴奋。还是说我母亲吧,就在这三月份一个晴朗的下午,外面刮着大风,她坐在火炉旁边,又胆怯,又悲伤,非常怀疑自己能不能闯过眼前这个难关。这时她擦干眼泪,抬头朝对面的窗户望去,忽然看见一个陌生的女人走进花园里来。

我母亲看了两眼,就断定这个人是贝西小姐。落日的红光洒落在花园的篱笆上,照在这位陌生女人的身上;她朝着房门走来,她那直挺挺的身子和那板着的面孔叫人看着难受,是别人谁都没有的。

她走到房前的时候又做了一件事,这件事也能证明她是谁。我父亲在世时曾一再暗示,说她为人处事往往和一般人不同。现在她果然不拉门铃,而是跑到我母亲对着的那个窗户前面,把鼻子尖贴在玻璃上往里看,我那可怜的亲爱的母亲后来不止一次对我说,当时贝西的鼻子尖一下子就给压扁了,压得发白了。

贝西小姐的到来使我母亲大吃一惊,因此我一向认为我出生在星期五,都是贝西小姐的功劳。

我母亲早就急忙从椅子上站起来,躲到椅子后面的角落里去了。贝西小姐从窗子对面开始,慢慢地以询问的目光转着圈儿看,就像荷兰钟上的撒拉逊人头像那样,目光最后落在了我母亲身上。接着她皱了皱眉,还向我母亲做了一个手势,让她去开门,那神气仿佛一向是她说什么别人都得服从。于是我母亲走过去,开了门。

"我想,你就是大卫·科波菲尔太太吧。"贝西小姐说道。她加重语气,大概是根据我母亲穿的丧服和她目前的状况吧。

"是的。"母亲有气无力地说。

"特洛乌德小姐,"来人说道,"你一定听说过这个人吧?"

母亲回答说她的确荣幸地听说过这个人。不过她也尴尬地意识到自己的表情并没有显得那是一件多么了不起的幸事。

"现在她就站在你面前。"贝西小姐说。我母亲低下了头,请她进来。

她们来到母亲刚才待的这间客厅里,因为走廊那边那间最好的屋子没有生火——实际上,从我父亲去世以后,那里一直没有生过火。她们俩就座以后,贝西小姐一言不发,我母亲尽力控制自己,还是控制不住,哭了起来。

"噢,得啦! 得啦! 得啦!"贝西小姐连忙说道,"别这样! 好啦,好啦!"

虽然她这么说,可我母亲还是止不住,后来她哭够了,才停了下来。

"孩子,把帽子摘下来,"贝西小姐说,"让我看看你的模样。"

我母亲非常怕她,即或有心想拒绝,也不敢拒绝她这奇怪的要求。于是就按照她的吩咐把帽子摘了下来,不过手抖得厉害,弄得满脸都是头发。她的头发可真是又多又漂亮。

"哎呀! 上帝保佑!"贝西小姐大声说道,"你完全是个孩子呀!"

我母亲无疑是长得特别年轻,就按她的年龄来说也显得年轻。她低下了头,仿佛这是她的过错,真可怜。接着她就一边哭一边说,她的确觉得自己是个带孩子气的寡妇,要是大难不死,还会是个带孩子气的母亲。随后两人沉默了片刻,这时她好像觉得贝西小姐摸了摸她的头发,而且那手也不能算不温柔。然而当她怯生生地怀着希望抬头看贝西小姐的时候,却见这个女人坐在那里,长裙的下摆撩了起来,两手交叉搭在一个膝盖上,两脚踩在炉挡上,皱着眉头看火苗。

"看在老天爷的分上,"贝西小姐突然问道,"告诉我为什么叫栖鸦楼?"

"你是说这房子吗,姨妈?"母亲问道。

"为什么叫栖鸦楼?"贝西小姐说,"叫吃鸭楼更合适。你们俩,不管哪一个,只要对生活考虑得实际一点儿,就会想到这一层。"

"这名字是科波菲尔先生定的,"母亲说道,"他买这所房子的时候，觉得周围有白嘴鸦，心里很高兴。"

就在这黄昏时分，忽然狂风大作，花园那边的几棵高大的老榆树摇晃起来，我母亲和贝西小姐都不由自主地朝那边望去。只见老榆树弯着腰，凑在一起，仿佛巨人耳语，在传递什么秘密。这样待了几秒钟之后，它们就突然发作，向着四面八方疯狂地挥舞起胳臂来，好像它们刚才窃窃私语是不道德的，因而心里不能平静。这时挂在高枝上的经过风吹日晒破旧不堪的鸦巢好像风暴中在海上遇险的小船，在空中飘来飘去。

"现在鸟儿在哪里？"贝西小姐问道。

"你问的是……"母亲当时正在想别的事。

"那些白嘴鸦……现在到哪里去了？"贝西小姐问道。

"自打搬到这儿来，就没看见过。"我母亲说，"我们以为——噢，不对，是科波菲尔先生以为这里有一大群白嘴鸦，可是那些鸟窝都是很旧的，鸟也早就不待在这儿了。"

"大卫·科波菲尔就是这样！"贝西小姐说道，"真是十足的大卫·科波菲尔！周围根本没有鸟，却给房子取名叫栖鸦楼，看见几个鸟窝，就相信一定有鸟！"

"科波菲尔先生已经死了，"母亲不满地说，"你要是敢在我面前说他的坏话……"

我估计我那可怜的亲爱的母亲一瞬间也曾想把我姨奶奶好好地揍一顿，可是即便她当时的情况好得多，训练有素，可以交手，姨奶奶用一只手也就能轻易地对付她了。不过她一站起来，她那瞬间的想法就消失了，她又软弱无力地坐下，晕了过去。

后来母亲自己醒过来了，也许是贝西小姐设法使她醒过来的，我们暂时就不管了。母亲醒过来以后，看见贝西小姐站在窗口。这时暮色已经消失,天渐渐黑了下来,只是借助于炉火的光亮她们才彼此模模糊糊地看得见,否则她们就谁也看不见谁了。

贝西小姐重新在椅子上坐下,仿佛刚才只是漫不经心地看了看外面的景色,问道:"我说啊,你估计什么时候……"

"我浑身打哆嗦,"母亲有气无力地说道,"我也不知道是怎么回事。我要死了,我一定会死的。"

"不会,不会。"贝西小姐说道,"喝点茶吧。"

"哎呀,天哪!你觉得喝点茶会有好处吗?"母亲无可奈何地说道。

"当然会有好处,"贝西小姐说道,"你那都是胡思乱想。你的女孩儿叫什么名字?"

"我还不敢说一定生个女孩儿呢,姨妈。"母亲天真地说。

"愿上帝保佑这孩子!"贝西小姐大声说道,但她没有意识到这正是楼上抽屉里针插上绣的第二个愿望,不过她没有把它用在我身上,而是用在我母亲身上了。她接着说:"我不是说的那个。我是问你的女仆叫什么名字。"

"裴果提。"母亲说道。

"裴果提!"贝西小姐重复了一声,显出有些生气的样子,"孩子,难道你是说有这么个人,跑到一座教堂里,人家就给她起了个名字,叫裴果提?"

"那是她的姓,"母亲轻轻地说道,"科波菲尔先生这样称呼她,是因为她的教名和我一样。"

"来,裴果提!"贝西小姐打开客厅的门,大声喊道,"拿茶来。太太不大舒服。别磨蹭!"

贝西小姐下了这样一道命令,那语气仿佛自从这个家庭建立以来她就是公认的一家之主。接着她又伸出头去看裴果提。裴果提听见有生人呼唤，心中很纳闷，正举着蜡烛顺着走廊走过来。贝西小姐随手把门关上，又像刚才那样坐好，两脚蹬着炉挡，长裙的下摆撩了起来，两手交叉搭在一个膝盖上。

"你刚才谈到生女孩儿的事，"贝西小姐说，"我敢肯定你是要生个女孩儿。我有预感，一定是个女孩儿。听着，孩子，你一生下这个女孩儿……"

"也许是个男孩儿呢。"母亲冒昧地插嘴说。

"我告诉你，我有预感，一定是个女孩儿，"贝西小姐把她顶了回去，"不要顶嘴嘛。这个女孩儿一生下来，孩子，我就要好好地待承她，我愿意做她的教母，我求你就叫她贝西·特洛乌德·科波菲尔吧。这个贝西·特洛乌德在生活里可不能再有什么差错了。她在感情方面可不能再受到什么干扰，可怜的孩子。她应该有很好的教养，受到很好的监护，免得她轻易相信不该相信的人。这一定要由我来干。"

贝西小姐每说一句就猛地晃一下脑袋，仿佛她自己过去受的委屈正在她心中作祟，她极力克制才勉强压住，没有更明显地表露出来。我母亲就着微弱的火光观察着她，至少是这样猜想的。她太怕贝西小姐了，自己也太心绪不宁，再加上她过于虚弱，对眼前的事又感到意外，一时什么也看不清楚，也不知道说什么好。

贝西小姐沉默了一会儿，头也不晃了，这时她问道："大卫待你好不好，孩子？你们在一起生活愉快吗？"

"我们非常幸福，"母亲说，"科波菲尔先生待我太好了。"

"什么！他准是把你惯坏了吧？"贝西小姐顶了她一句。

"是啊，在这个艰难的世界上，我现在又得孤零零的一个人，无依无靠地过日子了，在这方面，他恐怕真是把我惯坏了。"母亲说着就哭了起来。

"唉，别哭啦！"贝西小姐说，"即便有时候一对夫妻也许是般配的，你们俩可不般配呀，孩子，这就是我为什么要问你那个问题。你是个孤儿吧，是不是？"

"是的。"

"还当过家庭教师？"

"我在一家人家当幼儿家庭教师。科波菲尔先生到这家来做客，对我很和气，很注意，也很关心，最后就向我求婚了。我接受了他的请求。于是我们就结了婚。"母亲简单地说了说。

"唉，可怜的孩子！"贝西小姐说道，她依然皱着眉沉思，聚精会神地望着炉火，"你会干什么？"

"对不起，姨妈，你说什么？"母亲吞吞吐吐地说。

"比方说，你会料理家务吗？"贝西小姐说。

"会一点儿，恐怕不多，"母亲说道，"我很想懂得多一点儿。不过科波菲尔先生在教我……"

"他可是很在行啊！"贝西小姐插了一句。

"我很愿意学，他也很耐心教，可惜当时没有多学点儿，要不是他不幸去世……"说到这里，母亲又哭起来，说不下去了。

"好啦，好啦！"贝西小姐说道。

"我按时记账，每天晚上和科波菲尔先生对一遍。"母亲又倾诉了一阵她的痛苦，接着又哭起来。

"好啦，好啦！"贝西小姐说道，"别再哭了。"

"在这一方面，我敢肯定，我们从来没有任何出入，只是科波菲尔先生责怪我把 3 和 5 写得样子太相近,责怪我给 7 和 9 加了弯曲的小尾巴。"母亲又激动地诉说了一阵,接着又哭起来。

"你要是再哭,会病倒的,"贝西小姐说,"你也知道,你要是病了,无论是对你还是对我的教女都是不好的。好啦!你可不能那么干!"

这番劝说起了一定的作用,使我母亲平静下来,不过她越来越难受,这可能起了更大的作用。她们沉默了一会儿,不时听见贝西小姐发出"唉""唉"的声音,她依然坐在那里,两脚蹬着炉挡。

过了一会儿,贝西小姐说:"我知道大卫用他的钱为自己买了一份年金。他为你做了什么安排?"

"科波菲尔先生,"母亲有些吃力地回答道,"很善良,很关心我,经他安排,把其中一部分转给了我。"

"多少钱?"贝西小姐问道。

"每年一百零五镑。"母亲说道。

"他还挺周到呢,要不可就糟了。"姨奶奶说道。

这个词用在这里倒很恰当。我母亲的情况的确非常糟。裴果提端着茶盘和蜡烛走进来,一眼就看出她多么难受。屋里要是够亮的话,贝西小姐早就会看出来了。裴果提连忙把我母亲送到楼上她自己的屋里,又马上吩咐侄儿哈姆·裴果提去请护士和医生。这位侄儿最近几天一直待在我们家里,准备让他在紧急情况下跑跑腿,但我母亲不知此事。

混合大队到了,前后只差几分钟。他们看见火炉旁边坐着一个打扮得怪里怪气的陌生女人,不禁大吃一惊,因为这个女人把帽子系在左胳膊上,耳朵里还塞着珠宝商用的棉球。

裴果提对她一无所知,我母亲也不说她是谁,因此她在客厅里是一个十分神秘的人物。她口袋里揣着一大团珠宝商用的棉花,以及把棉花那样塞在耳朵里,都没有影响她那端庄的仪态。

医生上了楼,又从楼上下来了,我想他大概也意识到这位陌生女人和他可能要面对面地坐上几个钟头,便做出彬彬有礼善于交际的样子。他是男人之中最软弱,小个子之中最温和的人。他进门出门的时候,总是躲躲闪闪,尽量少占地方。他走起路来和《哈姆莱特》剧中的鬼魂一样轻,比那鬼魂还要慢。他总是歪着头,一方面谦逊地贬低自己,一方面谦逊地讨好任何人。他连狗也不骂,自不待言。就是疯狗,他也不骂,而是温和地说点什么,一句话,半句话,甚至连半句话都不到,因为他说话和走路一样慢;但他决不会对这疯狗粗鲁,也不会对它急躁,不论是为了什么可能存在的理由。

祁力普先生以柔和的眼光看着我姨奶奶,歪着头,朝她微微鞠了一躬,轻轻摸了一下自己的左耳朵,针对她耳朵里塞的珠宝商的棉球说道:

"夫人,有局部炎症吗?"

"你说什么?"姨奶奶说着像拔软木塞似的把棉球从一个耳朵里揪了出来。

祁力普先生见她动作这样生硬,感到非常吃惊,当时他没有失去理智,真是万幸——这是他以后对我母亲说的。他顺从地又说了一遍:

"夫人,有局部炎症吗?"

"胡说!"姨奶奶答道,随后一抬手又把棉球塞到耳朵里去了。

在这之后，祁力普先生无事可做，只好坐在那里无可奈何地看着她，而她就坐在那里看炉火，后来祁力普先生又被请到楼上去了。过了大约一刻钟，他走下楼来。

"嗯?"姨奶奶问道，随手把棉球从靠近医生的那只耳朵里揪出来。

"嗯，夫人，"祁力普先生答道，"还在……还在慢慢生呢，夫人。"

"哎哟!"姨奶奶一边发出这看不起人的叹息声，一边把身子猛地一摇，随手又把棉球塞到耳朵里，像先前一样。

祁力普先生后来对我母亲说，他当时真是——的的确确是——几乎吓坏了;虽然他是个医生，他也几乎吓坏了。尽管这样，他还是坐在那里，望着这个女人，而她呢，就坐在那里，望着火苗。过了将近两个小时，又有人把医生叫走了。过了一会儿，他又回来了。

"嗯?"姨奶奶问道，随手又把棉球从那只耳朵里揪出来。

"嗯，夫人，"祁力普先生答道，"还在……还在慢慢生呢，夫人。"

"啊呀!"姨奶奶说道，可是她那副腔调实在让祁力普先生受不了。后来祁力普先生提起这件事，说这完全是故意破坏他的情绪。他说他宁愿坐在楼梯上，摸着黑儿，在风口里等着召唤。

哈姆·裴果提上过公立的学堂，学过《教义问答》，是个笃信教义的人，因此可以算是一个可靠的见证人。第二天，他谈起头一天晚上的事。他说，过了一个小时，他偶然在客厅门口探头，往里面看一看，马上就被贝西小姐发觉了。当时贝西小姐急得团团转，在屋里走来走去，一下子就把他抓住了，使他不得脱身。他说，楼上不时传来脚步声和喊叫声，就在声音最大的时候，那女人把他揪住，往他身上发泄她那万分的焦虑，使他由此看出耳朵里塞棉球也挡不住楼上传来的声音。他还说，那女人揪着他的领子来回不停地走（好像他喝多了鸦片酊），一边还摇晃他，拽他的头发，揪他的衬衫，堵他的耳朵，仿佛她闹不清那是谁的耳朵了，还用一些别的办法来折腾他。这些情况，他姑妈可以提供一部分证据，因为她在十二点半的时候看见他，他刚脱身不久，他姑妈说他的脸色和我一样红呢。

性情温和的祁力普先生即或在别的情况下会记恨别人，而在现在这样的时刻也不可能了。他一腾出手来，马上就侧着身子走进客厅，以他那谦卑的态度对我姨奶奶说：

"啊，夫人，我很高兴向你表示祝贺。"

"祝贺什么呀？"我姨奶奶正言厉色地问道。

祁力普先生见我姨奶奶态度如此严厉，顿时感到焦虑不安，于是向她微微鞠了一躬，又微微一笑，想以此打消她的怒气。

"我的天哪，他在干什么呢？"我姨奶奶不耐烦地大声说道，"难道他不会说话吗？"

"不要着急，亲爱的夫人，"祁力普先生以他最柔和的语气说道，"现在没有理由再烦躁不安了。不要着急了。"

我姨奶奶没有摇晃他，没有把他要说的话从他嘴里摇出来。她只冲着他摇了摇自己的脑袋，不过她那副模样把他吓得心惊胆战。这件事人们至今还认为简直神啦。

"啊，夫人，"祁力普先生继续说道，这时他又有了勇气，"我很高兴向你表示祝贺。现在一切都已经结束了，夫人，而且是圆满结束了。”

祁力普先生说这番话大约花了五分钟，我姨奶奶一直聚精会神地看着他。

“她怎么样？”姨奶奶问道。她两臂交叉，帽子依然系在一只胳膊上。

“啊，夫人，我希望过一会儿她就会很舒服了，”祁力普先生答道，“在目前家里这种沉闷的环境里，我们也只能指望一位年轻的母亲舒服到一定的程度而已。你要是一会儿去看她，不会有什么问题。可能对她还有好处呢。”

“我是说她——她怎么样？”姨奶奶厉声说道。

祁力普先生又把头歪了歪，比刚才歪得更厉害了，他像一只驯顺的小鸟一样望着姨奶奶。

“我是说那孩子，”姨奶奶说，“她怎么样？”

“夫人，”祁力普先生答道，“我还以为你知道了呢。是个男孩儿啊。”

姨奶奶什么也没说，抓住帽子的带子，好像拿起一把弹弓一样，朝着祁力普先生的脑袋瞄了瞄准，就打了过去。随后她把帽子没有展平就戴在头上，走了出去，并且永远没有再回来。她像一个没有得到满足的妖精一样消失了，或者说像人们认为我有资格看见的鬼怪一样消失了，再也没有回来。

她再也没有回来。我躺在篮子里，母亲躺在床上，不过贝西·特洛乌德·科波菲尔却永远属于梦幻的世界，也就是我新近游历过的辽阔的地方；我们这间屋子的亮光从窗口射出去，照亮了所有这类游子在人间的归宿，也洒落在没有他就没有我的那个人的尸骨上面的小丘上。

第二章　我　观　察

在我努力回忆婴儿时期那段空白的经历时，首先清楚地浮现在我面前的，一是我母亲，她的头发很漂亮，身材很苗条；一是裴果提，她谈不上有什么身材，两只眼睛那么黑，似乎把眼睛周围的地方也都弄黑了，她的腮帮子和胳膊那么硬，那么红，我都纳闷为什么鸟儿不来啄她，而去啄苹果。

我想我还记得她们两个人在两边，中间留出一段距离，她们或者弯着腰，或者跪在地上，这样她们在我眼里就显得矮了，我就在她们两人之间摇摇晃晃地走过来，走过去。我脑子里还留有一个印象，不过我也说不清那究竟是个印象呢，还是确实记得的一件事，那就是裴果提常常向我伸出食指让我去抓的情景，她那食指，因为做针线活儿的关系，已经变得很粗糙，和擦肉豆蔻用的小擦子一样。

我也可能是在瞎想，不过我认为我们大部分人对于这段生活的记忆可以比许多人想象的追溯到更早的时间。我还认为，有些很小的孩子具有的观察力，就其细致程度和精确性而言，是十分惊人的。对大部分在这方面表现突出的成年人来说，我的确认为与其说他们获取了这种能力，不如说他们没有失去这种能力。我还注意到，一般说来，这些人之所以显得容光焕发，态度和蔼，知足常乐，是因为他们保留了这些儿童时代固有的品质。

我停下来说这番话，会有"闲聊"之嫌，因此必须借此机会说明：我的这些结论在一定程度上是建立在我的亲身经历之上的；如果我在叙述过程中写下的任何东西证明我是一个善于细致观察的孩子，证明我是一个牢记童年生活的成年男子，这两种提法我肯定都是愿意接受的。

我在上面说了，回忆婴儿时期这一段空白，在一大堆混乱的事物之中，我首先记起的最为突出的就是我母亲和裴果提。我还记得什么呢？让我想想。

在那团云雾之中出现了我们家的房子，这房子对我来说并不生疏，而是非常熟悉，还是我最初记得的那个样子。一层有裴果提的厨房，通到后院，后院中央的柱子上挂着一个鸽子房，可是里面并没有鸽子；角落里有一个大狗窝，里面也没有狗。有一大群家禽，在我看来它们显得高大极了，走来走去，样子很凶，怪吓人的。有一只公鸡落在一根柱子上，在那里叫，我从厨房窗户往外看它的时候，它好像特别注意我，吓得我浑身发抖，因为它特别凶恶。晚上做梦，我梦见从旁门出去，门外的鹅群一跩一跩地跟在我后面，脖子伸得老长老长的。一个人要是和野兽在一起生活，做梦就会梦见狮子。

房子里有一条走廊，我觉得它特别长，从裴果提的厨房通到房子的正门。走廊里有一间黑暗的储藏室，到了晚上，就得跑着从门前经过，因为要是没有人点着昏暗的蜡烛待在里面，让那股子发霉的气味连同肥皂味、咸菜味、胡椒味、蜡烛味、咖啡味，都混杂在一起，飘散到门外，谁知道那些桶呀、罐儿呀，和旧茶叶箱子中间藏着什么呢。再往前走就是那两间客厅：一间是我们晚上常坐的地方，母亲和我，还有裴果提，因为她干完活儿以后,又没有旁人,就经常来陪伴我们。另一间是那间最好的客厅,只有星期天,我们才在那里坐坐,显得很隆重,但是不舒服。我觉得这间屋子有一种悲哀的气氛,因为裴果提对我说过——不记得什么时候了,反正是很久以前——说起父亲的丧事,说起送殡的人在这里穿上黑斗篷。有一个星期天晚上,母亲在那里给我和裴果提念书听,讲的是怎么样使拉撒路死而复生的故事①。我听了以后,吓坏了,她们不得不把我从床上弄起来,让我从卧室的窗口看一看平静的教堂墓地,死人都在肃穆的月光下安静地躺在坟墓里。

我在哪里看见的草也远没有这块墓地里的草这么绿,哪里也远没有这里的树这么阴凉,哪里也远没有这里的墓碑这么幽静。我睡在母亲卧室的小套间里的一张小床上。清早起来,我从床上往外望,看见羊在墓地里吃草;我还看见红光照在日晷上,这时我心里想:"日晷又可以报时了,它高兴吗?我真纳闷。"

教堂里有我们家的专用座位。那靠背多高啊!旁边有个窗户,往外看可以看见我们家的房子,早上做礼拜的时候,裴果提也的确不止一次地往外看,因为她老惦记着我们家的房子,别让人抢了,别让火烧了。她的眼睛可以往外瞟,要是我的眼睛往外瞟,她就非常生气,还冲着我皱眉头,意思是我站在座位上,眼睛应当看着牧师。可是我不能老看着牧师呀!他就是不穿那件白衣服,我也认识他。我还怕他纳闷我为什么老用眼睛盯着他,说不定他会说着说着停下来,跑过来问

①《新约·约翰福音》第 11 章讲,有一名叫拉撒路的人,死后已埋入坟中四日,耶稣念其姐待他有恩,便在坟前呼喊拉撒路出来,结果死人即出来了。

我,那我可怎么办呢?盯着人看是很不好的,不过我总得做点儿什么。我看了看母亲,她假装没看见我。我看了看过道上的一个小男孩儿,他朝我做鬼脸。我看了看穿过门廊照在开着的大门门口的阳光,看见那里有一只迷途的羔羊——我不是指有罪的人,而是一只可以宰了吃肉的羊——它正在犹豫要不要进到教堂里来。我觉得要是再看它一会儿,我就会忍不住大声说起话来,那怎么得了?随后我就抬头看墙上那些灵牌,慢慢地想起了我们这个教区里已经死去的包佳斯先生。包佳斯先生长期忍受剧烈的痛苦,而医生又毫无办法,不知包佳斯太太当时是怎么想的。不知他们请没请祁力普先生,他是不是也毫无办法,如果真是那样,现在每星期提醒他一次,他又作何感想呢?我看了看祁力普先生,他围着他的一条最漂亮的围巾。我又看了看讲坛,忽然觉得要是在这里玩儿,可再好不过了,这是一个多么好的城堡呀,让一个男孩顺着楼梯上来攻城,我就把带穗子的天鹅绒靠垫往下扔,砸在他头上。想着想着我就闭上了眼睛,起初我好像还听见牧师在唱一支歌,天又热,那歌声让人越听越困,后来我就什么也听不见了。过了一会儿,我一个跟头从座位上栽下来,摔了个半死,裴果提把我抱了出去。

现在我从外面看一看我们家这所房子。卧室的格子窗开着,好放进一些飘着香味的空气。房前花园尽头的几棵榆树上依然挂着那些破旧的鸦巢。现在我又来到后花园。这后花园在有空鸽房和空狗窝的那个院子的后面,这是一个很好的蝴蝶保护区,我记得有一道高篱笆,有一个大门,上着一把大锁。树上结了一簇簇的果子,后来我在哪个花园里也没见过比这更熟更好的果子。母亲摘一些果子放在篮子里,我就站在一旁,偷偷地摘些醋栗囫囵吞咽下去,还尽力装作若无其事的样子。一阵大风刮起来,夏天霎时间就过去了。到了冬天,我们在黄昏时候玩耍,在客厅里跳舞。母亲跳得上气不接下气,就坐在扶手椅上休息。我见她把光亮的鬈发绕在手指上,把上身儿拽一拽,我比谁都了解她,她喜欢漂亮,为自己的美貌而感到自豪。

以上就是我最初的一些印象。此外我还觉得我和母亲都有点儿怕裴果提,在大多数情况下都是顺从她的安排的。如果这些都可以称作看法的话,那么这就是我从我所看到的一切中得出的一些最初的看法。

有一天晚上,只有我和裴果提在客厅的壁炉旁坐着。我在念书给她听,念的是关于鳄鱼的故事。我一定是念得很清楚,要不就是那个可怜的女人非常感兴趣,因为我记得在我念完的时候,她竟然有一个模糊的印象:这故事讲的是一种蔬菜。我念累了,困得要命,可是既然我受到特别优待,得到了母亲的允许,她要到邻居家待一晚上,我可以等她回来再睡觉,我就宁可在坚守岗位的时候困死(这是理所当然的事),也不上床去睡觉。我越来越困,觉得裴果提好像变得越来越大,大极了。我用两个食指撑着上眼皮,使劲盯着她,看她做活儿;又盯着看她那块给线打蜡用的蜡烛头——它看上去可真老哇,无论看哪一面,全都是皱纹;又盯着看那码尺居住的小茅草房;又盯着看她的针线盒,那针线盒有一个拉盖儿,上面画着圣保罗教堂,大圆顶是粉红色的;又盯着看她手上戴的铜顶针;又盯着看她,我觉得她很可爱。我当时困极了,我知道我要是什么都不看,马上就不行了。

"裴果提,"我突然问道,"你结过婚吗?"

“天哪！大卫少爷，”裴果提答道，“你怎么想起来问我结婚的事呢？”

她回答的时候显出一副那么吃惊的样子，倒使我清醒多了。接着她就停下了手里的活计，看着我，手里的针扯得老远，把线都拉直了。

“可是你究竟结过婚没有，裴果提？”我说，“你是一个非常漂亮的女人呀，是不是？”

我认为她和我母亲不是同一个类型的人，这是肯定的，不过我认为她是另外一种美的典型代表。在那间最好的客厅里有一个红丝绒脚凳，母亲在上面画了一束花。在我看来，脚凳的底座和裴果提的肤色，是一模一样的。脚凳光滑，裴果提粗糙，但这无所谓。

“你说我漂亮，大卫，”裴果提说道，“不对，我的宝贝儿！可是你怎么想起来问我结婚的事呢？”

“我也不知道！你一次只能和一个人结婚吧，是不是，裴果提？”

“当然是这样。”裴果提斩钉截铁地说。

“不过如果你和一个人结了婚，而这个人后来死了，到那时候你就可以和另一个人结婚，是不是，裴果提？”

“如果你愿意，你可以那样做，我的宝贝，”裴果提说道，“这就看你怎么想了。”

“可你是怎么想的呢，裴果提？”我说。

我问了她这个问题，就以好奇的眼光看着她，因为她也用那么好奇的眼光看着我。

“我是这么想的，”裴果提说，这时她不再盯着我了，犹豫了一下，接着就又做起针线活儿来，“我自己从来没有结过婚,大卫少爷,我也不想结婚。关于这件事,我就知道这一些。"

"我想你没有生气吧,裴果提,是吗?"我坐在那里沉默了一会儿,说道。

我真的以为她生气了,因为她回答得那样简短。但是我错了,因为她放下了手里的活计(她当时正给自己补袜子),张开两臂,一下子把我的鬈毛头搂在怀里,使劲搂着不放。我知道她在使劲搂我,因为她很胖,她穿好衣服以后,只要稍一用劲,长裙背后的扣子就会飞落。我记得这次她搂我的时候,就有两只扣子绷落到客厅对面去了。

"我还想听一段那阿鱼的故事,"裴果提说,那鱼的名字她还说不大准,"我还没听够哩。"

我不大明白为什么裴果提看上去显得那么怪,也不明白为什么她一下子又提起鳄鱼来。反正我们又谈起这些怪物来,这时我也又来了精神了。我们把鳄鱼蛋埋在沙子里,让它们在阳光下孵化,随后我们就跑开了,鳄鱼在后面追,我们不停地拐来拐去,可鳄鱼生得笨重,不能很快地拐弯,因此拿我们毫无办法。后来我们也像当地人一样,跟着它们钻到水里去,把带尖的木棍子插到鳄鱼的嗓子里,总而言之,我们和鳄鱼大战了一场。至少我是这么干的,不过我对裴果提有所怀疑,因为她一直是若有所思的样子,用针在自己的脸上和胳膊上乱扎。

我们说完了鳄鱼,又说鼍龙,这时忽然听见花园的门铃响了。我们走到门口,看见我母亲站在那里,我觉得她当时显得特别漂亮,旁边还有一位先生,他长着漂亮的黑发和黑络腮胡子,上星期天,他还和我们一起从教堂回家来着。

我母亲在门槛上弯着腰把我搂在怀里亲我的时候,那位先生说我这个小家伙比君主享受的特权还多得多,或者说了诸如此类的话,因为我知道这句话是我后来懂的事多了才理解的。

　　"这话是什么意思?"我趴在母亲肩头上问他。

　　他拍了拍我的头,可是不知怎的,我不喜欢他,也不喜欢他那深沉的声音,我还忌妒他,在他抚摸我的时候,不愿意让他的手碰到母亲的手,可是还真碰上了。我一下子把他的手推开了。

　　"噢,大卫!"母亲以责备的语气说道。

　　"可爱的孩子!"那位先生说道,"我不能不佩服他的一片赤诚!"

　　在这以前,我从来没有看到母亲脸上有过这么好看的颜色。母亲轻轻地责备我不该那样粗鲁,随即让我趴在她的披肩上,转身向那位先生致谢,感谢他劳神送她回家。她一边说着,一边伸出了手,那位先生也伸出手来拉住她的手,这时候,我觉得她看了我一眼。

　　这位先生低下头,我亲眼看见他把头低到我母亲的小手套那儿,这时他对我说,"好孩子,咱们说'再见'吧。"

　　"再见!"我说。

　　"来吧! 咱们交个朋友——世界上最好的朋友!"那位先生笑着说道,"握握手吧!"

　　我的右手在我母亲的左手里攥着呢,所以我就朝他伸出了左手。

　　"哎呀,这只手不对,大卫!"那位先生笑着说道。

　　母亲把我的右手朝前拉了拉,可是我由于上面所说的原因,打定主意不给他右手,因此我就是不给他右手。我把另外一只手伸给他,他热情地握了握,还说我是个勇敢的人,然后就走了。

就是此刻,我还能看见他在花园里转过身来,用他那双不吉利的黑眼睛最后又看了我们一眼,大门就关上了。

裴果提一直什么话也没说,什么事也没做,这时她连忙把门栓插好,我们就一起到客厅里去了。母亲有些反常,她没有坐在炉子旁边的扶手椅上,却坐在客厅的另一头,哼着小曲,自得其乐。

"今天晚上过得很愉快吧,太太。"裴果提说道,她手里举着蜡台,直挺挺地站在屋子中央,活像一只大木桶。

"谢谢你,裴果提,"母亲以轻快的语调答道,"今天晚上过得非常愉快。"

"见见生人什么的,会叫人觉得新鲜,觉得高兴。"裴果提谈出了她的看法。

"的确叫人觉得新鲜,觉得高兴。"母亲答道。

裴果提还在屋子中央一动不动地站着,母亲又哼起了她的小曲,我却睡着了,虽然没有睡得很沉,还能听到说话的声音,却不知道她们说了些什么。这样打盹并不舒服。过了一会儿,我醒了,可是还迷迷糊糊的,这时我发现裴果提和我母亲都在哭,也都在说。

"不能要这样一个人,科波菲尔先生要是活着也不会同意的,"裴果提说,"我就是这么看,我可以起誓!"

"我的天哪!"母亲大声说道,"你要逼我发疯呀!谁家的姑娘像我这么可怜,受仆人这样虐待?我为什么这样委屈自己,把自己称作姑娘呢?难道我没结过婚吗,裴果提?"

"你确实结过婚,太太。"裴果提说道。

"既然如此,你怎么敢……"母亲说道,"你知道我的意思不是说你怎么敢,裴果提,而是说你怎么忍心让我这么难过,对我说这么难听的话呢?你又不是不知道,出了这个门儿,我连一个可以依靠的朋友也没有呀。"

"这就更有理由说不能这么办了,"裴果提说道,"不行,不能这么办。不行!出多少钱也不行。就是不行!"她说话的语气那么重,我以为她会把手里的蜡台扔掉呢。

"你怎么能得寸进尺,"母亲说着,哭得更厉害了,"竟说出这样不讲道理的话呢?听你这么说,好像一切都定了,都安排好了,你怎么能这么说呢?裴果提,我不是一再跟你说嘛,你这个狠心的人,除了最普通的应酬以外,什么事也没发生。你说别人喜欢我。我有什么办法呢?要是有人一时糊涂,产生了那种感情,那能说是我的过错吗?请问我有什么办法呢?你是不是希望我把头剃光,把脸抹黑,或者用烧伤、烫伤和其他类似的办法来毁掉自己的容貌?我敢说,你就希望我这么做,裴果提。我敢说,你会拍手称快的。"

听了这番刺人的话,我觉得裴果提似乎非常伤心。

"我那亲爱的孩子啊,"母亲说着便走到我坐的扶手椅旁,抚摸着我说道,"我的亲儿小大卫呀!是不是有人拐着弯儿责怪我,说我不疼我那心爱的小宝贝儿,不疼我那最亲爱的小家伙呀?"

"谁也没拐着弯儿说过这样的话。"裴果提说道。

"你说过,裴果提!"母亲把她顶了回去,"你心里有数。你说那样的话,还会有什么别的意思,你这狠心的家伙?你心里也明白,上一季,我完全是为了他,才没给自己买把新阳伞,尽管那把绿色的旧伞从上到下都磨坏了，穗子也七零八落，难看得要命。这情况你是知道的，裴果提，你是无法否认的。"接着母亲又和我脸贴着脸，亲切地问我："大卫，我这个妈妈是待你不好吗？我是一个讨厌、凶恶、自私的坏妈妈吗？你就说我是，我的孩子……只要你说一声'是'，乖孩子，裴果提就会疼你。有裴果提疼你可比我疼你强多了，大卫。我是一点儿也不疼你的，是不是？"

　　说到这里，我们都放声大哭起来。三个人之中，大概我哭的声音最大，不过我敢肯定我们都是真正动了感情的。我自己就非常伤心，在我的感情刚刚受到伤害的时候，恐怕骂了裴果提，说她是"畜生"。那个老实人感到很痛苦，我还记得那天她一定把所有的扣子都掉光了。她先和我母亲和好，后来又跪在扶手椅旁边和我和好，这时候，扣子噼里啪啦一下子就绷落光了。

　　我们都怀着非常沉重的心情上床睡觉去了。好半天，我抽抽搭搭的，睡不沉。有一阵我抽搭得特别厉害，被折腾起来了，这时我发现母亲坐在被单上，弯着腰看着我。在这以后，我就在她怀里睡着了，而且睡得很香。

　　究竟是在紧接着的那个星期天我又见了那位先生，还是过了一段更长的时间他才重新露面，我记不清了。我不夸口说自己记日子记得特别清楚。不过反正他到教堂去了，事后还和我们一起走回家。他还进屋里来了，要看看我们养的一盆名花天竺葵，就在客厅的窗口。我觉得他并没有十分认真地看花，可是临走的时候他要求我母亲送他一点儿花。我母亲请他自己挑，他又不干——我不明白这是为什么——于是我母亲就替他摘了一枝，放在他手里。他说他和这花要永远永远不分离。我想,这花过一两天就要七零八落了,他连这个都不知道,一定是个大傻瓜。

裴果提晚上和我们待在一起的时间比往常少了。我母亲有很多事都听从她的安排——我觉得这种情况比往常多了——我们三个人仍然非常要好。不过,和过去还是有所不同,我们之间不像以前那么融洽了。有时候,我想裴果提大概是反对我母亲穿她柜子里那些漂亮衣服,反对她那么频繁地到那位邻居家去做客,但这究竟是怎么一回事,我却找不到满意的答案。

时间长了,再见到那位黑胡子先生也就习惯了。不过我并没有比原来增加对他的好感,而且对他依然有那种不安的忌妒心理,其原因不外乎孩子本能的恶感,和这样一个笼统的想法:我和裴果提能够很好地疼爱我母亲,不用别人帮忙;此外如果说还有什么原因,那也必定不是年龄大了才能找到的那种原因。那种原因我从来就没想到过,连影子也没有。打个比方吧,我能观察到一些零零碎碎的东西,但是要把许多零零碎碎的东西拼成一个网,用来网住什么人,那还不是我所能办到的。

秋天,有一天上午,我和母亲待在前面的花园里,忽然看见摩德斯通先生——这时候我已经知道可以这样称呼他了——骑着马走来。他停下来,向我母亲问好,还说他是要到洛斯托夫特去看几个朋友,他们在那里有一条游艇;他还兴致勃勃地说,要是我愿意去,他可以让我上马,就坐在他前头。

那一天,天气晴朗,使人感到非常舒服,那马也似乎很愿意让我骑,站在花园门口,一边打响鼻,一边蹬蹄子。在这种情况下,我就非常想去。于是母亲让我上楼去找裴果提给我打扮打扮。在等我的时候，摩德斯通先生下了马，把缰绳挽在胳膊上，在多花蔷薇篱笆外来回地遛，我母亲就在篱笆里边陪着他遛。我记得我和裴果提从我屋子的小窗户偷偷往外看他们。我还记得看见他们一边走，一边仿佛多么认真地看他们之间的花朵，还有裴果提本来好好的，像天使一样温柔，怎么突然生起气来，为我倒着梳头发，还使好大的劲儿。

我和摩德斯通先生一会儿就上了路，沿着路边的绿草地缓缓地跑起来。他轻轻地用一只胳膊搂着我，我觉得自己平时也不是那种老坐不住的孩子；可是今天我坐在他前面，却克制不住，时不时地回过头去，看一下他的脸。他有一双浅浅的黑眼睛——我还找不到一个更恰当的字眼来形容这种眼睛，你往里边看的时候，会觉得它没有深度——这双眼睛在思想集中的时候，由于光线的关系，我每次看它，都有一刹那觉得似乎是斜眼，显得很难看。我每次看他都看见这样一副样子，心里有一种害怕的感觉，同时还纳闷他究竟在想什么，想得这么入神。他的头发和络腮胡子从近处看，比我原来的感觉更黑，也更多。他的脸，下半部是方方的，那一点点的痕迹说明他的下巴上也长着粗壮的黑胡子，但他每天都刮得很干净，这不禁使我想起大约半年以前到我们这一带来巡回展览的蜡像。此外，他还有一双整整齐齐的眉毛，有一个也白、也黑、也棕的滋润的脸膛儿——让他那脸膛儿见鬼去吧，我一想到他，就想让他也见鬼去吧——他的相貌使我感到我虽然对他没有好感，却不能不说他是个很漂亮的人。我敢肯定我那可怜的亲爱的母亲也认为他是个很漂亮的人。

我们来到海滨一家旅馆，有两位先生在抽雪茄，屋里没有别人。他们每人至少把四把椅子放在一起，躺在上面，盖着一件粗呢子外衣。角落里有一堆大衣和船上用的斗篷，还有一面旗子，都捆在一起了。

我们进去以后，他们俩一骨碌爬起来，样子有些邋遢，接着就说：“嗨！摩德斯通！我们还以为你死了呢！”

“还没死呢！”摩德斯通先生说道。

“这个小家伙是谁呀？”一位先生一把把我拉过去，问道。

“他叫大卫。”摩德斯通先生说道。

“谁家的大卫呀？”那位先生又问，“琼斯家的？”

“科波菲尔家的。”摩德斯通先生说道。

“什么！就是那个迷人的科波菲尔太太的小累赘吗？”那位先生又问道，“就是那位漂亮的小寡妇吗？”

“昆宁，”摩德斯通先生说道，“你最好小心点儿。有的人很精啊。”

“你说的是谁呀？”那位先生笑着问道。

我赶紧抬起头来，想知道究竟是谁。

“我说的是谢菲尔德的布鲁克斯呀。”摩德斯通先生说道。

起初我还以为是说我呢，一听是说的谢菲尔德的布鲁克斯，我才松了一口气。

谢菲尔德的布鲁克斯先生似乎名声不好，有非常可笑的地方，因为一提到他，那两位先生就捧腹大笑，摩德斯通先生也感到很开心。笑了一阵之后，那个名叫昆宁的先生就说：

“咱们商议的那件事，谢菲尔德的布鲁克斯有什么看法？”

“啊，我认为眼下布鲁克斯对这件事了解得不多，”摩德斯通答道，“不过我相信，一般说来，他是不会赞成的。”

说到这里，他们又笑了一阵，昆宁先生说他想拉铃要点儿雪利酒，好为布鲁克斯干上一杯。他果真要了酒。酒来了以后，他硬是要我也就着饼干喝一点儿，我刚要喝，他却要我站起来说："祝谢菲尔德的布鲁克斯永远糊涂！"我说了以后，他们拍手叫好，笑得前仰后合，弄得我也不禁笑了起来；一见我笑，他们笑得更厉害了。总而言之，我们感到非常痛快。

　　在这以后，我们就到外面去爬爬岩石，在草地上坐一坐，还用望远镜东看西看。让我用望远镜看的时候，我什么也看不清楚，不过我假装能看清楚。随后我们回到旅馆，早早地就把午饭吃了。我们待在外面的时候，那两位先生一直不停地抽烟。我想，就从他们那粗呢子上衣的烟味来判断，自从他们把衣服从裁缝铺拿回家，他们这烟就没停过。我还不能忘了提一下我们到游艇上去过。在游艇上，他们三个人都下到舱里，搞什么文件。天窗是开着的，我往下面看了看，他们还挺忙的。他们在下面的时候，就让我和另外一个人在一起。这人挺和气，满头的红头发，戴着一顶发亮的很小的帽子，身穿一件大格子衬衣，也许是背心，胸前是用大写字母写的"云雀"。我以为这是他的姓，因为住在船上，没有临街的大门钉牌牌儿，就写在衣服上了。可是等我称呼他云雀先生的时候，他说那是船的名字。

　　我观察了一整天，觉得摩德斯通先生比那两位先生更严肃，更稳重。他们俩乐呵呵的，也很随便。他们彼此随便开玩笑，但轻易不和他开玩笑。看起来，他比那两个人更聪明，更冷静，那两个人对他的感情也有点儿像我一样。我注意到了，昆宁先生说话的时候，有一两次斜着眼看摩德斯通先生，好像是怕他感到不快。还有一次，巴斯尼治先生（这就是另外那位先生）兴高采烈，昆宁先生就踢了踢他的脚，还偷偷地给他使了个眼色，让他看一看摩德斯通先生，因为这时摩德斯通先生坐在那里，态度严肃，一言不发。那一整天，我就不记得摩德斯通先生笑过，除了在提到谢菲尔德开玩笑的时候，这里还要顺便提一下，那个玩笑也是他开的头。

傍晚，我们回到家里。那是一个非常舒服的夜晚，母亲打发我到屋里去吃茶点，随后就和摩德斯通先生又顺着蔷薇篱笆散起步来。他走了以后，母亲问我这一天都是怎么过的，他们说了些什么，做了些什么。我提到他们说她的那些话，她笑了，还对我说这些人没有礼貌，净胡说；不过我知道，她听了以后，心里美滋滋的。我当时的理解和我现在的理解完全是一样的。我乘机问她认识不认识谢菲尔德的布鲁克斯先生，她说不认识，她猜想那个人一定是做刀子叉子的。

她的容貌，此时此刻又出现在我的面前，和繁华的大街上我想看的任何人的容貌一样清晰，虽然我理应记得这容貌已经变了样，虽然我明知它已化为乌有，可是我怎么能说它已经消失了呢？她那天真少女的姿色，现在又和那天晚上一样向我的面颊散发气息，我怎么能说那姿色已经凋谢，已经不复存在了呢？既然我的记忆像上面说的那样使她死而复生，既然我的记忆比我本人或者说比任何人更忠实于自己感情丰富的青春，至今仍守护着当年它所珍惜的东西，我怎么能说她已经变了呢？

我和母亲说完了话，就上床睡觉去了，她进来看看我，祝我晚安。我现在就如实地把她当时的情况说一说。她兴致勃勃地跪在床前，两手托着下巴，笑着说道：

"大卫，他们当时说什么来着？你再说说。我不相信。"

"'迷人的……'"我说。

我还没说完,母亲就捂住我的嘴,不让我说了。

"他们没有说迷人的,"她笑着说,"大卫,他们不可能说迷人的。现在我知道了,他们没这么说。"

"不,他们是这么说的。'迷人的科波菲尔太太,'"我坚持自己的说法,重了一遍,"他们还说'漂亮的'呢。"

"不,不,他们没有说漂亮的。没说漂亮的。"母亲打断了我的话,又把手指放在了我嘴上。

"是的,他们是这么说的。'漂亮的小寡妇。'"

"这些糊涂虫,不要脸的家伙!"母亲大声说道,一面捂着脸,一面笑,"这些男人真可笑! 是不是? 大卫,我的乖孩子……"

"什么事儿,妈?"

"别告诉裴果提;她会生他们的气的。我自己就对他们气得不得了,不过我觉得还是不要告诉裴果提好。"

我当然答应不说。我和母亲彼此亲了又亲,过了一会儿我就进入梦乡了。

下面我要提到裴果提提出的一个激动人心的充满冒险精神的建议,由于隔的时间久了,我觉得她似乎是紧接着在第二天提出的,其实那是大约两个月以后的事。

有一天晚上,我母亲照例到外面去了。我和裴果提和往常一样坐在那里,和我们做伴的有袜子,皮尺,那块蜡烛头,那个盖儿上画有圣保罗教堂的针线盒,还有那本鳄鱼的故事。裴果提一遍一遍地看我,把嘴张开,好像要说话的样子,可是又不说,当时我以为她不过是在打哈欠,否则我就会吓一跳的。后来她以怂恿的语气说道:

"大卫少爷,跟我去亚茅斯我哥哥家待上两个礼拜,你觉得怎么样? 美不美?"

"你哥哥这个人,脾气好吗,裴果提?"我脱口而出,问了这么一个问题。

"噢,他的脾气可好啦!"裴果提两手一扬,大声说道,"另外,那里有大海,有小船、大船,有打鱼的,有海滩,还可以和阿姆玩儿……"

裴果提指的是她的侄子哈姆,我们在第一章里已经提到过他了。但是裴果提把哈姆说成阿姆,这就成了英语语法里的一个小词儿了。

我一听这么好玩儿,兴奋得脸都红了,我说这可真是太美了,不过我母亲会怎么说呢?

"哎哟,我敢拿一个几尼和你打赌,"裴果提面对面地对我说,"她一定会让我们去。你要是同意,等她一回来,我就去问她。就这么定了。"

"可是我们走了以后,她怎么办呢?"我一边说着,一边把两只小胳膊肘子放到桌子上,和她争论,"她不能一个人过日子呀!"

如果说裴果提忽然想在袜子后跟上找出一个洞,即或能找到,也是一个很小的洞,是不值得补的。

"你听我说呀,裴果提! 她不能一个人过日子呀,这你是知道的。"

"噢,上帝保佑你!"裴果提终于一边看着我一边说,"难道你不知道吗? 她打算到葛雷波太太家里住上两个星期。葛雷波太太家要来好多客人呢。"

噢! 要是这样的话,我是非常想去的。我心急火燎地等我母亲回来,她到葛雷波太太家去了,就是上面提到的那位邻居。她一回来,我就问她让不让我们去实现这个好主意。我母亲并没有像我预料的那样大吃一惊,痛痛快快地同意了。当晚就都安排妥当,我在那里的食宿,由我们付钱。

去的日子很快就到了。连我都觉得这日子来得太快了,虽然我急着想去,而且还有点儿担心,怕万一发生地震、火山爆发,或自然界其他巨大变化,那样一来,就去不成了。我们必须坐大车去,第二天上午吃过早饭就出发。头一天晚上,要是允许我戴好帽子,穿好靴子,和衣而睡,让我出多少钱都行。

虽然我现在以轻松的语气来谈这件事,但是我当时那么急着离开我那幸福的家,却怎么也没想到这一下子就永远离开了它,回想起来还是非常伤心的。

然而当时大车停在门口,母亲站在那里吻我,对她,对我从未离开过的这个老地方,我是又感激,又留恋,禁不住哭了起来。现在回想起来,心里还是感到高兴的。我知道当时母亲也哭了,我还觉得出她的心贴着我的心,一起跳动,这也使我感到高兴。

大车启动以后,母亲又跑到大门口,招呼车把式停车,好让她再亲亲我。现在回想起来,心里还是感到高兴的。她朝着我仰起头,又亲了我一阵,至今回忆起来,她那真挚、疼爱的表情仍萦绕在我心间,这也使我感到高兴。

我们走后,留下她一个人站在路上。摩德斯通先生走到她身旁,好像是说她不该那么激动。我回过头来从车篷旁边往后看,心里纳闷,这和他有什么关系。裴果提也在另一边往后看,她回过头来以后,从她的脸色就看得出,她是很不满意的。

我坐在那里看着裴果提,看久了便看出了神,心里盘算:如果我就像童话里说的那个孩子那样,她的任务就是把我丢在外面,我能不能顺着她掉下的扣子找到回家的路呢?

第三章　换　环　境

这拉大车的马,我觉得它是世界上最懒的马了。低着头,慢腾腾地往前走,好像成心让等着取包裹的人多等些时候。我甚至于觉得它有时候因为有这样的想法而笑出了声,但车把式说它只是有点儿咳嗽。

那位车把式和他的马一样,也好低着头。赶车的时候,他昏沉沉地耷拉着脑袋,一只手搭在一个膝盖上。虽然我说他"赶车",但使我惊讶的是即使没有他,这大车也会到达亚茅斯,因为这马自己就把车拉去了。至于聊天,他根本不知道什么叫聊天,只会吹口哨。

裴果提带了一篮子点心,就放在她的腿上,即便我们坐这辆车上伦敦,这篮子点心也够我们在路上吃一阵的。我们俩足吃,足睡。裴果提把下巴靠在篮子提手上就睡着了,可那篮子她却抓得紧紧的,一刻也不放松。另外,我要不是亲耳听到,也不会相信一个没有自卫能力的女人竟然能发出那么大的鼾声。

我们一路上绕来绕去,为一家酒店卸床架子的时候花的时间又特别长,再加上在别处修车,所以等我们从远处看见亚茅斯的时候,我已经筋疲力尽,但也特别高兴。我抬头朝河对面望去,看见一大片毫无生气的荒地,我想亚茅斯这地方似乎松软而多水,像海绵一样。我不禁感到纳闷,假如地球真像地理书上说的是圆的,为什么地球的一部分会这么平呢。不过我又想到,亚茅斯可能处于两极之中不定哪一极上,所以这么平。

我们朝亚茅斯又走近了一点儿,看见整个地区在天空下面的低处形成一条直线,我向裴果提表示,假如这里有个山丘什么的,就会显得更好看,假如这个镇子离海更远一点儿,陆地就不至于让潮水切割得七零八落,仿佛烤面包干儿泡在水里一样,那就会显得更美了。裴果提却比平时加重了语气说,咱们看见的东西,是什么样儿,就是什么样儿,不能挑剔。她还说她就管自己叫亚茅斯熏鱼,觉得满不错的。

我们来到镇上,我觉得那街道很陌生。我闻见了鱼的气味,沥青的气味,碎麻的气味,焦油的气味,看见水手们走来走去,大车丁零当郎地在石头路上来来去去,这时我意识到我刚才对这个繁忙的地方所说的那番话太不公平了。我把这个想法告诉了裴果提,她听我说感到愉快,非常得意。她还对我说,尽人皆知(我想这是指那些有幸生来就是亚茅斯熏鱼的人),亚茅斯总的说来是宇宙间最好的地方。

“俺家的阿姆在这儿哪!”裴果提高声说道,“长大了,都认不出来了!”

哈姆真是在酒店门口等我们呢。一见面,他就问我感觉怎么样,像见了老朋友似的。起初我觉得我对他不如他对我更了解,因为自从那天晚上我出生以后,他就没有再上我们家来过,所以在这方面自然是他占上风。可是后来他把我背起来,要一直把我背回家去,我们就非常亲热了。他身材魁梧,六英尺的个子,圆圆的肩膀,但他面带稚气,还一个劲儿地傻笑，又长着一头浅色的鬈发，看上去非常腼腆的样子。他身穿一件帆布上衣，一条帆布裤子，这裤子即使没穿在身上，也能直挺挺地立在那里。另外，严格说来，你就没法说他戴着一顶帽子，也就是顶着个什么东西，好像一所旧房子，房顶上盖着些黑东西。

哈姆背着我，胳膊底下夹着我们的一个小箱子，裴果提提着我们的另一个小箱子。我们穿过了到处是碎木片和沙堆的巷子，经过煤气厂，绳索厂，小船厂，大船厂，拆船厂，修船厂，配件厂，铁匠铺，还有许多这一类的地方，随后就来到我从远处看到过的那片毫无生气的荒地。这时候，就听见哈姆说：

"那边就是我们的家，大卫少爷！"

我往四下里张望，顺着这片荒地尽力往远处看，看看海，再看看河，可是我就是看不见房子。在不远的地方，有一条黑色的驳船，也可能是其他类型的船，已经报废了，扣在陆地上，船上有个铁漏斗翘着，当烟囱用，冒着一缕炊烟；除了这个，我是看不出还有什么别的能住的地方了。

"那个像船的玩意儿，"我说，"你不是说它吧？"

"说的就是它，大卫少爷。"哈姆回答说。

住在这里边，这个想法可太有意思了，即使是阿拉丁的宫殿①，或神鹰的蛋②，等等，也不会让我这么着迷，也不如住在这里具有传奇色彩。侧面开了一个门，非常好看，外面加了房顶，另外还有几个小窗户；最迷人的是这是一条真船，它一定在水上航行过千百次，可谁也没想到要在陆地上住在里面。

① 即《天方夜谭》里阿拉丁和神灯的故事中神造的宫殿。
② 即《天方夜谭》里辛伯达航海旅行的故事中貌似建筑物的神鹰蛋。

这也正是使我感到有趣的地方。如果它原来就是让人住的，我会嫌它太小，或太不方便，或太孤独；既然本来并没有打算让人住，它倒成了一个很不错的住处了。

里面干净极了，而且也够整齐的。一张桌子，一只荷兰钟，还有一个五屉柜，上面放着一个茶盘，茶盘里画的是一个女人打着阳伞，带着孩子散步，那孩子十分精神，在滚铁环。那茶盘全靠一本《圣经》支撑才没有倒下来，万一倒下来，就会把放在《圣经》周围的许多杯碟、茶壶统统砸碎。墙上挂着一些常见的彩色图画，装着框子，还镶着玻璃，画的都是《圣经》故事。自从我看了这些画以后，我一看见街上的小贩手里的画，就想起裴果提她哥哥屋里的全部情景。最突出的两幅，画的是穿红衣服的亚伯拉罕准备用穿蓝衣服的以撒做祭礼，穿黄衣服的但以理被人投入绿色狮子的洞里。壁炉上面的小台子上放着一幅画，画的是在森德兰建造的斜桁横帆小船"萨拉·简"号，船尾真是用了一小块木头镶上去的。这可真是一件艺术品，它把艺术创作与木匠手艺结合起来，我认为这是世界上最值得收藏的文物之一。房梁上钉着一些挂钩，当时我看不出那是做什么用的。屋里还有几个箱子、柜子和这一类的用具，可以当椅子坐。

这一切，我一进门就都看清楚了——按照我的理论，小孩都是这样——随后裴果提就打开一扇小门，让我看看我的卧室。我从来没见过这样方便、这样让人喜欢的卧室。它在船尾，有一个小窗户，就是原来放舵的地方。有一面小镜子，周围镶着牡蛎壳，钉在墙上，高矮对我正合适。一张小床放在那里，不大不小，正好搁下。桌子上有个蓝缸子，里面放着一束海草。墙上刷过白浆，像牛奶一样白。那用五颜六色的花布

拼成的床罩异常鲜艳,刺得我眼睛痛。在这所有趣的房子里,特别使我注意到的就是那股子腥味儿,它无孔不入,我从口袋里掏出手绢擦鼻子的时候,闻见手绢有一股味儿,就好像刚用它包过龙虾一样。我把这件事悄悄地告诉了裴果提,她对我说她哥哥就卖龙虾、螃蟹和蝲蛄。后来我才知道,这些小东西经常堆在外面一间放锅碗瓢盆的小木头房子里,它们互相紧紧地挤在一起,一旦咬住什么,就死也不放。

在欢迎我们的人们中间有一个女人,她系着一条白围裙,特别客气。哈姆背着我往家走,离家还有半里多路的时候,我就看见她在门口屈膝行礼了。欢迎我们的还有一个非常漂亮的小女孩(也许是我觉得她非常漂亮),她戴着一串蓝珠子项链,我想亲亲她,可她不让亲,跑到一个地方,藏起来了。随后我们大吃了一顿,有熬比目鱼,有软黄油,有土豆,还专门给了我一份排骨。过了一会儿,一位面容非常和蔼、身上长着许多毛的男人回来了。他管裴果提叫"姑娘",还在她脸上热情地亲了一下,发出了很大的响声,再看看裴果提的反应也合乎寻常的尺度,我就断定进来的这个人是裴果提的哥哥,他果真就是她的哥哥,因为紧接着给我们做介绍的就说这是裴果提先生,是这里的一家之主。

"见到你,很高兴啊,少爷,"裴果提先生说,"你看我们都是些粗人,不过我们都是热心人。"

我对他道了谢,还说在这样一个有趣的地方,我一定会过得很愉快。

"你妈好吗,少爷?"裴果提先生问道,"你走的时候,她高兴吗?"

我对裴果提先生说,我觉得她还是挺高兴的,她还让我替她问好哩——这句客气话是我瞎编的。

"我打心眼儿里谢谢她，"裴果提先生说道，"我说啊，少爷，这儿有她，"说到这里，他朝妹妹点了点头，"有哈姆，还有小艾米丽陪着你，你要是能在这里住上两个礼拜，那可是我们全家的光荣啊。"

裴果提先生代表全家用这番殷勤好客的话欢迎我，随后就提着一壶热水出去了，他要去洗洗，还说"凉水洗不下他身上的泥来"。过了一会儿，他又走进屋来，比刚才好看多了，但他满脸通红，这就使我不禁产生了这样一个想法：他的脸与龙虾、螃蟹、蝲蛄有共同之处——未用热水烫时，很黑很黑；一用热水烫后，很红很红。

喝了茶以后，把门关好，屋里暖烘烘的（夜晚到了这时候，外面很冷，而且有雾），我觉得人们凭借自己的想象力能够想象得出的最美好的去处也莫过于这个地方了。听一听海面上刮起了大风，想一想浓雾悄悄地爬过外面那平平的荒地，看一看那炉火，再想一想这一带除了这所房子就没有别的房子，而这所房子又是一条船，这一切实在迷人。小艾米丽也不再觉得难为情了，和我并排坐在一个最矮最小的柜子上，这柜子正好放在烟筒旁边的旮旯儿里，柜子的大小，我们俩坐着正合适。裴果提太太系着白围裙，坐在壁炉对面，正在织什么东西。裴果提在做针线活儿，她使用那画着圣保罗教堂的针线盒和那块蜡烛头儿非常顺手，就像没有把这些东西带到别人家里来用一样。哈姆刚给我上了第一课，教我怎样打四全牌，这会儿又在回忆怎样用这副脏牌来算命了，每翻一张牌，就把拇指的指纹留在牌上，也把牌弄腥气了。裴果提先生在叼着烟斗抽烟。我觉得这时候可以说点儿知心话了。

"裴果提先生。"我说。

"啊,少爷。"他说。

"是不是因为你也住在船里,和挪亚方舟差不多,所以你也给儿子起名叫哈姆?"

裴果提先生似乎觉得这个想法有些深奥,不过他还是回答了我的问题,他说:

"不是的,少爷。我没给他起过名字。"

"那么他的名字是谁起的呢?"我又向裴果提先生提了这个问题。这是《教义问答》里的第二个问题。

"嗨,少爷,是他父亲给他起的。"裴果提先生说。

"我还以为你就是他父亲哩!"

"我那可怜的兄弟乔才是他父亲哪。"

"是不是死啦,裴果提先生?"我出于礼貌,停了一会儿,才这样以试探的口气问道。

"淹死了。"裴果提先生说道。

裴果提先生不是哈姆的父亲,使我感到非常惊讶。我开始怀疑自己有没有把他和其他人的关系弄错。我很想弄清楚这一点,于是就拿定主意直截了当地问问裴果提先生。

"小艾米丽,"我一边说着,一边扫了她一眼,"她可是你的女儿吧,裴果提先生。"

"不是,少爷。她父亲是我那可怜的妹夫汤姆。"

我不由自主地又问下去,"是不是也死了,裴果提先生?"我又出于礼貌,停了一会儿,以试探的口气问道。

"淹死了。"裴果提先生说。

这个话题再谈下去,我觉得有些困难,可还没有问出个究竟,总得问出个究竟吧。于是我就说:

"你什么孩子也没有吗,裴果提先生?"

"没有啊,少爷,"他笑了笑说,"我是个光棍儿呀。"

"光棍儿!"我惊讶地说道,"那位是谁呢? 裴果提先生?"我一面说着,一面指了指那个系着白围裙在织什么东西的人。

"那位是古米治太太。"裴果提先生说。

"怎么是古米治,裴果提先生?"

说到这里,裴果提——我指的是专门照顾我的那个裴果提——一个劲儿地朝我做手势,让我不要再问了。我就只好坐在那里,看着大家,谁也不说话,后来就都睡觉去了。我回到自己那间小屋里以后,裴果提悄悄地告诉我,哈姆和艾米丽是裴果提先生的侄子和外甥女,他们都是孤儿,他们很小的时候,生活没有着落,裴果提先生就收养了他们。古米治太太是个寡妇,她丈夫和裴果提先生合伙经营过一条船,死的时候也很穷。裴果提说她哥哥自己也是个穷苦人,但是他这个人像金子一样好,像钢一样诚实——这都是裴果提打的比方。她还告诉我,只有在有人谈到他这种慷慨举动的时候,他才发火,才赌咒;他们之中谁要是提到他的好处,他就用右手使劲拍桌子(有一次把桌子都拍劈了),还说以后谁要是再提,他就溜之大吉,再也不回来,他还狠狠地赌咒说,要不就"天打五雷轰"。后来我问了问,结果谁也说不出这句叫人害怕的话是怎么来的,不过他们都认为这是最厉害的诅咒的话了。

我深深感到接待我的这个人是多么好的一个人。我听见女人们到船的另一头和我一样的小床上睡觉去了,听见裴果提先生和哈姆在我注意到的房梁上的钩子上挂起两张吊床,准备在那里睡觉。我是心满意足了,而且越困越觉得满足。我不知不觉渐渐入睡了,这时我听见海面上狂风怒吼,这风贴着荒地猛吹过来,使我昏昏沉沉地害起怕来,害怕大海会在夜里涨水。不过我又想到,我终究是住在一条船上呀,真要出什么事儿的话,船上有裴果提先生这样一个人还是不错的。

然而除了晨光袭来,什么事儿也没发生。几乎可以说太阳刚一照在我那面镜子的牡蛎壳框子上,我就起床,和小艾米丽一起出去,到海边捡石子去了。

"我想,你对出海一定很在行吧?"我对艾米丽说道。其实我并没有这样的想法,不过我觉得为了对她表示尊重,总得说点什么。当时在离我们不远的地方有一条船,那鲜艳的帆在她那明亮的眼睛里照出了一个小影子,非常好看,我就灵机一动,说了这样一句话。

"不,"艾米丽摇着头说道,"我怕海。"

"怕!"我说,同时显出一副与之相称的大胆的样子,还挺神气地看了看那威力无比的大海,"我就不怕!"

"噢,不过大海可坏啦,"艾米丽说,"我看见过大海对我们一些亲人有多坏。我看见过大海把一条船撕成碎片,那船有咱们的房子那么大哩。"

"我希望这不是那条……"

"那条淹死我父亲的船?"艾米丽说道,"不,不是那条。我没见过那条船。"

"也没见过他吧?"我问道。

小艾米丽摇了摇头,"不记得见过。"

这可真是巧合!我马上就向艾米丽说了我的情况,我告诉她我也从来没有见过自己的父亲;我告诉她我和母亲在一起生活,要多幸福有多幸福,当时就是那样生活的,而且希望永远那样生活下去;我还告诉她我父亲就埋在我们家附近的墓地里,旁边有一棵树遮着太阳,我常在清早到树下散步,听鸟儿叫,可有意思啦。不过实际上艾米丽失去父母的情况和我有些不同。她是先失去母亲,后失去父亲的。至于她父亲葬在什么地方,谁也说不出,只知道是在大海底下很深很深的一个地方。

"还有一点儿不同,"艾米丽一面到处找贝壳和石子,一面说,"你父亲是位先生,你母亲是位阔太太,我父亲是打鱼的,我母亲是渔家的女儿,我舅舅丹尼尔也是打鱼的。"

"丹尼尔就是裴果提先生吧,是不是?"我说。

"是啊,我舅舅丹尼尔——他就在那儿。"艾米丽说着朝她住的那条船点了点头。

"是呀,我就是说他。我想他一定是个大好人,是不是?"

"好人?"艾米丽说,"我要是有一天当了阔太太,我就给他一件天蓝色的上衣,上面钉着钻石扣子,给他一条本色布裤子,一个红天鹅绒背心,一顶两头尖的帽子,一只大金表,一只银烟斗,还有一箱子钱。"

我说,把这些好东西送给裴果提先生,他是受之无愧的。不过我还得坦白承认,当时难以想象,如果裴果提先生穿起他这位好心的小外甥女给他准备的这一身装束,他是不是会感到很舒服,我特别怀疑送他一顶两头尖的帽子是不是明智。我当时虽然有这些想法,但没有说出来。

小艾米丽早已停下脚步,她是仰头望着青天罗列那些物品的,仿佛那些物品构成了一幅美丽的图画。

我们又继续往前走,一边走,一边拾贝壳,捡石子。

"你想当阔太太吗?"我问。

艾米丽看了看我,笑了笑,又点了点头,表示"是的"。

"我就想当阔太太。到那时候,我,舅舅,哈姆,古米治太太——我们都成了上等人。要是来了狂风暴雨,我们就不在乎了——我是说不必为自己人担心了。当然我们还要为那些穷苦的打鱼人担心,要是他们有了灾难,我们要捐钱帮助他们。"

我觉得这幅图画非常令人满意,因此绝不是不能实现的。我说我琢磨了一下,感到很高兴。小艾米丽一听这话,胆子也大了起来,不好意思地问道:

"现在你还说你不怕海吗?"

当时海面一片平静,我没有什么好害怕的,不过我相信我要是看见一个比较大的浪扑过来,就会想起艾米丽的亲人淹死的可怕情景,撒腿就跑。虽然我这么想,我还是说"不怕",我还接着说,"你说你怕,其实你好像也不怕嘛",因为这时候我们走上了一个旧码头,也许是个木头堤道,她走得太靠边儿了,我怕她掉下去。

"这个我不怕,"小艾米丽说道,"可是一刮风我就睡不着觉,一想到丹尼尔舅舅和哈姆,好像听见他们喊救命,我就打哆嗦。这就是我为什么很想当阔太太。但是这个我不怕。一点也不怕。你看!"

说着,她就从我身边跑开了。在我们站的地方有一块烂木头伸出去,高高地悬在海面上,下面是很深的大海,那木头上什么安全设备也没有,而她就顺着这块木头往前跑。这件事在我脑子里留下了深刻的印象,我要是会画画儿,我敢说现在还能把当时的情况准确地画出来。当时小艾米丽连蹦带跳地去送命(我那时候就是这么想的),面对着大海,望着远处,那表情我至今没有忘记。

那个轻快、大胆、跳动的小人儿一转身，又平平安安地跑回我的身边。我接着就大笑起来，笑我自己为什么害怕，为什么大声呼喊——无论如何呼喊是没有用的，因为附近一个人也没有。不过等我长大了以后，我曾不止一次地想过：不易觉察的事物有各种可能性，这孩子之所以做出那样轻率的举动，那样深情地望着远方，可不可能有一股吸引力，从善意出发，引导她走向危险，有一股诱惑力，经她已故的父亲允许，诱使她向他走去，以至于她的生命可能就在那一天结束。有一段时间，我自己在心里盘算，假如她后来的生活当时能透露一下，让我看上一眼，而且透露得能让一个孩子充分理解，假如她能不能活下去就取决于我伸不伸手，我该不该伸出手去救她呢？有一段时间——我不能说这段时间很长，但的确有过这么一段时间——我曾问自己这样一个问题：那天早上假如我亲眼看着海水没过小艾米丽的头顶，是不是更好一些？我的答案是：是的。

　　现在说这些话可能还不是时候，写在这里也许为时过早。不过既然写了，就摆在这里吧。

　　那天早上，我们走了很远，我们认为新鲜好玩儿的东西捡了很多，看见趴在沙滩上的海星，就小心翼翼地把它们放回水里——直到现在我对这东西也了解不多，不能肯定它们会因我们的举动而感激我们呢，还是正好相反。随后我们就往回走，朝着裴果提先生住的地方走去。走到放龙虾的小库房旁边，我们停下脚步，互相天真地亲了亲，就高高兴兴精精神神地进屋吃早饭了。

　　"活像一对小白眼圈儿。"裴果提先生说。他说的是土话，但我明白，他的意思是，活像一对小画眉。我一听，他这是在夸我们呢。

我当然是爱上了小艾米丽。我对这个孩子的爱肯定和长大以后最美好的爱同样真诚，同样温柔，甚至比它更纯洁，更无私心，虽然那种爱也是强烈的，而且使人心灵高尚。我的幻想肯定在这个蓝眼睛的小丫头身上产生了什么东西，这东西使她渐渐进入仙境，把她变成了一个天使。如果哪一个阳光明媚的早上，我亲眼看着她展开一对小小的翅膀飞走，我想我也不会认为这大大超出了我的预料。

我和艾米丽经常在亚茅斯这片朦胧而古老的荒滩上跑来跑去，亲亲热热地一玩儿就是几个钟头。日子和我们一起游玩嬉戏，仿佛"时光"也是一个孩子，还没有长大，老是贪玩儿。我对艾米丽说我喜欢她，她要是不说她也喜欢我，我就只好去找把刀，把自己杀了。她说她喜欢我，我觉得她说的是实话。

至于是不是觉得不般配，是不是觉得太年轻，有没有其他类似的障碍，我和小艾米丽没有为这些事而操心，因为我们不考虑将来。我们不可能越长越小，也就没为越长越大做准备。古米治太太和裴果提对我们赞叹不已，晚上我们俩亲热地并排坐在我们的小箱子上，她们时常悄悄地说，"天哪！多美呀！"裴果提先生抽着烟斗对我们微笑。哈姆什么也不干，整晚上咧着嘴傻笑。他们对我们感兴趣，不过我觉得也就和他们对一件好看的玩具和一个罗马大斗兽场的袖珍模型感兴趣一样。

没住多久，我就发现古米治太太有时很别扭。在她住在裴果提先生家里这种情况下，大家都不希望她这个样子。古米治太太性情比较烦躁，住在这么一个小地方，有时她说起话来好像要哭的样子,别人实在受不了。我很同情她,有时候我觉得古米治太太要是单独有间屋子,她就可以回到自己屋里待一会儿,等有了精神再出来,这样更好一些。

裴果提先生偶尔到一家酒店去坐坐,这酒店名叫顺兴楼。这件事我早就发现了,因为我们来的第二天还是第三天晚上他就去了,而且古米治太太在八九点钟的时候抬头看看那只荷兰钟,说他到酒店去了,还说她一清早就知道他会到酒店去的。

古米治太太一整天都情绪不好。上午炉子冒烟,她就大哭了一场。借着这件不愉快的事儿,她还念叨,"我这个孤苦伶仃的老婆子呀!什么事儿都和我作对呀!"

"没事儿,过一会儿就好了,"裴果提说——这说话的还是我们那个裴果提——"另外,你也知道,我们也不比你少受罪。"

"我受的罪更大。"古米治太太说。

那一天,天很冷,阵阵寒风刺骨。壁炉旁边古米治太太一小块专用的地方,在我看来是全屋最温暖、最惬意的地方,她的椅子也肯定是最舒适的,但是那一天她还是一点也不满意。她不停地叫冷,还说冻得她脊梁难受,生了"鸡皮疙瘩",她就是这么说的。结果她为这事又哭了起来,边哭边说自己是个孤苦伶仃的老婆子,什么事儿都和她作对。

"这天儿是冷,"裴果提说道,"谁都冻得慌。"

"我比谁都冻得厉害。"古米治太太说道。

吃晚饭的时候,也是那样。因为我是贵客,受优待,他们总是先给我盛饭,接着就给她盛。不过那天的鱼个儿又小刺又多,土豆又有点儿烂了。大家都说有点儿感到失望,可古米治太太说她比谁都失望得厉害,而且又哭了起来,还非常痛心地把上面那段话又说了一遍。

因此,到了九点钟左右裴果提先生回来的时候,这个不顺心的古米治太太正坐在自己的角落里织毛活儿,显出一副非常痛苦非常可怜的样子。裴果提一直在做活儿,干得挺起劲;哈姆在补一双大雨靴;我呢,我有小艾米丽坐在身边,正在念书给他们听。古米治太太什么也没有再说,最多不过伤心地叹一口气,自打喝了茶以后,她就连眼皮也没有抬过。

"喂,伙伴们,"裴果提先生说着坐了下来,"你们好哇?"

我们都说了点儿什么,或者用什么表情,来向他表示欢迎,唯有古米治太太一边织着毛活儿,一边摇了摇头。

"怎么啦?"裴果提先生说着拍了一下巴掌,"提起精神来呀,老大姐!"(裴果提先生说的是土话。)

古米治太太似乎还是提不起精神来。她掏出一块旧的黑绸子手绢,擦了擦眼泪,但没有把手绢放回口袋儿,而是放在手边了,她又擦了擦眼泪,又把手绢放在手边,准备随时再用。

"怎么啦,嫂子?"裴果提先生问道。

"没什么,"古米治太太答道,"你又上顺兴楼去了吧,丹尼尔?"

"是啊,我今天晚上是到顺兴楼坐了一会儿。"裴果提先生说道。

"对不起,我把你逼到那里去了。"古米治太太说。

"逼我!用不着谁来逼我呀,"裴果提先生说,他还诚恳地笑了一笑,"是我自己很想去嘛。"

"很想去,"古米治太太说,一面摇了摇头,擦了擦眼泪,"是啊,是啊,很想去。都是因为我,你才很想去的。真对不起。"

"因为你！不是因为你！"裴果提先生说，"你可千万别这么想啊。"

"不，不，是因为我，"古米治太太大声说道，"我知道自己是个什么样的人。我知道自己是个孤苦伶仃的老婆子，不但什么事儿都和我作对，我和谁也都格格不入。就是这样，别人受得了的，我受不了，而且表现得特别明显。我就是这么倒霉。"

我坐在那里看着眼前发生的一切，非常自然地产生了这样一个想法：倒霉的不光是古米治太太，还有家里的其他一些人。但是裴果提先生并没有用这样的话来顶她，却再一次恳求她提起精神来。

"我也希望自己是另外一副样子，可是我做不到，"古米治太太说道，"差远了。我知道自己是怎么样一个人。我的烦心事儿使我感到事事和我作对。我对烦心事儿深有体会，所以感到事事和我作对。我想不把烦心事儿放在心上，可是做不到。我想狠一狠心，不去睬它，可是也行不通。我闹得全家不舒服。这毫不奇怪。我闹得你妹妹一整天都不舒服，还闹得大卫少爷也不舒服。"

听到这里，我忽然心软了，大声说道："不，你没闹得我不舒服，古米治太太。"心里感到极大的痛苦。

"我这样做是很不对的，"古米治太太说，"我不该这样报答你们。我还是上救济院去死了好。我这个孤苦伶仃的老婆子最好别在这里和人家作对了。要是有些事情一定要和我作对，我又不得不对付它们，那就让我到自己的教区去对付它们吧。丹尼尔，我还是上救济院去吧，死了大家清净！"

古米治太太说完就走了，睡觉去了。裴果提先生一直对她极为同情，从来没有流露出什么别的情绪。她走了以后，裴果提先生看了看我们大家，脸上依然带着无限同情的表情，一边点头，一边悄悄地说：

"她还惦记着她那一口子呢！"

我不大明白这里说的古米治太太惦记着的那一口子是什么意思。后来裴果提打发我去睡觉的时候，告诉我那指的就是已经去世的古米治先生，她还说每逢这种场合，她哥哥就搬出这句话来，而且以为大家也都这么看，自己也因为这个想法而动感情。那天晚上，他上了吊床之后，过了一会儿我就亲耳听见他对哈姆念叨："真可怜！她还是惦念着她那一口子呢！"一直到我们走，每逢古米治太太出现这种情况（这种情况还真出现过好几次），他总是用这句话来为她开脱，而且总是带着极其温柔同情的样子。

就这样，两个礼拜匆匆过去了。在这段时间里，仅有的一点变化是海潮引起的，海潮变化改变了裴果提先生早出晚归的时间，也改变了哈姆的工作状况。哈姆找不到活儿干的时候，常和我们一块儿出去溜达，带我们去看大船、小船，还带我们去划过一两次船呢。我不知道为什么某些印象能够和某个地方有较深的联系，而另外的印象则不然，不过我相信大部分人都是这样，涉及童年的时候尤其如此。我现在只要一听见或看见亚茅斯这个名字，就回想起某一个星期天的上午，在海滩上，教堂的钟声响着，催促人们去做礼拜，小艾米丽靠在我的肩头，哈姆无精打采地向水里扔石头，太阳在海上很远的地方，刚刚透过浓雾显现出来，使我们能够看见几只大船，那样子和它们的影子一样。

回家的日子终于来到了。向裴果提先生和古米治太太告别，我还能够忍受，可是离开小艾米丽却使我的内心感到剧烈的痛苦。我们俩挽着胳膊走到酒店，赶车的就在这里落脚。我在路上答应给她写信。（后来我的确履行了这个诺言，我的字比通常手写的房屋招租广告还要大。）分手的时候，我们难过极了，如果说在我的一生中我的心曾经剜掉过一块，就是那一天剜掉的。

　　在我出来的这段时间里，我又一次对不住自己的家了，我没怎么想到它，或者说根本就没想到它。但是我一踏上回程，我那幼小的心灵就责怪起我来，而且仿佛用手指坚定地指着回家的方向。我因为心情不好，特别觉得我的家就是我的窝儿，只有母亲最关心我，能给我安慰。

　　我们越走，我这种感觉就越强烈。所以，我们离家越来越近，路旁的景物越来越熟悉，我也就越来越急于回到家里，朝母亲怀里扑去。但是裴果提不但不像我这么激动，而且还想抑制我这种感情，不过她们是很诚恳的样子。她看上去惶惑不安，情绪也不好。

　　不管裴果提怎么样，只要车把式的马肯拉，总能回到布伦德斯通的栖鸦楼的，而且果真回来了。当时的情景我还记得清清楚楚的哩！那天下午很冷，天阴沉沉的，像是要下雨的样子。

　　门开了，我又高兴又着急，又想笑又想哭，希望看到我的母亲。但我看到的不是她，而是一个新来的仆人。

　　"怎么啦，裴果提，"我抱怨道，"我妈还没回来吗？"

　　"不是，不是，大卫少爷，"裴果提说道，"她回来了。等一下，大卫少爷，我要……我要告诉你一件事。"

裴果提又着急,下车的时候又是天生地那么不灵便,看上去活像一个大彩球。不过我当时没有心思,而且觉得情况有些异常,所以没有告诉她。她下车以后就拉住我的手,领我进了厨房,还把门关上,弄得我莫名其妙。

"裴果提!"我惊慌地问道,"出了什么事?"

"没出什么事,愿上帝保佑你,大卫少爷,乖孩子!"她回答道,尽量装作很轻松的样子。

"一定是出了什么事。我妈在哪儿?"

"你妈在哪儿,大卫少爷?"裴果提顺着我的话说。

"是啊。她怎么不到大门口去接我?我们上这儿来干什么?噢,裴果提!"我两眼含着泪,觉得好像就要摔倒了。

"上帝保佑这宝贝孩子呀!"裴果提叫道,同时一把抓住了我,"你怎么啦?你说话呀,我的宝贝儿!"

"可别是她也死了呀!噢,她没有死吧,裴果提?"

裴果提喊了一声"没有",嗓门儿大得叫人吃惊,随后她就坐下,呼哧呼哧地喘起气来,还说我吓了她一大跳。

我搂了搂她,给她压惊,或者说使她得以复原,然后我就站在她面前,以急切询问的眼光看着她。

"你听着,宝贝儿!我本来应该早点儿告诉你,"裴果提说,"可是一直没有机会。也许我该早说,可是我又不能万全下决心。"——在裴果提的词汇表里,总是以"万全"代替"完全"。

"说下去,裴果提。"我说,这时候我比刚才更害怕了。

"大卫少爷,"裴果提说着,哆哆嗦嗦地解下了帽子,又上气不接下气地说,"你有爸爸了。你觉得怎么样?"

我打了个冷战,吓得脸色煞白。我现在也说不清是怎么回事儿了,反正好像有一股阴风吹来,使我联想到墓地里那座坟,联想到死人复活的事。

"是个新爸爸。"裴果提说。

"是个新爸爸?"我跟着她重说了一遍。

裴果提大喘了一口气,仿佛咽下了一个很硬的东西,然后她伸出手来,说道:

"去见见他吧。"

"我不见他。"

"还要见你妈呢。"裴果提说道。

一听这话,我就没有再退缩,我们马上来到那间最好的客厅,她把我撂在那里就走了。壁炉这边坐着我母亲,那边坐着摩德斯通先生。母亲放下手里的活计,连忙站起来,但我觉得她有些胆怯。

"我说,克拉拉,我的爱妻,"摩德斯通先生说道,"要稳重!要克制自己,随时克制自己! ……大卫,你好哇,孩子?"

我过去和他握了握手。我紧张了一刹那,接着就过去吻我的母亲。她也亲了亲我,还轻轻地拍了拍我的肩膀,然后就又坐下,做起活计来。我不想看她,也不想看他——我完全知道这位先生在盯着我们母子二人——于是我就走到窗口,往外看,只见几丛矮树在寒风中低头晃动。

后来一有机会溜,我就溜到楼上去了。我原来那间心爱的卧室被调换了,现在我得睡到老远的地方去了。我又溜达着来到楼下,想看看还有什么东西没有变样,因为好像一切都变了。我进了后院儿,不过很快又退了回来,因为那狗窝原是空的,现在却有一条大狗在里面——它声音低沉,长着黑毛,和他一样——这狗一见我就火儿啦,跳出来,想咬我。

第四章　我丢脸了

　　我的床搬进了这间屋子，现在也不知是谁睡在里面了。如果它有知觉，能提供证据的话，今天我就可以求它为我作证，证明我那天进去的时候，心情多么沉重。我上楼的时候还听见院子里的狗一直冲着我叫；我到了楼上，看着这间屋子，感到又茫然，又生疏，屋子看着我，也有同感。随后我就把两只小手一交叉，坐在那里考虑起来。

　　我考虑的东西都很怪——我考虑了这间屋子的形状，考虑了天花板上的裂缝，考虑了墙上糊的壁纸，考虑了窗玻璃的裂纹，因为它使窗外的景色不是带上了波纹，就是带上了圈圈，我还考虑了那三条腿的脸盆架要散的样子，它似乎还有一种不满的情绪，使我联想到古米治太太怀念老伴的情景。我一直在哭，但我肯定没有想我为什么要哭，只觉得身上发冷，情绪也不好。最后，在悲痛之中，我忽然想起来了，我和小艾米丽多么相爱，是他们硬让我离开她，来到这个地方，而这里谁也远没有她那么需要我，关心我。这就使我感到这件事实在叫人难过，因此我就把床罩的一角裹在身上，哭着哭着睡着了。

　　有人说了声"他在这儿哪"，把我弄醒了，还把床罩从我那热乎乎的脸上撩开了。原来是我母亲和裴果提找我来了，刚才说话的和撩开床罩的,就是她们之中的一位。

"大卫,"母亲说,"怎么啦?"

她这样问我,我感到很奇怪,我就说:"没什么。"我记得,当时我一转身,脸朝下,就把我那颤抖的嘴唇遮盖起来了,其实这颤抖的嘴唇才是一个比较合乎实际的回答。

"大卫,"母亲说道,"大卫,我的孩子!"

她把我称作她的孩子,我敢说当时这比说什么都更能打动我的心。我的眼泪流在被单上,谁也看不见,同时我用手把母亲推开,否则她就该把我抱起来了。

"这准是你干的,裴果提,你这个狠心的东西。"母亲说,"肯定是这么回事儿。你挑拨我的亲生孩子和我作对,和我的亲人作对,我真纳闷你在良心上怎么过得去。裴果提,你这样做,是何居心?"

那可怜的裴果提抬了抬手,抬了抬头,只做了简短的回答。她用了我在饭后常说的一句祷词,她是这么说的:"愿上帝饶恕你,科波菲尔太太。你刚才说了这样的话,希望你永远不后悔!"

"这是逼我发疯啊,"母亲大声说道,"而且还是在我蜜月期间,人家也许会以为,在这样的时候,就连最嫉恨我的人也会发发慈悲,看我快快活活地过两天安生日子,也不至于嫉妒啊。大卫,你这个捣蛋鬼!裴果提,你这个害人精!哎呀!我的天哪!"母亲先冲着我,又冲着她,就这样像个孩子似的由着性子吵闹起来,"这是什么世道啊!人家就想和美美地过日子,怎么连这点儿权利也没有啊!"

这时候,我觉得有一只手搭在我身上,我知道这不是母亲的手,也不是裴果提的手,于是我就往下一出溜,站在了床边。

那是摩德斯通先生的手,他一边抓着我的胳膊,一边说:

"怎么回事儿?克拉拉,亲爱的,难道你忘了吗?要坚定,亲爱的。"

"我很抱歉,爱德华,"母亲说,"我是很想照办的,不过我太难受了。"

"原来是这样!"他答道,"这可不好,这么快就说这样的话,克拉拉。"

"现在把我弄成这个样子,我觉得实在是很糟糕,"母亲噘着嘴说道,"实在是……很糟糕……是不是?"

他把我母亲拉到身边,悄悄地在她耳边说了点什么,又亲了亲她。我当时就知道,既然我看见母亲把头靠在他的肩头,胳膊搂着他的脖子——我就知道他想把母亲那顺从的天性改成什么样子就可以改成什么样子。现在看来,他还真是做到了。

"下去吧,亲爱的,"摩德斯通先生说道,"过一会儿,我和大卫一块儿下去。"他看着我母亲走出去,并且点头一笑,就这样把她打发走了。然后他转身以阴沉的脸色对着裴果提说:"我的朋友,你可知道你家太太怎样称呼?"

"先生,我伺候太太很久了,"裴果提答道,"当然知道。"

"对呀,"他说,"不过刚才我上楼的时候,似乎听见你并没有用她的名字称呼她。你要知道,她现在可是姓我的姓了。这一点,请你记住,好不好?"

裴果提怀着不安的心情瞅了我几眼,没有理他,屈膝行礼,走了出去。我想大概是因为她知道人家让她走,而她也没有理由留下来。这时候,屋里就剩下我和摩德斯通先生两个人了,他把门关上,在一把椅子上坐下,拉着我站在他面前,然后就目不转睛地盯着我的眼睛。我也觉得不由自主,同样目不转睛地盯着他的眼睛。现在回想起我们俩当时那样面对面地对峙的时候,似乎还能听到我的心怦怦乱跳的声音。

"大卫,"他说,接着把嘴紧紧一闭,嘴唇都显得薄了,"如果我有一匹马,或一条狗,非常固执,难以对付,你猜我怎么办?"

"不知道。"

"我揍他。"

我刚才回答的时候,已经是有气无声了,现在我一声不吭,觉得我的气更短了。

"我要让他缩成团儿,我要让他疼。我对自己说:'我非把这家伙制服不可';要是不得不让他把血流光,就让他把血流光好啦。你脸上那是什么?"

"土。"我说。

我知道那是眼泪的痕迹,他也很清楚。可是如果他要问我二十次,每次还打我二十下,我想我会宁可让我那颗幼小的心迸裂,也不会对他说实话。

"别看你人儿不大,心眼儿倒不少,"他说,他那皮笑肉不笑的样子,只有他才做得出来,"看来你对我是非常了解的。把你那个脸洗一洗,少爷,然后跟我下去。"

他指着那个脸盆架,就是我曾比作古米治太太的那个脸盆架,用头向我示意,叫我立刻服从。我当时就没怀疑,现在就更不怀疑了,我要是一迟疑,他就会把我打翻在地,绝不手软。

我按照他的吩咐洗了脸,他就带我来到客厅,一只手还抓着我的胳膊,对我母亲说:"克拉拉,亲爱的,我希望以后就不会再弄得你难受了。我们很快就会把我们这位年轻人的脾气改一改。"

在这个节骨眼上,要是上帝开恩,有谁出来跟我好好地说一说,我就可能真的改一改,一生受用不尽,我就说不定变成了另外一个人。要是有谁说句话,鼓励鼓励我,向我解释解释,对于我那样年幼无知表示一下同情,对我回来表示欢迎,使我相信这还是个家,就可能使我从那以后不是外表上假装服从他,而是真心地服从他,就可能使我不是嫉恨他,而是尊敬他。我想母亲看见我站在客厅里,那样害怕,那样拘束,是感到难过的。过了一会儿,我偷偷地朝一把椅子走去,她两眼跟着我移动,那眼神儿显得更加忧郁了,大概是因为我这个孩子走起路来已经显不出多少天真活泼的样子了。但是当时没有人出来说话,时机也就过去了。

我们三个人一起吃晚饭,没有旁人在场。摩德斯通先生似乎很喜欢我母亲——我恐怕并没有因此而对他产生好感——我母亲也很喜欢他。我从他们的谈话中听出,他有个姐姐,要来和他们同住,当天晚上就要到。我也说不准是那一天了解到的,还是后来了解到的,摩德斯通先生没有直接参与什么活动,但他在伦敦一家卖酒的商店里有股份,也许是每年可以分到一些红利,因为他家自从他曾祖父起就和这家商店有联系,他姐姐也可以从这家商店得到同样的好处。这些情况,无论如何,我可以在这里提一下。

吃过晚饭,我们在壁炉前面坐着。我没有勇气溜,因为怕冒犯那一家之主,所以正在琢磨怎样躲到裴果提那里去。就在这时,一辆马车在大门外停下,摩德斯通先生马上出去迎接这位来客。母亲跟在他后面。我战战兢兢地跟在母亲后面。

母亲走到客厅门口，突然转过身来，在昏暗的暮色中像往常一样把我搂在怀里，小声嘱咐我要爱我这个新爸爸，要听他的话。她显得很慌张，而且怕人看见，好像在做一件不该做的事，但她也很温柔。随后她就把手伸到身后，拉着我的手往外走，来到花园以后，快到他站的地方了，母亲就松开我的手，挽起了他的胳膊。

来的不是别人，正是摩德斯通小姐。这是一个面色阴郁的女人，和她弟弟一样，皮肤黝黑，脸膛和声音也很像她弟弟，她还长着两道浓眉，几乎在她那大鼻子上方连在一起，仿佛因为性别出了差错，她不能长胡子，只好代之以眉毛了。她带来了两只黑箱子，硬邦邦的，一点儿弹性也没有，箱子盖上写着她的姓名的缩写字母，是用很硬的铜钉子组成的。付车钱的时候，她的钱是从一个很硬的钢制钱包里拿出来的。这钱包放在她的手提包里，就像放在监牢里一样牢靠。这手提包有一条大粗链子，挂在她的胳膊上，关上的时候就像咬了一口什么东西。在那以前我可从来没见过像摩德斯通小姐这样的钢铁女人。

大家一面以各种方式向她表示欢迎，一面陪她来到客厅。到了客厅以后，她正式认定我母亲这位新亲戚，而且是一位至亲。随后她就看了看我，说道：

"弟妹，这就是你的孩子吧？"

我母亲说是的。

"总的说来，"摩德斯通小姐说，"我是不喜欢男孩子的。——你好哇，孩子？"

我受到这样的鼓励之后，就回答说我很好，希望她也很好，但我态度冷淡，因此她用了四个字就把我打发了：

"缺乏家教!"

她一字一顿地说完以后,就请求带她到她的房间里去。从那以后,这间屋子对我说来就成了一个阴森可怕的地方。那两只黑箱子也放在这间屋里,但从来没看见箱子是开着的,也从来没听说箱子有不锁的时候。在这间屋子里(她不在的时候我偷看过一两次),还有数不清的钢制的手铐和铆钉,实在叫人害怕,这都是摩德斯通小姐打扮起来的时候需要用的,不用的时候就通通挂在镜子上。

我看那意思,她是要永远住下去,没有走的意思了。第二天早上,她就开始为我母亲"帮忙",一整天,就在那间储藏室里跑出跑进,把原来的布置完全打乱,重新把东西放到该放的地方。我看到的几乎可以说是第一件突出的事,就是摩德斯通小姐老是疑神疑鬼地觉得仆人们藏着一个男人,就藏在这所房子的某个地方。在这种幻觉的影响之下,她往往在最不该去的时候忽然闯到放煤的地下室里去了。她打开一个大黑橱子的时候,常常是砰的一声又把门关上,自以为抓住了那个男人。

虽然摩德斯通小姐并没有腾空飞翔的迹象,但就起床一事而言,她却完全可以与云雀媲美。全家谁还没动,她就起来了(我至今仍然认为,她这样做还是为了找出那个藏着的男人)。裴果提有她自己的看法,她说摩德斯通小姐睡觉的时候甚至睁着一只眼,我对这一看法未敢苟同,因为我在听到这个说法之后亲自试过,结果发现这是不可能的。

摩德斯通小姐在她来的第二天清晨,鸡一叫,就拉铃了。我母亲下来吃早饭,正要沏茶,摩德斯通小姐在她脸上像鸟一样啄了一下,这就算是吻过她了。接着就说:

"我说,克拉拉,亲爱的弟妹,你也知道,我到这儿来,就是为了尽量减轻你的负担。你这么漂亮,这么无忧无虑的,"——我母亲一听这话,脸红了,不过她也笑了,所以看来她对这个人并不反感——"凡是我能管的事儿,就不应该加到你身上了。你要是肯把钥匙交给我,亲爱的,今后这一类的事儿,我就都办了。"

从那以后,摩德斯通小姐就掌管着钥匙,一天到晚放在她那个小监牢里,夜里就放在她的枕头底下,我母亲就和我一样与钥匙无缘了。

我母亲倒也没有眼睁睁着自己的权利从手里溜走而毫无怨言。有一天晚上,摩德斯通小姐向她兄弟提出了一些理家的计划,她兄弟表示同意,这时候,我母亲突然哭了起来,她说她原来还以为会征求她的意见呢。

"克拉拉!"摩德斯通先生厉声说道,"克拉拉!你真让我吃惊。"

"嗽,爱德华,你说什么让你吃惊呀,"母亲说,"还说什么要坚定呀,你说得倒好,可是这事儿要是搁在你身上,你也不干。"

坚定,我可以说,是摩德斯通先生和他姐姐借以立足的高尚品质。不过我当时没有谈我对这个词的理解,因为没有人问过我,但我的确有自己的理解。我看得很清楚,它不过是残暴的代名词,是他们两人都有的那种阴郁、骄横、恶魔般的脾气。我现在可以这样说,它的要义是:摩德斯通先生是坚定的;在他的世界里,谁都不能像他那样坚定;在他的世界里,任何其他人都绝不应该是坚定的,因为人人都必须服从于他的坚定性。摩德斯通小姐则是例外。她可以坚定,但只限于作为亲属,而且在程度上是低一等的,是次要的。我母亲也是例外。她也可以坚定,而且必须坚定,但只限于忍受他们的坚定,同时坚信世上再没有任何其他的坚定。

"真是太难了,"母亲说,"就在我自己家里……"

"我自己家里?"摩德斯通先生重复了一遍,"克拉拉!"

"我的意思是说我们自己家里,"母亲慌里慌张地说,她显然是吓了一跳——"我希望你一定明白我的意思,爱德华——真是太难了,就在你自己家里,我对家里的事却不能过问。我敢说,我们结婚以前,我管家还是管得不错的。这是有证据的,"母亲说着抽抽搭搭地哭了起来,"你问问裴果提,过去没有人干扰,我管家管得好不好。"

"爱德华,"摩德斯通小姐说,"这件事,到此为止。我明天就走。"

"简·摩德斯通,"她弟弟说,"不要说啦!你怎么能这么说,好像你还不了解我的脾气似的。"

"我绝不是希望谁走,"我那可怜的母亲委屈得没办法,哗哗地流着眼泪说道,"谁要是一定要走,我会非常痛苦,非常难过。我要求不高。我也不是不讲道理。我只希望有时候也听听我的意见。谁帮我的忙,我都感谢,我只希望有时候表面上也能听听我的意见。我记得有一次,因为我有点儿缺乏处世经验,有点儿孩子气,你说你很高兴,爱德华,我肯定你说过这样的话;可是现在你好像反而讨厌我了,你对我那么厉害。"

"爱德华,"摩德斯通小姐又说了一遍,"这件事,到此为止。我明天就走。"

"简·摩德斯通,"摩德斯通先生咆哮起来了,"你不要说了,行不行? 你怎么敢这样?"

摩德斯通小姐像从监牢里提犯人一样把手绢掏出来,举在眼前。

"克拉拉,"摩德斯通先生冲着我母亲继续说道,"你真让我奇怪! 你真让我惊讶! 是的,我的确曾经感到满意,因为我觉得我娶了一个既不是老于世故,又不好使心计的妻子,我可以培养她的性格,给她注入一些她所缺少的坚定性与果断性。但是,现在简·摩德斯通好心好意来帮我完成这项重任,看在我的分上,承担起类似管家的职务,结果却有人对她以怨报德……"

"噢,我求求你,快别说了,爱德华,"我母亲说道,"不要说我忘恩负义。我绝不是那种忘恩负义的人。过去从来没有人这样指责过我。我是有许多缺点,不过那不是我的缺点。噢,快别说了,亲爱的!"

"我告诉你,有人对简·摩德斯通以怨报德,"他等我母亲说完以后继续说道,"这时候,我原来那种感情就受到了挫伤,就发生了变化。"

"别这么说,亲爱的!"母亲非常可怜地恳求他,"噢,别这么说,爱德华! 听你说这样的话,我受不了。不管怎么样,我心肠好。这个,我自己知道,要是没有把握,我也就不这么说了。你问问裴果提,她准保对你说我心肠好。"

"想用脆弱的感情来打动我呀,克拉拉,"摩德斯通先生答道,"来多少都无济于事。你这是白费劲儿。"

"我求求你,咱们还是和好吧,"我母亲说,"要是互相冷眼相看,互相嫉恨,我可活不下去。我很抱歉。我有许多缺点,这我知道,你想用你的坚强意志来克服我的缺点,爱德华,你真好。——简,我什么意见都没有。你要是想到走的话,我会非常难过的……"我母亲因为过于悲痛,说不下去了。

"简·摩德斯通,"摩德斯通对他姐姐说,"我希望我们之间那些伤感情的话都是在不同寻常的情况下才说的。今天晚上发生这样异乎寻常的事情,并不是我的过错。我是上了人家的当,才那样做的。这也不是你的过错。你也是上了人家的当,才那样做的。咱们俩都把它忘掉吧。"说了这番慷慨大度的话之后,他接着说:"这样的事,孩子看了不合适——大卫,睡觉去吧!"

我几乎连门也找不到了,因为我眼里含着泪——我为母亲遭受的痛苦而难过;但是我摸索着走了出去,又摸着黑儿上了楼,来到自己的房间里,没有心思向裴果提道晚安,也没问她要蜡烛。大约一个钟头以后,她上楼来找我,把我弄醒了,她告诉我,母亲睡觉去了,心情很不好,只剩下摩德斯通先生和他姐姐在那里坐着。

第二天早上,我下楼比平时早一点儿,听见母亲讲话的声音,我就在客厅门外停住了脚步。原来她正在诚诚恳恳恭恭敬敬地请求摩德斯通小姐原谅她,那个女人原谅了她,于是两个人圆满地和解了。从那以后,再也没听说我母亲不事先听听摩德斯通小姐的意见,或者不事先通过某种可靠的手段弄清摩德斯通小姐的意见,就对任何事情发表意见了;再也没看见摩德斯通小姐什么时候一发脾气(她在这一方面是没准儿的),把手往手提包那儿一伸,好像要把钥匙掏出来还给我母亲的样子,而不把我母亲吓得魂不附体的。

摩德斯通家族的血液有一种阴郁的色彩,这也影响了摩德斯通家族的宗教活动,弄得它阴森可怖。我一直认为,其所以如此,是摩德斯通先生的坚定态度的必然结果,因为他这种坚定态度使他不放过任何人,只要能找到借口,就给人以最大限度的最严厉的处罚。虽然如此,我还记得很清楚,我们上教堂时的那种神气,使得教堂的气氛都改变了。现在回想起来,仿佛可怕的星期日又到了。按顺序,我第一个进入那古老的席位,好像俘虏在监视之下来做苦工一样。仿佛我又看见摩德斯通小姐穿着黑色天鹅绒长袍,那长袍看上去像是用盖棺材的布做的,她穿着这长袍,跟在我后面,再后面是我母亲,再后面是她丈夫。现在和过去不同了,裴果提不来了。仿佛我又听见摩德斯通小姐含含糊糊地接着牧师的话说话,却特别强调那些叫人害怕的字眼,从这种残忍的举动中得到乐趣。仿佛我又看见她那一双黑眼睛,在她提到"苦难的罪人"时,四处张望,似乎是在责骂所有在场的人。仿佛我又看了几眼我的母亲,坐在他们两人中间,胆怯地动动嘴唇,他们两人各在一边对着她的耳朵叽咕,像打闷雷一样。仿佛我又怀着突然产生的恐惧心理纳闷,可不可能是我们那位善良的老牧师错了,而摩德斯通先生和他姐姐却对了,天堂里的天使可能都是害人的天使。仿佛我的手指要是动一动,或者脸上有块肌肉一放松,摩德斯通小姐就又会用她那本祈祷书捅我,捅得我腰疼。

的确是这样,仿佛我们又在往家走,我发现有些邻居看看我母亲,看看我,然后叽咕叽咕。仿佛他们三个人又在挽着胳臂往前走,我一个人在后面慢慢跟着,我随着一些邻居的眼光看去,不知母亲的脚步是不是真的不像我以前看到的那么轻快了,她那走路的风度是不是真的因为忧愁而几乎完全消失了。仿佛我又在纳闷,不知哪位邻居能不能像我一样记得我和母亲一起走回家去的情景;我想这些无聊的事儿,整天闷闷不乐。

关于让我到寄宿学校去念书的事,已经谈起好几次了。这都是摩德斯通先生和他姐姐的主意,我母亲当然也是同意的。不过,对于这件事还没有做出最后决定。在到学校去之前,我就先在家里学习功课。

那些功课,有朝一日我会忘记吗?我的功课表面上是由我母亲督促检查,而实际上是由摩德斯通先生和他姐姐,因为他们总是在场的,而且他们发现可以利用我的学习对我母亲进行坚定教育。称之为坚定,实在不妥,因为它是我们母子两人生活中一切痛苦的根源。我相信他们把我留在家里,就是为了这个目的。过去我和母亲单独在一起的时候,我学得挺不错,而且挺愿意学。我还隐隐约约地记得在她的膝头认字母的情景。直到今天,我一看见初级读本里那些胖乎乎的黑字母,那叫人猜不透的怪样子,那性情温和的 O,Q 和 S,就都和过去一样,重新出现在我的眼前。我记得我从来没有厌恶学习,不愿意学习。恰恰相反,我觉得一直到读鳄鱼的故事为止,我都是走在一条用鲜花铺成的小路上,而且随时有母亲那温柔的话语和举止使我感到愉快。但是后来在阴森森的气氛里学习,我就觉得我的平静生活被打破了,天天活受罪。那些功课很长,很多,很难——其中有一些,我完全看不懂——吓得我不知如何是好,我相信我那可怜的母亲也是吓得不知如何是好。

现在我来回忆一下当时是怎样学习的,把某一天早上的情况说一说。

吃过早饭,我来到小客厅,手里拿着课本、练习本和石板。

我母亲坐在书桌旁,已经做好准备,但她远没有在窗户旁边坐在安乐椅里的摩德斯通先生准备得充分(虽然他在假装看书),也远没有坐在我母亲身边穿钢珠子的摩德斯通小姐准备得充分。我一见这两个人就受到很大的影响,觉得费了好大的劲儿才记在脑子里的东西,都溜走了,不知溜到哪里去了。说真的,我还真想知道它们都溜到哪里去了。

我先递给母亲一本书,可能是一本语法,也许是历史,或者地理。我像就要淹死似的最后看了看那一页,才把书放到母亲手里,接着我就高声背诵起来,我趁着印象新,背得很快。忽然有一个字想不起来,卡住了。摩德斯通先生抬起头来看我。忽然又有一个字想不起来,卡住了,摩德斯通小姐抬起头来看我。我脸红了,接着有五六个字打奔儿,我停下了。我想我母亲要是有勇气,就会把书给我看看,但她不敢,只轻轻地说:

"嗷,大卫,大卫!"

"我说,克拉拉,"摩德斯通先生说道,"对这孩子要坚定。不要说'嗷,大卫,大卫!',太孩子气。他会就是会,不会就是不会。"

"他不会。"摩德斯通小姐以吓人的语气插进来说道。

"我也的确觉得他不会。"母亲说。

"你看,克拉拉,"摩德斯通小姐接着说,"那你就该把书还给他,让他学会。"

"是的,应该这样,"我母亲说,"我正打算这样做呢,亲爱的简。——来,大卫,再试一次,不要犯傻。"

我遵照第一条要求,又试了一次。至于第二条要求,我就没怎么做到,因为我傻得厉害。还没到上次卡住的地方,就在上次顺利通过的一个地方卡住了，我就停下来想一想。但是我无法集中精力想功课。我想的是摩德斯通小姐的帽子用了几码花边，摩德斯通先生的睡衣值多少钱，以及诸如此类和我完全不相干，而且我也不想过问的事儿。摩德斯通先生动了一下，显出不耐烦的样子，我早就料到他会这样。摩德斯通小姐也做了同样的动作。我母亲忍气吞声地看了他们一眼，把书合上，放在一旁，等我做完了其他该做的事情，再回来了结。

　　需要了结的事情很快就积了一大堆，而且像滚雪球一样越滚越大。雪球越滚越大，我也越来越傻。情况非常糟糕，我觉得我听他们的胡言乱语听得太多了，结果打消了求得解脱的想法，完全听天由命了。我连续不断地出错，母亲看看我，我看看她，我们那绝望的神情实在叫人伤心。但是在我学习这倒霉功课的时候，最倒霉的事就是我母亲（以为没有人注意她）动动嘴唇给我提示了。一直在那里专门等待时机的摩德斯通小姐，这时便立刻以深沉的警告的语气说：

　　“克拉拉！”

　　我母亲吃了一惊，脸也红了，还微微一笑。摩德斯通先生从椅子上站起来，拿起书本，朝我扔过来，要不就用书本打我耳光，随后就推着我的肩膀，把我撵出客厅。

　　即便是功课全做完了，也还有一件要命的事要做，那就是要算一道可怕的算术题。这是摩德斯通先生专门为我编的，而且由他口授给我，题目是这么说的：“我到一家干酪店去买双料格洛斯特干酪，买了五千块，每块四个半便士，一共多少钱。”题目一出，我就看见摩德斯通小姐在那里暗自高兴。我折腾这些干酪折腾到吃晚饭，也没个头绪，也没得到启发。这时候，石笔灰已经钻到我的汗毛孔里去了，弄得我像个黑白混血儿,他们给了我一片面包,好让我把那干酪账算出来。我一晚上都脸面无光。

事隔这么多年,我觉得我那倒霉的功课大体上就是这个样子。当时要是没有摩德斯通家这两个人在场,我是会学得好的;但是摩德斯通家这两个人对我来说,就像两条长虫把一只可怜的幼鸟吓呆了,无法逃脱。即便我完成了上午的功课,成绩还算过得去,除了吃顿饭,也别无所得;因为摩德斯通小姐一看见我没有功课,她就难受,我要是一不小心,显出无事可做的样子,她就使她兄弟对我注意,她这么说,"克拉拉,亲爱的,干什么也不如学习好——给你孩子来个练习吧。"这样一来,我马上就被拴住了,要做新的作业。至于和我这么大小的孩子一起玩儿玩儿,机会可太少了,因为摩德斯通家那沉闷的神学把所有的孩子都看成是一群小毒蛇(虽然有一个孩子也曾夹杂在耶稣的信徒中间),而且认为他们会彼此学坏。

这样的待遇,我想大概延续了半年或半年多,结果我自然就变得孤僻、迟钝、固执。我感到我和母亲越来越隔绝,越来越疏远,这也使得上述情况有增无减。我想只是由于一个特殊的原因,我才没有完全变傻。

情况是这样的。我父亲留下了数量不大的一批图书,就放在楼上一间小屋里,这小屋与我的卧室相连,因此我可以进去,而家中从来无人过问。从这间理想的小屋子里,来了一批鼎鼎大名的人物和我做伴儿,其中有罗德里克·兰登、佩里格林·皮克尔、亨弗利·克林克、汤姆·琼斯、威克菲牧师、堂吉诃德、吉尔·布拉斯,还有鲁滨孙①。他们使我能继续发挥我

---

① 此处所提到的人物是八部外国文学名著中的八位主人公。

的想象力,使我能在当时当地之外还有所追求——除了他们,还有《天方夜谭》和《神仙故事》这两本书——他们对我没有一点儿害处;如果说他们有的包含着什么有害的东西。我并没有受其影响,因为我不知道有什么有害的东西。现在连我都感到惊讶,当时我的功课越来越重,我努力学习,背诵的时候还老卡住,我是怎么样找到时间读这些书的呢。现在连我都感到奇怪,当时我一方面把自己比做书中我喜爱的人物,一方面把摩德斯通先生和他姐姐归入坏人那一类,我这样做,怎么就把自己从我那些小的烦恼中解脱出来了呢,对我来说,那都是很大的烦恼啊。整整一个星期,我觉得自己是汤姆·琼斯(孩子眼中的汤姆·琼斯,一个天真无邪的人)。整整一个月,我把自己比做我心目中的罗德里克·兰登,我的确做过这样的事。我特别喜欢书架上那几本游记,有海上的,有陆上的——具体叫什么名字,现在不记得了。我还记得一连多少天,我用一套旧靴楦中间那一块武装起来,在家中归我使用的那块地方跑来跑去,一本正经地表演英国皇家海军某某舰长有被野蛮人包围的危险,决心以死相拼,让敌人付出高昂的代价。舰长永远不会因为有人用拉丁语法打他耳光而失去其尊严。我可不行;但舰长就是舰长,而且是英雄,纵然把世界上所有语言(无论是死的语言,还是活的语言)的语法书拿来,对他也毫无影响。

当时看书是我唯一的乐趣,而且什么时候看,什么时候得到这种乐趣。回想起来,脑子里总是浮现出这样一幅图画:一个夏日的黄昏,孩子们在教堂墓地里玩耍,我坐在床上看书,好像不看就活不下去。附近的每一座谷仓,教堂的每一块石头,墓地里每一寸土地,都在我脑子里和我看过的书有一定的联系,都能代表书里某个有名的地方。我曾看着汤姆·派普斯爬上教堂的尖塔,我曾看着斯特拉普背着背包,倚在小栅栏门上歇着,我还知道舰队司令特鲁宁和皮克尔先生在我们村那个小酒店的交际室里谈话的情况。

现在不光我清楚,读者也清楚,我小的时候是怎么样一个人。关于当时的情况,已经说了一些,现在接着说下去。

一天早上,我拿着书本来到客厅,发现母亲焦躁不安,摩德斯通小姐沉着坚定,摩德斯通先生正往藤子棍儿的一头儿绑什么东西,那是一根很柔软很有弹性的藤子棍儿,看我进来,他就不绑了,他攥了攥那藤子棍儿,又甩了甩。

"你听我说,克拉拉,"摩德斯通先生说道,"我自己过去也常挨打。"

"一点儿也不错,当然是那样。"摩德斯通小姐说道。

"你说得对,亲爱的简,"母亲吞吞吐吐顺从地说道,"不过……不过你觉得那对爱德华有好处吗?"

"难道你觉得那对爱德华有害处吗,克拉拉?"摩德斯通先生严肃地问道。

"这才说到点子上了。"他姐姐说道。

母亲一看这情形,说了声"你说得对,亲爱的简",便没再说什么。

我害怕了,因为我觉得这段谈话与我本人有关,于是抬头朝摩德斯通先生望去,正好他也朝我回过头来。

"我说,大卫,"他说,——我看见这时候他的眼又斜了——"你今天可要多加小心。"他又攥了攥那根藤子棍儿,又甩了甩,这样准备停当之后,面带意味深长的表情,把那棍儿放在身边,又拿起了他的书本儿。

这倒是一服很好的清凉剂,从一开始就使我那镇静的头脑变了样。我觉得功课里的话都溜走了,不是一个字一个字地溜,也不是一行一行地溜,而是整页整页地溜。我想拦住它们,但是如果我能打个比方的话,它们好像穿上了溜冰鞋,滑得可顺溜呢,怎么也拦不住。

我们一开始就不妙,随后就越来越糟。我进来的时候,心想这回可要露脸了,因为我觉得自己准备得不错,但结果我完全失算了。没有学会的课本一本接一本,堆了一大堆,因为摩德斯通小姐一直在以坚定的态度注视着我们。最后我们该算那五千块干酪了(我记得那天他把干酪换成了藤子棍儿),这时我母亲克制不住,哭了起来。

"克拉拉!"摩德斯通小姐以她那警告的语气说道。

"我觉得不大舒服,亲爱的简。"我母亲说道。

我看见摩德斯通先生板着面孔向他姐姐挤了挤眼,随着就拿起藤子棍儿,站起来说道:

"哎呀,简,今天大卫给他母亲造成了这么大的忧虑和痛苦,我们怎么能指望她以十分坚定的态度来忍受呢。那得有多大的耐性啊。虽然克拉拉比过去坚强多了,有了很大的进步,但是我们也不能对她要求那么高啊。——大卫,跟我到楼上去,走。"

他拉着我走到门口,我母亲朝着我们跑了过来。摩德斯通小姐出来干涉她说:"克拉拉,你就这么没脑子吗?"随后我看见她捂起耳朵,还听见她哭了。

他拉着我一本正经地慢步朝我的屋子走去(我敢说他这样郑重其事地表演如何执法是感到愉快的),到了我屋里以后,他就突然把我的脑袋夹在他的胳臂底下。

"摩德斯通先生！啊，先生！"我对他说，"别这样！我求求你，别打我！我是努力学来着，先生，可是只要你和摩德斯通小姐在场，我就学不好。我真的学不好呀！"

"你真的学不好，大卫？"他说，"我们来试试看。"

他像老虎钳一样把我的头夹住，不过我想法缠在他身上，所以有一会儿的工夫他拿我没办法，我就求他不要打我。也就只有一会儿的工夫他拿我没办法，因为他紧跟着就使劲抽起我来；就在他抽我的当口儿，我咬住了他卡我的那只手，我上下牙一使劲儿，狠狠地咬了他一口。现在回想起来，我的牙还痒痒呢。

随后他就把我往死里打。就在我们吵闹的当儿，我听见有人喊着叫着跑上楼来。我听见了母亲喊叫的声音，还听见了裴果提的声音。后来他就走了，门也反锁上了，气得我在地上打滚儿，浑身发烧，无处不疼。

我记得很清楚，等我平静下来的时候，我觉得整所房子是多么出奇地安静啊！我记得很清楚，等我疼的地方不那么疼了，气也开始消了，我就觉得我是多么坏的一个人哪！

我坐起来，听了好半天，什么也没听见。我从地板上爬起来，照了照镜子，脸肿得那么厉害，那么红，那么难看，连我自己都几乎吓了一跳。身上挨了打的地方，又肿又疼，一挪动，就忍不住又哭起来。但是这和我心里的痛苦相比就差远了。我敢说，即便我是一个十恶不赦的罪人，也不会有这么大的痛苦压在我心上。

天渐渐黑了，我也把窗户关起来了（在此以前，我大部分时间是趴在床上，把头搁在窗台上，哭一阵，困一阵，又无精打采地向外看一阵），这时，钥匙一转，摩德斯通小姐进来，给我送来了面包、肉和牛奶。她把这些东西放在桌上,什么也没说,一直用坚定的目光盯着我,以示警告,然后她就走了,而且顺手把门又锁上了。

天黑了很久以后,我还在那里坐着,不知道是不是还会有人来。后来我觉得当晚不会再有人来了,就脱衣服睡觉了。这时候我心里直打鼓,不知他们会怎样处置我:我是不是犯了刑事罪?会不会把我抓起来,关进监狱?有没有被绞死的危险?

第二天早上醒来的情景,我是永远不会忘记的。刚醒来的时候,觉得又快活,又精神,接着想起前一天发生的事,就觉得烦闷、压抑,心情沉重。我还没有起床,摩德斯通小姐就又来了,对我说,我可以出去到花园里散步,不能超过半小时,她就是这么说的,说完就走了,门也没关,以便我遵命出去散步。

我果真出去散步了,在为期五天的监禁期间,我每天早上都出去散步。如果我能单独碰上我母亲,我会跪在她面前乞求饶恕,但是在这段时间里,我只见到摩德斯通小姐,而没见过别人,除了在客厅里做晚祈祷的时候。这时候,要先让别人就位,再由摩德斯通小姐把我押来,把我这个年幼的不法分子单独一个人放在靠近门口的地方,而且要在所有其他人从那虔诚的姿势站起来之前,就由看守把我押走。我只看到我母亲的位置离我不能再远了,她还背着我,所以我老也看不见她的脸;我还看到摩德斯通先生,他的手上缠着一大块纱布。

那五天的时间显得多么长,我对谁都难以形容。在我的记忆中,那就像是几年的时间。我注意听家里的各种动静,有一些我是听得见的——拉铃的声音,开门关门的声音,轻轻说话的声音,上楼下楼的声音;我还听见外面有笑声,口哨声,歌声,在我这孤独、丢脸的情况下,这些声音似乎比什么都令人难过;时间的早晚是估摸不出的,尤其是在晚上,我常常醒来,以为已经是早晨,结果却发现家里的人还没有睡觉,长夜还没有开始;我做的梦是压抑的,是恐怖的;早晨、中午、下午、黄昏,周而复始,孩子们在教堂墓地里玩耍,我从屋里远远地看着他们,不好意思在窗口露面,怕他们知道我被关押在这里;一直听不见自己说话,我有一种奇怪的感觉;我也有过短暂的近乎高兴的时候,它随着吃喝而来,又随着吃喝而去;有一天黄昏时分,下起雨来,到处弥漫着一种清新的气味,雨越下越大,连教堂也看不清了;这场雨,再加上天越来越黑,仿佛浇得我又难过,又害怕,又悔恨——这一切好像不是日复一日而是年复一年反复出现,至今还生动、清晰地印在我的脑海里。

就在我关禁闭的最后一天晚上,我听见有人小声叫我,把我惊醒了。我从床上坐起来,摸着黑儿伸出胳膊,说道:

"是你吗,裴果提?"

我没有马上听见回答,可是紧跟着我又听见有人叫我的名字,那语调又神秘又可怕,我觉得几乎要吓得昏过去了,幸亏我突然想到这声音一定是从钥匙眼儿里传过来的。

我摸索着来到门口,把嘴唇凑到钥匙眼儿上,低声说道:

"是你吗,亲爱的裴果提?"

"是我,大卫,我的宝贝儿,"她回答道,"轻点儿,得像小耗子一样,要不就让老猫听见了。"

我明白这是指摩德斯通小姐,我也意识到情况是很严重的,因为她的屋子靠得很近。

"我妈好吗,亲爱的裴果提?她很生我的气吗?"

我能听见裴果提在钥匙眼儿那一边低声哭泣,我在这边儿也哭,随后我听见她回答说,"不,她没怎么生气。"

"他们要把我怎么样,亲爱的裴果提?你知道吗?"

"学校——在伦敦附近。"裴果提回答道。我不得不让她重说一遍,因为她头一次说的全都顺着我嗓子眼儿下去了,这是因为我忘了把嘴从钥匙眼儿挪开,把耳朵凑上去,结果听不清她的话,在那里干着急。

"什么时候,裴果提?"

"明天。"

"就是为了这个原因,摩德斯通小姐把我的衣裳从柜子里拿走了吗?"——她拿衣服这件事儿,我忘了说了。

"是啊,"裴果提说,"还有箱子呢。"

"我还能见到我妈吗?"

"能,"裴果提说,"明天早上。"

随后裴果提把嘴靠近钥匙眼儿说了一段话,我在这里可以武断地说,自从钥匙眼儿用作传话工具以来,从未传递过这样激动这样真诚的话,句子是支离破碎的,然而每个短句都伴随着一声特有的抽泣。她是这么说的:

"大卫,乖孩子。要是说这几天,我不像以前那样。对你那么亲。我可不是不疼你呀。不但疼你,还更疼你哩,我心爱的小乖乖。我是为你好哇。也是为另一个人好哇。大卫,我的宝贝,你听见了吗?你听得见吗?"

"听……听……听得见,裴果提!"我哭着说。

"我的心肝儿!"裴果提非常激动地说,"我要说的是:你可别忘了我。我也不会忘了你。我还要照样照顾你妈,大卫。就像照顾你一样。我也不会离开她。会有一天她乐意把她那可怜的脑瓜子再放到这又笨又爱发火的老裴果提的胳膊上。

我要给你写信,乖孩子。虽然我没有文化。我要……我要……"她亲不着我,就亲起钥匙眼儿来。

"谢谢你,亲爱的裴果提!"我说道,"噢,谢谢你!谢谢你!你愿意不愿意答应我一件事,裴果提?你写封信好不好?请你告诉裴果提先生和小艾米丽,告诉古米治太太和哈姆,不要把我想象得那么坏,还请代我问候他们每一个人,特别是小艾米丽,你肯替我做这件事吗,裴果提?"

那个好心人答应了我的要求。我们俩都极其亲切地亲起钥匙眼儿来(记得我还用手拍那钥匙眼儿,觉得就像拍在裴果提那诚实的脸上一样),随后她就走了。自从那天晚上,我心里对裴果提产生了一种感情,这种感情连我也难以说得清楚。她并没有取代我母亲的位置,这是谁也办不到的。但是她填补了我心里的一块真空,我的心把她紧紧包在里面,我对她还产生了一种对别人从未产生过的感情。这也是一种奇怪的感情,然而假如她当时死去的话,我想象不出我会怎么办,或者说我想象不出在那样一场悲剧中我会如何表现。

第二天早上,摩德斯通小姐和平时一样出现在我的面前,她告诉我,我要到学校去上学了,这并不像她想象的那样使我感到意外。她还告诉我,让我穿好衣服就下楼去,到客厅里吃早饭。我在客厅里见到我母亲,她面色非常苍白,两眼通红,我跑过去扑到她怀里,求她原谅我,当时我心里非常难受。

"噢,大卫!"她说,"你怎么能伤害我爱的人!你可要学好啊,要祷告上帝决心学好啊!我可以原谅你,但是,大卫,你竟然有那样的坏心眼儿,真叫我难过。"

他们改变了她的看法,她也认为我是个坏蛋了,这件事比我离去更使她难过。为此,我感到很痛苦。我勉强地吃我临行前这顿早饭,可是眼泪滴在抹着黄油的面包上,流在茶杯里。我看见母亲有时看看我,又瞟一眼监视我们的摩德斯通小姐,然后低下头,或扭头往别处看。

门口有车轮的声音,摩德斯通小姐说:"科波菲尔少爷的箱子在这儿哪!"

我想看到裴果提,却没有看到——她和摩德斯通先生都没有露面。我以前见过的那个赶车的,他在门口出现了。他把我的箱子拿出去,装在了车上。

"克拉拉!"摩德斯通小姐以警告的口吻说道。

"好了,亲爱的简,"我母亲答道,"再见吧,大卫。这次出去,是为你好。再见吧,我的孩子。放假的时候回来,到那时候,你就是个好孩子了。"

"克拉拉!"摩德斯通小姐又喊了一声。

"就好,亲爱的简,"母亲回答道,她还在搂着我,"我原谅你,我亲爱的孩子。愿上帝保佑你!"

"克拉拉!"摩德斯通小姐又喊了一声。

摩德斯通小姐心眼儿好,她送我出去上车,一边走还一边说,她希望我能悔改,否则是要倒霉的。随后我就上了车,那匹懒马也就拉着车走了起来。

第五章　我被迫离家

我们走了大约一里多路,我的手绢也湿透了,那赶车的忽然把车停住了。

我往外面看了看,想弄清楚为什么停车,感到非常惊讶,因为我看见裴果提从一排矮树篱笆里窜出来,爬上了车。她伸出两只胳膊把我搂在怀里,一使劲儿,她那紧身内衣硌得我鼻子生疼。我当时并没觉得疼,是后来鼻子难受,才想起来的。裴果提什么也没说。她腾出一只胳膊,伸到口袋里,几乎连胳膊肘子都伸进去了。她掏出了几包点心,用纸口袋装着,塞进我的口袋里。她还掏出了一个钱包,塞到我手里;但她一句话也没说。最后她又用两只胳膊使劲搂了我一下,接着就下车跑了。我现在认为,而且一向认为,当时她那件长袍上连一个扣子也没有了。车上就有好几个扣子滚来滚去,我捡了一个,珍藏了很长时间,也算是个纪念。

那赶车的看了看我,仿佛问我,她还回来不回来。我摇了摇头,说我认为她不会回来了。那赶车的冲着那匹懒马说了声"那就……走!"那懒马便应声走了起来。

这时候,我也哭够了,而且意识到再哭也没有用,我还特别想到,无论是罗德里克·兰登,还是英国皇家海军那位舰长,谁也没有在困难条件下哭的。那赶车的见我决心已定,就说我该把手绢在马背上摊开晾晾。我说了声谢谢,采纳了他这个意见。那手绢往马背上一放,显得特别小。

现在我有工夫来看看那个钱包了。那是一个硬的皮钱包,有一个碰扣儿,里面装着三个先令,闪闪发光,裴果提一定用白灰擦过,为了让我高兴。但是钱包里最珍贵的东西是一对半克朗的硬币,用一块小纸包着,纸上是我母亲的亲笔字:"给大卫。我永远爱你。"我一阵心酸,麻烦赶车的把手绢递给我。但是他说他认为我最好不要用手绢,我也觉得的确是这样,于是只用袖子擦了擦眼泪,也就止住了。

这一下子,可就永远止住了,不过有的时候,过去的事使我激动起来,还不免要大哭一场。我们晃晃悠悠地又走了一阵子,我就问那赶车的,是不是一直把我送到底。

"送到底是哪儿呀?"赶车的问道。

"那儿呀!"我说。

"那儿又是哪儿?"赶车的问道。

"伦敦附近呀!"我说。

"哎呀,这匹马呀,"赶车的说着晃了晃缰绳,表明他指的就是这匹马,"连一半的路程也走不到,就上西天了。"

"这么说,你就到亚茅斯了?"我问道。

"差不多吧,"赶车的说道,"到了亚茅斯,我把你送上驿车,驿车送你到……到你要去的那个地方。"

那赶车的名叫巴吉斯,让他说这么多话可真不容易,因为我在前面一章里说过,他这个人沉默寡言,不喜欢聊天儿。为礼貌起见,我请他吃一块点心,他一口就吞下去了,和大象吃东西完全一样,吃的时候,他那张大脸上什么表情也没有,这也和大象一样。

"这是她做的吗?"巴吉斯问道,他总是朝前弓着身子,两脚踏在踏板上,两只胳膊搭在膝盖上。

"你是说裴果提吗,先生?"

"啊!"巴吉斯先生说,"是啊!"

"是的,我们的点心都是她做的,饭也都是她做。"

"是吗?"巴吉斯先生说道。

他把嘴一收,好像要吹口哨,但是没有吹。他坐在那里,两眼盯着马耳朵,好像看见了什么新鲜玩意儿。他这样坐了很长时间,后来他说:

"没有心上人儿吧,我想?"

"你是说杏仁儿吗,巴吉斯先生?"我以为他还想吃点儿别的东西,所以特别提到这种食品。

"心上人儿,"巴吉斯先生说道,"我说的是心上人儿;没有人和她相好吧?"

"和裴果提?"

"啊!"他说,"是啊!"

"噢,没有。她从来没有心上人儿。"

"是吗?"巴吉斯先生说道。

他又把嘴一收,好像要吹口哨,却又没有吹,只是坐在那里,两眼盯着马耳朵。

巴吉斯先生沉思了好一会儿,接着说:"苹果点心都是她做的,饭也都是她做,是吧?"

我回答说是这样的。

"你听我说呀,"巴吉斯先生说道,"也许你要给她写信吧?"

"我肯定要给她写信。"我回答道。

"啊!"他一边说着,一边慢慢朝我转过脸来,"你要是给她写信,请你想着告诉她,巴吉斯愿意,好不好?"

"巴吉斯愿意,"我莫名其妙地重复了一遍,"要说的就这些?"

"是……是的,"他一边说,一边还在想,"是……是的;巴吉斯愿意。"

"可是明天你就回到布伦德斯通了,巴吉斯先生,"我吞吞吐吐地说,因为我想到那时候我就离开很远了,"你直接对她说,不是更好吗?"

可是他把头一晃,不采纳我的意见,他还郑重其事地说,"巴吉斯愿意。这就是我要说的。"借以重申他刚才提出的要求。看到这种情况,我就痛痛快快地答应为他传话了。(就在那天下午,我在亚茅斯一家旅馆里等车的时候,要了一张纸和一副墨水池,给裴果提写了一封短信,我是这么写的:"亲爱的裴果提。我已平安到达这里。巴吉斯愿意。问我妈好。你的亲爱的大卫。——他说他特别希望你知道:巴吉斯愿意。又及。")

我承担了为他传话的任务之后,巴吉斯先生就陷入沉默,什么也不说了。最近发生的这些事,闹得我也挺累,我就躺在车上的一个大口袋上睡着了。我睡得很香,一直睡到亚茅斯,车停在一家旅馆的院子里,我感到周围的一切是那么新奇,那么生疏。我本来还盼着见一见裴果提先生家里的人,说不定还能见到小艾米丽本人,现在我一下子就把这个念头打消了。

驿车停在院子里,擦得锃亮,不过马还没有套上,看样子似乎没有一点儿要去伦敦的迹象。看到这种情况,我就琢磨起来,我这箱子最后可怎么办呢(巴吉斯先生为了磨车,把车赶到院子里,就顺便把我的箱子卸在院子里马路牙子上靠近驿车车辕的地方了),我自己最后又落得个什么结果呢。这时候,忽然在窗口出现了一个女人。那是一个突出墙外的半圆形窗户,旁边挂着一些家禽和腌肉在那里风干。只听那女人说:

"这就是从布伦德斯通来的年轻人吗?"

"是呀,太太。"我说。

"你姓什么?"那女人问道。

"科波菲尔,太太。"我说。

"那不对,"她说,"没有人用这个姓在这里订过饭。"

"摩德斯通对吗,太太?"我说。

"你就是摩德斯通少爷,"那女人说,"干吗还先说另外那个姓呢?"

我对那女人做了解释,她拉了拉铃,喊道:"威廉!餐厅伺候!"话音未落,只见一个堂倌从院子对面的厨房里跑了出来,他显出非常惊讶的样子,因为他发现让餐厅伺候的就是我。

餐厅很大,里面挂着几幅大地图。如果这些地图是真的国家,把我放在它们中间,我也不知道会不会比现在更感到陌生。我手里拿着帽子,在靠近门口的一把椅子的角上坐下,就这样我都觉着是越轨了。那个堂倌专门为我铺了一块桌布,还摆上了各种调味品,闹得我怪不好意思,我想我的脸一定是通红通红的。

他给我上了排骨和青菜,揭盖子的时候动作很猛,我的反应大概使他感到有些不快。不过他又为我搬了一把椅子,放在桌子旁边,还非常和气地说:"喂,六尺大汉!来吧!"这样一来,我才大大地松了一口气。

我说了声谢谢,便在桌子旁边就了座。使用刀叉,我想不管怎么说也得使得像个样子,我也不想把菜汤溅到身上,可是非常困难,因为那个堂倌就站在我对面,那么使劲儿地盯着我,我每次对上他的目光,都羞得满脸通红,难受得要命。他看见我吃第二块排骨了,就说:

"还给你准备了半品脱啤酒。现在就喝吗?"

我说了声谢谢,让他现在就上。他一听这话,就把啤酒从缸子里倒进一个大酒杯里,对着亮处,举得高高的,把啤酒照得非常好看。

"哎呀!"他说,"看起来还真不少呢,是不是?"

"看起来的确不少。"我笑着答道,因为他对我这么热情,我也很高兴。这个人两眼直眨巴,脸上长着疙瘩,满头的头发向上爹着。他站在那里,一只手掐着腰,另一只手对着亮光举着酒杯,显出很和气的样子。

"昨天这里有位先生,"他说,"胖乎乎的,他姓托普索耶,你也许认得他吧?"

"不认识,"我说,"恐怕不……"

"他穿着短裤子,系着绑腿,戴着宽檐儿帽子,穿着灰色上衣,衬着带点儿的硬高领。"堂倌说道。

"不认识,"我不好意思地说道,"我没有那么荣幸……"

"他来到这里,"堂倌一面说,一面隔着酒杯看亮光,"要了一杯这样的啤酒,——我劝他别要,他非要不可——喝下去,倒在地上就死了。对他来说,这酒搁的时间太长了。本不该拿出来,情况就是这样。"

我听了这个悲惨的故事,不禁大吃一惊,就说我想我最好还是喝点儿白水吧。

"我告诉你呀，"堂倌说道，一面仍在闭着一只眼睛，隔着酒杯看亮光，"我们这儿不喜欢客人要了东西又不用。我们会生气的。不过，你要是愿意，我可以替你喝。我喝惯了，最要紧的是得喝得惯。我想，我要是一仰脑袋，一口气喝下去，对我是不会有什么害处的。我喝了好吗？"

我回答说，如果他觉得他喝下去是安全的，不会出什么问题，那就喝吧，我会非常感激他的。在他果真一仰脑袋，一口气喝下去的时候，坦白地说，我还真吓坏了，怕他和那倒霉的托普索耶先生碰上同样的命运，倒在地毯上就不省人事了。其实对他毫无妨碍。我觉得他这杯酒下去，反而更精神了。

"这是什么呀？"他说着就把叉子伸到我的盘子里来了，"不是排骨吧？"

"是排骨。"我说。

"托老天爷的福，"他大声说道，"我还不知道这是排骨哪。喝了那种啤酒，用排骨来解酒，真是再好不过了！怎么这么巧啊？"

于是他这只手捏住骨头，拿起一块排骨，那只手拿起一个土豆，津津有味地吃了起来，我看他这样吃，觉得真好玩儿。后来他又拿起一块排骨，一个土豆；吃完了以后，他又拿起一块排骨，一个土豆。他吃够了，就给我端来了布丁，在我面前放好之后，仿佛就思考起来，好半天，想得出了神。

"这饼怎么样？"他说，这时他又清醒过来了。

"这是布丁呀。"我答道。

"布丁！"他惊讶地说道，"哎呀！上帝保佑，还真是布丁哩！"他又凑到近处看了看，接着说："你看，这不会是奶油布丁吧?"

"没错儿,就是。"

"怎么,是奶油布丁,"他说着就拿起一把大勺子,"这可是我最喜欢吃的布丁呀!怎么这么巧啊?来呀,小家伙,咱们看谁吃得多。"

当然是堂倌吃得多。他一再让我,叫我多吃点儿,可是拿他用的大勺子和我用的茶匙比一比,拿他那一口和我这一口比一比,拿他的胃口和我的胃口比一比,吃第一口的时候我就落后了一大截,我是没有办法赢他的。我觉得从来没有见谁吃布丁吃得这样津津有味。吃完了以后,他还笑呵呵的,好像那个高兴劲儿还没完呢。

既然我发现这个人这么热情好客,这时候我就问他要了笔、墨水和纸,准备给裴果提写信。他不但马上给我拿来,而且还好心地看着我写这封信。我写完信之后,他就问我到哪里去上学。

我说:"在伦敦附近。"我也就知道这些。

"哎呀,天哪!"他说,脸上显出一筹莫展的样子,"这可太糟糕啦!"

"为什么呀?"我问道。

"哎呀,老天爷!"他说,一面摇了摇头,"就是那个学校,把一个学生的肋条骨都弄断了……断了两根……还是个挺小的学生呢。他大概是……让我想想……你大概几岁啦?"

我告诉他八岁多,不到九岁。

"正是这个年纪,"他说,"他们弄断他头一条肋骨的时候,他正好八岁半,弄断他第二条肋骨的时候,他八岁八个月,这就要了他的命了。"

无论是对我自己,还是对那堂倌,我都无法掩饰这种巧合实在让我感到难受,于是我就问他怎么会弄成这个样子。他的回答并没有解除我的苦闷,因为他只说了两个可怕的字:"打的"。

　　就在这个时候,院子里驿车喇叭响了,转移了我们的注意力,于是我就站起来,从口袋里掏出钱包(这钱包使我又自豪又不好意思),犹犹豫豫地问他,要不要付什么钱。

　　"有一张信纸,"他答道,"你以前买过信纸吗?"

　　我不记得买过。

　　"很贵呀,"他说,"因为要上税。三便士。在这一带,我们就是这么上税的。除了堂倌以外,就没有什么别的了。墨水就不算了,我白贴进去了。"

　　"你要……我要……我应该……堂倌给多少合适,请你告诉我。"我红着脸,结结巴巴地说。

　　"我要不是有孩子,要不是他们在生牛痘,"堂倌说,"我是不会要六便士的。我要不是养活一个上了年纪的老人,还养活一个可爱的妹妹,"堂倌说到这里特别激动,他接着说,"我就分文不要。我要是在这里有一份好差使,而且待遇也不错,我就不但不要别人的钱,还会请别人从我这里得到一点好处。可是我现在吃的是残羹剩饭,睡的是煤堆。"堂倌说到这里,放声大哭起来。

　　我对他这不幸的遭遇非常关心,觉得如果要有所表示,就不能少于九便士,否则就未免太残酷,太狠心了。于是我就从那三个闪闪发光的先令之中拿了一个给他。他毕恭毕敬地接了过去,马上就用拇指一捻,看看是不是真的。

　　后来有人帮着我从后面上了驿车,这时候,我发现有人说没人帮我吃,我一个人就把饭都吃光了,心里有些不痛快。我是怎么发现的呢?上车的时候,我偶然听见窗口那个女人对车上的警卫说:"乔治,注意照看那个孩子,要不他的肚子就该爆啦!"我还看见女仆都跑出来看我这个小怪人儿,一边看,一边叽叽嘎嘎地笑。我那个在这里做堂倌的不幸的朋友,这时候也来了精神,他看到这种情况,好像并不感到过意不去,反而跟着那些人起哄,一点儿也不觉得难为情。如果说我对他有所怀疑,恐怕一半是从这里引起的,不过我还是认为,就在当时,总的说来,我也没有真正对他有什么不信任,因为孩子单纯,容易相信别人,碰上比自己大的,自然是信赖的(如果一个孩子过早地失掉这些优点而变得老于世故,我会感到难过的)。

我必须承认,我感到很为难,因为我成了车夫和警卫讥笑的对象,而这并不是我的过错。他们说驿车后边太沉了,因为我坐在那里,不如趁早改坐货车去吧。我吃得多的故事也传到驿车外面的旅客耳朵里,他们也都觉得好玩儿,就问我在学校里是不是按哥俩或哥仨的费用交费,是订了合同,还是按一般的条件办,还问了一些别的可笑的问题。但是最糟糕的,是我知道再有机会吃东西的时候,我就没脸再吃什么东西了。虽然刚才吃饭的时候吃得很少,也只好饿上一整夜,因为我走得匆忙,把点心落在旅馆里了。我所担心的事果然发生了。停下来吃晚饭的时候,虽然我很想吃,却鼓不起勇气来,只好坐在炉子旁边,说我什么也不想吃。就这样,我也没能逃脱别人的讥笑。有一位嗓音沙哑的先生,长着一脸横肉,除了对着瓶口喝酒的时候以外,一路上不停地从盒子里拿三明治吃,却说我像一条蟒蛇,一顿饭吃饱了,可以挺很长时间。在这之后他又吃煮牛肉，结果闹了一身红疙瘩。

我们下午三点钟离开亚茅斯，大约早上八点钟到达伦敦。时值仲夏，夜晚行车十分舒服。我们经过一个村子的时候，我就想象住宅里面会是什么样子，里面的人在干什么，有时孩子们跟在车后跑，抓住车后面的什么东西，吊在那里吊一会儿，我就在想他们的父亲是不是还在世呀，他们在家里快活不快活。所以说，我除了不断地想象我要去的地方是个什么样子——一想到这里，我就觉得害怕——我还想到许多事情。我还记得有时候我满脑子想的是家，想的是裴果提，有时候使劲儿回想在我咬伤摩德斯通先生以前，我是怎么想的，我是一个什么样的孩子，但是想不出个头绪，想来想去，还是找不出满意的答案，因为我咬伤他这件事，似乎是老八辈子的事了。

后半夜就不像前半夜那么舒服了，一来天冷，二来他们把我放在两位先生（那个一脸横肉的人，还有另一个人）之间，本来是怕我滚下车去，但是他们一睡着，就挤得我动弹不得，差一点儿把我憋死。有时候，他们把我实在挤得太厉害了，我不得不喊一声："哎，你们别挤啦！"这样一来，就把他们弄醒了，惹得他们好生不高兴。我对面坐的是一位老太太，穿着一件皮斗篷，因为全身裹得很严，黑暗之中像是一堆干草。这位老太太带着一只篮子，老半天不知放在哪里才好，后来看见我的腿短，就觉得可以放在我的腿底下，结果挤得我两腿动也不能动，而且硌得我生疼，难受得要命。可是我要是稍微一动，弄得篮子里的玻璃杯咔的一声磕在别的什么东西上（磕一下，自然是要响的），她就拼命踹我，还说："我看，你还是不要乱动吧。我敢说，你的皮肉还太嫩哪！"

太阳终于出来了，我那些车友们也似乎睡得轻松一点儿了。夜里他们睡得那个吃力，呼噜打得那个可怕，就甭提了。太阳渐渐升高，他们也就睡得越来越轻，随后也就一个一个地醒来了。我记得他们都假装根本没有睡，谁要是说他们睡了，他们就抵赖，而且大发雷霆，使我感到非常惊讶。使我至今仍然感到惊讶的是我每每看到，人虽有各种弱点，但大家最不愿意承认的弱点就是曾在驿车上睡着了。为什么是这样，我百思不得其解。

在我远远地看到伦敦的时候，我觉得它是一个多么奇妙的地方，我怎样认为我喜爱的书中人物一再地在伦敦演出他们那些有趣的故事，以及我怎样模糊地想象伦敦比世界上任何城市都更美好，也更丑恶，这些情况我在这里就不多说了。我们越来越近，最后终于来到我们的目的地——白礼拜堂区的旅店。我忘了它是蓝牛旅店，还是蓝猪旅店，反正是蓝什么东西，驿车的后面还画着它的图像。

那警卫下车的时候，眼光落在了我身上。他在售票处门口问道：

"有谁来接一个孩子，是用摩德斯通这个姓在这里登记的，是从萨福克的布伦德斯通镇来的？"

没有人答应。

"先生，请你再用科波菲尔这个姓试一试。"我无可奈何地朝下看着他说道。

"有谁来接一个孩子，是用摩德斯通这个姓在这里登记的，他也姓科波菲尔，是从萨福克的布伦德斯通镇来的？"警卫说道，"哎，有没有？"

没有，没有人来接。我焦急地往四下里看，警卫的问话没有在任何人身上引起反应。只有一个戴着绑腿的独眼龙说，最好给我戴上个铜脖套儿，把我拴在马棚里。

有人拿来一把梯子，我跟着那个看上去像一捆干草的女人下了车，当然是先拿开篮子，否则我是连动也不敢动的。这时候，旅客全下了车，过了一会儿，行李也全卸完了，在这之前，马也已经从车上卸下来，现在那车也由照料车马的人退到一边去了。直到这时，仍然没有人来认领从萨福克的布伦德斯通镇来的这位风尘仆仆的年轻人。

当年鲁滨孙没有别人在一旁看他，也没有人看出他的孤独，所以我感到这时我比他更为孤独。于是我就走进客房部，承蒙值班先生邀请，来到柜台后面，在他们称行李用的磅秤上坐了下来。我坐在这里，两眼望着那些包裹和账本，闻着那马棚的气味（从那以后，我一想起那天早上的情况，就联想起马棚的气味），许多极为重大的问题就接连不断地在我脑海里出现了。假如一直没有人来接我，他们会让我在这里待多久呢？会让我待到把七先令全花光吗？晚上我是不是要在行李中间找个木头匣子睡觉，早上在院子里的水泵那儿洗脸呀？还是每天晚上把我赶出去，早上开门的时候再把我放进来，等人把我领走呢？也许并没有出什么差错，只是摩德斯通先生设了这个圈套儿甩掉我，那我可怎么办呢？即便他们让我在这里待到把七个先令全花光，一旦我开始挨饿了，也就不能指望再待下去了。那显然会对顾客造成不便，而且让人家讨厌，说不定那个蓝什么旅店还得负担丧葬费呢。我要是马上动身往家走，我怎么认得路呢，我怎么能走那么远呢，即便我回到家里，除了裴果提以外，别人怎样对待我，我有什么把握呢？如果我能找到最近的有关当局，自愿去当兵，或者当一名水手，很可能因为我个子太小，人家不要我。这些想法，还有其他许多类似的想法，使得我浑身发烧。我又害怕，又难过，头昏脑涨。就在我烧得厉害的时候，一个人走进来，和值班先生唧咕了一阵，值班先生就把磅秤一撬，把我掀到一边，然后把我推到那个人面前，仿佛他们把我过了磅，转了手，交了货，付了款。

我和这位新朋友手拉着手走出售票处的时候，我偷偷地看了他一眼。这个年轻人面黄肌瘦，两颊深陷，下巴发青，几乎和摩德斯通先生的下巴一样。不过这相似之处也就到此为止，因为他的络腮胡子剃得光光的，头发不但不亮，而且又干又柴。他穿的那身黑衣裳，也显得又干又柴，袖子和裤腿也都偏短，那条白围巾也不太干净。我当时就认为现在仍然认为这条围巾不会是他身上唯一用亚麻布做的东西，但是露在外面的，或者说看得出的，只有这么一点儿。

"你就是新来的学生吧?"他说。

"是的，先生。"我说。

我想我就是，其实我也不知道。

"我是萨伦学堂的老师。"他说。

我朝他鞠了个躬，心里感到非常害怕。他是萨伦学堂的学者，又是老师，我就不好意思说我还有个箱子，因为这东西太平常了。我们走了一段路之后，我才鼓起勇气，提起这件事。我低声下气含含糊糊地说这箱子我以后也许用得着，我们才转身往回走，回到售票处，他对值班先生说他吩咐赶大车的中午来取。

"请问先生，"我说，这时候我们又走到刚才走到的地方了，"学堂远不远?"

"就在布莱克希思附近。"他说。

"那地方远不远,先生?"我怯生生地问道。

"远着哪!"他说,"咱们得坐驿车去呀。大约有六英里路呢。"

我已经筋疲力尽了,听说还有六英里,我觉得实在受不了。于是我就鼓起勇气对他说,我一夜没吃东西,他要是能让我买点儿东西吃,我会对他感激不尽。他一听这话,似乎感到惊讶——我现在还看见他停下来看我的样子——他考虑了一下,说他打算去看附近一位老太太,我最好买点儿面包,或者别的我最喜欢的有营养的东西,然后到她家里去吃,我们还可以向她要一点儿牛奶喝。

商量好了以后,我们来到一家面包房,往橱窗里看。我要买的东西,他都不赞成,说这些东西吃了要得肝炎。最后我们决定买一小块挺不错的黑面包,花了三便士。后来又在一家食品店买了一个鸡蛋,一片五花咸肉,我用第二个锃亮的先令付钱,找回的零钱我觉得真不少,所以我认为伦敦的东西很便宜。我们带着这些东西在非常吵闹的大街上走,弄得我这本来就发胀的脑袋昏昏沉沉的,简直难以形容。我们还过了一座桥,那肯定是伦敦桥(我的确觉得他是这么对我说的,不过我当时几乎睡着了),最后我们来到那位老太太家里。老太太住在济贫院里,那房子我一看就知道是济贫院,大门上方的石匾上也刻着字,说这些房子是为二十五位贫苦妇女修建的。

济贫院是清一色的小黑门儿,门旁有一个菱形小玻璃窗,门的上方还有一个菱形小玻璃窗。这位萨伦学堂的老师来到一家门前,提起门闩,我们就走了进去。住在这所小房子里的穷苦女人正跪在地上往炉灶里鼓风,想让那小奶锅赶快开锅。她看见老师走进门来,便放下手里的风匣,说了点儿什么,我觉得她说的是"我的查利",随后她看见我也进来了,就站起来,搓了搓手,慌里慌张地行了个半屈膝礼。

"可不可以麻烦你给这位年轻的先生做顿早饭哪?"老师说。

"可不可以?"那女人说,"当然可以呀!"

"费比岑太太今天怎么样?"老师看着另一位老太太问道,这位老太太坐在炉子旁边的一把大椅子上,看上去就像是一捆衣服,我当时没有不小心坐在上面,至今还感到幸运。

"唉,不好哇,"头一个女人说,"今天犯病犯得厉害。这炉子里的火要是碰巧一完,我敢说她也就完了,永远活不成了。"

他们看这个女人的时候,我也跟着看了看。天虽然挺暖和,她却好像光惦记着烤火。我觉得她甚至忌妒炉子上那个小奶锅;我还认为她对使用小奶锅为我煮鸡蛋,煎咸肉,也感到不快,我这样说是有根据的,因为在做饭的过程中,没人注意的时候,我虽然困倦,却亲眼看见她朝我挥动拳头。阳光透过小窗户照进屋里,但是她是背着阳光坐在那里,那大椅子的靠背也是背着阳光,这样她就把炉火遮得严严的,好像是她在尽心尽力地使炉火温暖,而不是炉火使她温暖,而且她还两眼注视着炉火,显出对它极不信任的样子。我的早饭做好了,就把火腾出来了,这使得她极为高兴,不禁大笑起来——我不得不说那是一阵很不好听的笑声。

我坐下来吃我的黑面包、鸡蛋、咸肉,还有一罐子牛奶,那是一顿非常可口的早餐。我正吃得来劲儿的时候,住在这里的那位老太太对老师说:

"你带笛子了吗?"

"带啦。"他答道。

"吹上一段，"老太太怂恿他，"来吧！"

老师一听这话，把手伸到上衣的下摆底下，掏出了他的笛子。这笛子分为三截，他拧在一起，就吹起来。我考虑了许多年之后，仍然认为世上没有人能比他吹得更糟了。我听到过各种声音，无论是天然的，还是人为的，都没有他吹的这么难听。他的表演有什么曲调可言，我很怀疑，即便是有，我也不知道他吹的是什么曲调，不过这曲调对我是有影响的。首先它使我想起我所有的不幸遭遇，几乎流下泪来，其次它叫我倒胃口，最后它还使我昏昏欲睡，睁不开眼。现在回想这段往事，我的眼睛又闭上了，我也又点起头来。我回到了那间小屋，墙角里放着一个三角柜，柜门开着，有几把方靠背的椅子，一溜儿方方正正的小楼梯通到楼上的房间，壁炉前的横板上搁着三根孔雀毛，记得我一进门的时候就曾想过，要是那只孔雀知道它的漂亮羽毛落到这步田地，它会作何感想。所有这些东西都在我面前渐渐消失了，我又点头，我又睡着了。笛声听不见了，能听见的是车轮滚动的声音，我上路了。车轮颠了一下，把我吓醒了，我又听见了笛子的声音，萨伦学堂的老师两腿交叉，坐在那里吹着凄凉的调子，住在那里的老太太在一旁显得很高兴的样子。后来她消失了，老师消失了，一切都消失了，这时候，没有笛子，没有老师，没有萨伦学堂，没有大卫·科波菲尔，什么也没有了，剩下的只有沉睡。

我觉得我在梦中看见住在那里的老太太听他吹的悲哀的曲调，听得兴奋起来，就一点一点往他身边挪动，靠在椅子背后，亲热地使劲搂了一下他的脖子，弄得他不得不停了下来。我当时或稍后一点儿，正处在半睡半醒的状态，因为等他接着往下吹的时候——这就说明他刚才的确停下来过——我就看见而且听见那位老太太问费比岑太太美不美(她指的是那笛子),费比岑太太回答说:"啊,美!美!"还冲着炉火点了点头,这使我感到,她把整个演出的功劳都记到炉火的账上去了。

我在那里打盹好像打了好半天,这时萨伦学堂的老师又把他的笛子拧开,成了三截,放回原处,然后就领着我走了。我们没走多远就找到了驿车,爬上了车顶;不过我实在困死了,所以中途停车上人的时候,他们就把我弄到车里去了,车里空无一人,我就爱怎么睡怎么睡,后来我发现我们的车正在爬一个绿树成荫的小山坡,那山坡很陡,车慢得像走路一样。又过了一会儿,车停了,因为已经到达目的地了。

我们——我指的是我和老师——没走多远就来到萨伦学堂,学堂四周有一堵很高的砖墙,给人一种死气沉沉的感觉。学堂的门开在墙上,门的上方挂着一块匾,上面写着"萨伦学堂"几个大字。我们拉铃叫门的时候,门上小格子窗口出现了一张气呼呼的面孔,看了看我们。门一开,我看见那人是个胖子,长着个大粗脖子,有一条木头假腿,他两鬓突出,头发剪得短短的。

"新来的学生。"老师说。

那瘸子把我从上到下打量了一番——这倒也花不了多少时间,因为我统共那么大点儿——放我们进来,又顺手把门锁上,拔下了钥匙。我们正朝着几棵枝叶茂密的大树覆盖着的房子走去,忽然听见那瘸子冲着老师喊道:

"喂!"

我们回头一看,只见他站在一所小房子门口,手里拿着一双靴子。他就住在这所小房子里。

"给你!"他说,"梅尔先生,你走了以后,皮匠来过,他说这靴子不能再修了。他说原来的靴子一点儿都不剩了,不知你怎么会觉得还能修呢。"

随着这话音,他就把靴子朝梅尔先生扔过来。梅尔先生往回走了几步,把靴子捡起来,看了看(我觉得他的样子很可怜),我们就又一起往前走了。这时候,我才第一次注意到,他脚上那双靴子也早就不能穿了,袜子有一处也就要破了,像花骨朵儿一样。

萨伦学堂是一座方形砖房,两头各有一翼,显得空荡荡的,没有什么家具。四下里非常安静,我就对梅尔先生说,学生大概都出去了吧。他似乎很惊讶,因为我竟然不知道现在正在放假,学生都各自回家去了,校长克里克尔先生带着太太和小姐到海滨去了,假期把我送来,是因为我做了坏事儿,要对我加以惩罚——这都是我们一边走,他一边告诉我的。

他把我领进一间教室里,我定睛一看,从没见过这样荒凉破烂的地方。现在我还看得清清楚楚:那是一间很长的屋子,有三大排书桌,六行长凳,墙上钉着许多大钉子,供学生挂帽子和石板用。地上扔着破烂的习字本和练习本,有几个养蚕用的小房子,是用那些本本儿叠的,乱扔在书桌上。两只可怜的小白耗子,主人走了,只好自己在那用硬纸板和铁丝构筑的散发着霉味的城堡里跑来跑去,睁着红红的眼睛,跑遍各个角落,搜寻可吃的东西。一只小鸟关在笼子里,那笼子比它大不了多少,它在两寸高的横棍上一会儿跳上,一会儿跳下,发出充满哀怨的扑棱扑棱的声音,但是它既不会唱,也不会叫。屋里有一股子很不卫生的怪味儿,像是发了霉的灯芯绒、闷坏了的甜苹果和烂糟糟的书本发出的气味。屋里到处洒的都是墨水，即便这房子从一开始就没盖屋顶，天上下雨下墨水，下雪下墨水，下雹子下墨水，刮风也是刮墨水，一年到头都这样，屋里洒的墨水也不会比现在更多。

梅尔先生把我丢在教室里，就拿着他那双不能再修的靴子上楼去了。我小心翼翼地朝教室的另一头儿走去，一边走，一边看到了上面说的那些东西。忽然间，我看见一块用硬纸板做的牌牌儿，扔在桌子上，上面写着一笔好字，写的是："小心！他咬人！"

一看这牌牌儿，我马上就爬到桌子上去了，因为我怕至少有一条大狗藏在底下。我心里着急，东张西望，可是连个影子也没有。就在我往四下里张望的时候，梅尔先生回来了，他问我爬到桌子上干什么。

"请原谅，先生，"我说，"对不起，我在找狗呢。"

"狗？"他说，"什么狗？"

"那指的不是一条狗吗？"

"什么指的不是一条狗吗？"

"让人们小心的，先生，那咬人的？"

"不是，科波菲尔，"他严肃地说道，"那指的不是一条狗，而是一个学生。我接到指示，科波菲尔，要把这块牌子挂在你背后。我很抱歉，从一开始就这样对待你，可是我必须这样做。"

他说着就把我从桌子上抱下来，把那块牌子拴在了我的肩膀上。那牌子做得正合适，背在身上就像背着一个背包一样。从那以后，无论走到哪里，我都背着这块牌子，可美啦。

这牌子让我受的那个罪，什么人也想象不到。无论会不会有人看见，我总觉得有人在看那块牌子。有时我一转身，发现身后并没有人，但我并不感到轻松，因为无论我背朝哪里，我总觉得那里是有人的。那个瘸子心眼儿坏，更增加了我的痛苦。他也能管我，一看见我靠在树上、靠在墙上，或贴着房子站着，就站在他的房门口大声吼叫起来："喂，说你哪！说你哪，科波菲尔！把牌子露出来，要不我就报告去！"有一个院子，沙砾铺地，光秃秃的，是学生们做游戏的地方。这个院子在教室后面，伙房、库房等等也在这里。所以我知道勤杂人员看见过这块牌子，前来送肉的看见过，前来送面包的看见过，总而言之，我早上起来奉命在那里散步，凡是这个时候学堂里出出进进的人都知道要对我加小心，因为我咬人。回想起来，我当时的确害怕自己已经变成了一个胡乱咬人的野孩子。

这个游戏场有扇旧门，学生们好把自己的名字刻在上面，全都刻满了。我害怕假期结束，学生回来，所以每看到一个名字就问自己，他会以什么腔调来念牌子上写的"小心！他咬人！"，他会采取什么态度呢。有个学生，名叫詹·斯蒂福，他的名字刻得很深，而且刻了很多遍，我想他一定会用有力的声音念那牌子，然后就来揪我的头发。还有个学生，他叫汤米·特拉德，我怕他会拿这牌子开玩笑，装出被我吓坏了的样子。还有一个叫乔治·丹普尔，我觉得他会把牌子上的话配上曲子唱起来。我看着这扇门，越看越胆怯，后来这些名字的主人——当时学堂里共有四十五个学生，这是梅尔先生告诉我的——好像一致同意都不理我，以各自的腔调齐声喊道："小心！他咬人！"

我看到书桌和条凳之间的地方，也会产生这样的想法。

在我上床以前，或躺在床上，看见那林立的空床时，也会产生同样的想法。我记得每天晚上做梦，梦见和我母亲在一起，她还是原来的老样子，梦见到裴果提先生家里去聚会，梦见坐在驿车顶上旅行，梦见又和我那不幸的堂倌朋友在一起吃饭，在所有这些场合我都弄得人家睁着大眼又喊又叫，因为，算我倒霉，人家发现我什么也没穿，身上只有一件小睡衣，和那块牌子。

生活单调，我又老怕开学，那痛苦实在难以忍受。我每天要和梅尔先生做大量的功课，但是我都完成了，因为没有摩德斯通姐弟两人在场，而且还完成得不错。做功课之前和做完功课以后，我就到处走走，不过要在那个瘸子的监督之下，这一点，我在上面已经说过了。我现在多么清楚地记得：那房子很潮湿，院子里铺地的方块儿石板裂着缝，长着青苔，一个旧水桶已经漏了，几棵阴森森的树，树干也变了颜色，和别的树相比，已是晴天开花少，雨天滴水多。我和梅尔先生，我们一点钟吃午饭，饭厅很长，空荡荡的，里面放着许多松木桌子，到处是油腥味儿，我们坐在离门远的那一头。饭后继续做功课，一直做到下午喝茶的时候。梅尔先生用一个蓝色茶杯喝茶，我用的是一个锡罐儿。梅尔先生整天工作，一直工作到晚上七八点钟。他在教室里单独有一张书桌，上面有钢笔、墨水、尺子、账本、白纸。他忙个不停，结算半年来的账目。晚上在他收拾起东西，准备歇息的时候，就把笛子拿出来吹上一阵。我听到后来几乎觉得他会通过笛子一头儿的大孔把自己一点儿点儿吹进去，又通过下面的眼儿一点儿点儿消失。

现在我又看见我小时候在那昏暗的屋子里，手托着脑袋坐在那里，一边听着梅尔先生悲哀的演奏，一边准备第二天的功课。我又看见自己把书本合上了,依然在听梅尔先生悲哀的演奏,听着听着回想起过去家里的情景,听见了亚茅斯海滩的风在呼呼地刮,感到非常伤心,非常孤独。我又看见自己在那空屋子里朝着自己的床铺走去,坐在床边哭泣,希望裴果提来说上一句安慰的话。我又看见自己清早走下楼来,从楼梯窗口一条可怕的大裂缝望出去,望见挂在小屋顶上的校钟,上面还有一个风标,我心里害怕,因为校钟一响,詹·斯蒂福那帮学生就回来上课了。说起我对未来的恐惧心理,这还是件小事,我最怕的是那瘸子打开生了锈的大门,把克里克尔先生放进来。我认为我在上述任何情况下都不是一个非常危险的人物,却在所有情况下都背着那块牌子,让人们提防我。

梅尔先生从不对我说很多话,但也从不对我粗暴。我们大概是互相做伴儿吧,虽然不说话。我忘了说了,他有时候自己跟自己说话,发笑,攥拳,咬牙,抓头发,不知道是为什么。但他就是这么怪,起初我感到害怕,不过很快也就习以为常了。

第六章　我交更多的朋友

　　这样的生活我过了大约一个月，忽然看见那装着木头假腿的瘸子冬冬地跑来跑去，手里拿着拖把，还提着一桶水。我一看就明白了，这是在做准备呢，克里克尔先生和学生们就要回来了。果然不错，因为那拖把不久就进了教室，把我和梅尔先生撵出来了。有好几天的工夫，我们能在哪儿住，就在哪儿住，能怎么干，就怎么干。不过在这段时间里，有两三个没大见过的年轻女人干活儿，我们老碍她们的事。另外，我们一直在吃灰尘，弄得我老打嚏喷，仿佛萨伦学堂就是一个大鼻烟壶。

　　有一天，我听梅尔先生说，克里克尔先生当晚就到。那天晚上，喝过茶以后，我听说他已经回来了。睡觉以前，那瘸子来找我，说要带我去见他。

　　克里克尔先生也住在这所房子里，但他的住处比我们可舒服多了。他还有个舒适的小花园，叫人看了就高兴，和那尘土飞扬的游戏场可不一样，那游戏场简直就是个小型的沙漠，我觉得除了双峰骆驼和单峰骆驼以外，谁在那儿也不会感到舒服的。我似乎是够大胆的，因为就在我哆哆嗦嗦去见克里克尔先生的路上，我还注意到那过道看上去也很舒适。经过引见，我来到克里克尔先生面前，当时我心慌意乱，几乎连克里克尔太太和克里克尔小姐都没看见(尽管她们就在那客厅里),别的也什么都没看见,只看见克里克尔先生,他胖乎乎的,坐在扶手椅上,胸前挂着一条表链,表链上还有许多装饰品,身旁放着一个酒杯和一瓶酒。

"看来,"克里克尔先生说,"这就是那个需要剜掉牙齿的年轻人喽!让他转过身去。"

那瘸子拽着我转过身来,牌子对着克里克尔先生,等他看够了,又拽着我转过身去,让我脸对着他,那瘸子自己就站到克里克尔先生身旁去了。克里克尔先生是红脸膛,小眼睛,眼窝很深,额头上青筋很粗,小鼻子,大下巴。他头顶上的头发已经掉光,剩下的那稀稀拉拉又湿漉漉的头发也已花白,从两鬓往中间拢,在脑门子上聚在一起。这个人的各种情况给我印象最深的,就是他是个哑嗓子,说话不出声。他说的时候,因为很吃力,也许是因为意识到自己讲话软弱无力,那怒气冲冲的面孔就更加怒气冲冲,额头上那很粗的青筋也更粗了。回想起来,我把这看做他的主要特点,也就毫不奇怪了。

"我说,"克里克尔先生说,"这孩子有什么情况?"

"他还没有什么不是,"瘸子答道,"还没有机会呢。"

我觉得克里克尔先生听了这话是感到失望的。但我觉得克里克尔太太和小姐(这时候我才看了她们一眼,她们都很瘦,一声不吭)并没有感到失望。

"过来点儿,你。"克里克尔先生说着向我招了招手。

"过来点儿。"瘸子说,也做了同样的手势。

"我有幸认识你的继父,"克里克尔先生揪着我的耳朵哑着嗓子说道,"他可是个好人,性格很坚强。他了解我,我也了解他。你了解我吗,啊?"克里克尔先生说道,一面乐呵呵地拼命揪我的耳朵。

"还不了解，先生。"我一面说着，一面疼得往后缩。

"还不了解，啊？"克里克尔先生重复了一遍我的话，"不过你很快就会了解，啊？"

"你很快就会了解，啊？"瘸子重复了一遍。后来我发现因为他说话声音大，克里克尔先生对学生讲话的时候往往让他当翻译。

我一听这话大吃一惊。我说，对不起，我也希望那样。我一直觉得好像耳朵在冒火，他可揪得真厉害。

"我来告诉你我是什么人，"克里克尔先生哑着嗓子说道，这时他又拧了一下我的耳朵，然后松了手，疼得我眼泪都流了出来，"我是个鞑靼①。"

"鞑靼。"瘸子说。

"我说要做一件事，就一定要做，"克里克尔先生说，"我说叫谁做什么，谁就得做什么。"

"叫谁做什么，谁就得做什么。"瘸子重复了一遍。

"我这个人，性格坚强，"克里克尔先生说，"我就是这样一个人。我尽我的责任，我就是要这样做。我的亲骨肉，"（说到这里，他看了看克里克尔太太。）"要是敢冒犯我，就不是我的亲骨肉。我就让他滚蛋。那个家伙，"（他问那瘸子）"又来过没有？"

"没有。"瘸子答道。

"没有，"克里克尔先生说道，"他知道不能再来。他了解我。让他躲得远远的。我看，就让他躲得远远的，"克里克尔

---

① 古时中亚北部人，此处意为脾气暴，难对付。

先生说道,一面拍桌子,一面看了看克里克尔太太,"因为他了解我……现在你也该了解我了吧,年轻的朋友,好啦,你可以走了……把他带走。"

他吩咐下面把我带走,我很高兴,因为克里克尔太太和小姐都在那里擦眼抹泪,我不但为自己,也为她们感到难过。可是我心里还有一项要求,对我至为重要,就提了出来,虽然我自己也不知道怎么会有那么大的胆量。我说:

"我求你,先生……"

克里克尔先生哑着嗓子说:"啊!什么事儿?"两只眼睛死死地盯着我,好像放出火舌要把我烧掉。

"我求你,先生,"我战战兢兢地说,"能不能在学生回来之前让我把这牌子摘掉。先生,我的确非常悔恨过去做过的事。"

克里克尔先生一听这话,马上从椅子上跳起来,他究竟是真想对我动手,还是只想吓唬吓唬我,我就不知道了,反正我赶紧溜哇,也顾不上等那瘸子带我走了,哪里也不敢停,一口气跑回宿舍,看看没人追来,我就上了床,因为已经到了睡觉的时间,我躺在床上还哆嗦了两三个钟头呢。

第二天早上,夏普先生回来了。夏普先生是高级教师,比梅尔先生的身份高。梅尔先生和学生们一起吃饭,夏普先生则与克里克尔先生同桌进午餐和晚餐。我觉得他是一个细声细气弱不禁风的人,大鼻子,好把脑袋歪向一边,仿佛脑袋太重,有点儿支撑不住的样子。他的头发非常光滑,有波纹;不过后来我听头一个返校的学生说那是假发(听他说,还是买的旧货),而且夏普先生每礼拜六下午都要出去把那假发重新卷一卷。

告诉我这件事的不是别人,而是汤米·特拉德。头一个返校的学生就是他。他做自我介绍的时候对我说,我可以在大门右上角的一个门闩的上方找到他的名字。听他这么一说,我就说:"特拉德?"他说:"正是。"随后他就叫我把自己和家里的情况详细说一说。

特拉德头一个返校,这对我是很有利的。他觉得我的牌子很有趣,因此无论是大孩子小孩子,一回来,他就把我介绍给他们,他是这么说的:"看哪!这儿有个好玩儿的东西!"这就省得我亮也不是,藏也不是,左右为难了。还有一件值得庆幸的事,大部分学生返校的时候都情绪不好,不像我预料的那样拿我穷开心。有几个学生的确在我周围手舞足蹈,像野蛮的印第安人一样,大部分人经不起诱惑,真的把我当做一条狗,在我身上拍两下,胡噜胡噜,怕我咬人,他们还说:"躺下,老兄!"还管我叫"淘子"。当着这么多生人的面,我当然下不来台,流了不少眼泪,不过总的说来,情况比我原来想象的要好多了。

然而,我现在还不能算正式入学,要等詹·斯蒂福回来才行。他是大家公认的大学问家,长得也很帅,至少比我大六岁,他们带我去见他的时候,就像见地方长官似的。在游戏场上一个凉棚底下,他问了我受罚的详细情况,觉得很有意思,他说他认为这种做法"很可笑"。从那以后,我对他特别亲近。

"你有多少钱,科波菲尔?"他像上面那样对我这件事下了断语之后,和我一边走,一边问道。

我说有七先令。

"你最好交给我,我来替你收着,"他说,"你要是乐意,就这么办。要是不乐意,就拉倒。"

对于他好心出的主意,我连忙照办。我打开裴果提给我的钱包,底儿朝天,把钱全倒在他手里了。

"你现在想不想花一点儿?"他问道。

"不,谢谢。"我说。

"你知道,你要是想花,是可以花的,"斯蒂福说,"说一声,就行了。"

"不,谢谢,先生。"我又说了一遍。

"过一会儿,到了寝室里,说不定你想花两三个先令买一瓶葡萄酒吧?"斯蒂福说,"据我了解,你就住在我的寝室里呀。"

我可从来没有这样的想法,不过我还是说,好吧,我同意。

"很好,"斯蒂福说,"我敢说,你一定愿意再花一两个先令买杏仁饼吧?"

我说,好吧,我也同意。

"再花一两个先令买饼干,再花一个先令买水果,啊?"斯蒂福说道,"我看,小科波菲尔,你花钱花得好厉害呀!"

我笑了笑,因为他笑了,不过我心里可直打鼓。

"唉,"斯蒂福说,"这钱,咱们得尽量多花些时候,没有别的意思。我一定尽我所能来帮助你。我想出去就出去,还能把吃的东西偷偷地弄进来。"他说完了,就把钱放进自己的口袋里,而且好心地对我说,叫我只管放心,他会十分小心,不会出什么差错。

他果然说到做到,这就算没出差错吧。我原先暗自怀疑,恐怕出了大的差错,因为我心中嘀咕,怕母亲给我的两个半克朗硬币是白扔了,虽然我把包硬币的那块纸珍藏起来了。等

我们上了楼,准备睡觉的时候,他就把价值七先令的东西都拿出来,放在我床上有月光的地方,说道:

"你看,小科波菲尔,你这是开皇家宴会哪!"

我当时年纪小,又有他在场,我不敢妄想主持这样的宴会,一想到主持宴会,我就两手发抖。我求他替我主持,屋里另外几个学生也赞成,他就接受了这个请求,坐在我的枕头上,把那些好吃的东西分给大家吃——我必须说,分得很公平——他还把那葡萄酒倒进一个没有脚儿的玻璃杯里,这玻璃杯是他个人的财产。我呢,就坐在他的左边,别的学生都围着我们,有的坐在旁边的床上,有的就近席地而坐。

我清清楚楚地记得,我们坐在那里低声说话——我应当说他们说话,我只是恭恭敬敬地听着。月光从窗口照进来,照在窗前的地上,画出一个灰白色的窗户的轮廓。我们大都坐在暗处,只有在斯蒂福想在桌上找什么东西,把火柴往磷盒里一蘸的时候,才有一道青光把我们照亮,但这青光马上就消失了。因为黑,又是秘密聚会,而且只能小声说话,回想起来,我不知不觉又产生了当时那种神秘的感觉。他们说什么我都听着,心里好像感到既严肃又恐惧,在这种情况下,我就觉得他们都离我很近,使我感到高兴,同时特拉德假装看见墙角里有鬼,虽然我也装出笑的模样,内心却非常害怕。

我听到了关于学堂本身的五花八门的情况,还有与学堂有关的各种情况。我听说,克里克尔先生自称鞑靼,不是没有原因的;听说他是最严厉最苛刻的老师;听说他时时刻刻都在四面出击,像骑兵一样冲到学生堆里大砍大杀,毫不留情。听说他就知道大砍大杀,别的学问一概没有,连学堂里最美的学生都不如(这是詹·斯蒂福说的);听说许多年前,他是巴洛区的一个小商人，经营啤酒花，后来破了产，把老婆的钱也花光了，才改行办学的——我还听到别的许多类似的情况，不知他们是怎么知道的。

我听说，那个装着木头假腿的瘸子名叫滕盖。他既固执，又粗鲁，过去曾帮着克里克尔先生经营啤酒花，学生们估计他就是在为克里克尔先生效劳的时候跌断了腿，并且为他做过一些不光彩的事，又知道他的底细，所以能跟他一起办起学来。听说滕盖认为全学堂的人，老师也好，学生也好，除了克里克尔先生一人以外，都是他天生的敌人，他生活中唯一的乐趣就是待人歹毒、刻薄。听说克里克尔先生有个儿子，与滕盖不和，原来也在学堂里帮着做些事情，不过有一次因为父亲执行校规过于残酷，他向父亲发了一些怨言，据说除此以外，他还对父亲对待母亲的方式不满。听说克里克尔先生因此就把他赶出家门，从此以后克里克尔太太和小姐就都处于悲惨的境地。

我听见的关于克里克尔先生的事情，最奇怪的是学堂里有个学生，他从来不敢触动，那就是詹·斯蒂福。斯蒂福本人听到别人这么说，也承认，而且说我倒愿意让他试试。一个性情温和的孩子（可不是我）问道，假如他真的试了，怎么办。斯蒂福故意把火柴往磷盒里一蘸，发出一道亮光来衬托他的回答，一边说道：他要先用壁炉前横板上价值七先令六便士的墨水瓶砸他的脑门子，把他打翻在地，再作道理。我们听了，在黑影里呆坐了好半天，连气也不敢出。

我听说夏普先生和梅尔先生的待遇都低得可怜。夏普先生和克里克尔先生同桌吃饭，桌上要是有冷菜和热菜，可以预料他总是要说他喜欢吃冷的——此事詹·斯蒂福可以作证，他是唯一与校长一起进餐的学生。我还听说夏普先生的假发戴着并不合适，他不必那样"神气活现"——也有人说他不必那样"趾高气扬"——因为他脑袋后面的红头发露在外面，是很明显的。

我还听说有一个学生，父亲做煤炭生意，他来上学可以抵账，因此大家管他叫"交换"，或者叫"易货贸易"，这是从算术课本里选来的词儿，来说明他们这种安排。听说饭桌上的啤酒是向学生家长敲竹杠敲来的，那布丁也是强迫人家提供的。听说学堂里的人都认为克里克尔小姐在和斯蒂福谈恋爱，当时我坐在黑影里，想到他那悦耳的声音，俊秀的面孔，潇洒的举止，拳曲的头发，肯定认为那是非常可能的。听说梅尔先生这个人并不坏，但是他连六个便士也不趁，他母亲梅尔老太太穷得和约伯①一样，这是毫无疑问的。我当时想到我那顿早餐，想到那句像是"我的查利！"的打招呼的话，但是我像哑巴一样，一声没吭，现在想起这件事，我感到很高兴。

听他们说这些事，还有许多别的事，可比我们的宴会花的时间多。吃喝过后，大部分客人马上就睡觉去了。我们几个留下的人，衣裳已经脱了一半儿，还有的说，有的听，最后也各自睡觉去了。

"晚安，小科波菲尔，"斯蒂福说道，"我会照顾你的。"

"你真好，"我怀着感激的心情回答道，"我非常感谢你。"

"你有姐姐吗？"斯蒂福说着打了一个哈欠。

"没有。"我回答说。

---

① 据《旧约·约伯记》说，约伯笃信上帝，为考验他的忠诚，上帝使他在一天内失去所有财富和儿女，从富人变为穷人。

"真可惜,"斯蒂福说,"你要是有个姐姐,一定是个又漂亮,又胆小,个子不大,眼睛发亮的姑娘。我会很想认识她的。晚安,小科波菲尔。"

　　"晚安,先生。"我答道。

　　上床以后我还想了他半天,记得我还欠起身子看他,只见他躺在月光中,他那漂亮的脸朝上,头枕着胳膊,显得很舒服的样子。在我眼里,他是个很有势力的人,这当然也就是我老想到他的原因。在月光中,他的未来没有显出些许端倪。我梦见彻夜在花园里徘徊,也没有隐隐约约看到他的足迹。

第七章　我在萨伦学堂的"第一学期"

　　第二天,学堂正式开学。我记得,教室里本来是一片喧嚣,忽然变得鸦雀无声,因为克里克尔先生吃过早饭,来到教室,他站在门廊里扫了我们一眼,就像故事书里说的巨人审察俘虏一样。这件事,给我留下了深刻的印象。

　　滕盖站在克里克尔先生身边。我觉得他没有必要那样声嘶力竭地大喊"安静",因为学生们都吓得一声不吭,一动不动了。

　　学生们看着克里克尔先生说话,听见的却是滕盖的声音,主要内容是:

　　"同学们,新学期开始了。在这个新学期里,你们一举一动都要小心。我劝你们要以充沛的精力好好学习,要不我就以充沛的精力来处罚你们。我不会手软。你们搓啊,揉啊,都无济于事,我给你们留下的痕迹是搓不去,揉不掉的。现在,都快学习去吧!"

　　那可怕的开学典礼结束以后,滕盖便拖着假腿冬冬地走了。克里克尔先生走到我坐的地方,对我说,要是我咬人出了名,他也是咬人出了名的。接着他就让我看他手里的藤子棍儿,问我拿这东西和牙齿相比怎么样。是不是抵得上一颗尖牙,嘿?是不是抵得上一对牙,嘿?这牙是不是很长,嘿?咬不咬人,嘿?咬不咬人?他每问一句,就用那藤子棍儿抽我一下,像用刀子割肉,疼得我不停地扭动。所以,没有多久我就享受了萨伦学堂的一切权利(如斯蒂福所说),没有多久我就眼泪汪汪了。

这并不是说只有我才有这份殊荣。恰恰相反,大部分学生(尤其是年纪小的),在克里克尔先生在教室里来回巡视的时候,都受到了类似的关怀。这一天的功课还没开始,就有半数学生被打得扭动、哭叫;这一天的功课结束之前,又有多少学生被打得扭动、哭叫呢,我实在不敢想,因为我怕有夸大之嫌。

我觉得任何人都不会比克里克尔先生更喜欢自己那份职业了。他抽打学生取乐,就像贪得无厌的人得到满足一样。我认为胖乎乎的学生对他的吸引力特别大,这样的学生能使他着迷,使他焦躁不安,非在放学之前收拾收拾他们不可。我自己就胖乎乎的,所以我很清楚。现在我一想起这家伙,准气得发昏,并不是因为我个人的遭遇而气愤,即使我不曾落到他手里,只要我了解了他的所作所为,我也同样会感到气愤。但是我的确气得头昏脑涨,因为我知道此人别的不会,只会祸害人,他没有资格受到那样大的信任,正如他没有资格当海军上将,没有资格当总司令,即便他当了海军上将,或者当了总司令,也远不至于像现在这样干这么多坏事。

我们这群可怜的孩子得讨好一个毫无怜悯之心的凶神,我们在他面前显得多么卑贱啊!现在回想起来,他是那样一个德行,而我对他却要卑躬屈膝,我的生活怎么一开始就是这个样子呢?

现在我又回想起坐在课桌前留意看他眼神的情景:我低

三下四地留意看他的眼神,他在用尺子给另一个学生往算术本上划格子,那个学生倒霉,刚被他用那把尺子打过手掌,正用手绢擦手,以为擦擦就不痛了。我有很多功课要做,不是闲着没事儿才看他的眼神,而是因为我感到他有一种不正常的吸引力,我心里害怕,很想知道他还要干什么,是该轮到我挨打了,还是该轮到别的什么人。挨着我坐的有两排小学生,怀着同样的心理,也在注意他的眼神。这情况,我觉得他明明知道,却装作不知。他在学生的算术本上划格子的时候,嘴眼歪斜,可怕极了。现在他斜眼往我们这边一扫,我们都连忙低头看书,哆嗦起来。过了一会儿,我们又看他。有个学生倒霉,作业做得不好,听见他召唤,走上前去。这学生支支吾吾地说了一些理由,还说明天一定好好地做。但是克里克尔先生还是揍了他一顿。揍他之前,说了一个笑话,我们也都笑了——我们这群可怜的小狗虽然笑了,却脸色煞白,像灰一样,心也都提到嗓子眼儿了。

现在我又回想起坐在课桌前的情景:那年夏天,一天下午,热得让人犯困。我周围是一片嗡嗡声,好像同学们个个都是绿头苍蝇。我们一两个钟头以前刚吃过午饭,那半冷不热的肥肉叫人腻得慌,我的脑袋好像是铅做的那样沉。只要让我睡上一觉,让我给什么都行。我坐在那里望着克里克尔先生,像只小猫头鹰那样冲着他眨巴眼;有一阵儿,困劲儿上来了,睡梦之中我依然看见他在那里往算术本上划格子,后来他轻轻地走到我身后,在我背上抽起了一道红印子,这样一来我就醒了,看他也看得较为清楚了。

现在我又回想起游戏场上的情景:我在游戏场上虽然看不见克里克尔先生,两只眼睛却还老惦记着他。我知道他吃饭的地方离某个窗户不远,这窗户就成了他的象征,我看不见他本人,就看这窗户。他要是在靠近窗口的地方一露面,我脸上就显出一副恳求与顺从的表情。他要是隔着玻璃往外看,就连最大胆的学生(斯蒂福除外)也会刚喊半声就不喊了,马上低头沉思起来。有一天,特拉德(他是世界上最倒霉的学生)不小心把球踢到窗户上,打碎了玻璃。这是我亲眼所见,当时我就觉得这球落到克里克尔先生那神圣不可侵犯的脑袋瓜子上了,害怕得不得了,现在回想起来,还感到不寒而栗。

特拉德可真可怜!他那身天蓝色的衣服特别瘦,把他的胳膊和腿勒得像德国香肠,也可以说像果酱布丁。他是一个最快活也最痛苦的学生。他老挨棍子——记得那个学期,他每天都要挨一顿棍子,只有一个星期一除外,那天赶上假日,只打了两只手的手掌——还老说要给他叔叔写信,告诉他这件事,可从来也没见他写。挨了打以后,他只是把头搭在桌子上趴一会儿,不知怎地情绪就好了,又笑起来,在石板上画满了骷髅,他的眼泪还没干呢。起初我老纳闷,特拉德画骷髅能有什么乐趣;有时候我把他看成一种隐士,因为他用那些死亡的标志来提醒自己,挨棍子是不会没有尽头的。不过我现在认为他画骷髅只是因为骷髅好画,眉眼儿什么的都可以不画。

特拉德很讲义气,他就是这么一个人。他认为同学之间互相支持是一项严肃的义务。他这种看法使他吃过好几次苦头;特别是有一次,斯蒂福在教堂里发笑,教区事务员以为是特拉德干的,就把他揪了出去。我现在仿佛还看见他被押解出去的情景,在场的教友都对他投以鄙视的眼光。第二天,他可受了大罪,他还被关了好几个钟头的禁闭,等他出来的时候,他那本拉丁文字典里画满了骷髅,整个教堂墓地里的骷髅都画在里面了,但他始终没有说出真正的肇事者。不过他也得到了报酬。斯蒂福说特拉德不是那号专打小报告的人,我们都觉得这样的评语是最高的赞扬。至于我,虽然我远没有特拉德那么勇敢,年纪也没有他那么大,却会经受很大的痛苦来争取这样的奖励。

看着斯蒂福和克里克尔小姐在我们前面挽着胳膊朝教堂走去,这是我有生以来看到过的最精彩的场面之一。我觉得克里克尔小姐在美貌方面无法与小艾米丽相比,而且我也不喜欢她(我不敢哪!);不过我觉得她是个非常动人的姑娘,举止文雅,无人可比。我看见斯蒂福穿着白色长裤,为姑娘打着阳伞,就觉得自己因为有他这样一个朋友而自豪,而且我相信那姑娘也不会不一心一意地爱他的。在我眼里,夏普先生和梅尔先生都是赫赫有名的大人物,不过要是拿斯蒂福和他们相比,就和拿太阳与两颗星星相比一样。

斯蒂福继续保护着我,帮了我很大的忙,因为有幸得到他支持的人,谁也不敢得罪。不过他无法帮助我,或者说他反正没有帮助我来对付克里克尔先生,而克里克尔先生对我是非常严厉的。但是如果我受的罪出了格儿,他总说我缺少他那股子劲,要是换了他,他是不会忍受的。我认为这是他对我的鼓励,觉得他待我真好。克里克尔先生对我严加处置,也有一项好处,就我所知,也只有这一项好处。他在我坐的长凳后面走来走去,想顺便给我一棍子,这时候他就发现我那块牌子碍事。由于这个原因,牌子不久就摘掉了,从这以后我再也没见过那块牌子。

一件偶然发生的事使我和斯蒂福的关系更为密切,使我感到很光荣,很得意,虽然有时也带来一些不便。有一次我很荣幸,他在游戏场上和我说话,我无意中说起某件事也许是某个人——现在记不清究竟是什么了——很像《佩里格林·皮克尔》一书中的某件事或某个人。当时他什么也没说;可到了晚上,我正要上床睡觉的时候,他问我身边有没有那本书。

我说没有,我还告诉他我是在什么情况下读了这本书,读了我在前面提到的那些书。

"那你还记得吗?"斯蒂福说道。

我说,当然记得。我记性好,我相信记得很清楚。

"我看,咱们这样吧,小科波菲尔,"斯蒂福说,"你把这些书的内容讲给我听。晚上,早了我也睡不着,早晨,我又常常醒得很早。咱们一本一本地来。这就赶上《天方夜谭》了。"

这个计划使我受宠若惊,当天晚上就付诸实施了。在讲述过程中,我对我所喜爱的那些作家造成了多大的损害,我说不出来,也根本不想知道;但是我对他们都很有信心,而且很有把握,我讲的东西都是以朴实认真的态度讲述的;这两方面都产生了很好的效果。

缺点是我有时候晚上犯困,或者情绪不好,不想接着往下讲,这样一来就很难了,可是又非讲不可,因为叫斯蒂福失望,或者让他感到不快,那是万万不行的。早晨也是这样,怪困得慌的,很想美美地再睡上一个钟头,却要像山鲁佐德王后①那样,不到打起床铃的时候就得起来,讲一段很长的故事,这实在让人厌烦。然而斯蒂福决心已定;同时,作为回报,我的算术、练习以及功课中感到困难的地方,他都给我解释,所以在这笔交易中我也不吃亏。不过我还得为自己说句公道话。我

———————————
① 《天方夜谭》的主人公,因每晚给波斯王讲一段故事,才免遭其杀害。

为他这样做,并不是贪图什么好处,或者有什么个人打算,也不是因为我怕他。我崇敬他,喜欢他,只要他接受我这份情谊,就是最好的回报了。对于他这种回报,我是非常珍惜的,所以现在回想起这些琐事,心中还隐隐作痛。

斯蒂福对我也是很体贴的,在这一方面,有一次他表现得特别坚决,我估计特拉德和别的同学都会有点儿眼馋了。裴果提答应给我写的信——这封信对我是多大的安慰呀!——开学后没过几个星期就寄到了,随信还有一个蛋糕,周围摆了很多橘子,另外还有两瓶樱草酒。这些好东西,我都规规矩矩地放在斯蒂福面前,请他处理。

"我看,咱们这样吧,小科波菲尔,"他说,"这酒就留着等你讲故事的时候润嗓子吧。"

我一听这话,脸就红了,谦虚地请他不要把这件事挂在心上。但是他说他注意到了,我有时嗓子发哑——嘶啦嘶啦的,这是他的原话——这酒,每一滴都必须用来给我润嗓子。于是他就把酒锁在他的箱子里,等他认为我需要润嗓子的时候,亲自把酒倒到一个小瓶里,在软木塞里插上羽毛管,让我饮用。有时候,为了加强这酒润嗓子的效果,他还特意挤点儿橘汁在里面,或者放上一点儿姜,或者滴上一滴薄荷油,虽然我不敢说这样一来味道更好,也不敢说晚上睡觉之前和早上起床之后谁就准喜欢这种饮料,但我还是怀着感激的心情喝了,并且深深地体会到他对我的关怀。

我觉得好像我们讲《佩里格林》就讲了好几个月,讲别的故事也讲了好几个月。我敢说,我们这个机构决没有因为没故事可讲而显得无聊,那酒也差不多一直喝到最后。那可怜的特拉德——我一想到这个同学就有一种特殊的感情,一方面想笑,可同时眼睛里又含着泪——他总爱插科打诨,碰到可笑的情节,他就假装笑得前仰后合,碰到惊险的情节,他就假装吓得胆战心惊。不过这也常常使我讲不下去。我记得他的拿手好戏就是在我讲吉尔·布拉斯的冒险活动时,每次提到西班牙警官,他就假装吓得上牙碰下牙;我还记得有一次我讲到吉尔·布拉斯在马德里碰上强盗头子,特拉德假装吓得浑身发抖,不巧让正在走廊里巡视的克里克尔先生听见了,说他在寝室里胡闹,把他结结实实地揍了一顿。

如果说我本来就有点儿爱好幻想,喜欢传奇,由于老摸着黑儿讲故事,就更有所发展;在这一方面,讲故事这件事对我本不会有很大好处。可是我在寝室里受到大家的宠爱,我还意识到我会讲故事这件事很快就在同学中间传开了,虽然我年纪最小,却很受重视,因此我也特别卖力。如果一个学校全靠残暴手段来维持,那么无论主持人有知识还是没有知识,学生都不可能学到很多东西。我认为,总的说来,我们这帮学生是世上所有学生之中最无知的一帮学生了;他们受到的干扰,受到的粗暴待遇,太厉害了,没法学习。一个人要是老感到不幸,感到苦恼,感到忧虑,他做什么也做不好,这帮学生又怎么能学得好呢?不过我有点儿爱面子,再加上斯蒂福的帮助,还真促使我好好学;虽说未能使我少受许多惩罚,当然也不是一点儿作用都没有,却使我在校期间与众不同,因为我的确踏踏实实地学到了一星半点儿的知识。

在这方面,我得到梅尔先生许多帮助。他对我有好感,我很感激他,始终不能忘怀。当时斯蒂福老爱作践他,轻易不放过一个机会来伤他的心,或者怂恿别人来伤他的心。我看到这种情况,总感到很痛苦。有很长一段时间,我苦恼得更厉害,因为我要是有一块点心或者别的什么物品,从不背着斯蒂福,有什么秘密也同样不背着他,没过多久,我就把梅尔先生带我去见那两个老太太的事儿告诉他了;我老怕他把这件事捅出去,用来讥笑梅尔先生。

我敢说,那头一天早上,我吃着吃着饭就听着笛声在那孔雀翎下面睡着了,当时我们谁也没想到我这个无足轻重的人来到那济贫院会有什么后果。但是这件事是有后果的,只不过还没有显示出来罢了,而且不但有,还有其一定的严重性。

有一天,克里克尔先生因病留在家里,这自然给整个学堂带来了欢乐,上午上课的时候,嚷嚷得很厉害。学生们一来放松,二来得意,很不听话。虽然令人望而生畏的膝盖拖着木头假腿来过两三次,而且把领头闹事的几个学生的名字记了下来,学生们并不觉得有什么大不了的,因为他们心里有数,不管他们干什么,明天都会有麻烦,还不如索性今天乐一乐。

那天是星期六,按说应该放半天假。但是在游戏场上打闹会影响克里克尔先生休息,况且天气不好,也不宜外出,所以就要求我们下午都待在教室里做功课,那功课比平时容易一些,是临时安排的。那天正是夏普先生每周一次出去卷假发的日子,所以梅尔先生一个人在学堂里钉着,因为不论什么苦活儿,一向都是他干。

要是梅尔先生这样温和的人能使我联想起牛和熊,那么那天下午闹得最厉害的时候,他就使我想到一头牛或者一只熊被一千条狗激怒的情况。我记得他那天头疼,他用皮包骨头的手托着脑袋,趴在案头看书,尽力挣扎着坚持做那无聊的工作,周围的吵闹声能叫下院议长发昏。学生们跑来跑去,玩起了"抢占墙角"的游戏;有的笑,有的唱,有的说,有的跳,有的吼,有的慢条斯理地走,有的围着他转,他们龇着牙笑,做着鬼脸儿,在他背后或者在他面前学他的样儿——模仿他穷,模仿他穿靴子,模仿他穿褂子,模仿他母亲,凡是他们应该对他表示同情的地方,他们都加以模仿。

"安静!"梅尔先生突然站起来喊道,他还把一本书摔在桌子上,"这是干什么? 真叫人受不了。简直叫人发疯。同学们,你们怎么能这样对待我?"

他摔在桌子上的那本书是我的。当时我站在他身旁,顺着他的眼光往四下里一看,看见所有同学都静下来了,有的突然感到惊讶,有的有些害怕,有的大概后悔了。

斯蒂福的位子在那狭长教室的另一头。当时他倚在墙上,两手插在口袋里,两眼看着梅尔先生,他把嘴唇收拢,好像在吹口哨,这时梅尔先生一眼看见了他。

"安静,斯蒂福先生!"梅尔先生说。

"你安静,"斯蒂福红着脸说,"你在跟谁说话哪?"

"坐下。"梅尔先生说。

"你坐下,"斯蒂福说,"别多管闲事。"

有人暗自发笑,有人拍了拍手。但是梅尔先生脸色煞白,所以紧跟着又安静下来,有一个学生从他身后蹿出来,本想再模仿一次他的母亲,这时也改变了主意,假装要修钢笔。

"斯蒂福,"梅尔先生说,"你要是以为我不知道你在这里称王称霸,"——说到这里,他无意识地(这是我的猜想)把一只手放在我的头上——"或者以为我没看见你刚才怂恿年纪小的学生变着法儿来气我,那你可就错了。"

"我根本就没想到你,我不操那个心,"斯蒂福以冷淡的口气说道,"所以,实际上,我没有错。"

"你要是利用你在这里受到的偏爱,先生,"梅尔先生接着说,他的嘴唇抖得厉害,"来侮辱一位绅士……"

"一位什么? ……他在哪儿?"斯蒂福说道。

这时候,忽然有人喊道:"真丢人,詹·斯蒂福!太不像话啦!"这说话的是特拉德,梅尔先生叫他住口,马上把他顶了回去。

"来侮辱一位苦命的人,他可从来没在任何事情上得罪过你呀,先生,有种种原因,你不该侮辱他,你也不小了,又不是不明事理,应该明白这个道理呀!"梅尔先生说着,嘴唇哆嗦得越发厉害了,"你做的事又卑鄙,又可耻。坐下,还是站着,随你的便吧,先生……科波菲尔,继续做功课吧。"

"小科波菲尔,"斯蒂福说着向前面走来,"等一下。你听着,梅尔先生,我可就说这一次:你既然放肆地用卑鄙、可耻这一类的字眼来骂我,你就是个无耻的叫花子。你本来就一直是个叫花子,这你是知道的;但是你既然骂了我,你就是个无耻的叫花子。"

究竟是他想打梅尔先生,还是梅尔先生想打他,还是两个人都有动手的意思,我现在也说不清楚。我只看见全学堂的人都愣住了,好像都变成了石头,我还发现克里克尔先生站在我们中间,滕盖站在他旁边,克里克尔太太和小姐站在门口往里看,好像很吃惊的样子。梅尔先生把胳膊肘子支在桌子上,两手托腮,坐在那里半天一动不动。

"梅尔先生,"克里克尔先生说着抓住他的胳膊晃了晃——当时他哑着嗓子说话,声音却很大,所以滕盖觉得没有必要再重复他的话——"我希望你没有忘记自己的身份吧?"

"没有,先生,没有,"这位老师答道,他抬起头来,摇了摇头、两手搓来搓去,显出极为焦躁不安的样子。"没有,先生,没有。我记得自己的身份;我……没有,克里克尔先生,我没有忘记自己的身份;我……我记得自己的身份,先生。我……我……真希望你早一点儿来提醒我,克里克尔先生。那……那样的话,你就更仁慈啦,先生,更公正啦,先生。而且还会省掉我一些麻烦,先生。"

克里克尔先生一边两眼紧盯着梅尔先生,一边扶着滕盖的肩膀,跳上旁边的一条长凳,坐在了书桌上。克里克尔先生坐在这宝座上,盯着梅尔先生,看他摇头、搓手,还是那样焦躁不安,看了一会儿,就转身对斯蒂福说:

"既然他不肯放下架子向我说明情况,先生,你来说说,这究竟是怎么回事?"

斯蒂福迟疑了一下,没有回答,他以鄙视和愤怒的眼光看着他的对手,一声不吭。就是在这个间隙里,我记得,我也情不自禁地觉得,他看上去是一个多么高尚的人,而相形之下,梅尔先生又是多么平凡,多么丑陋。

"让我说,我就说,他刚才说偏爱是什么意思?"斯蒂福终于说话了。

"偏爱?"克里克尔先生重复道,这时候,他额头的青筋很快就鼓起来了,"谁说偏爱来着?"

"他说的。"斯蒂福说。

"那就请你说一说,你说这话是什么意思,先生?"克里克尔先生气愤地转过脸来冲着他这位助手厉声问道。

"我的意思是,克里克尔先生,"他低声答道,"我是这么说的:任何一个学生都无权利用他所受到的偏爱来贬低我。"

"贬低你?"克里克尔先生说道,"我的天哪!你这位先

126

生,你叫什么来着?请允许我问你一个问题,"说到这里,克里克尔先生把两只胳膊和藤子棍儿什么的在胸前一别,再使劲把眉头一皱,皱得眉毛下面的小眼睛几乎都看不出来了,"在你谈到偏爱的时候,你对我够尊重吗?对我呀,先生,"克里克尔先生说着突然猛地把头朝他伸过去,又缩了回来,"一校之长,而且还是雇你的人。"

"我不该说那样的话,先生,我愿意认错,"梅尔先生说,"我当时要是冷静一点儿,就不会说那样的话了。"

斯蒂福又接茬儿了。

"他还说我卑鄙,他还说我可耻,我也就说他是叫花子。我当时要是冷静一点儿,也许就不会叫他叫花子了。但是我叫了,我愿意承担后果。"

我大概没有考虑有没有后果需要承担,听了他这番坦诚的话之后,我非常兴奋。这番话也给别的学生留下了深刻的印象,虽然谁也没说什么,他们中间却有一阵轻微的骚动。

"我感到吃惊,斯蒂福——虽然你这样坦率,显得很体面,"克里克尔先生说,"肯定使你显得很体面——我必须说,我感到吃惊,斯蒂福,你竟然用这样的话来说萨伦学堂花钱雇用的人,先生。"

斯蒂福笑了两声。

"这可不能算是回答了我的话,"克里克尔先生说道,"希望你不要光笑笑就算了,斯蒂福。"

如果在我看来梅尔先生在这个漂亮学生面前显得丑陋,克里克尔先生有多么丑陋,就很难说了。

"让他否认吧。"斯蒂福说。

"否认他是个叫花子吗,斯蒂福?"克里克尔先生大声说道，"哎呀，他到哪里去要饭了？"

"如果他本人不是，他的亲属是，"斯蒂福说，"那也一样。"

他看了我一眼，而梅尔先生却用手温柔地拍了拍我的肩膀。我抬起头来，满脸通红，心里真懊悔，但梅尔先生的眼睛却盯着斯蒂福。他还在亲切地拍我的肩膀，眼睛还是盯着他。

"既然你克里克尔先生希望我说明理由，"斯蒂福说，"而且希望我把话说清楚，我要说的就是：他母亲住在济贫院里，靠施舍过日子。"

梅尔先生还在盯着他，还在亲切地拍我的肩膀，一边轻轻地自言自语，如果我没听错的话，他说的是："是的，我想是这样的。"

克里克尔转身冲着他这位助手，双眉紧皱，勉强显出客气的样子，说道：

"这位先生的话，你也听见了，梅尔先生。你要是乐意的话，麻烦你当着大伙儿的面指出他说得不对。"

"他说得对，先生，不需要指正，"梅尔先生答道，当时全场鸦雀无声，他还说，"他刚才说的是真的。"

"那就麻烦你当众宣布一下，好不好，"克里克尔说道，他把脑袋歪在一旁，两只眼睛在大家身上转来转去，"宣布一下，在此之前，我知道不知道这件事？"

"我想，你不是直接地知道。"他答道。

"这么说，你知道我是不知道的，"克里克尔先生说道，"是不是，啊？"

"我想，你从来也没认为我家境很好，"他这位助手答道，"我在这里的境况，现在如何，过去如何，你是知道的。"

"我想,要是说起这件事,"克里克尔先生说道,额头上的青筋胀得鼓鼓的,比什么时候都粗,"你根本就不该处于这样的境况,你错把这里当成慈善学堂了。梅尔先生,咱们到此分手,请你走吧。越快越好。"

"现在更好。"梅尔先生说着站了起来。

"先生,那就请吧!"克里克尔先生说道。

"我向大家告辞了,克里克尔先生,还有你们各位,"梅尔先生说着朝四下里看了看,又温柔地拍了拍我的肩膀,"詹姆斯·斯蒂福,我能够留给你的最好的祝愿就是,你会为你今天所做的事而感到羞耻。我现在决不能把你看做我的朋友,还有我关心的那些人,你也不是他们的朋友。"

他又一次把手放在了我的肩上,随后他从书桌里拿出他的笛子和几本书,把钥匙放在里面,留给后来的人,就夹着自己的东西走出了教室。克里克尔先生接着讲了一番话,是通过膝盖讲的。他在讲话中向斯蒂福表示感谢,感谢他维护了萨伦学堂的独立与尊严(虽然他也许做得太过分了),讲话结束的时候,他与斯蒂福握了握手,当时我们欢呼了三声——为什么欢呼,我不太清楚,不过我想是为斯蒂福欢呼,所以我也热烈地跟着他们欢呼,虽然心里感到难过。克里克尔先生用藤子棍儿把汤米·特拉德揍了一顿,因为发现他为了梅尔先生的离去,不但不欢呼,反而在那里哭。然后克里克尔先生就回去了,坐在沙发上,也许是躺在床上,反正从哪里来,就回到哪里去了。

现在没有人管我们了,我记得,我们面面相觑,茫然不知所措。我自己呢,为了我在这件事情里所起的作用而感到万分的内疚与悔恨,怎么样也止不住我的眼泪。可是我又害怕,我要是把使我伤心的那种情绪流露出来,那么斯蒂福,我已经注意到了,他不时地看我一眼,他就可能认为那是不友好的表现,也许说得更准确一些,考虑到我和他的年龄差别和我对他怀有的感情,他就可能认为那是不敬重他的表现。想到这里,我才没敢流泪。他对特拉德非常生气,他说特拉德挨揍,他感到高兴。

那可怜的特拉德已经过了趴在桌子上生闷气的阶段,他像往常一样,画了许多骷髅来消气,他还说,他不在乎,不过梅尔先生受了欺负。

"谁欺负他啦,你这丫头?"斯蒂福说。

"还问呢,就是你。"特拉德答道。

"我怎么啦?"斯蒂福说。

"你怎么啦?"特拉德反唇相讥,"你伤了他的感情,砸了他的饭碗。"

"他的感情!"斯蒂福以鄙视的语气重复了一遍,"他的感情过不了多久就好啦,我有把握。他的感情和你不同,特拉德小姐。至于他的饭碗——那是一个很珍贵的饭碗,是不是?——难道你认为我不会给家里写封信,想法儿给他点儿钱吗,傻丫头?"

我们觉得斯蒂福这个想法很得人心。他母亲是个寡妇,很有钱,听说无论斯蒂福提出什么要求,她几乎总是照办的。我们看见特拉德那垂头丧气的样子,都高兴极了,我们还把斯蒂福捧上了天——特别是因为承蒙他看得起我们,对我们说,他这样做完全是为我们着想,为我们的前途着想,还说他这样做,并没有个人打算,通过这件事,他给了我们很大的帮助。

但是我必须承认,那天晚上,我摸着黑儿接着往下讲故事的时候,梅尔先生吹惯了的笛子好像不止一次地又在我耳朵里发出了凄凉的声音。最后,斯蒂福累了,我也躺在了床上。这时我又觉得不知从哪里听见了笛声,这笛声是那样悲哀,我感到无地自容。

过了不久,我也就把他忘了,因为我心里老在想斯蒂福。现在有些课就由他来上了,他完全是一副玩儿票的样子,上起课来非常轻松,又不用课本,我觉得他好像什么都能背下来。后来学堂请到了一位新老师。这位新老师原来在公立的文法学校任教。正式上任之前,有一天他在客厅里吃饭,有人把他介绍给斯蒂福。斯蒂福对他倍加赞扬,对我们说他这个人特棒。一个特棒的人有多大学问,我不甚明了,不过我还是因此而十分尊敬他,毫不怀疑他学问高深。不过在我身上——不是说我有什么了不起——他可从来没有像梅尔先生下那么大功夫。

我记得这个学期除了学堂的日常生活以外,还有一件事,给我留下了很深的印象。我之所以记得这件事,是有各种原因的。

一天下午,我们已经被搞得头昏脑涨了,克里克尔先生还在那里拼命地抽打学生,这时滕盖走了进来,以他那惯用的大嗓门儿喊道:"科波菲尔,有人找!"

他和克里克尔先生简短地谈了几句,比如客人是谁,在哪里接待,等等。我遵照学堂的规矩,一听说有人找,就站起来了,而且非常惊讶,几乎晕了过去。这时他们告诉我从后面的楼梯上楼去,换上一套干净花边,然后到饭厅去。这些要求我都照办了,我那幼小的心灵从来没有那样慌乱。等我来到客厅门口的时候,我忽然想到可能是我母亲来了——在这之前,我只想到可能是摩德斯通先生和他姐姐来了——我的手本来已经放在门把上，这时又缩了回来，我在门外抽搭了一阵，走了进去。

起初，我谁也没看见，只觉得门后有什么东西顶着，我往门后一看，没想到原来是裴果提先生和哈姆在那儿，他们拿着帽子，冲着我点头哈腰，两个人靠着墙，挤作一团。我忍不住笑了起来，不是笑他们那副模样，而是因为看到他们，非常高兴。我们极为热情地握了手，我笑啊，笑啊，最后笑得掏出手绢来擦眼泪。

裴果提先生（我记得他这次在我这儿，一直就没闭嘴）看见我擦眼泪，显得非常关心，捅了捅哈姆，示意让他说点什么。

"别不高兴呀，大卫少爷!"哈姆说，一面发出了他那特有的憨笑，"你看，你长得多快呀!"

"我长了吗?"我说着又擦了擦眼睛。我也不知道我究竟是为什么而哭，反正一看见老朋友，我就哭起来了。

"长了，大卫少爷? 他可不是长了吗?"哈姆说道。

"他可不是长了吗?"裴果提先生说道。

他们两个人对着笑，引得我也又笑起来。我们三个人一块儿笑，笑得我眼泪都快流出来了。

"你知道我妈怎么样，裴果提先生?"我说，"我那最亲最亲的老朋友裴果提怎么样?"

"非常好。"裴果提先生说道。

"还有小艾米丽怎么样，古米治太太怎么样?"

"非常——好。"裴果提先生说道。

接着是一阵沉默。为了打破沉默，裴果提先生从他的布袋里拿出两只特大的龙虾，一只大螃蟹，一大帆布口袋小虾，都堆在哈姆胸前了。

"你看，"裴果提先生说，"你在我们那儿住的时候，我们就知道，你吃饭喜欢来点儿提味的东西，所以我们冒昧地带来了一些。是那老大姐煮的，是的。是古米治太太煮的。是的，"裴果提先生慢吞吞地说道。我觉得他好像没有别的话题好说，所以在这个话题上多说一点儿。"古米治太太，我担保，真是她煮的。"

我向他们道了谢；裴果提先生看了看哈姆，哈姆却站在那里不好意思地冲着那些虾蟹微笑，一点儿也没有要帮他说话的意思，于是裴果提先生就说：

"你看，我们顺着风浪就来了，是坐亚茅斯到格雷夫森的帆船来的。我妹妹写信告诉我你这里的地址，还对我说，要是碰巧到格雷夫森来，一定要过来看望大卫少爷，替她问候少爷，衷心地祝愿他安好，告诉他，家里都非常好，请放心。小艾米丽，你知道，等我们回去她就给我妹妹写信，告诉她我们见到了你，你也非常好，这就像走马灯一样了。"

我不得不想一想才明白裴果提先生打这个比方的用意，他的意思是情况都通知到了，像是画了一个圈儿。我向他表示了衷心的感谢，虽然自知脸红，我仍然对他们说，我想自从我和小艾米丽在海边捡蚌壳、石子以来，她也变了样儿吧。

"她快成大姑娘了，她就是想当个大姑娘，"裴果提先生说，"你问问他吧。"

他是让我问哈姆，哈姆以喜悦的心情表示赞同，冲着胸前那口袋小虾直笑。

"她可俊啦！"裴果提先生说，他自己也显得容光焕发。

"她可有学问啦！"哈姆说。

"她的字写得可好啦!"裴果提先生说,"哎呀,那字写出来,又黑又亮,字又大,放在哪里都能看见。"

裴果提先生一想到他那小宠儿,顿时变得兴高采烈,看到这情形,我感到万分愉快。现在他好像又站在我的面前,他那坦率的满脸胡子的脸膛显露出由衷的喜悦与骄傲,这是用什么语言都无法形容的。他那诚实的双眼炯炯有神,闪闪发光,仿佛眼睛深处有什么光亮的东西在闪动。他那宽阔的胸膛像波涛一样起伏,表现出他愉快的心情。他那有力的双手本是松弛的,但他出于真诚,把拳头攥得紧紧的,为了强调他说的话,他还举起右臂,我个子小,就觉得他这右臂像是一把大铁锤。

哈姆差不多也同样真诚。我敢说,要不是斯蒂福突然走了进来,使他们感到不好意思,关于小艾米丽的事他们还有很多话要说呢。斯蒂福一看我在角落里和两个陌生人说话,唱着唱着歌也不唱了,说道:"我不知道你们在这儿,小科波菲尔!"(因为那不是通常会客的地方。)说完以后,就从我们面前走过,朝门口走去。

我看他要走,就想把他叫住,究竟是因为有斯蒂福这样一个朋友而感到自豪呢,还是想对他说明一下我怎么会有裴果提先生这样一个朋友,我也记不清了。不过说也奇怪,虽然事隔这么多年,当时的情况却又清楚地浮现在我的眼前。我谦逊地对他说:

"请你不要走,斯蒂福。这是亚茅斯两个打鱼的,待人可好啦,是我奶妈的亲戚,从格雷夫森来看我。"

"哦,哦?"斯蒂福说着退了回来,"见到他们,我很高兴。你们俩好哇?"

他的举止很自然——轻松愉快,而不盛气凌人——我到现在还认为他这样的举止自有其迷人之处。想到他的动作,他的活力,他那优美的声音,他那漂亮的面孔和身材,特别是他那内在的吸引力(有些人的确具有这种吸引力),我到现在还认为他有一种魅力,使得人们不由自主地向它屈服,没有多少人能抵挡得住。我一眼就看出,他们两个人见到他有多么高兴,好像一下子就把心都掏出来给他了。

"你写信的时候,一定要告诉家里人,裴果提先生,"我说,"斯蒂福先生待我可好啦,要不是他在这里,我的日子还不知道怎么过哩。"

"快别瞎说啦!"斯蒂福说着就笑了,"你们千万别跟他们说这个。"

"要是斯蒂福先生有空去诺福克,或是萨福克,裴果提先生,"我说,"只要我在,他也愿意,我一定带他上亚茅斯来看你们的房子,这件事包在我身上了。斯蒂福,你从来没见过那么好的房子,那是利用一条船建成的!"

"利用一条船,是吗?"斯蒂福说道,"这样一个地地道道的打鱼的,住这样的房子,再合适不过了。"

"是啊,先生;是啊,先生,"哈姆咧着嘴笑着说,"你说得对,少爷。大卫少爷,这位少爷说得对。地地道道的打鱼的!哈哈! 一点儿不错!"

裴果提先生那个高兴劲儿,一点儿也不亚于他的侄子,不过他不好意思那么兴高采烈地接受人家对他个人的恭维。

"啊,先生,"他说,一面鞠躬,一面嘿嘿地笑,还把围巾的头儿往胸前衣服底下塞了塞,"我谢谢你,先生,我谢谢你! 我干这一行,是兢兢业业的,先生。"

"最能干的人也不过如此了,裴果提先生。"斯蒂福说道。他连他的名字都知道了。

"我敢说你也一样,先生,"裴果提先生摇动着脑袋说道,"也干得很好,干得很好啊! 我谢谢你,先生。你对我这样热情,先生,我很感激。我是个粗人,先生,不过你要明白,我也是个热心人——至少我希望我是个热心人。我家的房子没什么看头,先生,可是你要是什么时候想和大卫少爷一块儿来看看,我们是非常愿意接待的。我可真是个卧牛,真的,"裴果提先生说道,他的意思是说蜗牛,这指的是他自己迟迟不走,他每说完一句话都打算走,可是不知怎的,又回来了;"不过我祝你们二位幸福,祝你们二位愉快!"

哈姆也表示了同样的祝愿,随后我们就非常热情地分别了。那天晚上,我几乎克制不住,要告诉斯蒂福小艾米丽有多么漂亮,但是我胆子很小,不敢提她的名字,又生怕斯蒂福笑话我,所以没敢告诉他。我记得,关于裴果提先生说的艾米丽快成大姑娘了,我想了很久,心里七上八下;不过最后我认为裴果提先生的话不可信。

我们把那些海味,也就是谦逊的裴果提先生所说的"提味的东西",神不知鬼不觉地弄到我们的宿舍里,来了一顿丰盛的晚餐。不过特拉德吃出麻烦来了。这个人太倒霉,别人吃了都没事儿,他却连平平安安地吃顿饭都办不到。当天夜里他就病了,病得爬不起来,都是吃螃蟹吃的;于是不得不吃药,黑药水,蓝药丸。有个同学叫丹普尔(他父亲是个大夫),他说这些药吃下去,就连马也受不了。特拉德不肯说出得病的原因,结果挨了一顿棍子,还被罚念六章希腊文《新约》。

除了这些事情,这个学期还有一些事,我就理不出个头绪了。我记得生活里天天争斗；夏天过去，季节变换；下霜的早晨，我们听见铃声就得起床，寒冷的夜晚，听见铃声就得睡觉；晚上教室里灯光昏暗，炉火微弱，早上的教室简直就是一个叫人哆嗦的大机器；吃的不是煮牛肉，就是烤牛肉，不是煮羊肉，就是烤羊肉；一块块抹着黄油的面包，一本本卷了边儿的课本，裂了缝的石板，带着泪痕的习字本，挨棍子，挨戒尺，理发，星期天赶上下雨，羊油布丁，还有那到处洒了墨水的脏乱气氛。

不过我记得很清楚，假期在我们心里本来是很遥远的事，很长时间它就像一个固定不动的小点儿，后来渐渐向我们靠近，越来越大。起初我们盘算还有几个月，后来盘算还有几个星期，后来就盘算还有几天了。我还担心，怕家里不让我回去呢。后来听斯蒂福说，家里是让我回去的，我肯定是要回家的，这时我又模模糊糊地预感到，说不定家还没回，就把腿摔断了。放假的日子终于越来越近了，很快就从下下星期变成下星期，变成本星期，变成后天，明天，今天，今天晚上——我终于上了去亚茅斯的邮车，回家去了。

我在车上睡睡醒醒，醒醒睡睡，还做了不少的梦，梦见学堂里那些杂七杂八的事。不过在我醒着的时候，我看到车窗外面的地已经不是萨伦学堂的游戏场，耳朵听见的也不是克里克尔先生打骂特拉德的声音，而是车夫轻轻抽马赶路的声音。

第八章　我的假日,特别是一个快乐的下午

　　天亮以前,我们来到一家旅店,邮车就停在这里。这不是我那位堂倌朋友干活儿的旅店。他们带我来到一间卧室,房间不大,但很舒服,门上写着"海豚"两个大字。我记得,虽然他们请我在楼下一个大壁炉前面喝了热茶,我仍然觉得非常冷,后来我就上了海豚的床,用海豚的毯子蒙上头,睡觉了,我感到很高兴。

　　那个赶车的巴吉斯先生说好了,第二天早上九点钟来接我。我八点钟就起来了,因为夜里休息得不够,有点头昏,还没到约定的时间,我就在那里等候了。他见到我,就好像我们分手之后刚过了不到五分钟,我到旅店里来也只是为了换六便士零钱,或诸如此类的事情。

　　我和箱子都上了车,等赶车的一坐好,那懒马就以它习以为常的速度拉着我们走了起来。

　　"你的气色很好哇,巴吉斯先生。"我说,因为我觉得他一定喜欢听我这样说。

　　巴吉斯先生用袖口在脸上蹭了蹭,又看了看袖口,好像这样就能从袖口上看出一些自己的好气色。不过除此以外,他也没有以别的什么举动来表示接受我对他的恭维。

　　"巴吉斯先生,你的话,我给你传了,"我说,"我给裴果提

写过信。"

"噢!"巴吉斯先生说道。

巴吉斯先生好像闷闷不乐,说起话来无精打采。

"我做得不对吗,巴吉斯先生?"我犹豫了一下,问道。

"嗯。"巴吉斯先生说。

"是我传的话不对吗?"

"传的话可能是对的,"巴吉斯先生说,"可是传到那儿就完了。"

我不明白他的意思,想问个究竟,就重复了一遍他的话:"传到那里就完了,巴吉斯先生?"

"没有结果呀,"他解释说,一边斜着眼看了看我,"没有答复。"

"等着答复呢,是不是,巴吉斯先生?"我睁着大眼睛问道,因为我觉得这个想法很新鲜。

"一个人要是说他愿意,"巴吉斯先生慢慢地扭过头来看着我说,"这就等于说他在等着听回信儿呢。"

"嗯,巴吉斯先生?"

"嗯,"巴吉斯先生说着又把眼光从我身上转移到马耳朵上,"那个人一直在等着听回信儿呢。"

"你把这情况告诉她了吗,巴吉斯先生?"

"没——没有,"巴吉斯先生一边思索,一边含含糊糊地说道,"我没有机会去告诉她呀。我自己连六个字都没跟她说过。我反正不去告诉她。"

"我替你告诉她,好不好,巴吉斯先生?"我毫无把握地问道。

"你要是愿意,可以告诉她,"巴吉斯先生说道,又慢慢地看了我一眼,"就说巴吉斯在等着听回信儿呢。你就说——叫什么来着?"

"她吗?"

"啊!"巴吉斯先生说着点了点头。

"裴果提。"

"这是她的名字?还是她的姓?"巴吉斯先生问道。

"哦,不是她的名字。她的名字是克拉拉。"

"是吗?"巴吉斯说道。

这时候,他似乎发现了一大堆需要思考的东西,好长时间坐在那里沉思默想,好像在暗自吹口哨。

"唉!"最后他又说话了,"你就说:'裴果提!巴吉斯等着听回信儿呢。'她也许会说:'什么回信儿呀?'你就说:'我传给你的那句话的回信儿呀。'她会说:'你传的什么话呀?'你就说:'巴吉斯愿意'呀!"

巴吉斯先生说完这极为巧妙的主意,用胳膊肘儿捅了捅我,把我的腰捅得生疼。随后他就恢复了老样子,弓着身子坐在那里看马了,没有再提起这件事。过了半个钟头,他从口袋里掏出粉笔,在帆布篷子内侧写上"克拉拉·裴果提"几个大字——这显然是他的私人备忘录。

唉!启程回家了,但那已经不是我的家,看到的一切会使我想起过去那个快乐的家,好像那是一场梦,而如今却无法旧梦重温,心里真有一种说不出的滋味。昔日我和母亲,还有裴果提亲密无间,没有什么人打扰我们,这样的情景一路上又浮现在我的眼前,叫我伤心,我觉得如果回到家里,也不见得快活,说不定还不如不回去,忘掉过去的一切,和斯蒂福做伴呢。不过我已经在路上了,而且很快就到了家。家里那几棵老榆树光秃秃的,好像有无数只手,在凛冽的寒风中揉搓,那些旧鸦巢也已支离破碎,在那里随风飘荡。

那赶车的把箱子给我放在花园门口就走了。我顺着小路朝房子走去,看着那些窗户,每走一步都怕看到摩德斯通先生或者摩德斯通小姐不定从哪个窗口探出头来。然而他们俩谁也没有露头。我既然已经回到家,又知道天黑以前怎样可以不敲门把门开开,就蹑手蹑脚地走了进去。

我一迈进走廊,就听见从那间旧的客厅里传来母亲的声音,这声音在我心中唤起了什么样的儿时的记忆,我说不清楚。母亲在低声唱着。我想在我小的时候,一定也躺在她的怀里,听她这样唱过。那曲调,我听着是生疏的,但同时它又是那样熟悉,使得我心情激荡,好像朋友久别又重逢。

母亲低声唱歌,使我感到她在孤独地沉思,因此我断定屋里没有旁人。我悄悄地走进屋里。她坐在壁炉旁,正在给一个婴儿喂奶,还拿着婴儿的小手抓她的脖子。她坐在那里,低头看着婴儿的脸,唱着歌。在这一点上,我猜对了,果然没有旁人在陪伴她。

我一跟她说话,她吓了一跳,叫了起来。她一看是我,就说她亲爱的大卫,她的亲儿子,用这样的话来向我打招呼。她走到屋子中间来迎我,跪在地上吻我,让我把头靠在她胸前靠近那个小家伙蜷缩的地方,还把小家伙的小手搁在我的嘴唇上。

我真希望当时就死了。我真希望怀着那样的感情当时就死了啊!和后来任何时候相比,我还是当时上天堂最合适。

"这是你弟弟,"母亲一边说,一边轻轻地抚摩着我,"大卫,我的好孩子!我可怜的孩子!"她搂着我,亲了又亲,还紧紧地搂着我的脖子。就在这时候,裴果提跑了进来。她一下子扑到我们跟前,在我们周围疯了有一刻钟。

看来她们没想到我回来得这样快,这是因为那个赶车的比平时提前了许多。看来摩德斯通先生和他姐姐是到邻居家里做客去了,很晚才能回来。这是我完全没有料到的。我完全没有想到我们三个人还能再一次聚会在一起,而又不受干扰,弄得我一时竟然觉得仿佛又回到了过去的时光。

我们一起在壁炉旁边吃饭。裴果提在一旁伺候我们,但是母亲不让她这样干,非叫她和我们一起吃。我用的是我过去用的盘子,盘子上画着乘风前进的棕色的战船,我不在期间,裴果提一直把它藏在什么地方,她说宁肯花上一百镑,也不能让谁把它打破了。我还用了过去用过的水杯,上面写着大卫两个字,还有我用的小刀子、小叉子,都是很钝的。

吃饭的时候,我觉得这是一个有利的时机,可以告诉裴果提关于巴吉斯的事,可是我话还没有说完,她就大笑起来,还把围裙撩起来,捂在脸上。

"裴果提,"母亲说,"怎么回事?"

裴果提笑得更厉害了,母亲想把围裙从她脸上掀开,她却捂得更紧了,坐在那里,好像头上套了一个口袋。

"你在干吗呢,你这个笨虫?"母亲笑着说道。

"哦,那该死的家伙!"裴果提大声说道,"他要和我结婚。"

"难道你觉得不般配吗?"母亲问道。

"哦,我也不知道,"裴果提说道,"快别问我啦。他就是金子打的,我也不要。我谁也不要。"

"那你干吗不对他直说呢? 真可笑!"母亲说道。

"对他直说?"裴果提反驳道,一面从围裙缝里往外看,"这事儿,他从来没对我提过一个字儿。他心里有数。他要是敢对我提一个字儿,我就扇他耳刮子。"

我记得,她的脸从来没有那么红,或者说我从来没看见谁的脸有那么红。但是她每次大笑,都把脸捂上一阵子,这样反复了两三次之后,她才静下来继续吃饭。

我注意到了,虽然裴果提看我母亲的时候,母亲笑了,现在她却严肃起来,陷入了沉思。我从一开始就看出,她已经变了。她的容貌依然很漂亮,但是看上去很憔悴,很虚弱。她的手又瘦又白,简直像透明的一般。但是我在这里指的不是这个,而是别的变化:她在举止方面的变化,因为她显得焦躁不安了。最后她伸出手来,亲切地把手搭在老女仆的手上,说道:

"亲爱的裴果提,你不会结婚吧?"

"我吗,太太?"裴果提睁着大眼睛说道,"上帝保佑,不会的。"

"现在还不会吧?"母亲温柔地说。

"永远不会!"裴果提大声说道。

母亲抓住她的手,说道:

"裴果提,你可别离开我呀。留在我身边吧。恐怕没有多久了。你要是不在,我可怎么办呢?"

"我怎么会离开你呢,我的宝贝儿! 就是把世上的金银财宝都给了我,我也不会离开你呀。你那个小脑袋瓜儿怎么这么糊涂呢?"裴果提过去常把我母亲当孩子看待,这样对她讲话,已经习惯了。

但是母亲没有答话,只是对她表示感谢。于是裴果提便以她那特有的方式滔滔不绝地说了起来。

"我怎么会离开你呢？我是怎么一个人，我觉得我是了解的。裴果提丢下你不管？我真想看着她做出这样的事来。不会的，不会的。"裴果提一边说着，一边摇了摇头，还把两只胳膊交叉在胸前，"她是不会的，我的宝贝儿。不是没有那种人面兽心的人巴不得她那样做，但他们不会称心如意的。他们一定会火冒三丈。我要和你在一起，一直待到我成了一个容易生气、脾气古怪的老太婆。等我耳朵聋了，腿也瘸了，眼也瞎了，牙也掉了，吃饭都不方便了，等我完全没用了，甚至挑眼都不值得挑了，到那时候，我就去找我的大卫，让他收留我。"

"哦，裴果提，"我说，"到那时候，我会很愿意见到你。我要像欢迎女王一样欢迎你。"

"上帝保佑你那善良的心吧！"裴果提大声说道，"我知道你会那样做！"接着她亲了亲我，预先感谢我对她的热情招待。然后她又把围裙蒙在头上，说起巴吉斯先生，又笑了一阵。然后她把那婴儿从小摇篮里抱起来，哄了哄他。然后她把饭桌收拾干净。然后她又走了进来，这时她已换了一顶帽子，手里拿着针线盒，还有码尺，还有蜡烛头儿，和过去完全一样。

我们坐在壁炉周围，兴致勃勃地说着话。我告诉她们克里克尔先生是一个多么厉害的校长，她们非常同情我。我告诉她们斯蒂福是多么好的一个人，对我照顾得多么周到，裴果提说她就是走上二十英里也要去看他。那小男孩儿醒着的时候，我就把他抱过来，亲切地哄哄他。等他又睡着了，我就按照老习惯，虽然很久没有这样做了，溜到母亲身边，双手搂着

她的腰坐在那里,我的小红脸蛋儿贴在她的肩上,再一次领略她的秀发垂在我身上给我的愉快——记得我以前常常觉得她的头发像天使的翅膀一样——这时候,我的确是非常幸福的。

我这样坐在那里,望着炉火,在通红的煤块上看见一幅幅图画。我几乎觉得自己并不曾离开过家;觉得摩德斯通先生和他姐姐就是那样的图画,火着得不旺了,他们也就消失了;还觉得我所记得的一切,除了母亲、裴果提和我以外,都是虚的。

裴果提趁着天还没有全黑,她还能看得见,不停地补袜子,后来就把袜子套在左手上,像戴着手套一样,右手拿着针,准备着,炉火一闪光,她就再缝一针。裴果提不停地补,这袜子究竟是谁的呢,这源源不断拿来补的袜子究竟是从哪里来的呢,我百思不得其解。她好像从我很小的时候,就一直做这种针线活儿,从来没有机会做什么别的活儿。

"不知道,"裴果提说,她这个人有时候心血来潮,会想起一个人们完全意想不到的话题,"大卫的姨奶奶现在怎么样了。"

"哎哟,裴果提!"母亲说道,这时她从沉思中清醒过来,"你胡说些什么呀!"

"唉,不过我的确是很想知道呀,太太。"裴果提说道。

"你怎么会想到她那样的人呢?"母亲问道,"难道世界上你就不能想到别的人吗?"

"我也不知道是怎么回事儿,"裴果提说道,"也许是因为我笨,可是我这个脑瓜子就是不会选人,谁想来就来,想走就走,谁不想来就不来,不想走就不走,完全随他们的便。不知道她现在怎么样了。"

"你可真怪,裴果提,"母亲说道,"人家还会以为你希望她再来一次呢。"

"可别这么说!"裴果提大声说道。

"那就别说这种扫兴的事儿了,我的好心人,"母亲说道,"贝西小姐与世隔绝,在自己的海滨住宅里待着呢,这是肯定无疑的,而且她会在那里继续待下去。无论如何,她不会再来打扰我们了。"

"是啊!"裴果提说道,现出若有所思的样子,"她的确是不会再来打扰我们了。我纳闷的是她要是快死了,会不会给大卫留下点儿什么。"

"我的天哪,裴果提,"母亲说道,"你这个人可真能瞎说!你明明知道,这可怜的小宝贝一出生就惹得她生气了嘛。"

"说不定她现在还想原谅他呢。"裴果提话里有话。

"为什么她现在会想原谅他呢?"母亲直截了当地问道。

"他现在有了一个小弟弟呀,我的意思是说。"裴果提说。

母亲立刻哭了起来,心里纳闷,裴果提怎么敢说出这样的话。

"莫非这个可怜无辜的小家伙在摇篮里就干了什么事,伤害了你,还是伤害了什么人?你这个人怎么这样忌妒!"她说,"你趁早去嫁给那个赶车的巴吉斯先生吧。你干吗不去呀?"

"那可就趁了摩德斯通小姐的心愿了。"裴果提说道。

"裴果提,你的脾气可真坏!"母亲说道,"你那么忌妒摩德斯通小姐,无论是哪一个可笑的人也比不上你呀。你想自己把持钥匙,我想准是想把东西都送人吧?你要是真有这样的想法,我也不会感到惊讶。你知道,她那样做,完全是好意,是出于一片好心哪！这你是知道的，裴果提，你很清楚嘛！"

裴果提嘟嘟囔囔，大概是说"什么好心不好心！"她还嘟囔着说了点儿什么，意思是咱们这里好心多了点儿吧。

"我明白你的意思，你这个可恶的东西，"母亲说，"我对你裴果提是非常了解的，这你也知道，不过我纳闷，你怎么脸也不红。这些事，咱们一件一件地谈。现在先说摩德斯通小姐，裴果提，你想躲是躲不过去的。你没听她一再说吗，她认为我无忧无虑，而且……哦……哦……"

"而且漂亮。"裴果提提了一句。

"是啊，"母亲说道，似笑非笑的样子，"她要是一时糊涂，说出这样的话，那能怪我吗？"

"谁也没说怪你呀！"裴果提说。

"但愿如此！"母亲说道，"难道你没听见她一再说吗，由于这个原因，她想让我少操点儿心，她认为我操不了那么多心，我自己也不敢说准能操那么多心。她不是起早贪黑，整天价东跑西颠的吗？她不是什么都干，到处都去吗，包括堆煤的地下室，放食品的储藏室，有的地方我也说不清楚，反正不是什么好地方。难道你含沙射影地否认这里面有一片赤诚吗？"

"我从不含沙射影。"裴果提说道。

"你就是含沙射影，裴果提，"母亲说道，"你除了干活儿以外，专门干这个。你老是含沙射影，而且引以为乐。你谈到摩德斯通先生的好意……"

"我从来没谈过。"裴果提说道。

"你是没谈过，"母亲说道，"但是你含沙射影。我刚才对你说的就是这个。你这个人，坏就坏在这里。你总是含沙射影。我刚才就说,我明白你的意思,你也知道我明白你的意思。你谈到摩德斯通先生的好意,而且假装看不上他的好意(我说假装,是因为我相信你心里并不是那么想的,裴果提),其实你和我一样,也认为他的意图是非常好的,他做的每一件事都是出于好意。要是他曾经对某人有些严厉,裴果提——你明白,我敢肯定大卫也明白,我说某人,绝不是指在座的任何人——那完全是因为这样做对某人有好处,他也为此而感到高兴。由于我的关系,他爱某一个人,而且每做一件事都要为这个人好,这是很自然的。在这一方面,他的判断力比我强,因为我很清楚,我是一个软弱、柔顺、幼稚的女子,而他是一个坚定、稳重、严肃的人。而且他还……"母亲说着,激动的泪花悄悄地流了下来,"他还花了很大的力气来帮助我,我应当对他万分感激,从心眼儿里听他指使,我要是做不到,裴果提,我就责怪自己,怀疑自己的心肠,不知如何是好。"

裴果提坐在那里,下巴搭在袜底上,两眼望着炉火,一声不吭。

"唉,裴果提,"母亲说道,这时她改变了语气,"咱们俩可不能吵架呀,因为我受不了啊。我知道,我要是在世界上还有什么好朋友,那就是你呀。我说你可笑,说你讨厌,或者用了类似的字眼儿,裴果提,我的意思无非是:你是我的好朋友,自从那天晚上,科波菲尔先生把我带回家来,你跑到大门口接我,你就一直是我的好朋友。"

裴果提的反应也不慢,她非常亲切地搂了搂我,算是批准了她们之间的友好条约。我认为当时我对这番谈话究竟是怎么回事,也略知一二,不过现在我可以有把握地说,这番谈话是那个好心人带头说的,而且她也参与其中,其目的不过是让我母亲说些自相矛盾的话,这样她心里可能就舒服了。裴果提这番心思还真有效,因为我记得,那天晚上我母亲后来就显得心情较为舒畅了,裴果提也不怎么注意看她了。

我们吃过茶点,清理了炉灰,剪了烛花以后,我就从那本鳄鱼故事里选了一章,念给裴果提听,借以回忆往昔的时光。这本书,她是从身上的口袋里掏出来的,是不是一直在口袋里搁着,就不得而知了。后来我们就谈起萨伦学堂,这样一来,我又谈起斯蒂福,这是我非常喜欢谈的一个话题。我们都很高兴,那样的夜晚,以后再没有过,它标志着我生活中这一章的结束,因此它永远不会从我的记忆中消失。

快到十点钟了,我们听见了车轮的声音。于是我们都站了起来,母亲慌慌张张地说道,天已经很晚了,摩德斯通先生和他姐姐都认为小孩子应该早睡觉,也许我最好赶快睡觉去。我吻了吻她,马上就拿着蜡烛上楼去了,他们紧跟着也就进来了。我上了楼,来到关押过我的那间卧室,这时我那幼小的心灵恍惚感到:他们带进来了一股冷风,把昔日的温暖像吹羽毛一样吹散了。

第二天早上,下楼吃早饭,真是难受,因为自从那天做了那件终生难忘的事,得罪了摩德斯通先生以后,一直没有见过他。可是,既然非下去不可,我就下去吧,不过走了几步,又踮着脚尖儿跑回卧室。这样反复了两三次,才下了楼,在客厅里露了面。

他站在壁炉前,背对着炉火,摩德斯通小姐在泡茶。我进来的时候,他目不转睛地盯着我,可是什么反应也没有。

我心里一阵慌乱,不过我接着就走上前去对他说:"先生,请你原谅。我很抱歉,过去做了那样的事。希望你饶恕我。"

"大卫,听见你说抱歉,我很高兴。"

他向我伸出一只手,这正是我咬过的那只手。我情不自禁地往他手上一块发红的地方多看了一会儿,但是我一看他那副阴险的面孔,我的脸就红了,比他手上那块发红的地方还要红。

"小姐,你好!"我对摩德斯通小姐说。

"哎哟,"摩德斯通小姐说着,叹了一口气,向我伸过来的不是她的手,而是茶叶罐子里的小铲儿,"放多少日子假呀?"

"一个月,小姐。"

"从什么时候算起呀?"

"从今天算起,小姐。"

"哦!"摩德斯通小姐说道,"那现在就划掉一天吧。"

她就这样给我的假期记日子,每天早上划掉一天,那神情总是一个样子。头十天,她在做记号的时候,心情是忧郁的;等到两位数的时候,她就觉得比较有盼头了,到了后来,甚至兴高采烈了。

就在这头一天,我不幸使得她惊慌失措,虽然她并不轻易这样。我走进屋来,看见她和我母亲坐在那里,小弟弟(当时出生才几个礼拜)躺在母亲腿上,我就小心翼翼地把他抱了过来。这时候,摩德斯通小姐突然大叫一声,吓得我差一点儿把孩子扔在地上。

"亲爱的简!"母亲喊道。

"天哪!你看见了吗,克拉拉?"摩德斯通小姐大声说道。

"看见什么呀,亲爱的简?"母亲说,"看哪儿呀?"

"他抱着他呢!"摩德斯通小姐喊道,"这孩子抱着娃娃呢!"

她吓得腿都不听使唤了,可是她使劲一挺,一下子蹿到我跟前,把娃娃从我怀里抱走了。接着她就晕了,晕得很厉害,她们只好拿樱桃白兰地给她喝。恢复过来以后,她就正言厉色地对我说,今后无论有什么借口,也不许再碰我小弟弟一下。我那可怜的母亲,我看得出,并不这样想,但是她屈服了,以赞同的语气说:"你的话肯定是对的,亲爱的简。"

还有一次,我们三人在一起,又是这个可爱的娃娃——我的确觉得这个娃娃可爱,因为我们是一母同胞——惹得摩德斯通小姐大发雷霆,他自己还不知道哩。事情是这样的:弟弟躺在母亲腿上,母亲看着他的眼睛,看了一阵子之后,就说:

"大卫,过来!"接着就看了看我的眼睛。

"我说呀,"母亲和蔼地说道,"一模一样。我看随我。我觉得我就是这个颜色。不过它们完全一样,真有意思。"

"你胡说些什么呀,克拉拉?"摩德斯通小姐说道。

"亲爱的简,"母亲一听她问话的口气这样严厉,有些慌乱,支支吾吾地说,"我发现娃娃的眼睛和大卫一模一样呀!"

"克拉拉!"摩德斯通小姐说着气愤地站了起来,"有时候,你真是个十足的傻瓜。"

"亲爱的简。"母亲不满地说道。

"十足的傻瓜,"摩德斯通小姐说道,"除了你以外,谁会把我兄弟的娃娃和你的孩子比呢?他们一点儿也不像。他们完全不一样。他们无论在哪一方面都毫无共同之处。我希望他们永远这样。我可不愿意坐在这里听你这样比来比去。"说完,她就大步走了出去,还随手砰的一声把门关上了。

总而言之,摩德斯通小姐是不喜欢我的。总而言之,在那里谁都不喜欢我,连我也不喜欢我自己,因为喜欢我的人不敢表现出来,而不喜欢我的人却表现得非常清楚,使我明显地感到自己很拘束,很土气,而且很笨拙。

我感到不光他们使我觉得别扭,我也同样使他们觉得别扭。要是他们在屋里聊天,母亲似乎也很愉快,我一进去,她脸上就会蒙上一层乌云,流露出不安的神色。要是摩德斯通先生正在兴头上,我一进去,就会扫他的兴。要是摩德斯通小姐情绪特别坏,我一进去,就会火上加油。我看得出,倒霉的总是我母亲。她不敢跟我说话,不敢向我表示慈爱,生怕这样一来会对他们有所得罪,随后还得挨他们训斥。她不光是老害怕自己会得罪他们,还怕我会得罪他们,我只要一动,她就紧张,就要赶快看他们的脸色。所以,我就打定主意,尽量躲着他们;我无精打采地坐在卧室里,身上裹着我那件小大衣,埋头看书,听着教堂的钟在寒风中一次又一次打点报时的声音。

晚上,我有时候到厨房去陪着裴果提坐坐。我在厨房里觉得很舒服,也很随便,没有顾虑。而在客厅里,这都是不允许的。整个客厅笼罩着一种使人感到痛苦的气氛,既不舒服,也不随便。他们仍然认为,要对我那可怜的母亲进行训练,我是必不可少的,用我来考验她,是他们采用的方法之一,所以我是不能离开那里的。

"大卫,"摩德斯通先生说道。有一天,吃过饭以后,我像平时一样正想走开,他叫住我,对我说,"看着你老是一个人闷闷不乐,我很不高兴。"

"他沉闷得像狗熊一样!"摩德斯通小姐说道。

我站在那里,低着头,一动不动。

"我说呀,大卫,"摩德斯通先生说道,"无论什么脾气,闷闷不乐,固执,最不好啦。"

"这种脾气,我见的多了,"他姐姐说,"不过这孩子最顽固不化了。亲爱的克拉拉,我想你也一定看出来了吧?"

"请原谅,亲爱的简,"母亲说,"不过你能说——我想你一定会原谅我,亲爱的简——你能说你了解大卫吗?"

"我要是不了解这孩子,或者不了解任何一个孩子,"摩德斯通小姐答道,"我会感到难为情的,克拉拉。我不是说了解得很深,光凭人之常情就行啦。"

"亲爱的简,"母亲说,"你了解别人的能力肯定是很强的。"

"哎哟,不是。话不能这么说,克拉拉。"摩德斯通小姐气冲冲地打断了母亲的话。

"不过我敢说情况就是这样,"母亲接着说道,"这是人人都知道的。你这种能力使我在许多方面得益很大——至少我应该得益很大——我也比任何人都更加相信你这种能力,所以我说起话来非常缺乏信心,亲爱的简,我这都是实话。"

"咱们这么说吧,我不了解这孩子,克拉拉,"摩德斯通小姐一边说着,一边理了理手腕子上的小手铐,"你要是同意,咱们一致认为我根本不了解这孩子。他太鬼,我了解不了。不过我弟弟有眼力,也许能洞察他的性格。记得刚才我弟弟正在说这件事,我们打断了他,真不好。"

"克拉拉,我觉得,"摩德斯通先生以低沉的声音说道,"怎样看待这个问题,可能有人比你高明,比你冷静。"

"爱德华,"母亲怯生生地答道,"无论对待什么问题,我都不行,你比我高明得多。你和简都比我高明得多。我刚才只是说……"

"你刚才只是说了些既没分量又没走脑子的话,"他说道,"以后可别再这样啦,亲爱的克拉拉,留神你自己吧。"

母亲的嘴唇动了动,仿佛说:"是的,亲爱的爱德华。"但是她没说出声来。

"我刚才说啦,大卫,我很不高兴,"摩德斯通先生把头转过来,两只眼睛盯着我说,"看着你那闷闷不乐的样子。这种性格要是不想办法改一改,我是不允许它在我眼皮底下发展的。你一定要努力改,少爷。我们也一定要帮你改。"

"请你原谅,先生,"我战战兢兢地说道,"自打我回来以后,并没想闷闷不乐。"

"不要撒谎来打掩护了,少爷,"他说这话的时候凶得不得了,我看见母亲不由自主地伸出她那颤抖的手,好像要把我们两个人隔开似的。"你闷闷不乐,一直躲在你的房间里。你本来应该待在这里,而你却老待在自己的屋里。现在你知道了,你要永远记住,我要求你待在这里,而不是待在那里。此外,我还要求你在这里要服从。你是了解我的,大卫。我说的话必须照办。"

摩德斯通小姐一听这话,哑着嗓子咯咯一笑。

"我要求你对我要尊敬,对我的话,要立即照办,而且要心甘情愿,"他接着说道,"对简·摩德斯通,对你母亲,也都要这样。我不能让一个孩子想怎么样就怎么样,老躲着这间屋子,仿佛这里发生了瘟疫一样。坐下。"

他像命令狗一样命令我,我也像狗一样服从了他的命令。

"还有一件事,"他说,"我发现你好跟下等人、普通人在一起。不许你和仆人来往。你在很多方面都需要提高,但是在厨房里,你是得不到提高的。关于宠着你的那个女人,我什么也不说了,因为你,克拉拉,"他压低了声音,冲着我母亲说,"由于旧的关系和多年形成的想法,对她有一种偏爱。你还没有克服呢。"

"这种奇怪的想法,真叫人不明白。"摩德斯通小姐喊道。

"我只是说,"他接下去,冲着我说,"我不赞成你好跟裴果提那样的女人在一起,以后不许再这么干了。你听着,大卫,你是了解我的,你也知道你要是不完全服从我,会有什么结果。"

我知道得很清楚——就我那可怜的母亲而言,也许我比他想象的知道得更为清楚——因此,我是完全服从他的。我不再躲在自己屋里了。我不再到裴果提那里躲避了。我一天天无精打采地在客厅里坐着,盼着赶快黑天,赶快睡觉。

我熬过的日子多么无聊,多么拘束啊!呆呆地坐在那里,一坐就是几个钟头,胳膊不敢伸,腿也不敢动,怕摩德斯通小姐嫌我烦躁(她只要有一点儿借口就责怪我),我连眼皮也不敢抬,怕她发现我有点儿不高兴啦,东张西望啦,这样她就又有借口责怪我了。那日子多么枯燥,多么难以忍受啊!我坐在那里听着时钟滴答滴答响;看着摩德斯通小姐穿她那些闪闪发光的小钢珠子;同时纳闷她有朝一日是不是也会结婚,如果结婚的话,她会嫁给一个什么样的倒霉男人;还有就是数数壁炉前面的横板刻了几个棱儿;两眼随意看看天花板,再看看壁纸上各种拳曲的花纹。

我散步,可那算什么散步呀!冬天天气不好,沿着泥泞的巷子往前走,无论走到哪里,都摆脱不了那个客厅,还有摩德斯通先生和他姐姐在里面;这是一个沉重的包袱,而我不得不背着它,这是一场噩梦,怎么也逃脱不了,这是一副重担,压得我头昏脑涨,思想迟钝。

我吃饭,可那算什么吃饭呀! 我默不作声地吃饭,心里还觉得难堪,总觉得多了一副刀叉,多的就是我这一副;总觉得多了一张嘴,多的就是我这张嘴;总觉得多了一个盘子、一把椅子,多的就是我用的盘子和椅子,总觉得多了一个人,多的那个人就是我。

那是什么样的夜晚呀! 点上蜡烛以后,人家就指望我干点儿事了,我不敢看闲书,只好去抠一些没有感情无动于衷的算术题;随后度量衡表也有了曲调,比如"统治吧,不列颠",或者"莫忧伤";它们不肯安安稳稳地让我学,而是像给奶奶穿针眼儿一样穿过我那倒霉的脑袋,从这个耳朵进去,从那个耳朵出来。

我虽然很小心,可怎么还是会不由自主地打起哈欠,打起盹来了呢! 我睡着了,别人也不知道,我怎么一惊又醒了呢! 我很少说话,说一点儿话,怎么也无人理呢! 我多么像一块空荡荡的空间,人人都不注意,人人又都感到我碍事! 晚上九点,时钟刚敲第一下,摩德斯通小姐叫我去睡觉,一听这话,我感到多么轻松愉快呀!

寒假就这样一天天过去了,一天早上,摩德斯通小姐说:"今天是寒假最后一天了!"随手给了我寒假里的最后一杯茶。

走,我并不感到难过。我早就麻木了,不过我已经有所恢复,盼着和斯蒂福见面,虽然他身后还跟着个克里克尔先生,怪可怕的。巴吉斯先生又来到大门口,摩德斯通小姐又以警告的口气说了声"克拉拉",因为我母亲在弯着腰向我告别。

我吻了吻母亲,吻了吻小弟弟,这时候我的确很难过,但不是因为走而难过,因为我们中间时刻存在着一条鸿沟,我们时刻都是分离的。虽然母亲以最大的热情拥抱了我,但是我脑子里永不泯灭的印象却不是她的拥抱,而是拥抱之后的情景。

　　我上车以后,忽然听见母亲叫我。我往外一看,看见她独自一人站在花园门口,两手把她的小娃娃举起来让我看。天气很冷,没有风,连一根头发和衣服上的一个褶子都没有飘动。只见她举着自己的孩子,聚精会神地看着我。

　　我就这样永远离开了母亲。我就这样回到学堂,后来在梦中看到她——她默默地出现在我的床前——还是那样聚精会神地看着我,两手举着她那个小娃娃。

第九章　难忘的生日

三月份我过生日,在那之前学校里发生的事,我暂且不谈。我只记得斯蒂福比先前更受人喜爱了,别的就不记得了。他最晚到这个学期末尾就要离开学堂了。在我眼中,他比先前更活跃,更不受约束了,所以也就比先前更有魅力了。除此以外,我什么也不记得了。我脑子里关于这段时间的最深刻的印象,好像吞没了所有次要的印象,单独存留下来。

从我回到萨伦学堂到生日的来临,相隔足有两个月的时间,这连我自己都难以相信。我只能认为当时的情况就是这样,因为我知道当时的情况一定是这样。否则我就会认定中间并无间隔,两件事是连续发生的。

那一天的情况,我还记得一清二楚。我现在还能闻见当时到处弥漫着的雾气,透过雾气,我还能看见鬼魂般的白霜,我还感到我那湿漉漉的头发黏糊糊地贴在腮帮子上。我还能在昏暗的教室里朝另一头望去,看见晨雾之中稀稀落落点着几只蜡烛,火苗冒着火花,学生们冻得难受,用脚跺跺地板,用哈气暖暖手指,他们呼出的水汽顿时化作缕缕青烟。

那天早饭以后,我们在游戏场玩了一会儿,刚把我们招呼到屋里,夏普先生就进来了,他说:

"大卫·科波菲尔,到客厅里去。"

我以为是裴果提给我捎来了一篮子好吃的,听他这么一说,大为高兴。我连忙站起来,离开座位,跟前的几个同学还向我提出要求,叫我分东西的时候,别忘了他们。

"不要着急,大卫,"夏普先生说道,"有的是时间,我的孩子,不要着急。"

他说话的语气是很激动的,可惜我当时没有留意,要是留意了的话,我是会感到惊讶的。我急急忙忙来到客厅,只见克里克尔先生坐在那里吃早饭,面前放着那根藤子棍儿,还有一份报纸,还看见克里克尔太太手里拿着一封信,这信已经拆开了。但是没有看见篮子。

"大卫·科波菲尔,"克里克尔太太说着,领着我走到沙发前,挨着我坐下了,"我特地叫你来,和你谈话,是因为有件事要告诉你,我的孩子。"

我当然看了看克里克尔先生,他没有看我,只是在那里摇头,正要叹气,却用一大块抹了黄油的烤面包塞住了。

"你还小,没经历过人世间一天天的变化,"克里克尔太太说,"也没经历过死人的事儿。不过我们都得学呀,大卫;有的人小时候经历,有的人老了才经历,有的人一辈子都在经历。"

我很认真地看着她。

克里克尔太太停了一下,接着说:"寒假结束,你离开家的时候,家里的人都好吗?"她又停了一下,说道:"你妈好吗?"

我不知怎地,竟然哆嗦起来。我依然认真地看着她,没有回答。

"因为,"她说,"我很难过地告诉你,今天早上我听说你妈病得很厉害。"

在克里克尔太太和我之间忽然升起了一层薄雾,好像她在雾里晃动了一下。接着我感到热泪顺着脸往下淌,她的形象也就又稳定了。

"她的病情很危险。"她又说。

我全明白了。

"她死了。"

这话就不用对我说了。我孤苦伶仃,禁不住哭了起来,偌大一个世界,我竟成了一个孤儿。

克里克尔太太待我很好。她留我在那里待了一整天,有时候就让我一个人待在那里。我哭一阵,哭累了就睡着了,醒了,再哭一阵。哭够了,我就思索起来。这时候,我觉得胸口闷极了,我的悲哀是一种隐痛,是没有办法治好的。

我思绪万千,不限于沉重地压在我心头的这场灾难,不过倒也都与这场灾难有关。我想到我们家的房子,窗户紧闭,寂静无声。我想到那个小娃娃,克里克尔太太说,他越来越不行了,他们认为他也一定会死的。我想到教堂墓地里我父亲的坟,就在我们家附近,我想到我母亲躺在树下,我对那棵树又是那么熟悉。我独自一人的时候,就站到一把椅子上照镜子,看一看我的眼睛有多么红,我的脸有多么悲伤。几个钟头以后,我想到看来我快流不出眼泪了,我要是真流不出眼泪了,那么在我离家越来越近的时候,——因为我是要回家去参加葬礼的——关于这件失去亲人的事,我应当想点儿什么,最能使我动情呢。我记得当时我就感到别的学生对我很尊敬,感到我虽然遭到不幸,却成了重要人物。

要是说哪个孩子真正深切地感到悲哀,那就是我。记得那天下午我在游戏场上散步,别的学生都在上课,我的这种重要地位使我得到一种满足。我看见他们去上课的时候从窗口朝我看,我觉得自己很特殊,越发显出难过的样子,步子也更慢了。课后他们出来和我说话,我对他们任何人都没显出傲慢的样子,完全和从前一样对待他们,觉得自己这样做,还是蛮不错的。

我安排在第二天晚上动身回家,不是坐驿车,而是坐重型夜班车,车名"农夫",主要是供乡下人短途旅行之用。那天晚上,没有讲故事,特拉德非把枕头借给我不可,我至今也不明白他觉得这对我有什么好处,因为我有自己的枕头;不过这个可怜的人也就只有枕头可以借给别人,此外还有一张画满了骷髅的信纸,离别的时候他把这张纸给了我,好为我消愁解闷。

第二天下午,我离开萨伦学堂,没想到竟一去而不复返。一整夜,我们走得很慢,早上九十点钟才来到亚茅斯。我向窗外望去,想找一找巴吉斯,可是他没在那儿,不过倒有一个胖胖的小老头儿,身穿黑色衣服,膝盖下面系着一束束褪了色的带子,脚上穿着黑色长袜,头上戴着宽边礼帽,他气喘吁吁,满脸堆笑,上气不接下气地凑到马车窗口,问道:

"是科波菲尔少爷吗?"

"是,先生。"

"少爷,劳驾跟我来吧,"他说着便开了车门,"我伺候你,送你回家。"

我把手放在他的手里,心里嘀咕,不知他是什么人。我们走进一条狭窄的马路,来到一家商店,门口写着奥默商店,经销布匹,兼营成衣,制作丧服,配料俱全,等等。这是一家又挤又闷的小商店,摆满了各式各样的服装,有做好了的,也有没做好的,有一个窗户里放满了海狸皮帽和女式小帽。我们来到商店后面的一间小屋里,三个年轻女人在那里干活儿。她们加工的黑色料子堆在桌子上,边角碎料扔得满地都是。屋里炉火正旺,有一股黑纱加热的呛人气味。我当时还不知道这是一股什么味儿,不过现在知道了。

这三个年轻女人,好像都很勤快,干得挺来劲儿。她们抬起头来看了我一眼,就又接着干活儿了。一针又一针,一针又一针。同时,窗外小院儿对面的作坊传来用锤子敲打的声音,这声音很有规律,老是一个调子:冬——嗒嗒,冬——嗒嗒,冬——嗒嗒,一点儿变化也没有。

"我说,"带我来的那个人问一个年轻女人,"你们干得怎么样啦,明尼?"

"试样子的时候,准能做好,"她轻松地答道,头也没有抬,"爸爸,你不用担心。"

奥默先生摘下宽边礼帽,坐下喘气。他太胖了,非得喘上一阵子,才说得出一声:

"是啊。"

"爸爸!"明尼顽皮地说道,"看你胖得像只海豚。"

"唉,亲爱的,我也不知道是怎么回事儿,"他一边说,一边还在想,"我的确很像。"

"你看,你这个人老是那么乐呵呵的,"明尼说道,"什么事儿,你都听其自然。"

"不这样,又有什么用,亲爱的?"奥默先生说道。

"也的确是这样,"女儿答道,"谢天谢地,我们在这儿都挺快活! 是不是,爸爸?"

"但愿如此,亲爱的,"奥默先生说道,"我现在气儿喘过来了,该给这小学生量尺寸了。科波菲尔少爷,请到前面店里去好吗?"

我遵照奥默先生的要求,走在他前面。他拿了一卷料子给我看,说这料子特别好,只有死了父母,才用这么好的料子做丧服。接着他就给我量了尺寸,记在一个本子上。他一边记,一边还让我看他进的货,还告诉我哪些式样"正时兴",哪些式样"过时了"。

"就这样,我们常常要损失很多钱,"奥默先生说道,"不过式样也和人一样,说兴就兴,谁也不知道什么时候兴,为什么兴,怎么兴起来的,说不兴就不兴,谁也不知道什么时候不兴,为什么不兴,怎么不兴的。我认为,什么东西都像生活一样,假如你从这个角度来看待它的话。"

我因为很难过,没有心思讨论这个问题,其实,在任何情况下,我恐怕也讨论不了这个问题。奥默先生又带我回到后面的小屋,一边走,一边喘着粗气。

接着他就朝着门后一小段很危险的楼梯向下面喊道,"把茶点送上来!"我坐在那里,一边往四下里看,一边琢磨,同时还听着屋里做针线活的声音,听着院子那边用锤子敲出来的那个调子。过了一会儿,茶点来了,盘子里放着茶和抹了黄油的面包,原来是专门为我准备的。

奥默先生看着我吃早饭,看了好半天,但是我没吃多少,因为屋里那些黑色的东西影响了我的胃口。奥默先生说:"我认识你呀,年轻的朋友!我认识你已经很久了。"

"是吗,先生?"

"从你出生那时候起呀,"奥默先生说道,"我还可以说从你出生以前哩。我在认识你以前就认识你父亲。他身高五英尺九英寸半,坟地长二十英尺,宽五英尺。"

"冬——嗒嗒,冬——嗒嗒,冬——嗒嗒……"院子那边传来的声音。

"他的坟地长二十英尺,宽五英尺,虽然他只占了很小的一部分,"奥默先生兴致勃勃地说,"这不是他的要求,就是你母亲决定的,我记不清了。"

"我小弟弟怎么样啦,你知道吗,先生?"我问道。

奥默先生摇了摇头。

"冬——嗒嗒,冬——嗒嗒,冬——嗒嗒……"

"他在他妈怀里待着呢。"他说。

"哦,可怜的小家伙! 他也死了吗?"

"管不了的事,就不要管啦,"奥默先生说,"是的,小娃娃也死了。"

一听这消息,我心里的创伤又发作起来。我丢下几乎没有吃的早点,跑到小屋的一个角落里,趴在另一张桌子上。明尼连忙过去收拾,怕我的眼泪把放在那里的丧服弄脏了。她是个又漂亮又善良的姑娘,看见头发遮住了我的眼睛,就好心地用手轻轻替我撩开,但是她很愉快,因为她的活儿快干完了,时间还有富余,她的心情和我可大不一样。

不一会儿,锤子敲打的声音停了,一个漂亮的年轻人穿过院子,进到屋里。他手里拿着一把锤子,满嘴含着小钉子,不把钉子吐出来,他是无法说话的。

"哦,乔兰!"奥默先生说,"你干得怎么样啦?"

"挺好,"乔兰说,"做好啦,先生。"

明尼的脸有点儿红,另外两个女人彼此会心一笑。

"什么！这么说，昨天晚上我去俱乐部的时候，你又点着蜡烛加班儿了。是不是？"奥默先生睁着一只眼，闭着一只眼，问道。

"是的，"乔兰答道，"因为你说过，要是做完了，咱们可以一块去一趟，明尼和我，还有你……"

"哦！我还以为你们要一下子把我甩了呢。"奥默先生边说边笑，笑得咳嗽起来。

"你既然好心说了那样的话，"年轻人接着说，"我当然就加劲儿干哪，你看。去看看我干得怎么样，好不好？"

"好吧，"奥默先生说着，就站起身来，正要走，却转身对我说，"好孩子，你想不想去看看你……"

"不，爸爸。"明尼出来阻拦。

"我原以为这个主意不错，亲爱的，"奥默先生说道，"不过也许你说得对。"

他们去看的是我最最亲爱的母亲的棺材，当时我是怎么知道的，现在我也说不清楚。我没听见过做棺材的声音，也不记得看见过棺材，但是在那声音响的时候，我就意识到那是什么声音，而且我敢肯定，在那个年轻人进来的时候，我知道他刚才在干什么。

活儿干完了。那两个女的叫什么名字，我还没有听到，只见她们刷掉身上的线头儿和布条儿，到店里去，收拾了一下，等候顾客来临。明尼留下来把做好的衣服叠起来，放在两只篮子里。她是跪在地上干的，一边儿干还一边儿哼着轻快的小曲儿。乔兰进来了，我知道他一定是明尼的情人。明尼在那里忙活，他就趁机吻了她一下（好像对我全不在意），还说她父亲备车去了，他自己也得赶紧去做准备。然后他就又出去了。他走了以后，明尼把顶针和剪子放进口袋里，把一根带黑线的针仔细地别在胸前，又对着门后的小镜子，很麻利地在长袍外面加了一件外衣。我在镜子里看见了她脸上那洋洋得意的神气。

这一切，我都是坐在角落里看到的。我坐在桌子旁边，托着脑袋，想的事情可多啦。过了一会儿，马车来到商店门口，篮子先被放到车上，接着是我，随后是那三个女的。我记得这辆车好像一半是轻便马车，一半是运钢琴的货车，车身颜色暗淡，拉车的是一匹黑马，尾巴很长，我们都上了车，还挺松快。

我和他们在一起，有一种奇怪的感觉，这恐怕是以前从来没有过的（也许我现在懂的事多了，不觉得怪了），因为我记得他们刚才干活儿的情景，现在他们坐在车上，却这样愉快。与其说我生他们的气，不如说我怕他们，好像我流落到这伙人当中，而和他们的天性毫无共同之处。他们都非常高兴。老人坐在前面驾车，那一对年轻人坐在他身后，他什么时候跟他们说话，他们就探着身子凑上去，一个贴着他这边的大胖脸，一个贴着他那边的大胖脸，一个劲儿地巴结他。他们本来也会跟我说话的，可是我缩在角落里，显出无精打采的样子，因为他们把我吓坏了。他们在那里打情骂俏，嘻嘻哈哈，不过倒也没有大喊大叫，反正他们弄得我心里有些纳闷，他们心肠这么狠，怎么也不得报应呢。

因此，他们中途停下来喂马，他们自己也连吃加喝，享受一番的时候，我什么也没沾，省了一顿。因此，我们一到家，我就飞快地从车后面溜了，不想和他们一起从窗前走过。那些庄严肃穆的窗户，曾几何时还是一只只明亮的眼睛，现在却像瞎了一样，对我闭了起来。看见母亲卧室的窗户，还有旁边那个窗户,当年光景好的时候,那就是我的卧室的窗户呀——回到家里,看到这一切,哦,哪里还需要想些什么,来促使我伤心落泪呢!

我还没到屋门口,就扑到裴果提怀里去了,是她把我领进屋里去的。她一看见我,就难过得哭了起来,但她很快就克制住自己,小声跟我说话,蹑着脚走路,好像怕惊动了死者。我看得出,她很长时间没睡觉了。直到这时候,她夜里还是不睡,在一旁守着。她说,只要她那可怜又可爱的美人儿还没入土,她就决不离开她。

摩德斯通先生在客厅里,可是我进来的时候,他根本不理睬,他坐在壁炉前一把扶手椅里,一边掉眼泪,一边想事情。摩德斯通小姐正在书桌前面忙活,桌上放着许多信件和单据。她向我伸出了她那冷冰冰的手指甲,用铁一样坚定的语气小声问我量了丧服的尺寸没有。

我说:"量过啦!"

"还有你的衬衫,"摩德斯通小姐问道,"带回来了吗?"

"带回来了,小姐。衣服全都带回来了。"

这就是她凭着她的坚定性给我的全部安慰。我毫不怀疑,在这样一个场合,她最喜欢显示她所说的她的自制力,她的坚定性,她的脑子多么好使,她处理事务多么合情合理,还有她那倒霉的一整套叫人厌恶的品质。她特别为自己的办事能力而自豪,现在她为了显示一下,把一切事情都加以简化,只用笔和墨水打交道,完全无动于衷。那天一直到天黑,还有后来从早到晚,她老坐在书桌旁边用一支硬笔刷啦刷啦地写,泰然自若;对任何人悄悄地说话,也是同样地不动声色。她从不松弛一下脸上的肌肉,从不缓和一下说话的语气,露面的时候,从不让自己的衣服有一丝一毫不平整的地方。

她弟弟有时候拿起一本书,可是我从来不见他读。他常常是把书打开,眼睛看着它,好像是在读;可是他能这样待上一个钟头,也不翻页,然后就把书放下,在屋里来回地走。我常常两手交叉坐在那里,一个钟头一个钟头地看着他走,数他的步子。他很少跟他姐姐说话,也从来不理我。在整个这所寂静的房子里,除了时钟以外,好像只有他坐立不安。

安葬以前那几天,我很少见到裴果提。上楼或者下楼的时候,我看见她老待在停放我母亲和她的小娃娃的屋子附近。每天晚上,她来看我,坐在我床头上,等我入睡。在安葬的前一两天——我现在觉得是在安葬的前一两天,不过我知道在当时那沉痛的日子里,时间是怎么过的,没有留下标记——她把我带到那间屋里去了。我只记得床上蒙着白布,周围是一片洁净,一片清新,十分美好。我感到白布下面躺着的就是这所房子里那肃穆宁静气氛的化身。裴果提想轻轻地把白布撩起来,我说:“别动! 别动!”拉住她的手不放。

即便这葬礼是昨天举行的,我也不可能记得更清楚了:我来到家里那间最好的客厅里,一进门就感到那里特有的气氛,那明亮的炉火,酒瓶里那闪光的酒,那杯盘上的图案,那糕点的清香,摩德斯通小姐的衣服的气味,还有我们穿的黑衣裳。祁力普先生也在这里,他走过来跟我说话。

“大卫少爷,你好啊?”他和蔼地说道。

我无法对他说我很好,就把手伸过去,他拉住了我的手。

“哎呀!”祁力普先生说着,谦逊地笑了笑,眼睛里好像什么东西在闪光,“我们的年轻朋友就在我们身边长大了,长得我们认不出来了,小姐。”

这话是对摩德斯通小姐说的,可是她没接茬儿。

"这儿比以前可好多了吧,小姐?"祁力普先生说道。

摩德斯通小姐皱了皱眉,一本正经地弯了弯身子,算是回答。祁力普先生感到没趣,就躲到一个角落里,还拉着我和他做伴,再也不开口了。

我提到这些事,是因为有什么情况,我就记什么情况,而不是因为我就想到自己,也不是因为我自从回家以后就想到自己。现在铃响起来了,奥默先生和另一个人走了进来,叫我们做好准备。很久以前裴果提就常对我说,当年也是往这个坟墓里给我父亲送葬的人,就是在这同一间屋里准备好的。

送葬的有摩德斯通先生,我们的邻居格雷珀先生,祁力普先生,还有我。我们走到门口的时候,抬棺材的已经抬着棺材到了院子里,我们跟着他们顺着小路,走过那几棵榆树,出了大门,来到教堂墓地。夏天的早晨,我有多少次到过这里来听鸟叫啊。

我们站在坟的四周。我觉得那一天好像不同寻常,阳光的颜色也和平时不一样——特别阴郁。这里有一种庄严肃穆的气氛,这是我们和在墓穴里安息的人一起从家里带来的。我们光着头站在那里,这时我听见了牧师的声音,在那空旷的地方,这声音好像来自很远的地方,但是听得很清楚。他说:"主说,我即是复活,我即是生命!"接着我就听见有人哭。当时我和旁观的人站在一边,看见哭的不是别人,正是那位善良而忠实的仆人,她是世界上所有的人里我最爱的一个,我那颗幼小的心很有把握,总有一天主会对她说:"做得好。"

在这个不大的人群里,有许多面孔我是熟悉的,有些人是我在那处处使我惊异的教堂里认识的,有些人是在我母亲年轻漂亮的时候刚来到这个村子里就见过她的。这些人,我都没放在心上,放在心上的只有我自己的悲痛,然而我都看见他们了,也都认识他们,就连远远地站在人群后面的明尼我也看见了。她在那里观望,还不时朝着离我不远的她那个情人扫上一眼。

葬礼结束了,土也填好了,我们转身往回走。前面就是我们家的房子,它还是那么好看,一点儿变化也没有,在我那幼小的心灵里,它与失去的东西紧紧地联系在一起,因此它所引起的悲哀远远超过我已有的悲哀。但是他们领着我往前走了,祁力普先生还跟我说话,回到家里,他还拿来水送到我嘴边;我请求他允许我回自己的房间去,他像女人一样温柔地放我走了。

我说了,这一切都像是昨天发生的。后来发生的事情已经离开我而漂到彼岸,所有忘了的事在那里都要重现,但是这一天发生的事,却像一块巨石,屹立在大洋里。

我知道裴果提会到我屋里来看我。当时就像安息日一样宁静(那一天的确很像星期天,我忘了说了),这对于我们俩都是很合适的。她在我的小床上挨着我坐下,拉着我的手,有时把它贴在自己的嘴唇上,有时又用自己的手抚摩它,好像在哄我的小弟弟。就这样,她以自己特有的方式对我述说了与刚刚发生的事有关的所有该说的情况。

“很长时间,”裴果提说,“你妈一直身体不好。她精神恍惚,也不高兴。她生孩子的时候,我起先以为她会好转,但是她更弱了,一天不如一天。生孩子以前,她老爱一个人坐着,坐一会儿,哭上一阵。后来她就老对着孩子唱歌,唱得那么柔和。有一次,我又听见她的歌声,竟以为那是空中的什么声音,越来越远了。

"近来,我觉得她越发胆小,越发容易受惊吓了。谁要是说一句严厉的话,就像打了她一样。对我,她倒总是一个样儿。对她这个傻裴果提,她没有变,我那可爱的姑娘没有变。"

裴果提说到这里,停下来拍我的手,拍了好一阵子。

"最后一次见到她和从前一样,是你回来的那天晚上,我的孩子。你走的那一天,她对我说:'我再也见不到我那可爱的宝贝了。我有这种预感,挺灵的,我信。'

"在那以后,她还尽量挺着。好几回,人家说她无忧无虑,不操心,她也就假装无忧无虑、不操心的样子,不过当时已经不是早先那种情况了。她对我说的话,一直不敢对她丈夫说,除了我,她对谁都不敢说。后来,有一天晚上,就在出事以前一个多星期,她对丈夫说:'亲爱的,我觉得我要死了。'

"'这桩心事总算了结了,裴果提,'那天晚上我扶她上床的时候,她对我说。'我的话,他会越来越相信,他这个可怜的人。几天以后,就都过去了。我真累呀。要是这就算睡觉,我睡的时候,你就坐在旁边,别离开我。愿上帝保佑我的两个孩子呀!愿上帝关照我那没爹的孩子呀!'

"从那以后,我就再没离开过她,"裴果提说,"她常和楼下那两个人说话——因为她爱他们;对于身边的人,不爱哪一个,她都觉得过意不去——但是每当他们从她的床边走开的时候,她就转过身来对着我,好像我在哪儿,她就可以在哪儿得到安宁,不这样,就睡不着觉。

"最后一天的晚上,她亲了亲我,对我说:'要是我的娃娃也死了,裴果提,请你让他们把他放在我怀里,把我们埋在一起吧.'(后来就是这么办的,因为那可怜的小家伙只比母亲多活了一天)'让我那最可爱的孩子陪我们到我们安息的地方去吧,'她说,'你告诉他,他的母亲躺在这里,曾经为他祝福,不是一次,而是一千次.'"

裴果提说到这里,又沉默了一会儿,又轻轻地拍了拍我的手.

"夜已经很深了,"裴果提说,"她向我要水喝,喝完了水,那可爱的人儿呀,她对我微微一笑,笑得多么好看呀!

"天亮了,太阳也慢慢升起来了,她对我说,科波菲尔先生一向对她多么关心,多么体贴,多么宽容,在她缺乏自信的时候,他就对她说,有一颗爱心比有头脑更好,更有力量,他之所以是一个幸福的人,就因为她有爱心.随后她说:'裴果提,亲爱的,扶我靠你近点儿,'因为她非常虚弱.'你真好,快把你的胳膊放在我脖子底下,'她说,'转一转我的身子,让我朝着你,你的脸离我越来越远了,我要它靠近点儿.'我按照她说的做了,哦,大卫,还真应了咱们头一次离别的时候我对你说的话——她会乐意把她那可怜的脑瓜子再放到这又笨又爱发火的老裴果提的胳膊上——她死了,就像一个孩子睡着了一样."

裴果提说完了.从我听说母亲去世的时候起,她最近的形象就从我的心目中消失了.从那时候开始,我只记得最初的印象,她是一个年轻的母亲,常把自己那光亮的头发绕在手指上,常在天快黑的时候和我在客厅里跳舞.现在裴果提跟我说的这番话,不但没有使我了解后来的情况,反而加深了我先前的印象。这也许有点儿怪，但实际情况就是这样。她这一死，就像插上翅膀飞回她那平静的没有烦恼的青春时代，把后来的日子一笔勾销了。

在坟里躺着的那位母亲，是我幼年时代的母亲，她怀里那个小东西就是我自己，我一度就是那样的，只不过在她怀里永远不再出声了。

第十章　我遭冷落，又有了安排

　　丧事过后，阳光又可以自由地照进屋里。摩德斯通小姐处理的头一件事，就是通知裴果提，给她一个月的期限。裴果提本来就很不喜欢这份差使，但是为了我，我相信她也会继续干，而放弃世界上最好的工作。她对我说，我们必须分手，也告诉我为什么必须这样，我们俩诚心诚意地互相安慰了一番。

　　至于我，或者说我的未来，没有听到一句话，也没有见到一个举动。我敢说，他们要是能给我一个月的期限，就把我也打发掉，那他们才高兴呢。有一次，我鼓起勇气问摩德斯通小姐，我什么时候回学校去，她很冷淡地答道，她认为我根本就不会再回学校去了。别的什么也没告诉我。我很想知道他们准备拿我怎么办，裴果提也很想知道，但是关于这件事，我们谁也得不到一点儿消息。

　　我的处境倒是也有一点儿变化，使得我眼前的日子好过多了，不过我要是仔细考虑一下，就会对未来感到更为不安。这变化就是：原来加在我身上的约束通通取消了。不但不要求我到客厅里去干坐着，有几次，我往那儿一坐，摩德斯通小姐还冲着我皱眉，意思是让我走开。他们不但不禁止我和裴果提在一起，而且只要我不和摩德斯通先生在一起，他们就不管不问。起初我还天天害怕，怕他又要亲自教育我，也怕摩德斯通小姐亲自来管这件事,不过我很快就意识到,这种顾虑是没有根据的,我应该料到的不是别的,而是无人照顾。

我觉得这个发现当时并没有使我感到很痛苦。由于母亲去世给我的刺激,我依然昏昏沉沉,对一切无关紧要的事,都处于一种麻木不仁的状态。的确是这样,记得我有时候曾经想过,可能不会再让我上课了,可能不会再有人关心我了,长大以后,也许就成了一个破衣烂衫意志消沉的人,在村子里闲荡。我也想过可能避免这样一个形象,模仿故事里的人物,跑到一个什么地方,想办法发财去。不过这都是些一时的想法,有时候坐在那里做的白日梦,好像淡淡地画在或者写在我屋里的墙上,一旦消失,墙上还是一片空白。

“裴果提,”一天晚上,我在厨房的炉火旁烤手,一副心事重重的样子小声说道,“摩德斯通先生比过去更不喜欢我了。他从来就不大喜欢我,裴果提,现在只要有可能,他连看都不愿意看我了。”

“也许是他心情不好吧。”裴果提说着捋了捋我的头发。

“我肯定我也很难过,裴果提。我要是真的认为那是因为他心情不好,我就根本不介意了。可是并不是因为那个原因,哦,不是因为那个原因。”

“你怎么知道不是因为那个原因?”裴果提沉默了一会儿,问道。

“哦,他心情不好,那完全是另外一回事儿。他这会儿,心情也不好,和摩德斯通小姐在壁炉旁边坐着呢。不过我要是一进去,裴果提,他就是另外一副模样了。”

“什么模样?”裴果提说。

“生气呀,”我说,还不由自主地学了学他拉着长脸皱眉头的样子,"他要是光心情不好,就不会那样看我了。我就光是难过,这倒使得我心肠更软了。"

裴果提沉默了一会儿。我只顾烤手,一声也没吭。

最后还是她说:"大卫。"

"什么事儿,裴果提?"

"我能想到的办法,我都试过了,我的孩子——能行的,不能行的,我都试了试——想在布伦德斯通这地方找一份合适的工作,可就是找不到哇,我的孩子。"

"那你打算怎么办呢,裴果提?"我还是抱着一线希望问她,"你想不想到别处去找出路呢?"

"我估计不得不到亚茅斯,"裴果提答道,"在那里落脚了。"

我一听这话,心里一阵高兴,说道:"我还以为你会走得远远的呢,要是那样,我就找不到你了。亲爱的老裴果提,我会抽空到亚茅斯去看你。你不会跑到世界的另一头去吧,啊?"

"感谢上帝,不会的!"裴果提非常兴奋地大声说道,"只要你在这儿,我的小乖乖,我这一辈子会每个礼拜都来看你的。每个礼拜都会有一天来看你。"

这个许诺使我感到如释重负,而且还不止于此,因为裴果提接着说:

"大卫,你听我说,我要先到哥哥家再住上两个礼拜,利用这段时间,好好考虑考虑,同时也想办法恢复到以前的样子。我一直在想,眼下他们既然不想让你待在这儿,也许会让你跟我一块儿走一趟。"

要是我和周围的人,裴果提除外,不能改善关系,当时各项计划之中唯一能使我感到乐趣的就是这个计划了。我又可以回到那些诚实的人们中间去了,他们的脸上都带着欢迎我的表情;我又可以回到那宁静的环境里,在晴朗的星期天早上,听那悠扬的钟声,往水里扔石子,还能看见一条条模糊的大船,透过晨雾显现出来;我又可以和小艾米丽到处游荡,向她诉说我的烦恼,在海滩上拾贝壳和石子来消除烦恼——我一想到这些事,心里就感到平静。当然,这种平静接着就又被打破了,因为我不知道摩德斯通小姐同意不同意,不过就连这点疑虑也很快消除了,因为那天晚上就在我们议论这件事的时候,摩德斯通小姐到储藏室来找什么东西,裴果提当场提出了这个问题,她那股冲劲儿真叫我吃惊。

"这孩子到了那里也是闲着,"摩德斯通小姐说着,往咸菜坛子里看了看,"而闲着是一切罪恶的根源。不过话又说回来了,他在这儿也是闲着——依我看,不论到哪儿,他也都是闲着。"

我看得出,裴果提想顶她一句,可是为了我的缘故,话到嘴边,又收了回去,什么也没说。

"唉!"摩德斯通小姐说道,两眼依旧看着咸菜,"不能让我兄弟受打扰,不能让他觉得不舒服,这比什么都重要,这是头等重要的大事。我看我最好还是同意吧。"

我向她道了谢,但是没有显得多么高兴,因为怕弄得她改变主意。当她不再往坛子里面看而看我的时候,她那股子酸味儿大得好像她那两只黑眼睛把坛子里的东西全都吸收了。这时我不禁觉得,我没有显得多么高兴,还是明智的。不过,已经答应了的事,倒也没有收回。那一个月的期限结束的时候,我和裴果提都准备停当,可以上路了。

巴吉斯先生到屋里来拿裴果提的箱子。我以前从来没见他进过花园的大门，但是这一次，他进到屋里来了。在他扛起那只最大的箱子往外走的时候，他看了我一眼，我觉得这一眼有特殊的含义，如果说巴吉斯先生脸上的表情有什么含义的话。

临走的时候，裴果提的情绪自然是很低沉的，因为许多年来，这里就是她的家，她在这里疼爱过两个人——我和我母亲——这是她一生中最疼爱的两个人。清早，她还到教堂墓地里去走了一趟。后来她就上了车，坐在那里，直用手绢擦眼泪。

裴果提是这副模样，巴吉斯先生也毫无动静。他坐在老地方，摆着老姿势，像个大草人。后来裴果提开始东看西看，还跟我讲话，他就不时地点头，还咧着嘴笑。我不知道他这是对谁点头，对谁笑，也不知道他的用意何在。

"今天天气真好啊，巴吉斯先生!"我出于礼貌，对他说道。

"天气是不错。"巴吉斯先生说道。他说话总是留有余地，而且轻易不把话说死。

"裴果提现在很舒服了，巴吉斯先生。"我说，为了使他高兴。

"是吗?"巴吉斯先生说。

巴吉斯先生以很有头脑的神气想了一下，看着她说道:
"你是挺舒服吗?"

裴果提笑了笑，说是挺舒服。

"不过，你知道，咱得说实话，舒服吗?"巴吉斯先生以低沉的声音说道，说着就朝她蹭过来，还用胳膊肘儿捅了她一下，"舒服吗？说实话，是挺舒服吗？啊？"巴吉斯先生每问一句，就朝她靠近一点儿，还用胳膊肘儿捅她一下。到后来，我们都挤到车左边的角落里，挤得我简直无法忍受了。

裴果提让他看把我挤得多么难受，巴吉斯先生马上给我腾地方，而且一点点地退了回去。不过我看得出来，他好像觉得发现了一个极好的办法，既可以把自己的意思表达得干净利落，讨人喜欢，又可以免去没话找话之苦。他显然是得意了好一阵子。过了一会儿，他又冲着裴果提来了，还重复刚才说过的话，"你挺舒服吗?"又像刚才一样挤我们，差点儿把我挤扁了。过了一会儿，他又冲着我们来了，还是问那个问题，结果也和前面一样。最后，我一看他又要来了，就赶紧站起来，站在踏板上，假装看风景，这样我就不挨挤了。

巴吉斯先生非常客气，专为我们在一家酒店门前停了车，请我们吃烤羊肉，喝啤酒。甚至就在裴果提喝啤酒的时候，他还像上面说的那样来了一通，差一点儿把裴果提呛着。不过等我们越来越接近目的地的时候，他的事儿多了，就没那么些工夫献殷勤了。等我们来到亚茅斯的石头马路上，摇晃颠簸得太厉害，我想，也就顾不上别的了。

裴果提先生和哈姆还是在老地方等我们。他们亲热地欢迎我和裴果提，也和巴吉斯先生握了握手。巴吉斯先生，帽子挂在后脑勺儿上，脸上腼腆，斜着看人，腿也腼腆，斜着走路，我觉得他显得有些茫然。裴果提先生和哈姆各提了一只裴果提的箱子，我们正要走，巴吉斯先生伸出食指向我认真地打了一个手势，把我叫到一个门洞儿里。

"我看，"巴吉斯先生以低沉的声音说道，"还行。"

我抬头看着他，故意显得深明事理的样子，说道:"哦!"

"事情还没完哪,"巴吉斯先生点着头对我说,好像在说什么秘密,"还行。"

我又说了声"哦!"

"谁愿意,你是知道的,"我这个朋友说道,"巴吉斯呀,就是巴吉斯呀!"

我点了点头,表示同意。

"还行,"巴吉斯先生握着我的手说,"够朋友。从一开头儿就是你的功劳。还行啊!"

巴吉斯先生特别想把话说清楚,可我就是摸不着头脑,要不是裴果提把我叫走,我会站在那里看着他,看上一个钟头,结果就像看一只停了的钟一样,看不出个所以然来。我们一边走,裴果提就问我,他刚才说了些什么,我说,他刚才说还行。

"他就是这么不要脸,"裴果提说,"可是我不在乎!亲爱的大卫,我要是想结婚,你觉得怎么样?"

"哦——你要是结了婚,裴果提,我想你一定会和现在一样喜欢我吧?"我想了一下,回答道。

这个善良的人一听这话,马上情不自禁地停下脚步,把我搂在怀里,反复地说她疼我爱我,决不会变,弄得走在前面的自家人和路上的行人大为惊讶。

在这以后,我们继续往前走,裴果提又问我:"你说,你觉得怎么样,亲爱的孩子?"

"你是说结婚,和巴吉斯先生结婚的事吗,裴果提?"

"是呀。"裴果提说。

"我觉得很好,裴果提,因为你知道,这样一来你就有马有车,老可以坐这套马车来看我,又不用花钱,还一准能来。"

"我这乖孩子真懂事儿！"裴果提大声说道，"这一个月，我也一直这么想。是啊，我的宝贝。到那时候，你看，我想我就更自由了，况且在自己家里干活比在谁家干活都自在。现在要是去伺候一个生人，我还真不知道干什么好呢。再说，和他结了婚，我就老离我那俊姑娘的坟不远，"裴果提带着思念的神情说道，"什么时候想去看看，就可以去看看。等我两腿一伸的时候，就埋在离我那亲爱的俊姑娘不远的地方了。"

我们两个人沉默了一会儿，什么也没说。

"不过要是我的大卫不赞成，"裴果提兴致勃勃地说，"我就不再考虑这件事了——即便他在教堂里问我三十个三次，即便订婚戒指在我口袋里磨旧了，我也不再考虑这件事了。"

"裴果提，你看看我，"我说，"看我是不是真高兴，是不是真心希望你和他结婚。"我的确是打心眼儿里赞成这件事。

"好啦，我的命根子，"裴果提说着，使劲儿搂了我一下，"我白天黑夜，随时都在想，各种情况都想到了，但愿想得对头。不过我还要想，还要跟我哥哥商量商量，咱们先别跟别人说，大卫，就你和我知道。巴吉斯老实忠厚，"裴果提说，"我要对他尽我的责任，要是我不——要是我不觉得挺舒服的，我想那就是我的不是了。"裴果提一边说着，一边大笑起来。

在这里引用巴吉斯先生这句话，非常恰当，我们俩都觉得有趣极了，笑了又笑。等我们走到近处，看见裴果提先生的小屋的时候，我们仍感到非常快活。

那小屋看上去和原来完全一样，只是在我眼里可能显得略微小了一点儿。古米治太太在门口等着我们，好像从上次以来，她就一直站在那里。屋里的一切都是原样儿，连我卧室里那蓝色缸子里的海草也没变样儿。我到外面的棚子里看了看,还是那些龙虾、螃蟹和蝲蛄,还是在那个角落里,还是那样互相紧紧地挤在一起,还是那样碰见什么夹什么。

但是没有见着小艾米丽,于是我就问裴果提先生,她在哪里。

"她上学去啦,少爷,"裴果提先生说着擦了擦汗,他刚才给裴果提搬箱子,热得满头大汗。他看了看那只荷兰钟,接着说道,"再过二十分钟到半个钟头,她就回来了。她不在家,我们大伙儿都想她,可想她哩!"

古米治太太叹了一口气。

"提起精神来,大妹子!"裴果提先生大声说道。

"我想她,比谁都想得厉害。"古米治太太说道,"我是个孤苦伶仃的老婆子,恐怕只有她不和我作对呀。"

古米治太太小声嘟囔着,摇着头,到一旁往火里鼓风去了。裴果提先生趁此机会,往四下里看了一眼,用手遮着嘴低声说道:"惦记着她那一口子呢!"我从这里就看出来了,自从我上次来过以后,古米治太太的情绪始终没有变好。

现在整个这个地方和过去一样吸引人,或者说应该和过去一样吸引人,但是我的感受却不同。我有些失望。也许是因为小艾米丽不在家。我知道她回家的路,所以过了一会儿,我就慢慢地走着,到路上去迎她了。

不一会儿,远处出现了一个人影,我很快就认出来了,那就是艾米丽,她虽然长大了,身材却依然不高。她渐渐走近了,我看到她的蓝眼睛比原来更蓝了,两个酒窝儿更好看了,整个身材更漂亮,更有活力,这时候,我忽然有一种奇怪的感觉,促使我假装不认识她,从她身旁走过,好像在看远处的什么东西。我要是没记错,后来我还做过一次这样的事。

小艾米丽毫不介意。她明明看见我了,却不回过头来叫我,而笑着向前跑去。这样一来,我不得不在后面追她,她跑得真快,等我追上她的时候,已经快到家了。

"哎哟,原来是你呀!"小艾米丽说。

"啊,你本来就知道是谁,艾米丽。"我说。

"难道你不知道是谁吗?"艾米丽说。我想吻她一下,可是她却用手捂住她那通红的嘴唇,还说她已经不是孩子了,说着比刚才笑得更厉害,一边笑,一边跑回家去了。

她好像在拿我开心。她身上的这种变化使我感到非常惊讶。茶点摆好了,我们那个小柜子也放在了原来的位置上,可是她没有过来和我坐在一起,而情愿和那嘟嘟囔囔的古米治太太做伴去了。裴果提先生问她为什么这样,她把头发抓乱,披在脸上,把脸遮住,一个劲儿地笑,什么也不说。

"简直是只小猫儿!"裴果提先生说着,用他的大手拍了拍她。

"是小猫儿! 是小猫儿!"哈姆大声说道,"大卫少爷,她是小猫儿!"他坐在那里冲着艾米丽格格地笑了一阵,心里又爱慕,又高兴,涨得满脸通红。

小艾米丽让他们大家给宠坏了,实际上,裴果提先生宠她宠得比谁都厉害。她只要把脸贴在他那扎人的络腮胡子上,让他干什么,他就干什么。至少在我看她那样做的时候,就是这么想的,而且我认为裴果提先生的做法,也是完全对的。但是她那样亲切,那样善良,又诡计多端,又羞涩腼腆,实在讨人喜爱,结果弄得我比过去更加喜欢她了。

艾米丽的心肠也很软。茶点过后,我们坐在炉子旁边烤火,裴果提先生抽着烟,提起我遭到的不幸,这时她眼里充满了泪水,隔着桌子,亲切地看着我,使得我对她非常感激。

"啊!"裴果提先生说着,随手抓起艾米丽的鬈发,让它像水一样在手上滑过,"你看,少爷,这也是个孤儿。还有这一个,"裴果提先生说着,用手背敲了敲哈姆的胸膛,"他也是,只是不大像就是了。"

"我要是有你做我的监护人,裴果提先生,"我说着摇了摇头,"恐怕就不大会觉得自己是个孤儿了。"

"大卫少爷,说得好!"哈姆非常兴奋地大声说道,"哈哈!说得好!不会觉得是孤儿了!哈哈!"说到这里,他也用手背还了裴果提先生一下,小艾米丽也站起来亲了亲裴果提先生。

"少爷,你那个朋友好吗?"裴果提先生问我。

"斯蒂福?"我说。

"是这个名字,"裴果提先生大声说道,接着又对哈姆说,"我记得这名字和咱们这一行有关系。"

"你说过那人名叫拉舵夫呀!"哈姆说着,大笑起来。

"唉!"裴果提先生反驳道,"既要有舵,也要有福嘛!①这两个名字都跟使船有关系!他怎么样,少爷?"

"我离开的时候,他很好哇,裴果提先生。"

"那可是个朋友!"裴果提先生说着把烟斗往外一伸,"要说朋友,那可是个朋友!哎呀,我的天哪,看一看他,真是一饱眼福呀!"

"他很帅,是不是?"我问道。听他这样赞扬,我心里热乎乎的。

"真帅!"裴果提先生大声说道,"他站在你面前,就

---

① 斯蒂福,原文 Steerforth。"steer"是为船掌舵的意思。

像……就像一个……唉,我觉得他无所不像。他可真有闯劲儿!"

"是啊!他就是这种性格,"我说,"他像狮子一样勇猛,你还不知道他有多么坦率呢,裴果提先生。"

"现在我的确认为,"裴果提先生一边说,一边透过烟斗冒出来的烟看着我,"就书本知识而言,他差不多什么都知道。"

"是啊,"我高兴地说道,"他什么都知道。他聪明得要命。"

"那可是个朋友!"裴果提先生一本正经地把头一扬,自言自语地说道。

"他好像从来没有什么为难的事儿,"我说,"无论什么功课,他一看就明白。他打板球也打得很好,你从来没见过打得这么好的。下起棋来,差不多你想叫他让你几个子儿,他就让你几个子儿,而且不用费力,就能把你赢了。"

裴果提先生又把头扬了一下,仿佛在说,"那没问题"。

"他特别会说话,"我接着说,"听他说话的人,没有不信服的。裴果提先生,你要是听一听他唱歌,我还不知道你要说什么哩!"

裴果提先生又把头扬了一下,仿佛在说,"那是肯定的"。

"另外,他这个人还非常大方,非常文雅,非常高尚,"我说,谈起了我最喜欢的这个话题,我越说越来劲儿,"你怎么夸他,恐怕都夸不够。在学校的时候,我比他小得多,年级也低得多,但是他很讲义气,保护了我,我敢说无论怎样感激他,都是远远不够的。"

我正在滔滔不绝地说着,忽然眼光落在了小艾米丽的脸上。她低着头,趴在桌上,屏着呼吸,全神贯注地听着,她的蓝眼睛像宝石一样闪闪发光,两颊泛起了红晕。她显得极为认真,极为美丽,我一阵惊讶,话也停了下来,我一停,他们笑着看她,大家的注意力一下子就集中到她身上去了。

"艾米丽和我一样,"裴果提说,"愿意见见他。"

艾米丽看我们大家都盯着她,感到不知所措,低下了头,羞得满脸通红。接着她抬起头来,从披在脸上的几缕鬈发的缝里一看,看见我们仍然在看着她(我敢说至少我就会一连看她几个钟头),就跑了,一直到快睡觉的时候才露面。

我还是睡在老地方,安在船尾的一张小床上,那风也像我上次来的时候一样,呼呼地从这片荒滩吹过。但是这一次,我不由自主地产生了一个想法:这风是在为故去的人呜咽;我想的不是海水会在夜里涌上来,把我们住的这条船冲走,我想的是自从我上次听到那风声之后,海水已经涌上来,把我这幸福的家淹没了。我记得,那风声和波涛声在我耳朵里减弱了,我在祈祷的时候就加了半句话,祈求长大以后能娶小艾米丽为妻,接着就怀着一颗爱心睡着了。

日子一天天过得和上一次差不多,不同之处——这还是一个很大的不同——就是这次我和艾米丽很少到沙滩上去溜达。她有功课要做,还有针线活儿要做,而且每天都有很大一部分时间不在家里。不过我觉得即便情况不是这样,也不能像过去那样出去溜达了。艾米丽虽然无拘无束,一会儿想这样,一会儿想那样,像个孩子一样,她却比我料想的更像是一个小妇人了。不过一年的时间,她好像和我产生了很大的距离。她还喜欢我,不过她也讥笑我,折磨我;我到路上去接她,她就偷偷地绕路回家,等我失望而归的时候,她就站在门口笑我。最美好的时光,就是她安安静静地坐在门口做功课,我坐在她脚边的木头台阶上,念书给她听。现在我好像觉得,我从来没有见过当时四月间下午那样明媚的阳光,我从来没有见过当时常见的那坐在旧船门口的妩媚的小人儿,我从来没有见过那样的天空,那样的海水,那样辉煌的船只驶向那金色的远方。

就在我们来的那天晚上,巴吉斯先生来了,他恍恍惚惚,笨手笨脚,提着一兜橘子,用手绢包着。他只字未提,大家以为他落在这里,忘了带走了。哈姆追上去还给他,回来的时候告诉大家,那是送给裴果提的。从那以后,他每天晚上都准时前来,而且每次都带着一小兜东西,也不说是给谁的,老是放在门后头,就不管了。这些表示心意的东西花样很多,也很古怪。我记得其中有两对猪蹄儿,一个特大的针插,大约半蒲式耳苹果,一对黑玉耳环,一些西班牙洋葱,一盒骨牌,一只金丝鸟,还有鸟笼,另外还有一只火腿。

我记得,巴吉斯先生求婚的方式很稀奇。他很少说话,坐在炉子旁边,和坐在车上赶车的时候姿势差不多,两眼使劲儿盯着对面儿的裴果提。一天晚上,我认为他是受爱情的驱使,冲过去,拿起裴果提拉线用的蜡烛头儿,放在坎肩口袋里,带走了。从那以后,他的一大乐事就是在需要的时候把蜡烛头儿掏出来,不过这时候那蜡烛头儿已经有点儿化了,粘在了口袋的里子上;蜡烛头儿用过之后,他再把它放回口袋里。他好像自得其乐,而且完全不觉得有说话的必要。即便是他带裴果提到海滩上散步的时候,我相信他也不会因此而觉得不自在,只要偶尔问她一声,是不是很舒服,也就心满意足了。我还记得,有时候他走了以后,裴果提会把围裙捂在脸上,笑上半个钟头。说实在的,我们都觉得这件事很有意思,唯有可怜的古米治太太除外,因为她受人追求的时候,情况大概是完全一样的,眼前这些事不断地使她想起她那一口子。

最后,我在这里待的时间快结束了,他们说裴果提和巴吉斯先生出去玩一天,让我和小艾米丽跟他们一起去。头一天晚上,我一点儿也没睡好,老盼着和艾米丽度过美好的一天。第二天一大早儿,我们就都起来了,吃早饭的工夫,远远地看见巴吉斯先生,他正赶着一辆轻便马车,朝着他心爱的人儿跑来。

裴果提穿得和平时一样,一身颜色暗淡的丧服,整整齐齐。巴吉斯先生则不然,他喜气洋洋地穿着一件新做的蓝上衣,裁缝给他留了很多富余,袖口很长,连最冷的时候也不用戴手套,领子很高,连头顶上的头发也都竖起来了。那锃亮的扣子也是最大号的。此外还有浅棕色的马裤和暗黄色的背心,我觉得巴吉斯先生还真是一位值得尊敬的人物哩。

我们都在门外忙活的时候,我发现裴果提先生准备好了一只旧鞋,要在我们走的时候,朝我们扔来,取个吉利。他把这只鞋递给古米治太太,让她扔。

"不,丹尼尔,还是让别人扔吧,"古米治太太说,"我是个孤苦伶仃的老婆子,看着人家不这么孤苦伶仃的,我就别扭。"

"来吧,大妹子,"裴果提先生说,"你就接过去,扔了吧。"

"不,丹尼尔,"古米治太太答道,还嘟囔着摇了摇头,"我要是不这么苦恼,是可以多做些事的。你和我不一样,丹尼尔,你遇到什么事,都不觉得别扭,你也不去找别扭。还是你自己扔吧。"

这时候,裴果提已经急匆匆地亲了亲每一个人,转完这一圈儿,坐在车上,我们也都上了车(我和艾米丽并排坐在两把小椅子上),裴果提喊着,一定要让古米治太太扔那只鞋。古米治太太只好扔了;不过很遗憾,她一阵冷风吹散了我们起程时的欢乐气氛,因为她马上就大哭起来,无力地倒在哈姆的怀里,还说她知道自己是个负担,最好马上把她送到救济院去。我的确觉得这个主意合乎情理,哈姆应当照办。

不过我们还是出发,到外面度假去了。头一件事就是来到一座教堂,巴吉斯先生把马随手往栏杆上一拴,就带着裴果提到里面去了,留下我和小艾米丽两个人在车上待着。我乘此机会搂住艾米丽的腰,并且向她提出,既然我很快就要走了,这一整天,我们一定要非常亲热,非常愉快。小艾米丽表示同意,还允许我亲她,我就激动起来;我记得当时对她说,我决不再爱别的人,谁要是想得到她的爱情,我就跟他白刀子进去,红刀子出来。

小艾米丽一听这话,别提多开心了!这个仙女一般的小妇人竟然装腔作势,好像比我大得多,也有见识得多,说我是个"傻孩子",接着就大笑起来;她笑得那样迷人,我看她看得入神,把这难听的称呼给我带来的痛苦完全抛在脑后了。

巴吉斯先生和裴果提在教堂里待了很长时间,不过最后还是出来了,随后我们就赶着车到乡下去了。走着走着,巴吉斯先生扭过头来,挤了挤眼——顺便说一下,我先前真没想到,他也会挤眼——对我说道:

"我在车上写过一个什么名字来着?"

"克拉拉·裴果提。"我说。

"这里要是有车篷,我现在该写什么名字呢?"

"还写克拉拉·裴果提?"我说。

"克拉拉·裴果提·巴吉斯!"他答道,接着就大笑起来,笑得车身直晃。

总而言之,他们结婚了,他们就是为这个目的而到教堂里去的。裴果提坚持要悄悄地办,就请教堂里的执事做她的主婚人,也没有观礼的人。巴吉斯先生刚才突然宣布他们的结合,弄得裴果提有点儿不知所措,她一个劲儿地搂我,表示她对我的爱没有受到一点儿影响。过了一会儿,她又平静下来,说事情办完了,她很高兴。

我们赶着车拐到一条偏僻的路上,来到一家小旅店,在这家事先定好的旅店里舒舒服服地吃了一顿饭,美美满满地过了一天。即便过去十年中裴果提每天结婚一次,她也不会比现在更显得若无其事的样子,结婚没有给她带来任何变化。她和过去完全一样。吃茶点以前,她带我和小艾米丽出去溜达溜达,巴吉斯先生就在店里抽着烟沉思默想,大概是在品味婚后的幸福吧。如果真是这样,那可增进了他的食欲,因为我现在还记得很清楚,他午饭吃了很多猪肉和青菜,临了儿还搭上了一两只鸡,可是到了吃茶点的时候,还非得吃凉了的煮咸肉,而且默不作声地吃了好多。

从那以后,我常常想起这次婚礼,觉得它真古怪,真朴实,真清静。天黑以后,过了一会儿,我们就又登车上路。我们美滋滋地往家走,一路上仰起头来看星星,边看边议论。我是主要解说人,使得巴吉斯先生大开眼界。我把我所知道的,都告诉他了。不过无论我想告诉他什么,他都会相信,因为他非常佩服我的才能,当时他还当着我的面对他太太说我是个"小罗什"——我想,意思是神童。

我们谈完了星星这个话题，或者说我用完了巴吉斯先生的全部思维能力，我就和小艾米丽用一件旧大衣当斗篷，裹在身上，一直裹到家。哦，我多么爱她呀。我当时就想，我们要是结了婚，到一个有树有草的地方住下来，永远不再长大，也不要更懂事儿，永远是孩子，手拉着手，在阳光下，在鲜花盛开的草地上跑来跑去，晚上就枕着青苔，美美地睡上一觉，恬适而宁静，等我们死了，就由鸟儿把我们埋葬，这有多么幸福啊！一路上我脑子里就是这样一幅图画，它并不实际，然而它是鲜明的，因为我们天真无邪的光芒照在上面，它也是模糊的，像远处的星星一样。在裴果提结婚的时候，有我和小艾米丽带着两颗这样诚实的心和他们在一起，现在回想起来，我还感到高兴。爱神和美神以这样虚幻的形式参加他们朴实的庆祝活动，现在回想起来，我还感到高兴。

晚上，我们早早地就回到了我们住的那只旧船，巴吉斯先生和他太太在这里向我们告别之后，就舒舒服服地赶着车回自己家去了。这时我第一次感到我已经失去了裴果提。要不是小艾米丽也在这所房子里，我去睡觉的时候，心里就会非常痛苦了。

裴果提先生和哈姆像我一样，知道我在想什么，给我准备了晚饭，高高兴兴地接待我，为我解闷。小艾米丽过来和我并排坐在小柜子上，我这回来到这里，只有这么一次。对这美满的一天来说，这真是个美满的结束。

夜里涨潮，我们睡下以后，过了一会儿，裴果提先生和哈姆就出去打鱼了。我觉得自己胆子真大，因为在这所孤单的房子里，只有我一个人留下来保护艾米丽和古米治太太。当时我一心盼望有一头狮子或一条巨蟒，或其他什么凶恶的怪物,向我们扑来,我把它杀死,多么光彩。可惜那天晚上,亚茅斯的荒滩上并没有这类猛兽出没,我不得已而求其次,一夜做梦梦见龙,一直到天亮。

天亮以后,裴果提来了,她还像先前一样,在窗户底下叫我,好像那赶车的巴吉斯先生自始至终都是梦里的人物。早饭以后,她把我接到自己家里,房子不大,但很漂亮。家具之中,我印象最深的是一张旧写字台,是用一种深色的木头做的,放在客厅里(厨房地上铺上瓷砖,就是进行各项活动的起居室)。这写字台桌面可以收起来,打开后放下来,就是书桌。里面摆着一本福克斯写的四开的《殉道者传》。这本宝书,我现在连一个字也不记得了。不过当时我一下子就发现了,马上就读了起来。后来我每次到她家去,都跪在椅子上,打开匣子,取出宝书,把胳膊放在桌上,重新读起来,而且读得津津有味。我的收获,我想主要是来自书里的插图。插图多极了,上面画着各式各样阴森森的恐怖场面。从那以后,直到现在,殉道者就和裴果提的家永远联系在一起了。

那一天,我告别了裴果提先生、哈姆、古米治太太、小艾米丽;晚上就在裴果提家里住下了,我住在阁楼上一间小屋里,床头旁边的书架上摆着那本鳄鱼故事。这间小屋,裴果提说就永远是我的了,而且要永远收拾得和现在完全一样。

“无论我年轻还是年老,亲爱的大卫,只要我还活着,还住在这所房子里,”裴果提说,“你就会发现好像我随时都等着你来住。我每天收拾,就像过去收拾你原来那间小屋一样,亲爱的。即使你到中国去,你也可以放心,你不在期间,这小屋也会收拾得和现在一模一样。”

我从心底感到我这位亲爱的老奶妈真是忠心耿耿,所以我尽可能地向她表示感谢。其实我也没有真正做到这一点，因为她是在早上搂着我的脖子说这番话的，而我那天早上就要回家去了。我也的确是在那天早上由她和巴吉斯先生赶着车送回家的。他们把我放在大门口，就依依不舍地走了。我看着那车载着裴果提渐渐远去，剩下我一个人在老榆树底下，看看那所房子，里面再也没有人以爱我或喜欢我的脸色对待我了，这使我心里有一种说不出的滋味。

这时候我已经落到了无人理睬的地步，现在回想起来还不能不感到难过。我一下子就陷入了一种孤独的境地——没有人关心我，没有和我同年的孩子与我做伴，跟随我的只有自己的思虑——这情况好像随着我的笔而在纸上散发出一种忧郁的气氛。

只要让我学到一点儿东西，无论怎么学，无论在什么地方，哪怕是世上管得最严的学校，让我付出什么代价都行！这样的希望，我连想也不敢想。他们不喜欢我，他们沉默，严厉，老不理我。现在回想起来，大概就在这时候，摩德斯通先生感到有些拮据，但这不是主要原因。他是容不得我，我认为他之所以对我冷淡，是想摆脱我，担心我对他提出什么要求——他达到了这个目的。

我倒也没有真的受到虐待。我没有挨打，也没有挨饿，但是我受的委屈却从来没有减轻的时候，因为那都是铁石心肠的人精心设计出来的。日复一日，周复一周，月复一月，我忍受着那种冷遇。有时候我想起当时的情况，不禁感到纳闷，我要是病了，他们会怎样对待我，不知道是要孤单单一个人在屋里躺着，孤独地熬到病好为止，还是会有什么人来关照我一下。

摩德斯通先生和他姐姐要是在家,我就跟他们一块儿吃饭,要是他们不在家,我就一个人吃喝。我整天在家里闲着,或者在附近闲逛,没有人理睬我,我要是交个朋友,他们就忌妒,大概是怕我向人家抱怨。因此,虽然祁力普先生常常叫我去看他(他孤单一人,几年前死了老婆,他老婆生前是个又瘦又小浅色头发的女人,我只记得她像一只浅玳瑁色的猫),我却很少去,不过每次去了,我就高高兴兴地待上一下午,在他的小手术室里,拿一本没见过的书看看,闻着各种药品的味道,或者在他的耐心指导之下把什么东西放在研钵里捣碎。

由于同样的原因,再加上他们本来就不喜欢裴果提,他们不轻易让我去看望她。但是她说到做到,不是来看我,就是在附近什么地方和我见面,一个礼拜一次,而且从不空着手。我想到她家里去看她,却老得不到允许,非常失望,也非常痛苦。不过,过一阵子他们也让我去一次,所以我也去过几次。到了那里,我才发现巴吉斯先生在一定程度上是个守财奴。裴果提袒护他,说他"有点儿手紧"。他把一大堆钱收在一个箱子里,放在床底下,谎称里头放的都是裤子褂子。他的钱财就这样躲在这个钱柜子里,虽说很不起眼儿,却很严密,裴果提要用一点儿钱,也得靠计谋,因此她为了弄到每个礼拜六要花的钱,必须早早地订出详尽的计策,像英国历史上有名的火药阴谋案①那样。

在这一段时间里,我一直清楚地意识到,即使我曾表现出将来会有成就,现在也都白搭了,我也清楚地意识到自己处于

<hr>

① 一六〇五年,天主教徒预埋火药炸国会,以报政府迫害天主教之仇,未成功。

完全无人理睬的境地,毫无疑问,要不是有那些旧书,我可就太悲惨了。我只能从书中得到安慰,它们对我真诚,我对它们也真诚,我一遍一遍地看,自己也不知道又看了多少遍。

下面这段生活经历,只要我还记得什么事情,就永远不会忘记,而且常常不用召唤,就像鬼一样出现在我面前,影响了我的幸福时光。

有一天,我在外边闲逛,当时过的那种生活使得我无精打采,一边走一边想事儿。在离家不远的一条小路上,一拐弯,碰见摩德斯通先生和一位先生走来。我不知所措,想从他们身旁走过,那位先生突然喊道:

"这不是布鲁克斯吗?"

"不是,先生,我是大卫·科波菲尔。"我说。

"我知道。你叫布鲁克斯,"那人说道,"你是谢菲尔德的布鲁克斯。这就是你的名字。"

我一听这话,聚精会神地看了看那位先生。我连他是怎么笑的都想起来了,所以认出他是昆宁先生,我和摩德斯通先生到洛斯托夫特去的时候见过他,至于什么时候,这不重要,也就不必说了。

"你怎么样啊,在哪里上学呀,布鲁克斯?"昆宁先生问道。

这时候,他已经把手搭在我肩膀上,使我转过身来,跟他们一块儿走了。我不知怎样回答才好,就犹犹豫豫地看了摩德斯通先生一眼。

"他现在待在家里,"摩德斯通先生说,"他没在哪里上学。我不知道拿他怎么办才好。他是个大难题。"

他又像过去那样用斜眼看了看我,接着就皱了皱眉,带着厌恶的神情向别处望去,那目光显得阴沉沉的。

"嗬!"我觉得昆宁先生是一边看着我们俩,一边说,"天气真好。"

沉默了一会儿。我正在想个最好的办法,从他手里挣脱我的肩膀,好离开他们,忽然听见他说:

"我想你大概还是很精吧,是不是,布鲁克斯?"

"啊,他是够精的,"摩德斯通先生不耐烦地说道,"你还是放开他吧。你揪着他不放,他不会感谢你的。"

昆宁先生一听就明白了,便松手放了我,我也就赶紧回家去了。我走进家门口的小花园,回头一看,只见摩德斯通先生靠在教堂墓地的小门儿上,昆宁先生在跟他说话,他们都在看着我,我觉得他们是在说我呢。

那天晚上昆宁先生就在我们家过夜了。第二天早上,吃过早饭,我把椅子放在一边,正要走出屋去,摩德斯通先生把我叫住了。他接着就郑重其事地走到另一张桌子前面,他姐姐正坐在那里写什么东西。昆宁先生两手插在口袋里,站在那里朝窗外看。我就站在那里看他们几个人。

"大卫,"摩德斯通先生说,"对年轻人来说,这个世界是干活儿的地方,不是忧心忡忡地闲逛或瞎哼哼的地方。"

"就像你那样。"他姐姐插嘴说道。

"简·摩德斯通,请把这事儿交给我吧。我说,大卫,对年轻人来说,这个世界是干活儿的地方,不是忧心忡忡地闲逛或瞎哼哼的地方。对于像你这样的小孩子,尤其是这样。你的脾气需要好好地改一改,最好的办法就是强迫它去适应干力气活儿的那一套规矩,把它压弯,把它压断。"

"在这里,拧,可是不行的,"他姐姐说,"拧脾气要打掉。

必须打掉——也一定会打掉!"

他看了他姐姐一眼,一半是责怪,一半是赞同,然后他接着说:

"我想你也知道,大卫,我没有很多钱。至少现在你知道了。你已经受了不少的教育。受教育要花很多钱。即便不用花很多钱,而且我也供得起你,我也觉得待在学校里对你一点儿好处也没有。你的出路就是到外面去闯一闯,而且越早开始越好。"

我觉得我当时以为自己早就开始了,只是干得不怎么样;反正我现在是这么想的。

"你偶尔听说过'账房'吧。"摩德斯通先生说。

"账房吗,先生?"我重复了一声。

"摩德斯通与格林伯公司的账房呀,做酒类买卖的。"他答道。

我大概显得还是不明白,因为他紧接着又说:

"你一定听说过那'账房',或那买卖,或者酒窖,或者码头什么的。"

"我想我是听人说起过这买卖,先生,"我说,这时候我想起来了,关于他和他姐姐的收入来源,我模模糊糊地知道一点儿情况,"不过我不记得什么时候了。"

"什么时候,这无关紧要,"他说,"昆宁先生就在经营这个买卖。"

我毕恭毕敬地看了他一眼,他仍然站在那里往窗外看。

"昆宁先生说,他既然雇别的孩子干活儿,为什么不以同样的条件雇你干活儿呢。"

"他也没有别的出路啊,摩德斯通。"昆宁先生把身子转

200

过来一点儿,低声说道。

摩德斯通先生做了个手势,显出不耐烦甚至生气的样子,也不管他刚才说了什么,就接着说:

"条件是:你挣的钱够你自己吃喝零用。你的住处,我已经安排好了,由我付钱。洗衣裳的钱,也由我付。"

"可不能超过我估计的钱数。"他姐姐说。

"你的衣服也不用你自己操心,"摩德斯通先生说道,"短时间内,你是顾不上的。大卫,你现在就跟昆宁先生到伦敦去吧,独立地到外面去闯一闯。"

"总而言之,什么都给你安排好了,"他姐姐说道,"你也尽自己的责任吧。"

虽然我明明知道,他们这样说,是为了赶我走,却记不清我当时是高兴,还是害怕。我的印象是我当时心慌意乱,在这两种感情之间游移,可又两头不沾边儿。我当时也没有多少时间来清理我的思绪,因为昆宁先生第二天就要走了。

看哪,第二天,我带着破旧的小白帽儿,上面加了一道黑箍儿,这就是给我母亲带的孝,我还穿着一件黑褂子,一条硬邦邦的灯芯绒裤子,摩德斯通小姐认为这是我即将开始在外面闯荡时候的最好的护腿。看哪,我穿着这样一身装束,面前放着一只小箱子,里面盛着我的全部家当,我一个孤苦伶仃的孩子(古米治太太一定会这么说),坐在驿车上,跟着昆宁先生去亚茅斯,然后转车去伦敦。你看,我们家的房子和那教堂越来越远,也越来越小,树底下那个坟也让别的东西遮住了,我常去玩的地方耸立的塔尖再也看不见了,天空显得空荡荡的!

第十一章 我开始独自生活,但不喜欢这种生活

现在我对世上的一切已经有了足够的了解,几乎是无论遇上什么情况,也不会感到多么惊讶。然而,当时我那么小,就那么轻易地被赶出来,这件事,至今还使我感到有些惊讶。我是一个非常能干的孩子,善于观察,机灵,肯干,心软体弱,身心都经不起伤害,竟然没有人出来为我说句话,直到现在我都觉得奇怪。但是的确没有人为我说话,于是在我十岁那年,我就在摩德斯通与格林伯公司当上了童工。

摩德斯通与格林伯公司的仓库地处河边,地点在黑衣修士区。近年来不断修饰,这个地方已大为改观,但是这仓库当时在那狭窄的街上是最后一家。顺着斜坡下去,头儿上有几磴儿台阶通到水边,人们可以在这里上船。这是一所摇摇晃晃的旧房子,有自己的专用码头,涨潮的时候贴在水面上,退潮的时候下面是一片泥泞,屋里简直到处都是耗子。贴在墙上的木板,经过上百年积尘和烟熏,我敢说已经变了颜色,那地板和楼梯也烂了,大灰耗子在酒窖里吱吱乱叫,互相争斗,到处都是污秽、腐朽的气氛,这一切在我心目中仿佛不是许多年前的事,而是就在眼前。在我倒霉的时候,昆宁先生拉着我那颤抖的手,第一次来到这里,当时的情况又一一浮现在我的

面前。

摩德斯通与格林伯公司的买卖要和各式各样的人打交道,不过他们经营的一个重要项目是向一些邮船供应果子酒和烈性酒。这些邮船主要开往什么地点,我不记得了,不过我想其中有的去东印度群岛和西印度群岛。我知道,要做这样的买卖,就需要大量的空瓶子,因此雇了一批大人和孩子,让他们对着亮光检查,把有毛病的挑出来,把好的洗刷干净。空瓶子洗完了,就在装了酒的瓶子上贴标签儿,加瓶塞儿,盖印记,把成品装入木桶。这一切,我都得干,雇来干这种活儿的童工里就有我一个。

连我在内,我们一共是三四个人。我干活儿的位置在仓库的一个角落里,昆宁先生什么时候想从账房里看我一眼,就可以站在他的凳子最下面的掌上,从他桌子旁边的窗口看见我。就在我开市大吉独自谋生头一天的早上,年纪最大的正式童工奉命教我怎样干活儿。他名叫米克·沃克,系着一条破围裙,戴着一顶纸帽子。他对我说,他父亲是个船夫,曾经戴着青丝绒帽子参加过市长就职大游行。他还对我说,还有一个孩子,是我们干活儿的主要伙伴,向我介绍的时候,用了一个很怪的名字,说他叫"白煮土豆"。不过后来我发现这不是他的教名,而是来到仓库以后给他起的绰号,因为他脸色苍白,像白煮土豆一样。土豆的父亲当过水手,还荣幸地当过消防队员,在一家大戏院里就干这个差使。土豆家里还有个年轻人——大概是他妹妹——在这家戏院上演的哑剧里演小鬼。

我和他们在一起干活儿,把这些今后天天在一起的伙伴和幸福的儿童时代的伙伴相比——更不要说和斯蒂福、特拉德那一伙人相比了——我就感到，长大以后成为一个有学问有地位的人，这样的希望在我心中破灭了。我落到这步田地，内心的痛苦是无法用言语形容的。当时我觉得完全没有希望了，我为自己的处境感到难为情，想到我学过的东西、想过的东西、喜欢过的东西、使我振奋的东西、使我为之奋斗的东西，都将一天天一点点离我越来越远，而且永远不再回来，我那幼小的心灵是痛苦的，这一切都深深地印在我的脑海里，是无法用笔墨来表达的。这一上午米克·沃克走开过好几次，我也好几次把眼泪流到洗瓶子的水里，我抽抽搭搭地，觉得就像胸前裂了一个口子，就要炸开似的。

账房里的钟十二点半了，大家都准备去吃午饭，昆宁先生敲了敲账房的窗户，示意叫我进去。我走了进去，看见一个胖乎乎的中年人，他穿着一件棕色大衣，黑色马裤，黑色的鞋子，他的头很大，闪闪发光，头上的头发不比鸡蛋的头发多，脸膛宽宽的，他看我进来，便转过脸来看我。他的衣服虽然破旧，衬衣的领子倒很不错。他手里拿着一根手杖，上面有一对古色古香的大穗子，拿在手里，使他感到很神气的样子。在他的大衣外面挂着一副单镜片眼镜——后来我发现这只是为了装饰，因为他很少用它看东西，如果用它看东西，他是什么也看不见的。

"这就是他。"昆宁先生说，他指的是我。

"这就是科波菲尔少爷呀，"那陌生人说，语气里带着几分怜悯，又有一种难以名状的气派，给我留下了深刻的印象，"你身体可好，少爷？"

我说我身体很好，而且也向他问了好。其实老天爷知道，我当时是很不自在的。但是在我那个年纪，我是不爱抱怨的，所以就说我很好,而且向他问了好。

"我呀,"那陌生人说,"感谢上帝,挺好。我收到摩德斯通先生一封信,他说希望我能接待一位刚开始工作的年轻人,让他住在我家后面的一间房子里,这间房子眼下还空着,……简而言之,这间房子本来是要租出去用做……简而言之,"那陌生人说着微微一笑,显出一种说知心话的神气,"用做卧室的,……现在在我荣幸地向这位年轻人……"说到这里,这位陌生人摆了摆手,一低头,把下巴夹在了领子中间。

"这位是米考伯先生。"昆宁先生对我说。

"哦!"陌生人说道,"那就是敝人。"

"米考伯先生,"昆宁先生说,"认识摩德斯通先生。他为我们兜揽生意,揽到生意,可以拿佣金。他收到摩德斯通先生一封信,谈到你的住宿问题,他愿意让你做他的房客。"

"我的地址,"米考伯先生说,"是都会路温莎里。我……总而言之,"米考伯先生又带着那种气派和那种说知心话的神气说,"我就住在那里。"

我向他鞠了一个躬。

"我的印象是,"米考伯先生说,"你在这个大都会里游览过的地方还不多,要想穿过这神秘的现代巴比伦往都会路走,可能会有些困难……总而言之,"米考伯先生又以那种说知心话的神气说,"你也许会迷路……我愿意晚上来接你,带你认认最近的一条路。"

我向他表示了由衷的谢意,因为他不怕麻烦,主动提出要来接我,待我太好了。

"我几点钟,"米考伯先生说,"来……"

"八点钟左右。"昆宁先生说。

"八点钟左右，"米考伯先生说，"我现在就告辞了，昆宁先生，不再打扰了。"

他说完了，就戴上帽子，挟着手杖，向外面走去，等他离开账房的时候，他的腰板儿挺得直直的，还哼起小调来了。

昆宁先生接着就正式雇用了我，让我为摩德斯通与格林伯公司的仓库尽量多干活儿，工钱，我记得是每星期六先令。是六先令还是七先令，我记不清了。因为我说不准，我就觉得一定是起初六先令，后来七先令。他当时就给了我一个星期的工钱（我相信他是自己掏腰包的），我给了土豆六便士，让他当天晚上把箱子给我送到温莎里，因为箱子虽小，我也扛不动。吃晚饭，我又花了六便士，吃了一个肉饼，然后在附近一个水泵喝了一通水。吃饭的时间是一个钟头，剩下的时间，就在街上遛了遛。

那天晚上，到了约定的时间，米考伯先生又来了。我洗了手，洗了脸，这都是为了尽量配上他那副文雅的气派。随后我们就一起往家走，我想我可以称之为我们的家了。我们一边走，米考伯先生就让我记住街道的名字和路口上房子的式样，这样，第二天早上我就很容易沿原路来上工了。

来到温莎里他的家里（我发现他的家和他一样，也很寒酸，同时也和他一样，弄得挺体面的样子），他带我见了米考伯太太。米考伯太太瘦削而憔悴，完全说不上年轻了。她正坐在客厅里（楼上什么家具也没有，百叶窗总是关着的，怕邻居看见），在那里奶孩子。他们家有一对双胞胎，这孩子是其中之一，我还可以告诉你，我住在他们家的这段时间里，几乎从来没见过那两个孩子不在米考伯太太怀里吃奶的时候，总有一个在那里加餐。

他们家还有两个孩子,米考伯少爷,大约四岁,米考伯小姐,大约三岁。此外,还有一个年轻女人,皮肤黑黑的,有哼鼻子的习惯(她是这一家的用人,我来到以后,没出半个小时,她就告诉我说,她是个"古儿",是从附近的路加济贫院来的)。全家上下就是这些人。我的屋子在尽上头,靠后边,是一间憋气的小屋,墙上画满了图案,用我那幼稚的想象力来看,都是些蓝色的小饼,屋里家具很少。

米考伯太太带着双胞胎什么的,领我上楼来看房子,她坐下以后,喘着气对我说:"结婚以前,我跟爸爸妈妈在一起过日子,从来没想到我有一天也得招一位房客来。可是现在米考伯先生有困难,个人的感情顾不上,只好搁在一边了。"

"你说得对,伯母。"我说。

"米考伯先生眼下的困难几乎要把他压垮了,"米考伯太太说,"真不知道他过得去过不去这一关。我在家和爸爸妈妈一起生活的时候,就没弄明白现在我用的这个字眼儿是什么意思。不过阅历深了,就明白了,爸爸常这么说。"

米考伯先生在海军里当过军官,这究竟是米考伯太太告诉我的,还是我自己想象的,现在我也弄不清了。我光知道我至今还深信不疑,他一度的确在海军里干过事,原因则不知道。他这会儿在为五花八门的店铺当中间人,恐怕也挣不了多少钱,或者根本挣不着钱。

"米考伯先生的债主如果不肯给他时间,"米考伯太太说,"他们就得承担一切后果;而且他们越早弄出个结果来越好。石头里是挤不出血来的,现在米考伯先生身上也挤不出还账的钱,更不要说打官司的钱了。"

我一直弄不明白,究竟是我这么小就独立生活使得米考伯太太忘了我才几岁,还是她满脑子里就是这件事,要是没人听她说,她就会对那一对儿双胞胎唠叨;反正她的话就这样说起来了,从那以后,她什么时候跟我说话都是这个调子。

米考伯太太真可怜哪!她说她也曾想办法尽点儿力,我毫不怀疑,她也的确想过办法。临街的大门上,正当中挂着一块大铜匾,上面刻着"青年女子寄宿学堂米考伯太太主办",可是我从没看见有青年女子到这里来上学,也没看见有青年女子到这里来,或打算到这里来,也没见他们做什么准备来迎接哪位青年女子。根据我看到的或听到的,到这里来的都是债主。他们想什么时候来,就什么时候来,有几个人可凶啦。有一个人,满脸污垢(我想他是个鞋匠),往往早上七点钟就找上门来,他斜着身子挤到过道儿里,冲着楼上的米考伯先生喊道:"下来吧!你还没出门儿哪,这你心里也明白。还账吧,好吗?别躲着啦,这你也明白,要是再躲着,可就太小气了。我要是你,就不这么小气。还账吧,好吗?趁早还钱吧,听见了没有?下来吧!"他说了这些讽刺挖苦的话之后,对方没有反应,他就发起火来,用了"骗子""强盗"之类的字眼儿。这也不能奏效,他就走极端,跑到马路对面,冲着二层楼的窗户大喊大叫,因为他知道米考伯先生就在那里。碰上这种情况,米考伯先生是又伤心,又惭愧,甚至想用剃刀结束自己的生命(有一次他妻子大喊大叫,才引起了我的注意),可是过了不到半小时,他就特别精心地把鞋擦得干干净净,出去了,嘴里还哼着小曲儿,显得比哪一天都气派。米考伯太太也同样富有弹性。三点钟,我还看见她因为缴纳国王的税款而急得昏了过去,四点钟,我又见她吃裹了面包屑炸的羊肉排骨,喝热啤酒了,这是把两把茶匙送入当铺而买来的。有一次,法院刚对他们家实行强制执行,我碰巧回来得早,六点钟就到家了,我看见她(当然抱着一个双胞胎)躺在壁炉前头,晕了过去,头发披散在脸上;可是我从来没见她比那天晚上更高兴过,在厨房的炉火前,一边吃着牛排,一边对我讲她爸爸妈妈的故事,还谈到常和他们交往的人。

我的空闲时间是在这所房子里和这一家人一起度过的。我单独吃早饭,一便士面包,一便士牛奶,由我自己准备。我还在一个固定的柜子里一个固定的地方,存一点儿面包,一小块儿干酪,晚上回来的时候吃夜宵。这就从我每周挣的六七个先令中开销了很大一部分,这我是很清楚的。我一整天在仓库干活儿,一个星期就靠这点儿钱维持生活。从星期一早上到星期六晚上,没有人给我出主意,提建议,给我鼓励,给我安慰,给我帮助,给我支持,这我记得很清楚,就像我希望上天堂一样清楚。

我当时那么小,那么幼稚,那么不善于独自料理自己的生活——我怎么可能不是这种状况呢——所以,有一天早上,在我到摩德斯通与格林伯公司去上班的路上,看见点心铺门口摆着半价出售的隔夜糕点,忍不住,就把原来准备用来买午饭的钱在这里花掉了。这样一来,我只好不吃午饭,或者买个面包卷或买一片布丁充饥。我记得有两家铺子卖布丁,到哪一家去买,要看我的经济状况来定。一家在圣马丁教堂附近的广场上——在教堂后面——现在已经拆掉了。这家的布丁特殊,是用无核小葡萄干做的,价钱贵,花两便士买一块,不见得比花一便士买的普通布丁大。卖普通布丁的,最好的一家坐落在斯特兰大街,就在后来重修过的那一片里。这家的布丁,样子厚实,颜色灰白,发得不高,倒也松软,扁平的大葡萄干稀稀拉拉地整着摆在里面。每天到我吃饭的时候就做好了，热腾腾的，不少日子，我就吃这个。平常我要是吃得好一点儿，就来一根五香腊肠，再来一便士面包，或者花四便士从饭馆儿里买一盘带血的牛肉，再不就到仓库对面一家不景气的老酒店，这酒店的字号是"狮子"，后面还有什么字，现在不记得了，在这家店里买上一盘面包加干酪，外带一杯啤酒。记得有一次，我夹着一包面包（是早上从家里带来的），用纸包着，像是一本书，来到朱瑞巷附近一家有名的时髦牛肉餐馆，叫了一"小盘"，就着面包吃了。堂倌对于我这样一个陌生的小东西独自一人来吃饭作何感想，我不知道，但是我至今仍记忆犹新，不光他自己睁大两眼，看着我吃，还把另一个堂倌也叫来，一块看着我吃。我给了他半个便士，心里想，他要是不接就好了。

我们大概有半个钟头的时间吃茶点。我要是有钱，就去买半品脱煮好的咖啡，再来一片抹了黄油的面包。没钱的时候，我就到弗利特街往一家鹿肉馆儿里瞧，或利用这段时间，一直走到科文特加登市场，去观赏菠萝。我喜欢在阿德尔菲一带溜达，因为那里有很多黑黢黢的拱门，是个神秘的地方。有一天晚上，我走过拱门，来到河边一家小旅店，旅店门前有一块空地，有几个铲煤工人在那里跳舞。我就坐在一条长凳上看他们跳，不知他们对我作何感想。

我还是个孩子，又那么小，所以每次我来到一家陌生的旅店，走进酒吧，要一杯啤酒或黑啤酒，给吃下去的饭增加一点儿水分，他们往往不敢给我拿。我记得有一天晚上，天很热，我来到一家旅店的酒吧里，对老板说：

"你们最好的——最最好的——啤酒多少钱一杯？"因为

那是个特殊的场合,究竟是什么场合,我也不记得了,可能是我的生日吧。

"两个半便士,"老板说,"是真正斯丹宁啤酒。"

"那么,"我说着把钱掏出来,"就请你给我来一杯真正的斯丹宁,沫要多一点儿。"

老板似笑非笑的样子,隔着柜台把我从头到脚打量了一番。他没给我取酒,却朝屏风看了一眼,对他老婆说了点儿什么。老板娘从屏风后面走出来,手里还拿着活儿,也和他一块儿打量起我来。我们三个人站在那里的情景,现在又出现在我的眼前。老板光穿着衬衫,贴着柜台站着,老板娘隔着柜台的半截小门看我,我有些惶惑,在柜台外面仰着头看他们。他们问了我很多问题,比方说,我叫什么名字,今年几岁,住在哪里,在哪里干活儿,怎么到这里来了。为了不连累别人,我好像编了一些适当的话来回答这些问题。他们给了我酒,不过我怀疑,那不是真正的斯丹宁。老板娘开开柜台的半截小门儿,弯下腰,把钱还给我,还亲了我一下,这一半是表示称赞,一半是表示怜悯,不过我敢说,这可都是出自女人的一片慈爱之心。

我认为我并没有不知不觉地或者是在无意之中夸大了我经济上的窘况,或者夸大了我生活中的困难。我认为只要昆宁先生给了我一先令,我不是用来吃饭,就是用来吃茶点了。我认为我这个衣衫褴褛的孩子与一般大人和孩子一样,从早干到晚。我认为我在街上闲荡,吃不好,也吃不饱。我认为要不是上帝仁慈,就凭我受到的爱护,我早就变成一个小强盗,或者到处流浪了。

然而我在摩德斯通与格林伯公司也有一定的地位。昆宁先生是个大大咧咧的人，又忙得很，还要和我这样一个古怪的小家伙打交道，但他是尽量对我另眼相看的。除此以外，我也从来不对任何大人或孩子说我是怎么到这里来的，也丝毫没有流露出因为来到这里而难过。我暗暗地忍受痛苦，我忍受着剧烈的痛苦，除了我自己，是没有人知道的。我的痛苦有多大，我在上面已经提到，我是完全没有能力加以描述的。我把苦水往肚里咽，一心只顾干活儿。我从一开头就知道，我要是干活儿比不上其他的人，就难免让人家看不起，让人家嫌弃。没过多久，我就至少干得和另外两个孩子一样快，一样好。我和他们虽然非常熟悉，我的言谈举止却和他们不同，因此我们之间存在着一定的距离。他们和那些大人一样都管我叫"小绅士"，也管我叫"萨福克的小伙子"。有一个人名叫格雷戈里，他是包装工人的工头，还有一个人名叫蒂普，他是赶车的，老穿着一件红褂子，他们有时管我叫"大卫"，不过我记得这大都是在我们说知心话的时候，或者是在我们一边干活儿，我一边设法给他们讲故事听的时候，我讲的都是过去看书时留下的印象，也都快忘光了。有一次，白煮土豆造反了，反对我受到人们另眼相看，不过米克·沃克马上就把他压下去了。

要摆脱这种处境，我觉得是没什么希望了，因此也就不去想了。不过我可以肯定，我没有一时一刻屈服于这样的生活，没有一时一刻不感到伤心难过。然而我忍受了这一切，就连给裴果提写信的时候，也没吐露过真情，虽然我们书信来往频繁，这一方面是由于我疼爱她，一方面也是由于我感到难为情。

米考伯先生境况不好，也使得我愁上加愁。在我那种无人疼爱的情况下，我对这家人家产生了深厚的感情，遛马路的

时候,常翻来覆去地考虑米考伯太太盘算的那些出路,也常为米考伯先生债务累累而感到心情沉重。星期六晚上是我最得意的时候(一来口袋里有六七先令,回家的路上往商店里看看,盘算着能用这笔钱买些什么,心里美滋滋的,二来我可以早回家),可是米考伯太太却要对我说她的心里话,叫人听了心如刀绞。星期天早上,我把头一天晚上买回来的茶叶或咖啡拿出来,在刮脸用的小罐儿里弄好,坐下来吃我这过了钟点儿的早饭,她也照样唠叨一通。星期六晚上聊天时,一开头儿,米考伯先生可能哭得死去活来,临了儿,他又唱起"杰克爱的是囡囡",这也是司空见惯的事。记得有一次他回家吃晚饭,泪如雨下,声言走投无路,只好蹲大狱去了,等到睡觉的时候,却又在盘算"一有机会"(这是他的口头禅)就给房子装一个凸出的半圆形窗户,不知要花多少钱。米考伯太太也是这样一个人。

说也奇怪,我和他们两人之间产生了一种平等的友谊,也许是因为我们的处境相同吧,虽然我们年龄相差很大,令人觉得好笑。但是我说什么也不接受他们的邀请,让他们破费来请我吃饭,因为我知道他们在肉店和面包房都不受欢迎,他们的东西自己吃都不富余。后来米考伯太太完全把我看作自己人,我才不再坚持。这是某一天晚上的事,当时的情况是这样的:

"科波菲尔少爷,"米考伯太太说,"我也不拿你当外人,所以爽快告诉你吧,米考伯先生就要大难临头了。"

我一听这话,心里很难过。我看了看米考伯太太那发红的眼睛,报以无限的同情。

"就剩下一点儿荷兰干酪了——家里孩子多,吃这个也不合适呀，"米考伯太太说，"除了这个以外，食品间里什么也没有了，真是连一点渣渣也没有了。我过去和爸爸妈妈一块儿过日子，说食品间说惯了，现在不知不觉又用了这个字眼儿。我只是想说，家里什么吃的也没有了。"

"哎呀。"我极为关切地说道。

那个星期的工钱，还剩下两三先令，在口袋里——从这一点来判断，我们谈话的时间一定是星期三晚上——于是我连忙把钱掏出来，以非常激动的心情恳求米考伯太太把钱收下，就算我借给她用的。可是这个女人亲了亲我，硬是让我把钱放回口袋，还说她决不想这样做。

"不行，亲爱的科波菲尔少爷，"她说，"我可从来没有这样的想法。不过你虽然年纪不大，却很懂事，而且只要你愿意，是可以从其他方面帮我忙的。这样我就愿意接受你的帮助，而且还要感谢你。"

我求米考伯太太明说了吧。

"我已经亲自把一些餐具拿出去了，"米考伯太太说，"六把茶匙，两把盐匙，和一副糖夹子，我是亲手把这些东西陆续拿出去，偷偷地抵押了。现在这一对双胞胎是一大累赘。回想起爸爸妈妈，我感到把东西抵押出去是很痛苦的。我们还有一些小东西可以拿出去。米考伯先生是永远舍不得亲自拿出去的。克里克特——她是从济贫院来的用人——是个粗俗的人，把这样秘密的事托付给她，万一她胡来一气，我们就很为难。科波菲尔少爷，能不能麻烦你……"

这时我明白米考伯太太的意思了，就恳求她尽量利用我，做什么都行。当天晚上，我就开始拿出去处理他们家中比较好拿的物品。随后几乎每天早上去摩德斯通与格林伯公司之前,都要跑这么一趟。

米考伯先生有一些书,放在一个小柜子上,他称之为图书馆,这些书是最先出手的。我把这些书一本一本地拿到都会路上一个书摊去。这条路,靠我们住的那一头儿,有一段几乎全是书摊和鸟店。我拿去的书,给多少钱,就卖多少钱。这个书摊的老板就住在书摊后面一所小房子里,每天晚上喝得醉醺醺的,第二天早上让他老婆臭骂一顿。有好几次,我去得早,他在一张折叠床上接待我,不是脑门子上打破了,就是一只眼睛发青,这都证明他头一天晚上又喝多了(恐怕他喝多了就爱吵架)。他的手哆哆嗦嗦地伸到堆在地上的衣服口袋里,想摸出几个先令付给我,他老婆抱着孩子,趿拉着鞋,在一旁不停地骂他。有时候,他把钱丢了,就叫我以后来拿,不过他老婆倒是老有钱——一定是趁他喝醉的时候拿去的——她一边送我下楼,一边就悄悄地把钱给我了。

在当铺里,我也逐渐为人们所熟悉。柜台后面那位主事的先生对我非常注意。我记得,他常常是一边给我办手续,一边让我凑到他耳边把一个拉丁文名词或形容词变格,或者说出一个拉丁文动词的各种变化形式。跑腿之后,米考伯太太就请请我,一般是吃晚饭,这饭别有一番滋味,至今我还记得很清楚。

最后,米考伯先生真的大难临头了。一天清早,他被抓了起来,关进了巴洛区的国王法院监狱。他在走出家门的时候对我说,白日之神对他来说已经陨落,我还真以为他的心碎了,我的心也碎了。但是后来我听说,还没到晌午,他就高高兴兴地玩儿起九柱戏来了。

他被抓起来以后,第一个星期天,我要去看他,和他一起吃顿饭。问了问路,我得先去某个地方,快到那地方的时候,我会看到另外某个地方,又快到那地方的时候,我会看见一个院子,穿过院子,一直往前走,就会看见一个看守。我沿着这条路走来,最后果真看见了一个看守(当时我是个多么可怜的小家伙),我想起罗德里克·兰登关在债务监狱的时候,那里有一个人,什么都没穿,只披着一块旧地毯,这时我的眼睛模糊了,我的心怦怦地跳,觉得看守在我面前晃悠。

米考伯先生在大门里面等我,我们一起走上楼去(从上边数第二层),来到他的屋里,痛哭了一阵。我记得,他还一本正经地嘱咐我,一定要从他的遭遇中吸取教训,他说如果一个人一年收入二十镑,花掉十九镑十九先令六便士,他就会感到快乐,而如果他花掉二十镑一先令,他就会感到难过。随后他向我借了一先令,准备给看大门的,还写了个条子,让米考伯太太如数还我,接着就把手绢收起来,情绪也好起来了。

我们坐在微弱的炉火前,生了锈的炉箅子上,两边各放了一块砖头,免得烧煤太多。过了一会儿,和米考伯先生同住一间牢房的另一债户走了进来,他从面包房拿来一块羊肚儿,这就是我们三个人的午饭了。接着他们叫我到楼上去找"霍普金斯上尉",就说米考伯先生问他好,我是米考伯先生的小朋友,问霍普金斯上尉能不能借我一副刀叉。

霍普金斯上尉借给我一副刀叉,还让我代他向米考伯先生问好。他的小屋里有一个女人,脏得很,还有两个面黄肌瘦的女孩子,头发又脏又乱,是他的女儿。当时我就觉得,问霍普金斯上尉借刀叉倒还可以,问他借梳子可就不好了。上尉本人衣衫褴褛到了极点,长着一大堆络腮胡子,空心儿穿着一件破旧不堪的棕色大衣。我亲眼看到他的铺盖卷着放在角落里,仅有的几只盘碟锅罐放在一个架子上,我猜想(上帝才知道我为什么这么想)虽然那两个头发又脏又乱的女孩子是霍普金斯上尉的女儿,那个脏得很的女人却不是他的妻子。我怯生生地站在门槛上,最多待了两三分钟,可是等我下楼的时候,我就可以很有把握地说我了解到了那些情况,正如我可以很有把握地说我手里拿着刀叉一样。

我们这顿午饭颇有些吉卜赛人的味道,吃得很不错。过了一会儿,我把刀叉还给霍普金斯上尉以后,就回家去,把这次探监的情况向米考伯太太述说一番,好让她放心。她一见我回来就晕了过去。后来她做了一小杯鸡蛋羹,我们一边喝,一边聊。

他们家的家具怎样一点点地卖掉贴补家用,是谁卖的,我都不记得了,反正不是我干的。不过肯定是卖了,而且是用一辆大货车拉走的,只剩下那张床,几把椅子和一张饭桌。就靠这几件家具,我们——包括米考伯太太、她那几个孩子,那个"古儿",还有我自己——在温莎里那所空荡荡的房子里,在两间客厅里仿佛安营扎寨一样,日日夜夜生活在这两间屋子里。这样的生活好像过了很久,究竟有多长时间,我也记不清了。最后,米考伯太太决定搬到监狱里去住,因为米考伯先生弄到了一间单人牢房。于是我就把房门钥匙给房东送去,房东接到钥匙,很高兴。他们的床都搬到了国王法院监狱,我的床没有搬过去,我在监狱高墙外面不远的地方租了一间小屋。我感到很满意,因为我和米考伯一家已经非常亲密,患难与共,难舍难分了。那"古儿",也给她在附近找了个便宜的住处。我的小屋是房子后边一间清静的阁楼,屋顶是斜的,窗户下面是一个木材厂,景色宜人。我搬进来的时候,一想到米考伯先生的烦恼最终变成了灾难,就觉得自己的小屋真是天堂了。

　　我在摩德斯通与格林伯公司干活儿的这段时间里,一直像开头一样,老是干那样的活儿,老是和那一拨儿人一起干活儿,老是觉得自己不应当承受这样的屈辱。但是我从来没交新朋友,而且每天在我上班的路上,回去的路上,或饭前饭后在街上闲逛的时候,我看见很多孩子,却从来没有跟他们说话,这对我来说,无疑是件可喜的事。我一直生活得很不愉快,但我不表露出来,而且我一直以那种孤独、自立的态度来对待生活。我记得的仅有的一些变化,首先是我比以前更寒碜了,其次是我现在摆脱了照顾米考伯夫妇的大部分负担,因为有一些亲戚朋友承担了义务,愿意帮助他们渡过难关,他们在监狱里过的日子,比进来以前很长一段时间过的日子强多了。按照某种安排,其中的细节我不记得了,我每天可以和他们一起吃早饭,早上什么时候开大门,放我进去,我也不记得了,不过我记得我常常六点钟起床,去监狱之前,喜欢到伦敦旧桥去溜达溜达,坐在石墙凹进去的地方,看那来往的行人,或者凭栏远望,看那太阳在水面上闪光,或照射在纪念碑上,仿佛点燃了顶端的金色火焰。有时那"古儿"在这里遇见我,我就给她讲一些关于码头和伦敦塔的离奇的故事,现在我只能说但愿我当时相信这些故事是真的。晚上,我常常再到监狱去,陪米考伯先生在院子里散散步,要不就一边陪米考伯太太玩纸牌,一边听她念叨自己的爸爸妈妈。摩德斯通先生知道不知道我住在哪里,我现在也说不好。在摩德斯通与格林伯公司,我始终没告诉他们。

　　米考伯先生的事,虽然已经渡过难关,却深深地与一张

"字据"搅在一起,我曾多次听说过这张字据,虽然不甚了了,现在看来,那大概是他过去与债主订的什么凭据,而我当时竟然把它和一度曾在德国颇为流行的与魔鬼有关的羊皮纸混为一谈了。最后,这张字据似乎不知怎的不构成什么问题了——不管怎么说,它反正不像以前那样是个障碍。于是米考伯太太告诉我,"她娘家"认为米考伯先生应该根据破产债务人法申请释放,据她估计,再过大约六个星期,他就可以得到释放了。

米考伯先生当时也在场,他说,"到那时候,我敢肯定我会顺应天意,手里有钱,生活也面貌一新,只要——简而言之,只要有机遇。"

为了把所有可能发生过的事都说一说,我还记得,大约就在这时候,米考伯先生起草了一份请愿书,准备交给议会的下院,要求修改关于因负债而监禁的法律。我在这里提到这件事,是因为这件事对我说来可以作为一个例子,说明我怎样把过去看过的书和我这变化了的生活结合起来,又利用街头巷尾男男女女编写出自己的故事,也说明我在写这份自传的过程中我认为会不自觉地发展的某些主要特点,在整个这段时间里,是怎样逐渐形成的。

监狱里有一个俱乐部,米考伯先生作为一位绅士,在这俱乐部里有很高的威信。米考伯先生曾把他想写请愿书的事告诉俱乐部,大家非常同意他这个想法。于是米考伯先生(他是个大好人,除了对自己的事以外,对别的事,比谁都热心,遇到对自己毫无好处的事,他忙活起来,别提多高兴了)就着手写这份请愿书,起了草,工整地写在一张特大的纸上,摊在桌上,还定了个时间,让俱乐部全体成员上楼来,到他屋里来签名,监狱里谁想签都可以来签。

我一听说就要举行签字仪式了,就按捺不住内心的激动,虽然大部分人我都认识,他们也认识我,我还是很想看着他们一个接一个地进来签名。为了达到这个目的,我向摩德斯通与格林伯公司请了一个钟头的假,在角落里找了个合适的地方待着。那小屋能容纳多少人,就有多少位俱乐部的主要成员站在请愿书前面,表示支持米考伯先生。这时候,我的老朋友霍普金斯上尉沐浴已毕,以示郑重,站在请愿书旁边,谁不知道请愿书的内容,他就念给谁听。门哗的一声开了,大家排着长队,开始进入——大家等在门外,一个一个地进来,签名,出去。霍普金斯上尉挨个问:"你看过了吗?"——"没有。"——"我念给你听好吗?"只要他稍微表示出一点儿愿意听的意思,霍普金斯上尉就以洪亮的声音一字一句地念给他听。要是有两万人要听他念,他也会一个一个地给他们念,念上两万遍。我记得听他读到"聚集于议会之中的人民代表","因此请愿者诚惶诚恐,向贵院呈递此书","仁慈的国王陛下不幸的臣民"等词语的时候,他拖着腔儿,拿着调儿,好像这些字眼儿都是他嘴里的真实的东西,尝一尝还怪有味道哩。与此同时,米考伯先生作为作者,一边听他念,一边感到美滋滋的,两眼盯着对面墙头上的铁尖子,不过他倒也没有显得横眉立目的样子。

我日复一日在巴洛区和黑衣修士区之间来回奔走,饭后在偏僻的街道上闲逛,我估计那街上铺的石头恐怕也让我这双小脚丫磨损了。回想起来,当年霍普金斯上尉那洪亮的声音在屋里回荡,一个一个在我面前走过的那群人里,不知有多少已经故去。现在我回想起童年受过的煎熬,在我为这些人编造的故事中,不知有多少是幻想,像雾一样笼罩着我确切记得的真实情况。现在我旧地重游,我确知,我似乎看见前面有一个天真的、带有浪漫色彩的孩子,我可怜这个孩子,因为他根据这样不寻常的经历和恶劣的环境,凭借自己的想象力来构筑自己的世界。

第十二章　依旧不喜欢独自生活，我下了大决心

到了一定的时候，米考伯先生的请愿书受到审理。命令下来，根据破产债务人法，米考伯先生获释出狱，我感到非常高兴。他那些债主倒也不是非要钱不可。米考伯太太告诉我，就连那喜欢报复的鞋匠也在法庭上当众宣布，他对米考伯先生并无恶意，只是希望借出去的钱能收回来就是了。他说他觉得这也是人之常情。

米考伯先生的案件结束以后，他又回到国王法院监狱，因为还有些费用需要了结，有些手续需要履行，然后他才能真正得到释放。俱乐部兴高采烈地接待了他，当晚为他开了庆祝会，其乐融融。我和米考伯太太则在他们自己屋里吃了一盘油炸羊杂碎，他们的孩子横七竖八地在我们身旁睡着了。

"在这样一个场合，科波菲尔少爷，"米考伯太太说，"咱们得再来一杯，"——因为我们本来就在喝掺酒热啤酒——"来纪念我爸爸和我妈妈呀。"

"他们都去世了吗，伯母？"我喝了这杯酒，接着问道。

"我妈去世的时候，"米考伯太太说，"米考伯先生还没有遇到困难，至少可以说困难还不大。我爸爸生前好几次把米考伯先生从狱里保释出来，后来他也去世了，很多人都感到

惋惜。"

米考伯太太说到这里,摇了摇头,哀伤的眼泪滴下来,滴在当时正好搂在她怀里的双胞胎身上。

我一直想找一个适当的机会问一个我非常关心的问题,现在机会来了,我就对米考伯太太说:

"现在米考伯先生的困难过去了,他也自由了,请问伯母,你和米考伯先生打算怎么办呢?你们拿定主意了吗?"

"我娘家,"米考伯太太说,她一提这几个字,总是很神气的样子(不过我从来看不出她指的是谁),"我娘家都认为米考伯先生应当离开伦敦,到外地去发挥他的才干。米考伯先生可是个很有才干的人呀,科波菲尔少爷。"

我说,这我相信。

"很有才干呀,"米考伯太太又重复了一遍,"我娘家都认为,只要有人稍微关心一下,像他这样有才干的人,就能在海关找点事儿做。我娘家只在当地有影响,所以他们希望米考伯先生到普利茅斯去。他们认为他非得待在那里不可。"

"是不是随时准备着?"我问道。

"是啊,"米考伯太太答道,"万一有个机会,他随时有准备呀。"

"你也去吗,伯母?"

这一天发生的事情,加上照顾那一对双胞胎,就算没喝掺酒热啤酒,也足以使得米考伯太太激动失常。这时候,她一边哭着一边说:

"我是永远不会抛弃米考伯先生的。米考伯先生可能一开始对我隐瞒了他的困难,由于生性乐观,总觉得有希望克服那些困难。那珍珠项链和手镯,是我妈留给我的,连一半儿的价钱都没卖上，就出手了。那套珊瑚首饰，是我爸给我的结婚礼物，实际上白白扔掉了。不过我是永远不会抛弃米考伯先生的。决不会的！"米考伯太太大声说道，比刚才显得更不自然了，"我决不这样干！硬叫我干，我也不干！"

我一听这话，觉得很不自在，好像米考伯太太认为我让她干那样的事，所以我坐在那里看着她，感到很惊讶。

"米考伯先生有他的缺点。我不否认，他只顾今天，不顾明天。我不否认，关于他的钱财和债务，他都对我守口如瓶，"她两眼看着墙，继续说道，"但我永远不会抛弃米考伯先生！"

米考伯太太声音越来越大，简直喊叫起来，我吓坏了，连忙跑到俱乐部去打扰米考伯先生。米考伯先生这时正在一张长桌子前面领着大家唱：

> 吉啊，道宾，
> 吉噢，道宾，
> 吉啊，道宾，
> 吉啊，吉噢——噢——噢！

我告诉他，米考伯太太样子怪吓人的，他一听这话，马上大哭起来，抬腿就跟我走，背心上挂满了虾头、虾尾巴，因为他刚才在吃小虾。

"爱玛，我的天使，"米考伯先生跑进屋来，大声说道，"你怎么啦？"

"我是永远不会抛弃你的，米考伯！"她喊道。

"我的命根子！"米考伯先生一边把她搂到怀里，一边说道，"这我当然明白。"

"是他跟我生了这些孩子！是他跟我生了这对双胞胎！他是我亲爱的丈夫，"米考伯太太上气不接下气地喊道，"我永远——不会——抛弃——米考伯先生！"

米考伯先生听了她这番忠心耿耿的表白，甚为感动（我呢，都成了泪人儿了）。他满怀激情，弯着身子劝她抬起头来，不要激动。可是他越劝米考伯太太抬起头来，她越是什么也不看，他越劝她不要激动，她越是激动。一会儿的工夫，弄得米考伯先生也控制不住自己，我们三个人的眼泪都往一块儿流了。后来他说麻烦我拿把椅子到楼梯口上坐一会儿，他好照顾他太太上床睡觉。我说我也该回去睡觉了，可是他说什么也不让我走，非等到送客的铃声响了才行。所以我就坐在楼梯旁的窗户前面，后来他又拿了一把椅子出来，和我坐在一起。

"米考伯太太这会儿怎么样了，先生？"我问道。

"很不好，"米考伯先生摇着头说，"她受不了。唉，今天这一天真可怕！现在就剩下我们了，我们什么也没有了！"

米考伯先生紧紧地抓着我的手，叹着气，后来流起泪来。我很感动，也很失望，因为我本以为在这个盼望已久的愉快的日子，我们都应当非常高兴。但是米考伯夫妇大概是对过去的困难太适应了，所以他们一想到现在已经从困难之中解脱出来，就觉得好像遇上沉船落了水，无所依托了。他们原有的那种适应能力完全消失了，我从来没见他们像今天晚上这么可怜，等到铃声一响，米考伯先生送我到门房，向我祝福告别的时候，我觉得把他一个人留在那里，真叫人不放心，因为他当时痛苦极了。

我们心里都乱糟糟的，情绪也不好，这是我原来没有料到的,虽然如此,我还是看得很清楚:米考伯夫妇一家要离开伦敦了,我们分手的时刻就在眼前。我是在那天晚上回家的路上,以及后来睡不着觉,在床上躺着的时候开始想到这一点的,不过我也不知道我是怎么产生这个想法的,后来这个想法就演变成了一个坚定的决断。

我对米考伯一家人已经非常熟悉,在他们有困难的时候,和他们亲密无间,离开他们,我又无依无靠,因此,一想到又要另找住处,又要和生人打交道,就觉得好像没有着落的光景突然又闯进了我眼前的生活,而对于这样一种前景,凭我的经验,我是很熟悉的。想到这里,我那惨遭蹂躏的脆弱的感情就更加痛苦,我胸中永不泯灭的耻辱和苦楚就更加剧烈,因此我断然认为这样的生活是无法忍受的。

我看得很清楚,这样的生活是没有希望逃避的,除非我自己逃走。我很少收到摩德斯通小姐的信,从未收到过摩德斯通先生的信,不过有两三个包裹是昆宁先生收到以后转交给我的,里面装的是新做的或补过的衣服。每一次,包裹里都有一张字条,大意是简·摩相信大·科必定认真工作,尽心尽责——丝毫看不出在他们眼里,我除了干简单的苦活儿以外还能做什么别的事儿,而我也的确是很快就干上了这种苦活儿。

就在第二天,我的心因为刚刚想到的那些事而开始焦躁不安,我看出米考伯太太说要搬到别处去,不是没有根据的。他们在我住的那所房子里住了下来,期限一周,到期以后,他们就到普利茅斯去。那天下午,米考伯先生亲自来到公司的账房,对昆宁先生说,从他离开的那一天起,就不能再照顾我了,他还把我的人品称赞了一番,这我觉得也是当之无愧的。

昆宁先生把赶车的蒂普叫了进来，他已经成了家，有一间房子可以出租，就让我以后跟他住——就算是我们双方一致同意的，他当然可以这样想，因为我什么也没说，不过这时候我就打定主意了。

我和米考伯夫妇住在一起的最后几天里，我们天天晚上在一起，而且我觉得我们彼此的感情也越来越深。最后一个星期天，他们请我吃饭，我们吃的是猪腰肉蘸苹果酱，还有布丁。前一天晚上，我买了一个带斑点的木马，送给小威尔金斯·米考伯，也就是那个男孩子，还买了一个娃娃，送给小爱玛，留作纪念。我还给了那"古儿"一先令，她马上就要被辞掉了。

虽然离别在即，我们心里都很难受，我们还是过了一个非常愉快的星期天。

"科波菲尔少爷，"米考伯太太说道，"以后我回想起米考伯先生这段困难的日子，是不会不想到你的。你一直对我们热心帮助，关怀备至。你不是房客，你是我们的朋友。"

"亲爱的，"米考伯先生说，"科波菲尔，"近来他常常这样称呼我，"他的心能感受到和他同命运的人时运不济的痛苦，他的头善于思考，他的手——简而言之，要是有什么用不着的东西，他最会处理。"

他这番赞扬，我表示接受了，我还说，我们就要别离了，我心里很难过。

"亲爱的年轻朋友，"米考伯先生说道，"我比你大，有一定的生活经验，而且——而且简而言之，有一定的渡过各种困难的经验。将来我会时来运转（我可以告诉你，我时时刻刻都在盼着这一天），可是在那以前，在今天，我没有什么可以送你的，只能送你几句话。这几句话还是值得你注意的。简而言之,我自己就是因为一直没注意,才落得,"——米考伯先生本来是笑眯眯乐呵呵的,这时突然一变,皱起眉来——"你看到的这个倒霉德行。"

"亲爱的米考伯!"他太太劝他不要说了。

"就是,"米考伯先生接着说下去,他又忘乎所以,喜笑颜开了,"你看到的这个倒霉德行。我要说的是:今天能做的事,决不拖到明天。拖延就是时间的窃贼。就要抓住他!"

"我那可怜的爸爸也有这条规矩。"米考伯太太说道。

"亲爱的,"米考伯先生说,"你爸爸有他自己的长处,我可不能冒犯神明褒贬他。全面地看待他,我们恐怕——简而言之,再也碰不到像他这样的人:在他这般年纪还能打护腿,还能不戴镜子就看他看的那种小字。不过他把那条规矩用在咱们的婚事上了,亲爱的,我至今还觉得为时太早,结果弄得我花了钱,老缓不过来。"

米考伯先生扭头看了看他太太,接着说,"我倒不是后悔了。恰恰相反哪,亲爱的。"说完这话,他又严肃地待了一两分钟。

"我还有一句话,科波菲尔,"米考伯先生说道,"你已经知道了。一年收入二十镑,一年支出十九镑十九先令六便士,结果是幸福。一年收入二十镑,一年支出二十镑零六便士,结果是苦恼。花也谢了,叶也枯了,日头也落了,一片可怕的景象,还有——还有——简而言之,你就永远倒在地上起不来了,就像我现在这样!"

为了使自己这个例子给我留下更深的印象,米考伯先生喝了一杯果汁酒,显出十分得意的样子,嘴里还吹起了学院号笛舞曲的调子。

我没有忘记对米考伯先生说，一定把他的教导记在心里，其实我也不一定需要这么说，因为我当时显然是受了感动的。第二天早上，我到驿站去送他们一家人，看着他们怀着悲伤的心情，在车的后边就座。

"科波菲尔少爷，"米考伯太太说道，"愿上帝保佑你！你知道，我永远忘不了过去的一切，即便是能忘，我也忘不了。"

"科波菲尔，"米考伯先生说，"再见啦！祝你生活幸福，前途美好！如果随着岁月的流逝，我确信自己这坎坷的命运对你来说是前车之鉴，我也不会觉得占了别人的位置，枉来世上一场。我相信我会时来运转的，到那时候，我要是有能力帮你一把，我会非常高兴的。"

回想起来，记得当时米考伯太太带着孩子们坐在马车后面，我站在路上看着他们，好像盼望着什么，这时米考伯太太眼前忽然亮了，她看见我是多么小的一个小东西。我现在还是这样想，因为当时她脸上带着少有的慈母般的表情向我招手，让我爬上车去，她搂着我的脖子吻我，像吻她自己的孩子那样吻我。我刚从车上下来，车就启动了。他们朝我挥动手绢，弄得我几乎看不见他们了。一瞬间，马车就没影儿了。我和那"古儿"站在马路当中，面无表情地彼此看了看，握了握手，就告别了。我想她准是又回圣路加贫民院去了，我就回到摩德斯通与格林伯公司，开始我那一天的苦活儿。

然而，这苦活儿，我并不打算再干多久了。真的。我已经决心逃走——不管想个什么办法，到乡下去，去找贝西小姐，把我的情况向她诉说诉说，她是我世上唯一的亲人了。

我已经说了，我走投无路，想出这么一个主意，自己也不知道是怎么想出来的。但是这个想法一旦产生，就在那里扎了根,而且发展成一种志向,我这一生中还从来没有过比这更坚定的志向哩。能不能肯定这件事准有希望,我一点儿把握也没有,不过我已经下定决心,一定要付之行动。

自从那天晚上我想出这个主意,想得睡不着觉,我曾一次又一次,上百次地反复思考我那可怜的母亲先前跟我讲过的一个故事,这故事说的是我出生的情况,过去我最喜欢的事情之中,有一项就是听她讲这段故事,至今我还记得清清楚楚。我姨奶奶来了,又走了,她是个可怕的人物,但是在她的所作所为之中,有一点,我始终不能忘怀,也正是这一点,给了我一线希望。我忘不了母亲说的她认为她感到姨奶奶用手摸了摸她那美丽的头发,那手可不能说是不温柔。虽然这可能完全是我母亲的幻想,毫无事实根据,我却依据这件事在脑子里形成一幅小小的图画:我那可怕的姨奶奶,对我记得那么清楚又那么珍爱的少女般的美貌,表现出宽容的样子。这就使整个故事变得温和了。这个想法很可能在我脑子里待了很久,使我渐渐地下定了决心。

我连贝西小姐住在哪儿都不知道,于是给裴果提写了一封长信,顺便问她记得不记得。我假装听说一位女士,也叫这个名字,住在某个地方,那是我随便说的,我表示很想知道这是不是同一个人。我在信中对裴果提说,我有一笔特殊的用项,需要半个几尼,如果她能借给我这笔钱,等我以后有能力的时候奉还,我会非常感激她,将来我会告诉她,我为什么需要这笔钱。

裴果提很快就寄来了回信,和往常一样,说了许多疼爱我的话。她随信寄来了半个几尼(我估计她一定费了很大的周折才从巴吉斯先生的箱子里拿到这半个几尼的),她还告诉我，贝西小姐住在多佛一带，不过究竟是就在多佛，还是在海斯，桑德盖特，或者福克斯通，她也说不清楚。幸好我问我们那儿的人，这几个地方在哪里，其中有一个人告诉我说，这些地方都离得很近。我觉得为了达到我的目的，了解这些情况就足够了。我决计周末动身。

我是个非常诚实的孩子，我走了以后，不愿意给摩德斯通与格林伯公司留下一个不好的印象，所以我觉得一定要待到星期六晚上。我初来的时候，预支了一个星期的工钱，所以我想到了发工钱的时候，我就不能再到账房去领钱了。就是由于这个原因，我借了那半个几尼，免得没有路费。这样，到了星期六晚上，我们都在库房里等着领工钱，赶车的蒂普，他总爱抢先，头一个进去领钱，这时候我拉了拉米克·沃克的手，请他进去领钱的时候，告诉昆宁先生，就说我往蒂普家搬箱子去了。我向白煮土豆最后说了声晚安，就溜了。

这时候，我的箱子还在河对面我原来的住处放着。我们有往木桶上钉的地址卡片，我拿一张，在背面写了一句话："大卫少爷的箱子，暂存多佛驿站，待取。"这张卡片放在我的口袋里，准备把箱子从住处取出以后，拴在箱子上。我一边向住处走去，一边向四处张望，看有没有人帮我把箱子弄到售票处去。

有一个年轻人，腿特别长，身边有一辆很小的驴车，是空的。那年轻人在黑衣修士路上，倚着方尖塔站着。我从他身旁走过，眼光对上了他的眼光。他对我说，"就值六便士，还都是半便士的假钱"，希望"我认准他将来好作证"——我很清楚，这是指我刚才看了他一眼。我停下脚步，认真地对他说，我刚才看他一眼，不是出于无礼，而是因为有个差使，不知道他要不要。

"什么差使?"那腿长的年轻人问道。

"搬一只箱子。"我答道。

"什么箱子?"那腿长的年轻人问道。

我告诉他,那是我的一只箱子,放在马路那一头儿,叫他送到去多佛的驿车车站,给他六便士脚钱。

"六便士,给你送。"那腿长的年轻人说道。他马上就上了车,那车也不过是个安了轮子的大木槽子,咕隆咕隆跑得倒是飞快,我拼命跑,才勉强跟上那头驴子。

这年轻人很傲慢,我很不喜欢,他一边跟我说话,一边嚼草棍儿,使我特别反感。可是既然已经谈妥了,我只好带他上楼,来到我就要离开的这间屋子。我们把箱子抬到楼下,装到车上。这时候,我又不想把那张卡片拴到箱子上,因为我怕房东家里不定什么人看出我的打算,把我拖住。于是我就对那年轻人说,我希望他在国王法院监狱的高墙外面停一下。我的话还没说完,他就咕隆咕隆跑了起来,好像那年轻人、我的箱子、那车、那驴子一下子都疯了似的。我在他们后面,一边跑,一边喊,等我在约定的地点追上他的时候,已经上气不接下气了。

我因为跑得满脸通红,气喘吁吁,所以从口袋里掏那张卡片的时候,一下子就把那个半几尼的硬币带了出来。为了保险起见,我把这硬币塞到嘴里了。我两手颤抖,把那卡片拴到箱子上,感到很满意,忽然觉得被那腿长的年轻人紧紧地掐住了脖子,眼看着我那半个几尼从我嘴里飞出,落到了他的手中。

"怎么!"那年轻人一边说着,一边抓住我的衣领,脸上露出奸笑。"该叫警察来吧,是不是? 你想溜吧,是不是? 上警察局去,你这个小坏蛋,上警察局去!"

"我求求你,把钱还给我吧,"我说,我害怕极了,"快别问我了。"

"上警察局去!"那年轻人说道,"向警察证明这是你的钱吧。"

"把我的箱子和钱还给我吧,好不好?"我一边喊,一边哭。

那年轻人还是说"上警察局去!"他还使劲把我往毛驴那里拉,好像这毛驴和地方长官之间有什么联系似的。忽然他灵机一动,跳上车去,坐在我的箱子上,扬言直奔警察局,比平时更加劲儿地咕隆咕隆飞奔起来。

我拼命在后面追,可是喊不出声了,即便能喊出声,这时候也不敢喊了。没出半英里,我至少有二十次差一点儿没让车轧着。我一会儿看不见他了,一会儿又看见了,一会儿又看不见他了,一会儿挨了一鞭子,一会儿听见有人对我喊叫,一会儿栽到泥坑里,一会儿又站起来,一会儿和谁撞个满怀,一会儿又一头撞在柱子上。我跑到后来,又怕又热,心慌意乱,不知道这时候是不是有一半伦敦人都跑出来抓我了,于是我就不追了,任凭那年轻人带着我的箱子和钱,随便到哪里去吧。我一边喘,一边哭,却没有停步,一直向格林尼治走去,因为我知道去多佛要经过这里。我就这样朝我姨奶奶贝西小姐住的地方走去,我出生的那天晚上曾使她大为不快,和我来到世上时所带的东西相比,现在我能从世上带去的东西也并没有增加多少。

第十三章　下定决心以后

后来我不再追那个赶驴车的年轻人了,而是朝格林尼治走去,这时候,我大概有过一种不切实际的想法,想一直跑到多佛。如果我真有过这种想法,过了一会儿,我也就从这种胡思乱想之中清醒过来,因为我在这通往肯特郡的路上停住了脚步,面前是一排房子,房子前面有个水池,中央有一个塑像,傻乎乎的,在那里吹法螺,却没有水流出来。我在台阶上坐下,已经跑得筋疲力尽,丢了箱子,丢了钱,却几乎连为此而大哭一场的劲儿也没有了。

这时候,天也黑了,我坐在那里歇脚,听见钟打十下。幸好是夏天,天气也好。等我歇够了,嗓子眼儿里那憋气的感觉也消失了,我就站起来,继续赶路。我一肚子苦水,根本就没想走回头路。在那通往肯特郡的路上,即便有像瑞士那样的风雪挡道,我会不会想走回头路,也是个疑问。

我的钱财归里包堆只有三个半便士(至于为什么到了星期六晚上,口袋里还剩下这些钱,我至今还在纳闷),这使我一边走,一边照样感到担心。我忽然想到这样一幅情景:过一两天,有人发现我在一溜矮树篱笆下面死了,还把这作为一条消息登在了报上。我艰难地往前走着,尽量走得快些,可还是感到很苦恼。后来我碰巧路过一个小商店,门口写着收购男

235

女旧衣、破衣烂衫、骨头制品、厨房用具等，均以高价收购。老板穿着衬衫，正坐在门口抽烟。屋里，一件件上衣，一条条裤子，从那不高的天花板上垂下来，只有两支昏暗的蜡烛，使人看出这挂的是什么东西。我当时觉得这老板好像是个喜欢报复的人，他把敌人一个一个都吊起来了，自己在那里逍遥。

从我新近和米考伯夫妇的交往中，我想到也许可以在这里找到出路，暂时免于挨饿。我走到前面一条巷子里，脱下背心，仔细卷好，夹在腋下，又回到那家商店门口。"掌柜的，"我说，"价钱公道，我就把这件东西卖给你。"

多洛毕先生——至少店门上面写的名字是多洛毕——接过背心，把烟斗头朝下靠在门框上，走进店去，我也跟着走了进去。他用手指掐了两支蜡的烛花，把背心铺在柜台上，看了一阵子，又拿起来，对着亮光看了一阵子，最后说道：

"就这么件小背心，想卖多少钱？"

"哦，掌柜的，你最清楚了。"我谦虚地回答道。

"我不能又当卖家，又当买家呀，"多洛毕先生说道，"这么件小背心，你要个价吧。"

"十八便士行不行？"我犹豫了一下，试探着问道。

多洛毕先生把背心卷了卷，还给了我，"我要是出九便士，就可以说是坑害我全家了。"

这样的交易，实在叫人不痛快。我和多洛毕先生素不相识，却不得不干这种讨厌的事，让他为了我去坑害他全家。然而我的境况实在太糟，所以我说就卖九便士吧。多洛毕先生嘟囔着给了我九便士。我说了声再见，走出店门，身上多了九便士，少了一件背心。等我把上衣扣子一扣，觉得并没有多大差别。

说真的，我早就看得很清楚，下一次就该卖我的上衣了，而且光穿着衬衣和裤子，也还得尽快往多佛赶路，要是准能穿着这身衣裳赶到多佛，就算很幸运了。你也许会以为我对这件事想得很多，其实不然。我只笼统地感到前面的路还很长，那个赶驴车的年轻人对我也太狠了，除此以外，我想我当时也没觉得自己的困难有多么紧迫；兜儿里揣着我那九便士，我就又上路了。

　　怎样过夜，我忽然想出了一个主意，而且说干就干。母校后边有一堵墙，墙角里有一个草垛，我就是想到那里去过夜。我心想，学生们离我这么近，我曾在里面讲故事的那间宿舍离我这么近，对我来说，也可以算是一种陪伴了——虽然学生们并不知道我在那里，那间宿舍也并没有对我提供什么遮挡。

　　我干了一天活儿，等我顺着山坡爬到布莱克希思的时候，简直累极了。我费了半天事，寻找萨伦学堂，不过我终究还是找到了，墙角里果然有个草垛。我绕到墙那边，抬头向学堂的窗户望去，只见里面一片黑暗，寂静无声，然后我就挨着草垛躺下了。平生头一次没遮没盖地在外边过夜，那种孤独的感觉，我是永远不会忘记的！

　　困神向我走来，向许许多多流落街头的人走来，对这些人来说，那天晚上家家户户的门都是锁着的，看门狗也都对着他们吼叫——我梦见我又躺在过去在学校里睡过的床上，和住在一起的同学说话；随后我又坐起来，嘴里不停地念着斯蒂福的名字，同时睁大了眼睛，望着头顶上闪烁的群星。等我意识到在这样一个怪时候，我这是在什么地方，突然产生了一种恐惧心理，怕什么，我也说不清，于是我就站起来兜圈子。但是星光渐暗，一天开始的地方天空现出了鱼肚白，我心里又觉得踏实了。我眼皮发沉，又躺下，睡着了——不过我在睡梦中也还是感到冷——后来温暖的阳光照在我身上，萨伦学堂的起床铃也响了，我就醒了。我当时要是希望斯蒂福还在学堂里，就会在那里多待一会儿，等他单独一个人出来，但是我知道他一定早就离开了。也许特拉德还在，不过这也很难说，而且我虽然很想求助于他，因为他心地善良，却不想把我的情况完全告诉他，因为我对他为人处事和运气好坏都没有很大的把握。所以等到克里克尔的学生们起床的时候，我就悄悄地离开那堵墙，走上了漫长的尘土飞扬的路程。我在这里上学的时候，就知道这条路通到多佛，当时我可没想到会有这么一天，我会像现在这样走在这条路上。

和亚茅斯的星期天早晨相比，这里的星期天早晨可大不一样！我走着走着，听见教堂的钟声响了，接着就看见有人上教堂去。我路过了一两座教堂，里面在做礼拜，唱诗的声音从里面传出来，外面是一片阳光，教区事务员坐在门廊上阴凉的地方乘凉，有时站在紫杉树下面，手搭凉棚，盯着我从前面走过。到处洋溢着过去星期天早晨那种平静悠闲的气氛，只有我是例外。区别就在这里。我浑身是土，头发乱蓬蓬的，自己也觉得不是好人。要不是我想象出一幅宁静的图画，我母亲又年轻，又漂亮，在炉前哭泣，姨奶奶对她表示宽恕，我恐怕就没有勇气坚持走到第二天了。但我眼前老有这样一幅图画，我也就不停地跟着它走。

那个星期天，我顺着那笔直的路走了二十三英里，可是走得并不轻松，因为我对这种苦差使是不习惯的。看看天快黑了，我在罗彻斯特过大桥，又累，脚又疼，一边还吃着路上买的面包，这就是我的晚饭。有一两家小旅店，门外挂着"旅客之家"的招牌,颇有吸引力,但是我不敢花那仅有的几便士,更害怕我在路上碰见的或者赶上的那些流浪汉的凶相。因此我也就别无他求,只求青天作遮挡了。我吃力地来到查塔姆——那天晚上这地方看上去是模模糊糊一片白垩、吊桥、没有桅杆的船只,那些船有篷子,像挪亚方舟一样,漂浮在污浊的河面上。我爬到一个炮台模样的地方,这里长满了青草,居高临下,底下有一个巷子,有个哨兵来回走动。我在这里靠着一门大炮就躺下了,有哨兵的脚步声和我做伴,我感到很高兴,不过他并不知道我睡在上面,正如萨伦学堂的学生不知道我在墙根底下睡觉一样。我睡得很沉,一觉睡到了大天亮。

第二天清早,我浑身发僵,两脚疼痛。我听见敲鼓的声音和军队操练的声音,感到莫名其妙,好像那声音从四面八方围了上来,于是我赶紧朝下面那条又窄又长的马路走去。我觉得,要是想保留体力,好走到目的地,那一天就不能走得太远,于是我就下定决心,当天的主要任务是把我那件上衣卖出去。主意已定,我就脱下上衣,适应一下不穿上衣的滋味。就这样,我夹着那件衣裳,对各家估衣店进行了一番考察。

要想卖上衣,这倒是个不错的去处,因为这里买卖旧衣服的商人很多,一般说来,都在店门口招揽生意。但由于大部分店铺在挂出来的服装里面总有一两件军官穿过的上衣,肩上的饰物等等一应俱全,我就觉得他们都是做大买卖的,因此望而却步,我在这里转悠了好半天,也没敢向任何人兜售我想卖的东西。

我这种胆怯的心理,使我不敢去找一般的商店,而去找海员旧货商店,或者多洛毕先生开的那种商店。最后我找到了一家,看来有希望。这家商店位于一条脏巷子的拐角处,尽头上是一个院子,长满了荨麻,栏杆上挂着一些海员穿过的衣服,大概是屋里搁不下了,挂在栏杆上随风飘动,那里还摆着一些帆布床、锈步枪、油布帽,还有一盘盘生了锈的旧钥匙,数量大,型号多,要把世界上的门都开开,恐怕也够用了。

我进到这家店里。这是一间又小又矮的屋子,有一个小窗户,前面挂的衣服太多了,屋里不但没有显得亮,而且显得更暗了,门口有几磴台阶,下了台阶才能进到屋里。我进来的时候,心怦怦地直跳,进来以后,那紧张的心情也没有放松,因为一个丑老头子从后面一间肮脏的小屋里窜出来,揪住了我的头发。这个老头子相貌凶恶,脸的下半部全是灰白胡子楂儿,穿着一件脏兮兮的法兰绒背心,散发出强烈的罗姆酒的气味。小屋里,床上罩着用碎布拼成的又皱又破的床罩,也有一个小窗户,窗外也是荨麻,还有一头瘸驴。

"哦,你来干什么?"老头子咧嘴一笑,用严厉的单调的语气说道,"哦,我的老天爷,你来干什么? 哦,我的乖乖,你来干什么? 哦,嘎鲁,嘎鲁!"

我一听这话,吓得不得了,特别是他重复的最后那个莫名其妙的字眼,简直就是他喉咙里发出的喀啦喀啦的声音。我不知道怎样回答他,这时候他还揪着我的头发,他重复说道:

"哦,你来干什么? 哦,我的老天爷,你来干什么? 哦,我的乖乖,你来干什么? 哦,嘎鲁!"最后这两个字,是他从嗓子眼儿里挤出来的,憋得他眼珠子都快出来了。

"我想问问,"我哆哆嗦嗦地说道,"你想不想买一件上衣。"

"哦,拿来看看!"老头子大声说道,"哦,我的心像着了火一样,快把上衣给我们看看! 哦,我的老天爷,快把上衣拿出来!"

他说着,就松开我的头发,收回了他那双颤抖的手,那手和大鸟的爪子一模一样。他接着戴上一副眼镜,不过这一点儿也没有使他那发红的眼睛显得更好看。

"哦,这件上衣卖多少钱?"老头子看了看衣裳,大声说道,"哦,嘎鲁!这件上衣卖多少钱?"

"半克朗。"我定了定神,答道。

"哦,我的乖乖,"老头子大声说道,"不行,哦,我的老天爷,不行!十八便士。嘎鲁。"

他每一次发出这个声音,他的眼珠子好像都有迸出来的危险。他说的每一句话,都是同一个腔调,好像一阵风,开头很低,逐渐升高,然后降下来,我想不出比这更恰当的比喻了。

"唉,"我说,这笔交易就这么定了,我还挺高兴,"就十八便士吧。"

"哦,我的乖乖!"老头子说着,随手把我的上衣扔在一个架子上,"你给我出去!哦,我的乖乖,你给我出去!哦,我的老天爷——嘎鲁!——别要钱啦,换件东西吧。"

我大吃一惊。我一生中,无论是在那以前,还是在那之后,都没有遇见这样令人吃惊的事。不过我还是客客气气地对他说,我要钱,无论什么别的东西,对我来说都无用,不过我可以按照他的要求,到门外去等,我决不想催他。说完之后,我就走到外边,在一个角落里找了个阴凉的地方坐下了。我在那里坐了好几个钟头,阴凉变成了阳光,阳光又变成了阴凉,我还坐在那里等我的钱。

我真希望在他干的这一行里,没有第二个这样的酒鬼,这样的疯子。没有多久,我就从他接待的孩子们了解到,此人是这一带有名的人物,他的名声就是把自己卖给了魔鬼。孩子们不断地在店门口跟他接火,喊着传说的那件事,让他把金子拿出来。"查利,别装蒜啦,你明明知道,你可不穷啊。把金子拿出来吧。你把自己卖给魔鬼得到的金子,拿出一点儿来吧。来呀!在床垫子里缝着呢,查利。把床垫子撕开,给我们一点儿吧!"这还不算,许多人为了达到目的,愿意借把刀子给他使,这可使他大为恼怒,一整天,他不断地追,孩子们不断地跑。有时候,他气昏了头,以为我也是那帮孩子里面的,就冲我来了,张着大嘴,仿佛要把我撕碎,接着他认出我来了,就一头钻到店里,往床上一躺(我从他的声音可以判断得出),疯狂地扯着嗓子用他那刮风似的调子唱起"纳尔逊之死",每一句开头都加一个"哦",还到处加了许多"嘎鲁"。那些孩子好像还嫌我受罪受得不够,认为我和这家店铺有联系,因为我没穿上衣坐在店门口,又耐心,又有毅力,他们就朝我乱扔东西,一整天,对我坏极了。

那老头子好几次想说服我同意跟他换一样东西,有一次拿出一根钓竿,有一次拿出一把提琴,拿出过三角帽,还拿出过笛子。但是我全都不要,只顾坐在那里,每一次都两眼含着泪求他把钱给我,要不就把衣服还给我。后来他开始给我钱了,一次给半便士,整整两个钟头,才不紧不慢地给了一先令。

"哦,我的老天爷!"隔了很久,他又在店门口探出头来,怪吓人的样子,喊道,"再给两便士,你走不走?"

"不行,"我说,"我会饿死的。"

"哦,我的乖乖,再给三便士,你走不走?"

"要是能行,我什么都不要,也可以走,"我说,"但是我要钱,有急用。"

"哦,嘎——鲁!"(他紧挨着门框,光露出他那狡猾的老脑袋瓜子看我,至于他憋着气拐了几个弯儿才说出"嘎鲁"两字,那可真是无法形容)"给你四便士,你走不走?"

我当时头晕眼花,累得不行,就接受了这个条件。我战战兢兢地从他的爪子里接过钱来,就走了,又饿又渴,从来没这么难受过。这时候,太阳就要落了。可是过了一会儿,花了三便士,我的精神就完全恢复了。来了精神以后,我又一拐一拐地赶了七英里路程。

那天晚上,我又找了一个草垛,溜边儿躺下,睡了一觉。我脚上打了泡,睡觉以前,先在小河沟儿里洗了洗脚,又尽我所能用凉凉的树叶把脚裹了起来。一夜休息得不错。第二天清早我又上路的时候,发现沿路是连续不断的啤酒花种植场和果园。按月份来说,早就到了,所以苹果都熟了,果园里一片红,有几个地方,采酒花的工人也已经在干活儿了。我觉得这样的风光实在好,就打定主意当晚在酒花丛里过夜——幻想那一行行的桩子,上面缠绕着美丽的叶子,一定是有趣的伴侣。

那天碰见的流浪的人比我以前见过的更赖,使我产生了一种恐惧心理,至今还记忆犹新。有一些是面貌十分凶恶的二流子,我从他们身旁走过,他们瞪着眼看我,也许还停下脚步,从后面对我喊,叫我回去跟他们说话,我撒腿就跑,他们就朝我扔石头。记得有个年轻人——从他的口袋和小火炉来看,我觉得他是个小炉匠——他带着一个女人。就像上面说的那样,他扭过头来盯着我,然后朝我大吼一声,叫我回来,我不得已停下脚步,回头看了看。

"叫你回来就回来,"小炉匠说,"要不就给你放血,你这小崽子。"

我想最好还是回去吧。我带着一副讨好小炉匠的面孔朝他们走去,快到跟前的时候,发现那女人有一只眼给打青了。

"上哪儿去呀?"小炉匠用他那脏手抓住我衬衫的前胸,问道。

"上多佛去。"我说。

"从哪儿来呀?"小炉匠接着问道,他把抓我衬衫的手一转,抓得更紧了。

"从伦敦来。"我说。

"哪一行的?"小炉匠问道,"梁上君子吧?"

"不——不是。"我说。

"你他妈的不是吗?你要是敢在我面前吹嘘你老实,"小炉匠说,"我就砸烂你的脑袋。"

这时候,他松了手,做了一个要打我的样子,接着就对我上下打量起来。

"买一品脱啤酒,你有钱吗?"小炉匠问道,"要是有,就拿出来,省得我动手。"

我要不是看了那女人的眼色,准就把钱掏出来了。我看见那女人轻轻地摇了摇头,嘴唇做了个说"不!"的样子。

"我很穷,"我强作笑脸,回答道,"没有钱。"

"你这是什么意思?"小炉匠问道,他正言厉色地看着我,我真怕他已经看见我口袋儿里的钱了。

"师傅!"我结结巴巴地说。

"你这是怎么个意思?"小炉匠问道,"怎么围着我兄弟的绸围巾呀?把它还给我!"他说着,一下子就把围巾从我脖子上扯下来,扔给那个女人了。

那女人突然大笑起来,好像她觉得这是一个玩笑,就把那绸围巾扔过来,还给我了,她还点了点头,和刚才摇头时一样轻,并且用嘴唇做了个说"走"的样子。不过我还没来得及照办,小炉匠就把那围巾从我手里夺走了,他是那么粗暴,一下子把我甩出老远,好像我只有羽毛那么轻。他顺手就把围巾随便围在自己脖子上,转身朝那女人骂了一声,就把她打倒了。我永远忘不了我亲眼看见她向后倒在那硬邦邦的路上,帽子也掉了,头发沾了一层土;我永远也忘不了我从远处回头一看,看见她坐在小道上(在路旁的斜坡上),正用披肩的一角擦脸上的血,而他却在往前走。

这件事可把我吓坏了,所以从那以后,我再看见这样的人迎面走来,我就往回走,找个地方躲一躲,等他们走得没影了,再出来。这样的事常常发生,耽误了我好多时间。但是遇到这种困难的时候,和我一路上遇到别的困难的时候一样,我好像感到了一股支持我引导我的力量,那就是我想象出来的一幅画:我母亲生我之前在青春时期的像。这张像一直伴随着我。我在啤酒花地里躺下睡觉的时候,它在伴随着我。第二天早上醒来的时候,它还在伴随着我。一整天它都在为我引路。从那以后,我总是把它与坎特伯雷的明媚街道联系在一起,那街道可以说在烈日下昏昏欲睡,还能看到古老的房舍和城门,以及宏伟的灰色大教堂,还有乌鸦围着塔楼飞来飞去。最后我来到多佛附近荒凉辽阔的丘陵地带,这时候,这张像使我面对眼前的景象而不感到多么孤单,它给了我希望;一直到我逃走的第六天,我达到了这次旅行的第一个重大目标,并且确实迈步走进了镇子,只是到了这时候,它才消失。不过说也奇怪,我穿着破鞋,衣不蔽体,浑身是土,脸也晒黑了,这样来到这梦寐以求的地方之后，那画竟然像梦一样消失了，使我感到无依无靠，提不起精神。

我先在船家当中打听姨奶奶的消息，他们的回答，五花八门。有的说她住在南福地灯塔，就因为住在那里，害得她把胡子都燎了。有的说她被牢牢地捆在港外的大浮标上了，只有在潮水半涨半落的时候，才能去看她。有的说她因拐卖儿童，关到梅德斯通监狱里去了。还有的说看见她上次刮大风的时候骑着扫帚直奔加来①去了。后来我又去问赶马车的，他们也是嘻嘻哈哈的，没有一点儿敬意。再问那些开商店的，他们讨厌我那副模样，都不等我开口，就说没有我要的。自打我逃出来以后，还从来没有像现在这样痛苦，这样没有着落。钱，都花光了，也没有什么可卖的了，我又饿，又渴，又累，现在离我要达到的目的地好像和待在伦敦离得一样远。

我问来问去，一个上午就过去了。市场附近路口上有一家倒闭了的商店，我就坐在它门口的台阶上，盘算着怎样到上面提到的另外一些地方去试试。忽见一个人赶着一辆马车过来，一件马衣掉在我面前。我捡起来递给他，这时候，我从他脸上看出，这个人比较和气，就鼓起勇气，问他能不能告诉我特洛乌德小姐住在哪里——虽然这个问题我问的次数太多了，几乎问不出口了。

"特洛乌德？"他说，"让我想想。我听说过这个名字。是个老太太吧？"

"是的，"我说，"不错。"

"腰板儿直挺挺的？"他一边说着，一边直了直腰。

~~~~~~~~~~~~~~

① 法国的海口。

"是的，"我说，"我想是这样的。"

"老挎着个提包，"他说，"那提包能装好多东西，是不是？她这个人很倔，说什么是什么，是不是？"

我一边说他说的丝毫不差，一边心里打起鼓来。

"那就这么办吧，"他说，"你往那儿走，"他用马鞭子指着前面的小山丘说，"等你走到几栋朝着大海的房子，大概就能问到她了。我认为她是不会帮忙的，我给你一便士吧。"

我接了钱，道了谢，用它买了一个面包。我一边走，一边吃，朝着那位朋友指点的方向走去，走了很远，也没看见他说的那几栋房子。后来看见前面有几栋房子，就走了过去，来到一家小商店里（过去我们在家里管这种商店叫杂货店）。我问他们能不能麻烦这里的好心人告诉我，特洛乌德小姐住在哪里。我问的是柜台后面那个人，当时他正在给一个年轻女人称大米，可是那年轻女人把话接了过去，马上转过身来。

"找我主人？"她问道，"你找她有什么事儿，小家伙？"

"我有话对她说，"我说，"麻烦你啦。"

"你是说求她帮忙吧。"那姑娘顶了我一句。

"不是，"我说，"的确不是。"不过我突然想到，实际上我到这里来也没有别的目的，所以我就没有再说什么，也不知如何是好，脸上也烧起来了。

从这个女人的言谈之中，我感觉到她就是我姨奶奶的用人。她把大米放到小篮子里，走出商店，一面对我说，我要是想知道特洛乌德小姐住在哪里，就跟她走吧。那还用说吗，不过我当时又害怕，又着急，腿都发颤了。我跟着那年轻女人，不大的工夫，来到一所小房子前，这房子有几个凸出的半圆形窗户，让人看着愉快。房子前面有一个四方小院儿，碎石铺地,也可以说这就是花园,里面种满了花,那花是精心照料的,散发着芳香。

"特洛乌德小姐就住在这里,"那年轻女人说道,"现在你已经知道了。我也只能告诉你这些。"说完了,她就匆匆地进屋里去了,好像要推卸把我带到这里的责任。她丢下我一个人站在花园门口,我以忧郁的神情从门上边向客厅的窗户望去,只见那细布窗帘半开半合,窗台上有一个圆形的大绿屏风,也许是扇子,还看见一张小桌子,一把大椅子,这使我想到姨奶奶这会儿说不定正坐在那里施威风呢。

到这时候,我的鞋可惨了。底子早就一块一块地掉了,帮儿上的皮子也破了,裂了,这鞋就没个鞋样了。我的帽子(我还戴着它睡过觉),连压加窝,也已经不成样子,垃圾堆里要是有个缺把儿的破汤锅,和它相比,也用不着感到寒碜了。我的衬衫和裤子、汗水、露水、青草以及肯特郡的泥土(我在地上睡过觉),都在上面留下了痕迹,而且也都撕破了,我正站在大门口,说不定会把姨奶奶花园里的鸟儿吓跑了呢。我的头发,自从我离开伦敦,就没梳过,也没刷过。我的脸、脖子和手,因为不习惯于风吹日晒,已经变得黑乎乎的。我身上又是白垩,又是尘土,弄得我从头到脚都是白粉子,就和刚从石灰窑里钻出来差不多。我就是这副模样,而且强烈地意识到自己这个德行,在那里等待机会,向我那难以对付的姨奶奶作自我介绍,给她留下一个最初的印象。

客厅的窗户一直寂静无声,过了一会儿,我断定她不在那里,于是就把视线移到上面那个窗口,看见一位面色红润、头发花白、态度和蔼的老先生,他闭上一只眼,做了个怪样子,一再对我点头,又一再对我摇头,然后笑了一阵,就走开了。

我本来就不知所措,这位老先生的意外举动使我更加不知所措,我想溜到一边,好好想想该怎么办,就在这时候,从屋里出来了一位女士,她帽子上系着一块手绢,手上戴着一副在花园干活儿的手套,胸前挂着一个园子里用的大口袋,和收路捐的人系的围裙一样,她手里还拿着一把挺大的刀。我一下子就认出了,她就是贝西小姐,因为她高视阔步走出来的神气,和我那可怜的母亲常说这位女士在布伦德斯通栖鸦楼的花园里高视阔步的神气一模一样。

"走开!"贝西小姐一边说着,一边摇了摇头,还在离我老远的地方,在空中砍了一刀,"走吧!这儿不许男孩子进来!"

我把心都提到嗓子眼儿了,看着她大步走到花园的一角,弯下腰,在那里挖什么东西的小根儿。我虽然鼓不起一点儿勇气,却豁出去了,于是我就悄悄地走过去,站在她身旁,用手指头杵了她一下。

"对不起,小姐。"我主动说话。

她吃了一惊,抬起头来看我。

"对不起,姨奶奶。"

"嗯?"贝西小姐叫道,她那惊讶的语气,我还从没听见过和它相近似的呢。

"对不起,姨奶奶,我是你甥孙。"

"哦,天哪!"姨奶奶说着,一屁股坐在花园的小路上。

"我叫大卫·科波菲尔,老家是萨福克郡的布伦德斯通。我出生的那天晚上,你到过那里,你还见到了我亲爱的妈妈。她死了以后,我一直很不幸。他们不管我,什么也不教给我,让我养活我自己,逼着我干我干不了的活儿。我只好逃跑,到这儿来找你。我刚一出发,就遭了抢,我是一路走来的,从一上路,就没在床上睡过觉。"说到这里,我一下子支持不住了,我的手动了一下,想让她看看我这破衣烂衫的样子,证明我确实受了不少的罪,接着就放声大哭起来,这大概在我肚子里憋了整整一个礼拜了。

我姨奶奶,满脸的表情都消失了,只剩下惊讶。她坐在那碎石地上,瞪着大眼看着我,见我哭起来了,才蹦起来,抓着我的领子,把我拖到客厅里去。她做的头一件事,就是打开一个很高的柜子,拿出几个瓶子,把每个瓶子里的东西都往我嘴里倒了一点儿。我觉得这几个瓶子她一定是随便拿的,因为我尝得出来,有茴香水,有鳕鱼汁,有沙拉油。她给我服用了这些滋补剂之后,见我仍旧哭叫不止,不能恢复正常,就让我躺在沙发上,用披肩给我垫着头,用她自己头上那块手绢给我垫着脚,怕我把沙发套子弄脏了。然后她就在我提到的绿扇子或屏风后面坐下,这样一来,我就看不见她的脸了,只听她过一会儿就说一声"我的天哪!",就像一分钟一响的求救信号炮似的。

过了一会儿,姨奶奶拉了拉铃。用人进来以后,姨奶奶说:"珍妮,到楼上去,替我向迪克先生问好,告诉他,我有话对他说。"

珍妮见我直挺挺地躺在沙发上(我因为怕冒犯姨奶奶,一动也不敢动),觉得有点奇怪,但她只顾做事情去了。姨奶奶背着手在屋里走来走去,过了一会儿,在楼上窗口向我挤眼的那位先生笑着走了进来。

"迪克先生,"姨奶奶说,"你可不要犯傻,因为你要是精明起来,谁都精不过你。这我们都是知道的。所以,无论如何,你可别犯傻。"

这位先生一听,马上严肃起来,看了我一眼。我觉得他似乎是在恳求我不要提刚才在窗口发生的事。

"迪克先生,"姨奶奶说,"你听我说起过大卫·科波菲尔吧?这会儿,你可别假装不记得啦,因为你我都知道,那不是真的。"

"大卫·科波菲尔?"迪克先生说道,看样子,他没有多少印象,"大卫·科波菲尔?哦,对啦,是有一个。是叫大卫。"

"那好,"姨奶奶说,"这就是他的孩子,他的儿子。要不是他也挺像他母亲,他就完全像他父亲了,要多像,有多像。"

"他的儿子?"迪克先生说,"大卫的儿子?那当然。"

"是啊,"姨奶奶接着说,"他干得还真不错呢。他是逃出来的。唉!他姐姐贝西·特洛乌德是不会逃跑的。"姨奶奶果断地摇了摇头,对这个并未出生的女孩子的性格和行为显得蛮有把握的样子。

"哦!你认为她不会逃跑吗?"迪克先生说。

"愿上帝保佑这个人,"姨奶奶尖刻地说道,"他怎么这样说话!难道我还不知道她不会逃走吗?她会和教母在一起生活,我们会彼此疼爱。我不禁要问:他姐姐贝西·特洛乌德会从哪里逃,又往哪里去?"

"没有这样的地方。"迪克先生说。

"那好,"姨奶奶接着说,她听了迪克先生的回答,语气已经缓和下来,"既然如此,你为什么还装糊涂呢,迪克,你的脑子一向和外科大夫的手术刀一样好使嘛!现在你眼前就是大卫·科波菲尔,我要问你的问题是:我拿他怎么办?"

"你拿他怎么办?"迪克先生小声说着,挠起头来,"哦!怎么办?"

"是啊,"姨奶奶态度严肃举着食指说道,"说呀!给我出个好主意。"

"唉,我要是你的话,"迪克先生一边说,一边考虑,还有意无意地看了我一眼,"我就……"他一想我的事儿,好像灵机一动,想出一个主意来,就赶紧接着说,"我就给他洗个澡!"

"珍妮,"姨奶奶心里很高兴,却不露声色,这情况我当时是不知道的,只见她转身说道,"还是迪克先生的主意好。烧洗澡水去!"

虽然我对他们之间的这番对话很感兴趣,在他们谈的时候,我还是情不自禁地看看姨奶奶,看看迪克先生,又看看珍妮,同时继续完成我已经开始的对这间客厅的研究。

姨奶奶是个大个子,面容呆板,但决不难看。她的脸色,她的声音,她的举止和仪态,都缺少一种灵活性,这就足以说明为什么她在我母亲那样温柔的人身上产生了那种效果。她虽然脸上显得很严肃,却也算得上眉清目秀。我特别注意到她的眼睛,又明亮,又敏锐。她头发花白,从中间分开,发型朴素,帽子大概叫家常帽——我指的是当时流行的一种帽子,两边有护耳垂下来,系在脖子底下,现在不时兴了。她的长裙是藕荷色的,平平整整,但很简朴,好像她希望尽量减少累赘。我记得当时我觉得她那身衣裳,就其样子来说,很像是一套骑马的服装,多余的下摆剪掉了。她戴着一块表,我要是根据它的大小和式样来判断,会认为那是一块男人用的金表,还有一条与之相配的链子和饰物。她脖子底下有件亚麻布做的东西,有点像衬衫领子,手腕子那里也有什么东西,像衬衫的袖口。

迪克先生，我在前面已经说了，头发花白，面色红润。我这样说，应该是概括了他的全貌，但奇怪的是他老低着头，而这又不是因为上了年纪。这使我想起克里克尔先生的学生，他们之中有一个人挨了打之后就是这个样子。迪克先生的灰色眼睛，又大，又突出，水汪汪的，闪闪发亮，让人觉得有点儿怪，再加上他那恍恍惚惚的样子，他对我姨奶奶那样顺从，我姨奶奶夸奖他的时候，他像孩子一样高兴，这都使我怀疑这个人有点儿病。可是转念一想，他要是有病，他是怎么到这里来的呢，我感到百思不得其解。他的穿着和普通人一样，当时他穿着一件灰色的早上穿的宽松上衣，里面是背心，下身是白裤子，表放在专门放表的小口袋里，钱在口袋里哗啦哗啦地直响，显得他非常得意。

珍妮是个漂亮姑娘，十九或二十岁，风华正茂，打扮得整整齐齐，无可挑剔。虽然我当时没顾上多看她，我还是可以在这里提一下，有件事我是后来才了解到的：我姨奶奶是珍妮的监护人，她还监护过其他一些人，她把她们一个一个地雇来做用人，专门为了对她们进行抵制男人的教育，一般都是以她们嫁给烤面包的师傅而告终。

这间客厅和珍妮或者说和我姨奶奶一样整洁。刚才我放下笔，想一想当时的情况，就觉得海风连带着花香，又吹了进来，我又看见那旧式家具，擦得锃亮，看见圆形窗户前面绿色团扇旁边姨奶奶那神圣不可侵犯的桌子和椅子，那加了罩毯的地毯，那猫，那壶垫儿，那两只金丝雀，那旧瓷器，那盛果汁酒的钵子里装满了玫瑰花瓣，那高高的柜子里收藏着各式各样的瓶子罐子，还有我本人，浑身是土，躺在沙发上观察这一切，和整个屋子很不协调，真有意思。

珍妮去给我准备洗澡水了，姨奶奶使我大吃一惊，因为她突然气得动弹不得，勉强喊了一声"珍妮！驴子！"

珍妮一听，连忙顺着楼梯跑上来，好像房子着了火似的，接着她就窜到前面一小块草地上，两头驴驮着两个女人正想往上面踩，她就把他们撵走了。这时候，姨奶奶也冲到外面，看见还有一头驴子，一个小孩劈着腿骑在上面，就一把抓住笼头，调了个头儿，把它从那圣洁的地方引开了，接着就把那倒霉的赶驴娃打了一顿耳光，因为他竟敢玷污这片神圣的土地。

直到现在，我也不知道姨奶奶对这片草地有没有合法权利，但是她自己认定她是有的，而且有没有，一个样。她一生中感到最气愤的，需要不断加以报复的，就是驴子从这圣洁的地方走过。无论她在做什么，无论她正在谈论的事情多么有趣，驴子一来，马上影响她的思路，她立刻就去处置。罐子里装上水，还有喷壶，都藏在秘密的地方，哪个孩子来冒犯，就往他身上洒水。门后边还藏着棍子。进犯的事不时发生，于是战乱不断。对赶驴的孩子来说，这大概又热闹，又好玩儿。驴子之中，那些比较有头脑的，也许知道这是怎么回事，由着自己的性子，非从这儿走不可，引以自娱。我就知道，洗澡水准备好之前，这种紧急情况就出现过三次。最后一次最为激烈，我看见姨奶奶独自一人与一个十五岁的黄发少年交手，抓住人家的头发就往自己的门上撞，那小伙子还没弄明白这是怎么回事哩。对我说来，她一趟趟往外跑，就尤其可笑。当时她正用大汤匙给我喝肉汤（因为她确信无疑，我真的快饿死了，必须增加营养，一开始不能太多），就在我张着大嘴等着喝的时候，她会突然把汤匙放回盆里，喊一声"珍妮！驴子！"，接着就冲出去战斗。

澡洗得很舒服。我开始感到因露宿野外而造成的四肢剧烈疼痛了,而且我现在累得要命,无精打采,要是让我支撑着不睡,我连五分钟也支撑不了。我洗完澡之后,她们(我指的是姨奶奶和珍妮)给我穿上迪克先生的衬衫和裤子,又用两三个大披肩把我裹起来。我像一个什么样的包裹,我也不知道,我只感到很热。我还感到发晕、发困,过了一会儿,我就又躺在沙发上,睡着了。

这也许是一场梦,是我很久以来一直在想而引起的,反正在我醒来的时候,我的印象是姨奶奶来过,她还弯着身子把头发从我脸上撩开,扶了扶我的头,让我睡得更舒服一点儿,然后就站在一旁看着我。我耳朵里好像还听见"可爱的孩子",也许是"可怜的孩子",这样的话。不过在我醒来的时候,也没有什么别的可以使我相信,那的确是姨奶奶说的,因为当时她在圆形窗前隔着绿扇子看海,扇子装在一种转轴上,怎么转都行。

我醒了以后,过了一会儿,就吃晚饭了。我们吃的是烤鸡和布丁。我坐在桌子旁边,也有点像一只别住翅膀的鸡,要想动一动胳臂,是很困难的。既然是姨奶奶把我这样打扮起来的,我就不好抱怨说行动不便了。在这段时间里,我一直很着急,希望知道她拿我怎么办。但她吃起饭来安安静静,一言不发,只是偶尔往对面看我一眼,说一声"我的天哪",而这样一句话丝毫不能消除我的疑虑。

桌布撤下以后,雪利酒放在桌上,我也有一杯。姨奶奶又派人上楼请迪克先生,迪克先生就来了。姨奶奶请他注意听我讲我的经历,接着她就问了我一连串的问题,把我的情况一点一点地都套了出来。迪克先生听的时候,尽量显得很有头脑的样子。在我回答的过程中，姨奶奶老用眼睛盯着迪克先生，否则，我想他就睡着了。每逢他有一点儿笑意，姨奶奶把眉头一皱，他就不笑了。

"那个可怜的倒霉孩子，她究竟中了什么邪，为什么非改嫁不可呢，"姨奶奶听完了我的话，说道，"我真不明白。"

"说不定她爱上了第二个丈夫。"迪克先生提出了自己的看法。

"爱上了！"姨奶奶重复了一下，"你这是什么意思？她怎么能这么干？"

"说不定，"迪克先生想了想，不自然地笑着说道，"是为了享乐吧。"

"什么享乐！"姨奶奶说道，"那可怜的孩子头脑简单，轻易相信了那样一个狗崽子，让他变着法儿地折磨她，这可真是天大的享乐。她这是图什么呢，我真不明白？她已经嫁过一个丈夫。她已经把大卫·科波菲尔送到另外一个世界去了，而他从小就爱追那些蜡娃娃。她也生了孩子——哦，星期五那天晚上，她生下在这儿坐着的这个孩子，当时是两个孩子！——她怎么还不满足呢？"

迪克先生偷偷地朝我摇了摇头，好像他认为没法不让我姨奶奶说下去。

"她连生孩子也和别人不一样，"姨奶奶说道，"这孩子的姐姐，贝西·特洛乌德呢？没来。别提啦！"

迪克先生显出十分吃惊的样子。

"那个小个子大夫，老歪着个脑袋，"姨奶奶说道，"吉力普，不管他叫什么啦，他在那儿干什么呢？他就会像个知更鸟似的——对，他就是个知更鸟——对我说，'是个男孩儿。'男孩儿！哎哟,他们这一帮子统统是白痴!"

她很得意地说这样的话,使迪克先生大吃一惊;说真的,我也大吃一惊。

"还有,好像这还不够,好像她给这孩子的姐姐贝西·特洛乌德造成的危害还不够大,"姨奶奶说,"她又改嫁,嫁了一个磨刀士,好像是叫这么个名字——这就又给这个孩子造成了危害!那必然的后果,除了孩子,谁都可以料到,他不得不到处流浪。他还没长大,就和该隐①一样了。"

迪克先生使劲看着我,好像是要确认我就是这样一个人。

"后来,还有那个女人,她起了个异教徒的名字,"姨奶奶说,"叫裴果提——随后她也嫁了人。听这孩子说,随后她也嫁了人,因为她还没看透这类事情会带来什么恶果。我只希望,"姨奶奶摇着头说道,"她丈夫是报纸上常见的那种专使通火棍的丈夫,好好地管教管教她。"

我的奶妈让人家这样辱骂,受人家这样诅咒,我听不下去,就对姨奶奶说她冤枉人家了。我说裴果提是世上最好、最真诚的朋友和仆人。她最忠实,忠心耿耿,从不考虑个人,只有她真正疼爱我,只有她真正疼爱我母亲。我母亲临死的时候,她用胳臂托着她的头,我母亲最后亲着她的脸,向她表示谢意。想起她们两个人,我一阵哽咽,哭起来了。我哭着说她的家就是我的家,她的一切也都是我的。我原来也可以去求助于她,但她境况不佳,我怕给她添麻烦——我刚才说了,我说着说着哭起来了,就两手捂着脸,趴在了桌上。

---

① 圣经故事中亚当和夏娃之子该隐因妒忌杀害了其弟亚伯,上帝将他逐出家园。

"是啊,是啊!"姨奶奶说道,"谁疼过他,他疼谁,这孩子做得对。——珍妮!驴子!"

我完全相信,要不是那些倒霉驴子来打扰,我们本来是会谈得很投机的,因为姨奶奶已经把手搭在我肩膀上了,在这样的鼓励之下,我很激动,正想搂住她,求她照顾。但是驴子一打扰,外面的一番折腾使得她心烦意乱,对我关心的想法暂时也就谈不上了。姨奶奶气愤地对迪克先生说,她决定要向地方法院要求赔偿,要跟多佛地区所有养驴的人打官司,告他们非法入侵。这样一折腾,就到了吃茶点的时候了。

吃过茶点,我们坐在窗口,从姨奶奶脸上那严厉的表情来看,我想这是在注意外面的动静,看是不是还有入侵的。我们一直看到天黑,珍妮摆上蜡烛,还在桌上放了一副十五子棋,把窗帘也放了下来。

"迪克先生,"姨奶奶说,这时她和先前一样,脸色严肃,举着食指,"我要再问你一个问题。你看看这孩子。"

"大卫的儿子?"迪克先生说道,脸上显得既全神贯注,又莫名其妙。

"正是他,"姨奶奶答道,"现在你准备拿他怎么办?"

"拿大卫的儿子怎么办?"迪克先生说。

"是啊,"姨奶奶答道,"拿大卫的儿子怎么办。"

"哦!"迪克先生说,"是啊。拿……要是我,我就叫他睡觉去。"

"珍妮!"姨奶奶喊道,又流露出自鸣得意的样子,和我先前说的一样。"还是迪克先生的主意好。床要是铺好了,我们就带他去睡觉。"

珍妮回话说,全铺好了,于是她们就带我去睡觉。她们对我很和气,但还是有点儿像押送犯人——姨奶奶在前,珍妮在后。只有一件事使我产生了新的希望:姨奶奶在楼梯上停下来,问为什么到处是烧东西的味儿,珍妮说她刚才在厨房把我的破衬衫熏了熏,以后引火用。但是除了我身上这一堆怪东西以外,我屋里也没有别的衣服了。她们把我丢下,姨奶奶还提醒我,那支小细蜡烛不多不少只点五分钟,然后就听见她们从外面锁上门走了。我把这些事翻来覆去地想了想,觉得可能是姨奶奶对我不了解,怀疑我有逃跑的习惯,因此采取防范措施,一定把我看住。

那屋子倒还舒服,在那所房子的最高一层,从窗子往外看,下面就是大海,月光照在海面上,闪闪发亮。我记得我做完了祷告,蜡烛也点完了以后,我怎样依旧坐在那里看着海上的月光,仿佛那就是一本明亮的书,我可以希望从中看出自己的命运,或者希望看见我母亲带着她的孩子,从天上降临,顺着那条闪闪发光的小路走来看我,同我最后一次看见她那可爱的面容时她看我的神情一样。我记得最后我带着严肃的心情把视线移到挂着白帐子的床上,这床怎样使我产生了感激的心情,又使我感到安逸,等到我舒舒服服地躺在床上,盖上雪白的单子之后,我的感受就更深了。我记得我怎样回想起我曾在夜空下露宿过的所有那些孤独的地方,我怎样祈求上帝保佑我永不再过那无家无业的日子,永不忘记无家可归的人。我记得我怎样好像飘浮起来,然后就顺着海上那条叫人伤感的光辉小路进入梦乡了。

第十四章　姨奶奶为我做出决定

第二天早上,我下楼来,看见姨奶奶在饭桌上一动不动地愣神儿。她的胳膊肘儿压着托盘,水罐里的水已经把茶壶灌满,溢出来了,整个桌布都泡在水里。我一进来,打断了她的沉思。我敢断定,她考虑的中心就是我,所以我也特别急于知道她对我有什么打算,然而我这种急切的心情又不敢表露出来,怕惹她不高兴。

但是我的眼睛不像舌头那样受约束,早饭期间,老往姨奶奶那边看。我要是连续看她一会儿,准会碰上她看我一眼——她那思虑的眼神显得挺怪,好像我不是坐在小圆桌对面,而是离得很远很远。她吃完早饭,慢条斯理地往椅背上一靠,把眉头一皱,两臂一交叉,从容不迫地注视着我,她那样聚精会神,弄得我特别不好意思。我的早饭还没吃完,就继续吃,想借以掩盖自己内心的不安,但是我的刀子老碰叉子,叉子老挑刀子,我切点儿咸肉,想自己吃,结果它跳得老高老高的,喝茶也呛着,它不走正道儿,非走岔道儿不可,最后我干脆不吃了,红着脸坐在那里,让我姨奶奶仔细观察吧。

"喂!"过了好一会儿,姨奶奶说。

我抬起头来,恭恭敬敬地迎着她那敏锐、明亮的目光,看着她。

"我给他去信了。"姨奶奶说。

"给……"

"给你继父,"姨奶奶说,"我给他写了一封信,麻烦他认真对待,否则别怪我翻脸不认人!"

"他知道我在什么地方吗,姨奶奶?"我问道,心里很害怕。

"我告诉他了。"姨奶奶说着,点了点头。

"要把我……交给……他吗?"我吞吞吐吐地问道。

"不知道,"姨奶奶说,"看情况吧。"

"哦! 我要是非得回到摩德斯通那儿去不可,"我大声说道,"我可真不知道怎么办才好了!"

"我也说不准,"姨奶奶说着,摇了摇头,"我知道,我现在也说不出个所以然来。看情况吧。"

我一听这话,心就凉了。我的情绪很不好,心情很沉重。姨奶奶似乎没太注意,从柜子里拿出一个粗布大围裙,系上以后,就亲手刷起茶杯来。该刷的都刷了以后,又在托盘里摆好,桌布也叠好,盖在上面,这时候,姨奶奶拉了拉铃,叫珍妮来把这餐具拿走。接着她就戴上一副手套,拿起小扫帚,扫起面包渣来,一直扫到地毯上的面包渣连用显微镜也看不见为止。随后她又掸土,收拾屋子,其实那土早已掸得干干净净,那屋子早已收拾得整整齐齐。她做完了这些事,感到称心如意了,才摘下手套,解下围裙,叠好,打开柜子,从哪个角落里拿出来的,又放回原处,拿出她那针线盒,放到开着的窗口她专用的桌子上,在绿扇子后面背光的地方坐下,做起活儿来。

"我希望你到楼上去一趟,"姨奶奶一边纫针,一边说,"替我向迪克先生问好,告诉他,我很想知道他的呈文写得怎么样了。"

我赶紧站起来，去完成任务。

"我想，"姨奶奶说，一边就像纫针的时候那样眯缝着眼看我，"你是不是觉得迪克先生这个名字太简略了，嗯？"

"昨天我觉得这名字是简略了一点儿。"我承认了。

"你可不要以为，他要是想用一个完整的名字，就没有，"姨奶奶说，也显得神气起来了，"巴布利——理查德·巴布利先生——这就是这位先生的真名。"

因为我感到自己年幼，而且已经过于随便，正想说我最好称呼他的全名，姨奶奶又接着说：

"不过你可千万不要用这个名字称呼他。要是有人用这个名字称呼他，他就受不了。他就有这么个怪脾气。不过我觉得这也算不上什么怪脾气，因为有些也叫这个名字的人，老欺负他，所以他对这个名字讨厌死了，上帝知道。现在他的名字就是迪克先生，无论是在这里，还是什么别的地方——假如他去什么别的地方的话，其实他哪里也不去。所以，小心点儿，小家伙，你可不要叫他别的名字，只能叫他迪克先生。"

我说一定听话，就到楼上传话去了。我一边走，一边想，迪克先生写这呈文，要是写了很长时间，而且速度就像我下楼的时候从门缝里看见他写得那么快，他就该很有进展。可是进去一看，他拿着一支大笔，还在那儿使劲地写呢，脑袋都快贴到纸上了。他专心致志地在那里写，所以我有充分的时间，从从容容地看角落里放着的大纸风筝，胡乱堆在那里的一捆捆手稿，那么些笔，特别是那么些墨水（每瓶半加仑，他好像存了好几打），后来他才发现我进来了。

"哈哈！太阳神！"迪克先生说着放下了笔，"人世间怎么样啊?你听我说呀,"他压低了声音,接着说,"你可别出去说呀,那儿……"他说到这里,朝我招了招手,把嘴唇凑到我耳边说,"那儿全是疯子。和贝德拉姆疯人院一样啊,小家伙!"迪克先生说着,一面从桌上拿起一个圆盒,从里面拿出鼻烟,一面放声大笑起来。

我没有冒昧地对这个问题发表意见,只传达了我带来的口信儿。

"那就请替我向她问好,"迪克先生回答说,"另外,我……我相信我已经开了个头儿。我想我已经开了个头,"迪克先生说着,把手插到灰白的头发里,同时向自己的手稿看了一眼,没有表现出一点儿有信心的样子,"你上过学吧?"

"是的,先生,"我回答说,"只有很短的时间。"

"你记不记得,"迪克先生说着,认真地看了我一眼,拿起笔来,要把我的话记下来,"国王查理一世是什么时候砍头的?"

我说我认为那是一千六百四十九年的事。

"是啊,"迪克先生答道,他一边用笔搔耳朵,一边用怀疑的眼光看着我,"书上都是这么说的,但是我不明白这怎么可能。因为如果那是这么多年以前的事,他周围的人怎么会犯这样的错误,竟然会在他砍头之后,把一些烦恼从他的脑袋里拿出来,放到我的脑袋里呢?"

他这个问题,我觉得很怪,但是我没有什么好说的。

"说也奇怪,"迪克先生说着,以失望的神情看了一眼自己的稿子,又把手伸到灰白的头发里,"我怎么老也写不成个样子,老也说不清楚呢。不过没关系,没关系!"他兴奋地说,又提起精神来了,"有的是时间! 替我向特洛乌德小姐问好——我的确进展不错。"

我正要走,他让我看看他的风筝。

"这风筝,你看怎么样?"他说。

我说那风筝很好看。我估计一定有七英尺高。

"是我做的。以后,你和我,咱俩一块儿出去放,"迪克先生说,"你看见这个了吗?"

他指给我看,那风筝上糊的全是他的手稿,写得密密麻麻的,很费了一番功夫,不过写得倒很清楚,我一行行顺着往下看,好像有一两处又提到国王查理一世砍头的事。

"线绳有的是,"迪克先生说,"风筝飞得高,事情就传得远。历史上的事情,我就是这样传播的。风筝会在什么地方落下来,我不知道。那要看情况,看风向,等等,不过我听其自然就是了。"

他表情非常亲切,非常和蔼,虽然显得又健康、又热情,却包含着什么令人肃然起敬的东西,弄得我说不清他是不是在跟我开玩笑。所以我就笑了起来,他也笑了起来,我们分手的时候,别提多么要好了。

"啊,小家伙,"我来到楼下,姨奶奶问我,"迪克先生今天早上怎么样?"

我说迪克先生向她问好,他很有进展。

"你觉得他怎么样?"姨奶奶说。

我隐隐约约想回避这个问题,就说我觉得他是个大好人,但是这样搪塞她可不行,她把手里的活儿放在腿上,两手交叉放在活儿上,说道:

"说呀! 要是你姐姐贝西·特洛乌德,问她对谁有什么看法,她都会马上告诉我。你要尽量学你姐姐的样子,说吧!"

"那么他……迪克先生——我问问,因为我不知道,姨奶奶——他真是神经不正常吗?"我结结巴巴地说,因为我觉得我在冒风险。

"根本不对。"姨奶奶说。

"哦,是吗!"我轻轻地说。

"要是说迪克先生无论如何也不是神经不正常,那倒说到点子上了。"

我没有什么好说的,就怯生生地又说了一声"哦,是吗!"

"人家说他疯,"姨奶奶说,"我说人家说他疯,我自己也乐意,要不这十来年——说真的,自打你姐姐贝西·特洛乌德叫我失望以后——我就不能和他在一起,听他指教了。"

"这么长时间?"我说。

"那些厚着脸皮说他疯的人,可是好人哪,"姨奶奶接着说,"迪克先生是我的一门远亲。什么关系,无所谓,不必细说。要不是我,他亲哥哥会关他一辈子——就是这样。"

我看着姨奶奶说起这件事,非常气愤的样子,我也显得好像非常气愤的样子。现在我觉得当时这样做是虚伪的。

"那个人真是又傲慢,又无知,"姨奶奶说,"因为他弟弟脾气有点儿怪——其实,和许多脾气怪的人相比,他差远啦——就不愿意让他待在家里,怕人家看见,于是就把他送到一家私人开的疯人院去了,虽然父亲生前曾嘱咐大儿子要好好照顾小儿子,因为他认为小儿子几乎是个白痴。他这样想,那才真叫聪明!毫无疑问,他才疯了呢。"

和刚才一样,我看着姨奶奶显得很有把握的样子,我也努力显得很有把握。

"所以我就介入了,"姨奶奶说,"答应为他做件事情。我说,你弟弟头脑是健全的,比你健全得多,将来也比你健全,这是可以预料得到的。让他带着他那为数不多的进项,来和我一起生活吧。我不怕他,我不怕丢人,我愿意照顾他,不会像有些人(我指的是疯人院以外的人)那样虐待他。争执了很久,"姨奶奶说,"我赢了;从那以后,他就一直待在这里。他是世界上最善良最随和的一个人。至于出主意,就更不用说了。但是除了我以外,谁也不了解那个人的心思。"

姨奶奶捋了捋衣裳,摇了摇头,好像这一捋,一摇,就把世上对她的敌意一扫而光了。

"他有过一个心爱的妹妹,"姨奶奶说,"她是个好姑娘,对他很好。但是她和其他人一样——嫁了个丈夫。他也和其他人一样——让妻子受罪。这件事对迪克先生刺激很大(我希望这可不能算是发疯),再加上他怕他哥哥,觉得他没有情义,于是就发起烧来。这都是他到这里来之前的事,不过直到现在,回想起来还感到很压抑。他对你说起国王查理一世没有,小家伙?"

"说啦,姨奶奶。"

"哦!"姨奶奶说着,揉了揉鼻子,好像有点儿不高兴。"他就是爱用比喻来表达他的意思。他把自己的病和重大的社会动乱联系在一起,这是很自然的。他就喜欢用这个比喻,也许是明喻,不管叫什么吧。只要他觉得合适,有何不可呢?"

"那当然,姨奶奶。"我说。

"这个写法,既不正式,也不具体,"姨奶奶说,"这我是知道的。这就是我为什么坚持他在呈文里关于这件事,一个字也不要写。"

"他这呈文是关于他自己的历史吗,姨奶奶?"

"是呀,小家伙,"姨奶奶说着,又揉了揉鼻子,"他这呈文是写给上院议长的,也许是写给另外某一位长官的,反正是写给花钱雇来专门受理呈文的人的。那呈文写的是他个人的私事。估计过几天就可以递上去了。不用他那个表达方式,他还没写完呢。不过没关系,这样他就有事儿干了。"

实际上,我后来发现,实际上迪克先生在十几年的时间里一直努力不把国王查理一世写到呈文里去,可是这位国王非得往里挤,所以现在他还是在里面了。

"我还要说一遍,"姨奶奶说,"除了我以外,谁也不了解那个人的心思;他是世界上最善良最随和的一个人。他要是有时候想放放风筝,有什么关系呢?富兰克林当时就常常放风筝。假如我没记错的话,富兰克林是个教友会教徒,或者是这一类的人。一个教友会教徒放风筝,这比任何人放风筝都更可笑得多。"

我当时要是能够认为姨奶奶这番话是特意说给我听的,表示对我信任,我就该感到非常光荣,感到她现在这样器重我,以后一定错不了。可是我不由自主地看到了,她讲这番话,主要是因为她自己心里有这么个问题,和我关系不大,周围没人听,才说给我听。

同时,我还要说,姨奶奶这样仗义执言,为可怜而又无害的迪克先生说话,在我这幼小的心灵里,不仅产生了一种自私的心理,觉得自己有了希望,而且产生了一种并非自私的心理,对她有了感情。我想我从这时候开始,看到我姨奶奶虽然脾气古怪,性情奇特,她身上却有一种东西,值得尊敬,值得信赖。那一天,虽然她和前一天一样严厉,和前一天一样为了驴子的事儿跑出跑进,而且一个年轻男人路过这里,在窗口向珍妮投来爱慕的目光(这是触犯我姨奶奶尊严的一种最严重的劣迹),惹得我姨奶奶大发雷霆,然而这即便没有减少我对她的恐惧,似乎也增加了我对她的尊敬。

姨奶奶给摩德斯通先生去信以后,要隔一定的时间才能收到回信。在这段时间里,我焦急到了极点。但是我努力克制着自己,安安静静的,尽量使姨奶奶和迪克先生对我感到满意。迪克先生本来是可以和我一起出去放那只大风筝的,但是我还没有衣服,只有头一天把我打扮起来的时候给我穿的那些绝对说不上好看的衣服,因此我只能待在家里,只有天黑以后,姨奶奶考虑到我的健康,带我出去到岩石上遛一个钟头,然后睡觉。摩德斯通先生的回信终于到了,姨奶奶告诉我,摩德斯通先生第二天就到,他要亲自来和她谈这件事,这可把我吓坏了。到了第二天,我还是那身古里古怪的打扮,坐在那里数钟点儿,心里的希望越来越小,恐惧越来越大,急得我脸上直发烧。我就这样等着那阴沉的面孔来吓我一跳,其实他还没到,我就时时刻刻胆战心惊了。

我姨奶奶显得比平时气更粗了一点儿,话更重了一点儿,此外看不出她为了接待我最怕见的那个人,还做了什么准备。她坐在窗口做活儿,我在一旁坐着胡思乱想,把摩德斯通先生这次来访可能产生的和不可能产生的结果都想了一遍。我们一直待到下午很晚的时候。我们的晚饭推迟了,谁也不知道推迟到什么时候。看看天色很晚了,姨奶奶发话,叫准备开饭,这时她忽然惊叫一声"驴子",我一看,大吃一惊,只见摩德斯通小姐坐在偏鞍上,故意来到这片神圣的草地上,在房前停下，四下里张望。

"走开！"姨奶奶喊道，在窗口又摇头，又挥拳头，"你不能到这儿来。你怎么敢擅自闯进来？走开！哦，你这不要脸的东西！"

摩德斯通小姐沉着冷静地东张西望，使我姨奶奶大为恼火，我真的认为她一下子愣住了，不能像平时那样冲到门外去。我趁此机会告诉她这来人是谁，还告诉她现在朝这个乱闯的人走来的不是别人，正是摩德斯通先生（因为上坡的路很陡，他落在后头了）。

"来人是谁，我管不着！"姨奶奶喊道，仍然在圆形窗口，一面摇头，一面以各种手势表示不欢迎。"我不容许在这里擅自闯入。决不答应。走吧！珍妮，快让它调头，把它牵走！"我在姨奶奶身后看到了一种紧张的战斗场面，那驴子四条腿朝着不同的方向牢牢地钉在那里，谁拉它，它也不动，这时候，珍妮正拉着缰绳，想让它转身，摩德斯通先生想牵着它往前走，摩德斯通小姐用阳伞打珍妮，几个男孩子凑过来看热闹，又喊又叫。姨奶奶忽然在人群里看见那小罪犯，也就是那个赶驴的，虽然年纪不见得有十岁，这种人却一向最惹姨奶奶生气，于是姨奶奶便冲到出事地点，扑到那孩子身上，揪住他，拉着就走，弄得那孩子褂子盖着头，两脚在地上蹭，他们就这样来到花园里，姨奶奶一边喊着叫珍妮去叫警察，请法官，好把他抓起来，当场审判，当场处决，一边继续惩罚那孩子。不过这一情况持续的时间并不长，因为那小无赖颇会几下子武术，而姨奶奶却一窍不通，所以，不一会儿，那孩子就吆喝着脱了身，他那钉了钉子的靴子在花坛上留下了深深的脚印，还耀武扬威地把驴子也牵走了。

在这场武打进行到后半场的时候,摩德斯通小姐从驴背上下来,现在正和她弟弟一起在台阶下面等着,看我姨奶奶什么时候有工夫接待他们。由于刚才那场搏斗,姨奶奶心里有点儿乱,但她仍十分庄重地从他们面前走过,进到屋里,而没有理睬他们,后来珍妮为他们做了通报。

"我要不要出去,姨奶奶?"我哆嗦着问道。

"不用,孩子,"姨奶奶说,"当然不用!"她说着就把我推到她身旁的一个角落里,用椅子把我挡在里面,像是监狱,也像是法庭上的被告席。他们见面的时候,我从头到尾都待在这个位置上,我就是从这里看着摩德斯通先生和他姐姐进屋来的。

"哦!"姨奶奶说道,"起初我没注意我这是有幸和谁交手呢。不过我不允许任何人骑着驴从那片草地上经过。谁也不能破例。我不许任何人那样做。"

"你的规定对生人来说,可很不方便哪。"摩德斯通小姐说。

"是吗?"姨奶奶说。

摩德斯通先生好像怕再发生冲突,就插嘴说:

"特洛乌德小姐!"

"对不起,"姨奶奶以敏锐的目光看着他说,"我外甥大卫·科波菲尔生前住在布伦德斯通的栖鸦楼——不过为什么叫栖鸦楼,我不明白,——他死后,留下一个寡妇,一位摩德斯通先生娶了她,这个人就是你吧?"

"是的。"摩德斯通先生说道。

"请恕我冒昧,先生,"姨奶奶说道,"我认为,你当时要是没去打扰那可怜的孩子,那可真是做了一件大好事,也省去很多麻烦。”

“说到这里,我同意特洛乌德小姐所说的,”摩德斯通小姐把头一仰,挺神气地说道,“我认为我们那个令人遗憾的克拉拉在一切主要方面都还是个孩子呢。”

“谁也不能拿这样的话来说咱们俩了,小姐,”姨奶奶说,“因为你我都上了年纪,不大可能再因为个人的美貌而倒霉,我们可以感到欣慰了。”

“当然是这样!”摩德斯通小姐回答说,不过我觉得她这样附和,有点儿言不由衷,而且让人听了也不舒服。“正如你所说的,对我兄弟来说,他当时要是没结这门亲事,那可真是做了一件好事,也省去很多麻烦。我一直是这么看的。”

“这我完全相信,”姨奶奶说,接着拉了拉铃,“珍妮,代我向迪克先生问好,请他到楼下来。”

姨奶奶挺着腰板儿端端正正地坐在那里,对着墙皱眉头,等他下来。他下来以后,姨奶奶做了介绍。

“这是迪克先生,我们很熟,是老朋友了,他的判断,”姨奶奶说到这里加重了语气,这是在暗中提醒迪克先生,因为他正在咬他的食指,显得傻乎乎的样子,“我信得过。”

迪克先生得到暗示,便把食指从嘴里拿出来,站在这一伙人当中,显出又严肃又认真的样子。姨奶奶把头朝着摩德斯通先生一歪,摩德斯通先生就说:

“特洛乌德小姐,收到你的信以后,我考虑了一下,认为这件事要是做得更合乎我的身份,可能也显得对你更为尊重……”

“谢谢,”姨奶奶说,她还在用敏锐的目光看着他,“你不用管我。”

"不管路途多么不便,也得亲自来答复,"摩德斯通先生接着说道,"而不能用回信的方式来答复。这个倒霉孩子,丢下自己的朋友,丢下自己的工作,逃之夭夭……"

"看他那副样子,"他姐姐插嘴说,这就把大家的注意力都引到我这不可名状的衣服上来了,"真是丢人现眼。"

"简·摩德斯通,"她弟弟说道,"请不要插嘴好不好?特洛乌德小姐,这倒霉孩子,在我那已故亲爱的妻子在世的时候,以及她去世以后,都在我们家引起过麻烦和不安。他性格阴郁,有逆反心理,性情粗暴,脾气又倔又拗。我和我姐姐都花过很大的力气,来纠正他这些毛病,然而无效。我觉得——也可以说我们俩都觉得,因为我对我姐姐是完全信赖的——你应该听我们亲口严肃地心平气和地说一说。"

"我兄弟说的话,是不大需要由我来印证的,"摩德斯通小姐说,"不过请允许我这么说吧:世界上所有的孩子当中,这是最坏的一个。"

"言过其实!"姨奶奶直截了当地说。

"和实际情况相比,一点儿也没有言过其实。"摩德斯通小姐回答道。

"哈哈!"姨奶奶说,"怎么样,先生?"

"关于用什么方式教育他最好,"摩德斯通先生接着说道,他和我姨奶奶越眯缝着眼睛互相对视,他的脸色越阴沉,"我自有看法。我的看法一方面基于我对他的了解,一方面基于我对自己的财力物力的了解。关于这些想法,我对自己负责,我按照这些想法行事,这里就不多说了。我只需要说明:我把这孩子托付给了一个朋友,给他找了个体面的工作;他不喜欢那工作,就逃跑了,成了乡下的无业游民,破衣烂衫来到这里,求助于你特洛乌德小姐。你要是想帮他,会有什么后果——就我所知的情况——我想光明正大地在你面前摆一摆。"

"还是先说说那件体面的工作吧,"姨奶奶说,"他要是你的亲生儿子,我想你也会照样让他去干吧?"

"他要是我兄弟的亲生儿子,"摩德斯通小姐插进来反驳道,"我敢说,他的性格就完全不是这个样子了。"

"还可以这么说,要是他母亲那孩子当时活着的话,他也仍然要去干那份体面的工作,是不是?"姨奶奶问道。

"我认为,"摩德斯通先生说着把头往旁边一歪,"凡是我和我姐姐简·摩德斯通一致认为最好的办法,克拉拉是不会提出异议的。"

摩德斯通小姐口中念念有词,表示支持她兄弟的说法。

"哼!"姨奶奶说,"倒霉的孩子!"

在这段时间里,迪克先生一直把钱弄得哗啦哗啦直响,这会儿就更响了,姨奶奶觉得有必要制止他,就看了他一眼,接着说:

"难道那可怜的孩子一死,她的年金也完了?"

"年金也完了。"摩德斯通先生答道。

"那份小小的产业,那房子和花园——叫什么来着?栖鸦楼,里面却没有乌鸦——也没有规定给她儿子吗?"

"那是她的前夫无条件地留给她的。"摩德斯通先生正要说下去,姨奶奶极不耐烦地打断了他的话。

"天哪!你这个人,没有必要说这个嘛。无条件地留给她的!我觉得我现在还能看见大卫·科波菲尔,各种条件明明摆在他眼前,他却还在等待什么条件。当然是无条件地留给她的！但是在她改嫁的时候,简而言之,说得直截了当一点儿,在她迈出致命的一步,嫁给你的时候,"姨奶奶说,"难道这时候就没有人出来为这孩子说句话吗?"

"我故去的妻子很爱她的第二个丈夫,小姐,"摩德斯通先生说,"对他绝对信任。"

"你故去的妻子,先生,她是个阅历最浅,最痛苦,最不幸的孩子,"姨奶奶说着,冲他摇了摇头,"她就是这样一个人。现在,你还有什么要说的?"

"我要说的,特洛乌德小姐,"他答道,"不过是我是来接大卫回去的,无条件地接他回去,我觉得怎么合适就怎么处置他,该怎么对付就怎么对付他。我到这里来,不是为了向谁许诺什么,也不是为了向谁做出保证。特洛乌德小姐,你可能有些想法,想对他的逃跑,对他的抱怨,采取姑息的态度。我有这种感觉,因为你的做法似乎证明你并不想平息这件事。现在我可要提醒你,你只要姑息他一次,就得永远对他姑息下去,你要是现在介入我和他之间的事,特洛乌德小姐,你就得永远介入下去。我决不没事找事儿,也不允许别人跟我找麻烦。我这是第一次也是最后一次到这里来接他走。他是不是愿意走?他要是不走——而且是你告诉我他不走,无论用什么借口都无所谓——从今以后,我家的大门就永远对他关上了,我还认为你家的大门理所当然是为他开着的。"

这番话,姨奶奶听得极其认真,她挺直了腰板儿坐在那里,两手交叉搭在膝上,以严肃的神情听着对方说话。对方说完了,她仍然一动不动,只把目光朝摩德斯通小姐一转,以引起她的注意,然后说道:

"小姐,你有什么要说的吗?"

"说真的,特洛乌德小姐,"摩德斯通小姐说道,"我想说的,我兄弟都说到了,我了解的真实情况,他也说得一清二楚,所以我没有什么需要补充的了,只想感谢你,你对我们那么客气,你实在太客气了。"摩德斯通小姐以讥讽的口气说道。但这对我姨奶奶毫无影响,这对我在查塔姆过夜时身旁的大炮不是也毫无影响吗,情况是一样的。

　　"听听孩子怎么说吧?"姨奶奶说道,"你愿意走吗,大卫?"

　　我说不愿意,而且恳求她不要让我走。我说,无论是摩德斯通先生,还是摩德斯通小姐,他们从来不喜欢我,从来不关心我,我妈非常疼爱我,他们就因此而折磨她,这我是很清楚的,裴果提也很清楚。我说我受的罪大极了,无论是谁,只要他知道我是这么小的一个孩子,就不会相信我受了那么大的罪。我向姨奶奶苦苦哀求——我不记得当时说了些什么话,只记得我当时是真动了感情的——求她看在我父亲的份上,可怜可怜我吧,救救我吧。

　　"迪克先生,"姨奶奶说,"我该拿这个孩子怎么办呢?"

　　迪克先生考虑了一下,犹豫了一下,忽然兴奋起来,答道,"给他量量尺寸,马上做身儿衣服吧。"

　　"迪克先生,"姨奶奶兴高采烈地说,"握握手吧,因为你的话说得在理,太难得了。"她和迪克先生热烈握手之后,把我拉到她跟前,对摩德斯通先生说:

　　"你们什么时候想走,就走吧。我留下这孩子,听天由命啦。要是他真像你们说的那样,到时候,我至少可以像你们那样对付他嘛。但是,你的话,我一句也不信。"

　　"特洛乌德小姐,"摩德斯通先生说着,缩着肩膀站了起

来，"你要是个男子汉……"

"呸！胡说八道！"姨奶奶说，"你别跟我说话！"

"真够客气的！"摩德斯通小姐说着站了起来，"客气得都让人受不了啦！"

"你以为，"姨奶奶对那位姐姐的话置之不理，继续对她兄弟说，而且是非常激动地摇着头对他说，"我不知道那可怜的、不幸的、一步走错了的孩子跟着你过的是什么日子吗？那温柔的小东西头一次碰上你的时候，你一定装出一副笑脸，极力向她飞眼儿，好像连冲着鹅吆喝一声的胆量都没有，那对她来说是多么可悲的日子，你还以为我不知道吗？"

"我从来没听见谁说话说得这样文雅！"摩德斯通小姐说道。

"难道你以为我过去没见过你，就不能了解你吗？"姨奶奶接着说，"现在我看到你了，也听你说话了——坦率地说，这绝不是什么愉快的事。的确是这样，老天保佑！谁乍一看能像摩德斯通先生那么随和，那么温柔！那可怜无知的人哪里见过他这样的人？他可以说是糖做的。他崇拜她。他一心一意地疼爱她的孩子，对他可亲啦！他要像爸爸一样对待他，他们要一起过美好的生活，像在玫瑰园里一样，是不是？呸！你给我滚，滚！"姨奶奶说道。

"我一辈子都没听见有这样说话的！"摩德斯通小姐说。

"等你觉得你已经控制住了那个可怜的小傻瓜，"姨奶奶说，"——请上帝原谅我这样称呼她，况且她已经到了你暂且还不急于去的地方——因为你害她和她的亲人还害得不够，你就开始训练她，对不对？像驯服可怜的笼中之鸟一样驯服她，教她唱你的调子，一直把她那受人欺骗的一生完全耗尽，是不是？"

"这个人不是发疯，就是喝醉了，"摩德斯通小姐说，她因为无法使姨奶奶对着她说话而难受得要命，"我看是喝醉了。"

贝西小姐对摩德斯通小姐的插话根本不予理睬，还是冲着摩德斯通先生说话，就像没那回事儿一样。

"摩德斯通先生，"她用手指不断指着他说，"对那个纯朴的孩子来说，你是个暴君，伤透了她的心。这孩子心肠软——我最清楚；在你见着她好多年以前我就知道——你就利用她这个弱点，伤害她，把她弄死了。你爱听也好，不爱听也好，这就是事实真相，这会儿你该舒服了吧？你和你的帮凶去好好痛快一番吧！"

"请问，特洛乌德小姐，"摩德斯通小姐又插嘴说，"承蒙你称作我兄弟的帮凶的这个人，他是谁呀？这个词儿，我怎么不熟悉呢？"

贝西小姐对这段话是充耳不闻，也完全无动于衷，只顾讲下去。

"显而易见，我在前面已经告诉你了，在你见着她好多年以前——上帝的神秘安排怎么会让你有机会见着她，世人实在难以理解——显而易见，那可怜的善良的小东西总有一天是要嫁人的，但是我的确不希望见到最后出现的那种坏结果。摩德斯通先生，那时候，她生了这个孩子，"姨奶奶说，"生了这个可怜的孩子，后来你有时候就是通过这个孩子来折磨她，这件事让人一想起来就感到痛心，使得这孩子也让人一看就产生反感。哎呀，你不必惊慌，"姨奶奶说，"你不这样，我也知道这是真的。"

在这段时间里,摩德斯通先生一直站在门边,注视着我姨奶奶,脸上带着微笑,不过两道浓眉皱得很紧。这时候我看到,虽然那笑容依然挂在脸上,脸色却忽然变得煞白,喘气也好像刚跑了一阵似的。

"再见,先生,"姨奶奶说,"再见!"她突然又转身对他姐姐说,"还有你,小姐,再见。让我看看你要是敢再骑着驴在我的草地上走,我非把帽子给你打掉,用脚踩不可,这是肯定无疑的,就像你两个肩膀扛着一个脑袋一样。"

姨奶奶出人意料地发泄这一通怒气时脸上的表情,和摩德斯通小姐听她发泄时脸上的表情,需要一位画家,还得是一位不同寻常的画家,才能描画得出。但是既然姨奶奶说话的方式和内容都那么激烈,摩德斯通小姐什么也没说,老老实实地挽上她兄弟的胳膊,气呼呼地走了出去。姨奶奶仍然留在窗口看着他们——我想她一定是准备好了,驴子要是再来,就把那段威胁的话马上付诸实施。

然而他们并没有对着干,于是姨奶奶的脸色也渐渐缓和下来,而且显得和蔼可亲,我的胆子也大了起来,我就满怀热情,搂着她的脖子吻她,感谢她。接着我就和迪克先生握手,他和我握了又握,用一阵阵笑声来庆祝这件事圆满结束。

"迪克先生,请你和我一起做这孩子的监护人吧。"姨奶奶说。

"为大卫的儿子做监护人,"迪克先生说,"我很高兴。"

"很好,"姨奶奶答道,"就这么定了。你知道吗,迪克先生,我一直在想,也许可以管他叫特洛乌德吧。"

"当然,当然。叫他特洛乌德,当然可以,"迪克先生说,"大卫的儿子叫特洛乌德。"

"你的意思是叫他特洛乌德·科波菲尔?"姨奶奶说。

"是的,是的。是这个意思。特洛乌德·科波菲尔。"迪克先生说,还显得有点儿不好意思。

姨奶奶对这个想法很赞成,所以下午买来了现成的衣服以后,她先亲手用洗不掉的墨水写上"特洛乌德·科波菲尔",然后才让我穿。同时决定,所有为我定做的衣服(当天下午就给我定做了一整套),都要写上同样的字样。

这样,我有了一个新的名字,周围的一切也都是新的,我开始了新的生活。那种前途未卜的日子结束以后,一连好多天,我觉得就像生活在梦里一样。我从来没想过我有两个古怪的监护人:我姨奶奶和迪克先生。关于我自己,我也从来没有好好地想过。我记得最清楚的两件事,一件是过去在布伦德斯通的生活已经显得很遥远,因为隔着一段无法估量的距离而模糊不清;一件是我在摩德斯通与格林伯公司的生活也已落下帷幕。从那以后,谁也没有再拉开这片帷幕。在这本书里,我把幕拉开了一会儿,但我是不情愿的,所以在我把幕落下来的时候,我感到很高兴。回想这一段生活,我经受了那么多痛苦,那么多精神上的苦恼,感到那么绝望,连我究竟熬了多长时间,都没有勇气来计算一下。这段生活究竟延续了一年,还是更长,还是不到一年,我也不知道。我只知道有过这么一段生活,后来结束了;我已经把它写下来了,就留在这里吧。

第十五章　我又从头开始

　　我和迪克先生很快就成了最要好的朋友,他每天干完活儿以后,我们常一起出去放那只大风筝。在他一天的生活里,他要花很多时间坐在那里写呈文,不管他多么努力,都毫无进展,因为不定什么时候,国王查理一世就意外地出现在他的呈文里,这样一来,就得扔掉重写。他不断感到失望,却又怀着希望,耐心地忍受着,隐隐约约地意识到,国王查理一世准是有什么问题,他尽了自己微弱的力量,想把这位国王排除在呈文以外,国王却非要挤进来,把呈文搞得一团糟。这一切都给我留下了深刻的印象。假如呈文一旦写好了,迪克先生认为会有什么结果呢——他认为应该递到哪里去呢,他认为这呈文应该起什么作用呢——别人不知道,我看他也同样不知道。其实他也完全没有必要为这样的问题而操心,因为如果说世上有什么肯定无疑的事情,这份呈文永远也写不完,便是肯定无疑的了。

　　我当时常常想,看着他放风筝,把风筝放得很高很高的,真是个十分感人的场面。他以前在屋里对我说过,他相信这样可以把贴在风筝上的那些议论传播出去,而风筝上贴的不过是未写完的呈文的废稿,所以他这想法只是有时产生的一种幻想,但是一到外边,他看着那风筝在空中飞翔,觉得出那风筝从他手里一拉一拽的,情况就不同了。他从来没有像这时候显得这样心情平静。有时候,傍晚我陪他坐在一片斜坡的草地上,看他望着在那宁静的天空中飞得很高的风筝,我就觉得好像那风筝把他的头脑从混乱中解脱出来,把它带到了空中,这就是我幼稚的想法。等他慢慢收线,风筝一点儿一点儿地落下来,落到美丽的晚霞照不到的地方,最后撞在地上,待在那里,像是死了的什么东西,这时候,他就仿佛从梦中渐渐醒来;我记得看见他拿起风筝,往四下里看看,茫然不知所措,就像是他和那风筝一块儿落下来的一样,看到这种情况,我就对他产生了无限的同情。

我与迪克先生越来越友好,越来越亲密,但我同时并未失去他的忠实朋友我姨奶奶的宠爱。她很喜欢我,不出几个星期,就把收养我的时候给我起的名字特洛乌德,缩短成特洛,甚至使我产生了一种希望:假如我能老像开始的时候这样,我就能和我姐姐贝西·特洛乌德受到她同等的喜爱。

有一天晚上,十五子棋的棋盘照例为姨奶奶和迪克先生摆好了,姨奶奶说:“特洛,咱可不能忘了受教育哟。”

我就是担心这件事,所以她这么一提,我就大为高兴。

“上坎特伯雷去上学,你愿意不愿意?”姨奶奶问道。

我说非常愿意,因为离开她不远。

“那好,”姨奶奶说,“明天就去,好不好?”

我对姨奶奶那种说干就干的脾气早就熟悉了,她突然这么说,我也并不感到意外,就说:“好。”

“那好,”姨奶奶又说了一声,“珍妮,租下那辆灰马马车,叫它明天早上十点钟来,今天晚上把特洛乌德少爷的衣服打点一下。”

我听她这样一项项吩咐,非常高兴,可是在我看到这吩咐在迪克先生身上产生的影响时,我内心里又责备自己太自私了,因为迪克先生想到我们很快就要分手,情绪非常低沉,结果棋下得一塌糊涂,姨奶奶用骰子盒敲他的指关节以示警告,敲了几次也不管用,后来姨奶奶把棋盘一合,不跟他下了。但他一听姨奶奶说有时候星期六我可以回来,有时候星期三他还可以看我,就又振作起来,还发誓要再做一个风筝,比现在这个大得多,见面的时候放。第二天早上,他又心情不好,非要把他所有的钱,金币,银币,都给我,否则就活不下去,后来还是姨奶奶出面干涉,限定五先令,经他恳求,后来又涨到十先令。我们非常依依不舍地在花园门口告别,迪克先生不肯回屋里去,后来姨奶奶赶着马车送我走远了,也就看不见了。

　　我姨奶奶对别人的议论是决不考虑的,她大模大样地坐在高处,赶着小灰马在多佛招摇过市,把腰板挺得直直地,像参加庆典的车把式一样。无论走到哪里,她都紧紧地盯着那匹马,不管在哪一方面,都不能让它为所欲为。不过到了乡下,就容许它放松一点儿了。我在姨奶奶身旁,坐在坐垫上,就像坐在山谷里,她朝下看了看我,问我高兴不高兴。

　　"我很高兴,真的,谢谢你,姨奶奶。"我说。

　　她很满意,但她两只手都占着,就用马鞭子轻轻地拍了拍我的头。

　　"姨奶奶,那学校大吗?"我问道。

　　"哎哟,我不知道,"姨奶奶说,"咱们先去找威克菲尔先生。"

　　"他开学校吗?"我问道。

　　"特洛,他不开学校,"姨奶奶说,"他开事务所。"

关于威克菲尔先生的情况，姨奶奶不说，我也就不再问了，我们换了话题，改谈别的了。到了坎特伯雷，正好逢集，姨奶奶大显身手，驾着小灰马在大车、箩筐、青菜、杂货之间穿行。我们的马车拐来拐去，只有一头发丝的余地，惹得周围的人议论纷纷，说的可不都是恭维话。但我姨奶奶毫不在乎，继续前进，我敢说，她就是到了交战国，也会同样泰然自若地想怎么走，就怎么走。

最后，我们在一所很古老的房子门前停下了。这所房子临街的一面上部突出，那又长又矮的格子窗又突出一块，椽子头儿上刻着头像，还要突出一块，所以我觉得好像整个房子都向前弯着腰，想看看下面狭窄的人行道上都是什么人在那里走来走去。这房子真干净，一尘不染。低矮的拱门上有一个旧式的铜门环，上面刻着一圈水果和花朵，像星星一样闪闪发光。两磴石头台阶下去就是大门，那台阶白得就像蒙上了一层细麻布。无论是鼓的洼的，还是整雕零刻的，还有那稀奇的小块儿玻璃，古怪的小窗户，虽然像山一样古老，却和山上的雪一样洁白。

马车在门口停下以后，我两眼盯着这所房子，这时候只见房子一侧小圆塔一层有一张死人般的脸在一个小窗户后面出现，很快又消失了。那低矮的拱门接着就开了，那人走了出来。他的脸色，还是像刚才在窗口那样，与死人一般，不过肉皮底下倒也透出微红，就是有时候能在红发人皮肤上看到的那种颜色。这人果然长着一头红发——我现在认为这个年轻人当年十五岁，不过很老相——他的头发剪得很短，就像庄稼地里的茬子一样，他的眼睛是枣红色的，他眉毛很稀，没有睫毛，我记得当时我还纳闷，他这样没遮掩，怎么睡觉呢。这个人肩膀高耸，骨瘦如柴，穿着一身整齐的黑衣服，系着一条小小的白围巾，扣子一直扣到脖子底下，手又瘦又长。他站在马头旁边，用手抚摩着下巴，仰起头来看我们在车里坐着，这时候他的手特别引起了我的注意。

"威克菲尔先生在家吗，尤利亚·希普？"姨奶奶说道。

"威克菲尔先生在家，小姐，"尤利亚·希普说，"请到里边去吧。"说着用他那长手指了指让我们去的屋子。

我们下了车，把小马交给他照料，就进到客厅里去了。那客厅又长，又矮，是一间临街的屋子。我往里走的时候，往窗外看了一眼，看见尤利亚·希普往小马的鼻孔里吹气，然后赶紧用手捂上，好像在对它施什么法术。高大的老式壁炉对面有两幅肖像——一幅是一位先生，头发花白（不过他无论如何不是一个老人），眉毛黑黑的，眼睛看着一捆用红带子捆着的文件；另一幅是一位姑娘，脸上的表情非常安详，非常温柔，她在看我呢。

我想我正转身寻找尤利亚的肖像，屋子另一头儿有一扇门忽然开了，进来了一位先生，我一见他，连忙转身又去看先提到的那幅肖像，好证实一下他确实不是从那框子里走出来的。但那肖像却纹丝不动。等那位先生来到亮处的时候，我发现他比找人画像的时候又老了几岁了。

"贝西·特洛乌德小姐，"那先生说，"请进来。我刚才正好有事儿，不过你不会怪我太忙吧。你知道我的动机。我一辈子只有一个动机。"

贝西小姐向他道了谢，我们就到屋里去了。这间屋子，从陈设来看，是一间办公室，屋里摆着书、文件、铁柜子等等。窗外是一个花园，屋里壁炉上方，紧贴着横板，墙里装着一只铁保险柜,我坐下的时候,感到纳闷,工人清理烟道,怎么绕得过去呢。

"哦,特洛乌德小姐,"威克菲尔先生说道——我很快就发现这就是威克菲尔先生,他是个律师,为郡里一个大户经管产业——"什么风把你刮来了?可别是什么怪风啊?"

"不是,不是,"姨奶奶答道,"我不是为法律问题而来的。"

"那很好,小姐,"威克菲尔先生说道,"除了这个,你来干什么都行。"

他的头发已经很白了,眉毛倒还挺黑。他面容非常和蔼,而且我还觉得他挺漂亮。他肤色红润,我早就听裴果提说,这种现象与喝葡萄酒有关,我还觉得他的嗓音也受到影响,他越来越胖,也是这个原因。他衣着干净,上身是条纹背心,蓝上衣,下身是本色布裤子,他那考究的胸前镶着荷叶边儿的衬衣,和那麻纱围巾,看上去异乎寻常地柔软洁白,现在回想起来,当时不知怎的,我竟联想起天鹅脖子底下的绒毛来了。

"这是我甥孙。"姨奶奶说。

"没听说你有外甥啊,特洛乌德小姐。"威克菲尔先生说。

"我是说,我的甥孙。"姨奶奶说。

"也没听说你有个甥孙啊,真的。"威克菲尔先生说。

"是我收养的,"姨奶奶说着,摆了摆手,意思是他知道也好,不知道也好,无所谓,"我带他到这里来,是想给他找个学校,让他好好地受教育,也受到很好的照顾。请你告诉我,什么地方有这样的学校,情况怎么样,以及有关的事情。"

"要让我好好地给你出主意,"威克菲尔先生说,"你知道,就得先解决那个老问题:你这样做,动机何在?"

"真见鬼!"姨奶奶喊道,"老问动机,那不是明摆着吗?这不就是为了让这孩子生活幸福,成为有用的人。"

"我看,这就是混合动机。"威克菲尔说着,一边摇头,一边微笑,觉得不可思议。

"别胡说了!"姨奶奶答道,"你说你自己无论干什么都只有一个动机,而且是一清二楚的。希望你不要以为世上只有你一个人和别人打交道是一清二楚的,好不好?"

"唉,我在生活中只有一个动机,特洛乌德小姐,"他笑着答道,"别人有几十个,几百个。我只有一个。区别就在这里。不过这都是题外话。你问最好的学校吗?不管你动机如何,你都要最好的学校吗?"

姨奶奶点头,表示同意。

"这里最好的学校,"威克菲尔先生想了想,说道,"你外甥暂时不能在里面寄宿呀。"

"不过他可以在别处寄宿吧?"姨奶奶说。

威克菲尔先生认为可以。又商量了一会儿,他说他想带我姨奶奶到学校去,让她亲自去看看,再作定论,还想带她去两三处他认为我可以寄宿的地方,也是这个意思。姨奶奶欣然同意,于是我们三人就一起往外走,但他忽然停下来,说道:

"我们这位小朋友说不定出自某种动机,不同意我们的安排。我想最好还是把他留下来吧。"

姨奶奶好像要表示异议,我怕耽误工夫,就说我愿意留下来,只要他们同意。接着我就回到威克菲尔先生的办公室,坐在方才坐的椅子上,等他们回来。

我坐的这把椅子恰巧对着过道,过道那一头是一间圆形小屋,我进来之前就曾看见脸色苍白的尤利亚·希普从这间屋子的窗口往外看。尤利亚把小马牵到附近的马棚以后,就回到这间屋里,趴在桌子上干活儿。桌面上有一个铜架子,是挂文件用的,当时就挂着他正在抄写的文件。虽然他的脸是冲着我的,我觉得,因为我们中间隔着那文件,好长时间他看不见我。可是我朝他仔细一看,感到很不舒服,因为我看到他那双缺觉的眼睛像两颗红太阳一样,时不时地从文件下面偷偷地看我,而且我敢说,他每次只能看上一分钟,同时手还照样不停地写,或者是假装照样不停地写。有好几次,我试着躲开那两只眼睛,比如我站在椅子上看对面墙上的地图,或者埋头看肯特郡一份报纸上的消息,但是那两只红太阳老要把我重新吸引回去,而且我每次往那边一看,肯定看见那两颗红太阳,不是正在升起,就是正在落下。

过了很长时间,姨奶奶和威克菲尔先生终于回来了,我才松了一口气。他们并不像我想象的那样顺利。学校的条件不错,这是无可否认的,但是那几处让我去寄宿的地方,姨奶奶一处都不同意。

"真倒霉,"姨奶奶说,"我也不知道怎么办才好,特洛。"

"有时候,就是倒霉,"威克菲尔先生说,"不过我倒有个主意,特洛乌德小姐。"

"什么主意?"姨奶奶问道。

"把你甥孙先留在这儿吧。他挺乖的,一点儿也不会打扰我。要说学习,这所房子,再好不过了——清静得像寺院,也差不多和寺院一样宽敞。把他留在这儿吧。"

姨奶奶显然很喜欢这个主意,但不大好意思接受。我也是这样。

"行啦,特洛乌德小姐,"威克菲尔先生说道,"这困难就这么解决吧。这不过是个临时的安排嘛,是不是？要是不满意,或者双方都觉得不大方便,他可以马上搬走。住下来以后,再慢慢物色更合适的地方嘛。你还是赶快拿定主意,暂时把他留在这里吧。"

"我非常感谢你盛情邀请,"姨奶奶说,"我看他也是这样,不过……"

"行啦！我明白你的意思,"威克菲尔先生说道,"特洛乌德小姐,你不必因为受到照顾而过意不去。你要是愿意,可以花钱嘛。我们的条件不会很苛刻,你只要想付钱,可以付钱。"

"有了这个谅解,"姨奶奶说,"虽然我对你的感激心情丝毫没有改变,我也就愿意把他留在这里了。"

"那就来见见我的小管家吧。"威克菲尔先生说道。

于是我们就走上楼去。那是一段古色古香的楼梯,栏杆很宽,即便是踩着扶手,也可以毫不费力地走上楼去。上了楼,来到一间古老昏暗的客厅里,三四个窗户透进一些亮光,这就是我在街上看见的那些古怪的窗户。屋里摆着几把古老的椅子,看来和那闪闪发光的橡木地板和屋顶上粗大的房梁一样,都是用橡木做的。屋里的陈设很精致,有一架钢琴,还有一些色彩鲜艳的红绿家具,还养了一些花。四壁看上去有很多注进去的地方,不是摆着奇特的小桌子,就是摆着橱子,或者是书柜,或者是椅子,或者不定什么东西,有时候,我觉得屋里不会再有这么好的角落了,可是马上又看到一处,即便没有超过前面那一处,至少也可以与之相媲美了。每件东西都笼罩着一种清闲与洁净的气氛,这与房子的外表是 样的。

威克菲尔先生在护壁洼处一扇门上敲了几下,一个小姑娘,年纪与我相仿,快步走出来,吻了他一下。我立刻在她脸上看到一种又安详又温柔的表情,这正是楼下看着我的那幅女人肖像脸上的表情。在我的想象之中,似乎那肖像长成了大人,而原来的真人却仍然是个孩子。虽然她的脸色非常开朗,非常愉快,她脸上乃至全身却有一种恬静的气氛,一种善良文静的精神,这是我一直不能忘怀的,也是我永远不能忘怀的。

据威克菲尔先生说,这就是他的小管家,他的女儿艾妮斯。我一听他怎样介绍,一看他怎样拉着她的手,就猜出他生活的唯一动机是什么了。

艾妮斯腰里挂着一个很小很小的篮子,里面放着钥匙。她看上去非常稳重,非常谨慎,正是这样一所古老的房子所需要的管家。她父亲向她说明我的情况,她愉快地听着,听完以后,她对我姨奶奶说,请我们上楼去看看我的房间。她在前面带路,我们一起上楼去。我们顺着宽宽的栏杆,来到一间华丽的旧式的屋子,屋里有更多的橡木房梁,更多的菱形玻璃窗。

我小时候,在一座教堂里看见过一个彩色玻璃窗,那是什么地方,什么时间,现在回想不起来了。那图案的内容是什么,也不记得了。但是我记得,当时她在那古老的楼上,在那阴沉的光线中转身,在上面等我们的时候,我就想起了那彩色玻璃窗。从那以后,我老把这窗户的幽静的光线与艾妮斯·威克菲尔联系在一起。

我对他们为我所做的安排感到很满意,姨奶奶也很满意,于是我们高高兴兴地来到楼下的客厅里。因为姨奶奶说什么也不肯留下来等着吃饭,她是怕万一驾着小灰马天黑以前回不到家,而且看样子威克菲尔先生也知道拗不过她,人家就给她上了一点儿点心，艾妮斯回到家庭教师那里，威克菲尔先生到自己的办公室去了，留下我们两个人告别而不必感到拘束。

姨奶奶告诉我，一切都由威克菲尔先生为我安排，什么都不会缺的，还说了一些极为亲切的话，而且还嘱咐了又嘱咐。

"特洛，"姨奶奶最后说，"你要为自己争气，为我争气，为迪克先生争气，愿上天保佑你！"

我非常激动，只顾一个劲儿地谢她，托她代我问候迪克先生。

"千万不要吝啬，"姨奶奶说，"千万不要虚伪，千万不要残忍，特洛，你要能避免这三种罪过，我就永远对你充满希望。"

我以最诚恳的态度答应她，决不辜负她的好意，决不忘记她的教诲。

"马车在门口等着呢，"姨奶奶说，"我走啦！你别动啦。"

说完了，她就匆匆地搂了我一下，走出房门，还顺手把门关上了。她这样突然离去，起初使我感到很惊讶，以为我说不定冒犯了她。但是我往街上一看，见她怀着那么低沉的情绪登上马车，也没仰起头来看一眼，就驾车离去，我才对她有了更好的了解，才没有错怪她。

五点钟是威克菲尔先生吃晚饭的时候。我已经重新振作起来，准备进餐了。餐桌已为我们两个人摆好，但是艾妮斯在开饭以前就在客厅里等候了，现在就跟她父亲走下楼去，坐在他的对面。我当时就怀疑，他离开女儿能不能吃饭。

饭后，我们没有在那里多待一会儿，马上就回到楼上客厅里。在一个舒适的角落里，艾妮斯为父亲摆了几个酒杯，还有一瓶葡萄酒。我想，这酒如果是别人为他放在那里的，他一定会说喝不出应有的味道了。

他坐在那里喝酒，一坐就是两个钟头，喝了很多酒。艾妮斯则弹弹钢琴，做做针线，和父亲说说话，和我聊聊天。威克菲尔先生大部分时间，对我们是兴致勃勃的，但有时候，他的目光落在女儿身上，陷入沉思，就一声不吭了。我觉得艾妮斯总是很快就发现，于是就提个问题，或者抚摸他一下，使他提起精神来。他也就不沉思了，再喝一点儿酒。

茶点是艾妮斯亲自张罗的。茶点过后，和饭后一样，待了一会儿，她就睡觉去了。她临走的时候，父亲把她搂在怀里，吻了她一下，等她走以后，就吩咐把办公室的蜡烛点上。随后我也睡觉去了。

不过那天晚上我还是抽时间来到大门口，在街上转了转，因为我想再看看那些古老的房舍和那年代久远的大教堂，想一想我过去路经这座古城的情景，想一想我过去从这所房子前面经过，没想到如今竟住在里面了。等我回来的时候，我看见尤利亚·希普正在事务所收拾东西准备关门，我当时对谁都很热情，就进去跟他说话。分别的时候，我朝他伸出了手。可是，哎呀，他那只手又湿又冷，无论是看上去，还是握上去，都像是死人的手。随后我揉了揉自己的手，使它暖起来，也把他的手给我留下的感觉揉掉。

那只手实在叫人不舒服，我来到自己屋里以后，还丢不掉那又湿又冷的印象。我往窗外一探身儿，看见椽子头儿上刻的人头正在斜着眼看我哩。我就觉得好像是尤利亚·希普不知怎的跑到那上头去了，于是我连忙把窗户关上，免得他进来。

第十六章　在各方面开始新的一页

第二天早上，吃过早饭以后，我又开始了学校生活。威克菲尔先生陪着我，来到今后学习的地方。那是一座庄严肃穆的建筑，周围是个大院子，笼罩着一种学术气氛。白嘴鸦和寒鸦离了群，从教堂塔楼上飞下来，大模大样地在草地上走来走去，那学术气氛对它们来说，似乎也很合适。威克菲尔先生把我介绍给了我的新老师斯特朗博士。

斯特朗博士面带锈色，我觉得他就和外面的铁栏杆和大铁门差不多；他长得又僵硬，又敦实，就和大门两旁的大石盆差不多，那大石盆一个个砌在红砖院墙的墙头上，拉开一定的距离，加以理想化，就像九柱戏里的柱子，等待"时光"来玩耍。他正待在自己的图书室里（我说的是斯特朗博士），他的衣服并没有刷得很干净，头发也没有梳得很整齐，膝盖下面的带子没有系好，护腿的扣子没有扣好，他的鞋放在壁炉前的地毯上，张着大嘴，像是两个黑窟窿。他那无精打采的眼睛一看我，使我想起一段早已忘却的故事——有一匹瞎马，在布伦德斯通教堂墓地吃草，常让坟墓绊倒——他接着对我说，他很高兴见到我，还向我伸出一只手，弄得我不知如何是好，因为这只手毫无动作。

然而，就在离斯特朗博士不远的地方，坐着一个很漂亮的年轻女子,在那里做活儿——斯特朗博士管她叫安妮,我当时认为,她就是他的女儿——她跪在地上,为他穿鞋,为他扣上护腿,她兴致勃勃地做这些事,而且动作十分敏捷,这样一来,也就为我解了围。她做完了这些事以后,我们就要到教室去,这时候,我听见威克菲尔先生向她告别,称呼她"斯特朗太太",这使我感到十分惊讶,我不明白,她究竟是斯特朗博士的儿媳妇呢,还是斯特朗博士的太太,就在这时,斯特朗博士无意识地解答了我这个问题。

"顺便问一下,威克菲尔,"他在走廊里停下来,扶着我的肩膀说,"你还没给我妻子的表哥找到合适的工作吧?"

"没有,"威克菲尔先生说,"还没有。"

"我希望越快越好,威克菲尔,"斯特朗博士说,"因为杰克·马尔登又没钱,又闲着,这两件坏事有时候还会滋生出更坏的事来。瓦茨博士怎么说来着?"他看着我,摇头晃脑以表示引文的节奏,说道:"'如若游手好闲,撒旦引他把坏事干。'"

"哎呀,博士,"威克菲尔先生答道,"瓦茨博士要是熟悉人生,也许会这样写:'如若忙个没完,撒旦引他把坏事干,'不也同样合乎实际吗?那些终日忙个没完的人,在世界上也没少干坏事,绝对是这样。一两百年以来,那些最忙着捞钱捞权的人都干了些什么?没干坏事儿?"

"我觉得,杰克·马尔登既不会忙着捞钱,也不会忙着捞权。"斯特朗博士一边摸着下巴沉思,一边说。

"也许不会吧,"威克菲尔先生说,"你这句话提醒我回到原来的话题,我应该道歉,说了题外话。是的,我还没有为杰克·马尔登先生找到个解决办法。我想,"他说到这里犹豫了一下，"我看透了你的动机，这就使得这件事更加困难了。"

"我的动机，"斯特朗博士答道，"是为安妮的表哥找个适当的工作，他俩从小是一块儿长大的。"

"这我知道，"威克菲尔先生说，"在国内，或者在国外。"

"哎！"博士回答道，显然不明白他为什么这么强调这几个字，"在国内，或者在国外。"

"你要知道，这可是你自己说的，"威克菲尔先生说，"或者在国外。"

"当然，"博士答道，"当然。这里或者那里。"

"这里或者那里？难道对你无所谓吗？"威克菲尔先生问道。

"无所谓。"博士答道。

"无所谓？"威克菲尔先生惊异地问道。

"完全无所谓。"

"你表示可以在国外，而不在国内，"威克菲尔先生问道，"难道没有动机？"

"没有。"博士答道。

"我应当相信你，我当然相信你，"威克菲尔先生说道，"我要是早知道，这事儿就好办多了。不过，说真的，我原来的印象可不是这样。"

斯特朗博士看了看他，脸上露出迷惑不解和怀疑的神情，这神情几乎马上又化作微笑，使我感到勇气倍增，因为这微笑之中充满了善意和美好的感情，而且显得质朴，说真的，他那整个态度本是沉思好学，冷若冰霜，一旦融化，也显得质朴，使得我这样一个小学生愿意接近，感到充满希望。斯特朗博士一边不断重复"无所谓""完全无所谓"之类表示他的坚决态度的话语，一边以一种奇怪的忽快忽慢的步子在前面带路，我们在后面跟着——威克菲尔先生脸色阴郁，自己在那里摇头，我都看在了眼里，他不知道就是了。

那教室是一个很漂亮的大厅，在房子的最安静的一面，外面正对着大约六个大石盆，还可以看到一个幽静的花园，这花园是博士的，贴着朝南向阳的院墙，桃子快熟了。窗前的草地上摆着两大棵龙舌兰，种在木盆里，那叶片宽阔硬实（仿佛是用铁片儿做的，又涂了一层油漆），从那以后老使我产生一种联想，觉得它们是清闲幽静的象征。我们进去的时候，教室里大约有二十五个学生在专心致志地看书，他们站起来向博士说了声早安，看见我和威克菲尔先生，就没有坐下。

"年轻的先生们，来了一位新同学，"博士说道，"名叫特洛乌德·科波菲尔。"

接着，一个名叫亚当斯的学生，他是班长，就离开座位，向我表示欢迎。他打着白色领带，像一位年轻的牧师，但他很和蔼，很友好，把我领到我的座位，还把我介绍给各位老师，当时要是有什么东西能消除我的紧张情绪的话，那就是他这文雅的举止了。

然而我觉得好像很久没有和这样的学生在一起了，除了米克·沃克和白煮土豆以外，也很久没有和我这么大的孩子相处了，所以感到从未有过的生疏。我强烈地意识到，我有许多经历，他们是不可能知道的，意识到我混在他们中间，我的经历和我的年纪、外表以及条件都是不相称的，因此我就觉得我以一个普通小学生的身份来上学，简直是骗人。我在摩德斯通与格林伯公司待的时间，长也罢，短也罢，我对儿童游戏和活动却已变得非常生疏了，我知道，就连他们做的最普通的事情,我做起来都显得笨手笨脚,毫无经验。我过去学过的东西,却因为一天到晚净干那些脏活儿累活儿,而忘得一干二净,结果人家一考我,看我知道些什么,我什么也不知道,就被分到全校最低班。但是,我一无学生们的技能,二无学问,固然烦恼,我知道的事情比我不知道的事情使我与同伴们更疏远了很多,想到这里,我更加痛苦万分。我想到,他们要是知道我对国王法院监狱那样了如指掌,会作何感想。我身上有没有什么东西会在我不知不觉之中泄露我和米考伯一家的瓜葛呢,例如我替他们当东西,卖东西,和他们一起吃晚饭,等等?要是在我来的时候,累得要命,穿着一身破衣裳,经过坎特伯雷,当时有些学生看见了,现在又把我认出来了,那可怎么办呢?他们花钱都大手大脚,要是知道我曾经把半便士半便士积攒起来,去买一天吃的五香腊肠和啤酒,或者买布丁,他们会怎么说呢?他们对伦敦的生活和伦敦的街道一无所知,而我对这两方面最肮脏的地方又那么熟悉(连我自己都觉得难为情),他们要是知道我这种情况,会作何感想呢?我在斯特朗博士的学校上学的头一天,就不断地想这些事,弄得我连自己最微小的举动都不放心,哪位新同学一和我接近,我就从内心里退缩,一到放学的时候,我就赶快溜,生怕引起别人注意,或有人向我接近,人家虽是好意,我却不得不应酬而露出马脚。

然而,威克菲尔先生那所古老的房子却有一种神奇的力量,我夹着新课本敲大门的时候,就觉得紧张情绪开始消退了。等我上楼往我那间悬空的古老的屋子走的时候,楼梯的阴影好像消除了我的疑虑和恐惧,也使得过去的一切模糊起来。我坐在那里,聚精会神地读我的课本,读到吃晚饭的时候

（我们下午三点钟放学），下楼去吃饭，觉得自己还是有希望成为一个不错的学生的。

艾妮斯在客厅里等候父亲，因为有人把他拖住了，还在办公室里。艾妮斯见了我，愉快地对我笑了笑，问我喜欢不喜欢这个学校。我对她说，希望我会非常喜欢这个学校，不过刚开始觉得有些不习惯。

"你没上过学吧，"我说，"是不是？"

"哦，不对。我每天都上。"

"噢，你的意思是就在这里，在自己家里上吧？"

"我爸离不开我，哪儿也不让我去，"她一边微笑，一边摇着头答道，"你知道，他的管家一定要待在家里。"

"我想他一定很喜欢你。"我说。

她点点头，说了声"是的"，接着就到门口去听他是不是上楼来了，她准备到楼梯上去迎他。但是他没有上楼来，她也就又回来了。

"我一出生，我妈就死了，"她以她那不紧不慢的语气说道，"我只见过她的画像，就在楼下。昨天我看见你在看那幅像。你当时认为那是她的像吗？"

我说是的，因为那像很像她本人。

"我爸也这么说，"艾妮斯说道，她很高兴，"嘘！我爸来了！"

她那张愉快而平静的脸顿时兴奋起来，她出去迎上他，两人手拉着手，走了进来。威克菲尔先生热情地跟我打招呼，对我说，在斯特朗博士的照料下，我一定会感到很快活，因为他是一个非常文雅的人。

"可能有些人——我倒还没看见这样的人——他们会随

便利用斯特朗博士的好心，"威克菲尔先生说道，"特洛乌德，无论做什么事情，千万不要向那些人学。斯特朗博士从来不对别人存戒心，这算是优点也罢，算是缺点也罢，和博士打交道的时候，不管是大事，还是小事，都应该想到这一点。"

我觉得他说话的时候好像累了，也许是对什么事情不满意，不过我对这个问题没有想下去，因为就在这时候，说是饭准备好了，我们就走下楼去，和先前一样坐在各自的座位上。

我们刚坐下，尤利亚·希普顶着一头红头发，在门口探进头来，还把那又湿又冷的手伸进来，说道：

"先生，马尔登先生求见，有话跟你说。"

"我刚送走马尔登先生呀！"主人说。

"是啊，先生，"尤利亚答道，"不过马尔登先生又回来求见，有话跟你说。"

尤利亚用手开着门，看了看我，看了看艾妮斯，看了看碟子，看了看盘子，我觉得他看了看屋里的每一件东西，然而他又像是什么也没看；表面上，他装着一直在毕恭毕敬地用两只红眼睛盯着主人。

"请原谅。我考虑了一下，只是想说，"尤利亚身后有个声音说道，这时候，尤利亚的头就被挤到一边去了，说话人的头露了出来，"——对不起，打扰了——只是想说既然我这件事好像没有选择的余地了，那就让我到国外去吧，越快越好。我和安妮表妹谈话的时候，她的确说过希望朋友们待得近点儿，便于联系，而不希望他们走得很远，而且老博士……"

"你是指斯特朗博士吗？"威克菲尔先生严肃地插问道。

"当然是指斯特朗博士，"对方回答道，"我管他叫老博士；你知道，这完全一样啊。"

"我不知道。"威克菲尔先生答道。

"那就管他叫斯特朗博士吧,"对方说,"我曾经认为斯特朗博士也是那个看法。不过从你对待我的情况看,他似乎改变了主意,既然如此,那就没有什么可说的了,我越早走越好。所以我想我还是回来告诉你,我越早走越好。既然非得往水里跳不可,在岸上拖延时间就没有意思了。"

"在你这件事情上,一定尽量不让你拖延,马尔登先生,你放心好了。"威克菲尔先生说道。

"谢谢你,"对方说道,"非常感激。我不能受人之惠还要挑剔,那就太不顾情面了;否则,我敢说,我表妹安妮自有办法安排,并不费事。我想安妮只需要对老博士说……"

"你的意思是斯特朗太太只需要对丈夫说——我可以这样理解吗?"威克菲尔先生说道。

"太对了,"对方答道,"只需要说有怎样怎样一件事情,她要求如何如何处理,那就理所当然会如何如何处理了。"

"为什么说理所当然呢,马尔登先生?"威克菲尔先生一边不紧不慢地吃饭,一边问道。

"唉,因为安妮是个迷人的年轻女子,而老博士——我是说斯特朗博士——却算不上是迷人的小伙子了。"杰克·马尔登先生笑着说道,"我并不想冒犯任何人,威克菲尔先生。我只想说,在这种结合之中,有一定的补偿,也是合情合理的。"

"向女方作补偿吗,先生。"威克菲尔先生一本正经地问道。

"是向女方作补偿,先生。"杰克·马尔登笑着答道。但他似乎注意到威克菲尔先生无动于衷,照旧不紧不慢地吃饭,而且看来也没有希望使他把脸上的肌肉放松一下，便说：

"不过我回来想说的话，现在说完了，我对于这样来打扰，再一次表示歉意，现在我要告辞了。当然我会听你的话，把这件事纯粹看做你我之间的一件事，在博士那里就不提了。"

"你吃过饭了吗?"威克菲尔先生说着，朝着饭桌挥了挥手。

"谢谢你，"马尔登先生说，"我要和安妮表妹一起吃饭。再见!"

威克菲尔先生没有起来送客，一边沉思，一边看着他走出去。我觉得他是个比较浅薄的年轻人，相貌英俊，谈吐爽快，显得自信而有胆量。这是我初次见到杰克·马尔登先生，那天早上我听见博士提到他，没想到这么快就见到他了。

晚饭后，我们又回到楼上，当晚的情况和头一天完全一样。艾妮斯又在那个角落里摆上酒杯和酒，威克菲尔先生坐下喝起来，而且喝得很多。艾妮斯弹钢琴给他听，坐在他身旁，有时做活儿，有时聊天儿，有时和我玩一会儿多米诺骨牌。到了时候，她就准备茶点。随后等我从楼上拿下书来，她就看一看，告诉我哪些东西她明白(这是很不简单的，不过她说这没什么)，她还告诉我怎样才能学好功课，怎样才能很好地理解。现在我写到这里，我还能看见她，看见她那谦虚、宁静、有条不紊的仪表，听见她那悦耳的、平静的声音。她促使我做各种好事的那股力量，后来作用在我身上，却在当时就开始降落在我的心上。我爱小艾米丽，而不爱艾妮斯——根本不那样爱她——但是我感到，艾妮斯走到哪里，哪里就有善良、祥和、真诚的气氛;我感到，透过很久以前看到的教堂里的彩色玻璃窗而变得柔和的光线,随时洒落在她身上,我若靠近她,也洒落在我身上,洒落在周围一切东西上。

到了该睡觉的时候,艾妮斯就去睡了,我也向威克菲尔先生伸出手,准备去睡了。但是他留住我,问道,"特洛乌德,你是愿意跟我们住下去呢,还是打算搬到别处去?"

"住下去。"我爽快地答道。

"真的吗?"

"那就看你啦。只要可以住下去,我就住下去!"

"哦,我们这儿的生活恐怕很枯燥吧,孩子。"他说。

"艾妮斯不觉得枯燥,我就不觉得枯燥,先生。一点儿也不枯燥。"

"艾妮斯不觉得,"他重复了一遍,慢慢地走到大壁炉前,倚着壁炉说,"艾妮斯不觉得!"

那天晚上他喝酒喝得眼睛都发红了(也许这是我的想象)。不是说那时候我还看得见他的眼睛,因为他是往下看,而且还用手遮着,我是在那以前看见的。

"不知道,"他含含糊糊地说道,"艾妮斯是不是对我感到厌烦了。有一天,我会对她感到厌烦吗?不过那可不一样——非常不一样。"

他陷入了沉思,不说话了,我就静静地待在那里。

"一所枯燥的老房子,"他说,"一种单调的生活,但是我一定要她待在我身边,一定要她继续待在我身边。如果我想到我会死去,撇下我那可爱的女儿,或者我那可爱的女儿死去,剩下我一个人,如果这个想法像鬼魂一样在我最高兴的时候来打扰我,那就只有沉溺于……"

沉溺于什么,他没说出来,只见他慢慢走到原来坐的地方,拿起空瓶,做了一个机械的倒酒的动作,然后放下酒瓶,又走了回来。

"要是她在这儿的时候,我还这样痛苦难熬,"他说,"要是她不在这儿,情况会怎么样呢?不,不,不!我不能那样干。"

他倚着壁炉,沉思了很长时间,弄得我不知道是该冒着打扰他的危险而离去,还是该悄悄地待在那里,等他清醒过来。最后,他又振作起精神,往四下里看了看,目光对上了我的目光。

"在这儿住下去吧,特洛,好吗?"他以平时说话的语气说道,仿佛我刚才说了什么,他是在回答我似的,"这使我很高兴。你为我们两个人做伴儿。有你在这儿,是有好处的——对我有好处,对艾妮斯有好处,也许对我们大家都有好处。"

"肯定是对我有好处的,先生,"我说,"我非常愿意待在这里。"

"真是好孩子!"威克菲尔先生说道,"你愿意在这里待多久,就待多久。"他说着,和我握了握手,拍了拍我的肩膀,他还对我说,晚上艾妮斯睡了以后,我要是有什么事要做,或者我想看书消遣,只要他在,尽管下楼到他书房里来,要是愿意有人做伴儿,就来陪他坐坐。对于他这样关心我,我向他表示感谢。过了一会儿,他下楼去了,我不觉得累,手里也拿着一本书,来到楼下,想利用他给我的机会,待上半个钟头。

但是,我看见那不大的圆形办公室里还有灯光,我的兴趣马上就转到尤利亚·希普身上去了,因为他对我有一种魅力,于是我就改变了主意,走了进去。我看见尤利亚在看一本又大又厚的书。他全神贯注,而且读到哪里,就用他那干瘦的食指一行一行地指到哪里,像蜗牛一样,在书页上留下了潮湿的痕迹(至少我认为完全是这样的情况)。

"这么晚了,你还加夜班呀,尤利亚。"我说道。

"是呀,科波菲尔少爷。"尤利亚说道。

我坐到他对面的凳子上,和他说话方便些,这时候,我发现他脸上谈不上有什么笑容,他只会把嘴一咧,腮帮子上显出两道硬褶子,一边一道,充作笑容罢了。

"我不是在加班,科波菲尔少爷。"尤利亚说。

"那你在干什么呢?"我问道。

"我在提高我的法律知识,科波菲尔少爷,"尤利亚说,"我在看蒂德写的《审理规程》。哎呀,蒂德先生可真会写呀,科波菲尔少爷!"

我坐的凳子很高,是个很好的瞭望塔,在他兴高采烈地说了那番话之后,我见他又继续读下去,读到哪一行,就用食指指到哪一行。这时候,我发现他的鼻孔又薄又尖,表面上还有几个小深坑,一张一合,样子显得很怪,叫人看了非常不舒服——仿佛他眼睛不大会眨巴,而以鼻子眼儿代劳了。

"我想你一定是个大律师吧?"我看了他一阵子以后说道。

"我吗,科波菲尔少爷?"尤利亚说道,"哦,不是。我是一个很卑贱的人。"

据我观察,我对他的手的印象可不是凭空想出来的,因为他常把两个手掌合起来揉搓,好像要把手搓干搓暖,此外,他还常偷偷地用手绢儿擦手。

"我很清楚,我是世界上最卑贱的人,"尤利亚·希普谦逊地说,"别人怎么样,我就不管了。我母亲也是个非常卑贱的人。我们住在一所卑贱的房子里,科波菲尔少爷,就这样,我们也有很多值得我们感恩戴德的地方。我父亲先前的工作也是很卑贱的,当时他在教堂里干杂活儿。"

"他现在干什么?"我问道。

"他上西天享受荣耀去了,科波菲尔少爷,"尤利亚·希普说,"不过我们需要感恩戴德的地方还不少。我住在威克菲尔先生这里,就不知道怎样感激他才好哇!"

我问尤利亚,他在威克菲尔先生这里是不是已经待了很久了。

"我在他这里待了快四年了,科波菲尔少爷。"尤利亚说着,在书上停下来的地方仔细做了记号,然后把书合上了,"是从我父亲死后第二年开始的。就凭这件事,我就该多么感恩戴德呀!威克菲尔先生好心让我跟他学徒,否则我和母亲可花不起这个钱,这我又该多么感恩戴德呀!"

"这么说,你的学徒期一满,我想你就是正式律师了吧?"我说。

"那得靠上帝保佑啊,科波菲尔少爷。"尤利亚答道。

"也许你不久就和威克菲尔先生合伙经营了吧,"我为了讨好,说道,"招牌也要改作威克菲尔与希普事务所,或者改作希普(原威克菲尔)事务所吧。"

"哦,不能那样,科波菲尔少爷,"尤利亚摇着头答道,"我太卑贱,没有资格那样做。"

尤利亚坐在那里,显得很谦逊的样子,斜着眼看了看我,咧了咧嘴,腮帮子上显出两道褶子,这时他看上去的确和我窗外房梁头儿上刻的那张脸异乎寻常地相似。

"威克菲尔先生这个人,再好不过了,科波菲尔少爷,"尤利亚说道,"要是你认识他的时间长了,你一定比我所能告诉你的,了解得更清楚。"

我回答说,我相信威克菲尔先生是那样一个人,不过,虽然他是我姨奶奶的朋友,我认识他的时间并不长。

"哦,是吗,科波菲尔少爷,"尤利亚说,"你姨奶奶可真和气,科波菲尔少爷!"

尤利亚想表示热情的时候,喜欢浑身扭动,十分难看,他这样一来,就使我顾不上听他对我姨奶奶的赞扬,光注意看他的脖子乃至全身像蛇一样扭动了。

"可真和气,科波菲尔少爷!"尤利亚·希普说道,"我觉得她很喜欢艾妮斯小姐,科波菲尔少爷,是不是?"

我鼓着勇气说了声"是的",其实我一点儿也不知道,请上帝宽恕我!

"我希望你也喜欢她,科波菲尔少爷,"尤利亚说道,"不过我想你一定很喜欢她。"

"一定是人人都喜欢她。"我答道。

"谢谢你说这样的话,科波菲尔少爷!"尤利亚·希普说道,"你这话太对了!我虽然卑贱,却也知道这话太对了!哦,谢谢你,科波菲尔少爷!"

由于激动,他三扭两扭从凳子上扭下来了,既然从凳子上下来了,他也就开始收拾东西,准备回家了。

"母亲等我,该等得着急了,"他说着,掏出一块外壳发乌表盘无光的怀表,看了看,"因为我们虽然很卑贱,科波菲尔少爷,我们却相依为命。你要是哪一天下午来看我们,在我们那个破地方喝上一杯茶,我母亲会和我一样,因为你来做客,而感到非常荣幸。"

我说我很愿意去看他们。

"谢谢你,科波菲尔少爷,"尤利亚说着,把书放到书架上,"我想你要在这里住些时候吧,科波菲尔少爷?"

我说只要我继续上学,我想我就会在这里受到抚养。

"哦,是吗!"尤利亚大声说道,"我想你最终是会干这一行的,科波菲尔少爷!"

我不同意他的说法,我说我没有那种想法,谁也没有为我作过那样的安排,可是不管我怎么说,他还是婉转地坚持己见,说:"哦,是的,科波菲尔少爷,我想你是会这样做的,真的!"还说:"哦,真的,科波菲尔少爷,我想你是会这样做的,一定会的!"这样说了一遍又一遍。最后,他准备离开办公室去睡觉了,就问我把灯熄了对我有没有什么不便,我说"没有",他就马上把灯熄了。他和我握了握手——在黑暗之中握他的手,感觉好像握着一条鱼——把大门开了一点儿,悄悄地走出去,又把大门关上了,剩下我一个人摸着黑儿往里边走,还让他的凳子绊了一跤。我想大概就是因为这个原因,我觉得那一夜大约有一半时间我都梦见他。我梦见了很多事情,其中一件就是,他把裴果提先生的房子开到海上,成了海盗,桅杆顶上挂着黑旗,上面写着"蒂德审理规程"六个大字,在这罪恶的旗帜下面,他正把我和小艾米丽弄到西班牙海,准备把我们淹死。

第二天,我再去上学的时候,就不那么紧张了,第三天,就好多了。这样,我的紧张情绪渐渐消失,不到半个月,我在新伙伴中间就感到很随便,很愉快了。不过我和他们一起做游戏,还显得笨手笨脚的,和他们一起学习,也落在后头,但是游戏做多了,也就好了,我还希望经过努力,在学习方面也能赶上他们。于是无论在娱乐方面,还是在学业方面,我都很努力,因此受到很多表扬。过了不久,摩德斯通与格林伯公司的生活变得非常生疏,我简直不敢相信自己有过这么一段经历,而眼前的生活又变得那样熟悉,好像这样的日子已经过了好长时间。

斯特朗博士这所学校办得非常好,和克里克尔先生的学校相比,有天渊之别。这所学校庄重、文雅、井井有条,有一套健全的制度,凡事都依靠学生发挥他们的荣誉感和责任心,而且明白宣告,相信他们具有这样的品质,除非有人证明自己辜负了学校对他的信任。这样的制度产生了奇迹。我们都觉得在管理方面,在维护学校的传统和尊严方面,自己也有一份责任。就这样,过了不久,我们都对学校产生了深厚的感情——我肯定是这样,我在校期间,也从来没听说谁不是这样——我们都自觉地学习,希望为学校争光。正课之外,我们有高尚的娱乐,有充分的自由,但是就我记忆所及,即便在这种情况下,我们也受到镇上的赞扬,很少在仪表或行为方面有什么不光彩的事,有损于斯特朗博士及其学生的名声。

有几个高班的学生寄宿在博士家中,我通过他们间接地了解到博士过去的一些情况——比如,他和我在书房里看见的漂亮年轻女人结婚还不到一年,他们是为了爱情而结合的,因为她连半个先令也没有,却有一大帮穷亲戚(这是同学们说的),大有蜂拥而至鸠占鹊巢之势。还有,博士之所以老显得沉思默想的样子,是因为他一直在寻找希腊根。我天真无知,竟以为这是博士对植物的一种癖好,特别是由于他走路的时候眼睛老看着地。后来我才知道,这根指的是词根,原来他正盘算着要编一部新词典。我们的班长亚当斯,特别擅长数学,听说他根据博士的计划和他的实际进度计算了一下,需要多少时间,才能完成这部词典。他认为,从博士上一次过生日也就是他的六十二岁生日算起,需要一千六百四十九年才能完成。

然而博士是整个学校崇拜的偶像,否则的话,这学校可就混乱不堪了,因为他是个最和善的人,他以真诚待人,墙头上的石盆如若有心也会被他感动的。他在院子里顺着房子来回溜达,离了群的白嘴鸦和寒鸦狡猾地翘着脑袋在他身后看着他,好像他们觉得自己在待人接物方面比他可精明多了。这时候,不管哪个无赖,只要接近他那咯吱咯吱响的皮鞋,引起他的注意,给他讲一段悲惨的故事,他只要听上一句,这个无赖以后两天就有着落了。这种情况在学校里是无人不知,无人不晓,因此,老师们和班长们看见有无赖进来,就从一旁冲上去,或者从窗口跳出去,把他拦住,不等他引起博士注意,就把他赶出校园——有时候,干得干净利落,虽然博士就在几码开外的地方迈着艰难的步子走来走去,却全然不知发生了这样的事。在他管辖的范围以外,在无人保护的情况下,他就成了任人宰割的羔羊。他会把自己的护腿解下来送人。实际上,当时就有一个故事在我们中间流传(我说不出什么根据,从来也不知道有什么根据,不过这些年来我一直信以为真,所以现在也就十分相信确有其事了)。那故事说,有一年冬天,在一个严寒的日子里,他果真把自己的护腿给了一个要饭的女人。那女人用那副护腿裹着一个可爱的婴儿,挨家挨户让人看,那副护腿像当地的大教堂一样有名,谁都能一眼就认出来,因此闹得满城风雨。这还不算,据传说,唯一认不出那副护腿的就是博士本人了。这是因为过了不久那副护腿出现在一家小旧货店的门口,这家旧货店名声不大好,因为人们可以用这类物品来换杜松子酒喝,有人看见博士不止一次把那副护腿拿在手里颠来倒去地欣赏,好像很喜欢上面一些新奇的图案,而且认为那护腿比自己那一副要好。

看到博士和他那年轻漂亮的妻子在一起,是令人感到很愉快的。他像父亲一样,慈祥地表现出对她的疼爱,这本身好像就说明他是一个好人。我常看见他们在花园里靠近桃树的地方散步,有时候还在书房里或客厅里离他们更近的地方看他们。我觉得博士的妻子对他细心照顾,而且很喜欢他,虽然我一直认为她对编词典并没有浓厚的兴趣,博士却不怕麻烦,随身在口袋里或帽子里带上一部分,给人的印象仿佛是一边散步,一边向她讲解。

我经常见到斯特朗太太,一方面因为我初次来见博士的那天早上,她就对我产生了好感,从那以后一直疼爱我,关心我,另一方面因为她很喜欢艾妮斯,和我们常来常往。我觉得她和威克菲尔先生不知为什么显得很拘束(她好像惧怕威克菲尔先生),而且这种拘束始终没有消失。她晚上到我们这儿来,总是不肯让他送她回去,而让我陪她走。有时候,我们一起愉快地穿过大教堂的院子,没想到会碰上什么人,却会碰上杰克·马尔登先生,他总是说没想到在这里见到我们。

斯特朗太太的母亲使我感到非常愉快。她名叫马克勒姆太太,但是我们学生们管她叫老将,因为她有帅才,善于指挥众多的亲戚列队向博士进攻。她是一个眼光敏锐、个子不高的女人,打扮起来的时候,喜欢戴一顶从来不换样的帽子,上面有几朵假花作装饰,还有两只假蝴蝶,看上去像是飞落在花上的样子。我们中间有一种神秘的传说,说那帽子是从法国买来的,只有手艺精湛的法国人能做出这样的帽子。不过我确实了解的情况是:不论马克勒姆太太晚上在哪里出现,这帽子就一定在哪里出现。亲朋好友聚会的时候,就把这帽子放在印度篮子里随身带去;那两只蝴蝶有不断颤动的本领;它们像忙碌的蜜蜂一样,为这次美好的聚会增添光彩,不过这倒使得斯特朗博士为之逊色了。

一天晚上,我看老将看得相当仔细——我称她老将,决没有对她不尊敬的意思。那个夜晚是因为别的事情才使我难以忘怀,现在我来说一说。那天晚上,博士家中举行一次小型的聚会,给杰克·马尔登先生送行,他要到印度去当军官,或者做类似的事情,这是威克菲尔先生最终为他做出的安排。那天碰巧也是博士的生日。我们放了一天假,上午给他送了礼物,班长代表我们致词,向他表示祝贺,我们则向他欢呼,喊得嗓子都哑了,他也流下了眼泪。到了晚上,威克菲尔先生和艾妮斯,还有我,作为他的私人朋友,到他家里去喝茶。

杰克·马尔登先生比我们到得早。我们进门的时候,看见斯特朗太太身穿白色衣服,系着樱桃色的带子,正在弹钢琴,杰克·马尔登先生则站在她身后,弓着身子为她翻乐谱。她朝我们转身的时候,我觉得她那又红又白的容貌并不像平时那样好似盛开的花朵一样鲜艳,不过她还是显得很漂亮,漂亮得令人惊讶。

我们坐下以后,斯特朗太太的母亲说:"博士,我忘了向你表示生日的祝贺了。不过你大概也知道,对我说来,就决不限于祝贺了。请允许我祝愿你多福多寿。"

"我谢谢你,老太太。"博士回答道。

"多福多寿,多福多寿,"老将说道,"不仅祝你,也祝安妮,祝杰克·马尔登,祝其他许多人。杰克,我觉得那就像是昨天的事,当时你还是个小东西,比科波菲尔少爷矮一头,你和安妮在后花园里,躲在醋栗树后面,可亲热啦。"

"亲爱的妈妈,"斯特朗太太说道,"快别提这个了。"

"安妮? 这就不对了,"她母亲说道,"你已经是个结了婚的老婆子,要是现在听了这样的话还难为情,什么时候才不难为情呢?"

"老婆子?"杰克·马尔登大声说道,"安妮,得了吧!"

"是的,杰克,"老将答道,"实际上,她就是个结了婚的老婆子。虽然,论年纪,并不算老——你什么时候听我说过,有谁听我说过,二十岁的姑娘就算老呢? ——你表妹现在是博士的妻子,我不过如实地说出了她的情况。算你走运,杰克,你表妹现在是博士的妻子。你有了他,就有了一个有影响的善良的朋友,我还可以冒昧地预言,只要你受之无愧,他还会对你更加善良。我不爱虚荣。我从来是毫不含糊地坦白承认,我们家里有的人是需要有个朋友的。你就是这样一个人,要靠你表妹的影响来为你找一个朋友。"

博士出自好心,挥了挥手,好像表示这没什么,这样一来,杰克·马尔登先生也就不用再听更多的教训了。但是马克勒姆太太站起来,坐到博士身旁的椅子上,把扇子搭在博士的袖子上,说道:

"别这样,亲爱的博士,在这一方面,我感受得太深了,要是我说得太啰嗦,你一定要原谅我。这是我的一块心病,我老爱谈这个话题。你和我们在一起,是我们的福气。你真是个大救星,你知道。"

"哪里,哪里。"博士说道。

"不对,不对,请你原谅,"老将答道,"这里除了我们亲爱的知心朋友威克菲尔先生,没有外人,不让我说话,我可不干。你要是再这样下去,我可就要摆出丈母娘的架子,骂你一顿了。我是个老实人,有什么,说什么。我现在要说的,也就是我当年说过的话,那时候,你提出要和安妮结婚,我从来没感到那么吃惊——你还记得我当时是多么吃惊吧?按说,求婚这件事本身并没有什么值得大惊小怪的——要是那么想,就太可笑了——我感到吃惊是因为你认识她那可怜的父亲,从她只有六个月的时候,你就看着她长大的,所以我对于你,从来不往这方面想,也从来没想到你会要结婚——我就想说这个,你知道。"

"得啦,得啦,"博士好心好意地答道,"快别提啦。"

"可是我就是要提,"老将说着,把扇子压在他的嘴唇上,"我非提不可。我回忆这些事,要是有说得不对的地方,你们可以纠正。后来,我见到安妮,就告诉她发生了什么事情。我说:'亲爱的,斯特朗博士一片诚心,把你赞扬了一番,还向你求婚了。'我施加了一丝一毫压力吗?没有。我说:'安妮,你现在要跟我说实话,你心上有人吗?''妈妈,'她哭着说,'我还年轻得很哪。'——这倒也是真的——'我究竟有没有心,我也说不清楚。''这么说来,亲爱的,'我说,'你可以放心,你还没有心上人。不管怎么说,亲爱的,'我说,'斯特朗博士坐立不安,等着回信儿呢。咱不能老让他这样提心吊胆的。''妈妈,'安妮还是一边哭着一边说,'他要是没有我,会感到痛苦吗?他要是感到痛苦,我又既然那么敬重他,我就要他吧。'事情就这么定了。这时候,而且只是在这时候,我才对安妮说,'安妮,斯特朗博士以后不光是你的丈夫,而且要代表你故去的父亲。他就是我们的一家之主,体现我们家的聪明才智和社会地位,还有我们家的生活来源,总而言之,他是我们家的大救星。'我当时用了这个字眼儿,今天我又用了这个字眼儿。我要是有什么优点,那就是我前后一致。"

在她讲这番话的时候,她的女儿坐在那里,一声不吭,一动不动,两眼呆呆地看着地上,她表哥站在她身旁,也在看着地上。这时候,她用颤抖的声音轻轻地说道:

"妈妈,我希望你说完了吧?"

"没有,亲爱的安妮,"老将答道,"我还没太说完。既然你问我了,亲爱的,我就要说我还没有说完。我要抱怨,你对待自己家里的人,真有点儿不像话。向你抱怨也没用,我还是向你丈夫抱怨吧。——亲爱的博士,现在请你看看你那个傻太太吧。"

博士转过他那慈祥的脸,带着朴实温柔的微笑朝她看去,她的头低得更低了。我还注意到威克菲尔先生也在目不转睛地看着她。

"前两天,我偶然和那个淘气的小东西说起来,"她母亲摇着头,还用扇子风趣地指着她,继续说道,"家里出了点儿事,她也许可以向你提一提——说真的,我认为她就应该向你提一提——她却说向你提就等于求你帮忙,而你又那么慷慨,她只要提出来,准行,所以她不肯提。"

"安妮,亲爱的,"博士说道,"这就不对了。我会感到愉快的。"

"我对她差不多也是这么说的!"她母亲大声说道,"下一回,我要是知道她应该对你说,可是由于上面说的原因,而不肯说,亲爱的博士,我就很想亲自对你说了。"

“要是那样,我才高兴哩。”博士答道。

“是吗?”

“当然是。”

“好吧,那以后我就说!”老将说道,“一言为定。”我想,这时候,她把要说的都说了,就先吻了吻扇子,又用扇子在博士的手上轻轻拍了几下,怀着胜利的喜悦回到原来的座位上。

客人又来了一些,其中有两位老师和亚当斯,话题也就比较广泛了,大家很自然地谈起杰克·马尔登先生,他的海上旅行,他要去的国家,以及他的各种计划和前景。当天晚上,吃过夜宵,他就该启程了,先坐驿车到格雷夫森,他要乘的船就停泊在那里。他这次出国——除非休假或因健康原因而回国——要待多少年,我说不清楚。只记得当时大家一致认为人们对印度的了解是不正确的,其实印度并没有什么不好,只是有一两只老虎,每天暖和的时候有点儿热罢了。至于我呢,我把杰克·马尔登先生看做现代辛伯达①,想象他是东方王公们的密友,坐在华盖下面抽水烟,那金制的烟袋弯弯曲曲,如果拉直了的话,足有一英里长。

斯特朗太太唱歌唱得很好,我常听见她独自一个人唱歌,所以知道。但是她究竟是怕在人前唱歌,还是那天晚上嗓子不好,谁也不知道,反正当时她完全唱不了。起先,她和马尔登表哥想来个二重唱,可是连个头儿也开不了。后来她又想自己单独唱,开头儿倒还唱得挺好听,突然声音出不来了,她心里很难受,只顾低着头看琴键。好心的博士说她太紧张了,为了替她解围,就建议玩儿牌。他玩儿牌的本事,和他吹长号

---

① 辛伯达,《天方夜谭》中的航海家。

的本事一样,根本不会。我注意到了,老将和他搭档,一下子就把他控制住了,未曾教他,就先要求他把口袋里的银币都拿出来给她。

我们玩得很开心。虽有蝴蝶密切监视,博士还是屡犯错误,弄得蝴蝶非常着急,不过这倒并没有扫我们的兴。斯特朗太太以身体不适为理由,没有参加。她表哥马尔登则因为需要收拾行装而先走了。不过等他收拾完了以后,他又回来了,这时候,他们就坐在沙发上聊天。她时不时地过来看看博士手中的牌,告诉他该出哪一张。她在他身后弯腰看牌的时候,显得脸色非常苍白,而且我觉得她伸出手来指牌的时候,手指是颤抖的。但是博士见她这样关心,感到很高兴,即或真是那样,他也没有注意。

吃夜宵的时候,我们的兴致就不那么高了。显然每人都感到这样的离别是很难堪的,而且越靠近离别的时候,越是难堪。杰克·马尔登先生想尽量多说话,可是很不自然,不如不说。老将不断地回忆起杰克·马尔登小时候的情景,我觉得也无济于事。

然而博士肯定是觉得他使得人人愉快,因此他感到很高兴,毫不怀疑我们都万分地开心。

"安妮,亲爱的,"他说着,看了看表,又把自己的酒杯斟满,"你表哥杰克走的时间已经过了,我们不能再拖着他了,因为眼下时间和潮水都有关系,而这二者都是不等人的。——杰克·马尔登先生,你就要开始一次漫长的航行,去一个陌生的国度,不过许多人都有过这两种经历,今后也总会有许多人有这两种经历。你现在就要乘风远航,这风曾把成千上万的人送到幸福宝地,也曾把成千上万的人愉快地接

317

回来。"

"真让人伤心哪，"马克勒姆太太说道，"不管怎么说，都让人伤心哪，因为好端端一个年轻人，从小你就看着他长大的，现在要走了，要到世界的另一边去了，把自己熟悉的一切抛在身后，前途怎样又一无所知。一个年轻人做出了这样的牺牲，应该经常得到支持和关心。"她说着，看了博士一眼。

"杰克·马尔登先生，你会觉得时间过得很快，"博士继续说道，"我们大家也都会觉得时间过得很快。随着自然规律的发展，我们之中有的人也许不可能在你回来的时候欢迎你了。那就退一步，希望还能欢迎你。我就属于抱有希望的这一类。我就不提什么忠告了，免得你厌烦。你身边就一直有一个很好的榜样，那就是你表妹安妮。尽量照着她的品德去做吧。"

马克勒姆太太这时候使劲用扇子扇自己，还不断地摇头。

"再见吧，杰克先生，"博士说着，站起身来，我们也都跟着站了起来，"祝你一路顺风，在国外事业发达，将来高高兴兴地回来！"

博士祝酒之后，我们都喝了酒，也都和杰克·马尔登握了手，随后他匆匆地向在场的女士们告别，急促地来到门口，上车的时候，学生们齐声向他热烈欢呼，他们是专门为此而聚集在草坪上的。我跑到他们中间以壮声势，所以马车启动的时候，我靠它很近，在人声嘈杂、尘土飞扬的情况下，我留下了一个生动的印象：马车轰隆轰隆地驶过，我看见杰克·马尔登先生脸上显出焦躁不安的神色，手里拿着一件樱桃色的东西。

马车走后，学生们向博士欢呼了一通，又向博士的妻子欢呼了一通，随后也就散了。我回到屋里，看见客人们都围着博士站在那里,议论杰克·马尔登先生怎样离开的,他怎样忍受着一切,他感觉如何,等等,等等。就在这你一言我一语议论的时候,马克勒姆太太大喊一声:"安妮在哪儿?"

屋里没有安妮,大家喊她,也没有人回答。大家一齐拥到门外,想看个究竟,发现她在走廊里的地上躺着哩。起初大家吃了一惊,后来发现她是晕过去了。用普通的办法一治,她就缓过来了。博士把她的头扶起靠在他的膝盖上,用手把她的鬈发往旁边捋了捋,向周围看了看,说道:

"可怜的安妮!她这么重感情,心肠又这么软!她最喜欢表哥,从小在一起长大的,很要好,所以他一走,弄得她这个样子。唉!真可怜!真叫我难过。"

安妮睁开眼,看了看她这是在哪儿,看见我们都围着她站在那里,就在别人搀扶之下站了起来。起来的时候,她把头一扭,想靠在博士的肩上,也许是有意不让人看见,究竟是为什么,我也说不清楚。我们到客厅里去了,想让她和博士还有她母亲单独在一起待一会儿。可是她好像说,从早上起,一天的精神都没有这会儿好,愿意和我们在一起。于是他们就扶她来到客厅,让她坐在沙发上,我觉得她脸色苍白,身上一点儿力气也没有了。

"安妮,亲爱的,"母亲给她拽了拽衣服,突然说道,"你看这儿!你丢了一个飘带结儿。请大家费心帮着找一条飘带,一条樱桃色的飘带。"

丢的就是她胸前戴的那个飘带结儿。大家都帮着找了——我反正知道,我自己到处都找遍了——可是谁也没找着。

"安妮,你记不记得,最后戴着它,是在什么地方?"她母亲问道。

她回答说，她觉得刚才还戴得好好的，不过这东西也不值得找了。她说这话的时候，我不知怎地，就觉得她脸色灰白，即或算不上灰白，也绝不是满脸通红。

不过大家又找了一阵，还是找不着。她恳求大家不要再找了，可大家还是有一搭无一搭地找。后来她完全缓过来了，客人也告辞了，才作罢。

我和威克菲尔、艾妮斯三个人溜达着往家走，我跟艾妮斯都喜欢看那月光，可威克菲尔先生却一直看着地，没怎么抬头。最后我们走到家门口的时候，艾妮斯发现把小网兜儿落下了。我非常愿意为她效劳，就跑回去取。

我来到吃夜宵的屋里，那网兜儿就是落在这里的，可是屋里没有人，而且很黑。不过有个门，和博士的书房相通，书房里有亮光，门又开着，我就走了进去，想说明来意，要根蜡烛。

博士正坐在壁炉旁柔软的扶手椅上，他那年轻的妻子坐在他脚边的小凳上。博士面带笑容，显出满足的样子，正拿着他那永远编不完的词典手稿，朗读对某一种理论所做的解释或说明，她则仰头看着他，但是那样的脸色，我却从未看见过——面庞俊秀，面色惨白，两眼出神，像一个梦游的人梦见了可怕的东西，脸上充满了极为恐怖的神情，我至今不解。她的眼睛睁得大大的，她的棕色头发分成粗粗的两绺儿披在肩上，披在她那白色的衣服上，那衣服因为少了那丢失的飘带结儿，而显得有些零乱。她当时的模样，我现在还记得很清楚，但是我说不出其中的含义是什么。即便现在我的判断力更加成熟了，她那副模样重新浮现在我的眼前，我仍然说不出其中的含义是什么。悔恨、羞愧、耻辱、傲慢、疼爱、信赖，我都看到了,而在所有这些感情之中,我也看到了我至今不解的恐怖神情。

我走进屋里,说明了来意,这就唤醒了她,也惊动了博士,因为等我把蜡烛放回桌上的时候,看见他以慈父的样子在轻轻拍着她的头,一边说自己是个没良心的老东西,竟然在她的吸引之下,没完没了地念稿子给她听;他还说她可以睡觉去了。

但是她以急切的口吻求他让她待在那里,让她确实感到那天晚上丈夫对她是信得过的(我听见她小声断断续续地说出了这个意思)。我走出屋子,朝大门走去,她看了我一眼,又回过头去对着博士,这时候,我看见她两手交叉搭在博士膝上,以同样的面容仰着头看他,比先前平静了一些,博士又继续读起手稿来。

这件事给我留下了很深的印象,过了很久以后我还记得,下面有机会我还要谈到这件事。

第十七章 遇见一个人

自从我说完了我怎样逃跑的故事以后,还没顾上提到裴果提。不过我当然给她写过信,我在多佛一住下来,几乎马上给她写了一封,后来姨奶奶正式把我置于她的保护之下,我又给她写过一封,而且是一封长信,我在信中把各种具体情况做了详细的叙述。我在斯特朗博士的学校上学以后,又给她写过一封信,仔仔细细地说了我的情况很好,前途也很好。我在最后这封信里,随信给裴果提寄去一枚半几尼的金币,以归还先前向她借的那笔钱,我这样使用迪克先生给我的钱,比做什么事情都愉快。一直到写这封信的时候,我才提到那个赶驴车的年轻人,在那以前,始终没有告诉她。

裴果提收到我的信以后,虽然没有像公司职员那样以简练的语言回信,却像公司职员一样及时答复的。关于我长途跋涉这件事,她为了告诉我她的感想,最大限度地使出了她的表达能力,而她笔头上的表达能力肯定是不强的。四页纸上写的前言不搭后语的句子,以感叹词开头的句子,有头无尾,只有墨渍水迹,但这仍不足以消除她的挂念。可是这些墨渍水迹却比最好的文章对我更有感染力,因为这说明裴果提一页一页是哭着写的,我还能有什么别的要求呢?

我没怎么费劲儿就看出来了,裴果提对姨奶奶一时还不可能有什么好的印象。过去，那么长时间都是另外一种看法，现在要改变，时间太短了。我们永远无法真正了解一个人，她写道，不过想一想，我们过去对贝西小姐有看法，而她却完全不是那样一个人，这真是个教训！她的确用了这个词。她显然还怕贝西小姐，因为她在表示感谢的时候，还显出了胆怯。很明显，她也怕我，觉得我不久可能又要逃跑了，我之所以这样想，是因为她反复表示，上亚茅斯的路费，我什么时候要，她就什么时候给。

她告诉我一个消息，使我感触很深，那就是我原来的家，家具卖掉了，摩德斯通先生和他姐姐走了，房子锁起来了，不是出租，就是出卖。上帝知道，当年他们住在那儿的时候，这房子与我无关，但是现在想一想，我所眷恋的旧居完全荒废在那里，花园里杂草丛生，小路上积满厚厚一层湿漉漉的落叶，也着实叫人心疼。我可以想象，那冬季的冷风怎样在房子周围吼叫，那苦雨怎样拍击着窗玻璃，那月光怎样在空屋的墙上照出鬼影，看着它们彻夜孤独。我又想起墓地里树底下的那座坟，这时候，好像我们家的房子也死了，与我父亲和母亲相联系的一切东西也都消失了。

除此之外，裴果提的信里就没有别的消息了。巴吉斯先生是个很好的丈夫，她说，虽然他还是有点儿小气，不过我们大家都有缺点，她自己就有许多缺点（我可不知道她有什么缺点）；她还说，巴吉斯先生也向我问好，我那间小卧室随时都准备接待我。裴果提先生身体很好，哈姆身体也很好，古米治太太身体不大好，小艾米丽不愿意向我问好，不过她说要是裴果提想问好，那就随她的便吧。

所有这些消息，我都原原本本地告诉了姨奶奶，只把小艾米丽留在自己心里，没有提她，因为我本能地感到姨奶奶不会对她有多少好感。我初到斯特朗博士的学校上学的时候，姨奶奶到坎特伯雷来看过我几次，而且都是在不适宜的时候来的，我想大概是趁我不备吧。可是她看到我干的都是正经事儿，名声很好，还听大家说我在学校里进步很快，过了没多久，也就不再来看我了。每隔三四个星期，在星期六我回多佛去享受一番，这时候，我就能见到姨奶奶了。迪克先生每两个星期来一次，星期三中午，他乘驿车来到这里，一直待到第二天早上，这样我就可以见到迪克先生。

迪克先生来看我的时候，总要随身带着一张皮制的写字桌，里面放着一套文具，还有他写的呈文。关于这呈文，他现在意识到时间很紧，非脱手不可了。

迪克先生非常喜欢吃姜味糕。为了使他来看我的时候感到更加称心如意，姨奶奶让我在一家糕点铺为他开了一个户头，但有一条规定：一天之内给他提供的点心，价值不能超过一先令。这件事，再加上他在住宿的客店里零星开支的账单都得经姨奶奶过目才能付钱，这就使我怀疑他的钱只能听响儿，不能花。我进一步调查，就发现情况果真是这样，或者说，至少他和我姨奶奶之间有一个协议，他的一切开销，都要向姨奶奶报账。因为他不想欺骗姨奶奶，而且总想讨好她，所以花起钱来特别谨慎。在这件事情上，以及一切可能发生的其他事情上，迪克先生都深信不疑，姨奶奶是一个最有头脑、最精明的女人。他曾在极为秘密的情况下反复对我说过这样的话，而且都是悄悄地说的。

"特洛乌德，"有一个星期三，迪克先生对我说了那知心话以后，以一种神秘的口吻问道，"有一个人藏在我们的房子附近,弄得她很害怕,这个人是谁?"

"你是说弄得我姨奶奶很害怕吗,先生?"

迪克先生点了点头,"我原来以为无论什么东西也不会使她害怕的,"他说,"因为她是——"说到这里,他压低了声音,"你可别往外说——最有头脑、最精明的女人。"他说完了,往后撤了撤身子,想仔细看一看,对于他形容姨奶奶的这番话,我有什么反应。

"他头一次出现,"迪克先生说道,"是——让我想想——一六四九年处决了查理国王,我记得你说过,是一六四九年,是不是?"

"是的,先生。"

"我不明白,怎么会是那一年呢,"迪克先生说道,他觉得不可理解,直摇头,显出痛苦的样子,"我觉得自己没有那么大年纪啊。"

"那个人是那一年开始出现的,先生?"我问道。

"是啊,"迪克先生说道,"我不明白,怎么可能是那一年呢,特洛乌德。这个年代,你是从历史书上查到的吗?"

"是的,先生。"

"我想历史书是不会撒谎的,是不是?"迪克先生说道,他还抱有一线希望。

"当然不会,先生!"我毫不含糊地答道。我当时很年轻,很单纯,所以我的确是这样想的。

"我真不明白,"迪克先生摇着头说道,"一定是什么地方出了差错。不过就在他们错误地把一些烦恼从查理国王的脑袋里拿出来,放到我的脑袋里以后,过了不久,那个人就开始出现了。那一天,天刚黑,我和特洛乌德小姐喝过茶,在外面散步,就看见他待在那里,离我们家的房子很近。"

"是在走动吗?"我问道。

"是在走动吗?"迪克先生重复了一遍,"让我想想。我一定能想起一点儿。不,不,他不是在走动。"

为了尽快弄清情况,我就直截了当地问他,那个人究竟在干什么。

"哦,他根本就没在那里,"迪克先生说道,"后来他突然出现在她身后,悄悄地说起话来。接着她一转身,就晕倒了。我一动不动地站在那里,看了他一眼,他就走了。不过从那以后,他一直在藏着(藏在地底下,也许是别的什么地方),这可真是再新奇不过了!"

"他真是一直在藏着吗?"我问道。

"肯定是的,"迪克先生反驳道,一边说,一边严肃地点着头,"他一直没有露面,可昨天晚上突然出现了。昨天晚上,我们在外面散步,他又出现在她身后,我一下子就看出来了,还是那个人。"

"他又让姨奶奶感到害怕了吗?"

"她浑身打颤,"迪克先生说着,模仿起打颤的样子,上牙碰下牙,"她靠在栏杆上,才没有跌倒。她哭了起来。不过,特洛乌德,你过来,"他把我拉到他身边,这样他就可以小声说话了,"孩子,她为什么要在月光底下给他钱呢?"

"也许他是要饭的吧。"

迪克先生摇摇头,完全否定了这个说法。他很有把握地一再重复:"不是要饭的,不是要饭的,不是要饭的呀,孩子!"接着又说,他后来从窗口看见我姨奶奶深夜在月光下在花园栏杆外面给那个人钱,那人拿了钱就溜了——他觉得那人可能又溜到地底下去了——一直没有再露面,我姨奶奶则赶紧偷偷地回到屋里,甚至到了第二天早上,她还显得颇有些异样,这就使得迪克先生百思不得其解。

　　起初,我对这件事全然不相信,认为这个来历不明的人不过是迪克先生的幻觉,和那个给他带来许多困难的倒霉国王是一样的。可是仔细一想,我脑子里就产生了一个问题,是不是有人曾两次打算或者威胁说打算使可怜的迪克先生脱离姨奶奶的保护,是不是姨奶奶因为对迪克先生怀有深厚的感情,这是我从她那里直接了解到的,于是姨奶奶可能就宁愿花钱为他买个清静。我因为已经对迪克先生产生了很大的好感,对他的情况非常关心,感到害怕,所以做出了这样的推测。从那以后,很长一段时间,快到星期三的时候,我往往心里嘀咕,他也许不会像往常那样坐在车厢里了。可是他还是来了,长着一头灰白的头发,笑呵呵的,挺高兴的样子,再也不提让我姨奶奶害怕的那个人了。

　　星期三迪克先生来看我,这是他一生中最快活的日子,也是我一生中最快活的日子。没过多久,学校里的每个学生就都认识他了。虽然他从不积极地和学生们一起做游戏,光知道放风筝,却和我们每个学生一样,对于我们的各项运动都有浓厚的兴趣。我常看见他聚精会神地看弹球儿比赛,或陀螺比赛,站在一旁,脸上显出难以形容的兴趣,到了紧张的时候,几乎连气儿都不喘的!多少次我看见他在小山头上观看学生们在野地里赛跑,把帽子举在他那一头灰发上面摇晃,为大家加油鼓劲,把那殉道者查理国王的头和一切与之有关的事全丢在脑后!夏天,在板球场上,待上几个钟头,我知道他却觉得只愉快地待了几分钟!冬天,我看见他有多少次站在雪地里,吹着东风,鼻子都冻青了,看着学生们顺着下坡往下滑,高兴得戴着绒线手套直拍手!

迪克先生是个人人喜爱的人,他那双手做起小东西来,更是技艺超群。他能把橙子雕成各种式样,我们连想都不敢想。他能用做肉食用的穿针和任何大一点儿的东西,做成一条小船儿。他能用羊膝骨做棋子,用旧纸牌做威武的古罗马战车,用线轴做带辐条的车轮,用旧铁丝做鸟笼。但是他最拿手的,恐怕是用线绳和稻草做东西。我们大家都认为有了线绳和稻草,凡是能用手做的东西,他都能做出来。

迪克先生的名声,没有多久,就不限于我们学生范围之内了。他星期三来过几次之后,斯特朗博士亲自向我询问他的情况,我把姨奶奶告诉我的情况都告诉了他。他一听,很感兴趣,就要求我在迪克先生下次来的时候,介绍给他。我为他们做了介绍。博士对迪克先生说,他要是在车站找不到我,就到学校里来,一边歇息,一边等我们上完上午的课。过了不久,这就成了习惯,迪克先生径直来到学校,要是我们下课晚了一点儿,这在星期三也是常事儿,他就在校园里散步等我。他在这里认识了博士年轻漂亮的妻子(在这段时间里,她比以前更苍白了,我觉得,我和大家一样,都不像以前那样经常见到她了,她也不那么活跃了,但她依然是那么漂亮),这样,他越来越熟,后来就到教室里来等了。他老待在一个固定的角落里,坐在一个固定的凳子上,后来这凳子就以他的名字命名"迪克"了。他坐在这里,满头灰发,无论在讲什么,他都伸着脑袋仔细地听,对于自己过去没有学到的知识,表现出极大的敬意。

迪克先生将这种敬意加以扩大,便对博士产生了敬意,因为他认为博士是从未有过的最深奥最有学问的哲学家。很长一段时间,迪克先生和他说话,总要先把帽子摘掉,即便后来他和博士建立了相当深厚的友谊,两人在校园里学生们称之为"博士路"的那一边散步,一走就是一个钟头,迪克先生还是不时地摘下帽子,表示对智慧与知识的敬意。至于后来博士怎样在他们一起散步的时候朗读起那部著名词典的片段来,我不得而知;起初他也许觉得这和念给自己听是一样的。不过后来就形成了习惯,迪克先生听得认真,脸上闪耀着骄傲和愉快的光芒,因为他觉得这部词典是世界上最引人入胜的一本书了。

现在我回想起他们俩在教室窗前走来走去的情景——博士带着得意的微笑,有时挥舞一下手稿,有时认真地摇动脑袋;迪克先生则兴致勃勃地听着,遇到难懂的字眼儿,他那可怜的脑子就像扎了翅膀,静静的遨游起来,游到了什么地方,只有上帝知道——这情景那么幽静,我觉得我所见过的最令人愉快的情景也莫过于此了。我觉得似乎他们可以来回地走下去,永不停歇,而世人也不知怎的会因此而受益,似乎世人熙熙攘攘追求的事物虽有千百种,无论是对他们本人,还是对我,和这情景相比,却都相形见绌了。

过了不久,艾妮斯也成了迪克先生的朋友,迪克先生由于常到家里来,尤利亚也认识了他。我和他之间的友谊更是与日俱增,这友谊是建立在一种很不寻常的基础之上的——迪克先生口口声声说他是我的监护人,来照顾我,实际上,他碰到任何一点没有把握的小事,都要和我商量,并且总是按照我的意见去办,因为他不仅非常尊重我天生的聪明才智,而且认为很大一部分是我从姨奶奶身上继承来的。

有一个星期四的早晨,我正打算去把迪克先生从旅店送到驿站,然后再去上学(因为我们在早饭前有一小时的课),我在街上碰见了尤利亚,他提醒我,说我曾答应与他和他母亲一起喝茶,还扭扭捏捏地说,"不过我并没指望你能履行这个诺言,科波菲尔少爷;我们的地位非常卑贱呀!"

　　一直到这个时候,我还没想清楚,对尤利亚这个人,我究竟是喜欢他,还是讨厌他。这会儿,我在街上站在他面前看着他,心里还是拿不定主意。不过我觉得人家认为我骄傲,是对我很大的侮辱,于是我说就等你请呢。

　　"哦,要是这样,科波菲尔少爷,"尤利亚说道,"而不是因为我们卑贱你才不来,那你今天晚上就来,好不好? 不过,要真是因为我们卑贱,我希望你不妨直说,科波菲尔少爷,因为我们对自己的地位很清楚。"

　　我说我要对威克菲尔先生提提这件事,他准会同意,只要他同意,我一定乐意来。就这样,那天赶上是下班早的日子,到了下午六点钟,我对尤利亚说,准备好了。

　　"母亲一定会感到骄傲,"他一边说着,一边和我一块儿走出来,"或者说,她会感到骄傲,假如骄傲不是什么罪过的话,科波菲尔少爷。"

　　"可是今天早晨你还毫不在意地说我骄傲哩。"我回答道。

　　"哎呀,不是的,科波菲尔少爷!"尤利亚说,"哦,请你相信我,不是的! 我从来就没有那样的想法。即便你觉得我们对你说来是太卑贱了,我也决不会认为这就是骄傲,因为我们的确是非常卑贱。"

　　"你最近又研究了不少法律吗?"我问道,想换一个话题。

"哦,科波菲尔少爷,"他以一种贬低自己的口吻说道,"我看书,恐怕算不上研究吧。有时候,在晚上,我就和蒂德先生泡上一两个钟头。"

　　"我想,一定很难啃吧?"我问道。

　　"对我说来,有时候,是很难啃,"尤利亚答道,"对聪明人来说,怎么样,我就不知道了。"

　　我们一边走着,他用他那皮包骨的右手食指和中指在下巴颏儿上敲了一段小曲,接着说道:

　　"你知道,科波菲尔少爷,蒂德先生的著作里有些词语,是拉丁词语,对我这样才疏学浅的人来说,是很叫人头疼的。"

　　"你想学拉丁文吗?"我直截了当地问道,"我很愿意一边学,一边教你。"

　　"哦,谢谢你,科波菲尔少爷,"他摇着头说,"你主动提出来教我,我知道,这是你的一番好意,不过我的地位太卑贱了,实在不敢接受。"

　　"你瞎说些什么,尤利亚!"

　　"哦,千万请你原谅我,科波菲尔少爷! 我非常感激你,说真的,这也是我最向往的一件事,不过我太卑贱了。我并没有因为有学问而使别人不自在,就已经有那么多人因为我地位低下,而把我踩在脚底下了。我是不能有学问的。像我这样一个人,最好不要存什么妄想。即便有了出头之日,也得有自知之明呀,科波菲尔少爷。"

　　在他这样表达自己感情的时候,他谦逊地扭着身子,不住地摇头,嘴咧得那么大,脸上的褶子那么深,我从来都没见过。

　　"我觉得你说得不对,尤利亚,"我说道,"只要你想学,我敢说,我有好几样东西可以教给你。"

"哦,这我相信,科波菲尔少爷,"他答道,"我毫不怀疑。你不处在卑贱的地位,大概不善于对卑贱的人做出判断。谢谢你,我不想有学问,省得比我地位高的人恼火。我太卑贱了。咱们到了,这就是我的小破屋,科波菲尔少爷!"

我们走进了一间低矮临街的旧式房子,见到了希普太太,她的相貌跟尤利亚一模一样,只是矮一点儿。她以极为谦恭的态度向我打招呼,并且为亲吻自己的儿子而向我表示歉意。她说他们虽然地位低下,也和大家一样,是有感情的,希望不至于因此而冒犯任何人。屋子收拾得很不错,半间客厅,半间厨房,但说不上温暖舒适。茶具已经在桌上摆好了,炉台上的壶也开了。屋里有一个五斗柜,带一个活动桌面,供尤利亚晚上看书写字用。尤利亚的蓝书包扔在那里,有些纸露在外面。尤利亚的书能组成一个连,由蒂德先生指挥。墙角里放着一个小柜子,屋里还有几件常用的家具。就每件东西而言,我不记得有简陋贫寒的印象,但就整个地方来说,我还真记得有这样一种印象。

希普太太依然穿着丧服,这大概也体现她的谦卑态度吧。虽然希普先生已经故去很长时间,她却还穿着丧服。我想她在帽子上做了一点儿让步,在其他方面,和她开始居丧的时候是一样的。

"尤利亚,今天科波菲尔少爷来看我们,"希普太太一边倒茶,一边说,"我觉得,这是一个值得纪念的日子。"

"母亲,我说过,你会这样想的。"尤利亚说道。

"我要是有什么理由希望你父亲仍旧活在我们中间,"希普太太说道,"那就是他可以认识一下今天下午的客人呀。"

我听了这些奉承话，感到不好意思，但我同时也感觉得出，他们是把我作为上宾来款待的，因此我对希普太太的印象很不错。

"少爷，我们尤利亚，"希普太太说道，"很早就盼你来了。他有顾虑呀，怕你不肯来，我们太卑贱啦。我们现在卑贱，过去卑贱，以后也永远卑贱。"希普太太说道。

"希普太太，我想你们一定不会那样，"我说道，"除非你们愿意。"

"谢谢你吧，少爷，"希普太太答道，"我们的地位，我们知道，这就谢天谢地啦。"

我发觉希普太太慢慢地向我靠近，尤利亚慢慢地转到我对面去了，他们都毕恭毕敬地把桌上最好吃的菜夹到我的碟子里。当然，桌上并没有什么特别好吃的东西，但是我把心愿视作行动，觉得他们尽心尽意了。过了一会儿，他们议论起姨奶奶来，我就告诉他们我的姨奶奶如何如何；后来他们议论起父母来，我就告诉他们我的父母如何如何；后来希普太太议论起继父来，我刚对她谈起我的继父就住了口，因为姨奶奶曾告诫我，在这个话题上，要保持沉默。然而，我面对着尤利亚和希普太太，就像一个弱小的软木塞子，怎么抵挡得住一副开瓶的起子，就像一颗弱小的牙齿，怎么抵挡得住一对牙科医生，就像一个小小的板羽球，怎么抵挡得住两个大拍子呢。他们对我想怎么样，就怎么样，我本不想告诉他们的事，他们也问，而且非问出来不可，我现在回想起来都觉得脸红，尤其是我当时年纪小，心地坦白，把自己的秘密告诉了人家，还觉得挺不错，对那两个毕恭毕敬地款待我的人，我觉得是看得起他们，才上他们家来的。

他们两个人互相疼爱，这是肯定的。我觉得这体现了一种人之常情，我也为之感动。但是他们一唱一和的本事却体现了一种艺术，这我就更抵挡不住了。关于我本人，看看再也问不出什么来了（因为我在摩德斯通与格林伯公司的经历，以及旅途的情况，我都闭口不谈），他们就谈起威克菲尔先生和艾妮斯来了。尤利亚把球扔给希普太太，希普太太接住以后，又扔给尤利亚，尤利亚拿了一会儿，又还给希普太太，他们就这样不停地扔来扔去，到后来我也弄不清球在谁手里了，弄得我目瞪口呆。那球本身也在不断地变化。一会儿是威克菲尔先生，一会儿是艾妮斯；一会儿是威克菲尔先生的高尚人品，一会儿是我对艾妮斯的羡慕与钦佩；一会儿是威克菲尔先生的业务范围和收入情况，一会儿是晚饭后家中的生活；一会儿是威克菲尔先生喝什么酒，为什么喝酒，喝那么多实在是不好，一会儿是这个，一会儿是那个，后来就无所不包了。在这段时间里，我好像说话不多，只是有时候鼓励他们一下，怕他们觉得自己卑贱，觉得我这个客人尊贵，因此感到拘束，所以我不时地透露一点儿不该透露的什么情况，然后在尤利亚那呼扇呼扇的鼻子翅儿上看出效果。

　　后来我觉得不那么自在了，因此很想脱身，忽见街上一个人影从门前经过——门是开着的，为了透气，因为季节到了，屋里闷热——他又走了回来，往屋里看了看，走了进来，大声说道："科波菲尔！这可能吗？"

　　原来是米考伯先生。这位米考伯先生，还是那副眼镜，还是那根手杖，还是那种衬领，还是那副温文尔雅的神气，还是那谦和的语气，一样也不差！

　　"亲爱的科波菲尔，"米考伯先生说着伸过手来，"这次见面真可以说是精心安排的,是为了让人深深地意识到,人世间的事都是捉摸不定的——总而言之,这真是一次难得的见面。我走在街上,心想说不定会发生什么事情(我现在已经很有把握了)。就在这时候,一位年轻而可贵的朋友出现了,他与我一生中多灾多难的岁月相关,我甚至可以说,他与我一生的转折点相关。科波菲尔,亲爱的孩子,你好吗?"

我不能说——我实在不能说——我很高兴在那里见到米考伯先生;不过我倒也是高兴见到他的,于是就热情地和他握了手,还对米考伯太太表示问候。

"谢谢你,"米考伯先生说着,像往常一样把手一挥,把下巴也缩到了衬领里面,"她恢复得还算可以。那一对双胞胎已经不再靠自然的源泉来维持生存了——总而言之,"米考伯先生忽然又以非常机密的神气说道,"他们断奶了,米考伯太太眼下正和我一道旅行哩。科波菲尔,一个在各方面都证明自己是神圣友谊祭坛上的称职牧师的人,她要是再次见到,一定会非常欢喜的。"

我说非常愿意见到她。

"你真是个好人。"米考伯先生说。

米考伯先生说完了就笑了,他又把下巴一缩,往四下里扫了一眼。

"我找到了我的朋友科波菲尔,"米考伯先生文质彬彬、自言自语地说道,"他不是孤身一人,而是在进行社交活动,和他一起吃饭的是一位寡妇,还有一个人,显然是她生的——简而言之,"米考伯先生忽然又以非常机密的神气说道,"是她的儿子。如果为我引见,我将感到荣幸。"

在这种情况下,我不把米考伯先生介绍给尤利亚·希普和他的母亲也不行了,于是就为他们做了介绍。他们母子二人在他面前显得低三下四的样子,米考伯先生就坐下,还以他那最尊贵的样子摆了摆手。

"我的朋友科波菲尔的每一位朋友,"米考伯先生说道,"都可以要求我把他当朋友看待。"

"我们太卑贱了,先生,"希普太太说,"我和我儿子,我们算不上是科波菲尔少爷的朋友。承蒙他好心,和我们一起喝茶。他来做客,我们是很感激的。先生,你能注意到我们,我们对你也是很感激的。"

"夫人,"米考伯先生说着鞠了一个躬,"你太客气了。哦,科波菲尔,你在干什么呀?还在卖酒吗?"

我恨不得马上把米考伯先生弄走,于是就手里拿着帽子,而且肯定是满脸通红,回答说我现在是斯特朗博士学校里的学生。

"学生?"米考伯先生说着把眉毛朝上一扬,"听到这样的消息,我高兴极了。虽然像我的朋友科波菲尔那样的头脑,"——他对尤利亚和希普太太说——"并不需要这样的训练,如果没有他对人情世故的了解,那自然是需要的,然而他的头脑是一块沃土,充满生机——简而言之,"米考伯先生又笑着以非常机密的神情说道,"无论多么深的古典著作他都能学。"

尤利亚慢慢地揉搓着瘦削的两手,腰部以上扭动得叫人害怕,以表示他同意对我的这一评价。

"先生,咱们去看米考伯太太好不好?"我说,想这样把米考伯先生弄走。

"你要是这样看得起她,科波菲尔,咱就去吧,"米考伯先生说着站起身来，"今天当着在座朋友的面，我可以毫不迟疑地说，我这个人，许多年来在经济困难的压力之下挣扎。"我就知道他一定会说些类似的话，他一向喜欢吹嘘自己经历过什么困难。"有时候，我战胜了困难，有时候，困难——简而言之，战胜了我。有的时候，我迎着困难连续出击，有的时候，困难太多，我对付不了，只好作罢，引用加图的话对米考伯太太说：'柏拉图，你善于推论。现在一切都已结束。我已不能继续战斗。'但是，"米考伯先生说，"如果我的悲哀可以说主要是来自诉讼代理委托状和两个月或四个月的期票，那么，我一生中感到最满意的时候，莫过于把自己的悲哀宣泄到我的朋友科波菲尔胸中的时候了。"

米考伯先生对我赞扬了一番，结束的时候说道："希普先生！晚安。希普太太！再见。"说罢就以他那最时髦的样子和我一齐走了出去，他的鞋在人行道上发出很大的响声。我们一边走，他还一边哼着小调儿。

米考伯寄居在一家小旅店里，他在里面租了一间小屋，那是从业务部隔出来的一间小屋，有一股浓烈的烟味。我想这间屋子下面就是厨房，因为有一种热烘烘的油腻味儿从地板缝里透过来，墙上也挂着水珠。我知道这间小屋离酒吧不远，因为可以闻到烈性酒的味道，还可以听到叮当碰杯的声音。墙上有一幅画，画的是一匹赛马。下面的小沙发上斜躺着一个人，头朝着壁炉，脚蹬着屋子另外一头立着的假堂倌，把他举着的芥末都蹬掉了，这个人就是米考伯太太。米考伯先生率先进门，对她说："亲爱的，请允许我向你介绍斯特朗博士的一位学生。"

顺便说一下，我注意到了，虽然米考伯先生从来弄不清我的年龄和身份，他却永远记得我是斯特朗博士的学生，这是他文雅的一种表现。

米考伯太太感到很意外，不过见到我，她很高兴。我见到她，也很高兴。双方亲热地互致问候以后，我就挨着她在小沙发上坐下了。

"亲爱的，"米考伯先生说道，"你给科波菲尔说说咱们眼下的处境，他一定很想知道，我就出去找份报纸，看看广告栏里有没有什么情况。"

"伯母，我以为你们在普利茅斯哩。"米考伯先生走后，我对他太太说。

"亲爱的科波菲尔少爷，"她答道，"我们是去过普利茅斯。"

"在当地等着。"我婉转地说。

"是呀，"米考伯太太说，"在当地等着。然而实际上海关不用有才华的人。我娘家在当地的影响不大，无法在海关里为米考伯先生这样有才干的人找到工作。他们宁肯不要米考伯先生这样有才干的人。他要是去了，就显得那些人太无能了。再说，"米考伯太太说，"我也不瞒你，亲爱的科波菲尔少爷，我娘家在普利茅斯落户的这一支，看到来的不光是米考伯先生，还有我本人，还有小威尔金斯和他妹妹，还有那一对双胞胎，米考伯先生本以为，因为他刚放出来，人家会以应有的热情接待他，可是人家却没有这样做。实际上，"米考伯太太压低了声音说道，"你可别对别人说啊，人家对我们是很冷淡的。"

"是吗？"我说。

"就是，"米考伯太太说，"想一想，人竟然做出这样的事，科波菲尔少爷，真叫人难受。但是我们受到的接待的确是很冷淡的。这是毫无疑问的。实际上，我们在那里待了还不到一星期，我娘家在普利茅斯落户的这一支就对米考伯先生非常无礼了。"

我说，而且我也是这么想的，他们这样做，应该感到没脸见人。

"不过事实就是这样，"米考伯太太继续说道，"在这种情况下，米考伯先生又是那样的性格，他有什么办法呢？显而易见的出路倒也有一条，那就是向我娘家这一支借钱回伦敦，不管什么代价，也要回伦敦。"

"后来你们就都回来了，是不是，伯母？"我说。

"我们就都回来了，"米考伯太太答道，"从那以后，我就询问我娘家其他几支，米考伯先生最好的出路是什么——因为我认为他必须有个出路呀，科波菲尔少爷，"米考伯太太振振有词地说道，"一家六口，还不算用人，不能喝西北风呀，这是很清楚的。"

"当然，当然，伯母。"我说。

"我娘家其他几支的意见是，"米考伯太太接着说，"米考伯先生应该立即把注意力转向煤炭。"

"转向什么，伯母？"

"转向煤炭，"米考伯太太说道，"转向煤炭行业。米考伯先生了解了一下，就觉得像他这样有才华的人在梅德韦河上的煤炭行业里会有活儿干。米考伯先生说得对，第一步显然是到梅德韦河上来看一看。于是我们就来了，也看了。我用'我们'这个字眼儿，科波菲尔少爷，是因为我永远也不，"米考伯太太激动地说，"我永远也不抛弃米考伯先生。"

我含含糊糊地说我赞成她这种做法，而且表示钦佩。

"我们来到梅德韦河,"米考伯太太重复了一遍,"看了看。我对这条河上的煤炭行业的看法是,才华也许是需要的,但是资本却是必不可少的。要说才华,米考伯先生有;要说资本,米考伯先生没有。梅德韦河,我估计我们看了一大半,那就是我个人得出的结论。既然离这里很近,米考伯先生就觉得要是不来看看这大教堂,可太失算了——首先因为它实在值得一看,而我们却从来没看过;其次因为大教堂所在的这个镇上,很可能出现什么意想不到的事情。我们在这里,"米考伯太太说,"已经待了三天了。到现在为止,还没有出现什么意想不到的事情。还有一件事,生人听了会感到奇怪,亲爱的科波菲尔少爷,你就不会感到奇怪了:我们眼下正等着伦敦寄钱来,钱到了,才能和旅馆结账。钱要是不到,"米考伯太太非常激动地说,"我就回不了家(我指的是我们在彭腾维尔区的寓所),见不到我的儿子女儿,和我那对儿双胞胎了。"

米考伯先生和他太太处于这样山穷水尽的境地,我非常同情他们。这时候,米考伯先生已经回来了,我向他表示了我的同情,还说我要是有钱,他们需要多少,能借给他们多少,就好了。从米考伯先生的回答,可以看出他心里乱到了什么程度。他握着我的手说:"科波菲尔,你真够朋友;不过要是到了穷途末路,无论谁也有个朋友能给他提供一套刮脸的用具的。"米考伯太太一听这话里那可怕的含意,连忙伸出胳膊,搂住米考伯先生的脖子,求他不要激动。他哭了起来,但几乎马上又止住了,而且拉了拉铃,把堂倌找来,定了一份热腰花布丁,一盘小虾,作为第二天的早餐。

我告辞的时候,他们俩都一个劲儿地约我在他们走之前,和他们一起吃顿饭,弄得我无法推辞。但是我知道第二天不行,因为晚上我有很多功课要准备,所以米考伯先生就打算第二天上午到斯特朗博士的学校来(因为他预感到那趟邮车会把汇款带来),要是第三天对我合适,就安排在第三天。就这样,第二天上午,我听说有人找,就出来了,在客厅里见到米考伯先生,他是来告诉我,按原计划请我吃晚饭。我问他汇款到了没有,他抓了一下我的手,就走了。

当天晚上,我向窗外望去,感到很惊讶,心里非常不安,因为我看见米考伯先生和尤利亚·希普挽着胳膊从窗前走过——尤利亚谦逊地意识到,这对他是一种荣誉,米考伯先生则为能在尤利亚面前显得尊贵而感到美滋滋的。使我感到更为惊讶的是第二天我按照约定的时间四点钟来到小旅店,从米考伯先生的言谈之中了解到,他跟着尤利亚回过家,在希普太太那里喝过稀释白兰地。

"你听我说呀,亲爱的科波菲尔,"米考伯先生说道,"你的朋友希普,这个年轻人可以当总检察长。我大难临头那会儿,要是认识这个年轻人,别的不说,至少准会用更好的办法来对付那些债主,而不像当时那样。"

我简直不理解这怎么可能,因为事实上米考伯先生什么也没给那些债主,不过我也不愿意问了。另一方面,我也不想说我希望他和尤利亚没有谈得很深,也不想问他们是不是谈到过我。我不愿意伤害米考伯先生的感情,无论如何,也更不想伤害米考伯太太的感情,因为她很敏感。但是我自己对这件事心里很不踏实,一直到后来还常常想起这件事。

我们吃了一顿非常美好的晚餐——一道鱼,很可口,一道烤牛腩,一道肠子煎肉,一道鹧鸪,还有布丁。喝的是葡萄酒和加料啤酒,饭后米考伯太太还亲手给我们做了一盆热果汁酒。

那天晚上,米考伯先生显得格外快活。我和他在一起,从来没见过他有这么好的兴致。他喝了点儿果汁酒之后,容光焕发,看上去就像涂了一层清漆一样。他兴高采烈地抒发起他对这座镇子的感情来了,祝愿它兴旺发达,还说他和他太太在这里感到非常温暖,非常舒适,他永远也不会忘记他们在坎特伯雷度过的美好时光。随后他还向我祝酒,我就与他和他太太把我们过去相识的那段经历回顾了一番,在这过程中,我们把家里的东西又重新卖了一遍。我接着向米考伯太太祝酒——或者说,我至少谦逊地说了这样一句话:"米考伯太太,请允许我愉快地向你祝酒,伯母,祝你身体健康。"米考伯先生一听这话,马上发表讲话,赞扬米考伯太太的性格,他说米考伯太太一直是他的向导,哲人和朋友,他还建议我到了该结婚的时候,要是能找到的话,也要找一个像她这样的女人。

随着果汁酒渐渐消失,米考伯先生更加热情,更加快活。米考伯太太的情绪也越来越高涨,我们就唱起了"友谊地久天长"。我们唱到"忠实的朋友,伸出你的手"的时候,我们就围着桌子拉起手来;后来我们唱到我们要"痛饮一杯欢乐酒"[①],虽然我们并不明白这句话的含意,却真是深受感动。

总而言之,我从来没有看见谁有米考伯先生那天晚上玩儿得那么痛快,一直到我向他和他那和蔼可亲的太太热情告别的时候,他始终是那个样子。因此,第二天早上七点钟我收到下面这封信的时候,我没有思想准备。写信的时间是晚上

---

① 此处诗句,用的是王佐良的译文。见《彭斯诗选》,人民文学出版社1985年版,第27页。

九点半,也就是我离开他们一刻钟的工夫。信是这么写的:

亲爱的年轻朋友:

结局已定,一切都已过去。今天晚上,我强作欢笑,掩盖着生活的煎熬,没有告诉你,汇款之事已完全无望。在此情况下,我羞于忍受,羞于思虑,亦羞于启齿。为了结在此旅店欠款之事,我已立下字据一张,言明自即日算起,十四日后,在伦敦彭腾维尔区本人寓所归还。到时也无力归还,唯有以毁灭告终。雷电将至,大树必倾无疑。

亲爱的科波菲尔,愿穷困潦倒的此信作者成为你毕生的灯塔。他写此信正是为此目的,为此希望。如果他觉得自己还能起到这样的作用,那就可能有一线光明射入他苦闷的余生——他能否长寿,眼下往轻里说,也是很成问题的。

亲爱的科波菲尔,这是我写给你的最后一封信。

流落街头的乞丐

威尔金斯·米考伯

看完这封令人伤心落泪的信之后,我大吃一惊,连忙向小旅店跑去,想在上学的路上到那里去一趟,安慰安慰米考伯先生,劝他想开一点儿。可是,半路上,碰上了去伦敦的驿车,米考伯先生和他太太就坐在车的后面。米考伯先生完全是一副安详愉快的样子,笑着听他太太说话,一边从纸口袋里拿出核桃吃着,胸前的口袋里还插着一只酒瓶。他们没看见我,经过多方考虑,我觉得还是不见他们为好。就这样,我如释重负,拐上了去学校的最近的一条小路,总的感觉是他们这一走,我也松了一口气——不过我还是很喜欢他们的。

第十八章　一段回顾

　　我那上学的日子哟！我的生活从幼年时代悄悄地滑进了青年时代！这是我生活中不知不觉的演变。昔日河水流过的地方，现在已是干涸的河道，杂草丛生，回顾起来，看我是否还能忆起沿途的痕迹，帮我想起那河水是怎样流过的。

　　转眼之间，我又坐到大教堂里我的座位上。每个星期天早上，我们先在学校里集合，然后一起来到大教堂。那泥土的气息，那阴沉的氛围，那与世隔绝的感觉，那黑白两色的拱形侧楼和侧厅里回荡着的风琴声，像翅膀一样带着我飞回过去的时光，让我在半睡半醒的梦中在那里翱翔。

　　我不是学校里最差的学生。几个月以后，我就赶过了好几个人。但是那个考第一的，在我心目中，是个了不起的人物，高不可攀。他的个子，叫人看了头晕，觉得永远也赶不上。艾妮斯说"不是那样"，可我说"就是那样"。我对她说她没看到那个出类拔萃的人物知识多么渊博，她却认为就连我这样一个软弱无力一心向上爬的人，也能达到他那样的境地。他和过去的斯蒂福不一样，不是我私下里的朋友，公开场合的保护人，但我对他是非常尊重的。我主要是纳闷，他从斯特朗博士的学校毕业以后做什么，世人怎样才能稳住阵脚，和他对抗。

那么现在一下子出现在我面前的又是谁呢？这是我爱的谢泼德小姐。

谢泼德小姐是尼丁格尔太太的学校里的寄宿生。我很喜欢谢泼德小姐。这姑娘个子不高，穿着一件短大衣，圆圆的脸蛋儿，一头拳曲的浅棕色头发。尼丁格尔太太的学校里的年轻女生也到大教堂来。我无法看我的经书，因为我非看谢泼德小姐不可。唱诗班一唱，我听见的是谢泼德小姐的声音。在做礼拜的过程中，我常把谢泼德小姐的名字加进去，把她加到王室的成员里。回到家里，在我自己的屋子里，我常常激动地喊道："哦，谢泼德小姐！"以表达我的爱情。

有一段时间，我说不准谢泼德小姐是怎么想的。后来，天赐良机，我们在舞蹈学校见面了。我请谢泼德小姐做舞伴儿，我一触到她的手套，就感到一阵激情顺着右边的袖子往上走，一直传到我的头发。我并没有对她说什么温柔的话，但是我们俩心心相印。我和谢泼德小姐是命里注定要结合的。

我为什么把十二只巴西胡桃作为一份礼物偷偷地送给谢泼德小姐，我自己也说不清楚。胡桃并不能代表感情，很难把胡桃包成一个方方正正的包裹，也很难把它弄碎，即便是用门挤，也很费劲儿，弄碎了，还油乎乎的。然而我就是觉得把胡桃送给谢泼德小姐是合适的。带果仁的软饼干我也送过，还有无数的橙子。有一次，我在存衣室里吻了谢泼德小姐。真销魂！谁知第二天，消息传开，尼丁格尔太太给谢泼德小姐脚上上了枷，说是要矫正她的外八字，我听了以后，多么痛苦，多么气愤，就别提了。

既然我在生活中脑子想的眼睛看的只有谢泼德小姐，怎么又和她吹了呢？我也想象不出来。不过我和谢泼德小姐之间,倒的确是越来越冷淡了。有人悄悄地对我说,谢泼德小姐说她希望我不要用那样的眼神盯着她,她已经承认她喜欢琼斯少爷——喜欢琼斯少爷!他一点儿值得称赞的地方都没有。我和谢泼德小姐的距离越来越大。后来,有一天,我碰上尼丁格尔太太的学生在外面散步。谢泼德小姐从我身旁走过,朝我做了个鬼脸,随后就朝着她的同伴笑起来。这就全完了。忠心耿耿一辈子(好像是一辈子——反正是不是都一样),到此为止了。早礼拜没有人再提到谢泼德小姐,王室里再也没有她这个人了。

我在学校里升级了,生活过得很平静,无人打扰。对尼丁格尔太太学校里的年轻女子,我现在也不注意礼貌了,即使她们人数增加一倍,模样漂亮二十倍,我也不会傻乎乎地对她们哪一个动心了。我觉得那舞蹈学校很无聊,姑娘们自己跳不就行了吗,为什么要来找我们呢。我的拉丁文诗歌写得特别棒,鞋带系好了没有,却不在意。斯特朗博士当众表扬我,说我很有前途。迪克先生听了这话高兴得要命,姨奶奶则通过下一班驿车寄来了一几尼。

现在我面前出现了一个年轻屠夫的鬼魂,和《麦克白》剧中戴头盔的鬼魂一样。这个年轻屠夫是谁呢?他是坎特伯雷镇上年轻人当中最凶恶的一个。当地流传着一种模糊的看法,认为他用牛油擦头发,所以膂力过人,打得过成年男人。这年轻屠夫,方脸膛,脖子赛公牛,腮帮子红红的,疙里疙瘩,一肚子坏心眼儿,说起话来出口伤人。他那个舌头主要是用来辱骂斯特朗博士学校里年轻的先生们。他扬言说,他们要是想怎么样,他一定奉陪。他点了几个人的名字(其中也包括我),还说他把一只手捆在身后,只用一只手,就能对付得了。他拦路截住比较小的学生,使劲儿敲他们的秃脑瓜儿,还在大街上公然向我挑战。这些原因足以使我下决心和这个卖肉的较量较量。

夏天的一个傍晚,在一面墙的拐角处,有一片绿草洼地,我按事先约好的和屠夫在那里见面。我选了几个同学做帮手,那屠夫又请了两个屠夫,还有一个年轻的酒店老板,一个打扫烟囱的。开头几件事办完之后,我就和那屠夫面对面站在一起了。一转眼,那屠夫在我左眼眉上点起了万支蜡。再一转眼,不知道那堵墙哪里去了,不知道我在哪里,也不知道别人都在哪里了。哪是我自己,哪是屠夫,我几乎也分不清了,因为我们俩一直纠缠在一起,打来打去,把草地都踩坏了。有时候,我看见那屠夫,脸上流着血,但仍然很自信;有时候,我什么也看不见,坐在我的帮手腿上喘粗气;有时候,我疯狂地朝那屠夫扑过去,我的手打在他脸上,骨头节都破了,好像还是无法打乱他的方寸。最后我终于清醒了,脑袋有一种奇怪的感觉,好像晕晕乎乎地睡了一觉,只见那屠夫穿上衣裳就走了,另外那两个屠夫,那扫烟囱的和酒店老板一起向他祝贺;我因此而预感到他赢了,结果正是这样。

我狼狈不堪,他们把我送回家去。他们在我眼睛上糊上牛肉,还用醋和白兰地在我身上揉搓。我发现上嘴唇翘着一大块白色的东西,肿得很厉害。我在家里待了三四天,戴着绿色眼罩,样子难看极了。幸亏艾妮斯像姐姐一样,安慰我,念书给我听,使我这段时间过得轻松愉快,否则可就太无聊了。我对艾妮斯一向是绝对信得过的。我把那屠夫的情况以及他怎样欺负我,都一五一十地对她讲了,她也觉得没有别的办法,只好与那屠夫较量较量,但她一看这较量的结果,却又缩作一团,吓得发抖了。

时光不知不觉过得很快。这时候,亚当斯已经不当班长,而且也不是一两天了。亚当斯很久以前就离开了学校,有一次他回来看望斯特朗博士,除了我以外,没有几个人认得他。他几乎马上就要当律师,为人家辩护,还要戴假发哩。使我感到惊讶的是我觉得他不像以前那么神气了,模样也不那么出众了。他还没有使得世界为他而震动,因为(据我观察)世界还是大致上照原样运行,就像没他这个人儿似的。

现在出现了一段空白,诗歌和历史中的勇士们,堂皇列队前进,队伍永无尽头。后来者是谁呢? 我现在是班长了! 我看一看下面那一排学生,对一部分学生有一种关心爱护的感觉,因为他们使我回想起我刚来的时候那副样子。那个小家伙似乎和我没有什么关系。回想起来,我觉得他是生活道路上丢在后面的什么东西,我从他旁边走过,但那并不是我自己,我想到他,觉得好像是想到另外一个人。

我头一天到威克菲尔先生家里来,见过一个小女孩儿,她到哪里去了? 也不见了。现在换了一个人料理家务,那孩子气已经全然没有了,和那张肖像一模一样了;艾妮斯——可爱的阿妹(我在心里就是这样称呼她的),她曾为我指路,是我的好朋友,也曾为所有受过她那安详、和善、自我克制的影响的人造福——她已经是一个成熟的女人了。

除了我的身材、相貌和在这段时间里所学的知识有了变化以外,我还有什么别的变化吗? 现在我戴着一只金表和金链子,小拇指上戴着戒指,身上穿着燕尾服,头上擦着大量的熊油。这熊油和那戒指放在一起并不雅观。我是不是又爱上谁了? 是的。我爱上了拉金斯家的大小姐。

拉金斯大小姐可不是个小姑娘了。她是个大个子、深皮肤、黑眼睛、身材美的女人。拉金斯大小姐已经不是黄毛丫头了，因为就连拉金斯家最小的小姐都不是黄毛丫头了，何况大小姐还要大个三四岁呢。说不定大小姐年纪在三十上下。我对她那股强烈的爱真是无边无际。

　　拉金斯大小姐认识几个军官。这真让人难以忍受。我看见他们在街上跟她说话。我看见，他们一发现她的软帽（她对软帽的口味与众不同），还有她妹妹的软帽陪着，顺着人行道过来，他们就穿过马路，迎上前去。她和他们有说有笑，显得很开心的样子。我花了不少空闲时间在街上走来走去，想见她一面。一天之内，要是能向她鞠个躬（我认识拉金斯先生，所以也认识她，可以向她鞠躬），就感到格外快活。有时候，我也应该有机会鞠一躬。晚上举行赛马舞会的时候，我知道拉金斯大小姐要和军官们跳舞，心里火烧火燎的，痛苦极了。世上要是有对等的公正，也该给我些补偿吧。

　　我对大小姐那股强烈的爱使我不思饮食，却总要戴最新的绸领巾。我非得穿上我最好的衣服，靴子擦了又擦，心里才觉得舒服。这时候，我好像才比较配得上拉金斯大小姐。她的任何东西，或与她有关的任何东西，我都视作珍宝。拉金斯先生是位粗鲁的老先生，双下巴，脸上那两只眼睛还有一只不会动，就连他也处处使我感兴趣了。我碰不见他女儿，就上可能碰见他的地方去见他。我对他说："你好啊，拉金斯先生？姑娘们和家里人都好吧？"不过这用意太明显了，连我自己都觉得不好意思了。

　　我不断地想到我的年龄。比方说，我十七岁，比方说十七岁要配拉金斯大小姐，太年轻了，可是这有什么关系呢？再说，我很快就二十一了。晚上，我常在拉金斯先生的住宅外面溜达，看见军官们走进去，或者听见他们在楼上的客厅里，拉金斯大小姐为他们弹竖琴，我心如刀绞一般。有两三次，我竟然在他们全家歇息之后，还在他们的住宅外面绕了一圈又一圈，琢磨哪一间是拉金斯大小姐的闺房（现在我敢说了，我选中的不是大小姐的闺房，而是拉金斯先生的卧室），我还希望这房子着火，人们聚在一起，都吓呆了，我扛着梯子冲过去，把梯子靠在她的窗口，抱着她把她救出来，然后我又冲进去取她落下的东西，从而葬身火海。因为一般说来，我的爱情里是没有私心的，我觉得只要能在拉金斯小姐面前表现出众，就是死了，也心甘情愿。一般说来是这样，但不总是这样。有时候觉得也有更美好的前景。我打扮起来（需要两个钟头），去参加拉金斯家的盛大舞会（从三个星期以前就盼着参加了），这时候，我发挥自己的想象力，想得美极了。我想象自己鼓起勇气来向拉金斯小姐表白我的爱情。我想象拉金斯小姐把头靠在我肩膀上，说道："哦，科波菲尔先生，我能相信自己的耳朵吗？"我想象拉金斯先生第二天早上来看我，还说："亲爱的科波菲尔，我女儿把一切情况都告诉我了。年轻不是什么障碍。这儿是两万镑。祝你幸福！"我想象姨奶奶也改变了态度，不反对了，而且还祝福我们；迪克先生和斯特朗博士还都来参加我们的婚礼呢。我认为自己是个有自知之明的人——我的意思是说，现在回过头来看，我认为是这样——而且我相信自己也是个谦逊的人；尽管如此，还是发生了这样的事。

我来到那神奇的住宅，这里是一片灯火辉煌，到处是欢声笑语，音乐悠扬，还有那鲜花四处飘香，军官们出出进进（我一看见他们，心里就难受），还有拉金斯大小姐，放射着美的光芒。她身穿蓝色长裙,头戴蓝色小花——勿忘我。仿佛她还有必要戴勿忘我似的!这是我第一次应邀参加真正成年人的聚会,感到有些不自在,因为我好像和谁都凑不到一块儿,别人也好像对我无话可说。只有拉金斯先生问我学校里的同学怎么样,其实他不必问我这个问题,因为我不是来让人羞辱的。

我在门廊里站了一会儿,尽情地看着我那心中的女神,这时她向我走来——真是她,拉金斯大小姐! ——问我跳不跳舞,真叫人愉快。

我一边鞠躬,一边结结巴巴地说:“只和你跳,拉金斯小姐。”

“不和别人跳吗?”拉金斯小姐问道。

“和别人跳,我觉得没意思。”

拉金斯小姐笑了笑,脸也红了(也许是我觉得她脸红了),说道:“隔一个曲子,我愿意和你跳。”

该我们跳了。“这是华尔兹吧,我觉得,”拉金斯小姐以怀疑的口气说道,这时候,我已经准备和她跳了,“你会跳华尔兹吗? 要不就请贝利上尉……”

但是我会跳华尔兹(而且说来也巧,跳得还不错),于是我就拉着拉金斯小姐出场了。我是硬把她从贝利上尉身边拉走的。他是一副倒霉相,这是肯定无疑的,不过这我就管不着了。我也有过倒霉的时候嘛。我带着拉金斯大小姐跳华尔兹,跳啊,跳啊! 跳到什么地方去了,周围是什么人,跳了多长时间了,连我自己也不知道。我只知道我带着一个蓝色天使在空中游来游去,处于一种朦胧的幸福之中,最后我发现我单独和她在一间小屋里,坐在沙发上休息。她对我扣眼儿里的一朵花（一朵粉红色的山茶花，价值半克朗）倍加赞扬。我当时就把这朵花送给她了，还对她说：

"拉金斯小姐，我可要讨一件无价之宝哟。"

"真的吗！你要什么?"拉金斯小姐问道。

"你戴的一朵花，我会像守财奴护卫金子一样来护卫它。"

"你这孩子真大胆，"拉金斯小姐说，"拿去吧!"

她给了我一朵花，并没有显出不高兴的样子，我把它放在唇边吻了吻，放在了胸前。拉金斯小姐笑着挽起了我的胳膊，说道："现在把我送回贝利上尉身边去吧。"

我还在那里沉思刚才那甜美的会见和跳华尔兹的情景，忽见她又回来了，和她挽着胳膊的是一位相貌一般、上了年纪的先生，这个人一晚上都在打惠斯特牌。拉金斯小姐说：

"哦！这就是我那位大胆的朋友！戚肃尔先生想和你认识认识，科波菲尔先生。"

我立刻就感觉出来了，这个人是她们家的老朋友，所以感到很高兴。

"先生，你的品位令我钦佩，"戚肃尔先生说道，"它有助于提高你的声誉。你恐怕对啤酒花没有多大兴趣吧。不过我种了很多啤酒花，你要是什么时候想上我那边去，就在阿什福附近，到处走一走，想待多长时间我们都欢迎。"

我向戚肃尔先生表示衷心的感谢，并和他握了手。我觉得好像在做一场美梦。我和拉金斯小姐又跳了一次华尔兹。她夸我跳得好！我回到家里，心里有说不出的高兴，整夜幻想搂着我那亲爱的蓝衣女神的腰跳华尔兹。随后一连几天，我都沉醉在愉快的回忆之中，不过无论是在街上，还是在她家里,我都没有再见到她。虽然那件神圣的信物,那朵枯萎了的花能够给我一些安慰,可我那失望的心情却远远不能得到满足。

"特洛乌德,"有一天饭后艾妮斯说,"你猜明天谁结婚呀? 是你非常喜欢的一个人。"

"我想不会是你吧,艾妮斯?"

"不是我!"她说着,把头愉快地从正在抄写的乐谱上抬起来,"爸爸,你听见他说什么了吗? ——拉金斯家的大小姐呀。"

"和——和贝利上尉结婚吗?"我的力气也就够问这个问题了。

"不,不是和什么上尉。是和戚肃尔先生,一个种啤酒花的。"

随后一两个星期,我非常消沉。我把戒指摘掉了,我穿最坏的衣服,熊油也不擦了,我还常为现已不复存在的拉金斯小姐那朵枯萎的花而悲伤。这时候,我对这种生活也很厌倦了,再加上那屠夫又向我提出新的挑战,我就把花一扔,和那屠夫打了一通,大获全胜。

这件事,以及重新戴起戒指,还有继续擦熊油,只是擦得少了一些——我进入十七岁的痕迹,现在还能辨认得出的,只有这一些了。

第十九章　我一走一看,有所发现

　　我的学校生活结束了,我该离开斯特朗博士的学校了,当时我内心里究竟是愿意,还是不愿意,现在我也说不清楚了。我在那里一直生活得很愉快,我对斯特朗博士感到很亲切,我在那个狭小的天地里地位显赫。由于这些原因,我是不愿意走的。然而由于另外一些原因,虽然很不具体,我又是愿意走的。我模糊地意识到我已经是一个独自处理自己事务的年轻人,意识到一个独自处理自己事务的年轻人享有的重要地位,意识到这个风华正茂的人能看多么美好的东西,能做多么美好的事情,也意识到他必然会对社会产生的美好的效果——这一切又吸引着我早日离去。这些想象中的情况在我这少年的头脑里形成了一股强大的力量。现在看来,我当时并没有产生什么内心的悔恨,就离开了学校。离别时的情景也不像其他离别的场合那样给我留下了深刻的印象。我尽量回想当时的心情如何,当时的情景如何,但是想不起来,在我的印象里,这不是什么了不起的事情。我想大概是正在展开的前景把我弄得眼花缭乱。我知道,童年时代的经历这时对我影响不大,也许全然没有影响,把生活比做什么,都不如比作一部长篇童话,我正要开始从头读起来。

　　我和姨奶奶曾多次认真讨论我应当从事哪一种职业。她常常提出这样一个问题:"我要成为一个什么样的人?"我考虑了一年多的时间,想找到一个满意的答案。但是我始终看不出我对什么特别感兴趣。我要是灵机一动就有了航海知识,率领船队高速远航,绕着地球探险,胜利归来,我大概就会认为这项工作对我最合适。可惜没有出现这样的奇迹,因此,我的愿望是从事某一种职业,既不必依靠姨奶奶大力资助,我又能完成任务,无论什么职业都行。

我们讨论这个问题的时候,迪克先生全都参加,他沉思默想,显得很有头脑的样子。他从不出什么主意,只有一次(我不知道他怎么会心血来潮)他突然建议我当铜匠。姨奶奶一听这话,很不高兴。从那以后他就没敢再贸然提出第二条建议,只在一旁盯着姨奶奶,看她提出什么建议,一边把口袋里的钱弄得哗啦哗啦直响。

"特洛,你听我说,亲爱的,"我离开学校之后,在圣诞节期间,有一天早上,姨奶奶说,"既然这个棘手的问题还没有解决,而且我们做出的决定要尽量避免有任何差错,我认为我们最好是停下来,喘口气儿。你一定要利用这段时间,从一个新的角度,而不要像小学生那样,来考虑这个问题了。"

"一定照办,姨奶奶。"

"我有一个想法,"姨奶奶接着说道,"稍微换一换环境,看一看外面的生活,也许有助于你理清思路,更冷静地做出判断。比方说,你现在就出去做一次短期旅行。比方说,你再到过去待过的地方,去看看那个——那个穷乡僻壤的、名字也特别难听的女人,"姨奶奶说着,揉了揉鼻子,因为她始终不能真正原谅裴果提,嫌她起了那么一个怪名字。

"姨奶奶,这个主意再好不过了,我真喜欢!"

"好哇，"姨奶奶说，"真太巧了，我也喜欢这个主意。你愿意这样做，既顺其自然，又合乎情理。我非常相信，不管你做什么，特洛，你总是既顺其自然，又合乎情理的。"

"但愿如此，姨奶奶。"

"你姐姐，贝西·特洛乌德，"姨奶奶说道，"要是活着的话，也会和世上的一切女孩子一样，既顺其自然，又合乎情理。你可要对得起她呀，是不是？"

"希望我能对得起你，姨奶奶。这我要是做得到，也就不错了。"

"你那可怜的可爱的长得像娃娃似的母亲没有活到今天，这也是她的福气，"姨奶奶说道，一边用肯定的眼光看着我，"否则，她现在就该为自己的儿子感到骄傲，她那傻乎乎的小脑袋瓜儿要是还有一部分好使的话，也该弄得完全头昏脑涨了。"（姨奶奶为了疼我，总爱怪罪我那可怜的母亲。）"上帝保佑，特洛乌德，我一看见你，就想起她来。"

"我希望你会感到高兴，姨奶奶。"我说。

"迪克，他真像他妈，"姨奶奶加重语气说道，"他真像她那天下午开始烦躁之前的模样——老天爷知道，他那两只眼睛往我这儿一看，那模样和他妈完全一样！"

"真的吗？"迪克先生说道。

"他也像大卫。"姨奶奶斩钉截铁地说。

"他非常像大卫！"迪克先生说。

"不过，特洛，我希望你——"姨奶奶接着说，"我指的不是身体素质，而是精神面貌；你的身体素质是很好的——我希望你成为一个坚强的人。一个善良的坚强的人，有独立的意志，有自己的决心。"姨奶奶说着，一边朝我甩动小帽，一边紧攥着拳头,"要坚决。要有个性,特洛——那个性的力量,除了有正当的理由,在任何人或任何事情的压力下都不屈服。我就是希望你成为这样的人。你的父母本来都可能成为这样的人,这是上帝都知道的,真要那样,他们也会生活得好一点。"

我表示希望成为她说的那样的人。

"为了使你从小处着手,开始依靠自己,独立活动,"姨奶奶说,"我要让你独自去旅行。我也曾想过让迪克先生和你同去,可是后来一想,还是留下他来照顾我吧。"

迪克先生有一会儿的工夫显得有些失望,后来听说需要他来照顾世上最了不起的女人,他感到既光荣又体面,脸上才重新现出了阳光。

"此外,"姨奶奶说道,"还有那呈文呢。"

"哦,当然啦,"迪克先生连忙说道,"特洛乌德,我打算马上把它写完——的确是非马上写完不可了!写完了,还要递上去,你知道;然后,"迪克先生说到这里突然停下了,停了好久,才接着说,"你就等着看热闹吧!"

按照姨奶奶的美意,很快就给我准备好了行装,一个鼓鼓的钱袋,和一个提包,被亲切地打发上了征途。离别的时候,姨奶奶对我再三叮咛,亲了又亲,还说她的意图是让我出去看看,用心想想,因此她建议,如果我愿意的话,就在伦敦待上几天,去萨福克的时候也行。从那里回来的时候也行。总而言之,三个星期,或一个月,我可以自由地安排我的活动,除了上面说的出去看看,用心想想,还要保证每星期写三封信,如实地汇报自己的情况,除此再也没有别的条件限制我的自由了。

我先到了坎特伯雷,以便向艾妮斯和威克菲尔先生告别

（我在人家那里占用的那间房子还没有归还哩），也向那位善良的博士告别。艾妮斯见到我很高兴，对我说自从我走了以后，她们家和以前可大不一样了。

"我不在期间，我自己一定也和过去很不一样，"我说，"离开你，我就好像少了左右手，不过这也不能充分表达我的意思，因为左右手是既没有头，也没有心的东西。凡是认识你的人，都找你商量，听你教导，艾妮斯。"

"我觉得，认识我的人都把我惯坏了。"她笑着答道。

"不能这么说。那是因为你和别人不一样。你那么善良，脾气又那么好。你性情那么温柔，看问题又一看一个准儿。"

"看你说的，"艾妮斯说道，她一边坐在那里做活儿，一边甜甜地一笑，"好像我就是那位拉金斯小姐了。"

"你看，你听了人家的心里话就来胡扯，这可不对呀。"我回答道，这时我又回想起自己怎样拜倒在那位蓝衣女神的脚下，脸也红了起来，"不过以后我有心里话，还是照旧要对你说的，艾妮斯；这我永远也改不了啦。我要是遇到困难了，或者恋爱了，只要你愿意听，我一定告诉你——即便是我认真地恋爱了，也是这样。"

"哎呀，你可从来都是认真的呀！"艾妮斯说着又笑了起来。

"哦，那是小的时候，上学的时候，"我说着也笑了，而且不免感到有些不好意思，"时代不同了，我想总有一天，我也会认真得令人可怕。我感到奇怪的是，你怎么到现在还不认真呢，艾妮斯？"

艾妮斯又笑了，接着摇了摇头。

"哦,我知道你还没有!"我说,"否则,你就会告诉我了,至少,"(因为我看见她脸上有一点不好意思的样子)"也会让我自己觉察出来了。但是在我认识的人里面,没有一个有资格爱你呀,艾妮斯,一定要有比我在这里见过的人更高尚,各方面更合适的人出现,我才能表示同意。从今以后,我要好好盯着那些向你表示好感的人,谁要是成了,我向你保证,我对他的要求是很高的。"

到这时为止,我们的交谈既有知心人之间的玩笑,又有严肃的对话,这是我们从小亲密无间,长期自然形成的一种谈话方式。但是这时候,艾妮斯突然抬起头来看着我,换了一副神气,说道:

"特洛乌德,有件事,我想问你,否则恐怕今后很长一段时间都不一定有机会问你了——我问的这件事,我想我是不能问别人的。爸爸渐渐有些什么变化,你注意到了没有?"

我注意到了,我还时常纳闷,不知道她注意到了没有。我一定是把内心想的都表现在脸上了,因为她突然低下了头,我还看见她眼睛里含着泪水。

"告诉我,他有什么变化。"她低声说道。

"我想——我还是直说吧,艾妮斯?我可非常喜欢他呀!"

"是啊,直说吧。"她说。

"自从我初次来到这里以来,他有个毛病越来越厉害了,我想这对于他的身体可没有好处。他常常非常紧张,也许这是我瞎想的。"

"不是你瞎想的。"艾妮斯说着摇了摇头。

"他的手发抖,话也说不清楚,两只眼睛让人害怕。我注意到了,在这样的时候,在他失去常态最厉害的时候,准有人叫他去处理什么事情。"

"是尤利亚叫他。"艾妮斯说道。

"对。他感到不能胜任,或者没弄明白,或者不由自主地暴露了自己的情况,这好像都使他觉得很不自在,第二天情况就更糟,一天比一天糟,结果弄得他筋疲力尽。我告诉你个情况,你可别害怕,艾妮斯,就在几天以前的一个晚上,我看见他处于这种状态,他趴在书桌上哭起来,像个孩子似的。"

我的话还没说完,她用手在我嘴唇前面轻轻一晃,马上就到屋门口儿去迎接她父亲,靠在父亲的肩膀上了。他们俩都在看着我,这时她脸上的表情实在动人。她那美丽的容貌充满了对他的深厚的爱,充满了回报他的疼爱与关怀的感激之情。她脸上还有一种热情乞求的表情,希望我即便在内心深处,也对他采取温和的态度,而不要对他有任何粗暴之处——她为父亲感到骄傲,又对他一片忠心,然而又觉得他那么可怜,对他那么同情,而且那样殷切地期望我也这样对待他——这比她说什么话都更充分地向我表达了她的意思,使我更受感动。

我们安排好了,要到博士家里去喝茶。我们在通常喝茶的时候来到他家,在书房的壁炉前见到博士和他年轻的妻子,以及他的岳母。博士觉得我这一去就像出远门儿到中国去一样,把我当做贵客接待,叫人在炉火上加了一大块木头,他想看一看他这昔日的学生在炉火照耀下满面红光。

"特洛乌德走了以后,我不打算再收很多新生了,威克菲尔,"博士搓着手说道,"我越来越懒得动了,想过得安逸一些。再过六个月,我就要把那些年轻人都打发走了,过一种较为平静的生活。"

"这话你已经说了十年了,博士。"威克菲尔先生说道。

"不过我现在真想这样做了,"博士答道,"为首的一位教师要接替我的工作——我终于真要这么做了——所以不久以后,你就要给我们立合同,把我们两家拴在一起,像拴住一对儿坏蛋一样。"

"还要注意,"威克菲尔先生说道,"不要让你上当,是不是?因为你要是自己订合同,就非得上当不可。好吧,我已经准备好了。干我这一行,这还不是最坏的差事哩。"

"这样一来,我就没有什么要担心的了,"博士笑着说道,"剩下的只有我那部词典,和另外这个需要订合同的——安妮了。"

当时安妮正挨着艾妮斯坐在茶几旁边,威克菲尔先生朝她看去,我觉得她好像想躲开他的视线,但是她又犹豫,又胆怯,显得很不自然,这就反而使他盯着她看,仿佛突然想起了什么事情。

"我看到有印度的信来呀。"他沉默了一会儿,说道。

"顺便告诉你,杰克·马尔登先生也有信来。"博士说道。

"真的吗?"

"亲爱的杰克真可怜呀!"马克勒姆太太摇着头说,"那气候真叫人受罪!他们告诉我,在那里就像生活在沙堆上,头顶上还有聚光镜烤着。他看上去挺结实,其实不然。亲爱的博士,促使他这样大胆地出去冒险的,不是他的身体,而是他的精神。安妮,亲爱的,我想你一定记得很清楚,你表哥的身体从来不结实——他够不上人们所说的壮,"马克勒姆太太强调说,同时扫了我们一眼,"你们知道,从我女儿和他小的时候手拉手成天到处乱跑的时候,他长得就不结实。"

安妮听了这话,没有做声。

"老太太,你这话的意思是不是马尔登先生病了?"威克菲尔先生问道。

"病了!"老将答道,"亲爱的威克菲尔先生,他可是什么都有啊。"

"就是不健康,对不对?"威克菲尔先生问道。

"就是不健康,的确是这样!"老将说道,"他肯定中过暑,病得很厉害,得过森林热,得过疟疾,你能说得出的病他都得过。至于他的肝脏,"老将以无可奈何的神气说,"他当然是刚一出国就觉得完全没有希望了。"

"这都是他说的吗?"威克菲尔先生问道。

"他说? 亲爱的威克菲尔先生,"马克勒姆太太答道,她一边摇头,一边扇扇子,"从你这个问题我就听出来了,你对我那可怜的杰克·马尔登是不大了解的。他说? 他才不说呢。你用四匹野马把他在地上拖,他也不说呀。"

"妈!"斯特朗太太说。

"安妮,我的孩子,"她母亲说道,"我再说最后一遍:凡是我说话的时候,请你务必不要插嘴,除非你想证实我的话。你和我心里都明白,你表哥马尔登,无论多少匹野马在地上拖他——为什么要限于四匹吗? 不要限于四匹嘛——八匹,十六匹,三十二匹,他都宁可那样,也不说什么话,故意推翻博士的计划。"

"那是威克菲尔先生的计划,"博士说着搓了搓脸,对为他出谋划策的人表现出歉意,接着说,"我是说,那是咱俩共同为他拟订的计划。我亲口说过,在国外。或者在国内。"

"我就说,"威克菲尔先生以沉重的心情接着说,"在国外。他是通过我安排到国外去的。我有责任。"

"哦,别提责任了!"老将说道,"咱们做的一切都是出自好意,亲爱的威克菲尔先生——咱们做的一切都是出自美意,出自好意,这我们是知道的。不过我们这个亲人要是在那里活不下去,他就是在那里活不下去。他要是在那里活不下去,他就宁可死在那里,也不愿意推翻博士的计划。我是了解他的,"老将像一位先知那样平静地忍受着痛苦,扇着扇子说道,"所以我知道,他宁愿在那里死去,也不愿意推翻博士的计划。"

"哎哟,哎哟,老太太,"博士兴致勃勃地说,"我并不坚持我的计划,我可以亲自把它们推翻,再提出别的计划。要是杰克·马尔登先生因为身体不好而回国,那就不能让他再回去了,我们一定要在国内给他安排更合适、更好的工作。"

马克勒姆太太听了这一番慷慨大度的话,深受感动(不用说,她并没料到会有这样一番话,也没想到会引出这样一番话),只顾称赞博士,说他处世历来如此,并亲吻那把扇子,接着用它轻拍他的手。这一行动反复进行了多次,然后她就温和地责怪自己的女儿安妮,人家看在她的份上,对她幼年的朋友给以这样的恩惠,她应当更多地有所表示。后来她说家中还有一些人需要帮助,把他们的情况向我们述说了一番,希望帮助他们自立。

在这段时间里,她的女儿安妮始终一言不发,也不抬眼皮。在这段时间里,威克菲尔先生两眼一直盯着安妮,安妮就坐在他女儿的身旁。我觉得他根本没想到会有人注意他,而是专心致志地看着她,想一些与她有关的事,简直到了出神的地步。现在他问道,杰克·马尔登先生关于他自己的情况在信里究竟说了些什么,信又是写给谁的?

"哦,在这儿哪,"马克勒姆太太说着,从博士头顶上壁炉横板上拿起一封信来,"我们那个亲人对博士说——哪儿去啦? 哦,在这儿! ——'我很抱歉,但我要告诉你,我现在身体很不好,恐怕最后非得回国一段时间,只有这样,才有希望恢复健康。'这话说得够清楚了,可怜的亲人! 他只有这样,才有希望恢复健康! 但是他给安妮的信,说得还要清楚。——安妮,把那封信再给我看看。"

"以后再看吧,妈。"她低声恳求。

"我的孩子,在有些事情上,你完全是世界上最可笑的那种人,"她母亲答道,"也许是对于自己家里的人提出的要求最无动于衷的那种人。我想,要是我不亲自问你要,我们就永远不会知道有这封信了。难道这样就会让斯特朗博士信得过吗,我的乖孩子? 你真叫我吃惊。你怎么这么糊涂啊。"

信勉强拿出来了,我接过来递给了老太太,这时候,我看见在无可奈何的情况下交出信来的那只手抖得多么厉害呀。

"来,咱们看一下,"马克勒姆太太说着戴上了眼镜,"那段话在哪里。'回忆昔日的时光,我最亲爱的安妮'——这儿都是这类话,不在这儿。'和蔼可亲的老博士'——这是谁呀? 哎呀,安妮,看你表哥马尔登这笔字儿,多难认! 我怎么也这么糊涂呢! 当然是'博士'喽。他可的确是和蔼可亲呀!"说到这里,她停下来,又把手里的扇子吻了吻,朝着博士摇了摇,当时博士正看着我们,显出一副恬静、满意的样子。"现在找到了。'你听到我的情况,不会感到惊讶,安妮,'——当然不会,因为她知道他的身体从来就不行。我刚才念到哪儿啦？——'我在这遥远的地方受的罪太大了，我已经决定无论如何也要走；如果可能，就请病假，请不下来，就辞职算了。我在这里受过的罪，现在受的罪，谁也受不了。'要不是这个大好人及时采取行动，"马克勒姆太太说着，仍像刚才那样向博士发出信号，并顺手把信叠了起来，"我可就连想也不敢想了。"

威克菲尔先生一句话也不说，虽然老太太朝他看去，仿佛想听听他在知道这些情况以后有什么意见，但他态度严肃，沉默不语，两眼看着地上。后来我们不谈这件事了，换了别的话题，过了半天，他还是那个样子，只有他若有所思地皱着眉看看博士或他的妻子，或看看他们俩的时候，才偶尔抬起头来。

博士很喜欢音乐。艾妮斯唱起歌来，歌声优美，富有表现力，斯特朗太太也是这样。她们一起唱歌，一起表演二重奏，我们举行了一个精彩的小音乐会。但我注意到了两件事：一件是，虽然安妮很快恢复了自然，和原来一样，她和威克菲尔先生之间却有一段距离，把他们两个人截然分开了；另一件是，威克菲尔先生好像不喜欢她和艾妮斯过于亲密，正怀着不安的心情注意这一方面的情况。现在，我必须承认，马尔登先生出国的那天晚上我所看见的情景，回想起来，第一次觉得它具有以前不曾有过的新的含意，使我感到不安。我觉得她那天真漂亮的脸蛋儿不像以前那样天真了。我开始怀疑她那自然而优美的举止；我看一看她身旁的艾妮斯，觉得艾妮斯多么善良，多么真诚，这时我心中骤然起了疑团，觉得她们之间的友谊恐怕不无蹊跷。

然而这友谊使得艾妮斯非常快活，另一位也非常快活，有她们两位在场，那天晚上很快就过去了，好像只过了一个钟头。临走的时候,发生了一件事情,我还记得很清楚。她们俩在彼此告别,艾妮斯正要过去和安妮拥抱亲吻,威克菲尔先生好像偶然插在她们中间,赶紧把艾妮斯拽走了。然后,似乎相隔的这段时间完全消失了,当时仍然是为马尔登先生送行的那天晚上,我站在门口,看见了斯特朗太太那天晚上和她丈夫面面相觑的时候她脸上的那种表情。

这件事给我留下了什么印象,我说不清。后来我想到她的时候,想把她和她今晚的表情分开,仍然记住她原来那副天真可爱的面孔,怎样无论如何也办不到,我也说不清。我回到家里以后,这件事还在缠绕着我。我离开了博士的家,却觉得好像有一块乌云朝着它慢慢落下。我一方面对他的灰白头发而起敬,另一方面,为他相信那些算计他的人而对他同情,也对那些伤害他的人感到愤怒。一场大灾难的阴影,一件大丑事的不甚清晰的轮廓,像污点一样落在了这块平静的地方,我小时候学习、玩耍过的地方,并且残忍地毁坏了它。那古老庄重、叶片宽阔的龙舌兰,沉默不语已上百年,那修剪平整的草地,那墙头上的石盆饰物,那博士散步的小路,那萦绕在上空的由大教堂发出的悦耳钟声,这一切,我回想起来,都不再感到有什么乐趣。我觉得仿佛我儿童时代那宁静的环境当着我的面儿毁掉了,它那和平的气氛和光辉的声誉也已随风飘逝。

第二天早上,我该向那所古老的房子告别了。这所房子处处都有艾妮斯的影子,我也就顾不上再想别的了。不久以后,我肯定还会回来,也许还住在以前住过的那间屋里,而且常来住住,但在这里生活的日子已经一去不复返,昔日的时光已成过去。我把准备寄回多佛的书本和衣服打点了一下,心情非常沉重,但在尤利亚·希普面前,我不愿意显得心情那么沉重,因为他在帮忙的时候做得非常过分,我不但不领情,还觉得我走正好称了他的心愿。

我不动感情,显出了男子汉的气概,这样才离开艾妮斯和她父亲,得以脱身,上了去伦敦的马车,在车夫旁边就了座。在镇上穿行的时候,我的心肠软了下来,愿意采取宽容的态度,甚至有心向我的凤敌屠夫点点头,扔给他五先令买酒喝。但是我看见他在店里刷洗大砧板,显得那样顽固,此外,我把他的门牙打掉一颗以后,他的容貌也没有什么改善,所以我想最好还是不要理他了。

我们走了一程之后,我记得我心里想的主要是在车夫面前尽量显得大一些,说起话来尽量粗声粗气。粗声粗气地说话,对我来说,很不习惯,但我坚持这样做,因为我觉得这才显得有成年人的样子。

"你一直坐到底吗,先生?"车夫问道。

"是啊,威廉,"我以既尊贵又和蔼的口气说道(我认识这个人),"我到伦敦去。以后我还要到萨福克去呢。"

"去打鸟吗,先生?"车夫问道。

他明明知道,这个季节,去打鸟的可能性和到那儿去捕鲸鱼一样,不过我还是觉得受到了恭维。

"我不知道,"我说,假装还没决定的样子,"也许去,也许不去。"

"听说鸟儿现在怕见人呀。"威廉说道。

"我也听说了。"我说。

"萨福克是你的老家吗,先生?"威廉问道。

"是啊,"我郑重其事地答道,"萨福克是我的老家。"

"听说那里的团子特别好吃呀。"威廉说道。

这我并不知道，但我觉得家乡风味应当提倡，应当显出熟悉的样子，于是我就晃了晃脑袋，意思是"我同意你的说法"。

"还有那潘趣马，"威廉说道，"真棒！一匹萨福克的潘趣马，要是好的，它有多重，就值多重的金子。你养过潘趣马吗，先生？"

"没——没有，"我说，"不敢说养过。"

"后面这位先生，我敢说，"威廉说道，"成群地养过潘趣马。"

这里提到的这位先生是个斜眼，治好的希望是不大的，他下巴突出，头戴一顶白色高帽儿，帽檐儿又平又窄，下身是浅棕色紧腿裤，颜色并不鲜亮，外侧有扣子，好像从靴子一直扣到大腿。他的下巴翘着，紧靠着车夫的肩膀，离我也很近，他的呼吸弄得我后脑勺儿直痒痒。我回头一看，他正在用不斜的那只眼睛斜着看尽前头那匹马，显出什么都知道的样子。

"你是不是？"威廉问道。

"我是不是什么？"后面那位先生问道。

"是不是成群地养过萨福克潘趣马？"

"对喽！"那人说道，"没有我没养过的马，也没有我没养过的狗。马呀，狗呀，有些人，就是爱养。这样，我就有了吃喝儿——有了房子，老婆，孩子——就能识字，能写，会算——就能吸鼻烟，抽烟斗，睡大觉。"

"让这样一个人坐在车夫后面，不合适吧，是不是？"威廉一边抖动着缰绳，一边咬着我的耳朵说道。

我对这句话的理解是要我把座位让给那个人，于是我就红着脸说愿意让出座位。

"你要是不介意呀，先生，"威廉说道，"我觉得这样的确

是更合适。"

我一直把这件事看做生活中的第一次失败。我在驿站订座儿的时候,明明在登记册上写了"厢座"两字,还给了账房先生半克朗。我特意穿了大衣和披肩,一心想为那样一个显著的位子增光,而且我大模大样地坐在那里,还觉得自己为这辆驿车增添了荣誉。可是现在,走了还不到一站地,就让一个人取而代之,而这个人衣衫褴褛,斜眼,除了散发驿马马厩的气味以外,别无他长,竟然能在前面的马匹一溜小跑的情况下,从我身上过去,他简直不像人,而像苍蝇。

我有一种自卑感,遇到一点小事,本来好好的,也会发作。现在这种自卑感,由于出了坎特伯雷以后驿车上发生的这件小事,肯定没有就此而停止其发展,粗声粗气地说话,也无济于事。在后来的旅途中,我说话的时候,使出了我的丹田之气,但我仍然感到我被彻底压下去了,真是幼稚得可怕。

然而坐在那高处,前面有四匹马拉车,还是又新鲜,又有趣,何况我还受过良好的教育,穿着讲究的衣服,口袋里装着足够的钱,而且可以注意再看看我那次长途跋涉的时候睡过觉的地方。沿途每一个重要的景物都使我浮想联翩。我朝下看看路上的流浪者,看见我记忆犹新的那种面孔往上看着,我觉得好像那个补锅的又用他那双黑手揪住了我胸口的衬衫。到了查塔姆,马车隆隆驶过狭窄的街道,在行进中,我一眼看见了买我上衣的老妖精住的那条街,于是我就伸长了脖子很想再看一看我坐过的地方,当时我曾一会儿坐在太阳地里,一会儿坐在阴凉地里,等着拿钱。后来我们离伦敦不到一站地了,路过那真正的萨伦学堂,想起克里克尔先生在那里死命地抽打学生,这时候,我宁愿放弃我的一切,只要法律允许,我就下车去揍他一顿，把所有的学生像释放笼中麻雀一样通通放掉。

我们来到查令十字架的金十字旅馆，这是当时熙熙攘攘的市区里一家老得发霉的旅馆。茶房把我引到餐厅，一位女侍带我来到一间小客房里，这客房有一股出租马车的气味，而且像某个家族的墓室一样闷。我依然由于感到自己幼稚而苦恼，因为无人对我有任何敬畏的表示。无论我对什么事发表意见，那女侍都全然不予理睬，那茶房则对我很随便，见我没有经验，老给我出主意。

"你说，"茶房用一种说悄悄话儿的语气说道，"午饭吃点儿什么？年轻的先生一般都喜欢吃鸡。来只鸡吗？"

我神气十足地对他说，我不喜欢吃鸡。

"你不喜欢？"茶房说，"年轻先生一般都吃腻了牛羊肉。你来一份炸牛排，怎么样？"

我说不出什么别的菜来，就同意了他的意见。

"你喜欢吃土豆吗？"茶房为了讨好，把头一歪，微笑着说，"年轻先生一般都吃很多土豆。"

我尽量用深沉的声音吩咐他去订一份炸牛排带土豆，什么合适就再配上点儿什么。还让他问问柜台，有没有特洛乌德·科波菲尔先生的信——其实我知道没信，也不可能有信，但我觉得做出等信的样子，会显得有男子汉的气概。

茶房很快就回来说没有我的信，我显得很惊讶。随后他就在靠近壁炉的一个用栏杆隔开的座位上为我摆桌子。他一边摆桌子，一边问我喝点儿什么，一听我说要"半品脱雪利酒"，他大概以为机会来了，可以把几个小酒瓶里的剩酒折在一起给我。我之所以这样想，是因为我看报的时候，发现他在一段矮的木隔断后面,也就是在他专用的地方,非常匆忙地把几个酒瓶里的剩酒倒在一起,就像药剂师按照处方配药一样。酒上来以后,我也觉得那酒没有多少酒性,而且肯定有很多英国酒的渣子,任何比较纯的外国酒里都没有这么多。不过我碍于情面,什么也没说,就喝了。

我当时兴致来了(我从这里联想到喝毒药,在整个过程的某个阶段,也不一定就很痛苦),就决定去看戏。我去的是科文特加登剧院,坐在中央包厢的后排,看了《裘力斯·凯撒》①,还看了新哑剧。过去在学校里,那些罗马贵族对我严加管教,现在他们都活了,在我面前进进出出,我在这里消遣,当时的感觉十分新鲜,令人神往。不过整个演出是神秘与现实的结合,再加上那诗意、灯光、音乐、观众,那五光十色的巨大布景有条不紊地更换,使得我眼花缭乱,给我带来了无限的欢乐,因此午夜十二点,我离开剧院,冒雨来到街上的时候,我觉得仿佛在云彩里的虚幻境界生活了多少年,现在来到世间,这里吵吵嚷嚷,污水四溅,火把通明,雨伞碰撞,出租马车跑来跑去,木头套鞋嘎嘎作响,道路泥泞,生活忧伤。

我从另一个门走出剧院,在街上站了一会儿,好像我真是一个生人来到世界上。但是人们毫不客气地推我撞我,使我很快清醒过来,走上了回旅馆的路。一路上我反复回忆那宏伟的场面,到了旅馆,就着牡蛎喝了一点黑啤酒之后,我还在餐厅里望着炉火回忆,一直待到一点多钟。

我一心在想戏里的情景,一心在想过去的事情——因为我觉得就像是在看一出背面投光的皮影戏,看到了我童年的

---

① 莎士比亚的历史剧。

生活情景——所以不知道什么时候有一个人出现在我的面前。这是一个年轻人，面貌俊秀，身材匀称，衣着考究而潇洒，我至今理应记忆犹新。只记得我当时意识到他在那里，却不知他是怎样进来的，我依旧坐在那里沉思，望着餐厅里的炉火。

我终于站起来，要去睡觉了。这使得困倦的茶房长舒了一口气，他的腿已经麻了，正在存放食品的小屋里揉搓，拍打，扭来扭去。我往门口走的时候，从进来的那个人身旁走过，看得真切。我马上转身走了回来，再看一眼。他没认出我，我可一下子就认出他了。

要是在别的场合，我也许没有把握，也拿不定主意要和他说话，也许推迟到第二天再说，也许就此和他失之交臂。但我当时满脑子想的都是那出戏，在这种心情之下，就觉得他过去保护过我，非常值得我感谢，而且昔日我对他的爱戴之情又不由自主地充满了我的胸怀，于是我马上走上前去，怀着激动的心情对他说：

"斯蒂福！怎么不跟我说话呀？"

他看了看我——他过去有时候就是这样看人——但我从他脸上可以看出，他没认出我来。

"你大概不记得我了吧。"我说。

"哎呀！"他突然喊道，"这不是小科波菲尔吗！"

我抓住他的两手，紧紧地攥着不放。要不是不好意思，要不是怕惹他不高兴，我就会搂着他的脖子大哭起来。

"我从来没有从来没有这么高兴过！亲爱的斯蒂福，见到你，我真高兴极了。"

"见到你，我也高兴极了，"他一边说着，一边兴奋地和我握手，"科波菲尔老弟呀，不要过于激动嘛!"然而我觉得他看到我和他见面时那么欢喜，那么动感情，也是很高兴的。

我以最大的毅力来克制自己，还是止不住我的眼泪。我抹掉泪水，尴尬地笑了笑，就和他并排坐了下来。

"哎呀，你怎么在这儿呀?"斯蒂福说着，拍了拍我的肩膀。

"我是今天坐驿车从坎特伯雷来的。我有个姨奶奶，住在那一带，她收养了我。我刚在那里受完教育。你怎么在这儿呢，斯蒂福?"

"唉，他们管我叫牛津人，"他答道，"换句话说，我过一阵子就觉得那里闷死人了。现在我是去看我母亲。你这个小鬼可真是个漂亮小伙儿，科波菲尔。现在看一看你，还是以前的老样子。一点儿也没变。"

"我一下子就认出你来了，"我说，"不过你的样子是比较容易让人记住的。"

他笑着用手抓了抓自己那拳曲的头发，兴奋地说:

"说真的，我这次出来是为了尽尽孝道。我母亲住在城外不远的地方。既然路这么难走，我们家又无聊透顶，我就在这里过夜，先不去了。我在城里待了不过五六个钟头，在这段时间里，我在戏院里不是打盹，就是抱怨戏不好了。"

"我也去看戏啦，"我说，"在科文特加登剧院。演得是真精彩，真好看，斯蒂福!"

斯蒂福捧腹大笑。

"亲爱的小大卫，"他说着又拍了拍我的肩膀，"你可真是一棵雏菊。就连太阳初升时候野地里的雏菊也不像你这样没见过世面。我也是在科文特加登剧院看戏，那戏演得不能再糟了。——喂,老兄,叫你呢!"

他这话是对茶房说的。那茶房见我们互相认识,就在远处留心看着我们,听见呼唤,就毕恭毕敬地走上前来。

"你把我的朋友科波菲尔先生安排在什么地方了?"斯蒂福问道。

"对不起,先生,你说什么?"

"他睡在哪儿?他住几号?你明白我的意思。"斯蒂福说道。

"哦,先生,"茶房略带歉意地说,"科波菲尔先生眼下住在四十四号,先生。"

"让科波菲尔先生住在马厩上面的小屋里,"斯蒂福质问道,"你他妈的是什么意思?"

"哎呀,你看,我们没想到,先生,"茶房依然略带歉意地说,"科波菲尔先生还会这么挑剔。要是觉得合适,先生,我们可以给科波菲尔先生七十二号,紧挨着你,先生。"

"当然合适,"斯蒂福说,"马上就办。"

茶房马上退下,调换房间去了。对于把我安排在四十四号一事,斯蒂福觉得很有趣,又笑了一阵,又拍了拍我的肩膀,还邀请我第二天早上十点钟和他一起吃早点。我接受了这一邀请,感到又荣幸,又愉快。天色不早了,我们拿着蜡烛走上楼去,在他门前热情告别,我的新房间也比原来那间好多了,没有一点儿霉味儿,里面有一张带有四根床柱的大床,像一小块地产一样。床上有足够六个人枕的枕头,我躺在上面美滋滋地睡着了,梦见古罗马、斯蒂福和友情,后来早班驿车轰隆轰隆地从下面的拱门出去,我又梦见雷声大作,天神降临。

第二十章 斯蒂福的家

早上八点,女侍敲我的房门,告诉我刮脸水在外面准备好了。我因为还没有刮脸的必要,感到很痛苦,躺在床上直脸红。我怀疑那女侍刚才说话的时候就在暗自发笑,在我穿衣服的时候,这个想法一直困扰着我,后来我下楼去吃早饭,在楼梯上从她身旁走过,这时我意识到自己有一种做了亏心事,要溜走的感觉。我满心希望自己不这么年轻,我的确是很敏锐地感到这一点,因此在这不光彩的情况下,有一段时间我犹豫不决,究竟要不要从她身旁走过,但是我一听她在那里拿着扫帚干活儿,就停下脚步,站在一边往窗外看,看见查理国王骑在马上的雕像,四周围着好多出租马车,在那蒙蒙细雨和昏暗的雾中,皇家的威风一扫而光。后来茶房来叫我,说那位先生在等我呢。

我下了楼,发现斯蒂福不是在餐厅里,而是在一间舒适的专用套间里等着我,屋里挂着红色窗帘,铺着土耳其地毯,炉火旺旺的,桌上铺着干净桌布,上面摆着精美的热早餐。条几上边的小圆镜子具体而微地反映出屋里的情况,里面有炉火,有早餐,有斯蒂福,还有一些别的东西,显出一种欢乐的气氛。起初我有些拘谨,因为斯蒂福非常自信,非常庄重,在各方面(包括年龄在内)都比我强。但是他很亲切地照顾我,使我很快就不再拘束,觉得非常舒服了。我对他在金十字旅馆给我带来的变化感激不尽,不停地对比我昨天那可怜、无聊的处境和今天早晨的舒适生活,和受到的款待。茶房那种对我很随便的态度也不见了,就像从来没有那回事儿一样。他在伺候我们的时候,可以说披麻抹灰,表现出悔过的样子了。

后来茶房走开了,斯蒂福说道:"我说,科波菲尔,你给我说说,现在你在干什么,你这是上哪儿去,以及所有和你有关的情况。我就觉得你好像是属于我的。"

我一听这话,知道他还是这样关心我,高兴得不得了,就把姨奶奶怎样叫我出来走走,我正要做这件事,以及想到哪里去,都对他说了。

"这么说来,你并不急着赶路,"斯蒂福说,"那就跟我到海格特来,在我家住一两天吧。你会很喜欢我母亲的——她因为有我这么个儿子,挺得意的,一谈到我就没完没了,不过你不必介意——而且她也会很喜欢你的。"

"既然你好意告诉我你那么有把握,我就试试看吧。"我笑着答道。

"哦!"斯蒂福说道,"凡是喜欢我的人,都理应受到她的喜爱,而且一定会受到她的喜爱。"

"这么说来,我想我是会受到她的喜爱的。"我说道。

"好!"斯蒂福说道,"你就来证实一下吧。咱们先花一两个钟头去看看城里那些可看的地方——带着你科波菲尔这样一个年轻的朋友去逛那些地方,真是太好了——然后咱们就坐马车走,到海格特去。"

我简直不敢相信这是真的,只觉得自己是在做梦,马上就会醒来,睁眼一看,还是四十四号房,还是餐厅里那孤单的专座,还是那对我很随便的茶房。我给姨奶奶写了封信,告诉她我有幸遇见了我敬佩的老同学,而且接受了他的邀请,然后我们就坐出租马车出去了,我们看了一幅全景画,还看了其他一些景点,随后又在博物馆里转了转,我在那里注意到斯蒂福对各种各样的事情知道得真多呀,但他对自己的知识并不觉得有什么了不起。

"你上大学,一定能取得很高的学位,斯蒂福,"我说,"假如你现在还没有拿到,以后一定能拿到手。他们应该为你感到骄傲。"

"我取得学位!"斯蒂福大声说道,"我可不行!亲爱的雏菊——我叫你雏菊,你介意吗?"

"一点儿也不介意!"我说。

"够朋友!亲爱的雏菊,"斯蒂福笑着说道,"那样出人头地,我既无这种欲望,也无这种打算。我为了达到自己的目的,已经做得够多了。我觉得我这个人可以说是够木的了。"

"不过那名声……"我正要说下去。

"你这异想天开的雏菊!"斯蒂福说,比先前笑得更厉害了,"我为什么要给自己找麻烦,就为了让那些昏头昏脑的人在我面前目瞪口呆,伸大拇指吗?让他们那样对待别人去吧。名声在那里等着他呢,欢迎他去享用。"

我犯了这样一个大错误,感到很不好意思,很想换一个话题。幸好换话题并不难,因为斯蒂福总是以他特有的那种无拘无束的样子轻而易举地从一个话题转到另一个话题。

我们逛完了以后就去吃午饭;冬季天短,时间过得很快,我们坐着驿车来到海格特的时候,已是黄昏时分了。驿车在这个小山包的最高处停在一所旧砖房门前。下车的时候,看见门廊里有位老太太,年纪不算太大,举止端庄,面目清秀,她跟斯蒂福打招呼,叫他"我最亲爱的詹姆斯",顺手把他搂在了怀里。斯蒂福为我引见的时候说这是他母亲,这位老太太郑重地向我表示了欢迎。

他们住的是一所古雅的房子,非常清静,而且井井有条。在我的房间里,从窗口望去,我看见整个伦敦在远处就像一大团雾气,间或有一些灯光在雾气中闪烁。饭前更衣的时候,我看了两眼屋里那结实的家具,镶了框子的手工(我想那一定是斯蒂福的母亲小时候做的),还有几张蜡笔画的女人像,头上洒着香粉,身上穿着紧身上衣,因为刚生的炉火劈啪作响,火舌飘动,照得那些女人像在墙上忽隐忽现。我刚看到这里,就听见叫我吃饭了。

饭厅里还有另外一个女人,她身材瘦小,皮肤黝黑,看上去并不可爱,但也颇有几分姿色,引起了我的注意——这或许是因为我没有料到会见到她,或许是因为我就坐在她对面,也或许是因为她确实是有什么不同寻常的地方。她的头发是黑色的,一双黑眼珠发出殷切的目光,脸膛儿瘦削,嘴唇上有一个疤。那是很久以前落下的疤——也许叫它一条缝儿更合适,因为它的颜色没有变,而且多年以前就愈合了——这疤竖着落在她嘴唇上,朝着下巴伸延过去,现在隔着桌子,只是勉强看得出来,上唇以上则不然,让这疤弄得变了形。我心里盘算着,她也就是三十岁上下,而且很想结婚。她有些憔悴,好像一所等待出租的房子,等久了,显得有些破旧,但是她正如我在上面所说,还是有些姿色的。她之所以这样瘦,似乎是内心的欲火消耗所致,那欲火从她那双如饥似渴的眼睛里喷射出来。

她是以达特尔小姐的身份介绍给我的,不过斯蒂福和他母亲都管她叫罗莎。我发现她就住在那里,陪伴斯蒂福太太已经很久了。我觉得她好像从不有话直说,而是拐弯抹角,这样一来,她就更是话里有话了。比方说,斯蒂福太太并没有认真,多半是开玩笑,说她怕儿子在大学里生活放荡,达特尔小姐就这样接茬儿:

　　"哦,真的吗? 你知道我什么都不懂,只是想了解情况才发问,不过不都是那样吗? 我觉得那种生活人们都认为是……哦?"

　　"你要是这么说,罗莎,那可是为了从事一种非常严肃的职业而受的教育。"斯蒂福太太以比较冷淡的语气答道。

　　"哦! 是啊! 这话非常对,"达特尔小姐答道,"不过,难道情况不是那样吗? ——我要是说得不对,愿意听你指教——情况真的不是那样吗?"

　　"真的不是哪样啊?"斯蒂福太太问道。

　　"噢,你的意思是情况不是那样!"达特尔小姐答道,"那好,听了这话,我很高兴。现在我知道该怎么办了! 这就是提问的好处呀。从今以后,任何人在我面前谈起那种生活,我决不许他再说什么浪费、挥霍之类的话。"

　　"你这样做就对了,"斯蒂福太太说,"我儿子的导师是个严肃认真的人。即便我不能完全信得过我的儿子,我也该信得过他呀。"

　　"是吗?"达特尔小姐说,"我的天哪! 严肃认真,他是那号人吗? 现在真的严肃认真吗?"

　　"是的,我有把握。"斯蒂福太太说。

　　"那好极了!"达特尔小姐大声说道,"多么叫人高兴啊!

真的严肃认真吗？那他就不是……他要真是严肃认真，自然就不会那样了。好哇，从今以后，我对他的看法也就很好了。现在我知道他确实是一个严肃认真的人，你不知道他在我心目中的形象提高了多少哟！"

达特尔小姐对每个问题发表自己的看法，或者别人说了什么话，她不同意，要加以反驳，她总是这样转弯抹角地说话，有时候可起劲啦，即便对手是斯蒂福，她也这样，这种情况我是不可能视而不见的。那天饭还没吃完，就发生了一件事，可以作为例证。斯蒂福太太在跟我谈论我准备去萨福克的想法，我随便说假如斯蒂福和我一块儿去，我该多么高兴啊。我对斯蒂福说我要去看看我的老奶妈，去看看裴果提先生一家，我还提醒他说，裴果提先生就是那个船夫，他在学校的时候见过。

"哦，就是那个豪爽的人呀！"斯蒂福说，"他有个儿子，跟他一起来的，是不是？"

"不是，那是他侄子，"我回答说，"不过他过继过来，给他当儿子了。他还有个很漂亮的小外甥女，过继过来，给他当女儿了。总而言之，他的家里（或者说他的船里，因为他住在一条船里，停在旱地上），人人都受到他的关怀和慷慨的帮助。你见到这一家人，会非常高兴的。"

"是吗？"斯蒂福说，"嗯，我想我会非常高兴的。我一定要去看看能为他们做些什么。去看看这种人怎样在一起生活，也成为他们当中的一员，走一趟是值得的（且不说和你雏菊一起旅行也是愉快的）。"

我觉得又有希望快乐一番了，心直跳。但是达特尔小姐一直在瞪着大眼盯着我们，这时开了腔，她嫌斯蒂福说"这种人"的时候语气不对。

"哦,不过,真是这样吗!请告诉我。可他们真是这样吗?"她说道。

"真是哪样呀?究竟是谁真是哪样呀?"斯蒂福问道。

"这种人呀。他们真的是动物吗?是乡巴佬吗?是另外一种类型的人吗?我真想好好地了解了解。"

"本来嘛,我们和他们之间就是有一段相当大的距离,"斯蒂福漠不关心地说,"不能指望他们也和我们一样感觉敏锐。他们的感情不是很容易受到刺激,受到伤害的。我敢说,他们都善良极了。反正有人为这一点而争辩,我也决不提出异议。但是他们天生的性格不甚细腻,他们的感情和他们那粗糙的皮肤一样,不容易受到伤害,这是他们的福气哟。"

"是吗!"达特尔小姐说道,"我从来没有过比听到这样的话更高兴的时候了。真叫人感到欣慰。我明白了,原来他们受苦的时候,并不觉得苦,我真高兴极了。过去我有时候为那种人感到不安,从今以后我把他们统统都忘了就是了。活到老,学到老啊。坦白说,我也有过疑问,不过现在都澄清了。过去我不明白,现在我明白了,这就说明提问的好处,是不是?"

我认为斯蒂福说那样的话是开玩笑,或者是故意引达特尔小姐说话,等她走了以后,我们俩在炉火前面坐着,我估计他也会说上那么一通。但他只问我觉得达特尔小姐怎么样。

"她很聪明,难道不是吗?"我问道。

"聪明!无论什么东西,她都要拿到磨刀石上去磨,"斯蒂福说,"磨得非常锋利。这些年来,就连她自己的脸膛和身材也都照样磨过了。磨来磨去,把自己也磨瘦了。她浑身都是刀刃了。"

"她嘴唇上那个疤可是够明显的!"我说道。

斯蒂福把脸一沉,半天没做声。

"唉,那是我干的。"他答道。

"是不幸失了手吧?"

"不。当时我还很小,她把我逼急了,我就把斧子朝她扔了过去。我当时准是一个前途无量的小天使吧!"

我提起了这样一个令人伤心的话题,感到很内疚,不过内疚也无济于事了。

"从那以后,她就留下了那个痕迹,你也看见了,"斯蒂福说,"她要把那痕迹一直带到坟墓里去,假如她在坟墓里能够安息的话——不过我觉得她恐怕到了哪里也安息不了。她母亲早就去世了,她父亲和我父亲算是表亲。后来他也去世了。当时我母亲守寡,就把她接来做伴。她现在手上大概有两千镑,每年把利息存起来,放到本金里。关于罗莎·达特尔小姐的来历,就先告诉你这一些吧。"

"我想她一定像爱亲兄弟一样爱你吧?"我说道。

"哼!"斯蒂福眼睛看着炉火反驳道,"有些兄弟没有得到多少爱,有的爱……还是随便吃吧,科波菲尔! 咱们向野地里的雏菊祝酒,向你致意;咱们向山谷里既不种地也不纺织的百合祝酒,向我致意——我可是受之有愧呀!"刚才他脸上的苦笑,经他这么乐呵呵地一说,就全然消失了,他也恢复了原来那坦率、讨人喜欢的样子。

到了喝茶的时候,我又情不自禁地去看那伤疤,心里挺难受,可是又想看。过了一会儿,我就发现那是她脸上最敏感的地方。她要是脸色变得发白,那疤痕就先变,变成一条暗灰色的线，慢慢伸延到末端，就像是密写墨水留下的痕迹，用火烤了一样。后来下十五子棋，她和斯蒂福为掷骰子而发生了小小的争执，有一段时间，我觉得她真火了，我看到她脸上的疤就很突出，像古人在墙上题的字一样。

我看见斯蒂福太太时刻想着自己的儿子，一点儿也不觉得奇怪。儿子之外，她是什么也不想，什么也不谈。她给我看一个小金盒，里面装着斯蒂福婴儿时代的照片，还有当时剪下来的一绺头发。她还给我看了他的一张照片，是我最初认识他的时候的样子。眼下她胸前佩戴的是他现在的照片。所有他写给她的信，她都收在一个小柜子里，那小柜子就搁在靠近壁炉旁边她的专用椅子的地方。她想拿出几封来念给我听，我也很想听，斯蒂福却花言巧语地阻拦，她才作罢。

"听我儿子说，你们最初是在克里克尔先生的学校里认识的，"斯蒂福太太说，当时她和我在一张桌子旁聊天，他们俩在另一张桌上下十五子棋，"是啊，我记得当时听他说，有个同学比他还小，他很喜欢。不过你的名字，你也可以想象得到，没有在我脑子里留下印象。"

"在那些日子里，他对我非常慷慨，非常大度，这是千真万确的，伯母，"我说，"我当时的确需要这么一个朋友。要不是他，我就吃大苦了。"

"他一向是慷慨大度的。"斯蒂福太太得意地说道。

我打心底里赞成这个看法，上帝可以作证。这一点，她是知道的，因为她对我摆出的那副显得很尊贵的样子已经缓和下来，只有在称赞斯蒂福的时候才又显出高傲的神气。

"那个学校总的说来对我儿子是不合适的，"她说，"很不合适。不过当时有些具体情况需要考虑，这比选择哪所学校更为重要。我儿子性情高傲,最好给他找个地方,那里有人能领会这种性情的高贵之处,并且甘愿顺从;我们在那所学校里找到了这样一个人。"

我认识那个家伙,也知道这些情况。但我并没有因此而更加鄙视他,因为我觉得要是他没有抗拒那个无法抗拒的人人喜欢的斯蒂福,这点也算是个优点的话,倒也可以弥补一下他的缺点了。

"我儿子在学校里受到自愿竞争精神和荣誉感的驱使,发挥了自己的巨大才干,"这位溺爱儿子的女人继续说道,"他会起来反对一切约束,但是他看到自己就是当地的君主,他也就毫不客气地下决心一举一动要和自己的地位相称。他就是这样一个人。"

我诚心诚意地随口响应,说他就是这样一个人。

"所以我儿子出于自愿,而不是被迫,采取这样一种做法,只要他高兴,就一定胜过任何一个竞争对手。"她接着说道,"我儿子告诉我,科波菲尔先生,你对他是一片忠心,而且昨天你们相见的时候,你都高兴得掉下泪来。听说我儿子使人这样激动,我要是假装感到惊讶,就显得矫揉造作了;但是任何人这样看重我儿子的优点,我是不会对他漠不关心的,所以我在这里见到你,感到很高兴,我还可以向你担保,他对你怀有一种不同一般的友情,你可以信赖他,他一定会保护你。"

达特尔小姐下十五子棋,是和做别的事情一样认真的。如果我是在她下棋的时候初次见到她的,就会以为她身材之所以瘦,眼睛之所以大,完全是下棋所致,而不是因为别的缘故。不过我要是以为斯蒂福太太这番话她有一个字没听见,以为我在听这番话的时候向她投去的目光她有一次没看到，那我就大错而特错了。我怀着极大的兴趣听斯蒂福太太这番话，而且很荣幸，斯蒂福太太把我当做知己看待，自从离开坎特伯雷之后，我还从未感到自己这样老成哩。

大半个晚上过去了，酒杯和酒用托盘送了进来。斯蒂福在炉前对我说，和我一起到乡下去这件事，他要认真考虑。不用着急，他说——一星期以后去就行；他的母亲热情待客，也这么说。我们交谈的时候，他不止一次地叫我雏菊，这又惹得达特尔小姐插了进来。

"说真的，科波菲尔先生，"她问道，"那是你的绰号吗？他为什么给你起这么一个绰号呢？是不是——哦？——因为他觉得你又年轻又天真？在这些事情上，我是非常糊涂的。"

我红着脸答道，我想是这个原因。

"哦！"达特尔小姐说道，"现在我明白了，我真高兴。我是想了解情况才发问，现在我明白了，我很高兴。他觉得你又年轻又天真；你就成了他的朋友？唉，真有意思！"

过了一会儿，达特尔小姐睡觉去了，斯蒂福太太也歇息去了。我和斯蒂福在炉旁多待了半个钟头，谈起了特拉德，还谈起了当年萨伦学堂所有别的人，然后我们就一起上楼去了。斯蒂福的屋子和我们挨着，我进去看了看，就像来到了舒适的画境。屋里摆满了扶手椅，靠垫，脚凳，都是他母亲自己绣的，该有的东西，一样儿也不缺。最后，墙上还有一张肖像，她那美丽的容貌还要向下看着自己亲爱的儿子。对她来说，似乎在她儿子睡觉的时候，她的肖像在那里看着他，也是很重要的。

在我自己的屋子里，我看到炉火已经烧得够旺的了，窗帘已经拉上了,床周围的帷幔也拉上了,整个屋子显得温暖而舒适。我在炉前坐在一把大椅子上,品味这幸福生活,心里美滋滋的。过了一会儿,忽然见到达特尔小姐的一张肖像,她正从壁炉上方殷切地看着我。

这张像画得很可怕,那眼神自然也很可怕。画家没有画那个疤,但是我给她上了,画在那里,时隐时现——有时候只在上嘴唇上看得出,就像吃饭的时候我见到的那样,有时候则把斧头砍的整个伤痕显露出来,就像她激动的时候我见到的那样。

我有些不满,心想他们为什么不把她放到别处,而非放到我这里呢。为了把她赶走,我连忙脱了衣服,吹了蜡,上床睡觉了。不过等我睡着了以后,我还忘不了她在那儿看着我,一边说"不过这是真的吗?我想了解一下"。夜里醒来,我还发现自己在梦里也焦急地问各种各样的人究竟是不是真是这样——至于我问的是什么,我也不知道。

第二十一章 小艾米丽

斯蒂福家里有一个仆人,据我了解,此人经常跟着斯蒂福,是他上大学的时候雇的。此人的外表可以说是体面的一个典型。我敢说,处于他那种地位的人,从来没有看上去比他更体面的了。他言语少,脚步轻,彬彬有礼,举止文静,善于察言观色,需要他的时候,他总在身边,不需要他的时候,他决不在近旁。他最值得人注意的地方是他的体面。他脸上显得并不随和,脖颈有些僵直,头顶平滑,两鬓留着短发,说起话来细声细气,还有个特殊的习惯:小声发 S 这个音,发得清楚极了,好像他用这个音比谁都用得多,但是他把自己的每个特殊之处都弄得很体面。如果说他的鼻子是倒着长的,他也会把它弄得很体面。他在周围造成了一种体面的气氛,自己就稳稳当当地在里面活动。要想怀疑他有什么过错,那几乎是不可能的,因为他是一个绝对体面的人。谁也不会想到叫他穿上仆人的服装,他是个非常体面的人。让他干有失身份的活儿,就等于无端糟蹋一个最体面的人的感情。我注意到了,这家的女仆们都本能地意识到这一点,所以她们有了这种活儿都是自己干,而且通常是在他在食品储藏室的壁炉旁看报纸的时候。

这样沉默寡言的人,我从来没有见过。但是他这个特点和他具有的其他特点一样,似乎反而使得他更加体面了。他叫什么名字,谁也不知道,这种情况也竟然成了他体面的一个方面。大家都知道他姓黎提摩,这姓是无可挑剔的。彼得可能被绞死,汤姆可能被流放,但黎提摩是绝对体面的。

在这个人面前,我觉得自己特别年轻,我想这是因为抽象地谈体面,容易使人肃然起敬。他有多大年纪,我猜不出。由于同样的原因,这也提高了他的身价,因为他体面而稳重,说他三十也可,说他五十也行。

第二天早上,我还没起床,黎提摩就到我屋里来了,给我送那讨厌的刮脸水,同时把我的衣服摆出来。我拉开帷子,往床外一看,只见他体面地有条不紊地在那里干活儿,全然不受一月份刺骨的东风的影响,呼吸也不出水气,把我的靴子左边一只右边一只放在跳舞起步的位置上,把落在我衣服上的灰吹干净,平着放在那里,就像放下一个婴儿一样。

我对他说了声早安,问他几点钟了。他从口袋里掏出一只打猎用的怀表,我从来没见过那么体面的表。他用拇指挡着,以免开得太大,他往里面看了看表盘,就像看一只问卜的牡蛎,然后把表合上,对我说,回你的话,现在八点半。

"斯蒂福先生问你休息得可好,先生。"

"谢谢你,"我说,"休息得很好。斯蒂福先生好吗?"

"谢谢你,先生。斯蒂福先生还好。"这也是他的一个特点,不用很重的字眼儿,总是冷静地用一个一般的字眼儿。

"我还能荣幸地为你做些什么,先生?这里是九点钟打预备铃,九点半吃早饭。"

"没有事了,谢谢你。"

"应该是我谢你呀,先生。"他说完这话,走过床边的时候还微微低了低头,因为纠正了我的话而表示歉意,然后走了出去,悄悄地把门关上,似乎我刚刚睡熟,而这一觉对我来说是性命攸关的。

我们俩每天早上都把这段对话重复一遍——不多,也不少,一字不差。然而,无论我一下子可能长高了多少,无论我在斯蒂福的陪伴下,还是斯蒂福太太以诚相待的情况下,还是经过与达特尔小姐交谈,我又朝着较为成熟的年纪靠近了多少,一来到这个最体面的人面前,我就像那些不甚有名的诗人所说,"又成了一个孩子"。

黎提摩为我们鞴了马,斯蒂福什么都会,就教我怎样骑马。他为我们备了剑,斯蒂福就教我怎样击剑。有了手套,我就跟着这位师傅练拳击。斯蒂福发现我这些方面是个外行,并没有使我感到担心,但是在黎提摩面前显得没有能耐,我就觉得无法忍受了。我没有理由认为黎提摩对这些技能有所了解——他从来没给我留下这样的印象,即便是用他一个体面的眼皮眨巴眨巴,来显示一下,也不曾有过——可是在我们练习的时候,只要他在场,我就觉得世上没有比我更幼稚更无经验的人了。

我之所以特别详细地介绍这个人,是因为他当时就对我产生了某种特殊的影响,还因为从那以后发生的事情。

一个星期极其愉快地过去了。对于我这个神魂颠倒的人来说,可以想象,时间是过得很快的。不过这段时间倒给了我很多机会更好地了解斯蒂福,使我在各方面更钦佩他,因此在这段时间结束的时候,我觉得好像和他一起在这里待的时间比实际情况要长得多。他活泼地把我当个玩意儿来对待,我觉得比用任何别的方式都更合适。这就使我回想起我们过去的友谊；这好像是那段友谊的天然的延续；这说明他没有变；这也解除了我可能产生的各种顾虑，假如我把自己的优点和他比，假如我用相同的标准来衡量我根据友谊向他提出的要求；总而言之，这是一种熟悉的、无拘无束的、亲切的举止，是他对任何别人都不采取的。因为他过去在学校的时候对待我就和对待别人不同，我就觉得他在生活中对待我也和对待别的朋友不一样，而且为此而感到高兴。我觉得我在他心中比别的朋友更为亲近，我自己心里也因为向着他而暖烘烘的。

斯蒂福决定跟我到乡下去，转眼就到了出发的日子。起初他也犹豫过，要不要带黎提摩，后来决定还是不带了。这个体面的家伙，怎么对待他都行。他把箱子装到送我们去伦敦的小马车上，那个稳当劲儿，就像是要经受多少年的颠簸一样。我给了一点小费，他收下了，显出毫无表情的样子。

我们向斯蒂福太太和达特尔小姐告了别。我说了许多感谢的话，那位关怀备至的母亲则说了许多关心的话。我最后看到的是黎提摩那一眨不眨的眼睛，从他的眼神里我可以看出，他虽然没有说，却深信不疑：我实在是非常年轻。

我现在混得不错了，旧地重游，有何感想，在这里就不详细叙述了。我们是坐驿车去的。我记得我当时非常关心亚茅斯的声誉。在我们乘车穿过黑暗的街道往旅店去的路上，斯蒂福说就他所看到的而论，这地方像是一个美好、奇异、清静的洞。我一听这话，大为高兴。我们一到旅店就睡觉了（我从老友海豚门前经过时，看见门口摆着一双脏鞋，一副裹腿），第二天早上很晚才吃早饭。斯蒂福兴致很高，在我起床以前，他就到海滩上溜达，据他说，当地的船夫，有一半他已经认识了。他还看见了一所房子，烟囱里冒着烟，他认为那一定是裴果提先生的家,他说当时他真想闯进去,就说他就是我,只是长大了,他们认不出来了。

"你什么时候把我介绍给他们呀,雏菊?"他说,"我听你吩咐。你想怎么安排,就怎么安排。"

"是啊,我也在想这件事,今天晚上就不错,斯蒂福,晚上他们都坐在炉火旁边。我想让你看到一个温暖的家,一个奇异的地方。"

"就这么办吧!"斯蒂福答道,"今天晚上去。"

"我想事先不告诉他们我们已经在这儿了,"我高兴地说道,"你知道,咱们一定要叫他们感到意外。"

"哦,当然,当然。要是不让他们感到意外,就没意思了。咱们看看土人的土样儿吧。"

"虽然他们的确是你说的那种人,咱也得看。"我答道。

"哈哈!怎么样,你还记得我跟罗莎短兵相接的情况吧?"他说着,扫了我一眼,"那倒霉丫头,我还真有点儿怕她。我觉得她就像个小妖精一样。不管她了。你现在打算干什么?我想你是要去看奶妈吧?"

"啊,不错,"我说,"我得先去看裴果提。"

"那好,"斯蒂福说着,看了看表,"我送你去吧,让他们守着你哭上两个钟头,两个钟头够长吗?"

我笑着说,大概够了,不过他也得来,因为他会发现他的名声比他到得早,他和我几乎是同样重要的人物。

"你愿意让我上哪儿,我就上哪儿,"斯蒂福说,"你愿意让我做什么,我就做什么。你告诉我到哪里去,再过两个钟头,我一定到,你希望我以什么模样出现,愁眉苦脸,或嬉皮笑脸,都行。"

我详细地告诉他怎样找到巴吉斯先生的住处,巴吉斯先生是个赶车的,专跑布伦德斯通等地;安排好了以后,我就一个人走了。外面冷飕飕的,使人振奋,地上干干的,海水碧波清澈,太阳并不很热,但格外光亮,万物都朝气蓬勃。我也朝气蓬勃,因为我在这里感到很高兴,几乎要在街上把人拦住,和他们握手了。

　　街道看上去当然显得很窄——我想只在小时候见过的街道,长大了再回去看,总是显得很窄的。街上的一切,我都没有忘记,也没看见有什么变化。后来我来到奥默先生的商店,原来写着"奥默"的地方,现在改成"奥默与乔兰"了,经销布匹,兼营成衣,制作丧服,配料俱全,等等,还是原样未改。

　　我隔着马路看了门脸儿上的字以后,我的脚步很自然地朝着店门走去,所以我就过了马路,往店里望去。靠里边儿,有一个漂亮女人,怀里有个婴儿在跳动,旁边还有一个小家伙,揪着她的围裙。我毫不困难,一下子就认出了明尼,也认出了明尼的孩子。会客室的玻璃门是关着的,但我隐隐约约听见院子对面的作坊里传来的声音,那声音很耳熟,好像从来没有停过。

　　"奥默先生在家吗?"我说着走了进去,"要是在家,我想见一见他。"

　　"哦,好啊,先生,他在家,"明尼说道,"他有哮喘病,这种天气,出去不合适。乔,叫你爷爷来。"

　　揪着她的围裙的小家伙扯着嗓子喊了一声,他自己听了那喊声也觉得不好意思,连忙拽着她的裙子捂在脸上,他妈倒挺高兴。我听见有人喘着粗气朝我们走来,过了一会儿,奥默先生就出现在我的面前,他没怎么显老,但比先前喘得更厉害了。

"伺候着哩,先生,"奥默先生说道,"你有何贵干,先生?"

"你要是愿意,奥默先生,就和我握握手吧,"我说着伸出手去,"有一次,你对我非常善良,不过我当时大概没有为此而表示什么。"

"是吗?"老人答道,"听你这么说,我很高兴,不过我记不得那是什么时候的事了。你准知道那是我吗?"

"肯定无疑。"

"我觉得气不够使,记性也不济了,"奥默先生说着看了我一眼,摇了摇头,"我不记得你呀!"

"你不记得了吗? 有一次你跑到驿站去接我,我还是在你这里吃的早饭,后来我们一起坐车到布伦德斯通去——你,我,乔兰太太,还有乔兰先生,当时他还不是她丈夫呢。"

"哎呀,老天保佑,"这意外的情况使得奥默先生大咳一阵,随后他说,"快别说了! ——明尼,我的孩子,你还记得吧? ——哎哟,对呀。我记得当事人是个太太,是吧?"

"是我母亲。"我答道。

"对了,对了,"奥默先生说道,一面用食指捅了捅我的背心,"当时还有一个小孩儿! 一共是两个人,那小孩儿就放在大人的身边。是在布伦德斯通,一点儿不错。哎哟! 你一向可好啊?"

我说我很好,谢谢他关心我,我希望他也很好。

"哦! 没什么可抱怨的,你知道,"奥默先生说道,"我的气越来越短了,不过人老了,没听说谁的气越来越长的。我这个人随遇而安,尽力而为就是了。这个办法最好,是不是?"

奥默先生一笑,又引起了一阵咳嗽,女儿帮他止了咳,这时候她正站在我们身边,扶着最小的孩子在柜台上蹦呢。

"哎哟!"奥然先生说,"是啊,一点儿也不错。是两个人。对了,就是那一次,在车上为俺明尼和乔兰结婚定的日子,的确是这样。'说个日子吧,大伯,'乔兰说。'是啊,说个日子吧,爹。'明尼说。现在乔兰和我一块儿干了。再看看这个,这是最小的!"

明尼还扶着孩子在柜台上跳,她父亲把一个粗大的手指放到孩子的手心儿里,明尼笑了,把系着发带的头发朝两鬓拢了拢。

"不错,当时是两个人,"奥默先生说道,一边带着回忆往事的样子点了点头,"的确是两个。眼下,乔兰正在做一口灰色的,钉银白色钉子的棺材,尺寸要比这个……"——指在柜台上跳的孩子——"足足大两寸。你吃点什么好吗?"

我婉言谢绝了。

"让我想想!"奥默先生说道,"车夫巴吉斯的老婆——船夫裴果提的妹妹——她和你们家有什么关系吧?她一定是在那儿干活儿吧?"

我做了肯定的回答,使他非常满意。

"我的记性好多了,我想我的哮喘也会跟着好起来的,"奥默先生说道,"说起来,先生,我们这里有她一个年轻的亲戚,跟我们学徒,她做的衣服格调高雅——我敢说整个英国没有哪位公爵夫人能比得上她的。"

"不是小艾米丽吧?"我脱口而出。

"正是艾米丽,"奥默先生说道,"她的个子也不算高,但是你要是肯相信我的话,她的脸蛋儿可与众不同,弄得镇上一半的女人都跟她作对。"

"别胡说了，爸爸！"明尼大声说道。

"我的孩子，"奥默先生说道，"我没说你也跟她作对，"他说着朝我挤了挤眼睛，"我是说亚茅斯一半的女人——哦，方圆五英里以内的女人，都起劲儿地和那个女孩子作对。"

"那她就应该安分守己才是，父亲，"明尼说道，"别给人家留下话把儿呀，那他们就没辙了。"

"就没辙了，我的孩子，"奥默先生反驳道，"就没辙了！这就是你对生活的了解吗？女人有什么事做不出，又有什么事不该做，特别是涉及另外一个女人的美貌的时候？"

奥默先生说完这段挖苦人的笑话之后，我真觉得他要玩儿完了。他一个劲儿地咳嗽，气怎么也喘不上来，我满以为要看着他一头栽到柜台后面，他那黑色短裤，连同膝头一束束褪了色的带子，抖动着翘起来，最后做一次无用的挣扎。不过最终他还是缓过来了，虽然他还在那里大口喘气，浑身无力，不得不坐在桌子旁边的凳子上。

"你看，"他说着擦了擦头上的汗，一边吃力地喘着气，"她在这里和别人没有什么交往——她没有什么特别要好的熟人和朋友，更不要说知心人了。结果，不怀好意的人就散布流言蜚语，说艾米丽要当阔太太。我觉得这主要是因为她有时在学校里说，她要是当了阔太太，就要为她舅舅做这做那——你还看不出来吗？——还要给他买什么好东西呢。"

"你听我说，奥默先生，"我急切地说，"我们小的时候，她也对我说过这样的话。"

奥默先生点了点头，摸了摸下巴。"是啊。还有，她用很少的材料，你看，就能把自己打扮得很漂亮，而许多人用很多材料，却打扮得不如她。这样，不愉快的事情就来了。再就是她挺任性,我就是要说她任性,"奥默先生说,"究竟在想些什么,连她自己也闹不大清楚;有点儿惯坏了;从一开头就没有严格地约束自己。对她的指责,也就这些吧,明尼?"

"也就这些,爸爸,"乔兰太太说,"最难听的话,我想,也就是这些了。"

"有一次,她找了个活儿干,"奥默先生说,"为一个很难伺候的老太太做伴,她们合不来,她就没有干下去。后来她来到我们这儿,学徒三年,现在已经快两年了,她可是个好孩子。一个人顶六个! 明尼,她是不是一个顶六个?"

"是的,父亲,"明尼答道,"你可别说我糟践她了。"

"很好,"奥默先生说道,"你说得很对。年轻人,"他摸了一阵子下巴,接着说,"我想,就说到这里吧,免得叫你觉得我气短舌头长。"

他们父女俩谈到艾米丽的时候是压低了声音说话的,我就断定艾米丽一定就在附近。我一问,奥默先生点了点头,果然是这样,他还朝着会客室的门点了点头。我连忙问,能不能往里看,得到的回答是随便看。我隔着玻璃一看,见她坐在那里做活儿。她真是一个漂亮极了的小东西,那双清澈的蓝眼睛看到过我的幼小心灵,这时她正笑着转向明尼的另一个孩子,这孩子正在她身边玩耍。我在她那容光焕发的脸上看出一种任性的样子,足以证明我刚才听到的话是不错的,还隐约看到昔日因喜怒无常而露出的羞涩表情,但她那漂亮的容貌,我敢说,无一处不意味着善意与幸福,而且她已经走上了善意与幸福的道路。

院子对面传来的声音似乎从未停止过——唉,这声音是永远不会停止的——那轻微的敲打声一直在继续。

"你不想进去，"奥默先生说，"和她谈谈吗？进去和她谈谈吧，少爷！不要客气！"

我当时很不好意思，没有进去。我怕弄得她不知所措，也怕弄得我自己不知所措。不过我打听到了她晚上下班的时间，这样我就可以相应地安排我们什么时候到她家去了。我向奥默先生告了别，向他的漂亮女儿和孩子们告了别，我就出来，到亲爱的奶妈裴果提家去了。

裴果提正在镶着瓷砖的厨房里做饭。我刚一敲门，她就把门开开了，问我有什么事儿。我对她笑了笑，但她并不对我笑。我没断了给她寄信，不过自从我们上次见面以来，过了准有七年了。

"巴吉斯先生在家吗，太太？"我假装粗声粗气地对她说。

"在家，先生，"裴果提答道，"他风湿病闹得很厉害，在床上躺着哩。"

"他现在不跑布伦德斯通了吗？"我问道。

"不犯病的时候就去。"她答道。

"你到那儿去过吗，巴吉斯太太？"

她更仔细地看了看我，这时候，我注意到她的两只手猛然一动，靠得更近了。

"因为我想问一个问题，涉及那里的一所房子，大家都管它叫——叫什么来着？——叫栖鸦楼。"我说。

她倒退了一步，又犹豫，又害怕，伸出两手，好像不让我靠近她。

"裴果提！"我朝她喊道。

她喊了一声"我亲爱的孩子呀！"接着我们俩就搂在一起，大哭起来。

她怎样克制不住自己的感情——怎样对着我又哭又笑——感到多么骄傲，多么高兴——多么悲哀，因为本来应该为我感到骄傲感到高兴的那个女人永远不可能把我亲热地搂在怀里了——这一切，我在这里都不忍心再说了。因为我年轻，我的情绪跟着她波动，但我并不觉得这有什么不好，从而感到不安。我敢说，我这一辈子，即便是在她面前，也从来没有像那天早上那样尽情地哭，尽情地笑。

"巴吉斯一定会很高兴，"裴果提说着用围裙擦了擦眼睛，"这比他用几品脱的药来搓他的关节还见效。我去告诉他你来了，好不好？你愿意上来看看他吗，我的孩子？"

我当然愿意。不过裴果提虽说要去，却没有那么容易，因为她每次走到门口，扭头朝我一看，就回来趴在我肩膀上又哭一阵，笑一阵。最后，为了好办一点儿，我就和她一块儿上楼去了。我在门外等了一会儿，她先去跟巴吉斯先生说一声，让他有个思想准备，然后我就来到了病人的面前。

他一见我，热情极了。他的风湿病很厉害，不能和我握手，但他请我摸一摸他的睡帽上的穗子，我就极其热情地摸了一番。我在床边坐下以后，他对我说，他觉得好像又在赶着车送我到布伦德斯通去，这种感觉对他的好处是很大的。他仰卧在床上，又盖得那么严，只露着一张脸，好像他只有一张脸——就像传统画里的小天使一样——看上去可真是我见过的最怪的一件东西了。

"我在车上写过一个名字，少爷，那是个什么名字来着？"巴吉斯说着，因患风湿而痛苦地慢慢一笑。

"哦，巴吉斯先生，我们多次认真地谈过这件事，对不对？"

"我表示愿意,还等了很长时间,是不是,少爷?"巴吉斯先生说。

"是等了很长时间。"我说。

"可是我不后悔,"巴吉斯先生说,"你还记得吗,有一次你对我说,苹果饼都是她做,饭也都是她做?"

"记得,记得很清楚。"我答道。

"真是这样,"巴吉斯先生说道,"好比萝卜就是萝卜,"巴吉斯先生说着,甩了甩睡帽,他也只有这样来加强语气了,"税就是税。一点儿不假。"

巴吉斯先生转过脸来看了看我,好像希望我同意他在病床上做出的这一论断,我也就表示同意了。

"一点儿不假,"巴吉斯先生又说了一遍,"像我这样一个穷人,躺在病床上,就认这个理儿。我是个很穷的人啊,少爷。"

"听你这样说,我很难过,巴吉斯先生。"

"是个很穷的人,的确是这样。"巴吉斯先生说道。

说到这里,他的右手无力地从被单下面慢慢伸出来,漫无目的地乱抓了一阵,抓住了一根松松地捆在床边的手杖,他用这手杖乱指了一阵,脸上显出了各种痛苦的表情,最后他指了指一个箱子,箱子的一头儿一直露在外面,我看得见。随后他脸上的表情渐渐平静下来。

"旧衣裳。"巴吉斯先生说道。

"哦!"我说。

"要是一箱子钱就好了,少爷!"巴吉斯先生说道。

"那可真的就好了。"我说。

"可那不是呀。"巴吉斯先生说着,把两只眼睛睁得大大的。

我表示那是肯定无疑的;巴吉斯先生转过脸去,以更温柔的眼光看着自己的妻子,说道:

"克·裴·巴吉斯,她是个最能干、最好的女人。无论是谁说什么话来称赞克·裴·巴吉斯,她都当之无愧,而且有余。我的孩子,你今天就陪我们吃饭吧,好吗?有好吃的,好喝的呀。"

我本来想说不要为我而这样做,没有必要,但我看见裴果提坐在床那边,非常希望我不要推辞,所以我没有吭声。

"我身边还有点儿钱,亲爱的,"巴吉斯先生说道,"可是我有点儿累了。要是你和大卫先生出去一下,让我睡一会儿,睡醒了,我想法儿把它找出来。"

听他这样要求,我们就从屋里出来了。我们来到门外,裴果提告诉我,巴吉斯先生比以前"更加拮据"了,每次从他放钱的地方拿出一个子儿来,他都采取这个办法;他忍受着闻所未闻的痛苦,独自爬下床来,从那个倒霉的箱子里拿出钱来。实际上,我们接着就听见他那强忍着的呻吟,叫人听了实在难受,因为这项与喜鹊的习性一般的活动使他浑身的关节疼痛难忍。但是裴果提虽然两眼充满了对他的疼爱,却说他肯慷慨解囊,对他是有好处的,最好不要阻拦。所以他就继续呻吟,一直到他回到床上为止,我敢肯定,他经历了一场殉道者经历的苦难。后来他叫我们进去,他还假装睡了一觉,刚刚醒来,精神很好,接着就从枕头底下摸出一几尼。他很满意,一来骗过了我们,二来保住了那无人知晓的箱子的秘密,这对他来说好像就足以补偿他所经受的那些痛苦了。

我告诉裴果提说斯蒂福要来,让她有所准备,过了一会儿，斯蒂福就来了。我相信，无论斯蒂福给过她个人什么恩惠，还是他只是我的好朋友，裴果提都不会采取不同的态度，都会极其热情地、诚心诚意地接待他。但是不出五分钟，他就把她吸引住了，因为他又随和，又热情，态度和蔼，面貌俊秀，生来就善于和人打交道，想和谁接近就能和谁接近，想打动谁的心，就能抓住他最关心的东西，一下子打动他的心。光凭他对我的态度，他就能赢得她的好感，可是把所有这些原因加在一起，我完全相信那天晚上他还没有走，裴果提就对他有些崇拜了。

他和我一起留下来吃晚饭，我要是说他愿意，那可远没有说出他那副求之不得、兴高采烈的样子。他来到巴吉斯先生屋里，像阳光和空气一样，给人以明亮、清新的感觉，仿佛他就是有助于身体健康的自然条件一样。他无论做什么事情都不出声音，不费力气，不用有意识地去做；他每做一件事情都显得格外轻快，好像不可能做别的事情，也不可能做得更好，而他这种轻快又显得那么优美，那么自然，那么叫人欢喜，直到现在，我回想起来，还钦佩不已。

我们在小小的客厅里玩得很开心。那本《殉道者传》，从我上次来过以后，就没有人打开过，原样摆在书桌上，现在我再翻开看看里面那些可怕的插图，回想起上一次看这些插图的感受，现在已经不再有了。裴果提提到一间屋子，称它是我的屋子，说已经为我过夜准备好了，希望我使用。我还没来得及看斯蒂福一眼，正在那里犹豫，他却对当时的情景看得一清二楚了。

"当然是这样，"斯蒂福说，"我们在这儿的这段时间里，你在这里睡，我到旅店去睡。"

"可是这么远把你带到这里,"我答道,"又不和你同住,显得太不够意思了,斯蒂福。"

"哦,看在上帝的分上,你说你理应睡在哪里?"他说,"和这相比,'显得'怎么样又有什么关系?"问题马上得到了解决。

整个晚上,一直到八点钟我们离开这里,向裴果提先生住的船走去,他始终表现出自己那些讨人喜欢的品质。说真的,他待的时间越长,这些品质表现得越突出;因为我当时就想,现在也不怀疑,他决心讨人喜欢,已经获得成功,他意识到这一点,这就促使他从新的角度细心观察,而且虽然微妙,却使他更容易讨人喜欢了。要是当时有人对我说,这一切都是一场漂亮的把戏,只是为了一时的兴奋,为了热闹一番,实际上是在无意识地喜欢高人一等,毫无意义地、随随便便地把对他没有价值的东西弄到手,又随手把它扔掉——我说,那天晚上要是有人对我说这样的谎话,我真不知道我会怎样对待,怎样发泄我的怒气了。

也许我只会加深对他的忠实和友谊,如果这种虚幻的感情还有可能加深的话;反正我当时是带着更深厚的感情陪着他在那黑暗、寒冷的海滩上朝着那条旧船走去,风在我的耳边叹息,比我第一次来看望裴果提先生的那天晚上的叹息和呻吟声,听起来更为悲惨。

"这地方够荒凉的,斯蒂福,是不是?"

"天黑了,是够凄凉的,"他说,"海水咆哮,好像饿了,要把我们吃掉。我看见远处有灯光,那就是那条船吧?"

"那就是那条船。"我说道。

"和我今天早上看到的一模一样,"他答道,"我一下子就奔那儿去了,这也许是本能吧。"

快到那灯光的时候,我们就不说话了,悄悄地朝门口走去。我把手放在门栓上,小声叫斯蒂福跟上,接着我就走了进去。

我们在门外就隐隐约约听见屋里有嘈杂的说话声,进门的时候,听见一阵拍手的声音,使我惊讶的是这拍手声来自古米治太太,而她平时总是闷闷不乐的。异常兴奋的还不止古米治太太一人。裴果提先生容光焕发,显得格外满意的样子,哈哈大笑,张着粗壮的两臂,好像正等着小艾米丽扑到他的怀里;哈姆脸上表情复杂,有爱慕,有欣喜,还有一种尴尬的难为情的神气,这神气配在他的脸上倒正合适,他拉着小艾米丽的手,好像正要把她介绍给裴果提先生;小艾米丽本人又胆怯,又难为情,但是从她的眼神儿里可以看出,她为裴果提先生高兴而感到高兴,她正要从哈姆身旁扑向裴果提先生,偎依在他的怀里,我们一进来,她立刻停住了,因为她第一个看见了我们。我们第一眼看见他们的时候,我们从寒冷黑暗的冬夜进入温暖明亮的屋子的时候,屋里的情景就是这样——古米治太太站在后面,拼命拍手,像发了疯似的。

这幅小小的图画,我们一进来,马上就消失了,快得甚至叫人怀疑原来是否有过这样一幅图画。我在这群吃惊的人们中间,面对面地看着裴果提先生,向他伸出了手,这时候,哈姆叫道:

"大卫少爷!这是大卫少爷呀!"

我们顿时互相握起手来,互相问好,彼此都说再次见面多么高兴,人人都在说话。裴果提先生见到我们,感到又骄傲,又愉快,一时竟不知说什么好,做什么好,只是一个劲儿地和我握手,和斯蒂福握手,然后又和我握手,把一头厚发弄得乱糟糟的,他笑得那么开心,那么得意,让人看了实在高兴。

"哎呀,你们两位先生——都长大了——今天晚上来到我们家,又赶上我一生中最难得的一天,"裴果提先生说,"这样的事,以前可从来没有发生过,我的确是这样想的,而且是有道理的! ——亲爱的艾米丽,过来! 快过来,我的小妖精!这是大卫少爷的朋友,亲爱的! 这就是你听我们谈到过的那位先生啊,艾米丽。他和大卫少爷一起来看你了,今天晚上又赶上是你舅舅一生中,无论是过去,还是将来,最快活的日子。让别的日子见鬼去吧。"

裴果提先生兴致勃勃地一口气说了这番话之后,非常快活地用两只大手捧着外甥女的脸亲了十多次,又以骄傲与疼爱的心情温柔地把它贴在自己宽阔的胸膛上,用手轻轻地拍了拍,好像他的手是一只贵妇人的手。然后他松开了手,在她跑进我住过的小屋的时候,他扫了我们一眼,满脸通红,气喘吁吁,显出格外满意的样子。

"要是你们两位先生——两位先生现在都长大了——都长大了——"裴果提先生说道。

"是啊,是啊!"哈姆叫道,"你说得对! 他们是长大了。大卫少爷——两位先生都长大了——都长大了。"

"要是你们两位先生,两位先生都长大了,"裴果提先生说道,"看到我现在这个样子,不能谅解我,那就等你们了解了情况以后,我再求你们原谅我吧。——我亲爱的艾米丽! ——她知道我要说出来,"说到这里,他那个高兴劲儿又上来了,"就跑掉了。——老大姐,你费心去照料她一会儿,好不好?"

古米治太太点了点头，就走了。

"要是今天晚上，"裴果提先生说着，靠近壁炉在我们中间坐下，"还不算我一生中最快乐的一个晚上，那么我就是一只虾，而且是一只煮熟了的虾——别的什么就不说了。这个小艾米丽，先生，"他压低了声音对斯蒂福说，"你刚才看见了，她脸红了……"

斯蒂福只点了点头，但他很高兴，而且显得又关心，又和裴果提先生有同样的感情，使裴果提先生觉得他好像说了点儿什么，就接着说：

"那当然。她就是这个样子，就是这么个人。谢谢你，先生。"

哈姆朝我不断地点头，好像要是让他说，他也会这么说。

"我们这个小艾米丽，在我们家受到的待遇，我认为只有眼睛明亮的小东西才能在任何人的家里受到，我是个愚昧无知的人，但是我相信这一点。她不是我的孩子——我没生过孩子，可是我最疼她。你明白吗？我最疼她！"

"我非常明白。"斯蒂福说道。

"我知道你是明白的，先生，"裴果提先生答道，"我再谢你一次。大卫少爷记得她过去的情况；你可以亲自判断她现在的情况，不过你们俩都不完全清楚，她的过去、现在和将来对于我这颗疼爱她的心来说，意味着什么。我是个粗人，先生，"裴果提先生说道，"像海刺猬一样粗，可是我觉得谁也不可能知道我们的小艾米丽对我来说意味着什么，除非是个女人，而且咱们关起门来说，那女人还不能是古米治太太，虽然她也有无数的长处。"

裴果提先生又用两手把头发弄得乱蓬蓬的，这是进一步

为下面要说的话做准备。接着，两手分别搭在膝盖上，继续说道：

"有这么一个人，从艾米丽的父亲淹死的时候就认识她，是看着她长大的——从一个孩子，到一个少女，到一个女人。这个人看上去并不起眼，很不起眼，"裴果提先生说道，"和我长得差不多，是个粗人，他饱经风霜，浑身发咸，但是总的说来，他是那种诚实的人，是个好心人。"

哈姆坐在那里冲着我们笑，我觉得从来没有见他笑得这样开心。

"这里这个有福气的打鱼的干什么了呢？"裴果提先生兴高采烈地说道，"他一下子爱上了我们的小艾米丽，到处跟着她转，像仆人一样伺候她，连饭也不想吃了，后来他把出的这件事儿对我明说了。你看，我现在可以祝愿我们的小艾米丽顺利成亲了。但愿她在任何情况下都有一个诚实的人有权保护她。我不知道自己还能活多久，也不知道多快就会死了，不过我知道，要是哪天晚上在亚茅斯附近的海面上，大风吹翻了我的船，我贴着浪尖最后看一眼镇上闪烁的灯光，然后就再也露不出头的时候，我会较为坦然地沉下去，心想：'岸上有个人，对我的小艾米丽一片忠心，上帝保佑她，只要他活着，我的艾米丽就不会受委屈。'"

裴果提先生朴实认真地把右胳膊一挥，仿佛是最后一次朝着镇上的灯光挥动，随后他对着哈姆的目光，两人互相点了点头，他像刚才一样接着说道：

"唉，我劝他找艾米丽谈谈。他也不小了，可是他比小孩子还害羞，不愿意去。于是我就去和她谈。'什么！就是他？'艾米丽说，'这么多年，我跟他这么熟，又这么喜欢他！

哦,舅舅,我可不能要他。他是那么好的一个人!'我吻了她一下,没有多说,只对她说,'亲爱的孩子,你说出了自己的想法,这很好,你应该自己来选择,你像小鸟一样自由。'随后我又去找他,我对他说,'我本来也希望这件事能成,但是没有成。不过你们可以和过去一样,我要对你说的是,你要像个男子汉,像过去一样对待她。'他握着我的手对我说,'我一定照办!'他说。有两年的时间,他就是这样,大大方方,是个男人的样子,我们在家里完全和过去一样。"

裴果提先生脸上的表情随着他说的话而不断变化,现在又恢复了原来那种得意的、愉快的神情。他把一只手搭在我的膝盖上,另一只手搭在斯蒂福的膝盖上(事先还在手心里吐了点儿吐沫,以突出他这个动作),然后就冲着我们俩说了下面这段话:

"忽然有一天晚上——其实就是今天晚上——小艾米丽下班回来,是他陪她回来的。你会说,那有什么了不起的。的确是这样,因为天黑以后,他总是像个哥哥一样照顾她,天黑以前以及别的时间也是一样。但是这个打鱼的拉住她的手,高兴地对我喊道:'看哪!她就要做我的小媳妇了!'她接着就又大胆,又害羞,半笑半哭地说:'是的,舅舅!只要你同意。'——只要我同意!"裴果提先生大声说道,想到这里,他高兴得摇头晃脑,"我的天哪,好像我还会不同意哩!——'只要你同意就行啦,我不像以前那么犹豫了,考虑得比较成熟了,做他的小媳妇,我一定好好地待他,他可是个大好人哪!'古米治太太一听这话,好像在看戏一样,鼓起掌来,就在这时候,你们进来了。这样一来,秘密全暴露了!"裴果提先生说道,"你们进来了! 这就是刚才在这里发生的事,要娶媳妇的就是他,等她一出师就结婚。"

裴果提先生感到无比的高兴,就给了哈姆一拳,就是一种信任与友好的表示,这一拳打得他站立不稳,倒退了两步。哈姆觉得理应对我们说点儿什么,就非常吃力地、吞吞吐吐地说道:

"你头一次来的时候,大卫少爷——她的个子并不比你高——当时我就想,不知道她长大了是个什么样子。我是看着她长大的——先生们——像一朵花一样。为了她,我可以不要命——大卫少爷——哦!我还很满足,很高兴!对我说来,她超过了——先生们——超过了——她就是我想要的一切,超过了我——超过了我能说出来的我想要的一切。我——我真爱她。地上也罢——海上也罢——没有哪位先生爱他的女人能超过我对她的爱,虽然有许多人——嘴里说得好听——心里却是另外一码事儿。"

像哈姆这样一个强壮的汉子,因为倾心于一个可爱的小东西,谈起来激动得发抖,看到眼前这种情况,我也觉得很受感动。我觉得,裴果提先生和哈姆本人给我们的这种纯朴的信任也很令人感动。他们说的这些事都使我很受感动。我对童年的回忆对我的情绪产生了多大的影响,我不知道。是不是我来的时候脑子里还残存着一种幻想,觉得我还应当爱小艾米丽,我也不知道。我只知道这里的情况使我感到愉快,不过在一开始的时候,我感到的是一种无法形容的易受影响的愉快,是很容易转化为痛苦的。

因此,要是由我来运用技巧,拨动琴弦,来为大家定一个调子,我非把事情弄糟不可。幸好这件事是由斯蒂福来做的;而且他技艺高超,几分钟之后,我们就都能多逍遥就多逍遥,能多快活就多快活了。

"裴果提先生，"他说，"你可是个大好人，应该像今天晚上这样高兴。我伸出手来做保证！——哈姆，我祝你快活，老兄。我也伸出手来做保证！雏菊，你把火拨一拨，让它着得旺一点儿！——还有，裴果提先生，我现在把墙角里这把椅子空出来，你要是不能把你那温柔的外甥女劝回来，我可就要走了。在这样一个夜晚，我不能让你家的炉火边上有空位子呀——这样一个空位子更是绝对不行——即便是把印度群岛的财富给了我，我也不干！"

于是裴果提先生就到我住过的那间屋里去把小艾米丽找回来。起初，小艾米丽不肯回来，后来哈姆也去了。一会儿的工夫，他们陪她来到炉火旁边，她不知如何是好，也显得很不好意思。但她很快就镇静下来，因为她看到斯蒂福跟她讲话那么文雅，那么有礼貌，那么善于避开可能使她难堪的话题；看到他怎样和裴果提先生谈论小船、大船、潮水和鱼类；怎样和我谈起在萨伦学堂见到裴果提先生的情况，他怎样喜欢这条船以及船里的一切；他怎样轻松自如地与大家周旋，最后他把我们都引进了如醉如痴的境地，我们都无拘无束地说个没完。

说真的，艾米丽一晚上很少说话；她一边看，一边听，脸上的表情很丰富，看上去很迷人。斯蒂福讲了一个悲惨的沉船的故事（这是从他和裴果提先生的谈话中引出来的），就好像他亲眼看着一样，小艾米丽两眼一直盯着他，好像她也亲眼看着一样。为了缓和一下紧张气氛，他又给我们讲了一件他自己的有趣的经历。他讲得非常生动，好像我们对这段经历和他一样记忆犹新。小艾米丽笑得全船都回荡着她那悦耳的笑声,我们都笑了(斯蒂福也笑了),因为我们面对那轻松欢快的情景,也不禁产生了共鸣。他非让裴果提先生唱歌,与其说唱,不如说吼,唱的是"狂风呼叫,呼呼叫"。斯蒂福自己也唱了一支水手歌曲,唱得那么委婉动听,我几乎觉得那真正的风悲哀地在房子周围吹过的时候,它在我们鸦雀无声的寂静之中轻轻发出低沉的声音的时候,它也在那里听呢。

至于古米治太太这个精神沮丧的受害者,斯蒂福也帮她解脱出来,裴果提先生告诉我,自从她的老伴儿去世以来,谁都没有取得这样好的效果。斯蒂福不给她留下时间去让她苦恼,所以第二天她说她觉得头一天晚上一定是中了邪了。

不过斯蒂福并没有垄断大家的注意力,也没有垄断大家的谈话。小艾米丽渐渐地不那么胆怯了,隔着炉火和我谈起话来,但仍然有些不好意思。她谈到过去我们怎样在海滩上溜达,收集贝壳和石子。我问她是否记得我当年对她多么忠心耿耿。回想起昔日美好的时光,我们俩都笑了起来,脸也红了。现在,回顾那段往事,好像不曾有过那样的事。在这段时间里,斯蒂福一声不吭,专心致志地仔细观察我们。这时候,乃至整个晚上,艾米丽一直坐在炉旁角落里的小柜子上,哈姆坐在他身边,那是过去我坐的地方。我无法断定,那究竟是她特有的折磨人的伎俩,还是在我们面前表现出来的少女的拘谨,反正她是紧靠着墙坐在那里,和他保持一段距离,不过我注意到了,她整个晚上都是那个样子。

我记得,我们告辞的时候已经快半夜了。临走以前,我们一起吃了夜宵,吃的是饼干和鱼干儿,斯蒂福从口袋里掏出满满一瓶荷兰酒,我们几个男人(现在我可以说我们几个男人而毫无愧色了)一饮而尽。我们高高兴兴地告了别,他们都聚在门口，想尽量多照亮一点儿我们的路，这时我看见小艾米丽那双漂亮的蓝眼睛从哈姆身后朝我们张望，我还听见她那温柔的声音冲着我们喊，叫我们路上多加小心。

"真是一个很有吸引力的小美人儿，"斯蒂福拉着我的胳膊说道，"哦，这地方真有意思，这些人也真有意思，和他们在一起，有一种全新的感觉。"

"咱们也真幸运，"我答道，"来到这里正好看到他们订婚的欢乐情景。我从来没有见过有人这么快活。咱们像刚才那样亲眼看见了，而且分享了他们纯朴的欢乐，多么叫人高兴啊！"

"那个呆头呆脑的家伙可配不上那姑娘，是不是？"斯蒂福说。

他对哈姆，对他们所有的人，一直都很热情，所以我没想到他会说出这样冷淡的话，感到吃惊。但我马上扭头看了看他，见他眼神里露出笑意，才大大松了一口气。我说：

"唉，斯蒂福！你可真会拿穷人开玩笑！你可以跟达特尔小姐拌嘴，也可以用玩笑对我掩盖你的热心肠儿，但是我看得很清楚。我知道你对他们了解得多么深，多么善于洞察像这个渔民一样的普通人的幸福，善于体谅像我的老奶妈这样的人的一颗爱心，所以我知道你对这种人的喜悦，对他们的悲哀，对他们的任何一种感情，都不会是无动于衷的。所以，斯蒂福，我对你的敬重与仰慕增加了二十倍！"

他停下了脚步，看着我的脸说："雏菊，我相信你这都是真心话，你真好。但愿我们都是这样！"接着他就兴致勃勃地唱起裴果提先生刚才唱的那支歌来，我们就这样迈着轻快的步子走回亚茅斯。

第二十二章　几处旧地，几位新人

　　我和斯蒂福在这一带待了两个多星期。我们很多时间是在一起的，这就不用说了，不过有时候，我们也一连几个钟头不在一起。他水性很好，我却不行；他又特别喜欢坐船去玩儿，他和裴果提先生乘船出游的时候，我往往留在岸上。我住在裴果提家空闲的屋里，受到一定的约束，而他就不受这种约束，因为我知道裴果提整天照顾巴吉斯先生有多辛苦，所以晚上不愿意在外面待得很晚，而斯蒂福住在旅店里，可以由着自己的性子去做，别的不必考虑。这样我就听说，我睡了以后，他还在裴果提先生常去的顺兴楼花点儿钱，请渔民们聚一聚。我还听说，他披着渔民的衣服，趁着月光，整夜在外面游荡，早上涨潮的时候才回来。不过我这时候已经知道，他有好动的天性和勇敢的精神，喜欢在艰苦的劳动和恶劣的天气里表现一番，遇到别的能使他兴奋的机会，只要他觉得新鲜，他也会表现一番。所以我对他做的这些事，并不感到意外。

　　我们有时候不在一起，还有一个原因：我有兴趣到布伦德斯通去，再看一看我童年时代熟悉的老地方，这是很自然的，而斯蒂福去过一次了，自然没有多少兴趣再去一次。因此我马上就能回想起来，有三四天，我们很早吃过早饭就分道扬镳，很晚再一起吃晚饭。在我们分开的时候，他是怎样打发时

414

间的,我不得而知,只笼统地知道他在这里人缘很好,能找到二十种活动方式来进行消遣,要是别人,恐怕连一种也找不到。

至于我,独自一人重归故里,我顺着老路走去,每一码都唤起我的回忆,昔日去过的地方,也都使我流连忘返,而且从不感到厌倦。我在这些地方流连,我对这些地方眷恋,其实在我远在他乡的时候,我的心思也常在这里流连,我那幼小的心灵也曾对这里眷恋。树底下有座坟,我的父母都葬在那里——起初那只是我父亲的坟,我曾怀着一种莫名其妙的怜悯之心从远处望它,我也曾站在它旁边,孤独一人,看着他们把坟刨开,把我那漂亮的母亲和她的孩子埋葬进去——从那以后,这座坟在裴果提精心照顾之下一直整整齐齐,成了一座花园。我一个钟头一个钟头地在近处走来走去。这座坟没有紧靠着墓地的小路,坐落在一个僻静的角落里,但离得也不太远,我走来走去的时候,还能看清墓碑上的名字。教堂打点的钟声使我吃惊,因为我觉得那好像是长眠者发出的声音。在这种情况下,我所想的总是和我在生活中要成为怎样一个人联系在一起,总是和我要做的出人头地的事联系在一起。我的脚步声产生的回响也没有形成别的曲调,而是围绕着这一主题,仿佛我这次回来,母亲还活着,我要在她身旁建功立业,而这一切都是幻想。

我旧日的家发生了很大的变化。那七零八落的鸦巢,早就没有乌鸦在里面栖息了,现在连巢也不见了。那些树的枝叶,砍的砍,去的去,也不再是我记得的样子了。花园一片荒芜,房子的窗户,有一半是关着的。房子里面住着一个可怜的男人,是个疯子,还有几个人在照顾他。他老坐在我那个小窗口,往外朝墓地那边看,不知他那杂乱的思绪是否与我先前的想法相吻合,当年我穿着睡衣,就是从这个小窗户迎着朝霞往外看,看见羊群在初升太阳的照耀下,在那里静静地吃草。

我们的老邻居葛雷波夫妇到南美洲去了,雨水顺着他们家空房子的屋顶往下流,把外面的墙都弄脏了。祁力普先生又结婚了,娶了一个大个子、高鼻梁、瘦骨嶙峋的女人,他们生了个孩子,也是皮包骨头,头重得挺不起来,两眼无神,目光呆滞,好像始终不明白自己为什么要到世界上来。

我怀着一种奇特的悲喜交集的心情在我的家乡流连忘返,直到那冬天的太阳发红了,提醒我该走了,才踏上归途。但是离开那里以后,特别是和斯蒂福愉快地坐在熊熊燃烧的炉火边一起吃晚饭的时候,回想一下访问故乡的情况,心里感到美滋滋的。晚上我带着这美滋滋的心情回到我那整洁的卧室,只是不如刚才感受的那么强烈罢了。我在卧室里翻看那本鳄鱼的故事(这本书总是摆在一张小桌子上),这就使我怀着感激的心情想到自己多么幸福,因为我有斯蒂福这样一位朋友,我有裴果提这样一位朋友,虽然我失去了父母,却有这样一位慈爱善良、慷慨大方的姨奶奶。

我每天长途跋涉赶回亚茅斯,最近的路是经过一个渡口。下了渡船就是一片海滩,一边是海,一边就是镇子,我穿过海滩走,比顺着大路可以少绕一个大圈子。裴果提先生的家就在这片荒滩上,离我走的路不到一百码,我每天路过这里,都要进去看看。斯蒂福肯定在那里等我,我们一起冒着寒气,穿过越来越浓的雾,朝着镇上闪烁的灯光走去。

一天晚上,天很黑,我回来得比平时晚一点儿——因为我那一天到布伦德斯通,是去向它告别的,我们很快就要回去了——我看见斯蒂福独自一人在裴果提先生家里,坐在炉前沉思。他想得那样入神,我朝他走去,他竟然一点儿也没有觉察。即便他没有想得那么入神,他也很可能会毫不觉察,因为脚步落在外面的沙地上是不出声的,可是就连我进门也没有惊醒他。我站在他身边,朝着他看,他还是皱着眉头在那里沉思。

我把手搭在他肩膀上,他大吃一惊,弄得我也吃了一惊。

"你吓了我一跳,"他以近乎生气的语气说道,"像个冤魂似的!"

"我总得让你知道我来了吧,"我答道,"我是不是把你从天上请下来了?"

"不是,"他答道,"不是。"

"那就是我从地底下什么地方把你请上来了?"我说着在他旁边坐了下来。

"我在看火里的图画呢。"他答道。

"可是你把那些画儿都毁了,不让我看。"我说,因为他拿起一块燃烧着的木头,捅了捅那炉火,捅出了一溜灼热的火星,那火星蹿进狭窄的烟囱口,呼啸着升空去了。

"我不捅,你也看不见那些图画的,"他答道,"我讨厌这种不清不楚的时间,说它是白天,不是白天,说它是晚上,不是晚上。你怎么这么晚才回来!你上哪儿去啦?"

"我连续去了几天,今天是告别去了。"我说。

"而我却一直坐在这里,"斯蒂福说着朝四下里扫了一眼,"我觉得我们来的那天晚上,我们看到大家都很高兴,可是从眼下这里这种凄凉的样子来看,大家也许是散了,也许是死了,也许是遇上了什么我不知道的灾难。大卫,我真希望二十年来我有过一个有眼光的父亲！"

"亲爱的斯蒂福，你怎么了？"

"我衷心希望我受到过更多的指导！"他大声说道，"我衷心希望我能更好地指导我自己！"

他表现出一种极度消沉的情绪，这使我非常惊讶。我绝没有料到他会变成这个样子。

"我宁可当裴果提这样的穷人，当他那笨蛋侄子，"他说着站起来，面对着炉火，忧郁地靠在壁炉前的横板上，"也不愿意像我现在这样，比他们阔二十倍，比他们精二十倍，却在过去半个钟头里，在那该死的小船上，给自己找麻烦！"

我看到他身上的变化，感到莫名其妙，所以起初我只能静静地观察，这时候，他站在那里，用手托着脑袋，用阴郁的眼光向下看着炉火。最后我极其认真地求他告诉我，出了什么事儿，使他这样异乎寻常地不高兴，即便我不能妄想给他出什么主意，也可以让我向他表示同情嘛。我还没怎么说完，他就大笑起来——起初还有些焦躁，过了一会儿，就欢快如故了。

"好啦，没什么，雏菊！没什么！"他答道，"我在伦敦的旅店里对你说过，有时候，我自己都发现自己难以对付。我刚才像做噩梦一样，跟我自己过不去了——我想，我一定是做了一场噩梦。人在无聊的时候，就会想起童话①，但不意识到这是童话。我相信，我刚才就把自己和那个'不管不顾'，最后让狮子吃掉了的坏孩子混为一谈了——要想完蛋，让狮子吃掉大概是个比较好的办法。老太太们说吓死人的东西，我浑身上下都感到了。我对自己都感到害怕了。"

---

① 据说有个孩子因爱发誓赌咒，而被狮子吃了。

"别的你是什么都不怕的,我觉得。"我说。

"也许是这样,不过也可能还有很多东西叫我害怕。"他答道,"好啦! 过去啦! 我不会再闹情绪啦,大卫;不过我要再告诉你一次,我的好朋友,我要是有过一个稳重、明智的父亲,那么对我(其实还不光是对我)可就太有好处了。"

他的脸上总是有许多表情,但是他刚才眼睛盯着炉火说那番话的时候,脸上出现的那种阴郁、严肃的表情,我却从来没有见到过。

"这件事,就说到这里吧!"他说着把手一挥,好像把一件很轻的东西扔到空中去了。

"'嘿,他一去,我的勇气又恢复了。'① 就像麦克白一样。雏菊,咱们吃饭吧——假如我还没有像戏里的麦克白那样以惊人的骚乱使宴会中断。"

"可他们都上哪儿去了呢,我真纳闷?"我说。

"上帝才知道,"斯蒂福说道,"我溜达着到渡口去找过你,随后我就溜到这儿来了,发现这里没有人。于是我就沉思起来,就是你看到的那个样子。"

古米治太太提着篮子回来了,这才弄明白家里怎么会没有人。原来等涨潮的时候,裴果提先生就回来了,所以古米治太太急忙出去买点东西准备着,可又怕她不在的时候哈姆和小艾米丽回来,因为今天他们回来得早,所以她敞着门就走了。斯蒂福热情地向她打招呼,装模作样地和她拥抱,一下子就把古米治太太的精神提起来了,随后他就拉起我的胳膊,连

---

① 此句为朱生豪的译文,引自《麦克白》第 3 幕第 4 场,见《莎士比亚全集》,人民文学出版社 1991 年版,第 353 页。

忙把我拽走了。

斯蒂福提起了古米治太太的精神,也同样提起了自己的精神,他的情绪已经恢复正常。我们一边走,一边兴奋地聊了起来。

"这么说来,"他兴致勃勃地说,"咱们明天就要结束这海盗式的生活了,是不是?"

"这是咱们说好了的呀,"我答道,"咱们在驿车上的座儿都订好了,你知道。"

"唉,大概没有办法变了吧,"斯蒂福说道,"除了在这里到海上去漂流,我几乎不记得世界上还有别的事情可做了。我真希望没有别的事情可做。"

"那得看这新鲜劲儿能保持多久了。"我笑着说道。

"恐怕是这样,"他答道,"不过像你这样一个年轻朋友,又和蔼,又天真,说这样的话,未免太挖苦我了。唉,大卫,我敢说我这个人反复无常。我知道我是这么个人。不过要是铁真是热的,我也打得挺带劲儿。我想在这一带水域考领航员,一般难度的考试,我是能通过的。"

"裴果提先生说你是个奇才呀。"我答道。

"航海的奇才,是不是?"斯蒂福笑着问道。

"他就是这么说的,你也知道他这话说得一点儿不错,因为你知道你是干什么爱什么,而且一学就会。斯蒂福,你最叫我惊讶的是,你的才能,就这么偶尔用一用,怎么就满足了呢。"

"满足?"他愉快地答道,"我永远也不满足,除非是看到你的清新的面貌,我温柔的雏菊,至于偶尔一用,我可没学会像现代的伊克西翁那样把自己绑在轮子上,没完没了地转。①

---

① 希腊神话,宙斯把伊克西翁绑在不停旋转的轮子上,以示惩罚。

我不知怎么样,当时学得不好,没学会,现在就更无所谓了。——你知道吗,我在这里买了一条船?"

"你这个人可真怪,斯蒂福!"我大声说着,停住了脚步,因为这是我第一次听到这个消息,"你明明知道,你可能永远也不想再走近这个地方呀!"

"这很难说,"他答道,"我已经爱上了这个地方。不管怎么说,"他踏着轻快的步子和我继续往前走,"有人卖船,我就买下了。裴果提先生说这船再好不过了,那的确是条好船。我不在的时候,裴果提就是这条船的主人。"

"现在我明白了,斯蒂福!"我以赞扬的语气说道,"你假装是为自己买的,而实际上你买这条船,是为了给他一些好处。我了解你,我应该从一开始就看清楚了。亲爱的好心人,斯蒂福,你这样慷慨大方,我怎样才能表达我对这件事的想法呢?"

"得啦!"他回答道,脸红了,"越少说越好。"

"我还不知道吗?"我说,"我不是说过吗,这些老实人心里无论是高兴,还是悲伤,还是别的什么感情,你都不会漠不关心的。"

"哦,哦,"他答道,"这些话,你都对我说过,别再提了。咱们说得够多的了!"

我怕再说下去会惹得他不高兴,因为他把这件事看得很轻,所以只得暗自继续往下想,这时候,我们比先前更加快了脚步。

"那条船必须重新装修一下,"斯蒂福说,"我准备让黎提摩留下来监督这项工作,这样我就可以知道,船的确装修好了。黎提摩来了,我告诉你了没有?"

“没有。”

“哦,他来了,是今天早上到的,还带来了一封我母亲的信。”

我们互相看了一眼,这时候我发现他脸色苍白,连嘴唇都白了,不过他的眼睛倒是牢牢地盯着我不放。我怕他和他母亲之间发生了什么不和,使得他陷入了我看见的他在炉旁独自的沉思之中。我婉转地表达了这个意思。

“哦,不是!”他说着摇了摇头,并轻轻一笑,“没有那种事!不过他的确是来了,伺候我的那个人。”

“还是老样子吗?”我问道。

“还是老样子,”斯蒂福说,“像北极一样,离得又远,又安静。由他负责这条船重新命名的事。它现在叫‘暴风雨里的海燕’。裴果提先生怎么会喜欢暴风雨里的海燕呢?我要给它重新起个名字。”

“起个什么名字?”我问道。

“‘小艾米丽’。”

他的眼睛还牢牢地盯着我不放,我认为这就是提醒我,他不喜欢因为做好事就受人称赞。我情不自禁地在脸上表现出来,他的这个想法使我多么高兴。但是我几乎什么也没说,他也恢复了往常的笑容,显出松了一口气的样子。

“快看哪,”他一边看着前面一边说,“小艾米丽本人来了!还有人陪着她哩,是不是?我认为他可是个真正的骑士,和她形影不离!”

哈姆眼下是个造船工人,他生来就擅长这一行,现在又有所提高,已经是一名技术工人了。他身穿工作服,虽说是个粗人,倒也颇有男子汉的气概,对他身边那个鲜花似的小东西来说,是个很合适的保护人。说真的,从他脸上可以看出他坦率、诚实,毫不掩饰他对她的爱,为她而感到骄傲。这样的相貌,我认为是最好的相貌了。看着他们朝我们走来,我觉得即便在这一方面,他们也是天生的一对儿。

我们停下脚步,和他们说话,艾米丽怯生生地把手从哈姆胳膊底下抽出,不好意思地伸过来与斯蒂福和我握手。他们和我们简短地交谈了几句,然后继续向前走去。这时候,她就不愿意再把手放回去,而是独自走着,依然显出又胆怯又拘束的样子。我们目送他们远去,渐渐消失在一弯新月的月光中。我觉得这一切都很美,很吸引人,斯蒂福似乎也有同感。

忽然有一个年轻女人从我们身边走过,显然是在追他们。她是怎么来的,我们没有注意,但是当她从我身边走过时,她的脸我是看见了的,当时我就觉得有点儿熟悉。她衣服穿得不多,看上去气势汹汹、面容憔悴、挺神气、也挺贫穷的样子,不过眼下似乎这一切全都顾不上,任其随风飘去,脑子里什么也不想,一心一意追赶他们。远处昏暗的荒滩吞噬了他们的身影之后,在我们与海和云彩之间只有那荒滩依稀可见,随后这个女人的身影也那样消失了,仍然落得那么远,没有追上。

"那黑影在追那个女孩儿哩,"斯蒂福说,一动不动地站在那里,"这是怎么回事儿?"

他说话的声音很低,我听起来觉得有些怪。

"我想她准是个要饭的,想问他们要点儿什么。"我说。

"如果是个要饭的,就不新鲜了,"斯蒂福说,"不过一个要饭的像今天晚上这个样子,倒是奇怪。"

"为什么?"我问道。

"说真的,没有别的原因,只是因为,"他停了一下,接着说道,"它从这儿经过的时候,我正在想一件和它相像的东西。它究竟是从哪里跑出来的呢,我真纳闷?"

"我想准是从这堵墙的阴影里跑出来的。"我说道,因为这时候我们来到一条大路上,路边有一堵墙。

"走了!"他回过头去看了看,回答道,"但愿一切邪恶的东西都跟它走了。现在咱们去吃饭吧!"

但是斯蒂福又回过头去,朝着远处闪闪发光的海面,看了又看。在我们剩下的一段不长的路上,有好几次,他口中念念有词,还在琢磨这件事。一直等到炉火和烛光照在我们身上,我们暖暖和和快快活活地在桌子前边就座以后,他好像才忘了这件事。

黎提摩在那里伺候,他对我的影响和过去一样。我对他说,希望斯蒂福太太和达特尔小姐她们身体都好,他彬彬有礼(这是不言而喻的)地回答说,她们身体都还可以。他向我致谢,还说她们托他向我表示问候。就这些,不过我觉得他再清楚不过地在那里说:"你很年轻呀,先生;你真年轻极了。"

黎提摩在角落里看着我们,或者说看着我,这是我的感觉。我们快吃完的时候,他向桌前走了一两步,对主人说:

"请原谅,少爷。毛奇尔小姐来了。"

"谁?"斯蒂福大声说道,显出非常惊讶的样子。

"毛奇尔小姐,少爷。"

"嗯,她上这儿来干什么?"斯蒂福说道。

"好像这一带是她的家乡,少爷。她告诉我,由于工作关系,她每年来一趟,少爷。我今天下午在街上遇见她,她向我打听,晚饭后能不能荣幸地前来伺候,少爷。"

"你认识我们说的这位巾帼巨人吗,雏菊?"斯蒂福问道。

我不得不承认,我和毛奇尔小姐尚无缘相会——在黎提摩面前,就连这一点不是之处也使我感到难为情。

"那你一定要见见她,"斯蒂福说道,"因为她是世界七大奇迹之一呀。——毛奇尔小姐来了,就请她进来。"

我对这位女士产生了好奇心和浓厚的兴趣,特别是我一提到她,斯蒂福就大笑不止,我问一个关于她的问题,斯蒂福说什么也不肯回答,这就使我更加好奇,更感兴趣。于是我就盼哪,盼哪,桌子撤了以后,又过了大约半个钟头,我们正坐在炉前喝酒,门忽然开了,黎提摩和平时一样沉着稳重,说道:

"毛奇尔小姐来了!"

我往门口一看,什么也没看见。我还在往门口看,心想毛奇尔小姐怎么这么大工夫还不露面,忽然大吃一惊,因为我看见从我身边一个沙发后面一跛一跛地走出一个矮胖子,大约四十或四十五岁年纪,头很大,脸也很大,两只灰眼睛不像好人,胳膊极短。她向斯蒂福飞眼儿,想把手指摁在自己的扁鼻子上,可是只有把鼻子凑过去,才能够得着。她的下巴,就是人们所说的双下巴,肉多得把帽子的带和结儿全埋住了。脖子,她没有;腰,她没有;腿,不值一提,因为她虽然上半身一直到腰部,如果她有腰的话,比一般人还长,虽然尽下头也和普通人一样,有两只脚,但是她矮得站在一把一般大小的椅子旁就像站在桌子旁边一样,把她的提包放在椅座上就像放在桌上一样。这位女士——衣着宽松随便;用食指摸鼻子有困难,已如上述;站在那里,脑袋非往一边儿歪着不可;两只尖锐的眼睛闭着一只,显出一种无所不知的样子——她先向斯蒂福飞了一阵眼儿,接着就滔滔不绝地说起来了。

"哎哟! 我的花郎!"她俏皮地说道,一面向他摇晃着她的大脑袋,"你怎么上这儿来了?哦,你这个小淘气儿,真不害羞!你离开家这么远,上这儿来干什么?一定是来干坏事儿吧。哦,你真鬼,斯蒂福,真的;我也够鬼的,是不是?哈!哈!哈!看起来,你本来会拿一百镑对五镑来打赌,说不会在这里看到我,是不是?上帝保佑你,我的孩子,我是哪儿都去的。我去这儿,我去那儿,我无处不去,就像魔术师拿着半个克朗,用哪位太太小姐的手绢变戏法一样。说起手绢——说起太太小姐——你那有福气的母亲有你这么个儿子,可是一大安慰,是不是,我的乖孩子,此话是真是假,我就不说了。"

毛奇尔小姐说到这里,解开帽带,往后一撩,在炉前一只脚凳上坐下,喘起气来,那餐桌的红木桌面探在她的头顶上,像凉棚一样。

"哦,我的星哟,还有那叫不出名儿的什么东西哟!"她继续说道,一面用两手拍着小小的膝盖,一面世故地瞟了我一眼,"我的身材过于富态了,的确是这样,斯蒂福。爬一段楼梯之后,每喘一口气,就像从井里打水那么费劲儿。你要是看见我从楼上一个窗口往外看,也许会以为我是个大美人儿呢,对不对?"

"不管在哪里看见你,我都会这样想的。"斯蒂福答道。

"去你的,你这小狗,去!"那小东西叫道,随手用她擦脸的手绢向他甩了一下,"没大没小的!说真的,我拿名誉担保,上星期我到米塞尔夫人家去过,那才真是大美人儿呢,长得多么少相!我在屋里等她的工夫,米塞尔进来了,那才真是美男子呢,长得多么少相!他那假发也不显得旧,用了十年了。接着他就一个劲儿地奉承起我来,我甚至都想非拉铃叫仆人不可了。哈!哈!哈!他是个挺有趣的可怜虫,就是不正派。"

"你在那儿为米塞尔太太干什么呢?"斯蒂福问道。

"这可不能说,有福气的小宝宝,"她回答说,一面又擤鼻子,又满脸抽动,两眼闪光,像神通广大的小精灵一样。"你就别管啦!你想知道我是不是让她不掉头发,是不是给她染了发,是不是美化了她的皮肤,是不是修整了她的眉毛,对不对?你会知道的,亲爱的,只要我告诉你!我家的老爷爷叫什么名字,你知道吗?"

"不知道。"斯蒂福说。

"他叫沃克,可爱的小东西,"毛奇尔小姐答道,"他们几辈人都叫沃克,到了他这里,我才继承了胡吉家的全部产业。"

毛奇尔小姐眨眼的神情,除了她自我克制的神情以外,我没见过别的能够与之相比的东西。她还有个很奇妙的办法,在她听别人说话的时候,或者在自己说了一段话,等别人回话的时候,她能狡猾地歪着头等候,同时像喜鹊一样把一只眼睛向上翻。我惊讶得完全忘乎所以了,只顾坐在那里盯着她看,恐怕全然不顾礼貌不礼貌了。

这时候,她已经把椅子拉到自己身边,正忙着从提包里往外拿东西,每次把短胳膊伸进去都要伸到肩膀。她拿出来的东西有几个小瓶、海绵、梳子、刷子、法兰绒、火剪,还有一些别的工具,都堆在椅子上。她正往外拿着,忽然停了下来,问了斯蒂福一个问题,弄得我莫名其妙:

"你这位朋友是谁?"

"科波菲尔先生,"斯蒂福说道,"他想和你认识认识呢。"

"那好,就认识认识吧。我看他好像是这个意思。"毛奇尔小姐说着,拿着提包一跩一跩地向我走来,而且一边走,一边冲着我笑,"脸像个桃子!"她说着就踮着脚来捏我的腮帮子,当时我坐在那里。"真吸引人!我很喜欢桃子。认识你,我很高兴,科波菲尔先生,的确很高兴。"

我说认识她,我感到很荣幸,我和她同样感到高兴。

"哎哟,咱们多么有礼貌呀!"毛奇尔小姐大声说道,还想用她的小手去捂她那张大脸,显得十分滑稽可笑,"不过这世界上全是腊肉烧菠菜——胡扯,对不对?"

这是作为心里话,说给我们两个人听的,这时候,她那小手已经从脸上移开,又连胳膊什么的一齐伸到包里去了。

"这话怎么讲,毛奇尔小姐?"斯蒂福说。

"哈!哈!哈!咱们是一伙独出心裁的骗子,的确是这样——难道不是吗,可爱的孩子?"那小妇人一边说着,一边从提包里摸东西,脑袋歪着,两眼朝上看。"你们看!"她说着从包里拿出一样东西,"俄国王爷的碎指甲!我管他叫颠倒字母王爷,因为他的名字把所有字母都收进去了,乱七八糟堆在一起。"

"那位俄国王爷也是你的老主顾吗?"斯蒂福问道。

"你说得对,我的小东西,"毛奇尔小姐答道,"我替他修指甲,一星期两次。手指甲,还有脚趾甲。"

"他肯花大钱吧?"斯蒂福问道。

"他花钱跟说话一样,亲爱的孩子,好说大话,也好花大钱。"毛奇尔小姐答道,"王爷可不像你们这些把胡子刮干净的人。你要是见了他那两撇胡子,你也会这么说——那胡子本是红的,一变就变成了黑的。"

"当然是你给变的喽?"斯蒂福说道。

毛奇尔小姐挤了挤眼，表示同意他的话，"没办法，非请我不可呀。他那颜色受气候影响，在俄国挺好，在这里不行。你可一辈子没见过王爷那样的人，生了锈似的，跟旧铁器一样！"

"你刚才就是因为这个，管他叫做骗子吗？"斯蒂福问道。

"哦，你可真是个好孩子，"毛奇尔小姐使劲儿摇着头说道，"我刚才说的是，咱们都是一伙骗子，为了证明这一点，我还拿出王爷的碎指甲给你们看。在那些追求时髦的人家，王爷的指甲比我所有的本事能起的作用都大。我老随身带着这些碎指甲，这对我就是最好的推荐了。毛奇尔小姐要是给王爷剪指甲，她准没问题。我想，我把碎指甲送给那些年轻妇女，她们准收藏在册子里。哈！哈！哈！我敢担保，'整个社会制度'（那些人在议会里演讲的时候就这么说的）就是王爷的指甲构成的制度嘛！"这个小女人说着把大脑袋点了又点，还想把两臂交叉在胸前。

斯蒂福开怀大笑，我也笑了。毛奇尔小姐还在摇晃她的脑袋（那脑袋朝一边歪得很厉害），她用一只眼往上看，另一只眼直眨巴。

"好啦，好啦！"她说着，拍了拍自己的小膝盖，站了起来，"这不是正经事。来吧，斯蒂福，咱们到两极地区去探一探，把事儿办完就完了。"

她接着选了两三件小工具，还有一个小瓶，使我感到惊讶的是，她还问桌子是否禁得住。斯蒂福回答说禁得住，她就把一把椅子推到桌子旁边，还求我帮她一把，接着她就相当敏捷地爬到桌面上，好像站在舞台上一样。

"你们谁要是看见了我的脚脖子，"她在高处站稳以后说道,"那就直说,我回去就把自己弄死。"

"我没看见。"斯蒂福说。

"我没看见。"我说。

"那好,"毛奇尔小姐叫道,"我同意活下去。好,小鸭,小鸭,快过来,邦德太太把你宰。"

她这是招呼斯蒂福过去坐好,她好开始,于是斯蒂福就坐好了,背靠着桌子,笑脸冲着我,把头伸到她面前,让她检查,这显然都是为了好玩儿,并没有别的目的。毛奇尔小姐站在他身后,居高临下,从口袋里掏出一个大号的放大镜,用来检查斯蒂福那一头厚厚的棕色头发,那样子看上去真好玩极了。

"你现在是个漂亮小伙儿,"毛奇尔小姐查了一会儿说道,"不过我要是不给你想办法,再过一年,你这头顶就和那和尚一样光了。只需要半分钟,我的年轻朋友,我们给你上一点儿油,这样一来,你这发卷几十年都不会变样儿!"

她说着,就把那小瓶里的东西往一小片法兰绒上倒了一些,又往一把小刷子上匀了一些,然后就拿着这两样东西在斯蒂福头顶上又擦又刷,那个忙活劲儿,我从来没见过,一边儿忙,一边儿还不停地说。

"有个人叫查利·派格雷夫,是位公爵的儿子,"她说,"你认得查利吧?"她从一旁看着他的脸说。

"有点儿认识。"斯蒂福说。

"他可真行!他那才是络腮胡子哩!至于查利那两条腿,可惜不成对儿,要是成对儿的话,谁也比不了。你相信吗,他想不用我了?他还是个近卫军呢。"

"他疯了!"斯蒂福说。

"看样子是疯了。不过,疯了也好,没疯也好,反正他想不用我了。"毛奇尔小姐说道,"你猜他干了什么呢?他跑到一家化妆品商店,要买一瓶马达加斯加水。"

"是吗?"斯蒂福说。

"可不是吗。可是人家没有马达加斯加水呀。"

"那是什么东西——是喝的吗?"斯蒂福问道。

"喝的?"毛奇尔小姐说着,停下手来拍了拍斯蒂福的腮帮子,"抹在他那八字胡上啊,这你还不知道吗?店里有个女人——是个上了年纪的女人——很像个怪物——从来没听说过这种东西。'对不起,先生,'那怪物对查利说,'那东西不——不——不是胭脂吧?''胭脂!'查利对那怪物说,'我要胭脂有什么见不得人的用处?''你别生气,先生,'那怪物说道,'大家用各种不同的名字来要那种东西,我想你可能也是要那种东西了。'我的小家伙,"毛奇尔小姐一面像刚才一样忙着揉搓,一面继续说道,"这个例子也说明我刚才提到的那种叫人兴奋的骗人把戏。这种事儿,我多多少少也干点儿,要干得精,我的小家伙——没关系。"

"你说的是哪种做法呀——是胭脂那种做法吗?"斯蒂福问道。

"把这个和那个拼凑到一块儿,你这没见过世面的小学生,"眼睛特别尖的毛奇尔小姐说着,摸了摸鼻子,"用各行各业的秘诀处理一下,就能得出你要的结果。我说,这种事儿,我也干点儿。有一位有钱有势的老太太,她管它叫唇膏。还有一位,她管它叫手套。还有一位,她管它叫衣领花边儿。还有一位,她管它叫扇子。她们怎么叫,我就怎么叫。我给她们供货,但是我们的把戏只有自己知道,而且装出那么一副样子,过了不久,她们就觉得可以像在我面前一样,在一屋子客人面前使用这种东西。在我伺候她们的时候,她们有时候对我说——用这东西吧——厚厚的,没错——‘我看上去怎么样,毛奇尔?我苍白不苍白?’哈!哈!哈!哈!这是不是叫人兴奋,年轻的朋友?"

我从来没看见过像毛奇尔这样的人,站在饭桌上,一面兴高采烈地讲这叫人兴奋的故事,一面忙着在斯蒂福的头上揉来搓去,同时还朝着我挤眉弄眼。

"唉!"她说,"这里不大需要这样的故事。真扫兴!我到了这儿以后,还没见着一个漂亮女人哩,杰米。"

"没见着吗?"斯蒂福说。

"连个影子也没见着哇。"毛奇尔小姐答道。

"咱们可以给她看个真的吧,我想,"斯蒂福说着,看了我一眼,"你说呢,雏菊?"

"的确可以。"我说。

"啊哈?"那小东西喊道,以锐利的目光看了我一眼,接着又从侧面看斯蒂福,"嗯?"

她的头一声叫喊,听起来像是向我们两人提出的问题,第二声则像是只向斯蒂福提出的问题。她似乎两个问题都没得到回答,于是就继续揉搓起来,把头歪向一边,眼珠往上转,好像她想在空中找到答案,而且认为答案马上就会出现。

"是你妹妹吧,科波菲尔先生?"她愣了一会儿之后,大声说道,眼睛依然往上面看着,"是不是?"

"不是,"斯蒂福没等我回答,就抢先说了,"不是这么回事儿。正好相反,科波菲尔先生曾经——我要是没太弄错的话——喜欢她喜欢得不得了。"

"现在怎么不喜欢了?"毛奇尔小姐问道,"他是不是老变心呀？——那可就太丢人了！他是不是见花必采时时变，直到波丽来相见呀？——她是叫波丽吗？"①

那小东西突然发问，还以搜索的眼光看着我，弄得我一时不知如何是好。

"不是，毛奇尔小姐，"我答道，"她叫艾米丽。"

"啊哈？"她又喊道，那神气和刚才完全一样，"嗯？看我多啰嗦！科波菲尔先生，我是不是真会东拉西扯呀？"

说起艾米丽这个话题，我觉得她那个腔调，她那副样子，都有些叫人讨厌，就严肃起来，我们谁都没有那么严肃过。我说：

"她长得又漂亮，人品又好。她已经订了婚，对方和她地位相同，非常值得尊敬，和她也很般配。我喜欢她，因为她长得漂亮；我尊敬她，因为她有头脑。"

"说得好！"斯蒂福喊道，"我同意，我同意！亲爱的雏菊，咱们这个小法蒂玛②，别让她猜了，我来满足她的好奇心吧。——毛奇尔小姐，眼下她在奥默与乔兰商店学徒，或者说学手艺什么的。奥默与乔兰经营针头线脑，服装，帽子等等，就在本镇。你听清楚了吗？——奥默与乔兰。我的朋友刚才提到订婚之事，对方是她的表哥，名叫哈姆，姓裴果提，职业是造船工人，也在本镇。她住在亲戚家里，这亲戚名字不详，姓裴果提，职业是打鱼，也在本镇。她是世上最漂亮最迷人的小仙女了。我和我的朋友一样，非常喜欢她。我要不是不愿意显得糟践她的意中人，而且我知道我的朋友也不希望我那样

---

①　此处借用了英国十八世纪诗人兼剧作家盖依的《乞丐的歌剧》中的话。
②　法国童话中人物，蓝胡子的第七个妻子，几乎因好奇而丧生。

做,我还要说一句:我觉得她是在毁掉自己,我认为她的情况可以更好一些,我敢断定她生来是要做阔太太的。"

斯蒂福慢条斯理地说得非常清楚,毛奇尔小姐听着,把头歪到一边,眼睛向上翻着,仿佛还想从空中得到答案。他的话音刚落,她就又活跃起来,同时以惊人的速度滔滔不绝地谈了起来。

"哦! 就这些,是不是?"她说着用一把小剪刀激动地修剪起他的络腮胡子来了,那剪刀在他的头周围不停地朝着四面八方闪光,"很好,很好啊! 这故事够长的,该这样结束,'从那以后他们就过起了幸福的生活'——难道不应该吗? 啊,那个顺口溜是怎么说的? ——

> 我爱我的心上人哟,她真迷人;
>
> 我恨我的心上人哟,她订了婚;
>
> 我带她到美丽的象征哟,与她私奔;
>
> 她名叫艾米丽哟,家住东村。

哈,哈,哈! 科波菲尔先生,我是不是真会东拉西扯呀?"

她以极其狡猾的眼光看了我一眼,还没等我答话,也没喘口气,就接着说:

"好啦! 要是哪个野小子把门面修到尽善尽美的地步,那就是你斯蒂福了。要是谁的脑瓜子我弄得清想些什么,那就是你的脑瓜子了。我的话,你听见了没有,我的宝贝儿? 我了解你,"她说着,低下头看了看斯蒂福的脸,"你可以颠儿啦,杰米(我们在宫里就这么说)。要是科波菲尔先生愿意就座,我就给他动手了。"

"怎么样,雏菊?"斯蒂福问道,一面笑着离开了座位,"你不想修修门面吗?"

"谢谢你,毛奇尔小姐,今天就算了。"

"不要拒绝嘛,"那小女人答道,又以鉴赏家的样子看着我说,"把眉毛延长一点儿吧?"

"谢谢你,"我说,"以后再说吧!"

"往太阳穴那边儿延长八分之一英寸,"毛奇尔小姐说道,"两个礼拜就行。"

"不了,谢谢你,今天不做了。"

"稍微理一理吧,"她劝说道,"不干? 那咱就搭个架子,留一副络腮胡子吧。来吧!"

我在回绝她的时候,禁不住脸红了,因为我觉得这句话触到了我的痛处。但是毛奇尔小姐见我当时全然无意利用她这门艺术来做任何修饰,而且虽然她把小瓶子举到一只眼前,想借以加强说服力,而我对于她这样耍弄却完全无动于衷,就说过些时候再开始吧,随后她就请我扶她从那高处下来。我扶着她,她就非常灵巧地跳下来,戴上小帽,在双层下巴下面系上了带子。

"多少钱?"斯蒂福问道。

"五先令,"毛奇尔答道,"便宜极了,我的小东西。——我是不是真会东拉西扯,科波菲尔先生?"

我客气地回答说:"不是,不是。"不过我眼看着她像街上卖馅饼的怪物一样,把两枚半克朗的硬币往空中一扔,接住,放进口袋,在外边猛拍一下,这时候我的确觉得这个人够俗气的。

"这就是钱柜,"毛奇尔小姐说道,这时她又站在椅子旁边,把原来从包里拿出来的杂七杂八的小东西放回包里去。

"我的东西都拿上了吗？看来是都拿上了。可不能像大个子奈德·彼特乌德那样，人家陪他到教堂去，用他的话说，是让他'和某人结婚'，他却把新娘子落下了。哈，哈，哈！奈德真是个大坏蛋，不过挺有意思！现在我知道我要使你们难过了，不过我非走不可呀！你们一定要鼓起所有的勇气，忍受这痛苦吧。再见，科波菲尔先生！你要多保重，诺福克的年轻人！我有多唠叨啊！这都得怪你们这两个可怜虫。我原谅你们。'包波斯沃'！初学法语的英国人说'晚安'，就这么说，还觉得挺像英语哩。'包波斯沃'，我的小鸭哥儿！"

她把提包往胳膊上一拎，一边说着，一边一跛一跛地走了，走到门口，又停下脚步，问要不要让她剪下一缕头发留给我们。"我是不是真会东拉西扯？"她这句话是对她表示愿意留下一缕头发的说明。随后她就用手指头指着鼻子走了。

斯蒂福大笑不止，弄得我不禁也笑了起来，虽然我不知道，如果没有他引我，我会不会笑。我们笑了好半天，差不多笑够了，他对我说，毛奇尔小姐有相当广泛的社会联系，对不同的人有不同的用处。有些人拿她当个怪物，逗着她玩儿，他说，但她精明、敏锐，不亚于他认识的任何人，胳膊虽短，却长于心计。他对我说，她说她无处不去，那是真的，她常到外地去，好像到了哪里都能找到顾客，好像谁都认识。我问他，她的脾气如何——究竟是喜欢还是不喜欢恶作剧，一般说来是不是同情在理的一方，可我问了两三次都未能引起他对这些问题的注意，我也就不再问了，或者是记不得问了。他反而给我说了很多情况，而且说得很快，说她多么能干，赚了多少钱，怎样按照科学方法给人放血，如果我有此需要，可以去找她。

那天晚上，我们俩的主要话题就是她。我们分手以后，我往楼下走去,斯蒂福还趴在楼梯扶手上对我喊道:"包波斯沃!"

我回到巴吉斯先生家里的时候,看见哈姆在门前走来走去,感到很惊讶,更使我惊讶的是听哈姆说,小艾米丽就在里面。我自然就问他,为什么不也到屋里去,而独自在街上溜达?

"哦,你看,大卫少爷,"他吞吞吐吐地答道,"艾米丽,她在里面跟一个人说话呢。"

"我倒觉得,"我笑着说,"正是因为这个原因,你也应该在里面呀,哈姆。"

"唉,大卫少爷,按照常理,是这样的,"他答道,"不过,你看,大卫少爷,"他压低了声音,非常严肃地说,"那是一个年轻女人,少爷——这个年轻女人,艾米丽过去认识,现在可不该再来往了。"

我一听这话,就明白了,我想起了几个钟头以前看见的那个人影,当时她正在追赶他们。

"这个女人很可怜,大卫少爷,"哈姆说道,"镇上的人,上上下下,没有不把她踩在脚底下的。大家都躲着她,比躲教堂墓地里的死人还要厉害。"

"今天晚上,哈姆,我们在海滩上碰见你们以后,我见过她吧?"

"是在盯着我们吗?"哈姆说道,"说不定你见过她,大卫少爷。当时我并不知道她在后面,少爷,但是过了一会儿,她看见灯亮了,就悄悄地爬到艾米丽的小窗户底下,小声说道,'艾米丽,艾米丽,看在基督的分上,拿出一个女人的心来可怜可怜我吧。我过去和你一样啊!'大卫少爷,听起来,这话可真感动人呀。"

"实在感动人，哈姆。艾米丽是怎么办的呢？"

"艾米丽说，'马莎，是你吗？哦，马莎，真是你吗？'——因为她们在奥默先生的店里坐在一起干活儿，干了很多日子。"

"现在我想起她来了！"我大声说道，这时我回想起来，我初次到奥默先生那里去的时候，看见两个姑娘，其中一个就是她。"我记得她，记得很清楚。"

"她叫马莎·恩德尔，"哈姆说道，"她比艾米丽大个两三岁，但和她一块儿上过学。"

"我从来没听说她叫什么，"我说，"我并不想打断你的话。"

"我的话，大卫少爷，"哈姆答道，"差不多也说完了。'艾米丽，艾米丽，看在基督的分上，拿出一个女人的心来可怜可怜我吧。我过去和你一样啊！'这话就已经很清楚了，她想跟艾米丽说话。艾米丽却不能在那里跟她说话，因为疼爱她的舅舅已经回到家里，他可不愿意——不，大卫少爷，"哈姆极其认真地说道，"他虽然善良，心肠也软，却不能看见她俩待在一起，即便是把沉在海底的财宝全都给他，他也不干呀。"

我觉得这话再对不过了。我一听就明白了，和哈姆一样清楚。

"于是艾米丽写了一张字条，"他接着说道，"给她塞到窗外，让她拿着，上这儿来。她说：'把这字条交给巴吉斯太太，她是我姨妈，她看在我的分上，会让你进去，坐在她的炉火旁边，等我舅舅走了，我就来看你。'过了一会儿，她就把刚才我对你说的情况说了一遍，求我带她到这儿来。大卫少爷，我有什么法子呢？她不该再跟这样的人来往呀，可是我看见她脸上的眼泪，怎么好不带她来呢。"

他说着就把手伸进粗毛上衣胸前的口袋里，小心翼翼地掏出一只很好看的小钱包。

"即便我看见她脸上的泪水，还不同意带她来，大卫少爷，"哈姆一边说着，一边轻轻地抚摸着手心里的钱包，"她把这件东西交给我替她拿着，而且我也知道她的用意，我怎么能拒绝她呢？这是多么好的一件玩具呀！"哈姆说着，一边若有所思地看着那个钱包，"里面只有这么一点儿钱，亲爱的艾米丽！"

他把钱包放了回去，我和他热情地握了握手——因为我觉得这比说什么都更合乎我的心意——随后我们就来回走了一两分钟，谁也没有说话。就在这时候，门开了，裴果提出来招呼哈姆进去。我本想躲开，但她追了过去，非让我也到屋里去。即便到了这时候，要不是他们就待在我曾多次提到的那整洁的镶瓷砖的厨房里，我仍然会避开的。因为一开门就直接进入厨房，我还没想清楚我在往哪里走，就已经来到他们中间了。

那女人——就是我在海滩上见过的那个人——待在炉火旁边。她坐在地上，头和一只胳膊搭在椅子上。我想，从她的姿势看来，艾米丽刚从那椅子上站起来，她那可怜的脑袋刚才也许就趴在艾米丽的膝盖上。这女人的脸，我只能看见一小部分，因为她的头发松散地垂下来，遮住了她的脸，好像是她故意用手把头发弄乱的。不过我还看得出，她很年轻，皮肤也很白。裴果提一直在哭，小艾米丽也一直在哭。我们刚进去的时候，谁也没说一句话，只有餐具柜旁边的荷兰钟发出的滴答声,在寂静之中显得加倍地响。

艾米丽首先开了腔。

"马莎想到伦敦去。"她对哈姆说道。

"干吗去伦敦呢?"哈姆问道。

他站在她们两人中间,看着趴在那里的女人,两种感情交织在一起,一方面怜悯她,一方面又忌妒她,因为她和他深深地爱着的人有联系。这种情况我一直记得很清楚。艾米丽和哈姆仿佛觉得她病了,说起话来低声细气,虽然不见得比在耳边说话的声音大,却可以听得一清二楚。

"那里比这里好,"第三个人的声音大声说道——这是马莎的声音,虽然她并没有动弹,"那里没人认识我。这里谁都认识我。"

"她到那里干什么呢?"哈姆问道。

马莎抬起头来,用忧郁的眼神看了他一眼,又低下头去,把右胳膊蜷起来,靠在脖子上。这女人缩在那里,像是在发烧,又像是中了枪弹而疼痛难忍。

"她会想办法好好干的,"小艾米丽说道,"你不知道她是怎么对我们说的。姨妈,他——他们——知道了吗?"

裴果提摇了摇头,显出非常同情的样子。

"我一定想办法好好干,"马莎说道,"只要你们帮我离开这里。我的情况不可能比在这里更坏了。会好的。哦!"她打了个冷战,样子非常可怕,又接着说,"快让我离开这个镇子吧。在这里,每条街上的人都是看着我长大的!"

艾米丽向哈姆伸出一只手,我看见哈姆递给她一个小帆布包。她接了过去,似乎觉得那是她的钱包,往前走了一两步。她一发现弄错了,就退回来找他,让他看,这时候他已经站到我身边了。

"这都是你的,艾米丽,"我听见他这么说,"我在世上所有的一切没有不是你的,亲爱的。要不是为了你,什么都不会使我高兴。"

眼泪一下子又涌到她的眼里,但是她转身朝马莎走去。她给了马莎什么,我不知道。但我看见马莎弯着腰,往她胸前的衣服里塞钱。她小声说了点儿什么,问她够不够。"足够了,用不了。"对方答道,顺手拉起她的手,吻了一番。

马莎接着站起身来,把披肩裹在身上,蒙在脸上,呜呜地哭着,慢慢往门口走去。离开之前,她停了一会儿,好像要说点儿什么,或转身回来,但她什么也没说。她围着披肩,还是像刚才那样忧郁而可怜地低声哭着走了出去。

关上门以后,小艾米丽匆匆地看了我们三个人一眼,用手捂着脸,哭了起来。

"别这样,艾米丽!"哈姆说着,轻轻地拍了拍她的肩膀,"别这样,亲爱的! 你不该这么哭啊,我的宝贝儿!"

"哦,哈姆!"她大声说道,依然哭得很伤心,"我应该是个好姑娘,但我做得很不够! 我知道,有时候我应该知恩报恩,可是我没有做到!"

"不,不,你做到了,我敢说你做到了。"哈姆说道。

"没有,没有!"小艾米丽叫道,一边哭,一边摇头,"我应该是个好姑娘,但我做得很不够。差远了,差远了!"

她还是一个劲儿地哭,好像要把心都哭碎了。

"我考验你的爱,做得太过分了。我知道,我做得太过分了!"她哭着说道,"我常对你发火,变化无常,这是很不应该的。你对我从来不这样。我怎么能这样对待你呢,我应该什么都不想,只想怎样感激你,使你快活才对呀!"

"你一直使我很快活,"哈姆说道,"亲爱的!只要见到你,我就快活。只要想到你,我就一整天都快活!"

"啊!光那样是不够的!"她说道,"那是因为你心肠好,而不是因为我心肠好。哦,亲爱的,你也许更有福气,假如你爱的是另外一个人——假如她比我更稳重,比我更值得爱,和你情投意合,而不像我这样追求虚荣,变化无常!"

"善良又可怜的小东西!"哈姆低声说道,"马莎把她完全弄糊涂了。"

"姨妈,"艾米丽哭着说道,"请你过来,让我把头靠在你身上待一会儿。哦,我今天晚上真痛苦啊,姨妈!哦,我应该是个好姑娘,但我做得很不够!我没有做到,我知道!"

裴果提连忙坐到了炉火前面的椅子上。艾米丽两只胳膊搂着她的脖子,跪在她身旁,非常严肃地看着她的脸说道:

"哦,姨妈,求你帮帮我吧!哈姆,亲爱的,想法子帮帮我吧!大卫先生,看在咱们的老交情的分上,请你也想法子帮帮我吧!我愿意做一个好姑娘,而不是像现在这样。我希望感激的心情能比现在增加一百倍。我希望更深地体会嫁给一个善良的人,过一种平静的生活,是多大的福气。哎呀,哎呀!我的心哟,我的心哟!"

她低下头,把脸贴在我的老奶妈的胸前,不再恳求了。她刚才苦苦哀求的时候,既像女人,又像孩子,其实她所有的举动都是这个样子(因为我觉得这比任何别的样子都显得更自然,更适合她的美貌)。她默默地哭着,我那老奶妈像哄孩子一样劝她不要哭了。

她渐渐平静下来。我们就安慰她,有时说些鼓励她的话,有时跟她开个小玩笑，后来她也抬起头来，跟我们说话了。我们这样又待了一会儿，她开始微笑了，甚至大笑起来，后来她坐起来了，显出有些羞愧的样子。裴果提则理了理她那乱了的鬈发，擦干了她的眼睛，把她收拾得整整齐齐，免得她回家以后，舅舅纳闷，不知他这宝贝儿为什么哭来着。

那天晚上，我看见她做了一件从未见她做过的事——我看见她天真地亲了一下自己选中的丈夫的面颊，紧靠着他那魁梧的身躯，好像这是她最好的支柱。他们一起在微弱的月光下离去的时候，我从后面看着他们，心里把他们离开的情景和马莎离开的情景做了一番比较，我看见她两手抓着哈姆的胳膊，仍然紧紧地偎在他的身旁。

第二十三章　我证实了迪克先生的话，
也选定了一种职业

第二天早上醒来，我还惦记着小艾米丽，惦记着她在马莎走后表现出的情绪。我觉得好像是在神圣的情况下受到人家的信任，才了解到人家家里这些短处和敏感的事情，如果泄露出去，哪怕是泄露给斯蒂福，也是不应该的。我对任何别人都不像对那个漂亮的小东西那样心软，因为我们从小就在一起，而且我一向认为甚至于至死认为我当时是衷心爱她的。在一次偶然的情况下，她向我打开了她的心扉，向我表露了她无法克制的感情，这情况要是传到别人耳朵里，即或是传到斯蒂福耳朵里，我都觉得是一种鲁莽的行为，对不起我自己，也对不起我时时在她头上看到的象征着我们纯洁童年的光环。所以我下定决心，把这件事留在自己心中，这又为她的形象增添了几分美丽。

我们吃早饭的时候，有一封信送了进来，是姨奶奶写给我的。关于这封信的内容，我觉得斯蒂福可以和别人一样给我出些主意，而且我知道我也会很愿意听取他的意见的，于是就决定在我们回家的路上把这件事作为我们的话题。眼下我们向各位朋友告别都忙不过来了。大家都不愿意让我们走，巴吉斯先生也不落后，我想要是他再花点儿钱就能让我们在亚茅斯再多待两天的话，他是会再把箱子打开，贡献一几尼的。

裴果提和她全家都因为我们要走而感到十分悲伤。奥默和乔兰一家也都出来为我们送行。自愿出来给斯蒂福送行的渔民多极了,他们帮我们把箱子装到车上,即使我们有一团人的行李,也用不着再请搬运工了。总而言之,我们告别的时候,有关的人都感到依依不舍,情意绵绵,我们这一走,使得许多不走的人心里难受。

"你要在这儿待很长时间吗,黎提摩?"他站在旁边等待马车启动的时候,我这样问他。

"不长,先生,"他答道,"可能不会很长,先生。"

"他现在也说不准,"斯蒂福心不在焉地说道,"他知道应该怎么办,也一定会照办的。"

"这不成问题。"我说。

黎提摩把手举到帽子旁边,感谢我对他的赞美之词,这又使我感到自己大约只有八岁了。他又一次把手举到帽子旁边,祝我们旅途愉快,我们启程以后,他仍站在人行道上,像埃及的金字塔一样神秘可敬。

有一会儿的工夫,我们没有谈话,因为斯蒂福异乎寻常地沉默,而我心里光在琢磨什么时候才能再到这里旧地重游,在这段时间里,我会发生什么变化,或者他们会发生什么变化。后来斯蒂福终于高兴起来,打开了话匣子,他这个人就是这个样子,一阵心血来潮,想怎么样,就怎么样。他拉了拉我的胳膊,说道:

"别不吭声呀,大卫。吃早饭的时候,你谈到过一封信,那是怎么回事儿?"

"哦,"我说着,从口袋里把信掏了出来,"是姨奶奶给我来的。"

"她说了什么话,需要你认真考虑?"

"唉,她提醒我,斯蒂福,"我说道,"说我这次出游,是要走走看看,还要动动脑筋。"

"你当然是这样做的,难道不是吗?"

"实际上,不能说我是这样做的。坦白对你说吧,我恐怕把这件事给忘了。"

"哦,你现在走走看看,也就把以前的疏忽补上了,"斯蒂福说道,"往右边一看,你会看见一大片平地,其中有不少沼泽地;往左边一看,你会看见同样的景象。往前边一看,看不到什么不同;往后边一看,还是那个样子。"

我笑了一阵,回答说我都看遍了,没有看到一种合适的职业,这大概都是因为地势太平的缘故。

"姨奶奶就这个问题说了什么?"斯蒂福问道,同时瞅了一眼我手里的信,"她有什么建议吗?"

"对啦,有,"我说,"她在信里问我是不是觉得应该当一名代诉人。你觉得怎么样?"

"哦,我可不知道,"斯蒂福冷冷地答道,"我看你就干这一行吧,干别的也一样。"

他这是把各行各业同等看待,我听了不禁又笑了一阵,并且对他说了我的看法。

"代诉人究竟是干什么的,斯蒂福?"我问道。

"哦,代诉人是一种修士似的事务律师,"斯蒂福答道,"圣保罗教堂墓地附近一个古老偏僻的角落里,有一个民法博士协会①,在这个协会所属的一些衰朽的法院里事务律师

---

① 民法博士协会是从前英国的教会法和民法的开业律师的一种自治教育机构。

的作用,就相当于初级律师在普通法法院和衡平法法院里的作用。像这样的人员,顺其自然发展的话,两百年前就该消失了。要对你说清楚,最好的办法是给你讲讲民法博士协会。民法博士协会是一个不大的人迹罕至的地方,那里执行所谓教会法律,并且利用骇人听闻的陈旧的议会法案来耍各种花招,四分之三的世人对这些法案毫无所知,余下的四分之一认为这些法案是爱德华王朝挖掘出来的化石。过去所有有关遗嘱和婚姻的案子,所有有关船家之间的纠葛,都是在民法博士协会审理的。"

"别瞎说了,斯蒂福!"我大声说道,"难道你是说航海的事儿和教会的事儿还有什么联系吗?"

"我没那个意思,亲爱的小家伙,"他答道,"我的意思是,这些事情都是在那个博士协会里由那同一伙人处理、决定的。总有一天你要到那里去,你会看到他们查阅《杨氏词典》,吃力地查了半数的航海条目,为了查到'南希'号撞沉'萨拉·简'号事件,或为了查到裴果提先生和亚茅斯的其他渔民在暴风中用锚和缆绳营救遇难的'纳尔逊'号上的印第安人。过一天你再去,就会看到他们在那里深入研究正反两方面的证据,涉及的是一位行为不轨的牧师。你还会发现审理航海案件的法官,在牧师案件中成了辩护人。或者情况正好相反。他们像演员一样,一会儿某人是法官,一会儿他又不是法官了;一会儿他是这个,一会儿他又是那个;一会儿他又是什么别的身份,变来变去。不过那总是一种很生动、很有利可图的业余演员的小规模演出活动,是专门演给精心挑选的特殊观众看的。"

"但是辩护人和代诉人还不完全是一回事儿吧?"我疑惑

不解地问道，"是不是？"

"不是一回事儿，"斯蒂福答道，"辩护人是民法家——是在大学取得博士学位的人——这就是头一条原因我为什么对这件事略知一二。代诉人要雇用辩护人。这两种人收费都很高，他们凑在一起，形成一个强有力的生活优裕的小集团。总的说来，我劝你痛痛快快地选定博士协会的职业吧，大卫。你要是想知道，我还可以告诉你，他们在那里都好炫耀自己的社会地位。"

我知道斯蒂福并没有认真对待这一话题，所以姑妄听之，不过我考虑到"圣保罗教堂墓地附近一个古老偏僻的角落"，这使我联想起年代久远、庄严肃穆的凝重氛围，所以我觉得不是不可以接受姨奶奶的建议。这个建议是否采纳，完全由我来决定。她甚至直截了当地告诉我，她是在最近到博士协会去找代诉人的时候想到这个主意的，她是为了修改遗嘱，使之对我有利，而去找代诉人的。

"无论如何，姨奶奶这样做是值得赞扬的，"我提到此事时，斯蒂福说道，"而且是值得大加鼓励的。雏菊，我劝你还是痛痛快快地选定博士协会的职业吧。"

我已经拿定主意，就这么办了。随后我告诉斯蒂福，姨奶奶眼下正在城里等我（这是我从她的信里了解到的），住在林肯律师学院①广场一家私人旅馆里，准备住一星期。这个地方的旅馆都有石头楼梯，屋顶上还有出口，因为姨奶奶深信不疑，每天晚上伦敦的每一所房子都要失火的。

① 林肯律师学院是伦敦有权授予律师资格的四个法学团体之一，其余三个团体是格雷律师学院、内殿律师学院和中殿律师学院。

剩下的一段旅途,我们过得很愉快,有时候我们又谈起博士协会,预见遥远的将来,我当上那里的代诉人,斯蒂福为我设想了各种滑稽的怪样子,我们俩都感到很有趣。到了旅途的终点以后,他回家去了,约定第三天晚上来找我,我则乘车来到林肯律师学院广场。姨奶奶还没睡,等着吃晚饭呢。

即便是我们分手以后我周游了世界,恐怕也不会比我们现在相见更高兴了。姨奶奶搂着我一下子就哭了起来,但她假装在笑,一面说要是我那可怜的母亲还活着,那个傻乎乎的小东西一定会掉泪,这是毫无疑问的。

"这么说,你们把迪克先生一个人留在家里了,姨奶奶?"我说道,"这使我很难过呀。——哦,珍妮,你好?"

珍妮屈膝行礼,向我问好。这时候我发现姨奶奶的脸拉得很长很长。

"我也感到很难过,"姨奶奶揉着鼻子说道,"自打来到这里,特洛,我一直放心不下。"

没等我问为什么,她就告诉了我。

"我敢肯定,"姨奶奶说着,心情沉重地把手往桌上一摁,"迪克的性格可不是能把驴子赶走的性格。我断定他缺乏坚强的意志。我不该留下他,而应该留下珍妮,那样我心里就可能踏实一些。要是有驴子践踏了我的草地,"姨奶奶用很强的语气说,"那就是在今天下午四点钟。当时我从头到脚浑身发冷,我就知道是有头驴子来了!"

我为这件事,想安慰安慰他,可是她听不进去。

"是有头驴子来了,"姨奶奶说道,"而且就是磨刀先生的姐姐那女人来我家的时候骑的那头秃尾巴驴。"从那以后,姨奶奶就一直这样称呼摩德斯通小姐了。"多佛要是有哪一头驴子,厚颜无耻,最叫我难以忍受,"姨奶奶说着拍了一下桌子,"那就是这畜生了!"

珍妮冒昧地劝姨奶奶不必自寻烦恼,她说我们所说的那头驴当时一定在忙着运砂石,无暇出来践踏草地,可姨奶奶硬是不听。

晚饭安排得很舒适,饭菜也都很热,虽然姨奶奶的房间是在很高的楼层上——这究竟是因为花同样的钱,可以上更多的石头台阶,还是因为这样可能更靠近屋顶上的出口,就不得而知了。晚饭吃的是烤鸡,牛排,还有一些蔬菜,都很好吃,我吃了很多。但是姨奶奶对伦敦的饮食有自己的看法,因此吃得很少。

"我觉得这只倒霉的鸡是在地窖里出生,在地窖里养大的,"姨奶奶说道,"除了在火车的货架上,就没有呼吸过空气。我希望这牛排真是牛肉做的,但我并不相信。依我看,这地方除了黄土以外,什么都不是真的。"

"你不认为这鸡是从乡下运来的吗,姨奶奶?"我拐弯抹角地问道。

"当然不是,"姨奶奶答道,"对伦敦商人来说,他要是吆喝什么就真卖什么,就没有乐趣了。"

我没有冒昧地再跟她唱反调,但这顿晚饭我吃得很好,她一看这情况,感到十分满意。桌子撤了以后,珍妮帮着她梳了头,戴上睡帽,这睡帽比平时戴得更讲究("怕万一失火。"姨奶奶说),还把睡袍撩上来搭在膝盖上——这都是她睡觉前为了暖暖身子而经常要做的准备工作。然后我就按照已经订好的规矩,给她倒了一杯热的掺水白酒,还把一片烤面包给她切成了细长条。这规矩是不能违反的,哪怕是在最微小的地方违反了,也是不允许的。这些零七八碎的小事做完之后,便无人再来打扰,我们独自度过睡前的一段时间。姨奶奶坐在我对面,喝她那杯掺水的酒,把烤面包条一块一块地在酒里泡过才吃。同时她还溜着睡帽的边儿慈祥地看着我。

"哦,特洛,"她说道,"你觉得当代诉人这个计划怎么样?也许你还没开始考虑吧?"

"我已经考虑了很久了,亲爱的姨奶奶,也跟斯蒂福谈了很久了。我很喜欢这个计划,我喜欢极了。"

"哎哟,"姨奶奶说,"这真叫人高兴。"

"我只有一件事感到为难,姨奶奶。"

"什么事,你说呀,特洛。"她答道。

"好吧,姨奶奶,据我了解,能够从事这个职业的人数有限,我想问一问,进入这个行业,是不是要花很多钱呀?"

"给你签个学徒合同,"姨奶奶答道,"只要花一千镑。"

"我说,亲爱的姨奶奶,"我说着,把椅子往前凑了凑,"对这件事,我心里不安。这可是一大笔钱哪。为了让我受教育,你已经花了很多钱,在其他各方面,你在我身上花钱,也是再大方不过了。你是慷慨大方的象征。一定有个办法,使我不用怎么花钱就能开始生活,而且从一开始就满怀希望,能靠决心与努力而生活下去。难道你能肯定走这条路不是更好一些吗?你肯定能花得起这笔钱吗,你肯定这笔钱应当这样花吗?我不过是请你——我的再生母亲——考虑一下。你能肯定吗?"

在这段时间里,姨奶奶一边吃烤面包,一边面对面地看着我。吃完以后,她把酒杯放在壁炉上方的横板上,两手交叉搭

在撩起的睡袍上,说了下面这段话,算是对我的答复:

"特洛,我的孩子,如果说我有什么生活目的的话,那就是给你创造条件,使你成为一个善良的、有头脑的、快乐的人。我已经下定决心,迪克也下定了决心。我真希望我认识的人能听到迪克关于这个问题所说的话。他的话所包含的哲理真是好极了。可惜除了我以外,谁也不知道他的见解是多么高明。"

她说到这里停了一下,把我的手夹在她的两手中间,接着说道:

"特洛,回想过去是没有用的,除非能对现在产生什么影响。想当年,我也许应该与你那可怜的父亲相处得更好一点儿,即便在你姐姐贝西·特洛乌德叫我失望之后,我也许应该与你母亲那个可怜的孩子相处得更好一点儿。你到我这里来的时候,是个逃出来的小家伙,浑身是土,疲劳不堪,我当时也许就这样想过。从那时候到现在,特洛,你一直为我争光,使我感到骄傲,感到快乐。我的收入没有什么其他开销;至少,"(她说到这里,迟疑了一下,不知说什么好了,这使我感到惊讶)"是的,我的收入没有什么其他开销了,而你又是我收养的孩子。等我上了年纪的时候,只要你知道疼我,能忍受我的各种怪想法、怪脾气,那么你为一个老女人所做的事就超过了这个老女人为你做过的事了,虽然这老女人在年富力强的时候没有过上她应该过的幸福融洽的生活。"

这是我头一次听姨奶奶谈起她过去的历史。她平心静气地述说自己过去的历史,平心静气地将它置诸脑后,这里面体现了一种高尚的情操,要是什么东西还能增加我对她的尊敬和爱戴,那就是这种高尚的情操了。

"现在咱们俩取得了完全一致的看法和谅解,特洛,"姨奶奶说,"没有必要再多说了。亲我一下吧,明天吃了早饭咱们就到博士协会去。"

我们又在炉前谈了很久,后来就睡觉去了。我住的屋子和姨奶奶在同一层楼上,夜里我受了她不少的惊扰,因为她一听见远处出租马车和市场货车的声音就焦躁不安,跑来敲我的门,问我:"听没听见消防车的声音?"不过快到天亮的时候,她睡得安稳一些了,也容许我睡得安稳一些了。

大约中午时分,我们出来,到博士协会斯彭洛先生和乔金斯先生的事务所去。姨奶奶对于伦敦还有一个一般的看法,那就是她看见的每一个人都是扒手,所以她就把钱包让我替她拿着,钱包里放着十几尼,还有一些银币。

我们在弗利特街上的玩具店停了一会儿,为的是看圣邓斯坦教堂的巨人敲钟的场面——我们出门的时候就算计好了,刚好十二点看他们敲钟——然后我们就朝洛德格特山和圣保罗教堂墓地走去。我们刚来到洛德格特山,我就发现姨奶奶大大加快了脚步,而且显出了害怕的样子。同时我也看见一个弯腰驼背、破衣烂衫的男人,刚才停下脚步,看着我们走过去,现在又紧跟着我们,想追上她。

"特洛!亲爱的特洛!"姨奶奶小声说道,她显出非常害怕的样子,按了一下我的胳膊,"我不知道怎么办才好!"

"别害怕,"我说,"没有什么好害怕的。你到商店里去躲一躲,我一会儿就能把这家伙赶走。"

"不行,不行,我的孩子!"她答道,"你千万别跟他说话。我恳求你,我不许你跟他说话!"

"哎呀,姨奶奶!"我说,"他不过是个凶恶的叫花子。"

"你不知道他是干什么的！"姨奶奶说，"你也不知道他是谁！你不知道自己都说了些什么！"

在这说话的当儿，我们已经在一个没有人的门口停了下来，他也停下了脚步。

"不要看他！"我气愤地回头看他的时候，姨奶奶说道，"给我叫辆车，亲爱的孩子，你到圣保罗教堂墓地去等我。"

"去等你？"我问道。

"是啊，"姨奶奶答道，"我一定要单独去。一定要跟他走。"

"跟他走，姨奶奶？跟这个人走？"

"我没有糊涂，"她答道，"告诉你，我非去不可。给我叫辆车吧！"

不论我感到多么惊讶，我意识到我没有权利拒绝执行这样一项严肃的命令。我赶紧走了几步，叫住了一辆路过这里的空车。几乎没等我放下踏板，姨奶奶就跳进车去，我都不知道她是怎样上去的，那个人紧跟着也上了车。她摆了摆手，叫我走开，她的态度极其认真，我虽然感到完全莫名其妙，还是立刻转身走开了。就在这时候，我听见她对车夫说，"随便去什么地方！就往前走吧！"马车立时从我身旁驶过，往小山上去了。

现在我想起了迪克先生对我说过的话，当时我还以为那是他的幻觉哩。我毫不怀疑，这就是他神秘地向我提到过的那个人，至于姨奶奶有什么把柄抓在他手里，我就猜测不出来了。我在墓地里凉快了半个钟头以后，就看见那辆马车回来了。车夫把车停在我身旁，车里只坐着姨奶奶一个人。

她还没有完全摆脱她那焦躁的情绪，所以还不能说已经准备好了,可以按原计划去拜访博士协会了。她叫我上车,又让车夫赶着车来回走了一会儿。她只说了一声"亲爱的孩子,永远不要问我这是怎么回事,也不要提起这件事",此外什么也没说。后来她完全镇静下来,这时候她对我说她已经恢复正常,我们可以下车了。她把钱包交给我,让我付车钱,我发现所有的几尼都不在了,只剩下一些零散的银币了。

博士协会门外有一个低矮的牌楼。我们过了牌楼之后,没走几步,城市的喧闹声就神奇般地减弱,好像离得很远了。我们走过几个沉闷的院子和狭窄的小路,来到斯彭洛和乔金斯那装有天窗的事务所。这个寺庙似的事务所有个门厅,香客无须敲门即可进入,三四个文书在那里做誊写工作。他们之中有一个干瘦的人,单独坐在一边,头戴僵直的棕色假发,好像是用姜饼做的,很俗气。他站起身来接待我姨奶奶,并把我们引到斯彭洛先生的屋里。

"斯彭洛先生正在参加审案,夫人,"那个干瘦的人说道,"今天是拱门法庭开庭的日子,不过他就在附近,我马上派人去请他。"

在我们等候斯彭洛先生的时候,我就好好地利用这个机会把周围打量了一番。屋里的家具是旧式的,布满了灰尘,写字台的绿色粗绒桌面已经全褪了色,像个苍白憔悴的叫花子。桌子上摆着一捆捆的文件,有的写着辩解,有的写着诽谤(这使我很惊讶)①,有的写着归主教法庭,有的写着归拱门法庭,有的写着归大主教法庭,有的写着归海事法庭,有的写着归代

---

① 原文 libel 一词,在民法和教会法里为"控告",在普通法里为"诽谤"。大卫以为是后者,所以吃惊。

表法庭,这使我非常纳闷共有多少种法庭,要花多少时间才能把它们都弄明白。此外还有各种书面证明材料,牢固地装订成册,捆在一起,每个案件都有一大捆,好像每个案件都积攒了十卷或二十卷。我觉得这一切看来要收相当多的钱,使我感到代诉人是个不错的职业。我正以越来越得意的眼光看着这些东西,以及许多类似的东西,忽听门外有急促的脚步声,接着斯彭洛先生身穿白色毛皮镶边儿的黑色长袍,匆忙走了进来,一边走着一边摘下了帽子。

这位先生个子不高,头发是浅色的,一双靴子无可挑剔,白色衬领和衬衫的领子不能再挺了。他的扣子扣得整整齐齐,两撇胡子拳得恰到好处,一定是精心修剪的。他那条金表链粗得很,使我突然产生了一个有趣的想法:他应该有一条粗壮的金胳膊来掏表,就像金店的门脸上作的广告那样。他的穿戴照顾得很周到。他也显得直挺挺的,几乎连腰也弯不了。他在椅子上就座以后,看了一眼桌上的几份文件,这时候他就不得不从脊椎下端开始,整个身子挪动才行,就像潘趣①一样。

姨奶奶已经把我介绍给他,他对我也以礼相待。这时候他说:

"这么说来,科波菲尔先生,你是想从事我们这一行了?几天以前,我有幸会见特洛乌德小姐时曾偶然提到,"说到这里,他又躬了躬身子(这也像潘趣一样),"这里有一空缺。特洛乌德小姐是个热心人,当时就说她有个甥孙她特别疼爱,还说要为他提供优裕的生活条件。这个甥孙,我想,我现在有幸

---

① 潘趣是英国木偶戏《潘趣与朱迪》中的主角。

见到了。"（这又像潘趣一样）

我鞠躬应诺，并且说姨奶奶告诉我这里有一个空缺，我想我会喜欢这一职务的；我说我强烈地预感到我会喜欢这一职务，所以马上就采纳了姨奶奶的建议；我说我还不能绝对保证我喜欢这一职务，因为还需要对它做进一步的了解；我说虽然无非是走走形式，但我认为应当给我一个机会试一试，看我觉得怎么样，然后才能最后敲定。

"哦，当然！当然！"斯彭洛先生说道，"我们这里总是要给一个月——试用期。就我本人而言，我可以给两个月、三个月，实际上也可以不定期限，但是我还有个合伙的，乔金斯先生。"

"学费，先生，是一千镑？"我说。

"学费，印花税在内，是一千镑，"斯彭洛先生说道，"我对特洛乌德小姐说过，我的动机不是为了赚钱——我认为在这方面比我考虑得更少的人是很少的——但是乔金斯先生对这些问题有他自己的看法，而我不能不尊重他的看法。简而言之，乔金斯先生认为一千镑还太少了。"

"我估计，先生，"我说，这时候我还想给姨奶奶省点儿钱，"按照这里的规矩，要是一个合同工特别有用，熟练地掌握了自己的业务，"——说到这里，我不禁脸红起来，因为这太像自我吹嘘了——"我估计按照这里的规矩，到了后期，也不能给他一点儿……"

斯彭洛先生费了很大的劲儿才摆脱了那卡脖子的衬领，把头伸出来摇了摇。他意识到我要说"薪水"，就接着说道：

"不能。如果我不受约束，科波菲尔先生，我本人对这件事怎样考虑，我就不说了。乔金斯先生是决不动摇的。"

我当时一想到这个可怕的乔金斯，就感到非常发愁。不过后来我发现他是个性情温和而稳重的人。他在这里的作用是躲在幕后的，但要经常用他的名字对外，给人的印象是他是一个最顽固不化、最不近人情的人。要是哪个文书要求加薪，乔金斯先生就置之不理。要是哪位客户拖欠应交的费用，乔金斯先生一定要想办法让他交付，不论这样做会使斯彭洛先生感到多么痛苦（而且的确每次都使他感到痛苦），乔金斯先生还是要照章办事。要不是有恶魔一般的乔金斯在那里控制一切，善良天使一般的斯彭洛就处处都会心更软，手更松。现在我长大了，我想我遇到过一些别的机构，他们在经营过程中也是遵循斯彭洛和乔金斯的原则的！

　　双方确定，我愿意什么时候就什么时候开始我那一个月的试用期，姨奶奶不必留在城里，期满时，她也不必再回来，因为与我有关的协议书很容易寄给她，请她在家里签字。这些事情都说定了以后，斯彭洛先生主动提出要马上带我到法庭去，让我看一看那是一个什么样的地方。我是挺想知道的，所以我们就去了。姨奶奶没有跟我们去，她说，让她到这种地方去，她不放心。此外，我想她认为所有的法庭都是一种制造火药的地方，随时都会爆炸的。

　　斯彭洛先生带领我穿过一个铺了地面的小院子，四周是阴沉的砖房，房门上写着各位博士的名字，这样我就看出这些房子就是斯蒂福对我说的那些知识渊博的辩护人使用的办公室。接着我们就来到左手边一间宽敞而单调的屋子，我觉得它有点像一所教堂的样子。屋子的前部拦了拦，与后面分开了。前部有一个马蹄铁形的台子，两边摆着饭厅里使用的舒适的旧式椅子，椅子上坐着几位穿着红袍戴着灰色假发的先生,原来这就是上面所说的博士们。在马蹄铁形的台子转弯处有一张小桌子,就像布道台上的小桌子一样,有一位老先生坐在那里眨巴眼。我要是在鸟林里见到他,一定会以为他是一只猫头鹰,不过据我了解,他就是主持审案的法官。在马蹄铁形台子中央的空地上,略低一点——也就是说,大约和地面取齐——还有几位先生坐在一张绿色长桌周围,他们和斯彭洛先生的身份相同,也和他一样穿着边上镶着白色毛皮的黑色长袍。他们的衬领,我觉得一般说来都很平整,他们的样子看上去都很凶。不过就最后这一点来说,我很快就意识到我实在是冤枉了他们,因为我看到他们之中有两三个人需要站起来回答主审官的问题,没有比他们更低三下四的了。在场的公众是一个小孩子和一个照顾他的人,还有一位衣服破旧的讲究体面的人在那里偷偷地从上衣口袋里掏面包渣往嘴里塞。他们都围着法庭中央的火炉在烤火。打破这种沉闷气氛的,只有炉火的噼啪声,和一位博士的讲话声,此人正在慢慢陈述足有一个大图书馆那么多的证据,就像是在漫无目的地游逛,不时地停下来发一点儿议论;好像是旅途中,在路边小旅店暂歇一下一样。总而言之,我这一生中,任何时候都没有搞过这样的小型家庭聚会,它温暖舒适,催人入睡,形式陈旧,不顾时间,昏昏沉沉;我觉得大概只要不当原告,在这里无论担任哪一个角色,都会像服用了止痛镇静剂一样舒服。

我对这梦境一般的幽静去处感到很满意,就对斯彭洛先生说,这一次就看到这里吧,接着我们就回到姨奶奶这里来了。我在姨奶奶的陪同之下,马上就离开了博士协会。在我走出斯彭洛与乔金斯事务所的时候,我又感到自己非常年轻,因为那些文书在那里用自己的笔我捅捅你,你捅捅我,把注意力都集中在我身上。

我们回到林肯律师学院广场，一路上没有再出什么事儿，只碰上一头给小贩儿拉车的倒霉驴子，使姨奶奶产生了一些痛苦的联想。我们平平安安地回到屋里以后，又对我的计划进行了一次长谈。我知道她很急于回家去，而且不是担心失火，就是担心饮食，还担心扒手，待在伦敦半个钟头心里都不踏实。我就劝她别为我而受罪了，还是让我自己来照顾自己吧。

"到明天我就在这里待了一个星期了，一直也是这么想的，亲爱的孩子，"她答道，"在阿德尔菲区有不大的一套带家具的房子出租，特洛，你去住，再合适不过了。"

她说着就从口袋里掏出一张广告，是特意从报纸上剪下来的。那广告说，阿德尔菲区白金汉街有一套带家具的住房出租，这套住房特别合乎尊意，布局紧凑，窗外一览河上风光，年轻绅士，无论是或不是律师学院的成员，都会认为这是一所体面的住宅，而且随时可以使用。条件从优，如有需要，可以只租一个月。

"哎呀，再合适不过了，姨奶奶！"我说着脸也红了，住套房，多神气呀。

"那就来吧，"姨奶奶说，马上把刚才放在一边的小帽子又戴上了，"咱们去看看。"

我们去了。我们按照广告上说的，到了地方找克鲁普太太。我们拉了拉地下室的门铃，以为这样就可以见到克鲁普太太了。我们拉了三四次铃，才使得克鲁普太太不得不出来见我们。不过她到底还是出来了。她是一个胖女人，身穿本色布长袍，底下是一条镶着荷叶边的法兰绒衬裙。

"如果方便的话,太太,就让我们看看你这套房子吧。"姨奶奶说。

"是这位先生住吗?"克鲁普太太说着,伸手到口袋里掏钥匙。

"是啊,我甥孙来住。"姨奶奶说。

"对他来说,这是一套很好的房子!"克鲁普太太说。

于是我们就到楼上去了。

这套住房是在楼的顶层——这对姨奶奶说来至为重要,因为如果失火,离出口最近——狭窄的入口半明半暗,几乎什么也看不见,一间小储藏室黑洞洞的,绝对是什么也看不见,此外还有一间起居室,一间卧室。家具相当旧,不过对我说来,也就不错了;窗外果然是河上风光。

既然我很喜欢这地方,姨奶奶和克鲁普太太就躲到储藏室去谈条件。我就坐在起居室的沙发上,简直不敢想象我竟然也有幸住上这么尊贵的房子。她们经过时间不长的一个回合,就出来了。我从克鲁普太太脸上的表情和姨奶奶脸上的表情可以看出,这笔交易谈成了,我当然很高兴。

"这是上一个房客的家具吗?"姨奶奶问道。

"是的。是他的家具,太太。"克鲁普太太答道。

"那个人后来怎么样了?"姨奶奶问道。

克鲁普太太忽然来了一阵讨厌的咳嗽,就一边咳嗽,一边非常吃力地说:"他在这里病倒了,太太,后来——咳! 咳! 咳! 哎哟! ——后来他就死了!"

"啊! 他是怎么死的?"姨奶奶问道。

"唉,太太,他是喝酒喝死的,"克鲁普太太说道,接着又小声说,"还有烟。"

"烟？不是烟囱里的烟吧？"姨奶奶问道。

"不是，太太，"克鲁普太太答道，"雪茄和烟斗。"

"这无论如何不会传染，特洛。"姨奶奶说着，扭头看了看我。

"的确不会。"我说。

总之，姨奶奶见我很喜欢这地方，就租下来了，租期一个月，同时征得房东同意，到期后还可以使用十二个月。克鲁普太太负责准备卧具，还负责做饭，其他必要的东西都已经有了。克鲁普太太明确表示一定要把我当自己的儿子看待。我们约定，我后天来住。克鲁普太太说，谢天谢地，她终于有个人可以照顾了。

回来的路上，姨奶奶告诉我，她是多么充分相信，我即将开始过的这种生活会使我坚强，使我自立，而这正是我需要的。第二天，我们安排怎样把我存在威克菲尔先生那里的衣服和书运过来，在空闲的时候，姨奶奶又把上面的话说了好几次。关于取衣服和书的事，以及我最近休假的全部情况，我给艾妮斯写了一封长信，这封信由姨奶奶带去，因为她第二天就动身。这些细节，我就不多说了，只需要补充几点：我这一个月的试用期里可能用得着的东西，她都给我准备得很充足。在她离开以前，斯蒂福没有露面，这使得我和姨奶奶都很失望。我把她平平安安地送上去多佛的马车，看着她坐好，珍妮坐在她旁边，这时她想到那些到处乱跑的驴子很快就要倒霉了，心里感到由衷的高兴。马车走了以后，我转身朝着阿德尔菲区走去，回想起过去我只是在那里的地下拱门里跑来跑去，现在好了，情况变了，我升到地面上来了。

第二十四章　我初次放荡

那居高临下的城堡全归我使用,把大门一关,就觉得像鲁滨孙钻进了自己的堡垒,还随手撤了梯子一样,这真是太好了。口袋里揣着房门钥匙在城里游逛,而且知道自己可以邀请任何人到家里做客,还可以有把握地说,只要我自己不感到不便,是不会对别人造成不便的,这真是太好了。我可以出出进进,来来往往,谁也不理,我要是想找克鲁普太太——而且她也肯见我——只要一拉铃,她就喘着粗气从地底下钻出来,这真是太好了。这一切,我觉得,真是太好了;不过我也要说,有些时候,我感到非常无聊。

早上感觉很好,尤其是晴天的早上,天一亮,感到生活非常清新,自由。太阳一出来,更为清新,更为自由。但是日过中天以后,好像生活也随着徐徐下降。我也弄不清是怎么回事儿——浊气下很少有美好的生活。到了那个时候,就希望有人跟我说说话了。我想念艾妮斯。她总是含笑听我倾诉心里话。见不到她,我感到极为空虚。克鲁普太太好像离我很远。我想到前面那位死于烟酒的房客,我真希望他行行好,依然活着,而不要一命归西,使我感到苦恼。

住了两天两夜之后,我就觉得好像在这里住了一年了。可是我一点儿也没长大,仍和原来一样为了自己年轻而痛苦万分。

斯蒂福还是不露面,我担心他准是病了,第三天我早早地从协会出来,走到了海格特。斯蒂福太太见到我很高兴,她对我说斯蒂福和牛津大学一个朋友到圣奥尔本斯附近去看另一个朋友去了,估计明天就回来。我因为喜欢他,竟然非常忌妒他那些牛津大学的朋友了。

斯蒂福太太一定要留我吃晚饭,我就留下了。我记得我们的谈话始终是围绕着斯蒂福,别的什么也没谈。我告诉她,在亚茅斯的时候,大家多么喜欢他,他和大家在一起,多么讨人喜爱。达特尔小姐转弯抹角,问了很多奇奇怪怪的问题,但是对我们做的各种事情极为关心。她老说"不过真是那样吗"之类的话,结果把她想了解的一切情况都从我嘴里套了出来。她的相貌和我初次见她时所形容的完全一样,但是和两位女士在一起是那么愉快,又是那么自然,我就觉得有点儿爱上了她。那天晚上有好几次,特别是当天夜里我回家的路上,我情不自禁地想道:要是在白金汉街有她做伴儿,该多好哇!

第二天清晨,我正在喝咖啡,吃面包卷儿,准备到协会去——我在这里顺便说一下,克鲁普太太搁了那么多咖啡,而咖啡又那么淡,真叫人吃惊——不料斯蒂福突然走了进来,我高兴极了。

"亲爱的斯蒂福,"我喊了起来,"我还以为永远见不到你了呢!"

"我一回到家,"斯蒂福说,"第二天早上就让人家武装押解带走了。哎呀,雏菊,你一个老大不小的单身汉住在这里可真稀罕呀!"

我颇为得意地带他把整套房子看了看,连储藏室也没落下。他对这套房子赞不绝口。"你听我说,老兄,"他说道,"只要你不下逐客令,我可要把这地方当做我的很像样的城区住宅了。"

　　这话着实好听。我对他说,他要是等我下逐客令,就得等到末日来临的时候啦。

　　"不过你得吃点早饭呀!"我说着就抓起了拉铃的绳子,"我让克鲁普太太再给你煮点儿咖啡,我这里有个单身汉用的荷兰炉,可以给你烤点儿咸肉。"

　　"不用,不用!"斯蒂福说,"不要拉铃! 我不在这儿吃! 我去和我那伙朋友里的一个人一起吃早饭,他就住在科文特加登的皮亚察饭店。"

　　"那你回来吃晚饭吧?"我问道。

　　"不行,我不骗你。我的确很想回来吃晚饭,但是我必须和那两个家伙在一起。明天早晨我们三个人一块儿动身。"

　　"那就请他们一块儿来吃晚饭吧,"我答道,"你觉得他们会来吗?"

　　"哦,那他们可求之不得啦!"斯蒂福说,"不过这就要对你造成不便了。还是你来和我们一起找个地方吃一顿吧。"

　　我说什么也不同意这个意见,因为我突然想到该温温居呀,哪儿有比这更好的机会呢! 我这套房子,经过他一番赞扬,使我更为得意,特别想充分利用一下。所以我就逼着他代表他那两个朋友答应我一定来,约定的时间是六点钟。

　　斯蒂福走了以后,我拉铃叫来了克鲁普太太,把我这个紧急方案告诉她。克鲁普太太说,首先不能指望她来伺候,这当然是公认的道理。不过她知道有一个专干杂活儿的年轻人,可以动员动员他,说不定他肯干,条件是五先令,另外我可以随便给。我说好吧,就用他。其次,克鲁普太太说,她显然不能同时待在两个地方(我觉得这也是有道理的),而又必须有一个"年轻姑娘",给她点上一支卧室用的蜡,让她在贮藏室里不停地洗盘子。我问她,这样一个年轻女子要多少钱。克鲁普太太说,她估计十八便士既不会叫我发财,也不会叫我破产。我说我估计也不会,于是这个问题也解决了。克鲁普太太接着说,现在可以研究吃什么了。

克鲁普太太厨房里的壁炉只能炖排骨,做土豆泥,别的什么都做不了,这可以说是那铁匠缺乏远见的一个突出的例子。至于熬鱼的锅,克鲁普太太说,好哇,我亲自去看看炉眼儿,好不好?这话倒也在理儿。我亲自去看看,好不好?即便我真去了,也看不出个名堂来,所以我就不去了,我说,"鱼,就算了吧。"可是克鲁普太太说,可别这么说,现在牡蛎正上市,怎么不吃牡蛎呢?这也说定了。克鲁普太太随后说,她的意见是:两只热烤鸡——从点心铺买;一盘炖牛肉加青菜——从点心铺买;两个小盘儿,比如一个发糕,一盘腰花——从点心铺买;一块甜点心,如果我喜欢,再来一点儿果冻——从点心铺买。这样,克鲁普太太说,她就能完全腾出手来,集中精力做土豆,并且按照她的心意把干酪和芹菜准备好。

我采纳了克鲁普太太的意见,亲自到点心铺去订了菜。后来我顺着斯特兰大街走去,路过一家卖火腿、牛肉的商店,橱窗里摆着一种硬的带斑点的东西,像是大理石做的,但标签上写着"仿甲鱼",我进去就买了一大块,后来我才发现,这一大块足够十五个人享用的了。买回去以后,费了半天唇舌,克鲁普太太才同意给热一热。这东西做成汤以后缩得厉害,四个人喝，我们还觉得正如斯蒂福说的，"紧巴巴的"。

这些准备工作顺利做完之后，我到科文特加登市场买了一点儿甜食，还在市场附近一家专门卖酒的商店笼统地订了一点儿酒。下午回家一看，一瓶瓶的酒立在储藏室的地上，组成了一个方块儿，看上去多得不得了（虽然少了两瓶，弄得克鲁普太太很不自在），简直把我吓坏了。

斯蒂福的两个朋友，一个叫格兰杰，一个叫马卡姆。他们都是非常开朗、活跃的人。格兰杰比斯蒂福略大一点儿，马卡姆看上去很年轻，我看不超过二十岁。我发现马卡姆提到自己的时候，总爱泛泛地说"一个人"，很少或从来不用单数第一人称。

"一个人住在这里，可以生活得很不错呀，科波菲尔先生。"马卡姆说——他这是说他自己哩。

"条件不错，"我说，"房间真够宽敞的。"

"我希望你们二位胃口特别好。"斯蒂福说。

"不瞒你说，"马卡姆答道，"城里好像能增进一个人的食欲。一个人整天觉得饿。一个人不停地吃。"

起初我觉得有点儿不好意思，而且觉得自己太年轻，不能主持这次晚餐，因此开饭的时候，我就让斯蒂福坐在上首，我坐在他的对面。一切进行顺利，酒也是尽情地喝，斯蒂福努力保证这次晚餐圆满成功，表现得很出色，欢乐的气氛从未中断。晚餐过程中，我的表现欠佳，不像我预期的那么好。这是因为我的座位对着门，我看到的情况分散了我的注意力。那专干杂活儿的年轻人不时地从屋里走出去，他一出去，门外的墙上就显出他的影子，我从他的影子看出，他拿着一瓶酒在对着瓶嘴喝。那"年轻姑娘"也引起了我几分不安——这倒不是因为她不尽心洗盘子，而是因为她砸盘子。她生性好奇，虽然明确要求她待在储藏室里，她却待不住，老偷着看我们，同时她心里又老嘀咕，以为让我们发现了；这样一想，她就缩回去，踩在盘子上，因为她已经小心翼翼地把盘子放得满地都是。这样反复多次，她踩碎了很多盘子。

不过这都是些很小的不足之处，桌布一撤，甜食一上，就都置诸脑后了。这次聚会进行到这时候，才发现那个专干杂活儿的年轻人原来是个哑巴。我不声不响地吩咐他去和克鲁普太太做伴儿，顺便把那个"年轻姑娘"也弄到地下室去，然后我就尽情欢乐起来了。

起初，我感到特别轻松愉快。各种几乎已经忘记的话题涌入了我的脑海，使得我忘乎所以，说个没完。我自己说了个笑话，或者别人说了个笑话，我就捧腹大笑；斯蒂福没有把酒传给大家，我就责怪他，叫他注意；我做了几次到牛津去的安排，我宣布打算继续举办和这次完全一样的晚宴，每星期一次，如有变化，另行通知；我还拿格兰杰的鼻烟盒拼命吸，吸得太多，结果不得不躲到储藏室去偷偷地打喷嚏，打了足有十分钟。

随后我就越来越勤地劝大家喝酒，拿着个起子不停地开新瓶，开过的搁在那里半天都用不上。我为斯蒂福的健康祝酒。我说他是我最亲爱的朋友，是我童年的保护人，是我成年以后的伙伴儿。我说，为他的健康而干杯，我感到高兴。我说我欠他的情，是永远也还不清的；我对他的敬佩之心，是永远也说不完的。最后我说："请大家为斯蒂福欢呼！愿上帝保佑他！欢呼！"我们把三声欢呼重复了三遍，接着又重复了三遍，最后又大声重复了三遍才算完。我为了绕到他那一边去

跟他握手,把玻璃杯也打碎了。我对他说(只用了两个词):
"斯蒂福,你……是……我……生……活……里……的……
北……斗……星。"

随后我忽然发现有人在唱歌。唱歌的是马卡姆,唱的是
"一个人因操劳而心事重重"①。他唱完之后,要我们为"女
人"干杯。我表示反对,不同意这样干。我说这样祝酒不体
面,在我这里只能为"女士们"干杯,否则就不行。我和他争
得很厉害,我想主要是因为我看见斯蒂福和格兰杰在笑
我——也许是在笑他——也许是在笑我们俩。他说一个人不
能听别人的。我说一个人就得听别人的。他又说一个人不能
受人侮辱。我说他这话说得很对——在我家里,家神是神圣
的,好客的精神至高无上。他说他愿意坦率承认,我这个人太
好了,这无损于他的尊严。我马上举杯祝他身体健康。

有人抽烟了。我们都抽烟了。我也抽起烟来了,我越来
越觉得吓得发抖,但我尽力克制自己这种情绪。斯蒂福针对
我讲了一番话,我听着几乎感动得掉泪。我说了几句感谢的
话,同时表示希望在座的各位在明天,还有后天——每天的五
点钟——来和我一起吃饭,这样我们就可以长时间在一起交
谈,快快活活地度过一个夜晚。这时候,我觉得应当提议为什
么人祝酒才对。要提就提我姨奶奶吧——贝西·特洛乌德小
姐,她是女性里的豪杰!

有个人在我的卧室窗口向外探着身子,把头靠在窗边冰
凉的石头上清醒一下,领略一下微风拂面的感觉。这个人就
是我自己。我叫着自己的名字"科波菲尔",说道:"你怎么学

①　引自盖依的《乞丐的歌剧》,接下去是"只要女人出现便云雾消除"。

着抽起烟来了？你也许应该知道,你是不会抽烟的呀。"现在又有个人晃晃悠悠地照镜子。这个人也是我。我在镜子里显得非常苍白;我两眼无神;我的头发——只有我的头发,别处都没有——显出了醉意。

有个人对我说:"咱们看戏去吧,科波菲尔!"眼前不是卧室,而是摆满了酒杯、叮当作响的饭桌了,还有灯;格兰杰在我的右首,马卡姆在我的左首,斯蒂福在对面——都坐在那里,模模糊糊的,离我很远的样子。看戏去? 当然要去。再好不过了。走吧。不过他们得允许我先把他们送出去,把灯关了——免得失火。

因为黑,出现了一点儿混乱,门没有了。我在窗帘里乱抓,找不着门,斯蒂福笑着过来拉住我的胳膊,把我领了出去。我们依次下楼,快到底下的时候,有人摔倒了,滚了下去。另外一个人说,那是科波菲尔。听他这样瞎说,我很生气,后来我发觉自己躺在过道里,才意识到他的话也许有些根据。

晚上,雾很重,路灯都带着一个个的大光环。我模模糊糊听见有人说下起来了。我认为那是霜。斯蒂福在路灯下掸了掸我身上的土,把帽子给我弄得像个样子,这帽子是有人像变戏法一样从哪里变出来的,因为我本来并没有戴帽子。斯蒂福接着说道:"你没事儿吧,科波菲尔?"我对他说:"好……极……啦。"

有一个人,好像坐在鸽子笼之类的地方,透过浓雾往外看,收了什么人的钱,还问了一下我是不是和付钱的人是一伙儿的,似乎非常犹豫(我看了他一眼,记得他的神气)要不要收我这一份钱。过了一会儿,我们来到戏院里一个很高的地方,那里热极了,从那里往下可以看见一大片池座,那地方好像在冒烟,挤在那里的人都模糊不清。下面还有一个大舞台,和刚才走过的马路相比,显得又干净,又平坦。那舞台上还有人,在谈论什么事情,但是一点儿也听不明白他们在说些什么。剧院里有很多很亮的灯,有音乐,有太太小姐坐在下面的包厢里,不知还有些什么。我觉得好像整个剧院大楼在学着游泳,我想把它稳定下来,它的表现却使我感到完全莫名其妙。

根据某人的建议,我们决定到下面的礼服包厢去,那是女士们看戏的地方。一位先生穿着礼服,斜靠在沙发上,手里拿着一副望远镜,从我眼前闪过,还有我自己的全身像出现在一面镜子里。随后就有人把我领进了一个包厢,我就座的时候,顺口说了点儿什么,周围的人就冲着一个人喊:"安静!"女士们还向我投来了愤怒的眼光,还有——噢!对啦!——艾妮斯就坐在我前面的座位上,也在这个包厢里,身旁有一男一女,我都不认识。现在我敢说,我看见她带着遗憾与惊异的神情转过脸来看我,但我当时并没看得十分清楚。

"艾妮斯!"我含含糊糊地说,"上……帝……保……佑……你!艾妮斯!"

"嘘!别说话!"她回答说。我不明白这是为什么,"你影响大家看戏了。往台上看!"

我按照她的要求,想看得清楚一些,听得明白一点儿,但是没有用。过了一会儿,我又看她,发现她缩到角落里去了,一只手支撑着额头,手上戴着手套。

"艾妮斯!"我说,"你……恐……怕……不……舒……服……啦。"

"是啊,是啊。你别管我啦,特洛乌德,"她答道,"你听着!你是不是马上走?"

"我……是……不……是……马……上……走?"我问道。

"是啊。"

我有个糊涂想法,我想说我准备等会儿送她下楼。我想我大概也把这番意思表达出来了,因为她盯着我看了一会儿,好像明白了我的意思,随后用低沉的语调说:

"我知道,如果我告诉你我是非常认真的,你会按我的要求去做的。为了我,你快走吧,特洛乌德,快让你的朋友们送你回家去吧。"

这样一来,她倒使我一时清醒了许多,虽然我生着她的气,却感到有些不好意思了。所以我只简单地说了声"再记"(我的本意是说"再见"),站起来就走了。他们跟在我后头,我一出包厢的门,一步就跨进了我的卧室,只有斯蒂福一个人在那里陪我,他帮我脱了衣服,我则告诉他艾妮斯是我妹妹,我还一本正经地要求他给我把起子拿来,我要再开一瓶酒。

有个人竟然躺在我的床上,整夜连着做梦,自相矛盾地把上面说过的话和做过的事重复了一遍——那床就像波涛汹涌的大海,没有一刻是静止的呀!后来逐渐清楚了,那个人竟然就是我自己呀。这时候,我觉得浑身发干,表面的皮肤像硬纸板一样;舌头像水壶的壶底,用久了,结了水碱,正在小火上干烧呢;手心像金属做的盘子一样烫,放多少冰块儿,也凉不下来呀。

然而第二天,我清醒了以后,思想上多么痛苦,多么悔恨,多么难为情,就别提了!我知道自己犯下了一千种过失,都不记得了,而且也永远无法补偿——我想起艾妮斯看我时那难以忘怀的眼神了——我没有办法和她取得联系,因为我不知道(我真是个畜生)她怎么在伦敦,也不知道她住在哪儿——我一看见我们寻欢作乐的那间屋子就觉得恶心——我的头疼得快要裂开了——还有那烟味,眼前那些酒杯,我出不去,连起床都起不来了。多么可怕呀!哦,怎么过了这样的一天呢!

　　哦,那天晚上,我坐在壁炉旁,面对着一盆漂着一层肥肉的羊肉汤,觉得我也要步前面一位房客的后尘了。我不但住他住过的房子,还要和他闹个同样的结局。因此我就有点想赶紧到多佛去,把这些事儿都说出来。这是一个多么难受的夜晚啊!克鲁普太太来端走那盆羊肉汤的时候,用盛干酪的盘子端上来一只腰子,还说前一天的宴会就剩下了这么点儿东西;我真想贴着她那本色布的衣裳靠在她胸前,诚心诚意地忏悔,对她说:"哦,克鲁普太太,克鲁普太太,别管那些残羹剩饭了!我痛苦极了!"——不过即使在这种情况下,我依然怀疑,有心里话,是不是应该对克鲁普这样的女人讲。这是一个多么难受的夜晚啊!

第二十五章　天使与恶魔

　　我在头疼、恶心又悔恨的情况下度过了可怕的一天。在这一天里,我觉得脑子里有些糊涂,不知怎的弄不清我举行晚宴的日子了,仿佛几个大力神利用一个巨大的杠杆把前天往前挪了好几个月。第二天清晨,我来到门外,正要出去,忽然看见一个佩戴证章的注册的仆役,手里拿着一封信走上楼来。当时他正在慢条斯理地走着,可是他一发现我在上面栏杆旁边看他,马上就奔跑起来,气喘吁吁地跑上楼来,好像他已经跑得筋疲力尽了。

　　"特·科波菲尔先生。"那仆役说道,一边举起小手杖,碰了一下自己的帽檐儿。

　　我几乎不敢承认那就是我的名字,因为我相信那一定是艾妮斯来的信,心里感到非常不安。不过我还是对他说,我就是特·科波菲尔先生,他也就相信了,并且把信给了我,还说要等回信。我让他在楼梯口等我写回信,就把门关上,回自己房间里去了。当时我非常紧张,不得不把信放在吃早饭的桌上,先对信封熟悉一下,才决定拆开封口的火漆。

　　等我果真把信打开以后,原来是一封很客气的短信,并没有涉及我在剧院里的表现。信的全文是这样的:"亲爱的特洛乌德,——我现在住在爸爸的代理人沃特布鲁克先生家中,地点在霍尔本区伊利大楼。你今天能来看我吗？时间由你定。——永远爱你的艾妮斯。"

我给她写回信,老也不满意,写了很长时间,不知那仆役做何感想,也许他以为我是在学写字呢。我至少写了六封回信。一封回信是这样开始的:"亲爱的艾妮斯,我怎样才能希望从你的记忆中消除那可憎的印象。"——写到这里,我觉得不喜欢,就撕了。于是我又开始写一封:"亲爱的艾士比亚说过,说也奇怪,一个人竟然会把敌人塞到自己嘴里。"——这使我联想到马卡姆,①也就写不下去了。我甚至试着写诗。有一封回信是用六音节的诗句开始的,"哦,你不要记起……"——但这自然使人想起十一月五日,②这就很可笑了。试了几次之后,我终于写道:"亲爱的艾妮斯,——你的信真是文如其人,除此以外,我还能说什么更能赞扬的话呢?我四点钟到。爱你的、忧愁的特·科。"这封信写好以后,刚一出手,我心里就七上八下的,想把信收回来,可是那仆役终于走了。

如果博士协会里别的工作人员觉得那一天的重要性比我的感觉少一半,我敢肯定他一定因参与把教会弄成变质干酪的样子而做了悔罪的表示。虽然我三点半就离开了办公室,而且几分钟之后就在约定的地点附近转悠,按照霍尔本区圣安德鲁教堂的大钟,我足足地过了约定时间一刻钟,才不顾一切地鼓足勇气,在沃特布鲁克先生家门口拉了一下装在左边门柱上的私人用铃。

---

① 借用莎士比亚《奥赛罗》中的话,马卡姆爱说"一个人",所以这句话使大卫联想到马卡姆。

② 这样开始很像一首纪念十一月五日火药阴谋案的歌曲,所以可笑。

沃特布鲁克先生这个机构的一般业务是在一层进行的，礼节性的事务（这种事务也是很多的）则在楼上进行。我跟着引路的人来到一间漂亮但不宽敞的客厅里，艾妮斯正坐在那里织钱包。

她看上去是那么文静，那么善良，不但使我那么清楚地回想起我在坎特伯雷镇上念书的时候过的那种高尚而清新的生活，也使我回想起那天晚上自己那一副污秽、愚蠢、满身烟味儿的丑恶的样子。在这种情况下，又没有别人在场，我就克制不住自己，感到又悔恨，又可耻，而且——总而言之，我出了一次洋相。我不能否认我当时流了眼泪。我至今也不明白，如果全面地衡量一下，我当时的表现究竟是最明智呢，还是最可笑呢。

"艾妮斯，如果当时不是你，而是别人，"我说着把头扭到一边，"我就决不这么认真对待这件事了。怎么就正好让你看见了呢！我要是在那之前死了就好了。"

她把手在我胳臂上搭了一下，那手给我的感觉可与别的手不同，它给了我深厚的友情和莫大的安慰。我情不自禁地把它拉到唇边，怀着感激的心情吻了一下。

"坐下吧，"艾妮斯兴致勃勃地说，"你别不高兴呀，特洛乌德。你要是连我都信不过，那你信得过谁呢？"

"啊，艾妮斯，"我答道，"你是我身边的天使！"

我觉得她虽然笑了笑，却流露出悲哀的神情。她摇了摇头。

"是的，艾妮斯，我的天使，你永远是我身边的天使！"

"特洛乌德，如果我是的话，"她答道，"那么就有一件事，我非常想做。"

我以询问的眼光看了看她，不过我已经猜出了她的意思。

"那就是提醒你，"艾妮斯说道，她的眼睛紧紧地盯着我，"要防备你身边的恶魔。"

"亲爱的艾妮斯，"我说，"你要是指斯蒂福……"

"我是指他，特洛乌德。"她答道。

"要是这样，艾妮斯，你就太冤枉他了。他，我身边的恶魔！或者说任何人身边的恶魔！他，不是我的向导！不是我的靠山！不是我的朋友！亲爱的艾妮斯！就凭你那天晚上看见我的样子来衡量他，岂不太不公平，也不像你做事的样子了？"

"我不是凭我那天晚上看见你的样子来衡量他的。"她心平气和地答道。

"那你凭的是什么？"

"凭的是许多事情，这些事情本身都是小事；但是放在一起，就不像是小事了。我衡量他的依据，一部分是你告诉我的关于他的情况，特洛乌德，还有你的性格和他对你的影响。"

在她那温和的声音里，总有些东西好像触动我内心里的一根弦，使它只与她的声音相呼应。那声音总是严肃认真的，但如果它是非常严肃认真的，就像现在这样，里面便包含着一种感情的冲动，很能使我屈服。我坐在那里看着她，她低头看着手里的活计；我坐在那里，好像依然在听她说话；斯蒂福，虽然我一向对他很有感情，却随着那声音而黯然失色。

"我一向深居简出，对外界了解得很少，"艾妮斯说着抬起头来，"现在这样很有把握地规劝你，甚至表示这样强硬的意见，对我说来，是非常大胆的。但是我知道，我之所以这样做，特洛乌德，是因为我真正记得我们是一块儿长大的，是因为我真正关心和你有关的一切事情。这就是我为什么这么大胆。我敢肯定，我的话是对的。我非常有把握。在我跟你说话的时候，我觉得好像不是我，而是别的什么人在跟你说话。我可要告诉你，你交了一个危险的朋友。"

我仍然看着她。她已经不说了，可我还在听；斯蒂福的形象，虽然还牢记在我的心里，却已黯然失色了。

"我也不是不讲道理，"艾妮斯过了一会儿说道，这时她已经恢复了原来的语调，"指望你会或者说指望你能立刻改变已经变成你的信念的某种感情，尤其不能指望你立刻改变从你那相信别人的天性中产生出来的感情。我只要求你，特洛乌德，如果你还会想到我——我的意思是说，"说到这里，她安详地笑了笑，因为我想打断她，而她也知道我为什么要打断她，"假如你还常常想到我——那就想想我刚才说的话吧。你能原谅我做的这一切吗？"

"等你公平对待斯蒂福的时候，"我答道，"等你像我一样喜欢他的时候，艾妮斯，我就会原谅你了。"

"非到那时候不可吗？"艾妮斯说道。

在我提到斯蒂福的时候，我看见有一片阴影从艾妮斯脸上掠过；但是她仍然以微笑回答了我的微笑，所以我们又和过去一样，还是无保留地互相信任。

"艾妮斯，"我说，"你什么时候原谅我那天晚上的事儿呢？"

"等我想起来，再说吧。"艾妮斯说。

她本想把这个话题谈到这里为止；但是我满脑子都在想这件事，不肯到此为止，非要告诉她我怎么会做出那样的丑事，许多偶然的情况怎样形成一根链条，以剧院作为它的最后一环。说出这些情况,同时也说明了因为在我无法照顾自己的情况下,斯蒂福照顾了我,加深了我对他的感激之情,说完之后,我感到轻松了许多。

"别忘了,"艾妮斯说道,她一等我说完,就悄悄地换了话题,"不但在你遇到困难的时候,而且在你开始恋爱的时候,你都应当告诉我。拉金斯小姐之后还有谁,特洛乌德?"

"没有别人,艾妮斯。"

"有个人吧,特洛乌德?"艾妮斯说着笑了起来,还翘着一个手指头。

"没有,艾妮斯,保证没有! 斯蒂福太太家里的确有一位女士,很聪明,我也愿意跟她说话,那就是达特尔小姐,不过我对她并没有多少好感。"

艾妮斯为自己的好眼力而笑了起来,还对我说,我要是信得过她,对她说实话,她就得准备一个登记本,专门记录我的激情,哪一天开始,多长时间,何时终止,都要记上,就像英国历史上国王和女王在位的年表一样。接着她就问我见没见过尤利亚。

"尤利亚·希普?"我问道,"没见过,他在伦敦吗?"

"他每天都到楼下的事务所来,"艾妮斯答道,"他比我早来伦敦一个星期。我觉得他不是来干什么好事的,特洛乌德。"

"这么说,他做的事让你感到不安了,艾妮斯,"我说,"可能是什么事呢?"

艾妮斯放下手里的活计,两手攥在一起,美丽温柔的眼睛以忧郁的目光看着我,她对我说:

"我看他是要和爸爸合伙了。"

"什么？尤利亚？那个卑躬屈膝的小人也想爬上那样的高位？"我气愤地大声说道，"你没正式提出反对吗，艾妮斯？你想想，那会是一种什么关系。你一定要发表意见。你一定要阻止你父亲，让他不要失去理智而走这一步。趁着现在还有时间，艾妮斯，你一定要制止这件事。"

我还没有说完，艾妮斯就摇了摇头。这时她仍在看着我，因为我很激动，她微微一笑，接着说道：

"你还记得我们上一次谈到爸爸吗？过了不久——不超过两三天——他就开始向我透露我告诉你的情况。他一方面想让我觉得这是他做出的选择，一方面又无法掩饰这是强加于他的，他夹在中间，叫人看了心里难受。我感到很难过。"

"强加于他的！艾妮斯，是谁强加于他的呢？"

"尤利亚，"她犹豫了一下，说道，"他已经成了爸爸离不开的一个人。这个人心里有自己的算盘，而且很注意观察。他掌握了爸爸的弱点，使这些弱点越来越严重，然后加以利用，直到最后——总而言之一句话，特洛乌德——直到最后爸爸怕他为止。"

我看得很清楚，她还有更多的话可说，她还了解一些情况，或者说她还怀疑一些情况。我没有追问，不想使她感到痛苦，因为我知道她之所以不告诉我，是为了爱护她父亲。我意识到，情况往这方面发展，已有很长时间了。是的，我只要稍微回忆一下，就不可能不意识到，很久以来，情况就在往这方面发展了。我什么也没说。

"他对爸爸的控制，"艾妮斯说道，"非常厉害。他开口卑贱，闭口感激——也许这是真的；我希望如此——但是他的地位，实际上权力很大，我还怕他滥用他的权力。"

我说他是一条恶狗。说了这话,当时我觉得非常痛快。

"就在我说的爸爸告诉我的那个时候,"艾妮斯接着说道,"他已经对爸爸说他要走了,他觉得非常遗憾,而且并不愿意离开,但是他还有更好的出路。爸爸听了这话,非常难过,我从来没见他那样忧虑;不过做出了伙伴关系的安排之后,他好像松了一口气,虽然这种安排对他好像是个打击,而且使他没脸见人。"

"你是怎么对待这种安排的呢,艾妮斯?"

"特洛乌德,"她答道,"我希望我没有做错。我觉得为了让爸爸过平静的生活,这种牺牲是必要的,所以我就求他接受了伙伴关系。我说这样就会使他的日子过得轻松一些——我希望真会这样!——还会使我有更多的机会陪伴他。哦,特洛乌德!"艾妮斯说着把双手捂到脸上,因为眼泪流了下来,"我甚至觉得好像我这个孩子不但没有疼爱爸爸,反而给他造成了危害。因为我知道,他一心一意为我着想,已经有了多大的转变。我知道,他为了把心思都用在我身上,已经把自己关心的人和该做的事缩小到多么小的范围。我知道,他为了我,把多少事情拒之门外。他为我操心,怎样给自己的生活蒙上了一层阴影,怎样耗费了自己的精神和体力,因为他心里总惦记着一件事。我要是能把这种情况改变过来,该多好啊!我不知不觉地竟然使他日见衰弱,要是能想个法子,使他得到恢复,有多好啊!"

我从来没见艾妮斯哭过。过去我每次把在学校取得的好成绩带回家的时候,看见过她眼里闪着泪花。我们上一次谈到她父亲的时候,也见她眼里闪过泪花。我们分别的时候,我看见她温柔地把头扭向一边,但我从没见她像现在这样悲痛。

这使我很难过,我只能傻里傻气无可奈何地对她说:"我劝你,艾妮斯,不要这样!不要这样,我的好妹妹!"

但是艾妮斯在性格和意志方面都比我强得多,不需要我多央求,这个情况,无论我当时知道还是不知道,我现在是很清楚的。就像宁静的天空中曾飘过一片乌云,她恢复了原来那美丽端庄的仪态,正是这种仪态使她在我的记忆中显得那样与众不同。

"咱们不可能单独在一起再待多久了,"艾妮斯说道,"趁我现在还有机会,让我恳求你,特洛乌德,对尤利亚还是以诚相待吧。不要拒绝和他来往。他要是什么地方不合你的意,你也不要生气(根据你的性格,我想你会生气的)。你要是生气,就可能冤枉他了,因为我们不能肯定他有什么不对。不管怎么说,你还是先为爸爸和我着想吧!"

没等艾妮斯再说什么,屋门就开了,沃特布鲁克太太大模大样地走了进来。这女人个头儿很大——也许是她穿的衣裳很大;我也说不准,因为我分不清楚哪是衣裳,哪是人。我隐隐约约地记得在剧院里见过她,仿佛是在模糊不清的幻灯片上看见她的;但是她看上去把我记得很清楚,而且怀疑我现在还喝得醉醺醺的呢。

不过沃特布鲁克太太慢慢地看到我没有醉,而且(我希望)她也看到我是个谦逊的年轻人,对我的态度就温和多了。首先,她问我是否常去逛公园,接着又问我社会交往多不多。我对这两个问题的回答都是否定的,这时候我就觉得她对我的印象又不那么好了,但她很巧妙,丝毫不动声色,而且还邀请我明天吃晚饭。我接受了邀请,就告辞了。出来的时候想在事务所见一下尤利亚,他不在,我给他留了一张名片。

第二天我去赴宴。大门开着,我一进去就像来到一个洗蒸气浴的地方,满屋子炖羊肉的味儿,我就猜到了不光是我一个客人。我马上就认出了那个化装成注册仆役的人,他在帮家里的仆人干活儿,站在下面的楼梯口儿,准备把我的姓名往上面通报。他悄悄地询问我的姓名,尽量显得从未见过我的样子,其实我是认识他的,他也认识我。我们两个人都因为心里有鬼而非常胆小。

我发现沃特布鲁克先生是个中年人,脖子很短,衬衫领子很高,只要再加个黑鼻子,就和狮子狗一模一样了。他对我说,与我结识,感到很荣幸。我问候了沃特布鲁克太太之后,他就郑重其事地把我介绍给一个非常可怕的女人,这女人身穿黑色丝绒长裙,头戴黑色丝绒大帽子,我记得她很像哈姆雷特的一位近亲——就算是哈姆雷特的姑姑吧。

这个女人是亨利·斯派克太太;当时她丈夫也在场——此人相貌非常冷酷,他的头发不像是灰白,倒像是撒上了一层白色的霜。大家对亨利·斯派克夫妇,无论是先生,还是太太,都非常尊敬。艾妮斯告诉我,这是因为亨利·斯派克先生是某单位也许是某人的律师,我记不清了,而他们又与财政部多少有点儿关系。

我看到客人当中还有尤利亚·希普。他穿着一身黑衣服,显得非常卑贱的样子。我和他握手的时候,他对我说,他因为受到我的注意而感到骄傲,还说我这样看得起他,真使他对我感激不尽。我倒希望他不要对我那样感激,因为他感激得整个晚上老盯着我,只要我跟艾妮斯说句话,他那没有睫毛的眼睛和那张煞白的脸就一准在我们身后死死地盯着我们。

另外还有一些别的客人,我觉得他们都像冰镇的酒一样,专为这次聚会冰镇起来了。但是有一位客人,还没有进来就引起了我的注意,因为我听见有人通报说特拉德先生到。我心里一下子就想到萨伦学堂;我想,难道真是过去爱画骷髅的汤米吗?

我怀着特殊的兴趣寻找特拉德先生。他是一个头脑清醒、举止稳重、性格内向的年轻人,头发的样子有些滑稽,两只眼睛睁得大大的。他很快就躲到一个很不显眼的角落,我费了好大的劲儿才找到他。最后我把他好好地端详了一番,要是我没看错人,他就是过去那个倒霉的汤米。

我凑到沃特布鲁克先生跟前,对他说,我想我有幸在这里遇见了一位过去的同学。

"真的!"沃特布鲁克先生惊讶地说,"你年纪太轻,不可能和亨利·斯派克先生一起上学吧。"

"哦,我指的不是他,"我答道,"我指的是姓特拉德的那位先生。"

"哦!哎,哎!真的!"主人说道,这时他的兴趣已经大减,"那倒可能。"

"要是他果真是那个人,"我说着朝他看了一眼,"我们是在萨伦学堂认识的,当时我们一起在那里学习,他是个顶好的人。"

"哦,是啊;特拉德是个好人,"主人答道,一面点头,表示勉强认可,"特拉德是个挺好的人。"

"这可真是少有的巧合啊。"我说。

"特拉德能在这儿,"主人答道,"可真是巧合,因为是今天早上才请他的,当时亨利·斯派克太太的兄弟因病不能来,给他留的座位空了出来。亨利·斯派克太太的兄弟可是个文质彬彬的人,科波菲尔先生。"

我含含糊糊地表示同意他的话,鉴于我对他毫无所知,这就够热情的了。接着我就问起特拉德先生的职业。

"特拉德,"沃特布鲁克先生答道,"是个年轻人,正在学法律。是的,他是个挺好的人——从来不与别人为敌,只与自己为敌。"

"他怎么与自己为敌?"我听了他的话,感到遗憾,便问道。

"唉,"沃特布鲁克先生说着,把嘴收拢,手摸着表链,显出舒服、阔绰的样子,"我应当说他属于这样一类人,这类人专门给自己制造障碍。是的,我应当说,举例说吧,他一年永远挣不了五百镑。特拉德是一位同行推荐给我的。哦,是这样的,是这样的。他有一种天才,擅长写案情摘要,能把一个案子写得清清楚楚。一年之中,我总可以给他些活儿干;一些活儿——给他——相当可观。哦,是这样的。是这样的。"

沃特布鲁克先生时常爱说"是这样的",在他说这句短话的时候,显出一种极其舒服、得意的神情,给我留下了深刻的印象。这句短话充分表达了一种含意。这含意就是,他这个人从小就是喝糖水长大的,这自不待言,而且他生来就有一副晋升的阶梯,他已经在生活中征服了一个一个的高峰,现在可以站在堡垒的最高处,以哲学家和赞助者的眼光,来看待下面壕沟里的人了。

我还在这里按这个思路想下去,忽然听说开饭了。沃特布鲁克先生和哈姆雷特的姑妈一起下楼去了。亨利·斯派克先生陪着沃特布鲁克太太下去了。我是很愿意陪艾妮斯下去的,可是她由一个一脸假笑两腿发软的家伙陪了。我,尤利亚,特拉德这几个晚辈最后下去的,能怎么下,就怎么下吧。我未能陪艾妮斯下楼,本来是会很难过的,但我并没有那么难过,因为这倒给了我一个机会,在楼梯上向特拉德做自我介绍,他也非常热情地向我打了招呼。尤利亚则又得意又自谦,扭动着身子,叫人讨厌,我真想隔着栏杆把他扔到楼下去。

我和特拉德是分开坐的,各在一个角上,离得很远,他坐在一位穿着鲜艳的红丝绒衣服的女士旁边,我坐在阴郁的哈姆雷特姑妈身旁。宴会进行了很长时间,谈话的内容是贵族——还有血缘。沃特布鲁克太太反复对我们说,她要是有什么癖好,那就是谈论血缘关系。

有好几次,我觉得要不是大家都那么文质彬彬,我们会交往得更好一些。我们都文质彬彬到那种程度,我们活动的范围就受到很大的限制。出席这次宴会的,有一对古皮治夫妇,他们(至少古皮治先生)和国家银行的法律事务有些间接的联系。又是国家银行,又是财政部,我们就不谈别的,和宫廷通报一样。能补救一下的是,哈姆雷特的姑妈有一种家传的毛病,特别喜欢独白,她对所有提出的话题都要漫无边际地独自谈上一番。当然,话题不算多;但我们老要说到血缘,她就和她侄子一样,随意进行不切实际的猜测。

我们的谈话带有这么浓的血腥气,我们的宴会像是吃人恶魔的宴会了。

"坦白地说,我同意我太太的意见,"沃特布鲁克先生说道,他把手里的酒杯举得和眼睛一样高,"别的东西都好说,我只要求给我好的血缘关系!"

"哦!最令人满意的东西莫过于此了!"哈姆雷特的姑妈说道,"泛泛地讲,这类东西之中只有它是一个人心目中最美好的东西,别的都不行。有些思想境界低的人(幸亏这种人不多,但是确有一些),他们喜欢做的事,我称之为对偶像顶礼膜拜。那是不折不扣的偶像!比如对教堂的仪式、理智,等等。但这都是虚的。血缘则不然。从一个人的鼻子上就能看出血缘关系,而且看得很准。我们看到一个人的下巴,就会说,你看,这里有血缘关系。这是千真万确的。我们可以指出来。它也是不容怀疑的。”

陪艾妮斯下楼的那个一脸假笑两腿发软的家伙,我觉得他就把这个问题说得更为明确了。

“哦,你们知道,真见鬼,”这位先生环顾了一下在场的人,面带傻笑,说道,“我们无法决定自己的血缘关系,你们知道。我们必须有血缘关系,你们知道。有些年轻人,你们知道,可能在教育方面,或者在行为方面,和他们的地位有点儿不相称,他们也可能做些错事,你们知道,给自己也给别人造成各种困难,等等,可是,真见鬼,想一想也真高兴,因为他们血缘关系好!我本人就随时都宁愿让一个血缘关系好的人打倒,而不愿意让一个血缘关系不好的人扶起来!”

这番议论把这个问题概括得很好,使大家极为满意,也使这位先生成了大家注意的焦点,一直到女士们退席。在这以后,我注意到古皮治先生和亨利·斯派克先生,他们一直保持很大的距离,这时却联合起来对付我们,把我们当作他们的公敌。他们隔着桌子进行神秘的交谈,打得我们一败涂地。

“头一张字据涉及四千五百镑,这件事可不像想象的那么顺利,斯派克。”古皮治先生说道。

“你是说阿公的字据?”斯派克先生问道。

“是毕伯的。”古皮治先生说道。

斯派克先生扬了扬眉毛，显出非常关心的样子。

"问题提到某爵爷那里——我就不说他是谁了。"古皮治先生说到这里停了下来。

"我明白，"斯派克先生说，"是恩。"

古皮治先生微微点了点头——"提到他那里，他的答复是，'给钱，否则不放。'"

"我的天哪！"斯派克先生叫道。

"'给钱，否则不放，'"古皮治先生一字一字地重复了一遍，"第二还账人呢——你明白我的意思吗？"

"那就是凯了。"斯派克先生说道，脸上显出不祥的表情。

"凯坚决拒绝签字。有人到纽马克特去找他签字，可他说什么也不肯签。"

斯派克先生对这件事极为关心，听得目瞪口呆。

"所以这件事眼下处于停滞状态，"古皮治先生说着往后一靠，靠在椅子背上，"请我们的朋友沃特布鲁克原谅，我就不做详细的解释了，因为这件事关系重大。"

据我观察，沃特布鲁克先生对于有人在他请客的时候，哪怕只是含混地提到这样关系重大的事情，提到这样一些人的名字，都是求之不得的。他摆出一副样子，让人觉得他听到这消息以后，心情很沉重（不过我认为他对此事的了解并不比我多），而且对谈话人的小心谨慎大加赞扬。斯派克先生听了这样机密的消息之后，也很想说一条机密的消息来回报他的朋友，因此上面那段对话结束之后，紧接着又有一段对话，而这一次就轮到古皮治先生吃惊了；这段对话完了之后，又有一段对话，又轮到斯派克先生吃惊了；如此循环，轮流吃惊。在这段时间里，我们局外人也为谈话涉及的重大关系而感到压抑;主人却为我们感到骄傲,他说我们虽然担了惊,受了怕,但这对我们是有好处的。

后来我又到楼上去,见到艾妮斯,和她坐在一个角落里说话,感到非常高兴。我还把特拉德介绍给她。特拉德有些腼腆,但很随和,还是过去那么善良。由于他需要早走,明天一早就上路,要去一个月,我本想多跟他聊聊,也没来得及;不过我们交换了地址,而且约定,等他下次到城里来的时候,我们再痛痛快快地聚一聚。他听说我知道斯蒂福的情况,很感兴趣,谈起他来,非常热情,我就让他把他对斯蒂福的看法告诉艾妮斯。艾妮斯只是看着我,在只有我看她的时候,轻轻地摇了摇头。

我认为艾妮斯和周围的人在一起,是不会感到很自在的,所以,当我听说她过几天就要回去的时候,几乎为此而感到高兴,虽然我由于不久就又要和她分离而心里难过。因此我一直待在这里,等客人都散了才走。和她谈话,听她唱歌,实在叫人高兴,使我回想起她把那所沉闷古老的房子变得多么美好,回想起我在那里度过的幸福时光,在这种情况下,我是可以在这里待到半夜的;可是等到沃特布鲁克先生交往的明星全已散去,我就没有借口再留下去了,满心不愿意,也只好告辞了。这时候,我比过去任何时候都更觉得她是爱护我的天使;如果说我想到她那甜美的面庞和恬静的笑容,觉得好像九霄云外有什么神物,例如天使,在向我发出光芒,我希望没有冒犯神明。

我刚才说客人都走了,但这里头不包括尤利亚,我认为他不能算是客人,而且他还一直不停地在旁边盯着我们。我下楼的时候,他就紧跟在我身后。我离开这所房子的时候,他也紧随在我身旁,慢慢地往自己那光有骨头没有肉的长手指头上戴手套,那是一副盖·福克斯①的大手套,手指头比他的手指还要长。

我倒不是因为喜欢尤利亚和我做伴儿,而是因为想到艾妮斯对我的恳求,我问他愿不愿意到我住的地方,喝点儿咖啡。

"哦,真的,科波菲尔少爷,"他答道——"请原谅,科波菲尔先生,不过那称呼叫起来更顺口——你请我这样一个卑贱的人到你家去,我可不希望使你感到勉强呀。"

"这谈不上勉强,"我说道,"你来不来?"

"我很想来。"尤利亚说着扭动了一下身子。

"那就来吧!"我说道。

我不想跟他多说话,不过他好像并不介意。我们走的是一条最近的路,一路上说话不多。他对自己那副破手套很珍惜,我们都走到了,他还在那里往手上戴,而且似乎没有什么进展。

楼梯很黑,为了避免什么东西磕他的头,我领着他往上走,我攥着他那又湿又冷的手,就像攥着一只青蛙,恨不得把它扔下,赶快跑。不过我想到艾妮斯,想到待客之道,还是陪他来到炉边。我点上了蜡烛。他看到我的全屋,就卑躬屈膝地显得极为高兴。我用一件不起眼的精锡容器给他热咖啡,克鲁普太太也总爱用它煮咖啡(我想主要是因为这容器本不是做这个用的,而是盛刮脸水的,同时也因为储藏室里虽然有一个价值昂贵的有发明专利的容器,却已生锈腐烂了),这时

----

① 盖·福克斯是英国一六〇五年火药阴谋案的关键人物。

候他显得激动得不得了,我真想用开水烫他一下才痛快。

"哦,真的,科波菲尔少爷——我是说科波菲尔先生,"尤利亚说,"让你来服侍我,我可从来没想到过!不过,各种各样我没想到过的事发生在我身上,我地位卑贱,这一定是上帝降福于我。我的前程有些变化,你一定也听说了吧,科波菲尔少爷——我应当说,科波菲尔先生?"

他坐在我的沙发上,两只长腿缩起,膝盖上放着他那杯咖啡,他的帽子和手套搁在他旁边的地上,他用小勺儿轻轻地搅动着咖啡,他那没有睫毛的红眼睛像是把睫毛烤焦了,睫毛才掉的,这双眼睛朝着我转过来,却没有看我,我在前面形容过的他那鼻孔上的小疤随着呼吸一起一伏,他从下巴到靴子浑身像蛇一样扭动。这时候,我暗自下定决心,我极不喜欢这个人。招待他这样一个客人,我感到很为难,因为我当时年轻,这么强烈的感情,我是掩盖不住的。

"我的前程有些变化,你一定也听说了吧,科波菲尔少爷——我应当说,科波菲尔先生?"尤利亚说道。

"是啊,"我说,"听到了一点儿。"

"啊!我料到艾妮斯小姐会知道的!"他平心静气地说道,"我很高兴,艾妮斯小姐已经知道了。哦,谢谢你,科波菲尔少爷——先生!"

他竟然设了一个圈套,让我说出了涉及艾妮斯的情况,虽然无关紧要,我也几乎要把鞋撑子扔过去砸他(那鞋撑子就在地毯上,随时可以使用)。但我没有那样做,只是喝咖啡。

"你已经显示出你是多好的一个预言家呀,科波菲尔先生!"尤利亚接着说,"哎哟,你已经证明你是多好的一个预言家呀!你还记得吗,有一次你对我说,也许我应当成为威克菲尔先生的合伙人,也许这事务所应当叫威克菲尔与希普事务所?你也许想不起来了,可是一个卑贱的人是很看重这种事情的,科波菲尔少爷。"

"我记得说过这样的话,"我说,"不过当时我当然认为这是不大可能的。"

"哦,当时谁会认为有这种可能呢,科波菲尔先生!"尤利亚热情地答道,"说真的,我当时也认为不可能。我记得我亲口说过,我太卑贱了。我当时对自己的确是这么看的。"

他坐在那里,面带呆板的笑容,两眼看着炉火,我就看着他。

"但是最卑贱的人,科波菲尔少爷,"他紧接着说道,"也能成为做好事的工具。我很高兴,因为我想到我一直是威克菲尔先生做好事的工具,今后更是这样。哦,他真是个了不起的人,科波菲尔先生,就是太不谨慎了!"

"听你这么说,我很难过,"我说。我忍不住,还比较尖刻地补充说,"无论在哪一方面都是这样。"

"的确是这样,科波菲尔先生,"尤利亚答道,"无论在哪一方面。尤其是在艾妮斯小姐那一方面!你说过的精辟的话,你自己也不记得了吧,科波菲尔少爷,但是我记得有一天你是怎么说的,你说人人都会爱她,我还记得我当时怎么为这句话而感谢过你。你准是忘了,我敢肯定,科波菲尔少爷。"

"没有。"我生硬地答道。

"哦,我真高兴,你没有忘记!"尤利亚大声说道,"是你首先在我这卑贱的胸中点着了强烈欲望之火星,而且你还没有忘记,真太难得了!哦!请原谅,我能不能再要一杯咖啡?"

他说到点着火星的时候那强调的语气,说这话的时候看我的眼神儿,都包含着一点儿什么东西,使我吃了一惊,仿佛我看见一道强光把他照得通亮。等我听见他用一种完全不同的语气再要一杯咖啡,我才清醒过来,用那盛刮脸水的容器满足了他的要求。我在给他斟咖啡的时候,手是抖的,而且突然意识到我不是他的对手,心里也在嘀咕,不知下面他还要说些什么。这一切,我觉得他不会没注意到。

他什么也没说。他一圈儿一圈儿不停地搅动着咖啡,喝一小口,用他那只可怕的手轻轻地摸一摸下巴,看一看炉火,看一看四周,冲着我喘粗气,而不是微笑,为了表示谦恭有礼而全身扭动,又搅了搅咖啡,又喝了一小口,就这样,他把重开对话之事完全留给了我。

"这么说来,"我终于开了口,"威克菲尔先生比你——比我——强五百倍,"我觉得不管怎么样我也得在那里把句子断一下,虽然有些别扭,"倒是不谨慎了,是不是,希普先生?"

"哦,的确很不谨慎,科波菲尔少爷,"尤利亚说着,谦卑地叹了一口气,"哦,非常不谨慎! 不过我还是希望你叫我尤利亚,好不好? 还像过去一样。"

"好吧。尤利亚。"我说,别扭了半天才说出口。

"谢谢你,"他热情地答道,"谢谢你,科波菲尔少爷。听见你叫我尤利亚,就像我所熟悉的微风又吹过来了,我所熟悉的钟声又响起来了。对不起,我刚才说什么来着?"

"说威克菲尔先生来着。"我提醒了他。

"哦,真是那样,"尤利亚说道,"啊,很不谨慎呀,科波菲尔少爷。这个问题,我也就是跟你提一提,除了你,跟谁都不提。就是跟你,也只能提一提,不能多说。几年来,不管是谁处于我的位置,早就把威克菲尔先生(哦,他是个多么了不起的人啊,科波菲尔少爷)按在拇指下面了。按——在——拇指下面了。"尤利亚一边慢慢地说着,一边伸出他那残忍的手,把拇指摁在桌上,摁得桌子发颤,摁得屋子发抖。

即使我不得已,看着他把他那又宽又平的八字脚踩在威克菲尔先生的头顶上,我想我也不见得会比现在更恨他了。

"哎呀,是这样的,科波菲尔少爷,"他细声细气地继续说道,这和他那拇指的动作形成了极为鲜明的对照,那拇指还紧紧地按在桌上,丝毫没有放松;"那是肯定无疑的。那样一来,就会受损失,丢面子,还有什么,就很难说了。这些情况,威尔菲尔先生都知道。我是一个卑贱的工具,卑贱地为他效劳;他把我放在很高的职位上,我是不敢轻易妄想得到的。我该怎么样感谢他才好呢!"他说完了这段话,把脸转过来冲着我,却不看我,他把压弯了的拇指从死死地按着的地方抬起,又慢慢地若有所思地用它刮了刮自己的尖下巴,就像刮胡子一样。

炉火的红光照在他脸上倒挺合适,我看见他那张狡猾的脸又在酝酿什么别的话题,我有多么生气,我的心跳得多么厉害,至今还记忆犹新。

"科波菲尔少爷,"他说道,"我耽误你睡觉了吧?"

"你没耽误我睡觉。我一般都睡得很晚。"

"谢谢你,科波菲尔少爷!自从你头一次跟我说话,我那卑贱的地位已经提高了,的确是这样,不过我仍然很卑贱。我愿意永远卑贱,而不要变成别的样子。我要是跟你说点儿知心话,你不会觉得我更卑贱吧,科波菲尔少爷?是不是?"

"哦,不会。"我说道,这也是经过一番努力才说出来的。

"谢谢你!"他从口袋里掏出手帕,擦起手心来,"艾妮斯

494

小姐,科波菲尔少爷……"

"怎么啦,尤利亚?"

"哦,听见有人自然而然地叫我尤利亚,我真快活!"他大声说道,接着浑身抖动了一下,像快要干死的鱼一样。"今天晚上你是不是觉得她很漂亮,科波菲尔少爷?"

"我觉得她从来就是这个样子——比周围所有的人,在各个方面,都高出一筹。"我答道。

"哦,谢谢你!你说得太对了!"他大声说道,"哦,就冲你这句话,我得好好地谢谢你。"

"不用客气,"我高傲地说道,"你没有什么理由需要感谢我。"

"不然,科波菲尔少爷,"尤利亚说道,"这就是我要冒昧地告诉你的秘密了。我虽然卑贱,"(说到这里,他更使劲儿地擦手,而且一会儿看看手,一会儿看看炉火。)"我母亲虽然也卑贱,我们这贫穷而诚实的一家虽然一向地位低下,艾妮斯小姐的形象(我毫不犹豫地把我的秘密告诉你,科波菲尔少爷,因为自从我头一次有幸看见你坐着马车来,我的心就总是向着你的)多年来一直留在我的心里。哦,科波菲尔少爷,就连我的艾妮斯走过的地方,我都怀着多么纯真的感情眷恋难舍呀!"

我想我当时有一种疯狂的想法,要把烧红了的通条从火炉里抽出来,刺透他的胸膛。这想法就像长枪发射的一颗子弹,随着一阵冲击离我而去。但是艾妮斯的形象,虽然受到这个红毛畜生一个念头的巨大危害,却依然留在我的脑海里(我看了他一眼,他斜着身子坐在那里,仿佛他那丑恶的灵魂在支配他的身体),而且使我感到头晕。他好像在我面前越长越大,屋里也充满了他说话的回音;我突然产生了一种奇怪的感觉(大家对这种感觉也许并不完全生疏),觉得这一切在过去什么时候都发生过,觉得我知道下面他还要说些什么。

不过我及时地注意到他脸上有一种权力很大的表情,这就使我回想起艾妮斯对我的恳求,使我充分体会到这恳求的分量,而我当时无论做什么别的事情都不会产生这样的效果。于是我就摆出一副心平气和的样子,一分钟以前这还是不可想象的,我问他是不是已经把他这种感情告诉了艾妮斯。

"没有,没有,科波菲尔少爷!"他答道,"哎呀,没有! 除了你以外,我谁也没告诉。你看,我只是刚脱离下等人的地位,抬起头来。我对她寄以很大的希望,希望她看到我对她父亲来说,是一个多么有用的人(因为我相信我对他的确是个很有用的人,科波菲尔少爷),我怎样为他扫除障碍,使他能够稳住阵脚。她那么爱她父亲,科波菲尔少爷(哦,做女儿的能这样对待父亲,有多好啊),我想,她看在父亲的分儿上,也会对我好吧。"

我估量了一下这个流氓的整个阴谋的深浅,就明白他为什么要说这些事情了。

"如果你好心为我保守这个秘密,科波菲尔少爷,"他接着说道,"而且总的说来,不跟我作对,我就认为这是你对我的特殊照顾了。你不会自找不痛快吧。我知道你的心有多么善良;不过你认识我的时候,我地位卑贱(我应当说我地位最卑贱,因为我现在仍然卑贱),你可能无意识地与我和我的艾妮斯作起对来。你看,我把她称做我的,科波菲尔少爷。有一支歌唱道:'我愿把王冠舍弃,为了管她叫我的!'希望不久我也能如愿以偿。"

亲爱的艾妮斯,她人品那么好,对人那么善良,我都想不出谁能配得上她,怎么会专为这样一个瘪三留着,做他的老婆呢?

我一边这样想着,一边坐在那里注视着尤利亚,只听他油腔滑调地继续说道:"这件事眼下也不着急,你知道,科波菲尔少爷。我的艾妮斯还很年轻,我和母亲还得努力提高一下我们的地位,而且还要作很多安排,到那时候就很方便了。所以我还有时间慢慢地等待时机,让她了解我抱的希望。哦,你能听我说这番心里话,我真感激你!哦,知道你了解我们的情况,而且一定不会跟我作对(因为你不愿意在我们家里引起不愉快的事情),你想象不出这使我感到多么宽慰!"

我不敢不把手伸过去。他抓住我的手,用他那湿漉漉的手攥了一下,接着看了看他那表盘发乌的表。

"哎呀!"他说,"都一点多啦。说知心话儿叙旧,时间过得真快,科波菲尔少爷,都快一点半了!"

我说我以为还要晚呢;并不是因为我真觉得还要晚,而是因为我实在没有精神再跟他聊了。

"哎呀!"他一边说,一边考虑,"我住的那个地方是个家庭经营的旅店客房,在新河源附近,科波菲尔少爷,两个钟头以前就睡下了。"

"对不起,"我说,"这里只有一张床,而且我……"

"哦,别提床的事儿了,科波菲尔少爷!"他兴奋地说着,把一条腿缩了回来,"我就睡在这炉火前头,你不会反对吧?"

"要是这样的话,"我说,"就请你睡在我床上吧,我睡在炉火前头。"

尤利亚拒绝了我的建议,他特别惊讶,特别卑贱,说话的声音又尖又大，几乎足以传到克鲁普太太的耳朵里。我想当时克鲁普太太就在离我们很远的一间屋里睡觉，那屋子大概与河水的低水线一样高，屋里有一只屡教不改的钟，不停地滴答滴答响，使她睡得安稳。每当我们在是否准时的问题上发生争执的时候，我们就以此钟为准，此钟走得很慢，误差从来不会少于三刻钟，因此每天早上按照最准的钟拨一次。我当时不知如何是好，一个劲儿地劝他，可他很谦逊，怎么说也不肯睡在我的卧室里，我只好尽量安排得好一些，让他在炉火前过夜。沙发坐垫（对于他那瘦弱的身体来说，也显得太短了），沙发靠垫，一床毯子，一条桌布，一条干净的早餐桌布，还有一件大衣，这就是他的铺盖，他对此表示非常感谢。我借给他一顶睡帽，他马上戴在头上，他那副难看的样子使我从那以后再也不戴睡帽了。随后我就走了，好让他休息。

那天晚上的情形，我是永远也忘不了的。我永远忘不了我怎样翻来覆去睡不着；怎样想到艾妮斯和这个家伙，想来想去，弄得我筋疲力尽；怎样考虑我能做些什么，我该做些什么；怎样得出唯一的结论：为了让她生活得平静，我最好什么也不要做，我听到的这些话，我自己知道就行了。如果说我睡着了一会儿的话，我也看见艾妮斯用她那双温柔的眼睛望着我，看见她父亲慈祥地看着她（当年我经常见他这样看着她），他们带着恳切的神情出现在我的面前，使我心里充满了说不出来的恐惧。我醒来以后，想到尤利亚就睡在隔壁，好像睁着大眼做噩梦，心情非常沉重，就觉得有块石头压在胸口上，仿佛我留一个魔鬼一样的恶人在这里过了夜。

除此以外，在我似睡非睡的状态之下，那通条又出现在我的脑海里，老也不消失。在我半睡半醒的时候，我就觉得那通条依然烧得通红通红的,我把它从火炉里抽出来,刺透了他的胸膛。这个想法最后实在吓得我太厉害了,虽然我明知这不是真的,我还是溜到隔壁去看他。我看见他仰着躺在那里,两条腿不知伸到哪里去了,喉咙咕噜咕噜响,鼻子憋着气,嘴张着像个邮筒。他的真实模样比我在生气的时候想象的模样难看得多,结果越难看我还越想看,每隔大约半小时,我就不由自主地溜达过去看他一眼。那漫长的夜晚一直就那么沉闷难熬,昏暗的天空也见不到一丝曙光。

第二天清早,我看着他走下楼去(谢天谢地,他不肯吃了早饭再走),我觉得好像那黑夜也随他而去了。我出去到协会上班的时候,详细地指示克鲁普太太,叫她不要关窗户,好把我的起居室通通风,把他来过的痕迹清除干净。

第二十六章 我 被 俘 了

　　我一直没有再见到尤利亚·希普,直到艾妮斯离开伦敦的那一天才见到他。我在车站跟艾妮斯告别,给她送行;他也在那里,准备坐同一辆马车回坎特伯雷镇去。我看见他穿着他那件瘦小的短腰高肩的桑葚色大衣坐在车顶后面的边座上,旁边是一把大伞,像顶帐篷一样,而艾妮斯当然是坐在车厢里面,这使我略微感到欣慰。不过艾妮斯在一旁亲眼看着,我尽量向他表示友好,想一想我在这种情况下忍受的痛苦,得到这样一点欣慰,恐怕也是应该的了。和在那次宴会上一样,他在车窗附近像巨鹰一般盯着我们,一刻也不间断,恨不得把我对艾妮斯说的话和她对我说的话一字不落地全都听去。

　　他在我那壁炉前向我透露的情况使我很痛苦,这时我想起了艾妮斯说过的关于合伙经营的话:"我希望我没有做错。我觉得为了让爸爸过平静的生活,这种牺牲是必要的,所以我就求他接受了伙伴关系。"从那以后,就有一种痛苦的感情压在我的心头,因为我预感到她为了父亲宁肯做任何牺牲,而且只有这样她才能活下去。我知道她多么爱他;我知道她的感情是多么真挚,我亲耳听见她说是她不知不觉地造成了父亲的失误,她非常对不起父亲,热切地希望给他以补偿。我看到她与那个叫人讨厌的穿着桑葚色大衣的红毛儿有多么不同,但这并没给我任何安慰,因为我感到就在这不同之中,就在她的纯洁灵魂的自我牺牲精神和他的污秽、卑鄙的为人之中,存在着极大的危险。所有这一切,毫无疑问,他是一清二楚的,而且凭着他的狡猾奸诈,早就都想好了。

然而我非常清楚,这样的牺牲,虽然还很遥远,必定会葬送艾妮斯的幸福。我也非常肯定,从她的举止就能看出,她当时还意识不到这种前景,也还没有受到什么影响。因此,如果我提醒她防备将来会发生什么事情,就等于现在就加害于她了。在这种情况下,我们什么也没说就分手了——她在窗口一边招手,一边微笑,向我告别;她的克星在车顶上扭动着身子,仿佛已经把她捏在手心里,胜利而归了。

他们告别的情景,我久久不能忘怀。艾妮斯写信告诉我她已平安到达的时候,我的心情和我看着她离去的时候一样痛苦。每当我陷入沉思的时候,这件事必定出现在我的脑海里,使我加倍感到不安。我几乎没有一天晚上不梦见这件事。它成了我生活的一部分,就像我的脑袋一样,是不可分割的一部分。

我有足够的闲暇来琢磨我的不安的心情,因为斯蒂福在牛津,他从那里给我来过信,我不在协会上班的时候,又是非常孤单的。我相信,到这时候,我已经不怎么信得过斯蒂福了。他给我来信,我极其热情地给他回信,不过我想,总的说来,他当时不能到伦敦来,我是感到高兴的。我猜想实际情况是,艾妮斯对我的影响依然存在,斯蒂福不在眼前,当然不可能产生任何影响,而且还是艾妮斯对我的影响大,因为她在我考虑和关心的范围里占着好大的一块位置嘛。

时间一天天过去,一周周过去了。我按照合同,在斯彭洛与乔金斯事务所学徒。我一年从姨奶奶那里收到九十镑(这不包括房租和有关的杂项开支)。我这套房子,说好了租用十二个月。虽然我有时晚上仍然感到无聊,觉得晚上的时间特别长,倒也能静下心来,情绪低沉但是稳定,靠喝咖啡来消磨时光——回顾这段生活,我喝的咖啡恐怕要以加仑计了。大概也是在这段时间里,我有三大发现。第一,克鲁普太太患有一种怪病,深受其苦,这病叫做"金兰"①,发病时一般要伴随着鼻子发炎,需要不断地用薄荷治疗。第二,储藏室的温度出了问题,一瓶瓶的白兰地相继爆炸。第三,我在世界上孤零零一个人,非常喜欢用零散的英文诗句把这种处境记载下来。

在我正式开始学徒的那一天,我买了一些三明治和雪利酒在办公室里招待那些文书,晚上自己到剧院去看了一出戏,此外没有什么别的庆祝活动。我看的那出戏,名叫《陌生人》,也是博士协会一类的戏,我难过得不得了,回到家里一照镜子,几乎认不出自己了。那一天,我们办完了手续以后,斯彭洛先生说,他本想把我请到诺乌德他的家里,庆祝一下我们建立的这种关系,但是他女儿在巴黎结束了她的学业,就要回来了,所以家里一时乱哄哄的。但他表示等他女儿回到家里以后,他能有幸邀我去做客。我知道他孤身一人,只有一个女儿,就表示接受了他的邀请。

斯彭洛先生说话算话。一两个星期以后,他又提起这次约会。他说如果我肯赏光,下个星期六到他家去,住到星期一,他会感到非常高兴。我当然说我愿意前去叨扰;他说他要用敞篷马车接我去,然后送我回来。

~~~~~~~~~~

① 即"痉挛",克鲁普太太说不清,称之为"金兰"。

到了那一天，就连我的旅行袋也受到那些领津贴的文书的尊敬，因为斯彭洛先生在诺乌德的住宅对他们来说，是一个神圣而神秘的去处。有一个文书告诉我，他听说斯彭洛先生吃饭用的杯盘、瓷器都很高级。还有一个文书说，那里喝香槟就像喝啤酒一样，可以不断地从桶里取。戴假发的那位老文书名叫提菲，自任职以来，曾因公到那里去过几次，而且每次都进到用早餐的客厅里。据他说，这间客厅是极其华丽的，他在那里喝过棕色的东印度雪利酒，酒的质量很高，谁喝了都要眨眼的。

那一天，我们在主教法庭审理了一件续审的案子——审的是一个开面包房的，他曾在一次教区纳税人的会上反对缴修路税，要把他逐出教门——我估计了一下，那证明材料能比《鲁滨孙漂流记》一书多一倍，所以我们那天很晚才审完此案。不过我们还是把他逐出教门六个星期，而且罚他缴各种数不清的费用。然后他的代诉人、法官、双方的辩护人（他们的关系都很密切）就一块儿出城去了，我和斯彭洛先生也乘着敞篷马车走了。

那敞篷马车是很神气的。那两匹马弓着脖子，把蹄子抬得高高的，仿佛它们也知道自己是属于博士协会的。博士协会的人在外表方面都互相攀比，非常厉害，当时有些人的车辆连同马匹和仆役，是很气派的。不过我一直认为，而且今后也会认为，衣服浆得如何，是攀比的一项重要内容。那些代诉人穿的衣服硬到了人的天性能够忍受的极限。

我们一路上谈得很愉快，斯彭洛先生向我透露了一些关于我的职业的情况。他说这是世界上最文雅的职业，因此决不能和律师的职业混为一谈，我的职业完全是另外一种类型，外人难进得多,办法灵活得多,待遇优厚得多。他说,我们在协会里处理事情比别处自由得多,这就使我们与众不同,成为一个特权阶层。他说,我们主要是受律师雇用,这是很难堪的,却是无法掩盖的;不过我从他的话里领会到,那些人属于劣等种族,但凡有些体面的代诉人都是看不起他的。

我问斯彭洛先生,什么样的业务算是最好的业务。他回答说,一个案子要是涉及一份含糊不清的遗嘱,涉及一份价值三四万镑的小产业,可能就是最好的业务了。遇上这种案子,他说,在审理过程中每个阶段的辩论,和审问与反审问时使用的堆积如山的证据(且不说上诉时先提到代表法庭,后提到上议院终审上诉法庭)都会带来相当可观的外快。不但如此,而且诉讼费用最后十有八九是从案件涉及的产业中出,因此双方都非常起劲,谁也不考虑费用问题。随后他就泛泛地赞扬起博士协会来了。协会特别值得称赞的地方,(他说)就在于它非常精干。它是世界上组织得最灵巧的机构。它是工作环境舒适的典范。它是一个包罗万象的整体。例如:你把一桩离婚案,或者一桩索还案,向主教法庭提出诉讼。那好。你在主教法庭进行审理。那情形就像一家人不声不响地围着圆桌打牌,而且要从从容容地把牌打完。你要是对主教法庭不满意,怎么办呢?那你就到拱门法庭去嘛!什么叫拱门法庭呢?还是那个法庭,还是那间屋子,还是那些律师,只是换了法官;因为在这个地方,主教法庭的法官可以在开庭的日子以辩护人的身份出庭辩护。好啦,你把那圆桌打牌的把戏又耍一遍。可是你还不满意。那好。怎么办呢?去找代表法庭嘛。代表是些什么人呢?其实,那些教会代表都是些无事可做的辩护人,在前面两个法庭耍那圆桌打牌的把戏的时候,他们就在一旁观看,看见了怎样洗牌,怎样签牌,怎样打牌,并且和所有打牌的人交谈过,现在他们以一种新的面貌出现,作为法官来审理案子,使人人感到满意。斯彭洛先生最后说,心怀不满的人会说协会营私舞弊,协会必须改革;但是在每蒲式耳小麦价值最高的时候,也是协会最忙的时候,任何人都会把手放在胸口上,向全世界宣称:"谁要是触动一下协会,整个国家就要垮台!"

我聚精会神地听他说,不过我必须指出,虽然我怀疑是不是像斯彭洛先生说的那样,整个国家都靠协会支撑,我还是极其尊重他的看法。至于他说的每蒲式耳小麦的价格,我才疏学浅,深感无力应付,就那样解决了。直到如今,我从来没有觉得自己有能力对付这个问题。在我一生中,这个问题在各种场合反复出现,弄得我毫无办法。我至今也不明白,在无数的场合,这个问题和我究竟有什么关系,它有什么权力弄得我毫无办法。但是不论在什么事情上,只要我一看见我的老朋友一蒲式耳小麦①让人生拉硬拽地抬出来(我看他老是这副样子),我就在这件事情上认输了。

这是一段题外话。我是不会触动协会,弄得整个国家垮台的。我谦逊地一声不吭,借以表示我对年纪和学问都比我大的人所说的一切都是赞成的。我们谈到《陌生人》这出戏,谈到话剧这个剧种,谈到拉车的那两匹马,最后我们终于来到了斯彭洛先生的家门口。

斯彭洛先生家里有一个可爱的花园。虽然当时并不是一

---

① 十九世纪初,英国国会通过禁止粮食进口的法令,使当时粮价极高,故此人们遇有问题,便用小麦的价格来说明它的严重性。

年之中最好看的时候,可还是收拾得非常漂亮,我都让它迷住了。花园里有一片令人陶醉的草坪,有稀疏错落的树木,有弯曲的小路在暮色中依稀可辨,路上装着拱形的木格子,在生长的季节是会有花草攀附在上面的。"哎呀!"我想道,"这就是斯彭洛小姐独自一人散步的地方吧。"

我们进到屋里,里面灯火辉煌,喜气洋洋。门厅里有各种礼帽、便帽、大衣、披肩、手套、鞭子、手杖,等等。"朵拉小姐在哪儿?"斯彭洛先生对仆人说。"朵拉!"我心里想道,"多么好听的名字呀!"

我们走进了身边最近的一间屋子(我想这就是那间以棕色的东印度雪利酒而闻名的早餐室),我听见有人说,"科波菲尔先生,这是我女儿朵拉,这位是我女儿朵拉的知心朋友!"说话的人当然是斯彭洛先生,但我没听出来,而且我也不在意那究竟是谁。真可谓瞬息之间定乾坤。我的命运已定。我被征服了,我成了奴隶。我爱朵拉·斯彭洛,爱得发狂了!

对我来说,她不仅是一个女人。她是一个仙子,是一位神仙,我说不清她究竟是什么——无人见过,但人人向往。我一下子沉入了爱的深渊。我在悬崖边上没有迟疑——没有往下看,没有回头看,我就一头扎了下去,也一句话都没顾上跟她说。

我鞠了躬,含含糊糊地说了点什么以后,听见一个记忆犹新的声音说道:"我见过科波菲尔先生。"

说话的人可不是朵拉。肯定不是,而是那位知心朋友,摩德斯通小姐!

我觉得我当时并没怎么感到吃惊。我对自己最恰当的评价是,我身上已经没有再感到吃惊的能力了。在现实世界里,除了朵拉·斯彭洛以外,能够使我吃惊的东西,没有什么值得一提的了。我说:"你好,摩德斯通小姐?你好。"她说:"我很好。"我说:"摩德斯通先生好吗?"她回答说:"我兄弟也很壮实,谢谢你。"

斯彭洛先生看我们彼此认识,大概有些惊讶,便接了茬儿。

"我很高兴,科波菲尔,"他说,"你和摩德斯通小姐已经认识了。"

"我和科波菲尔先生,"摩德斯通小姐板着面孔说道,"是亲戚呀。我们过去有过一点儿交往。那时候,他还很小。后来情况变了,我们就分开了。我都快认不出他来了。"

我说,不管到了哪里,我也能认出她来,真是这样。

"摩德斯通小姐好心,"斯彭洛先生对我说,"承担了一项工作——如果我能用这个词儿的话——做我女儿朵拉的知心朋友。我女儿朵拉不幸失去了母亲,摩德斯通小姐好意与她做伴儿,充当她的保护人。"

这时我脑子里忽然闪过一个念头,摩德斯通小姐就像叫做保命器的那种随身携带的器械,设计这种器械的目的,与其说是自卫,不如说是攻击。不过因为我除了朵拉以外,对任何别的事物都不多想,紧接着就看了她一眼,觉得她娇里娇气的,并不很愿意和与她做伴儿的保护人特别知心。我正这样想着,忽然听见铃声响了,斯彭洛先生说这是头遍晚餐铃,也就是说我该去更衣了。

一心想着爱情的时候,任何活动,更衣也好,做什么别的事情也好,都显得有些可笑。我只能在自己屋里,坐在炉火前边,嘴里咬着旅行袋的钥匙,思念那迷人的、稚嫩的、水灵的、可爱的朵拉。她那是什么样的身段儿呀,什么样的脸蛋儿呀,一举一动多么婀娜多姿、令人陶醉啊!

铃声很快就又响了,我本该好好地换换衣服,可是来不及了,只能匆匆打扮一下,就下楼去了。楼下有客人。朵拉正在跟一位灰白头发的老先生说话。他虽然已经头发花白——而且据他说,他还是一位老爷爷——我还是疯了似的忌妒他。

我当时的想法真怪呀!我对谁都忌妒。谁要是对斯彭洛先生比我对他更了解,我就受不了。听他们谈论一些我不曾参与的事,对我来说,就是一种折磨。有一位非常和蔼可亲的客人,头顶上光秃秃的,隔着桌子问我是不是初次来做客,我几乎要不择手段,把他打扁了才解恨。

除了朵拉以外,我记不得还有谁在场了。除了朵拉以外,宴会上吃了些什么,我一点儿也想不起来了。我的印象是,我吃的全是朵拉。有六个菜,我根本没动,就让他们撤了。我坐在她身旁。我跟她说话。她说起话来细声细气,优美动听,笑起来轻松愉快,一举一动那样讨人喜欢,令人销魂,一个迷途的青年怎能不拜倒在她的脚下,甘心做她的奴隶。她娇小玲珑,这就使我更觉得她珍贵。

她跟着摩德斯通小姐走了出去(宴会上没有别的女人),我陷入了一种精神恍惚的状态,只是痛苦地担心摩德斯通小姐在她面前说我的坏话,因此心中忐忑不安。那个秃顶的和蔼可亲的人给我讲了一个很长的故事,说的是怎样照料花园的事。我记得几次听见他说"我家的园丁"。我觉得自己好像在极其认真地听他说话,而实际上我一直在一所伊甸园里游荡,和朵拉在一起。

我担心有人在我热恋的人面前说我的坏话,在我走进起居室,看见摩德斯通小姐那严峻冷酷的脸色时,心情更加紧张起来。但我这紧张心情意想不到地消除了。

　　"大卫·科波菲尔,"摩德斯通小姐说着,招手示意,和我来到一个窗口,"跟你说句话。"

　　我独自一人面对着摩德斯通小姐。

　　"大卫·科波菲尔,"摩德斯通小姐说道,"家里那些事儿,我就不用多说了。那不是个吸引人的话题。"

　　"很不吸引人,小姐。"我答道。

　　"很不吸引人,"摩德斯通小姐同意我的看法,"我不愿意再回想过去那些矛盾,或者说过去那些伤人的事儿。我就受过一个人的伤害,那是一个女人——很遗憾,真给我们女人丢脸——一提到她,就叫人感到恶心,感到憎恨;所以我就不想提她了。"

　　我一听这话,就替我姨奶奶生气,气得不得了;不过我只说,如果摩德斯通小姐认为最好不要提她,那当然再好不过了。我还说,如果我听见有人对她出言不逊的话,我是不会客气的。

　　摩德斯通小姐闭上眼睛,带着鄙视的神情歪了歪脑袋;随后又慢慢睁开眼睛,接着说道:

　　"大卫·科波菲尔,你小的时候,我对你有成见,我也不想掩盖这个情况。当时对你有成见,也许是不对的,也可能后来你变了,人们不该对你有成见了。不过这不是咱们眼前的问题。我认为自己生在一个管教很严的家庭里,是不会随机应变的。我对你可以有我的看法,你对我可以有你的看法。"

　　我也歪了歪脑袋。

"不过咱们没有必要，"摩德斯通小姐说，"让咱们的看法在这里交锋。眼前这种情况下，不管怎么说，还是不要交锋为好。命运使我们在这里相遇了，以后还会让我们在别处相遇，所以我说咱们在这里就算是关系疏远的熟人吧。由于家庭关系，有充分的理由说明我们只能以这种身份相见，咱俩谁也没有必要把对方弄成众人议论的话题。你同意吗？"

　　"摩德斯通小姐，"我答道，"我认为你和摩德斯通先生折磨过我，对我母亲也是心狠手辣。只要我活一天，我就是这个看法。不过我对你刚才提出的想法还是很同意的。"

　　摩德斯通小姐又闭上了眼睛，低下了头。接着她只用她那冰凉僵硬的手指头尖儿碰了一下我的手背，就走开了。她一边走，一边用手理了理腕子上和脖子上的小刑具，好像还是我最后一次见她的时候她戴的那一套，完全和原来一样。想到摩德斯通小姐的性格，这就使我联想到监狱门上的刑具；任何人一看，都可以根据外表而想象出里面的情况了。

　　那天晚上后来的情况，我只记得以下几件事：主宰着我的心的那位女皇用法语唱了几首迷人的歌谣，大意都是哪怕天翻地覆，我们也要跳舞，塔拉拉，塔拉拉，一边弹着一把装饰得很漂亮的类似吉他的乐器，作为伴奏；我沉醉在幸福之中，精神恍恍惚惚；送来点心，我不吃；特别是见了果汁酒，我打心里退缩；摩德斯通小姐把她管起来，把她带走的时候，她朝我笑了笑，还把她那细嫩的手伸了过来；我照了照镜子，看了看自己，显得无精打采，像个白痴；我怀着极为伤感的心情去歇息，醒来的时候感到十分痛苦，心中充满强烈的爱，身上却一点力气也没有。

　　清早，天气晴朗，我想随便顺着一条有铁丝拱门的小路溜达溜达,好好地想一想她的模样,来放纵一下自己的感情。穿过门厅的时候,碰上了她那条小狗,这狗名叫吉卜,是吉卜赛的简称。我和颜悦色地接近它,因为我对它都产生了感情。可是它却露出了全副牙齿,钻到椅子底下,发出低沉的叫声,全然不理会人家对它表示的好感。

花园里又凉爽,又幽静。我一边溜达,一边琢磨,我要是真能和这个可爱的尤物订下终身,该有多么幸福呀。至于婚姻、钱财等等,我觉得我恐怕和当年爱小艾米丽的时候一样天真,完全没有什么打算。对我来说,能让我叫她"朵拉",给她写信,爱慕她,崇拜她,有理由相信当她和别人在一起的时候,心里还在惦记着我,这就是人生最大的愿望了;这肯定是我最大的愿望。毫无疑问,我是一个多愁善感的小傻瓜;不过这里还有一颗纯洁的心,正因为如此,我现在才不以鄙视的眼光来看待这一段往事,虽然我可能觉得可笑。

我溜达了没多久,拐了个弯儿,就遇上了她。到现在我回想起拐那个弯儿的情景,还从头到脚浑身发麻,手里的笔也在发颤呢。

"你——出来得——好早哇,斯彭洛小姐。"我说。

"待在家里真无聊,"她回答说,"摩德斯通小姐也真可笑!她净胡说,非让我等着外面散散潮气再出来。散潮气!"(说到这里,她笑了笑,那笑声极为悦耳。)"星期天早上,不用练,可我总得干点儿什么呀。所以昨天晚上我就对爸爸说,我一定要出来。再说,这会儿也是一天之中最亮堂的时候。你说是不是?"

我灵机一动,就壮着胆子说(而且是结结巴巴地说),当时我是觉得很亮堂,不过一分钟以前还挺黑哩。

"你这是表示恭维?"朵拉说道,"还是天气果真有了变化?"

我回话的时候,结巴得更厉害了,我说那不是恭维,而是事实,虽然我没看到天气有什么变化。我还不好意思地加了一句,说那不过是我自己的感觉罢了。这样一来,就解释得很清楚了。

她摇了摇头,用松散的鬈发来掩饰脸上的羞涩,我可从来没见过那样的鬈发——我怎么可能见过呢,因为别处根本就没有呀。至于那鬈发上面的草帽和蓝色的缎带,要是能挂在白金汉街我的房间里,归我所有,那该是多么珍贵的无价之宝呀!

"你刚从巴黎回来吧?"我问道。

"是啊,"她说道,"你去过那儿吗?"

"没有。"

"哦!我希望你很快就能去一趟。你会非常喜欢那个地方的。"

长久埋在心中的痛苦在我脸上露出了痕迹。她竟然希望我到那里去,她还觉得我可能会去,真不可思议。我讨厌巴黎;我讨厌法国。我说在目前情况下,无论怎么考虑,我也不想离开英国。多大的诱惑,我也不动心。简而言之,她又摇动起她的鬈发,这时她的小狗顺着小路跑了过来,这才给我们解了围。

它对我忌妒得要死,一个劲儿地冲着我叫。她把它抱起来,搂在怀里——哦,多么美呀——抚摸着它;可是它还是一个劲儿地叫。我想摸摸它,可它不让我碰,于是她就打了它两下。她那两巴掌打在它那扁鼻子的鼻梁上,我看着,心里难过极了,而它却眨眨眼,舔舔她的手,嗓子眼儿里发出低沉的声音,像一只小低音乐器一样。后来它终于安静下来——她把她那带着酒窝的下巴颏儿靠在它的头上,它也该安静下来了——我们也就走着去看暖房了。

"你和摩德斯通小姐不很亲近呀,是不是?"朵拉问道。——"我的小狗。"

(最后这几个字是对小狗说的。唉,要是对我说的,该多好啊!)

"是啊,"我答道,"一点儿也不亲近。"

"这个人无聊透了,"朵拉噘着嘴说,"爸爸选了这么一个叫人头疼的东西来跟我做伴儿,真不知道他是什么意思。谁需要保护人呀?我敢说我就不需要保护人。吉卜保护我比摩德斯通小姐保护得好多了——是不是,亲爱的吉卜?"

她亲了亲它那圆圆的脑袋,而它却只懒懒地眨了眨眼。

"爸爸说她是我的知心朋友,可是我认为她根本不是那种人——是不是,吉卜?我和吉卜,我们俩是不会向那样蛮横的人说知心话的。咱想对谁说知心话,就向谁说知心话,咱要自己去找知心朋友,不能让别人替咱找——是不是,吉卜?"

吉卜一听这话,发出了一阵悦耳的声音,有点儿像煮茶的水壶发出的音乐。对我来说,她每说一句话,都像是在已有的镣铐上加了一副新的镣铐。

"真苦恼啊,就因为咱缺少一个慈爱的妈妈,咱就非得让摩德斯通小姐这样性情沉闷、脾气古怪的老东西成天跟着咱转——是不是,吉卜?没关系,吉卜。咱不对她说知心话,不用理她,咱该怎么乐,就怎么乐;咱让她着急,不让她欢喜——好不好,吉卜?"

这种情况要是再拖长一会儿,我想我一定会跪石子路上,还有可能把两膝跪破,而且马上被人家从宅院里赶走。可是算我走运,暖房离得不远,我们刚说到这里,也就到了。

暖房里有各种好看的天竺葵。我们在里面闲逛,朵拉不时地在这一棵或那一棵前面停下来,欣赏一番。我也跟着停下来对同一棵欣赏一番。朵拉还淘气地笑着把小狗举起来,让它闻闻花的香味儿。如果说不是我们俩都进入了仙境,我反正是身在其中了。直到今日,天竺葵的叶子散发的香气还会使我一半感到好笑,一半认真地怀疑自己怎么转眼之间发生了变化,然后我就看见一顶草帽,系着蓝色的带子,一头鬈发,两条细长的胳膊举着一只小黑狗,后面是一片鲜花和嫩叶。

摩德斯通小姐一直在到处找我们。她在这里找到了我们,就把她那不中看的腮帮子凑过来让朵拉吻一下,脸上的小皱纹全让她往头上撒的香粉给填满了。接着她就挽起朵拉的胳膊,押着我们去吃早饭,就像参加一个士兵的葬礼一样。

茶是朵拉准备的,所以我喝了多少杯,连我自己也不知道。但我记得很清楚,我坐在那里拼命喝,那几天我要是有神经系统的话,也让我喝得整个神经系统都不顶用了。过了一会儿我们就到教堂去了。摩德斯通小姐坐在我和朵拉之间,不过我倒听见了她唱赞美诗的声音,做礼拜的人全消失了。有人在讲道——讲的当然全是关于朵拉的事儿——关于这次礼拜,我能记得的,大概也就是这一些了。

这一天,我们过得很清静。没有客人,散了散步,四个人吃了一顿便饭,晚上欣赏书画。摩德斯通小姐面前放着一本传道的书,她两眼盯着我们,密切监视。啊!斯彭洛先生可根本没想到,那一天晚饭后,他头上顶着手绢儿坐在我对面的时候,我在想象之中,作为他的姑爷,正在多么热烈地拥抱他呀!他也没想到,那天晚上,当我向他告辞的时候,我觉得他已经表示完全同意我和朵拉订婚,我正在祈求上帝降福于他呢。

第二天一大早我们就走了。因为海事法庭有一件关于打捞的案件需要审理,这就要求对整个航海学有相当精确的了解,既然不能指望我们博士协会的人对这些事有多少了解,法官已经求了海务局的两位老先生行行好,来帮他审理此案。不过吃早饭的时候,还是朵拉准备的茶水;我上了马车以后,还怀着沉重的心情,愉快地向她脱帽致意,当时她站在门口的台阶上,怀里抱着吉卜。

那一天,我对海事法庭的印象如何;对于那个案子,我一边听,一边在心里胡说了些什么;桌上放着一只银质的桨,这是这所高等司法机关的徽记,我怎样发现"朵拉"二字刻在那银桨的叶片上;斯彭洛先生回家的时候没有带我同行(我原来幻想过,希望他再把我带回家去),我怎样觉得自己好像是一条船上的水手,眼看着船开走了,把我留在了一座荒岛上——这一切都是无法形容的,我也就不费事了。如果那昏昏欲睡的古老法庭能够清醒一下,把我在那里围绕着朵拉而做的白日梦以某种看得见的形式表现出来,我就原形毕露了。

我说的还不光是那一天我做的梦,还包括一天又一天,一周又一周,一期又一期我做的梦。我去上班,不是处理公务,而是思念朵拉。我看着案子不紧不慢地审理,偶尔也动动脑筋,遇上婚姻案件(想到朵拉),就琢磨一下,结了婚的人怎么会不幸福,遇到遗嘱案件,就考虑一下,假如案中涉及的那笔钱是留给我的,我马上对朵拉采取的最重大的行动是什么。

自从我爱上朵拉以后,一个星期之内就买了四件华丽的背心(不是为了我自己——我并不引以为荣——而是为了朵拉),喜欢戴着浅黄色的羔皮手套上街,我脚上的鸡眼也都是这时候开始长的。要是能把我在这段时间里穿的靴子拿来,和我的脚的实际大小比一比,就能看出我心里是怎么想的,而使人大受感动。

虽然我为了向朵拉致意,把自己弄得一瘸一拐的,十分痛苦,我还是每天走上多少英里,盼着能见到她。没有多久,我在诺乌德路上,就像负责这个邮区的邮递员一样为人们所熟悉,不仅如此,我还在伦敦到处跑。哪条街上有女士们出入的最高级的商店,我就在哪里转悠;我像一个心事未了的孤魂,到集市上去游荡;我早就累得不行了,还要一再拖着沉重的双腿到公园里走来走去。有时隔上很长一段时间,偶尔也能见到她。也许看见她的手套在马车窗口晃动,也许遇见她,跟她和摩德斯通小姐走上一小段路,跟她说几句话。在第二种情况下,过后我总觉得非常难过,因为我觉得自己没有一句话说到了点子上,她根本不知道我爱她爱得有多深,或者她根本不把我放在心上。可以想象得出,我随时注意着,希望能再邀请我到斯彭洛先生家里去做客。而我总是大失所望,收不到这样的邀请。

克鲁普太太一定是个眼光敏锐的女人。我那爱慕之心才产生了几个星期,还没有勇气在信中写得更明确,就连艾妮斯,我也只告诉她,我到斯彭洛先生家里去过了,我还说"他家里只有一个女儿"——我说克鲁普太太一定是个眼光敏锐的女人,因为她那么早就发现了。有一天晚上,她上楼来找我,当时我情绪很不好,她正在闹我上面提到的那种病,就问能不能麻烦我给她一点儿小豆蔻加大黄药水儿,再滴上七滴丁香精,这对她的病有很好的疗效。要是我身边没有这种药,就来点儿白兰地,这是最好的代用品。她说,她倒不是觉得白兰地好喝,而是这酒的确是最好的代用品。我从来没听见过她先说的那种药,而那种代用品,柜子里倒是有点,我就给克鲁普太太斟了一杯,她当着我的面就喝了起来,免得我怀疑她把酒用到不该用的地方。

"振作起来吧,先生,"克鲁普太太说,"看见你这个样子,我受不了啊,先生。我也是有孩子的人呀!"

我不大明白这件事和我有什么关系,但我朝克鲁普太太笑了笑,尽量显出和蔼的样子。

"得啦,先生,"克鲁普太太说,"请原谅,我知道你的苦恼,先生。这涉及一位女士。"

"克鲁普太太!"我说着,脸顿时红了起来。

"哦,愿上帝保佑你!你可要打起精神来呀,先生!"克鲁普太太一边说着,一边点头表示鼓励。"可不能寻短见呀,先生!她一个人对你不以笑脸相迎,那还有的是嘛。你年轻有为,会有人对你笑脸相迎的,科波福尔先生,你该知道自己的身价呀,先生。"

克鲁普太太总是叫我科波福尔先生——首先,肯定是因为这不是我的名字,其次,我觉得这个叫法和一个洗衣日些许有点联系。

"克鲁普太太,你为什么会觉得这件事涉及一位年轻女士呢?"我说。

"科波福尔先生,"克鲁普太太意味深长地说,"我也是有孩子的人呀!"

有一会儿,克鲁普太太只能把手搭在胸前本色布的褂子上,同时一小口一小口地喝她的药,借着那酒的力量来顶住痛苦的回忆。后来她又说话了。

"你姨奶奶来为你租这套房子的时候,科波福尔先生,"克鲁普太太说道,"我就说过,我总算有个人照顾了。'谢天谢地!'我就是这么说的,'我总算有个人照顾了!'——你吃得不多,喝得也不多呀,先生。"

"你就是凭这个瞎猜的吗,克鲁普太太?"我说。

"先生,"克鲁普太太以近乎严厉的口吻说道,"除了你以外,我还伺候过别的年轻男人。一个年轻男人可能对自己过于注意,也可能过于不注意。梳头可能梳得太勤,也可能梳得太不勤。可能穿的鞋太大,也可能太小。这就要看那年轻人原来的性格是怎样形成的了。不过随便让他走哪个极端好了,先生,都和一位年轻女士有关。"

克鲁普太太摇着头,她显得那么自信,弄得我连一寸立足之地都没有了。

"就是你没来的时候死在这里的那个年轻人,"克鲁普太太说,"他恋爱了——跟一个酒吧女郎——虽然喝酒喝得已经鼓起来了,还是马上把背心都改瘦了。"

"克鲁普太太,"我说,"我不得不求你不要把和我有关的这个女士和酒吧女郎之类的人相提并论,好不好?"

"科波福尔先生,"克鲁普太太说道,"我是个有孩子的人,不会那样做。我要是多管闲事了,先生,就请你原谅吧。我要是不受欢迎,绝不去多管闲事儿。不过你是个年轻人,科波福尔先生,我劝你还是振作起来,先生,提起精神来,你该知道自己的身价呀。你要是喜欢干点儿什么,先生,"克鲁普太太说——"你要是现在喜欢玩儿九柱戏,那玩意儿对健康有利——你会觉得它能分散你的注意力,对你有好处。"

　　克鲁普太太说完了这一席话,做出一副非常珍惜那杯白兰地的样子——其实早就喝光了——郑重其事地向我行礼致谢,然后就走了。她的身影在那黑洞洞的门口消失了,她那番话倒使我感到克鲁普太太未免有点儿冒昧;不过在这同时,我对这番话也很满意,只是角度不同,聪明人会听,我把它当成一次警告:以后有了秘密,千万不能大意。

第二十七章　汤米·特拉德

　　可能是因为我听了克鲁普太太的话,也许不过是因为九柱戏这个名字使我联想起特拉德,第二天我就忽然想到要去找特拉德。他说的他不在的那段时间早就过了,他又住在一条小街上,离坎登镇兽医学院不远,听我们那儿的一个文书对我说,他就住在那个方向,镇上住的主要是绅士般的学生,他们买活驴,在宿舍里用这种四脚动物做实验。我从这个文书那里了解到那学术之林的方向,当天下午就出发,看我的老同学去了。

　　我发现那条街不是我想象的那么好,因为我心里惦记着特拉德。那里的居民好像爱把用不着的零七八碎往街上扔,弄得满街臭气熏天,污水横流,这还不算,还有白菜帮子到处乱扔,显得又脏又乱。那垃圾倒也不全是菜帮子,我找门牌儿的时候,就看见一只鞋,一只砸扁了的小奶锅,一顶黑色女便帽,一把雨伞,都不同程度地腐烂了。

　　这个地方的气氛一下子就使我回想起我和米考伯夫妇在一起的日子。我要找的那所房子给人一种说不出的破落绅士的感觉,所以这所房子和这条街上别的房子不同——尽管所有的房子都一个样儿,显得很单调,就像刚刚学着画房子的孩子瞎画的一样,他们对砌砖盖房的了解,好比刚学写字的孩子,还在学着画钩钩呢——这就更使我想起米考伯夫妇。我来到这所房子的时候,正赶上送奶的下午来送奶,门是开着的,这就更促使我回想起米考伯夫妇了。

"喂,"送牛奶的冲着一个非常年轻的女仆说道,"我那笔小小的奶费,你跟主人说了没有?"

"哦,主人说马上就想办法。"女仆答道。

"因为,"送牛奶的接着说道,好像没有听见女仆的回答,而且听他的语气,他这话不是说给年轻女仆听的,而是说给屋里的什么人听的——他瞪着眼往过道里看,更加深了我这种印象——"因为那笔小小的奶费已经拖了那么久,我都觉得准得拖黄了,不会有人管了。喂,你听着,这我可不干!"送牛奶的说道。他这话还是冲着屋里讲的,两眼还盯着过道。

顺便说一下,他经营牛奶这样温和的商品,真是再奇怪不过了。他那副样子,就是搁到肉店里或白兰地酒店里,都显得太凶了。

那年轻女仆的声音变得很小,不过从她嘴唇的动作来看,她还是在小声说"马上就想办法"。

"我来问你,"送牛奶的说道,他头一次用眼睛盯着那女仆,同时还托起了她的下巴颏儿,"你喜欢喝牛奶吗?"

"是的,我喜欢喝。"她答道。

"那好,"送牛奶的说道,"你明天就别喝了。听见了没有?你明天连一滴牛奶也甭喝。"

看来今天还是喝得上牛奶的,所以我觉得大体上看起来,她还是松了一口气。那送牛奶的凶狠地朝她摇了摇头,放开了她的下巴,没好气儿地把桶打开,把牛奶倒进了女仆拿的罐子里,和平时给的一样多。随后他就嘟囔着走了,到隔壁一家门口去叫卖,那刺耳的声音里还带着怨气。

"特拉德先生住在这里吗?"我随后问道。

过道那一头有个神秘的声音说了声"是"。年轻女仆一听,也回答说"是"。

"他在家吗?"我问道。

那神秘的声音又做了肯定的回答,那女仆也跟着重说了一遍。于是我就进了门,顺着女仆指的路往楼上走。走过后面客厅门口的时候,我意识到有一只神秘的眼睛在打量我,这眼睛可能就属于那神秘的声音。

我顺着楼梯走上去——那房子只有上下两层——特拉德在楼梯口等我。他见了我很高兴,非常热情地欢迎我,把我带到他的小屋里。这间屋子的位置在房子的正面,虽然家具不多,却极为整洁。我看得出,他只有这么一间屋子,因为屋里有一张沙发床,鞋刷子和鞋油也都夹杂在书里——放在书架最上面一层的一本字典后面。他的桌上摆满了各种材料。他穿着一件旧衣裳,在那里紧张地工作。在我坐下的时候,我自己知道,我什么也没看,可是我什么都看见了,连他的瓷墨水池盖儿上画的教堂,都看见了。我这种能力也是过去米考伯时代练出来的。他费了很多心机,把五斗柜遮盖起来,把靴子和刮脸用的镜子等等都放在适当的地方,给我留下了特别深刻的印象,证明他还是当年那个特拉德,当时他用白纸叠成像房的样子,好装苍蝇,受人欺负的时候,就以我常提到的那些令人难以忘怀的艺术品来安慰自己。

在屋子的一角,有件东西用一大块白布盖得整整齐齐。我想不出那是件什么东西。

"特拉德,"我说,我都坐下了,还又和他握了一次手,"见到你,我很高兴。"

"见到你,科波菲尔,我很高兴,"他答道,"见到你,我的确很高兴。咱们在伊利巷相遇的时候,我见到你,觉得高兴极了,而且我确信,你见到我,也是高兴极了,所以就给了你这个地址,而没有给你我在法学会的地址。"

"哦!你在律师学院还有房子呀?"我问道。

"是这么回事,我有一套房子和走廊的四分之一,还有一个文书的四分之一,"特拉德答道,"我和另外三个人合租了一套房子——好显得像个办事的样子——对那个文书,我们也是各占四分之一。他每个礼拜要耗费我半克朗呢。"

他微笑着对我解释,我觉得这微笑使我又看到了他原先那纯朴的性格和温和的脾气,也看到了一点儿他原先那倒霉的运气。

"你知道,科波菲尔,"特拉德说,"我不轻易把这里的地址给别人,绝不是因为我爱面子,而是因为来找我的那些人,他们可能不愿意到这里来。至于我个人,我正在奋力拼搏,克服困难,我要是假装不是这种情况,岂不荒唐。"

"沃特布鲁克先生告诉我,你在读法律呀?"我说。

"可不是吗,"特拉德一边说着,一边慢慢地搓着两手,"我在读法律。实际上,我拖了很久,刚开始按规矩办事。我学徒已经有一段时间了,但是要缴那一百镑,困难很大。困难很大呀!"特拉德说着,脸上现出了痛苦的样子,好像刚刚拔掉一颗牙齿一样。

"特拉德,我坐在这里看着你的时候,你猜我不由自主地想起了什么?"我问道。

"我猜不出。"他说。

"你过去穿的那套天蓝色衣服。"

"天哪,对呀!"特拉德叫喊着,笑了起来,"袖子,裤腿,都绷得紧紧的,你还记得吧?哎呀!那时候可真快活呀,是不是?"

"我觉得,要是校长不折腾咱们,咱们会生活得更快活。"我回答说。

"也许是那样,"特拉德说,"不过,哎呀,当时有趣的事可多啦。你还记得咱们晚上常在寝室里吃晚饭,你给我们讲故事吧?哈,哈,哈!你还记得我为梅尔先生哭而挨打吧?老克里克尔!我还真想再见见他!"

"他对你很残暴呀,特拉德。"我气愤地说,因为我看着他那好脾气,就觉得看着他挨打的事刚刚发生在昨天。

"你是这么想吗?"特拉德答道,"真的吗?也许他是相当残暴。不过事情都过去了,过去很久了。老克里克尔!"

"那时候是你叔叔供养你吧?"我问道。

"那是当然喽!"特拉德说道,"我一直想给他写信,一直也没写,对不对?哈,哈,哈!是的,当时我有个叔叔。我离开学校以后不久,他就去世了。"

"是吗!"

"是呀!他原来是个……叫什么来着?……布商,也就是卖布的,后来不干了。他原先安排我做他的继承人。可是等我长大了以后,他又不喜欢我。"

"真是这样吗?"我问道。他的心情非常平静,所以我觉得这里面还有些蹊跷。

"是啊,是啊,科波菲尔!真是这样,"特拉德答道,"算我倒霉,可他就是不喜欢我。他说我完全不是他料想的那个样子,于是他就娶了他的女管家。"

"你又做了些什么呢?"我问道。

"我没做什么,"特拉德说,"就跟他们一块儿过,等着他们有一天把我撵出去,后来不幸他的风痛一下子转移到肚子里去了——随后就死了。这样一来,那女人就嫁了个年轻人,而我却没有着落。"

"你什么都没得到吗,特拉德?"

"那倒也不是!"特拉德说道,"我得到了五十镑。我长那么大,没学过什么技能,一开头儿,不知道怎样谋生。不过开始的时候,有个有技能的人,他的儿子帮了我的忙。这个人也在萨伦学堂学习过,名叫尧勒,是个歪鼻子,你还记得他吗?"

不记得了。我在的时候没这么个人,当时所有的人,鼻子都是端正的。

"没关系,"特拉德说,"在他的帮助之下,我开始抄写法律文件。这活儿不怎么样,我就改为写状子,写摘要,干这一类的活儿。我是个勤勤恳恳的人,科波菲尔,学会了怎样写得简明扼要。于是我就产生了一个念头,学法律吧。这样一来,那五十镑里剩下的钱就全光了。不过尧勒又把我推荐给另外一两家事务所——有一家就是沃特布鲁克先生的事务所——所以我弄到了不少的活儿。我还有幸认识了出版界的一个人,他正在编一本百科全书,就让我来给他编。其实,"(说到这里,他看了一眼桌面上的东西)"我这会儿正在为他干活儿呢。我编得还不错,科波菲尔,"特拉德说,对自己的话充满了自信,显得很高兴,"但是我没有创造性,一点儿也没有,恐怕没有哪个年轻人,独创性比我更差了。"

特拉德似乎认为我当然会同意他这种说法,所以我就点了点头,他也就又接着说下去,还是那副乐呵呵的不紧不慢的样子——我找不到更恰当的词语来形容他的样子了。

"就这样,生活上不要太破费,我一点一点地攒钱,终于凑足了一百镑,"特拉德说道,"谢天谢地,钱总算交了——虽然……虽然是非常困难,"特拉德说着,脸上又显出了痛苦的样子,好像刚才又拔了一颗牙一样,"我在上面提到的工作,我现在还是靠它来维持生活,我希望不久能和哪家报纸联系上,那我就差不多能发了。我说,科波菲尔,你和过去一模一样,还是那么讨人喜欢,见到你,真叫人高兴,我什么也不能瞒你。所以我一定要告诉你,我订婚了。"

订婚了!哦,朵拉!

"她是个副牧师的女儿,"特拉德说,"姊妹十个,住在德文郡。对!"——他看见我不由自主地看了一眼墨水池上的画儿——"就是这座教堂!你从这个门儿出来,往左一拐,"他一边说着,一边用手指在墨水池上比划着,"她家的房子就在我用笔指着的地方,你看得出,正对着教堂。"

他在述说这些细节的时候表现出来的愉快心情,我是后来才充分意识到的,因为我当时只顾自己,正在心里画斯彭洛先生的房子和花园的平面图哩。

"这姑娘非常可爱!"特拉德说,"比我略大一点儿,但是可爱极了!我不是告诉你,我要出城吗?就上那儿去了。我走着去,走着回来,高兴极了!我敢说,我们可能要很久以后才能结婚。'盼着吧!'这就是我们的座右铭。我们常这么说。我们常说,'盼着吧!'科波菲尔,她等我能等到六十岁——等到你能说得出的哪一年都行。"

特拉德从椅子上站起来,带着胜利的微笑把手放到我刚才看见的那块白布上。

"不过，"他说，"我们倒也不是完全没有开始置办家具。不是的；我们已经开始了。我们得一点儿一点儿地来，但是我们已经开始了。这儿，"他说到这里，非常自豪地小心翼翼地掀开了那块白布，"有两件家具，算是个开端。这个花盆和架子，是她亲自买的。可以把它放在客厅的窗口，"特拉德说着，把身子往后仰了仰，离得远一点儿，觉得更好看，"在里面种上一棵花，有……有多好哇！这个小圆桌，大理石桌面（周围是二英尺十英寸），是我买的。可以放一本书，你知道，要是有个人来，无论是来见先生，还是来见太太，都需要有个放杯茶的地方，这……这就有了！"特拉德说道，"这件家具手工出色得很——像磐石一样稳当！"

我把这两件家具都大大地赞扬了一番，特拉德像掀开盖布的时候一样，又小心翼翼地把盖布蒙了上去。

"要说置办家具，这还差得远哩，"特拉德说，"不过这也算有了点儿东西。桌布、枕套，这一类东西使我最伤脑筋，科波菲尔。还有那些铁器——蜡烛箱子、铁算子之类的日用品——因为这些东西很重要，而且都在涨价。不过，'盼着吧！'我可以向你保证，她是一个顶可爱的姑娘！"

"这我相信。"我说。

"在这段时间里，"特拉德说着，又回来坐在椅子上，"——关于我自己的情况，我马上就说完了——在这段时间里，我尽量好好干。我挣钱不多，可我花钱也不多。我一般和楼下的人搭伙，他们都非常善良。米考伯先生和他太太都有丰富的生活经历，和他们在一起，真是再好不过了。"

"亲爱的特拉德！"我马上喊道，"你说什么呀？"

特拉德看了看我,好像不明白我在说什么。

"米考伯先生和他太太!"我重复了一遍,"哎呀,我和他们很熟呀!"

就在这时候,传来了两下敲门声,从我以前在温莎里的经验来看,这敲门的不可能是别人,一定是米考伯先生,这样一来,他们是不是我的老朋友,也就不成问题了。我恳求特拉德把房东请上楼来。于是特拉德就趴在扶梯上请房东上来。米考伯先生接着就文质彬彬地像青年人一样走上楼来。他一点儿也没变,还是那套紧身的衣服,那根手杖,那个衬衫领子,那副眼镜,跟过去一样。

"对不起,特拉德,"米考伯停下嘴里哼的柔和的小调,像往常一样打着嘟噜说道,"我不知道你这清静的住处竟有生客登门。"

米考伯先生微微向我鞠了一躬,往上拉了拉衬衫领子。

"你好,米考伯先生。"我说。

"先生,"米考伯先生说道,"你太客气了。我依然如故。"

"米考伯太太好吗?"我接着问道。

"先生,"米考伯先生说道,"感谢上帝,她也依然如故。"

"孩子们好吗,米考伯先生?"

"先生,"米考伯先生说道,"我可以愉快地告诉你,他们也都体魄健壮。"

在这段时间里,米考伯先生虽然和我面对面地站在一起,却丝毫没有认出我来。不过这时候他见我微笑,就仔细端详了我一番,往后一仰身子,喊道:"这是真的吗?难道我有幸再次见到科波菲尔了吗?"他两手抓着我摇动,表现出极大的热情。

"哎呀,特拉德先生!"米考伯先生说道,"没想到你竟然认识我昔日的同伴儿,年轻时候的朋友哩!——老伴儿!"米考伯先生趴在扶梯上对他太太喊道。特拉德对他这样介绍我的身份不胜惊讶(这也是有道理的),"特拉德先生屋里有位先生,想请你来见一见,亲爱的老伴儿!"

米考伯先生马上又回到屋里,再次和我握手。

"咱们的好朋友,那位博士,他好吗,科波菲尔?"米考伯先生问道,"坎特伯雷的人都好吗?"

"他们都挺好的。"我说。

"得此佳音,不胜欣喜,"米考伯先生说道,"我们上一次是在坎特伯雷见面的。说得生动一点儿,是在古代信徒云集、乔叟①使之永存的宗教大厦的庇荫之下——简而言之,"米考伯先生说道,"就在大教堂的近旁。"

我回答说,是这样的。米考伯先生尽其所能滔滔不绝地讲下去,不过我觉得他脸上还是露出了一些迹象,说明他在注意隔壁的声音,比如米考伯太太洗手的声音,急促地开关抽屉的声音,那抽屉也感到很不自在。

"你看得出,科波菲尔,"米考伯先生说道,一边斜眼看着特拉德,"我们眼下只能说家底儿不厚,也不气派,不过你可知道,在我的事业发展过程中,我曾经跨越多少障碍,克服多少困难。你对我并不陌生,知道我一生中曾多次不得不暂停一下,盼着时来运转;有时候又不得不后退一步,然后向前一跃——我用这个说法,大概不至于落个妄自尊大的罪名吧。我现在就处在人生中这样一个重要的阶段。你看见我后退了

---

① 乔叟(约1342—1400),英国诗人,著有《坎特伯雷故事集》。

一步,准备向前一跃;我有充分的理由相信不久就会有结果,那就是奋力一跳。"

我正在表示赞赏的时候,米考伯太太走了进来。她比以前邋遢一些,也许是我眼睛不适应,才有这种感觉,不过她为了招待客人倒也稍微打扮了一下,还戴上了一副棕色手套。

"亲爱的,"米考伯先生说着就引她朝我走来,"这位先生名叫科波菲尔,你们见过面,他想和你叙谈叙谈。"

从当时的情况看,他要是慢慢地引到这个话题就好了,因为米考伯太太怀有身孕,一听就蒙了,晕了过去,米考伯先生不得不战战兢兢地下了楼,跑到后院儿,从接雨水的大桶里打了满满一脸盆水,往她脑门子上洒。不过她很快就醒过来了,见了我,实在高兴。我们大家在一起聊了半个钟头。我问起她那一对双生子,她说他们都"长大成人"了;我又问起米考伯少爷和小姐,她说他们都成了"头号巨人",不过那一天我一个也没见着他们。

米考伯先生极力留我吃饭。我本来也不一定拒绝,但是我觉得我从米考伯太太的眼神里看出了问题,她在算计还有多少凉肉。于是我就找了个托词,说另有约会。我发现米考伯太太那紧张的心情马上放松了,这样一来,任凭他们怎么劝说,我都不听了。

但是我对特拉德和米考伯夫妇说,他们一定要定个日子,到我那儿去吃饭,我才能走。特拉德手上有活儿要完成,得晚一点儿才行;不过我们还是定了个日子,对大家都合适,然后我就告辞了。

米考伯先生借口给我指一条路,比我来的路近,就陪着我走到路口,他对我解释说,他非常想跟老朋友说几句知心话。

"亲爱的科波菲尔,"米考伯先生说道,"我不说你大概也知道,在目前情况下,有你朋友特拉德这样才华横溢——如果我能借用这个成语的话——这样才华横溢的人住在我们家里,这对我们是一种无法形容的安慰。我们隔壁住着一个女人,给人家洗衣裳,还卖杏仁糖,就摆在起居室的窗户里。马路对面住着一位宝街①的警官。所以你可以想象,他和我们同住,对我本人和米考伯太太是无穷无尽的安慰。亲爱的科波菲尔,我眼下受人之托,经营玉米。这不是什么有利可图的行当——换句话说,是划不来的——结果弄得一时有些拮据。不过我还要告诉你,我很高兴,因为我看到情况马上会有变化(我现在还不能说在哪一方面),这样一来不但我自己,就连你的朋友特拉德,都永远生活有了着落。我对特拉德的关怀可是真心实意的。我还要告诉你一件事,你也许不会感到突然:米考伯太太目前的身体状况不是完全不可能最后再对那些爱情誓言有所增补——简而言之,就是增加一个婴儿。米考伯太太的娘家人可是真好,竟对这种情况表示不满。我只能说我认为此事与他们无关,我对他们这种态度嗤之以鼻,不听那一套!"

米考伯先生说完了以后,又和我握了一次手,就走了。

---

① 在考芬园旁,是伦敦警察法庭所在地。

第二十八章　米考伯先生挑战

　　一直到我款待久别重逢的老朋友的那一天，我主要是靠朵拉和咖啡过活的。在我为爱情而感到苦恼的情况下，我食欲不振，不过我倒为此而感到高兴，因为我觉得我要是跟平时一样吃得津津有味，就似乎对朵拉不忠了。大量的散步也没有产生通常应有的效果，因为失望的心情把新鲜空气抵消了。根据这一时期我那痛苦的生活经历，我还怀疑一个人要是总受靴子夹脚之苦，即便肉食吃得很香，是不是就一定能感到惬意。我认为手脚都得不受拘束，胃才能充分发挥作用。

　　这次小小的家宴，我没有像上次那样大张旗鼓地准备。我只弄了两条比目鱼，一小条羊腿，一个鸽子饼。起初我还不好意思说，我刚一提到烧鱼烤羊腿，克鲁普太太就造了反。她就像有人得罪了她一样，神气地说："不行呀，先生，不行！你不该让我做这样的事，因为你明明知道我不会做，我要是做的话，连我自己也不会满意的！"不过我们最后还是妥协了，克鲁普太太答应勉为其难，条件是从那以后我两个星期不在家里吃饭。

　　在这里，我还要说一下，由于克鲁普太太残暴地欺压我，我在她手里受的罪是很可怕的。我对谁都没有这么害怕过。我们在什么事情上都得妥协。只要我一犹豫，她就犯病，她那奇妙的病随时都在她身上潜伏着,待机发作,一有信号,便向要害部位进攻。要是我轻轻地拉铃,拉了五六下都没有用,再不耐烦地拉一次,她最后也露面了——不过这可是没准儿的事——她就摆出一副责怪人的脸色,气喘吁吁地倒在靠近门口的椅子上,把手放在胸前本色布衣服上,病得那么重,我宁愿拿出白兰地或者别的什么东西,损失多少都行,把她弄走。下午五点钟才给我叠被——这种做法,我到现在还觉得难以接受——我要是有意见,她只要把手往本色布衣服那个部位一放,显得感情上受了伤害,就足以使我惶惶然,赶紧道歉。总而言之,我宁可做任何体面的事,也不愿意冒犯克鲁普太太。她是我生活中的主宰。

这次请客,我买了一只旧的活动餐架,而没有再雇上次那个年轻人,虽然他很能干,但我对他有看法,因为有一个星期天早上,我在斯特兰大街碰上他,见他穿的背心和我的一件背心像极了,自从上次请客以后,那件背心就不见了。那"年轻姑娘"倒是又雇来了,但是我规定她只管上菜,上了菜,就退到外面一道门的外边,在楼梯口站着,这样她养成的那种探头探脑的习惯,客人就看不见了,像上回那样踩碎盘子的事,也就根本不会发生了。

我把做果汁酒的材料准备好了,只等米考伯先生配制;我还在梳妆台上摆了一瓶香草水,两支蜡烛,一套各式别针,和一个针插,供米考伯太太化妆之用;我还让她们把我卧室里的火点上,好让米考伯太太感到方便;我还亲手铺好了桌布;随后我就镇定自若地等着开场了。

到了约定的时间,三位客人一齐到了——米考伯先生,衬衫领子特别高,眼镜上系了一条新带子;米考伯太太,帽子用浅棕色的纸包着;特拉德,一手拿着那纸包,一只胳膊搀着米考伯太太。我住的这个地方,他们都很喜欢。我把米考伯太太带到梳妆台前,她一看我为她作了这么大规模的准备,高兴极了,马上招呼米考伯先生进来看。

"亲爱的科波菲尔,"米考伯先生说道,"这可真是豪华呀。这样的生活使我想起我结婚以前的日子,当时米考伯太太也还没有受人追求,让她在婚姻的圣坛前献出自己的忠诚。"

"他的意思是还没有受他追求,科波菲尔先生,"米考伯太太风趣地说道,"他可不能赖别人呀。"

"亲爱的,"米考伯先生答道,他忽然认真起来,"我并不想赖别人。我看得很清楚,你命里注定了,是为我而生的,这样一来,你就可能注定要嫁给这样一个人,这个人经过长期奋斗,最后还是不能不陷入严重复杂的经济纠葛之中。我明白你指的是什么,亲爱的。我为此事感到遗憾,但是我能忍受。"

"米考伯!"米考伯太太含着眼泪喊道,"难道我就该听你这样唠叨吗?我可从来没有抛弃你呀,也永远不愿意抛弃你呀,米考伯!"

"亲爱的,"米考伯先生非常感动地说,"你会原谅我,我想我们久经考验的老朋友科波菲尔也会原谅我这样一个历尽劫难的人失去常态,发作一番,因为我刚和一个狗仗人势的家伙——也就是和自来水公司一个讨厌的管开关的人——吵了一通,所以希望你们对我的过分之举,不要怪罪,而给以同情。"

米考伯先生接着就和米考伯太太拥抱了一下,还摁了摁我的手。这样，我就从他那吞吞吐吐的话里揣摩得出，一定是那天下午给他家里断了水，因为他没给公司交水费。

我为了不让他再想这件烦心的事，就说我等着喝他调制的果汁酒呢，说着就把他带到放柠檬的地方去了。他最近这忧郁的心情，倒没有发展到绝望的地步，顿时消失了。切开的柠檬和糖散发着香气，滚烫的罗姆酒香味四溢，开水冒着蒸气，米考伯先生那天下午兴致高极了，我从来没见谁有这么高的兴致。他在那里搅拌、品尝，好像不是在配制果汁酒，而是在为他全家包括最小的子女配制家业。看看他那张脸透过充满香甜气味的薄雾，向着我们闪光，多么叫人高兴呀！至于米考伯太太，我也不知道是什么缘故，也许是因为她戴的帽子，也许是因为那香草水，也许是因为那些别针，也许是因为炉火或蜡烛照的，总之，她从我屋里出来的时候，相对说来，是很可爱的。连百灵鸟都从来没有这个出色的女人这样快活。

我猜想——我始终没敢问，不过我猜想——克鲁普太太炸了比目鱼之后，准是就病倒了。因为我们从那以后就不行了。那羊腿端上来的时候，里头通红通红的，外头煞白煞白的，这还不算，上面还撒着一层灰渣之类不该有的东西，似乎是掉进过厨房那精美壁炉下面的炉灰里。但是我们也无法根据肉汤儿来判断这是否属实，因为那"年轻姑娘"把肉汤儿全洒在楼梯上了——顺便说一下，那肉汤儿哩哩啦啦洒了一路，后来也就慢慢蹭光了。那鸽子饼还不错，只是中看不中吃；那酥皮要是算做脑袋，从颅相学的角度来看，是令人失望的，因为它坑坑洼洼疙疙瘩瘩，下边也没有什么新鲜的。总而言之，这次宴会糟糕透了，我本来是会很不快活的——我这里说的是宴会糟糕使我不快活，因为我本来为了朵拉就一直不快活——幸亏我的客人兴致都很好,而且米考伯先生还出了个好主意,这才为我解了围。

"科波菲尔,我的好朋友,"米考伯先生说道,"即便是在管得最好的家里,也会出事故的。有些家庭管得不好,缺乏那种令行禁止统管一切的威力,简而言之,我的意思是缺少具有妻子的崇高地位的女人的威力,在这种情况下,出事故是意料之中的事,出了事还一定要想得开。请允许我冒昧地说一句,各种食品,很少能比五香烤肉更好吃的。我相信,只要那上菜的小家伙弄个铁算子来,咱们稍微一分工,就能做出一个好菜来,我可以向你保证,这小小的事故是很容易补救的。"

储藏室里是有一个铁算子,我每天早上就用它来烤咸肉。我们赶紧把它拿来,马上全力以赴,把米考伯先生的想法付诸行动了。他刚才提到的分工是这样的:特拉德把羊肉切成片;米考伯先生(他做这类事情最拿手)撒上胡椒面儿,辣椒面儿,芥末和盐;我在米考伯先生的指挥之下,把肉放在铁算子上,用叉子叉来叉去,又从铁算子上取下来;米考伯太太用小锅热了一点蘑菇汁儿,边热边搅动。等我们烤够了数,可以开始了,我们就大吃起来,袖子依然挽到手腕子,没有放下来,还有几片肉在火上吱啦吱啦地烤着,我们则一心二用,一边吃着盘子里的,一边还惦记着火上烤的。

这样烤肉很新颖,味道也很好,大家忙忙碌碌,一会儿站起来,看看烤得怎么样了,一会儿又坐下来,把刚从铁算子上拿下来的又热、又辣、又酥的烤肉消灭掉。我们手脚不闲着,炉火把我们的脸烤得通红,都感到很有趣,就在这诱人的香味和嘈杂声中,我们把一条羊腿吃得精光,只剩下骨头了。说也奇怪,我的胃口也好了。把这件事也记载下来,我觉得很不好意思,但是我的确认为有一会儿的工夫,我把朵拉给忘了。使我感到满意的是即便米考伯先生和他太太把床卖了,来举办这次宴会,他们也不会更快活了。特拉德又吃又干,几乎整晚上都乐呵呵的,笑得很开心。其实,我们都那样,我敢说,这是最成功的一次宴会。

就在我们兴致最高的时候,大家各司其职,七手八脚,都想把最后一批烤肉烤得十全十美,形成宴会的高潮,就在这时候,我发现屋里有一个生人,接着我的眼睛就对上了黎提摩的眼睛,他表情严肃,手里拿着帽子,站在我面前。

"有什么事儿?"我不由自主地问道。

"对不起,先生。是他们让我进来的。我家少爷不在这儿吗,先生?"

"不在呀。"

"你没看见他吗,先生?"

"没有啊。你不是从他那儿来吗?"

"不是直接来的,先生。"

"是他叫你到这儿来找他吗?"

"不完全是这样,先生;他既然今天没来,我想他明天是会来的。"

"他是从牛津过来吗?"

"先生,"他恭恭敬敬地答道,"请你坐好,让我来烤吧。"他说着就把叉子从我手里接过去,我也没有坚持不给,接着他就弯着腰站在铁算子旁边,好像把全部注意力都放到烤肉上了。

即便是斯蒂福本人来了,我敢说,我们也不至于感到多么尴尬,但是在他这体面的仆人面前,我们却一下子成了寒酸的

538

人当中最寒酸的人了。米考伯先生一边哼着曲子，显得悠然自得，一边坐回到自己的椅子上，原来匆忙藏起来的一把叉子，把儿在上衣胸前露了出来，看上去好像他用匕首刺了自己一样。米考伯太太戴上了她的棕色手套，显得温柔而文雅。特拉德把两只油手插到头发里，弄得头发直立，他不知如何是好，两眼看着桌布发呆。至于我，我在桌子的一头儿，坐在主人的位子上，却显得像个婴儿一样，几乎连看一眼那体面人物都不敢。而他，天知道他是从哪里来的，却竟然整顿起我的家来了。

在此期间，他把烤好的羊肉从箅子上拿下来，严肃地递给大家。我们每人都吃了一点儿，但是不觉得那么好吃了，只做了一番吃的样子而已。我们陆续吃完，把盘子往旁边一推，他就悄悄地把盘子撤了，又端上了干酪。等我们吃过干酪，他把干酪也撤了，把桌子收拾干净，把所有的东西都堆到活动餐架上，把酒杯递给我们，又自动地把活动餐架推到储藏室去了。这一切他都做得完全无可挑剔，做事情的时候，从不抬头张望，然而在他背对着我的时候，就连他的眉毛似乎都表示出他对我的成见：我实在太年轻了。

"还有什么事情要我做吗，先生？"

我对他说，谢谢，没有了，不过我又问他，怎么不吃饭呢？

"不吃了，谢谢你，先生。"

"斯蒂福先生是从牛津过来吗？"

"对不起，你说什么，先生？"

"斯蒂福先生是从牛津过来吗？"

"我想他明天会到这里来，先生。我本来以为他今天就会来的，先生。肯定是我弄错了，先生。"

"你要是先见到他……"我说。

"请原谅,先生,我认为我不会先见到他。"

"如果你先见到他的话,"我说,"请你告诉他,他今天没有来,我感到很遗憾,因为有他的一个老同学在这儿。"

"是吗,先生!"他说着鞠了一个躬,让我和特拉德分享,还看了特拉德一眼。

他轻轻地朝门口走去,这时候我想很自然地说点儿什么,可是办不到——我对这个人说话,从来不会是很自然的——我就说:

"哦,黎提摩!"

"先生。"

"上一次你在亚茅斯待的时间长吗?"

"不特别长,先生。"

"你看着把船修完的吗?"

"是的,先生。我留下的目的就是看着把船修完再走。"

"我知道。"他毕恭毕敬地抬头看了看我,"斯蒂福先生还没见过这条船吧,我想?"

"我说不好,先生。我觉得……不过我实在说不好,先生。我祝你晚安,先生。"

他说完了话,朝着在场的人恭恭敬敬地鞠了个躬,就走了。他走了以后,客人们喘气似乎也不那么紧张了。不过我可是大大地松了一口气,因为我在这个人面前总有一种低他一头的奇怪感觉,心里很紧张,除此以外,我的良心还在我耳边低声说我错信了他的主人,使我很不自在,而且我还压抑不住一种模模糊糊的令人不安的恐惧,觉得他会发现的。其实,我本来就没有多少好隐藏的,但我一直真是觉得这个人仿佛是在摸透我的心思,这是怎么回事儿呢?

我正在这样想,还掺杂着一种悔恨的恐惧心理,怕见到斯蒂福本人,这时候,米考伯先生打断了我的沉思,他对已经离去的黎提摩大加赞扬,说他是个非常体面的人,是个极其令人羡慕的仆人。我还可以说,米考伯先生从黎提摩向大家鞠的那一躬里充分地拿走了他应得的那一份,而且是怀着无限高贵的心情领受的。

"但是果汁酒,亲爱的科波菲尔,"米考伯先生品尝着饮料说道,"像时间一样,是不等人的。啊!现在喝,味道最好。亲爱的,你的意见呢?"

米考伯太太说味道好极了。

"我们的朋友科波菲尔要是允许我根据社交惯例行事的话,"米考伯先生说道,"我就要为我和我的朋友科波菲尔年轻的时候披荆斩棘并肩战斗的日子喝上一杯。关于我和科波菲尔,如果借用我们过去一起唱过的歌曲里的话,有好几次我都可以说:

> 俺俩在山坡上跑来跑去,
> 摘取那鲜艳的雏菊。①

这是一种比喻的说法,我也不大清楚。"米考伯先生说道,他还是像往常一样说话卷着舌头,带着咬文嚼字时特有的那种难以形容的神气,"雏菊可能是什么,但我肯定如果有可能的话,我和科波菲尔就要时不时地来一点儿。"

说到这里,米考伯先生喝了一点儿果汁酒。我们都跟着

---

① 引自彭斯诗《往昔的时光》。

喝了一点儿——特拉德显然莫名其妙,不知道何年何月我和米考伯先生会成为战友,为生活而奋斗。

"呃嗨!"米考伯先生说着,清了清嗓子,他喝了果汁酒,再加上炉火烤着,浑身热乎乎的,"亲爱的,再来一杯呀!"

米考伯太太说只能再来一点儿了,但我们不答应,所以又来了一满杯。

"既然咱们这里没有外人,科波菲尔先生,"米考伯太太喝了一小口酒之后说道,"特拉德先生也是我们家的一员,我很想听听你们对米考伯先生的前途有什么看法。因为我反复对米考伯先生说过,"米考伯太太振振有词地说道,"粮食行业虽然可能很文雅,可是好处不大。两个星期,两先令九便士,这样的佣金,无论我们要求多么不高,也不能算是好处很大吧。"

我们一致表示同意。

"然后,"米考伯太太说道,使她感到自豪的是她看问题思路清楚,而且能用她那女人的智慧看住米考伯先生,免得他胡思乱想,"然后我就问我自己这样一个问题:粮食要是靠不住的话,什么靠得住呢?煤炭靠得住吗?一点也靠不住。根据我娘家的建议,我们考虑过,想试一试,结果我们发现行不通。"

米考伯先生两手插在口袋里,往椅子背上一靠,斜着看了我们一眼,又点了点头,仿佛在说情况已经说得很清楚了。

"既然粮食和煤炭都不成,科波菲尔先生,"米考伯太太更加振振有词地说道,"我自然要环顾四周,问一声:'像米考伯先生这样有才华的人,做什么才有可能取得成功呢?'我把任何拿佣金的事都排除在外了,因为那是没准儿的事。对于米考伯先生这样具有特殊性格的人来说,最合适的,我认为,还是有准儿的事。"

我和特拉德都深情地小声表示这一重大发现无疑是合乎米考伯先生的实际情况的,而且大大增加了他的优点。

"不瞒你说,亲爱的科波菲尔先生,"米考伯太太说道,"我很久以来就觉得酿酒这行业特别适合于米考伯先生。看看巴克利与珀金斯公司!看看杜鲁门,汉伯利与巴克斯顿公司!我了解米考伯先生,他要在那样广阔的基础上才能放出光芒。那利润,我听说,大极了!可是假如米考伯先生进不了那些大公司——即便他愿意担任一些次要的职务,人家也不给他回信——老抓着这个主意不放,又有什么用呢?一点用也没有。我可能有一种信念,认为米考伯先生的风度……"

"嗯!真的吗,亲爱的。"米考伯先生打断了她的话。

"亲爱的,你听我说,"米考伯太太说着,戴着棕色手套把手放在他手上,"我可能有一种信念,科波菲尔先生,认为米考伯先生的风度使他特别适合于从事银行业。我跟自己辩论,假如我有一笔钱存在银行里,米考伯先生又代表那家银行,他的风度会使人产生信心,这样一来就一定会扩大业务联系。但是假如各家银行都不肯让米考伯先生为他们而发挥自己的才干,或者以粗暴的态度对待他,老抓着这个主意不放,又有什么用呢?一点用也没有。至于开银行,我知道我娘家要是有人肯把钱放到米考伯先生手里,是能开一家银行的。但是如果他们不肯把钱放到米考伯先生手里——他们肯定不会——那又有什么用呢?我还是要说咱们毫无进展。"

我摇摇头说:"毫无进展。"特拉德也摇了摇头说:"毫无进展。"

"我从这里可以得到什么启发呢?"米考伯太太继续说道,仍然摆着一副要把事情说得一清二楚的神气,"我必然会得出的结论是什么呢,亲爱的科波菲尔先生? 我说:'很清楚,我们得生活,难道这有什么错吗?'"

我说:"一点儿也没错!"特拉德也说:"一点儿也没错!"我还单独加了一句富有哲理的话,我说:"一个人不能活,就得死。"

"对呀,"米考伯太太接着说道,"就是这样。事实上,亲爱的科波菲尔先生,现在这情况要是不马上大变个样,我们就活不下去了。我现在相信,而且我近来也曾多次向米考伯先生指出,不能指望情况自己会变样。咱们在一定程度上,必须促使它变样。我也许说得不对,但是我已经形成了这样的看法。"

我和特拉德对她的看法大加赞赏。

"很好,"米考伯太太说道,"那么我有什么好推荐的呢? 这位米考伯先生具有多方面的才干——有很高的天赋……"

"是吗,亲爱的。"米考伯先生说道。

"我说,亲爱的,请让我把话说完呀! 这位米考伯先生具有多方面的才干,有很高的天赋——我应当说他很有天才,不过这也许是妻子的偏爱吧。"

我和特拉德都轻声说,"不是的"。

"可这位米考伯先生没有适当的职务,或者工作。这是谁的责任呢? 很清楚,这是社会的责任。这样我就要把一件极不光彩的事公之于众,我还要大胆地向社会挑战,要求它加以纠正。依我看来,亲爱的科波菲尔先生,"米考伯太太以坚定有力的语气说道,"米考伯先生应该扔出自己的手套,向社会挑战,并且这样说:'让我看看有谁敢应战。好样的,就马上站出来。'"

我大胆地问米考伯太太,究竟应当怎样做呢。

"在所有的报纸上登广告呀,"米考伯太太说道,"依我看,米考伯先生要想对得起他自己,对得起他的家庭,我甚至可以说对得起社会,虽然社会一向是对他忽视的,就得在所有的报纸上登广告,如实地介绍自己是某某人,有什么样什么样的才干,再加上这么一句:'欢迎以优厚的待遇即刻聘用,邮资已付,回信请寄坎登镇邮政局威·米收'。"

"米考伯太太这个主意,亲爱的科波菲尔,"米考伯先生说着把衬衫领子的两头儿在下巴底下拉在了一起,还扭头看了我一眼,"实际上就是我上次有幸见到你的时候说的那向前一跳。"

"登广告可是很贵呀。"我抱着怀疑的态度说道。

"的确是这样,"米考伯太太说道,还是那种说话头头是道的样子,"一点儿不错,亲爱的科波菲尔先生。我对米考伯先生也是这么说的。特别是由于这个原因,我觉得米考伯先生(我刚才说了,为了对得起他自己,对得起他的家庭,也对得起社会)应当筹集一定数量的钱——通过票据来进行。"

米考伯先生往后靠在椅子背上,玩弄起他的眼镜来,同时抬头看着天花板,但是我觉得他也注意到了特拉德,当时特拉德两眼望着炉火。

"要是我娘家谁也不肯发善心,接受票据,"米考伯太太说道,"我想还有另外一个商界的行话,可以表达我的意思——"

米考伯先生两眼还在看着天花板,说了声"贴现"。

"给票据贴现，"米考伯太太说，"要是这样，我的想法是米考伯先生进城去，把那票据拿到金融市场，多少钱出手都可以。要是金融市场上的人非让米考伯先生承受很大的损失，就看他们的良心了。反正我觉得这是一种投资。亲爱的科波菲尔先生，我希望米考伯先生也能这么看——把它看做一种投资，一定会有收益的，希望他能下定决心，承受多大的损失都在所不惜。"

不知怎的，我总觉得米考伯太太是一片真心，却苦了自己，我含含糊糊地表示了这个意思。特拉德也学着我的腔调，表示了同样的意思，不过他依然两眼望着炉火。

"我不想，"米考伯太太说着喝完了她那杯果汁酒，用披肩紧紧地裹住肩膀，准备退到我的卧室里去——"我不想在米考伯先生的钱财问题上说个没完。在你家的炉火旁边，科波菲尔先生，还当着特拉德先生的面，他虽然和我们交往的时间不那么长，却也很可以说是我们家的一个成员，在这种情况下，我克制不住，非得告诉你们我劝米考伯先生走哪条路。我觉得是时候了，米考伯先生应当全力以赴……我还要补充一句——他应当显示出他的本事来。依我看，他就应该利用这些手段。我知道，我不过是个女人，而在讨论这类问题的时候，往往都觉得男人更有资格做出判断。我永远也忘不了我在家里和爸爸妈妈一起生活的时候，爸爸老爱说：'爱玛身体瘦弱，但是在看问题方面，不比任何人差。'爸爸偏心，这我知道；但他在一定程度上善于观察人的性格，无论是我作为他的女儿，还是我用心想一想，都决不会产生怀疑。"

说到这里，米考伯太太就退到我屋里去了。我们恳求她赏光，留下来一起把剩下的果汁酒喝完，可她不肯留下。当时我的确觉得她是个高尚的女人——是个罗马时代的女英雄那种类型的女人,在国家有难的时候,做出了各种英雄的业绩。

这个印象使我很激动,我祝贺米考伯先生有这样的无价之宝。特拉德也向他表示祝贺。米考伯先生伸出手来和我握了手,又和特拉德握手,随后就把手绢捂在脸上,我觉得那手绢上的鼻烟可比他想象的要多。接着他又喝起了果汁酒来,显得极为兴奋。

在这种情况下,他就把话匣子打开了。他向我们说明我们在自己的子女身上得到新的生命,在困难拮据的压力之下,孩子越多越值得加倍欢迎。他说关于这一点,直到最近米考伯太太还是怀疑的,但他已经打消了她的疑虑,使她放心了。至于她的娘家人,他们可完全没法跟她比,他们在感情上对他也全然漠不关心——用他自己的话说——让他们见鬼去吧。

米考伯先生接着就热情赞扬了一番特拉德。他说特拉德有自己的个性,他那些固定的优点,他(米考伯先生)是没有份儿的,但是感谢老天爷,他可以表示钦佩。他热情地提到他不认识但荣幸地得到特拉德爱慕的姑娘,那姑娘也使特拉德荣幸地得到她的祝福与爱慕之情,作为回报。米考伯先生为她的健康而干杯,我也为她的健康而干杯。特拉德感谢我们两人,他说,"我真是十分感激你们。请你们相信,她是最可爱的姑娘!"他说得朴实、诚恳,使我这个明白事理的人深受感动。

在这之后,米考伯先生很快又找了个机会,极其巧妙而有礼貌地暗示我之所爱。除非他的朋友科波菲尔矢口否认,他说,否则他就无法消除这个印象:他的朋友科波菲尔正在爱一个人,而且也为一个人所爱。我有一阵,浑身发烧,很不自在;

我羞得满脸通红，结结巴巴，支支吾吾，过了好一会儿，才举着杯子说道，"那个人，就管她叫朵吧！"米考伯先生一听大为高兴，兴致勃勃地举着一杯果汁酒跑到我的卧室里，好让米考伯太太为朵祝酒，她热情地喝了下去，还在屋里尖声叫道，"好哇，好哇！亲爱的科波菲尔先生，我真高兴。好哇！"她一边说着，一边轻轻地敲了敲墙，就算是鼓掌了。

我们接着聊下去，话题就转到比较具体的事情上去了。米考伯先生对我们说，他觉得坎登镇不方便，要是广告带来令人满意的变化，他就首先考虑搬家。他提到牛津街两头儿有一所房子，这房子和别的房子连在一起，对着海德公园。他早就看上这所房子了，只是不想马上弄到手，因为这房子适合于一个大家庭使用。他说，也可能需要一段过渡时期，在此期间先住一所房子的上半部分也就行了，地点要在某个体面的商业区——比如说，皮卡迪利大街——那地方会使米考伯太太感到愉快。只要在那里装一个突出的窗户，或者在楼顶上再加一层楼，或者来点儿这一类的小装修，他们就可以舒舒服服体体面面地过上几年日子。他还明确表示，无论结果如何，或者无论他的住房情况如何，我们可以放心：总有一间屋子给特拉德住，总有一副刀叉给我用。我们对他的好意表示感谢；他也请求我们原谅他唠叨这些具体的实实在在的琐事，他作为一个完全重新安排生活的人，这样做也很自然吧。

米考伯太太又轻轻地敲墙了，她想知道茶点准备好了没有，这样就把我们关于这个话题的友好谈话打断了。她非常和蔼地为我们倒茶，我把一杯杯的茶和黄油面包递给大家，每当我走到她身旁的时候，她就悄悄地问我，朵是长得白，还是长得黑，个子高，还是矮，或者诸如此类的问题——她这些问题,我想,我还是挺喜欢的。吃过茶点,我们围着炉火,谈了各种不同的话题。米考伯太太竟然好心为我们唱了两首大家喜爱的歌谣《勇敢的白脸军曹》和《小塔扶林》(她的声音又小,又细,而且平淡,记得初次见她的时候,就认为她的声音平常得像餐桌上的啤酒一样,是声学里面最平常的一种声音了)。米考伯太太过去在家跟爸爸妈妈在一起的时候,就以会唱这两首歌而出名。米考伯先生对我们说,他头一次在岳父家里见到她的时候,听她唱第一首歌,一下子就被吸引住了,到了无以复加的地步;等到唱《小塔扶林》的时候,他就决心豁出去了,非要赢得这个女人不可。

大约在十点到十一点之间,米考伯太太站起身来,把帽子放回浅棕色的纸包儿里,戴上了软帽。米考伯先生趁着特拉德穿大衣的工夫,把一封信塞到我手里,还小声说让我有空慢慢看。我举着蜡烛趴在栏杆上为他们照着下楼,米考伯先生在最前面,给米考伯太太带路,特拉德拿着米考伯太太的帽子跟在后面,我就利用这个机会在上面楼梯口留住特拉德待了一会儿。

"特拉德,"我说,"米考伯先生这个可怜的老头儿无意伤害人,不过,我要是你,就什么也不借给他。"

"亲爱的科波菲尔,"特拉德笑着答道,"我没有什么好借给他的呀!"

"你不是有个名字吗?"我说。

"哦!你说这也能借?"特拉德答道,显出若有所思的样子。

"那当然。"

"哦!"特拉德说道,"是啊,的确是这样!我非常感谢你,科波菲尔,不过——我恐怕已经把它借给他了。"

"用在作为一项投资的票据上了?"我问道。

"不是,"特拉德说,"没有用在那上头。我这是头一次听他说起这件事。我一直在想,他很可能在回家的路上提出这件事。我那是另外一件。"

"我希望不会出什么问题。"我说。

"但愿如此,"特拉德说,"不过,我想不至于出问题,因为就在前两天,他还对我说有着落呢。'有着落'——米考伯先生就是这么说的。"

就在这个当口,米考伯先生抬头往我们站的地方看了看,我来不及多说,只把劝他小心的话又说了一遍。特拉德谢了我,就下楼去了。我看着他好心好意地举着米考伯太太的帽子走下楼去,还把胳膊伸过去让米考伯太太挽住,然而我很担心他一定会整个儿让人家拖到金融市场上去的。

我回到炉火前面,一半认真一半嘲笑地琢磨米考伯先生的性格和我们之间长久以来的关系,忽然听见急促的脚步声走上楼来。起初,我以为是特拉德回来取米考伯太太落下的什么东西;可是等到那脚步声近了,我听出来了,我马上觉得心跳加快,血也都涌到了脸上,因为那是斯蒂福的脚步声。

我从来没有忘记过艾妮斯,自打我把她放在我的脑海深处——假如我能用这个字眼的话——她也从来没有离开过这个地方。但是斯蒂福进来以后,站在我面前,向我伸出手来,落在他身上的阴暗东西就都亮了起来,我感到内疚,也很不好意思,因为我怀疑过我多么爱戴的人。我并没有因此而减少对艾妮斯的爱,我仍然把她看做我生活中温柔善良的天使;我因为伤害了他而责怪自己,但我不责怪她,我愿意向他赎罪,假如我知道应该做什么和怎样做的话。

"哦,雏菊,老朋友,没想到吧!"斯蒂福笑着说道,一面热情地和我握手,又兴高采烈地把我的手甩向一旁,"是不是又让我发现你在请客啦,你这个败家子儿? 我看,博士协会里的人是全城最快活的人了,我们只吃粗茶淡饭的牛津人可没法比!"他那明亮的眼睛愉快地朝着屋子四周扫了一眼,同时就在我对面的沙发上坐了下来,这也就是米考伯太太刚才坐过的沙发。那炉火经他一拨,也着得旺了起来。

"一开始,你吓了我一大跳,"我一边说着,一边尽可能热烈地向他表示欢迎,"就连跟你打招呼,气都不够用了,斯蒂福。"

"哦,一看见我,眼睛就不疼了,这是苏格兰人说的,"斯蒂福答道,"一看见你,也是一样,风华正茂的雏菊,你好吗? 我的醉汉?"

"我很好,"我说,"今天晚上我可不是什么醉汉,不过我得承认,我又招待了三位客人。"

"三个人,我在街上都碰见了,他们扯着嗓子夸你呢,"斯蒂福答道,"穿着紧腿裤的那位朋友是谁呀?"

我用几句话把米考伯的情况说了说,尽量让他有所了解。他听了我的简单介绍,大笑起来,还说这个人应当认识认识,他一定要和他认识认识。

"不过你猜另外一位朋友是谁呢?"这回该我问他了。

"天知道,"斯蒂福说,"他不是个无聊的人吧,我希望? 我看他有点儿像是那种人。"

"特拉德呀!"我以胜利者的口吻答道。

"他是谁?"斯蒂福心不在焉地问道。

"你连特拉德都不记得了吗？就是在萨伦学堂和咱们同住一屋的特拉德呀？"

"噢，那家伙呀！"斯蒂福说道，一边用通火棍儿敲打压在火上的一大块煤，"他还是那么窝囊吗？你到底是在哪儿碰上他的呀？"

我在回答的时候极力赞扬特拉德，因为我觉得斯蒂福很看不起他。斯蒂福轻轻地点了点头，微微一笑，说了声他也愿意见见这个老同学，因为他老和大家格格不入，就把这话题打发了。接着他就问我能不能给他一点儿吃的？在这段简短的对话中，大部分时间他没有兴致勃勃地说话，而是闲坐在那里，用通火棍儿敲打那一大块煤。我还注意到，我往外拿剩下的鸽子饼什么的，他还是那样坐在那里。

"哎呀，雏菊，这是给国王准备的晚餐吧！"他突然打破沉默，大声说道，说着便在桌子旁边就了座，"我可不能对不起它，我是从亚茅斯来的呀。"

"我还以为你是从牛津来的呢。"我说。

"不是，"斯蒂福说，"我出海了——有意思多啦。"

"黎提摩今天来过，来打听你的消息，"我说，"我从他那里了解到你在牛津呀，不过现在回想一下，他倒也并没那么说。"

"黎提摩竟然打听我的消息，我真没想到他这么愚蠢，"斯蒂福说着，愉快地倒了一杯酒，并且向我祝酒，"至于从他那里了解到什么，雏菊，你要是真能办得到，可就比我们大部分人都聪明了。"

"的确是这样，"我说着也把椅子拉到桌子旁边，"如此说来，你是到亚茅斯去了，斯蒂福？"我很想了解全部情况，就接着说，"在那里待的时间长吗？"

"不长，"他答道，"一个星期左右，不同寻常呀。"

"他们大家怎么样？小艾米丽肯定还没结婚吧？"

"还没有。快了，我想——再过几个星期，几个月，或长或短。我也没有多少时间和他们待在一起。我想起来了，"——他正吃得带劲儿，忽然把刀叉放下，把手伸到口袋里去掏东西——"我这里有你一封信。"

"谁来的？"

"哎呀，你的老奶妈来的呀，"他说着从胸前的口袋里掏出了几封信，"'詹·斯蒂福先生在顺兴楼的欠款'，不是这一封。耐心等一下，马上就找到。那老家伙，他叫什么名字来着，情况不好，我想信上说的就是这个。"

"你是说巴吉斯吗？"

"是呀！"他仍然在口袋里掏信，还看一看信的内容，"可怜的巴吉斯恐怕已经完了。我看见一位个子不高的药店老板在那里——也许是外科大夫，不管他是干什么的吧——就是他把你阁下接到世上来的。我觉得他对病人的情况很熟悉，他说得很肯定，认为病人的情况已经急转直下。——那边椅子上我的大衣，你伸手摸一摸胸前的口袋，我想准是在那里。在不在？"

"是在这里！"我说。

"这就对了！"

那是裴果提来的信——比往常更难认，而且很短。她告诉我她丈夫已经没有希望了，还含蓄地说比先前"更加拮据了"，所以也就更难以照料自己了。关于她怎样辛勤看护，只字未提，先把他赞扬了一番。信写得朴实而亲切，我知道她是很真诚的。末尾提到"报答我永远爱的人",这就是指我本人了。

在我逐字辨认的时候,斯蒂福连吃加喝,始终没有停。

"情况不好啊,"等我看完了信,他说道,"不过每天太阳都是要落的,每时每刻也都会死人,我们不必为这共同的命运而大惊小怪。咱们要是听见谁家门前都要去的这只脚在某个地方敲起门来就把握不住自己的命运,那世上一切的东西就都要从咱手里溜走了。不能那样!要往前冲!——需要猛冲就猛冲,要是温和一点儿也行,就温和一点儿,但是要往前冲!要扫除一切障碍往前冲,而且要赢这场比赛!"

"而且要赢什么比赛?"我问道。

"从一开始就参加的比赛呀,"他说道,"往前冲吧!"

我记得当时我就注意到了,他说完了话之后,他那漂亮的脑袋微微向后仰着,手里举着酒杯,看着我。虽然他脸上还看得出海风刚刚吹过的样子,面色红润,却也显出了上次见他之后增添的痕迹,仿佛他一直在压制着自己的激情,而这种激情一旦爆发,就会在他身上极其强烈地表现出来。我有心劝他不要那样不论有个什么想法就不顾一切地去追求——比如向波涛汹涌的大海冲击,或者与狂风暴雨搏斗——可是我的思路一下子又回到眼前的话题,也就又谈起眼前的话题了。

"你听我说,斯蒂福,"我说,"你精力旺盛,要是肯听我……"

"我精力充沛,你想让我干什么都行。"他说着,离开桌子,回到炉火旁边。

"那你就听我说,斯蒂福。我想我得去看看我的老奶妈。不是说我能给她多大帮助,或者能帮她办什么实事儿;但是她那么疼我,我要是去看看她,就仿佛两种作用都起到了。她会非常感激我,觉得这对她是一种安慰,是一种支持。我觉得为她这样一个朋友做这点事,也不能算是费很大的力气了。你要是处于我的地位,不是也会走上一天的路程去看她吗?"

他脸上显出了沉思的样子。他坐在那里想了一下,低声答道:"好哇,走吧! 不会有什么坏处。"

"你刚回来,"我说,"让你跟我一块儿去,恐怕不可能吧?"

"很对,"他答道,"今天晚上我要到海格特去。我这么长时间没去看我母亲了,过意不去呀,她这么疼爱她这个不肖之子,她也应该同样受到疼爱。——算啦! 这都是些胡话! ——我想你是打算明天去吧?"他说着向前伸直了胳膊,一手抓住我一个肩膀。

"是啊,我是这样打算的。"

"要是这样,就后天再去吧。我想让你去跟我们住几天。我是特意来请你的,而你却要飞到亚茅斯去!"

"说什么飞到哪里去,你可真行,斯蒂福,你才糊里糊涂地想往哪儿跑,就急着往哪儿跑哩!"

他看了我一会儿,没说话,还像刚才那样抓着我的肩膀,接着他摇了摇我的身子,说道:

"得啦! 就后天去吧,明天尽量和我们多待一会儿! 谁知道咱们什么时候再见面呀? 得啦! 就后天去吧! 我希望你站在我和罗莎·达特尔之间,好把我们给分开。"

"我要是不在,你们会相爱得太过分吗?"

"是啊,也可能是恨得太过分呢,"斯蒂福笑着说道,"怎么样都无所谓。得啦! 就后天去吧!"

我同意后天去,他就穿上大衣,点着雪茄烟,准备走回家去。见他这样,我也穿上大衣(但我没有点雪茄烟,难得有这么一次,我觉得抽得够多了),陪他一直走到大路口——那大路在夜间也清静了。他一路上情绪很好,我们分手以后,我看着他那么愉快而潇洒地沿着回家的路走去,这时我想到他说的话,"要扫除一切障碍往前冲,而且要赢这场比赛!"我希望他参加的是一场有价值的比赛,这是我第一次对他有这样的想法。

我回到自己屋里,脱衣服的时候,米考伯先生的信掉在了地上。我这才想起了这封信,于是我拆开信封,看了下面这封信。信上写的时间是饭前一个半小时。我不记得说过没有,每当米考伯先生到特别严重的困难的时候,就爱用一种法律式的语言,他大概觉得使用法律式的语言就等于是把问题了结了。

"先生——因我不敢说亲爱的科波菲尔。

"下方署名者业已破产,现将此事告诉你是适宜的。今日你可能已注意到,本人曾尽微薄之力,使你不至过早地知道其灾难处境,但希望已沉到地平线以下,下方署名者业已破产。

"此信是在某人监督之下(我不能说是在他陪伴之下)写成的。此人受雇于某经纪人,此时已接近醉倒。此人现已依法接收本人之住宅,理由是拖欠房租。他开列的物品清单中,除属于本宅常年住户下方署名者的各种物品,亦包括房客、内殿荣誉学会成员托玛斯·特拉德先生所有之物品。

"苦酒盈杯,已置于下方署名者之唇边(借用不朽文豪之语言），如需再增一滴，便是下述之事：下方署名者曾接受上述托玛斯·特拉德先生之友好表示，由他偿还二十三镑十先令九便士半之欠款，今已过期，而款未备。此外，下方署名者在生活方面所负之责任将依自然之规律增一可怜的小灾难者而加重。从即日算起——若用整数——不出阴历六个月，即可见此小受难者痛苦坠地矣。

"最后，为了替他人积善，还需补充一句：愿灰与尘

      永远

         洒落在

            笔者

               头上，

                  威尔金斯·米考伯谨启"

可怜的特拉德呀！我到这时，已对米考伯先生有充分的了解，可以预见他会从这次打击之下恢复过来。但是我一夜痛苦难过，没有睡好，因为我想到特拉德，想到那位副牧师的女儿，她姊妹十个，住在德文郡，她是一个那么可爱的姑娘，她愿意等待特拉德（这是多么不吉利的赞美呀！）一直等到六十岁，要不，你说等到哪一年都行。

第二十九章　我再次到斯蒂福家做客

第二天清早，我对斯彭洛先生说，我要请几天假。因为我当时还不领薪水，那位难对付的乔金斯没有感到不可接受，所以在这件事情上没有遇到什么困难。我还借此机会表示希望斯彭洛小姐安好，不过在我说话的时候，声音卡在嗓子眼儿里，眼神儿也不好使；斯彭洛先生听了以后，就像随便谈起某人一样全然无动于衷，他说对我的问候表示非常感谢，还说她很好。

我们这些学徒的文书，作为高贵的代诉人的苗子，受到的待遇非常宽厚，所以几乎什么时候都可以自己安排活动。不过我不想下午一两点钟以前到达海格特，而且那天上午法庭还要再审理一桩小小的逐出教会案，此案的名称是蒂普金斯拯救布洛克灵魂案，于是我就高高兴兴地和斯彭洛先生在那里待了一两个钟头，听他们审案子。此案是两个教区民众代表发生冲突引起的，一个代表把另一个代表推得撞在水泵上，那水泵的把儿伸在一间校舍里，那校舍就在教堂的屋檐下贴着山墙的地方，因此这一推就构成了一件违犯教规的事情了。这是一个很有趣的案子，使得我在去海格特的路上坐在驿车前面的箱子上思索起我们的协会来，我还想起了斯彭洛先生说的话：碰一碰协会，整个国家就会垮台。

斯蒂福太太见了我很高兴，罗莎·达特尔见了我也很高兴。使我感到又惊讶又欢喜的是我发现黎提摩没有在场，伺候我们的是一个谦逊的年轻女仆，她个子不高，帽子上系着一条丝带，偶尔碰上她的眼光，可比碰上那个体面人的眼光令人愉快得多，也不那么叫人忐忑不安。但是我来到他们家还不到半小时，就特别感觉到达特尔小姐聚精会神地密切注视着我，她好像还在暗中拿我的脸与斯蒂福做比较，又拿斯蒂福的脸与我做比较，而且悄悄地等待着，想从这两者之间看出什么名堂来。所以在我朝她看的时候，准能看见那殷切的面孔，那严厉的黑眼睛，和那洞察一切的额头都集中在我身上，要不就突然从我身上转到斯蒂福身上，或者同时看着我们两个人。在她的敏锐的眼光审视我们的时候，一旦她发现我注意到了，也决不逃避，就把锐利的目光只对准我，显出更加聚精会神的样子。无论她可能怀疑我有什么过错，我心里有数，我是无可指摘的，不过在她那奇异的眼光之下，我还是退缩了，实在受不了那如饥似渴的光芒。

这一整天，她在家里好像无处不在。我要是在斯蒂福的卧室里跟他聊天，就听见她的衣服在门外的小走廊里窸窣作响。我和斯蒂福要是在房后草坪上做一些昔日常做的体育活动，就看见她的脸从一个窗口挪到另一个窗口，像一盏游移不定的灯，直到最后在一个窗口停住，看着我们活动。下午我们四个人一起出去散步的时候，她那瘦小的手像卡子一样抓着我的胳膊，把我拖住，让斯蒂福和他母亲走远，听不见我们说什么，然后她才跟我说话。

"你好久没上这儿来了，"她说，"你的工作真是那么紧张，那么有趣，使得你全神贯注吗？我提出这个问题，是因为凡是我不知道的事情,我都想知道。真是那种情况吗?"

我回答说,我倒是挺喜欢我的工作的,不过我可实在不能说到了那个程度。

"哦!听你这么说,我很高兴,因为只要我错了,我总是喜欢有人纠正,"罗莎·达特尔说道,"你的意思也许是有点儿枯燥吧?"

"啊,"我说,"也许是有点儿枯燥。"

"哦!这就是你为什么要放松一下,换换环境——兴奋一下,等等,是不是?"她说道,"啊,太对了!不过这是不是有点儿——呃?——对他来说?我指的不是你。"

她朝着斯蒂福那边瞥了一眼,当时斯蒂福正搀着母亲往前走。她这一看,我就知道她指的是谁了,但除此以外,我还是很不明白,而且我也显出了不明白的样子,这是毫无疑问的。

"难道那不就——我可没说那就准是;请你注意,我不过是想知道而已——难道那不就使他沉醉在里面了吗?难道那不就可能使他比平时少花心思,忽略了前来看望他那盲目溺爱他的——呃?"她说着,又朝他们很快地看了一眼,同时也朝我看了一眼,好像把我最深处的心思都看透了。

"达特尔小姐,"我答道,"请不要以为……"

"我才不呢!"她说,"哎哟,你别寻思我以为怎么样!我可不疑神疑鬼的。我只是提一个问题。我不发表什么看法。我想根据你告诉我的情况形成一种看法。你说不是那么回事儿?那好,我知道这一点,也很高兴!"

我一听这话,感到纳闷,就说:"要是说斯蒂福比平时离开家的时间长,我可说不出为什么。他外出的事儿,要不是听你说,我还不知道哩。这么长时间以来,我一直没见过他,昨天晚上才见到。"

"没见过他?"

"真的,达特尔小姐,没见过他!"

她面对面地看着我,这时我看到她的面容越发瘦削,也越苍白,那条老伤疤也从那破了相的上唇延伸到下唇,一直斜着延伸下去。这种情况,以及她用明亮的眼睛死死地盯着我,都使我实在感到害怕。她一边盯着我,一边说:

"他在干什么?"

我重复了她这句话,与其说是对她说的,不如说是对我自己说的,因为我感到非常惊讶。

"他在干什么?"她问道。她那么急切的心情足以像火一样把她吞噬,"那个人总是以令人猜不透的虚伪眼光看我,他究竟在帮他干什么呢?你要是顾面子,讲义气,我并不要求你出卖朋友。我只求你告诉我,他是受什么驱使的,是气愤,还是怨恨,还是面子,还是焦急的心情,还是什么莫名其妙的想法,还是爱情,究竟是什么?"

"达特尔小姐,"我答道,"我怎么对你说,你才相信呢?关于斯蒂福,我只知道我初次来的时候了解的情况,不知道有什么变化。我想不出有什么变化。我认为肯定不会有什么变化。我几乎连你的意思都听不明白。"

她依然站在那里注视着我,她那残忍的伤疤抽搐或者说跳动了一下,这自然使我联想到痛苦,也使她的嘴角往上一翘,仿佛表现出一种鄙视的心情,或者说表现出一种对所鄙视的东西的怜悯。她连忙用手捂住了那伤疤——那只手是那样瘦小、娇嫩,以前我见她在炉火前把手抬起来遮在脸上的时候,心里觉得它很像一件精致的瓷器——以急促、强烈、激动的语气说了声"我要你发誓保守秘密!"就再也不说话了。

斯蒂福太太有儿子做伴,感到特别愉快,斯蒂福这次对她也特别关心,特别尊敬。看见他们俩在一起,我感到很有趣。这不光是因为他们互相疼爱,而且因为他们的性格存在着非常明显的相似之处,只不过他身上那种粗鲁或者急躁的东西,在她身上则由于年龄和性别的关系而变成了体面而庄重的东西了。我曾不止一次地想过,幸亏他们之间没有理由产生重大的分歧,否则这样的两种性格——我应当说这同一种性格中略有差别的两个类型——就比世上最极端对立的东西更难调和了。不过我一定要说明一下,这个想法并不是从我自己的观察中得出的,而是罗莎·达特尔有一次说话的时候说的。

吃晚饭的时候,她说:

"哦,不管你们哪一位,快告诉我吧,因为我想了一整天了,我希望知道。"

"你希望知道什么呀,罗莎?"斯蒂福太太问道,"你说呀,你说呀,罗莎,别这么神秘呀。"

"神秘!"她大声说道,"哎呀,真的吗? 你就这么看我吗?"

"我不是老对你说吗,"斯蒂福太太说,"说话要清楚,怎么自然,就怎么说。"

"哦,看来我说得不自然了,是不是?"她说道,"这回你们可真得包涵了,因为我想了解情况。我们对自己毫不了解。"

"这已经成了第二天性了,"斯蒂福太太说道,但她并没有感到不快,"不过我记得——我想,你一定也记得——过去你可不是这个样子,罗莎;那时候,你不这么疑神疑鬼的,是相信别人的。”

“我觉得你说得很对，”她答道，“人就是会长坏毛病。不是吗？不这么疑神疑鬼的，相信别人？我怎么不知不觉就变了呢，我真纳闷。哦，真奇怪。我一定要想法儿回到原来的样子。”

“但愿如此。”斯蒂福太太笑着说道。

“哦，你知道，我真的要这样做！”她答道，“我要学着对人坦率，就跟——让我想一想——就跟詹姆斯学吧。”

“跟他学着对人坦率，罗莎，”斯蒂福太太说道——因为罗莎·达特尔无论说什么，虽然绝不是故意的，就像这次这样，却总带有讽刺的意味——“那可再好不过了。”

“这一点，我是深信不疑的，”她回答说，显出不同寻常的热情，“当然，你知道，我要是对任何事情深信不疑，那就是这件事情了。”

斯蒂福太太对于自己刚才有点儿不耐烦似乎有些懊悔，因为她接着就以亲切的语气说道：

“啊，亲爱的罗莎，你还没告诉我们你想知道什么哩！”

“我想知道什么？”她答道，显得很冷淡，叫人生气，“哦！我只想知道道德品质相像的人——是这么说吧？”

“可以这么说。”斯蒂福说。

“谢谢你！——我只想知道道德品质相像的人和不相像的人比较起来，如果产生重大分歧，是不是更容易闹翻，弄得势不两立？”

“我认为是这样的。”斯蒂福说。

“是吗？”她反驳道，“哎呀！那就打个比方，假如——随便用什么不大可能发生的事情打比方都行——假如你和你母亲大吵一通。"

"亲爱的罗莎，"斯蒂福太太善意地笑着打断了她的话，"打个别的比方吧。我和詹姆斯都很了解相互之间的责任，不会干那样的事儿！"

"哦！"达特尔小姐说道，一边思索着点了点头，"肯定是这样。那就可以防止吗？啊，当然可以呀。一点儿不错。唉，我竟然糊涂到这种地步，以至于打了这样的比方，我倒也很高兴，因为我认识到，你们相互之间的责任能够防止吵架。多谢，多谢。"

还有一件与达特尔小姐有关的小事儿，我不能不提一下，因为从那以后，在过去一切无法补救的事明白显示出来的时候，我是不会不记起这件事的。在这一整天当中，特别是从这段时间开始，斯蒂福使出浑身解数，而这也是他最容易做到的，把这个性情古怪的人变成了一个又高兴又令人愉快的陪客。他能做到这一点，我并不感到惊讶。她对于他这种招人喜爱的才能——我当时觉得这是他招人喜爱的天性——所产生的魅力进行抵制，我也不感到惊讶，因为我知道，她有时候有一种忌妒心理，态度反常。我看到她的脸色和态度渐渐发生变化。我看到她以越来越羡慕的眼神儿看着他。我看到她越来越无力地抵抗他具有的那种征服一切的力量，但她也一直对自己生气，仿佛责怪自己为什么这样软弱。最后我看到她那严厉的目光变得柔和了，她的微笑变得亲切了。说真的，我一整天都怕她，这时也不怕她了，我们大家都围着炉子坐着，在一起说呀，笑呀，无拘无束，像孩子一样。

究竟是因为我们在那里坐得太久了，还是因为斯蒂福决心保持他已经取得的势头，我现在也说不清了，反正在她出去以后,我们在饭厅里又坐了不过五分钟。"她在弹竖琴哩,"斯蒂福站在起居室门口轻声说道,"三年来,我相信除了我母亲,谁也没听她弹过。"他说这话的时候,脸上露出了一种奇怪的微笑,但这微笑马上就又消失了。我们走进屋里,看到只有她一个人在那里。

"别起来啦,"斯蒂福说(其实她已经站起来了),"亲爱的罗莎,别起来啦! 这一次你就好心给我们唱一支爱尔兰歌吧。"

"你怎么会喜欢听爱尔兰歌呢?"她问道。

"非常喜欢!"斯蒂福说,"比别的歌曲喜欢得多。雏菊也在这里——打心眼儿里喜欢音乐。给我们唱支爱尔兰歌吧,罗莎,让我像过去一样坐在这儿听。"

他没有碰她,也没有碰她刚坐过的椅子,而是在靠近竖琴的地方坐了下来。她在琴旁站了一会儿,样子有些怪,用右手做了弹琴的姿势,却没有弹出声来。最后她坐下了,突然一下子把琴拉过来,一边弹,一边唱。

我不知道在她的弹唱之中有一种什么东西,使得这支歌成了我一生中听过的或者是能想象出来的歌曲中最超脱尘世的歌了。这支歌的真情实感又有些叫人害怕的地方。这支歌好像没有人作词,也没有人谱曲,而是她内心强烈感情的迸发,这感情在她那低沉的歌声中并没有充分体现出来,等到一切都静下来的时候,它也又蜷缩起来。她又一次靠在琴旁,用右手做出弹琴的样子,却不弹出声来,我看呆了。

过了一会儿,下面这件事使我清醒了过来:斯蒂福离开座位,走到她跟前,大声笑着用胳膊搂住她,说道:"我说,罗莎,往后咱们可要相亲相爱呀!"她给了他一下子,像野猫一样愤怒地把他推到一边,冲出屋子去了。

"罗莎怎么啦?"斯蒂福太太走进来问道。

"她一直像天使一样,母亲,"斯蒂福答道,"可是过了一会儿,却走到了另外一个极端,这样就都抵消了。"

"你应该小心点儿,不要惹她生气,詹姆斯。你要记住,她老想发脾气,你不要招惹她。"

罗莎没有回来,大家也没再提到她。后来我跟着斯蒂福到他屋里,向他道晚安。这时她嘲笑起她来,问我见没见过这样凶恶的不可理解的小东西。

我把感到的惊讶,都充分表达了出来。我还问他是不是猜得出她究竟为什么突然发这么大的火。

"哦,天晓得,"斯蒂福说,"你说为了什么都可以,也可以说什么都不为! 我告诉过你,她把任何东西包括她自己都拿到磨石上磨得飞快。她是一件有刃的工具,和她打交道要非常小心,她总是很危险的。晚安!"

"晚安,"我说,"亲爱的斯蒂福! 明天早上,不等你醒来我就走了。晚安!"

他不舍得让我走,就像有一次在我屋里那样,伸着胳膊,一手抓着我一个肩膀,站在那里。

"雏菊,"他笑着说道,"虽然这不是你的教父和教母给你起的名字,我却最喜欢这样称呼你,而且我希望,我希望,我希望你能把这个名字给我!"

"哎呀,只要我想给,就可以给你。"我说。

"雏菊,咱俩要是因为什么缘故而分手的话,你老兄可一定要想着我的好处。来吧! 咱们一言为定。要是有什么情况,咱们非分开不可,一定要想着我的好处。"

"对我说来,你无所谓什么好处,斯蒂福,"我说,"也无所谓什么坏处。你在我心中永远受到同样的珍惜与爱戴。"

我过去错怪过他,虽然当时并没有想得很清楚,却也使我内心里感到非常过意不去,所以我想向他坦白承认错怪过他,话也到了嘴边。要不是我犹豫了一下,怕把艾妮斯私下对我说的话泄露出去,要不是我没有把握,不知怎样引出这个话题才能避免泄露,那话也就说出去了,但他突然说:"上帝保佑你,雏菊,晚安!"因为我犹豫不定,我那坦白的话就没有说出口;我们握了握手,就分别了。

天刚蒙蒙亮,我就起来了。我尽量静悄悄地穿好衣服,往他屋里看了看。他睡得正香呢,头枕着胳膊,轻松地躺在那里,在学校的时候,我就常常见他这样躺着的。

时间过得很快,说到就到了。我几乎有些纳闷,他睡觉,我看他,他怎么就不觉得有什么打扰呢。然而他却是在熟睡——让我再想一想他那睡觉的样子吧——在学校的时候,我就常见他这样熟睡。就这样,在这清静的时光,我离开了他。

——哦,愿上帝饶恕你,斯蒂福!我永远不会再接触那只在爱情和友谊方面都消极的手了。永远永远不会再接触它了。

〔英〕查尔斯·狄更斯／著

大卫·科波菲尔 下

庄绎传／译

"外国文学名著丛书" 编委会

人民文学出版社
PEOPLE'S LITERATURE PUBLISHING HOUSE

第三十章 一 大 损 失

晚上,我一到亚茅斯,就先到旅店去了。我知道,即便那位一切生灵无不对他屈服的贵客尚未登门,过一会儿,裴果提那间闲置的屋子——也就是我那间屋子——就可能相当拥挤。所以我就先来到旅店,在那里吃了晚饭,订了床位。

我出去的时候,已经十点钟了。很多商店都关了门,整个镇子显得非常冷清。我来到奥默与乔兰商店,只见百叶窗关了,店门倒还开着。我从远处看见奥默先生在里面,正在起居室门旁抽烟,就走进去向他问好。

"哎呀,老天爷保佑!"奥默先生说道,"你过得好吗?请坐。我抽烟,你不反对吧?"

"没事儿,"我说,"我喜欢这烟味儿——别人烟斗的烟味儿。"

"怎么,没有自己的烟斗吗?"奥默先生笑着问道,"那更好,先生。对年轻人来说,抽烟可不是个好习惯。请坐吧。我自己抽烟,是为了治哮喘。"

这时候,奥默先生已经给我腾了地方,摆好了椅子。他又坐下了,呼吸很急促,大口地吸着烟斗,仿佛烟斗里有能救命的东西,不吸就不能活了。

"巴吉斯先生情况不好,我听到这个消息,心里很难过。"

我说。

奥默先生面无表情地看着我,摇了摇头。

"你知道他今天晚上怎么样吗?"我问道。

"我正要问你这个问题哩,先生,"奥默先生答道,"只是不便开口罢了。干我们这一行,就有这个不便之处。要是有人病了,我们就不好问他怎么样啊。"

这种难处,我倒没有想到,虽然我进门的时候也曾害怕听到先前那种咚咚的声音。不过,经他这么一提,我也就明白了,而且表示我能理解。

"是啊,是啊,你能理解,"奥默先生说着点了点头,"我们不能那么办。哎呀,你要是对人家说:'奥默和乔兰问候你,今天早上——或者说,今天下午,视情况而定——你觉得怎么样?'岂不要把人家吓一大跳,让人家觉得有了病,一般是好不了的?"

我和奥默先生彼此点了点头,奥默先生有烟斗帮忙,气也透过来了。

"虽然有很多事情你时常想做,为了向别人表示关心,干这一行,就不能做,上面说的就是一个例子,"奥默先生说道,"就拿我来说吧。我认识巴吉斯先生整整四十年了。他从我门前经过,我总要跟他打招呼。可是我现在就不能跑去问:'他怎么样啊?'"

我觉得这太难为奥默先生了,而且把这个意思告诉了他。

"我希望我并不比别人更自私自利,"奥默先生说道,"你看我这样子!我随时都会断气。在这种情况下,我觉得我是不大可能自私自利的。一个人,要是知道自己说断气就断气,像裂了口子的风匣一样,我觉得他是不大可能自私自利的,何况他都当了爷爷了呢。"奥默先生说道。

我说:"当然不会。"

"我并不是抱怨我干的这一行,"奥默先生说道,"我没那个意思。任何一种职业,肯定都有好的一面,也有坏的一面。我只希望有关的人更坚强一些。"

奥默先生显出一副心满意足、和蔼可亲的样子。他默默地抽了几口烟,接着他又谈起了头一个话题。

"所以,要想了解巴吉斯的情况,咱只能问艾米丽。她知道咱真正的意思,觉得咱就像羔羊一样,对咱不会害怕,也不会怀疑。明妮和乔兰刚走,上那一家去了,实际上(她下了班,就到那儿去,帮她姨妈一把),就是要去问她巴吉斯今天晚上怎么样。你要是愿意等他们回来,他们会把详细情况告诉你。你想不想吃点儿东西?来一杯果汁甜酒吧,好吗?我抽烟的时候,就喜欢喝果汁甜酒,"奥默先生说着举起了杯子,"因为都说它软化气管儿,我也是靠这气管儿勉强喘气呀。不过老天爷哟,"奥默先生哑着嗓子说道,"毛病倒不是出在气管上,我常对女儿明妮说,'给我足够的气就行了,气管儿问题我自己解决,亲爱的孩子。'"

他的确是气不够用,笑起来,样子叫人害怕。等他恢复了常态,又能听人说话了,我就向他表示感谢,但我没有喝他请我喝的饮料,因为我刚吃过晚饭。既然他好意留我,看来我得等到他女儿、女婿回来,我就问起小艾米丽的情况。

"哦,先生,"奥默先生说着从嘴里抽出烟斗,搓起下巴来,"对你说句实话,她要是结了婚,我才高兴哩。"

"那是为什么?"我问道。

"唉,她眼下有点儿心神不定,"奥默先生说道,"不是说她没有以前漂亮了,因为她更漂亮了——我可以肯定地告诉你,她更漂亮了。也不是说她干活儿不如从前了,因为她还是干得那么好。过去她一个人能顶六个人,现在她还能顶六个人。可是不知怎的,她就是没有心思,"奥默先生又搓了搓下巴,抽了几口烟,接着说道,"'使劲拉呀,用力拉呀,伙计们哪,一齐拉呀,哈哈!'你要是大致上明白我这句话的意思,我就可以告诉你,我觉得艾米丽身上缺少的大致上就是这个。"

奥默先生的脸色和态度起了很大的作用,我认真地点了点头,表示明白了他的意思。他见我很快就能领会,就接着说:

"现在我认为这主要是因为她心神不定,你知道吗?我们谈过很多次了,我跟她舅舅谈过,我跟她情人谈过,下班以后谈的;我认为主要是因为她心神不定,"奥默先生微微摇了摇头,接着说道,"你一定记得艾米丽是一个极其温柔的小东西。常言道:'母猪耳朵做不成绸子钱包。'我看未必是这样。我倒是觉得,只要你从小就做,也许能行。她已经用那条旧船做了一个家,先生,连石头盖的,大理石盖的都比不上它。"

"那还用说!"我说。

"那漂亮的小东西跟她舅舅寸步不离,"奥默先生说道,"她天天缠着他,越来越紧,越来越近,那样子叫人看了实在高兴。你知道,在这种情况下,就有一场斗争。为什么要使它无谓地延长呢?"

我认真地听这位善良的老人说话,也打心眼儿里赞成他说的话。

"所以,我就对他们这么说,"奥默先生以轻松舒适的语调说道,"我说:不要以为艾米丽的时间是定死了的。你们掌握时间吧。她干的活儿比原来设想的价值更高,她学起来也比原来设想的要快。你们什么时候提出要求,奥默和乔兰可以把剩余的时间一笔勾销,她就自由了。在那以后,她要是安排一下,在家里为我们做点小事儿,那很好。要是不行,那也很好。因为——你还看不出来吗,"奥默先生用烟斗捅了捅我,"像我这样上气不接下气,而且是当了爷爷的人,对她这样一枝蓝眼睛的小花,是不大会计较的。"

"当然不会,这我知道。"我说。

"当然不会!你说对了!"奥默先生说道,"呃,老兄,她的表哥——她是要嫁给一个表哥呀,你知道吧?"

"对,我知道,"我答道,"我跟他很熟。"

"那当然了,"奥默先生说道,"呃,老兄,她的表哥似乎有一份不错的工作,而且还挺有钱,听了我的话,还向我表示感谢,很像个男子汉的样子。他的整个举止,我得说,使我非常敬重他。随后他就去弄了一所小房子,非常舒适,你我看了,都会觉得怎么看也看不够。那小房子现在全都布置好了家具,干干净净,齐齐全全,就像玩具娃娃的起居室一样。要不是可怜的巴吉斯先生病情恶化,我敢说,这会儿他们早就成了夫妻了。而实际情况呢,他们推迟了婚期。"

"艾米丽怎么样,奥默先生?"我问道,"她是不是比较安定了呢?"

"唉,你知道,不能指望自然会产生那样的结果。将要发生的变化和分离,可以说既离她很近,又离她很远。巴吉斯先生要是死了,婚期用不着推迟很久,他的病要是拖下去,婚期就可能要推迟很久了。不管怎么说,这件事还处于捉摸不定的状态,你明白。"

"我明白。"我说。

"结果呢,"奥默先生接着说道,"艾米丽还是有点儿情绪不高,而且有点烦躁。总起来说,好像比先前更厉害了。她一天天越来越疼爱她舅舅,越来越不愿意离开我们。我说句安慰她的话,她就掉眼泪。她跟我女儿明妮的小女孩儿在一起的情景,你要是看了,永远也忘不了。我的老天爷哟!"奥默先生一面沉思,一面说,"她可喜欢那孩子啦!"

有这样一个好机会,我突然想起来,趁着奥默先生的女儿和女婿还没回来打断我们,问问他知道不知道马莎的什么情况。

"啊!"他摇着头说道,情绪显得很低沉,"不好啊。叫人心里难受啊,老兄,不论你怎么看。我从来不觉得这姑娘会造成什么危害。我不愿意在我女儿明妮面前提起这件事——因为她马上就会说我说得不对——不过我从来不提,我们谁也不提。"

这时候,奥默先生听见了他女儿的脚步声,随后我也听见了,他用烟斗捅了我一下,又挤了挤眼,叫我注意。他女儿和她丈夫紧跟着就走了进来。

据他们说,巴吉斯先生的病情"坏得不能再坏了"。他已经完全不省人事了。祁力普先生刚才离开的时候,在厨房里沉痛地说,即便是把内科学会、外科学会、药剂师公会都一块儿请来,也救不了他的命。那两个学会已经是无济于事了,祁力普先生说,而那个公会则只能把他药死。

我一听这话,又听说裴果提先生也在那里,就决定马上去一趟。我向奥默先生和乔兰先生夫妇道过晚安,就朝那里走去,怀着一种庄严肃穆的心情,使我感到巴吉斯先生完全是另外一个人，一个陌生人了。

我轻轻地敲了敲门，裴果提先生出来开门。他并没有像我估计的那样显得非常惊讶。裴果提从楼上下来的时候，我看见她也是那个样子。从那以后，我也老看见她那个样子。我想，在你等待着那样可怕的事情发生的时候，一切别的变化和意外情况都无足轻重了。

我跟裴果提先生握了握手，来到厨房里，他轻轻地把门关上。小艾米丽坐在火炉旁，两手捂着脸。哈姆站在她的身旁。

我们都悄悄地说话，时不时地停下来听听楼上有什么动静。我上次来的时候没有想过，现在才发现，厨房里少了巴吉斯先生，给人一种多么异样的感觉。

"谢谢你这样关心，大卫少爷。"裴果提先生说道。

"真是太关心了。"哈姆说道。

"艾米丽，亲爱的，"裴果提先生叫道，"你看哪！大卫少爷来了！来，提起精神来，我的乖孩子！对大卫少爷都不说句话吗？"

她浑身在发抖，直到现在我还看得见。我碰到她的手，感到她的手很冷，直到现在我还感觉得到。要是说有什么迹象证明这手是有活力的，那就是它从我手里缩了回去。接着她就从椅子那儿走开，溜到舅舅身边，低着头，一声不响，仍然颤抖着，靠在舅舅胸前。

"她那颗心太善良了，"裴果提先生用他那粗壮的大手抚着她那浓密的头发说道，"承受不了这么大的痛苦。对年轻人来说，这是很自然的，大卫少爷，他们没经历过这样的考验，心里害怕，像我这个小东西这样——这是很自然的。"

她往他身上靠得更紧了，但她既没有抬头，也没有说话。

"天不早了，亲爱的，"裴果提先生说道，"哈姆也来接你回去了。去吧！和那个善良的人一块儿走吧！你说什么，艾米丽？嗯，我的乖孩子？"

她的声音没有传到我这边来，但是他低下头，好像听她说话，随后他说：

"让你跟舅舅留下来？你不该向我提这样的要求呀！跟舅舅留下来，我的孩子？你的丈夫，他眼看就是你的丈夫了，他不是来接你回家吗？谁也不会愿意看到你这个小东西和我这样一个风里来雨里去的人在一起，"裴果提先生说着朝我们俩看了看，显出无限骄傲的样子。"但是海水里的盐分再多，也没有她对舅舅的爱心多呀——艾米丽这个小傻瓜！"

"艾米丽做得对呀，大卫少爷！"哈姆说道，"这么办吧！既然艾米丽愿意，而且她心里也不踏实，好像还有点害怕，就让她留下来，待到天亮吧。我也留下来。"

"不用，不用，"裴果提先生说道，"你一个成了家的人——或者说跟成了家一样——可不能白白丢掉一天的工作。你也不能又照顾病人又干活儿。那可不行。回家歇息去吧。不用怕这里照顾不好艾米丽，我担保。"

哈姆听了这番劝说，拿起帽子准备走。就是在他吻她的时候——我还从来没有见他朝她走去，而不觉得他是天生的一个灵魂高尚的人哩——她好像也更紧地靠在舅舅的身上，躲避自己选中的丈夫呢。他走了以后，我把门关上，免得它再影响屋里宁静的气氛。我回过身来，看见裴果提先生还在跟她说话。

"我现在要上楼去告诉你姨妈，大卫少爷来了。她听了，会提起点儿精神的。"他说，"你到火炉旁边坐下等我，亲爱的,把手暖和暖和,要不会冻坏的。你不用这么害怕,这么难过。你说什么?跟我一块儿去?唉!去就去吧——走!——她这个舅舅要是被人赶出家门,不得不到沟里去蹲着,大卫少爷,"裴果提先生依然带着无限骄傲的样子说道,"我相信她也会跟着一块去的,唉!不过很快就另外有人了——另外有人了,艾米丽!"

后来我也到楼上去了。我从我那间小屋门口经过,屋里很黑,我隐隐约约觉得艾米丽在里面,趴在地上。不过那究竟是她,还是屋里的影子混在一起了,我现在也说不清了。

我有一点儿空闲时间,就在炉灶前想起漂亮的小艾米丽对死亡的恐惧。奥默先生对我说过的话,再加上她这种恐惧心理,我觉得这就是她失去常态的原因所在。裴果提从楼上下来之前,我坐在那里数那座钟的滴答声,特别深刻地感受到周围肃穆寂静的气氛,这时候我也有一点儿空闲时间,想到她的恐惧心理的软弱之处,而对它采取较为宽容的态度。裴果提下来以后,一下子把我搂在她怀里,因为我在她最痛苦的时候,给她这么大的安慰(她就是这么说的)。她一再地为我祝福,向我表示感谢。接着她就恳求我到楼上去,一边哭着说,巴吉斯先生一向喜欢我,敬重我,没昏迷的时候还常提起我,她相信,他要是还能清醒过来,一看见我,就会振作起来,假如世上还有什么东西能够使他振作起来的话。

我看见他以后,就觉得他再振作起来的可能性已经很小了。他趴在那里,头和肩膀探在床外边,那姿势很不舒服,半截身子趴在那只耗费他多少心血、带给他多少麻烦的箱子上。我听说,他不能爬下床来开箱子了,自己也觉得无法靠着我见他用过的魔杖来保证箱子的安全了,就叫人把箱子放到床边的椅子上,他日夜搂在怀里。直到这时候,他的一只胳臂还搭在箱子上。时间和人世从他身下慢慢溜走了,但那箱子依然在那里。他以解释的语气说的最后一句话是:"都是些旧衣服!"

"巴吉斯,亲爱的!"裴果提几乎有些兴奋地弯着腰对他说,我和裴果提先生就站在床的这一头儿,"我亲爱的孩子来了——我亲爱的孩子,大卫少爷来了,就是他给咱们牵的线呀,巴吉斯!你就是托他给我捎信儿的呀,是吧?你不想跟大卫少爷说句话吗?"

他既不吭声,也无反应,和那只箱子一样,他的样子也就是箱子表现出来的样子。

"他随着潮水退去了。"裴果提先生用手捂着嘴对我说。

我的眼睛模糊了,裴果提先生的眼睛也模糊了,我悄悄地重复了一声:"随着潮水退去了?"

"住在海边儿,"裴果提先生说道,"不到潮水退到底的时候,人是不会死的;不到潮水涨满的时候,人也是不会出生的——不到满潮是不会好好出生的。他是在随着潮水退去。三点半退潮,半个钟头退完。他要是活到涨潮的时候,就能坚持到满潮,然后随着下一次退潮退去。"

我们待在那里,看着他,看了很长时间——有好几个钟头。我在那里对于他当时情况下的知觉产生了什么不可思议的影响,我不想装出一副说得出的样子,不过在他最后开始显出精神恍惚的迹象的时候,他肯定是含含糊糊地说赶车送我去上学哩。

"他缓过来了。"裴果提说道。

裴果提先生碰了我一下,用一种又害怕又尊敬的语气小声说道:"他和潮水都快完了。"

"巴吉斯,亲爱的!"裴果提说道。

"克·裴·巴吉斯,"他以微弱的声音喊道,"哪儿的女人也比不上她!"

"你看,大卫少爷来啦!"裴果提说道,因为这时候他睁开了眼睛。

我正要问他认不认得我,只见他尽力伸出胳臂,面带愉快的微笑,清楚地对我说:

"巴吉斯愿意!"

当时潮退尽了,他随着潮水去了。

第三十一章　更大的损失

　　在裴果提的劝说下,我不难做出决定,在那里住下去,等那可怜的车把式的遗体最后运到布伦德斯通以后再走。很久以前,裴果提曾用自己的积蓄,在我们家先前的教堂墓地里买了一小块儿土地,旁边埋的就是"她那可爱的女孩子",她总爱这样称呼我母亲。将来他们就都在这里安息。

　　能为裴果提做伴儿,尽我的努力为她做些事情(无论怎么说,也是很有限的),我心里是很感激她的,就是现在想起来,也希望当时具有那样的感情。不过我想,从个人和职业的角度,使我感到最满足的事情,是负责处理巴吉斯先生的遗嘱,并对其内容加以说明。

　　最先提议到箱子里去找遗嘱,可以说是我的功劳。找了一会儿,就在箱子里找到了,原来放在喂马用的草料袋的底儿上。除了草料以外,还在里面发现了一只旧金表,带有链子和饰物。这只表他只在结婚那天戴过,在那以前和以后,都没有人见他戴过。还有一件银制器具,形状像人腿,是用来把烟斗里的烟丝压实的。还有一个仿制的柠檬,里面装着许多很小的茶杯和茶碟,我想一定是在我小的时候,巴吉斯先生买了准备送给我的,后来又舍不得给我了。还有八十七个半几尼,都是一几尼或半几尼的硬币。还有二百一十镑,都是全新的钞票。还有几张英格兰银行的股票收据,一块旧马蹄铁,一枚假先令,一块樟脑和一片牡蛎壳儿。最后这件东西经过长时间的打磨,里面显露出灿烂的光泽,根据这种情况,我断定巴吉斯先生对于珍珠有些一般性的了解,但始终了解得不确切。

年复一年,巴吉斯先生天天带着这只箱子上路。为了更好地逃避人们的注意,他编了一个故事,说这只箱子属于"布莱波先生","暂由巴吉斯保管,以后来取"——他把他编的这些话以显著的字样写在箱子上,不过现在已经几乎认不出来了。

我发现,他多年来不断积攒,成绩是很可观的。他的财产都折合成钱,差不多有三千镑哩。他说要拿出一千镑生利息,生了利息归裴果提先生,贴补生活;裴果提先生死后,本金平分给裴果提、小艾米丽和我,要是我们中间有人去世了,谁活着就平分给谁。他死后所有其他财物,都留给裴果提,裴果提是他的余产承受人,也是他最后这份遗嘱的唯一执行人。

我郑重其事地大声宣读这一文件,把其中的各项规定反复向有关的人解释,觉得自己很像个代诉人的样子。我开始感到博士协会做的事比我原来想象的要多。我极其认真地检验了这份遗嘱,宣布它在各方面都完全合乎规格,在旁边用铅笔做个记号什么的,觉得自己竟然懂得这么多东西,真不简单。

葬礼前这一个星期,我做了这件颇费心思的事,把裴果提得到的全部财产为她清理了一番,把各项事情安排得井井有条,在每件事情上为她出主意,做裁决,我们两个人配合得非常愉快。在这段时间里,我没见到小艾米丽,但他们告诉我,再过两个星期,她就要不声不响地结婚了。

我要是冒昧地说一句,我没有以传统的样子参加葬礼——我的意思是说,我没有穿黑外套戴飘带,把鸟儿吓跑——但我一大早就步行到布伦德斯通,遗体运到的时候,我已经在那里了。送葬的只有裴果提和她哥哥。那位疯疯癫癫的先生从我原来那个小窗口往外看;祁力普先生的小孩子晃动着大脑袋,睁着大眼睛,转动着眼珠子,趴在奶妈肩膀上看着牧师;奥默先生则躲在后面大口喘着气。此外没有别人了,气氛非常宁静。一切都了结以后,我们在墓地里转悠了一个钟头,还把我母亲的坟上那棵树的嫩叶去掉了一些。

写到这里,我心里感到一阵恐惧。那一天,我迈着孤独的步子回到镇上,那遥远的小镇却在乌云笼罩之中。我害怕再接近它。在那难忘的夜晚发生的事情,如果我继续写下去,还要再出现一次,我一想到这些,就觉得难以忍受。

这件事,并不因为我把它写在这里而变坏,也不会因为我既不愿意写就不写而变好。事情已经发生,也就无法挽回,当时是什么样子,就是什么样子,是无法改变的了。

我们安排好了,我的老奶妈第二天要和我一道去伦敦,办理遗嘱的事。艾米丽当天先回奥默先生家去。当天晚上我们都到旧船屋里相会。哈姆还是按平常的时间去接艾米丽。我自己从从容容地走回去。那兄妹二人怎么来的,就怎么回去,准备天黑的时候,在炉边接待我们。

我在墓地的小门旁和他们告别,这也就是昔日我想象中的斯特拉普背着罗德里克·兰登的背包歇脚的地方。我没有直接回去,而是顺着去洛斯托夫特的方向走了一小段路。随后我就拐了弯儿,走回亚茅斯去了。我在一家比较像样的酒馆儿里吃了饭,这酒馆儿离我先前提到过的渡口只有一两英里。天色渐渐晚了,等我来到渡口的时候,已是黄昏时分。这时下起雨来,下得很大,那真是个狂风暴雨之夜,幸好云彩后面透出月光,天并不十分黑。

过了一会儿,我就看见了裴果提先生的家,看见灯光从窗户里射出来。我费力地穿过一小片沙地,来到门口,走了进去。

屋子里的确显得很舒适。裴果提先生已经抽过每晚必抽的那袋烟,晚饭正在一点儿一点儿地准备。火着得正旺,炉灰堆成了堆,那小箱子还放在原来的地方,等着小艾米丽去坐。裴果提也又坐在了以前的老地方,要不是衣服不同,就像从来没离开过一样。她已经把自己的精神寄托在那盖儿上画着圣保罗教堂的针线盒,小房子里放的码尺,和那蜡烛头儿上了。这些东西仍然都在那里,就像从来没有人动过一样。古米治太太也在她以前老待的地方,看上去有些焦躁不安,因此倒也显得颇为自然。

"数你来得早哇,大卫少爷,"裴果提先生说道,他脸上露出愉快的笑容,"衣裳湿了,少爷,别穿在身上了。"

"谢谢你,裴果提先生,"我说着把外衣递给他挂起来,"挺干的。"

"是啊!"裴果提先生说着摸了摸我的肩膀,"干得没治了!坐下吧,少爷。对你也用不着说欢迎了,不过我们可是一心一意地欢迎你呀。"

"谢谢你,裴果提先生,这我相信。——哦,裴果提,"我说着吻了她一下,"你好吗,老奶妈?"

"哈哈!"裴果提先生笑着说道,他一边在我们身旁坐下,一边搓着手,最近这些操心的事过去了,他也松了一口气,同时也显出了他天生的那种真心实意的样子,"世上没有哪个女人能比她心里更坦然的了,少爷,我就是这么对她说的。她为走了的人尽到了自己的本分,走了的人是知道的。她为走了的人做了该做的一切,走了的人也为她做了该做的一切——所以——所以——所以一切都是该做的!"

古米治太太发出了痛苦的叹息声。

"振作起来吧,我那漂亮的老大姐!"裴果提先生说道,但他侧着身子朝着我们摇头,显然是意识到最近发生的事情会使她联想起自己的老伴儿,"别垂头丧气的!为了你自己,也该振作起来,只要振作一点儿,你看是不是很多好事儿自然就跟着来了!"

"不会的,丹尔,"古米治太太答道,"我孤苦伶仃的,不会有什么好事儿自然就来的。"

"不是的,不是的。"裴果提先生说道,想消除她的痛苦。

"是的,是的,丹尔!"古米治太太说道,"人家有人给留下钱,我不能跟他们一起过日子。什么事儿都跟我作对。我趁早走吧。"

"你看,没有你,我那钱怎么花呢?"裴果提先生以一本正经的责怪她的语气说道,"你在说些什么呀?我现在不是比过去更需要你吗?"

"我早就知道,从来没有人需要我,"古米治太太一边说,一边哭哭啼啼的,怪可怜的样子,"这会儿人家说了,就是这么回事儿!我这么孤苦伶仃的,事事又都跟我作对,我怎么能指望有人需要我呢!"

裴果提先生一听有人对他说的一番话采取这样冰冷的态度,似乎感到很惊讶,不过没等他回话,裴果提就拉了拉他的袖子,摇了摇头。他伤心地看了一会儿古米治太太,接着就瞧了一眼那只荷兰钟,站起来,剪了剪烛花,把蜡烛放到了窗口。

"你看!"裴果提先生兴致勃勃地说,"行啦,古米治太太!"(古米治太太低声呻吟了一阵子)"点着啦,这是咱们的老规矩!少爷,你一定纳闷,这是为什么!是这么回事儿,这是为了小艾米丽呀。你看,天黑以后,这条路昏暗暗的,她回来的时候,只要我在家,我就把这蜡烛放在窗口。你看,"裴果提先生非常兴奋地弯腰对我说,"这里有两层意思:艾米丽,她会这么说:'到家了!'艾米丽还会说:'舅舅在家呢!'因为我要是不在家,蜡烛就不会摆在那儿了。"

"你真是个小孩子!"裴果提说,她真是这么想的,所以显出很喜欢他的样子。

"哦,"裴果提先生答道,他站在那里,两腿劈开着,怀着满意的心情,两手上下移动,轻轻地搓着大腿,看看我们又看看炉火,看看炉火又看看我们,"我不知道,不过你看,我看上去可不像啊。"

"是不大像。"裴果提说。

"看上去就是不像嘛,"裴果提先生笑着说道,"不过想起来倒像,你知道。不管怎么样,我全然不在意。你们听我说,我去看咱们艾米丽的漂亮房子来着,我看了又看,我——我真见鬼,"裴果提先生突然加重语气说道,"简而言之,我在那里就觉得几乎最小的东西就是她了。什么东西我都轻拿轻放,小心翼翼的,仿佛拿的就是咱们的艾米丽。我对她的小帽子什么的,也是这样。谁故意乱抓,我都不许——绝对不许。这就是你说的小孩子,样子像头大海猪!"裴果提先生说着,摆脱了严肃认真的态度,大笑起来。

我和裴果提也都笑了起来,只是笑声没有他那么大。

"你们看,我是觉得,"裴果提先生又搓了一阵腿,脸上带着愉快的表情继续说道,"这都是因为我过去老跟她一起玩儿,我们假装土耳其人,假装法国人,假装鲨鱼,假装各种各样的外国人——哎呀,对啦,还有狮子、鲸鱼,我都不记得还有什么了——当时她还没有我的膝盖高呢。你们知道,我养成了习惯。我说的就是这儿这根蜡烛!"裴果提先生说到这里,笑嘻嘻地朝着蜡烛伸出了手,"我想,将来她结了婚,走了以后,我一定还把蜡烛放在那儿,和现在一样。我想,将来到了晚上,我在这儿(不管我发了什么财,我还能到别处去住吗!),而她不在这儿,我也不在她那儿,我一定还要把蜡烛放在窗口,坐在炉火前面,假装是在等她,就像现在等她这样。这就是你说的小孩子呀,"裴果提先生说着又放声大笑了一阵,"样子像头大海猪!哎呀,就在这会儿,我看着这蜡烛一闪一闪的,心里就想:'她也在看着这支蜡烛呀!艾米丽就要回来了!'这就是你说的小孩子呀,样子像头大海猪!果不其然,"裴果提先生止住笑声,两手一拍,说道,"她来了!"

进来的只是哈姆。这会儿,比我进来的时候,雨下得更大了,因为他戴着大檐儿雨帽,把脸都遮住了。

"艾米丽在哪儿?"裴果提问道。

哈姆扭了扭头,意思是艾米丽就在外边。裴果提先生把蜡烛从窗口拿过来,剪了剪烛花,把它放在桌上,又忙着拨动起炉火来。哈姆一动未动,说道:

"大卫少爷,你出来一下好吗?我和艾米丽有东西给你看。"

于是我们走了出去。我在门口从他身旁走过的时候,看到他的脸色煞白,使我感到又惊又怕。他急忙把我推出门外,随手把门关上——门外只有我们两个人。

"哈姆！出了什么事啦？"

"大卫少爷！……"哎呀，他伤心极了，哭得好惨呀！

我看见他这么痛苦的样子，惊呆了。我也不知道当时我在想什么，或者说怕什么。我只能呆呆地看着他。

"哈姆！可怜的好心人！看在老天爷的分儿上，快告诉我，出了什么事儿啦？"

"我的心上人哪，大卫少爷——我的骄傲，我的希望呀——过去为了她，我宁愿去死，现在也宁愿去死呀——她走啦！"

"走啦！"

"艾米丽跑啦！哦，大卫少爷，她是怎么跑的，你一听就明白了：我要祈求善良慈爱的上帝杀死她（虽然她比什么都更珍贵），省得她丢人现眼，自己毁掉自己呀！"

他仰起头来看着那昏暗的天空，他的两手攥在一起不停地颤抖，他的身躯痛苦万状，这一切在那寂寞海滩的衬托之下，至今还留在我的脑海里。那里永远是黑夜，他是画面上唯一的物体。

"你有学问，"他急促地说道，"知道应该怎么办，怎么办最好。我进去说什么呢？我该怎样告诉他这个消息呢，大卫少爷？"

这时候我看见门开了，我本能地想从外面拉住门栓，为的是再拖一会儿。可是来不及了。裴果提先生探出头来，一看见我们，脸色马上就变了。这情景，我即使再活五百年也不会忘记。

我记得当时有人大哭大叫，两个女人围在他身旁，我们都在屋里站着——我手里拿着一份材料，那是哈姆交给我的；裴果提先生的背心撕开了怀,头发乱蓬蓬的,脸和嘴唇煞白,血滴到胸前(我想是从嘴里涌出来的),他目不转睛地看着我。

"念吧,少爷,"他以颤抖的声音低声说道,"请念慢点儿。我怕听不明白。"

在死一般的沉寂中,我拿着一封脏兮兮的信,念道:

> 你那么疼爱我,即便在过去我天真无邪的时候,我也是远远配不上的,然而当你看到这封信的时候,我已走得很远了。

"我已走得很远了,"他慢慢地重复了一遍,"停下!艾米丽走得很远了。是吗?"

> 明天早上就要离开我这亲爱的家——我这亲爱的家——哦,离开我这亲爱的家了——

信上写的日期是头一天晚上。

> 我这一走,就不会回来了,除非他把我变成了一个阔太太,带我回来。几个钟头以后,到了晚上,你看到的不是我,而是这封信。哦,你要是能知道我心里有多难受就好了!我很对不起你,你也永远不会原谅我,即便是这样,你要是能知道我有多么痛苦就好了!我太坏了,不值得在信上写了。哦,想一想我有多么坏,就可以得到安慰。哦,行行好,告诉舅舅,我从来没有像现在这样热爱他。哦,不要再念念不忘你们对我多么关心,多么疼爱了——不要再念念不忘我们就要结婚了——要尽量换一种想法,认为我很小就死了,埋在什么地方。我背离了上帝,但我还要祈求他可怜可怜我的舅舅!告诉他,我从来

没有像现在这样热爱他。希望你给他以安慰。希望你找一个好女孩子,她能像我过去那样对待舅舅,真心待你,和你般配,除了我以外,没见过别的耻辱,你就爱她吧。愿上帝为大家祝福!我会常常跪下为大家祈祷。即便他不能把我变成阔太太,带我回来,即便我不为自己祈祷,我也要为大家祈祷。我愿把临别时的爱心奉献给舅舅。我愿把最后的眼泪,最后的谢意,奉献给舅舅!

就是这些。

我念完之后,过了很久,他还站在那里看着我。最后我试着拉着他的手,想尽办法恳求他,劝他尽力克制自己。他回答说,"谢谢你,少爷,谢谢你!"却一动不动。

哈姆跟他说话。裴果提先生这时意识到了他的痛苦,就使劲跟他握手。除此以外,他还是原样未动,谁也不敢去打扰他。

他终于慢慢地把眼睛从我脸上移开,仿佛从梦幻之中清醒过来,朝着屋子四周扫了一眼。随后他低声问道:

"这个人是谁?我要知道他的名字。"

哈姆瞅了我一眼,我顿时为之一惊,倒退了两步。

"一定有可疑的人,"裴果提先生说,"他是谁?"

"大卫少爷,"哈姆恳求道,"你出去一下,让我把该告诉他的告诉他。你就不必听了,少爷。"

我又吃了一惊。我瘫在椅子上,想说点儿什么,舌头却僵住了,眼神儿也不行了。

"我要知道他的名字!"我听见这句话又重复了一遍。

"最近一段时间,"哈姆支支吾吾地说,"时不时地有个用人在这一带出现。还有一位先生,他们两个人是一伙的。"

裴果提先生像刚才一样目不转睛地看着,不过这回看的是他。

"那用人,"哈姆接着说道,"昨天晚上有人见他跟咱们那可怜的姑娘在一起。这个星期,他一直在这一带藏着,也许藏的时间还要长些。人们以为他走了,其实他藏起来了。——你别待在这儿啦,大卫少爷,你别待在这儿啦!"

我感到裴果提的胳膊搂住了我的脖子,但是即便整个房子马上就要砸到我身上,我也动不了啦。

"今天早上,天还不大亮,在镇子外边去诺里奇的路上,停着一辆从来没见过的马车,"哈姆接着说道,"那用人跑过去,又跑回来,后来又跑过去。他第二次跑过去的时候,艾米丽在他身旁。车里有个人,就是那个人。"

"看在上帝的分上,"裴果提先生说着倒退了两步,伸出手来,好像是要挡住他所怕的东西,"他的名字可别是斯蒂福呀!"

"大卫少爷,"哈姆断断续续地叫道,"这不是你的过错,——我决没有埋怨你的意思——不过他的名字的确是斯蒂福,他是个十恶不赦的坏蛋!"

裴果提先生没有喊叫,没有掉泪,也没有再动,后来他好像突然清醒了,从墙角的挂钩上猛地扯下了他的粗呢上衣。

"帮个忙吧!我气糊涂了,穿不上了,"他不耐烦地说道,"来帮我一把。"有人帮他穿上衣服之后,他说,"好!现在把那顶帽子递给我。"

哈姆问他要到哪里去。

"我要找我外甥女去。我要找我的艾米丽去。我要先去把那条船砸烂,把它沉掉。我一个大活人,要是早把他看透了,当时就在那里把他淹死了！他当时坐在我面前,"他挥动着攥紧的右手,疯狂似的说道,"他当时坐在我面前,和我面对面,我就会把他淹死,而且认为就该这么做,要不你们把我打死好了！——我要找我外甥女去！"

"到哪儿去找?"哈姆说着,在门口拦住了他的去路。

"到处去找！为了找我外甥女,我要跑遍全世界。我要找到我那可怜的丢人现眼的外甥女,把她接回来。谁也不要拦我。我告诉你们,我要找我外甥女去！"

"不行,不行！"古米治太太插在他们中间,嚷嚷起来,"不行,不行,丹尔,你这样就去可不行。过一会儿再去找她吧,我那孤独的丹尔,过一会儿再去就行啦,现在这样可不行。你坐下,你可要原谅我过去给你带来的烦恼呀,丹尔！——我那些烦心事儿怎么能和这相比呢！——咱们说一说早先的情况吧,起初是她先成了孤儿,接着就是哈姆,后来我成了可怜的寡妇,是你收留了我。这么一说,你那可怜的心就软了,丹尔,"她说着把头靠在他的肩上,"心里也就好受一点,因为你一定记得这句话,丹尔:'你们这样对待我最小的一个兄弟,就是这样对待我了。'①我们在这里住了这么多年了,这句话不会不应验的！"

这时候,裴果提先生冷静多了。我本来很想跪到地上,请他们饶恕我给他们带来了灾难,把斯蒂福痛骂一番,但我一听见他的哭声,我的感觉就不同了。我那颗痛苦万分的心找到了同样的解脱办法,我也哭了起来。

---

① 见《新约·马太福音》第25章第40节。

第三十二章　开始长途跋涉

　　对我来说是自然的事,我认为,对许多别的人来说,也是自然的事。因此,我要毫不畏惧地写道,在我和斯蒂福断绝交情的时候,反而对他更加爱慕了。我发现他干了这样的丑事,感到很难过,但和我过去对他忠心耿耿的时候相比,我更多地想到了他的才气,更怜悯地想到了他所有的优点,更看重他那些本来可能使他情操高尚、名扬四海的品质。我深深地感到,他玷污这老实人的家庭,也有我没有意识到的一部分责任,但是我相信,假如让我和他面对面地坐在一起,我也不会对他提出任何指责。我还会非常喜欢他——虽然他不能再使我着迷了——我还会非常眷恋过去我对他的爱慕之情,所以,我想我就会像碰了钉子的孩子一样发蔫,但我决不会有和他重归于好的想法。实际上,重归于好的想法,我从来就没有过。我和先前一样,觉得我们两个人之间的关系已经结束了。关于我,他记得些什么,我一无所知——可能印象很浅,很轻易地就忘掉了,但是我对于他,却像对一位故去的挚友那样怀念。

　　是这样的,斯蒂福,你早已离开我这篇可怜的记载述说的场景! 但在末日审判的宝座前,我的忧伤会不由自主地出来证明你的罪过;而我那些气愤的想法,我对你的不满情绪,却不至于这样做,这我是知道的。

这件事发生以后，消息很快就在镇上传开了，因为第二天清早，我在街上走，就听见有人在自家门口议论这件事。许多人责怪女的，也有些人责怪男的，但是对于那女子的养父和她的情人，大家的情绪却是一致的。各种各样的人都因他们遭到不幸而对他们肃然起敬，充满了体贴与关怀的感情。出海的男人一大早看见他们在海边散步，也不凑过去，只是三五成群站在那里，自己议论，表示同情。

我在海滩上靠近水边的地方找到了他们俩。他们一夜都没睡，这一点，即便裴果提不告诉我他们直到天已大亮还像我离开时那样坐在那里，我也可以很容易就看出来了。他们显得很疲倦。我觉得我认识裴果提先生这么多年，他也没有像这一夜之间低头低得这么厉害。但他们两个人都像大海一样严肃而镇定。那大海当时躺卧在昏沉沉的天空下面，风平浪静——然而有一股水流在海面上滚动，好像大海在休息的时候随着呼吸而起伏——天边点缀着乌云遮住的太阳射出的一缕银光。

我们三个人默默地走了一程，随后裴果提先生对我说："少爷，该做什么，不该做什么，我们谈了很多。该怎么办，我们现在清楚了。"

我看了哈姆一眼，他正望着海面，看着那远处的一缕阳光，这时候一个可怕的念头突然出现在我的脑子里——倒不是因为他面带怒容，他脸上并无怒容；我回想起来，他脸上只有一副严峻的下定决心的表情——这念头就是：他要是碰上斯蒂福，非把他宰了不可。

"少爷，"裴果提先生说道，"我已经尽了我在这里应尽的义务。我得去找到我那……"他说到这里停了一下，接着又以更为坚决的语气说道，"我得去找到她。从今以后，这就是我的义务了。"

我问他要到哪里去找她，他摇了摇头，随即问我明天去不去伦敦？我告诉他，我今天没有走，是因为怕失掉为他帮忙的机会，不过他什么时候要走，我随时可以走。

"少爷，我要跟你一块儿走，"他说，"要是方便的话，明天就走吧。"

我们又默默地走了一程。

"哈姆，"他接着又说，"他现在干的活儿还得干，他得住到我妹妹那里去。那边那条旧船……"

"那条旧船就不要了吗，裴果提先生？"我打断了他的话，轻轻地问道。

"我在那儿，大卫少爷，"他答道，"已经无事可做了。自打黑暗笼罩大海以来，要是有船沉过，沉的就是那条船。不过，少爷，我的意思不是说这船就不要了。决没那个意思。"

我们像刚才一样又走了一程，后来他解释道：

"我的愿望，少爷，是这条船，白天也好，晚上也好，冬天也好，夏天也好，从她初次见到以来，是个什么样子，就要保持什么样子。如果她一旦溜达回来，我不能让这老地方显得不欢迎她，你明白吗，而要显得能吸引她走过来，像鬼魂一样，在风雨里透过那破旧的窗户往里面张望，看一看往日在炉子旁边坐过的地方。少爷，那时候，说不定她一看只有古米治太太一个人在那里，就鼓起勇气，哆哆嗦嗦地走进来，说不定还会躺在她原来睡过的床上，在过去感到欢乐的地方歇息一下她那沉重的脑袋。"

我很想接着他的话说点什么，可什么也说不出来。

"每天晚上，"裴果提先生说道，"天一黑，就要把蜡烛摆在原来那个窗口，万一她看见，那蜡烛就好像在说，'回来吧，我的孩子，回来吧！'天黑以后，你姑姑门口要是有敲门声，特别是轻微的敲门声，哈姆，你可不要去开门。我希望她——而不是你——看到我那失足的孩子！"

他走到前面去了，有几分钟，跟我们保持一点距离。这时候，我又看了哈姆一眼，他脸上依然是那副表情，两眼依旧注视着那远处的阳光。我碰了一下他的胳膊。

我像叫醒睡觉的人那样叫了两次他的名字，才引起了他的注意。最后我问他，想什么想得那么入神。他回答说：

"想前头啊，大卫少爷；还有那远处。"

"你是说前头的生活吗？"他刚才朝着大海瞎指了一通。

"唉，大卫少爷，我也弄不明白这究竟是怎么回事儿，不过那远处，我觉得事情的结尾好像就是从那儿来的。"他好像渐渐醒来了，两眼盯着我，脸上依然是那副决心已定的样子。

"什么结尾？"我问道，心里还像刚才一样害怕。

"我也不知道，"他若有所思地说道，"我刚才在回想，事情都是从这里开始的，后来结尾也有了。不过这都过去了！大卫少爷，"我想他大概是看了我脸上的神情，又接着说，"你用不着为我担心，我只是有点儿糊涂了，想事儿想不清楚了。"——这等于说，他已经不是原来的样子，思想十分混乱了。

裴果提先生停住脚步，等我们凑过去，我们凑了过去，没有再说什么。然而这情景和我先前的想法常常一齐向我袭来，这情形一直延续到那无情的结局按照预定的时间到来为止。

我们不知不觉地来到旧船屋,走了进去。古米治太太也不再无精打采地待在自己的角落里,而是在忙着准备早餐。她接过裴果提先生的帽子,给他摆好座位,说起话来那么体贴,那么柔和,我都几乎认不出她来了。

"丹尔,我的好心人哪,"她说,"你可得吃,可得喝呀,这样身上才会有劲儿,身上没劲儿可不行呀!尽量吃点儿吧,听话!你要是觉得我叽里咕噜的,"——意思是说自己爱絮叨——"嫌我讨厌,那就对我直说,丹尔,我就不说了。"

她把早餐都给我们摆好以后,就退到窗口,勤快地补起衣服来,她补的是裴果提先生的衬衣和一些别的衣服,补好以后,整整齐齐地叠好,放进了水手经常携带的油布口袋里。在这段时间里,她还在不停地说,语气还是那么安静:

"你放心,丹尔,"古米治太太说道,"一年四季,我一直都待在这里,所有的东西都按你的意思摆着。我没有多少文化,不过你不在的时候,我会抽空给你写信,我还要给大卫少爷写信。也许你也会抽空给我写信,丹尔,告诉我你孤零零一个人旅行,生活得怎么样。"

"只怕到那时候,你就成了一个孤独的女人,待在这里了!"裴果提先生说道。

"不,不,丹尔,"她答道,"不会的。你不用惦记着我。为了照顾你这个窝儿,"(古米治太太的意思是这个家)"我有足够的事情可做,好等你回来呀——照顾这个窝儿,无论谁回来都行呀,丹尔。天气好,我就坐在门口儿,像过去一样。谁要是朝这边走来,老远就能看见我这个老寡妇是诚心诚意地待承他的。"

这么一会儿的工夫,古米治太太竟然有这么大的变化呀!

她成了另外一个人。她是那样诚挚,而且能马上意识到什么话该说,什么话最好不说。她完全不考虑个人,又那样体谅身旁别人的痛苦,使我对她产生了某种敬意。看她那天干了多少活儿呀!有很多东西需要从海边拿回来,收到棚子里——比如桨呀,网呀,帆呀,绳呀,竿子,虾篓,一袋一袋压舱的东西,等等。虽然帮忙的人很多,海边上,任何人,只要有一双干活儿的手,都愿意为裴果提先生出力,而且请到谁,谁都觉得非常荣幸,她也还是坚持干了一整天。她干的那些重活儿都不是她能胜任的。她还不辞劳苦地跑来跑去,干了许多不一定非干的杂活儿。至于为自己的不幸而苦恼,她好像完全忘了自己有过什么不幸。她一方面表示同情,一方面又保持平静、愉快的心情。在她身上发生的令人惊讶的变化中,这也是相当突出的一部分。喋喋不休的抱怨,没有了。一整天,我都没见她说话声音发颤,也没见她掉一滴眼泪。傍晚,就剩下她和我与裴果提先生在一起。裴果提先生太累,睡着了。她也抽抽搭搭地哭了起来。她一边强忍着,一边拉着我来到门口,对我说道:"愿上帝永远保佑你,大卫少爷,你可要好好地待他,他真可怜哪!"她说完了,就跑到外边洗脸去了,好让他醒来的时候,看见她安安静静地坐在旁边做活儿。简而言之,当天晚上我走以后,她就成了裴果提先生在苦难之中唯一能够依靠的人了。古米治太太给我的教育,她向我展示的新的生活道路,是永远值得我思考的。

九点多钟,我迈着沉重的步子从镇上走过,在奥默先生家门口停了下来。他的女儿告诉我,他因为这件事压在心头,一整天闷闷不乐,照例要抽的烟没抽,就睡觉去了。

"那丫头口是心非,一肚子坏水儿,"乔兰太太说道,"她从来就不是个好东西!"

"别这么说,"我说,"你心里并不这么想呀。"

"谁说的,我就是这么想的。"乔兰太太气呼呼地说道。

"不对,不对。"我说道。

乔兰太太把头一扬,想摆出一副严厉、气愤的样子,但她控制不住自己软弱的一面,哭了起来。那时候,我当然很年轻,不过我看见她这样富有同情心,对她更为敬重,而且觉得她作为一位贤妻良母,这样做是非常恰当的。

"她到底想干什么呢?"明尼哭着说道,"她要上哪儿去呢? 结果会怎么样呢? 哦,她怎么对自己,对他,这么狠心呢?"

当年明尼是位又年轻又漂亮的姑娘,那情景,我记得很清楚,看见她也记得很清楚,而且这么动感情,我感到很高兴。

"我的小明尼,"乔兰太太说道,"刚刚睡着。即便睡着了,她还抽抽搭搭地要艾米丽。这一整天,小明尼哭着要她,还一遍一遍地问我艾米丽是不是坏人。我对她说什么呢,艾米丽在这里待的最后一个晚上,她把一条带子从自己脖子上摘下来,系在小明尼脖子上,还把头靠在枕头上,躺在她身边,直到她睡熟了才离开。现在那带子还系在小明尼的脖子上呢。也许不该系了,不过我有什么法子呢? 艾米丽真坏,可她们俩又很要好。孩子嘛,不懂事呀!"

乔兰太太非常痛苦,她丈夫不得不出来照顾她。我丢下他们俩,朝裴果提家走去,心里别提有多沉闷了。

那个好心人——我指的是裴果提——虽然近来焦虑不安,夜间也睡不好觉,却并不疲倦,这会儿还在她哥哥家里,准备待到第二天早上再走。几个星期以来,裴果提顾不上料理家务,就请了一个老太太照看着。家里除了我,就是她了。我用不着她伺候,就打发她睡觉去了,她也乐得。随后我就在厨房里挨着炉火坐了一会儿,把这件事整个思考了一遍。

我从这件事联想到已故巴吉斯先生临终的情景,又随着潮水漂向哈姆早上以那种异样的神情遥望的远方。这时候,一阵敲门声打断了我的胡思乱想,使我清醒过来。门上有个门环,但敲门声不是门环发出的。那是用手拍打的声音,而且响在门的下方,好像敲门的是一个孩子。

这敲门声吓了我一大跳,仿佛是哪位要人的奴仆在敲门。我开了门,先往下看,使我感到惊讶的是,只见一把大伞,好像独自在那里走动。但我紧接着就发现毛奇尔小姐在下面。

这个小家伙把雨伞拿开,使出了全身的力气也合不上。我们上次头一回见面,她给我留下的深刻印象是她脸上有"轻浮"的表情,要是这一次她还那样,我也许就不会非常热情地接待她了。但她向我抬起头来,脸色显得那样认真,等我把那雨伞从她手里接过来(那雨伞就是让爱尔兰巨人使用,也会感到不便的),她就以极其痛苦的样子把两只小手对搓起来,这倒使我对她颇为同情。

我往空荡荡的马路两头看了看,自己也弄不清还想看见什么,就说:"毛奇尔小姐!你怎么来了?出什么事儿了?"

她用短小的右臂示意,让我帮她把伞合上,然后从我身旁匆忙走过,来到厨房里。我关了门,拿着伞,跟着走了进来。这时我看见她已经坐在炉挡的角上——那是一副不高的铁炉挡,上面有两根方棍儿,放盘子用的——头顶上是热水器。她坐在那里,前后摇动着身子,两手搓着膝盖,像是忍受着痛苦的样子。

我一个人在这样不方便的时候接待她,看她这副不同寻常的样子,心里很害怕,就又重复了一遍:"请你告诉我,毛奇尔小姐,出什么事儿了? 你病了吗?"

"我亲爱的小伙子,"毛奇尔小姐说着,把两手擦起来,紧压在胸口上,"我这里有病,病得很厉害。真没想到会闹到这步田地,我要不是傻乎乎的没在意,也就料到了,说不定还会制止了!"

她那顶大帽子(和她的身材相比,极不相称),随着她那矮小身子的摇摆而前后移动,与此同时,墙上便有一顶巨大的帽子在晃动。

"看到你这样痛苦,这样认真,"我说,"我很惊讶……"——刚说到这里,她就打断了我的话。

"是呀,总是这样,"她说,"那些不懂事的年轻人,成熟的也好,不大成熟的也好,看到像我这样的小东西也有常人的感情,都是感到惊讶的。他们拿我当玩意儿,拿我开心,玩儿腻了,就把我抛开,心里还纳闷,为什么我和玩具马和木头兵不一样,是有感情的。就是这样——历来如此!"

"别人也许是这样,"我答道,"但是我向你担保,我可不是这样。我看见你现在这副样子,也许一点儿也不应当感到惊讶;我对你了解得太少了。我怎么想,就怎么说了,没好好考虑。"

"我有什么办法呢?"这小女人站起来说道,一边伸出两只胳臂来显示一下自己,"你看! 我现的样子就是我父亲当年的样子;我妹妹现在也是这个样子,我兄弟也是这个样子。我为了拉扯他们,这些年来,整天吃苦受累呀,科波菲尔先生。我得生活呀! 我不伤害别人。要是有人不好好想一想,或者是非常狠毒,竟拿我开玩笑,那么我除了拿自己开玩笑,拿他们开玩笑,拿任何东西开玩笑以外,还有什么法子呢?如果我一时真的这样做了,又能怪谁呢?怪我吗?"

不能,我认为那是不能怪毛奇尔小姐的。

"要是我使你那个不可靠的朋友觉得我这个矮子是很敏感的,"那小女人接着说道,一边带着严肃责备的神气向我摇头,"你觉得我会从他那里得到多少帮助,或多少善意呢?要是矮小的毛奇尔(把她塑造成这个样子,年轻的先生,她自己并没有参与呀),向他或者他这样的人述说自己的不幸,她那微弱的声音什么时候才能让人听见呢?即便矮小的毛奇尔是矮人之中受苦最深,天资最笨的一个,她也同样得生活呀;但是她做不到。不行;她要是靠吹口哨讨黄油、面包的话,吹到死,也是等不来的。"

毛奇尔小姐又坐在了炉挡儿上,拿出手绢来擦眼泪。

"我觉得你这个人心眼儿好,要真是这样,你就为我感谢上帝吧,"她说,"因为我虽然很清楚自己是怎么一个人,还能够愉快地忍受这一切。我反正要为自己而感谢上帝,因为我用不着欠谁的情,就能在这个世界上沿着一条小路往前走。我一边走,还有人由于无知或虚荣,向我扔东西,我就用肥皂泡儿来回敬他们。我要是不必为生活而操心,那对我来说是很好的,对别人也没有坏处。要是我是你们这些巨人手里的玩物,就对我温柔一点儿吧。"

毛奇尔小姐一直聚精会神地盯着我,这时她把手绢放回口袋里,接着说道:

"我刚才在街上就看见你了。你可以想象,我的腿这么短,我又这么上气不接下气,走不了你这么快,也就追不上你。

不过我猜到了你上哪儿来，就跟着你来了。我今天来过一次，可那个好心的女人不在家。"

"你认识她吗？"我问道。

"我知道有这么个人，"她答道，"是从奥默和乔兰的店里知道的。今天早上七点钟，我就到那儿去了。上次我跟你和斯蒂福在旅店里见面，提到那不幸的姑娘的时候，他说了些什么，你还记得吗？"

毛奇尔小姐问这个问题的时候，她头上的大帽子开始前后摇动，墙上那顶更大的帽子也跟着摇动起来。

我对她说，她提到的那句话，我记得很清楚，因为我当天就对这句话翻来覆去地想过好几遍。

"那家伙，应该天打五雷轰，"那小女人冲着我伸出食指，两眼冒着凶光，说道，"那狗腿子，应该十倍加重处罚。不过我觉得从小就对她有好感的是你呀！"

"我？"我重复了一声。

"哎呀，你这个孩子！你给我对天发誓，"毛奇尔小姐说着，一边焦躁地搓着两手，一边又在炉挡上前后摇晃起来，"你为什么那么称赞她，为什么脸红，心神不定的样子？"

我对自己也无法否认有过这样的表现，只是和她说的原因迥然不同罢了。

"我看到了什么呢？"毛奇尔小姐又从口袋里掏出了手绢，一次又一次地用双手把手绢捂在眼睛上，每捂一次就轻轻地跺一跺脚。"我看见，他又在气你，又在哄你；我看见，你就像蜡油似的任他捏吧。我不是出去了一下吗？他的用人就对我说，'小天真'（他就是这么称呼你的，从今以后你可以天天叫他'老坏蛋'）一心迷上了她，她也昏头涨脑地喜欢他，可是他家的主人打定了主意，不能让这件事产生不良的后果——这与其说是为了她，不如说是为了你——还说他们到这里来，就是为了这个。我怎么能不信他的话呢？我看见斯蒂福夸奖她，好安抚你，叫你高兴。是你先提到她的名字的。你也承认过去喜欢过她。在我对你说起她的时候，你又热又冷，又红又白，一齐表现了出来。所以我当时认为你是个随心所欲的年轻人，只是没有经验，落到了很有经验的人手里，由他们为你张罗，还以为是为你好呢——我当时不这样看，又可能怎么看呢，实际上又是怎么看的呢？哦！哦！哦！他们怕我发现事情的真相，"毛奇尔小姐说着，从炉挡上站起来，在厨房里走来走去，举着两只小胳膊，发泄心中的痛苦，"因为我是个机灵鬼儿——在社会上混，不这样不行啊！——可他们真把我给骗了，我把一封信交给了那个可怜的倒霉姑娘，她肯定就是从这里开始才跟黎提摩说话的，黎提摩也是他主人有意把他留在这儿的！"

我听了这些在我背后捅刀子的事儿，站在那里惊呆了，两眼盯着毛奇尔小姐。她在厨房里来回地走，走得上气不接下气了，就又坐在炉挡上，用手绢擦眼泪，好半天，只顾摇头，没有别的动作，也不吭声。

"我在外地旅行的时候，"后来她又接着说道，"科波菲尔先生，前天晚上来到诺里奇。我碰巧看见他们在那里走来走去，而你却不在场——这就怪了——他们那鬼鬼祟祟的样子，使我怀疑准是出了什么问题。昨天晚上，伦敦来的驿车经过诺里奇，我就上了车，今天早晨到了这里。哦，哦，哦，太晚了！"

可怜的小毛奇尔哭了一阵，着了一阵急之后，浑身冷得不得了,就在炉挡上一转身,把可怜的湿漉漉的小脚丫儿伸到炉灰里暖和暖和,坐在那里瞪着眼看火苗,跟个大玩具娃娃似的。我坐在炉前另一边的椅子上,翻来覆去地想这些不愉快的事,也在看着火苗,有时候也看她一眼。

"我该走了,"最后她说着站了起来,"时间不早了。你不怀疑我吧?"

她问我的时候,眼光别提多么锐利了。我迎着她那锐利的目光,再加上她那简短的挑战性的问话,使我一时无法坦率地说出一个"不"字来。

"说呀!"她说。我伸手去扶她,她拉着我的手从炉挡上转身下来,同时以期待的神情看着我的脸说,"我要是一个正常身材的女人,你肯定是不会怀疑我的。"

我觉得此话颇有些道理,感到很不好意思。

"你是个年轻人,"她说着点了点头,"要听人劝哪,哪怕他是个三尺高的无足轻重的人。不要把一个人的生理缺陷和他的想法联系起来,我的好朋友,除非你有站得住脚的理由。"

这时候,她已经转身下了炉挡,我也从怀疑之中转了出来。我对她说,我相信她说的自己的经历是真实的,我们俩都不幸被居心不良的人利用了。她向我表示感谢,还说我是个好小伙子。

"你听着!"她朝门口走着走着又回过身来说道,同时竖起食指,还用狡猾的眼光看着我,"从我听到的情况来看——我一向是竖着耳朵听的;我具有的能力,是不能放着不用的——我有理由怀疑他们已经到国外去了。不过只要他们回来,或者他们之中有一个人回来,要是我还活着,我到处转悠,比别人更有可能及早发现他们。我了解到什么情况，一定告诉你。要是我能为那上了当的可怜姑娘效力，我绝不含糊，我向老天爷保证。黎提摩就是让猎狗跟上，也比让小毛奇尔跟上舒服一些！"

她说这句话时的表情，我看了以后，对她最后这句话深信不疑。

"你对一个正常身材的女人相信到什么程度，就对我相信到什么程度好了，不多，也不少，"那小东西说着，以恳切的神情抚摸了一下我的手腕，"要是你再见到我，不是现在的样子，而是初次见我的样子，就看看我是和什么人在一起吧。你要记住，我是个无依无靠无人保护的小东西。想一想，我干完一天的活儿之后，回到家里，兄弟跟我一样，妹妹也跟我一样。到那时候，你也许就不会对我过于苛刻了。我要是会感到痛苦，办事认真，你也许就不会感到惊讶了。再见吧！"

我朝着毛奇尔小姐伸出了手，对她的看法和我原来对她的看法大不一样。我给她开开门，让她出去。把大伞撑起来，让她稳稳当当地拿好，可不是一件简单的事，不过最后我还是成功了。我眼看着那大伞在雨中一起一落地沿着大街远去，根本看不出雨伞底下有人，只有在过满的水溜子流出过多的水时，雨伞被压得偏到一边去了，才能看见毛奇尔小姐在拼命挣扎着把伞拿稳。有一两次，我冲出去帮她，没等我走到，就看见那雨伞像只大鸟一样，一起一落地向前移动了，也就没有必要过去帮忙了，于是我就回到屋里，上床睡觉，一觉睡到了大天亮。

第二天早上，裴果提先生和我的老奶妈来到我这里。我们一大早儿就到驿站去了。古米治太太和哈姆在那里等着为我们送行。

"大卫少爷,"哈姆小声说着,把我拉到一边,这时裴果提先生正在行李堆里找一个合适的地方放他的提包,"他的生活全完了。上哪儿去,他自己也不知道;前景怎么样,他也不知道;我敢说,他这次出去,走走,停停,要把他这一辈子的时光耗尽,除非他能找到他要找的人。我相信,你会真诚待他的,大卫少爷?"

"你放心,我一定真诚待他。"我说着,和哈姆诚恳地握了握手。

"谢谢你。你真好,谢谢你,少爷。还有一件事。我这份工作还不错,你知道,大卫少爷,我挣的钱,眼下也没处花。钱,对我说来,除了生活以外,没有什么用了。你要是能让他拿去用,我干起活儿来会更来劲儿。说起干活儿,"他稳重而亲切地说,"你不用担心,我什么时候干活儿都像个男子汉,都会把所有的劲儿使出来!"

我对他说,这我相信,我还含蓄地表示希望,虽然他现在自然想过独身生活,总有一天会结束这样的生活。

"算啦,少爷,"他摇着头说道,"这一切,对我来说,少爷,都过去了。那空出来的地方,谁也填充不了。你可一定要记得那钱的事儿,这里随时都有钱让他用。"

我答应他,一定照办,不过我也提醒他,裴果提先生从他妹夫的遗嘱里得到一笔钱,数量虽不大,却是一笔稳定的收入。随后我们就分手了。现在我写到跟他告别的情景,还不能不想起他怎样默默地忍受那巨大的悲痛,而为他难过。

至于古米治太太,我要是描述一下她怎样在驿车旁边顺着马路往前跑,强忍着眼泪,什么都不看,只盯着车顶上的裴果提先生,跟迎面走过来的人群撞来撞去,那是相当困难的。所以我就不多说了,让她在一家面包房门口的台阶上坐下吧,她已经上气不接下气,帽子也不成样子了,鞋也掉了一只,落在人行道上离她好远的地方。

我们到了目的地以后,头一件事就是给裴果提找个住处,不必很大,但要有个让她哥哥睡觉的地方。我们很幸运,一下子就找到了,很干净,也很便宜,在一家杂货店楼上,离我住的地方只隔一条街。租下房子以后,我就在一家饭馆儿买了一些熟肉,请这两位与我同行的人到我家去喝茶——这件事并不合乎克鲁普太太的心意,也可以说是完全违背她的心意的。现在提起这件事,我还感到遗憾。不过要说明这位太太的真实想法,我还得说她对裴果提非常生气,因为裴果提一个寡妇,进门不到十分钟,就把袍子一卷,动手打扫起我的卧室来了。克鲁普太太认为裴果提这是自作主张,她说这样自作主张的事儿,她是绝对不允许的。

在来伦敦的路上,裴果提先生就把他的想法告诉我了,我倒也不是完全没有思想准备。他的想法是先去见斯蒂福太太。我觉得自己有义务帮他做这件事,并在他们之间进行调解;为了尽量不伤这位母亲的心,我就在当天晚上给她写了一封信。我尽可能婉转地告诉她,裴果提先生受到了什么样的伤害,以及我在里面起的作用。我说他是日常生活中非常普通的一个人,但他性情温和,为人正直。我还冒昧地表示希望她不要不见这个痛苦万分的人。我提出我们下午两点钟到。第二天早上,我亲自投寄,这封信跟上第一班邮车走了。

我们按照约定的时间来到大门口,几天以前,我还在这所房子里过得那么愉快,把我那年轻人的真诚和满怀的热情毫无顾忌地表现出来。从那以后，这所房子对我来说已是大门紧闭，现在成了一块荒地，一片废墟了。

黎提摩没有露面。出来开门的是我上次来的时候就已取代黎提摩的那个人。她有一张比较讨人喜欢的面孔。我们跟着她来到客厅。斯蒂福太太坐在那里。我们进门的时候，看见罗莎·达特尔从客厅的另一头大模大样地走过来，站到斯蒂福太太的椅子后面。

我从这位母亲的脸上一下子就看出，她已经从她儿子那里知道他干了些什么事儿。她脸色非常苍白，带有内心十分激动的痕迹，假如光是我那封信，她爱子心切，必然生疑，这就会削弱那封信的作用，她也就不会这么激动了。在这之前，我从来没有像这时候这样觉得她跟儿子这么相像，而且我还感到，虽然没有看到，我的同伴也没有忽略他们母子之间的这种相像。

她坐在扶手椅上，腰板儿挺得直直的，稳重，端庄，不动声色，无论发生了什么事，都无动于衷。她目不转睛地看着裴果提先生。裴果提先生站在她面前，差不多也同样目不转睛地看着她。罗莎·达特尔眼光敏锐，一看就全明白了。好一会儿的工夫，谁也没说话。斯蒂福太太向裴果提先生示意，让他坐下。他低声说道："太太，在你府上，我怎么好坐呢。还是站着吧。"接着又是一阵沉默。后来她开始说话了：

"我知道你们为什么到这里来，心里感到很不安。你们对我有什么要求？你们要我干什么？"

裴果提先生把帽子往胳肢窝里一夹，伸手到胸前的口袋里摸艾米丽的信，掏出以后，把信打开，递给了斯蒂福太太。

"太太，请看，这是我外甥女写的。"

她看了一遍,神态还是那么稳重,端庄——据我观察,并没有为信的内容所动——随手又把信还给了他。

"'除非他把我变成阔太太,带我回来,'"裴果提先生用手指着信上这一行说道,"我是来问问,太太,他说话算数不算数?"

"不算数。"她答道。

"为什么?"裴果提先生问道。

"他办不到。那就丢了他的面子。你不会不知道,她的地位比他低得多。"

"把她提高一下嘛!"裴果提先生说道。

"她没有文化,愚昧无知。"

"她也许是,也许不是,"裴果提先生说道,"我认为她不是,太太;不过在这方面,我说不准。叫她好好学嘛!"

"我本不愿意明说,既然你非让我说,就明说了吧。别的姑且不论,就凭她那些穷亲戚,这件事就办不成。"

"太太,你听我说,"他慢条斯理地低声说道,"你知道怎样爱护自己的孩子。我也知道怎样爱护自己的孩子。就算她比我亲生的孩子还亲上一百倍,我爱护她,也不过如此了。你可不知道失去孩子是个什么滋味。可是我知道。世界上所有的财富(要是归我所有的话)我都可以不要,也得把她赎回来。救救她吧,别让她这样丢人。她是不会因为我们而丢人的。这些年来,看着她长大的这些人,和她一起生活过,把她奉为至宝的这些人,从今以后,谁都可以永远不再看她那漂亮的脸蛋儿。我们甘愿让她想怎么样就怎么样;我们甘愿想念她,让她待在那遥远的地方,就像那里另有一个太阳一样。我们甘愿把她托付给她的丈夫——也许还要托付给她的孩子们——等将来总有一天我们都在上帝面前，人人平等！"

他这篇生动有力的言词并不是完全没有效果。斯蒂福太太依然保持着原来的傲慢态度，但语气温和了一点儿，她说：

"我不想辩解，也不想反咬一口。但是，对不起，我要再说一遍：办不到。这种结合会无可挽回地毁掉我儿子的事业，会葬送他的前程。这件事永远不能实现，也永远不会实现，这是确定无疑的了。要是有什么别的法子来补偿的话……"

"我面前这张脸，很像另外一个人的脸，"裴果提先生打断了她的话，用坚定而激动的目光看着她说道，"那个人在我家里，在炉火旁，在我的船上——无论在哪里——都对我微笑，对我友好，可他又是那样奸诈，现在我一想到他，就几乎要发疯。要是和那个人长得一样的这张脸，想用钱来补偿我的孩子遭受的摧残和毁灭，自己却不觉得烧得慌，那它就一样地坏。既然它是一张女人的脸，我觉得它就更坏。"

霎时间，她变了样儿。她气得满脸通红，两手紧紧地抓着扶手椅，毫不容情地说道：

"你在我和我儿子中间开了这样一条鸿沟，你能给我什么补偿呢？你对孩子的爱怎么能和我对孩子的爱相比？你们的分离怎么能和我们的分离相比？"

达特尔小姐轻轻地碰了她一下，弯下腰，悄悄地跟她说了点儿什么，但她全然听不进去。

"不行，罗莎，别说了！让这个人听我说吧！我的儿子，他就是我的命根子，我所想的全都是为了他，从他小的时候起，我满足他的所有愿望；从他下生以来，我们就相依为命——竟然一时冲动，和一个穷人家的丫头搞在一起，躲起我来了！为了她，竟然用一连串的欺骗手段来报答我对他的信任,为了她,竟然离开了我! 他为了一时的胡思乱想,竟然忘了做儿子的本分,他的责任、疼爱、尊敬、感激,他应该时时刻刻加强这些本分,形成纽带,而不受任何事情的干扰! 这一切,难道不是伤害吗?"

罗莎·达特尔还想安慰她,可还是不起作用。

"听着,罗莎,别说了! 他要是为了一个微不足道的目标就不顾一切,我就要为一个更为重大的目的而不顾一切了。我疼爱他,给了他钱,让他带着钱,愿意上哪儿去,就上哪儿去吧! 他想老不来见我,用这样的办法来压我吗? 那他可就对自己的母亲了解得太少了。他要是不再胡闹,我欢迎他回来。他要是还不肯丢开她,只要我还能举手示意,无论他是死是活,我都不许他靠近我,除非他永远抛弃她,乖乖地来求我饶恕。这是我的权利。这是我要求他承认的。我们之间的分歧就在这里! 难道,"她用开始的时候那种毫不容情的傲慢态度看了看她的客人,接着说道,"这还不是伤害吗?"

我听着看着这位母亲说这番话,就觉得好像同时在听着看着她的儿子在反驳她。我原先在她儿子身上看到的那股说一不二的倔劲儿,现在在这位母亲身上也都看到了。我不仅对她儿子使用不当的精力有所了解,而且对这位母亲的性格有所了解,我还看到,就其影响最大的渊源而论,二者是一样的。

这时候,她恢复了原先那种矜持的态度,大声对我说,再听下去,或者再说下去,都无济于事,所以她希望结束这次谈话。她大模大样地站起来,正要离去,裴果提先生表示她用不着这样做。

"你不用怕我碍你的事。我没有更多的话要说了,太

太,"他一边说着,一边朝门口走去,"我来,就没抱什么希望,我走,也不抱什么希望。我只是做了自己觉得应当做的事。处在我这样的地位,我从来也不希望有什么光可沾。你这个家对我和我家的人来说,都太坏了,我在这里不可能保持清醒的头脑,还指望有光可沾。"

说完了,我们就走了,丢下她一个人,站在扶手椅旁边,很像是一位漂亮的贵妇人的肖像。

我们往外走,得穿过一个廊子,地上铺着砖,两旁和顶上镶着玻璃,上面有一棵葡萄藤。叶子和幼芽都已发绿。那一天天气晴朗,通向花园的两扇玻璃门开着。我们快走到这玻璃门的时候,罗莎·达特尔不声不响地走进门来,对我说话。

"你可真行啊,"她说,"把这家伙带到这儿来!"

愤怒与鄙视的心情在她脸上蒙上了一层阴影,从她那双黑眼睛里放射出来,这两种感情集中表现在她的脸上,我感到难以想象。那锤子留下的伤疤特别明显,她激动起来,总是这样。我看了她一眼,先前看见过的那种跳动正好出现在那块伤疤上,她毫不犹豫地举起手来,给了它一巴掌。

"你就非得维护他,"她说,"把他带到这里来,是不是?你可真是个大好人!"

"达特尔小姐,"我答道,"你可不能这么不公道,指责起我来了吧!"

"你为什么要在这两个疯子之间制造不和呢?"她答道,"他们俩又任性,又傲慢,到了疯狂的地步,难道你不知道吗?"

"这能怪我吗?"我答道。

"这能怪你吗?"她反驳道,"你为什么把这个人带到这儿来?"

"他是一个受到严重伤害的人,达特尔小姐,"我答道,"你大概不知道吧。"

"我光知道詹姆斯·斯蒂福是个虚伪、堕落、不讲信义的人,"她说着把手放在胸前,好像是想压住正在那里形成的一场风暴,不让它爆发似的,"至于这家伙,和他那个普普通通的外甥女,我为什么要知道,要关心呢?"

"达特尔小姐,"我答道,"你这是雪上加霜呀!他受的伤害已经够重了。临走之前,我只想说,你太冤枉他了。"

"我一点儿也没冤枉他,"她答道,"他们是一帮品质恶劣不值一提的人。我真想叫人抽她一顿鞭子!"

裴果提先生什么也没说,继续往前走,从大门走了出去。

"哦,可耻,达特尔小姐!可耻!"我气愤地说,"他无辜受害,你怎么还忍心把他踩在脚底下?"

"我要把他们都踩在脚底下,"她答道,"我要让人把他的房子拆了。我要让人在他外甥女的脸上烙上字,给她穿上破衣裳,把她扔到街上,饿死她。我要是有权坐堂审案子,我就一定叫人这么办。叫人这么办?我要亲自动手!我讨厌她。她干了这种不要脸的事儿,我要是能当面骂她一顿,让我追到哪儿都行。即便要追到坟墓里,我也去。要是在她临死的时候,有一句好听的话会使她得到安慰,而只有我知道这句话,就是要了我的命,我也不说。"

我觉得她这番激烈的言词也只略微表现出一点她内心的愤怒。虽然她并没有提高嗓门儿,而比平时压得更低,但她全身都在散发怒气。她给我留下的印象,或者说她是怎样发泄自己的怒气的,都不是我能充分描述的。愤怒的表现形式,我

615

见得多了，可这种形式，我没见过。

我追上裴果提先生的时候，他正在一边沉思，一边慢慢朝山下走去。我一走到他身旁，他就对我说，原来打算在伦敦做的事已经做完了，准备当天晚上就"上路"。我问他要上哪里去。他只说："少爷，我要去找我的外甥女。"

我们回到杂货店楼上的小屋，我找了个机会，把他对我说的话又向裴果提说了一遍。她告诉我，那天早上他也对她说过那样的话。他究竟要上哪里去，她和我一样，也全然不知道，但是她觉得他心里已经形成了一定的想法。

在这种情况下，我不愿意离开他，我们三个人就在一起吃牛排饼。这是裴果提的许多拿手好菜之中的一种。我记得很清楚，那天这饼的味道很特殊，因为有茶、咖啡、黄油、咸肉、奶酪、新鲜面包、木柴、蜡烛、核桃酱的气味混杂在一起，不断从杂货店里飘上来。饭后，我们在窗口坐了大约一个钟头，没有说多少话。后来裴果提先生站起身来，拿出他的油布包和粗手杖，放在了桌上。

他从妹妹手头儿上收下了一小笔钱，算是他接收的遗产。这笔钱，我当时要是估计一下的话，也就是勉强够他花一个月的。他说，有什么事儿，就跟我联系，随后就把包往身上一背，拿起帽子和手杖，对我们两个人说"再见"了。

"祝你万事如意，亲爱的老妹子，"他说着搂了搂裴果提，"也祝你万事如意，大卫少爷！"说着跟我握了握手，"我要去找我的外甥女，哪怕要到天涯海角。我不在的时候，要是她回来了——不过，唉，这是不大可能的！——或者说要是我能把她找回来，我就和她到一个没有人能指责她的地方去，在那里一直生活到死。我要是有个三长两短，你们记住，我给她留下的最后一句话是：'我那亲爱的孩子呀，我对她的爱心没有变，我原谅她了！'"

他说这话，态度是严肃的，没有戴帽子；说完以后，他就戴上帽子，下楼走了。我们送到门口。天快黑了，外面挺暖和，尘土飞扬，和这条胡同相连的大马路上，路边总是川流不息的行人，一时显得有些稀少，鲜红的阳光铺洒在路面上。他独自一人，顺着我们这条昏暗的街走到路口，朝着阳光一拐弯儿，就不见了。

每天晚上到了这个时候，每当我夜里醒来的时候，每当我抬头看星星看月亮的时候，或者在我看着天下雨，或听见刮风的时候，我常常想到这个长途跋涉的可怜人那孤独的身影，想起他说的那番话：

"我要去找我的外甥女，哪怕要到天涯海角。我要是有个三长两短，你们记住，我给她留下的最后一句话是：'我那亲爱的孩子呀，我对她的爱心没有变，我原谅她了！'"

第三十三章 喜 事

在这段时间里,我越来越爱朵拉了。我在失望和痛苦之中,想到她,就觉得有了着落,甚至连失去朋友之事,都得到了一定的补偿。我越可怜自己,或者说越可怜别人,就越想从朵拉的形象中寻求安慰。世上的欺诈和困扰越积越多,高居于世界之上的朵拉这颗星射出的光芒也就越纯洁。我觉得我没有明确的概念,不知道朵拉究竟来自何方,也不知她在上界是何等级,但我可以断言,如有人说她是一个普通的人,和任何年轻女子一样,我就要怀着愤怒与鄙视的心情痛加驳斥了。

要是能这么说的话,我要说我沉浸在朵拉之中了。我不仅爱她爱得神魂颠倒,而且浑身都用这爱心泡透了。打个比方吧,从我身上拧出来的爱心足以淹死任何人,而我身上从里到外剩下的爱心,也还足以布满我的全身。

我回来以后,为自己做的头一件事,就是连夜步行到诺伍德,就像小时候老猜的一个谜语一样,"围着房子转呀转呀,就是不把房子碰呀",同时心里想着朵拉。这个难猜的谜语,我觉得谜底是月亮。不管它是什么吧,我这个受月亮驱使的崇拜朵拉的奴隶,围着房子和花园足足转了两个钟头,从篱笆缝里往里边看,拼命挣扎着把下巴搭在栏杆上面生了锈的钉子上,朝着窗口的灯光飞吻,时不时地还呼唤黑夜,祈求它保护我的朵拉——防备什么呢,我却说不清楚。我想是防火吧,也许是防耗子,她最讨厌耗子了。

我心里老惦记着我所爱的人,把这件事悄悄地告诉裴果提,也就很自然了。一天晚上,她又在我身旁,拿出往日做活儿的那套东西,把我的衣柜翻了个遍,我就拐弯抹角地把心中这一大秘密告诉她。裴果提非常关心这件事,可是无论如何也不同意我的看法。她公然偏向我,怎么也弄不明白我为什么对这件事信心不足,情绪不高。"那姑娘找这么个对象,会觉得自己有福气,"她说,"至于她父亲,那位老先生究竟指望什么呢? 真是的!"

不过,我看出来了,一说起斯彭洛先生那代诉人的袍子和硬领,裴果提就收敛一点儿了,对那个人也比较尊重一些了。那个人在我心目中显得越来越潇洒飘逸,端坐在法庭上,周围放满了文件,活像文具海洋中的一座小灯塔,四周折射的光辉照在他身上。我还要顺便说一下,当时我也坐在法庭上,有一种特别奇怪的感觉,因为那些呆头呆脑的老法官和博士们,即便认识朵拉,也不会喜欢她;即便有人提出让他们和朵拉结婚,他们也不会高兴得忘乎所以;即便朵拉边唱边弹她为之增辉的吉他,迷得我简直要发狂,也不会引得那帮老朽之中的任何人跨越雷池一步!

我憎恶他们所有的人。他们是从爱情花坛上打入冷宫的老花匠,我因个人恩怨而厌恶他们所有的人。法官席上坐的是无动于衷的糊涂虫。律师席上的先生们也和酒馆里站柜台的先生们一样,既无人情味儿,也缺乏诗意。

我负责料理裴果提的事情,颇为得意。我把那遗嘱作了确认,和遗产税局谈好了结算办法,又陪裴果提去了银行,一会儿工夫,就全了结了。我们不只是办了这些法律手续,我们还到弗利特街参观了出汗的蜡像(二十年了,我估计该化了),还参观了林乌德小姐的展览,我记得那是个刺绣的殿堂,适合反省和忏悔。我们去看了伦敦塔,还登上了圣保罗教堂的顶层。这些美妙的景物,在当时的情况下,也就足够裴果提欣赏的了。我想只有那圣保罗教堂是个例外,由于她多年来一直喜欢自己的针线盒,那教堂却要与那盒盖上的图画比个高低,她认为在某些地方,真的还是不如画得好。

裴果提的公事,在协会里我们通常称之为"普通公事"(普通公事,活儿很轻,收入却很高),了结之后,有一天我陪她到办公室来交费。老提菲说,斯彭洛先生出去主持仪式,让一位先生宣誓,领结婚证。我知道他一会儿就回来,因为我们这个地方离主教代表的办公室很近,离代理监督的办公室也很近,所以我就让裴果提等一会儿。

我们在协会里,遇上遗嘱方面的事务,就显得有点儿像殡仪馆里的人一样——我们定了一条一般性的规则,与穿丧服的客人打交道,要显得多少有点难过的样子。所以我向裴果提暗示,过一会儿她见到斯彭洛先生的时候,他已经摆脱了巴吉斯先生去世的消息对他的刺激;果不其然,他进来的时候像个新郎一样。

不过我和裴果提谁也顾不上看他了,因为我们看见摩德斯通先生跟着他走了进来。摩德斯通先生变化不大。他的头发还是那么厚,当然也还像原先那么黑,他的眼神也还像原先那么叫人不放心。

"啊,科波菲尔!"斯彭洛先生说道,"我想你认识这位先生吧?"

我向这位先生冷冷地鞠了一个躬,裴果提则是待理不理的样子。他同时碰见我们两个人,一时显得不知所措,但他接着就想好了该怎么办,朝我走了过来。

"我希望,"他说,"你混得不错吧?"

"这和你有什么关系?"我说,"你要是真想知道,是的,混得不错。"

我们彼此看了一眼。他又对裴果提开了腔。

"你怎么样?"他说,"我看得出,你失去了丈夫,我很遗憾。"

"这可不是我这辈子头一回失去亲人了,摩德斯通先生。"裴果提说道,从头到脚不停地发抖,"我很高兴,但愿这一回谁也不用责怪——谁也不用负责任。"

"哈哈!"他说,"你这么想倒也心安理得。你尽了你的本分吧?"

"我可没把谁折腾死,"裴果提说,"想到这里,我问心无愧!没有,摩德斯通先生,我可没有把哪个可爱的小妞儿连折磨带恐吓,害得她年轻轻的就死了!"

他以阴沉的目光看了她一眼——我觉得他有悔恨的意思;随后他朝我转过脸来,但不看我的脸,而是看着我的脚说道:

"我们短期内不会再见面了,这肯定会使我们彼此都感到欣慰,因为这样见面,愉快不了。你一向反对我应有的权威,我也就不能指望你努力上进,改正自己的错误,也不能指望你现在会对我有什么好感。咱们俩总是互相对立……"

"由来已久了吧,我想?"我打断了他的话,说道。

他微微一笑,两只黑眼睛朝我看了一眼,那眼神别提有多么恶毒了。

"这种对立情绪,从你小的时候,就在你心里折腾,"他说,"你那可怜的母亲也为这件事而感到苦恼。你说得不错。我希望你能有所长进,希望你能改正错误。"

他说到这里,停止了这番谈话。谈话本来是在外屋的一个角落里小声进行的。现在他进到斯彭洛先生屋里去了,同时还以流畅的语调大声说道:

"干斯彭洛先生这一行的人对于家庭纠纷是很熟悉的,他们知道这种问题有多么复杂,多么难解决!"他说完了,付了领证的费用,从斯彭洛先生手里接过叠得整整齐齐的证书,斯彭洛先生和他握了握手,还出于礼貌,祝他和那位女士幸福,然后他就走了。

我听了他上面那番话,要不是只顾劝说裴果提,也会难以克制自己,一言不发的。裴果提真是个好人,她为了我而很生气,我费了好大的劲儿才使她明白这里不是互相指责的地方,劝她不要发作。当时她异常激动,我看到她又想起过去我们所受的伤害,就当着斯彭洛先生和那些文书的面,热情地搂了她一下,尽可能平息她的怒气,我自己也感到很高兴。

斯彭洛先生好像并不知道我和摩德斯通先生之间的关系,这正合我的心意,因为我想到我给可怜的母亲的生活带来的影响,即便是在心里,也不愿意认他。斯彭洛先生如果关心这件事,他好像认可我姨奶奶是我们家的执政党领袖,还有一个反对党,由另外一个人领导。我们一边说话,一边等提菲先生给裴果提开账单,我至少从斯彭洛先生说的话里得出了上述印象。

"特洛乌德小姐,"他说,"肯定是非常坚定的,听不大进不同的意见。我赞赏她这种性格,我还要向你表示祝贺,科波菲尔,祝贺你站在了正确的一边。亲戚之间闹不和,是很要不得的。不过这又是极其普遍的现象,最重要的是站在正确的一边。"我的理解,这意思是站在有利可图的一边。

"我想这是很好的一门亲事吧?"斯彭洛先生问道。

我说我对这件事一无所知。

"是吗!"他说,"听了摩德斯通漏出来的几句话——在这种场合,人人都会这样——和摩德斯通小姐透露的情况,我觉得这是很好的一门亲事。"

"你的意思是这件事涉及到钱吗?"我问道。

"是呀,"斯彭洛先生说道,"据我所知,是涉及到钱的。听说还是个大美人哩。"

"是吗! 新娘子年轻吗?"

"刚成年,"斯彭洛先生说,"最近才成年的,我想他们就是在等这个日子呢。"

"上帝呀,救救她吧!"裘果提说道,她这话,口气又重,说得又突然,我们三个人都不知如何是好,后来提菲拿着账单进来了,才好了一点儿。

不过老提菲没过多久就来了,他把账单递过来,请斯彭洛先生过目。斯彭洛先生把下巴缩到领子里,轻轻抚摸着,把各个项目过了一遍,显出不以为然的样子,仿佛这全是乔金斯干的,随手把账单还给了提菲,无可奈何地叹了一口气。

"是这样,"他说,"对——全对。科波菲尔,要是我,按照实际开销来要价,我就很高兴了。但是在我干的这一行,我无权按自己的愿望行事,实在让人心烦。因为我有一个合伙人——乔金斯先生。"

因为他说这番话的时候有一点儿伤感的味道,这就和分文不收差不多了,我代表裴果提向他表示感谢,并且付给了提菲现钱。裴果提回住处去了,我和斯彭洛先生就到了法院。正有一桩离婚案要开庭审理,依据的是一项巧妙的小小的条例(这一条例,我想,现已撤销,不过我看见过几宗离婚案,就是根据这一条例宣判的),案情如下。丈夫名叫托马斯·本杰明,当初领结婚证的时候,他只说叫托马斯,而没有提本杰明,因为他怕婚后生活不像他想象的那么满意。后来他果然发现不像他想象的那么满意,也许是对他那可怜的妻子有些厌倦,这时候他结婚才一两年,就闹起来了。由他一个朋友出面,说他名叫托马斯·本杰明,因此他没有结过婚。法院同意这一申诉,使他大为高兴。

坦率地说,这个案子严格说来是否公正,我是怀疑的,即便是能消除各种怪事的一蒲式耳麦子,也不能把我吓住,使我不再怀疑。

但是斯彭洛先生非要跟我辩论。他说,看一看世界,那里有善有恶。看一看教会法,那里也有善有恶。那都是总体的一部分。很好。就是这么回事儿!

我没有勇气向朵拉的父亲提议,说假如我们早上早点儿起来,脱了上衣就干活儿,说不定能使世界有所改善。不过我坦白地告诉他,我有一个想法:我们也许能使协会得到改善。斯彭洛先生回答说,他特意劝我打消这个念头,因为它与我的绅士性格不相称。但是他又说,他愿意听听我的意见,我认为协会可以怎样改进?

就拿协会之中离我们最近的这一部分来说吧——因为这时候那个人已被确认没有结过婚,我们走出法庭,正漫步走过遗嘱事务所——我说我觉得遗嘱事务所是个很怪的机构。斯彭洛先生问,此话怎么讲?我回答的时候,对他的经验表现出了一切应有的尊敬(但是我对他尊敬,恐怕在更大的程度上是因为他是朵拉的父亲),我说这个机构的注册处收藏着整整三百年广大的坎特伯雷教区所有留下遗产的人的遗嘱原件,而这所建筑物却不是专门为此设计的,而是偶然碰上的,由注册员租来为个人赚钱的,不安全,也没有证明合乎防火的要求,重要文件塞得满满的,确实是从地下室一直塞到屋顶,这是注册员们为了赚钱而进行的投机行为;他们向公众索取高额费用,把公众的遗嘱到处乱塞,其目的只有一个,那就是把它们廉价处理。这种情况恐怕有点儿荒唐。我说这些注册员一年收益八九千镑(且不说副注册员和地区文书的收益),竟不肯拿出一点儿钱来,为各界人士不论愿意与否都不得不交来的重要文件找一个比较安全的地方。这种情况恐怕有点儿不合理。我说这个重要的机构里的重要职务,个个都是不用干活儿就享有高官厚禄,而在楼上又冷又黑的屋子里干活儿的倒霉文书,虽然干的是重要工作,在伦敦却待遇最低,最得不到关心。这种情况恐怕有点儿不公平。我说注册处的那个负责人有责任为不断来办事的人提供必要的场所,就因为有了这个职务(此外他还可能是个牧师,有其他兼职,在大教堂里有专座,等等),成了一个突出的少干活儿多拿钱的人,而公众有多么不便,只要看一看每天下午这里忙起来的时候是个什么样子就行了,我们知道,那是很可怕的。这种情况恐怕有点儿不光彩。我说,总而言之,坎特伯雷教区这个遗嘱事务所恐怕是一个完全腐败的机构,是一个理应割除的毒瘤,要不是它躲在圣保罗教堂墓地的一角,人们不大知道它,早就让人弄得天翻地覆了。

我说着说着慢慢激动起来，斯彭洛先生先是对我微笑，后来就像刚才在那个问题上和我辩论一样，在这个问题上和我辩论起来。他说：说到底，是个什么问题呢？是个感觉的问题。要是公众感觉他们的遗嘱放在了安全的地方，而且理所当然地认为事务所不必改善了，谁会吃亏呢？谁也不吃亏。谁会占便宜呢？所有那些光拿钱不干活儿的人。很好，那就是说，好东西占了上风。这个制度也许并不完美——完美的东西是没有的。他反对的是打楔子。有遗产事务所，国家就光彩；往里一打楔子，国家就不光彩了。他认为一位绅士应当遵循的原则是对任何事物都应保持其原貌，他还表示深信遗嘱事务所要存在下去，比我们这辈人存留得长。我对他这种看法非常怀疑，但我尊重他的意见。同时我发现他的话是对的，因为那遗嘱事务所不但至今依旧存在，而且十八年前经受住了一份重要的议会报告的指责（并不是非常情愿地），那报告把我这些意见详细列举出来，还说现有储存遗嘱的地方只够用两年半的了。从那以后，他们是怎样处理遗嘱的呢——是丢了很多，还是时不时地卖给黄油商店一些——我不得而知。值得庆幸的是我的遗嘱不在那里，我还希望很长一段时间之内，不必把我的遗嘱放到那里去。

我在这关于幸福的一章里，把这些情况记下来，因为记在这里是很自然的。没想到我与斯彭洛先生竟然聊了起来，说个没完。我们就来回多走了一会儿，后来我们才随便谈了一些话题。就这样，到了最后，斯彭洛先生对我说，下周的今天是朵拉的生日，他欢迎我那一天来参加他们的小型野餐会。我马上就感到受宠若惊。第二天我收到一张带花边的纸条，上面写着，"爸爸关照，不要忘记"，我就不知道说什么好了，中间那几天，我就处于迷迷糊糊的状态中。

为了准备出席这次幸福的聚会，我觉得自己做了许多可笑的事。到现在，我一想起我买的那条领带，就脸红。我的靴子可以归入任何一类刑具。我准备了一个精致的小篮子，头一天晚上通过去诺乌德的驿车寄了过去。我觉得这篮子本身差不多就能表明我的心意。篮子里装的是一拉响糖果，糖纸上写着花钱能买到的最温柔的话语。早上六点钟，我就来到科文特加登市场，为朵拉买了一束鲜花。十点钟我就骑上马（为了这次聚会，我特意雇了一匹灰色骏马），用帽子托着花束，以保持新鲜，一溜小跑儿，朝着诺伍德奔去。

我看见朵拉在花园里，但我假装没看见。我路过她的家门，却假装急着寻找她的家。我想我这样做，是干了两件小小的傻事儿。别的年轻人，要是处于我这种情况，也会干这样的傻事儿，因为我觉得这是很自然的。可是，哦！等我真的找到她的家，真的在花园门口下了马，拖着那双铁石心肠的靴子走过草地，来到朵拉跟前，而朵拉在花园里，坐在丁香树下的椅子上，那天早上，天气晴朗，周围彩蝶纷飞，她头戴白色刨花小帽，身穿天蓝色长裙，她有多么好看呀！

还有一位姑娘在陪着她——年纪比较大——我看，快二十了。她名叫米尔斯小姐，朵拉管她叫朱莉娅。她是朵拉的知心朋友。米尔斯小姐，你真幸福！

吉卜也在那儿，它照例冲着我叫起来。我向朵拉献花束的时候，它忌妒得咬牙切齿。它会那么忌妒的！它要是多少知道一点儿我多么崇拜它的女主人，它会那么忌妒的！

"哦，谢谢你，科波菲尔先生！多么好看的花呀！"朵拉说道。

我本来想说(我在来的路上考虑过什么样的措词最恰当,想了三英里的路程)在没有看到这些花靠她这么近的时候,我也觉得这些花很好看。可是我却说不出来;她的威力太大了。一见她把那花束贴近她那带酒窝的下巴,你就高兴得全身无力,无法保持清醒的头脑和说话的能力了。我真纳闷,当时我为什么没说:"米尔斯小姐,你要是可怜我,就把我杀了吧。让我就死在这里吧!"

朵拉于是把我送的花拿给吉卜闻;吉卜咕噜了一阵,却不去闻。朵拉接着就笑了,把花朝吉卜凑近了点儿,叫它闻。吉卜就用牙咬住了一枝天竺葵,像对付猫一样撕咬起来。朵拉接着就打了它一下,噘起嘴来,说道:"真可怜,我这美丽的花哟!"她这话说得很有感情,我觉得好像吉卜咬住的就是我。我真希望它咬住的就是我。

"科波菲尔先生,你一定很高兴听到盛气凌人的摩德斯通小姐不在这里,"朵拉说道,"她参加她弟弟的婚礼去了,至少要待三个星期呢。高兴吗?"

我说她一定觉得很高兴,凡是她觉得高兴的,我都觉得高兴。米尔斯小姐显出一副既有见识又宽厚待人的神气,看着我们微笑。

"我从来没见过像她这么讨人嫌的东西。"朵拉说道,"你想象不出她的脾气有多么坏,多么吓人,朱莉娅。"

"不,我能想象得出,亲爱的。"朱莉娅说。

"也许你能,亲爱的,"朵拉把手搭在朱莉娅的手上,说道,"请原谅,亲爱的,我刚才忘了把你排除在外了。"

我从这里了解到米尔斯小姐经历坎坷,受过磨难,我刚才看到的聪敏宽厚的态度,大概与此有关。经过这一天的活动,我了解到情况的确是这样。米尔斯小姐因为看错了人,爱情生活有过波折,人们都认为她饱尝生活中的酸甜苦辣之后,已经不再过问世事,但是她仍以平静的心情关注年轻人未受挫折的希望与爱情。

正在这时,斯彭洛先生从屋里走了出来,朵拉迎上去,说道:"爸爸,你看,这花多好看!"米尔斯小姐一副若有所思的样子,在那里微笑,仿佛在说:"你们这些蜉蝣反正活不长,趁着一生中这明媚的晨光,好生快活快活吧!"马车鞴好了,我们都离开草坪,朝马车走去。

像这样出去玩儿,我以后是决不可能了,至今也没有过第二次。那轻便马车自然是敞着的,车上只坐着他们三位,还放着他们的篮子,我的篮子,还有吉他盒子。我骑着马,跟在后头。朵拉坐的位置背对着马,面朝着我。她把那束花放在身旁的垫子上,根本不让吉卜在那边儿待,怕它把花弄坏。她时不时地把花拿起来闻一闻,有一种清新的感觉。在这样的时候,我们的目光常常相遇,我真不明白,我当时怎么竟然没有越过我那灰色骏马的马头,跳到车上去呢。

路上好像有土——好像土很大。我模模糊糊地记得斯彭洛先生劝我不要在土里骑,不过记不清了。我只觉得朵拉周围弥漫着爱和美,别的什么都没有感到。斯彭洛先生有时站起来,问我觉得景色如何。我说很精彩,我到现在还敢说那景色的确精彩,但是我觉得那一切全是朵拉。太阳照的是朵拉,鸟儿唱的是朵拉,南风吹的是朵拉,篱笆上的野花,连花骨朵儿在内,都是朵拉。我感到庆幸的是,米尔斯小姐理解我;只有米尔斯小姐能真正深刻地体味我的感情。

我不知道我们走了多长时间,至今我也全然不知道我们去的是什么地方。也许就在吉尔福德附近,也许是有一位天方夜谭式的魔术师那一天打开那个地方供我们使用,我们走了以后,就永远关上了。那是一片绿色的世界,在一座小山上,地上覆盖着柔软的小草,绿树成荫,还有石楠相伴,能够看到的地方,处处郁郁葱葱。

　　叫人恼火的是已经有人在这里等我们了。我的忌妒心一发而不可收,就连那几位女士也容不下。但是不共戴天的敌人还是那些和我同一性别的人,特别是其中有一个人,他为人不正,比我大三四岁,长着一脸红色的络腮胡子,因此他就颇为神气,实在叫人无法忍受。

　　我们都把篮子打开,把东西拿出来,准备午饭。红胡子非说他会做沙拉(我才不信哩),显摆自己,以吸引大家的注意力。有几个姑娘就给他洗莴笋,还在他的指挥下把莴笋切成片儿。这里面就有朵拉。我觉得命运已经决定,我跟这个男人势不两立,非拼个你死我活不可。

　　红胡子做好了沙拉(我就纳闷,他们怎么吃得下去;我无论如何也不会碰它一碰!),还自封为酒窖的总管,因为这家伙很会动脑筋,利用一段空心树干做了一个酒窖。过了一会儿,我就看着他用盘子端着一大段龙虾,坐到朵拉脚边,吃起来了!

　　这种令人不快的情况出现在我眼前之后,有一段时间,发生了什么事,我只有个模糊的印象。我挺快活,这我知道;但在快活的同时,内心却是空虚的。我盯上了一个小东西,她身穿粉色衣裳,长了一对小眼睛,我使劲儿跟她调情。我这样对她献殷勤,她觉得很高兴,至于她完全是为了我,还是她在红胡子身上有什么打算，我就不得而知了。大家为朵拉的健康祝酒。我祝酒的时候，假装是临时中断了我的谈话，一祝完酒，马上就接着谈了起来。我向朵拉鞠躬的时候，对上了她的目光，我觉得她流露出恳求的神情，但她的目光是从红胡子的脑袋的上方投射过来的，因此我无动于衷。

这个穿着粉色衣裳的小东西，有个母亲也在场，她穿着一身绿衣裳。我强烈地感到，这个母亲从大政方针来考虑，把我们给分开了。不过随后大家就散开了，好把吃剩的东西撤掉。我借此机会就带着愤怒与悔恨的心情，溜到小树林里去了。我反复思考，要不要假装生病，骑上我那灰色骏马快跑——上哪儿去？我也不知道——忽然朵拉和米尔斯小姐迎面走来。

"科波菲尔先生，"米尔斯小姐说，"你可不活跃呀。"

我请她原谅，还说没有不活跃呀。

"还有你，朵拉，"米尔斯小姐说，"你也不活跃。"

哎呀，亲爱的，没那回事儿。

"科波菲尔先生，朵拉，"米尔斯小姐几乎可以说以恭敬的样子说道，"行啦，行啦！不要因为一点小的误会，而使春天的花朵凋谢，花开之后，一旦受到摧残，是无法复原的。"米尔斯小姐说，"我这样说，是根据我的经验，我的过去——那遥远的、无法挽回的过去。清清的泉水在阳光下闪闪发光，决不可因为一时任性而使它断流；撒哈拉沙漠里的绿洲，决不可轻易埋没。"

我当时做了什么，自己也不大清楚，因为我浑身在燃烧，到了不同寻常的程度。不过我拉住朵拉的小手，吻了一下——她也没有拒绝！我也吻了一下米尔斯小姐的手。我觉得好像我们都一下子登上了九重霄。

我们没有再下来;我们整整一晚上都待在那里。起初,我们随便在树林子里走来走去,朵拉羞答答地挽着我的胳膊。老天爷知道,虽然这一切都是愚蠢的,我还是认为怀着那些愚蠢的感情获得永生,永远在那树林里随意走来走去,这才是福气哪!

但是时间不长,我们就听见别人又说又笑,还喊道:"朵拉在哪儿?"于是我们就回去了。他们要求朵拉唱歌。红胡子想到马车上去拿吉他盒子,朵拉对他说,谁也不知道放在哪儿,只有我知道。就这样,红胡子顿时就抬不起头来了。是我把它拿来的,是我把它打开的,是我把吉他拿出来,是我坐在她身边,是我替她拿着手绢和手套,是我听她那热情的歌声,听得声声入耳,她也是对我唱的,因为我爱她。其余的人虽然想怎么鼓掌,就怎么鼓掌,却和这件事毫不相干。

我沉醉在欢乐之中。我觉得自己太幸福了,怕这不是真的,怕一会儿醒来一看,原来是在白金汉街,还会听见克鲁普太太叮叮当当地洗茶杯,准备早饭。不过朵拉唱歌了,别人也唱了,米尔斯小姐也唱了——她唱的是记忆洞中沉睡的回声,仿佛她是一个百岁老人。天渐渐黑了,我们吃茶点,像吉卜赛人那样烧开水。我一直是那么快活。

聚会结束了,我更快活了。别的人,包括败阵的红胡子和所有那些人,都各走自己的路了。我们也上了路,在那寂静的夜晚,就着落日的余光前行,周围到处散发着香气。斯彭洛先生喝了香槟,有点儿头重脚轻(这要归功于长葡萄的土地,归功于酿酒的葡萄,归功于使葡萄成熟的太阳,归功于调酒的商人),在马车的一个角落里睡得正香,我就骑着马,在车旁跟朵拉说话。她很喜欢我的马,就伸过手来拍了拍(哦,那小手拍在马身上,显得多可爱呀)。她的披肩挂不住,我时不时地伸过手去给她围一围。我甚至觉得连吉卜都慢慢地看明白了,知道自己非下决心跟我交朋友不可。

还有那位深明事理的米尔斯小姐,那位精力即将耗尽却仍和蔼可亲的隐士,那位小家长,年纪不到二十,却已不再过问世事,无论如何不肯惊醒那记忆洞中沉睡的回声——她做了一件多大的好事呀!

"科波菲尔先生,"米尔斯小姐说道,"请到马车这边儿来一下——你要是有空儿的话。我有话跟你说。"

请看,我骑在我的灰色骏马上,在米尔斯小姐这一边儿,弯着腰,一只手抓着马车的门。

"朵拉要到我那里住些时候。后天她跟我一块儿回家。你要是想来做客,爸爸肯定是愿意见你的。"

听了这话,我怎么能不默默地祈求上帝降福于米尔斯小姐,并把米尔斯小姐的地址在脑子里最保险的地方牢牢记住呢!我怎么能不用感激的表情和热情的词语对米尔斯小姐说,我多么感谢她为我做的好事,我把她的友情看得多么可贵!

米尔斯小姐接着就好心地打发我走,她说了声"回到朵拉那边儿去吧",我就走了。朵拉向车外探着身子跟我说话,我们俩聊了一路。我骑在我那匹灰色骏马上,靠车轮很近。那马靠里边儿的那条前腿蹭在轮子上,"刮掉了一层皮,"后来马的主人对我说,"得赔一大笔钱——三镑七先令。"我如数付了钱,觉得花这么点儿钱,取得那么大的乐趣,实在便宜。米尔斯小姐则一路上坐在车上赏月、吟诗,我想也不免回忆过去和世事打交道的日子吧。

诺乌德近了好几里地,我们也提前好几个钟头就到了。快到的时候,斯彭洛先生醒了。他说:"科波菲尔,你一定要进来歇会儿!"我也就同意了。我们一起吃了三明治,喝了加水的饮料。在那明亮的屋子里,朵拉羞答答的样子实在可爱。我舍不得离去,只好坐在那里目不转睛地看她,像在梦里一样。后来斯彭洛先生鼾声大作,我才充分意识到该告辞了。于是我们分了手。我骑着马向伦敦走去,一路上,我觉得告别时朵拉的手给我留下的轻柔的感觉依然留在我的手上。我还把那天发生的每一件事,说过的每一句话,回忆了一万遍。最后我终于躺在了自己的床上,依然像所有被爱情弄得神魂颠倒的小傻瓜一样,欣喜若狂。

第二天早上醒来,我就下定决心,向朵拉表明我对她的强烈的爱,看我的命运究竟如何。幸福,还是苦恼,这就是现在的问题。我在这个世界上没有别的问题了,而只有朵拉能给我这个问题提供答案。我把我和朵拉之间发生过的事都做了能够想到的各种令人失望的解释,我就这样折磨自己,度过了三天痛苦的生活。最后我不惜花很多钱把自己打扮起来,朝米尔斯小姐家走去,一心一意想去把自己的心里话说出来。

我在街上来回走了多少趟,围着广场转了多少圈——痛苦地意识到自己比那个老问题原来的答案强得多——然后才说服自己走上台阶去敲门。这些事现在已经无关紧要了。即便最后我敲了门,在门口等候的时候,我还有点儿心慌意乱地盘算,准备模仿可怜的巴吉斯的做法,问问布莱波先生是否住在这里,然后说声对不起,转身就走。不过我还是坚持住了。

米尔斯先生不在家。我本来也没指望他在家。谁都不需要他。米尔斯小姐在家。米尔斯小姐在,就行了。

我跟着用人来到楼上一间屋里,在这里见到了米尔斯小姐和朵拉。吉卜也在这里。米尔斯小姐在抄歌谱(我记得那是一支新歌,叫做《爱的挽歌》),朵拉在画花卉。我认出了,她画的就是我的花,跟我在科文特加登市场买的花一模一样。我是什么心情呢!我不能说她画得很像,也不能说特别像我见过的什么花,但是包花的纸画得很精确,我一看也就知道画的含意了。

　　米尔斯小姐见了我很高兴,她说她爸爸不在家,对此表示歉意,不过我觉得我们都认为这没关系。米尔斯小姐跟我们谈了一会儿,接着就把笔放在《爱的挽歌》上,站起来,走了。

　　这时候,我开始觉得还是拖到明天再说吧。

　　"我希望那天晚上你回到家的时候,你那可怜的马不累吧,"朵拉说着,抬起了她那双美丽的眼睛,"对它来说,那路可不近呀。"

　　这时候,我又开始觉得还是今天说吧。

　　"对它来说,那路是不近,"我说,"因为一路上没有东西支撑着它。"

　　"难道没有喂它吗,可怜的东西?"朵拉问道。

　　这时候,我又开始觉得还是拖到明天再说吧。

　　"不——不是,"我说,"它被照顾得很好。我的意思是说,我靠你那么近,它没有我这难以形容的幸福。"

　　朵拉低下头去画画儿,过了一会儿——这工夫,我坐在那里,浑身发烧,两腿僵硬得不得了——她又接着说:

　　"那一天,有一段时间,你好像没有意识到自己的幸福嘛。"

　　这时候,我看出来了,我已经无法回避,非马上行动不可了。

"你坐在基特小姐身旁的时候,一点儿也不珍惜你的幸福。"朵拉说着,把眉毛轻轻一抬,摇了摇头。

我要说一下,基特就是那个身穿粉红衣裳,长着一对小眼睛的小东西。

"不过我根本不知道你为什么就该珍惜你那幸福,"朵拉说道,"也不知道你为什么竟然会把那叫做幸福。不过你说的当然不是心里话。我敢肯定,谁也不怀疑,你有自由,想干什么,就干什么。——吉卜,你这个小淘气,跟我来!"

我也不知道我当时是怎么干的。我一下子就干了。我截住了吉卜。我把朵拉搂在了怀里。我滔滔不绝地说。我始终没有为一个词儿而卡住。我对她说,我是多么爱她。我对她说,没有她,我就不活了。我对她说,我把她看做神仙一样崇拜她。吉卜一直狂叫不停。

后来朵拉低下头,哭了起来,浑身发抖,而我却越说越动听。她要是希望我为她而死,只要她说一声,我随时就去死。活着而得不到朵拉的爱,这样的生活,给我什么条件我都不要。我受不了呀,我也不愿意忍受。自从我初次见了她以后,我就日日夜夜时时刻刻爱着她。当时我就爱她爱到发狂的地步。我要永远爱她,每时每刻都爱到发狂的地步。过去有情人相爱,今后还有情人相爱,但是哪个情人也没有像我爱朵拉这样爱他之所爱;他不会这样爱,不可能这样爱,不愿意这样爱,也不应当这样爱。我越滔滔不绝地说,吉卜就叫得越凶。我们都以各自的方式,越来越疯狂。

唉,真是!后来我和朵拉坐在沙发上,冷静下来,吉卜趴在她的腿上,安详地冲着我眨巴眼儿。心里的话,说出来了。

我快活极了。我和朵拉订婚了。

我想我们是意识到最终是要结婚的。我们一定是意识到了，因为朵拉作了一条规定：未经她爸爸允许，我们不得结婚。不过我想我们年轻人快活起来，就既不瞻前，也不顾后，眼前糊里糊涂地过日子，没有远大的志向。我们约定要对斯彭洛先生保密，当时我决没想到这有什么不光明正大的地方。

朵拉把米尔斯小姐找了回来。米尔斯小姐显得比平时更加忧郁，我想这是因为最近发生的事情有可能唤醒记忆洞中沉睡的回声。不过她还是向我们表示了良好的祝愿，并且保证永远做我们的好朋友，还对我们泛泛地说了些合乎出家人身份的话。

那是一段多么悠闲的时光！那是一段多么潇洒、多么惬意、多么单纯的时光！

那时候，我量了量朵拉的手指，去做戒指，要勿忘我那种花纹的。到了珠宝店，我告诉老板，要做多大的。老板发现了我的用途，一边记账，一边笑，为这么一个漂亮的镶着蓝宝石的小玩意儿胡要价。在我脑子里，这戒指和朵拉的手密切相连，所以昨天碰巧见我女儿手上也戴着这样一只戒指，心里猛然一动，像是痛苦的感觉！

那时候，我在各处走动，心中的秘密使得我兴高采烈，我又只想到自己的事，就觉得我爱朵拉，朵拉也爱我，我就高人一等，即便我腾云驾雾，别人都在地上爬行，那差别也不会更悬殊了！

那时候，我们在广场上的花园里相会，坐在那幽暗的凉亭里，何等快活！因此我至今都喜欢伦敦的麻雀，不为别的，只因为我觉得它那好像烟熏过的羽毛就是热带鸟类的彩衣！

那时候,我们第一次发生了大的争吵(我们订婚还不到一星期),朵拉把那戒指裹在一封信里退给了我。那是一封叠成三角形的叫人心灰意冷的信,她在信中用了这样可怕的词句,"我们的爱情以愚蠢开始,以疯狂告终!"这些可怕的字眼使得我乱揪头发,大叫一切全完啦!

那时候,我趁着黑夜,跑到米尔斯小姐家去,在后面一间厨房里放熨衣机的地方偷偷地见到米尔斯小姐,求她出面调解,制止这种不理智的行为。米尔斯小姐当即应承下来,把朵拉找来,用她年轻时候的痛苦经历,告诫我们要互相忍让,不要走入撒哈拉大沙漠!

那时候,我们哭着和好了,我们又一次受到了祝福,因此后面这间厨房,连同那熨衣机等等,就变成了爱情的殿堂。我们在这里做出安排,由米尔斯小姐传递信件,双方每天至少各写一封信!

那是多么悠闲的时光!那是多么潇洒、多么惬意、多么单纯的时光!时光老人掌握的我的全部时光之中,回想起来,哪一段也不会唤起我这么多的柔情,使我这么开心地微笑。

第三十四章　姨奶奶吓了我一跳

　　我跟朵拉订婚以后,马上就给艾妮斯写了一封信。那是一封长信,我在信中尽量使她明白,我有多么幸福,朵拉有多么可爱。我请求艾妮斯不要把这件事看做一时的冲动,一有机会就变心,也不要认为它跟我们过去常拿来开玩笑的那种幼稚的幻想有任何相似之处。我对她说,这件事肯定是有难以估量的深厚基础,我还说,我确信过去从来没有过这样的经历。

　　那是一个晴朗的夜晚,窗户开着,我在窗口给艾妮斯写信。我不知不觉地回想起她那双又水灵又安详的眼睛,和那张温柔的面庞。近来我的生活总是很匆忙,很焦躁,就连我的幸福都受到一定程度的影响。可是不知怎的,这时一想到她,便感到静心安神,心里舒坦,不禁落下泪来。我记得,当时信写了一半,我坐在那里,脑袋靠在手上,模模糊糊地觉得仿佛艾妮斯就是我这个自然形成的家的一个组成部分;仿佛这个家因为有了她,对我说来就变得近乎神圣起来,我和朵拉在这里清清静静地过日子,比在哪里都快活;仿佛在疼爱、欢乐、忧愁、希望、失意之中——不论情绪怎样——我的心都自然转向那里,在那里找到寄托,找到最好的朋友。

　　关于斯蒂福,我只字未提。我只告诉她,由于艾米丽出走,亚茅斯发生了十分令人痛心的事。我还说,鉴于有关的情况,这件事对我来说,是祸不单行。我知道她总是很快就能明白事情的真相,而永远不会首先说出他的名字来。

这封信寄出以后,回程的驿车就给我带来了复信。我一边读着,就好像一边听见艾妮斯跟我说话。我就好像听见了她那热情的声音。我还有什么好说的呢?

最近在我不在家的时候,特拉德来找过我两三次。在我这里见到裴果提,而且听她说(只要有人愿意听,她总是主动告诉人家)她是我的老奶妈,就愉快地跟她交上了朋友,坐下聊一会儿,跟她谈起我来。这是裴果提告诉我的;不过我觉得他们的谈话恐怕全是她在说,而且短不了,因为她一旦谈起我来,那是很难刹车的(愿上帝保佑她)。

这使我想起两件事,一件是我要在某一天下午等候特拉德,这时间是他自己定的,现在这时间已到;另一件是克鲁普太太已拒绝承担她该做的一切事情(工资除外),直到裴果提不再露面。克鲁普太太几次在楼梯上扯着嗓子议论裴果提——表面上是和一位看不见的熟人在一起议论,实际上当时也就是她一个人——随后还给我写了一封信,进一步说明她的看法。开头先说一句在哪里都能用的话,这话在她生活中的各种场合都可以说——那就是:她也是一个做母亲的——接着就告诉我,她过去的生活和现在迥然不同,但是无论在什么时候,她都本能地讨厌密探、闯入民宅者和告密者。她不想指名道姓,她说——谁干的,谁心里有数;但是,密探、闯入民宅者和告密者,特别是身穿丧服的女人(这几个字下面加了横线),她就一向是看不起的。要是一位先生受了密探、闯入民宅者和告密者的伤害(她依然没有指名道姓),那他就活该。他心甘情愿,那是他的权利,随他的便好啦。她克鲁普太太要求的是不要使她和这种人产生"瓜葛"。因此她请求允许她不再上楼来伺候,除非情况恢复到原来的样子,到了令人满意的程度。她还提到,她那小账本,每逢星期六早上放在餐桌上,并且要求立即结账,这是出于好意,以免对各方造成麻烦,"带来不便"。

在这之后,克鲁普太太便一心一意地在楼梯上设置障碍,主要是放置水罐,非让裴果提把腿摔断不可。我感到在这种被包围的状态下生活很伤脑筋,但是我对克鲁普太太怕得厉害,找不到什么出路。

"亲爱的科波菲尔,"特拉德喊道。尽管楼梯上有那么多障碍物,他还是准时出现在我的门口,"你好吗?"

"亲爱的特拉德,"我说,"终于见到你了,我真高兴,前几次我不在家,真抱歉。不过我一直忙着……"

"是啊,是啊,"特拉德说道,"我当然知道。你那一位住在伦敦,是吧?"

"你说什么?"

"她——对不起——朵小姐,我是说,"特拉德说,他很讲礼貌,脸都红了,"住在伦敦,是吧?"

"哦,是啊。在伦敦附近。"

"我那一位,你也许还记得,"特拉德一本正经地说道,"住在德文郡——她姊妹十个。所以,要说忙,我就不像你那么忙了。"

"你难得见她,"我说,"我真觉得奇怪,你怎么受得了。"

"嘻!"特拉德说道,显得心事重重的样子,"的确显得很奇怪。我想,科波菲尔,是因为没有办法吧。"

“我想也是这样，”我笑着答道，还有点儿脸红，“还因为你那么专一，那么有耐心，特拉德。”

“哎哟哟，”特拉德想了一下，说道，“你觉得我是那样吗，科波菲尔？我真不知道我有这样的品质。不过她倒是那么一个特别可爱的姑娘，也许是她把自己那些好品质传给了我一些。现在经你这么一提，科波菲尔，我看就没有什么奇怪的了。我告诉你，她总是不顾自己，就知道照顾另外那九个姐妹。”

“她是老大吗？”我问道。

“哎呀，不是，”特拉德说，“老大是个美人儿。”

他大概发现，我听了他这样直爽的回答，忍不住露出了微笑，就在他那坦诚的脸上也挂上了微笑，然后接着说：

“这当然不是说我那个索菲就……索菲这个名字，我总觉得很好听，科波菲尔，你说呢？”

“非常好听！”我说。

“这当然不是说索菲在我眼里就不很美，在任何人眼里（我觉得）她也是世上最可爱的姑娘之中的一个。不过，我说老大是个美人儿，我的意思是她的确是个……”他两手比划着，好像是在形容周围的云彩，“绝啦，你知道。”特拉德兴高采烈地说道。

“真的！”我说。

“哦，肯定，”特拉德说，“很不一般，真的！这样，你就知道了，她生来就适合于交际，喜欢奉承，可由于家庭条件的限制，满足不了她这方面的要求，所以有时候自然就有点儿烦躁和挑剔。总是索菲把情绪给她扭转过来。”

“索菲是最小的姑娘吗？”我估量着问道。

"哎呀,不是,"特拉德说着摸了摸下巴,"最小的两个,一个才九岁,另一个才十岁。索菲在教她们呢。"

"也许是老二吧?"我又估量着问道。

"不是,"特拉德说,"老二叫萨拉。萨拉脊椎骨有点儿毛病,真可怜。这病慢慢会好的,医生这么说,不过她得在床上躺一年。索菲照料她。索菲是老四。"

"她母亲还在吗?"

"哦,在,"特拉德说,"她还健在。她的确是一个非常难得的女人,但是那边儿太潮湿,对她的身体很不适宜——说真的,她的手脚都不听使唤了。"

"哎呀!"我说。

"很惨,是不是?"特拉德说,"不过要是单从家里的情况来看,比可能出现的情况还是要好一些,因为索菲代行了母亲的职务。她简直像母亲一样照顾自己的母亲,也像母亲一样照顾另外九个姐妹。"

我对这位姑娘的优秀品质非常钦佩。我诚心诚意地想尽自己的努力,免得特拉德的好心肠被别人利用,影响他们将来的共同生活,所以就问起了米考伯的情况。

"他挺好的,科波菲尔,谢谢你,"特拉德说,"我现在没有跟他住在一起。"

"没有?"

"没有。你看,情况是这样的,"特拉德小声说道,"他已经改名莫蒂默,就是为了那些一时的尴尬事。他现在不到天黑以后不出来,就是那时候出来也要戴眼镜。我们住的房子,因为房租,来了个强制执行。米考伯太太的样子那么可怕,我实在无法不在我们在这里谈起过的第二张票据上签上我的名字。你可以想象,科波菲尔,我看见问题解决了,米考伯太太的情绪也好了,我心里有多高兴。"

"哼!"我说。

"米考伯太太好景不长,"特拉德接着说道,"因为不幸的是没出一个星期,又来了一个强制执行。这样一来,那个寓所就全完了。从那以后,我就住在一所带家具的公寓里,莫蒂默一家就躲起来了。我要是告诉你,科波菲尔,那个代理人拿走了我那大理石桌面的小圆桌,拿走了索菲的花盆和盆架儿,我希望你不会觉得我自私吧?"

"真狠心哪!"我气愤地说道。

"简直是……简直是敲诈,"特拉德说道,他因为用了这个字眼儿,照例往后一缩。"不过我提这件事,不是责怪谁,而是有我的用意。事情是这样的,科波菲尔:他们把东西拿走的时候,我无法把东西买下,一来,那代理人知道我要这些东西,就漫天要价;二来,我……也没有钱。从那以后我就老盯着那个代理人的商店,"特拉德说起这个神秘故事,说得津津有味,"他那商店就在托特纳姆考特路的那一头儿,今天我终于看见那些东西摆出来,要卖了。我只是在马路这边儿看见的,因为要是那代理人看见我,天哪,他还不定要多高的价儿哩!现在我有钱了,我有个想法,你大概不会反对我请你那好心的奶妈跟我走一趟,我从邻街的拐角上指给她看,让她就像给自己买一样,尽量杀价!"

特拉德向我讲述这个计划时,多么兴高采烈,他觉得这个计划多么妙得出奇,我至今还记忆犹新。

我对他说,我的老奶妈很愿意帮他这个忙,我们三个人要一起出动,但是要有一个条件。这条件就是:他得认真下定决心,再也不要把自己的名字或任何别的东西借给米考伯先生。

　　"亲爱的科波菲尔,"特拉德说,"我已经下定决心了,因为我开始感到我对索菲不但是不关心,而且实在是不公正。我的决心已定,也就不用再担心了;不过我也还要向你郑重做出保证。第一笔倒霉的债务,我已经付了。我毫不怀疑,米考伯先生要是能付,他也会付的,但是他付不了。科波菲尔,米考伯先生有一件事让我很喜欢,应当提一下。这件事跟第二笔债务有关,这笔债务还没到期。他对我说的不是已有着落,而是将有着落。我觉得他这样做是很公平,很诚实的!"

　　我不愿意动摇我这位好朋友的信心,也就同意了他的话。我们又聊了一会儿,就到杂货铺去找裴果提。特拉德谢绝了我的邀请,晚上不肯到我这儿来,一方面因为他非常害怕他的东西没买回来,就让别人买走了;另一方面因为他总是这天晚上给世上最可爱的姑娘写信。

　　我永远也忘不了他怎样在托特纳姆考特路拐角上探头探脑,等着裴果提为那些宝贵的东西讨价还价;忘不了他看着裴果提还价不成,向我们慢慢走来,代理人让了步,招呼她,她又走了回去,这时他怎样坐立不安。争议的结果是她以相当低的价钱把东西买了回来,特拉德高兴得不亦乐乎。

　　特拉德听说东西当晚就送到他的住处,就说:"我非常感激你,真的;不过我要是请你再帮我一个忙,希望你不要觉得可笑,好不好,科波菲尔?"

　　我连问也没问,就说"当然不会"。

　　"那么你要是好心,"特拉德对裴果提说,"现在就把那花盆拿来,我想(因为它是索菲的呀,科波菲尔)我愿意亲自把它拿回家去。"

裴果提愉快地给他把花盆拿了来,特拉德对她千恩万谢,然后就顺着托特纳姆考特路走去,怀里亲热地抱着那花盆,脸上那副高兴的样子,我从来都没见过。

随后我们就转身朝着我的住处走去。我从来不知道,那一个个商店对谁能有对裴果提那么大的吸引力,于是我就跟着她慢慢溜达,看着她目不转睛地往橱窗里看,觉得很有意思,她什么时候需要我等着,我就等着。就这样,我们花了好多时间才回到阿德尔菲。

我们走上楼去,我提醒她注意,克鲁普太太设置的障碍却突然都不见了,楼梯上还有新留下的脚印。我们又往上走,发现外面一道门大开着(而我是关上了的),还听见里面有人说话,我们两个人都感到非常惊讶。

我们互相看了一眼,不知道这是怎么回事儿,就到起居室里来了。我怎么也没想到,不是别人,原来是姨奶奶来了,还有迪克先生!姨奶奶坐在一大堆行李上,面前放着两只鸟儿,腿上趴着一只猫,活像一位女鲁滨孙,在那里喝茶。迪克先生倚着一只大风筝,在那里沉思,过去我们常一起出去放的就是这种风筝,他身旁也堆着一些行李。

"亲爱的姨奶奶!"我叫道,"没想到你们来了,我真高兴!"

我跟她热情拥抱了一番,和迪克先生热情地握了手。克鲁普太太忙着沏茶倒水,兢兢业业地伺候,她还热情地说她很了解科波菲尔先生,他见到关系密切的亲戚,那心都要提到嗓子眼儿了。

"喂!"姨奶奶对裴果提说。裴果提见她样子那么凶,战战兢兢的往后退缩,"你好哇?"

"你记得我姨奶奶吧,裴果提?"我说。

"孩子啊,看在上帝的分儿上,"姨奶奶大声说道,"别用那个南海小岛上的名字称呼这个女人了!她要是结了婚,不用原来的名字了,那不是很好吗,为什么不让她借此机会改一改呢?你现在叫什么名字啊——裴?"姨奶奶说,她嫌那全名太绕口,就用了这个折中的叫法。

"巴吉斯,小姐。"裴果提说着行了个礼。

"嗯,这倒像是人叫的名字,"姨奶奶说,"这个名字听起来,就不像是需要传教士指点了。你好吗,巴吉斯?我希望你好哇!"

巴吉斯听了这宽厚的言词,又看见我姨奶奶伸出了手,就大着胆子走上前来,拉住姨奶奶的手,行了大礼,表示谢意。

"咱们都比先前老了,我看得出啊,"我姨奶奶说:"咱们以前只见过一面,这你也知道。那一次,咱们干得不错呀!——特洛,亲爱的,再来一杯。"

我毕恭毕敬地递了过去,见她还是平时那副直挺挺的姿势,就冒昧地叫她不要坐在箱子上了。

"我把沙发或者安乐椅给你搬来吧,姨奶奶,"我说,"为什么要这么难受呢?"

"谢谢你,特洛,"姨奶奶答道,"我愿意坐在自己的东西上。"她说到这里,瞪了克鲁普太太一眼,说道,"不麻烦你了,太太。"

"我要不要往壶里续点儿叶子再走哇,太太?"克鲁普太太说道。

"不用啦,我谢谢你啦,太太。"姨奶奶答道。

"要不要让我再去拿块黄油呀,太太?"克鲁普太太问道,"要不你就听我的话,尝一个新下的鸡蛋?要不我去煎一片咸肉?——我就不能给你亲爱的姨奶奶做点儿事儿吗,科波菲尔先生?"

"没事儿,太太,"姨奶奶答道,"我这里挺好。我谢谢你啦。"

克鲁普太太一直在微笑,表示她脾气好;一直把头歪向一边儿,表示身体弱;一直在搓手,表示随时准备着,谁需要她做什么,她就做什么,这时候就微笑着,歪着头,搓着手,慢慢地退了出去。

"迪克!"姨奶奶说,"我对你说起过,有些人见风转舵,见钱眼开,你还记得吗?"

迪克先生显出吓了一跳的样子,好像真的忘了,连忙回答说没忘,没忘。

"克鲁普太太就是这种人,"姨奶奶说道,"巴吉斯,我还是麻烦你沏茶倒水吧。再给我来一杯,我不愿意让那个女人倒!"

我对姨奶奶很了解,知道她心里有要紧的事儿,她这次上我这儿来,可不像外人想的那么简单。在她觉得我的心思在别处的时候,我注意到她是用什么样的眼神儿看我的。在她表面上把腰板挺得直直的,心情也很平静的时候,我注意到她的内心却好像有一种奇怪的犹豫。我马上就想,是不是我在什么地方冒犯了她,我的良心悄悄地对我说,我跟朵拉的事儿,没有告诉她。难道碰巧就是这件事吗?我心里纳闷。

我知道她不到时候是不会说的,所以就在她身旁坐下,跟鸟说话,跟猫玩耍,尽量显得很轻松的样子。但我实际上一点儿也不轻松。即便迪克先生在姨奶奶身后倚着大风筝,没有找各种机会偷偷地面带忧愁向我摇头,还用手指指姨奶奶,我也不会感到轻松的。

"特洛,"姨奶奶喝够了茶,细心地平整了一下衣服,擦了擦嘴,终于开口了,"你不用走开,巴吉斯!——特洛,你一定能挺得住,能独立谋生了吧?"

"我希望能行,姨奶奶。"

"你究竟认为怎么样?"贝西小姐问道。

"我认为能行,姨奶奶。"

"那么,亲爱的孩子,"姨奶奶严肃地看着我,对我说,"你说我今天晚上为什么宁可坐在自己的东西上?"

我摇了摇头,猜不出来。

"因为,"姨奶奶说,"这就是我的全部家当了。因为我倾家荡产了,亲爱的孩子!"

即使这所房子塌了,连同我们每一个人都一起掉到河里去了,对我的惊吓也不会更厉害了。

"迪克了解情况,"姨奶奶说着把手沉稳地搭在我的肩上,"我倾家荡产了,亲爱的特洛!我的全部家当都在这儿啦,除了那所房子;我把它留给珍妮,让她出租去了。——巴吉斯,今天晚上,我要给这位先生找个睡觉的地方。——为了省钱,也许你能在这儿给我收拾个地方。怎么都行。就这一晚上。咱们明天再详细谈。"

我本来只是感到惊讶,也为她担心——真的,真是为她担心,可是好半天她搂着我的脖子,哭着说她只是为我而难过,我才恍然大悟。过了一会儿,她稳住了自己的情绪,带着与其说消沉不如说胜利的表情,说道:

"咱们一定要勇敢地迎着困难上,不能让困难把咱们吓倒,亲爱的孩子。咱们一定要学着把戏演完。咱们一定要走出逆境,特洛!"

第三十五章　消　沉

　　姨奶奶带来的消息使我受到极大的震动,起初我不知如何是好,等我一清醒过来,我就向迪克先生建议到杂货店去,把裴果提先生空出来的住处租下来。那杂货店位于亨格福德市场里面,当时的亨格福德市场和现在可大不一样,门前有一溜木头柱子,构成一个不高的门廊(很像旧式晴雨表上一男一女那两个小人儿住的房子门前的廊子)。迪克先生很喜欢这个地方,住在这样一个地方的楼上,是很体面的事,我敢说,即使有许多不便之处,也都弥补过来了。其实,除了我曾提到的各种气味混杂在一起,还有屋子小,转不开身,也没有很多别的不便,所以他为有这样一个安身之处,高兴得不得了。克鲁普太太很生气,非对他说那屋子窄得连玩猫的地方都没有。不过迪克先生坐在床的脚头上揉着腿对我说,"你知道,特洛乌德,我并不想玩猫啊。我从来不玩猫。所以那跟我有什么关系呀?"这话可也对呀。

　　我向迪克先生试探了一下,看他知不知道,我姨奶奶的情况突然发生这么大的变化,究竟是什么原因。其实我也该料到,他完全不知道。他只给我提供了这么点儿情况:前天姨奶奶对他说,"我说,迪克,我一向认为你这个人遇事不慌,你真能做得到吗?"他就说,是啊,他希望能做到。我姨奶奶就说:

"迪克,我倾家荡产了。"他就说:"哦,真的!"我姨奶奶就赞扬了他一番,他听了很高兴。于是他们就来找我,路上吃的是三明治和瓶装黑啤酒。

迪克先生坐在床的放脚的一头,一边揉腿,一边告诉我这些事儿,两眼睁得大大的,脸上带着由于惊讶而露出的微笑,显得悠然自得的样子,现在说起来我也后悔,当时我一看这样就急了,就对他说,你明白吗,倾家荡产就意味着吃苦,受穷,挨饿。但我紧跟着又狠狠地责怪自己不该这样冒失,因为我看见他的脸色马上变得煞白,拉长了的脸上眼泪直流,两眼注视着我,流露出说不出的痛苦,就连比我硬得多的心肠也会变软的。我让他难过很容易,可是再让他高兴起来,就难多了;而且我很快就明白了(我本来早就该料到),他之所以一直很有信心,就因为他充分信任那个最有头脑最了不起的女人,还无限信赖我的聪明才智。我想,他一定认为我的聪明才智足以应付各种灾难,除非这灾难要把人置之死地。

"咱们怎么办呢,特洛乌德?"迪克先生说道,"还有那呈文……"

"不错,还有那呈文,"我说,"不过,迪克先生,眼下我们只能装出一副愉快的样子,不能让我姨奶奶看出咱们在考虑这件事。"

他极其认真地表示同意这个意见,而且恳求我,要是我发现他脱离正轨,哪怕只有一英寸,也要用我惯用的某种高超手法把他拉回来。不过遗憾的是我刚才吓得他太厉害了,这会儿他怎么努力也掩饰不好。整个晚上,他的眼睛就一直往姨奶奶的脸上看,流露出十分忧郁和担心的表情,仿佛他看着她当场消瘦下去。他自己也意识到这一点,就把脑袋控制起来,脑袋虽然不动了,眼珠子却像机器一样不停地转,所以也完全无济于事。吃晚饭的时候,我看到他怎样盯着那面包(可巧那面包比较小),好像我们这儿马上就要闹饥荒了。姨奶奶叫他一定要和平时一样,该怎么吃就怎么吃,我发现他把小块的面包和干酪往口袋儿里放,毫无疑问,这是想积攒起来,等到我们瘦得不行了的时候,拿出来给我们充饥。

我姨奶奶的情况则恰恰相反,她能保持镇静,这就为我们大家做出了榜样——肯定对我是这样。她对裴果提非常和蔼,就是讨厌我不小心还用这个名字称呼我的老奶妈。另外,我知道她在伦敦是感到不习惯的,但她也显得像在家里一样。我们安排她睡我的床,我睡到起居室里去,为她守卫。她特别注意要住在离河近的地方,怕万一失火;我觉得她对当时的条件还是满意的。

"特洛,亲爱的孩子,"姨奶奶见我照例给她配制睡前的一杯酒,便说,"不用了!"

"什么也不喝吗,姨奶奶?"

"不要葡萄酒,亲爱的孩子。啤酒就行了。"

"这儿有葡萄酒啊,姨奶奶。你一向是用葡萄酒的呀。"

"留着有病的时候喝吧,"姨奶奶说道,"不能随便喝呀,特洛。就给我啤酒吧,来半品脱。"

我觉得迪克先生要是听了这话就会不省人事了。姨奶奶一定要这样,我就亲自出去弄啤酒了。因为时间不早了,裴果提和迪克先生也就借此机会,一块儿回杂货店去了。我跟他这个可怜的人在路口分了手,他背上还背着她那个大风筝,真是人类苦难的象征。

我回来的时候,姨奶奶正在屋里走来走去,用手指把睡帽的边儿捏了许多褶子。我按照一成不变的传统规定给她温了酒,烤了面包。等我给她准备好了,她也戴好睡帽,把睡袍的前襟撩到膝盖上,准备好,等着吃了。

"亲爱的孩子,"姨奶奶喝了一勺酒,说道,"这比葡萄酒好喝多了。不那么苦。"

我大概显出了怀疑的样子,因为她又接着说:

"得,得,孩子啊。只要不喝比啤酒更次的东西,咱就算享福了。"

"我也该这么想,姨奶奶,一定。"我说。

"既然这样,你为什么不这么想呢?"姨奶奶问道。

"因为你跟我可不一样啊。"我答道。

"瞎说,特洛!"姨奶奶说道。

姨奶奶继续用茶匙喝着温和的酒,拿一条条的烤面包蘸着酒吃,显得清静而快活。要说这是装出来的,那可不大像。

"特洛,"她说,"我一般不爱跟生人打交道,不过你那个巴吉斯,我倒挺喜欢,你知道吗!"

"听你这么说,比给我一百镑还要高兴!"我说。

"这个世界就是怪,"姨奶奶揉着鼻子说道,"那女人生下来怎么叫这么个名字,我真不明白。我觉得,要是生下来就叫杰克逊之类的名字,那就好叫多了。"

"说不定她也这么想;这可不是她的过错呀。"我说。

"我也觉得不是,"姨奶奶答道,勉强同意我的说法,"不过这名字实在叫人听了不舒服。不管怎么样,她现在叫巴吉斯了。这个名字顺耳。巴吉斯可喜欢你啦,特洛。"

"她喜欢我,就没有不肯做的事。"我说。

"的确是没有,"姨奶奶说道,"刚才这糊涂虫还在这儿使劲儿央求,非要把她的钱拿出一部分来——因为她钱太多了!真是个傻瓜!"

姨奶奶高兴得眼泪直滴滴答答地往热酒里掉。

"天生没有像她这么可笑的人,"姨奶奶说,"我头一次见她的时候,她在那里伺候那个可爱的有福的娃娃——你那可怜的母亲,当时我就觉得她是世上最可笑的人了。不过巴吉斯也有她的长处!"

她假装大笑的样子,就借此机会把手凑到眼睛上去了。随后她又边吃边谈起来。

"唉!老天爷发发慈悲吧!"姨奶奶叹着气说,"我都知道了,特洛!你跟迪克出去的时候,我跟巴吉斯扯了半天呢。我都知道了。我实在闹不清这些倒霉丫头究竟要上哪儿去。她们要不一头撞在⋯⋯撞在壁炉横板上,落得个脑浆迸裂,才怪哩。"姨奶奶说道,她大概是看见我屋里的壁炉横板,才产生了这个想法的。

"艾米丽真可怜!"我说。

"哦,别跟我说什么可怜,"姨奶奶说,"她要是早想到可怜,就不会造成这么多痛苦了。亲我一下吧,特洛。我为你小时候的经历感到难过呀。"

我凑过去,她马上把酒杯搁在我膝盖上,不让我走开,接着说:

"哦,特洛呀,特洛!你觉得自己在恋爱了,是不是?"

"岂止是觉得?姨奶奶!"我说,我的脸别提多么红了,"我给她的爱可多啦!"

"难怪她叫朵拉!"姨奶奶说,"你的意思是说那小东西很迷人,是不是?"

"亲爱的姨奶奶,"我答道,"谁也说不清她是怎么样一个人。"

"啊！不愚蠢?"姨奶奶问道。

"愚蠢？姨奶奶!"

说真的,我压根儿就没想过她愚蠢还是不愚蠢。我当然不喜欢这个说法,不过我的样子好像觉得这个说法很新鲜。

"不轻浮?"姨奶奶问道。

"轻浮？姨奶奶!"我只能重复一遍她这个大胆的想法,我的心情和刚才重复前面一个问题时是一样的。

"哎哟,"姨奶奶说,"我不过是问问。我并不想褒贬她。一对儿可怜的年轻人！看来你们觉得你们是天生的一对儿,像宴会桌上两块漂亮的点心,过一辈子和美的生活,是不是,特洛?"

她问我的时候,那么和蔼,那么温柔,半开玩笑半伤心的样子,使我深受感动。

"我们年轻,没经验,姨奶奶,这我知道,"我说,"我们说话想事一定都很可笑,但我们彼此真诚相爱,这是肯定的。要是我觉得朵拉爱上了别人,而不爱我了,或者说我爱上了别人,而不爱朵拉了,我可真不知道该怎么办——我想我会发疯的。"

"啊,特洛!"姨奶奶摇了摇头,面带严肃的微笑,说道,"糊涂,糊涂,糊涂哇!"

"我认识一个人,特洛,"姨奶奶停了一下,接着说道,"虽然性情非常随和,感情方面却很认真,这使我想起那可怜的娃娃。这个人就是需要认真,深沉、彻底、诚挚的认真,特洛——这样他才能持久,才能进步。"

"你要是知道朵拉有多么认真就好了,姨奶奶!"我说。

"哦,特洛!"她又说,"糊涂,糊涂哇!"这时我不知怎的,有一种感觉像乌云一样遮在我头上,我模糊地感到丢掉了什么,或缺少点儿什么,心里很不快活。

"不过,"姨奶奶说,"我并不想伤两个年轻人的自尊心,也不想惹得他们不痛快,所以,虽然这是一种儿时相爱的感情,而且儿时相爱往往——请注意,我没有说'总是'!——往往是不成功的,我们还是要严肃对待,而且希望不久就会有一个美好的结局。要成功,还是有足够的时间的。"

这番话对一个正在热恋中的人来说,是不怎么中听的。不过我也很高兴,因为我对姨奶奶说出了心里话,同时我还担心她已经很累了。于是我向她表示了真诚的谢意,感谢她对我的一片爱心,和她为我做过的一切。她亲切地说了声晚安,就拿着睡帽,到我卧室里去了。

我睡下以后,多么痛苦啊。我想了又想:我在斯彭洛先生眼中是一个穷人了;我不再是向朵拉求婚时自己想象的那样的人了;要对得起朵拉,一定要把我现在的生活状况告诉她,要是她觉得合适,就跟她解除婚约;漫长的学徒期间,我一个钱也挣不着,怎样生活;做点什么事情来帮助姨奶奶,可又想不出什么办法;出来的时候,口袋儿里没有钱,穿着一件旧上衣,不能再给朵拉送小礼物,不能再骑灰骏马,不能再显得体面了!我对自己的不幸想得这么多,我也知道这是可耻的,自私的,也为此而感到苦恼,但是我太爱朵拉了,我没法不这样想。我知道,我不多想想姨奶奶,少想想自己,是卑鄙的,但是当时我这种自私是与朵拉联系在一起的,我不能随便为了什么人,而把朵拉撂在一边。那天夜里,我痛苦到了极点!

至于睡觉，我梦见在各种场合受穷的情况，不过我觉得好像没有正式睡着，就做起梦来了。一会儿，我穿着破衣烂衫，向朵拉兜售火柴，半便士六包；一会儿，我穿着睡袍和靴子来到事务所，斯彭洛先生责怪我，说我不该穿着这样轻飘飘的衣服去见顾客；一会儿，碰上老提菲一听见圣保罗教堂钟敲一点，照例吃饼干，我饿得慌，就捡饼干渣吃；我死乞白赖地要领结婚证，跟朵拉结婚，却什么也付不出，只能给人家一只尤利亚·希普的手套，而整个协会又都拒不接受；我还一直或多或少地意识到我是在自己屋里，不停地翻过来，调过去，好像一条遇难的船，在卧具的海洋里颠簸。

我姨奶奶也没睡好，因为我好几次听见她起来溜达。那天夜里，有两三次，她穿着很长的法兰绒睡袍，显得她有七英尺高，像受到骚扰的鬼魂一样，走进我屋里，来到我睡的那个沙发跟前。她头一次过来的时候，把我惊醒了，原来她看到天空里有一种光，就以为是威斯敏斯特教堂失了火，问我假如风向变了，会不会烧到白金汉街来。后来我静静地躺在那里，发现她就坐在我旁边，悄悄地自言自语："可怜的孩子啊！"这时我知道她惦记着我，毫无自私之心，而我却惦记着自己，多么自私，这使我感到羞愧万分。

我很难相信我觉得这么长的夜晚，别人会觉得短。这个想法使我想了又想，在我想象之中，我看到一场舞会，大家在跳舞，消磨时间，后来这也成了梦，我听见音乐不停地演奏同一个调子，朵拉也不停地跳同一个舞，根本不理睬我。整晚上演奏竖琴的那个男人，老想用一顶普通大小的睡帽把那竖琴盖起来，可是老也盖不起来，这时候，我就醒了——也许我应当说，我也不想再睡了，终于看见阳光从窗口射进来了。

和斯特兰大街相连的某一条街,走到头儿,有一个古罗马时代遗留下来的浴池——那浴池也许现在依然存在——我曾多次跳进去洗冷水澡。我尽量悄悄地穿好衣服,让裴果提照看着姨奶奶,我就一头扎到浴池里去了,后来又到汉普斯特德去遛了一趟。我希望用这种振奋精神的办法使自己的头脑清醒一些,而且我觉得确实收到了很好的效果,因为我很快就做出决定,应当先去试一试,能不能撤销我的学徒安排,把预交的钱收回来。我在希思吃了一点儿早点,顺着洒了水的马路,向博士协会走去,一路上看着小贩头顶鲜花,把郊外花园里长的鲜花运进城来,闻着那夏日的花朵散发出来的令人心旷神怡的香气,心里盘算着为适应家境的变化而走的这第一步。

我来到事务所,可是来得太早了,就连一向来得最早的老提菲也还没有到。我在协会附近转悠了半个小时,才见他拿着钥匙来开门。进去以后,我就坐在自己那阴暗的角落里,仰着头看着阳光照在对面房顶上的烟囱上,心里想着朵拉,后来斯彭洛先生兴致勃勃地走了进来。

“你好哇,科波菲尔?”他说,“天气不错呀!”

“天气实在好,先生,”我说,“开庭以前,我能跟你说句话吗?”

“当然可以,”他说,“到我屋里来吧。”

我跟着他来到他的屋里,见他穿上长袍,对着一面小镜子打扮了一下,那镜子就镶在一个小挂橱的门背面。

“对不起,”我说,“我不得不告诉你,我从姨奶奶那里听到了令人十分痛心的消息。”

“哎呀!”他说,“是吗!可别是半身不遂呀?”

“这件事和她的健康无关,先生,”我答道,“她蒙受了很大的损失——实际上她已经所剩无几了。"

"你真叫我吃惊呀,科波菲尔!"斯彭洛先生叫道。

我摇了摇头。"真的,先生,"我说,"她的事情发生了很大的变化,所以我想问你,能不能——当然是在我们损失一部分预付金的情况下——(我临时加了这么一句,因为我看到了他那副面无表情的样子)——能不能撤销我的学徒安排?"

我提出这项要求,要付出多大的代价,谁也说不清楚。这就好像求人家开恩,判我永远离开朵拉。

"撤销你的学徒安排,科波菲尔? 撤销?"

我以能够让人接受的坚定态度解释道,除非我能自己挣钱,我的生活实在是没有着落了。我对未来并不担心,我说——而且特别强调这一点,仿佛是在表明,过不了多久,我肯定仍然是一个合格的女婿的——不过,眼下我只好自己谋生了。

"听你这番话,我感到非常遗憾,科波菲尔,"斯彭洛先生说道,"非常遗憾哪! 因为这种原因就撤销学徒安排,这是很不寻常的。事情不能这么办。这也不是一个能够随便开的先例——绝对不是。另一方面……"

"你是个好心人,先生。"我低声说道,希望他能有所让步。

"你太客气啦!"斯彭洛先生说道,"我是想说,另一方面,要是只解除我一个人的义务——要是我没有合伙人——乔金斯先生……"

我的希望顿时破灭了,但我又做了一番努力。

"先生,你认为,"我说,"我要是向乔金斯先生提出这件事……"

斯彭洛先生摇了摇头,表示不妥。"科波菲尔,"他说,"老天在上,我不敢做对不起人的事!——尤其不能对不起乔金斯先生。不过我了解我的合伙人,科波菲尔。乔金斯先生这个人,是不会同意这种莫名其妙的要求的。乔金斯先生有一定之规,叫他改变,是很困难的。你知道他是怎样一个人!"

其实,我对他并不了解,光知道他本来是单干的,现在独自住在蒙塔古广场附近的一所房子里,这房子亟须粉刷了;他每次来得很晚,走得很早;好像从来没有人找他商量事情;他在楼上有自己的小黑窝儿,在那里什么也不干,书桌上放着一个用图画纸做的发了黄的记事本,没沾过墨水,据说在那里放了二十年了。

"我去找他谈这件事,你反对吗,先生?"我问道。

"当然不反对,"斯彭洛先生说道,"不过,我跟乔金斯先生打交道,还是有些经验的,科波菲尔。我希望情况不是这样的,因为我愿意接受你的各种想法。我丝毫也不反对你对乔金斯先生谈这件事,科波菲尔,假如你觉得值得一试的话。"

我们热烈地握了握手。我得到允许之后,就坐在那里思念起朵拉来,一面看着阳光悄悄地从对面房顶上的烟囱移到了墙上,后来乔金斯先生走了进来。我紧跟着就上了楼,来到乔金斯先生的门口,我的出现,显然使得乔金斯先生非常惊讶。

"请进,科波菲尔先生,"乔金斯先生说道,"请进来。"

我走进屋里,坐下以后,大体上跟对斯彭洛先生说的一样,又把我的情况对乔金斯先生述说了一遍。乔金斯先生不是人们以为的可怕的家伙,其实他一点儿也不可怕,而是一个身体魁梧,态度和蔼,面目舒展的人,年纪六十。他吸鼻烟吸得很厉害,所以协会里传说他主要就是靠这种兴奋剂活着,身上没有地方容纳别的食物了。

"你跟斯彭洛先生谈过这件事了吧,我想?"乔金斯先生烦躁不安地听完了我的话,这样问道。

我回答说,"是的",我还告诉他,斯彭洛先生对我提到了他的名字。

"他说我会反对吗?"乔金斯先生问道。

我不得不承认,斯彭洛先生认为这是完全可能的。

"对不起,科波菲尔先生,我无能为力,"乔金斯先生紧张地说道,"事实上……不过我有个约会,要到银行去一下,请你包涵,让我去吧。"

他说完了,就急忙站起身来,准备出去,这时候,我鼓起勇气说:"看来这件事恐怕没有办法安排了。"

"没有!"乔金斯先生走到门口,停下来,摇着头说,"哦,没有办法!我反对,你明白吗?"他很快地把话说完,走了出去,"你要知道,科波菲尔先生,"他又回到门口,探进头来说道,"要是斯彭洛先生反对的话……"

"就他个人而言,他并不反对,先生。"我说。

"哦!就他个人而言!"乔金斯先生不耐烦地重复了一遍,"我可以肯定地告诉你,是有人反对的,科波菲尔先生。这件事,没有希望。你的要求是办不到的。我——我的确有约会,要到银行去。"他说完了,就连忙跑走了,据我了解,他下次在协会露面,是三天以后的事了。

我想尽一切可能来达到自己的目的,所以等斯彭洛先生回来以后,就把刚才的情况向他述说了一遍,意思是让他明白,我依然抱有希望,觉得他只要肯干,是能说服那位顽固的乔金斯的。

"科波菲尔,"斯彭洛先生面带慈祥的微笑,说道,"你认识我的合伙人乔金斯先生,没有我认识他的时间长。我从来不想对乔金斯先生要什么手腕儿。乔金斯先生表示反对的方式往往使人误解。不行呀,科波菲尔,"斯彭洛先生摇着头说,"乔金斯先生是不会改变主意的,我不骗你!"

斯彭洛先生和乔金斯先生这两个合伙人,究竟是谁反对,我完全糊涂了。不过我已经看得很清楚,在这个机构里,的确是有人反对,要想收回姨奶奶付的这一千镑,是不可能了。我情绪非常低沉(我回想起这情况,很不满意,因为我知道这还是因为我过多地考虑自己,虽然也总是涉及到朵拉),出了事务所,往家走去。

一路上,我设想了最坏的情况,向自己列出了今后不得不采取的最俭省的各种安排,忽然一辆出租马车从我身后驶来,停在了我身旁。我抬头一看,只见一只洁白的手从窗口向我伸过来,一张脸在向我微笑。这张脸最初曾在装有宽阔扶手的年深日久的橡木楼梯上转过来看我,使我把这张温柔美丽的脸和教堂里的彩色玻璃窗联系起来,从那时起,我每次看到这张脸,就有一种恬静与幸福的感觉。

"艾妮斯!"我愉快地叫了起来,"哦,亲爱的艾妮斯,真没想到会在这里见到你,我真高兴!"

"真的吗?"她热情地说。

"我多么想和你聊聊啊!"我说,"只要看上你一眼,我心里就觉得轻松多了! 我要是有一顶魔术师的帽子,我最希望见到的就是你了。"

"你说什么?"艾妮斯问道。

"哦,也许首先是朵拉。"我供认不讳,脸也红了。

"当然首先是朵拉,我想。"艾妮斯笑着说道。

"不过其次就是你了,"我说,"你上哪里去呀?"

她正要到我的住处去看我姨奶奶。那一天,天气很好,她也愿意下车,因为车上有味儿(我一直把脑袋伸在窗户里),就像黄瓜架下的马棚一样。我把马车打发走了以后,艾妮斯就挽起我的胳膊,我们一起往前走。对我来说,她就像是希望的化身。有艾妮斯在我身边,顷刻之间,我的感觉就迥然不同了。

在此以前,我姨奶奶给她写了一个古怪而唐突的便条——比一张钞票长不了多少——她写信一般都是这样写。她在信中谈到她现在身处逆境,要永远离开多佛,但已下定决心应付这种局面,她身体很好,谁也不用为此而担心。艾妮斯到伦敦来,就是要看我姨奶奶,这些年来,她们两个人一直非常要好——说真的,她们这种关系从我在威克菲尔先生家里寄宿的时候就开始了。她说,她并不孤单:她爸爸和她在一起——还有尤利亚·希普。

"他们现在是合伙人了吧,"我说,"这个人真该死!"

"是的,"艾妮斯说,"他们到这儿来办事,我就借此机会跟着来了。你不要以为我这次来全是为了友情,没有一点儿个人打算,特洛乌德,因为我不愿意让爸爸单独和他出去——我怕我会遭人算计,那就太可怕了。"

"他还像以前那样对威克菲尔先生施加影响吗,艾妮斯?"

艾妮斯摇了摇头,"家里发生了很大的变化,"她说,"你恐怕很难认出那所可爱的老房子了。他们现在跟我们住在一起了。"

"他们?"我问道。

"希普先生和他母亲呀。他就睡在过去你住的那间屋里。"艾妮斯说着,抬头看了我一眼。

"我要是能决定他做什么梦就好了,"我说,"那他就住不长了。"

"我还住在自己那间小屋里,"艾妮斯说,"就是我过去学习的那间小屋。时间过得真快呀! 你还记得和起居室相通的那间装有木墙裙的小屋吗?"

"记得吗,艾妮斯? 我头一次见你的时候,你不就是从那个门儿走出来,身边挂着一个很有趣的小篮子,里面搁着钥匙吗?"

"这间小屋,现在还是老样子,"艾妮斯笑着说道,"你回想起来,这么愉快,我很高兴。我们当时都很快活呀!"

"的确很快活。"我说。

"这间屋子现在还归我用。不过你可要知道,我不能总把希普太太丢在一边呀,所以,"艾妮斯平心静气地说,"有时候,即使我满心想独自待一会儿,也不得不陪着她。除此以外,我对她没有什么好抱怨的了。如果说,有时候,她夸耀自己的儿子,让我听着不耐烦,她作为母亲,那样做也是很自然的。他可是她的一个好儿子。"

在她说这句话的时候,我看了她一眼,没有看出她意识到了尤利亚的图谋。她那双温柔而认真的眼睛看着我的眼睛,流露出她固有的美丽而坦率的神情,她那文静的脸上没有任何变化。

"他们住在我们家里，最大的坏处，"艾妮斯说，"就是不能想跟爸爸怎么亲近，就怎么亲近——尤利亚·希普夹在我们中间，非常碍事——也不能想怎么细心地照顾他，就怎么细心地照顾他（如果这样说不显得太过分的话）。但是，如果有人欺骗他，坑害他，我希望纯朴的爱和真理最终会占上风。我希望真正的爱和真理最终会战胜世界上的一切邪恶和不幸。"

她脸上那种愉快的笑容，我在别人脸上是从来没有见过的。我正在想这笑容多么好看，对我来说，一度是多么熟悉，它却突然消失了。艾妮斯脸色一变（我们快到我住的那条街了），问我知道不知道姨奶奶这不幸的境况是怎样造成的。一听我说不知道，她还没有告诉我，艾妮斯顿时陷入了沉思，我还仿佛觉得她的胳膊在我胳膊下面抖了一下。

我们来到我住的地方，发现姨奶奶一个人在屋里，而且有些激动。原来她跟克鲁普太太在一个抽象的问题上（女性住在这里是否适宜）发生了意见分歧。姨奶奶全然不知道克鲁普太太有抽筋儿的毛病，就对她说闻见她身上有我的白兰地酒的气味，还说麻烦她马上离开，就这样结束了她们之间的争论。克鲁普太太认为，就凭姨奶奶说的这两条，就可以跟她打官司，她表示要诉诸"英国朱迪"①——据说这指的是维护国民自由的堡垒。

然而姨奶奶已经冷静下来，因为在这段时间里，裴果提陪迪克先生出去看骑兵卫队去了，此外姨奶奶见了艾妮斯也特别高兴，她对这件事反而引以为荣，所以高高兴兴地欢迎我

①　指陪审团。

们,情绪一点儿也没受影响。艾妮斯把小帽儿放在桌上,在她身旁坐下,这时候我看着艾妮斯那温柔的眼睛,那明亮的前额,不由自主地感到,她在这里是再适宜不过了。虽然她那么年轻,阅历也不深,可是姨奶奶那么信任她,跟她说心里话。在纯朴的爱和真理方面,她又是多么强啊。

我们议论起姨奶奶遭受的损失,我把那天早上想做而没做成的事也告诉了她们。

"这可不明智呀,特洛,"姨奶奶说,"不过你倒是一番好意。你是个宽宏大量的孩子——我想,现在我应该说'年轻人'了——我为你感到骄傲,亲爱的孩子。到现在为止,一切都好。特洛,艾妮斯,咱们现在就来认真地看一看贝西·特洛乌德这件事,看看情况究竟如何吧。"

我看到艾妮斯脸色煞白,聚精会神地看着我姨奶奶。我姨奶奶拍着她那只猫,也聚精会神地看着艾妮斯。

"贝西·特洛乌德,"姨奶奶说(关于钱财的事,她是从不对别人说的),"我指的不是你姐姐,特洛,我亲爱的孩子,而是指我自己,有过一笔财产。这笔财产有多大,已经无关紧要——够维持生活的——还要多一点儿,因为她还攒了一点儿钱,也加了进去。有一段时间,贝西把她的钱财用来购买公债,后来采纳了她的经纪人的意见,做起了土地抵押的生意,直到把钱都收回来为止。我谈起贝西来,就觉得她像一艘战舰一样。后来呢,贝西就不得不另找投资的门路。她觉得现在比她的经纪人更有头脑了,因为这时候她的经纪人已经不像先前那么能干——我这里指的就是你父亲,艾妮斯——她一时心血来潮,就亲自干起了投资的营生。她把自己的钱财,"姨奶奶说,"投到了外国市场上,后来发现这是一个很坏

667

的市场。她先在矿业上赔了本儿,后来又在潜水行业上赔了本——所谓潜水行业,就是到水下去捞取财宝,就像汤姆·蒂德勒游戏①里瞎说的那样,"姨奶奶揉着鼻子解释道,"后来她又一次在矿业上赔了本儿,最后她想彻底挽回损失,可又在金融方面赔了本儿。有一段不长的时间,我连银行股票值多少钱都不知道了,"姨奶奶说,"我想最低也有百分之百,但是那银行在世界的另一头儿,据我了解,它一下子就化为乌有了。不管怎么说,它说倒就倒了,连一个大子儿也不给了,想给也给不了啦。贝西的几个大子儿都在里面,也就全完了。现在说什么也没用了!"

姨奶奶心平气和地讲完了这段过程,用一种胜利者的眼光盯着艾妮斯,艾妮斯那煞白的脸渐渐有了血色。

"亲爱的特洛乌德小姐,就这些情况吗?"艾妮斯说道。

"我希望这就够了,孩子,"姨奶奶说道,"我当时要是还有钱可赔,我敢说,情况就不止于此了。在那种情况下,贝西就会紧跟着用这笔钱另起炉灶,这是毫无疑问的。不过当时没有更多的钱了,故事也就到此为止了。"

艾妮斯起初屏着呼吸倾听,脸上红一阵,白一阵,后来呼吸比较均匀了。我认为我知道这是为什么。我认为起初她有些害怕,怕她那不幸的父亲要为此事承担一定的过失。我姨奶奶攥住她的手,笑了起来。

"你问我,就这些吗?"姨奶奶又说了一遍,"是啊,就这些呀,还有就是:'从此以后,她过得很快活。'也许过不了多久,就可以在贝西的生平里加上这么一句。我说,艾妮斯,你脑袋

---

① 在这种游戏里,孩子们假装到处可以找到财宝。

瓜子好使。你也一样,特洛,在某些事情上,不过我不能总这样恭维你,"姨奶奶说到这里,用她那特有的精力使劲儿对我摇了摇头,"以后怎么办呢?那所房子,比方说,一年好赖收上七十镑,我觉得确定这么一个数字,是不成问题的。唉!这就是咱们的全部家当了。"姨奶奶说到这里,突然停下——她和有些马一样,有个怪毛病,你明明看着她一时半刻停不下来的样子,她却突然停了下来。

"另外,"姨奶奶歇了一会儿,又接着说道,"还有迪克。他一年有一百镑的进项,不过这笔钱一定要花在他自己身上。虽然我知道只有我赏识他,我也宁可把他打发走,而不愿意把他留在这儿,免得他的钱不能花在他身上。我和特洛最好怎么用我们的进项来维持生活呢?你有什么想法,艾妮斯?"

"依我看,姨奶奶,"我插言道,"我一定要做点儿事情!"

"你是说,去当兵?"姨奶奶说道,显得很惊讶的样子,"还是去当水手?我都不答应。你要成为一名代诉人。咱们家的人可不能把人家打得头破血流,你看着办吧,先生。"

我正要解释我并不想用这种方式来解决家中的生活问题,艾妮斯问我,我住的地方是不是长期租用的?

"你说到点子上了,亲爱的孩子,"姨奶奶说,"至少六个月不成问题,除非能转租出去,我想这是不可能的。前头那位房客就死在这里了。六个人之中,有五个会死在这个穿本色布衣裳法兰绒衬裙的女人手里——这是必然的。现在我手上还有点儿钱,我同意你的意见,我们最好在这里住满期限,同时在附近给迪克找个住的地方。"

我觉得有义务转弯抹角地提醒姨奶奶,长期处于跟克鲁普太太打游击战的状态,她会感到很痛苦,但是她根本听不进去,她说已经准备好了,只要克鲁普太太一露出敌意,就吓她一下,让她一辈子都不会忘记。

"我一直在想,特洛乌德,"艾妮斯没有把握地说道,"你要是有时间……"

"我有的是时间,艾妮斯。我一向是四五点钟以后就没事儿了,一清早我也有时间。无论早晚,"我说,这时候,我意识到脸上有点儿发红,因为我想到不知花了多少个钟头拖着沉重的两腿在城里逛,在诺乌德路上来来往往,"我都有的是时间。"

"我想你不会嫌弃,"艾妮斯说着朝我走了过来,低声对我说,"秘书工作吧。"她的话充满了对我的关怀,又温柔,又乐观,我至今还听得清清楚楚。

"嫌弃?我亲爱的艾妮斯!"

"因为,"艾妮斯接着说道,"斯特朗博士已经实现了他的愿望,退休了,在伦敦住了下来。我听说他问爸爸能不能给他推荐一个秘书。难道你不觉得他会愿意留一个以前教过的心爱的学生在身边,而不愿意用别人吗?"

"亲爱的艾妮斯!"我说,"离开你,我可怎么办呢?你永远是我的善良的天使。我过去就这样对你说过。你在我心目中是永远不会改变的。"

艾妮斯笑了,她笑得那么甜。她说,有一个善良的天使(指朵拉)就足够了。她还告诉我,博士一向是一大早和晚上待在自己的书房里,可能我的空闲时间正好和他的要求相吻合。我看到有希望自己挣饭吃,就已经很高兴了,更不要说在我以前的老师手下做事了。总之,我采纳了艾妮斯的建议,马上坐下,给博士写了一封信,说明了我的意图,并和他约定第二天上午十点钟去看他。我写好地址,寄往海格特——因为他就住在那个地方,这对我来说,是个难以忘怀的地方——就一分钟也没耽误,亲自跑出去,把信发了。

艾妮斯无论到了哪里,都会在那个地方不声不响地留下一些令人愉快的痕迹。我从外面一回来,就看见姨奶奶的鸟儿又挂起来了,就像多年来在家里把鸟挂在客厅的窗口一模一样。我的安乐椅模仿家里的位置,放在了窗户旁边,窗户也是开着的,只不过姨奶奶的安乐椅比我这把安乐椅可舒服多了。就连那把绿色的团扇,姨奶奶也带来了,而且已经装在了窗台上。这些事情看上去好像是自己悄悄地完成的,但我知道这都是谁干的。我还一下子就知道是谁把我那些杂乱无章的书按照过去我上学的时候的样子摆好。即便我认为艾妮斯当时是在多少里地以外的地方,我并没有看见她一边忙着收拾,一边冲着那一堆乱书发笑,我也知道是谁收拾的。

姨奶奶对待泰晤士河还是宽宏大量的,那泰晤士河在阳光照耀之下,也的确显得很好看,当然和老家房子前头的大海相比就不行了。但是她对伦敦的烟尘却是深恶痛绝,说这烟尘"到处撒胡椒面儿"。就为了这胡椒面儿,以裴果提为主,把我的屋子的各个角落都弄得天翻地覆。我一边看,一边想,就连裴果提都显得忙活得很,而实际做得并不多。艾妮斯显得并不忙活,但实际上却做了很多。这时候,忽然有人敲门。

"我想,"艾妮斯说着脸都白了,"是爸爸来了。他说他要来的。"

我把门开开,进来的不光是威克菲尔先生,还有尤利亚·希普。我很久没有见威克菲尔先生了。听了艾妮斯告诉我的情况,对于他变化很大,我是有思想准备的,可是一见面,他却使我大吃一惊。

　　这倒不是因为他上了几岁年纪,老了许多,虽然他的衣着仍旧像过去一样,又讲究,又干净;也不是因为他脸上发红,呈现出病态;也不是因为他眼睛突出,而且带有血丝;也不是因为他神经有毛病,手发抖,他为什么发抖,我是知道的,我看见他发抖,也有好几年了;也不是因为他失去了他那好看的容貌,或者说失去了昔日的绅士风度,因为这种情况并没有出现。使我最感到吃惊的,是他虽然仍能体现出他天生的优越,却要顺从那个卑鄙无耻的化身——尤利亚·希普。这两个人的地位相互转化——尤利亚握着大权,威克菲尔先生处于从属地位——看到这种情况,我心里有说不出来的苦恼。即便是我看到一只猿在对一个人发号施令,都不会觉得比现在这种情况更叫人难堪了。

　　威克菲尔先生好像也深深地感到了这一点。他进来以后,低着头站在那里,一动也不动,恐怕是感到了自己的尴尬处境。这种情况瞬息之间就过去了,因为艾妮斯温柔地对他说:"爸爸,特洛乌德小姐在这儿呢——还有特洛乌德,你好久没见他了!"于是他往前走了走,拘谨地把手朝姨奶奶伸过去,还比较热情地跟我握了握手。就在这个空当儿,我看见尤利亚脸上露出了再难看不过的微笑。我觉得艾妮斯也看见了,因为她躲开了他。

　　姨奶奶看见了,还是没有看见,要是她自己不说,就是请相面先生来看,也是看不出来的。她要是想摆出一副无动于衷的面孔,我敢说,那是谁也比不上的。当时,她的脸就像一堵死气沉沉的墙,一点儿也看不出她在想些什么,后来她就像平时一样突然说起话来。

"我说,威克菲尔,"姨奶奶说,这时威克菲尔先生第一次抬起头来看她,"我正在对你女儿说,我亲自处理自己的钱财处理得多么好,因为你的业务能力日渐荒疏,我不能再托你处理了。我们正在一起商量,而且总的说来,我们是商量得不错的。依我看,艾妮斯很可贵,抵得上整个事务所的价值。"

"我要是能从我这卑贱的地位说一句话,"尤利亚·希普扭扭捏捏地说,"我完全同意贝西·特洛乌德小姐的话,非常希望艾妮斯小姐做合伙人。"

"你知道,你本人也是个合伙人嘛,"姨奶奶说道,"我看,这差不多也就够你忙活的了。你觉得怎么样啊,先生?"

针对姨奶奶这样直截了当提出的问题,希普先生极不自然地紧紧抓住手里的蓝包,回答说他身体挺好,谢谢姨奶奶,并且希望她也身体健康。

"还有你,少爷——我应该说先生吧——科波菲尔先生,"尤利亚接着说道,"我也祝你身体健康!科波菲尔先生,即便是在眼前这种情况下,见到你,我也很高兴。"他这话,我相信,因为他看上去的确为眼前这种情况而非常高兴。"你的朋友们也不希望看到你处于眼前这种情况,科波菲尔先生。但是,一个人要站得住脚,靠的不是钱,靠的是……我能力有限,实在不知道怎样把话说清楚,"尤利亚说着,以谄媚的样子把身子猛然一扭,"但靠的不是钱!"

说到这里,他和我握了握手——不是像平常那样握手,而是站在离我老远的地方,抓着我的手上下摇动,就像摇动水泵的把手一样,心里还有点害怕的样子。

"你觉得我们的气色怎么样,科波菲尔少爷?——我应当说科波菲尔先生,"尤利亚又以谄媚的样子说道,"你不觉得威克菲尔先生风华正茂吗,先生?一年一年过去了,没有给我们事务所留下很大的影响,科波菲尔少爷,只不过使卑贱的人提高了地位——我指的是我母亲和我自己,"接着他又补充了一句临时想到的话,"同时也使漂亮的人更加漂亮——我指的是艾妮斯小姐。"

他说完这段奉承话,又猛然把身子扭动起来,那样子实在叫人受不了。姨奶奶一直坐在那里盯着他,怎么也忍不下去了。

"让这个人见鬼去吧!"姨奶奶正言厉色地说道,"他这是干什么呀?——别像触了电似的呀,先生!"

"请你原谅,特洛乌德小姐,"尤利亚答道,"我知道你很紧张。"

"去你的吧,先生!"姨奶奶说,显得大为不快,"你不要自以为是,随便乱说!我根本就不紧张。你如果是条鳝鱼,先生,你就表现得像条鳝鱼吧;你要是个男子汉,先生,就把你的手脚管住呀!仁慈的上帝呀!"姨奶奶非常气愤地说,"我可不愿意看着他这样扭来扭去,转来转去,逼得我发疯呀!"

姨奶奶这样一发作,希普先生很难为情,这事要是搁在别人身上,他们也大都会感到难为情的。随后姨奶奶又气愤地在椅子上动了一下,还摇了摇头,好像要扑过去咬他一口,这又为刚才那一通发作增加了很大的分量。希普先生却低三下四地在一旁对我说:

"我非常了解,科波菲尔少爷,特洛乌德小姐人倒是个好人,就是爱生气(说真的,科波菲尔少爷,我想,在你认识她之前,我就荣幸地认识她了,当时我还是个卑贱的文书)。我想,在目前这种境况下,她一定更爱生气了。这也是很自然的,幸好还不算很厉害!我这次前来拜访,只是想说一声,在目前这种境况下,如果我们可以做点儿什么,无论是我本人,还是我母亲,还是威克菲尔与希普事务所,都是非常愿意做的。——我可以这么说吧?"尤利亚说着,朝他的合伙人微微一笑,那样子实在叫人恶心。

"尤利亚·希普,"威克菲尔先生说道,他语气很单调,也显得很吃力的样子,"在事务所的工作积极主动,特洛乌德。他的话,我都同意。你知道,我一向关心你。这且不说,尤利亚的话,我都同意!"

"哦,受到这样的信任,真是莫大的荣幸,"尤利亚说着跷起了一条腿,差一点儿又惹得姨奶奶对他发作一通,"不过我只是希望能做些事情,以减少他在业务方面的劳苦,科波菲尔少爷!"

"尤利亚·希普减轻了我很大的负担,"威克菲尔先生说道,他的声音还是那么单调,"特洛乌德,有他这么一个合伙人,我可省心多啦。"

我知道,这都是那红狐狸叫他说的,为的是在我面前把他夸耀一番,显得他就是有一天晚上他表现的那个样子,那天晚上他搅得我一夜没有睡好。我又在他脸上看到了那恶意的微笑,也看到了他在怎样盯着我。

"你还不走吗,爸爸?"艾妮斯急切地问道,"你不愿意跟我和特洛乌德一起走回去吗?"

要不是尤利亚先说了话,我相信威克菲尔先生一定会先看看那位大人物的脸色再回答女儿的问话的。

"我有个约会,"尤利亚说道,"有公事要谈。要不,我是很乐意跟朋友们在一起的。不过我把我的合伙人留下,他可以代表我们事务所。艾妮斯小姐,再见!祝你日安,科波菲尔少爷,并向贝西·特洛乌德小姐表示卑微的敬意。"

他说完了话,亲了亲自己的大手,向我们飞吻,像狐狸一样狡猾地看了我们一眼,就走了出去。

我们坐在那里,谈起了我们过去在坎特伯雷度过的愉快生活,一谈就谈了一两个钟头。因为只有艾妮斯在身边,威克菲尔先生一会儿的工夫就恢复了原来的样子。虽然他那低沉的情绪已经固定,无法摆脱。不过这也无妨,他还是露出了快活的神情,听我们回忆过去的生活琐事,许多事儿他还记得清清楚楚,所以,可以明显地看出,他感到很高兴。他说他觉得好像又回到了过去跟艾妮斯和我单独在一起生活的日子,他祈求上天,希望那样的日子没有变。我敢说,艾妮斯那张文静的脸,还有她的手往他胳膊上一搭,都对他有影响,都在他身上产生了奇迹。

姨奶奶在这段时间里,几乎一直与裴果提在里屋忙活,她不想陪着到他们住的地方去,但是非让我去不可,于是我就去了。我们在一起吃了晚饭。饭后,艾妮斯像往常一样,坐在父亲身旁,给他倒了一杯酒。她倒多少,他就喝多少,也没有再要——就像孩子一样——我们三个人一起坐在窗前,这时候,天渐渐暗了下来。等到天快黑的时候,他就躺在一只沙发上。艾妮斯在他头下放了个枕头,还弯着身子在他旁边站了一会儿。后来她又回到窗口,这时天还没有全黑,我看见她眼睛里闪着泪花。

我祈求上天,永远不要让我忘了我这段经历中的这位充满了爱与真诚的可爱的姑娘,因为我一旦忘了她,我也就快完了,到那时候,我最大的愿望就是记得她了。她使得我那么一心一意地做好事,她以自己的榜样使我由软弱变得那么坚强,她那么有力地影响了我——我也不知道她是怎样影响我的,因为她太谦虚,太温柔,从来不用很多话来规劝我——引导了我那随意流动的热情和摇摆不定的目的。所以,如果说我做了些许好事,而没有做什么坏事,我真心实意地认为都应当归功于她。

她怎样坐在窗前,摸着黑儿,跟我谈起朵拉,怎样听我称赞朵拉;她又怎样称赞她,怎样把自己身上纯洁的光洒了一些在朵拉那娇小精灵般的身影上,使我觉得朵拉更为可贵,更为纯真!哦,艾妮斯,我儿时的姐妹,我许久以后才知道的情况,如果当时就知道,有多好呢!

我下楼的时候,街上有个要饭的。我扭过头来看窗户,心里想着艾妮斯那双沉静而热情的眼睛,那要饭的突然使我吃了一惊,因为他含含糊糊地在说些什么,好像是在重复早上的话:

“糊涂!糊涂!糊涂哇!”

第三十六章　热　情

　　第二天早上，我又跳到罗马浴池中泡了一会儿，接着就向海格特走去。这时候，我不再感到沮丧了。我不怕穿旧衣服，也不想骑灰色骏马了。对于最近发生的这件不幸的事，我的看法完全变了。我现在需要做的，是向姨奶奶显示一下，她过去给我的好处并没有浪费在一个既不领情也不感恩的人身上。我现在需要做的，是把我小时候受过的艰苦训练利用起来，办法是下定决心毫不动摇地去工作。我现在需要做的，是拿起伐木的斧子，在困难之林中把树砍倒，为自己开出一条路，直到最后来到朵拉面前。我快步向前走去，好像只要走，事情就办成了。

　　我走上了那条熟悉的通往海格特的大路，过去到这里来是为了消遣，这一回却迥然不同，所以我觉得好像我的整个生活发生了彻底的变化。但这并没有使我泄气。随着新的生活而来的是新的目的，新的意图。付出的劳力是巨大的，得到的报酬是无价的。这报酬就是朵拉，我一定要赢得朵拉。

　　我非常兴奋，竟然觉得自己的衣裳不够破旧，而感到遗憾。我希望现在就在那困难之林中砍树，用那样的工作条件来证明我的力量。有一个老人，戴着金属丝做的眼罩，在那里凿石修路，我真想求他把斧头借给我用一下，让我开始凿出一条花岗石的路，一直通到朵拉那里。我激动得浑身发热，上气不接下气，以至于觉得仿佛已经在挣不知多少钱了。就在这种情况下，我看见有所房子在出租，就走了进去，仔细察看了一番，因为我觉得需要讲求实际。这房子对我和朵拉来说，真是再好不过了——前面有个小花园，可以让吉卜在那里跑来跑去，隔着栏杆向街上的小贩乱叫，楼上有一间最好的屋子，可以让姨奶奶住。我出来以后，身上更热了，也走得更快了。我走得那么快，结果提前一个钟头就冲到了海格特。即便我没有早到，也不能不遛一会儿，冷静下来，像个样子，再去见人。

这项必要的准备工作开始之后，我想到的头一件事就是找到斯特朗博士住的地方。在海格特他不住在斯蒂福太太住的这一边儿，而正好住在这个小镇的另一边儿。找到地方以后，我顶不住一股吸引力，又回到斯蒂福太太住的那条小路上，隔着墙角往花园里看。斯蒂福的屋子关得紧紧的。暖房的门敞着，罗莎·达特尔光着脑袋，在草坪的一侧顺着一条石子路走来走去。她的步子很碎，显出焦躁不安的样子。她给我的印象是她好比一头猛兽，在锁链所及的范围内沿着一段固定的路走来走去，以消磨自己的心血。

我从观望的地方悄悄地走开，有意躲着左邻右舍，后悔不该走得那么近，然后就在街上溜达，一直溜到十点钟。现在小山顶上那座带尖塔的教堂，当时还没有修建，所以没有钟向我报时。那个地方原来是一所旧红砖房，房子很大，那里是一所学校。回想起来，我觉得在这样一所老房子里上学是很不错的。

斯特朗博士的住宅是一所漂亮的老房子，看样子刚刚经过一番装饰与整修,由此看来,他在这房子上花了不少钱。我朝这房子走着,就看见斯特朗博士在旁边的花园里散步。他戴着护腿什么的,好像从我在这里上学的时候起,他就在这里散步,从来没有停下来过。他昔日的伴侣也都在他身旁,因为附近有很多大树,草地上有两三只乌鸦在那里照顾他,仿佛坎特伯雷镇上的乌鸦给这几只乌鸦写了信,把博士托付给它们,所以它们正在细心照料博士呢。

我知道,从那么远的地方引起他的注意,是完全没有希望的。于是我就大胆地推开门,跟在他后面走,等他转身的时候,我就迎上前去。他真的转身朝我走来,这时候,他看着我,愣了一会儿,显然心里想的并不是我;随后他那慈祥的脸上露出了极大的喜悦,一下子拉住了我的两只手。

"啊呀,亲爱的科波菲尔,"博士说道,"你成了大人了!你好啊? 见到你,我真高兴。亲爱的科波菲尔,你可真有长进啊! 你真是非常……真的……哎呀!"

我说希望他身体健康,也希望斯特朗太太身体健康。

"哎呀,挺好!"博士说道,"安妮也挺好,她见到你,也一定很高兴。她一向喜欢你。昨天晚上我把你的信拿给她看,她还这么说来着。哦……对了,你一定还记得杰克·马尔登先生吧,科波菲尔?"

"记得非常清楚,先生。"

"当然,"博士说道,"一定是那样。他也挺好的。"

"他回来了吗,先生?"我问道。

"你是说从印度?"博士说道,"回来了。杰克·马尔登先生受不了那里的气候啊,亲爱的孩子。马克勒姆太太——你没忘了马克勒姆太太吧?"

怎么会忘了老将呢！相隔的时间也不长嘛！

"马克勒姆太太，"博士说道，"为了他，可操心啦，那个可怜的人哪。所以我们又把他接回家来了。我们在专利局给他买了一个小小的职位，这对他合适多了。"

我了解杰克·马尔登先生，所以听了这番话就怀疑他这个职位恐怕是干活儿不多，收入却不错。博士一只手搭在我的肩膀上，来回走着，带着鼓励我的神情转过脸来看着我，继续说道：

"我说，亲爱的科波菲尔，现在谈一谈你提出的这个想法。我当然很满意，也觉得很合适；不过你不觉得可以找个更好的工作吗？你知道，过去你在这里的时候，就表现得很突出。你有条件做许多好的工作。你打下的基础，在上面盖什么高楼大厦都行。我能给你的工作这么次，你要是把青春年华花在这上头，岂不可惜吗？"

我又觉得浑身发热了，大概用了浮夸的词语，强烈地要求他接受我的请求，同时提醒他，我已经有了一个行业。

"是啊，是啊，"博士说道，"的确是这样。你有了一个行业，而且正在学习，这当然有所不同。不过我年轻的好朋友，一年七十镑算得了什么？"

"这就使我们的收入翻了一番呀，斯特朗博士。"我说。

"哎呀！"博士说道，"这倒没想到！我的意思不是说绝对限于一年七十镑，因为我一直在想，无论雇用了哪一位年轻朋友，都要送他一件礼物，"博士说着，仍把手搭在我的肩上，和我一起走来走去，"毫无疑问，我一直是把每年要送的礼物考虑在内的。"

"亲爱的老师，"我说（现在我是真诚的，绝不是瞎说），

"我对你的感激之情,是永远也说不完的……"

"哪里,哪里,"博士打断我的话,说道,"不敢当!"

"你要是肯利用我的空闲时间,也就是早上和晚上,而且认为一年花七十镑是值得的,这就帮了我的大忙,我不知道该怎样感谢你才好。"

"哎呀!"博士直率地说道,"没想到这么一点儿钱会有这么大的用处!哎呀,哎呀!这样吧,一旦你有更好的工作,你就去干那更好的工作,好不好?你能保证吗?"博士说道——过去他总是这样非常严肃地激励我们这些学生的自尊心。

"我保证,先生!"我按过去学校的规矩答道。

"那就一言为定。"博士说着,拍了拍我的肩膀,他的手依然搭在我的肩膀上,我们也仍在走来走去。

"要是我的工作和字典有关,我就要高兴二十倍了,先生。"我说,语气里带着一点儿——我希望是纯朴的——奉承的味道。

博士停下脚步,又笑着拍了拍我的肩膀,大声说道:"我亲爱的年轻朋友,让你说着了。正是编字典!"他那胜利的喜悦叫人看了真高兴,好像我看到了人类智慧最深层的东西。

怎么可能是别的活儿呢?他的口袋里和他的脑袋里一样,全都是字典。那字典,他身上到处都塞着,塞不下,就乱七八糟地露在外面。他告诉我,自从他的学术生活结束以后,他的词典工作进行得好极了。他还说,我建议早上和晚上干活儿,这个安排再好不过了,因为他有个习惯,白天要散步,进行思考。他的稿子有点儿乱,这是杰克·马尔登先生造成的,因为他最近主动提出,有时候愿意出点儿力,根据口述作笔录,但又不大适应这种工作;不过我们不久就可以把不对的地方改正过来,然后就可以顺利进行了。后来,等我们真正干起来之后,我发现杰克·马尔登先生造成的麻烦比我原来想象的要大得多,因为他不只是出了无数的错误,而且还在博士的稿子上画了很多士兵,很多女人的头像,结果弄得我常常像是进了迷宫一样。

博士看到我们将要一起工作,来完成这项了不起的工程,感到非常快活。我们决定第二天早上七点钟就开始。我们是这么安排的:每天早上工作两个钟头,每天晚上工作两三个钟头,星期六除外,我应该休息。星期天,我当然也休息。这样的条件,我觉得是挺轻松的。

我们的计划就这么定了,双方都很满意。随后博士就带我到屋里去见斯特朗太太。我们在博士的新书房里找到了她。她正在替博士掸去书上的尘土——那些神圣的心爱之物,他是从不允许别人乱动的。

他们为了我,把早饭都推迟了,我们就一起坐下来吃饭。我们坐下以后,没有一会儿的工夫,我还没有听见什么动静,就从斯特朗太太的脸上看出有人来了。一位先生骑着马来到大门口。他牵着马进了小院儿,缰绳搭在胳膊上,显得毫不拘束的样子。他把马拴在空车房墙上的环子上,手里拿着鞭子,来到吃早餐的客厅里。这人就是杰克·马尔登先生。我觉得杰克·马尔登先生到了印度也未见长进。不过我当时对不肯在困难之林中披荆斩棘的年轻人采取疾恶如仇的态度,所以我这个印象也不能说完全准确。

"杰克先生!"博士说道,"科波菲尔!"

杰克·马尔登先生和我握了握手,不过我觉得他不够热情,带着一副无精打采看不起人的样子。我心里对他十分不满。不过他那副无精打采的样子可是真好看——只有在他跟表妹说话的时候，才不显得那么无精打采。

"你吃早饭了吗，杰克先生?"博士说道。

"我几乎从来不吃早饭，先生，"他说着把头往后一仰，靠在了安乐椅上，"我吃腻了。"

"今天有什么新闻吗?"博士问道。

"什么新闻也没有，先生，"马尔登先生答道，"有一条消息说北方有人挨饿，有不满情绪;其实，总是有地方有人挨饿，有不满情绪的。"

博士显得心情沉重，似乎想换一个话题，就说:"这么说，就没有新闻了;听人家说，没有新闻就是好新闻。"

"报上有篇很长的文章，先生，说的是一桩谋杀案，"马尔登先生说道，"其实，总是有人被谋杀，所以我也没看。"

对人世间的一切行为和激情都显得漠不关心，我认为，在当时还不像我后来看到的那样，被看做一种高贵的品质。从那以后，我的确看到这是一种很时髦的表现。我看到有人非常善于这种表现。我碰到过一些很文雅的女士们、先生们，他们简直生来就像毛虫一样。也许杰克·马尔登先生这种表现当时给我留下了比较深的印象，因为我感到新鲜;不过他这种表现肯定没有提高我对他的看法，也没有增强我对他的信心。

"我是来问问安妮今天晚上想不想去听歌剧，"马尔登先生扭过头去对她说，"这是这一季里最后一场好歌剧了，那里有个角儿，她真该听一听。她唱得妙极了，不过她也丑得那么可爱。"接着他又显出了无精打采的样子。

博士一向是对任何能使他的年轻妻子高兴的事感到高兴，就转过去对她说:

"你一定要去，安妮。你一定要去。"

"我不想去，"她对博士说，"我宁愿待在家里。我非常愿意待在家里。"

她对表哥看都不看一眼，就跟我说起话来，向我问起艾妮斯，问她会不会来看她，可不可能哪一天就来看她。她当时心绪非常之乱，我都纳闷，博士就在那里往面包上抹黄油，怎么会对这么明显的情况视而不见。

但是他的确什么也没看出来。他和颜悦色地对她说，她还年轻，应该娱乐，应该快活，而不应该让一个枯燥的老头子把她的生活弄得非常枯燥。况且，他说，他还想让她把那新角儿唱的歌都唱给她听，她要是不去，怎么能唱得好呢？于是博士一定要给她安排这次约会，就跟杰克·马尔登先生说好了，请他回来吃晚饭。这件事说定了以后，我想，他就到专利局上班去了，不管是不是，他反正骑着马走了，显得很悠闲的样子。

第二天早上，我出于好奇，就打听她去了没有。她没去，而是打发人到伦敦去回绝了她表哥的邀请，下午就出去看艾妮斯了，而且还是说服了博士跟她一块儿去的。博士告诉我，他们是穿过田野，走着回来的，因为夜色很美。我当时就纳闷，要是艾妮斯没在伦敦，她是不是就会去听歌剧了，也不知道艾妮斯是不是给了她什么好的影响。

我觉得她看上去不大高兴，但她脸色并不难看，要不这就是她装出来的。我时不时地看她一眼，因为我们干活儿的时候，她一直坐在窗前。她给我们准备了早饭，我们一边干活儿，一边抓一点儿吃。九点钟我走的时候，她跪在博士的脚边，给他穿鞋，给他系护腿。她脸上有一片淡淡的影子，这是那低矮的屋子敞着的窗户前面悬垂的绿叶投在她脸上的。在我去博士协会的路上,我一直在想许久以前的那天晚上我看见博士在看书,她看着他的情景。

我现在非常忙——早上五点钟起床,晚上九十点钟回家。我这么紧张地工作,心里却感到很满足。不管在什么情况下,我都不再慢腾腾地走路了。我干活儿干得越累,就说明我为了配得上朵拉而做的事越多。想到这里,心里就热乎乎的。我的家境发生变化以后,我还没有告诉朵拉,因为过几天她就要来看米尔斯小姐了,我打算到那时候再告诉她。我们的信件都是通过米尔斯小姐秘密传递的,我只在信中对她说,我有很多事情要告诉她。与此同时,我开始少用熊油发蜡,而香皂和花露水就根本不用了,还很便宜地卖掉了三件背心,因为太华丽,和我当前的艰苦生活不相称了。

我做了这些事情之后,还觉得不满足,心里急得火烧火燎的,还想做些什么,就去看特拉德去了。他现在住在霍尔本区城堡街一所房子的楼顶上,在花墙后面。迪克先生已经跟着我到海格特去过两次,也和博士续上了旧有的交情。这一次我把迪克先生也带到特拉德这里来了。

我把迪克先生带来,是因为他深切地感到姨奶奶身处逆境之苦,而且诚挚地认为就连船上的苦力和罪犯也不会像我这么辛苦。他坐不住了,觉得自己不能有所作为,愁得提不起精神,连饭都不想吃了。在这种情况下,他就比平时更觉得无法完成他的呈文了;而且他越是加紧写,查理一世国王那倒霉的脑袋就越来搅和。我们实在是怕他的病情恶化,除非为了他好,想办法骗他一下,让他觉得自己还是有用的,或者想个办法,让他的确有用(这样就更好)。我决定去找特拉德,看他能不能帮个忙。去找他之前,我先给他写了一封信,详细说明了最近发生的情况。特拉德的回信好极了，充分表达了他的同情和友谊。

我们到了那里，见他面前摆着墨水和纸，正在那里刻苦工作。小屋的一角，摆着那只花盆架子和那张小圆桌，特拉德看了就感到特别精神。他热情地接待了我们，一会儿的工夫，就跟迪克先生交上了朋友。迪克先生非说以前见过他，我们俩就说："那很可能。"

我需要向特拉德请教的第一个问题是：我听说各行各业有许多杰出的人物是靠报道议会辩论起家的。特拉德曾向我提到过报纸这一行，说这是他的志向之一，所以我就把这两件事放在一起，在信中告诉特拉德，希望知道我怎样才能有资格做这件事。特拉德已经帮我了解了一下，告诉我，要想真正做好这项工作，除了在个别情况下，光是获得一个必备的技能——即完全掌握那神秘的速记和阅读速记稿的能力——其难度就和掌握六种语言差不多。如果持之以恒，也许几年下来就能学会。特拉德觉得，这样一来就会打消我的念头，这也是合乎情理的。可是我呢，只感到这里的确有几棵大树需要砍一砍，马上决定拿起斧头，在这荆棘丛中开出一条通向朵拉的路来。

"我非常感谢你，亲爱的特拉德！"我说，"我明天就开始。"

特拉德显得大吃一惊的样子，这也是很自然的。但是他根本不知道我心里多么高兴。

"我要去买本书，"我说，"书里得系统地把这种技术讲清楚。我在协会里就可以学，反正我在那里事情也不多。我把我们法庭上说的话记下来，作为练习——特拉德，老朋友，我能学会!"

"哎呀,"特拉德睁着两只大眼睛说道,"科波菲尔,我还真不知道你是这么坚决的一个人哩!"

他怎么可能知道呢,因为这对我也很新鲜哪。我把这件事暂且放下,回过头来看迪克先生。

"你看,"迪克先生殷切地说道,"我能不能尽力做些什么,特拉德先生——我能不能打鼓,或者吹点儿什么!"

可怜的人哪!我相信,他打心里愿意干这样的工作,而不喜欢别的工作。特拉德这个人,无论如何都不会笑,一本正经地答道:

"不过你写得一手好字呀,先生——科波菲尔,是你告诉我的吧?"

"写得好极了!"我说。他的确写得一手好字,特别工整。

"我要是弄到东西,"特拉德说,"你觉得你能替我抄写吗,先生?"

迪克先生以怀疑的眼光看了看我:"嗯,特洛乌德?"

我摇了摇头。迪克先生也摇了摇头,还叹了一口气,"给他说说那呈文的事吧。"迪克先生说。

我对特拉德解释说,迪克先生有一个难处,他在稿子里总躲不开查理一世国王。迪克先生在一边毕恭毕敬地、严肃地看着特拉德,拇指放在嘴边吸着。

"不过你可知道,我说的这些文件都已经写好了,定稿了,"特拉德想了想说道,"迪克先生不能改动了。这样,情况是不是就不同了,科波菲尔? 不管怎么样,试一下,好不好?"

这样一来,我们又觉得有希望了。我和特拉德在一旁单独碰了个头,迪克先生坐在椅子上焦急地看着我们。我们想了个办法,让他第二天就干活儿,事情进行得很顺利。

在白金汉街,我们在窗前的桌子上摆上了特拉德给他找来的活儿——也就是让他抄写一个关于行路权的法律文件,抄几份,我不记得了——在另一张桌子上,我们摆上了那篇重要呈文最后未完成的稿子。我们对迪克先生提出的要求是,他必须严格按照面前的稿子抄写,丝毫不能脱离原文。我们还告诉他,只要他一觉得有必要提一提查理一世国王,他就应该飞跑到呈文那边去。我们要求他严格遵守这一条,并且让我姨奶奶在这里监督他。后来,姨奶奶向我们报告说,起初他就像乐队里那个打鼓的,一直是两边都照顾;后来他发现这样很乱,也很累,而他眼前就摆着一份很清楚的稿子,过了不久,也就坐在那里有条不紊一本正经地干活儿,把呈文撂在一边,以后方便的时候再说了。总而言之,虽然我们非常注意,让他适可而止,不要干得太多,虽然他不是从一个星期的开头儿开始的,到星期六晚上为止,就已经挣了十先令九便士。我一直到死都不会忘记,他怎样到附近各家商店把这笔财富都换成六便士一个的硬币,怎样把这些硬币放在一个托盘里摆成一颗心的样子送到姨奶奶面前,眼里含着喜悦与豪迈的泪花。自从他开始做有用的工作以来,就像带上了护身符;那个星期六晚上,如果说世界上有一个幸福的人,那就是这个知恩感恩的人了。他认为姨奶奶是世上再好不过的女人,认为我是世上再好不过的年轻人。

“现在不挨饿了,特洛乌德,”迪克先生在墙角里跟我握着手说道,“我养活她,先生!”他说着把十个手指举起来在空中摇晃,仿佛那就是十个银行。

我和特拉德,我们两个人究竟谁更高兴,我简直说不清楚。特拉德突然从口袋里掏出一封信递给我，一面说道："我简直把米考伯先生全给忘了！"

这封信（米考伯先生只要有机会写信，是从不放过的）是写给我的，信封上写着"敬烦内殿律师学院托·特拉德先生转交"。信是这样写的：

亲爱的科波菲尔：

你听见我有了转机的消息，大概不会没有料到吧。在此以前，我可能告诉过你，我预计会出现这样的转机。

我将在我们这幸福的岛上一个偏远的镇上开创自己的事业（这里的人可以说或者从事农业，或者在教会任职，和谐共处，相安无事）。我的事业与一项学问很深的行业密切相关。米考伯太太和我们的孩子将与我同行。有朝一日，我们的骨灰将混葬于某著名建筑物附属之墓地之中。我所说的这个地方就以此建筑物而著称，其声望恐怕可以说从中国延续到秘鲁吧？

我们曾在此现代巴比伦几经沉浮，如今向此城告别，我不无光彩地相信米考伯太太与我本人，无法掩饰我们意识到的，我们将与某人别离，或别离数年，或永远别离，此人与我们家庭生活之祭坛密切相关。在此别离的前夕，你如陪伴我们共同的朋友托马斯·特拉德先生前来我们现在的住处，互致离别之祝愿，你将施恩惠于

永远

忠于你的

威尔金斯·米考伯

得知米考伯先生摆脱厄运，他的生活终于出现了一些转

机,我感到很高兴。我听特拉德说,米考伯先生邀请我们当天晚上就去,便欣然同意。于是我们就一起朝米考伯先生的住处走去。这房子是他以莫蒂默先生的名义租用的,地点在格雷律师学院路上快走到头儿的地方。

这所住宅的条件有限,我们看到那对双胞胎现在八九岁了,睡在起居室里一张折叠床上。米考伯先生在盛凉水的罐子里准备了他说他"酿制"的最拿手的可口饮料。这一次,我有幸和米考伯少爷重叙友情,我看到他是个十二三岁很有前途的孩子,手脚却老不闲着,这种现象,在他这样年纪的孩子身上,也并不少见。我还又一次见到了他的妹妹,米考伯小姐。米考伯先生对我们说:"她母亲像凤凰一样,在她身上重现了自己的青春。"

"亲爱的科波菲尔,"米考伯先生说道,"你和特拉德先生来看我们,正赶上我们要搬到外地去,有什么不便,请多包涵。"

我一面说了些适当的话回答他,一面往四下里看了看,看到他们的财物都已捆好,行李的总量也不是多得不得了。我为这即将到来的变化向米考伯太太表示了祝贺。

"亲爱的科波菲尔先生,"米考伯太太说道,"我深深地体会到,你对我们家的事情都是很关心的。我娘家的人也许会认为这跟充军一样,那就随他们的便吧,我可是个贤妻良母,永不抛弃米考伯先生。"

米考伯太太以恳求的眼光看了看特拉德,希望他说些什么。特拉德激动地满足了她的要求。

"我就是这么想的,"米考伯太太说道,"亲爱的科波菲尔先生,特拉德先生,我在婚礼上跟着牧师立下了永不反悔的誓言：'我爱玛愿嫁于你威尔金斯为妻。'这样我就承担了义务，关于我的义务，至少我现在就是这么想的。昨天晚上我还把婚礼上那段话重温了一遍，我得出的结论是，我永不抛弃米考伯先生。虽然，"米考伯太太说，"我对我那婚礼的看法可能是错误的，我也决不抛弃他！"

"亲爱的，"米考伯先生说道，显得有点儿不耐烦的样子，"我并没觉得你会做出那样的事来呀！"

"我知道，亲爱的科波菲尔先生，"米考伯太太接着说道，"我很快就要和一些生人生活在一起，我也知道，我娘家那些人，虽然米考伯先生以最文雅的言词给他们写了信，把情况告诉了他们，他们却根本不理睬。说真的，我也许是迷信，"米考伯太太说，"不过看来，米考伯先生写的那些信，绝大部分注定了是不会得到什么回音的。我的娘家人都不吭声，我就觉得他们是反对我的决定的。但是我不能受他们的影响，背离我尽责的道路呀，科波菲尔先生，即便我爸爸和我妈现在还活着，也不可能对我有什么影响。"

我发表了我的看法，我说她这样想是很对的。

"把自己关在一个只有大教堂的镇上，"米考伯太太说，"也许是一种牺牲；不过，科波菲尔先生，如果说那对我来说是一种牺牲，对于像米考伯先生么有才干的人来说，肯定就更是一种牺牲了。"

"哦！你们要搬到一个只有大教堂的镇上去呀？"我说。

米考伯先生一直在给我们添续饮料，对我的问话做了回答：

"搬到坎特伯雷去。事实上，亲爱的科波菲尔，我已经和人家商量好了，跟我们的朋友希普订了合同，保证以私人秘书的身份协助他工作,这也就是我的职务。"

我目不转睛地看着米考伯先生,而他见我这样吃惊,却大为高兴。

"我可要告诉你,"他一本正经地说道,"这个结果,在很大程度上归功于米考伯太太善于筹划,会出主意。有一次,米考伯太太说,该登广告,向社会挑战。我的朋友希普接受了挑战。就这样,我们认识了彼此的作用。我的朋友希普,"米考伯先生说,"是个极其精明的人,我愿意向他表示最大的敬意。我的朋友希普并没有把我的固定报酬定得很高,但是他出了很大的力,帮我摆脱经济困难给我造成的压力,这是与我的工作能力相联系的。我就把希望寄托在自己的工作能力上。我碰巧了具备的这点儿聪明才智,"米考伯先生又以过去那种文质彬彬的神气,一边炫耀自己,一边贬低自己,"都要拿出来为我的朋友希普效劳了。我已经有了一些法律知识——我在民事诉讼之中当过被告——我还要马上就开始学习我们英国最著名、最杰出的法学家之中的一位所做的释义。我想我不说也清楚了,我指的是布莱克斯通①法官先生。"

这番话,说真的,那天晚上说的大部分的话,都不时地被米考伯太太打断,因为她发现米考伯少爷一会儿坐在了自己的靴子上,一会儿又两只胳膊撑着脑袋,仿佛要掉似的,一会儿不小心在桌子底下踢了特拉德一脚,一会儿把这只脚搭在那只脚上,或把那只脚搭在这只脚上,要不就是把两脚伸得老远,叫人看了难受,要不就是侧身躺着,头发落在酒杯之间,要不就是以别的方式手脚乱动,那样子叫一般人无法忍受。米

---

① 布莱克斯通(1723—1780),著名英国法学家,著有《英国法释义》。

考伯少爷见他母亲发现他这些行为,也露出了不满的情绪。我一直坐在那里,惊讶地听着米考伯先生那番话,一边琢磨这意味着什么;后来米考伯太太又接着这个话题往下说,引起了我的注意。

"我特别要求米考伯先生注意的,"米考伯太太说,"亲爱的科波菲尔先生,就是让他不要因为待在法律这一次要的树枝上,而影响他最后登上树的顶端。我相信,米考伯先生的职业非常适合于他的聪明才智,再加上他口若悬河,只要他全力以赴,必定会有突出的成就。比方说,特拉德先生,"米考伯太太以一种深谋远虑的神气说道,"当一名法官,甚至当一名大法官。要是一个人做了米考伯先生应承的工作,是不是就永远做不了那样的大官了?"

"亲爱的,"米考伯先生说道——不过他也以探索的神气看了看特拉德——"咱们有足够的时间来考虑这些问题。"

"米考伯!"她答道,"不! 你在生活里,错就错在眼光不够远大。你即便不为自己,也该为了你这一家子,一眼看到最远处的地平线,你是有能力到达那条地平线的。"

米考伯先生咳嗽了一阵,极其满意地喝着自己配制的果汁酒,同时仍然看着特拉德,仿佛想知道他的想法。

"哦,实际情况,米考伯太太,"特拉德说道,他在慢慢地把事情的真相告诉她,"我的意思是那真情实况,你知道……"

"是呀,"米考伯太太说道,"亲爱的特拉德先生,在这么重要的一件事情上,我希望尽可能具体地了解真情实况。"

"那就是说,"特拉德说道,"这一方面的法律工作,即便米考伯先生是一位正式的辩护士……"

"对呀，"米考伯太太答道。（"威尔金斯，你斜着看哪，将来你那眼睛可就回不来啦。"）

"这一方面的法律工作，"特拉德接着说，"和那个没关系。只有出庭律师才有资格得到那样的提升。而米考伯先生没有进过律师学院学习五年，是当不了出庭律师的。"

"我不知道听明白了没有？"米考伯太太以她最和蔼的处理公事的态度说道，"我是不是可以这样理解，亲爱的特拉德先生：期满之后，米考伯先生就有资格成为法官或大法官了，是不是？"

"到那时候，他是有资格的，"特拉德答道，把"有资格"三个字说得很重。

"谢谢你，"米考伯太太说道，"这就足够了。如果情况就是这样，米考伯先生承担了这份工作，也不至于在将来失去机会，这我就放心了。"米考伯太太说，"我当然是作为一个女人说这番话的，不过我一向认为米考伯先生具有法律头脑，这是我在家的时候听我爸爸说的，所以我希望米考伯先生这次进入法律界之后，他的法律头脑能得到发展，并且取得主导地位。"

我相信米考伯先生从法律工作的角度出发，一定觉得自己已经坐在了大法官的羊毛软垫上了。他心满意足地摸了摸自己的秃脑壳，故意显得无可奈何的样子，说道：

"亲爱的，咱们不要猜测命运的安排了。我要是注定了非戴假发当法官不可，至少我在外貌方面，"指他的秃脑壳，"已经准备受此殊荣。"米考伯先生说，"头发脱落，我并不后悔，让我头发脱落，可能是有用意的。这我就说不准了。亲爱的科波菲尔，我打算好好地教育我的孩子，将来好为教会效力。我不否认，我要是因为他而出了名，我会很高兴的。"

"为教会效力？"我说，在这段时间里，我一直在想尤利亚·希普。

"是啊，"米考伯先生说道，"他的头部共鸣特别好，开始就先待在唱诗班里吧。我们就住在坎特伯雷，再加上我们在当地的社会联系，唱诗班里一旦出现空缺，他肯定会很容易得到这个职位。"

我又看了看米考伯少爷，看见他脸上有一种表情，好像他的声音是眉后音。过了一会儿，他给我们唱歌，声音果然是从那里出来的。他给我们唱的是"啄木鸟冬冬冬"，他要是不唱歌，就得睡觉去了。我们对这场演出说了许多赞扬的话，然后就随便聊了起来。我满脑子想的都是不得已要干的事情，家境的变化，不提是不可能的，于是就如实地告诉了米考伯先生和他太太。他们俩一听我姨奶奶陷入困境，高兴到了极点，那种兴奋的样子，那种舒畅、友好的样子，我是无法形容的。

快喝最后一轮果汁酒了，我提醒特拉德临走以前我们一定要祝两位朋友健康、愉快，在新的事业中取得成功。我请米考伯先生给我们把杯子添得满满的，一本正经地向他们祝酒——我隔着桌子跟米考伯先生握了握手，吻了一下米考伯太太，以此来纪念这个重大的日子。特拉德学着我的样子，跟米考伯先生握了握手，至于吻一下米考伯太太，他觉得自己和他们的交情不够深，未敢贸然行事。

"亲爱的科波菲尔，"米考伯先生站起来，拇指插在背心两边的口袋里，说道，"我年轻时候的伴侣——假如允许我用这个词儿的话——尊敬的朋友特拉德——假如允许我这样称呼他的话——请让我代表米考伯太太、我本人和我们的孩子们,对你们的善良祝愿表示最热诚、最衷心的感谢。值此迁往他乡,开始全新生活之前夕,"——听米考伯先生这么说,仿佛他要搬到五十万英里以外去住呢——"可以料想,我要对面前这两位朋友说几句临别赠言。不过在这方面,我想说的话,都已经说了。我即将在学识高深的行业中成为才疏学浅的一员,通过这一途径,无论得到何种社会地位,我都将奋力避免将其玷污,米考伯太太定将为其增添光彩。我在经济方面承担之义务,本想早日了结,但由于各种因素,至今未能做到。在此暂时的压力之下,我曾不得不增加一项服饰,虽然我本心并不喜欢——我指的是眼镜——而且为自己另起别名,虽然毫无法律依据。在这一方面,我只想说:乌云已从这阴郁的景色飘散,白昼之神已在山巅的高处重现。下星期一,下午四时驿车到达坎特伯雷,我将踏上故乡的土地——我还叫米考伯!"

米考伯先生说完这番话,坐下以后,一本正经地连续喝了两杯果汁酒。随后他又十分严肃地说:

"分手之前,我还要履行一项法律手续。我的朋友托马斯·特拉德先生为了给我提供方便,曾经先后两次在单据上'签了名',要是用一个通俗的字眼儿,就是这样。头一回,托马斯·特拉德先生弄得——这么说吧,总而言之,好不狼狈。第二件事还没到期。头一回的钱数,"说到这里,米考伯先生认真地看了看账单,"我认为是二十三镑四先令九便士半;第二回的钱数,根据我记的这笔账,是十八镑六先令二便士。这两笔钱,加在一起的总数,我要是没有算错,就是四十一镑十先令十一便士半。我的朋友科波菲尔也许愿意帮忙核对一下吧?"

我核对了,他算得不错。

"告别这个大都会,"米考伯先生说,"告别我的朋友托马斯·特拉德先生,要是不了结一下我在钱财方面承担的义务,那我精神上的负担会重到无法承受的地步。所以,我为了达到这个目的,就为我的朋友托马斯·特拉德先生准备了一份文件,现在我手里拿的就是这份文件。请允许我把这张四十一镑十先令十一便士半的借条儿交给我的朋友托马斯·特拉德,这样我就可以恢复自己的道德尊严,而且知道自己又可以在别人面前挺直腰板儿走路了,我真感到高兴!"

接着这段引子(他说这段话的时候是很激动的),米考伯先生就把他打的借条儿放到了特拉德手里,并且对他说,祝他万事如意。我深深地感到,对米考伯先生来说,这就跟把钱还了差不多,同时也感到特拉德本人还不大知道有什么差别,等他以后有了工夫再去琢磨吧。

由于这正直的举动,米考伯先生的确在别人面前挺起腰板儿走路了。他举着蜡烛送我们下楼的时候,胸脯好像比原来宽了一半。双方都非常热情地告了别,我把特拉德送到他的家门口,独自一人往家走去。一路上,我翻来覆去地想了许多奇奇怪怪、互相矛盾的事,其中也想到,米考伯先生虽然滑,却不曾向我借过钱,这大概是因为我小时候是他的房客,对我有些可怜吧。他要是向我借,从道义上讲,我肯定没有勇气拒绝他。这一点,他跟我一样,毫无疑问,也是很清楚的,我在这里提这么一笔,算是对他的赞赏吧。

第三十七章　一点儿冷水

我的新生活继续一个多星期了。对于我感到在困难之中应做的艰巨而实际的工作,我更加相信是正确的。我仍然走得飞快,有一个笼统的印象:我有了进展。我给自己立了一条规矩,无论把精力用在什么事情上,都要有多少劲儿,使多少劲儿。我把自己搞得很苦。我甚至有过只吃素食之类的想法,模糊地感到我要是成了素食动物,那是我应该为朵拉而做的牺牲。

到这时候为止,小朵拉全然不知道我下定决心,奋力拼搏的情况,只知道我在信中含含糊糊告诉她的一些事情。不过又到星期六了,这个星期六晚上,她要到米尔斯小姐家去。米尔斯先生一到打牌俱乐部去,她就给我往街上发信号儿,办法是把一只鸟笼挂在客厅中间那个窗户上,我看见信号,就可以进去喝茶。

我们这时候已经在白金汉街完全安顿下来。迪克先生继续在这里做他的抄写工作,日子过得非常愉快。姨奶奶给克鲁普太太付清了钱,把她设置在楼梯上的第一个水罐扔到窗户外边,从外面雇了一个干杂活儿的,上楼下楼亲自护送,这样一来,就对克鲁普太太取得了辉煌的胜利。那些有力的措施使得克鲁普太太吓破了胆,躲在厨房里不敢出来。她的印象是我姨奶奶疯了。姨奶奶对于克鲁普太太有什么想法，乃至任何人有什么想法，都全然不放在心上，对于克鲁普太太对她的看法不但不抵制，而且还挺喜欢，弄得那个一向泼辣的克鲁普太太几天的工夫就变得胆小如鼠，再也不愿意在楼梯上撞见姨奶奶，宁可躲在门后——不过她腹部突出，法兰绒衬裙有好大一块露在外面——或者躲在黑暗的角落里。这就使得姨奶奶别提有多高兴了。我觉得她单单在可能撞见克鲁普太太的时候，把小帽胡乱扣在头顶上，跑上跑下，觉得好玩儿。

姨奶奶特别爱整洁，也特别会动脑筋，把家里的布置做了许多小的改进，使我显得不是更穷，而是更阔了。别的不说，她把那间储藏室改装成一间更衣室，供我使用；她还给我买了一张床，装修以后，使它尽可能在白天显得像个书柜一样。我时刻得到她的关心；要是我那可怜的母亲活着的话，也不会爱我爱得更深，也不会花费更多的心思，考虑怎样使我快活了。

这些事，都有裴果提参加，她觉得能让她参加，是很荣幸的。虽然她还残留着一些早先对姨奶奶的恐惧心理，可她已经得到了许多鼓励与信任的暗示，她们已经成了好得不能再好的朋友了。不过现在时间到了（我在这里说的就是我要到米尔斯小姐家喝茶的那个星期六），她得回家去帮哈姆料理家务了。"那就再见吧，巴吉斯，"姨奶奶说，"多多保重！我从来没想到，你走的时候，我真会感到难过！"

我陪着裴果提来到驿站，送她走了。临别的时候，她哭了，还像哈姆那样，托我看在朋友的分上，照顾她的哥哥。自从他在那个阳光明媚的下午离开以后，我们再也没听到他的消息。

"你听我说，我最最亲爱的大卫，"裴果提说，"学徒期间，你要是用钱,或者学成之后,亲爱的孩子,你在开业的时候需要用钱(你总有一处需要用钱,也许两处都需要,亲爱的孩子),除了我那可爱姑娘的自己人,也就是这个又老又笨的我,谁更有权利让你向他借钱呢!"

我当时不能自立,狂不起来,所以没有多说,只说一旦我需要向别人借钱,我就向她借。我想,除了当场接受她一大笔钱以外,我说这句话比做任何别的事情都给了裴果提更大的安慰。

"还有,亲爱的孩子!"裴果提小声对我说,"告诉那漂亮的小天使,我非常想见见她,哪怕就见一会儿呢!你告诉她,等她跟我这小伙子结婚的时候,只要你们让我干,我就来把房子给你们收拾得漂漂亮亮的!"

我一本正经地说,别人谁也不许插手。裴果提一听这话大为高兴,欢欢喜喜地走了。

我一整天在博士协会干的事情很多,累极了。晚上到了约定的时间,我又来到米尔斯先生住的那条街上。米尔斯先生真讨厌,吃了饭就睡觉,所以还没出来,中间那个窗户上也还没有挂出鸟笼。

这就害得我等了老半天,我真希望那俱乐部因为他迟到而罚他。他终于出来了,接着我就看见我那个朵拉挂出鸟笼,在阳台上伸出头来看我在不在。一看我在那里,就又跑了回去,吉卜却待在那里朝着街上一家肉铺的狗乱叫,吉卜实在没有自知之明,因为那狗大得不得了,能像吃药片一样把它吃了。

朵拉来到客厅门口,在那里迎我,吉卜也跌跌撞撞地扑了过来,嘴里还发出咕噜咕噜的声音,好像觉得我是个歹徒。我们三个一起走了进去，又亲密，又快活，到了极点。不一会儿，我就把忧伤的气氛带进了我们的欢乐之中——我并没有故意这样做，是我满脑子想的都是这件事——因为我在朵拉毫无思想准备的情况下，突然问她会不会爱一个乞丐。

我那漂亮的小朵拉一听这话，大吃一惊。她听见"乞丐"二字，只能联想到一张焦黄的脸，和一顶睡帽，要不就是一副拐杖，或一条木腿，要不就是一条狗，嘴里叼着个酒瓶垫子，或诸如此类的形象。她两眼盯着我，那吃惊的样子好看极了。

"你怎么问我这么愚蠢的问题？"朵拉噘着嘴说，"爱一个乞丐！"

"朵拉，我最最亲爱的！"我说，"我成了乞丐了。"

"你怎么这么浑，"朵拉说着拍了一下我的手，"竟然坐在那里瞎胡说？我可要叫吉卜咬你啦！"

她那副天真的样子，我觉得是世界上最美好的形象了。不过还是有必要把话说清楚，所以我又郑重其事地说了一遍：

"朵拉，我的命根子，你的大卫完蛋了！"

"你要是再胡扯，"朵拉摇动着鬈发说道，"我可真要叫吉卜咬你啦。"

但是我的样子是非常认真的，所以朵拉也就不摇动她的鬈发了，她把那颤抖的手搭在我的肩上，起初只是害怕、焦虑，接着就哭了起来。这就太可怕了。我在沙发前面跪下，抚摸着她，恳求她不要把我的心撕碎。但是有一会儿的工夫，可怜的小朵拉一个劲儿地喊："哎呀！哎呀！哦，她吓坏了！朱莉娅·米尔斯在哪儿？哦，带她去找朱莉娅·米尔斯。请你走吧！"到后来弄得我几乎都精神失常了。

我又是恳求，又是保证，折腾了好半天，才使得朵拉朝着我看,脸上还带着恐惧的神色,又经过我一番安慰,她才显出了和蔼的表情,她那温柔美丽的面颊才靠在我的脸上。随后我把她搂在怀里对她说,我怎样一心一意地爱她;我怎样觉得应当主动解除婚约,使她得以解脱,因为我现在成了穷人;如果我失去了她,我怎样永远承受不了这样的痛苦,也永远恢复不了这样的创伤;如果她不怕受穷,我怎样也不怕受穷,因为她能使我的胳膊有力量,她能使我的心受到鼓舞;我怎样已经在满怀激情地工作,这种激情只有情人才能体会;我怎样已经开始面对现实,而又放眼未来;自己挣来的面包皮怎样比继承的筵席好吃得多。为了同样的目的,我还说了一些别的话。我说这番话的时候,情绪激动,口若悬河,连我自己都感到十分惊讶,虽然自从姨奶奶让我大吃一惊以后,我日日夜夜都在考虑怎样对朵拉说。

"你的心还属于我吗,亲爱的朵拉?"我兴致勃勃地问道,因为她依然偎在我的怀里,我已经知道答案了。

"哦,是的!"朵拉说道,"哦,是的,我的心完全属于你。哦,你别这么叫人害怕!"

我叫人害怕! 叫朵拉害怕!

"别说什么受穷呀,苦干呀!"朵拉说道,偎依得更紧了,"哦,别说了,别说了!"

"我最最亲爱的,"我说,"自己挣来的面包皮……"

"哦,是呀,可是我不想再听你说什么面包皮啦!"朵拉说道,"还有,吉卜每天十二点非吃一块羊排不可,要不就得死呢!"

她那副天真的、讨人喜欢的样子把我迷住了。我温柔地对她解释,吉卜一定要吃上他的羊排,该什么时候吃,就什么时候吃。我把我自食其力维持的那个俭朴的家描绘了一番——顺便还把我在海格特看的那所小房子简略地说了说，还告诉她，姨奶奶在楼上有自己的屋子。

"我现在不叫人害怕了吧，朵拉？"我亲切地问道。

"哦，不啦，不啦！"朵拉大声说道，"不过我希望你姨奶奶多在自己屋里待着。我还希望她不是那种爱骂人的老东西！"

我爱朵拉，要是有可能比以往爱得更深，我敢说当时真是爱得更深了。不过我觉得她有点不切实际。我刚刚产生了一股热情，但我发现很难把这种热情传给朵拉，这就影响了我的热情。我又做了一番努力。眼看着她的情绪恢复正常了，吉卜趴在她腿上。她在卷弄吉卜的耳朵，这时候，我又严肃起来，说道：

"我的宝贝，跟你说件事行不行？"

"哦，可别讲实际的事儿，"朵拉恳求道，"因为我一听就害怕！"

"我的心肝儿，"我答道，"没有什么可怕的。我希望从完全不同的角度来看待这件事。我希望这件事能给你增添力量，使你受到鼓舞呀，朵拉。"

"哦，不过真叫人害怕呀！"朵拉说道。

"不然，我心爱的人。只要坚持不懈，再加上性格的力量，困难再大，我们也挺得住。"

"可是我什么力量也没有哇，"朵拉摇动着鬈发说道，"我有吗，吉卜？——哦，吻一下吉卜吧，听话！"

要想不吻一下吉卜，那是不可能的，因为她朝着我把吉卜举起来让我吻，她还把自己那又亮又红的小嘴做成接吻的形状,让我学着做,还坚持要我不偏不倚,吻它鼻子的正当中。我按她的吩咐做了——后来我倒是因为这次服从了她而得到了回报——她又把我迷住了,使得我那比较严肃的神气也消失了,这种情况延续了多长时间,我也不知道。

"不过,朵拉,亲爱的,"后来我还是以比较严肃的神情说道,"我有件事要跟你说呀。"

只见她把两只小手十指交叉,举得高高的,百般恳求,让我不要再显得叫人害怕,那样子就连大主教法庭的法官看了也会爱上她的。

"我的确不想那样,亲爱的!"我以坚定的语气对她说,"不过,朵拉,我心爱的人,你要是有时候想一想——你知道,不是愁眉苦脸地想,我决没有那个意思!——可是你要是有时候想一想——只是为了给自己鼓一鼓劲儿——想一想你和一个穷人订了婚……"

"别说了,别说了! 请你不要说了!"朵拉大声说道,"真太可怕了!"

"哎呀,一点儿也不可怕!"我高高兴兴地说道,"你要是有时候想到这一点,时不时地看一看你爸爸怎样理家,尽量养成一些习惯——比如记账……"

可怜的小朵拉一听我这个主意,又是哭,又是叫。

"……以后对咱们会有用的,"我接着说道,"你要是答应我,看一点书——我准备给你一本讲烹调的小书,你要是看一看,那对咱们俩都是再好不过了。因为咱们现在的生活道路,我的朵拉,"我越说越起劲儿,"是艰难的,崎岖的,要靠咱们自己来把它铺平。咱们一定要奋斗向前。咱们一定要鼓起勇气。咱们会遇到许多障碍,咱们一定要迎上去,铲除这些障碍!"

我说得很快,攥着拳头,脸上也显得很激动;不过已经完全没有必要再说下去了。我已经说得够多了。我又闯了祸了。哦,她吓坏了!哦,朱莉娅·米尔斯在哪儿?哦,带她去找朱莉娅·米尔斯。请你走吧!简而言之,闹得我六神无主,在客厅里团团转。

我觉得这一下子我可把她害了。我往她脸上洒水。我跪在地上。我抓弄自己的头发。我骂自己是不知改悔的畜生,是没有心肝的野兽。我恳求她饶恕我。我央告她抬头看看我。我翻遍了米尔斯小姐的针线盒,想找一个鼻烟壶,慌乱之中却拿了一只象牙做的针盒让朵拉闻,把针全掉在了朵拉身上。我朝着吉卜挥拳头,因为它跟我一样疯疯癫癫的。各种疯狂的可笑的举动,凡是能做的,我都做了,我早就不知如何是好了。就在这时候,米尔斯小姐走了进来。

"这是谁干的?"米尔斯小姐一边嚷着,一边赶紧过来照料自己的朋友。

我回答说:"是我,米尔斯小姐!是我干的!罪魁祸首就在这里!"——也许是说了些诸如此类的话——然后就一头扎到沙发垫子上,看不见亮光了。

起初米尔斯小姐以为我们吵架了,以为我们走到了撒哈拉沙漠的边缘。不过他一会儿的工夫就知道是怎么回事儿了,因为我那亲爱的充满爱心的小朵拉一边搂着她,一边喊,说我是个"穷工人";接着又为我哭起来,搂着我,问我让不让她把她的钱都交给我保管;随后她又搂住米尔斯小姐的脖子,抽抽搭搭地哭,仿佛她那颗温柔的心碎了。

米尔斯小姐一定是生来就注定了要给我们幸福的。她几句话就向我问清了情况,然后安慰了朵拉一阵子,又慢慢地说服她,使她相信我不是一个工人——我想朵拉准是根据我说明情况的神情,断定我在船上干活儿,整天推着手推车在木板上摇摇晃晃地跑上跑下——这样就使我们两人和好了。等我们心情平静下来之后,朵拉上楼去往眼睛上擦点儿玫瑰香水,米尔斯小姐拉了拉铃,叫仆人上茶点。我趁这个空当儿对米尔斯小姐说,她永远是我的朋友,除非我的心脏停止了跳动,我是不会忘记她的同情的。

随后我对米尔斯小姐说了说我一直想办法向朵拉说明而她却听不进去的那些事。米尔斯小姐说了些一般的原则,她说知足的茅草屋要胜过冰冷华丽的宫殿,还说有了爱,就有了一切。

我对米尔斯小姐说,她的话太对了,谁能比我体会得更深呢,因为我对朵拉的爱是任何人都不曾有过的。可是米尔斯小姐却怀着忧郁的心情说,如果真是这样,有些人心里就会觉得太好了。这样一来,我就赶紧解释,请她允许我把刚才说的"任何人"限制在男人的范围之内。

后来我又问米尔斯小姐,对于我急于提出的记账、理家、看烹调书的建议,她认为有没有实际价值。

米尔斯小姐考虑了一会儿,回答道:

"科波菲尔先生,我可以坦率地告诉你,精神上的痛苦和折磨对于某些人来说相当于多年的经验,所以我要像修道院院长一样坦率地对你说话。你做得不对。你的建议对咱们朵拉来说,是不妥的。咱们最最亲爱的朵拉是天之骄子。她是光明、飘逸与欢乐的化身。我可以坦率地说,你的想法要是能做到,当然很好;但是……"米尔斯小姐说着摇了摇头。

既然米尔斯小姐最后对我这样坦率地说话，我就鼓起勇气问她，要是有机会的话，为了朵拉，她会不会抓住这个机会引导朵拉为将来好好地过日子而做一些这样的准备。米尔斯小姐痛痛快快地答应了。这样一来，我就进一步问她，愿不愿意负责叫她看烹调书，而且如果能使朵拉不知不觉地慢慢接受这一想法而不受惊吓，愿不愿意帮我这个大忙。米尔斯小姐对于我这个嘱托也接受了，但她显得没有信心。

　　朵拉从楼上下来，她看上去是那么可爱的一个小东西，我真不知道该不该用这些生活琐事来使她苦恼。她又那么爱我，那么迷人（特别是她硬叫吉卜用后腿站着接烤面包，吉卜不肯，她就伪装着把吉卜的鼻子凑到热茶壶上，来惩罚它），我一想到我使她受了惊吓，弄得她哭了起来，就觉得自己像是一个妖怪闯进了仙女的楼阁。

　　喝过茶之后，我们拿出了吉他，朵拉又唱了以前唱过的法文歌儿，唱的是永远跳舞不停歇，拉莱拉，拉莱拉，我听了以后更觉得自己是个妖怪了。

　　只有一件事扫了我们的兴，这件事发生在我快要告辞的时候。米尔斯小姐偶然提到明天早晨，我也倒霉，脱口说出我早上五点钟起床，因为我现在得努力工作。朵拉是否知道我给人家守夜，我现在也说不清，反正这件事给了她很深的印象，从那以后，她再也不弹不唱了。

　　我向她告别的时候，她还在想这件事，用她那优美的语调，哄孩子似的对我说话——我当时觉得她好像把我当作玩具娃娃看待了——她说：

　　"你可别五点钟就起床呀，你这个小淘气。你净瞎说！"

　　"亲爱的，"我说，"我得干活儿呀。"

"你别干呀!"朵拉答道,"为什么要干活儿呢?"

她那张甜美、惊讶的小脸使我不可能说什么别的,只能以开玩笑的语气轻描淡写地说,咱们得干活儿,维持生活呀。

"哦,多么可笑啊!"朵拉说道。

"朵拉,不干活儿,咱们怎么生活呢?"我说。

"怎么生活? 怎么生活都行!"朵拉说道。

她好像觉得她已经把问题都解决了,就怀着她那颗纯朴的心,兴致勃勃地轻轻吻了我一下。在这种情况下,即使有人给我无数的财宝,我恐怕也不会因为她说了这句话而扫她的兴。

唉,我是爱她的,以后我也还是爱她的,爱得极为专一,一心一意。不过我也还是努力工作,尽量把我揽下的铁器活儿都在火上烧得红红的。在这过程中,我有时候在晚上坐在姨奶奶对面,回想我那一次怎样把朵拉给吓坏了,同时也盘算最好怎样提着吉他盒子顺利通过那困难之林,想着想着就觉得好像自己的头发都变得花白了。

第三十八章　散　伙

　　关于议会辩论,我已经下定了决心,没有让它受影响。这就是我说的铁活儿之一,我马上就开始加热了,我把这铁活儿烧得热热的,坚持不懈地用锤子敲。说真的,当时那股毅力,可能到现在我都佩服。我为了练习速记这种高尚而神秘的艺术,花了十先令六便士,买了一本正规的速记手册,学了起来。这时候就觉得像是坠进了五里雾中,几个星期下来,到了发疯的地步。点儿的变化无穷,在这里是这个意思,换一个位置,意思就全变了;圈儿的变化也很奇妙;有些符号像苍蝇腿一样,会产生莫名其妙的效果;一条曲线划错了地方引起的严重后果,不但在我醒着的时候使我烦恼,就是在我睡着的时候还要出现在我的眼前。我终于摸索着走出了困境,掌握了全部符号。这些符号本身就像埃及神庙里的文字那样难认。接着又来了一连串新的怪物,叫做随意符——我从来没见过这么不讲道理的符号,比如它规定一个类似刚开始编织的蛛网的东西表示期待的意思,画一个钻天猴儿就表示不利的意思。等我把这些乱七八糟的东西记住以后,我发现它们把我原来记住的东西都挤出去了;于是我又重新开始,结果把它们又给忘了;等我把它们捡回来,又把另外那些零七八碎儿丢掉了——总而言之,这件事几乎使我感到伤心。

这件事本来很可能使我非常伤心,不过幸亏有朵拉,她为我这风雨飘摇的一叶扁舟稳舵定向。我把符号表中的每一笔每一划都看做困难之林中疙里疙瘩的老橡树,我把它们一棵一棵地砍倒。我干得那么起劲儿,结果三四个月之后,我就在博士协会里最能言善辩的人身上做试验了。我还没开始,那位讲话的人就跟我分道扬镳了,弄得我那枝笨笔在纸上发抖,像抽风一样,这情景,我是无论如何也不会忘记的。

这样干是不行的,这是很清楚的。我不该好高骛远。于是我去征求特拉德的意见。他建议用一定的速度向我口授,有时可以停一停,因为我还不熟练。我很感激他的热心帮助,就接受了他的建议。在很长一段时间里,我们一次又一次,几乎每天晚上我从博士家里回来以后,就在白金汉街家里模仿议会开会。

无论在哪里我也看不见这样的议会呀!我姨奶奶和迪克先生代表政府,或者代表反对派(这要看情况而定),特拉德则利用恩菲尔的《演说家》或一本议会演说集,大声疾呼对他们进行谴责,叫人听了害怕。特拉德站在桌子旁边,手指摁着要读的那一页,右臂在头上挥舞,装做皮特先生、福克斯先生、谢里丹先生、伯克先生、卡斯尔雷勋爵、西德默斯子爵、坎宁先生,[①]对姨奶奶和迪克先生的骄奢淫逸和腐败进行了最锋利的谴责。这时候,我就坐在不远的地方,把笔记本放在腿上,拼命跟上他说的话。特拉德前后矛盾,胡言乱语,就连真正从政的人也比不上他。一个星期之中,他赞成各种不同的政策,在各种不同的桅杆上挂出了各种不同的旗子。姨奶奶看上去

---

① 都是十八世纪末十九世纪初英国政界人士。

很像一个无动于衷的财政大臣,偶尔根据上下文的需要,插上一两声"同意",或者"反对",或者"哦",这就是发给迪克先生(一个十足的乡下绅士)的信号,他也就使劲儿跟着喊。可是迪克先生在他的议会生涯之中受到这样的指责,要对这样可怕的后果负责,所以有时候心里觉得难受。我感到他真的害怕起来,怕自己确实在干违反英国宪法,危害国家的事呢。

这样的辩论我们经常进行到时针指着午夜,蜡烛烧尽的时候。经过这样大量有效的练习,我慢慢地开始比较自如地跟上特拉德了,要是我能认得出我记了些什么,就算大功告成了。可是我记下来以后读的时候,就好像我抄写了一大批茶叶箱子上的中文说明,或者是药房里红色绿色大瓶子上的金色字样!

没有办法,只好回过头来,一切重新开始。这是很困难的;虽然心情沉重,我还是回过头来,开始刻苦地系统地练习,以蜗牛的速度在那乏味的走过的路上再走一遍。有时停下来仔细研究构成障碍的每一个圆点儿,从各方面进行研究,并且拼命努力做到,无论在什么地方看到这些难以捉摸的符号都能辨认出来。我上班,总是很准时的;到博士家去,也是很准时的。我真像人们常说的那样,干起活来像头牛。

有一天,我照例到协会去上班。我发现斯彭洛先生在门廊里自言自语,显得心情非常沉重的样子。他有个习惯,好叫唤头疼——他生来脖子短,而且我的确认为他挺得过于僵直——起初我吃了一惊,以为他在这方面出了问题,但他很快就消除了我的不安。

他没有像往常那样和蔼地回我一声"早安",而是用一种疏远的客气的眼光看了看我,冷冰冰地邀请我跟他到一家咖啡馆儿去。这家咖啡馆就在圣保罗教堂墓地的小拱门里边，当时有一个门通到博士协会。我跟他去了，但是我感到很不对劲儿，觉得浑身发烧，好像我的顾虑正在发芽生长。因为路窄，我让他走在前面一点，就看到他翘着脑袋，趾高气扬，这是一个很不好的兆头，所以我心里就嘀咕，他准是发现了我亲爱的朵拉所干的事。

如果说我在去咖啡馆的路上还没有猜出这一点，那么等我跟着他来到楼上一间屋里，看见摩德斯通小姐的时候，就几乎不可能不知道发生了什么事情了。摩德斯通身后是一张条几，上面扣着几只大酒杯，托着柠檬，两只怪盒子全是棱角和槽子，是用来放刀叉的，现在已经不时兴了，真是人类之大幸。

摩德斯通小姐把她那冰冷的手指尖儿伸过来，板着面孔坐在那里。斯彭洛先生把门关上，示意让我在一把椅子上坐下，他自己却站在壁炉前面的地毯上。

"摩德斯通小姐，"斯彭洛先生说道，"麻烦你把包里的东西拿出来，给科波菲尔先生看看吧。"

我相信这还是我小时候她用的那个带钢扣儿的提包，那钢扣儿关的时候像咬人一样。摩德斯通小姐紧闭双唇，表示她与那提包是一致的，这时她打开提包，同时把嘴也张开了一点儿，随后就拿出了我写给朵拉的最后一封信，里面有许多词语表白了我对她忠贞不渝的爱情。

"科波菲尔先生，我想这是你写的吧？"斯彭洛先生说道。

"是的，先生。"我说。当时我热得很，说话的声音我听着也不像是自己的声音。

"我要是没有弄错，"斯彭洛先生说着，摩德斯通小姐从提包里拿出一沓子信来，用顶可爱的蓝丝带拦腰捆着，"科波菲尔先生，这些信也是出自你的笔下吧？"

我从她手里接过那些信，心里难受极了。我看了看信封上写的那些字："我最亲爱的朵拉"，"我最崇爱的天使"，"我那永远幸福的人儿"，等等，闹得我满脸通红，低下了头。

我不由自主地把信递给斯彭洛先生，想还给他，可是他冷冷地说："不，谢谢你！我不想叫你失去这些信。——摩德斯通小姐，麻烦你往下说吧！"

那个温柔的人想了一下，打量了一下地毯，言不由衷地说道：

"我必须承认，我怀疑斯彭洛小姐和大卫·科波菲尔的关系，已经有些时候了。斯彭洛小姐和大卫·科波菲尔初次见面的时候，我就注意了，当时他们给我的印象是不好的。人心不古到那种程度……"

"小姐，请你就把实际情况说一说吧。"斯彭洛先生插言道。

摩德斯通小姐两眼向下看，摇了摇头，好像是对那句不合时宜的插话表示不满，接着就拿着架子皱着眉头继续说道：

"既然叫我把实际情况说一说，我就尽可能有什么说什么。想一想，也许还是这样做合适。我刚才说了，先生，我怀疑斯彭洛小姐和大卫·科波菲尔的关系，已经有些时候了。我常常想办法找到真能说明问题的证据，证明我的怀疑是对的，但是没有结果。所以我就没有向斯彭洛小姐的父亲提这件事，"她以严厉的目光看了他一眼，"因为我知道，在这种情况下，通常是不大会说这是认真负责的表现的。"

斯彭洛先生看见摩德斯通小姐的态度像男人一样严厉，好像非常害怕，就以和解的态度轻轻地挥了挥手，让她别那么严肃。

"我弟弟结婚,我离开了一段时间。等我回到诺乌德,"摩德斯通小姐以一种鄙视的口气接着说道,"斯彭洛小姐到她的朋友米尔斯小姐家去做客回来以后,我就觉得斯彭洛小姐的举止使我比以前更有理由怀疑了。所以我就紧紧地盯着斯彭洛小姐。"

亲爱的温柔的小朵拉呀,竟然没有觉察这条毒蛇的眼睛!

"不过,"摩德斯通小姐接着说道,"一直到昨天晚上我才找到了证据。我觉得斯彭洛小姐从她的朋友米尔斯小姐那里收到的信太多了。但是她跟米尔斯小姐交朋友,她父亲是完全赞成的呀,"——这又给了斯彭洛先生一个沉重的打击——"这样我就不该多管了。如果说不让我提人心不古,现在至少也可以⋯⋯也应当让我说错信了人吧。"

斯彭洛先生以道歉的口气含含糊糊地表示同意。

"昨天晚上喝过茶以后,"摩德斯通小姐接着说道,"我就看见那小狗又是跳,又是打滚儿,咕噜咕噜叫着,在客厅里跑来跑去,嘴里叼着什么东西。我对斯彭洛小姐说,'朵拉,那狗叼的是什么呀?是纸呀。'斯彭洛小姐马上两手抓住长裙,突然大叫一声,朝着小狗跑去。我拦住她,说道,'朵拉,亲爱的,还是让我来吧。'"

哦,吉卜,倒霉的小狗,原来这些糟糕的事都是你弄的!

"斯彭洛小姐想贿赂我,"摩德斯通小姐说道,"她吻我,给我针线盒,还给我一些小件的珠宝首饰——这些东西,我当然不屑一顾。那小狗看我朝它走去,躲到沙发底下去了,我费了好大的劲儿,才用火剪之类的东西把它弄出来。弄出来之后,它还把那封信咬在嘴里。我冒着挨咬的危险,想把那信从它嘴里拿出来。它依然紧紧地咬住那封信,我一拽,它宁可把身子悬在半空中,也不松口。最后我还是把信弄到了手。我把那信仔细看了一遍,又追问斯彭洛小姐,说她一定还有很多这样的信,最后她交出了一沓子信,就是现在大卫·科波菲尔手里这些信。"

她说到这里,停了下来,同时啪的一声合上了她的提包,也闭上了嘴。看样子她是个宁折而不屈的人。

"摩德斯通小姐的话,你都听见了,"斯彭洛先生转过身来,对着我说,"请问科波菲尔先生,对于她这番话,你有什么好说的?"

我眼前出现了这样的情景:我心上那美丽的小宝贝儿整夜哭哭啼啼;她独自一人,又害怕,又难过;她苦苦哀求,央告那铁石心肠的女人原谅她;她主动地吻她,送给她针线盒和小首饰,也无济于事;她满腹委屈与痛苦,而这都是为了我——这一场场,一幕幕,使得我刚刚提起来的一点精神全都泄了气。我觉得有一两分钟的工夫,我大概抖成一团,我尽量掩盖,也掩盖不住。

"我没有什么好说的,先生,"我回答道,"只想说这一切都是我的过错。朵拉……"

"请你称她斯彭洛小姐。"小姐的父亲郑重其事地说道。

"……是在我的劝诱之下,"我勉强接受了这个冷淡的称呼,继续说道,"才同意暗中来往的,我真后悔,不该这样。"

"这全是你的过错,先生,"斯彭洛先生说道,他一边在炉前地毯上来回走动,一边用全身而不是只用脑袋来加重语气,因为他的衬领和脊椎都太硬了。"你偷偷摸摸地干了有失身份的事,科波菲尔先生。我把一位先生请到家里来,无论他是十九,二十九,还是九十,我对他是信任的。他要是滥用我对他的信任,那就是干了不光彩的事,科波菲尔先生。"

"你放心吧,先生,现在我认识到了,"我答道,"但我以前从来没想到。说句老实话,我以前的确从来没想到。我爱斯彭洛小姐,爱得……"

"去你的! 胡说八道!"斯彭洛先生说着,气得满脸通红,"请你不要当面对我说你爱我的女儿,科波菲尔先生。"

"先生,要不是我爱她,还能为自己的行为辩护吗?"我忍气吞声地答道。

"先生,你要是爱她,就能为自己的行为辩护吗?"斯彭洛先生突然在地毯上停下脚步,说道,"你考虑过自己的年龄,考虑过我女儿的年龄吗,科波菲尔先生? 破坏我们父女之间的信任,这是什么行为,你考虑过吗? 我女儿的社会地位,我为她的发展会想出什么计划,我在遗嘱里会怎样为她安排,你都考虑过吗? 你考虑过任何事情吗,科波菲尔先生?"

"恐怕考虑得很少,先生,"我答道,说话的时候,把我又尊敬又沉痛的心情尽量表达出来,"不过请你相信,我考虑过自己的经济状况。在我向你说明情况的时候,我们已经订婚了……"

"我请求你,"斯彭洛先生说着,把一只手和另一只手猛地一碰,我从没见他像这时候这么像画板上的潘趣——我虽然处于绝望之中,也不可能不注意到这一点——"不要跟我谈什么订婚的事,科波菲尔先生。"

在通常情况下无动于衷的摩德斯通小姐,这时轻蔑地笑了笑,那笑声只有一个很短的音节。

"先生,在我向你说明我的情况有变化的时候,"我又说下去,他既然不喜欢我刚才的说法,我就换了一种新的说法,"我们已经开始暗中来往了。我让斯彭洛小姐做了这样的事,心里感到很难过。自从我的经济状况发生变化以后,我鼓足干劲儿,不遗余力地想办法改善。我相信,到了时候会改善的。你能给我时间吗——多少时间都行?我们俩都还这么年轻,先生……"

"你说得对,"斯彭洛先生打断了我的话,他不停地点头,眉头皱得紧紧的,"你们俩都还很年轻,那都是胡闹。这种胡闹也该结束了。你把那些信拿走,扔到火上烧了吧。你把斯彭洛小姐的信拿给我,也要扔到火上烧掉。你要明白,我们今后谈话只限于在这里谈博士协会的事,咱们得一致同意,以后不许再提过去的事。就这样吧,科波菲尔先生,你也不是没有理智,这样做,是合乎情理的。"

不行。我不能考虑同意这样做。我感到很遗憾,但是还有比理智更重要的东西。爱情比人世间一切别的东西都更重要,我爱朵拉到了崇拜的地步,朵拉也爱我。我没有这么直说——我尽量把话说得婉转一些——不过我的话里包含着那个意思,而且我对这件事的态度很坚决。我想我并没有把自己弄得很可笑,但是我知道,我的态度很坚决。

"很好,科波菲尔先生,"斯彭洛先生说道,"我要看能不能影响我的女儿。"

摩德斯通小姐拖着一种很有表现力的声音,长长地出了一口气,既不是叹息,又不是呻吟,却又两者都像,就算是发表了她的意见:他从一开始就该这么办。

斯彭洛先生得到了这样的支持,更加坚定了,他说:"我要看能不能影响我的女儿。难道你不想收回那些信吗,科波菲尔先生?"因为我已经把信放在桌上了。

是的。我对他说,希望他不要见怪,我是无论如何不能从摩德斯通小姐手里把信收回的。

"也不肯从我手里收回吗?"斯彭洛先生说道。

是的,我毕恭毕敬地答道,也不肯从他手里收回。

"很好!"斯彭洛先生说道。

接着是一阵沉默。走,还是不走,我犹豫不决。最后,我悄悄地朝门口走去,正要说我可能应该离开这里,以便尽可能地考虑他的感情,忽然听见他说话了。他两手插在上衣口袋里,他最大限度也只能把两手放在那里了,并且以一种大体上我应称之为绝对认真的神气说道:

"科波菲尔先生,就财产而言,我可不是一无所有,我女儿又是我最亲近最疼爱的亲人,你大概都知道吧?"

我连忙回答,大意是我不顾一切地爱,使我犯了错误,希望他不要因此而认为我还贪图钱财。

"我不是这样来看待这件事的,"斯彭洛先生说道,"科波菲尔先生,你要真是贪图钱财——我的意思是说,你要是谨慎一点儿,少受年轻人这种胡闹的影响——就好了,无论是对你本人,还是对我们大家,都是这样。我没有那样看。我只是说,从一个完全不同的角度来看,你大概知道,我有些财产,是要留给我的孩子的?"

我的确这样想过。

"你有亲身经历,"斯彭洛先生说道,"每天在这协会里看到人们在遗嘱的安排方面做的各种不可思议、粗心大意的事情——说起遗嘱的安排,它比任何别的事情都更可能显示出人们奇奇怪怪的自相矛盾的地方——所以,你不可能不想到我也立了遗嘱吧？"

我点头承认想到过。

斯彭洛先生显然是更加认真了，他慢慢地摇着头，一会儿用脚尖儿，一会儿用脚后跟儿站着，说道："我已经为孩子做了妥善的安排，不能让眼前这种年轻人的蠢事儿影响了它。那完全是蠢事儿，完全是胡闹。一会儿的工夫，它的分量就比羽毛还轻了。但是，如果这桩蠢事儿不能一下子完全制止，我也可能……我也可能在我担心的时候，不得不保护她，并且在她周围采取防范措施，免得她做出结婚的傻事，而承担后果。我说，科波菲尔先生，我希望你不要逼着我再翻开生活的书本中已经合上的那一页，哪怕只翻开一刻钟，也不要逼着我把早就了结的令人痛心的事情再折腾出来，哪怕只折腾一刻钟。"

他有一种安宁、恬静、夕阳西下的气氛，使我深深为之感动。他的心情是那样平静而安适——他的事情显然都是有条有理，而且处理得妥妥帖帖——因此，他这个人叫人一想到他就会动情。我真觉得亲眼看见泪花涌到他的眼里，因为他深深地感受到了这一切。

可是我怎么办呢？我不能背弃朵拉，也不能违背自己的心。他既然说我最好花一个星期的工夫考虑他说的话，我怎么好说不用一个星期呢？不过话又说回来了，无论考虑多少个星期，也不会影响我对她的爱，难道我还不清楚吗？

"在这段时间里，和特洛乌德小姐谈一谈，或者找任保一个有些生活经验的人谈一谈，"斯彭洛先生说着，用两只手拽了拽他的衬领，"花上一个星期吧，科波菲尔先生。"

我接受了他的请求，脸上尽量显得沮丧绝望而又忠贞不渝，从屋里走了出来。摩德斯通小姐的两道浓眉跟着我，一直跟到门口——我说她的眉毛，而不说她的眼睛，是因为在她脸上眉毛重要得多——而且她看上去和过去一模一样：那差不多也是早上这个时候，在布伦德斯通我们家的客厅里，她就是这个样子。这就可能使我觉得好像功课又没学会，心理负担就是那本可怕的学拼写的旧书，里面有椭圆形的木刻，凭借我那小孩子的想象力，我觉得那木刻就像眼镜的镜片。

我来到办公室以后，把老提菲和别的人通通撇在一边，在我待的角落里，坐在桌前，思考起突然发生的这场地震来。精神上的痛苦使我咒骂吉卜，同时又为朵拉而苦恼万分，真不知我怎么竟然没有拿起帽子，发疯似的跑到诺乌德去。我想到他们怎样吓唬她，吓得她哭起来，而我又不在身边安慰她，我受不了这样的折磨，就给斯彭洛先生写了一封无礼的信，求他不要用我那可怕的命运带来的后果来惩罚她。我求他不要折磨她那温柔的天性，不要践踏一枝脆弱的花，我对他的总的态度，据我现在所记得的，好像没有把他看做朵拉的父亲，而看做一只吃人的巨兽，或者是万特利的毒龙。我把信封好，赶在他回来之前放在他桌上。他回来以后，我从他那半开的屋门看见他把信拿起来，看了一遍。

他一早上什么也没说。下午下班之前，他把我叫了过去，告诉我完全不必为他女儿的幸福担心。他说，他已经反复对她说，那都是胡闹，他没有什么更多的话要对她说了。他觉得他对女儿宠得厉害（他也的确是这样），所以我也就不必为她操心了。

"你要是犯傻，或者坚持己见，科波菲尔先生，"他说，"你就可能逼得我非把女儿再送到国外去待一阵子。不过我想你不至于干出那样的事来。我希望你过几天就会想通了。至于摩德斯通小姐，"——因为我在信中提到了她——"这位女士警惕性很高，我尊敬她，也很感激她。但是我严格要求她不要再插手这件事。科波菲尔先生，我只希望这件事会从人们的记忆之中消失。而你，科波菲尔先生，所应该做的，就是忘掉这件事。"

我所应该做的！我给米尔斯小姐写了一封短信，我在信中痛苦地引用了这个说法。我以阴郁而讥讽的语气写道，我所应该做的，就是忘掉朵拉。就是这样，而这又意味着什么呢？我请求米尔斯小姐当天晚上见我一下。如果这件事得不到米尔斯先生的认可和同意，我希望能在后面厨房里放熨衣机的地方和她秘密地见上一面。我告诉她，我的理智已经在宝座上坐立不安，只有她米尔斯小姐能够挽救于危亡。我在签名之前写的是一个精神失常的人。派人去送这封信之前，我又看了一遍，不禁觉得有点儿像米考伯先生的风格。

反正我把信发出去了。晚上，我来到米尔斯小姐住的那条街，在街上走来走去，后来米尔斯小姐的使女把我偷偷地接了进去，从地下室前面走过，来到后面厨房里。我从这一次就看出来了，我可以相信他们没有任何理由不让我从正门进去，把我带进客厅里，他们之所以这样做，只是因为米尔斯小姐喜欢浪漫色彩和神秘气氛。

在后面的厨房里，我疯疯癫癫地胡说了一阵，这也是符合我当时的情况的。我想，我到那儿去，就是要出丑的；我可以很有把握地说，我的确出了丑。当时米尔斯小姐已经收到朵拉仓促之间写的一封短信，告诉她所有的情况都让人发现了，还说："哦，请你快到我这儿来，朱莉娅，快来，快来！"但是米尔斯小姐害怕人家家里主事的人给她个不予接待，因此没有去。我们俩好像困在撒哈拉大沙漠里，天也黑了，没有着落了。

米尔斯小姐说起话来滔滔不绝，而且喜欢把心里的话都倒出来。虽然她和我眼泪往一块儿流，我却不由得感到她在因为我们的痛苦而高兴，这实在可怕。我要是打个比方，就可以说，她轻轻抚摸着我们的痛苦，从中得到最大的乐趣。她说，我和朵拉之间已经出现了鸿沟，爱情只有用爱的长虹才能重新建立联系。在这个严酷的世界上，爱情必须经受磨难；过去是这样，今后也是这样。米尔斯小姐说，这没有关系。用蛛网捆绑的心终究要挣脱束缚，到那时候，爱情也就报仇雪恨了。

这也算不上多大的安慰，但米尔斯小姐不鼓励我抱不切实际的希望。她这么一来，我比原来还痛苦得多。我觉得她真够朋友，而且怀着深切的感激之情把这话告诉了她。我们决定她第二天一早就去看朵拉，一定要想办法，或者用表情，或者用语言，使朵拉相信我依然对她忠贞不渝，同时我又是痛苦万分。我们分手的时候极为悲痛，不过现在我认为米尔斯小姐得到了莫大的愉快。

我回到家里以后，把所有的心里话都对姨奶奶说了，她能说的话都说了，我还是怀着绝望的心情去睡觉的。第二天，我怀着绝望的心情起了床，怀着绝望的心情去上班。那天是星期六，我就径直到协会去了。

我走着走着，能看见我们事务所的门了，感到大吃一惊，因为我看到几个看门人聚在门外议论什么，五六个闲杂人员眼睛盯着窗户，而窗户是关着的。我加快了脚步，从他们中间穿过，看着他们的神情感到纳闷，连忙走了进去。

文书都在,可是谁也不干活儿。老提菲我想大概是生平第一次坐在别人的凳子上,帽子也还没挂起来。

"这可是天大的灾难呀,科波菲尔先生。"他看我进来,对我说道。

"什么事呀?"我惊问道,"怎么啦?"

"你还不知道吗?"提菲和大伙儿说着就朝我围了过来。

"不知道呀!"我说着,一个一个看了看他们的脸色。

"斯彭洛先生。"提菲说道。

"他怎么啦?"

"死啦!"

我觉得办公室旋转起来了,而没有觉得自己在旋转,这时候,一位文书扶住了我。他们让我坐在椅子上,解开了我的领巾,还给我弄来了水。我不知道前后花了多少时间。

"死啦?"我问道。

"他昨天是在城里吃的晚饭,"提菲说道,"他让赶车的坐驿车回家了,他常这么干,这你知道,然后他就亲自赶车……"

"后来呢?"

"小马车回来了,可他没在车上。那几匹马在马厩门口停下。马夫打着灯笼出去一看,车上一个人也没有。"

"马是不是受惊过?"

"马身上并不热,"提菲说着戴上了眼镜,"我觉得正常速度走车就是这个样子,不是特别热。缰绳断了,看得出是先在地上拖过一阵子。全家人马上被惊动了,三个人顺着大路出去找。在一英里远的地方找到了她。"

"不止一英里,提菲先生。"有个年轻人插了一句。

"是吗? 我相信你说得对,"提菲说道,"不止一英里——

离教堂不远——他趴在那里,半截身子在大路边儿上,半截身子在人行道儿上。究竟是昏过去之后从车上摔下来的呢,还是只觉得不舒服,没等到昏过去,就下了车,好像谁也不知道。虽然他肯定是不省人事了,但他当时是不是就一定是死过去了,就连这个,也没有人说得清。如果说他还有呼吸,他肯定是什么也没说。他们尽快请来了大夫,但是已经完全无济于事了。"

这个消息在我心里引起的反响,我是无法形容的。这样一件事,发生得这样突然,而且发生在一个与我不融洽的人身上,使我感到震惊——他最近还用过的房间里,他的桌子椅子好像在那里等他,他昨天写的东西像鬼魂一样,使得这间屋子空荡荡的,叫人害怕——要想把他跟这个地方分开是不可能的,为什么这样,说不清楚。门一开,就觉得仿佛他要进来——事务所里静悄悄的,无人工作,给人一种懒散的感觉;这里的人对这件事谈得津津有味,说个没完;外面的人则一整天进进出出,抓住这个话题,大谈而特谈——这些情况,任何人都是很容易理解的。我无法形容的是在我内心深处怎样竟然对死亡产生了一种隐隐约约的羡慕之情。我怎样觉得好像死亡的力量会把我从我在朵拉的心目中所占的位置上推开。我怎样以一种难以用语言形容的极不情愿的心情羡慕朵拉的忧愁。我怎样一想到她向别人哭诉,或者受到别人的安慰,就坐立不安。我怎样在这最不合时宜的时候,有一种贪得无厌的欲望,把别人都从她周围排挤开,只留下我一人,我就是她的一切。

我怀着这种痛苦的心情——我希望这种心情不是我专有的,是别人也有的——那天晚上就上诺乌德去了。我在门口一打听，一个仆人说米尔斯小姐在那里，我就给她写了封信，信封是让姨奶奶写的。我在信上说，斯彭洛先生英年早逝，我深感悲痛，并为此而落泪。我求她转告朵拉，如果朵拉听得进去，就对她说，她父亲生前跟我谈过话，态度极为和蔼，极为关心，提到她的名字的时候，更是一片温柔，绝无一句责备的话。我知道，当时这样做，是出于自私的动机，是为了使我的名字出现在她的面前。不过我也曾努力使自己相信，为了悼念死者，这样做是名正言顺的。说不定我还真相信过。

第二天，姨奶奶收到了回信，只有几行字——从外面看，信是给她的；从里面看，是给我的。朵拉难过得不得了。她的朋友问她，在信的末尾要不要向我致意，她只是说："哦，亲爱的爸爸！哦，可怜的爸爸！"当时她老这么说。但是她没有说不同意，我就借此尽量安慰自己吧。

乔金斯先生从出事的那天起，一直待在诺乌德，过了几天，来到事务所。他跟提菲关起门来，一起待了一阵子。后来提菲在门口探出头来，招呼我进去。

"哦！"乔金斯先生说，"科波菲尔先生，我和提菲先生准备马上检查死者的书桌、抽屉和其他类似的放东西的地方，目的是封存他的私人文件，查找他的遗嘱。其他地方没有一点线索。你要是同意的话，欢迎你协助我们查找。"

我一直焦急地盼望得到一点消息，好知道我那朵拉将来的处境如何——比如，她要受谁监护，等等——而这正是一件与此有关的事情。我们马上开始查找。乔金斯先生把抽屉和书桌的锁打开，我们一起把里面的文件拿出来。我们把事务所的文件放在一边，把私人文件（数量不大）放在另一边。我们是非常严肃的，偶尔碰到印章、铅笔盒、戒指或这一类的小东西,就觉得它们和死者密切相关,所以特别低声说话。

我们已经封了好几包文件,还在尘土之中不声不响地干着,忽然听见乔金斯先生对我们说话,他针对已故合伙人所说的话,跟已故合伙人针对他所说的话一模一样。他说:

"斯彭洛先生养成的习惯,是很难改变的。你们知道他是怎样一个人。我倾向于认为,他没有留下遗嘱。"

"哦,我知道,他留了。"我说。

他们俩都停下来,看着我。

"就在我最后见他的那一天,"我说,"他告诉我,他留了遗嘱,还说他的事情早就都了结了。"

乔金斯先生和老提菲不约而同地摇了摇头。

"看来是没有希望了。"提菲说道。

"非常没有希望。"乔金斯先生说道。

"你们肯定不会怀疑……"我正要说下去。

"科波菲尔,我的好先生,"提菲说道,他把手搭在我的胳膊上,两眼紧闭,摇着头说,"你在这协会要是待得有我这么长,就会明白,人们在什么事儿上都不会这么说话不算话,叫人信不过。"

"哎呀,天哪! 他确实是那么说的呀!"我还坚持自己的看法。

"我看差不多行了,"提菲说道,"我的意思是,没有遗嘱。"

我觉得这件事看起来叫人纳闷,但实际上还真是没有遗嘱。从他那些文件所能提供的证据来看,他从来连想都没想到过要立一个遗嘱,因为凡是能说明他曾打算立遗嘱的暗示、笔记或者记事本,一概没有。使我感到几乎同样吃惊的,是他的各项事情乱得一团糟。听说要想弄清楚他欠人家多少钱，已经付了多少钱，临死的时候他有多少财产，是极其困难的。他们估计很可能多年来他自己对这些事也弄不清楚。他们慢慢地还了解到，因为当时协会处处讲排场、论风度，互相攀比之风很盛，他花钱超出了当律师的收入，这笔钱原来就不多，于是他就花起了自己的钱，如果说过去这是很大的一笔钱（这是非常可疑的），也已经所剩无几了。在诺乌德，家具卖了，房子也租出去了。提菲还告诉我，还完死者该还的债，扣掉公司收不回来或不一定收得回来的债款中属于他的那一部分，所有剩下的财产，他估计连一千镑也不到。他哪里知道我对这些情况是多么关心啊。

这都是大约六个星期之后的事。在这段时间里，我一直受着折磨。米尔斯小姐仍然告诉我，我那个伤心难过的小朵拉听到我的名字，什么也不说，光说："哦，可怜的爸爸！哦，亲爱的爸爸！"这时候，我想我真该对自己下毒手。米尔斯小姐还告诉我，朵拉只有两个姑姑，没有别的亲戚了，这两个姑姑是斯彭洛先生两个未出嫁的姐姐，住在普特尼，许多年来，只偶尔和兄弟通通信息。不是因为吵过架（这是米尔斯小姐告诉我的），而是因为给朵拉举行洗礼的时候，只请她们吃茶点，而她们认为考虑到她们的身份，是应该请她们吃饭的。于是她们来信表明态度，为了"各方生活愉快"，她们还是不来为好。从那以后，她们和这个兄弟就各走各的路了。

这两位女士原来无声无息，现在突然出现，而且提出来要接朵拉到普特尼去住。朵拉依附于她们两位，哭着说："哦，好吧，姑姑！请带着我和米尔斯小姐，还有吉卜，到普特尼去吧。"所以葬礼之后，她们很快就都走了。

我是怎样找到时间往普特尼跑的,我真是一点儿也不知道,但是无论如何,我总有办法常到那一带去转悠。米尔斯小姐为了更严格地履行朋友的职责,就记起日记来了。她有时候和我在公墓见面,念给我听,要是没有时间念,就借给我看。我多么珍惜这一条条的日记呀!下面摘录几条为例:

"星期一。我那温顺的朵情绪依然非常低。头痛。请她注意看吉美丽之光泽。朵抚摸吉。因此引起联想,打开忧伤之闸门。泪流如注。(泪水是心上的露珠吗?朱·米)

"星期二。朵软弱而紧张。苍白中显得秀丽。(我们看月亮时,不是也看到这样的情况吗?朱·米)朵、朱·米和吉乘车出游。吉从车窗向外看,对清洁工狂叫,使得朵笑容满面。(生活的链条就是用这样细小的环子组成的!朱·米)

"星期三。朵比较高兴。为她唱《晚钟》,本以为此曲适宜,效果非但未能排遣忧愁,且适得其反。朵伤感,无法形容。后见她在自己屋里抽泣。引关于自己和小瞪羚的诗句。无效。又提及纪念碑上的忍耐。(问:为什么说纪念碑上的?朱·米)

"星期四。朵肯定见好。夜间睡得较好。两颊略显红晕。我决意向她提大·科的名字。出游时,谨慎地提了这名字。朵立刻悲痛不已。'哦,最最亲爱的朱莉娅!哦,我真是个淘气的孩子,忘了自己该做什么!'对她劝说,抚慰。言谈之中,为她勾画大·科在坟墓边缘的情景。朵又悲痛不已。'哦,我怎么办哪?我怎么办哪?哦,随便带我到什么地方去吧!'大惊。朵昏厥,从酒店要得一杯水。(富有诗意的联系:酒店门柱上黑白方格相间的标志;黑白方格相间的人生。唉!朱·米)

"星期五。今天出事了。有个人拿着蓝口袋来到厨房，说'修理坤鞋后跟'。厨师说'没有鞋要修'。来人坚持要修。厨师进来请示，留下那人单独和吉在一起。厨师回来后，那人仍坚持要修，后来终于走了。吉不见了。朵急得发疯。将此事报警。来人的相貌：宽鼻子，腿像桥上的栏杆。各方寻找。没有吉的踪迹。朵痛哭，听不进安慰的话。又提到小瞪羚。这是恰当的，但不起作用。傍晚，有一陌生童子来访。带他来到客厅。宽鼻子，但腿不像桥上的栏杆。他说知道一条狗的下落，要一镑钱。任凭怎样追问，他不肯多说。朵给了一镑钱，童子带厨师来到一小屋，吉独自在那里，捆在桌腿上。朵大喜，围着吉跳跃，看吉吃饭。我见此可喜的变化，受到鼓舞，回到楼上后，提及大·科。朵又哭，哀呼，'哦，别说了，别说了，别说了！不想可怜的爸爸，而想别的，心太坏了！'——拥抱吉，哭着睡着了。（难道大·科不该把自己完全托付给时光巨鸟的宽阔翅膀吗？朱·米）"

在这段时间里，米尔斯小姐和她的日记就是我仅有的安慰。见一见她，而她又刚刚见过朵拉——在那一篇篇富有同情心的日记中寻找朵拉这名字的简称——让她把我弄得越来越痛苦——这就是我仅有的乐趣。我觉得好像一直住在一座硬纸板做的宫殿里，宫殿倒了，只剩下我和米尔斯小姐待在废墟中间。又好像一位严厉的巫师在我心中纯洁的女神周围画了一个魔圈儿，只有那有能力载着那么多人飞那么远的有力的翅膀，才能使我进到圈儿里去。

第三十九章　威克菲尔与希普

　　姨奶奶见我长期闷闷不乐,我想大概是真的忧虑起来,就借口担心多佛那边租出去的房子,叫我去看看,是否一切正常,并且与租房人签一个协议,租给他更长的时间。珍妮经过安排,来为斯特朗太太干活儿了,我能天天见到她。离开多佛的时候,她曾犹豫不决,不知该不该嫁给一个领港员,从而结束她所受的那种排斥男人的教育,但她最后决定还是不采取这一冒险行动。这与其说是为了维护原则,我认为还不如说是因为她碰巧不喜欢那个男人。

　　虽然离开米尔斯小姐不是件容易的事,我还是挺愿意接受姨奶奶的要求,因为这样我就可以和艾妮斯清清静静地待几个钟头。我跟善良的博士商量,要请三天假,博士希望我借此机会休息一下——实际上他希望我多用一点儿时间,但我精力充沛,不愿意那样做——于是我就下决心到多佛去了。

　　至于协会,我没有很大的理由为我在这里承担的任务而操心。说实在的,我们在第一流的代诉人中名声已经不大好,正迅速滑坡,快不像样了。斯彭洛先生没来的时候,乔金斯先生的业务经营得很一般,注入新鲜血液之后,斯彭洛先生显示了他的才干,业务有了起色,但仍然没有建立在坚实的基础之上,受到突然失去实干的负责人的打击时,是不可能不受影响的,情况差得多了。乔金斯先生虽然在事务所里声誉不坏,却是个放任自由、没有能耐的人,要想靠他在外面的声誉来维持这个事务所是不可能的。现在我转在他手下干活儿,我看着他在那里吸鼻烟,对业务不管不顾,我从来没有这么后悔,觉得可惜了姨奶奶那一千镑钱。

更有甚者,协会周围有许多帮闲者和局外人,他们本人不是代诉人,却包揽协会的业务,然后交给真正的代诉人去办,代诉人则把自己的名字借给他们,这样就可以分得一部分好处;这种情况是很多的。我们的事务所需要业务,不讲条件,也加入了这伙高手中,投出一些诱饵,让那些帮闲者和局外人把揽来的业务交给我们办。办结婚证,为涉及少量遗产的遗嘱办公证,这种业务我们最喜欢,也最赚钱,竞争也的确是非常激烈的。通往协会的条条通道都有软磨硬拽的人在那里盯着。他们奉命尽一切努力把所有穿丧服的人拦住,把所有显得有点儿羞怯的先生拦住,把这些人引到雇用他们的人感兴趣的事务所去。他们执行任务非常努力,我有亲身经历,他们两次没认出我来,就把我生拉硬拽地弄到我们主要对手的事务所去了。这些拉生意的先生们利益冲突,彼此产生恶感,大打出手的事便随之而来。我们有一个主要的拉生意的人,原先经营酒业,后来当了宣誓经纪人,他就有好几天的工夫带着一只青眼走来走去,甚至影响了协会的声誉。这些拉生意的人认为,要是客客气气地把一位穿黑衣服的老太太搀下车来,得知她要找哪一位代诉人,就告诉她说他已经死了,然后把雇用他的人说成是这位死了的代诉人的合法继承人和代理人,有时还把老太太弄得颇为激动,接着就把老太太带到雇他的那个事务所去了。这样被骗到我这里来的,也不少。至于结婚证,那竞争激烈到一种程度,假如一位先生要办结婚证,又感到不好意思,就什么事情也不用做,无论碰上哪一个拉生意的人,就全听他的就行了,要不就让几个人较量一番,谁最厉害,就听谁的。我们有个文书,内外兼顾,外面打得最厉害的时候,他坐在屋里,戴着帽子等着,时机一到,就冲出去,把那可怜虫带到主教代表面前去宣誓,领结婚证。这种拉生意的做法,我想至今依然存在。我最后一次到协会去的时候,一个面目和善身体健壮的人,系着一条白围裙,从一个门廊里朝我扑了过来,凑到我耳边,悄悄地说了"结婚证"三个字,我费了好大的劲儿,才没让他把我抱起来,抱到一位代诉人那里去。

这是一段题外话。现在让我到多佛去吧。

出租的房子,在各方面都是令人满意的,我还能使姨奶奶特别感到欣慰,因为我可以向她报告,那租房子的人继承了她对驴子的仇恨,经常进行抗驴大战。那件小事办完之后,我在那里住了一夜。第二天清晨我就开始步行,往坎特伯雷进发。这时候,已经又是冬天,那清新的空气,那凛冽的寒风,那一望无际的丘陵,增强了一点儿我的希望。

来到坎特伯雷以后,我在熟悉的街道上闲逛,感到又清静,又愉快,这就使我心情平静,精神也不紧张了。店铺的门上还是老招牌,老字号,也还是一帮老人在里面干活儿。从我在那儿上学的时候算起,好像已经过了很久了,所以我觉得纳闷,这个地方怎么没有多少变化,后来我才意识到,我自己不是也没有多少变化吗。说也奇怪,在我心目中与艾妮斯密不可分的那种安静的氛围,在她居住的城市里也无处不在。那大教堂的尖塔令人肃然起敬,那老寒鸦和白嘴鸦轻快的叫声比完全寂静无声使它们更显得悠闲。破损的门楣上,原来镶满了雕像,早就都掉下来,成为腐朽之物,就像那些曾经朝着它们凝视的虔诚的香客一样。在僻静的角落里,长了几百年的常春藤爬满了山墙和断壁。还有那古老的房舍,那田野、果园和花园构成的田园景色。总而言之,每个地方,乃至每件东西,都使我感到同样一种较为宁静的气氛,同样一种平和、体贴、温柔的精神。

来到威克菲尔先生家里以后,我看到一层过去尤利亚·希普坐在里面办公的小屋子,现在是米考伯先生在那里专心致志地写东西。他穿着一身黑色的衣服,这是法律界的气派,在那窄小的办公室里,他显得又大又壮。

米考伯先生见了我,非常高兴,不过也有点儿糊涂了。他想马上带我去见尤利亚,我谢绝了他。

"我对这所房子过去是很熟的呀,你记得吧,"我说,"我知道怎么上楼去。你觉得法律这一行怎么样,米考伯先生?"

"亲爱的科波菲尔,"他答道,"对于具有丰富想象力的人来说,学法律不好,因为它涉及大量的细节。甚至在写业务信件的时候,"米考伯先生说着,看了一眼他正在写的几封信,"也不能采取那种海阔天空的表达方式,让你的思想自由翱翔。不过这倒是个很好的行业,很好的行业!"

后来他告诉我,他租用了尤利亚·希普原来住的房子。他还说,米考伯太太又能在自己家里接待我了,她会感到非常高兴的。

"那地方是卑贱的,"米考伯先生说,"我这是借用我的朋友希普爱用的一个词儿。不过这也许是块铺路石,将来就能住上更豪华的住宅了。"

我问他,到目前为止,他的朋友希普这样对待他,他能说满意吗？他站起来，看了看门是不是关严了，然后才低声说道：

"亲爱的科波菲尔，在经济窘迫的压力下干活儿的人，一般说来，都是处于不利地位的。在严格说来还不到日子，还不能发津贴的时候，就迫于压力，不能不提前支取，在这种情况下，那种不利地位也是得不到改善的。总起来，我只能这么说，我的朋友希普还是满足我的要求的，哪些要求，我就不必细说了，不过他的做法会相应地使他的人品和心肠都显得更加体面。"

"我认为他在花钱方面，手不是很松的呀。"我说道。

"对不起，"米考伯先生说道，他显得有些紧张，"我是根据自己的经验来评论我的朋友希普的。"

"你有这么顺心的经历，我很高兴。"我说道。

"你真客气，亲爱的科波菲尔。"米考伯先生说着哼起小调来。

"你常见威克菲尔先生吗？"我换了一个话题，问道。

"不常见，"米考伯先生以鄙视的语气说道，"我敢说，威克菲尔先生这个人的用心是非常之好的。不过他……简而言之，他不中用了。"

"恐怕是他的合伙人有意使他这样的吧。"我说。

"亲爱的科波菲尔，"米考伯先生不自然地在凳子上扭捏了一阵，说道，"请让我说明一下。我在这里是受到信赖的。是可以依靠的。我已经领会到了，有些话是，即便是和米考伯太太本人（这么多年来和我共患难的人，而且是一个头脑极为清楚的女人），也不能谈，要是谈了，就与我身上的职责不符了。所以我要冒昧地建议：我们的友好谈话——我相信这种谈话是永远不会受到干扰的——要划一条界线。在线的这一边,"米考伯先生说着把办公室的尺子放在桌上,代表那条线,"是人类智慧的整个领域,只有一点小小的例外;在线的那一边,就是那一点例外——那也就是威克菲尔先生和希普先生的事情,以及所有与它直接或者间接有关的事情。我想我把这样一个建议提给我青年时代的伙伴,供他比较冷静地思考一下,不会对他有所冒犯吧?"

虽然我看到米考伯先生脸上有一种不自然的变化,而且这种神情久久没有消失,好像他的新工作对他并不合适,我觉得没有理由认为他冒犯了我。我把这个想法告诉了他,他松了一口气,并且和我握了握手。

"科波菲尔,"米考伯先生说道,"请你相信我的话,我让威克菲尔小姐给迷住了。她是一个非常突出的年轻女子,在容貌、仪态和品德方面都非常出众。"米考伯先生一边不停地吻自己的手,以最文雅的态度鞠着躬,一边说道,"我真心实意地向威克菲尔小姐致意!呃唔!"

"至少这一点,我听了感到高兴。"我说。

"亲爱的科波菲尔,那一次我们有幸和你度过了一个愉快的下午,你要不是当时向我们明确表示你最喜欢的字是'朵',"米考伯先生说道,"我就肯定会认为你最喜欢的字是'艾'了。"

我们都有过这种经验,偶尔会觉得我们现在说的话和做的事,很久以前也说过做过;觉得不知多久以前我们周围有过同样的人、同样的东西和同样的环境;觉得我们知道得很清楚下面还要说什么,仿佛是突然想起来的一样!我一生中对于这种莫名其妙的感觉印象最深的时候就是他刚才讲那番话之前的那会儿工夫了。

我暂时向米考伯先生告辞了,还嘱咐他代我向他全家表示热情的问候。我离开他的时候,他又坐到凳子上,拿起笔来,还在衬领中间把脑袋摇了摇,把它放到适宜于写东西的位置上。这时候我看得很清楚,自从他接受了这新的职务以后,我和他之间已经产生了某种隔阂,这就妨碍我们坦诚相见,我们之间谈话的性质也就发生了相当大的变化。

在那古色古香的陈旧的客厅里,一个人也没有,不过倒有些迹象,说明希普太太在什么地方。我往现在仍归艾妮斯使用的屋子里看了看,见她坐在炉边,趴在她的一张漂亮的旧式书桌上写字。

我遮住了光线,她就抬头看了看。我使得她那张聚精会神的脸变得快活起来,又受到她热情的问候和欢迎,心里别提有多高兴了。

"哦,艾妮斯!"我们俩一起并排坐下以后,我说,"我最近可想你啦。"

"是吗?"她答道,"又想我啦!而且这么快?"

我摇了摇头。

"我也不知道是怎么回事儿,艾妮斯。有些思考能力,我应该具备,可是我好像并不具备。在过去的幸福日子里,就在这个地方,你非常习惯于替我考虑事情,我也自然而然地来找你,听你的意见,得到你的帮助,结果我觉得我自己倒没有养成思考的习惯。"

"那又怎么啦?"艾妮斯兴致勃勃地问道。

"我也不知道怎么说才好,"我答道,"我觉得自己是认真的,是坚持不懈的。"

"这我相信。"艾妮斯说。

"是不是也很耐心,艾妮斯?"我略带犹豫地问道。

"是啊,"艾妮斯说着笑了起来,"挺耐心的。"

"可是,"我说,"我还是弄得这么苦恼,这么忧虑,需要我对自己有信心的时候,我却缺少这种力量,显得那么不稳重,那么不坚决,所以我想我一定是缺乏一种——怎么说呢——一种依托吧?"

"你愿意这么说,就这么说吧。"艾妮斯说道。

"唉,"我接着说道,"你看!你到伦敦来,我就依靠你,我马上就有了目标,有了办法。我没辙了,就到这儿来,马上就觉得变了一个人。我进到这屋里以后,使我发愁的那些事都没变,但是就在这短短的一段时间里,我受到了一种影响,这影响使我发生了变化,哦,我觉得好多了!这是怎么回事儿?你的秘密何在,艾妮斯?"

她低着头,看着火。

"还是那个老样子,"我说,"我说出来,你可不要笑:过去在小事儿上什么样儿,现在在大事儿上还是什么样儿。我过去的烦恼都是瞎胡闹,现在倒是真的了。不过每当我离开我这个干妹子的时候……"

艾妮斯一听这话,抬起头来——多么俊的脸蛋儿呀——还把手伸过来,我吻了吻。

"艾妮斯,我要是一开始没有你给我出主意,下决心,我就好像六神无主,碰到了各式各样的困难。等我最后来找你了(我也一直是这么做的),我就到了祥和幸福的地方。我现在就是到了家了,和一个疲惫不堪的旅行者一样,这种休息的感觉实在太美了!"

我对我说的话感触太深了,我这番话又那么真挚动情,结果我说不下去了,就用手捂着脸,哭了起来。我这里写的是真情实况。无论在我内心有多少矛盾,多少反复,像我们之中许多人那样;无论情况也许会多么不同,比当时的情况好得多;无论我做了什么事情,而我本不该不听自己良心的呼唤,做了那样的事:我一概都不知道。我只知道,当我因为有艾妮斯在我身旁而感到安定祥和的时候,我是热情而认真的。

她举止恬静,像姊妹一样亲切,她眼睛含笑,声音温柔,她的神情端庄而随和,正是这种神情使我在很早以前就感到她住的房子,对我说来,是一个很神圣的地方。这样,她很快就使我摆脱了当时那种无精打采的样子,慢慢地引导我把我们上次见面以来发生的事都告诉了她。

“没有别的可说了,艾妮斯。”我把心里话都倒出来以后,说道,“现在我就全靠你了。”

“不过不应当靠我,特洛乌德,”艾妮斯说着,甜甜地一笑,“而应当靠另外一个人。”

“靠朵拉吗?”我说。

“当然是这样。”

“不过,艾妮斯,我还没说呢,”我有点儿不好意思地说道,“朵拉相当难以……我绝对不能说她难以依靠,因为她的灵魂是纯洁与真诚的,我是说她相当难以……说真的,艾妮斯,我简直不知道怎么说才好。她这个小东西,胆子小,很容易弄得心神不定,惊慌失措。不久以前,她父亲还没死的时候,我觉得应该跟她提一下……你要是不嫌烦,我就把当时的情况对你说一说。”

于是我就对艾妮斯说了说我怎样说明我变穷了,怎样谈到烹调书,管家记账,等等,等等。

"哦,特洛乌德!"她微笑着指责起我来,"你还像以前那么鲁莽! 你可以认真考虑,怎样在社会上生存下去,但不必用这样突然的办法来对待一个胆小、善良、没有经验的女孩子呀。可怜的朵拉!"

她回答我时说的这番话表达了善意的指责,这样悦耳的声音,我从来没有听到过。我觉得仿佛看见她怀着羡慕的心情,温柔地搂着朵拉。她这样细心地保护她,也就是对我进行无言的谴责,怪我不该莽撞地惊动那颗幼小的心。我觉得仿佛看见朵拉带着满身的可爱的纯朴之气抚摸艾妮斯,感激她,甜言蜜语地央告她跟我作对,又满怀着孩子般的天真将我疼爱。

我对艾妮斯充满了感激之情,也对她佩服得无以复加。我好像看见她们两人在一起,在一个明亮的环境里,那样亲密友善,那样相得益彰!

"那我该怎么办呢,艾妮斯?"我看了一会儿炉火,问道,"怎么做,才对呢?"

"我想,"艾妮斯说道,"体面的做法就是给那两位小姐写信。秘密的做法是不值得采取的,你不这样看吗?"

"是啊,你要是这么看,那一定是对的。"我说道。

"在这种事情上,我也没有多少资格来下断语,"艾妮斯谦虚地犹豫了一下,答道,"不过我肯定觉得……总而言之,我觉得暗中秘密进行,可不像是你干的事儿呀。"

"不像是我干的事儿? 艾妮斯,你大概把我看得太高了吧。"我说道。

"就从你那坦率的性格来看,这也不像是你干的事儿呀，"她答道，"所以，要是我，就给那两位小姐写封信。把所有的情况都尽可能坦率地跟她们说清楚，并且征得她们的同意，找个时间到她们家去一趟。考虑到你还年轻，正争取在社会上站住脚，我想你完全可以说你愿意接受她们可能强加于你的任何条件。求求她们不要不经过朵拉，就把你的请求回绝了，请她们在她们认为适当的时候，把这件事跟朵拉商量一下。信不要写得过于激动，"艾妮斯温和地说，"也不要提出过多的要求。要相信自己的忠诚和毅力——要相信朵拉。"

"不过要是她们跟朵拉一说，再把她吓着呢，艾妮斯？"我说道，"要是朵拉又哭起来，关于我的事儿，什么也不说呢？"

"这可能吗？"艾妮斯问道，脸上依然是那副动人的关切的神情。

"愿上帝保佑她！她就像一只小鸟，特别容易吓着，"我说道，"那种情况也是可能的。再说，像这两位斯彭洛小姐这种上了年纪的女人，有时候脾气特别怪，她们要是不喜欢人家这样给她们写信，怎么办呢？"

"这就不必考虑了，特洛乌德，"艾妮斯说着，抬起眼来，温柔地看了看我，"也许最好是光考虑这么做对不对；要是对，就去做。"

关于这件事，我没有更多的疑问了。我心里觉得轻快多了，但我深深地感到眼前的任务意义重大。我用了一下午的工夫起草这封信，艾妮斯还为此壮举特意把自己的书桌让给我用。不过在写信之前，我还先到楼下去看了看威克菲尔先生和尤利亚·希普。

我发现尤利亚增加了一间新办公室，这办公室盖在花园里，还散发着石灰的气味，看上去特别寒碜，里面堆着很多书和文件。他还是以往常那种讨好的表情接待了我,假装并没有从米考伯先生那里听到我来访的消息,我当然不相信他这一套。他陪我来到威克菲尔先生的屋里,这间屋子比原来的样子可差远了——因为许多用着很方便的东西都搬走了,为的是给新伙伴腾地方——他就站在炉火前烤他的背,用他那净是骨头的手搓着下巴,看着我和威克菲尔先生互相问候。

"你在坎特伯雷期间,就住在我们这儿吧,特洛乌德?"威克菲尔先生说道,不过他可不是没看一眼尤利亚,以征求他的同意。

"有我住的地方吗?"我说。

"肯定有,科波菲尔少爷——我应当说先生,但是那个称呼说起来特别自然——"尤利亚说,"要是合适的话,我情愿把你原来住的屋子腾给你。"

"不用,不用,"威克菲尔先生说道,"何必麻烦你呢?还有一间,还有一间嘛。"

"哦,不过,你知道,"尤利亚咧着嘴笑着说,"我真是非常愿意搬出来。"

为了赶快定下来,我说我就住在另外那一间里,要不就不住了。这样就决定了,我住另外那一间。接着我就告辞了,说晚饭的时候再见,然后我就又上楼去了。

我本希望除了艾妮斯以外,不要再有别人陪伴了。可是希普太太要求我同意她带着手上的毛活儿到屋里来,待在炉火旁边。她的借口是,考虑到当时的风向,这间屋子比客厅和饭厅对她的风湿更为适宜。虽然我几乎想把她弄到大教堂最高的塔尖上,让风尽情地吹她,我也不心疼,但我还是给她留了面子,热情地跟她打了招呼。

希普太太见我向她问安，便回答说："你这么看得起我，我谢谢你啦，先生。我身体还不错。没有什么值得夸耀的。要是我能看着我那个尤利亚在社会上站住脚跟，我想我就该知足了。你觉得我那个尤利亚怎么样，先生？"

我觉得他永远像个恶棍，就回答说，我看他没什么变化。

"哦，你不觉得他变了吗？"希普太太说道，"这我可得请你原谅，我跟你看法不一样。你不觉得他瘦了吗？"

"不比平常瘦啊。"我答道。

"你真这样看吗？"希普太太说道，"你不是用母亲的眼光来看他呀！"

这母亲的眼光和我的眼光一接触，我就觉得不管多么疼爱自己的儿子，对所有别的人来说，是充满恶意的。而且我相信他们母子二人是相依为命的。她的眼光又从我身上移到了艾妮斯身上。

"你也没看出他又瘦又累吗，威克菲尔小姐？"希普太太问道。

"没有，"艾妮斯说道，一边静静地做她手上的事情，"你对他过于担心了。其实，他挺好的。"

希普太太使劲用鼻子吸气，表示不以为然，又继续织她的毛活儿了。

她手里的活儿，一会儿都不停，也连一会儿都不离开我们。那一天我来得很早，离吃晚饭还有三四个钟头，但是她坐在那里，起劲地挥动毛衣针，无聊极了，就像古代计时的沙漏，沙子往下流那么无聊。她坐在炉火的一旁，我坐在炉火前面的书桌旁边。从我这儿再过去一点儿，在炉火的另一边，坐着艾妮斯。我慢慢思考这信该怎么写，有时我抬起眼睛，看见艾妮斯沉思默想的面容,看着它开朗起来,朝着我微笑,以她那天使般的表情对我表示鼓励。这时候,我总是马上就感到那副充满恶意的眼睛从我身上移到艾妮斯身上,然后偷偷地落到毛活儿上。她织的什么,我不知道,因为我不在行,不过看上去像是一张网。她用一副很像中国筷子的毛衣针不停地织,在炉火的衬托下,很像一个丑陋的巫婆,虽然暂时被对面那位容光焕发的善良人镇住了,却是正在准备,不久就要把网撒开了。

吃晚饭的时候,她继续监视我们,眼睛还是一眨也不眨。晚饭后,就轮到她儿子了;我和威克菲尔先生本人单独在一起的时候,他就以恶毒的眼光看我,身子还扭来扭去,弄得我几乎无法忍受。回到客厅以后,就又是母亲一边织毛活儿,一边监视我们了。艾妮斯弹着钢琴唱歌的时候,那位母亲一直坐在钢琴旁。有一次,她点了一个曲子,她说她的尤利亚特别喜欢这曲子(当时尤利亚正坐在一把大椅子上打哈欠)。在一曲唱完的间隙里,她就看一看尤利亚,然后向艾妮斯报告说,他听音乐听得开心极了。她几乎是只要一说话,决不能不提到他——我真怀疑她有没有不提尤利亚的时候。我看得很清楚,这是她承担的责任。

这种情况一直延续到睡觉的时候。看了他们母子二人的表现,他们就像两只大蝙蝠,笼罩着整个这所房子,他们的丑恶形象使这所房子陷于黑暗,这就使我感到很不舒服,宁愿待在楼下,看她织毛活儿等等,也不愿意去睡觉。我整夜几乎一点儿也没睡。第二天,织毛活儿、监视重新开始,延续了一整天。

我连跟艾妮斯说十分钟话的机会都没有,也几乎没有机会把信拿给她看。我请她跟我出去散散步;但是希普太太一再抱怨她病得厉害,艾妮斯出于好心,只好留在家里,和她做伴。傍晚,我一个人出去了,心里盘算着该怎么办,应不应该再瞒着艾妮斯,不让她知道尤利亚·希普在伦敦对我说的话,因为这件事又闹得我心烦意乱。

我出来以后没走多远,还没有完全走出镇子,正走在拉姆斯盖特路上,那里有一条很好走的人行道,忽然听见后面有人透过一团团的灰尘叫我。一看那歪歪扭扭的身影和那件瘦小的大衣,谁也不会认错人的。我停下脚步,尤利亚·希普跟了上来。

"嗯?"我说道。

"你走得真快!"他说道,"我的腿就够长的了,你还是让我紧赶了一阵子。"

"你上哪儿去呀?"我说道。

"你要是允许我荣幸地陪一位老朋友走一走,我就跟你一起走走吧,科波菲尔少爷。"他说着,扭了扭身子,这也许是表示讨好,也许是表示讥笑,然后就在我身旁,跟我一起走了。

"尤利亚!"我们沉默了一会儿之后,我尽量和气地说。

"科波菲尔少爷!"尤利亚说道。

"说真的(希望你不要见怪),我出来,是想一个人走走,因为有人陪的时间太多了。"

他斜眼看了我一下,带着最不自然的笑脸说道:"你是指我母亲吧。"

"啊,是啊,我是指她。"我说。

"哦! 不过你知道,我们太卑贱了,"他答道,"正因为我们知道自己卑贱,我们必须认真对待,不能让那些不卑贱的人把我们挤到一边儿去。在情场里,一切计谋都是正当的,先生。"

他把两只大手抬起来,可以摸到下巴了,他轻轻地搓着两手,悄悄地格格一笑,那样子看上去我觉得比任何人都更像一只心怀恶意的狒狒。

"你看,"他说,依然为他那讨厌的样子而自鸣得意,还冲着我摇头,"你是个非常危险的情敌呀,科波菲尔少爷。你知道,你从来就是这样一个人。"

"为了对付我,你就派人监视威克菲尔小姐,把她的家弄得不像个家吗?"我说。

"哦!科波菲尔少爷!这么说就不好听了。"他答道。

"你爱怎么说,就怎么说,反正我就是那个意思,"我说,"这意思,尤利亚,不但我清楚,你也是清楚的。"

"哦,不然。你得把话说清楚,"他说,"哦,真的!我是说不清楚的。"

"难道你认为,"我说,想到艾妮斯,我尽量克制自己,非常心平气和地对他说,"我除了把威克菲尔小姐看做一个非常亲近的姐妹之外,还有什么别的想法吗?"

"唉,科波菲尔少爷,"他答道,"你看得出,这个问题,我就无法回答了。你可能没有,你知道。不过,你看,你也可能有啊!"

他那副面孔,他那连睫毛的影子也没有、全无遮挡的眼睛,露出的那种卑鄙奸诈,我还从来没有见过。

"那好吧!"我说,"看在威克菲尔小姐的分上……"

"我的艾妮斯!"他说着扭了扭身子,那是一种难看的病态的扭动。"就麻烦你,叫她艾妮斯吧,科波菲尔少爷?"

"看在艾妮斯·威克菲尔的分上——愿上帝保佑她!"

"谢谢你祈求上帝保佑她,科波菲尔少爷!"他插了这么一句。

"——我可以告诉你,要不是在眼前这种情况下,我就宁愿去告诉……杰克·凯奇了。"

"告诉谁,先生?"尤利亚说着伸长了脖子,还用手遮起了耳朵。

"告诉那个绞刑刽子手,"我答道,"我最不可能想到的人,"不过他本人的脸色让人想到那个刽子手,也是很自然的事,"我已经和另外一位年轻小姐订婚了。你该满意了吧。"

"此话当真?"尤利亚说道。

我气呼呼地正想按他的要求,把我的话加以肯定,他忽然抓住我的手,捏了一下。

"哦,科波菲尔少爷,"他说道,"那天晚上多有打扰,我睡在你家客厅壁炉前头,当时我把心里话都倒出来了,你要是看得起我,也以信任的态度对待我,我也就不会怀疑你了。既然如此,我肯定马上就把我母亲撤下来,这是求之不得的事。我知道,你会原谅我出于爱情而采取的防范措施,是不是? 多么可惜呀,科波菲尔少爷,你当时没有看得起我,以信任的态度对待我。我肯定是给了你很多机会的。但是你从来没有像我希望的那样看得起我。我知道,我一直是喜欢你的,而你从来就不喜欢我!"

在这段时间里,他一直用那和鱼一样潮湿黏滑的手指捏着我的手,我想尽量在照顾面子的情况下把手缩回来,可是怎么也办不到。他把我的手拉到他那暗红色大衣袖子底下,我几乎是被迫和他手拉着手往前走的。

"咱们回去好不好?"尤利亚说着,就硬是拉我转过身来,面对着镇子。这时初升的月亮照在镇上,远处的窗户蒙上了一层银色。

"关于这个话题,我还要说一点,"我们沉默了好大一会儿之后,我说,"你应当明白,我认为艾妮斯·威克菲尔在你上边很高的地方,和你的愿望也相去甚远,就像那轮月亮一样!"

"恬静!是不是?"尤利亚说道,"非常恬静!现在请你说句实话,科波菲尔少爷,虽然我喜欢你,你并不喜欢我。我用不着感到奇怪,你一向认为我过于卑贱,是不是?"

"我不喜欢听人家自称低贱,"我答道,"或者自称这个那个的。"

"对呀!"尤利亚说道,在月光下,他显得虚弱,脸上露出铅色,"我还不知道吗!不过,科波菲尔少爷,处于我这种地位的人理应卑贱,这一点,你考虑得太少了!我和我父亲都是在专为男孩子设立的靠基金维持的学校长大的,我母亲也是在公立的类乎慈善机构的地方长大的。这些地方一天到晚教给我们的就是卑贱,我不记得还有多少别的东西。对这个人,我们卑贱,对那个人,我们卑贱;在这里要脱帽,在那里要行礼;随时都要记住我们的地位,在身份高的人面前要显得地位低下。我们周围身份高的人可太多了。父亲因为卑贱而得了班长奖章。我也一样。父亲还因为卑贱而当上了教堂的看门人。上等人都觉得他这个人安分守己,所以拿定主意要用他。'要卑贱,尤利亚,'父亲对我说,'这样你就有前途。我和你在学校的时候,耳朵里灌的一直就是这些东西,这也就是最有用的东西。只要卑贱,'父亲说,'就能成功!'说实话,真还干得不错哩!"

听完这一席话,我第一次意识到这虚假谦卑的可恶的说教原来可能是希普的家教。我看到了果实,却没有想到种子。

"我小的时候,"尤利亚说道,"就知道卑贱有什么用,养成了卑贱的习惯。需要我卑贱的时候,我总是很乐意的。我学习也只学到卑贱的程度就不学了,我说:'就此止步!'你提出来,要教我拉丁文,该怎么办,我心里有数。'人们都愿意在你上边,'父亲常说,'你就待在下边吧。'我直到现在是非常卑贱的,科波菲尔少爷,不过我已经有了一点儿权力!"

他说这番话——我在月光下看看他的脸色就明白了——目的是让我知道他是下了决心,要用手中的权力使自己得到补偿的。他恶劣、奸诈、狠毒,我从来没有怀疑过。不过我到现在才初次充分认识到,他从小时候起,长期受压抑,这就必然产生多么强烈的可耻而又残忍的复仇心理。

他的这段自述这时候倒是产生了一项可喜的结果,因为这样一来,他就把手缩回去了,为的是自鸣得意地摸一摸下巴。我们一旦分开,我就决心与他分开了。我们并排着往回去,一路上没怎么再说话。

他的兴致提高了,是因为我给他提供了那个信息,还是因为他回忆往事,感到高兴,我就不得而知了。但是他受了什么影响,兴致确实提高了。吃饭的时候,他跟威克菲尔先生说的话比平时多。他还问他母亲(从我们回到屋里的时候起,就从岗位上撤下来了),他是不是年纪太大了,不能再当单身汉了。有一次他看艾妮斯,他那副样子使得我宁可放弃我所有的一切,也要征得允许,把他打翻在地。

晚饭后,只有我们三个男人在一起,他越发放肆起来。他喝酒喝得不多,也许根本没有喝;我认为完全是因为胜利而产生的傲慢情绪在他身上作怪,也许还可以加上我在那里对他产生的诱惑,使他做出那样的表现。

昨天我就发现了,他在想办法劝威克菲尔先生多喝酒。艾妮斯往外走的时候看了我一眼,我领会她的意思,只喝了一杯酒,就提议跟她去了。今天我还想这么办,可是尤利亚抢在了我的前头。

"先生,我们很少见到今天这位客人,"他对威克菲尔先生说道,他坐在桌子的另一头儿,跟威克菲尔先生形成鲜明的对照,"所以我建议为了向他表示欢迎,你要是不反对,咱们就再喝一两杯。——科波菲尔少爷,祝你健康、幸福!"

我不得已只好装模作样地握住他向我伸过来的手;随后我又怀着完全不同的感情,跟他的合伙人,那位受排挤的先生握了握手。

"来吧,老伙伴,"尤利亚说道,"恕我冒昧,现在你也对科波菲尔找点儿适当的话,祝祝酒,好不好?"

威克菲尔先生怎样为我姨奶奶祝酒,为迪克先生祝酒,为博士协会祝酒,为尤利亚祝酒,每祝一次酒,他都喝两回;他怎样意识到自己的软弱,努力克服,却没有效果;他为尤利亚的做法感到可耻,可又不想得罪他,这两种心理怎样互相斗争;尤利亚显然觉得战胜了对手,怎样把身子扭来扭去,还拿他在我面前炫耀——这一切,我都不谈了。当时我看到这情景就觉得恶心,现在我也不想再加以描述。

"来吧,老伙伴!"尤利亚最后说道,"我还要祝一次酒,我乞求你们把杯子都斟满,因为我要为女性中最圣洁的人祝酒。"

她的父亲手里拿着一只空杯子。我看见他把酒杯放下，看了看那幅和她一模一样的画像，把手搭在前额上，往后一靠，缩在扶手椅上。

"我是一个卑贱的人，没有资格向你们提议为她祝酒，"尤利亚接着说道，"但是我爱慕她，——敬重她。"

回想起来，她父亲的灰发覆盖的头无论能忍受多大的肉体上的痛苦，我觉得也不会比我眼见他两手捂着脑袋忍受的精神痛苦更可怕。

"艾妮斯，"尤利亚说道，他不是没有看一看威克菲尔先生，就是不知道他这样做会有什么后果，"艾妮斯·威克菲尔，我确有把握地说，是女性中最圣洁的人。在朋友中间，我可以说一说吗？做她的父亲是一件光荣而自豪的事，而做她的丈夫……"

她的父亲大叫一声，从桌子旁边站了起来，那叫声，我希望永远也不会再听到！

"怎么回事？"尤利亚说道，脸色变得煞白，"威克菲尔先生，我希望你无论如何不是疯了吧？我要是说我的宏愿是把你的艾妮斯变成我的艾妮斯，我和别人同样有权利这样做。我比任何别人都更有权利这样做！"

我把威克菲尔先生搂在怀里，用各种能想到的话，求他不要那么激动，说得最多的就是劝他想想他对艾妮斯的爱。这时候，他真是疯了——乱抓头发，乱打脑袋，想把我推开，想从我怀里挣脱；问他什么，他也不说，他谁也不看，他谁也看不见；他盲目地挣扎，想干什么，自己也不知道，睁着两只大眼，嘴也歪到一边去了——那样子真叫人害怕。

我对他苦苦相劝，词语虽不连贯，态度却极为真诚。我求他不要这样由着性子发疯，叫他听听我的话。我求他想一想艾妮斯，把我和艾妮斯联系起来，回想一下我和艾妮斯是怎样一起长大的，我是多么尊敬她，疼爱她。艾妮斯使他感到多么骄傲，多么高兴！我尽量让他想到艾妮斯，无论怎么想都行，我甚至责备他，怪他没有挺住，闹了这么一场，她也不会不知道的。也许是我的劝说见了效，也许是他的疯劲儿过去了，反正他渐渐地不那么挣扎了，也开始看我了——起初感到陌生，后来他的眼神显出他认出我了。他终于说话了，他说："我知道，特洛乌德！我那亲爱的孩子和你——我知道！可是你看看他！"

他用手指着尤利亚，这时候，尤利亚在一个角落里，面色苍白，两眼发呆，他显然完全没有料到会出现这样的情况，感到大吃一惊。

"看看那个折磨我的人，"他接着说道，"我一步一步地把名誉和地位，悠闲和清静，房产和家业，都给了他了。"

"我替你保持了你的名誉和地位，还有你的悠闲和清静，你的房产和家业，"尤利亚连忙说道，他显出情绪低沉，受到打击而后退一步的样子，"你不要糊涂，威克菲尔先生。我要是不像你预期的那样，超过了一点儿限度，我想我可以退回来嘛，是不是？那也没有什么坏处。"

"我对每一个人都要看他的每一个动机，"威克菲尔先生说道，"过去我借着追求利益的动机把他和我结合在一起，我当时是满意的。可是，看看他现在这副样子——哦，看看他现在这副样子！"

"科波菲尔，你要是有办法，最好不要让他说下去了，"尤利亚用他那细长的食指指着我说道，"他马上就要说些什么——请你注意！——他说这样的话,以后会后悔的,你听了这样的话,以后也会后悔的!"

"我是什么话都会说出来的!"威克菲尔先生带着不顾一切的神气叫道,"如果说你已经把我捏在手心儿里了,我为什么不让世界上所有的人把我捏在手心儿里呢?"

"你听着,我告诉你!"尤利亚又对我发出了警告,"你要是不堵住他的嘴,你就不是他的朋友!——威克菲尔先生,你问为什么不让世界上所有的人把你捏在手心儿里吗?因为你有一个女儿。你和我都知道咱们知道的一些事情,对不对?旧的疮疤,就不要再揭它了——有谁想揭呢?我反正不想。我尽量显得卑贱,这你还看不出来吗?你听着,我要是出了格,我很抱歉。你还要怎么样,先生?"

"哦,特洛乌德,特洛乌德!"威克菲尔先生扭动着交叉的两手,大声说道,"自打我头一次在这个家里见到你,我已经破落到了什么样子! 当时我就在走下坡路了,但是从那以后,我走了一条多么阴暗的路啊! 意志薄弱,想怎么样,就怎么样,这就把我给毁了。想记得什么,就记得什么,想忘掉什么,就忘掉什么。我对孩子的母亲应有的爱成了病态;我对孩子应有的爱也成了病态。无论什么东西,我一接触,就受我感染。我已经给我最疼爱的人带来了痛苦,我知道——你也知道! 我本以为在世界上真正爱一个人,而不爱别的人,是可能的;我本以为真正悼念一个故去的人,而不分担所有悼念者的悲痛,是可能的。所以,我在生活中得到的教训都颠倒了。我把我那病弱的胆怯的心做牺牲品,它就把我当牺牲品了。我的悲痛是可耻的,我的疼爱是可耻的,我为逃避这两种感情的阴暗面而感到痛苦,也是可耻的,哦,看我这副破落的样子,恨我吧,躲开我吧!"

他倒在一把椅子上,有气无力地哭起来。他身上的激动情绪渐渐消失了。这时候,尤利亚从角落里走了出来。

"在我犯糊涂的时候,干了些什么事儿,我不知道,"威克菲尔先生说着把手伸出来,好像是让我不要指责他,"他最清楚,"——指尤利亚·希普——"因为他一直待在我身边,跟我咬耳朵。你看,他成了挂在我脖子上的磨盘。你在我家里看到他,你在我经营的业务里看到他。你刚才还听见他说话来着。还需要我说什么呢?"

"你连这些也不需要说,连一半也不需要说,根本什么也不需要说,"尤利亚以一半对抗一半讨好的语气说道,"你要不是喝了点儿酒,也就不会说这些话了。你明天就该后悔了,先生。我要是说得太多了,或者超出了我的本意,那有什么关系? 我并没有坚持呀!"

这时候,门开了,艾妮斯脸上没有一丝血色,静悄悄地走进来,搂住父亲的脖子,稳重地说,"爸爸,你不舒服啦。跟我来吧!"他把头靠在女儿肩膀上,仿佛忍受着巨大的耻辱,跟着她走了出去。她的眼光和我接触了一刹那,我就看出她对刚才发生的事知道多少了。

"我没想到他会有这么强烈的不满,科波菲尔少爷,"尤利亚说道,"不过,没关系。明天,我就跟他言归于好。这是为他好。我这个卑贱的人总是惦记着怎样为他好。"

我没有理他,回到了楼上那间清静的屋里。这是先前艾妮斯经常坐在我身旁,陪我看书的地方。一晚上都没有人上来。我抓起一本书,想看看。听见钟敲十二点了,我还在看书,但是没有看进去,这时候,艾妮斯来碰了我一下。

"明天一早你就走了,特洛乌德! 咱们现在就告别吧。"

她哭过,但她脸上显得那么平静,那么好看!

"愿上帝保佑你!"她说着朝我把手伸了过来。

"最最亲爱的艾妮斯,"我答道,"我看得出,你不希望我谈今天晚上的事,不过难道就没有办法了吗?"

"应该相信上帝呀!"她答道。

"我老为了我那些倒霉的烦心事儿来找你——我就不能做点儿什么吗?"

"相比之下,我的烦心事儿轻多了,"她答道,"亲爱的特洛乌德,没事儿!"

"亲爱的艾妮斯,"我说,"你善良、坚定,有各种高尚的品质,在这方面你是很强的,而我是很弱的,所以我要是不相信你的话,或者给你出什么主意,就显得不自量力了,不过你知道我多么爱你,我该怎样报答你。你不会因为一种荒谬的责任心而葬送你自己吧,艾妮斯?"

有一会儿的工夫,我从来没见她那样激动过,她把手从我手里抽回去,而且后退了一步。

"请你对我说,你没有那样的想法,亲爱的艾妮斯! ——比亲妹妹还亲的妹妹! 你想一想吧,像你那样一颗心,像你那样一种爱,都是无价之宝呀!"

哦,很久很久以后,我又看见那张脸出现在我的面前,仍然带着那刹那间的神情,不是惊讶,不是指责,不是悔恨! 哦,很久很久以后,我又看见那神情化成了甜美的微笑,这和当时发生的情况是一样的,她就是带着这微笑对我说,她并不为自己而担心——我也不必为她担心——随后她就称我兄弟,和我告别,转身走了。

第二天早上,天还黑着,我就在旅店门口上车了。快启程的时候,天渐渐发亮,我正坐在那里思念艾妮斯,就在这半明半暗的光线里,尤利亚扒着车门,把头凑了过来。

　　"科波菲尔,"他抓着车顶上的铁棍儿,用沙哑而低沉的声音悄悄地对我说,"我想你临走以前一定愿意知道,我们之间没有什么不和了。我已经到他屋里去过了,我们谈得很圆满。唉,我虽然卑贱,对他却是有用的,你知道;他要是不喝酒,也明白他的利益之所在。他毕竟是个非常随和的人哪,科波菲尔少爷!"

　　我勉强地说,他道了歉,我感到高兴。

　　"哦,没问题!"尤利亚说,"你知道,一个人要是卑贱的话,道个歉,算得了什么? 容易得很呀! 我说,我想你有时候,"他说着扭动了一下身子,"也摘过还没长熟的梨子吧,科波菲尔少爷?"

　　"我想大概摘过。"我答道。

　　"我昨天晚上就干了这么一件事,"尤利亚说道,"不过它会熟的! 它只需要照顾。我可以等待!"

　　他说了好多送别的话,赶车的上来了,他就下去了。我觉得他当时在吃什么东西,以免吸一肚子寒气,但是从他那嘴的动作看,好像梨子已经熟了,他正对着它咂嘴呢。

第四十章　流　浪　者

当天晚上，我们在白金汉街对我在上一章里详细记述的威克菲尔先生家中发生的事非常认真地谈论了一番。姨奶奶对那些事极为关心，谈完了以后，两臂交叉，在屋里来回走了两个多钟头。每当她特别心绪不宁的时候，她就表演这么一出踱来踱去的绝技，从她走的时间长短，就一定能估计出她心绪不宁的程度如何。这一次，她特别心烦，觉得有必要把卧室的门都打开，专门为自己设计一条路线，从一间屋子的墙根儿，到另一间屋的墙根儿。我和迪克先生静静地在炉边坐着，她就不停地出来进去，沿着这固定的路线走，速度也是固定不变的，就像钟摆一样有规律。

迪克先生去睡觉了，屋里只剩下我和姨奶奶两个人，我就坐下来，给那两位老小姐写信。这时候，姨奶奶也走累了，照例把衣裳撩起来，在炉边坐下。但她坐的姿势和往常不一样，也没把酒杯放在腿上，而是漫不经心地把酒杯放在壁炉横板上，左胳膊肘压在右胳膊上，左手托着下巴，满腹心事的样子，朝着我看。我写着信，只要抬一抬眼睛，就能遇上她的眼睛。"我这个人最心疼别人，亲爱的，"为了加强语气，她朝我点一点头，"不过这会儿我觉得心烦意乱，而且难过！"

我一晚上都很忙，没有注意，等到她睡觉去了，才发现她的晚间混合饮料(她就爱这么叫)在壁炉横板上,一口没喝。我敲门,把这情况告诉她的时候,她来到门口,态度比平时更为和蔼,但是她只说:"我今天晚上没有心思喝了,特洛。"然后摇摇头,就又进去了。

第二天早上,姨奶奶看了看我给两位老小姐写的信,表示同意。我把信寄出去以后,便无事可做,只有尽量耐心地等候回音。我一直等了差不多一个星期,有一天晚上下着雪,我从博士家里出来,走回家去。

那一天,一直很冷,凛冽的东北风已经吹了一段时间。天一黑,风一停,就下起雪来。我记得那天雪很大,不停地下,大片的雪花,落在地上,积得很厚。车轮声和人们的脚步声都听不见了,好像街上铺了那么厚的一层羽毛。

我回家的最近的一条路——在这样一个夜晚,我自然要走最近的路——是经过圣马丁巷。这条巷子是由一座教堂而得名的。当时这教堂周围并不宽敞,前面没有空地,那巷子也是弯弯曲曲地通到斯特兰大街。我走过廊柱前的台阶,在拐角上,看见了一个女人的面孔。她看了看我,穿过那狭窄的巷子,就不见了。我认得这个人。我在什么地方见过她,可就是想不起来在哪里见的了。我和她还有些关系,这使我心里马上为之一震,但我碰见她的时候,正在想别的事,因此弄不清楚了。

在教堂的台阶上,有一个男人的身影,他弯着腰站在那里,他已经把背上的东西放在平平的雪地上,正在整理。刚才那个女人和这个男人,我是同时看到的。我记得惊诧之中我并没有停下脚步,反正在我继续往前走的时候,那个人站起来,转身朝我走来。我站住一看,面前这个人原来是裴果提先生!

这样一来,我就想起刚才那个女人来了。她是马莎,就是那天晚上艾米丽在厨房里给她钱的那个马莎·恩德尔;哈姆告诉过我,裴果提先生,即便是把沉在海底的财宝全都给他,他也不愿意看见这个女人跟他外甥女在一起。

我们热情地握了握手。起初,我们俩谁也说不出话来。

"大卫少爷,"他紧紧地抓着我说道,"见到你,我心里高兴极了,先生。真巧,真巧!"

"真巧啊,我亲爱的老朋友!"我说道。

"我本想今天晚上就去看你的,先生,"他说道,"可是我知道你姨奶奶现在跟你一起过——因为我到亚茅斯那边去过了——我怕今天太晚了。要不是碰上你,我就明天早上临走以前来看你。"

"你还要走?"我说道。

"是啊,先生,"他耐心地摇着头答道,"明天就走。"

"现在你打算上哪儿去呢?"我问道。

"唉,"他抖了抖长发上的积雪,说道,"随便找个地方住下吧。"

那时候,我们站的地方,斜对面就是金十字客栈。这客栈和他的不幸遭遇联系在一起,我是永远也不会忘记的。客栈有一个旁门,进了院子有一个马棚。我指了指大门,挽上他的胳膊,就过街去了。院子边上有两三间客房,我往一间里面看了看,是空的,炉火着得正旺,我就带他进去了。

我就着灯光一看,发现他不但头发又长又乱,而且脸也让太阳给晒黑了。他的头发更白了,脸上和额头的皱纹更深了,看上去完全是在各种不同的气候中奔波过的样子。但是他显得很结实，像是一个以坚定目标为支柱的人，永远不知道疲倦。在我这样想的时候，他把帽子和衣服上的雪抖掉了，把脸上的雪也弄掉了。他在桌子旁边坐下，脸朝着我，背对着门，这时他又伸出他的粗手，热情地抓住了我的手。

"大卫少爷，"他说道，"我要告诉你，我到过哪些地方，听到过什么消息。我走得很远，听到的不多。不过我要告诉你！"

我拉了拉铃，想要点儿热的喝喝。他不要比啤酒更厉害的东西。在等他们上酒，在火上加热的时候，他就坐在那里沉思起来。我见他脸上有一种给人以深刻印象的严肃神情，就没有打扰他。

就剩下我们两个人了，又过了一会儿，他说道："她小的时候，常跟我没完没了地说大海，还说起那海水变得深蓝、在阳光下闪闪发亮的海面，和那边的海岸。有时候，我就想，她父亲是淹死的，她就老想着这件事儿。你看，我也不知道，不过她也许以为——或者是希望——她父亲漂流到那边去了，那里的鲜花永远开放，到处是一片光明。"

"那也许是天真的幻想。"我答道。

"她……失踪的时候，"裴果提先生说道，"我心想，他准是把她带到那些地方去了。我心想，他准是把这些地方说得天花乱坠，她到了那里就可以当阔太太，弄得她乖乖地听信了他的话。我们见他母亲的时候，我就看得很清楚，我没有想错。我过了海峡，到了法国，上岸以后，觉得自己就像是从天上掉下来的一样。"

这时候，我看见那门开了一点儿，雪花飘了进来。我又看见那门开大了一点儿，而且有一只手伸进来，挡着那门，不让它关上。

"我找到了一个管事的英国人,"裴果提先生说道,"告诉他,我在找我的外甥女。他给我开了一些证件,我有了这些证件,就可以到处通行。那叫什么证件,我说不清楚。他还要给我钱,幸好我不需要。他为我做了这么些事,我当然向他表示感谢。'你还没到,我就写信过去了,'他这么对我说,'我还要告诉很多往那边去的人,所以,你孤单单地一个人奔走,到了离这里很远的地方,也会有很多人知道你的。'我尽可能地对他表示了我的谢意,然后我就上法国各地跑去了。"

"一个人,步行?"我说。

"大部分是步行,"他答道,"有时候,跟上赶集的人,就坐一段儿车,有时候,也坐空驿车。步行的话,一天要走好几英里,常常是和一些穷当兵的或者什么人一起走,他们是去看朋友的。我跟他们没法说话,"裴果提先生说道,"他们跟我也没法说话,不过在那尘土飞扬的路上,我们也能彼此做伴呀。"

我从他那热情的语调也早就该听出来是那样的了。

"我每到一个镇上,"他接着说道,"先找旅店,然后就在院子里等着,看有没有会说英国话的到店里来,总是有的。我就告诉他们,我在到处找我的外甥女,他们就告诉我,店里住着什么样的客人,我就等着,趁人家出来或者进去的时候,看有没有长得像艾米丽的。找不着,我就再往前走。随后等我新来到一个村里,或者什么地方,我发现穷人都知道我。他们让我坐在自家房门口,给我拿来吃的、喝的什么的,还告诉我在哪里睡觉。很多女人,大卫少爷,她们也有像艾米丽这么大的女儿,我发现她们在村外救世主十字架旁边等我,给我提供类似的方便。有的人死了女儿，只有上帝才知道这些做母亲的对我有多么好哇！"

门口那个人是马莎。我看见了她那无精打采的脸，看得很清楚，她在听我们说话。我怕的是裴果提先生一回头也看见她。

"她们常常把自己的孩子，特别是自己的小女儿，"裴果提先生说道，"放在我的腿上。有许多次，天快黑了，你会看见我坐在她们家门口，简直好像那就是我亲人的孩子。哦，我亲人的孩子哟！"

他心里一阵难过，放声大哭起来。他用手捂着脸，我把自己颤抖的手贴在他的手上。"谢谢你，先生，"他说，"你别管我。"

过了一会儿，他把手拿开，放在胸前，继续讲他的经历。

"她们还常跟我一起走，"他说，"早上起来，陪我走上一两英里，分手的时候，我说：'我非常感谢你！愿上帝保佑你！'她们好像都能听懂我的话，回答的话也很好听。最后我到了海边。你可以想见，像我这样一个经常出海的人，一路干活儿，去闯意大利，是不难的。到了意大利之后，我又像先前那样到处跑。那儿的人对我很好，我本来也可能一个镇子一个镇子挨着走，甚至走遍整个意大利，可是我听到消息，说有人在瑞士的山里见到过她。有一个人认识那个仆人，看见他们三个人在一起，并告诉我他们的旅行路线，现在哪里。我日夜兼程，大卫少爷，往山里走。我走多远，就觉得好像那山往后退多远。不过我还是追了上来，翻过了一座座大山。那个人告诉我的地方快到了，我心里就开始盘算：'我见了她，怎么办呢？'"

门口那个人不顾冬夜寒冷,依然在那里低头听着,她招手求我,恳求我不要把她撵走。

"我从来没怀疑是她不好,"裴果提先生说道,"没有!从来没有过!只要让她看见我这张脸——只要让她听见我的声音——只要我一动不动地站在她面前能使她想起她丢下的那个家,想起她小时候的样子——即便她长成了一个贵妇人,她也会跪在我的脚下!这一点,我是很有把握的。我多少次在梦里听见她喊,'舅舅!'看着她在我面前趴到地上,像死了一样。我多少次在梦里扶她起来,悄悄地对她说:'艾米丽,亲爱的孩子,我来了,我饶恕你了,我来接你回家了!'"

他说到这里,停下来摇了摇头,叹了口气,又说下去了。

"他,我就不管了。有了艾米丽,就有了一切。我买了一件乡下的长裙给她穿;我还知道,只要找着她,她就会跟着我在石头路上往前走,我走到哪儿,她跟到哪儿,永远永远不再离开我。把那件长裙给她穿上,把她原来穿的衣服扔掉——用我的胳膊把她托起来,慢慢地往家走——有时候在路上停下来,治治她那受伤的脚,治治她那伤得更厉害的心——现在我心里想的就是这些事。至于他,我想我连看也不会看他一眼。可是,大卫少爷,我没有做到——还没来得及做呀!我去得太晚了,他们已经走了。上哪儿去了呢,我问不出来。有人说上这儿去了,有人说上那儿去了。我赶到这里,又赶到那里,怎么也找不着艾米丽,我就回来了。"

"回来几天了?"我问道。

"也就是四天吧,"裴果提先生说道,"那一天,天已经黑了,我看见那只旧船,看见窗口射出了灯光。我走到近处,隔着玻璃往里看,看见那个忠心耿耿的女人,古米治太太,她正一个人坐在炉火旁边,这是我们说定了的。我喊了一声:'别害怕! 我是丹尼尔!'接着我就进去了。我决没想到那条旧船会显得那么陌生!"

他从一个上衣口袋儿里小心翼翼地掏出了一个纸包儿,里面有两三封信,也许是小纸包儿,他都放在了桌上。

"这头一封,"他说着,从桌上拿起了一件,"是在我走了一个星期以后收到的——里面是一张五十镑的钞票,裹在一张纸里,外面写的是我的名字,是夜间从门底下塞进来的。她想掩盖自己的笔迹,但她逃不过我的眼睛!"

他又耐心细致地把那张钞票按原样叠好,放在一边。

"这是写给古米治太太的,"她说着又开了一封,"是两三个月以前收到的。"他看着这封信,过了一会儿,把信递给我,还小声说道:"你费心看一看吧,先生。"

那信是这么写的:

> 哦,你看到这封信,知道它出自我的罪恶之手,会觉得怎么样呢! 但是请你试一试——不是为了我,而是为了心地善良的舅舅——试着把你的心肠对我放软一点,哪怕只是一会儿的工夫。我求你试着对一个不幸的女子发出善心,在一张小纸上写下,他身体好不好,在你们都不再提我的名字之前,他都说过些什么——还有,到了晚上,到了我以前回家的钟点儿,你有没有看见过他似乎是在思念一个他曾爱得很深的人。哦,我一想起这件事,我的心就要碎了。我现在向你跪着,乞求你对我不要心太狠,对我心狠,我也是罪有应得——我非常非常明白,我是罪有应得的——对我宽容一点,麻烦你写下一点他的情况,给我寄来。你不必称我小什么,你不必称我的名

字,我已经玷污了它。不过,哦,请你听一听我的痛苦,可怜可怜我,给我写一点儿舅舅的情况,今生今世我是绝对不能再见他了!

亲人呀,你要是对我心狠——我知道,这也是应该的——但是,请你听着,你要是心狠,我的亲人,你就去问问我伤害得最厉害的那个人——我本来要给他做老婆的那个人——然后再最后决定要不要拒绝我那最最可怜的请求! 他要是好心肯说你可以寄点儿什么给我看——我想他会这么说的,哦,只要你去问他,我想他会这么说的,因为他过去一向是那么大度,那么肯原谅人——那就请你告诉他(否则就不用说了),晚上我一听见刮风,就觉得那风是在看了他和舅舅之后,怒气冲冲地到天上去,在上帝面前告我的状。请你告诉他,要是我明天就死(哦,要是该我死,我还真愿意死!),我要用最后一句话为他和舅舅祝福,用最后一口气祝愿他有一个幸福的家!

这封信里也有一点儿钱——五镑。和前面那笔钱一样,这笔钱也没动过,他也和刚才一样,把钱叠了起来。关于回信的地址,也有详细的说明,虽然看得出,中间要经过好几个人的手,很难判明她大致上躲在什么地方,至少可以看出,她写信的地点,就是有人看见她的地方,这不是不可能的。

"回信写了些什么?"我问裴果提先生。

"古米治太太,"他答道,"没有多少文化,先生,所以哈姆好心起了个草,让她抄了一遍。他们告诉她,我出去找她去了,临走的时候说了些什么。"

"你手里那也是一封信吗?"我说道。

"是钱,先生,"裴果提先生说着打开了一点儿,"你看,是十镑。里面还写着，'一好友赠'，跟头一封信一样。不过头一封信是塞在门底下的，而这一封是寄来的，前天收到的。我正要按照邮戳去找她呢。"

他拿给我看。那是莱茵河上游的一座小城。他在亚茅斯找到了几个外国商人，他们知道那个地方，给他在纸上画了一张草图，他已经了解得非常清楚了。他把草图铺在我们两人中间的桌子上，一只手托着下巴，一只手把路线指给我看。

我问他，哈姆怎么样？他摇了摇头。

"他干活儿，"他说，"有多少劲儿，使多少劲儿。他在这一带的名声，可以和世界上任何地方任何人相比。谁都愿意帮他一把，他也愿意帮助别人。他从来不抱怨。不过我妹妹认为（你可别往外说）他受的刺激太深了。"

"可怜的人哪，这我相信！"

"他什么都不在意了，大卫少爷，"裴果提先生郑重其事地小声说道，"可以说连自己的性命也不在意了。要是需要有人在坏天气里干苦活儿，他就丢。要是有什么又累又危险的差事，他总抢在别人前头。同时他的性情又很温和，跟孩子一样。亚茅斯的孩子没有不认识他的。"

他把信敛在一起，心事重重的样子，用手把信抚平，包在一个小包儿里，轻轻地放回上衣口袋儿里。门口那张脸不见了。我看见门口雪花还在往里飘，别的什么东西也没有了。

"唉！"他看了看自己的提包，说道，"今天晚上咱们见了面，大卫少爷（我很高兴呀），明天一大早儿我就走了。我手里这几样东西，你都看见了，"他说着把手放在了放那个小包儿的地方，"我所担心的，是怕钱还没有还给本主，我就遇到了不幸。我要是死了，钱也丢了，或者叫人偷了，或者不管怎样拿走了,而本主并不知道,还以为是我留下了这些钱,我想阴间也不会让我待在那儿的! 我想我还得回来!"

他站起身来,我也站起身来。临走以前,我们又紧紧地握起手来。

"我哪怕要走上一万英里,"他说,"——只要我不栽到地上摔死,我就往前走——也要把那钱放到他面前。要是这个能办到,并且找到我的艾米丽,我就满足了。我要是找不着她,可能有一天她会听到这样的话:她那位疼爱她的舅舅一直在找她,一直到死,都在找她;如果说我了解她的话,就是这样的消息,最后也能使她回家来的!"

在那寒风凛冽的夜晚,我们出来的时候,我看见一个孤独的身影从我们面前一闪而过。我连忙找了个借口,让他转过身来,跟他说话,那个身影就不见了。

他说去多佛的路上有一家旅店,他知道可以在那里找个干净、简朴的地方过夜。我陪他过了威斯敏斯特桥,在萨里郡的河岸上与他分手。在我的想象之中,好像万物都停下来向他致敬,看着他独自一人在雪地里重上征途。

我回到客栈的院子里,心里还想着刚才那张脸,便在周围到处寻找。已经不在了。我们出来的时候留下的脚印,已经让雪盖上了;只有我刚踩的脚印还看得见,就连这些脚印(因为雪下得很大),我回头一看,也快消失了。

第四十一章　朵拉的两个姑姑

　　两位老小姐终于寄来了回信。她们向科波菲尔先生致意，并通知他，已对他的来信做了认真的考虑，"以使双方感到幸福"——我觉得此话令人颇为惊讶，不仅因为她们在涉及上述家庭纠纷时使用过这一词语，而且因为根据我的观察（一直观察到现在），现成的套话是一种礼花，很容易点燃，能够放出五颜六色各式各样的火花，和原来的形状迥然不同。两位斯彭洛小姐还说，她们不愿对科波菲尔先生信中所谈之事"通过通信的手段"发表意见，并表示科波菲尔先生如肯于某日（如他认为合适，可在一密友陪同下）光临寒舍，她们将乐于就此事进行交谈。

　　对于这项盛情邀请，科波菲尔先生立即作答，告知对方，他将按规定时间荣幸地前去访问两位斯彭洛小姐；根据她们慨然答应的条件，陪同前往的将是他的朋友，内殿律师学院的托马斯·特拉德。公函发出以后，科波菲尔先生陷入了极度紧张、坐立不安的状态，一直到该去的那一天，都是这样。

　　在这变化多端的危急时刻，得不到米尔斯小姐不可估量的帮助，大大加重了我的不安情绪。米尔斯先生总是不定做点儿什么事，使我感到不快——也许只是我感到他仿佛那样做，反正都是一样——不过这一次他到了登峰造极的地步，因为他忽然心血来潮,要到印度去。他为什么要去印度呢,莫非是成心跟我捣乱?当然,他与世界上任何别的地方都毫无关系,而与那个地方关系很深——他干的完全是和印度人做买卖,且不管他做什么买卖吧(我有时模模糊糊觉得他经营的是金丝披肩和象牙),他年轻的时候在加尔各答待过,现在又想打回去,做一个常驻钉班的合伙人。不过这跟我毫无关系。然而这对他却至关重要,所以他决心要去印度,而且要带上米莉娅。米莉娅到乡下跟亲属告别去了。房子贴出了各式各样的招贴,或出租,或出售,家具(包括熨衣机等等)也都议价出售。所以,上次地震闹得我还惊魂未定,我又成了这次地震捉弄的对象!

在那重要的日子到来的时候,我对于穿什么衣服,拿不定主意,因为我一方面想打扮得衣冠楚楚,一方面又怕穿着不当,破坏了我在两位斯彭洛小姐眼中那个刻苦实干的形象。我在这两个极端之间努力找出了一个很好的折中方案。姨奶奶对于我的打扮是赞成的,迪克先生还在我们下楼的时候,往我们身后扔了他的一只鞋,图个吉利。

我知道特拉德是个极好的人,而且我也非常喜欢他,在这微妙的场合,却不由自主地希望他没有养成这怒发冲冠的习惯。他把头发梳得直立着,好像他大吃一惊的样子——且不说那灶前笤帚的样子了——我心里嘀咕,要倒霉,就倒在他这头发上。

我们在往普特尼走的时候,我冒昧地跟特拉德提了提这件事儿,我说他要是肯把头发压低一点儿……

"亲爱的科波菲尔,"特拉德说着摘下帽子,千方百计揉他的头发,"要是能压下来,我就再高兴不过了。可是压不下来呀。"

"压不下来?"我说道。

"是啊,"特拉德说着,"怎么压,也压不下来。我要是顶上一个五十磅的秤砣,一直顶到普特尼,秤砣一拿开,头发就又竖起来了。你不知道,我这头发可固执啦,科波菲尔。我简直是一头坐立不安的箭猪。"

我必须承认,我感到有点儿失望,不过我觉得他那随和的脾气可实在有趣。我告诉他,我多么尊重他那随和的脾气。我说,他的头发一定把他性格里的固执劲儿都带走了,因为他一点儿也不固执。

"哦!"特拉德笑着答道,"我告诉你呀,我这倒霉的头发,可一言难尽啦。我婶子就看不惯。她说她一看就有气。我刚爱上索菲的时候,它也给我惹了不少的麻烦——很大的麻烦呀!"

"是她反对吗?"

"她倒没有,"特拉德答道,"可是她大姐——就是那个美人儿——我听说,老拿它开玩笑。实际上,她姐妹们都笑话我这头发。"

"真有意思!"我说。

"是啊,"特拉德极为天真地答道,"我们都觉得好玩儿。她们硬说索菲把我一绺头发放在书桌里,非得夹在带纽扣的书本里,为的是把它压平。我们听了,没有不笑的。"

"我说,亲爱的特拉德,"我说道,"你的经验可能对我有启发。你跟刚才提到的那位年轻小姐订婚的时候,有没有正式向她家里提出求婚?有没有做——比方我们今天做的这样的事?"我紧张地追问了一句。

"唉,"特拉德答道,他那聚精会神的脸上掠过一丝愁容,"科波菲尔,我那件事儿可是够痛苦的。你看,索菲在家里那么有用,他们谁也不敢想让她嫁出去。实际上,他们私下里已经决定,永远不让她结婚,都管她叫老姐姐。所以,等我极其小心地向克鲁洛太太……"

"是她妈妈?"我说道。

"是她妈妈,"特拉德说道,"——霍勒斯·克鲁洛牧师的妻子——等我万分小心地向克鲁洛太太提出这件事的时候,她反应非常强烈,大叫一声,就不省人事了。从那以后,几个月,我都不敢再提这件事。"

"不过最后你还是提啦。"我说道。

"唉,是霍勒斯牧师提的,"特拉德说道,"他这个人非常好,在各方面都是模范。是他向她指出,作为一个基督徒,应该忍受这个牺牲(何况那情况也很难说得准),而且不应该对我怀有恶感。至于我本人,科波菲尔,说句老实话,对这个家庭来说,我真觉得自己是一只凶猛的老鹰哩。"

"我希望妹妹们都站在你这一边吧,特拉德?"

"唉,也不能这么说,"他答道,"好赖把克鲁洛太太说通了以后,还得去告诉萨拉。你记得吧,我提到过她,就是脊梁骨有毛病的那一位?"

"我记得很清楚!"

"她两手攥得紧紧的,"特拉德以沮丧的神情看着我,说道,"闭起眼睛,脸也变成了铅色,浑身僵直,一连两天什么也不吃,光吃白水泡烤面包,还得用茶匙喂她。"

"这个姑娘可真讨厌,特拉德!"我说道。

"哦,对不起,科波菲尔!"特拉德说道,"她是个很可爱的姑娘,不过她很重感情。其实,她们都是这样。后来索菲告诉我,她在伺候萨拉的时候,那种自责的心情,无法用语言来形容。我知道那一定是一种很痛苦的心情,科波菲尔,就连我自己都觉得好像是个罪犯似的。萨拉好了以后,我们还得向另外八个姐妹通报,她们的反应各不相同,但都极为悲痛。那两个小的,就是索菲教育的那两个,只是刚刚开始不讨厌我了。"

"不论怎么说,我希望她们现在都认可了吧?"我说。

"是——是啊,大体上,恐怕可以说都无可奈何地同意了,"特拉德犹犹豫豫地说道,"实际上,我们避而不谈这件事,我前途未卜,境况一般,这对她们来说也是个很大的安慰。无论我们什么时候结婚,那场面都会是十分可怕的。那恐怕非常像个葬礼,而不像个婚礼。我把她带走,她们都会恨我的!"

特拉德一边看着我,一边半认真半嬉笑地摇了摇头。他那张诚实的脸,现在回想起来,好像比当时给我的印象更为深刻,因为我当时手脚抖得厉害,思想也很分散,难以把注意力集中在任何事情上。走近两位斯彭洛小姐住的房子的时候,我的容貌和精神都比平时打了折扣,于是特拉德就提议来点儿轻微的兴奋剂,去喝上一杯啤酒。我们在附近一家酒馆里喝过之后,他就搀扶着我,摇摇晃晃地来到斯彭洛小姐的门前。

女仆开了门,这时我模模糊糊觉得好像有人在看我,我跟跟跄跄地勉强走过一间大厅,大厅里摆着一只晴雨表,我来到一层一间不大的客厅里,窗外是一个修剪整齐的花园。我觉得我就在这里坐下了,坐在一个沙发上,看见特拉德一摘帽子,头发马上竖了起来,就像仿制的鼻烟壶里按在弹簧上的小人,一打开盖儿,小人跳出来,吓人一跳。我觉得还听见壁炉横板上的旧式座钟滴答作响,我想把它跟我的心跳协调起来——它就是不干。我还觉得在屋里往四下里看有没有朵拉,连影子也没找到。我还觉得好像听见吉卜在远处叫了一声,马上就有人把它噎了回去。最后我发现快把特拉德挤到壁炉里去了,我还糊里糊涂地给两个上了年纪又瘦又小的妇人鞠躬,她们都穿着黑色的衣服,看上去就像是用碎木片或树皮做的已故世的斯彭洛先生,像得惊人。

"请,"两位小妇人,有一位开口说道,"请坐。"

我跌跌撞撞地从特拉德身旁过去,总算没坐在猫身上——我开头想坐的地方就有一只猫——这时候,我的视力恢复到了一定的程度,我看出斯彭洛先生在兄弟姐妹当中显然是最小的一个;看出这两姐妹相差六到八岁,那位年轻的看来是这次会见的主持人,因为她手里拿着我那封信——我觉得那封信是那么熟悉,又那么陌生——并且在拿着眼镜看那封信。她们的穿着差不多,妹妹比姐姐穿得年轻一些,可能多一点儿荷叶边、花边、别针、手镯之类的小东西,使她显得更有生气。她们都把腰板儿挺得直直的,举止显得严肃、准确、沉着、文静。手中没有拿着我的信的那一位,两只胳膊交叉放在胸前,互为依托,看上去像个偶像。

"我想,你就是科波菲尔先生吧。"拿着我的信的那一位对特拉德说道。

这是一个很可怕的开端。特拉德不得不说明我是科波菲尔先生,我也不得不承认我是谁,她们也都得消除已经形成的特拉德是科波菲尔先生的想法,总而言之是乱成一团了。乱上加乱的是我们都清清楚楚地听见吉卜发出了两声短促的叫声,接着就有人又把它噎了回去。

"科波菲尔先生!"手里拿着信的那一位说道。

我做了点儿什么——大概是鞠了个躬——正在聚精会神地听,忽听另外那一位开了腔。

"我妹妹拉维尼娅,"她说,"处理这种事情在行,由她告诉你,我们认为最好怎样来增进双方的幸福。"

后来我发现,在感情纠葛方面,拉维尼娅小姐是一位权威,因为很多年以前,有过一位皮杰先生,好打小惠斯特牌,据说对她产生了爱慕之心。我个人认为,这完全是没有根据的猜测,皮杰根本对她没有感情——据我所知,他从来没有流露出这样的感情。然而拉维尼娅小姐和克拉丽莎小姐都盲目地相信,他要不是英年早逝(死时约六十岁),一定会把自己强烈的爱表达出来。他只是饮酒过量,伤了身子,为了养好身子,又采取了过分的行动,喝巴斯矿泉水,喝多了,才死的。她们还一直怀疑他是因为单相思而死的;不过我倒要说一件事:她们家里有一幅这个人的画像,鼻子是红的,长期收藏,倒也没有使它褪色。

"这件事过去的历史,"拉维尼娅小姐说道,"咱们就不说了。我们那可怜的兄弟弗朗西斯一死,就全了结了。"

"我们的兄弟弗朗西斯生前,我们跟他来往不多,"克拉丽莎小姐说道,"不过我们之间倒也没有什么严重的分歧或不和。弗朗西斯走了他的路,我们走了我们的路。我们觉得这样会增进各方的幸福,我们就这样做了。"

这姐妹二人都是往前探着身子说话的,说完了话摇摇头,不说了,就又坐直了身子。克拉丽莎的胳膊从来是一动不动。

她有时候用手指在胳膊上演奏乐曲——我想那是小步舞曲和进行曲,但是她的胳膊从来不动。

"我们的兄弟弗朗西斯去世以后,侄女的地位,或者说预计她应有的地位,发生了很大的变化,"拉维尼娅小姐说道,"所以我们认为我们的兄弟关于她的地位的看法,也发生了变化。科波菲尔先生,我们没有理由怀疑,你这位年轻的先生品德优良,人格高尚,我们也没有理由怀疑你,或者说完全相信你,对我们的侄女是真心相爱的。"

我回答说,从来没有人像我爱朵拉这样爱另外一个人;平时我一有机会也总是这么说的。特拉德也在一旁帮腔,含含糊糊地说了些什么,以证实我的话。

拉维尼娅小姐正要说些什么,克拉丽莎小姐接了茬儿,她好像总想提起她兄弟弗朗西斯。

"朵拉的妈妈,"她说,"和我们的弟弟弗朗西斯结婚的时候,要不是有一次她说饭桌上容不下家里这么多人,那就会对各方的幸福更为有利了。"

"克拉丽莎姐姐,"拉维尼娅小姐说道,"咱们现在也许不必再提这些事了。"

"拉维尼娅妹妹,"克拉丽莎小姐说道,"这和今天谈的问题有关。关于这个问题,这是你的领域,唯独你有发言权,我不干预。在这个领域里,我有发言权,而且有我的看法。朵拉的母亲和我们的弟弟弗朗西斯结婚的时候,要是事先把意图说清楚,对各方的幸福会有好处的。那样我们事先就会知道可能出现什么情况。我们就会说:'请你们什么时候也别邀请我们。'各种误解也就都会避免了。"

克拉丽莎小姐摇完了头之后,拉维尼娅小姐又接着说,这时候,她又透过眼镜,看了看我那封信。顺便说一下,这姐妹二人都长着又亮又圆不断眨巴的小眼睛,像鸟的眼睛一样。整个儿说来,她们也未尝不像鸟一样——她们的动作敏捷而突然,修饰起容貌来,动作不大,干净利落,像金丝鸟一样。

我刚才说了,拉维尼娅小姐接着说下去:

"科波菲尔先生,你请求我姐姐克拉丽莎和我本人允许你作为我们侄女答应了的求婚人前来访问。"

"要是我们的弟弟弗朗西斯,"克拉丽莎小姐又跳了出来——如果我能把这样温和的举动说成跳了出来的话——"曾表示愿意在他周围弥漫着民法博士协会的气氛,而且只要博士协会的气氛,我们有什么权利反对,又怎么会想到要反对呢? 不会的,我敢肯定。我们从来不想打搅任何人。不过何必不明说呢? 让我们的弟弟和他太太去跟他们交往的人在一起吧。让我和我妹妹拉维尼娅跟我们交往的人在一起吧。我希望我们自己能找到这样的人!"

这番话好像是冲着我和特拉德说的,我和特拉德就都说了点儿什么,作为回答。特拉德声音小,听不见。我想我自己说的是,这对有关各方都是非常光彩的。我这话是什么意思,我一点儿也不明白。

"拉维尼娅妹妹,"克拉丽莎小姐说道,这时她憋在心里的话已经都说出来了,"你接着说吧,亲爱的。"

拉维尼娅接着说下去:

"科波菲尔先生,我和我姐姐克拉丽莎非常仔细地考虑了你的来信,我们也不是只顾自己考虑,而没有最后把信拿给侄女看,并且跟她商量。我们毫不怀疑,你觉得你很爱她。"

"觉得,小姐,"我非常激动地说,"哦! ……"

但是克拉丽莎小姐看了我一眼（真像一只敏捷的金丝鸟），意思是叫我不要打断那神圣的教诲，因此我就道了歉。

"爱情，"拉维尼娅小姐说着朝她姐姐看了一眼，希望她配合，她也就配合着在每个短句后面点一点头，"成熟的爱情、敬意和忠诚，是不轻易表露出来的。它的声音是低的。它是谦逊的，幽雅的。它处于隐蔽状态，耐心等待。这才是成熟的果实。有时候，一生的时间都溜走了，而它却仍在荫蔽的地方，有待于成熟。"

当时我当然不知道这番话原来说的是她本人跟那伤心难过的皮杰假定有过的一段经历。但是克拉丽莎小姐点头的时候显得心情沉重，我从这里就看出，这些话的分量是很重的。

"很年轻的人那种轻浮的感情——我这样说，是跟上面所说的那种感情相比——就是尘土，与岩石相比，它就是尘土，"拉维尼娅小姐接着说道，"就是因为很难知道这种感情能不能持久，或者说有没有真正的基础，我姐姐克拉丽莎和我本人一直拿不定主意，不知如何是好，科波菲尔先生和……"

"特拉德。"我的朋友发现人家在看他，就说。

"对不起。我想是在内殿吧？"拉维尼娅又看了看我的信，说道。

特拉德说："正是。"脸也变得通红。

到这时候为止，我虽然还没有明显地受到鼓励，却觉得仿佛看到这两位个子不大的小姐，尤其是拉维尼娅小姐，对于这件新的成熟了的家庭问题产生了强烈的兴趣，决定充分加以利用，打算对它抚摸玩弄一番，使我感到颇有一线光明的希望。我觉得我已经看出，如果让拉维尼娅小姐为我和朵拉这样一对年轻的情侣作安排，她会感到不同寻常的满意；克拉丽莎小姐看到她为我们作安排,而且随她兴致所至在这个问题和她有关的方面不时地插进来发表意见,也会同样感到满意。这样,我就有了勇气,以最强烈的感情说明我爱朵拉,比我能用言语表达的感情更深,比任何人能够相信的程度更深;我说我的朋友都知道我多么爱她;我说我姨奶奶、艾妮斯、特拉德以及每一个认识我的人,都知道我多么爱她,我爱得多么认真。为了证实这一点,我求助于特拉德。特拉德就像投身于一场议会辩论一样开了腔,表现得实在突出。他以适当的、坦诚的言词,以朴素的、合乎情理的、实实在在的态度证实了我说的话,显然给人留下了有利的印象。

"如果我可以冒昧地说一句话,我在这一方面多少还是有点儿经验的,"特拉德说道,"因为我本人已经和一位年轻小姐订了婚——她姊妹十个,住在德文郡——目前我还看不出我们的婚约有中止的可能。"

"你也许能证实我刚才的话,特拉德先生,"拉维尼娅小姐说道,她显然是对特拉德产生了兴趣,"爱情是谦逊的、幽雅的;是耐心等待的,对不对?"

"太对啦,小姐。"特拉德说道。

克拉丽莎小姐看了看拉维尼娅小姐,严肃地摇了摇头。拉维尼娅小姐看了看克拉丽莎小姐,明白她的意思,轻轻地长叹了一口气。

"拉维尼娅妹妹。"克拉丽莎小姐说道,"快拿我的小瓶儿闻一闻吧。"

拉维尼娅小姐闻了几下香醋,恢复了精神——我和特拉德一直以极为关切的心情在一旁看着,后来拉维尼娅小姐又有气无力地继续说道:

"我本人和我姐姐一直非常犹豫,特拉德先生,不知道对于非常年轻的人,他们互相爱慕,或者在想象之中互相爱慕,我们应该怎么办。我说的年轻人,包括你的朋友科波菲尔先生和我们的侄女。"

"就是我们的兄弟弗朗西斯的孩子,"克拉丽莎小姐说道,"我们的兄弟弗朗西斯的太太毫无疑问有权觉得怎么样合适就怎么干,但是她生前要是觉得请亲戚到家里去吃饭没有什么不便,我们现在就会对我们兄弟弗朗西斯的孩子了解得更多一点儿了。拉维尼娅妹妹,你接着说吧。"

拉维尼娅小姐把我那封信转了一下,把天头冲着她自己,透过眼镜看她在天头上写的整整齐齐的几个要点。

"我们觉得,特拉德先生,"她说,"为了慎重起见,我们要把他们这种感情亲自考察一番。眼下我们对他们的感情一无所知,而且也无法判断它们在多大程度上是真实的。所以,到现在为止,我们准备接受科波菲尔先生的提议,同意他到这里来访问。"

"亲爱的二位小姐,"我本来提心吊胆,现在从这一沉重的包袱下解脱出来,说道,"我永远忘不了你们的恩典!"

"但是,"拉维尼娅小姐继续说道,"但是目前,特拉德先生,我们要把他的访问看做对我们的访问。我们不能承认科波菲尔先生和我们的侄女已经正式订婚,直到我们有机会……"

"直到你有机会,拉维尼娅妹妹。"克拉丽莎小姐说道。

"那也行,"拉维尼娅小姐叹了一口气,同意了姐姐的意见,"直到我有机会对他们进行观察。"

"科波菲尔,"特拉德冲着我说,"我想你一定觉得这个要求别提多么合理,多么体贴了。"

"是啊!"我说道,"我深深地意识到了这一点。"

"在现在这种情况下,我们也已经同意他只根据这一谅解前来访问,我们还必须请科波菲尔先生以人格担保,做出明确的保证,他和我们的侄女决不在我们不知道的情况下有任何来往,他对我们的侄女无论有什么计划,都必须事先提交给我们……"

"提交给你,拉维尼娅妹妹。"克拉丽莎小姐插言道。

"那也行,克拉丽莎!"拉维尼娅小姐顺其自然,表示同意,"提交给我,并取得我们的同意。我们必须把这作为一条最明确、最严肃的规定,在任何情况下都不得违反。我们之所以希望科波菲尔先生今天由一位密友陪同前来,"她说到这里,朝特拉德微微点了点头,特拉德朝她鞠了一躬,"就是为了在这个问题上不至于产生任何怀疑或者误解。如果科波菲尔先生,或者说如果你特拉德先生,还有任何犹豫的地方,不能做出这样的许诺,那就请你们再花点儿时间考虑考虑吧。"

我当时处于极为兴奋的状态,马上宣布连一分钟的考虑都不需要了。我怀着极其激动的心情,做出了她们要我做的许诺,请特拉德做见证人,还谴责我自己,如果我在遵守诺言方面有丝毫的动摇,我就是一个十恶不赦的坏人。

"且慢!"拉维尼娅小姐抬起手来说道,"在我们荣幸地接待你们两位先生之前,我们就决定了,要让你们单独待一刻钟,再考虑考虑这一点。现在我们回避一下。"

我再说不需要考虑,也无济于事了,她们坚持要回避刚才说的那么一段时间。于是,这两只小鸟大模大样地蹦跶出去了,剩下我在屋里接受特拉德的祝贺,同时也觉得好像自己进

入了无限幸福的境界。一刻钟一过,她们准时回来,那大模大样的神气,跟出去的时候完全一样。她们出去的时候,她们的衣服窸窣作响,好像是用秋叶做成的,回来的时候,依然窸窣作响。

我又一次接受了她们提出的条件。

"克拉丽莎姐姐,"拉维尼娅小姐说道,"下面你接着说吧。"

克拉丽莎小姐第一次把交叉的胳膊伸开,接过我那封信,看了看天头上写的要点。

"如果科波菲尔先生方便的话,"克拉丽莎小姐说道,"我们愿意请他每个星期天来吃晚饭。时间是三点钟。"

我鞠了一个躬。

"在一周中间,"克拉丽莎小姐说道,"我们愿意请科波菲尔先生来吃茶点。时间是六点半钟。"

我又鞠了一个躬。

"一星期两次,"克拉丽莎小姐说道,"按规矩,不能再勤了。"

我又鞠了一个躬。

"特洛乌德小姐,"克拉丽莎小姐说道,"科波菲尔先生在信中提到过她,她或许也会来访问我们。只要访问能促进各方的幸福,我们就欢迎别人来访,我们也会回访。要是考虑到各方的幸福,不应当进行访问(比如我们的兄弟弗朗西斯和他那一家子就是这样),情况就不同了。"

我含蓄地表示,我姨奶奶若与她们结识,会感到很荣幸,也很愉快——不过,我必须承认,她们在一起是不是处得来,我没有多少把握。条件既然已经谈妥,我就以最热情的态度向她们表示感谢,先拉住克拉丽莎小姐的手,又拉住拉维尼娅小姐的手,而且先后把她们的手凑到了我的唇边。

拉维尼娅小姐接着就站起身来,请特拉德先生允许我们离开一会儿,就让我跟着她走。我跟着她走了,一边走,一边浑身发抖,后来就来到了另一间屋里。我在这里看到了我那亲爱的宝贝儿,她两手捂着耳朵,待在门后边,可爱的小脸儿冲着墙;吉卜待在温盘子的箱子①里,头上缠着一条毛巾。

哦!她穿着黑色长裙,显得多么漂亮呀,起初哭得多么伤心,说什么也不肯从门后边走出来!后来她终于出来了,我们彼此多么相爱呀;等我把吉卜从温盘子的箱子里抱出来,让它重新回到亮处,它一个劲儿地打嚏喷,不过我们三个总算又团聚了。这时候,我简直是心花怒放了!

"我最亲爱的朵拉!现在你可真的永远是我的了!"

"哦,别这么说!"朵拉央告道,"我求求你!"

"难道你不永远是我的吗,朵拉?"

"哦,当然是的!"朵拉大声说道,"可是我多么害怕呀!"

"害怕吗,我的亲人?"

"哦,是的!我不喜欢他,"朵拉说道,"他怎么不走呢?"

"谁呀,我的命根儿?"

"你的朋友呀,"朵拉说道,"这件事跟他没关系。他一定是个大傻瓜!"

"亲爱的(她一撒娇,比什么都厉害),他可是个大好人哪!"

"哦,不过我们可不需要什么大好人呀!"朵拉噘着嘴

---

① 盘子加温后再用,饭菜不容易凉。

说道。

"亲爱的!"我争辩道,"你很快就会跟他熟了,就会特别喜欢他的。我姨奶奶很快也要上这儿来,你认识她以后,也会特别喜欢她的。"

"别,请别带她上这儿来!"朵拉说着显出害怕的样子,她轻轻地吻了我一下,还把两手合了起来,"别来。我知道她是个爱捉弄人的可恶的老东西! 别让她上这儿来,都第!"她故意把"大卫"说成"都第"。

如此看来,劝说是没有用的,于是我就笑了起来,对她赞美了一番,饱尝着爱情的幸福。她让我看吉卜新学的把戏,它能在墙角里用后腿站着——它大概站了一刹那,也就下来了——要不是拉维尼娅小姐进来把我带走,我真不知道要在那儿待多长时间,把特拉德完全忘记了。拉维尼娅小姐非常喜欢朵拉(她告诉我,她在朵拉这年纪的时候跟朵拉一模一样——她一定发生了很大的变化),对待朵拉就像对待玩具娃娃一样。我动员朵拉出来见见特拉德。可是她一听,就跑回自己屋里去,还把门锁起来了。我只好把她丢下,又见到特拉德,轻飘飘地跟他一起走了。

"没有比这更令人满意的事了,"特拉德说道,"我觉得她们都是和蔼可亲的老小姐。科波菲尔,你要是比我早结婚好几年,我一点儿也不会感到惊讶。"

"你那位索菲会不会什么乐器,特拉德?"我怀着骄傲的心情问道。

"她会弹钢琴,教她的小妹妹还可以。"特拉德说。

"她会唱歌吗?"我问道。

"哦,有时候唱点儿民谣,是在大家情绪低沉的时候,提提他们的精神，"特拉德说道，"没有严格的训练。"

"不会边弹吉他边唱吗?"我说道。

"哎哟，那可做不到!"特拉德说道。

"会画画儿吗?"

"一点儿也不会。"特拉德说道。

我答应特拉德，一定让他听到朵拉唱歌，还要看看她画的花卉。他说他一定会很高兴。我们俩挽着胳膊，兴致勃勃地往家走。一路上，我引着他谈谈索菲的情况，他谈的时候带着一种又疼爱又依赖的心情，使我羡慕不已。我在心里拿索菲跟朵拉相比，感到非常满意，不过我坦率地承认，索菲这姑娘跟特拉德也是极其般配的。

回到家里，我当然马上就向姨奶奶通报了这次见面的胜利成果，以及见面过程中，说了些什么，做了些什么。她见我这么高兴，也很高兴，并且答应抓紧时间去看望朵拉的两位姑姑。但是那天晚上，在我给艾妮斯写信的时候，她在我们住的几间屋里走来走去，我还以为她要走到大天亮呢。

我写给艾妮斯的是一封热情表示感谢的信，述说了我根据她的意见去做，所取得的良好效果。邮车回来的时候，带来了她的回信。她的信是乐观的，认真的，愉快的。从那以后，她一直是愉快的。

现在我要做的事情就更多了。考虑到我每天要到海格特去，普特尼就显得很远了;我当然想到那儿去，越勤越好。原来说的吃茶点的事无法做到，我就跟拉维尼娅小姐商定，允许我每个星期六下午前去访问，但这不影响我星期天访问的权利。所以每个周末，对我说来都是一段美好的时光;在其余的时间里，我就盼望周末的到来。

我姨奶奶和朵拉的两位姑姑,总的说来,相处得比我预料的更为融洽,看到这种情况,我松了一口气,而且高兴极了。那次见面之后,没过几天,姨奶奶就实现了她的诺言,前去访问了;又过了几天,朵拉的姑姑也郑重其事地进行了回访。随后双方还进行了类似的更为亲切的互访,通常是三四个星期一次。我知道,姨奶奶全然不顾坐马车多么威风,而是步行去普特尼,而且去的时间也不寻常,比如刚刚吃过早饭,或者就在吃茶点之前,还有她戴小帽儿,也是怎样戴着舒服就怎样戴,完全不考虑人们戴帽子有些什么讲究,这一切都使得朵拉的两位姑姑大为沮丧。不过朵拉的姑姑很快就一致认为我姨奶奶是个脾气古怪、略带男性气质的女人,偏重理智。虽然有时候姨奶奶在关于礼节方面谈了一些离经叛道的看法,因而使得朵拉的姑姑感到不快。她还是太爱我了,不得不在一些小事上克服自己的古怪脾气,以求融洽。

　　在我们互相交往的这个小圈子里,只有一个成员坚决不肯随大溜儿,那就是吉卜。它一见我姨奶奶,马上就龇牙咧嘴,钻到椅子底下,不停地发出咕噜咕噜的声音,有时候还不满地大吼一声,好像它在感情上实在容不得我姨奶奶。为了治它,各种办法都用到了——哄、骂、打,把它带到白金汉街(它一到那里,就朝着那两只猫冲过去,在场的人都吓坏了),但是它始终改不过来,不肯和我姨奶奶在一起。有时候,他觉得反感小一点儿,有几分钟的工夫是温和的,可是过一会儿,就又撅起它那扁平的鼻子,一个劲儿地吼,没办法,只好把它的眼睛捂起来,把它放到温盘子的箱子里。最后,朵拉一听见通报说我姨奶奶到了门口,总要把它的嘴用毛巾包起来,把它关到那箱子里去。

我们这样清静下来之后,有一件事使我感到非常担心。那就是大家好像一致把朵拉看做一件漂亮玩具或玩意儿。我姨奶奶,她逐渐也熟了,总是叫她小花。拉维尼娅小姐伺候她,替她卷头发,给她做装饰品,把她当宠儿来对待,引以为乐。拉维尼娅小姐怎么做,她姐姐当然也怎么做。看来她们对待朵拉,很像朵拉对待吉卜,我觉得很怪。

于是我下决心跟朵拉谈谈这件事。有一天,我们在外边散步(因为过了不久,我们就得到了拉维尼娅小姐的允许,可以单独出去散步了),我对她说,希望她让那些人别这样对待她。

"因为你知道,亲爱的,"我规劝道,"你不是个孩子呀。"

"哎哟!"朵拉说道,"你这是要发火儿呀!"

"我发火儿,亲爱的?"

"我觉得她们对我都挺好的,"朵拉说道,"我也生活得很快活。"

"哦!不过,我最亲爱的命根子,你可以既生活得很快活,又让人家正常地对待你呀。"

朵拉以责备的目光看了我一眼——那样子好看极了!——接着就抽抽搭搭地哭起来,还说,我要是不喜欢她,为什么还要急着跟她订婚呢?我要是觉得她难以忍受,为什么不马上就走呢?

这么一来,我除了吻她,为她把泪水吻干净,告诉她,我多么痴心爱她,还有什么法子呢?

"我觉得我是非常爱你的,"朵拉说道,"你不应当对我发狠呀,都第!"

"对你发狠,亲爱的宝贝儿!你这么说,真像是我会——

我竟然能够——对你发狠啊！"

"那么，你只要不对我挑剔，"朵拉说着，把嘴做成一个玫瑰花骨朵的样子，"我就会很好的。"

过了一会儿，她主动向我要我有一次提到的烹调书，还让我教她怎样记账，这也是我过去答应过的，这使我大为高兴。我下一次去看她的时候，就把书带去了（事先我找人把书装订得很漂亮，让它显得不那么枯燥，更有吸引力）。我们在公墓散步的时候，我就把姨奶奶的一本旧账本儿拿给她看，还给了她一套记事牌儿，一个很好看的小铅笔盒，一小盒铅条，让她学着管家。

但是那本烹调书使得朵拉感到头痛，数字也把她难为得哭起来。她说，那些数字怎么也加不起来，于是她就把数字通通擦掉，改画一把把的小花，还有我和吉卜的肖像，卡片上全都画满了。

后来，星期天下午出去散步的时候，我就以开玩笑的口气给她布置家庭生活方面的任务。比方说，我们有时从肉店门口经过，我就说：

"我的小乖乖，现在假定我们结了婚了，你要去买一块羊前腿肉来做晚饭，你知道怎么买吗？"

我那漂亮的小朵拉就把脸一沉，又把嘴弄成花骨朵的样子，好像她很想吻我一下，把我的嘴封住。

"你知道怎么买吗，亲爱的？"我要是想坚持一下，也许就再问她一遍。

朵拉就想一想，也许兴高采烈地说：

"有啦，那卖肉的该知道怎么卖吧，我有什么需要知道的？哦，你这个傻小子！"

还有一次，我一边瞅着那本烹调书，一边问朵拉，假如我们结了婚了，我说我想吃一顿美味的爱尔兰炖菜，她怎么办呢，她说，那她就吩咐仆人做去就是了。接着就把两只小手一拍，挽住我的胳膊，笑得那么迷人，从来没有显得这样好看。

结果，那本烹调书的主要用途就是放在墙角里，让吉卜站在上面。不过使得朵拉最为高兴的是她已经把吉卜训练得能在上面站住，而且不想下来，同时嘴里叼着铅笔盒，我真为买了这本书而高兴。

我们就靠那吉他琴盒、那花卉绘画、那跳舞不停塔拉拉的歌曲，一个星期有多长，我们就有多快活。我有时想冒昧地向拉维尼娅小姐暗示一下，指出她对待我的心上人太像对待一个玩物；有时候，我醒来，实在感到惊讶，因为我发现我也随波逐流，也把她当成玩物来对待了——幸亏不常这样。

第四十二章 搞 鬼

虽然这份稿子并不是写给别人看的,我也觉得似乎不应该记录我怎样感到要对朵拉和她两个姑姑负责,努力练习那艰难的速记技巧,并且精益求精。我已经记述了我在这段生活中表现出来的毅力,记述了在我身上日渐成熟的一种耐心而持久的精力,如果说它有什么力量的话,我知道它是我性格中有力的部分。除此以外,我只想补充一点,那就是回顾过去,我在那里看到了我成功的源泉。在物质生活方面,我是比较幸运的——许多人比我刻苦得多,取得的成绩却比我差远了——但是我如果没有养成做事准时、有条不紊、勤勤恳恳的习惯,如果没有任凭别的事接踵而来,也要在一段时间里集中精力做一件事的决心,我也不可能做我已经做到的事情。上帝知道,我写这些事,绝不是自我吹嘘。一个人回顾自己的历史,像我现在这样一页一页地回顾,要想避免痛苦地后悔没有很好地发挥自己的才干,错过了很多机会,各种浮动的杂念不断在心中交锋,并且战胜了他,这个人可必须得是个好人。我的天赋,我敢说,没有哪一点我没有拼命加以利用。我的意思不过是,我在生活中无论要做什么事,我都一心一意去把它做好;我无论从事什么事,我就完全投身于这件事;事无巨细,我都认真对待,毫不含糊。我从不相信天生的才干或者提高的能力竟然能不辅之以沉着、朴实、勤恳等项品质，而能达到自己的目的。当今世界，这样达到目的的事儿是没有的。一定的聪明才智和一定的机遇，也许会构成梯子两边的支架，供某些人往上爬，但是梯子的横梁必须是耐磨的材料，但是除了真正彻底、热情与认真以外，别的东西是无法代替的。凡是我能全身投入的事情，决不只伸一只手，无论做什么事，都不采取轻率的态度，现在我发现，当时这就是我的金科玉律。

我刚才把我的所作所为归结成了信条，我的作为在多大程度上应当归功于艾妮斯，我在这里就不重复了。下面我怀着感激与疼爱的心情说一说艾妮斯的事。

艾妮斯到博士家来做客，准备住上两个星期。威克菲尔先生是博士的老朋友，博士想跟他聊聊，做点儿对他有益的事。艾妮斯上次进城来，就谈过这件事，这次访问就是那次谈话的结果。她是跟父亲一起来的。有一件事，我并不感到十分意外：我听艾妮斯说，她答应在附近给希普太太找个住的地方，因为希普太太有关节炎，需要换换环境，要是能跟这些人在一起，她可就太高兴了。还有一件事，我也不感到意外：就在第二天，尤利亚很像个孝顺儿子的样子，就把母亲大人送了过来。

"你看，科波菲尔少爷，"尤利亚非要陪我在博士的花园里散步，边走边说，"一个人要是爱上了一个人，就会有点忌妒——至少是很想密切注视他所爱的人。"

"你现在忌妒谁呢？"我说。

"因为你的关系，科波菲尔少爷，"他答道，"眼下没有嫉妒任何人——至少没有嫉妒哪个男人。"

"难道你在忌妒一个女人吗？"

他用他那恶毒的红眼睛斜看了我一眼，接着就笑了。

"说真的，科波菲尔少爷，"他说，"——我应该说先生，不过我知道，你会原谅我这个习惯的——你可真会启发，就像用启瓶塞儿的起子一样，把我的话都套出来了！唉！不瞒你说，"他说着，把他那鱼一样的手搭在了我的手上，"我这个人，一般说来，不爱向女人献殷勤，先生，过去我也从来不向斯特朗太太献殷勤。"

这时候，他的眼睛变成了绿色，他以一副无赖的狡诈眼神盯着我的眼睛。

"你这是什么意思？"我说。

"唉，虽然我是个律师，科波菲尔少爷，"他似笑非笑地答道，"眼下我说的就是我的意思。"

"你那样看我又是什么意思？"我温和地顶了他一句。

"那样看你？哎呀，科波菲尔，你的眼睛可真尖呀！我那样看你是什么意思？"

"是啊，"我说，"你那样看我。"

他一听这话，好像觉得很有意思，就哈哈大笑起来，仿佛这是他的天性。他用手摸了一阵子下巴，眼睛朝下看着，继续说道（这时他依然慢腾腾地摸着下巴）：

"我当时不过是个卑贱的文书，她总看不起我。她老让我的艾妮斯在她家里进进出出，对你也那么好，科波菲尔少爷；可是我本人在她眼里就是地位低下，不屑一顾了。"

"唉，"我说道，"即便是那样，又怎么啦？"

"他也认为我地位低下。"尤利亚以沉思的语气清清楚楚地说道，一边仍旧摸着下巴。

"你难道还不了解博士，"我说道，"竟能认为你不在他面前的时候,他还会觉得你的存在吗?”

他又斜眼看了看我,把下巴伸得特别长,便于抓挠,接着说道:

“哎呀,我指的可不是博士呀!哦,不是那个可怜的人!我指的是马尔登先生!”

我一听这话,心都不跳了。关于这件事,过去我一直存在着疑虑与担心,博士有没有幸福与安宁,有嫌疑的和没嫌疑的混杂在一起,我始终理不出个头绪,现在我一下子全看清了,原来都在这家伙的掌握之中,任他摆布。

“他只要一到事务所来,就要对我发号施令,把我推来推去,”尤利亚说,“他算得上一名文雅绅士!我当时非常顺从,非常卑贱——现在也是这样。不过我当时实在不喜欢他对我的态度——现在也不喜欢!”

他不再抓挠下巴了,他把两个腮帮子往里一嗫,好像在里面贴到一起了,同时一直斜眼看着我。

“她算得上一个漂亮女人,真的,”他接着说道,这时他的脸渐渐恢复了正常的样子,“对我这样的人,是不肯友好相待的,这我是知道的。她这样的人会把我的艾妮斯搞得眼光很高。我可不是那种好向女人献殷勤的人,科波菲尔少爷,不过很久以来,我头上也是长着眼睛的。我们卑贱的人大都长着眼睛,长着眼睛就要看东西。”

我尽量显出没有反应、无动于衷的样子,但是,从他脸上的表情来看,我没有做到。

“我可不能受人欺负,科波菲尔,”他接着说下去,这时他把脸上要是长眉毛,会长红眉毛的地方耸了耸,显出又恶毒,又得意的样子,“而且我要尽一切努力结束这种交往。我不赞成这种交往。我不妨坦率地告诉你,我这个人心胸狭窄,容不得别人来插足。只要我觉察到了,我就不冒受人算计的风险。"

"我想,你老算计人,所以误以为别人也都一样算计人。"我说道。

"也许是这样,科波菲尔少爷,"他答道,"不过我是有动机的,过去跟我合作的人就常这么说,而且我是全力以赴的。我是个卑贱的人,你可别把我惹急了。我决不让别人挡住我的去路。说真的,他们非下车不可,科波菲尔少爷!"

"我不明白你的意思。"我说。

"真的吗?"他说着,扭了扭身子,这是他的习惯动作,"科波菲尔少爷,这就让我吃惊了,你平常反应很快嘛!以后有空儿我再跟你说吧。先生,这是马尔登先生骑着马来了,在门口儿拉铃吧?"

"看来是他。"我尽量若无其事地答道。

尤利亚突然停住脚步,把两手放在两个骨节特别大的膝盖中间,笑得直不起腰来——不过他那笑法是绝对不出声的。无论什么声音都逃不过他的耳朵。他这场丑恶的表演,特别是最后这举动,实在叫我恶心,我连招呼也没打,就走开了,把他晾在花园中间,弯着腰,活像一个没有支撑的稻草人。

我记得很清楚,不是那天晚上,是第三天晚上,那是个星期六,我陪着艾妮斯去看朵拉。这是我事先跟拉维尼娅小姐安排好了的,她等待着艾妮斯来喝茶。

我心里七上八下,又感到骄傲,又觉得不安——骄傲的是我有这样一个可爱的小未婚妻,不安的是不知道艾妮斯会不会喜欢她。在去普特尼的路上,艾妮斯坐在驿车里边,我坐在外边，我就不断回忆朵拉的漂亮形象，凡是我熟悉的，都想到了——一会儿决定，希望她就像某一次的那个样子，一会儿又犹豫起来，为什么不希望她就像在另一个场合的样子呢；就为了这件事，把自己折腾到几乎要得热病的地步。

无论什么样子，她都会很漂亮，这我是毫不怀疑的；不过没想到，这次她那么漂亮，我竟然从来没有看到过。我向她那两位小个子姑姑介绍艾妮斯的时候，她没在客厅里，而因为不好意思，躲起来了。现在我可知道上哪儿去找她了；果然一找就找到了。她还是捂着耳朵，在那扇年深日久黑黢黢的门后面待着哩。

起初朵拉不肯出来，后来她求我给她五分钟，让我给她看着表。等到最后她挽起我的胳膊，让我带她到客厅去的时候，她那迷人的小脸泛着红晕，从来没有显得这么好看；然而等到我们来到客厅，她的小脸又变白的时候，她就显得更漂亮了一万倍。

朵拉本来是怕艾妮斯的。她对我说过，她认为艾妮斯太"精明"。但是她一看艾妮斯那么高兴，那么认真，那么体贴，那么善良，就感到一阵惊喜，轻轻地叫唤了一声，接着就热情地搂住艾妮斯的脖子，天真地把脸贴到艾妮斯脸上。

我看着她们俩并排坐下，看着我的小宝贝儿那样无拘无束地抬头看着那双热情的眼睛，看着艾妮斯给予她温柔而善意的关怀，心中感到从未有过的幸福，从未有过的喜悦。

拉维尼娅小姐和克拉丽莎小姐也以她们的方式分享了我的愉快。这是世界上最美好的一次茶会。克拉丽莎小姐是主持人。我把香甜的瓜子蛋糕切开，分给大家——老姐俩像一对小鸟，兴致勃勃地啄那蛋糕上的瓜子和糖。拉维尼娅和颜悦色地看着晚辈,好像我们幸福的爱情都是她的功劳。我们都感到心满意足,彼此之间,也都极为满意。

艾妮斯那温柔而愉快的情绪感染着每一个人的心。她对朵拉感兴趣的东西,都不声不响地表示感兴趣;她跟吉卜交朋友,吉卜马上响应;她看到朵拉不好意思像平时那样过来坐在我身旁,这时她的态度叫人感到愉快;她的举止谦逊,优美,自然,使得朵拉红着脸说出了一大堆心里话——这一切,使得我们这个聚会完美无缺。

“我真高兴,”吃过茶点之后,朵拉说道,“你喜欢我。原来我还怕你不喜欢我呢。朱莉娅·米尔斯走了,我从来没有像现在这样需要人喜欢我。”

顺便提一下,我忘了说了。米尔斯小姐上船走了,我和朵拉到格雷夫森,登上一艘名叫东印度人的大船去送她。我们一起吃午饭,吃的是糖姜、番石榴之类的美味。临别的时候,米尔斯小姐坐在后甲板的马扎上哭,胳膊底下夹着一本又新又大的日记本,准备把观察海洋而产生的奇异想法秘密地记录下来。

艾妮斯说,她觉得我一定把她说成是个没出息的人了。朵拉一听这话,马上做了纠正。

“哦,没有!”她说着朝我摆了摆她的鬈发,“光夸你呢。他那么看重你的意见,我都觉着害怕了。”

“他认识的人,我说好,也不能使他爱得更深了,”艾妮斯笑着说道,“我的话,是无足轻重的。”

“不过你要是肯说,”朵拉央求道,“我是愿意听的。”

我们拿朵拉开玩笑,笑她愿意有人喜欢她,朵拉就骂我是笨鹅,还说她反正不喜欢我。一晚上的时光好像长了透明的翅膀,一会儿的工夫就过去了。再过一会儿,驿车就要来招呼我们了。我独自一个站在壁炉前,朵拉蹑手蹑脚地走了进来,为的是在我临走以前,像往常一样轻轻地给我珍贵的一吻。

"我要是很久以前就跟她交上了朋友,都第,"朵拉说道,她那明亮的眼睛发出了明亮的光芒,她那娇小的右手不停地摸弄我上衣上的一只纽扣,"你是不是觉得我也许会更聪明一些?"

"亲爱的!"我说,"净说傻话!"

"你觉得这是傻话吗?"朵拉看也没看我,回答道,"你能肯定吗?"

"当然肯定!"

"我不记得了,"朵拉说道,她还在摸弄那只纽扣,"艾妮斯和你是什么关系呀,你这个小淘气。"

"没有血缘关系,"我答道,"不过我们是一起长大的,像兄妹一样。"

"不知道你怎么会爱上我?"朵拉说着,摸弄起我上衣上的另外一只纽扣。

"也许是因为我见到你就不能不爱你,朵拉!"

"假定你根本没有见过我。"朵拉说着,又摸弄起另外一只纽扣。

"假定咱们根本没有出生吧!"我愉快地说道。

我感到纳闷,不知道她心里是怎么想的。我怀着疼爱的心情,静静地看着她那柔软的小手顺着我上衣的一溜扣子往上移动,看着她靠在我胸前的团团鬈发,看着她低头下视的两眼的睫毛随着那无意识地向上移动的手指微微抬起。后来她终于抬起眼睛看着我,比平时更显得心事重重的样子,踮着脚

797

尖儿，轻轻地给我那珍贵的一吻——一下，两下，三下——接着就走了出去。

过了五分钟，她们又一块儿回来了。这时候，朵拉那不同寻常的心事重重的样子已经完全消失了。趁着驿车还没到，她笑着非叫吉卜把它会的全部把戏表演一遍。这样一来，就花了不少时间（倒不是因为花样太多，主要是因为吉卜不肯干），听着驿车到了门外，它还没表演完。艾妮斯和朵拉匆匆而热情地告了别，她们约定，朵拉要给艾妮斯写信（她说艾妮斯可不能嫌她的信写得无聊），艾妮斯也要给朵拉写信，接着她们在驿车门旁第二次告别，后来还有第三次告别，朵拉不顾拉维尼娅小姐阻拦，又一次跑出来，在驿车窗口提醒艾妮斯，叫她别忘了写信，还向坐在车把式旁边的我摆了摆她的鬈发。

车把式叫我们在科文特加登附近下车，换乘去海格特的驿车。换车的时候，要走一小段路，我就急于听艾妮斯怎样向我夸奖朵拉。哦！那夸奖的话多好听呀！她多么慈爱多么热切地嘱咐我，叫我最大限度地细心照料我已赢得的小美人儿，她充分表现出了朴实可爱的品质。她多么认真地提醒我，但又不想让我明显地感觉，我对这个失去父母的孩子负有多么大的责任。

我爱朵拉，从来没有像那天晚上爱得那样深，那样纯真。我和艾妮斯第二次下车以后，在月光下顺着那条寂静的路向博士的家走去，我对艾妮斯说，这都是她的功劳。

"你坐在她身旁的时候，"我说，"你好像不光是保护我的天使，也是保护她的天使；你现在看上去也是这样，艾妮斯。"

"是一个可怜的天使，"她答道，"然而是一个忠实的天使。"

她那清脆的声音打动了我的心，使我不由自主地说道：

"你原来那种愉快的情绪（我从来没看见别人有过），艾妮斯，我今天看得出来，已经完全恢复了，我开始希望你在家里也快活些了。"

"我心里是快活些了，"她说道，"我感到非常轻松愉快。"

我看了一眼她那恬静的向上望着的脸，觉得是天上的星星把她的脸照得那样高雅。

"家里没有什么变化。"过了一会儿，艾妮斯说道。

"没有再提到，"我说，"——我不想让你伤心，艾妮斯，不过我还是忍不住要问——提到我们上次分手的时候谈的那件事吗？"

"没有，没有提到过。"她答道。

"我可想了很多。"

"你可千万别想那么多了。你记得吧，我最终信赖纯朴的爱情和真诚。你不用为我担心，特洛乌德，"她停了一下，又接着说道，"你怕我走的那一步，我是永远不会走的。"

虽然冷静地想一想，我并没有真正担心过，听她亲口这样真诚地保证，我仍然觉得松了一口气，有说不出的痛快。我认真地把我的感受告诉了她。

"你们从这里回去以后，"我说，"——因为咱俩不一定再有机会单独在一起说话了——可能要过多少时间，亲爱的艾妮斯，你才能再到伦敦来？"

"恐怕要过很长时间，"她答道，"我想——为了爸爸——最好是留在家里。在相当一段时间里，咱们不可能经常见面。不过我会时常给朵拉写信，这样咱们就能不时地听到彼此的信息。"

这时候,我们已经来到博士房前的小院儿里。时候不早了。斯特朗太太屋子的窗口亮着灯。艾妮斯指了指那灯光,就向我告别了。

"不用为我们的不幸和困难而担心,"她说着把手伸了过来,"只有你们高兴,我才高兴。如果你能给我什么帮助的话,你放心好了,我一定会来找你的。愿上帝永远保护你!"

看着她的笑脸,听着她那愉快的声音,我好像又觉得我的小朵拉就在她身边。我站了一会儿,满怀疼爱与感激的心情,从门廊仰望星空,随后就慢慢走开了。我事先就在附近一家体面的酒店里订好了床位。我正要走出大门,偶然回头一望,看见博士书房里有灯光。我一想到博士在没有我帮忙的情况下,在那里搞他的字典,便有些内疚。为了看一看是不是这个情况,或者不管怎么说,他要是还坐在书堆里,也可以向他告别一声,我转身回去,轻轻地穿过走廊,慢慢地推开门,往里看。

在灯罩遮掩的暗淡灯光下,我首先看见的就是尤利亚,这使我吃了一惊。他站在灯旁,两只瘦骨嶙峋的手,一只贴在嘴上,一只靠在博士的书桌上。博士坐在书房的椅子上,两手捂着脸。威克菲尔先生痛苦而沮丧地弓着身子,犹犹豫豫地摸着博士的胳膊。

一刹那,我觉得博士病了。我带着这种印象朝前走了一步,这时候,我看到尤利亚的眼光,我就明白了。我本想退出来了,但是博士示意让我不要走,我就留了下来。

"不管怎么说,"尤利亚扭动了一下他那讨厌的身子,"咱们可以关起门来说话。用不着让全城的人都知道。"

他说着,踮着脚尖儿朝门口走去,因为我没有关门,他轻轻地把门关上了。然后他又走回来,站在原来的地方。他在言谈举止之中表现出一种怜悯的情绪,令人讨厌,至少我觉得他这种态度比他采取任何别的态度都更加叫人难以忍受。

"我觉得我有义不容辞的责任,科波菲尔少爷,"尤利亚说道,"告诉斯特朗博士我跟你谈过的事。不过你并没有完全理解我的意思吧?"

我看了他一眼,没有回答他的话。我走到善良的老教师面前,说了几句话,是想安慰安慰他,使他振作起来。他把手搭在我的肩膀上,在我小的时候,他就常这样做;但他没有抬起他那灰白的头。

"因为你不明白我的意思,科波菲尔少爷,"尤利亚仍旧以他那盛气凌人的态度说道,"这里又没有外人,我就要冒昧地指出,我已经请斯特朗博士注意斯特朗太太的行为了。请你相信,科波菲尔,我本不愿意参与这样不愉快的事情,不过事实上我们都牵涉进不应当发生的事情里了。这就是我的意思,先生,而你当时没有弄明白。"

回想起他以充满恶意的眼光看我的情景,我真纳闷当时怎么没抓住他的领子,摇得他灵魂出窍。

"我觉得我当时没有把话说清楚,"他接着说道,"你也没说清楚。咱俩都想回避这个问题,这是很自然的。不过我最后还是下定决心,有什么,说什么,而且我已经告诉斯特朗博士……你说话了吗,先生?"

他这是在问博士,因为博士发出了呻吟的声音。我觉得那声音会打动任何人的心,尤利亚听了却无动于衷。

"……已经告诉斯特朗博士,"他接着说下去,"谁都看得出来,马尔登先生和那个温柔可爱的女人,也就是斯特朗博士的妻子,相互之间过于亲密了。既然我们眼下都牵涉进不应当发生的事情中了,现在的确是时候了,应该告诉斯特朗博士,这件事,在马尔登先生去印度之前,大家就都看得很清楚了;马尔登先生找借口回来,没有别的原因;他一直待在这里,也没有别的原因。你进来的时候,先生,我正在说服我的伙伴儿,"他扭过头去看了他一眼,"让他以他的名誉担保,对斯特朗博士说,是不是很久以前就有这个看法了。——说吧,先生,威克菲尔先生! 你能不能费心告诉我们,有,还是没有,先生? 说呀,老伙伴儿!"

"看在上帝的分儿上,亲爱的博士,"威克菲尔先生说着,又犹犹豫豫地把手搭在博士的胳膊上,"我也许有过一些怀疑,不过你可别过多地放在心上。"

"你看!"尤利亚摇着头说道,"这样的证明,真令人扫兴! 是不是? 他,还是个老朋友呢! 哎呀! 当年我在他的事务所里当一名小文书,科波菲尔,不止一次见他坐立不安——非常烦恼,你知道(作为父亲,他这样也是理所当然的,反正我不责怪他),因为他以为艾妮斯小姐也牵涉进这件不应当发生的事情里了。"

"亲爱的斯特朗,"威克菲尔先生以颤抖的声音说道,"我的好朋友,我用不着对你说了,我有个老毛病,对任何人都爱找出他的主要动机,对任何行为都用一种狭隘的标准来检验。我也许就是因为这个毛病,产生了我有过的那种怀疑。"

"你怀疑过吗,威克菲尔?"博士连头也没抬,问道,"你怀疑过吗?"

"说呀,老伙伴儿。"尤利亚催促道。

"我一度肯定怀疑过,"威克菲尔先生说道,"我——祈求上帝饶恕我——我还以为当时你也怀疑呢。"

"没有,没有!"博士答道,语气极为悲伤。

"我一度认为,"威克菲尔先生说道,"你把马尔登送到国外去,目的是把他们拆开呢。"

"不是,不是!"博士答道,"我给安妮小时候的朋友安排一个生活出路,为的是让安妮感到高兴,没有别的目的。"

"我也看出了这个情况,"威克菲尔先生说道,"你告诉我这种情况的时候,我也并不怀疑。不过我觉得——请你记住我有个狭隘的标准,这是我怎么也改不掉的老毛病——我觉得在年龄相差这么大的情况下……"

"这话算是说对了,你看,科波菲尔少爷!"尤利亚以一种又讨好又讨厌的怜悯的语气说道。

"……一个女人,那么年轻,长得又那么诱人,无论她多么真诚地尊敬你,在婚姻方面,恐怕只受物质条件的支配。我可没有考虑许多感情和情况也许会给人以好的导向。请你千万记住这一点!"

"他说得多么好哇!"尤利亚摇着头说道。

"我总是从一个角度来看她,"威克菲尔先生说道,"——不过,老朋友,我求你一定要根据你疼爱的一切来考虑这是个什么问题——现在既然无法躲避……"

"是的!先生,事情到了这个地步,"尤利亚说道,"的确是没有办法躲避了,威克菲尔先生。"

"……我就不得不承认,我的确,"威克菲尔先生无可奈何,又心不在焉地看了他的伙伴一眼,说道,"我的确怀疑过她,认为她对你没有尽到她的责任。如果要把情况都说出来,我还要说,我有时候的确不愿意让艾妮斯跟她来往那么密切,看到我看到的情况,或者说看到我根据自己的不健康的理论自以为看到的情况。这话我从来没跟别人说过。我从来也没打算让别人知道。虽然你听了这话觉得难以忍受,"威克菲尔先生垂头丧气地说道,"你要是知道我说这话的时候感到多么难以忍受,你就会同情我了!"

博士伸出了手,充分表现出他心地善良。威克菲尔先生低着头,攥着他的手,攥了一会儿。

"我看,"尤利亚像康吉鳗鱼一样扭动着身子说道,打破了当时的寂静,"这对大家来说,都是一个不愉快的话题。不过事情既然已经到了这个地步,我还要冒昧地指出,科波菲尔也注意到了这个情况。"

我一听这话,转过脸去问他,怎么敢把我也扯上。

"哦!你这个问题问得太好了,科波菲尔,"尤利亚浑身扭动着答道,"我们都知道,你这个人性情和善;不过你可要知道,那天晚上我一提这件事,你就知道我的意思了。你知道,当时你是知道我的意思的,科波菲尔。你不要否认!即便你用心是好的,也不要否认了,科波菲尔。"

我看见年迈善良的博士把温和的眼光朝我转来,在我身上停了一会儿。我感到我脸上的表情就充分表明我承认过去有过怀疑,而且记得当时的情况,谁也不会看不出的。发火也没有用。我做过的事,要想不做是不可能的。无论我说什么,要想把说过的话收回,也是不可能的。

我们又陷入了沉默。过了一会儿,博士站起来,在屋里来回走了两三趟。接着他回到他坐的椅子后面,靠在椅子背上,不时地用手帕擦擦眼睛,表现出一种纯朴的真诚,我觉得这比装模作样更使他显得高尚。他说:

"这都怨我。我觉得这全都怨我。我心爱的一个人,我却让她去经受磨难,受人诽谤——即便是任何人内心深处的想法,我也称之为诽谤——要不是因为我,她决用不着去经受这一切。"

尤利亚·希普好像抽了抽鼻子——我想是表示同情吧。

"我的安妮,"博士说道,"要不是因为我,决用不着去经受这一切。先生们,你们都知道,我已经老了;今天晚上我觉得再活下去也没有多大的意思了。但是我要以我的生命——我的生命——来保证,这次谈话主要涉及的这位可爱的女人是忠诚的,是体面的!"

我认为,就连文人雅士崇拜妇女的典范,或画家画出的心目中最漂亮、最富浪漫色彩的人物,也不能比年迈朴实的博士说这番话的时候表现的庄重态度显得更生动感人了。

"不过我不准备否认,"他接着说道,"——说不定连我自己也没意识到,许久以来我已经在一定程度上准备承认——我可能不自觉地使这个女子掉进了不幸婚姻的陷阱。我这个人,不爱细心观察。我不得不相信,你们这些不同年龄不同地位的人进行观察,看法又这样一致(这也是很自然的),肯定比我看得清楚。"

我在前面说过,他以善良的态度对待自己年轻的妻子,常使我对他钦佩。但是在今天这个场合,他每次提到她的时候,显得又尊敬,又温柔。他拒不接受别人对她的人品提出丝毫怀疑的时候,几乎表现出崇敬的态度,这就使他在我眼里显得说不出的高大。

"我跟这个女子结婚的时候,"博士说道,"她非常年轻。我娶她的时候,她的性格还没有完全形成。如果说,她的性格

805

成熟了,那也是我给她形成的,我为此而感到高兴。我跟她父亲很熟,跟她也很熟。我尽我所能,教了她一些东西,因为我喜欢她那些优秀美好的品质。如果说,我有对不起她的地方——现在我觉得恐怕的确有对不起她的地方,因为我利用了她对我的感激和疼爱,但这不是我的本意——我诚心诚意地请求这个女子原谅我!"

他在屋里来回走了一趟,回到原地,抓住椅子,因为认真,他的两手和他那低沉的声音一样,也在颤抖。

"我以前觉得自己是她的一个庇护所,可以使她避免生活中的各种危险和波折。我自以为我们虽然年龄不相称,她跟着我,却可以平平静静心满意足地过日子。我也不是没考虑过,有朝一日,我离开了她,那时候她就解脱了。她依然年轻,依然漂亮,但她的思想却更加成熟了——先生们,我不是没考虑过,真的!"

他那平凡的形体,由于他的忠诚和大度,而增加了光彩。他所说的每一个字都铿锵有声,任何别的品德都不能赋予它这样的力量。

"我跟这个女子的生活是很幸福的。在今天晚上以前,我一直认为有理由为我非常对不起她的那一天而祝福。"

他的声音越来越无力,停了一会儿,他又接着说:

"我一生很可怜,从各方面看,都是在梦中度过的。一旦从梦中醒来,我就看到,她对和她年龄相当的昔日的伴侣有些悔恨的感情,这是多么自然的事。她对他有一些天真的悔恨之情,无可非议地想到假如没有我,会出现什么情况。我觉得这恐怕也是实际情况。在刚才这痛苦的一个钟头里,我过去视而不见的许多东西重新出现在我的眼前,而且有了新的含意。但是,先生们,除此以外,在提到那位可爱女子的名字的时候,就不要再有一丝一毫的怀疑了。"

有一会儿的工夫,他的眼睛炯炯有神,他的声音坚定有力;有一会儿的工夫,他又沉默不语。后来,他又像先前一样,接着说道:

"现在我知道了我造成的不幸,我只好乖乖地忍受这一切。应该抱怨的是她,而不是我。人们对她有误解,可怕的误解,就连我的朋友也未能避免,所以我有责任来加以澄清。我们越是过着隐居的生活,我就越容易澄清人们的误解。到了那一天——如果仁慈的上帝喜欢,我希望那一天早日到来——我一死,让她得到解脱的时候,我会怀着无限信任和宠爱的心情,看着她那体面的容颜,闭上我的眼睛,让她去过更幸福更美好的日子,而不感到悲伤。"

他真诚、善良,态度又极其纯朴,这几种品质相得益彰,感动得我热泪盈眶,看不清他的样子。他走到门口,又说道:

"先生们,我向你们表明了我的心迹。我相信,你们会尊重它。我们今晚说的话,以后永远不要再说了。威克菲尔,你是我的老朋友,扶我上楼去吧!"

威克菲尔先生连忙跑了过去。他们俩什么也没说,一起慢慢地走了出去。尤利亚从后面看着他们。

"哦,科波菲尔少爷!"尤利亚谦卑地朝我转过脸来,说道,"事情没有完全像预期的那样发生变化,因为这位老先生——他可真是个好人哪!——两眼一抹黑。不过我认为,这个家庭算是完蛋了!"

我一听他说话,就气得发了疯,在此以前,和在此以后,都没有气到这种程度。

"你这个恶棍,"我说,"你把我拉扯到你的阴谋诡计里干什么?你这个虚伪的坏蛋,刚才怎么竟敢那样跟我说话,好像咱们在一起议论过似的?"

我们面对面地站在那里,从他脸上暗喜的神情,我原来知道得很清楚的,现在也看得很清楚了。我的意思是,他强加于我,显得我跟他无话不谈,就是为了让我难堪,他在这件事情上故意给我制造了一个陷阱——这是我无法忍受的。他那张瘦脸就在我面前,我过去就是一巴掌,我用的力气很大,手指头就像烫伤了一样疼。

他一把抓住了我的手,我们僵持在那里,互相对看着。我们就这样站了好半天——这工夫长得足以让我看着我的手指在他那深红的腮帮子上留下的白印子渐渐消失,他的腮帮子显得更红了。

"科波菲尔,"最后,他上气不接下气地说道,"难道你丢失理智了吗?"

"我丢失的是,"我说着,把手抽了回来,"你这条狗,我再也不跟你来往了。"

"真的吗?"他说道,腮帮子痛得他不得不把手放上去,"恐怕这也由不得你吧。你这样做,是不是太不够义气了?"

"我多次向你表示,"我说道,"我鄙视你。现在我更清楚地向你表示,我鄙视你。我怎么会怕你对周围的人干坏事呢?除此以外,你还干什么呢?"

他完全知道我指的是我的顾虑,正是这些顾虑一直阻碍我跟他交往。我觉得,要不是那天晚上艾妮斯说让我放心,我是不会打他,也不会说出我的顾虑的。现在没有关系了。

我们又沉默了半天。他看着我,他那眼睛的颜色好像要多难看,有多难看。

"科波菲尔,"他说着,把手从腮帮子上放下来,"你一向跟我作对。我知道,你在威克菲尔先生家的时候,就一直是跟我作对的。"

"你爱怎么想,就怎么想吧。"我说道,仍然气得不得了。

"不过我一向是喜欢你的,科波菲尔!"他答道。

我拿着架子,不理他,刚拿起帽子,准备去睡觉,他拦住我,不让我出门。

"科波菲尔,"他说,"一只巴掌拍不响呀! 我可不想当另一只巴掌。"

"你见鬼去吧!"我说。

"别这么说呀!"他答道,"我知道,你以后会后悔的。你怎么这样发脾气? 这么一来,你比我可差远了。不过我可以原谅你。"

"你可以原谅我!"我以厌恶的语气重复了他的话。

"是的,而你却身不由己,"尤利亚答道,"你想想吧,你竟然打了我,我一直是你的朋友呀! 不过一只巴掌拍不响,我也不想当另一只巴掌。不管你怎么对待我,我还是要跟你做朋友。所以你现在可以预料以后会怎么样了吧。"

我们的对话(他说得很慢,我说得很快),声音很低,我们不得不这样,因为我们不想在这深更半夜把大家都吵醒。即便这样,我的气也没有消,不过我的情绪倒慢慢缓和下来。我只对他说,我预料他会做的事,也就是我过去预料他会做的事,而且从来没有落空过。说完了,我就把门朝着他一开,仿佛他是一只大核桃,放在那里就是准备挤的,然后就走了出去。不过他也住在外边,在他母亲的住处;我还没走上几百码,他就追上来了。

"你知道,科波菲尔,"他凑到我耳边说道(因为我没扭头),"你的态度是很不对的,"我觉得也的确是这样,这就使我更为不快,"你不要以为这是什么勇敢行为,我是不是原谅你,也由不得你。我不想把这件事告诉母亲,也不会告诉任何人。我是一定要原谅你的。但是我不明白,对于你明明知道这样卑贱的一个人,你为什么要动手打他呢!"

我只觉得自己在卑鄙的程度上不像他那么厉害罢了。他对我比我对自己更为了解。如果他跟我顶嘴,或者明目张胆地惹我生气,我心里也就感到轻松,感到坦然了。但是他把我放到了文火上,让我躺在上面煎熬了半夜。

第二天早上,我出来的时候,教堂的晨钟正在响着,他已经在跟他母亲来回溜达了。他跟我打招呼,好像什么事也没发生过,我也不好不理他。我那一下大概打得够重的,弄得他牙疼起来。不管怎么说,他的脸用一块黑绸子手绢包着,上面顶着他那顶帽子,这对改善他的容貌来说,毫无帮助。我听说星期一早上他到伦敦一家牙科医院,拔了一颗牙。我希望那是一颗大牙。

博士说他不大舒服,所以客人住在这里的这几天,他每天很大一部分时间都是一个人待在那里。艾妮斯跟她父亲走了以后,又过了一个星期,我们才恢复往常的工作。就在恢复工作的前一天,博士亲自交给我一封短信,信是叠着的,没有封口。这信是写给我本人的,话语不多,但很亲切,要求我永远不要再提起那天晚上发生的事。我悄悄地告诉过姨奶奶,但没有对别人说过。我不能跟艾妮斯谈这件事,艾妮斯当然连猜也猜不到发生了什么事。

我觉得斯特朗太太当时肯定也不知道发生了什么事。几个星期之后，我才在她身上看出一点微小的变化。这变化是很慢的，就像无风时候的云彩一样。起初，她好像不明白为什么博士跟她说话的时候那样温柔体贴，为什么博士希望她母亲跟她在一起，以免她感到生活枯燥单调。我们在一起工作，她在一旁坐着的时候，我常看见她一动不动地看着他。她脸上的表情是难以忘怀的。后来我有时候看见她站起来，两眼含着泪，走出屋去。久而久之，她那美丽的容颜便罩上了一片忧郁的阴影，而且越来越深。马克勒姆太太本是这座宅子的常客，但是她说个没完，什么也注意不到。

　　安妮过去就像博士家里的阳光一样，现在随着她身上发生的这不易觉察的变化，博士的容貌显得老了一些，也更严肃了。但是他那和蔼的性情，平和宽厚的态度，和他对她那善意的关怀，如果说还有提高的余地，也都提高了。有一天，是她的生日，我们一大早儿在一起干活儿，她走进来，坐在窗口（她一直是这样，不过现在开始显得有些胆怯而犹豫，我觉得十分感人）。我看见他两手捧住她的前额，吻了一下，就匆匆走了出去。他太激动了，在屋里待不住了。他出去以后，她站在原地，像一座雕像；后来她就低下头，两手搭在一起，哭了起来，那悲痛的心情，我就无法描述了。

　　从那以后，我有时候觉得在我们偶尔单独在一起的时候，她想跟我说点儿什么。但她始终什么也不说。博士总会想出一些新的主意，让她母亲陪她出去娱乐娱乐。马克勒姆太太特别喜欢娱乐，对别的事情都很容易厌烦，因此兴致勃勃地出去娱乐，还要咋咋呼呼地表示赞赏。但是安妮总是无精打采，不高兴，让她上哪儿去，她就上哪儿去，好像对什么都漠不关心。

我不知道如何是好。姨奶奶也不知如何是好,她在犹豫不决的时候就走来走去,前后走了足有一百英里。最奇怪的,是有一个人对这个家庭中的不幸深知内情,好像只有他能真正解决问题,这个人就是迪克先生。

关于这个问题,他有些什么想法,他看到些什么情况,我说不清楚,也不敢说他会帮我解决这个问题。但是我在记述学校生活的时候已经提到过了,他对博士是无限崇敬的;而且有了真正的感情,就有一种微妙的洞察力,即使是下等动物对人的感情也是这样,这种洞察力比最高的理智还要强。迪克先生的心灵里,如果我能借用"心灵"这个词儿的话,照进了一些真理的光芒。

他用许多空闲时间,跟博士一起在花园里走来走去,因为他过去经常在坎特伯雷的博士路上散步。他为有此殊荣而感到骄傲。不过事情刚发展到这一步,他就把所有的空闲时间(他为了增加空闲时间,起得更早了)用来散步了。如果说,过去博士把那部杰作,也就是那本字典,读给他听,使他感到从未有过的高兴,现在要是博士不把稿子从口袋里掏出来,读给他听,他就感到很苦恼了。在我和博士干活儿的时候,他就跟斯特朗太太走来走去,帮她修剪她心爱的花儿,或者帮她在花池子里拔草,这已经成了习惯。我敢说,他一个钟头说不了十句话。但是他那沉静的兴致,和那企盼的面容,立刻在他们两个人心中引起了反响;他们两个人彼此都知道对方喜欢迪克先生,迪克先生也喜欢他们两个人。就这样,他成了他们两个人之间的桥梁,而这是任何别人都起不到的作用。

我一想到他,想到他那充满了不可捉摸的智慧的面庞,想到他跟博士走来走去,在字典里那些艰难词语的折磨之下悠然自得的样子——我一想到他提着大喷壶跟在安妮身后,还跪在地上,戴着爪子一样的手套,耐心细致地清理小草,通过他做的每一件事,表明任何哲学家都无法说明的跟她交朋友的微妙的愿望,通过喷壶上的每一个眼儿,洒出同情、信赖与疼爱——我一想到他从不脱离他那遭受过不幸的聪明的头脑,从不把倒霉的查理国王带到花园里来,他愉快地效力,从不犹豫,他坚持认为必定出了什么差错,愿意加以纠正,决不动摇——我一想到这些事,真是几乎感到羞愧,因为我知道他的头脑并不十分健全,而我所想到的,他都想到了。

"除了我以外,特洛,谁也不知道他是怎样一个人!"我跟姨奶奶谈起这件事的时候,她总是骄傲地这样说,"迪克还没显示出他的才干呢!"

我还要谈一件事,才能结束这一章。客人还在博士家里住着的时候,我注意到邮差每天清早都要送两三封信给尤利亚·希普,因为当时是淡季,他在海格特一直待到别人都走的时候才走。我注意到来信的信封都是米考伯先生开的,字迹工整。他现在已经学会了法律界使用的那种笔画丰满而清晰的字体。我很高兴,能从这些细微的情况之中看出米考伯先生干得不错,所以在这个时候收到和蔼的米考伯太太下面这封来信,感到非常惊讶。

> 亲爱的科波菲尔先生,你收到这封信,一定会感到惊讶。看了信的内容,一定会更加惊讶。知道我要求你绝对保守秘密,还要感到惊讶。但是作为一个妻子和母亲,我有心事需要排解。我不愿意去找我娘家人商量(米考伯先生已经对他们有反感),除了我的朋友和过去的房

客,我想不出更合适的人,听取她的意见了。

你可能知道,亲爱的科波菲尔先生,我本人和米考伯先生(我永远不会抛弃他)一向保持着一种互相信任的精神。米考伯先生可能有时候没跟我商量,就开出了期票,或者在期票的期限上跟我打马虎眼。这样的事的确发生过。但是总的说来,米考伯先生没有什么秘密不告诉他的心上人——我指的是他的妻子——每天歇息的时候,都要把当天的事念叨一遍的。

亲爱的科波菲尔先生,我要是告诉你,米考伯先生现在完全变了,你一定能想象得出我有多么痛苦。他少言寡语。他躲躲闪闪。他的生活,对于和他分担忧愁共享欢乐的人——我指的还是他的妻子——来说,成了一个谜,说真的,我光知道他从早到晚待在事务所里,除此以外,我还不如对那个南方人了解得多,听那些不懂事的孩子们说,他爱喝凉李子粥。我这不过是借用一个传说的故事来说明真实的情况罢了。

这还不算。米考伯先生还爱发脾气。他对人苛刻。他对我们的大儿子和女儿都很疏远。他对他那两个双胞胎也不感到骄傲。我们生活圈子里最后来的这个陌生人,从不招谁惹谁,他也对人家冷眼相看。我们的生活费用,压得不能再低了,问他要钱,可太难了。他甚至威胁说要结果他自己(这是他的原话),叫人听了害怕。对于他这种莫名其妙的做法,他说什么也不肯做任何解释。

这实在难以忍受。这实在叫人伤心。你知道我的能力有限,你要是给我出出主意,告诉我在这异常困难的情况下,我最好尽力做些什么,你就在过去多次帮助我之后，又一次尽到了朋友的责任。孩子们向你问好，无忧无虑的陌生人向你微笑，我向你亲爱的科波菲尔先生致意。

受苦人爱玛·米考伯
星期一晚于坎特伯雷

对具有米考伯太太这种经历的妻子，我只能劝她耐心关照米考伯先生，使他转变（其实我知道，我不说，她也会这么做的），出什么别的主意，都是不适当的。不过这封信还是使我对他想了很多。

第四十三章 再次回顾

让我再一次停下来，回顾一下我一生中值得纪念的时期吧。让我站在一边，看着昔日的景象伴随着我的影子在昏暗中闪过吧。

时光一周周、一月月、一季季过去了。和夏日或冬夜相比，好像也没有长多少。我和朵拉散步的公墓，一会儿鲜花盛开，满地金黄，一会儿一片片或一簇簇石楠掩藏在雪底下。从我们星期日散步的场所流过的河水，在夏日的阳光下闪闪发光，一霎时又在冬季的寒风中现出波纹，一霎时又堆满了厚厚的浮冰。它向大海流去，比过去流得更快了，它时而闪光，时而发暗，滚滚流去。

在那两位小鸟一般的小姐家里，丝毫没有变化。那座钟依然在壁炉横板上滴答作响，那晴雨计依然挂在走廊里。那座钟和那晴雨计从来就不准，但我们真诚地相信它们是准的。

我有了法定的成年人的身份——我有了二十一岁应有的尊严。但这种尊严可能是白捡的。现在让我来看一下我的成就吧。

我已经驯服了速记这头神秘的野兽。我靠速记，有一笔可观的收入。与速记有关的各项活动我都娴熟，因此声誉颇高，并有另外十一人和我一起为一家晨报报道议会辩论的情况。我每天晚上把各种预言写出来，这些预言从来没有实现过；我把各种诺言写出来，这些诺言从来没有兑现过；我把各种说明写出来，这些说明本来就是为了把人弄糊涂的。我沉溺在词句之中。不列颠这个不幸的女人，在我面前永远像一只准备下锅的鸡——用事务所的笔当扦子，别得牢牢的，再用捆文件的红带子捆得紧紧的。我在幕后看到的，足以使我知道政治生活有多大价值。我是不信那一套的，而且永远不会改变我的看法。

我那亲爱的老友特拉德也试图干我这一行，但是干不好。他对于自己的失败毫不在意，而且对我说，他一向认为自己迟钝。有时候，他也受雇于同一家报纸，就一些枯燥无味的题目搜集材料，让更富想象力的人写成文章，并加以润饰。他得到了律师的资格；由于他十分勤快，非常俭省，就又积攒了一百镑，交给了一个专门办理不动产转让手续的人，特拉德就在他的事务所里实习。他开张的那一天，耗费了大量的热葡萄酒，从数量来看，内殿律师学院一定从中赚了不少钱。

我还干了另外一种行业。我战战兢兢地操起了写作的生涯。我偷偷地写了点儿东西，寄给了一家杂志，那杂志就把它发表了。从那以后我就鼓起勇气，零七八碎地写了不少。现在我经常收到稿酬。简而言之，我相当富裕了。我掐着左手的手指计算收入的时候，要数过三个手指，数到第四个手指的中间骨节了。

我们已经离开白金汉街，搬进一所很舒适的小房子，离我头一次看中的那一所很近。但是姨奶奶不想住在这里了，她卖掉了多佛的房子，而且卖了个好价钱。她要搬到离我的房子不远，比我的房子还小的一所房子里去住。这意味着什么呢？让我结婚吗？正是！

　　是啊，我要跟朵拉结婚了！拉维尼娅小姐和克拉丽莎小姐都同意了；如果说金丝鸟也有欢天喜地的时候，她们俩现在就是这个样子。拉维尼娅小姐自告奋勇，负责监制新娘子的服装，不断地用牛皮纸剪出胸衣的样子。有一个很体面的年轻人，胳膊底下夹着一大卷料子，还有一把码尺，拉维尼娅小姐老跟他唱反调。有一个裁缝，胸前老别着针线，在家里吃住，我觉得她连吃饭、喝水、睡觉的时候都不摘顶针。她们把我心爱的人当模特使唤，不断地让她去试这试那。到了晚上，我们想快快活活地在一起待一会儿，不出五分钟，不定哪个女人就来打扰，敲门说道，"哦，朵拉小姐，请到楼上去一下，行不行？"

　　克拉丽莎小姐和我姨奶奶则跑遍了伦敦，物色家具，让我和朵拉去看。其实她们最好当时就把东西买下，免去我们过目这道手续，因为我们去看厨房里用的炉挡儿和烤肉炉挡儿的时候，朵拉看见一所中国式的小房子，屋顶上挂着一些小铃铛，她很喜欢，便给吉卜买下来。买下以后，费了好长时间，吉卜才习惯于它这所新的住宅；每当它出来或进去的时候，总要弄得所有的铃都响起来，吓得它不知如何是好。

　　裴果提也来帮忙了，而且一到就干起来了。她的任务看来是一遍一遍地刷洗各种东西。她擦来擦去，把每样东西都擦洗得锃亮，和她自己那忠诚老实的前额一样。也就是在这个时候，我开始看到她哥哥孤零零一个人晚上在黑暗的街道上走过，一边走，一边看行人的面孔。在这样的时候，我从不跟他说话。他那沉重的身影向前走去，他在寻求什么，他在担心什么，我知道得再清楚不过了。

我有空的时候，偶尔还到博士协会去一下，做做样子而已，不过今天下午特拉德到协会来找我，显得郑重其事的样子。这是为什么呢？我那天真的梦想就要实现了。我要领结婚证了。

结婚证虽小，作用可大了。特拉德目不转睛地看着放在我书桌上的结婚证，又羡慕，又害怕。大卫·科波菲尔、朵拉·斯彭洛，两个名字并排写在一起，这是许久以来美好的梦想。角上印着印花税局，这是善意关怀众人生活里种种事项的父母机关，正朝下注视着我们的结合。上面还印着坎特伯雷大主教祈求上帝降福于我们，他这样做，对我们来说，真是要多便宜，有多便宜。

不管怎么说，我都觉得是在做梦——一场兴奋、幸福、匆忙的梦。我不相信真要发生这样的事，然而我又不得不相信，街上从我身边走过的每一个人都在不同程度上发觉我后天就要结婚了。我前去宣誓的时候，代理执行官认识我，很容易就把我打发走了，好像我们之间有互助会员之间的那种谅解一样。我根本不需要特拉德在我身边，但是他老跟着我，给我壮胆儿。

"我希望你下次来的时候，亲爱的老伙伴，"我对特拉德说，"就是为你自己这样张罗了。我还希望这一天很快就会到来。"

"谢谢你的良好祝愿，亲爱的科波菲尔，"他答道，"我也希望这样。我已经感到很满意了，因为我知道无论等多久，她都会等我，她的确是个最可爱的姑娘……"

"你什么时候到车站去接她？"我问道。

"七点，"特拉德说着，看了看他那块朴素的旧银表——

就是这块表,他在上学的时候从里面卸下一个轮子,做了一个水磨。"威克菲尔小姐差不多也是这个时候吧?"

"稍微早了一点儿。她的时间是八点半。"

"你听我说,亲爱的朋友,"特拉德说道,"想一想这件事有这样幸福的结局,我简直就像自己结婚一样高兴。我们的深情厚谊使得索菲能直接参与这次快乐的庆典,并且应邀和威克菲尔小姐一起来做伴娘,我应当表示最热烈的感谢。我极为深切地意识到这一点。"

我听他说话,跟他握手;我们在一起交谈,散步,吃饭,等等;不过我不相信这是真的。全都不是真的!

索菲按时来到朵拉的姑姑家里。她的面容最讨人喜爱——虽然不是绝对漂亮,却叫人看了特别快活——在我见过的女人当中,数她和气、不造作、坦率而又吸引人。特拉德怀着非常骄傲的心情把她介绍给我们;当我在屋子的一角祝贺他有眼力的时候,他两手对搓,根据那座钟的时间,搓了十分钟之久,他的每一根头发也都竖起来了。

艾妮斯乘坎特伯雷的驿车来了,我把她接到家里,她那美丽而愉快的面容又一次出现在我们中间。艾妮斯很喜欢特拉德,看着他们俩见面的情景,看着特拉德把世界上最可爱的姑娘介绍给艾妮斯的时候显出的那副骄傲的样子,实在叫人高兴。

我还不相信这是真的。我们度过了一个美好的夜晚,感到极其快活,但我还是不相信。我镇静不下来。我的幸福,我也无法一项一项地落实。我觉得自己处于一种迷迷糊糊心神不定的状态,好像一两个星期以前有一天早上起得很早,从那以后没有睡过觉。我说不清昨天是什么时候了。我好像兜儿里揣着结婚证,已经晃了好几个月了。

第二天,我们一大帮人去看那房子——我们的房子——朵拉和我的房子——我也还不大能把自己看做这房子的主人呢。我觉得好像是得到某人的允许,我才去的。我还模模糊糊地期待着真正的主人过一会儿回来,对我说见到我很高兴。这是一所多么漂亮的小房子呀,所有的东西都是又新又亮;地毯上的花儿好像是刚摘的,壁纸上的绿叶仿佛是刚长出来的,薄棉布做的窗帘一尘不染,玫瑰色的家具还有些难为情;朵拉在花园里戴的帽子飘着蓝色丝带——现在我还记得,我初次见她的时候,她也戴着这样一顶帽子,我多么爱她呀!——已经挂在了小钩子上;那吉他盒子稳稳当当舒舒服服地放在了角落里;吉卜住的宝塔,人人走过都要绊一跤,因为它在这所小房子里实在显得太大了。

我们又过了一个愉快的夜晚,和所有其他情况一样,不大像是真的。临走的时候,我悄悄地来到常去的那间屋里。朵拉不在。我想她们试衣服还没试完吧。拉维尼娅小姐探进头来,神秘地对我说,朵拉一会儿就来。然而她还是老也不来;不过我渐渐地听见门口有窸窣的声音,接着就听见有人轻轻地敲门。

我说了一声"进来!"可是又有人轻轻地敲门。

我心里纳闷,不知是谁,就朝门口走去。一到门口,就看见一对明亮的眸子和一张害羞的脸。那是朵拉的眸子,朵拉的脸。拉维尼娅给她穿戴起明天的衣服、帽子什么的,为了让我看一看。我把我的小媳妇一把搂在怀里,拉维尼娅轻轻地叫了一声,因为我把朵拉的帽子挤瘪了。朵拉见我这么高兴,又是笑又是哭。我更不敢相信这是真的了。

"你觉得好看吗,都第?"朵拉说道。

好看! 我恐怕的确觉得好看。

"你能肯定你很喜欢我吗?"朵拉说道。

这个话题会给朵拉的帽子带来很大的危险,吓得拉维尼娅小姐又轻轻地叫了一声,并且恳求我明白,这时的朵拉是只能看,千万不能碰的。于是朵拉兴致勃勃地站在那里,不知如何是好,站了一两分钟,让我欣赏,然后摘下帽子——她不戴帽子,显得那么自然——拿在手里,跑开了。后来她又换上平时穿的衣服,连蹦带跳地来到楼下,问吉卜我是不是讨了一个漂亮的小媳妇,还问吉卜会不会原谅她,因为她要嫁人了。她还跪在地上,让吉卜站在那本烹调书上,这是她出嫁以前的最后一次了。

我回到附近的住处,更不敢相信这是真的了。第二天一大早儿,我就起来了,到海格特路去接我姨奶奶。

我从来没看见姨奶奶这个样子。她穿着一套藕荷色的绸子衣服,戴着一顶小白帽子,漂亮极了。珍妮帮她穿好衣服,就等着看我了。裴果提准备好了,要到教堂去,她想从楼上看我们的婚礼。迪克先生要在祭坛前面代表家长把我心爱的人交给我,就特意把头发卷过了。特拉德,我跟他约好了,在路卡那里碰头,他身穿乳白和浅蓝色的衣服,让人看着晃眼。他跟迪克先生都给人一种印象,好像他们浑身都是手套。

我肯定看到了这一切,因为我知道情况就是这样。但我思想不集中,好像什么也没看见,而且什么也不相信。不过在我们坐着敞篷马车在街上行进的时候,我又觉得这一神话般的婚礼确有几分真实,看着那些不来参加婚礼的人在打扫门面,准备从事各自的日常活动,而对他们产生了一种莫名其妙的怜悯。

姨奶奶一路上攘着我的手。我们在离教堂不远的地方停下来,让裴果提下车,她是坐在车把式旁边的。姨奶奶攘了攘我的手,亲了亲我。

"愿上帝降福于你,特洛!我对自己的儿子,也没有对你亲呀。今天早上,我想起了那可怜的亲爱的娃娃。"

"我也想起了她。我还想起了你为我做的一切,亲爱的姨奶奶。"

"快别说啦,孩子!"姨奶奶说着以不同寻常的热情把手伸给了特拉德,特拉德接着把手伸给迪克先生,迪克先生接着把手伸给我,我接着把手伸给特拉德,接着我们就来到教堂门口。

不过我知道,那教堂是安静的。但是要说它在我身上产生什么镇静作用的话,它很可能就像一台全力发动的蒸汽织布机了。我太兴奋了,怎么也镇静不下来。

后来的事,大体上就是一个杂乱无章的梦。

我梦见,他们陪着朵拉走进来;安排座位的人就像操练场上的教官一样,在祭坛周围的栏杆前面摆布我们。即便在这个时候,我还在纳闷,为什么总是要找最不顺眼的女人来管理教堂里的座位呢,是不是由于宗教上的原因,害怕和蔼可亲的人会传播灾难,所以非得在通往天堂的路上放一些凶神恶煞呢。

我梦见,牧师和执事进来了;几个船夫,还有一些别的人,也慢慢走了进来;一个上了年纪的水手在我身后,弄得整个教堂都弥漫着朗姆酒的气味;仪式在低沉的讲话声中开始了,我们都聚精会神地听着。

我梦见,拉维尼娅小姐给伴娘做助手,带头哭了起来,她还抽抽搭搭地悼念起皮杰来了(我是这么理解的);克拉丽莎小姐拿出嗅盐来闻;艾妮斯照顾朵拉;姨奶奶尽量显得像是铁石心肠的模范,眼泪却哗哗地往下流;小朵拉直打哆嗦,细声细气地回答问题。

我梦见,我们并排着一起跪下;朵拉渐渐地不那么哆嗦了,但她一直紧紧地抓着艾妮斯的手;仪式进行得又安静,又严肃;仪式结束以后,我们都含着眼泪,微笑着,你看看我,我看看你;我那年轻的太太在更衣室里歇斯底里大发作,哭着想念她那可怜的爸爸,她那亲爱的爸爸。

我梦见,朵拉过了一会儿又高兴了,我们大家都在登记簿上签名。我跑到楼上去找裴果提,让她也来签名。裴果提在角落里和我拥抱了一下,告诉我,我母亲结婚的时候,她也在场。仪式结束了,就都走了。

我梦见,我怀着十分骄傲与疼爱的心情,挽着娇妻的胳膊,顺着中间的通道走了出来,透过一层雾,模模糊糊地看见人群、讲坛、石碑、座椅、洗礼盒、风琴和教堂的窗户,窗户上轻轻飘动着引起联想的雾气,使我想起许久以前我小时候家乡的教堂。

我梦见,我们往外走的时候,听见有人小声说,我们是多么年轻的一对儿呀,她是个多么漂亮的小媳妇呀。在回家的路上,我们在车上都是兴高采烈,说个不停。索菲对我们说,她看见我们向特拉德要结婚证书(因为我是交给他保管的),她几乎晕了过去,因为她相信特拉德一定想办法把它弄丢了,要不就是叫扒手偷走了。艾妮斯笑得很开心。朵拉是那么喜欢艾妮斯,说什么也不离开她,依然拉着她的手。

我梦见,吃早饭,花样多极了,又好看,又丰盛,我也跟着吃呀,喝呀,不过跟我别的时候做梦一样,一点儿味道也没吃出来。我可以说,我吃的喝的全是爱情和婚姻,对食物和对别的东西一样,完全不相信了。

　　我梦见,我在演说,还是那么迷迷糊糊的,全然不知道自己想说些什么,只知道我可以完全相信我什么也没说。我们跟别人接触,感到很快活(虽然总是在梦中)。吉卜吃了我们的结婚蛋糕,吃下去以后,觉得很不舒服。

　　我梦见,从驿站雇来的两匹马已经准备好了,朵拉换衣服去了。姨奶奶和克拉丽莎小姐跟我们在一起,我们到花园里去散步。姨奶奶在吃早饭的时候,发表过一篇很像样的讲话,使得朵拉的两位姑姑很受感动,因此十分得意,还有一点儿自豪。

　　我梦见,朵拉准备好了,拉维尼娅小姐围着她转,舍不得让这个漂亮娃娃离开她,因为漂亮娃娃在这里,她有很多有趣的事情可做。朵拉大惊小怪地一会儿发现忘了这个,一会儿发现忘了那个,大家就到处奔跑,去给她拿东西。

　　我梦见,朵拉终于开始向大家告别了,大家聚在朵拉周围,因为大家的衣服和彩带颜色鲜艳,看上去像一个花坛。我那心爱的人几乎要让花儿闷得透不过气来了,就笑着同时也哭着冲出来,投入了我这忌妒的怀抱。

　　我梦见,我想把吉卜抱起来(我们是要带它走的),但是朵拉不让我抱,她说一定要让她来抱,否则它会以为她一结婚就不喜欢它了,这样它会伤心的。我们手挽着手往前走,朵拉停下脚步,回过头来说道:"我要是对谁发过火,或者有对不住的地方,就别记在心上了!"说着,痛哭起来。

我梦见,朵拉摇动着她的小手,我们又继续往前走。她又停下脚步,回过头来,跑到艾妮斯面前,别人都不理睬,只最后一次亲吻艾妮斯,最后一次向她告别。

我们一起坐车走了。我从梦中醒来。我终于相信这是真的了。坐在我旁边的是我最最亲爱的小媳妇,我多么爱她呀!

"你现在幸福吗,你这傻小子?"朵拉说道,"你能肯定不后悔吗?"

我一直站在一旁,看着昔日的幻影从我面前闪过。现在全都过去了,我接着讲我的故事吧。

第四十四章　我们怎样料理家务

蜜月结束了,伴娘也都回家去了,我跟朵拉坐在我们的小房子里,觉得情况和以前不同了,过去求爱这行当儿,干起来心里美滋滋的,就这一方面而言,我现在可以说是完全失业了。

朵拉老在我跟前,这似乎是极不寻常的事。我不必出去看她了,不必为她而苦恼了,不必给她写信了,不必想方设法找机会单独跟她见面了,这都显得非常不可思议。晚上,我有时候写着写着抬头一看,看见她坐在对面,我就往椅子背上一靠,思索起来,觉得这件事情好生奇怪:我们两个人待在那里,理所当然地单独在一起——谁也不用再管我们的事了——我们订婚以后的风流故事已经束之高阁,变得乏味了——不必再向别人讨好,只要互相讨好就行了——互相讨好一辈子。

赶上议会进行辩论,我很晚才回家,回家的路上想到朵拉在家里呢,就觉得好像非常奇怪。起初,她轻轻地走下楼来,一边看着我吃晚饭,一边跟我聊天,那情景多么令人神往!听说她肯定是把头发裹在报纸里[①],我感到很惊讶。等我亲眼看她这样做的时候,那可真是大吃一惊。

_____

① 用纸卷成条,当发卷用。

我不知道有没有哪两个年轻人，比我和我那漂亮的朵拉更不会料理家务了。我们当然用了一个女仆，她为我们料理家务。我内心里到现在还认为她准是克鲁普太太的女儿，乔装打扮出来干活儿，那个玛丽·安妮可真让我们伤脑筋。

　　那女仆姓帕拉刚①。我们雇她的时候，从她这个姓，就可以对她的性格略知一二。她有一封推荐信，像一份宣言那么大，根据这份材料，我听说过的以及许多我从未听说过的家务活儿，她都会干。这个女人处于风华正茂的时候，板着面孔，身上（尤其是胳膊上）有红斑，也许是皮肤溃疡，老也不消。她有个表哥，在骑兵近卫团当兵，他两条腿特别长，看上去和别人在下午的影子一样。他的紧身上衣对他说来是太小了，正如他在这所房子里也显得太高了。这房子本不会显得太小，因为他跟这房子太不成比例，这房子就显得太小了。除此以外，这房子的墙也不厚，所以每逢他晚上到我们家来，我们就会知道，因为我们听见厨房里不断传来低沉的讲话声。

　　我们这个宝贝，有人为她担保，是不喝酒的，也是诚实的。所以我们在锅炉底下找到她的时候，我情愿相信那是她一时发病昏了过去，丢失茶匙的事也归咎于清洁工人了。

　　但是她使我们心里感到非常苦恼。我们感到自己缺乏经验，没有能力照顾自己。如果她有什么仁慈之心的话，我们也就任凭她对我们发慈悲了，但是她是个冷酷无情的女人，因此也就毫无慈悲之心。我跟朵拉的第一次争执就是由她引起的。

　　"我最亲爱的命根子，"我有一天对朵拉说，"你认为玛

---

　　① 本意是杰出的人才。

丽·安妮有时间观念吗？"

"怎么啦，都第？"朵拉说着，停下画笔，天真地抬起头来。

"亲爱的，已经五点了，而我们应该是四点钟吃饭的。"

朵拉以殷切的眼光看了看钟，委婉地说她觉得那钟太快了。

"恰恰相反，亲爱的，"我看了看我的表，说道，"还慢了几分钟哩。"

我的小媳妇走过来，坐在我的腿上，劝我不要发火，接着就用铅笔顺着我的鼻梁画了一条线，但这不能当饭吃，虽然它使我感到非常舒服。

"你不觉得，亲爱的，"我说，"你最好说说玛丽·安妮吗？"

"哦，可别那样；我做不到，都第！"朵拉说道。

"怎么做不到呢，亲爱的？"我温和地说道。

"哦，因为我是一只最笨的小笨鹅，"朵拉说道，"而且她也知道我是这样一个人。"

我认为这种情绪和为玛丽·安妮立一些规矩是极不吻合的，所以皱了皱眉。

"哦，我的坏孩子额头上的皱纹真难看哟！"朵拉说道，这时她依然坐在我腿上，就用铅笔描我脸上的皱纹，她还把铅笔在自己的红嘴唇上点一点，这样画起来，颜色可以深一点儿，她还故意装模作样特别卖力气地在我前额上画，这倒不禁使我感到格外高兴。

"这才是好孩子呢，"朵拉说道，"笑起来，脸上就更好看得多了。"

"可是，亲爱的。"我说。

"不要说了！"朵拉说着亲了我一下，"不要像蓝胡子那么坏！不要认真嘛！"

"我的宝贝太太，"我说道，"咱们有时候也得认真嘛。来，坐到这把椅子上，紧挨着我！把铅笔给我！好！咱们来好好地想一想。你知道，亲爱的，"——我攥着的是一只多么可爱的小手啊，我看见那手上戴着多么小巧的结婚戒指啊！——"你知道，亲爱的，不吃晚饭就出去，不是很舒服的。是不是？"

"是——是啊！"朵拉有气无力地答道。

"亲爱的，怎么这样发抖！"

"因为我就知道你要骂我了。"朵拉以一种可怜的腔调说道。

"亲爱的，我只是想讲讲道理。"

"哦，可是讲道理比骂人更叫人难受！"朵拉灰心丧气地说，"我嫁给你，不是让你跟我讲道理的。你要是存心跟我这样一个可怜的小东西讲道理，你就该早点儿告诉我，你可真狠心！"

我试着安抚朵拉，但是她把脸转到一边去了，她还晃动着鬈发说道："你真狠心，真狠心！"这句话，她重复了好几遍，弄得我全然不知所措。犹豫之中，我在屋里来回走了几趟，又回到原来的地方。

"朵拉，亲爱的！"

"别这么叫我，我不是你的亲爱的。因为你一定是娶了我，又后悔了，要不然你就不会跟我讲道理了！"朵拉说道。

我听了她这毫不相干的指责，感到很伤心，这样我就有勇气变得严肃起来。

"我说，我的朵拉，"我说，"你怎么耍起小孩子脾气来了，净胡说。我敢说，你一定记得，我昨天晚饭吃了一半儿，就不得不出去了；前天我急急忙忙地吃那半生不熟的牛肉，结果闹得很不舒服；今天我根本吃不上晚饭——我还没敢说早饭等了多长时间呢——还有，水也没开。我不是责怪你，亲爱的，这可真叫人不舒服。"

"哦，你真狠心，真狠心，竟然说我这个当太太的讨人嫌呀！"朵拉喊道。

"我说，亲爱的朵拉，你应该知道，我可从来没说过这样的话！"

"你说我叫你不舒服！"朵拉说道。

"我说的是这样理家叫人不舒服。"

"那还不是一回事儿！"朵拉喊道。她肯定就是这么想的，因为她哭得好伤心哟。

我又在屋里转了一圈儿，一方面满心疼爱我那漂亮的太太，一方面又责备自己，恨不得把头撞在大门上。我又坐下，说道：

"我不责怪你，朵拉。我们都有很多东西要学。我只是想让你知道，亲爱的，你一定要——你的确是一定要（我决心不放弃这个要求）习惯于督促玛丽·安妮干活儿。也要为你自己，为我，干点儿事。"

"我真不明白，你怎么能说出这样忘恩负义的话来，"朵拉哭着说道，"你明明知道，那一天你说你想吃一点儿鱼，我就亲自出去，走了多少里路，才买了一条，就为了让你感到意外的高兴。"

"谢谢你的好意，我的亲爱的，"我说道，"我很受感动，所以我无论如何都不想说你买的是一条鲑鱼——两个人吃,实在是太多了。这条鱼,花了一镑六先令——咱们可买不起呀。"

"你可是吃得挺香啊,"朵拉哭着说道,"你还说过我像一只小耗子。"

"我还要这么说,亲爱的,"我答道,"我要说一千次!"

但是我刺伤了朵拉那幼小娇嫩的心,怎么安慰她也不行。她一边哭,一边抱怨,伤心极了,弄得我好像说过什么伤害她的话。我没有办法,只好匆匆地跑出去了。我这一晚上悔恨不已,十分痛苦。我内心里觉得就像杀了人一样,隐隐约约老有一种罪大恶极的感觉。

下半夜两三点钟了我才回家。我一进门,就看见姨奶奶坐在那里等我呢。

"出了什么事吗,姨奶奶?"我说,显得有些惊讶。

"没出什么事,特洛,"她答道,"坐下,坐下。小花儿情绪不大好,我来陪陪她——没别的事。"

我坐下以后,手托着脑袋,眼睛看着炉火,没想到在我实现了最大的希望之后,这么快就难过、消沉到这种地步。我坐在那里沉思,偶然碰上了姨奶奶的眼光,原来她一直在看着我的脸。她的眼睛里流露出一种焦虑的神情,但很快就消失了。

"姨奶奶,请你相信我,"我说,"朵拉情绪不好,我一晚上都在想这件事,心里很不痛快。我没有别的意思,只想为了她好,把一些家务事儿好好地跟她谈一谈。"

姨奶奶点了点头,表示赞成。

"你一定要有耐心,特洛。"她说道。

"那当然。凭良心说,我不是不讲道理呀,姨奶奶!"

"是啊,是啊,"姨奶奶说,"小花是一朵非常娇嫩的小花,吹来的风一定要很温和。"

我从心眼儿里感谢我这位善良的姨奶奶,因为她这么关心我的太太;我认为她一定知道我的心情。

"姨奶奶,"我又盯着炉火看了一会儿,说道,"你看,你能不能时不时地劝说劝说朵拉? 这对我们俩都有好处。"

"特洛,"姨奶奶答道,她显得有些激动,"不行! 不要让我做这样的事。"

她的语气非常认真,我感到惊讶,就抬起头来看了看她。

"我在回忆自己的一生呀,孩子,"姨奶奶说道,"我在回忆几位故去的人,他们在世的时候,我们应当相处得更好一些。如果说,我对别人在婚姻方面所犯错误采取苛刻的态度,那是因为我有痛苦的经历,对自己的错误采取苛刻的态度。这些事,都已经过去了。很多年以来,我是个脾气不好、衣着过时、性情古怪的老太婆。我现在还是这样,将来也总是这样。但是我和你彼此有过照应,特洛,——不管怎么说,你帮了我的忙,我的孩子。在这样的时候,咱们之间可不能出现不和呀。"

"咱们之间出现不和!"我大声说道。

"孩子啊,孩子!"姨奶奶说着,平整了一下裙子,"我要是插手什么事儿,咱们之间多么快就会出现不和,我会弄得小花多么不愉快,就连预言家也难以说得准。我希望我们的小东西喜欢我,像蝴蝶一样快活。记得你自己家里第二次结婚以后的情景吧,永远不要做你刚才婉转提到的事,来伤害我,或者伤害她!"

我听了这话,一下子全明白了,还是姨奶奶说得对,我也明白了姨奶奶多么宽宏大量地对待我那亲爱的太太。

　　"这才刚开始哪,特洛,"她接着说道,"罗马城不是一天建造起来的,也不是一年建造起来的。你是自己自由选择的,"——我觉得她说到这里,有一片乌云从她脸上掠过,霎时就消失了——"你选中了一个非常漂亮,非常爱你的女人。你有这个责任,也会从中得到乐趣——这我当然知道;我可不是在讲课——那就是你在评价她的时候,应当像你选中她的时候一样,根据她具有的品质,而不根据她可能没有的品质。她可能没有的品质,你要是有办法,一定要在她身上培养起来。你要是没有办法,孩子啊,"姨奶奶说到这里揉了揉鼻子,"也就只好听其自然了。但是,你要记住,我的孩子,你们的未来是属于你们两个人的。谁也帮不了你们的忙,你们要自己想办法解决问题。这就是结婚的含义,特洛;愿上帝降福于你们的婚姻,你们真是一对林中的婴儿①!"

　　姨奶奶兴高采烈地说了这番话,又亲了亲我,表示赞赏上帝降给我们的福祉。

　　"我说,"她说道,"点上我的小灯笼,顺着花园小路,送我回我的小盒子去吧。"这是因为在那个方向有一条路连接着我们这两所房子。"等你回来的时候,代我贝西·特洛乌德向小花问好。不管你干什么,特洛,千万不要拿贝西当稻草人来用,因为我要是在镜子里看见她,她本来的样子就够难看,够憔悴的了。"

　　姨奶奶说完了话,就用手帕把头发包起来,在这种场合,她经常用手帕把头发扎起来。随后我就送她回家去了。她站

———————

　　①　英国古代诗歌提到两个孩子在树林里的遭遇。

在自己的花园里,举着小灯笼为我照亮儿,叫我往回走。这时候,我觉得她又在以一种焦虑的神情看着我,不过我没怎么注意,因为我过于专心致志地思考她说的话,也过于强烈地感到——也是第一次真正感到——我和朵拉的确要靠我们自己来解决我们未来的问题,谁也帮不了我们的忙。

朵拉穿着她的小拖鞋,轻轻地走下楼来接我,因为当时只有我一个人了。她趴在我的肩膀上,一边哭着,一边说我太狠心了,她太淘气了。我想,我大概也说了些类似的话。我们就这样和好了,而且都说这头一次吵嘴也是最后一次吵嘴,就是活到一百岁,也不再吵嘴了。

我们在家中遇到的第二个难处就是女仆的考验。玛丽·安妮的表哥开小差,躲在我们的煤窑里,被近卫团的巡逻队揪了出来,使我们大吃一惊。巡逻队给他戴上手铐,把他带走,许多人跟着看热闹,把我们门前的花园弄得一塌糊涂。这就促使我辞退了玛丽·安妮。她拿了工钱,就乖乖地走了,我还觉得奇怪,后来才发现了茶匙的事儿,还发现她未经我允许,就以我的名义向那些做生意的借了为数不多的几笔钱。有一段时间,我们用的是吉杰布里太太,她大概是肯提什镇上最老的居民了,在外面打零工,做家务活儿,但是年老体弱,已经力不从心了。在她之后,我们又找了一位宝贝,这个女人极为和气,但她端着托盘上下厨房的台阶,总要摔跟头,往客厅里送茶点,就像往澡盆里冲一样。我们叫这个倒霉女人害苦了,不得不把她辞退,另找别人(接不上茬儿的时候,就让吉杰布里太太来干)。后来找的也都是些无用的人。最后雇了一个年轻人,样子很文静,可是她戴着朵拉的帽子到格林尼治去赶集。在她后面,我就不记得还用过什么人了。

凡是跟我们打交道的人,好像都在骗我们。我们在商店里一露面,这就等于发出了信号,紧跟着拿给我们的都是残品。我们要是买一只龙虾,里面都是水。我们买的肉都是老肉,我们买的面包几乎没有那层酥皮。我想知道烤肉应当掌握的原则,既要烤透,又不要烤过了火,我就亲自去查阅烹调书,书上规定每一磅肉需要烤一刻钟,也可以烤一刻多钟。不过,说也奇怪,我们运用这条原则是注定要失败的。我们从来不能烤得正是火候,那肉不是发红,就是烤焦了。

我有理由相信,我们不断受骗,要比不受骗多花好多钱。我看了一下商店给我们记的账,觉得好像我们在地下室里铺了一层黄油一样,我们消费黄油的数量就如此之大。我不知道这一时期的消费税申报单是不是显示出胡椒面的需求量有所增加。如果我们的消费量对市场没有产生什么影响,我敢说一定是许多家庭停止使用这种商品了。最妙的是,我们家里从来是一无所有。

至于洗衣裳的女人把衣裳拿出去当了,喝得醉醺醺的,回来悔过道歉,我想恐怕人人都有几次这样的经验。还有烟囱失火,教区出动消防车,教堂执事做伪证之类的事情。不过我看我们得自认倒霉,因为我们雇了一个仆人,特别喜欢喝果酒,使我们在酒店立的黑啤酒账膨胀起来,因为里面列了这样一些莫名其妙的项目,比如"果汁甜酒一夸脱仑(科太太)","丁香杜松子酒半夸脱仑(科太太)","薄荷甜酒一杯(科太太)"——那括弧指的都是朵拉,好像所有这些提神的饮料都是朵拉喝的。

我们家头几次重大活动之中,有一次就是请特拉德吃便饭。我在城里碰见他,就约他下午出来跟我遛遛。他马上表示同意,我就给朵拉写了封信,告诉她我要请特拉德到家里来做客。那一天,天气很好,我们一路上就以我的家庭幸福为话题。特拉德很感兴趣,他说假如他自己有这样一个家,索菲在家里等他,给他准备晚饭,他就认为自己幸福美满,别无他求了。

我的小媳妇坐在桌子对面,我觉得她漂亮得不能再漂亮了,但是我们坐下以后,我的确希望屋子再宽敞一点儿。我也不知怎的,虽然只有我们两个人,我们总是觉得屋子太窄,而同时又什么都找不着。我想这大概是因为什么东西都没有一定的地方,只有吉卜住的宝塔例外,它总挡着主要的通道。在今天这个场合,特拉德周围又是宝塔,又是吉他盒子,又是朵拉画的花卉,又是我的写字桌,把他挤在中间,我真怀疑有没有活动的余地,能够让他使用刀叉吃饭。但是他一向随和,非说:"宽阔得像海洋,科波菲尔!你放心,真是像海洋!"

我还有一个希望——那就是我们过去没有鼓励吉卜在我们吃饭的时候,在桌上走来走去。我开始觉得,即便它并不经常把脚踩到盐上,或者踩到融化了的黄油上,只要它一上桌子,就显得有点儿乱。在今天这个场合,它好像觉得让它露面,就是为了让特拉德躲得远远的。它坚持不懈,毫无惧色,朝着我的老朋友吼叫,还朝着他的盘子猛扑过去,弄得大家光谈论它了。

不过我知道我那亲爱的朵拉心肠多么软,如果有人轻视她所喜欢的东西,她会多么敏感,所以我丝毫没有表示反对。由于同样的原因,我根本不提那些堆在地上胡乱摆在一起的盘子,也不提那些调料瓶有多么难看,横七竖八的,像喝醉了一样,也不提那些到处摆放的菜碟子和水罐子把特拉德堵得更加动弹不得。我看着面前的炖羊腿,动手切开之前,心中不免纳闷,我们炖的这块肉怎么会这样奇形怪状,难道是肉铺老板把世上所有的畸形羊都包下来了吗;不过我只是自己这样想,并没说出来。

"亲爱的,"我对朵拉说,"那个碟子盛的是什么?"

我想象不出朵拉为什么一个劲儿地朝我挤眉弄眼,好像她想亲我一样。

"是牡蛎,亲爱的。"朵拉怯生生地说道。

"是你的主意吧?"我兴致勃勃地说道。

"是……是啊,都第。"朵拉说道。

"没有比这更好的主意了!"我叫道,把切肉的刀叉也放下了,"没有什么别的比这更让特拉德喜欢的了!"

"是……是啊,都第,"朵拉说道,"所以我买了满满一小桶儿,那个人说,这可是好东西。不过我……我觉得有点什么问题,看着不对劲儿呀。"朵拉说到这里,摇了摇头,眼睛闪闪发光。

"两个壳,也是切开了的,①"我说,"把上面的壳拿开就行了,亲爱的。"

"可是拿不下来呀。"朵拉一边说着,一边还在使劲,显出心里很难过的样子。

"你知道吗,科波菲尔,"特拉德说着,高高兴兴地仔细看了看这个菜,"我想这是因为——哎呀,这牡蛎可真棒;我想这是因为——这牡蛎都没切开。"

牡蛎都没切开;我们也没有切牡蛎的刀,即使有刀的

---

① 英国人买牡蛎时,一般请卖者将壳切开。

话,也不会使;所以我们就看着牡蛎,吃起羊肉来。至少我们把炖熟了的部分全都蘸着续随子酱吃了。如果我允许的话,特拉德就会像一个十足的野人一样,吃一大盘生肉,以表示他多么喜欢这顿饭,为此我感到很满意,但我决不同意他在友谊的祭坛上做这样大的牺牲。我们没有吃生肉,而是换了一道咸肉——我们运气好,碰巧食品柜里有冻咸肉。

我那可怜的小媳妇以为我会生气,感到非常沮丧,但是她发现我并没有生气,所以感到非常高兴。我一直在克制着的那种不快的心情很快也就消失了,我们度过了一个美好的夜晚——我和特拉德喝酒聊天,朵拉坐在我身边,胳膊搭在我的椅子上,一有机会就跟我咬耳朵,说我真好,没有发火儿,没有生气。过了一会儿,她给我们冲了茶,只见她忙来忙去,那套茶具仿佛是一套玩具,看她冲茶真是一件非常惬意的事,至于茶的味道怎样,我也就不在意了。后来我跟特拉德玩儿纸牌,玩儿了一两把;朵拉在这段时间里则弹着吉他唱歌,这使我觉得好像我们的求爱和结婚都是我的一场温柔的梦,我初次领教她的歌喉的那个夜晚还没有结束。

我把特拉德送走以后,回到客厅里,我太太把她的椅子放在我的椅子旁边,挨着我坐了下来。

"我非常对不起,"她说道,"你想试着教我吗,都第?"

"我得先教我自己呀,朵拉,"我说道,"我跟你一样没用,亲爱的。"

"哦! 不过你会学呀,"她答道,"你是个顶顶聪明的人!"

"别瞎说了,小耗子!"我说。

"我真希望,"我太太沉默了半天之后,接着说道,"我到乡下去住一整年,跟艾妮斯在一起生活!"

她两手交叉搭在我肩膀上,下巴靠在手上,一双蓝眼睛看着我的眼睛。

"这是为什么?"我问道。

"我想这样她就会帮我提高了,我想我也就可以向她学习了。"朵拉说道。

"那得时间合适呀,亲爱的。你应该记得,这些年来,艾妮斯得照顾她父亲。即便在她还挺小的时候,她就是我们现在所了解的样子了。"我说道。

"你用我起的名字叫我好吗?"朵拉一动不动问道。

"什么名字?"我笑着问道。

"是个很俗气的名字,"她说着,摇了摇她的鬈发,"娃娃媳妇。"

我哈哈大笑,问我这个娃娃媳妇,她希望我这样叫她,心里究竟是怎么想的。她回答的时候,一动也不动,只因我用胳膊一搂她,她的蓝眼睛靠我更近了。她说:

"你这个糊涂虫,我的意思不是让你就用这个名字叫我,不再叫我朵拉了。我的意思只不过是你在想到我的时候,应当这样看待我。你要是想对我生气,就对自己说:'她是我的娃娃媳妇呀!'我要是叫你非常失望,你就说:'我早就知道,她只能当个娃娃媳妇!'你要是感到我缺少我很想具备却觉得永远不可能具备的什么条件,你就说:'我那个傻呵呵的小媳妇终归还是爱我的!'我还是真爱你。"

在这以前,我一直没有认真对待她,因为我没想到她会认真。但是我真心诚意对她说的话,使她那颗赤诚的心非常高兴,她那泪汪汪的眼睛还没有干,她就露出了笑脸。不一会儿,她又现出了娃娃媳妇的原形——她在那所中国式的小房子外边坐在地上,把所有的小铃铛一个一个摇动起来,对吉卜最近的行为过失进行惩罚,吉卜则在门洞里伸出脑袋,眨巴眼睛,对朵拉的挑衅,懒得做出反应。

朵拉对我的恳求,给我留下了很深的印象。现在我回想我所描述的这段时间;我呼唤我曾深深地爱过的那个纯洁的人儿,请她从过去的云雾和阴影中走出来,再温柔地回过头来看着我;我现在仍然可以郑重地说,这段简短的话时时刻刻出现在我的记忆之中。我当时可能没有充分发挥这段话的作用。我当时年轻,没有经验;但我决没有对她那坦诚的恳求采取听而不闻的态度。

过了不久,朵拉告诉我,她要在料理家务方面做出个样子来。于是她把记事牌儿擦得亮亮的,把铅笔削得尖尖的,买了一本特大的账本儿,把吉卜撕破了的烹调书用针线细心订了起来,着实做了一番小小的努力,用她的话来说,就是为了"表现好"。不过那些数字还是有那顽固的老毛病——加不起来。她刚在账本儿上费了好大的劲儿记了两三笔账,吉卜就在上面一踩,把尾巴一摇,就把那几笔账全抹掉了。她那细小的右手中指泡在墨水里,连骨头都泡透了;我想这就是仅有的一点儿具体的结果。

晚上,有时候我在家干活儿——因为我现在写的东西很多,而且作为一名作家,已经小有名气——常把笔放下,看我那娃娃媳妇怎样表现好。首先,她把那本特大的账本拿出来,长叹一口气,把它摊在桌子上。然后翻到前一天晚上吉卜弄得面目全非的那一页,让吉卜来看一看它犯的错误。这样一来,就把注意力转移到吉卜身上,在它鼻子上涂些墨水,作为惩罚。随后她就叫吉卜立刻在桌上躺下,"像狮子一样"——

这是它会耍的几个把戏之一,不过我看不出有明显的相似之处——它要是有兴致,愿意服从,它就会服从。然后朵拉就提起笔来写字,发现笔上有一根毛儿。于是她就又拿起一支笔来写字,发现它弄得墨水四溅。随后她再拿起一支笔来写字,这时她低声说道:"哦,这支笔会说话,这样会打搅都第的!"然后她就说这件事太难办,不干了,拿起账本儿,假装要把狮子砸烂,随后把账本收起来,了事。

有时候,她很冷静,很认真,就坐下,拿出记事牌儿,和一小筐票据之类的东西,这些票据不像别的,而像卷头发用的纸。她想计算出个结果来。她花了很大的力气,把这张票据和那张票据进行比较,在记事牌儿上一笔笔地记上,然后又擦掉,把左手的手指头来回地数,数了一遍又一遍,最后还是一笔糊涂账,弄得她脸色阴沉,精神沮丧。我一看她那高兴的脸蒙上了乌云——而且都是为了我!——我感到很痛苦,就轻轻地走过去对她说:

"怎么啦,朵拉?"

朵拉就一筹莫展地抬头看看我,回答说:"那些数儿,老也算不对。闹得我头都疼了,疼极了。那些数儿,就是不听我的话!"

在这种情况下,我就说:"那咱们一块儿来试试。我教给你,朵拉。"

接着我就开始向她具体演示,朵拉聚精会神地听,大概能听五分钟,然后就显出极其厌烦的样子,于是她就卷弄我的头发,或者把我的衬衫领子翻下来,看我是个什么模样,借以冲淡我们的话题。我要是巧妙地制止她这种心不在焉的表现,坚持教她,她就显得非常吃惊,非常不快,越来越不知如何是好。这时候,我就想起我最初和她不期而遇的时候,她那种天生的快活性格,想到她是我的娃娃媳妇,这样我就感到内疚,只好放下铅笔,叫人拿出吉他来。

我有很多东西要写,也有不少忧虑,但是出自和上面同样的考虑,都只存在自己心里。现在想一想,我完全没有把握,当时这样做对不对,但是为了我的娃娃媳妇,我当时就那么做了。我现在进行反省,把自己内心世界的秘密,凡是我知道的,都毫无保留地写在这份记述里了。我知道,过去因为失去了什么,或者缺少什么,心中感到不快,但是没有使我在生活中感到痛苦。在天气晴朗的日子里,我独自一人在外面散步,想起小时候迷恋的夏天,我的确怀念实现了的一些梦想;但我认为这是昔日的荣耀,已经失去了光泽,任何东西现在都不可能带来这样的荣耀了。有时候,在很短的时间里,我的确觉得我本来可以希望我的太太能给我出些主意,更有个性,更有目的,给我以支持,帮助我提高;她应具备这样的能力,在我似乎感到空虚的地方,为我充实起来。但是我觉得这就好像使我的幸福达到一种人世间不可能达到的完美境界,谁也没想到会有这样的境界,也不可能有这样的境界。

论岁数,我是个年轻的丈夫。我体会到,就是我在本书中记载的这些烦恼,或者说经历,就有一种使人屈服的作用。如果说我有什么失误,因为我可能有很多失误,那也是由于我在爱情方面犯了错误,由于我缺乏头脑。我写的都是真情实况。现在开脱,也不会给我带来什么好处。

就这样,我们的家务都由我来操持,没有人和我分担。我们的生活,大体上跟过去一样,还是那么乱糟糟的,不过我也习惯了,至于朵拉,她现在也很少发愁了,我看到这种情况,感到很高兴。她乐呵呵的,还是先前那副天真的样子,她深深地爱着我,干起往常那些琐事,津津有味。

赶上冗长的议会辩论——所谓冗长,我指的是时间长短,而不是指内容,若就内容而言,很少有不冗长的——我回家晚,她一听见我的脚步声,就待不住了,一定到楼下来迎接我。有时候,晚上的时间没被我刻苦钻研、创造条件而干成的这份职业占用,我可以在家里写作,不论多晚,她都静静地坐在近处,一声不吭,我常常以为她睡着了。不过我一抬头,总看见她那双蓝眼睛就像我刚才说的那样聚精会神地看着我。

"哦,把小伙子累坏了!"有一天晚上,我收拾书桌的时候,我的眼光碰上了朵拉的眼光,朵拉说道。

"把姑娘累坏了!"我说道,"这才说到点子上了。下一回,你就先去睡吧,亲爱的。对你来说,这太晚了。"

"别这样,别让我去睡觉!"朵拉恳求道,说着来到我的身边,"千万别这么办。"

"朵拉!"

她搂着我的脖子,哭起来了,这使我十分诧异。

"不舒服啦,亲爱的? 不高兴啦?"

"没有! 挺舒服的,也挺高兴的!"朵拉说道,"还是让我留下来,看你写作吧。"

"哎呀,对这样明亮的眼睛来说,我半夜三更里写作,有什么好看的呢!"我答道。

"不过我的眼睛亮吗?"朵拉笑着说道,"我的眼睛明亮,我真高兴。"

"虚荣的小东西!"我说。

其实也不是虚荣,只是听了我的赞扬而产生的一种天真的喜悦罢了。还没等她说，我就一清二楚了。

"你要是觉得我的眼睛漂亮，就说我可以每次留下来，看你写作吧！"朵拉说道，"你真觉得我的眼睛漂亮吗？"

"非常漂亮。"

"那就让我每次留下来，看你写作吧。"

"恐怕这并不能使你的眼睛更亮呀，朵拉。"

"哦，会的。这是因为你在那里沉思默想的时候，就不会忘了我了，你这个聪明人，怎么看不出呢。我要是说句非常非常可笑的话——比往常说的可笑的话还要可笑——你会介意吗？"朵拉趴在我肩膀上，扭头看着我问道。

"什么有趣的话呀？"我说道。

"请让我给你拿着笔吧，"朵拉说道，"你长时间勤奋写作，我也想沾点儿边儿呀。我给你拿着笔吧？"

我说了声"好吧"，她可高兴了。现在回想起当时的情景，我就要流泪。下一次我坐下写作的时候，后来也总是这样，她就坐在老地方，身边放着一把备用的笔。她因为跟我的工作沾了边儿，感到欢欣鼓舞，我每次向她要一支新笔——我还时常故意跟她要一支新笔——她都感到愉快，这就使我看到一条新的途径，可以使我的娃娃媳妇高兴。我有时候故意装作有一两页稿子需要誊清。这样一来，朵拉可就来劲儿了。她为此重任而做准备，系上围裙，还从厨房拿来了围嘴儿，免得墨水弄到身上，她从从容容地写，不断地停下来，朝着吉卜笑一笑，仿佛吉卜全都明白，她坚持认为一定要在下面署上名，才算完成任务，她抄好以后交给我，就像小学生交作业一样，我夸奖说抄得好，她就搂起我的脖子来——所有这些情况，别人也许会觉得很平常，我回想起来却激动不已。

过了不久，她把钥匙都管起来了。她把一整串钥匙放在一只小篮子里，系在她那纤细的腰间，在家里走来走去，发出哗啦哗啦的声音。我很少发现该用钥匙的地方是锁着的，也没看见那些钥匙除了供吉卜玩耍以外，还有什么用处。但是朵拉感到很愉快，我也感到很愉快。她很满意，因为我们这样假装料理家务，效果是很好的。她也很快活，就像过家家儿一样。

我们就这样继续生活下去。朵拉对我好，对我姨奶奶也差不多一样好，常对她说以前怕她是个"爱生气的老东西"。我从来没看见姨奶奶对别人像对她那样越来越和蔼。姨奶奶讨好吉卜，可吉卜从不理会。她日复一日地听我们弹吉他，可我觉得她并不喜欢音乐。她从来不斥责那些不会干活儿的仆人，不过这要花很大的力气克制自己；她发现朵拉缺什么小东西，就不知走多少路，买了来，让朵拉感到惊喜；每逢她从花园里进来，一看朵拉不在屋里，就在楼梯口用响彻全楼的愉快的声音喊道：

"小花儿在哪里呀？"

第四十五章　迪克先生应验了我姨奶奶的预言

我离开博士，已经有一段时间了。我就住在他家附近，常常见到他。我们一起到他家去过两三次，吃饭或者吃茶点。老将在博士家里永远住下去了。她跟过去一模一样，那一对长生不老的蝴蝶，也仍然在她的帽子上边飞动。

马克勒姆太太，跟我在生活中认识的其他一些母亲一样，比自己的女儿贪玩儿得多。她需要大量的娱乐，但她像一个足智多谋的老将，为了满足自己的欲望，却假装一心为了自己的孩子。因此，博士说希望安妮出去娱乐娱乐，特别符合这位优秀母亲的心意，对于博士考虑得这样周到，她大加赞扬。

我认为，她这样一来，就不知不觉地触到了博士的疼处。她着力赞扬博士减轻太太生活负担的想法，指的无非是成年人的一种轻浮与自私，这种轻浮与自私也不是成年人必然会有的，不过我认为她这样就证实了博士所担心的事，因为博士担心自己对年轻的妻子来说，构成了一种束缚，也担心他们夫妻之间感情并不融洽。

"亲爱的人哪，"有一天，马克勒姆太太当着我的面对博士说，"你知道，老把安妮关在这里，她肯定觉得闷得慌。"

博士好心好意地点了点头。

"等她到了她妈这个年纪，"马克勒姆太太说着把扇子往上一扬，"情况就不同了。你可以把我关到监狱里，找几个像样的人跟我打牌，我永远都不想出来。可是你知道，我不是安妮，安妮也不是她妈。"

"当然，当然。"博士说道。

"你是个顶好的好人——不是？那就请你原谅吧！"因为博士打了个手势，表示不赞成这个说法，"我在你背后这么说，当着你的面也要这么说，你是个顶好的好人；不过你当然不会——你会吗？——和安妮参与同样的活动，抱有同样的想法。"

"不会。"博士以悲哀的语气说道。

"不会，当然不会，"老将说道，"就拿你的词典来说吧。一本词典多么有用呀！多么必不可少呀！它讲解词的含义呀！要是没有约翰逊博士，或这一类的人，我们现在就该管意大利熨斗叫床架了。可是咱们不能指望一本词典——尤其是一本正在编的词典——会引起安妮的兴趣，是不是？"

博士摇了摇头。

"这就是为什么我这么赞成你出自对她的关心而提出的想法，"马克勒姆太太用合起来的扇子轻轻地拍了拍他的肩膀，说道，"这说明你不像别的老年人那样，希望年轻人都少年老成。你研究过安妮的性格，了解得很清楚。我觉得这是最可喜的一件事！"

斯特朗博士在这番恭维话的刺激之下，我觉得就连他那平静而有耐性的脸上也显出了一些痛苦的表情。

"所以，亲爱的博士，"老将又亲切地拍了他几下，说道，"你随时可以给我下命令。我说，你一定要明白，我完全是为你效劳。我准备跟安妮一起去听歌剧,听音乐会,看展览,到各种地方去。你决看不见我有厌烦的时候。责任,亲爱的博士,是世上头等重要的事情呀!"

马克勒姆太太说到做到。她和有些人一样,能够承受大量的消遣,在这方面坚持不懈,从不退缩。她拿到报纸以后,就稳稳地坐在家里最柔软的椅子上,拿起眼镜看起来,每天要看两个钟头,不大会找不到她认为安妮一定喜欢的节目。安妮郑重其事地说她讨厌这种东西,但是没有用。她妈老这样教训她:"我说,亲爱的安妮,我知道你是个懂事的孩子。我要告诉你,亲爱的孩子,斯特朗博士待你这么好,你可没给他应有的回报呀。"

这话往往是当着博士的面说的,如果说安妮起初反对,后来又收回,我觉得其主要原因就在于此。不过一般说来,她总是顺从母亲的意旨,老将到哪里去,她就到哪里去。

现在马尔登先生很少陪她们出去了。有时候,姨奶奶和朵拉受到邀请,她们就应邀前去。有时候,朵拉单独应邀前去。我对她前去,本来是会感到不安的,但是想到那天晚上在博士的书房里发生的事情,我就打消了顾虑。我相信博士的想法是对的,也就没有更大的怀疑了。

姨奶奶偶尔单独跟我在一起,有时揉揉鼻子对我说,她弄不明白这是怎么回事儿。她希望他们生活得更幸福;她认为我们的军人朋友(她总是这样称呼那位老将)也于事无补。姨奶奶还表示了这样的看法:"如果我们的军人朋友把那两只蝴蝶剪下来,五朔节的时候送给打扫烟囱的人,那就可以说她开始有点儿头脑了。"

但是姨奶奶始终信赖迪克先生。她说,那个人脑子里显然是有一个主意;他要是一旦把它抓住——这是他很难做到的——他就会取得非凡的成就而一举成名。

迪克先生并不知道这一番预言,对博士和斯特朗太太继续采取同样的态度。他似乎既不前进,也不后退。他就像一座建筑物那样,牢牢地建立在原有的基础上,说真的,即便他是一座建筑物,相比之下,我也不相信他现在更有可能移动。

但是,一天晚上,这时候我结婚已经几个月了,迪克先生往客厅里探进头来。当时我一个人在那里写作,朵拉跟我姨奶奶到那两只小鸟家里喝茶去了。迪克先生故意咳嗽了一声,说道:

"你现在要是跟我说话,恐怕有些不方便吧,特洛乌德,是不是?"

"没关系,迪克先生,"我说,"进来吧!"

"特洛乌德,"迪克先生先跟我握了握手,然后把手指放在鼻子一边,说道,"我要先说一句话,然后再就座。你了解你姨奶奶吧?"

"了解一点儿。"我答道。

"她是世上最了不起的女人呀,老弟!"

迪克先生这句话好像在他身上上了膛的子弹,发射出来之后,他就以比平时更为严肃的神情坐下,看着我。

"我说,孩子啊,"迪克先生说道,"我要问你一个问题。"

"问几个问题都行。"我说道。

"你觉得我是个什么样的人,先生?"迪克先生交叉着两臂问道。

"一位亲爱的老朋友啊。"我说道。

"谢谢你,特洛乌德,"迪克先生一边兴高采烈地笑着伸过手来跟我握手,一边说道,"不过,孩子,我的意思是,"这时候,他又恢复了严肃的神态,"你觉得我在这方面是个什么样的人?"他说着用手指了指自己的前额。

我一时不知怎样回答才好,但是他用一个词儿提醒了我。

"软弱?"迪克先生说道。

"唉,"我迟疑了一下,答道,"是有一点儿。"

"就是这样!"迪克先生说道,他听了我的回答,好像很高兴,"事情是这样的,特洛乌德,他们把一些烦恼从你知道某人的头脑里拿出来,放进你知道的某个地方,这时候——"迪克先生把两手交替转了很多次,然后两手对撞,又揉搓了半天,表示造成混乱。"这时候,不知怎的就对我造成了这样的结果——嗯?"

我对他点了点头,他也对我点了点头。

"简而言之,孩子啊,"迪克先生压低了声音,悄悄地说,"我脑子不灵。"

我本想修正一下他的说法,但他阻止了我。

"我就是脑子不灵!她非说我不是。我说是,她也不听;不过我的确是。要不是她帮助我,老弟,我早就给关起来,过了多年的悲惨生活了。不过我要养活她。抄写挣的钱,我从来没花过。我都放在一个盒子里了。我已经立下了遗嘱。我把所有的钱都留给她。她一定会很阔气——很高贵!"

迪克先生掏出手帕,擦了擦眼睛。随后他又小心翼翼地把手帕叠起来,用两手夹平,放回口袋,好像顺便也就把我姨奶奶放到一边去了。

"你现在成了学者了,特洛乌德,"迪克先生说道,"你是个出色的学者。你知道博士是个多么有学问的人,是个多么伟大的人。你知道他一向多么尊重我。他并不因为有学问就骄傲。他很谦逊,很谦逊——对可怜的迪克这样脑子不灵、一无所知的人也不嫌弃。我的风筝在空中和云雀一起飞翔的时候,我就把迪克先生的名字写在一张纸上,顺着绳子,送到风筝上去了。那风筝收到它以后很高兴,老弟,那天空也因为有了它而更明亮了。"

我非常热情地说,博士应当受到我们最大的尊重和最高的崇敬,迪克先生一听,大为高兴。

"他那位漂亮太太是一颗星,"迪克先生说道,"是一颗闪光的星。我看见她闪光来着,老弟。但是,"他说到这里,把椅子拉近了一点儿,把一只手搭在我的膝盖上,"有乌云呀,老弟——有乌云呀。"

我以同样的表情来回答他脸上表现出来的关切心情,而且摇了摇头。

"什么乌云呢?"迪克先生说道。

他殷切地看着我的脸,渴望了解事情的真相,所以我就不厌其烦地慢慢跟他把事情说清楚,就像跟小孩子解释什么东西一样。

"他们两个人不幸有些不和,"我答道,"有一些可悲的原因造成了裂痕。这是个秘密。这也许和他们之间的年龄差别密切相关。也可能是无缘无故产生的。"

我每说一句,迪克先生就若有所思地点一点头。我说完以后,他也停下来,坐在那里思考,眼睛盯着我的脸,手依然搭在我的膝盖上。

"博士没有生她的气吗,特洛乌德?"他过了一会儿说道。

"没有。对她忠心耿耿。"

"那我有办法了,孩子!"迪克先生说道。

他突然兴奋起来,猛拍我的膝盖,在椅子上往后一靠,眉毛提得不能再高了,使我觉得他比往常更加失去理智了。他又突然变得严肃起来,同时和刚才一样,往前探着身子,未曾说话,先恭恭敬敬地掏出手帕,仿佛它真能代表我姨奶奶,他说:

"世上最了不起的女人呀,特洛乌德。她为什么不想个办法加以纠正呢?"

"这件事太微妙,太困难了,不能那样横加干涉嘛。"我答道。

"出色的学者,"迪克先生用手指捅了捅我,说道,"他为什么不想个办法呢?"

"因为同样的原因呀。"我答道。

"那我有办法了,孩子!"迪克先生说道,接着他就在我面前站了起来,比刚才更加兴奋,不停地点头、捶胸,别人见了会以为他这样点头、捶胸,要闹到气绝身亡的地步呢。

"你面前是个疯疯癫癫的可怜人,老弟,"迪克先生说道,"一个脑子不灵、糊里糊涂的人,"他说着又捶起胸来,"你知道,他可能做出了不起的人做不到的事。我要让他们和好,老弟。我要试一试。他们不会责怪我。他们不会阻止我。即便做错了,他们也不会介意我做了什么事儿。我不过是迪克先生而已。谁会理睬迪克呢?迪克是个微不足道的人!呜!"他以轻蔑的样子吹了一口气,好像这样就把自己吹跑了一样。

很幸运,他已经把他的秘密对我说了这么多,因为这时候,我们听见马车停在了花园的小门前,这是送我姨奶奶和朵拉回来了。

"什么也别说，孩子！"他小声说道，"让他们责怪迪克吧——脑子不灵的迪克——疯疯癫癫的迪克。老弟，很久以来我就觉得快找到办法了，现在终于找到了。听了你告诉我的情况以后，我可以肯定地说，我有办法了。就这样吧！"

迪克先生关于这件事什么也没有再说，但他接下去有半个钟头的工夫，一个劲儿地给我发信号，叫我严守秘密，这使得我姨奶奶思想上大为不安。

我很想知道他的努力有什么结果，因为我在他得出的结论之中看到前所未有的头脑清醒的迹象——至于友好情谊，看得出，他一直是有的，我就不说了。使我惊讶的是，一连两三个星期没有听见什么消息。最后我开始认为他的头脑还处于飘忽不定的状态，不是把想做的事忘记了，就是放弃不干了。

有一天晚上，天气晴朗，朵拉不想外出，我跟姨奶奶溜达着来到博士的住宅。当时正值秋天，晚上没有辩论来打扰夜空。我记得我们踩在树叶上，那落叶的气味怎样跟我们家在布伦德斯通的花园一样；我还记得往日的痛苦怎样借着风的叹息声，从我身旁飘过。

我们来到博士的住宅的时候，天色已经渐渐暗了下来。斯特朗太太正从花园里走出来，迪克先生还留在花园里，忙着用刀子帮花匠削几个桩子。博士正在书房里会客，不过斯特朗太太说，那客人马上就要走，所以请求我们留下来见见他。我们跟着她来到客厅里，在渐渐黑下来的窗户旁边坐下来。像我们这样的老朋友，老邻居，串门儿的时候，就不讲究什么礼节了。

我们坐下之后，没有几分钟，喜欢故意大惊小怪的马克勒姆太太,手里拿着报纸,急匆匆地走了进来,上气不接下气地说道:"哎哟哟,安妮,书房里有人,你怎么不告诉我呢?"

"亲爱的妈妈,"她以平静的语气答道,"我怎么知道你想了解这个情况呢?"

"想了解这个情况!"马克勒姆太太说着,重重地坐在沙发上,"我一辈子都没有这样的习惯!"

"妈,这么说,你到书房去过了?"安妮问道。

"到书房去过,我的孩子!"她以特别强调的语气答道,"的确是去过! 我碰上那个好心人儿——特洛乌德小姐,大卫,请你们想想我当时的感情吧——正在那里立遗嘱呢。"

她女儿马上不再看窗户了。

"正在那里,亲爱的安妮,"马克勒姆太太把报纸在腿上摊开,像铺桌布一样,把手放在上面,重复说道,"立最后的遗嘱呢。这个可爱的人儿真是又有预见,又有感情呀! 我一定要告诉你们,是怎么回事儿。为了对得起那个可爱的人儿——他的确是这样一个人——我真得告诉你们,是怎么回事儿。你大概也知道,特洛乌德小姐,在这个家里,为了看报,非到快把眼珠子瞪出来的时候才点蜡。在这个家里,也没有一把像样的椅子,我认为能坐在上面看报,只在书房里有一把。我看见书房里有亮光,就到书房里去了。我开了门。和亲爱的博士在一起的是两个专业人员,看样子与法律有关,他们三个人都站在书桌前面——可爱的博士手里拿着笔,'因此,这只表明,'博士说——安妮,亲爱的,你注意听他是怎么说的——'因此,这只表明,先生们,我对斯特朗太太的信任,并且把一切东西都无条件地给她?'一个专业人员回答说,'并且把一切东西都无条件地给她。'我一听这话,怀着一个做母亲的自然产生的感情,说了声'仁慈的上帝,请你原谅我',在台阶上摔了一跤,就经过储藏室门前的小后夹道儿出来了。"

斯特朗太太打开窗户,走到外面廊子上,倚着一根柱子站在那里。

"你看,特洛乌德小姐,你看,大卫,"马克勒姆太太机械地用眼睛跟着她,说道,"看到一个人,到了斯特朗博士这样的年纪,还有精神力量来做这样的事情,能不说是鼓舞人吗?这只说明我当时做得对。当年斯特朗博士非常想讨好我,前来看我,并且以娶她为目标表了态,做了许诺,我就对安妮说:'亲爱的孩子,我认为你的生活会得到适当的保证,这是绝对没有问题的。斯特朗博士会超出他的承诺,为你做更多的事。'"

说到这里,铃响了,我们听见了客人往外走的脚步声。

"事情肯定是办完了,"老将听了听,然后说道,"那可爱的人儿签了字,封了口,交了出去,心里也踏实了。这就很好嘛!多好的心哪!安妮,亲爱的孩子,我要上书房看报去了,不看新闻,我可受不了。特洛乌德小姐,大卫,请来见见博士呀。"

我们陪着她往书房走的时候,我注意到,迪克先生站在屋子的暗处,正在合起他的刀子。我还注意到姨奶奶拼命揉鼻子,顺便说一下,她讨厌我们那位军人朋友,借此稍微发泄一下她的怒气。但是,谁先走进书房,马克勒姆太太怎样一下子坐进了她的安乐椅,我和姨奶奶怎样落在后头靠近门口的地方(除非是她的眼睛比我快,把我拦在了后面),即使我当时知道,现在也不记得了。但是我知道:没等博士看见我们,我们就先看见他了,他坐在桌子前面,躲在一堆他喜欢的大部头书里,坦然地用手托着脑袋。与此同时,我们看见斯特朗太太不声不响地走进来,她脸色苍白,浑身发抖。迪克先生用胳膊搀扶着她。他把另一只手放在博士的胳膊上,使得他心不在焉地抬起头来。就在博士抬头的时候,他太太单腿跪在了他的脚边,她举着两手,向他恳求。他脸上那难忘的表情,我始终没有忘记。马克勒姆太太见此情景,丢下报纸,呆呆地看着,她那副模样,如果说像我想得出的什么东西,最像准备装在"惊讶"号轮船船头上的头像了。

博士的样子显得又温柔,又惊讶,他太太的态度是又庄重,又恳切,交织在一起,迪克先生和蔼而关心,姨奶奶认真地自言自语:"谁说这个人疯了!"(自豪地表现出她救他脱离了苦难)——现在我记述这段经历,与其说这是我记得的,不如说是我现在还能看见和听见的。

"博士!"迪克先生说道,"究竟出了什么问题?你看哪!"

"安妮!"博士叫道,"别跪着呀,起来吧,亲爱的!"

"我不起来!"她说道,"我请求你们大家,谁也不要离开这间屋子!哦,我的丈夫,我的父亲,别再回避了。咱们俩都来看一看,咱们之间究竟有什么隔阂吧!"

这时候,马克勒姆太太恢复了说话的能力,她对家族的荣誉感,她作为母亲而感到的气愤,似乎都难以克制,于是大声说道:"安妮,给我马上起来,别这么低三下四的,给你的亲人丢人现眼,除非你想叫我在这里当场发疯!"

"妈妈!"安妮答道,"别再对我白费唇舌了,因为我是在恳求我的丈夫,就连你在这里也无所谓。"

"无所谓!"马克勒姆太太叫道,"我,无所谓! 这孩子昏了头了。快给我来杯水吧!"

我的注意力都集中在博士和他太太身上,对这个要求没有理睬,别人也都没有反应,于是马克勒姆太太喘着气,瞪着眼,给自己扇风。

"安妮!"博士说着,用手温柔地把她搂住,"亲爱的! 如果说随着日月推移,咱们夫妻之间发生了不可避免的变化,那也不能怪她呀。都是我的过错,是我一个人的过错。我对你的喜爱、崇拜和尊敬没有变。我希望能使你生活愉快。我是真心爱你的,也为你感到骄傲。起来吧,安妮,快起来!"

但她没有起来。她看了他一会儿,在他身边偎得更紧了,把胳膊横着搭在他的膝盖上,把头靠在胳膊上,说道:

"我在这里要是有个朋友能在这件事上为我说句好话,或者为我丈夫说句好话,我在这里要是有个朋友能说出我的心有时候对我低声说的什么疑虑,我在这里要是有个朋友尊重我丈夫,或者爱护过我,知道一点儿情况,无论什么情况,能帮我们消除隔阂,——我请这位朋友出来说话!"

鸦雀无声。我痛苦地犹豫了一阵子,打破了那寂静无声的场面。

"斯特朗太太,"我说,"我知道一点儿情况,斯特朗先生认真地要求我不要说出去,我也一直没有说出去。不过今天晚上,我觉得是时候了,如果再不说,就是误解他的信任和好意了,而且你这样恳求,我也不必再遵守他的要求了。"

她扭过头来看了我一会儿,我马上就知道我是做对了。从她脸上可以看出,即使她给我的保证不那么有说服力,我也不可能拒绝她的恳求了。

"我们今后能不能和好,"她说道,"可能就掌握在你的手里。我充分相信你,不会隐瞒什么情况。我事先就知道,你或者任何人能够告诉我的,都只能说明我丈夫具有高尚的胸怀。无论你怎样觉得你的话可能对我不利,你也不要有顾虑。我要亲自向他解释,将来亲自向上帝解释。"

在这样认真的恳请之下,我没有征求博士同意,就一五一十地说了说那天晚上在这同一间屋里发生的事,除了把尤利亚·希普的粗话说得婉转一点儿,没有别的不符合实际的地方。在我讲述的整个过程中,马克勒姆太太怎样看得发呆,怎样以刺耳的尖叫不时打断我的话,就无法加以形容了。

我说完以后,安妮半天没有说话,低着头,像我刚才说的那样。后来她抓起博士的手(博士仍然像我们进来的时候那样坐在那里),把它贴在自己的胸前,还亲了它一下。迪克先生轻轻地扶她站起来;她靠着迪克先生站在那里,低头看着自己的丈夫,眼睛一动也不动,就这样,她开始说话了。

"自从结婚以来,我心里有过什么想法,"她用温顺、柔和的声音低声说道,"我都要向你说清楚。现在我知道了那些情况,只要还有一点儿保留,我就无法生活下去。"

"安妮,别这么说,"博士心平气和地说道,"我从来没有怀疑过你,我的孩子。没有必要啊——真是没有必要啊,亲爱的。"

"很有必要,"她以同样的语气答道,"让我在那位宽厚真诚的人面前把我的心完全打开,年复一年,日复一日,我越来越爱他,越来越敬重他,上帝是知道的!"

"说真的,"马克勒姆太太插嘴说,"我要是还算有点儿头脑的话……"

("你就是没有头脑,你这个就爱多管闲事的人。"姨奶奶气愤地小声说道。)

"……就该允许我说,详细地说这些事情是没有必要的。"

"这个问题,妈妈,除了我丈夫以外,谁也无法判断,"安妮说道,她的眼睛始终没有离开她丈夫的脸,"而他是会听我说的。要是我的话使你感到痛苦,妈妈,就原谅我吧。我自己早就时常忍受痛苦,已经很长时间了。"

"真没想到!"马克勒姆太太气喘吁吁地说道。

"我很小的时候,"安妮说道,"还是个小孩子的时候,我所知道的一切,最初都跟一位耐心的朋友和老师密切联系在一起。这个人是先父的朋友,我也一向对他非常尊重。我想起任何一件事情,都不可能不想到他。是他把最早的一批财宝装进我的脑子里,每件财宝上都打着他的印记。我要是从别人手里接过这些东西,我恐怕就不会觉得它们这么好了。"

"这样她妈就成了无所谓的人了!"马克勒姆太太叫道。

"不是的,妈妈,"安妮说道,"但是我得如实地说明他的情况。我必须这样做。后来我长大了,他还处于原来的地位。他对我关心,使我感到骄傲;我怀着感激的心情,深切而真诚地爱着他。我怎样仰望着他,简直说不清楚——把他看做父亲,把他看做指路人;认为他的赞扬不同于别人的赞扬;我要是对整个世界有什么疑问,可以信赖他,对他说心里话。你知道,妈妈,你突然把他作为对象介绍给我的时候,我是多么年轻,多么缺少经验呀。"

"这件事,我对在座的每一个人都说过,至少说过五十遍了!"马克勒姆太太说道。

("那就看在上帝的分上,别啰唆了,再也不要提起这件事了!"姨奶奶低声说道。)

"起初,我觉得这是一个巨大的变化——也是一个巨大的损失,"安妮说道,依然保持着原来的样子和语调,"所以我感到不安,也感到难过。我还是个小姑娘;很长时间以来,我仰慕着他,一旦发生这么巨大的质的变化,我想我是感到遗憾的。但他无论如何也不可能恢复原来的地位了。他这么看得起我,我也很骄傲。于是我们就结了婚。"

"……在坎特伯雷的圣阿尔菲治教堂。"马克勒姆太太说道。

("这个女人真该死!"姨奶奶说道,"她就爱嚷嚷!")

"我从来没考虑,"安妮继续说道,脸上红了起来,"我丈夫会给我带来什么物质利益。我那颗年轻的心只知道表示敬意,而没有这种不好的念头。妈妈,请你原谅我,我要说第一次使我想到有人可能用这样恶毒的怀疑来冤枉我,也冤枉他的,就是你。"

"我!"马克勒姆太太叫道。

("啊! 当然是你!"姨奶奶说道,"你用扇子扇,是扇不掉的,我的军人朋友!")

"这是我的新生活里头一件不愉快的事,"安妮说道,"我所经历的每一件不愉快的事,最初都是从这里引起的。近来这种不愉快的事,我数都数不清了。但是,我宽厚的丈夫,这不是因为你说的那个原因,因为我心里的每一个念头,每一段回忆,每一个希望,无论什么力量都不可能把它们和你分开!"

她抬起眼睛,交叉起两手,我觉得她看上去就像仙女一样漂亮而纯洁。从这时候开始,博士目不转睛地看着她,和她看着博士的神情一模一样。

"妈妈过去为了她自己而逼迫你，"她接着说道，"这是无可非议的，她的用心，我认为不管怎么说也是无可非议的。但是我看到多少个不正当的要求以我的名义一再强加在你身上，有人怎样以我的名义从你身上得到好处，你有多么慷慨大方，威克菲尔先生一心惦记着你的福利，怎样表示反对，这时候，我才意识到我遭到了猜疑，怀疑我那温柔的心是让人买去的，然后卖给了你——世上这么多人，单单卖给了你——我觉得好像无辜地蒙受了耻辱，而且还把你也牵扯了进去。思想上老有这样的恐惧和烦恼，心里明明知道，我结婚的那一天，达到了我一生中爱情和荣誉的顶点，我无法告诉你那是一种什么滋味——妈妈也想象不出那是一种什么滋味！"

"一个人照顾自己的家庭，"马克勒姆太太流着泪说道，"竟然得到这样的回报，真是个样板！我真希望自己是个粗野的土耳其人！"

（"我也真心希望你是那样一个人——快回老家去吧！"姨奶奶说道。）

"就在这个时候，妈妈非常关心我表哥马尔登。我喜欢过他，"她低声说道，但是并没有犹豫，"非常喜欢。我们曾经是一对小情人。要是情况没有发生变化，我也许会真觉得是爱他，也许会嫁给他，那就别提多倒霉了。夫妻之间没有比志趣不合更大的分歧了。"

即便我在认真注意下面的情况，我也思索起上面这句话来，好像这句话有些特别值得注意的地方，或者有什么意想不到的用得上的地方，只是我一时还没看出来罢了。"夫妻之间没有比志趣不合更大的分歧了。"——"夫妻之间没有比志趣不合更大的分歧了。"

"我们之间，"安妮说道，"毫无共同之处。我早就发现了，毫无共同之处。如果说我没有很多事情，或者说没有更多的事情，需要感谢我的丈夫，有一件事，我是要感谢他的，因为在我这颗还没经过磨练的心发生第一次错误冲动的时候，他挽救了我。"

她站在博士面前一动不动，她说话时那副认真的态度使我很受感动。然而她的语气却依旧是那么平静。

"当时他盼着你帮他一把，你看在我的分上，给了他很大的帮助，我也因为不得不装出一副贪图钱财的样子而不快；那时候，我就觉得，努力去走自己的路，可能对他更合适一些。我想，假如我是他，我就会那样做，困难再大，也不在乎。但是在他去印度之前，我对他并没有恶感。他去印度的那天晚上，我知道，他心怀鬼胎，忘恩负义。后来我发现威克菲尔先生注意盯着我，我觉得其中有两层含义。我第一次看到，阴险的猜疑笼罩着我的生活。"

"猜疑，安妮，"博士说道，"没有，没有！"

"你心里没有猜疑，这我知道，我的丈夫！"她答道，"那天晚上，我来找你，想把耻辱和悲伤这样一些负担统统解脱下来。我知道，应当告诉你，就在你的家里，我的一个亲戚，你因为爱我，一直是他的恩人，他却对我说了一些话，即便我真是他想象的那种软弱而贪财的女人，也不该对我说那样的话——我从心里讨厌这件事造成的污点。话到嘴边了，却没有说出来，从那时候到现在，一直没有说出来。"

马克勒姆太太哼了一声，在安乐椅里往后一靠，用扇子把脸遮起来了，仿佛就此不再起来的样子。

"从那以后，除非当着你的面，我没再跟他谈过话；即便谈话，也是为了避免做这样的解释。他从我这里了解了他在这里所处的地位，现在已经又过去好几年了。你为了让他有所发展，偷偷地给了他很多帮助，然后你把情况告诉我，想让我惊喜一番。请你相信，你这样做，只让我因为我的心事而更苦恼，更沉重。"

她温柔地蜷缩在博士脚边，博士怎么拦也拦不住；她泪流满面，仰起头来，看着他的脸说道：

"你先别跟我说话！让我再说几句！对也罢，错也罢；要是能再来一遍，我想我也会采取完全一样的做法。我对你一片忠心，加上往日那些关系，可是却发现有人铁石心肠，竟然认为我已经出卖了自己的良心，周围的情况也加深了这种印象，我心里是什么滋味，你永远也不会知道。我当时很年轻，又没有人给我出主意。我和妈妈之间，在所有与你有关的事情上，都有严重的分歧。如果说我缩了回来，不肯说出我受到的委屈，那也是因为我非常尊重你，也非常希望你尊重我！"

"安妮，我那纯洁的心哪！"博士说道，"我亲爱的孩子呀！"

"还有几句话！还有很少的几句话！我常这样想：你可以娶的人多得很，她们不会给你带来这么多的责任和烦恼，她们会使你的家更像一个家。我常常觉得，恐怕我最好还是当你的学生，甚至当你的孩子。我常常觉得，我恐怕配不上你的学问和你的聪明才智。如果说，在我需要把那件事告诉你的时候，我因为有这些顾虑而缩了回来（事实上也正是这样），那也仍然是因为我非常尊重你，也希望有一天你也许会尊敬我。"

"这一天已经照耀了这么长久，安妮，"博士说道，"它也只有一个长夜，亲爱的。"

"还有一句话！我后来打算——真心实意地打算，而且这样要求我自己——了解你那么尽心帮助的那个人的劣迹，独自承担全部的压力。现在再说最后一句话，最亲爱的亲人！你最近的变化，我看了又痛苦，又伤心，有时候我想到过去的忧虑，有时候我想到常有的比较合乎实际的猜测；你这种变化的原因，今天晚上已经说清楚了。今天晚上，通过一个偶然的机会，我也了解到你即便考虑到那个错误，还仍然相信我，这充分显示出你的高尚品质。我愿意用我的爱心和责任心来报答你，但我不敢希望这样就能配得上你对我的可贵的信任。但是，有了刚才了解到的这些情况，我就能抬起头来看这张脸，我把它看做父亲的脸而尊敬它，把它看做丈夫的脸而爱它，把它看做朋友的脸，因为我在童年时代就认为它神圣。我还要郑重宣布，即便在我最细小的念头里，我也没有对不起你的地方——我应当爱你，对你忠诚，在这方面，我从来没有动摇过！"

她伸出胳膊搂住了博士的脖子，博士把头靠在她的头上，博士的灰白头发和她的深棕色头发混在了一起。

"哦，把我放在你的心窝里吧，我的丈夫！永远不要丢开我！不要觉得也不要说咱们之间有差距，因为并没有差距，只是我有许多不足之处。一年一年过去，我体会得更深了，我也对你越来越尊敬。哦，把我放在你的心窝里吧，我的丈夫，因为我的爱是建在岩石上的，是经久不衰的！"

接下去，是一片沉静。姨奶奶不慌不忙，严肃地走到迪克先生面前，搂了他一下，给了他一个响吻。考虑到他的功劳，她这样做,是非常适宜的,因为我相信我看得很清楚,当时他正准备摆一个金鸡独立的姿势,好好地表现一下他的喜悦心情呢。

"你是个非常了不起的人,迪克,"姨奶奶以一种高度赞扬的口气说道,"不要再假装糊涂了,我是看得出来的!"

说完以后,姨奶奶拉了拉他的袖子,朝我点了点头,我们三人就悄悄地出了屋子,走了。

"不管怎么说,这一下子就把我们的军人朋友给解决了,"回家的路上,姨奶奶说道,"要是没有别的值得高兴的事,光凭这个,就该睡个好觉。"

"我觉得她很难过呀。"迪克先生以非常同情的口气说道。

"什么!你看见过鳄鱼难过吗?"姨奶奶问道。

"我恐怕没见过鳄鱼呢。"迪克先生温和地答道。

"要不是那个老东西,本来是不会出什么问题的,"姨奶奶加重语气说道,"有些母亲把女儿嫁出去之后,最好不要过问她们的事,也不要对她们疼爱得那么猛烈。她们似乎认为,她们把一个不幸的年轻女人送到世界上来——我的老天爷,好像那女人是求着要来,好像她愿意来似的——唯一能够得到的回报,就是完全有权把她折磨得离开这个世界。你想什么呢,特洛?"

我在想听到的那些话。刚才说过的话,有一些还在我脑子里转。"夫妻之间没有比志趣不合更大的分歧了。""我这颗还没经过磨练的心发生第一次错误冲动的时候。""我的爱是建在岩石上的。"但是我们到家了。踩过的树叶躺在我们脚下,秋风吹个不停。

第四十六章　消　息

　　我记日子记得不大准,要是信得过的话,我这时候已经结婚大约一年了。有一天晚上,我独自出去散步,一边往回走,一边思考我当时正在写的那本书——因为我不断投稿,成就也越来越大,当时正在写第一本小说——从斯蒂福太太家门口经过。在此以前,我就住在这一带,经常路过她的家,不过我要是能找到另外一条路,就不路过她的家了。然而有时候并不容易找到另外的路,除非绕一个大弯子,所以,总起来说,我还是常走那条路的。

　　我路过她家时,总是加快步子,顶多再朝那房子看一眼。这所房子没有一处不显得阴沉沉的,枯燥乏味。最好的房间,没有一间是临街的。那狭窄的框子很粗的旧式窗户,什么时候也没鲜明过,现在看上去非常沉闷,关得严严的,百叶窗也总是关着的。铺了地面的小院子中间有一段带顶子的路,这条路通到一个从来不用的大门。有一个楼梯旁边的圆窗户,和别的窗户很不一致,只有这个窗户没有百叶窗遮挡,也同样是无人居住的空荡荡的样子。我记得从来没见这所房子有什么亮光。我要是偶尔路过这里,我就很可能认为某个无儿无女的人躺在里面,死了。如果我有幸不了解这个地方,经常看见它毫无变化,我敢说,我会随意发挥我的想象力,想出许多独出心裁的推测来。

其实，关于这所房子，我根本就没怎么想过。但是我的心思却不能跟我的身体一样，走过去就算了，而总要引起一长串的回忆。就在我现在说的这天晚上，这所房子出现在我眼前，比平时引起了更多的联想。我想起了儿时的情景和后来的幻想，想起了没有成形的希望的大致轮廓，想起了模糊看见也似乎理解的失望而形成的破碎阴影，想起了与我近来紧张从事的职业有关的经验与想象的融合，各种想法交织在一起。我往前走，不知不觉想得出了神儿，突然听见身边有说话的声音，使我吃了一惊。

那还是个女人的声音。没用多少时间，我就想起来了，她是斯蒂福太太客厅里的年轻女仆。过去她帽子上配的是蓝色丝带，现在已经拿掉了，我想大概是为了适应这个家的变化，换上了一两个素净的棕色蝴蝶结，样子也很单调。

"先生，劳驾到里面去一下，好不好？达特尔小姐有话跟你说。"

"是达特尔小姐派你来请我的吗？"我问道。

"不是今天晚上，先生，不过这没关系。一两天以前，达特尔小姐看见你晚上路过这里，就让我坐在楼梯上干活儿，再看见你路过这里，就请你到里面去，跟她说话。"

于是我就转身往回走。一路上，我问这个带路的，斯蒂福太太怎么样。她说她家太太情况不好，很多时间待在自己屋里。

我们到了以后，她把我领到花园里就走了，让我自己向达特尔小姐表明我到了。她在一个类似平台的地方，在一头儿，坐在一把椅子上，从这里可以俯瞰全城。那天晚上，夜色昏暗,天上有阴森森的亮光,我看见在远处那可怕的景象衬托下,有些较大的东西矗立在那里。我回想起这个女人多么凶,就觉得她有这样的景色做伴儿,倒也不算不合适。

她看见我走过来,就站了站,表示接待我。当时我就觉得她比我上次见她的时候更苍白,也更瘦了,闪光的眼睛更亮了,嘴上的伤疤也更明显了。

我们这次见面并不热情。上一次我们是生着气分手的;这一次见面,她也流露出厌恶的神情,而且丝毫不加掩饰。

"听说你有话要跟我说呀,达特尔小姐。"我站在她身旁,扶着椅子背说道,她曾示意请我坐下,可我没有坐。

"你要是想听,我就跟你说一说,"她说道,"请你告诉我,那个女孩子找到了没有?"

"没有。"

"可是她跑了!"

我看到,她看着我的时候,她那一对薄嘴唇也在动,好像急于说一些责备的话。

"跑了?"我跟着她重复了一遍。

"是啊,离开他了,"她说着,笑了笑,"要是还没找着她,也许就永远找不着了。她可能死了!"

我看了她一眼,她的眼神里流露出得意的凶光,这是我在别人的脸上从来没有见过的。

"盼着她死,"我说道,"这恐怕是一个女人能够对她发出的最好的祝愿了。我很高兴看到你随着时间的推移而变得温和多了,达特尔小姐。"

她不屑于理我,却又朝着我鄙视地笑了笑,说道:

"这个受尽欺侮的绝好的年轻女子,她的朋友可都是你的朋友,你是他们的代言人,维护他们的权利。她有些什么消息,你想知道吗?"

"想知道。"我说道。

她皮笑肉不笑地站起身来,朝着旁边一溜冬青走了几步。冬青这边是草坪,那边是菜园子。她提高了嗓门儿,叫道:"过来!"——仿佛是在朝着什么肮脏的畜生吆喝。

"你在这里,当然会克制自己,不会摆出一副代言人的样子,也不会报仇,是不是,科波菲尔先生?"她还是以同样的表情,回过头来看着我说道。

我点了点头,但不知她是什么意思;她又说了声"过来!"回到原来的地方,后面跟来那位体面的黎提摩先生。黎提摩先生体面不减当年,向我鞠了个躬,站在她身后该站的地方。她在我们两个人之间,斜靠在椅子上,脸上露出又狠毒又得意的神情,但说也奇怪,其中还有几分温柔与妩媚,真不亚于传说中残暴的公主。

"来呀,"她看也没看他一眼,就威风凛凛地说道,顺手摸了一下正在跳动的旧伤疤——这一次也许不是感到痛苦,而是感到高兴——"告诉科波菲尔先生,是怎么跑的。"

"詹姆斯先生和我自己,小姐……"

"不要对我说!"她皱着眉打断了他的话。

"詹姆斯先生和我自己,先生……"

"请你也不要对我说。"我说道。

(黎提摩先生一点儿也不觉得尴尬,做了一个小小的手势,表示我们认为怎么样最合适,他就认为怎么样最合适。他又从头开始:)

"詹姆斯先生和我自己,自从那年轻女人在詹姆斯先生保护之下离开亚茅斯之后，我们在国外一直跟她在一起。我们到过很多地方，在国外看了很多东西。我们到过法国、瑞士、意大利——实际上，几乎所有地方都去过了。"

他看了看椅子背，仿佛他在对着椅子背说话，又轻轻地用手弹了弹，仿佛他在演奏一架不出声的钢琴。

"詹姆斯先生特别喜欢那个年轻女人，有相当一段时间，他心里很安定，从我开始伺候他以来，从来没见他这样安定过。那年轻女人也很灵，会说那几种语言；也已经看不出她就是原来那个乡下人了。我注意到了，我们每到一个地方，她都非常受欢迎。"

达特尔小姐把手放在了腰间。我看见他偷偷地看了她一眼，暗自一笑。

"那年轻女人的确非常受欢迎。她那么一打扮，加上空气新鲜，阳光充足，再加上有人恭维——又是这个，又是那个，她的长处的确引起了大家的注意。"

他停了一会儿。达特尔小姐心里烦躁，两眼漫无目的地看着远处，她咬住了下唇，免得它老动。

黎提摩先生把手从椅背上拿开，一只手攥着另一只手，全身用一条腿支撑着，两眼朝下看着，他那体面的脑袋稍微往前伸着，稍微往一边歪着，接着说道：

"那年轻女人就这样过了一阵子，有时候情绪低落，后来我觉得她对自己那种情绪和脾气采取放纵的态度，这就使得詹姆斯先生感到厌烦了。这样一来，情况就不妙了。詹姆斯先生又烦躁起来。他越烦躁，她也闹得越厉害。说到这里，我要为自己说句话，夹在他们两个人中间，我可真够受罪的。不过这里补救一下，那里弥补一下，如此反复，维持了很长时间。

我敢说谁都没想到他们能维持这么长时间。"

达特尔小姐把目光从远处收回来,又用刚才那种神气看着我。黎提摩先生用手遮着嘴,体面地轻轻咳嗽一声,清了清嗓子,换了一条腿,继续说道:

"总而言之,经过多次争吵与抱怨,有一天早晨,詹姆斯先生终于走了。当时我们住在那不勒斯附近的一幢别墅里,因为那年轻女人特别喜欢海。他假装只去一天左右的时间,就回来,却给我留下一个任务,让我说明,为了使有关的人都感到愉快,他……"(说到这里,他又轻轻咳嗽一声)"走了。但是我必须说詹姆斯先生做事,的确是光明正大,因为他提出让那个年轻女人嫁给一个非常体面的人,这个人愿意完全不计较过去的事。在通常情况下,她无论嫁给谁,也不会比这个人更强了,她家里的人都极其一般嘛。"

他又换了一条腿,舔了舔嘴唇。我看出来了,这个坏蛋指的就是他自己,我这个想法,在达特尔小姐的脸上也得到了印证。

"这件事,詹姆斯先生也让我告诉她。什么事情我都愿意干,只要是能帮着詹姆斯先生克服困难,帮着他和疼爱他的母亲恢复融洽的关系,何况他母亲还为他受了那么大的罪。于是我就承担了这个任务。那年轻女人一听我说他走了,就晕过去了。等她醒过来以后,她的反应,谁也想不到竟然会那么强烈。她完全疯了,非得用强力把她管住,要不然,即便她抓不着一把刀,也跳不了海,她也会把脑袋往大理石面儿的地上撞的。"

达特尔小姐往椅背上一靠,喜形于色,恨不得把这家伙发出的每一个声音都用手抚摸一番。

"后来我又完成托付给我的第二部分任务，"黎提摩先生不安地搓着手说，"谁都会觉得这不管怎么说，是一番好意，应当表示感谢，但是这时候，那年轻女人就原形毕露了。比她更蛮横的人，我还从来没见过。她的举动坏透了。她不知道感恩，没有感情，没有耐心，没有理智，跟木头和石头一样。我要不是有防备，我相信，非让她宰了不可。"

"我觉得她这事儿干得好。"我气愤地说。

黎提摩先生低了低头，意思是说："真的吗，先生？你还年轻哪！"又接着说下去：

"简而言之，有一段时间，必须把她能用的东西都从她身边拿走，免得她用这些东西伤害她自己，或者伤害别人，必须把她关得严严的。即便这样，有一天夜里，她还是砸开了我亲自钉牢的窗格子，跳了出来，掉在下面盘绕的葡萄藤上。据我所知，从那以后，再也没人见过她，也没人听到过她的消息。"

"也许她死了。"达特尔小姐笑着说道，好像她要是见着这个备受欺凌的女孩子的尸体，也会踢上一脚的。

"她可能跳海了，小姐，"黎提摩先生说道，总算找到理由对着某人说话了。"很可能啊！也许渔民救了她，渔民的老婆孩子救了她。她跟下等人在一块儿待惯了，达特尔小姐，她最喜欢坐在渔民船边儿，跟他们聊天儿了。詹姆斯先生出去，整天不回来的时候，我看见她这样干过。有一次，詹姆斯先生很不高兴，因为他发现她对渔民的孩子说，她自己也是个渔民的女儿，还说很久以前，她在自己的国家，也跟他们一样，在海边跑来跑去。"

哦，艾米丽！不幸的美人儿呀！一幅多么动人的图画浮现在我的眼前：她坐在遥远的岸边，周围的孩子跟她天真烂漫的时候一样,她听孩子们细声细气地说话,她当初要是嫁了一个穷人,孩子们就该用这样的声音喊她妈妈了;同时她也在听那大海的吼声,那声音不断地说:"永不再来!"

"看看没有办法了,达特尔小姐……"

"不是告诉你,不要对我说吗?"她以鄙视的口气严厉地说。

"是你对我说话了,小姐,"他答道,"对不起。不过我的职责是服从。"

"那就尽你的职责吧,"她说道,"赶快说完了,就走!"

"看看没有希望找着她了,"他以非常体面的样子鞠了一个躬,说道,"我就跑去找詹姆斯先生。我们事先约好了一个地方,我好给他写信。见着他以后,我就把发生的事告诉了他。结果我们吵起来了。我觉得为了我的人格,我得离开他。无论詹姆斯先生怎样对待我,我都能忍受,也一直在忍受。但是这一回,他侮辱我,侮辱得太厉害了。他伤了我的心。我知道他跟他母亲不幸有矛盾,也知道他母亲心里可能多么焦虑,我就自作主张,回到英国,汇报了……"

"那是我花钱让他干的。"达特尔小姐对我说。

"是这样,小姐——汇报了我知道的情况。我不知道,"黎提摩先生想了想,说道,"还有什么情况。我现在失业了,我会很高兴接受一份体面的差事。"

达特尔小姐看了我一眼,好像是问我,还有没有什么事情要问。我倒的确想起过一件事,就回答说:

"我想从这个……东西,"我无法迫使自己用一个更温和的字眼儿了,"口里了解一下,家里给她写了封信,是他们扣下了,还是他认为她收到了。"

他依然保持冷静,一声不吭,两眼看着地,右手的指头尖儿轻巧地对着左手的指头尖儿。

达特尔小姐以厌恶的神情朝他扭过头去。

"对不起,小姐,"他不再愣神儿了,清醒过来,说道,"但是,我对你不管多么顺从,也有我的地位,虽然只是个仆人。小姐,科波菲尔先生和你不同。科波菲尔先生要是想从我这里了解什么情况,我想冒昧地提醒科波菲尔先生,他可以向我提出问题。我要维护自己的人格。"

我掂量了一下,转过脸去对他说:"你听见我的问题了。你要是高兴,就算这个问题是对你提的吧。你怎么回答呢?"

"先生,"他答道,轻巧地把指头尖儿一会儿分开,一会儿合上,"我不能直说,因为把詹姆斯先生的秘密泄露给他母亲,和泄露给你,完全是两回事儿。可能使情绪更坏,增加烦恼的信,我想詹姆斯先生是不大可能希望她收到的;除此以外,先生,我不想再多说了。"

"还有什么?"达特尔小姐问我。

我表示没有可说的了。"不过,"我见他要走,就补充说,"我知道这家伙在这起恶毒的事件里起了什么作用。既然我还要把这情况告诉一个老实人,这个人从她小的时候就是她的父亲,我劝他还是少出头露面。"

我刚一说话,他就停下了脚步,和平时一样,沉着冷静地听我说话。

"谢谢你,先生。不过请你原谅我,先生,因为我要说这个国家既没有奴隶,也没有虐待奴隶的人,也不允许任何人把持法律。他们要是那么干,我相信,受害的不是别人,而是他们自己。所以说,我想上哪儿去,就上哪儿去,先生,一点儿也不害怕。"

他说完以后，很有礼貌地鞠了一躬，也向达特尔小姐鞠了一躬，从冬青篱笆墙上的拱门走了，他刚才就是从这儿进来的。他走了以后，我和达特尔小姐对看了一会儿，谁也没说话，她的态度跟刚才引那人进来的时候一模一样。

"除此以外，他还说，"她慢慢地撇了撇嘴，说道，"他听说，他的主子到西班牙沿海航行去了；在这以后，还要去尝一尝漂洋过海的滋味，到玩腻了为止。不过你对这不感兴趣。他们母子二人都很傲慢，他们之间的裂痕也比以前扩大了，没有什么愈合的希望。他们俩在骨子里是一样的，时间越久，他们就越固执，越武断。你对这也不会感兴趣，不过这可以引出我要说的话。你看做天使的这个小妖精——我指的是他在海边烂泥里捡的这个贱货，"她的黑眼睛直盯着我，她激动地用手向上指着，"可能还活着，因为我相信，有些常见的东西是不会轻易死的。要是她还活着，你最好派人找到这颗无价的珍珠，把她照顾好。我们也希望他不至于碰巧第二次当她的俘虏。到目前为止，我们的利益是一致的。这就是为什么我虽然可以使坏，让这样一个贱货吃吃苦头，却派人把你请来，让你听一听这些情况。"

我看见她脸上的表情有变化，就知道我身后有人来了。来的是斯蒂福太太。她朝我伸出手，但比上次更冷淡了，也比以前显得更加庄重，但我仍然可以看出——而且我也很受感动——我过去很喜欢他的儿子，这还没有从她的记忆中消失。她的变化很大。她那好看的身段已经不那么挺秀，她那俊俏的面庞也现出了很深的皱纹，她的头发也近乎全白了。但是当她在座位上坐下的时候，她依然是个很好看的女人；她那明亮的眼睛,带着高傲的眼神儿,我是很熟悉的,因为在我上学的时候,在我的梦境中,它是一盏明灯。

"科波菲尔先生把情况都了解了吗,罗莎?"

"是的。"

"是听黎提摩亲口说的吗?"

"是的。我也告诉他了,为什么你希望这样。"

"你是个好姑娘。我跟你从前那个朋友通过几次信,先生,"她对我说,"但是没有能够使他回心转意,想到自己的责任和应尽的义务。所以,关于这件事,除了罗莎说的以外,我没有旁的目的。你上次带来的那个好人(我为他感到难过——也没有别的可说了),要是有办法解除他的苦恼,同时也使我儿子不至于再次落入那诡计多端的敌人设置的陷阱,该有多好哇!"

她挺了挺身子,坐在那里往前看,往远处看。

"伯母,"我恭恭敬敬地说道,"我明白你的意思。你放心,我决不会对你的用意作牵强附会的引申。但是我从小就认识受害的这一家子,我必须说,即便是对你,我也要说,你要是认为这姑娘吃了这么大的亏,还不算上当受骗,也不会宁愿死一百回,也不从你儿子手里接一杯水,你就大错而特错了。"

"没事儿,罗莎,没事儿,"斯蒂福太太见她要插话,就说,"没关系。你别管。——先生,你结婚啦,我听说?"

我回答说,结婚已经有些时候了。

"你干得不错吧?我的生活很清静,知道的事儿不多,不过我听说你已经小有名气了。"

"那是我走运,"我说,"听说有人提到我的名字,赞扬过。”

“你母亲不在了？”她以较为温和的语气说道。

“是的。”

“真可惜呀，”她说道，“她要是还活着，一定会为你感到骄傲。再见。”

她以庄重而坚定的神气朝我伸出手来，我握住她的手，觉得这只手是平静的，仿佛她的心也一直是平静的。她的自尊心似乎把手上的脉搏都止住了，并且在她脸上蒙上了一层恬静的面纱，她正坐在那里，透过这层面纱，眼睛直直地望着远处。

我顺着平台慢慢离开她们，不由得看见她们两个人坐在那里，怎样一动不动地注视着远处的景物，那景物怎样越来越暗，笼罩在她们周围。远处城里，有些灯点得早，可以看到稀稀落落的灯光闪烁，东边一角的天空中，那阴森森的亮光依然在浮动。但是横在前面的开阔低洼地，大部分地方笼罩着一层雾，像大海一样。那雾慢慢升起，与黑夜汇合，看上去那越来越多的海水就要把她们包围起来。我还记得这情景，而且回想起来就害怕，这是有原因的，因为我还没来得及再看这两个人一眼，汹涌的海水已经到了她们脚下。

我把这样听来的情况考虑了一番，觉得应当告诉裴果提先生。第二天晚上，我就到伦敦找他去了。他总是在各处走动，唯一的目的就是找到他的外甥女，但他待在伦敦比待在别处的时间多。我曾不止一次看见他半夜三更在街上走，在这个古怪的时候还在外面闲逛的为数不多的行人中间搜寻，希望找到他怕找到的人。

他在亨格福德市场的小杂货店楼上有个住的地方，我已经提过不止一次了。他怀着爱心找孩子，最初就是从这里出发的。于是我就到这里来了。我一问,听那里的人说,他还没出去,可以到楼上去找他。

他正坐在窗口看书,窗台上摆着几盆花。屋子收拾得整整齐齐。我一下子就看出来了,这间屋子什么时候都收拾得好好的,准备迎接她回来,而且他没有一次出去,不觉得有可能把她带回来。他没听见我敲门,我把手搭在他肩膀上了,他才抬起头来。

“大卫少爷! 谢谢你,少爷! 打心眼儿里谢谢你来看我! 坐下吧。衷心地欢迎你,少爷!”

“裴果提先生,”我说着,就坐在了他递过来的椅子上,“你不要希望过高。我听到了一些消息。”

“艾米丽的消息!”

他盯着我的眼睛,一面紧张地把手捂到嘴上,脸色煞白。

“她究竟在哪里,还没有线索,不过她跟他散伙啦。”

他坐下以后,目不转睛地看着我,一声不吭地听我讲述所有的情况。他慢慢地把视线从我脸上移开,用手支撑着前额,坐在那里朝下看。我记得很清楚,这时候他脸上那耐心而严肃的表情使人感到庄重,甚至感到美,给我留下了深刻的印象。他没有打断我的话,始终一动不动。在我讲述的整个过程中,他好像一直在追随她的身影,而让别人的形象从他身边过去,仿佛不值一顾。

我说完了以后,他捂着脸,继续保持沉默。我往窗外看了一会儿,又拨弄了一会儿窗台上的花。

“这件事,你觉得怎么样,大卫少爷?”他终于开口了。

“我觉得她还活着。”我答道。

“我没有把握。也许那第一次打击过于猛烈,她一狠心就……那蓝蓝的海水,也是她常爱念叨的。难道她这么多年以前想到它,因为这就是她的葬身之地吗?"

他一边思索,一边用恐惧的语气小声说了这段话,还在小屋里转了一圈。

"可是,"他接着说道,"大卫少爷,我又觉得很有把握,她还活着——无论是醒着还是睡着,我都觉得我一定能找着她——这个想法指引我前进,给我以力量——我觉得我不可能受骗。不可能。艾米丽还活着!"

他把手稳稳地放在桌子上,太阳晒得红红的脸上露出了坚定的神情。

"我的外甥女艾米丽还活着呢,少爷!"他坚定地说道,"我不知道这感觉是从哪儿来的,是怎么来的,但是我知道她还活着!"

他说这话的时候,几乎像是受到了神灵的感应一样。我等了一会儿,等他能够专心致志地听我说话了,就开始向他说明我前一天晚上想到的如果明智的话应当注意的地方。

"我说,亲爱的朋友……"我开了个头儿。

"谢谢你,谢谢你,好心的少爷。"他说着,两手攥住了我的手。

"她要是到伦敦来,这是很可能的——因为她上哪儿能像在这座大城市里这样容易躲起来呢;她要是不回家,除了躲起来以外,她还想干什么呢?……"

"她是不会回家的,"他痛苦地摇着头插嘴说道,"她要是自愿出走的,就会回来。既然当时是那么个情况,她就不会回来了,少爷。"

"她要是到这里来,"我说,"我相信有一个人比世界上任何人都更有可能见到她。你还记得——你要以坚定不移的精神听我说;你要想着你的伟大目标! ——你还记得马莎吗?"

"我们镇上的?"

我一看他的脸色,就知道答案了。

"她现在就在伦敦,你知道吗?"

"我在街上见过她。"他答道,说着打了一个哆嗦。

"但是你不知道,"我说道,"艾米丽接济过她,那是在她出走以前很久的时候,哈姆帮她干的。你也不知道,有一天晚上,咱俩碰见了,在马路对面那间屋里说话,她就在门口听来着。"

"大卫少爷!"他答道,显出惊讶的样子,"下大雪的那天晚上?"

"就是那天晚上。从那以后,我没见过她。我跟你分手以后,又回去找她,想跟她聊聊,可是她走了。当时我不愿意对你提起她,现在也不愿意。但是我现在说的就是她,我觉得咱们应当去找她。你明白吗?"

"非常明白,少爷,"他答道。我们已经压低了声音,简直就是在喊喊喳喳地说话,又这样说了一阵子。

"你说你见过她。你觉得能找着她吗? 我要找她,就只能凭运气了。"

"我想,大卫少爷,我知道上哪儿去找。"

"天黑了。既然咱俩在一块儿,那咱现在就出去,今天晚上就想法儿找着她,好不好?"

他表示同意,准备跟我一块儿出去。我显得并没注意他在干什么,但是我看见他多么细心地把小屋收拾一下,把蜡烛和点蜡的家什放在手边,理了理床铺,最后还从抽屉里拿出她的一件长裙(我记得见她穿过),和几件别的衣裳,整整齐齐地叠好,连同一个便帽,都放在椅子上。关于这些衣裳,他没说什么,我也没说什么。衣裳放在那里,等她回来穿,已经等了很多个夜晚,这是毫无疑义的。

"过去,大卫少爷,"我们下楼的时候,他对我说,"我觉得马莎这孩子好比艾米丽脚下的泥土。请上帝宽恕我吧,现在情况不同了!"

我们一路走着,一方面为了跟他说话,一方面我自己也想知道,就向他问起哈姆。他的回答跟过去几乎是一样的,他说哈姆还是老样子——"消磨时间,连自己的性命都不在意;但他从不抱怨,人人都喜欢他。"

我问他,依他看,对于造成他们这些不幸的原因,哈姆有什么想法?他认为哈姆的想法危险不危险?比方说,要是哈姆偶然跟斯蒂福相遇,他认为哈姆会怎么样?

"我不知道呀,少爷,"他答道,"这件事,我想过好多次,总也想不出个头绪来。"

我叫他回想一下,她出走以后,第二天早晨,我们三个人都在海边上。"你还记得吗,"我说,"他疯疯癫癫地看着大海,还说什么'事情的结尾'?"

"当然记得!"他说。

"你觉得他是什么意思?"

"大卫少爷,"他答道,"这个问题,我问过自己好多遍了,老是找不到答案。有一件事很奇怪——虽然他很平和,要想利用这一点来摸清他的心思,可就难了。过去他跟我说话,别提有多么尽心尽意了,现在跟我说话,也不会两样。可是他的心,那主意都在那里呢,可不是浅水池塘。深得很哪,少爷,咱看不透呀。"

"你说得对，"我说道，"我有时候也为这件事担心。"

"我也担心呀，大卫少爷，"他说道，"说真的，我对这种情况，比对他不顾死活地干活儿更担心，虽然这两种情况都是在他变化以后才有的。至于他会不会不管不顾地动起手来，我不敢说，不过我希望他们俩最好离得远远的。"

我们过了坦普尔门，就来到城里了。我们这会儿不说话了，他在旁边跟着我，心里只想他一心一意追求的目标，聚精会神地往前走，什么也不注意，即便满街是人，他也像是一人独行。走到离黑衣修士桥不远的地方，他一扭头，让我看一个孤独女人的身影，那女人正在马路对面匆匆往前走。我一下子就看出来了，她就是我们要找的人。

我们过了马路，朝她追去。这时候，我忽然想到，要是找个清静地方，避开街上的人，也不大会被人看见，再跟她说话，她也许更容易对我们寻找的女孩子产生一个女人应有的关心。于是我就对我的同伴说，先不要和她说话，而是跟着她，这也是因为我模模糊糊有个想法，一定要弄清楚她这是上哪儿去。

他同意了，我们就远远地跟在后面，决不让她走出我们的视线，也决不靠得很近，因为她不时地往四下里看一看。有一次，她停下来听乐队演奏音乐，我们也停下了脚步。

她走的路很远。我们就在后面跟着。从她走的路线来看，她显然是有一定的目的地的。这个情况，加上她总是在繁华的街道上走，再加上这样神秘地暗中跟踪一个人，有一种特殊的魅力，使我决心坚持最初的做法。最后她拐进一条寂静、昏暗的街道，嘈杂的声音和人群都没有了，于是我说："可以跟她说话了。"我们加快脚步，追了上去。

第四十七章　马　莎

　　这时候,我们到了威斯敏斯特区。我们看见马莎的时候,她正迎面走来,所以跟踪她的时候,我们走的是回头路。她就是在威斯敏斯特教堂离开明亮、嘈杂的主要街道的。她摆脱了桥头来去的两股人流之后,走得很快,由于这个原因,再加上她拐弯儿的时候就已经落下我们一大截,我们追到米尔班克附近一条河边小街才追上她。就在这时候,她过了街,好像是躲避后边的人,因为她听见后面不远有脚步声。过了街以后,她头也不回,步子更快了。

　　我忽然看见一个昏暗的入口,里面停着几辆过夜的货车,从入口看去就看见河了,我不由自主地停下了脚步。我碰了碰我的伙伴,没有说话,我们都没有过街去追她,而是在街这边儿跟着,以房子作掩护,尽量不出声,但同时又与她非常接近。

　　过去,乃至现在我写书的时候还是这样,这条地势很低的街走到头,有一所破烂不堪的小木头房子,原来可能是个渡船码头。其位置恰好在这条街的尽头,再往前去,便是一条路,路这边是一排房子,那边就是河了。她到了这个地方,一看见水,就停下了,仿佛到了目的地;接着就贴着水边儿慢慢走,眼睛盯着河水。

我一路上都以为她是往一个住的地方走,说真的,我还模模糊糊地希望她这个住的地方能跟我们要找的女孩子有一定的联系。但是我在黑暗之中,从那入口一眼看见了那条河,我就本能地感到,她不会再往远处走了。

当时,这一带是个非常阴郁的地方——到了晚上,压抑、悲伤、孤独,和伦敦各处是一样的。阴森的大狱附近,路边一片荒凉,既没有码头,也没有房舍。一条缓缓流动的水沟把带来的泥土沉积在大狱的墙下。附近的沼泽地杂草丛生。这里,有些房屋开工就不吉利,也没盖完,只有一个空壳儿,日渐风化。那里,地上堆满了奇形怪状的锈锅炉、轮子、曲柄、管子、熔炉、木桨、铁锚、潜水钟、风车翼板,还有一些我认不出来的奇奇怪怪的东西,这都是一个投机商收集来的,上面积满了灰尘,非常难看,下面是土地,雨天地湿,它们因其本身的重量而深陷土中,看上去好像是想躲藏起来,却又办不到。夜间,河边各种工厂发出叮当的响声,烧着火,射出刺眼的红光,除了工厂烟囱不断冒出的浓烟,没有不受干扰的。低湿的土地和堤道弯弯曲曲从旧木桩中间穿过,往下经过污水烂泥,一直通到落潮的水边。木桩上粘着一些像是绿色头发的东西,叫人看了恶心。在高水线以上,还有破布条在木桩上随风抖动,那是去年为悬赏寻找溺水者而出的招贴。有这么一个故事:当年伦敦鼠疫大流行,为了掩埋死者,有一个坑就挖在这一带,好像给整个地区带来了晦气。要不然就是污浊的河水泛滥,好像使得这个地方慢慢腐烂,成了现在这副可怕的模样。

我们跟踪的这个女人仿佛是这个地方扔出的垃圾,丢在那里慢慢腐烂。她一拐弯儿,下到水边,站在这幅夜景的中心,孤独一人,一动不动,两眼看着水面。

有几条小船和驳船在泥里搁浅了,这就使我们能够来到离她只有几码远的地方,也不至于让她看见。我接着给裴果提先生打了个手势,让他待在原处不动,我就从船后面出来跟她说话。我接近她那孤独的身影,也不是没打哆嗦;因为她一心一意地走路,竟然走到了这样阴郁的尽头,还有她站在那里,几乎站在那铁桥张着大嘴似的阴影里,注视着涨潮以后水面曲折反射的灯光,这都使我心里感到害怕。

我觉得她在跟自己说话。我敢肯定,她虽然仍在聚精会神地看着水面,却已经把披肩从肩头摘下来,正在把自己的双手裹起来,她那副心神不定、慌里慌张的样子,不像是个清醒的人,而像是个梦游的人。我记得,而且永远不会忘记,她那疯狂的举动使我一下子就明白了,我要是不抓住她的胳膊,她就要在我眼皮底下沉到水里去了。

与此同时,我喊了一声:"马莎!"

她因为受了惊吓,大叫一声,挣扎起来,她的力气之大,我至今都怀疑,当时要是只有我一个人,能不能对付得了。但是一只比我更有力的手抓住了她。她抬起她那吃惊的眼睛,看清了那是谁的手,又挣扎了一下,就在我们两个人中间瘫在了地上。我们抬着她离开水边,来到有一堆干石头的地方,把她放下,她在那里又哭又嚷。过了一会儿,她在石头上坐起来,两手抱着头,显得很痛苦的样子。

"哦,我要跳河!"她激动地喊道,"哦,我要跳河!"

"别叫了,别叫了!"我说,"别这么激动了!"

但是她老重复那句话,一遍一遍不停地喊道:"哦,我要跳河!"

"我知道,那河也跟我一样!"她喊道,"我知道,那就是我的归宿。我知道,我这样的人,天生要跟它做伴。它是从乡下来的,有一段时间很干净;穿过阴暗的街道以后,就脏了,就毁了;然后就像我这条命一样,流到那不断翻滚的大海里,我觉得我还是跟它一块儿去吧。"

我从来不知道绝望是什么滋味,只是在她说这番话的语调里尝到了一点。

"我躲不开它。我忘不掉它。它白天黑夜都在打搅我。世界这么大,我只跟它对劲儿,或者说,它跟我对劲儿。哦,河呀,你这个冤家!"

我脑子里闪过一个想法:我的伙伴在那里看着她,什么也不说,一动也不动,假如我对他外甥女的过去一无所知,看一看他脸上的表情,也就知道了。无论是在图画里,还是在现实生活里,我从来没见过恐惧与怜悯这样生动的交织在一起。他摇晃了一下,像是要倒的样子。他的手冰凉——我看见他的模样,吓坏了,就摸了一下他的手——像死人一样。

"她现在精神恍惚,"我悄悄地对他说,"过一会儿说话,就不会这样了。"

他想说些什么,我不知道。他的嘴动了动,他好像觉得说了话;实际上,他只伸手向她指了指就是了。

这时候,她又大哭起来;她又用石头遮住脸,既没有脸面,又没有出路,在我们面前缩作一团。我知道,要等她过了这一阵儿,跟她说话才有用,就拦住他,没让他扶她起来。我们静静地站在那里,后来她渐渐镇静下来了。

"马莎,"这时候,我才跟她说话,一面弯腰扶她起来——看样子,她想站起来,仿佛是要走的意思;但她浑身无力,就靠在一条小船上——"我旁边这个人是谁,你知道吗?"

她有气无力地说:"知道。"

"我们今天晚上跟了你一大段路,你知道吗?"

她摇了摇头。她既不看他,也不看我,而是无精打采地站在那里,一只手拿着帽子和披肩,好像并没意识到手里拿着东西,另一只手攥成拳头,顶在脑门子上。

"你这会儿心情平静了,"我说,"能不能谈一谈,下雪的那天晚上,你那么关心的那件事? ——希望你看在上帝的分上,还记得吧!"

她又抽抽搭搭地哭了起来,含含糊糊地说了些话,感谢我当时没有把她从门口赶走。

"我不想为自己辩护,"过了一会儿,她说,"我不好,我走投无路了! 我一点儿希望也没有了! 先生,你要是不忍心拒绝,就告诉他,"这时她已经从他身旁躲开了,"他的不幸,绝不是我引起的。"

"从来没有责怪过你呀。"我见她说话诚恳,也就诚恳地回答了她。

"我要是没有弄错,"她断断续续地说,"那天晚上,到厨房来的就是你。当时她那么可怜我,对我那么和气,不像别人那样躲着我,给了我那么真诚的帮助! 那个人是不是你,先生?"

"是我。"我说。

"我对她要是心里有愧,早就跳河了,"她说着,看了看那河水,脸上的表情很可怕,"我要不是跟那件事毫无牵连,到了冬天,我一夜不过,就得跳河!"

"她为什么逃跑,再清楚不过了,"我说,"不论从哪一方面来说,都没你的事儿,这我们绝对相信——我们知道。"

"哦,我这颗心要是好一点儿,也许会多给她一点儿好处,"那姑娘以非常可怜的懊悔的心情说道,"因为她一直待我很好!她跟我说话,总是让人听着高兴,说得也在理。我知道自己是个什么德行,怎么会让她学我的样子呢?生活里一切美好的东西,我都失去了,这时候,我心里最大的痛苦,就是再也见不着她的面儿了!"

　　裴果提先生站在那里,一只手扶着船帮,眼睛朝下看着,那只空着的手捂着脸。

　　"下雪的那天晚上,我早就听见老家的人说,出了那样的事,"马莎说道,"当时我心里最大的苦恼就是,大家都记得,她有一段时间老跟我在一起,会说我把她带坏了!上帝知道,那时候,我就是去死,也得挽回她的名誉呀!"

　　她长久不知道怎样克制自己了,现在诉说起她的悔恨和悲哀,痛苦万状,实在可怕。

　　"死了,也没什么了不起——我有什么可说的呢?——我要活下去!"她喊道,"我要活到老,就在那阴暗的街道上——摸着黑儿,到处走,让他们都躲着我——天亮的时候,看那一排排难看的房子,回想一下,这个太阳不是也照进过我的屋子,把我照醒吗?——我宁愿这样干,只要能救她!"

　　她在石头上坐下,两手抓起几块石头,在手里捏,好像要把石头捏碎。她不断以各种姿势扭动身子——一会儿伸胳膊,一会儿又把胳膊弯过来,遮在脸上,好像要把那很少的一点亮光遮住,免得刺眼,随后她又低下了头,好像往事的回忆太沉重,挺不住了。

　　"我可怎么办呢?"她克制着自己的绝望情绪,说道,"像我现在这个样子,一个人的时候,自己讨厌自己,遇到别人,靠近谁,谁嫌弃,活受罪!"她突然转身对着我的同伴说,"你把我踩在脚底下吧,你杀了我吧!当年她是你的掌上珠,我要是跟她在街上擦肩而过,你就会觉得我伤了她。我现在说的话,一个字你也不会信呀——不过话又说回来了,你为什么要信呢?即便是现在,我跟她一说话,你就会觉得这是你的奇耻大辱。我不抱怨。我不是说她跟我一样。我知道,我们俩相差很远,很远。我只是说,虽然我的罪过和穷困都压在我头上,我还是从心里感激她,爱她。哦,不要以为我把爱的能力全都耗尽了!你可以把我丢在一边,世界上所有的人都这样对待我——因为我现在这个样子,因为我过去认识她,你可以把我宰了,但是千万不要那样看待我。"

她这样苦苦哀求的时候,裴果提先生精神恍惚,注视着她,等她不说了,便轻轻地扶她站起来。

"马莎,"裴果提先生说,"我对你说三道四,上帝不允许呀!所有的人里面,我最不应该对你说三道四呀,我的孩子!你觉得我会那么做,是因为你不知道这段时间里,在我身上发生了多大的变化。唉!"他停了一会儿,又接着说下去,"你不知道我和这里这位先生多么想跟你说说话呀。你也不知道我们下一步要干什么。现在你就听着吧!"

他这番话对她产生了很大的影响。她站在他面前,虽然畏畏缩缩,好像害怕遇上他的目光,但她不再为了倾诉痛苦而发作,她默不作声了。

"下大雪的那天晚上,"裴果提先生说道,"你要是听见我跟大卫少爷说了些什么,你就知道,我出去过——哪儿没到过呀——为了找我那亲爱的外甥女。我那亲爱的外甥女呀,"他沉着地重复道,"马莎,这会儿我觉得她格外亲呀。"

她把双手捂到脸上,此外没有别的动作。

"我听她说过,"裴果提先生说道,"你小时候就失去了父母,也没有朋友——比如打鱼的劳苦人——像父母一样照顾你。你也许可以想象,你要是有这么一个朋友,时间长了,你就会对他产生一定的感情。我的外甥女对我就像我的女儿一样。"

他见她在那里默默地发抖,就从地上捡起披肩,轻轻地披在她身上。

"所以,"他说,"我知道,她要是一旦见着我,就会跟着我走到天涯海角,要不她就飞到天涯海角,躲着不见我。因为她虽然没有理由怀疑我不喜欢她了,她不会怀疑——不会怀疑,"他重复说道,在平静之中显出对自己的话很有信心,"但是她可能觉得难为情,这样我们就不能团聚了。"

我从他说的朴实而感人的每一句话里看到新的证据,证明他把这个问题表现出来的各个方面都想到了。

"据我们估计,"他接着说道,"——大卫少爷和我估计——不定哪一天,她混不下去了,会一个人投奔伦敦的。我们相信——大卫少爷,我,还有我们大家都相信——对于在她身上发生的这一切,你是无辜的,像未出世的婴儿一样无辜。你刚才还说她让你高兴,对你真诚、和气。愿上帝降福于她。我知道,她是这样一个人。我知道,她无论对谁,一向都是这样。你感谢她,疼爱她。你就尽全力帮我们找着她吧,愿上帝奖赏你!"

她连忙看了他一眼,这也是第一次看他,似乎不相信他的话。

"你信得过我吗?"她以惊讶的语气低声问道。

"完全信得过!"裴果提先生说道。

"要是找着她,就跟她说话;我要是有个地方,能跟她一块儿住,就让她住下;然后,不让她知道,就来找你,领你去见她,对不对?"她急匆匆地问道。

我们俩异口同声地说:"对呀!"

她抬起头来,郑重其事地说道,她要全力以赴完成这项任务,热情而忠实地完成任务;只要还有一线希望,她决不动摇,决不分心,决不放弃努力。虽然现在这个生活目标使她从事一件脱离邪恶的事,如果她不真心去做,在这个生活目标渐渐离开她的时候,她就宁愿遭受比那天晚上在河边的处境更孤独更绝望的处境,假如世上果真还有那种处境的话。如果那样,她也宁愿让一切帮助,无论是人间的,还是神明的,都永远与她无缘!

她说这番话,声音并没有大过喘气,这番话,也不是冲着我们说的,而是对着夜空说的。说完以后,她就极其沉静地站在那里,看着那阴郁的河水。

这时候,我们觉得最好把我们知道的情况都告诉她,于是我就详详细细地说了一遍。她听得非常认真,脸上的表情不断变化,但不论怎么变,都是为了同一个目的的。有时候,她眼里含着泪,但是她都忍住了。看上去,她的神情完全变了,她安静得不能再安静了。

等我们把话说完以后,她问我们,如果有必要,到哪里去跟我们联系。我就着昏暗的路灯,在我的记事本上开了我们两个人的地址,撕下来,给了她,她就放在她那可怜的胸口上了。我问她自己住在什么地方。她等了一会儿才说,在哪里也住不长,还是不要问了。

裴果提先生小声向我提出一个建议,我自己也已经想到了,于是我就拿出钱包,想给她一点儿钱。但是无论我怎么劝说,她也不肯接受。我也没办法让她答应下次接受。我对她解释说,裴果提先生现在这种处境,也不能算是穷;我还说,她既要去找人,又只靠自己的生活来源,使我们俩都很惊讶。但是她坚持自己的意见。在这一方面,他和我一样无能为力。她向他表示由衷的感谢,但不肯让步。

　　"我也许能找到工作呢。"她说,"我要试一试。"

　　"起码先拿一点儿用着,"我说,"然后再去试呀。"

　　"我答应做这件事,不是为了钱,"她答道,"我就是快饿死了,也不能要这个钱。你们给我钱,就是收回你们给我的信任,收回你们给我的任务,收回在河边救我的唯一可靠的东西。"

　　"我以伟大审判者的名义,"我说道,"取消这个可怕的想法。到了那可怕的时刻,你和我们大家都要站在他面前,接受审判。只要我们愿意,我们都可以做些好事。"

　　她浑身发抖,嘴唇发颤,脸色更苍白了。她说:

　　"你们心里大概有一种信念,要挽救可怜的人,让他改过自新。我可不敢这么想,没有这么大的信心。我要是还能做什么好事,我就可以开始抱有希望,因为我干的事儿,从来都是只有坏处,没有好处。你们给了我这个任务,让我去试一试,就说明我还是信得过的,在我的痛苦生活里,很久以来,这是头一次。别的我不知道,也没什么可说的了。"

　　眼泪就要流出来了,但她又一次忍住了。她哆哆嗦嗦地伸出手来,碰了一下裴果提先生,好像他身上有什么恢复创伤的魔力,然后就顺着僻静的路走了。她病了,可能已经病了很长时间。我利用那个机会从近处一看,看见她筋疲力尽,面容憔悴,她那深陷的两眼表明她生活没有着落,日子非常艰难。

我们顺路,就跟在她后面,保持不远的一段距离,一直回到灯光明亮、熙熙攘攘的大街上。我心里觉得她的话还是信得过的,于是就跟裴果提先生商量,要是再跟着她走,岂不显得从一开始就不信任她吗。他也是这么想,也同样觉得她信得过,就让她爱怎么走怎么走,我们也就走我们的路,往海格特去了。他陪我走了一大段路;我们分手的时候,都祝愿这次新的努力能够成功;他身上又增添了一种关心与怜悯的感情,这是我很容易理解的。

我到家的时候,已经半夜了。我来到自己家门口,站在那里听圣保罗大教堂沉重的钟声,觉得这钟声连同无数报时的钟声,都是为我而响的。这时候,我忽然看见姨奶奶的小房子还开着门,门口微弱的灯光斜照在路上,我大吃一惊。

我以为姨奶奶又像以前那样大惊小怪了,也许觉得远处有一场大火,正在那里看呢。所以我就过去,想跟她说说话。使我感到非常惊讶的,是我看见她的小花园里站着一个男人。

这个人手里拿着一只酒杯和一瓶酒,正在那里喝呢。我在花园外面茂密的树叶中间停住了脚步。这时候,月亮已经升起了,不过不很明亮。我看出这就是我一度认为迪克先生幻想中的那个人,也就是有一次在城里的街上,他跟姨奶奶在一起,让我撞上的那个人。

他不但在喝,而且也在吃,好像肚子饿,吃得很香。他也在看这座小房子,好像觉得很新鲜,仿佛是头一次看见。他弯下腰,把瓶子放在地上,抬起头来看了看窗户,又看了看四周,显得鬼鬼祟祟的,又很不耐烦,好像急于离开的样子。

走廊里的灯光暗了一下,姨奶奶跟着就出来了。她也急匆匆的,一边数着,一边把钱放到那个人手里。我听见当当的响声了。

"这有什么用呀?"那个人说道。

"我没有富余钱了。"姨奶奶答道。

"那我不能走,"那个人说,"算了! 你拿回去吧!"

"你这个坏蛋,"姨奶奶非常激动地说,"你怎么能用我用得这么狠? 可是我为什么要问呢? 就是因为你知道我有多么软弱嘛! 我怎么样才能使你不再来缠我,让你去受该受的罪呢?"

"那你为什么不让我去受该受的罪呢?"他说道。

"你问我为什么!"姨奶奶顶了他一句,"你长的是颗什么样的心哪!"

他站在那里闷闷不乐,把钱弄得哗哗响,摇了摇头,最后说道:

"这么说,你就准备给我这么多了?"

"我就能给你这么多,"姨奶奶说,"你知道我受了损失,没有以前富裕了。这我都告诉过你。钱拿到手了,你为什么还让我看着你,看你混成这个样子,增加我的痛苦呢?"

"你是说,我混得够惨的吧,"他说,"我过的是猫头鹰的日子呀。"

"我有过的一切,一大半都让你弄走了,"姨奶奶说道,"你弄得我心灰意懒,一年又一年,和整个世界都不来往。你对我虚伪,忘恩负义,残酷无情。走吧,好好地忏悔去吧。你已经在我身上造成了无数的创伤,是可以开一个很长很长的单子,别再增加新的创伤了!"

"唉!"他答道,"你说得倒好! ——好吧,看来眼下我只好将就了。"

他虽然不想这样,但看上去也让姨奶奶那愤怒的泪水弄得很难为情,耷拉着脑袋走出了花园。我假装刚到的样子,三步当做两步走,在门口撞见了他;他往外走,我往里走。就在这一进一出的时候,我们彼此还瞪了对方一眼,全然没有什么好感。

"姨奶奶,"我连忙说道,"这个人又来让你受惊了。让我去跟他谈谈吧。他是谁呀?"

"孩子啊,"姨奶奶抓着我的胳膊说道,"进来吧,过十分钟再跟我说话。"

我们在她的小客厅里坐下。姨奶奶过去用的那把绿色团扇,现在钉在了一把椅子的靠背上。她躲到团扇后面,有时擦擦眼睛,待了大约一刻钟。然后她从团扇后面出来,在我身边坐了下来。

"特洛,"姨奶奶以平静的语气说道,"那是我丈夫。"

"是你丈夫,姨奶奶? 我还以为他早死了呢。"

"对我来说,是死了,"姨奶奶答道,"但是他还活着。"

我坐在那里,没有说话,觉得很奇怪。

"贝西·特洛乌德看上去不像是个重儿女情长的人,"姨奶奶一本正经地说,"不过特洛,当年她也毫无保留地相信过那个人;特洛,深深地爱过他;没有一点儿证据能说明她没有把全部的爱倾注在他身上。而他对她的回报,却是拿走她的财产,还几乎撕碎了她的心。所以她就把原有的那种感情一劳永逸地放进坟墓,把土填满,把地压平。"

"亲爱的姨奶奶,你真好心!"

"我离开他的时候，"姨奶奶继续说道，同时跟往常一样，把手放在我的手背上，"对他是宽宏大量的。事隔这么久，特洛，我还可以说，是宽宏大量的。他过去对我那么狠心，我跟他散伙的时候，是可以争取一些与自己有利的条件；但是我没有那么做。他很快就把我给他的东西打水漂儿了，境况越来越坏，我觉得他还又娶了一个女人。他冒险，他赌博，他欺骗。他现在的情况，你看见了。不过，我嫁给他的时候，他很漂亮，"姨奶奶说道，从她的语气里，还隐隐约约听得出她多么得意，多么自豪，"我当时相信他——我真傻呀！——还以为他是个光明正大的人哩！"

她攥了一下我的手，摇了摇头。

"他现在对我来说已经无所谓了，特洛——比无所谓还无所谓。但是我不愿意让他因为行为不轨而受处罚（他要是在这一带不劳而获，是一定要受处罚的），所以，过一阵子，他找了来，我给不起，也要多给他一点儿钱，让他走。我嫁给他的时候，就是一个傻瓜，现在在这件事情上，更是一个不可救药的傻瓜，所以，看在我过去心目中那个人的分上，就连我那无聊的幻想留下的这个形体，我也不希望他受到粗暴的对待。因为如果说有哪个女人是真诚的，特洛，我当年就是真诚的。"

姨奶奶深深地叹了一口气，结束了这个话题，平整了一下衣服。

"好啦，亲爱的！"她说道，"现在你连开头儿，中间和结尾，都知道了。咱们彼此都不要再提这件事儿了；当然也不要对外人提这件事儿。这是我一段不快的往事，咱们自己知道就行了，特洛！"

第四十八章　家　务

　　我花了很大的力气写书,但并没有因此而影响我按时完成我在报社承担的任务。后来出书了,取得了很大的成功。我对于赞扬,虽然听得十分入耳,而且自信比别人更欣赏自己的杰作,却并没有乐昏了头。我对人的性情的观察,一向是这样的:一个人,假如有充分的理由相信自己,决不会在别人面前炫耀自己,来让别人相信他。由于这个原因,我就通过自尊来保持谦虚。赞扬的人越多,我就越谦虚,才算说得过去。

　　我现在写的这篇记述,虽然在其他重要方面就是我的回忆录,我却不打算在其中叙述我写小说的历史。我的小说要是自己冒出来了,我就让它们冒出来。我要是有时候提到它们,那也只是作为我取得的进展的一部分而已。

　　这时候,我已经有了一些根据,可以说天意和机遇都让我成为一名作家,我也就满怀信心地从事这个职业了。要是没有这样的把握,我决不敢碰它,而把精力用到别的事情上去了。我就要弄清楚,天意和机遇究竟要我干什么,我就去干什么,而不干别的。

　　我不但给报纸写稿,也给别处写稿,写得很出色。取得新的成就以后,就觉得有一定理由躲开议会里那无聊的辩论了。所以,在一个愉快的夜晚,我最后一次记下了议会里的风笛曲,从那以后,再也没有去听过。不过我在报纸上也还能听出那熟悉的嗡嗡声,整个漫长的会期都没有什么实质性的变化(也许有,那就是嗡嗡声更大吧)。

我现在写的这段时间,大概是我结婚以后一年半的光景。我们做过各种试验,最后还是觉得料理家务这件事不好干,那就干脆不干了。让家务自己料理自己吧。我们雇了个家童,他的主要作用是跟厨师吵架——在这一方面,他可是个十足的惠廷顿,只是缺他那只猫,也没有一丝一毫当市长的希望。①

我觉得好像老有锅盖往他头上掉,像下雹子一样。他的生活就是一场混战。他常在最不适宜的时候(比如我们举行小型宴会,或者晚上请几个朋友来坐坐)大喊救命,还常跌跌撞撞地从厨房跑出来,紧跟着还有铁器往他身后飞来。我们想把他弄走,但他很喜欢我们,不肯走。他很爱哭,我们稍微表示出一点儿要跟他断绝关系的意思,他就哭着表示悔改,那么可怜,弄得我们不得不留下他。他母亲不在了——什么亲人我也找不到,只有一个姐姐,一把他塞给我们,就逃到美国去了。他就像一个可怕的小妖精,在我们家住下了。他对自己的不幸遭遇有一种实际的看法,总是用上衣的袖子擦眼睛,总爱弯着腰用小手绢的一个小角擤鼻涕,又从来不肯把手绢全掏出来,而总是省着,藏着。

这个倒霉的孩子是在一个不吉利的时候雇来的,一年的工钱是六镑十先令,他可给我带来了无穷的苦恼。我看着他

① 惠廷顿是英国十四五世纪传说中的著名人物,曾因受厨师虐待而逃走,后因一只猫而成巨富,并曾三次任伦敦市长。

长大——就像红豆长得那么快——我想到他需要开始刮胡子的时候怎么样，想到他谢顶的时候，或者头发花白的时候怎么样，想到这些，就感到害怕，感到痛苦。我看不出怎样能把他弄走；想想将来，就觉得等到他老了的时候，该有多么碍事呀。

我从来没料到这个倒霉家伙竟然以他所有的方式解除了我的困难。朵拉的表，和我们家所有的东西一样，没有准地方。他把表偷出去，变卖成钱，就用这笔钱（这孩子老是少个心眼儿）去坐车，坐在车顶上，往来于伦敦和阿克斯布里奇镇之间。据我记忆所及，他跑完第十五趟的时候，叫警察带到宝街去了，在他身上搜出四先令六便士，还有一只在旧货店买的笛子，其实他也不会吹。

处理这件意外的事和它带来的后果，他要是不肯悔过，我还可以少受点儿罪。但他确实非常认真悔过，方式也很特别——不是一揽子交易的办法，而是分期付款的办法。比方说，第二天我得去跟他对质，他揭发了一些情况，涉及地下室里的一个筐子，我们原以为筐里全都是酒，而里面只有瓶子和软木塞子。我们觉得他把他知道的女厨子的最大劣迹都说出来了，心里已经踏实了，谁知过了一两天，他又良心发现，揭发女厨子有个小女孩儿，怎样天天一大早来拿我们的面包，还揭发他自己怎样得了好处，经常把煤送给送牛奶的。又过了两三天，当局通知我，经他提供线索，在厨房的垃圾堆里发现了牛肉里脊，在破布口袋里发现了床单。过了一会儿，他又完全从另一方面来了，承认知道酒店的伙计打算到我家来偷东西，于是这伙计马上被抓了起来。我这样遭人算计，面子很不好看，宁愿给他多少钱都行，让他别再说了，或者花一大笔钱贿赂一下，把他放走。在这件事情上，尤其令人烦恼的是他不知道我的心思,还以为他供出的一项项新发现,即便不说是对我的恩惠,也都是对我的报答呢。

最后,我一看见警察局派人带着什么新情况来找我,我自己就躲起来。我这样东躲西藏,一直到他经过审判,处以流放,才算了事。就是到了这个时候,他也还不安生,还老给我们写信。他走之前,非要见一见朵拉,于是朵拉就去看他。她一发现自己到了铁栏杆里面,马上就晕过去了。简而言之,我的生活一直不得安宁。后来他被弄到别处,放羊去了(这也是我后来听说的),在"内地"什么地方——从地理上说,究竟在什么地方,我不知道。

这一切促使我进行认真的思考,从一个新的角度来看我们的过错。我虽然很爱朵拉,有一天晚上,也忍不住要跟她谈一谈了。

"亲爱的,"我说,"我想起来,觉得很痛苦,因为咱们没有规矩,不会料理,不光影响咱们自己(咱们已经习惯了),而且影响别人。"

"你好久没吭声了,现在又要发火了!"朵拉说道。

"不是的,亲爱的,的确不是! 让我把我的意思给你解释一下。"

"我觉得,我不希望知道。"朵拉说道。

"但是我希望你知道,亲爱的。把吉卜放下。"

朵拉把吉卜的鼻子凑到我的鼻子上,说了声"扑",想让我不要那么严肃。但是一看不行,就把吉卜轰到宝塔里去,坐在那里看着我,两手交叉,小脸上显出非常无可奈何的样子。

"事情是这样的,亲爱的,"我说,"咱们身上的毛病是传染的。谁靠近咱们,就传给谁。"

要不是朵拉脸上的表情提醒了我，我会用这种比喻的方式说下去。她好像在对我说，她在一个劲儿地想，我是不是要针对我们这种有害于健康的状况，提出接种一种新疫苗，或者提出一种新的医疗方法。这样一来，我就不这么说，而把意思说得更清楚了。

"我的小乖乖，"我说，"咱们要是不学着认真做事情，这就不光是又要花钱，又不舒服，有时候甚至还发脾气，而且把给我们干活，或者跟我们打交道的人，都惯坏了，我们是要负很大责任的呀。我开始担心，问题不都出在一方面，这些人表现不好，是因为我们自己表现也不大好嘛。"

"哦，多大的罪名啊！"朵拉睁着大眼，大声说道，"竟然说你看见我偷过金表！哦！"

"最最亲爱的，"我反驳道，"这可是天大的笑话！谁有一点儿意思提到金表啦？"

"你有，"朵拉答道，"你知道你有这个意思。你说我表现不好，还拿我跟他比。"

"跟谁比呀？"我问道。

"跟那个干活儿的小子呀，"朵拉哭着说道，"哦，你真狠心，竟然把一心疼爱你的太太和一个流放的用人相比！你对我这样看，结婚之前怎么不告诉我？你这个狠心的东西，认为我连个流放的用人都不如，你怎么不早说呢？哦，你对我有这样的看法，太可怕了！哦，我的天哪！"

"你听我说，朵拉，亲爱的，"我说着，想轻轻地把她捂在眼睛上的手绢掀开，"你这样说，不但很可笑，而且很不对。首先，这不合乎实际。"

"过去你老说他瞎编，"朵拉哭着说道，"现在你又用同样

904

的话来说我！哦,我怎么办哪？我怎么办哪？”

"我亲爱的姑娘,"我反驳道,"我真得恳求你,要讲道理,要听听我过去是怎么说的,我现在是怎么说的。亲爱的朵拉,咱们要是不学着对雇来的人尽咱们的责任,他们就永远不会学着对咱们尽他们的责任。我担心咱们给他们提供了干坏事儿的机会,而咱们是不应该提供这样的机会的。即便咱们愿意事事都像现在这么松懈(情况并不是这样)——即便咱们喜欢这样,觉得就是这样好(情况也不是这样)——我认为咱们也不应该再这样继续下去了。咱们肯定是把人家带坏了。咱们不能不考虑这个问题。我就不由自主地考虑这个问题,朵拉。这个想法,我怎么也打消不了,有时候闹得我心里很不安。说完了,亲爱的,就这些。来吧,来,别傻待着了!”

朵拉好半天都不让我把手绢掀开。她坐在那里,一边哭,一边捂着脸念叨,我要是心里不安,为什么要结婚呢？即便到了去教堂的前一天,我为什么不说我知道我会感到不安,我不想结婚了呢？我要是觉得她无法忍受,为什么不把她送到普特尼她姑姑家,或者把她送到印度朱莉娅·米尔斯家呢？朱莉娅会很高兴见到她,不会叫她流放的用人,米莉娅从来不用这样的称呼来叫她。简而言之,朵拉很难过,弄得我也很难过,使我感到,再用这种办法,无论多么温和,都是没有用的,我必须另想别的办法。

有什么别的办法可想呢？要"培养她的理智"？这是一句常见的话,又好听,又使人觉得有希望,于是我就决心培养朵拉的理智了。

我马上就开始了。朵拉显得孩子气的时候,我本可以心甘情愿地依着她,我却故意摆出一副严肃的面孔——结果弄得她很不痛快,我也很不痛快。我把我心里想的一些事儿跟她谈,我念莎士比亚的作品给她听——结果把她累得不得了。我经常顺便告诉她一些零零碎碎的有用的知识,或者是稳妥的看法,我一说,她就躲,好像我说的都是爆竹。无论我在培养我这个小媳妇的理智方面做得多么无意,多么自然,我仍不免看出,她总能直觉地意识到我在干什么,然后就吓得不知如何是好。特别是,我看得很清楚,她认为莎士比亚这个人要不得。所以说,这项培养工作的进展十分缓慢。

我把特拉德也拉了进来,但他本人并不知道。他每次来看我们,我就对他把我的地雷引爆,使朵拉间接受到教育。我用这个办法传授给特拉德的实用知识,量很大,质很高,但在朵拉身上没有产生什么效果,徒然使她精神沮丧,而且老感到紧张,生怕下一回就该轮到她了。我觉得我的身份就像一个校长——一个圈套,一个陷阱。我老是蜘蛛,她老是苍蝇,我老从洞里突然扑出去,吓得她六神无主。

我通过这中间阶段向前看,盼望将来我和朵拉完全融洽,我完全按照我的心愿"培养了她的理智",所以我坚持下去,甚至坚持了几个月。不过最后我发现,虽然这段时间我像豪猪和刺猬一样,下定了决心,浑身的刺都竖起来了,却并没有取得什么效果,所以我开始意识到,也许朵拉的理智已经定型了。

仔细一想,觉得这个看法很可能是对的,于是我就放弃了原来的计划,因为这个计划从字面上看会收到很好的效果,实行起来,却不尽然。我决心从此以后就满足于我这个娃娃媳妇,不再想什么办法来把她变成别的样子了。只有我自己思维敏捷,处事谨慎;看着我心爱的人受罪,这种状况,我打心眼儿里讨厌。所以,有一天,我就给她买了一副漂亮耳环,给吉卜买了一个脖圈儿,回家去,让她觉得我还不错。

朵拉见了这些小礼物,高兴极了,欢天喜地地亲了我一阵。不过我们之间有一片阴影,尽管不深,于是我就下决心消除它。如果非给这样一片阴影找个地方的话,就先存在我的心里,以后再来消除。

我挨着我的太太在沙发上坐下,把耳环给她戴在耳朵上。我还对她说,我担心我们近来相处得不如以前好,这都怪我。我深切地感到这一点;情况也的确是这样。

"朵拉,我的命根子,"我说,"我的确是自作聪明了。"

"让我也聪明起来,"朵拉怯生生地说,"是不是,都第?"

她把眉毛一扬,发问的样子甚是好看。我点了点头,表示承认,吻了吻她那张着的双唇。

"一点儿用处也没有,"朵拉说着,摇了摇头,摇得耳环都响了起来,"你知道我是一个什么样的小东西,你也知道我从一开始就希望你怎么称呼我。你要是做不到,恐怕你就永远也不会喜欢我。难道有时候你不觉得当时还不如……"

"还不如干什么,亲爱的?"因为她不想说下去了。

"不干什么!"朵拉说道。

"不干什么?"我重复道。

她用胳膊搂着我的脖子,笑了起来,还管自己叫笨鹅,她就喜欢这么叫。接着就把脸靠在我的肩膀上,满头鬈发垂落下来,我费了好大的事,才给她撩开,看见她的脸。

"我是不是觉得当时还不如什么也不干,也不该想法培养我那小媳妇的理智?"我说着,自己也觉得好笑,"这是不是你的问题?是的,我的确觉得是这样。"

"你就一直在干这个吗?"朵拉问道,"哦,你这个人,可真叫人吃惊!"

"不过我再也不干了,"我说,"她就是现在这个样子,我也是很爱她的。"

"不骗人——是真的?"朵拉问道,在我身上偎得更紧了。

"这么长时间,对我这么可贵,"我说道,"我为什么还要想方设法加以改变呢? 你天生什么样儿,就什么样最好,可爱的朵拉,咱们不再搞不切实际的试验了,还是回到咱们的老路,快快活活地过日子吧。"

"快快活活地过日子!"朵拉说道,"太好了! 一天到晚都那样! 有时候,要是出一丁点儿差错,你不介意吧?"

"不会,不会,"我说,"咱们尽量好好地干嘛。"

"你也不再对我说咱们把别人带坏了,好不好?"朵拉劝说道,"因为,你知道,那样生气,实在叫人害怕!"

"再也不说了,再也不说了。"我说道。

"与其让我难受,还不如让我笨好,是不是?"朵拉说道。

"一个天生的朵拉,比全世界什么东西都好。"

"全世界! 啊,都第,那可是个大地方!"

她摇了摇头,抬起她那充满喜悦的明亮的眼睛,亲了我一阵,愉快地笑起来,接着就跳起来,去给吉卜上新脖圈儿了。

我为改变朵拉所做的最后一番努力就此结束了。在做的过程中,我并不快活。那种唯有我明智的状况,我也受不了。我无法兼顾我的明智之举和她先前作为我的娃娃媳妇提出的要求。我决心尽我所能,不声不响地亲自来改善我们家的情况,但我预见到我尽最大的努力,也不会有多大效果,要不我就得堕落成蜘蛛,永远在那里等待时机。

我在上面提到的阴影——我不希望它存在于我们两人之间，但愿意把它整个存在我的心里——是怎样产生的呢？

我原先那种不愉快的感情弥漫在我的生活中。如果说有什么变化，那就是它加重了。但它还是那么捉摸不定，对我来说，就像夜里听见的一段悲伤的音乐。我深深地爱着我的太太，我生活得很快活。但我过去模模糊糊预期的快活，并不是我现在享受的这种快活，总觉得缺少点儿什么。

我给自己立下的规矩是要在这篇记述里反映出我的思想。为了按这条规矩办，我又仔细地反省，并且把其中的秘密公之于众。我感到缺少的，我仍然认为是——我一向认为是——我青年时代幻想中的梦境，是不可能实现的，现在我发现了这个情况，自然感到有些痛苦，其实人人都是这样。如果我太太能多给我一些帮助，在我心里感到孤单的时候做我的知音，我就会觉得好一些——这本来是有可能的——我知道。

面对两个不可调和的论断，——一是我的感受带有普遍性，是不可避免的；一是我的感受是我特有的，而且还可能是另外一种情况——我在它们中间巧妙地保持平衡，并没有明显地感到它们是互相对立的。我一想到年轻时候那些不可能实现的虚幻的梦想，就想起早已成为过去的尚未成年的时代，那段美好的时光。接着我跟艾妮斯在那所古老的房子里度过的美满的日子，就会像死者的鬼魂一样浮现在我的面前，那样的日子在另外一个世界里也许还能延续一段时间，但是在这里却永远永远不可能重新获得生机。

有时候，心里也做过一种推测：如果我和朵拉从未相识，可能出现什么情况呢，会出现什么情况呢？但是朵拉已经与我的生活密不可分，这个想法就显得极为无聊，像空中飘动的蛛网,过一会儿也就飘走,摸不着,看不见了。

我一直很爱她。我描述的这种情况,在我的心灵深处,一会儿昏睡,一会儿半睡半醒,一会儿又睡着了。我身上是不露痕迹的;我知道,它对我的言行毫无影响。我们的家庭琐事,我的各种工作,所有的重担都由我承担;朵拉为我拿着笔;我们俩都觉得我们各自的负担是根据实际需要来调整的。她深深地爱着我,为我感到自豪。艾妮斯给朵拉写信,真诚地提到,我的老朋友听说我的名声越来越大,看了我的书,就像听见我把内容讲给他们听一样,感到又骄傲,又关心。朵拉就把信念给我听,明亮的眼睛里充满欢乐的泪水,还说我是一个又可爱,又亲切,又聪明,又有名气的小家伙。

"我这颗还没经过磨练的心发生第一次错误冲动的时候。"斯特朗太太这句话这时反复出现在我脑子里——几乎总是出现在我脑子里。有时半夜醒来,我想到这句话;我记得还在梦中看见这句话刻在房子外面的墙上。因为这时候我知道,在我最初爱上朵拉的时候,我的心是没有经过磨练的,假如它经过磨练的话,我们结婚以后,它就不会有内心深处那种感觉了。

"夫妻之间没有比志趣不合更大的分歧了。"这句话,我也记得。我曾经试图改变朵拉,让她适应我,但我发现行不通。于是我只好改变我自己,去适应朵拉,尽量迁就她,快快活活地过日子,我需要承担的,我都承担起来,仍旧快快活活地过日子。在我开始思考这件事的时候,我就想这样来磨练我这颗心。所以,我第二年比第一年过得快活,尤其叫人高兴的是朵拉的生活充满了阳光。

随着第二年的时光流逝,朵拉的身子却日渐衰弱。我曾希望一双比我轻柔的手能帮助改变朵拉的性格,她怀里婴儿的微笑能把我这个娃娃媳妇变成一个成熟的女人。但事与愿违。那小东西在它那小小的牢房门口闹腾了一阵子,不知道该受关押,展翅飞走了。

"等我像以前那样,又能跑了,姨奶奶,"朵拉说道,"我要跟吉卜去赛跑。它变得又慢又懒了。"

"我觉得,亲爱的,"姨奶奶正在她身旁默默地做活儿,就说,"它的问题还不止于此。它老了,朵拉。"

"你觉得它老了吗?"朵拉惊奇地问道,"哦,吉卜也会老吗?真稀奇!"

"我们生活下去,这个问题都会遇到,小东西,"姨奶奶以轻快的语气说道,"我可以告诉你,我以前不觉得老,现在就不同了。"

"可是吉卜,"朵拉怀着怜悯的心情看着吉卜说道,"就连小吉卜也逃不过! 哦,可怜的小家伙!"

"我敢说,它还能活很长时间呢,小花,"姨奶奶说着,拍了拍朵拉的脸蛋儿。这时候,朵拉正在长沙发上探着身子看吉卜,吉卜也后腿站立,积极响应,还气喘吁吁地仰着头,耸着肩,一个劲儿地往上蹿,就是蹿不起来。"今年冬天得给它在窝里铺块绒布呀。春暖花开的时候,它保险还是精精神神的。愿上帝保佑这只小狗吧!"姨奶奶说道,"它要是像猫一样有九条性命,即便都保不住了,我相信它也会使出最后一口气,冲着我叫的!"

这时候,朵拉已经把吉卜拽到沙发上。吉卜在沙发上,还真对姨奶奶不客气,气得它站也站不直,歪着身子大叫。姨奶奶越看它,它越责怪姨奶奶,因为她最近戴起了眼镜,不知什么原因,吉卜竟认为眼镜是人身上长的什么东西。

朵拉费了半天唇舌,吉卜才在她身旁趴下。它不出声了,朵拉就拽着它的一只长耳朵,捋了又捋,满腹心事地一遍遍说,"就连小吉卜也逃不过! 哦,可怜的小家伙!"

"它的肺还行,"姨奶奶兴致勃勃地说,"它的怒气也还很冲。它肯定还有很多年好活呢。不过,小花,你要是想跟狗赛跑,它悠闲惯了,不行了,我得再给你找一条。"

"谢谢你,姨奶奶,"朵拉有气无力地说道,"你还是别找了!"

"别找了?"姨奶奶说着,摘下了眼镜。

"除了吉卜,我什么狗都不要,"朵拉说道,"否则就太对不起吉卜了! 再说,除了吉卜,我跟哪条狗也不可能这么要好,因为它不可能在我结婚以前就跟我有交情,也不可能在都第头一次到我家来的时候冲着他叫。姨奶奶,恐怕除了吉卜之外,哪一条狗我也不会喜欢的。"

"是啊,是啊!"姨奶奶说着,又拍了拍她的脸蛋儿,"你说得对。"

"你没生气吧,姨奶奶?"朵拉说道。

"哎哟,你这孩子想到哪儿去了!"姨奶奶亲切地探着身子对她说,"怎么想到我会生气呢!"

"没有,没有,我并没真那么想,"朵拉答道,"我只是有点儿累了,而且一谈起吉卜,我的傻劲儿就来了——你也知道,我一向就是个小傻子,不过谈起吉卜,我的傻劲儿就更大。我所有的经历,它都知道——是不是呀,吉卜? 我可不能因为它有点儿变化,就怠慢它——我能舍得吗,吉卜?"

吉卜在主人身边偎得更紧了,还懒洋洋地舔了舔主人的手。

"你还不老嘛,吉卜,是不是,不能现在就离开你的主人呀?"朵拉说道,"咱俩彼此做伴儿,还要多待一会儿呢!"

我那漂亮的朵拉呀!下面一个星期天,她下楼来吃饭,见到老朋友特拉德(每逢星期天,特拉德总是来跟我们一起吃晚饭的),那么高兴,我们还以为她再过几天就能"像以前那样,又能跑了"呢。但是他们说,再等几天吧;后来又说,再等几天吧;她仍然既不能跑,也不能走。她看上去很漂亮,也很快活;她过去围着吉卜跳舞,两只小脚那么敏捷,现在却很迟钝,跳不动了。

我开始每天早上把她抱到楼下,每天晚上把她抱到楼上了。这时候,她就搂着我的脖子大笑,仿佛我是为了打赌好玩儿。吉卜就围着我们叫啊,跳啊,跑到前头,又在楼梯口上回头往下看,气喘吁吁地看我们来了没有。姨奶奶是个最好、最令人高兴的护士,她慢腾腾地跟在后面,就像一堆披肩和枕头在移动。迪克先生带着蜡烛,说什么也不肯把这个任务交给别人。特拉德常在楼下顺着楼梯往上看,负责把朵拉开玩笑说的话传到世上最可爱的姑娘那里去。我们组成一支非常快活的队伍,其中最快活的一个就是我那个娃娃媳妇。

不过有时候,我把她抱在怀里,觉得她又轻了,我就有一种麻木、茫然的感觉,仿佛我在朝着一片冰冻的地区走去,虽然还看不见,却已经把我的生命冻僵了。我不愿意给这种感觉起个什么名字,也不愿意把它和我自己联系起来;后来,有一天晚上,我这种感觉非常强烈,姨奶奶也已经说了一声"晚安,小花",与她告别。这时候,我独自一人在书桌前坐下,一边哭,一边想:哦,多么不吉利的名字哟,这朵花怎么正在树上盛开的时候,就凋谢了呢!

第四十九章 坠入迷雾

一天早上，我收到一封信，看了以后，感到有些惊讶。信是从坎特伯雷寄出来的，寄到民法博士协会我的名下。信的内容是这样的：

亲爱的先生：

许久以来，由于我无法左右的情势，断绝了我们的亲密交往。我在公务之余的有限时间里思念过去，往日情事唤起无数绚丽的回忆。我们的情谊不但过去而且今后都使我充满不同寻常的感激之情。再者，亲爱的先生，你的才华使你名扬四海，因此我不敢贸然以科波菲尔这一熟悉的名字称呼我青年时代的伴侣。然在我荣幸提及的这个名字将永远在我家的文书之中（我指的是米考伯太太保管的关于我家昔日房客的档案）受到珍视，受到我们本人近乎热爱的尊敬。

此刻提笔给你写信的人，由于其原有的错误，又遇上各种不幸事件，处境犹如覆没之舟（假如允许他使用这样一个与海事有关的比喻的话），是不宜——我重复一遍，在这种处境之中的人，是不宜——表示赞美之意，或致以祝贺之词的。他欲将此事留给才干卓著之士，心地纯正之人。

如你的重要工作容许你读我这封拙劣的信,读到这里——能否读到这里,当视情况而定——你自然会问,我写此信的目的何在?请允许我说明,我完全尊重你这一合理的提问,并进一步申明,此信之目的与金钱无关。

我身上可能蕴藏着降伏雷电之功,引导复仇烈火之力,此事暂且不谈。我只希望允许我顺便说明,我的最大理想永远消失了——我的宁静打破了,我的享受快乐的能力失去了——我的心离开了正常的位置——我不能再在众人面前挺起胸脯走路了。花儿染上了疾病。苦酒斟满了酒杯。蛀虫不停地咬,不久就会将其吞噬的对象消灭干净。越快越好。这里就不多说了。

我处于精神极度痛苦之中,米考伯太太即便以女人、妻子、母亲三重身份对我进行安慰,也无济于事,因此我欲暂时离去,用四十八小时重访我过去在首都享用过的某些去处。除了其他使我家庭安宁,心情平静的去处以外,我将理所当然地走向国王法院监狱。后天晚七时整,我将(听从上帝的意旨)在民事拘留所南墙外,特此奉告。此信之目的,至此已完全达到。

我不敢冒昧要求老友科波菲尔先生,或老友内殿律师学院托玛斯·特拉德先生(如此公仍健在,并能前来)看得起我,前来会面,重叙往日旧谊。我只想说这样一句话:在上述时间和地点,将会看到

　　　　倾倒之塔

　　　　　　残留的

　　　　　　　　遗迹。

　　　　　　　威尔金斯·米考伯

除上所述,还应补充说明,我的意图,对米考伯太太也是秘而不宣的。又及。

　　我把这封信看了好几遍。充分考虑到米考伯先生那种高超的写作风格,也充分考虑到他怎样不管条件允许不允许,怀着异乎寻常的喜悦坐下来写长信,我仍然认为在这封拐弯抹角的信中隐藏着一些重要的情况。我把信放下,左思右想;又把信拿起来,再看一遍。正看着,特拉德来了,看见我正在那里沉思。

　　"老伙计,"我说道,"我特别想见你。你来得正是时候,跟我说说你的高见。特拉德,我收到米考伯先生一封信,这信写得很怪。"

　　"不会吧?"特拉德大声说道,"真的吗?我收到米考伯太太一封信呢!"

　　特拉德说着,掏出他收到的信,跟我交换。这时候,他依然走得满脸通红,他的头发,也因为他又活动,又激动,全都竖着,好像真见了鬼一样。我看着他看米考伯先生的信,看到一半的地方,扬了扬眉毛,说道:"'降伏雷电之功,引导复仇烈火之力!'我的天哪,科波菲尔!"——我也对他扬了扬眉毛,接着就看米考伯太太的信了。

　　米考伯太太的信是这样写的:

　　　　我向托玛斯·特拉德先生致意。假如他还记得过去有一个人曾有幸与他结识,能否占用他一点闲暇时间?请托·特先生放心,要不是我已到了疯狂的边缘,我是不会来打搅他的。

　　　　虽然说起来叫我痛心,米考伯先生过去性情温和,喜欢在家里待着,现在却和妻子儿女疏远起来,这就是为什么我要向特拉德先生诉说我的不幸,并恳求他给以最大的帮助。特先生难以充分地想象米考伯先生的行为发生了多大的变化——他有多么疯狂,多么粗暴。情况越来越严重,最后到了似乎失去理智的地步。我可以肯定地告诉特拉德先生,他几乎没有一天不发作。我老听米考伯先生说,他把自己出卖给魔鬼了。这话我已经听惯了,特先生听到这个情况,也就不必问我是怎样一种心情了。许久以来,他的主要特点是讳莫如深,这一特点早已代替了原来的无限信任。稍有触犯,就连问他一声晚饭想吃点儿什么,也会惹得他说要离婚。昨晚,那一对双生子天真地向他要两便士,去买"柠檬色丹"——当地的一种糖果——他却用割蚝刀来对付他们!

我恳求特拉德先生耐心听我述说这些细枝末节。如果不了解这些细节,特先生就根本无法想象我处在一种什么样的痛苦境地。

我现在可以贸然向特先生坦率说明此信的用意吗?他现在能允许我求助于他,受到他真诚的关照吗?哦,可以,因为我对他的心地是了解的!

敏锐而亲切的目光,如果来自女性,是不容易蒙蔽的。米考伯先生要到伦敦去了。今天早上,早饭以前,他填写行李卡,系在过去快乐的日子里用的棕色小提箱上,当时他故意不让我看,但我作为妻子,心里着急,还是清楚地看出他写了"伦敦"的"敦"字。驿车在西区的终点站在金十字街。我能不能壮着胆子殷切恳求特先生去见一见我那鬼迷心窍的丈夫,跟他讲讲道理呢?我能不能壮着胆子要求特先生费心为米考伯先生和他的痛苦万分的家属调解一番呢？哦，不行，那就要求太高了！

假如科波菲尔先生尚且记得一个默默无闻的人，可否请特先生转达我真诚的问候和同样诚挚的请求？无论如何，请特先生本着关怀的精神，将此信看做绝对机密，万万不可在米考伯先生面前提起，或以任何微妙的形式泄露。特先生如要回信（我感到这是极不可能的），请寄坎特伯雷邮局米·爱收，这样造成的痛苦后果会少一些，而不要直接寄给在下面署名的，在极度痛苦之中

向托玛斯·特拉德先生乞哀告怜的

爱玛·米考伯

"你觉得这封信怎么样？"特拉德等我把信看了两遍之后，看着我说。

"你觉得那封信怎么样？"我说。因为他还在皱着眉头看那封信。

"我觉得，这两封信搁在一块儿，科波菲尔，"特拉德答道，"跟米考伯先生和他太太通常写的信相比，有更多的含义，不过这含义究竟是什么，我就不知道了。我相信，这两封信都是诚心诚意地写的，他们也并没有串通一气。可怜的人哪！"——他这是冲着米考伯太太的信说的，当时我们俩正站在一起，对那两封信做比较——"不管怎么说，咱们给她写封信，告诉她我们一准去见米考伯先生，这对她就是一种慈悲了。"

我当即表示同意，我之所以特别痛快，是因为我没有重视米考伯太太上次给我来的信，现在感到内疚。我收到她那封信以后，想了很多事情，我在前面已经说过了；但我当时只顾

忙自己的事,对她家里的情况又非常了解,而且也没再收到她的信,渐渐地就把这件事给忘了。我常想到米考伯这一家人,但主要是猜测他们在坎特伯雷又欠下了什么"金钱债务",或者回忆米考伯先生当了尤利亚·希普的文书之后,多么不好意思见我。

然而这一次,我以我们两个人的名义写了一封信,安慰米考伯太太,我们俩都签了名。出去寄信的路上,我跟特拉德进行了一次长谈,作了各种推测,我在这里就不一一述说了。当天下午,我们跟姨奶奶商量,所能得出的唯一结论就是,按照米考伯先生的安排,非常准时地去赴约。

虽然我们提前一刻钟就到了约定的地点,却发现米考伯先生已经在那里了。他两臂交叉,靠墙根儿站着,两眼盯着墙头上的铁棍儿,脸上显出伤感的样子,好像那些铁棍儿就是纵横交错的树枝,他年轻的时候,在下面乘过凉。

我们走过去跟他说话,他好像比以前显得有些慌乱,也不那么文雅了。他这次出来,没有穿法律界常穿的黑色服装,而是穿的旧日的紧身上衣和紧身裤子,旧日的风度已没有多少了。在我们跟他说话的过程中,他虽然逐渐增加了一些旧日的风度,但他的眼镜挂在那里显得不那么自然,他的衬衫领子虽然还跟以前一样宽大,却有点儿挺不起来了。

"先生们!"寒暄了一阵之后,米考伯先生说道,"你们是我患难中的朋友,你们是我真正的朋友。请允许我向现在的科波菲尔太太问安,向未来的特拉德太太问安——也就是说,我假定我的朋友特拉德先生还没有与他心爱的人实现生死与共的结合。"

我们接受了他礼节性的问候,做了适当的回答。接着他就叫我们看那座墙,并且开始说道:"请放心,先生们。"这时候,我贸然表示不赞成他用这样正式的说法来称呼我们,恳求他还是用过去的方式跟我们说话。

"亲爱的科波菲尔,"他说着,摁了摁我的手,"你的热情使我深受感动。一度称做人的寺庙剩下的残砖碎瓦——假如我能这样形容我自己的话——受到你这样的接待,表明你有一颗能为我们共同的天性增添光彩的心。我刚才正想说,我又看到了那宁静的环境,我一生中一些最愉快的时光就是在这里逝去的。"

"我敢肯定,这都是米考伯太太的功劳,"我说,"她身体还好吧?"

"谢谢你,"米考伯先生答道,他听了我的问候,脸色阴郁起来,"她还过得去。这里,"米考伯先生说着,忧伤地点了点头,"就是法院监狱!——过去年年有人一天到晚向我催逼金钱债务,赖在过道里不走,压得我透不过气来,而在这个地方,我头一次感觉不到这种压力了;在这个地方,门上没有门环让债主敲打;在这个地方,不需要把法院的传票直接送交本人,继续拘留指令也只投送到大门口!先生们,"米考伯先生说道,"那砖墙上头铁棍儿的影子落在场地的石子地面上,我看见过我的孩子们在那复杂的花纹上来回穿行,只踩亮的地方,不踩暗的地方。那里的每一块石头,我都是熟悉的。我要是露出留恋的情绪,你们知道该怎样对我加以原谅。"

"从那时候到现在,咱们的生活都有进展呀,米考伯先生。"我说道。

"科波菲尔先生,"米考伯先生痛苦地答道,"我待在里面的时候,对周围的人可以正眼相看,谁冒犯了我,我就敲谁的脑袋。现在我跟周围的人相处,可就没这么美了!"

米考伯先生闷闷不乐地转过身来,拉住我从这边伸出的胳臂,又拉住特拉德从那边伸出的胳臂,夹在我们两人中间,离开了那座大楼。

"在一个人通往坟墓的路上,"米考伯先生一边说,一边恋恋不舍地回头看,"是有一些地物做标记的,要不是怕不虔诚,他也许就不想再往前走了。在我这多灾多难的一生中,法院监狱就是这样一个地物标记。"

"哦,你情绪不好啊,米考伯先生。"特拉德说。

"是的,先生。"米考伯先生说道。

"我希望,"特拉德说,"这不是因为你对法律这一行产生了一种厌恶情绪——你知道,我本人就是律师呀。"

米考伯先生什么也没说。

"我们的朋友希普怎么样,米考伯先生?"我们沉默了一会儿之后,我说。

"亲爱的科波菲尔,"米考伯先生说着就激动起来,气得脸色发白,"你要是把我的老板作为你的朋友来问候,我感到遗憾;你要是把他作为我的朋友来问候,我就一笑置之。不管你怎样看待我的老板,你既然问候他,我也不想惹你生气,只想说这样一句话:不论他身体状况如何,他的样子像狐狸,姑且不说他的面目可憎了。我作为一个普通的人,请允许我不再谈这个话题了,因为此事已经在职业上把我折磨得到了绝望的边缘。"

我对无意之中提起这样一个话题,惹得他这么激动,向他表示了歉意。"请问,"我说,"我的老朋友威克菲尔先生和他家的小姐怎么样,我这样问,不会重蹈覆辙吧?"

"威克菲尔小姐，"米考伯先生说着，脸都红了，"历来就是一个榜样，一个光辉的典范。亲爱的科波菲尔，在苦难的生活之中，她是唯一的一块星光照耀的地方。我尊敬这个姑娘，我羡慕她的性格，我佩服她的热情、真诚和善良！——扶我到路口去吧，"米考伯先生说，"说真的，我眼下这种心情，我也说不下去了！"

我们扶着他拐进了一条窄路。他掏出手绢，背对着墙，站在那里。假如我用特拉德那样严肃的神情看着他，他一定会觉得我们两个人陪他实在没意思。

"我命里注定了，"米考伯先生说着，就真抽抽搭搭地哭起来了，不过就是在哭的时候，也显出了一点儿过去做事文雅的神气，"我命里注定了，先生们，我们天生的细腻感情成了对我的责难。我对威克菲尔小姐的敬意，就像一簇箭射向我的胸膛。我恳求你们，你们最好别管我，让我做个流浪汉，在世上游荡。虫子就会飞快地把我解决了。"

他这些乞求神明的话，我们都不注意，只是站在那里，后来见他收起手绢，往上拉了拉衬衫领子，怕附近有人注意他，就打马虎眼，哼起了小调，还把帽子使劲歪向一边。接着我就跟他说——因为要是现在就让他走了，还不定出什么事儿呢——我很愿意把他介绍给我姨奶奶，只要他肯到海格特去，连住的地方都给他准备好了。

"你可以再给我们做你拿手的果汁酒，米考伯先生，"我说道，"这样你就可以忘掉你的心事，回想起一些愉快的事情。"

"另外，要是跟朋友说说心里话，你会觉得松快一些，你也可以跟我们说一说呀，米考伯先生。"特拉德说，还是他想得周到。

"先生们，"米考伯先生答道，"随你们的便吧！我是一根草，浮在大海上，漂到东，漂到西，全凭那海象——对不起，我应当说全凭那海浪。"

我们又挽着胳膊继续往前走，正赶上马车要启动；我们平平安安地到达海格特，路上没有再出现什么麻烦。我焦躁不安，也拿不定主意，不知该说些什么，或做些什么；特拉德显然也是一样。米考伯先生大部分时间深深地陷于苦闷之中。有时候，他也精神一下，哼一个无聊的曲子，但是他那副闷闷不乐的样子，却因为他的帽子歪得不能再歪而显得可笑，衬衫领子提得跟眼睛一样高，而更使人感动。

因为朵拉身体不好，我们就没回我的家，而到我姨奶奶家去了。姨奶奶听见召唤，就出来了，又文雅又热情地向米考伯先生表示欢迎。米考伯先生吻了一下她的手，退到窗口，拽出手绢，心里七上八下。

迪克先生也在家。不管是谁，只要看上去有难处，他自然就极其同情，而且很快就能看出这样的人，所以他在五分钟之内，至少跟米考伯先生握了六次手。米考伯先生处于困境，对于一个生人表现出这样的热情极为感动，每一次握手，他都只会说，"亲爱的先生，你真叫我感动！"迪克先生一听这话大为高兴，下次握手的时候，就表现出更大的热情。

"这位先生对我这么关心，"米考伯先生对我姨奶奶说道，"你要是允许我，小姐，借用普通百姓比赛时说的话——他一下子就把我撂倒了。我这个人，正在一筹莫展、心绪不宁，心里矛盾重重的时候，受到这样的接待，实在不敢当，确实是这样。"

"我的朋友迪克先生，"姨奶奶骄傲地答道，"可不是一般的人哪。"

"这我相信，"米考伯先生说道，"亲爱的先生，"——因为这会儿迪克先生又跟他握手了——"你对我这么热情，我深受感动。"

"你觉得怎么样啊?"迪克先生以关切的神情问道。

"不怎么样，亲爱的先生。"米考伯先生说着，叹了一口气。

"你一定要提起精神，"迪克先生说道，"尽可能使自己舒服一些。"

米考伯先生听了这些关心的话语，手里又一次握着迪克先生的手，十分激动，"我命中注定了，"他说，"虽然人生坎坷多变，我还能时不时地遇上一片绿洲，但都不像眼前这片这么郁郁葱葱!"

要是换一个场合，我听了这话，一定会觉得好笑，但我当时感到大家都紧张不安。我殷切地看着米考伯先生，见他在那里犹豫不定，显然是想透露一些情况，但同时又不想透露什么，把我急得不得了。特拉德坐在椅子边上，眼睛睁得大大的，头发竖着，从来没有竖得那么厉害，一会儿看看地面，一会儿看看米考伯先生，一句话也不敢说。我姨奶奶虽然把她最锐利的目光集中在新来的客人身上，我看到她比我们两个人都更有头脑，因为她跟米考伯先生说话，不管他想不想说，他非得说话不可。

"你是我甥孙的老朋友了，米考伯先生，"姨奶奶说，"我希望早就有幸见到你。"

"小姐，"米考伯先生答道，"我也希望在此以前就能荣幸地和你相识。我并不总是眼下这副破落的样子。"

"我希望米考伯太太和孩子们都好吧,先生。"姨奶奶说道。

米考伯先生低下了头,"他们的景况,小姐,"他停顿了一下,然后不顾一切地说道,"足可以赶上流落街头无家可归的人所梦想的景况了!"

"愿上帝保佑你,先生!"姨奶奶以她那直截了当的口气大声说道,"你这是说了些什么呀?"

"全家的生计,小姐,"米考伯先生答道,"没有着落呀。我的老板……"

米考伯先生也真叫人生气,说到这里突然打住,削起柠檬来,那些柠檬,还有他做果汁酒要用的各种器皿,早就放在他跟前了,这都是我安排的。

"你的老板,你说呀。"迪克先生说着,轻轻碰了一下他的胳膊,让他说下去。

"好心的先生,"米考伯先生说道,"你提醒了我。我谢谢你。"他们又握了一次手,"我的老板,小姐——希普先生——有一次好心开导我说,要不是我给他干活儿,他给我开工钱,我可能就得闯江湖,到处表演吞剑、吃火去了。要不然,我看很可能我的孩子们也不得不靠卖艺为生,我太太也得用手摇风琴为他们的惊人动作伴奏了。"

米考伯先生说到这里,把手里的刀甩了一下,虽然是随便一甩,倒也非常生动,表明在他过世之后,可能就要演出这些节目;接着他就又不管不顾地埋头削起柠檬来了。

姨奶奶经常坐在小圆桌旁边,这时她把胳膊肘儿靠在桌上,聚精会神地看着他。虽然我并不想设一个圈套,让他把不愿意主动说的话说出来,我在这个节骨眼儿上也该跟他搭话,可是我看见他的动作反常,最明显的是他把柠檬皮放进了水壶里,把糖放在了放烛花剪子的盘子里,把白酒倒进了空水罐儿里,蛮有把握地抓起蜡台,想往外倒开水。我意识到马上要出事了,果然马上出了事:他把所有的器皿一胡噜,从椅子上站起来,把手绢拽出来,大哭起来。

"亲爱的科波菲尔,"米考伯先生用手绢捂着脸说,"干别的活儿无所谓,干这个活儿,必须心情平静,自己觉得体面。我干不了。现在没有办法。"

"米考伯先生,"我说,"出了什么问题?你说呀。咱们都是朋友啊!"

"咱们都是朋友,先生!"米考伯先生重复了一遍,接着他憋在肚子里的话就一下子爆发出来。"天哪,主要就是因为咱们都是朋友,我的心思才像现在这个样子。出了什么问题,先生们?什么不是问题呢?伤天害理就是出的问题;卑鄙无耻就是出的问题;欺蒙诈骗、阴谋诡计就是出的问题;所有这些令人发指的行为放在一起,取个名字就是——希普!"

我姨奶奶两手一拍,我们也都像鬼魂附体一样浑身一哆嗦。

"这场斗争已经结束了!"米考伯先生说着拼命摇晃手绢,还一再用两只胳膊往前扑,好像他在人力难以克服的困难下游泳。"这样的生活,我再也过不下去了。我是个可怜虫,凡是能使生活过得去的东西,都与我无缘。我过去给这个该死的混蛋干活儿,受他的限制。只要把我的太太还给我,把我的孩子还给我,让米考伯取代现在穿着我的靴子到处闲逛的东西,即便叫我明天就去吞剑,我也去吞——而且心甘情愿!"

我平生还没见过谁有这样激动。我让他镇静下来,这样我们才能想出合乎理智的办法。但他越来越激动,什么话也听不进去。

"我和谁也不握手了,"米考伯先生说道,他大口吸气,大口呼气,还抽抽搭搭地哭,活像一个人在冷水里挣扎,"除非我把他……啊……崩成碎片,那个……万恶的……毒蛇——希普!谁的热情招待我也不接受,除非我把……啊……维苏威火山……移到他头顶上……爆发,那个……众人唾弃的无赖——希普!在这里吃茶点……啊……尤其是喝果汁酒,会把我呛死……啊……除非我先把……啊……他的眼珠子……挖掉,那个……鬼话连篇的骗子——希普!我……啊……谁也不认……啊……什么也不说……啊……哪里也不待,除非我把他……啊……变为无法辨认的齑粉,那个……一辈子作伪证的伪君子——希普!"

当时我的确害怕米考伯先生会一下子死在那里。他挣扎着勉强说出这番含糊不清的话,每到快说希普名字的时候,就晕晕乎乎地拼命向前冲去,以简直不可思议的猛烈程度说出那个名字,他那副样子,叫人看了害怕。不过现在他无精打采地坐在椅子上,冒着汗,看着我们,脸上显出各种不应有的颜色,一块一块的东西连续不断地涌到嗓子眼儿,好像又从嗓子眼儿蹦到前额,那样子,他眼看就不行了。我本来可以过去帮个忙,但他摆摆手,不让我过去,什么话也听不进去。

"不用,科波菲尔!没有别的情况了……啊……只等……威克菲尔小姐……啊……在他手里受的罪得到补偿,那个头号大流氓——希普!"(我敢说,要不是他觉得又要提到这个名字了,因此就有一股惊人的劲头儿,他是连三个字也说不出来的。)"绝对机密……啊……对全世界……啊……无一例外……下周今日……早饭时候……啊……在场的各位……包括姨奶奶……啊……还有这位非常热心的先生……到坎特伯雷的饭店去……啊……在那里……我和我太太……在'友谊地久天长'的歌声中……啊……要揭露那个十恶不赦的无赖——希普! 我不说了……啊……也不听劝了……马上就走……不能……啊……和朋友待在一起……去追那死不悔改、注定要完蛋的奸贼——希普!"

米考伯先生坚持下来,就是因为这个具有魔力的名字,他用特别重的语气最后提了一次这个名字,就冲出了房门,弄得我们又兴奋,又抱有希望,而且莫名其妙,比他的情况也好不了多少。但是即便在这种情况下,他也克制不住自己那强烈的写信欲望。就在我们极度兴奋,又抱有希望,而且莫名其妙的时候,收到了一封类似牧师信札的短信,信是从附近一家酒店送来的,是他专门到那里去写的。信的内容如下:

极为机密

亲爱的先生:

我方才在你尊贵的姨奶奶家里过于激动,特恳请允许我通过你向她表示歉意。一座冒烟的火山,长期受压制,终于爆发,这是内心冲突的结果,此事说来话长,一言难尽。

我相信已将我的安排说得相当清楚:约定的时间是下周今日早晨,地点在坎特伯雷公众活动的处所,我和我太太曾经荣幸地在此和你同声歌唱,唱过在特威德河彼岸长大的不朽税务官①谱写的著名歌曲。

　　我将尽到职责,弥补过失,唯有这样,方能为世人正眼相看,届时我将不复为人所知。我唯一的要求,是将我置于万众合一的归宿,在那里

　　　　人各一穴永久卧,
　　　　乡村先人共长眠。②

　　　　　　　　　　　　简单地刻上
　　　　　　　　　　威尔金斯·米考伯

---

① 指苏格兰诗人彭斯。
② 引自英国诗人格雷(1716—1771)的诗《墓园哀歌》。

第五十章　裴果提先生的梦想实现了

自从我们在河边跟马莎见面以后，已经过去几个月了。我一直没有见过她，但她跟裴果提先生有过几次联系。她热心帮忙，却毫无结果。从裴果提先生告诉我的情况来看，关于艾米丽的命运，暂时也不能说找到了什么线索。说真的，我对能否找到她，都不抱希望了，而且越来越觉得她已经死了。

裴果提先生的信心依然很坚定。据我所知——我觉得，他那颗诚实的心，我可以一眼看到底——他是决心要找到她的。在这方面，他没有犹豫过。他的耐心从没减退，虽然他的坚强信念有朝一日也许会一下子破灭。他会多么痛苦，我一想就不寒而栗，但他的信心是那么虔诚，那么感人地表明它建立在他那高尚天性中最纯洁的深处，因此，我对他的敬重也与日俱增。

他的信心可不是那种偷懒的信心，只抱希望，什么也不干。他一辈子就是辛勤干活儿的人，他知道，凡是需要帮助的地方，他必须踏踏实实地做自己能做的事，以求自助。听说他因为担心不定什么原因，蜡烛没有放到旧船屋的窗口，天黑了也要出发，步行到亚茅斯去。听说他在报上读到一点可能与艾米丽有关的消息，马上拿起手杖就出发，一走就是七八十英里。他听了达特尔小姐告诉我的消息之后，就坐船到那不勒斯，又从那不勒斯回来。他长途旅行，总是很俭省，老想攒点儿钱，等找到艾米丽的时候给她用。他长途跋涉，我从来没听见他有什么怨言，从来没听他说累了，灰心了。

我结婚之后，朵拉时常见到他，而且挺喜欢他。现在我还能想起，他站在沙发旁边，手里拿着破帽子，我的娃娃媳妇抬起头来，怯生生地用惊异的眼光看着他的脸。有时天快黑的时候他来找我，我就带他到花园去，他一边抽着烟，我们一边来回溜达。这时候，他离开了的那个家，我小时候看到的室内炉火熊熊室外狂风怒吼，家里晚上那种舒适的气氛，又极其生动地出现在我的脑海里。

有一天晚上，也是天快黑的时候，他跑来告诉我，说他前一天晚上一出门儿，看见马莎在他的住处附近等他，叫他千万不要离开伦敦，等他再见到她以后再说。

"她说没说为什么？"我问道。

"我问她了，大卫少爷，"他答道，"但是她的话从来都很简单，她光让我答应他的要求，然后就走了。"

"她说没说你大概什么时候可以再见到她？"我问道。

"没说，大卫少爷，"他说着，心事重重地用手在脸上胡噜了一把，"我问她来着，可是她说，她也说不好。"

我早就不再用靠不住的希望给他打气了，听了这个消息，没有发表意见，只说我觉得他不久还会见到她的。这个消息在我心里也引起了一些推测，不过都很渺茫，我跟谁也没说。

大概过了两个星期，有一天晚上，我一个人在花园里散步。那天晚上的情况，我记得很清楚。那是米考伯先生让人揪心的那一周的第二天。下了一整天的雨，空气湿润。树上的叶子茂密，沾上雨水，沉甸甸的。不过雨已经停了，虽然天还阴着。充满希望的鸟儿也愉快地唱起歌来了。我在花园里来回走着，暮色渐渐落下，小鸟的叫声听不见了，大地笼罩着一片沉寂，这是乡村的夜晚特有的一种沉寂，连最细嫩的树也都静止不动，只有雨水偶尔从树枝上滴下来。

我们的房子旁边有一排方格架子，常春藤攀附在上面，看上去一片绿色，我在花园里散步，从这里往外看，可以看见房前的大路。我正在思考各种杂事，偶然转过脸来朝这边一看，看见远处有一个人影，穿着朴素的斗篷。那人影一边招手，一边急匆匆地朝我走来。

"马莎。"我迎上去说道。

"你能跟我走一趟吗？"她急切地小声问道，"我去找过他了，他不在家。我写了个条子，告诉他到哪里去，亲手放在他的桌子上了。他们说他一会儿就回来。我有消息要告诉他。你能马上来一下吗？"

我马上出了大门，这就是我的回答。她急忙做了一个手势，仿佛是叫我既要耐心，又不要出声，接着就转身朝伦敦走去，从她的衣服看，她是从伦敦步行赶来的。

我问她，我们是不是上伦敦。她又像刚才一样，急忙做了一个手势，表示是上伦敦，我就叫住了一辆从旁经过的空马车，我们就上了车。我问她，要叫马车上哪里去，她说："黄金广场附近，哪儿都行——要快！"然后她就缩到一个角落里，一只手颤抖着捂在脸上，另一只手又像刚才一样打了个手势，好像她听不得什么声音。

这时候，我心里乱得很，觉得有一线希望，又感到害怕，这种矛盾的心情闹得我不知如何是好，所以我就看着她，想让她给我解释一下。可是一看她那么强烈地希望保持沉默，同时在这个场合，我本心也不想说话，也就没有去打破当时的沉默。一路上，我们谁也没说话。有时候，她往窗外看一眼，好像她觉得车走得太慢，其实车走得很快。除此以外，我们完全跟刚上车的时候一样。

车停在马莎说的广场的一个入口处，我们下了车。我让那马车等一会儿，也许还有用。她抓住我的胳膊，急忙走进一条阴暗的街道。这一带有好几条这样的街道，原来的房子都是不错的住宅，一家一户地住着，这时已经衰败，成了穷人的住房，一间一间地出租，如今仍然是这个样子。有一所房子门开着，我们走了进去，马莎松开我的胳膊，招手让我跟她顺着公用楼梯上楼，那楼梯就像街道分出的岔道一样。

房子里边住满了人。我们上楼的时候，房门都开了，有人把头伸出来；我们在楼梯上还碰上了下楼的人。进去之前，我曾抬头看了看，看见一些女人和孩子在窗口隔着花盆往外看，我们大概引起了他们的好奇心，因为开门看的主要也是这些人。楼梯很宽，镶着墙裙，粗大的栏杆是用深色木料做的，门楣上刻着水果和花朵，窗台也很宽大。所有这些能体现过去富丽堂皇的东西，可惜显得又破又脏；腐烂、潮湿再加上年代久远，地板已经坏了，许多地方已经不牢靠，甚至不安全了。我看到多处原来很贵重的木头坏了，用普通松木修补过，以此为那日益收缩的框架输些新鲜血液，其效果就像破了产的老贵族跟可怜的叫花子结婚，双方都觉得不般配而互相疏远。楼梯上有几个后窗户，有的黑乎乎的，有的完全堵起来了。剩下的也几乎没有玻璃，框子也快掉下来了，臭气只从这里进，不往外出。我从这里往外看，外面的房子通过没有玻璃的窗口看进去，情况也大同小异。低头往下看，叫人头晕，下面是一个破院子,各家的垃圾都往那里倒。

我们向最高一层楼走去。顺便说一下,因为光线不好,看不清楚,但我觉得有两三次看见一个穿裙子的女人的身影,在我们前头,往楼上走。在我们转身登上屋顶下面最后一段楼梯的时候,我们看见了这个女人的全身。她在一个房门前面迟疑了一下,然后一转门把儿,开门走了进去。

"怎么回事儿?"马莎小声说道,"她进到我屋里去了。我不认识她呀!"

我认识她。我也大吃一惊,因为我认出她来了,她是达特尔小姐。

我简单地对我的引路人说,我以前见过这个女人,大意如此。话还没说完,就听见那女人在屋里说话的声音,不过从我们站的地方,听不清她在说些什么。马莎带着惊异的神情,又给我打了个手势,轻轻地带我走上楼去。后面有一个小门,门上好像没有锁,她稍微一推就开了,于是我们来到一间空的小屋里,屋顶是斜的,而且很低,比柜子大不了多少。这间屋子,和她刚才说的她那间屋子,有一个小门相通,当时那门半开着。我们在这里停下脚步,因为我们上楼上得气喘吁吁,她就把手轻轻放在我嘴唇上。我只能看出隔壁那间屋相当大,屋里有一张床,墙上挂着几幅画,都是船。我看不见达特尔小姐,也看不见听她说话的人。我的同伴肯定也看不见,因为我那个位置是最好的位置了。

很长一段时间,一点儿动静也没有。马莎仍把一只手放在我嘴唇上,举着另一只手,做仔细听的样子。

"她不在家,这对我没关系,"罗莎·达特尔气呼呼地说道,"我对她毫不了解。我是来找你的。"

"找我?"一个微弱的声音答道。

我一听这声音,浑身打了一个冷战,因为那是艾米丽的声音!

"是的,"达特尔小姐答道,"我就是要来看看你是个什么样子。什么?你这张脸,干了那么多坏事儿,还不觉得难为情呀?"

她的语调里包含着决不宽容的仇恨,冷酷无情的尖刻,勉强压制的愤怒,使我觉得她就像在强光下站在我面前。我看见她那闪闪发光的黑眼睛,她那由于感情的折磨而消瘦了的身子;我还看见那条伤疤,中间一条白道儿,从上唇通到下唇,她一说话,就颤抖、跳动。

"我是来看一看,"她说,"詹姆斯·斯蒂福相中了的这个女人,跟着他跑了,在当地闹得满城风雨的女人,卖弄风情的老手,不要脸的东西,跟詹姆斯·斯蒂福这样的人在一块儿鬼混。我就是想看看她是个什么货色。"

听那窸窸窣窣的声音,好像那不幸的女子受了这番辱骂,想往门口跑去,说话的人一下子拦住了她。接下来是一阵沉默。

达特尔小姐又说话了,这一次她是咬牙切齿,跺着地板说的。

"你别动!"她说,"要不我就把你的事儿告诉全楼的人,全街的人!你要是想躲开我,我就是抓住你的头发,也得把你拦住,用石头来对付你!"

一声惊恐的回答,声音很小,听不清楚。接着是一阵沉默。我不知如何是好。我很想制止这番谈话,又觉得不该露面,只能由裴果提先生来看她,给她解围。他怎么还不来呢?

我不耐烦地琢磨着。

"好!"罗莎·达特尔随着一声冷笑说道,"我到底见着她了!哎哟,他也真是个可怜虫,竟然迷上了这么一个娇里娇气、假装正经,就会耷拉着脑袋的东西!"

"哦,看在上帝的分上,饶了我吧!"艾米丽大声说道,"无论你是谁,你知道我这一段可怜的经历。看在上帝的分上,饶了我吧,要是你自己也希望得到饶恕!"

"要是我也希望得到饶恕!"对方愤怒地答道,"你怎么觉得咱们之间会有什么共同之处呢?"

"咱们都是女人嘛。"艾米丽说着,哭了起来。

"这可是个重要的理由,"罗莎·达特尔说道,"由你这个不知羞耻的东西提出来,我心里要是除了鄙视你、讨厌你之外,还有什么感情的话,也让它给冻成冰了。咱们都是女人!你可给咱们女人增光啦!"

"我罪有应得,"艾米丽说道,"不过这太可怕了!最最亲爱的小姐,你想想我受了多大的罪,现在又落到了什么样的地步!——哦,马莎,你快回来吧!哦,我要回家,我要回家!"

达特尔小姐在椅子上坐下了,我从门口可以看见她,她眼睛朝下看,似乎艾米丽在她面前蜷缩在地上。这时候,她正背着光,所以我能看见她撇着嘴,眼里的凶光死盯着一个地方,脸上带着又贪婪又得意的神气。

"你听着!"她说道,"收起你那些骗人的鬼把戏吧。你还想用眼泪来感动我吗?这和用你的微笑来迷惑我一样没用,你这个花钱买来的奴隶。"

"哦,可怜可怜我吧!"艾米丽叫道,"行行好吧,要不我就要疯了,我就要死了!"

"对你的罪过来说，"罗莎·达特尔说道，"那也算不了什么了不起的惩罚。你知道你都干了些什么吗？你想过没有，你把那个家完全给毁了？"

　　"哦，我日日夜夜哪有不想它的时候哟！"艾米丽说道，这时候，我勉强能看见她跪在地上，头往后仰着，她那苍白的脸往上看着，两手紧紧地攥在一起，往前伸着，头发披散着。"无论是我醒着，还是睡着，哪有一时一刻它不出现在我眼前？我看见的还是以前的老样子，跟我永远永远背叛它的时候一模一样！哦，我要回家，我要回家！哦，最最亲爱的舅舅呀，在我走上邪路的时候，你的爱会给我带来多大的痛苦，当时你要是知道的话，尽管你非常疼爱我，也不会始终如一地向我显示你的爱心，而会对我生气，至少在我一生中对我生一次气，这样我也会得到一点儿安慰！我在世上没有得到一丝一毫的安慰，因为他们一向都喜欢我！"她说完以后，一下子趴在地上，趴在椅子上那个盛气凌人的女人面前，以恳切的神情，想抓住那女人的长裙。

　　罗莎·达特尔坐在那里，朝下看着她，像一座铜像一样无动于衷。她双唇紧闭，仿佛她知道一定要控制住自己的感情——我确信无疑，所以才这样写——否则她就会忍不住，要用脚来踹那个漂亮女人了。我看得很清楚，好像她的面容和性格所表现的全部力量都集中在那样一副神情之中。——他怎么还不来呢？

　　"这些贱骨头的虚荣心多么可悲呀！"她说道，这时候，她已经控制住自己胸中的怒气，觉得有把握了，便又开口说话了，"你的家！你以为我还会惦记着它吗？你以为你给它造成的损失无法用金钱来充分补偿吗？你的家！你家做生意，你是其中的一部分,人家把你卖了又卖了,和人家经营的别的商品是一样的。"

"哦,快别说了!"艾米丽叫道,"你说我什么都行,可别把我的丑事儿夸大其词,强加到别人身上,他们可是像你一样体面的人哪!你是个小姐,即便对我不肯怜悯,也要对他们表示尊重呀。"

"我现在说的,"她全然不顾艾米丽的恳求,还把长裙抽回来,怕叫艾米丽给碰脏了,"我现在说的是他的家——是我住的地方。你可真行,"她说着,冷笑一声,伸手指着,也向下看着那趴在地上的女孩子,"闹得人家有教养的母亲和有教养的儿子母子不和;你就是上人家厨房里当用人,人家也不要啊,给人家带来苦恼,闹得人家怨恨、不满、责难。就是这个在海边儿上拣的烂货,风光了一阵子,又扔回原地了!"

"别说了!别说了!"艾米丽喊着,把两手紧紧地攥在一起,"他闯进我的生活的时候——我的生活里要是没有这么一天,他遇见我的时候,人们正在为我送葬就好了!——我也跟你一样,跟任何一位小姐一样,是有教养的,是纯洁的,当时我就要嫁人了,这人比得上你或者世界上任何一位小姐愿意嫁的人。要是你住在他家里,对他有所了解,你可能就很清楚,他对一个爱虚荣的软弱女子会使出什么手段。我不想为自己辩解,但是我很清楚,他也很清楚——要不他到临死的时候也会清楚,而且他心里也会为此而感到不安——他使出了一切手段来欺骗我,我上了他的当,相信了他,爱上了他!"

罗莎·达特尔一听这话,从椅子上蹦起来,往后一退,退的时候,一巴掌朝着艾米丽打过去,露出凶相,满脸怒气,鼻子不是鼻子,眼不是眼,急得我差一点儿跳过去把她们拉开。那一巴掌并没有一定的目标,因此打空了。她这会儿站在那里,上气不接下气,怀着她能表现出的最强烈的憎恨看着她,浑身上下都在发抖,对她又气愤,又鄙视。我觉得我从来没见过这样的场面,永远也不可能再见到这样的场面。

"你爱他?你?"她叫道,一面攥着拳,直哆嗦,好像就想抄起一件什么家什来打下去,以解心头之恨。

艾米丽缩到一旁,我看不见她了,也没听见她说什么。

"你竟然还有脸来跟我说这样的话?"她接着说道,"他们怎么不用鞭子抽这些东西呢?我要是能下命令,非叫他们把这女人抽死不可。"

我毫不怀疑,她是干得出那种事来的。只要她怒气不消,我可不敢把刑具交给她。

她慢慢地、很慢很慢地笑了起来,同时用手指着艾米丽,好像她就是耻辱的化身,要神人共谴之。

"她爱!"她说道,"那个贱货!还来对我说,他爱过她。哈哈!这些做买卖的可真会撒谎!"

她那种讽刺挖苦比她那不加掩饰的怒气更可怕。要是叫我挑选,我还宁愿让她在我身上发泄她的怒气呢。不过她发作了一会儿,就收敛了,不管她心里多么难以忍受,她还是强忍住了。

"我到你这里来,你这纯洁爱情的源泉,"她说道,"是想看一看——这我一开始就对你说过了——像你这样的东西是个什么样子。我感到好奇。现在我满足了。我还要告诉你,你最好赶快去找你那个家吧,低着头躲在那些再好不过的人们中间,他们正等着你呢,你的钱可以给他们安慰。花光了以后,你可以再上当,再相信,再爱一次,这你也知道!我觉得你像一件坏了的玩具,已经不好玩儿了,像一件装饰品,不亮了,叫人家扔了。不过我看你是一块真金,是一个正经女人,是一个受人欺负的无辜的人,有一颗娇嫩的心,充满了爱情与信任——你看上去像是这样一个人,这也跟你说的情况非常吻合!——这样,我就还有些话要对你说。你好好听着,因为我说到做到。听见了吗,你这个小妖精?我说了,是要去做的!"

她的怒火一时又占了上风,但它就像一阵痉挛,在她脸上一闪而过,接着她又笑了。

"藏起来吧,"她接着说道,"不藏在家里,就藏到别处去。藏到一个谁也找不着你的地方,默默无闻地生活,或者默默无闻地死去,那样就更好。你那颗爱心要是打不碎,难道你也没想个办法叫它别跳吗!我什么时候听说,这种办法是有的。我想要找到,也不难。"

这时候,艾米丽低声哭了起来,打断了她的话。她停下来,注意听,好像听的是音乐。

"我这个人大概性情古怪,"罗莎·达特尔接着说道,"我不能在你呼吸的空气里呼吸自如。我觉得它叫人恶心。所以我要让人把它加以净化——我要让人把你清除出去。要是你明天还待在这里,我就让人在楼梯上把你干的那些事儿,把你的人品,当众宣布。据我了解,这个楼里住的有正派女人,而你这么体面的一个人,埋没在她们中间,实在可惜。离开这里以后,你可以在这个城市里以你真实的面目待下去,我也欢迎你这样做,不会来打搅你,但是你要是以别的面目待下去,只要我知道你待在哪里,我就用同样的办法对付你。不久以前,不是有位先生还想高攀,向你求婚吗?有他给我帮忙,我是很有把握的。"

他怎么老也不来呢？这种情况,我还要忍多长时间？我还能忍多长时间？

"哎哟,哎哟!"可怜的艾米丽,我觉得那声调,铁石心肠的人听了也会受感动,然而罗莎·达特尔的微笑却毫无缓和的意思,"我,我怎么办呢?"

"怎么办?"那个女人答道,"靠回忆过去,快快活活地过日子吧!给你的生活找个寄托,你可以回想回想詹姆斯·斯蒂福对你多么温柔——他想把你赏给他的仆人做老婆,是不是?——你也可以对那个正直而又受之无愧的东西感激涕零,他会把你当做一件礼物收下来。另外,要是回忆这些值得自豪的往事,念念不忘自己的高尚品德,再加上你在所有披着人皮的东西心目中占据的光荣地位,还不能满足你的需要,那你就嫁给那个好人,仰仗着他,快快活活地生活吧。要是这还不行,那就去死吧!这样的死,这样的绝望,是有门路的,是有垃圾堆的,随便找一个,升天去吧!"

我听见远处有上楼梯的脚步声。我听出来了,我有把握。果真是他的脚步声,谢天谢地!

她说着,慢慢地从门前走开,我就看不见她了。

"不过,你记着,"她慢条斯理地以严厉的口气说着,打开另外一个门,准备走了,"我已经下定决心,我是有理由的,而且我恨你,除非你躲得远远的,我逮不着你了,或者你摘下了你那漂亮的假面具。我要说的就是这些,而且我是说到做到的!"

楼梯上的脚步声越来越近——越来越近——碰上她下楼去,从她身边经过——冲进屋里来了!

"舅舅！"

　　接着是一声喊叫，让人听了害怕。我迟疑了一下，往屋里一看，看见他怀里搂着艾米丽，她已经不省人事了。他盯着她的脸看了一会儿，低头吻了她一下——哦，多么亲切呀！——把一块手绢蒙在了她脸上。

　　"大卫少爷，"他蒙好以后，以颤抖的声音低声说道，"我感谢天父，我的梦想实现了！我衷心感谢他，他用他的办法指引我找到了我亲爱的孩子呀！"

　　他说完了，就把她抱起来，她那蒙着的脸紧贴着他的胸脯，正对着他的脸，她一动不动，也没有知觉，就这样，他抱着她走下楼去。

第五十一章　开始一次更远的旅行

第二天清晨,我在花园里陪姨奶奶散步(现在姨奶奶很少别的活动,因为她花很多时间来照顾我那亲爱的朵拉),忽然听见禀报,说裴果提先生看我来了。我正往大门口走去,他已经来到花园里,迎着我走了过来。一见我姨奶奶,他就摘了帽子。他一向有这么个习惯,她对姨奶奶是非常尊敬的。我把头一天发生的事已经都告诉她了。她什么也没说,非常热情的样子走上前去跟他握手,还拍了拍他的胳膊。这就清楚地表达了她的心意,也就没有必要再说什么了。裴果提先生也充分理解了她的意思,好像她说了千言万语一样。

"我现在要进去了,特洛,"姨奶奶说道,"去照顾小花,她快起床了。"

"可别是因为我来了,小姐,你就走啊?"裴果提先生说道,"除非我今天早上一心惦记着捣鸟窝去了,"——裴果提先生的意思是想说掏鸟窝去了——"我看你是因为我来了,才要走的。"

"你有话要说呀,我的好朋友,"姨奶奶答道,"我不在,更方便。"

"对不起,小姐,"裴果提先生答道,"你要是不嫌我絮叨,肯待在这儿,我觉得那是给我面子呀。"

"是吗?"姨奶奶又爽快又和气地说道,"那我就一定得留下了!"

于是她就挽起裴果提先生的胳膊,陪他走到花园尽头上一间树叶覆盖的小凉亭,她坐在凳子上,我也挨着她坐下。也有裴果提先生的座位,但他喜欢站着,把手放在一张粗糙的小桌上。他站在那里,还没开口,冲着帽子愣了一会儿,这时候,我不由得感到他那粗壮的手表现出他的性格具有多么强大的力量,对他那忠心耿耿的眉毛和铁灰的头发来说,他的手是多么信得过的好伙伴呀。

"昨天晚上,"裴果提先生抬起头来,看着我们说道,"我把我那亲爱的孩子接到我的住处,我盼她已经盼了很久了,早就给她准备好了。过了好几个钟头,她才认出我来。认出我来以后,她就跪在我的脚边,像祷告的样子,把前后的情况勉勉强强地向我说了一遍。我不骗你们,我听见她的声音以后,想起她在家的时候那活泼的声音——再看看她那可怜的样子,好像我们的救世主就在用他那圣洁的手在土地上写字一样①——我一方面满怀着感激之情,一方面也觉得心如刀割一样痛。"

他抬起袖子遮住脸,毫不掩饰为什么要这样,然后清了清嗓子。

"我那种感觉,时间并不长,因为她已经找到了。我一想到她已经找到了,那种感觉就消失了。我也不知道,现在为什么多余提这件事儿,真的。我刚才并没打算提到我自己,可是

---

① 《新约·约翰福音》第8章记载,文士和法利赛人抓住一名行淫的妇人,问耶稣如何处置。耶稣只顾用指头在地上画字,后来说:"你们中间谁没有罪,谁就可以先拿石头打她。"

这话来得自然,我没注意,就说出来了。"

"你这个人很刻苦啊,"姨奶奶说道,"会有好报的。"

树叶的影子正在裴果提先生的脸上晃来晃去,他冲着我姨奶奶猛然把头一低,算是对她的赞扬表示感谢,接着又把丢下的话茬拣了起来。

"我的艾米丽,大卫少爷见过的那条花斑毒蛇把她关在一所房子里,"他说着,强烈的怒火一时又上来了,"——那毒蛇说的是真的,愿上帝惩罚他!——我的艾米丽是在晚上逃出来的。那天晚上,天很黑,星星很多。她像疯了一样。她顺着海滩跑,觉得那条旧船就在那里,还冲着我们喊,叫我们背过脸去,因为她来了。她听见自己的叫声,还以为是别人在叫;锋利的石块和岩石把她身上划破了,她也不觉得,好像她自己也是岩石一样。她跑了很远,跑得她两眼冒火,耳朵轰轰直响。忽然间——也许只是她这么觉得,这你们也明白——天亮了,下着雨,刮着风,她在海滩上躺在一堆石头下面,有一个女人跟她说话,用那个国家的话问她,究竟出了什么事儿?"

他说的情况,他都能看得见。他一边说,那情景就生动地出现在他的眼前,他又怀着那么殷切的心情,所以他向我描述的情况比我现在所能表达的情况要清楚得多。现在过了这么久,再来追记这段经历,我简直不敢相信我当时并不在场,因为我脑子里留下的印象生动得叫人吃惊。

"艾米丽的眼睛——起初睁不大开——等她看清这个女人了,"裴果提先生继续说道,"就认出她来了,过去常跟她和别的女人在海滩上说话。因为虽然她那天晚上(我刚才说了)跑了很远的路,她过去常常到处游逛,走得很远,有时候

946

步行,有时候坐船,有时候坐车,对沿海那一带,多少里地,都很熟悉。那女人是个年轻的太太,还没有孩子,不过看样子她不久就要生了。我要向上天祷告,她的孩子会在她一生中给她带来幸福,带来安慰,带来荣誉!在她老了的时候,那孩子会疼爱她,孝顺她,给她送终,今生来世做她的天使!"

"阿门!"姨奶奶说道。

"这个女人有点儿胆小,地位也不高,"裴果提先生说道,"起初坐得远远的,在那儿纺线,也许是干类似的活儿,艾米丽就跟孩子们说话。不过艾米丽注意到了这个女人,就过去跟她说话。这年轻女人也很喜欢孩子,她俩很快就交上了朋友——越来越要好,艾米丽一到那边去,她总要送一些花给艾米丽。现在就是这个女人问她究竟出了什么事儿。艾米丽跟她说了,她——就把她接到家里去了。真的,她把她接到家里去了。"裴果提先生说着,又把脸捂了起来。

这件好心的事使他很受感动,自从那天夜里艾米丽出走之后,我还没看见哪件事使他这样受感动。我和姨奶奶都无意打扰他。

"那女人住的房子很小,这你们也能想象得出来,"他接着说道,"不过她还是在家里给艾米丽安排了地方——她丈夫出海去了——她还对外保密,还劝邻居们(近处邻居倒并不多)也给她保密。艾米丽发烧,烧得很厉害。有一件事,我觉得很怪——也许有学问的人就不觉得怪了——她忽然把那个国家的话全忘了,只会说自己本国的话,谁也听不懂。她回想起来,就像做了一场梦。她躺在那里,光说自己国家的话,老觉得那条旧船就在海湾里不远的地方,就央告人家派人去送信儿,说她快死了,还要带回一个宽恕她的信儿,哪怕只有一句话也行。在这段时间里,她几乎总是一会儿觉得我刚才提到的那个人就躺在窗户底下,准备抓她,一会儿又觉得把她害成这个样子的人就在她屋里。她哭着求那好心的年轻女人不要把她交出去,可是一想,人家听不懂她的话,就又担心一定会把她抓走。于是她又两眼冒火,耳朵轰轰直响,也分不清今天,昨天,还是明天了;生活里各种的事情,发生过的,没发生过的,可能发生的,不可能发生的,一齐向她涌来,她都说不清楚,也不欢迎,但她在这些事情面前,又是唱歌,又是笑!这种状况持续了多久,我不知道;接着她就睡起觉来,这一睡,她可就变了,原来她的精神比自己原有的强好几倍,现在却软弱得跟最小的孩子一样了。"

他说到这里,停了下来,好像说的情况太可怕了,需要缓和一下。他沉默了一会儿之后,又接着往下说。

"一个晴朗的下午,她醒过来了。周围很清静,一点动静也没有,只有蓝色大海的波纹,岸边连浪花也没有。起初,她觉得那是星期天早上,她待在家里。但她看一看窗前爬的蔓子,和远处的小山,就知道这不是家,跟她的想法不符了。后来她的朋友进来了,在床边看着她。她明白了,那条旧船并不在海湾里不远的地方,而是离得很远,也知道自己是在哪里,为什么到了这里;接着就趴在那好心的年轻女人怀里大哭起来。真应该是她的孩子躺在她怀里,睁着漂亮的眼睛,叫她看了开心呢!"

他一提到艾米丽这个好朋友,就没有不哗哗流泪的时候,忍也忍不住。这时候,他又哭起来了,一边哭,一边为她祝福。

"这对我那艾米丽很有好处,"他说,这时候,他已经不那么激动了。他刚才那副激动的样子,我看了也不能不受感染——姨奶奶呢？她哭得可痛心啦——"这对艾米丽很有好处，她开始好转了。但是那个国家的话，她可全忘了，只好给人家打手势。从那以后，她一天天好起来，很慢地，可是不断地，努力记住日常用品的名字，那些名字，她好像一辈子从来都没听见过。后来有一天晚上，她坐在窗口，看一个小女孩儿在海滩上玩儿。忽然那孩子朝她伸着手说了一句话，那意思，用咱们的话说就是，'渔家姑娘，你看这贝壳！'你们可要知道，起初他们叫她'漂亮小姐'，那个国家一般都是这么叫；是她告诉他们别这么叫她，就叫她'渔家姑娘'吧。那孩子突然说了一声：'渔家姑娘，你看这贝壳！'艾米丽听懂了，回答了，哭了起来；她又都想起来了！"

"艾米丽的体力恢复以后，"裴果提先生停了一会儿，又接着说，"就尽量想办法告别那个好心的年轻女人，回国来。这时候，那女人的丈夫也回来了，两口子把她送上一条上莱格杭的小商船，然后再从那里到法国。她身边有一点儿钱，可是他们那么照顾她，却一点儿钱也不收。我简直可以说为这件事而感到高兴，虽然他们也很穷。他们的功德存放在虫不能蛀，锈不能蚀，窃贼也进不去，偷不走的地方了。大卫少爷，他们的功德会比世界上所有的珍宝保存得更长久。

"艾米丽到了法国以后，就在港口找了个活儿干，在一家旅店里伺候过往的太太小姐。就在这里，有一天，碰上了那条毒蛇。——他最好永远不要靠近我。我还不定怎么收拾他哩！——艾米丽看见他了，他却没看见艾米丽，艾米丽一看见他，就像先前一样，又害怕，又着急，连忙从他鼻子底下逃走了。她回到英国，在多佛上了岸。"

"我也说不准，"裴果提先生说道，"她是什么时候开始失去信心的,但她在回国的路上,一直是想回她那温暖的家的。她一回到英国,就往家走。可是她怕得不到宽恕,怕别人戳脊梁骨,还怕我们中间有谁因为她而送了命,怕的事儿可多啦,所以半路上,这些顾虑就像是硬把她拽走了。'舅舅,舅舅,'她对我说,'我这颗流血的破碎的心那么想做的事,我却害怕自己没有资格去做,没有比这更叫人害怕的事了!'我扭头就往回走,可我心里一直在祷告,希望我能在夜间爬到过去门前的台阶上,吻它一吻,把我这张罪孽深重的脸贴在上面,第二天早上,人家一看,已经死了。"

"她来到伦敦,"裴果提先生说道,他把声音压得很低,好像害怕得不得了,"她——一辈子没来过——就一个人——一个子儿也没有——年轻——又那么漂亮——来到了伦敦。她到了这里,一看到处破破烂烂的,但她几乎马上就找到了一个朋友(她当时就是这么想的)——那是一个正派女人,人家跟她谈起她从小就学着做的针线活儿,说能给她找到很多这样的活儿,说有过夜的地方,还答应第二天暗地里打听我和所有家里人的消息。我的孩子,"他大声说道,他那感激的心情形成一股力量,使他从头到脚浑身发抖,"处在危险的边缘,那是我说不出,也想不到的,就在这时候,马莎,真是说到做到,救了她!"

我克制不住,高兴得叫了起来。

"大卫少爷,"他说着,用他那有力的手攥住我的手,"最初是你向我提到她的。我谢谢你,少爷。她很认真。她根据自己的痛苦经历,知道该上哪里去找,该怎么办。她就那么干了。多亏上帝关照啊!她脸色煞白,匆匆忙忙地来了,艾米丽正在睡觉。她对她说:'快起来,待在这里还不如死了好,快跟我走！'屋里的人想拦住她，可是那比拦住海水还要难。'你们离我远远的，'她说，'我是一个鬼，在她开了口子的坟边召唤她！'她告诉艾米丽，说她见过我了，知道我疼爱她，原谅她。接着就把衣裳给她披上，扶她站起来。她晕晕乎乎，浑身哆嗦。那些人说什么，马莎也不听了，好像没长耳朵一样。她搀着我的孩子从那群人中间走过来，一心照顾着她，深更半夜里把她平平安安地救出来，离开了那坑人的黑窝！"

"她照料着艾米丽，"裴果提先生说道，这时候，他已经松开了我的手，把自己的手放在起起伏伏的胸脯上，"她照料着我的艾米丽，艾米丽躺在那里，浑身无力，有时还昏迷过去，就这样一直到第二天傍晚。后来她就出来找我，又去找你，大卫少爷。她没告诉艾米丽她出来干什么，怕她心里想不开，再找个地方躲起来。那个狠心的女人是怎么知道她在那儿的，我就不知道了。究竟是我已经多次提到的那个家伙碰巧看见她们进去了，还是他从那个女人那儿听说的（我看很可能就是这样），我就不多想了。我的外甥女找到了嘛！"

"整整一夜，"裴果提先生说道，"我和艾米丽两个人就待在一起。这么长时间，她只顾伤心落泪，没跟我说多少话，她那张可爱的脸，我看见得就更少了，其实我是在炉火旁边看着她长大的呀。不过整整一夜，她的胳膊搂在我的脖子上，她的头就靠在这里，我们都很清楚，我们永远是可以互相信赖的。"

他说完了，他放在桌上的那只手依然有力地按在那里，表现出一种毅力，即便是有狮子，也叫他制服了。

"想当年，我打定主意做你姐姐贝西·特洛乌德的教母，"姨奶奶一边擦眼睛，一边说，"觉得这是照在我身上的一线光明,可惜她让我大失所望。其次,我可以做那个好心的年轻人的孩子的教母,几乎没有什么别的事能给我更大的乐趣了!"

裴果提先生点了点头,表示理解我姨奶奶的心情,但对她赞扬的内容,却不知说什么才好。我们都一言不发,各人想各人的事儿(我姨奶奶擦着眼睛,一会儿抽抽搭搭地哭一阵,一会儿又大笑起来,管她自己叫傻瓜),后来还是我说话了。

"今后怎么办,"我对裴果提先生说,"你已经拿定主意了吧,好朋友?我也许不用问了。"

"是啊,大卫少爷,"他答道,"而且已经告诉艾米丽了。离这里很远的地方,有广阔的天地呀。我们今后要到海外去生活啦。"

"他们要一块儿移居海外了,姨奶奶。"我说道。

"是啊!"裴果提先生说着,露出了充满希望的微笑,"到了澳大利亚,就没人责难我那亲爱的孩子了。我们到了那里之后,就要开始过新的生活了!"

我问他,启程的时间定了没有。

"我今天早晨到码头去过了,少爷,"他答道,"问了问船的消息。六个星期或两个月之后,有一条船要启程。我今天早上去看了看——到船上去了——我们就坐这条船走。"

"就你们俩去吗?"我问道。

"唉,大卫少爷!"他答道,"我妹妹,你看,她那么疼爱你和你家的人,一向是心里只有故土,让她也走,就不大合适了。何况她还照料着一个人,大卫少爷,也不能撂下不管呀。"

"可怜的哈姆!"我说道。

"你看,我那善良的妹妹替他料理家务,小姐,哈姆对她也很好，"裴果提先生解释说，为的是让姨奶奶更好地了解情况，"碰上不好向别人开口的事儿，他能坐下来，心平气和地跟她说。可怜的人哪！"裴果提先生摇着头说，"他剩下的不多了，仅有的一点儿，不能再失去了！"

"古米治太太呢?"我说道。

"唉，说起古米治太太，"裴果提先生答道，脸上显出不知如何是好的样子，他说下去，这神情才渐渐消失，"不瞒你说，我想了很多。你看，古米治太太要是想起她那老伴儿来，谁要是跟她在一块儿，那滋味可不能说好受。大卫少爷——还有你，小姐——咱们关起门儿来说话，古米治太太要是嚎起来，"——这是当地的旧说法，意思是哭起来，——"不了解她老伴儿的人可能会觉得讨厌。我是了解她那老伴儿的，"裴果提先生说道，"我知道他的长处，所以我理解她的心情，可是你看，别人就不大行了——别人做不到，也是很自然的嘛！"

我和姨奶奶都表示同意这个说法。

"所以，"裴果提先生说道，"我妹妹可能会——我不是说一定会，而是说可能会——发现古米治太太时不时地要给她添点儿麻烦。所以我也不想把古米治太太跟他们绑在一起，而是想给她找个地间，让她自己顾拉自己去吧。"（在当地的方言里，地间就是地方的意思，顾拉就是顾的意思。）"为了这个目的，"裴果提先生说道，"我打算临走以前给她留下一笔钱，好让她舒舒服服地过日子。她这个人，再老实不过了。当然不能让善良的老大姐在她这个年纪，孤苦伶仃的，到船上去让人家挤来挤去，再到一个遥远、陌生的国家，在山林野地里吃苦受累呀。所以，我就给她做了这样的安排。"

他谁也没忘。谁有什么需要,要干些什么,他都想着哩,唯独没想着他自己。

"艾米丽,"他接着说道,"在上船以前这段时间里,就跟我在一起了——可怜的孩子,她就需要安安静静地休息! 她得做些必要的衣服;我还希望她慢慢地会觉得她那些烦恼不是最近的事,而是很久以前的事,因为她又回到了舅舅的身边,她舅舅虽然是个大老粗儿,可是疼她呀。"

姨奶奶点点头,表示他这个希望是能够实现的,裴果提先生感到非常满意。

"还有一件事儿,大卫少爷,"他说着,把手伸到胸前的口袋里,郑重其事地掏出一个小纸包,我以前见过这个小纸包,他把它打开,放在了桌上,"这里有两张钞票——一张五十镑的,一张十镑的。另外我还要加上她带出来的钱。我问过她带的钱(但我没告诉她为什么),加在一块儿了。我没文化,请你费心给我看看对不对,好吗?"

他递给我一张纸,因为没文化而表示歉意,然后就盯着我给他看。算得一点儿不错。

"谢谢你,少爷,"他说着,把那张纸收了回去,"这笔钱,你要是不反对,大卫少爷,我就在走之前把它装进一个信封里,信封上写明是给他的,然后装进另外一个信封,写明是给他母亲的。我想就用我对你说的这么几句话告诉她,一共多少钱,还要告诉她,我走了,退回来,我也收不到了。"

我告诉他,我觉得这样做是对的——我说,既然他觉得这是对的,我就完全相信这是对的。

"我刚才说还有一件事儿,"他把小包又包好,放回口袋之后,面带严肃的笑容,继续说道,"实际上还有两件事儿。

954

我今天早上出来的时候,还没拿定主意,要不要亲自去告诉哈姆,咱们运气好,已经出现了什么情况。所以我就在路上写了封信,投到邮局去了,告诉他们情况如何,还告诉他们,我明天就到,把该在那里办的小事儿办一办,心里也就踏实了,很可能也就向亚茅斯永远告别了。"

"你想叫我跟你一块儿去吗?"我觉得他有话没说出来,就这样问道。

"你要是能帮我这么个大忙,可就太好了,大卫少爷,"他答道,"我知道,你去会给他们带来一点儿乐趣的。"

我的小朵拉情绪很好,我和她一商量,她非常愿意让我去,于是我马上就表示一定照他的愿望,陪他走一趟。就这样,我们第二天早晨登上驿车,沿着那条老路,往亚茅斯去了。

晚上,我们走过那条熟悉的街道——裴果提先生替我拿着提包,虽然我一再推辞,他非要替我拿——我往奥默和乔兰的商店里一看,看见我的老朋友奥默先生正在那里抽烟。我不愿意看着裴果提先生跟他妹妹和哈姆相见,就以奥默先生为借口,在外面多待一会儿。

"好久不见了,奥默先生可好哇?"我走进去,说道。

他用扇子把烟驱散,好看清楚我是谁;他很快就认出我来了,高兴得不得了。

"我本应该站起来,先生,来欢迎你大驾光临,"他说道,"可是我腿脚不灵了,得坐轮椅活动了。不过,除了腿脚跟呼吸以外,我和一般人一样结实,谢天谢地。"

他这么知足,精神又这么好,我向他表示祝贺,同时也看到他的安乐椅的确是装上了轮子。

"这东西很巧妙,是不是?"他看见我往那里看,就这样问我，同时还用胳膊蹭了蹭扶手，"这轮椅走起来跟鸡毛一样轻，跟邮车一样准。我那小明尼呀——就是我那小外孙女，你知道，明尼的孩子——她用小手在后面一推，就动起来了，没有这么灵巧，这么好玩儿的！我还要告诉你，要是坐在这把椅子里，抽上一袋烟，那可就神啦。"

我从来没见过奥默先生这样和蔼的老人，对一件东西这么喜欢，这么充分加以利用。他精神焕发，仿佛他的椅子、他的哮喘、他那不中用的腿脚，都是一项重大发明的零部件，使他更能感到抽一袋烟有多么大的乐趣。

"我坐在这把椅子上，比不坐在这把椅子上，能更多地了解社会，我不骗你，"奥默先生说道，"每天都有人进来看我，跟我聊天，人数之多，你会感到惊讶。你真会感到惊讶！我坐上这把椅子之后，觉得报上的消息比原先多了一倍。至于广泛阅读，我看的可就多了！在这一方面，你知道，我觉得特别棒。当时要是眼睛出了毛病，我会怎么办呢？当时要是耳朵出了毛病，我会怎么办呢？既然出毛病的是腿脚，这有什么关系呢？哎呀，只是在我抬动腿脚的时候，觉得气不够用罢了。现在我要是想上街，或者想到沙滩上去，只要招呼一下乔兰最小的徒弟迪克，我就坐着自己的专车走了，就像伦敦的市长大人一样。"

他说到这里，笑了起来，憋得几乎喘不过气来。

"哎呀，我的天哪！"奥默先生说着，又抽起烟来，"一个人不能挑肥拣瘦，必须肥瘦都要——他在生活里必须下定这个决心。乔兰的生意做得很好——非常之好！"

"我真为他高兴。"我说。

"我就知道你会为他高兴的，"奥默先生说道，"乔兰和明尼就像一对恋人一样。我还能有什么更高的要求呢？我的腿脚和这相比，又算得了什么呢！"

他坐在那里抽烟，把自己的腿脚完全不当回事儿，这是我遇到过的最有趣的一件怪事儿。

"我开始广泛阅读之后，你就开始广泛写作了，是不是，先生？"奥默先生说着，以赞赏的眼光打量了我一番，"你那个活儿多可爱呀！写的东西多生动啊！我把每个字——每个字——都看到了。至于打盹儿——从来没有过！"

我笑着表示很满意，但我必须承认，我觉得他把这两件事相提并论，是很值得玩味的。

"我向你担保，先生，"奥默先生说道，"我把那部书往桌上一放，看那外表——整整齐齐的，一套三册；一册，二册，三册——我就像木偶戏里的潘趣那么得意，因为我想到我曾经荣幸地和你家里有些联系。哎呀，那已经是很久以前的事了，是不是？还是在布伦德斯通。一个美丽的小人儿和另外一个人一起下葬。你自己当时也是一个小人儿呀。哎呀呀！"

我把话题一转，谈起了艾米丽。我对他说，我绝对没有忘记，他一向对她多么关心，一向待她多么厚道，接着我就大致上说了说她怎样在马莎的帮助下回到了舅舅身边。我知道，这些情况一定会使这位老人高兴。他非常仔细地听我说，等我说完以后，他激动地说道：

"我真高兴啊，先生！这是好多天以来，我听到的最好的消息了。哎呀呀，哎呀呀！现在要为那不幸的年轻女人马莎做点儿什么呢？"

"你说的这件事，我从昨天就考虑，"我说，"不过一直到现在，我还没有什么可以告诉你的，奥默先生。裴果提先生还没说起这件事儿,我又不大好提。他肯定没有忘记这件事儿。凡是舍己为人的好事儿,他都忘不了。"

"因为,你知道,"奥默先生又接着刚才自己的话说下去,"不管做什么事儿,我都希望算我一个。无论你们觉得我该捐多少,就先给我写上,然后告诉我一声。我从来都认为这孩子不是坏得一无是处,现在看到她的确不是那样的人,我很高兴。我女儿明尼也会感到高兴。年轻女人在某些事情上是自相矛盾的——她母亲跟她完全一样——不过她们的心地都是温和善良的。明尼对待马莎的态度,那都是装模作样。她为什么觉得需要装模作样,我就不向你解释了。但她确实是装模作样,唉!可她私下里对她什么忙都肯帮。所以无论你们觉得我该捐多少,就先给我写上,让你费心啦,好不好?然后来封信,告诉我交到哪里。哎呀,"奥默先生说道,"一个人活到了生死交接的时候——看到自己无论多么结实,第二次坐到车上,让人家推着走,像婴儿坐在车上学走路一样——他要是能为别人做点儿好事儿,应该乐得不得了。他要做很多好事儿。我这话也不是专说我自己,"奥默先生说道,"因为,先生,依我看来,不管我们年龄大小,都是在往山脚下走去,这是因为时间没有一刻是静止不动的。所以咱们就永远做好事,永远乐开怀吧。一定要这样!"

他把烟斗里的灰磕出来,把烟斗放在椅背上的槽子里,这槽子是专门为此而设计的。

"艾米丽有个表哥,她本来是要嫁给他的,"奥默先生轻轻地搓着手说道,"亚茅斯没有比他再好的人了。他有时候晚上来跟我待上一个钟头,和我聊天,或念点儿什么给我听。我认为这就是做好事。他一辈子净做好事。"

“我正要去看他呢。”我说道。

“是吗?”奥默先生说道,“告诉他,我挺结实,我向他表示敬意。明尼和乔兰跳舞去了。他们要是在家,见到你,会跟我一样高兴。明尼轻易不出去,你看,用她的话说,是‘为了照顾父亲’。所以今天晚上我就发了誓,她要是不去,我六点钟就上床睡觉。这样一来,”——奥默先生因为得计而大笑,笑得他全身连同他的椅子都颤动起来——“她就跟乔兰跳舞去了。”

我和他握了握手,道了晚安。

“稍微等一等,先生,”奥默先生说道,“你要是不看看我的小象就走,你可就把最精彩的场面错过了。你从来看不见这样的场面! ——明尼!”

一个细嫩而优美的声音在楼上什么地方答道:“来啦,爷爷!”接着一个漂亮的小姑娘披着浅棕色的拳曲长发,连蹦带跳地来到店里。

“这就是我的小象,先生,”奥默先生疼爱地抚摸着孩子说道,“还是暹罗①种哩,先生——来吧,小象!”

小象把客厅的门打开,这样我就看见近来这客厅已经变成奥默先生的卧室了,因为把他弄到楼上去,太费事。小象接着就用她那漂亮的前额顶在奥默先生的椅子背上,还把头发弄得乱乱的。

“先生,你知道,象总是用头来顶,”奥默先生挤了挤眼儿,说道,“一下,小象,两下。三下!”

小象一听这信号,灵巧地把椅子连同奥默先生转了一下。

---

① 泰国旧称。

对这个小东西来说，灵巧得几乎到了惊人的地步，接着就不顾一切猛地一推，把椅子推到客厅里去了，一点儿也没碰着门框。奥默先生为这场表演高兴得无法形容，半路上还回过头来看看我，好像这就是他奋斗一辈子得到的胜利成果。

我在镇上溜达了一会儿，就来到了哈姆的家。裴果提已经搬过来，打算在这里住下去了。她把自己的房子租给了一个接了巴吉斯先生的班，继续赶车的人，这个人为她的好意，为她的马和车，给了她不小的一笔钱。我相信巴吉斯先生赶的那匹慢腾腾的老马还在干哩。

我在那整洁的厨房里见到了他们，古米治太太也在场，是裴果提先生亲自把她从旧船接过来的。要是别人去接她，能不能说服她暂离岗位，我就不敢说了。他显然已经把情况都跟大家说了。裴果提和古米治太太都在用围裙擦眼睛，哈姆刚出去了，"在海滩上遛个弯儿"。过了一会儿，他回来了，见了我，很高兴。我希望他们会因为我来了，而感到快活一些。大家还是很有兴致的，我们谈到裴果提先生在新的国度里怎样发财，给我们来信的时候怎样描述那里的奇异的事情。我们没有直接提到艾米丽的名字，但不止一次地间接提到过她。在场的人当中，只有哈姆心情最为平静。

但是，他一直是老样子。这是裴果提给我照着亮儿，送我上一间小屋去的时候告诉我的。那本鳄鱼的故事摆在小屋的桌子上，等我看呢。她能肯定（她哭着对我说）哈姆伤透了心，不过他不但和蔼可亲，而且浑身是胆，在这一带的造船厂里，就没有比他更勤快、更出色的工人了。她说，晚上有时候他也谈起过去在旧船里的生活，谈起小时候的艾米丽。她长大以后的情况，他就闭口不谈了。

我觉得我从他脸上看出来了,他想单独跟我谈一谈。所以我就决定第二天晚上他下班回家的时候,到路上去等他。拿定主意之后,我就睡着了。在那段时间的无数个夜晚之中,那天晚上头一次没有把蜡烛放在窗口,裴果提先生又躺在旧船里的旧吊床上摇摇摆摆,那风也以昔日低声诉说的声音在他耳边回荡。

　　第二天,裴果提先生一整天都忙着处理他的渔船和绳索,收拾行装,把他认为将来对他有用的小件家用物品雇车运到伦敦去,其余的东西,不是送给别人,就是留给古米治太太了。她一整天都跟着他转。我有一种忧伤的情绪,很想在这个地方封起来之前,再来看它一次,就跟他们约定,晚上到这里来见面。不过我安排好了,要先和哈姆见面。

　　我知道他在哪里干活儿,所以要在路上见他是不难的。我知道他要经过海滩,就在一个僻静的地方见到了他。我跟他转身往回走,他要是真想跟我谈,时间可以充裕一点儿。头一天晚上他脸上的表情,我没有看错。我们一块儿走了没多远,他就说话了,但他并没有看着我,他说:

　　"大卫少爷,你见着她了吗?"

　　"只见了一会儿,当时她正昏迷着哩。"我小声答道。

　　我们又往前走了一段路,他说:

　　"大卫少爷,你觉得还会见到她吗?"

　　"对她说来,那也许太痛苦了。"我说道。

　　"这我也想到了,"他答道,"是会很痛苦的,先生——是会很痛苦的。"

　　"不过,哈姆,"我亲切地对他说,"你要是有什么话,我即使不能当面对她说,也可以写信告诉她——你要是有什么事儿想通过我让她知道——我会觉得这是你对我至高无上的信任。"

"这我相信。我打心眼儿里感谢你,少爷!我觉得是有些话想请你当面告诉她,或者写信告诉她。"

"什么话呢?"

我们又往前走了一段路,没有说话,后来他又说道:

"我不是要说我原谅她了。我并不想说那样的话。我是想进一步请求她原谅我,因为我迫使她接受了我的爱。有时候,我觉得我当时要是没有非叫她答应嫁给我,少爷,她又跟我那么要好,那么相信我,她就会把心里的矛盾告诉我,跟我商量,我就可能救了她了。"

我按了按他的手,"就这些吗?"

"要说的话,"他答道,"也还有些别的话可说,大卫少爷。"

我们继续往前走,比刚才走得更远,他才又开口说话。我在下面用横线表示停顿,他在停顿的时候,并没有哭。他只是在理清思路,为的是把话说得非常清楚。

"我爱过她——现在也爱回忆她过去的样子——爱得太深了——没有办法叫她相信我很快活。我要想快活——只有把她忘了——恐怕我还舍不得让她听见这样的话,说我已经把她忘了。不过,你这么有学问,大卫少爷,要是能想出一个说法,叫她相信我并没有受很大的刺激,还疼爱她,还为她难过——想出一个说法,叫她相信我并没有不想活下去,我还希望看到她不受责难,就到达那坏人不再作恶,疲倦的人得到安息的地方——想出一个说法,既能解除她心里的忧愁,又不至于让她觉得我还会结婚,或者觉得对我来说,随便什么人都可能和她过去一样——我就想请你说这些话——还有我为她做的祈祷——我过去那么疼爱她。"

我又按了按他那粗大的手,我对他说,我一定尽最大努力,把这件事办好。

"谢谢你,少爷,"他答道,"谢谢你的好意,在这里见我。谢谢你的好意,陪他一块儿到这儿来。大卫少爷,我很清楚,虽然我姑姑在他们启程之前还会到伦敦去,跟他们聚会一次,我恐怕再也见不到他了。我觉得这是肯定无疑的了。我们不必这么说,情况却是这样,而且最好就这样吧。你最后一次——真正的最后一次——见他的时候,能不能向他表示一个孤儿最诚恳的孝心和谢意?他比生身父亲还要亲呀!"

这我也诚心诚意地答应了。

"我再一次谢谢你,少爷,"他说着,热情地跟我握了握手,"我知道你现在要上哪里去。再见吧!"

他轻轻地摆了摆手,仿佛向我解释他为什么不能再到那个老地方去了,然后转身走了。我看着他那远去的身影,在月光下穿过海滩,见他转过脸去朝着海面上窄窄的一条银光,一边看着,一边往前走,直到最后他在远处只剩下一片模糊的影子。

我来到船屋,门敞着,进去一看,里面空空的,家具全没了,只剩下一个旧柜子,古米治太太坐在上面,腿上放着一只篮子,眼睛看着裴果提先生。裴果提先生,胳膊肘儿靠在粗糙的壁炉横板上,两眼盯着炉膛里的余烬,一看我进来了,就满怀希望地抬起头来,高兴地跟我说话。

"说来就来,跟它告别,是吧,大卫少爷?"他说着,举起了蜡烛,"够彻底的,是不是?"

"你的时间可利用得真不错啊。"我说道。

"可不是吗,我们一点儿也没闲着,少爷。古米治太太干起活儿来,像个……我也说不上古米治太太干起活儿来像个啥了。"裴果提先生说着,看了看她,想不出用个什么比喻来充分地赞扬她了。

古米治太太趴在篮子上,默不作声。

"你过去常跟艾米丽一起坐在一个小柜子上,这就是那个柜子!"裴果提先生悄悄地跟我说,"我要把它带上,这是最后一件东西。这儿是你住过的小卧室——你看,大卫少爷。简直是要多凄凉,有多凄凉!"

说真的,那风虽不很大,却发出了一种瘆人的声音,风声在这空空的屋里回荡,像是低声哭泣,忧伤万分。所有的东西都搬走了,连那牡蛎壳做框子的小镜子也搬走了。我回想起当年自己躺在这里的情景,当时家里发生了第一个大的变化。我回想起当年使我着迷的那个蓝眼睛的小孩子。我回想起斯蒂福;我忽然有一种又可笑又可怕的感觉,觉得他就在不远的地方,不定什么时候就会碰上。

"这船屋可能要空很久,"裴果提先生低声说道,"才能有新的住户了。这儿的人现在都认为这是个不吉利的地方了!"

"房东就住在附近吗?"我问道。

"房东是镇上一个做桅杆的,"裴果提先生说道,"我今天晚上就去把钥匙交给他。"

我们看了看另外那间小屋,回到古米治太太待的地方,她还坐在小柜子上。裴果提先生把蜡烛放在壁炉横板上,请古米治太太站起来,他要在吹灭蜡烛之前把小柜子拿到门外去。

"丹尔，"古米治太太说着，忽然扔下篮子，紧紧地抓住他的胳膊，"亲爱的丹尔，向这所房子告别，我要说的话是，可不能把我丢下呀。你可别想把我丢下呀，丹尔！哦，你可千万不能这么想呀！"

裴果提先生吃了一惊，他看看古米治太太，又看看我，看看我，又看看古米治太太，就像是从睡梦中惊醒一样。

"别这么想，最亲爱的丹尔，别这么想呀！"古米治太太恳切地叫道，"带上我一起走吧，丹尔；让我跟你和艾米丽一起走吧！我给你们当仆人，又老实，又可靠。要是你们去的地方兴用奴隶的话，我就算是你们买的奴隶，也会快活的。可别把我丢下，丹尔，那才是个真正的亲人呀！"

"我的好人哪，"裴果提先生说着，摇了摇头，"你不知道那路程有多远，生活有多苦哇！"

"不，我知道，丹尔！我能猜得出来！"古米治太太叫道，"但是，向这所房子告别，我要说，要是不带我走，我就到院里去，死在那里。我能挖地呀，丹尔。我能干活儿。我能过苦日子。我现在会关心别人，也有耐心了——比你想象的好多了，丹尔，不信，你可以试试。你给我留下的钱，我碰也不碰，就是穷死，我也不碰，丹尔·裴果提；只要你们同意，我会跟着你和艾米丽走遍天涯海角！我知道那是怎么回事儿；我知道你觉得我孤苦伶仃的；可是，真正的亲人哪，我现在不那样了！我在这里坐了这么长时间，看着你们吃苦受累，心里也在琢磨，可不能说对我一点儿作用也没有啊。——大卫少爷，你替我跟他说说！我知道他的脾气，知道艾米丽的脾气，也知道他们的苦恼，有时候可以给他们一点儿安慰，随时都可以伺候他们！丹尔，亲爱的丹尔，就让我跟你们一块儿走吧！"

古米治太太说完以后,就抓住他的手亲吻起来,她表现出来的纯朴的同情和疼爱,纯朴热情的忠心和感激,他都是受之无愧的。

我们把小柜子搬出去,吹熄了蜡烛,从外面把门锁上,就把这条旧船牢牢地封起来了。在那阴云密布的夜色之中,它只是一个小黑点儿。第二天,我们坐在驿车外边,回伦敦去,古米治太太带着她的篮子坐在后面的座位上,她好快活哟。

第五十二章　我参与一桩爆炸性事件

　　离米考伯先生规定的时间只有二十四小时了,我跟姨奶奶商量怎么办,因为姨奶奶非常不愿意离开朵拉。啊! 我现在抱着朵拉上楼下楼,多么不费劲儿呀!

　　虽然米考伯先生说了,一定要请姨奶奶出席,我们的安排是她得待在家里,而由我和迪克先生代表她出席。简而言之,我们决定这么办了,可是朵拉又打乱了我们的计划,她说姨奶奶要是以任何借口留在家里,她就永远也不原谅她自己,永远也不原谅她那个坏小子。

　　"我就不跟你说话,"朵拉说着,朝姨奶奶摇了摇她的鬈发,"我就要淘气! 我就要让吉卜成天冲着你叫。你要是不去,我就可以肯定地说,你的确是个讨人嫌的老东西了!"

　　"啧啧,小花!"姨奶奶笑道,"你也知道,你离开我,是不行的!"

　　"不,我能行,"朵拉说道,"你对我一点儿用也没有。你从来不为我整天楼上楼下来回跑。你从来也不坐下,跟我说说都第的事儿,告诉我他的鞋破啦,他浑身都是土啊——哦,多可怜的小家伙! 你从来不做什么让我开心的事儿,对不对,亲爱的?"朵拉又连忙吻了吻姨奶奶,说道,"你肯定是做的! 我不过是开玩笑罢了!"——她这是怕姨奶奶把她先说的话信以为真了。

"可是,姨奶奶,"朵拉劝说道,"现在你听着。你一定要去。在这件事上,你要是不依着我,我就跟你纠缠个没完。我那个淘气小子要是不劝你去,我就让他过那样的日子。我自己也会变得那么难伺候——吉卜也一样!你要是不去,将来你就会后悔,永远后悔,当初没有老老实实地去。再说,"朵拉说着,把头发往后一撩,以惊异的眼光看着我和姨奶奶,"你们俩怎么不都去呢?我并没有什么大病呀——是不是?"

"嘻,听你说的!"姨奶奶叫道。

"净瞎说!"我说道。

"是啊!我知道,我是个小糊涂虫!"朵拉说着,慢慢地看看这个,又看看那个,随后就在床上躺下,�’起她那好看的小嘴来亲我们,"好啦,你们俩一定得去,要不我就信不过你们了;那我可就要哭了!"

我从姨奶奶的脸色看出来,她开始让步了;朵拉也看出了这一点,就又显得高兴起来。

"等你们回来的时候,有那么多事儿告诉我,至少一个星期我才能明白!"朵拉说道,"因为我知道,只要一涉及公事,好长时间,我也弄不明白!而且肯定会涉及一些公事的!再说,要是有几个数儿,需要加起来,我就不知道要算到什么时候才能算出来;我那个坏小子看着我算,别提有多难受了。好啦!就这么定啦,你们走,好不好?你们就走一个晚上嘛,你们走了,吉卜会照顾我。你们走之前,都得把我抱上楼去,等你们回来,我再下来。你们还要替我带封信给艾妮斯,我把她臭骂了一顿,因为她一直都不来看看咱们!"

我们没有再商量就定下来了,我们两个人都去,我们还认为朵拉是个小骗子,假装很不舒服,因为她就喜欢让人像哄孩子一样哄她。她很满意,非常快活。于是我们四个人——也就是姨奶奶、迪克先生、特拉德,还有我——当天夜里就坐上去多佛的邮车,到坎特伯雷去了。

半夜三更,经过一番周折,我们住进了一家旅店。米考伯先生就让我们在这里等他。我在旅店里看到他的一封信,告诉我们他第二天早上九点半准时到达。看过信之后,大家都冻得发抖,又困得难受,就各自去睡觉,经过几条不通风的过道儿时,那种味儿,就像在菜汤和马粪溶液里泡过多少年一样。

第二天清晨,我漫步在亲切、熟悉、宁静的街道上,在令人肃然起敬的大门和教堂的阴影里穿行。乌鸦围着大教堂的钟楼飞翔,从钟楼上可以看见远近多少英里从不变样的肥沃土地和好看的沟渠。那些钟楼耸立在明亮的晨光里,仿佛人世间并没有变化之类的事发生。然而钟楼里的钟,响起来的时候,却悲伤地告诉我,一切都在变——谈到它们自己的年纪,谈到我那美丽朵拉的青春,谈到许多人没有老过,却已活过,爱过,与世长辞了,而与此同时,阵阵钟声在教堂里悬挂的黑太子①的锈迹斑斑的盔甲中间回荡,年代久远的尘埃像一圈圈波纹在水中化开一样在空中消失。

我从路口上看了看那所老房子,没有再靠近它,因为我怕万一叫人看见,不知不觉之中会造成危害,影响我这次希望协助完成的任务。初升的太阳斜照在山墙上和格子窗上,给它

---

① 指爱德华(1330—1376),英格兰国王爱德华三世之子,一三四六年在法国北部首次参加百年战争,立下汗马功劳,死后葬于坎特伯雷。

们涂上了一层金色。有几道光线表现出昔日的宁静，似乎触动了我的心。

我到野外遛了大约一个钟头，又顺着大街走回来，就在这短短的时间里，这条大街已经消除了头一天晚上的睡意。有些人已在店里活动起来，我看见其中就有我的老对头，那个卖肉的，现在发迹了，穿起了长筒靴子，有了孩子，自己做买卖了。他正在照料那孩子，像是在社会上与人为善的样子。

到了坐下来吃早饭的时候，我们都很焦急，也失去了耐心。时间离九点半越来越近，我们盼望米考伯先生的心情也越来越焦躁不安。最后我们也不再装模作样地吃早饭了，除了迪克先生以外，我们都认为这顿早饭本来就是个形式。姨奶奶在屋里走来走去，特拉德坐在沙发上假装看报，眼睛却望着天花板，我则看着窗外，米考伯先生一到，及早通报。我看的时间并不长，因为九点半的钟声刚敲第一下，他就在街上露面了。

"他来了，"我说道，"而且没穿法律界的服装！"

姨奶奶把帽子的绳儿系上了（她本来就是戴着帽子下楼来吃早饭的），把披肩也围上了，好像准备采取任何坚决的决不妥协的行动。特拉德也是一副下定决心的样子，把上衣扣子全扣上了。迪克先生看到他们如临大敌的样子，受到惊动，但又觉得需要照他们的样子做，就两手使劲儿把帽子往下拉，紧紧地压在耳朵上，可又马上把帽子摘了下来，这是为了欢迎米考伯先生。

"各位先生和小姐，"米考伯先生说道，"早上好！我亲爱的先生，"这是对迪克先生说的，迪克先生当时正猛烈地跟他握手，"你真是太好了。"

"你吃过早饭了吗?"迪克先生说道,"来个排骨吧!"

"绝对不行,好心的先生!"米考伯先生叫道,劝住了迪克先生,不让他去拉铃,"很久以来,我的胃口和我本人就断绝来往了,迪克逊先生。"

迪克先生有了这个新名字,感到很高兴,他好像因为米考伯先生送他这个新名字而非常感激他,于是就再次跟他握手,还傻呵呵地笑了起来。

"迪克,"姨奶奶说道,"请注意!"

迪克先生不笑了,显出不好意思的样子。

"好啦,先生,"姨奶奶对米考伯先生说着,戴上了手套,"我们准备好了,可以上维苏威火山,干别的也行,就看你的方便了。"

"小姐,"米考伯先生答道,"我相信你一会儿就会看到一次火山爆发的场面。特拉德先生,我想我征得了你的同意,在这里提一下,我们一直是互通信息的,是不是?"

"这的确是事实,科波菲尔,"特拉德说道,因为我以惊异的眼光看着他,"米考伯先生就他考虑的问题征求过我的意见,我也尽我所能,给他出了主意。"

"我要不是自己欺骗自己,特拉德先生,"米考伯先生继续说道,"我就要说我正在考虑揭发一件重要的事情。"

"太对啦。"特拉德说道。

"在这种情况下,小姐,各位先生,"米考伯先生说道,"可能要请大家帮个忙,暂时委屈一下,听从一个人的安排,这个人虽然只配被人看做人类海洋岸边的弃婴,但他仍与你们同是人类的成员,只不过他被个人的失误和环境因素的合力所压迫,已经失去了本来的面目,这样行不行?"

"我们充分相信你,米考伯先生,"我说道,"你让我们干什么,我们就干什么。"

"科波菲尔先生,"米考伯先生答道,"在当前这个重要时刻,你对我的信任绝不是不合时宜的。请允许我先走五分钟,等一会儿我在威克菲尔与希普事务所接待在座的各位,我是那里的雇员,你们只要说要见威克菲尔小姐就行了。"

我和姨奶奶都看了看特拉德,特拉德则点头表示同意。

"眼下,"米考伯先生说道,"我没有别的话要说了。"

使我极为惊讶的是,他说完话之后,笼统地给我们鞠了一个大躬,就走了。他的态度极为疏远,脸色极为苍白。

我要求特拉德加以解释,可他只是微笑,还摇了摇头(头发在头顶上直立着)。我没有别的办法,只好拿出表来,数到五分钟。姨奶奶把表拿在手里,也数了五分钟。时间一过,特拉德抬起胳膊,让她挽上,我们就一齐出发,到那所旧房子去了,路上什么也没说。

我们在一层的圆形办公室里见到米考伯先生,他正趴在书桌上忙着写东西,也许是假装忙着写东西。那把办公用的大尺插在他的背心里面,没有全遮住,有一尺多露在胸前,像是衬衫上镶的一种新式荷叶边儿一样。

看样子像是等着我开口呢,我就大声说道:

"你好哇,米考伯先生?"

"科波菲尔先生,"米考伯先生严肃地说,"我希望看到你身体健康。"

"威克菲尔小姐在家吗?"我问道。

"威克菲尔先生有病躺在床上,先生,是因为风湿病而发烧,"他答道,"不过威克菲尔小姐见到老朋友,肯定会很高兴。请进来好吗,先生?"

他在前面带路,领我们来到饭厅——我在这所房子里,首先就是来到这间屋子的——一下子开开了威克菲尔先生过去用的办公室的门,用洪亮的声音说道:

"特洛乌德小姐、大卫·科波菲尔先生、托马斯·特拉德先生、迪克逊先生来见!"

自从我打了尤利亚·希普之后,一直没有见过他。我们来访,显然使他吃了一惊,我们自己也吃了一惊,不过这肯定没有减轻他吃惊的程度。他并没把眉毛皱起来,因为他没有值得一提的眉毛。但他使劲儿皱他的额头,弄得两只小眼睛都快闭起来了。同时他还急忙抬起他那皮包骨头的手去摸下巴,这也显出他有几分惊讶或不安。这只是在我们进门的工夫,我从姨奶奶身后看过去,看到的他的情况。一转眼,他又和平时一样,摇尾乞怜了。

"哎呀,这真可以说是一种意想不到的荣幸啊!"他说道,"说真的,同时接待圣保罗教堂附近所有的朋友,这种快乐的事是求之不得的。科波菲尔先生,我希望你身体健康,而且——假如我这个卑贱的人也能发表个人意见的话——不管是不是朋友,都把他们当朋友看待。科波菲尔太太,先生,我希望她逐渐好起来。我们听说她近况不佳,都很担心,这是真的。"

我觉得向他把手伸过去有失体面,但一时也想不出别的办法。

"特洛乌德小姐,我过去是个卑贱的文书,给你牵过马,现在这事务所的情况可变了样了,是不是?"尤利亚说道,他那副笑容最叫人恶心了,"但是我没有变,特洛乌德小姐。"

"好啊,先生,"姨奶奶答道,"说真的,我觉得你年轻时候就显得大有前途,现在果然干得不错,我这样说,你大概会感到满意吧。"

　　"谢谢你,特洛乌德小姐,"尤利亚说着,又以他那副丑样子扭动起来,"谢谢你这样称赞我!——米考伯,叫他们去请艾妮斯小姐——还有我母亲。我母亲要是看到各位在这儿,会很激动的。"尤利亚说着,摆了几把椅子。

　　"你不忙吧,希普先生?"特拉德说道,那狡猾的红眼睛又看我们,又躲我们,偶然碰上了特拉德的目光。

　　"不忙,特拉德先生,"尤利亚一边回答,一边重新坐到了办公的座位上,把皮包骨头的两手合在一起,塞在了皮包骨头的两膝之间。"没有我希望的那么忙。不过你知道,律师、鲨鱼和蚂蟥都不是轻易满足的!不过我本人和米考伯一般总是手上的活儿干不完,因为威克菲尔先生身体不好,几乎干不了什么事儿,先生。不过我觉得替他干活儿,既是一份责任,也是一种快乐。我想,你跟威克菲尔先生不是很熟吧,特拉德先生?我觉得我本人只荣幸地见过你一次呀?"

　　"是啊,我跟威克菲尔先生不是很熟,"特拉德答道,"要不我也许早就来找你了,希普先生。"

　　这句答话有些弦外之音,使得尤利亚带着非常阴险与怀疑的神情又看了看特拉德。但是一看他那和蔼的面孔,朴实的态度,头发竖立着,也就不再理会了,他浑身特别是喉咙抖动了一下,说道:

　　"这使我感到遗憾,特拉德先生。你要是跟他熟,就会和我们一样佩服他。他那些小病只会使你觉得他更可亲更可爱。不过你要是想听听我这位合伙人受到什么样的称赞,就请你去问科波菲尔。你要是从没听他说过,你会发现,他对他们家了如指掌。"

我还没来得及否认这种奉承(如果说我无论如何也该否认这种奉承的话),艾妮斯便由米考伯引路,走了进来。我觉得她不像平时那样镇定自若,而且显然刚经历过一番焦虑,显得疲劳。然而这样一来,她那真诚的热情和文静的美貌却放出了更为柔和的光彩。

我看到,在她跟我们打招呼的时候,尤利亚监视着她,这使我联想起一个造反的恶鬼监视一个善良的仙人。与此同时,米考伯先生和特拉德微妙地通了信号,特拉德就出去了,除了我以外,谁也没注意。

"别愣着啦,米考伯。"尤利亚说道。

米考伯先生用手按着别在胸前的大尺,直直地站在门前,毫不含糊地注视着另外一个人,这个和他同属人类的人就是他的老板。

"你愣着干什么?"尤利亚说道,"米考伯! 我叫你别愣着,你听见了没有?"

"听见了!"米考伯先生毫不动摇地答道。

"那你为什么还愣着?"尤利亚说道。

"因为我——简单说吧,愿意。"米考伯先生猛地说道。

尤利亚的两颊顿时失去了血色,一种不健康的苍白在他脸上散开,虽然还微微透出他那到处都有的红色。他聚精会神地看着米考伯先生,满脸无处不显出呼吸急促的样子。

"你是个不知廉耻的家伙,全世界都知道,"他说着,勉强一笑,"恐怕你是非叫我把你赶走不可了。你走吧! 过一会儿,我再跟你谈。"

"世上要是有个坏蛋，"米考伯先生又以极其强烈的感情猛地说道，"我已经跟他谈得太多了，那个坏蛋的名字就是——希普！"

　　尤利亚往后一缩，好像被人打了一下，或者叫虫子蜇了一下。他慢慢地看了我们一圈儿，脸上带着最阴沉、最狠毒的表情，低声说道：

　　"啊哈！原来是个阴谋！你们是约好了，上这儿来的呀！你跟我的文书勾结起来了，是不是，科波菲尔？那你就小心点儿吧。你这么干，是不会得逞的。咱们俩，谁还不知道谁吗？咱们之间没有好感。你从第一次到这里来，就是一条傲慢的狗崽子；你忌妒我高升，是不是？收起你的鬼把戏吧；我有办法对付你！米考伯，你走开。过一会儿，我再跟你谈。"

　　"米考伯先生，"我说道，"这家伙突然变了，他异乎寻常地在某件事上说了实话，还有一些别的变化，我敢肯定他要狗急跳墙了。该怎么对付他，就怎么对付他吧！"

　　"你们这伙人可真难得，是不是？"尤利亚仍然低声说道，这时候他满头大汗，随即用他那又长又瘦的手抹掉了额头的汗水，"竟然收买我的文书，他是不折不扣的社会渣滓——和你当年一样，科波菲尔，你知道，那时候连可怜你的人都没有——你却让他用谎言来污蔑我。特洛乌德小姐，你最好制止这件事，要不我就要收拾你丈夫，你就该觉得不舒服了。我借工作之便了解你的过去，也不能白了解呀，老太太！威克菲尔小姐，你要是还爱你的父亲，顶好别跟这帮人掺和。你要是非跟他们掺和不可，我就把他搞得一败涂地。来吧！你们有的人已经在我耙子底下了。趁着我还没有耙，你们好好地想想吧。你，米考伯，你要是不想让我把你砸烂，就也好好地想想吧。你这个傻瓜,趁着现在还来得及,我劝你赶快走开,过一会儿,我再跟你谈。我母亲呢?"他说着,好像突然注意到特拉德不在场,吃了一惊,拉了拉铃绳。"在人家家里干这样的好事儿!"

"先生,希普太太来了,"特拉德说着,陪着那位可敬的儿子的可敬的母亲走了进来,"我已经冒昧地向她做了自我介绍。"

"你有什么好自我介绍的?"尤利亚反驳道,"你上这儿来干什么?"

"我是威克菲尔先生的代理人,也是他的朋友,先生,"特拉德一本正经地说道,"我口袋里有他的授权书,可以代他处理一切事情。"

"那老驴喝酒喝昏了头,"尤利亚说道,他的脸色比刚才更难看了,"那是用欺骗手段弄到手的!"

"我知道,是有人用欺骗手段把什么东西弄到手的,"特拉德心平气和地说道,"你也知道嘛,希普先生。你要是同意,咱们就问问米考伯先生吧。"

"尤利亚……"希普太太打着不安的手势,开了腔。

"你别说啦,母亲,"他说道,"少说为佳嘛。"

"可是,尤利亚……"

"你别说啦,母亲,让我来处理,好不好?"

虽然我早就知道他那卑躬屈膝的样子全是假的,他那些冠冕堂皇的东西也都是阴险的,不真诚的,直到我看见他摘掉了假面具,才充分认识到他虚伪到了什么程度。他看到那假面具对他已经无用了,便突然把它扔掉;他露出来的是狠毒、傲慢与仇恨的心情;事到如今,他还为自己做的坏事儿而兴高采烈,斜眼看人——与此同时,他也急得要死,想镇住我们,却又无计可施——虽然这完全符合我跟他打交道的经验,起初却使我吃了一惊,尽管我认识他这么长时间了,而且从心眼儿里讨厌他。

他站在那里,挨着个儿地看我们,看到我的时候,那眼神儿,我就不说了;因为我知道他一向恨我,我也还记得我的手在他腮帮子上留下的痕迹。可是后来他的眼光落到了艾妮斯身上,我看见他因感到渐渐失去对她的控制而愤怒,看见他因感到失望而两眼喷射出可憎的欲火,正是这股欲火使他妄想占有一个人,而他对这个人的品德既不了解,也不爱护,这些情况使我觉得她在这样一个人面前即便只待一个钟头,我都感到惊讶。

他那皮包骨头的手指在脸的下半部搓来搓去,两只贼眼看了我们一阵,接着又对我说了一番话,又是抱怨,又是辱骂。

“科波菲尔,你最爱显摆你的名声,夸耀这个,夸耀那个,可是你钻到这里来,和我的文书偷听人家说话,这样做,难道你觉得是正当的吗?要是我干了这样的事儿,我也不觉得奇怪——因为我从来不以正人君子自居(虽然我也没有流落街头,像你那样,这都是米考伯说的)——可是,干这事儿的是你!你这样干,难道就不害怕?难道你就一点儿也不考虑我反过来会对你干些什么,就不怕因为干了耍阴谋使诡计之类的事儿,而惹出麻烦?很好!咱们走着瞧!这位先生叫什么来着,你刚才说有什么事儿要问米考伯。你就靠他主持公道吧。你怎么不让他开口说话呀?我看,他是学乖了。”

看看他这番话在我身上不起作用,在我们谁身上都不起作用,他就靠在桌子边儿上,两手插在口袋里,一只八字脚绕在另一条腿上,摆出一副死硬的架势,等着看下一步的发展。

米考伯先生早就急了,我一直尽最大努力让他克制住自己,他也曾多次插嘴,叫出了流氓一词的头一个字,但始终没来得及说出第二个字,这时冲了出来,从胸前拔出大尺(显然是把它作为一种防御性武器),又从口袋里掏出一份用大纸写的材料,叠得像一封大信。他像先前一样大模大样地把这份材料打开,看了一眼里面的内容,仿佛他很欣赏这一作品的艺术风格,接着就念了起来:

"'亲爱的特洛乌德小姐和各位先生。'"

"看这可怜的人哟,"姨奶奶低声说道,"这要是涉及死罪,他还不得用整令的纸写信哪!"

米考伯先生没听见她的话,继续往下念。

"'我在各位面前谴责可能是有史以来的头号恶棍,'"——米考伯先生的眼光没有离开那封信,但他用那把大尺,像用神杖一样,指着尤利亚·希普——"'请你们不要为我考虑。我从在摇篮里的时候开始,就背上了无法应付的债务,一直受着窘迫环境的愚弄。耻辱、贫穷、绝望、疯癫,或者先后或者同时伴随着我的事业的发展。'"

米考伯先生描述自己怎样经历可怕的灾难,显得很兴奋。他读信的时候,喜欢加强语气,他认为某句话切中要害的时候,便摇头晃脑地加以赞扬,这样才能与他的兴奋心情相媲美。

"'我在耻辱、贫穷、绝望、疯癫的多重压迫之下来到了公司的事务所——我们那生性活泼的邻居高卢人称之为事务局——表面上是以威克菲尔和希普的名义经营的,实际则完全操纵在希普一个人手中。希普,只有希普,才是这部机器的主轴。希普,只有希普,才造假,骗人。'"

尤利亚一听这话,脸色不但发白,而且发青了,他朝着那封信冲过去,好像要把它撕得粉碎。米考伯先生技艺绝对精彩,也许是全凭运气,竟用那大尺一砍,挡住了他伸过来的拳头,他的右手马上就不能用了,从手腕处耷拉下来,好像骨头断了一样。打的那一下听起来仿佛落在了木头上。

"见鬼去吧!"尤利亚说,疼得以从未有过的姿势扭动着身子,"我一定要跟你算账。"

"你再来找我吧,你——你——你这个可耻的希普,"米考伯先生气喘吁吁地说道,"你要是长着一颗人脑袋,我非把它砸烂不可。来吧,来吧!"

我觉得从来没见过比这更可笑的场面了——就在当时,我也有这种感觉——米考伯先生用尺子做大刀,进行自卫,嘴里喊着"来吧!",我和特拉德就把他往墙角里推,我们把他推进去几次,他就冲出来几次,毫不气馁。

他的对手把那只受伤的手捏了一阵之后,一边嘟囔着,一边把领巾拽下来裹在手上,用另外一只手托着,坐在桌子上,阴沉的脸朝下看着。

米考伯先生冷静到了一定的程度,便又往下念他那封信:

"'我来为他——希普效劳,'"——他在提到这个名字之前,总要停顿一下,然后以惊人的劲头儿说出来——"'是考虑到报酬没有说死,只定了十分可怜的每周二十一先令六便士。其余的部分要看我的工作表现来定。换言之,说得更清楚一些,也就是要看我的天性多么卑鄙,我的动机多么贪婪,我的家庭多么穷困,在总的道德方面(或者说在不讲道德方面)多么像——希普。过了不久,我就得向——希普——预支薪金,以便养活我太太和从小吃苦渐渐长大的孩子们,这还用说吗?我不得不这样做——希普也是料到了的,这还用说吗?我预支薪金是开了借据的,或者开了我国法律机构认可的类似凭据的,这还用说吗?这样我就陷入了他为我编织的罗网,这还用说吗?'"

米考伯先生欣赏自己写信的能力,自以为善于描写这种不幸的境况。他感到的乐趣似乎的确超过了现实可能给他带来的痛苦或焦虑。他又继续往下念:

"'就在这时候——希普开始对我开恩,告诉我一些我需要知道的内幕,以便我完成他那见不得人的勾当。就在这时候,假如我能用莎士比亚那样的语言来形容我自己,我日见消瘦,形影相吊。① 我发现经常需要我参与在业务方面作弊,对某人进行蒙蔽,我姑且把此人称为威先生。这位威先生受尽了欺诈与蒙骗,然而那无赖——希普却一直声称他对那位备受欺凌的先生无限感激,无限关怀。这种情况就够坏的了,但是,正如那位沉默寡言的丹麦人所说,更坏的情况还在后头② 他这句话普遍适用,而这也正是伊丽莎白时代光辉典范的特点。'"

米考伯先生用一句精彩的引语来结束这段话,感到十分得意。为了自己高兴,也为了让我们高兴,他假装忘了念到哪里了,把这句话又念了一遍。

"'我在这封信里,'"他又接着念下去,"'不想详细列举用来对付我说的威先生的种种次要的恶劣做法(我在别处是

---

① 借用《麦克白》剧中的话,见该剧第 1 幕第 3 场。
② 借用《哈姆莱特》剧中的话,见该剧第 3 幕第 4 场。

要一一列举的),在这些做法之中,我也曾不声不响地做过帮凶。要津贴还是不要津贴,要面包还是不要面包,要生存还是不要生存,我心里经过这些斗争之后,就想利用机会发现并且揭露——希普为了折磨、迫害那位先生而犯下的重大劣迹。我内心受到无言的督促,在外部又受到同样感人的恳切的提醒——我姑且把这提醒我的人称为威小姐——在这双重的激励之下,我开始进行一次不可谓不辛苦的秘密调查。据我所知,据我了解,我也确信,这次调查持续了一年有余。'"

他念这段话,仿佛是念一条议会的法令,这段话的声音好像也使他大为振奋,好不神气。

"'我对——希普,'"他继续往下念,看了一眼希普,把那大尺夹在左边的胳肢窝里,用起来方便,"'控告如下。'"

我觉得大家都屏着呼吸,尤利亚肯定是屏着呼吸。

"'第一,'"米考伯先生说道,"'威先生的反应迟钝,记忆力衰退,无法处理公事,至于为什么会这样,我没有必要也不宜于在这里说明了。就在这样的时候,那——希普故意把所有的公事搅得一团糟。每当威先生最不宜于处理公务的时候,那——希普总在他跟前,强迫他处理公务。在这种情况下,他把重要文件说成毫不重要的文件,让威先生在上面签字。他诱使威先生授权给他,让他从代管金里提取一笔钱,多达一万二千六百一十四镑二先令九便士,表面上是用来支付业务费用和弥补亏空,而实际上这些费用或者已经有了着落,或者根本就不存在这个问题。他从头到尾把这件事弄得好像是出自威先生本人不光彩的用心,而且是通过威先生本人不光彩的行动来完成的;从那以后,他就一直用这件事来折磨他,要挟他。'"

"你科波菲尔可得证明这一切!"尤利亚说着,摇了摇头,表示威胁,"到了时候再说!"

"特拉德先生,你问问——希普,他搬走以后,谁住在他的房子里,"米考伯先生暂停念信,这样说道,"你问问他,好不好?"

"就是那个傻瓜住在那里,他现在仍然住在那里。"尤利亚以厌恶的语气说道。

"你问问——希普,他在那里住的时候,是不是用过一个小笔记本儿,"米考伯先生说道,"你问问他,好不好?"

我看到尤利亚那皮包骨头的手本来在搓下巴颏儿,这时忽然不由自主地停了下来。

"要不你就问问他,"米考伯先生说道,"他有没有在那里烧过一个小笔记本儿。他要是说烧过,还问你那烧的灰在什么地方,就让他来问威尔金斯·米考伯,那他就会听到一些对他极为不利的话!"

米考伯先生说这些话的时候那副得意的神情,使得尤利亚的母亲非常害怕,她忐忑不安地叫道:

"尤利亚,尤利亚! 咱们卑贱,还是乖乖地跟他们和好吧,亲爱的孩子!"

"母亲!"他反驳道,"你就不能不说话吗? 你受了惊,不知道自己想说什么,说了些什么。卑贱!"他重复了一声,一面气势汹汹地看着我,"我过去虽然卑贱,但我也一直鄙视他们当中的一些人!"

米考伯先生文雅地动了动夹在硬领中间的下巴颏儿,接着又继续往下念:

"'第二。据我所知,据我了解,我也确信,希普有好几次……'"

"这没有用，"尤利亚嘟囔着，松了一口气，"母亲，你不要说话。"

"我们会设法拿出有用的东西来的，而且，老兄，一会儿就会让你完蛋。"米考伯先生答道。

"'第二。据我所知，据我了解，我也确信，希普曾连续多次在账目上、账本上和文件上伪造威先生的签字；有一次他明显地干了这样的事，我是可以证明的。换言之，也就是说，请看下面这种做法。'"

米考伯先生因为在字面上堆砌一些字眼，又一次感到大为高兴，他这样做，不管有多么可笑，我还是要说，这种做法绝不是他一个人特有的。在我的一生中，我看到许多人都是这样，看起来这是一条一般的规律。例如法律案件中宣誓作证的人，要是找到一连串好几个合适的字眼来表示同一个意思，就大为高兴——比方说，他们讨厌、厌恶、痛恨等等——过去教会的诅咒叫人听着高兴，也是同样的道理。我们常说，词语对人残暴无情，我们也常喜欢对词语残暴无情。在重要的场合，我们喜欢有一大堆多余的字眼儿供我们使用，觉得这些字眼儿显得庄重，听着好听。正如我们在隆重的场合，只要我们的仆人显得好看，有一定的数量，我们并不考虑他们有什么意义，同样，只要我们能炫耀一番我们拥有的词语，这些词语有什么意义，是否必要，都是次要的。此外，正如有人过分炫耀自己的仆从，因而招来祸殃，同样，我觉得我可以提到一个国家，这个国家已经遇到许多巨大的困难，今后还会遇到许多更大的困难，就是因为它所拥有的词语太多了。

米考伯先生几乎是咂着嘴继续念道：

"'换言之,也就是说,请看下面这种做法:威先生身体虚弱,而且他若去世,便会导致某些事情的暴露,并导致——希普对威家控制的垮台——我,威尔金斯·米考伯,作为此文件的署名人,就是这样看的——除非他那孝顺的女儿私下里受人影响,不允许对这家合伙经营的机构进行调查,因此,上述的——希普就认为最好弄一份文件拿在手里,这份由威先生出具的文件要写明上述的一万二千六百一十四镑二先令九便士,外加利息,是由——希普预支给威先生的,以免威先生面子上不好看,其实这笔钱他从来没有预支,而且也早已归还。这份文件表面上是由威先生出具,由威尔金斯·米考伯作证,但文件上的几个签名却都是——希普伪造的。我手里有他的笔记本,有他亲笔模仿威先生的笔迹而签的字,虽然有些地方已被火燎,但谁都可以看得清楚。我从来没有为这样的文件作过证。这份文件现在就在我手中。'"

尤利亚·希普吃了一惊,从口袋里掏出一串钥匙,开了一个抽屉,忽然意识到自己在做什么,就没有往抽屉里看,又回过头来看我们。

"'这份文件,'"米考伯先生又念下去,他向四周看了一眼,仿佛他念的是一份布道词,"'现在在我手中。'——也就是说,今天清早,写成之后,在我手中,不过从那以后,我已经把它交给特拉德先生了。"

"的确是这样。"特拉德表示同意他的说法。

"尤利亚,尤利亚!"母亲叫道,"咱们卑贱,还是乖乖地跟他们和好吧。我知道,我的儿子会感到卑贱的,先生们,只要你们给他时间,让他好好地想一想。科波菲尔先生,我想你一定知道,他一向是非常卑贱的,先生!"

真奇怪,母亲还在用这老一套,而她儿子觉得没用,早就不用了。

"母亲,"他说着,不耐烦地咬了一口包在手上的手绢,"你最好拿支枪,推上子弹,朝我开火吧。"

"可是我疼你呀,尤利亚!"希普太太大声说道,我相信,她的确疼她,他也疼他母亲,虽然这显得有点儿怪——这两个人肯定是性情相投的。"我不能让你再惹这位先生,再冒更大的风险。这位先生先前在楼上告诉我,事情已经败露,我当时就对他说,我担保你是卑贱的,是会改过的。——哦,先生们,你们看我多么卑贱呀,不要理他了!"

"哦,还有那科波菲尔呢,母亲,"他气呼呼地反驳道,一边用他那细手指头指着我,因为他认为我是这次揭发他的劣迹的主谋,把所有的怒气都发泄在我身上。我也没有辩白,"还有那科波菲尔,即便你刚才脱口而出,没说那么多,他也会给你一百镑的!"

"我忍不住呀,尤利亚,"他母亲叫道,"我不能看着你趾高气扬地招灾惹祸呀。还是卑贱一点儿吧,你一向都是卑贱的嘛。"

他咬着手绢,等了一会儿,然后恶狠狠地对我说:

"你还要搞什么名堂?要是还有,就接着来吧。你盯着我干什么?"

米考伯先生马上就接着往下念他的信,他觉得这件事干得很漂亮,极为得意,接着念信,他很高兴。

"'第三。也是最后一点。我现在有条件用——希普的假账,用——希普的真备忘录,就从那毁掉一部分的小笔记本儿开始(这小笔记本儿是我们搬进现在的住宅时,我太太在屋里专门用来盛壁炉炉灰的土箱子里偶然发现的,起初我还弄不明白),证明不幸的威先生的弱点、缺点、品德、父爱和荣誉感多年来被人利用,为——希普的卑鄙目的服务了。证明威先生多年来受人以各种想得出的方式欺骗与掠夺,以便为贪婪的、虚伪的、掠夺成性的——希普增加财富。证明——希普全力追求的目标,除了得到好处以外,就是迫使威先生和威小姐完全服从于他(他对威小姐有什么不可告人的想法,我就不说了)。证明他几个月以前完成的最后一件事,是诱使威先生放弃他的股份,甚至连房子里的家具也卖掉,确定一笔年金,每年按照惯例分四次由——希普按时认真支付。证明那些罗网——这包括起初威先生考虑不慎,判断有误,投机购置一份产业,但可能手头上缺少在道义和法律上应由他负责的资金,——希普便惊人地在账上大做手脚;也包括后来表面上以高利借钱,而实际上这笔钱来源于——希普,也是由——希普以这类投机或别的事情为借口,从威先生手里骗来的,或者是瞒着他的;这一切都是通过各种各样的阴谋诡计而实现的——罗网逐渐收紧,直到最后把那可怜的威先生逼得走投无路。他认为自己破产了,在家境方面,在所有其他希望方面,在名誉方面,都破产了,他只好依赖这个衣冠禽兽了,'"米考伯先生觉得这是个新说法,大力渲染了一番,"'而这个衣冠禽兽先让人家觉得离不开他,随后就把人家搞垮了。这一切,我都可以证明——也许比这还多得多!'"

　　我小声对艾妮斯说了几句话,当时她正在我身边哭,一半是高兴,一半是忧愁。我们中间有人开始活动了,仿佛米考伯先生已经念完了。他以极其严肃的神情说了声"对不起",就把最消沉的情绪和最兴奋的心情相交织,念起了他那封信的最后一部分。

"'我的话说完了。只等我用具体材料来证明这些罪状了。然后,我们这个不幸的家庭就要从地面上消失,因为我们似乎是个累赘。这件事,很快就可以办。用常理来推断,我们的婴儿会首先死于营养不良,因为这孩子是我们家中最虚弱的一个。接着就该是我们那一对双胞胎了。就这样吧!对我个人而言,坎特伯雷之行已经给我带来巨大的灾难。民事诉讼导致监禁,再加上贫穷,将给我带来更大的灾难,此次调查是在艰苦危险的条件下进行的——在繁重工作的压力之下,在难熬的惊恐之中,就着晨光,踏着夜露,在昏暗的夜晚,在那个称他魔鬼都抬举他的人的监视之下,把最微小的调查结果都慢慢凑在一起——我作为父亲,又与穷困做斗争,争取在完成调查之后,使它起到应起的作用。我相信,我所经历的艰苦与危险,和我所做的斗争,将成为几滴香甜的水,洒落在为我焚尸的柴堆上。我别无他求。我只希望人们主持公道,虽然我不妄想与著名的勇敢的海军英雄①攀比,人们也能像对待海军英雄那样,说我所做的一切都不是为了金钱和自私的目的,而是:

"'为了英国,为了家,为了美。

"'如此这般的威尔金斯·米考伯谨启。'"

米考伯先生非常激动,但仍然十分自鸣得意,他把信叠起来,向我姨奶奶鞠了一躬,把信交给她,认为她也许愿意保留这封信。

我很久以前第一次到这儿来的时候,就发现这屋里有一

---

① 指英国著名海军统帅纳尔逊(1758—1805)。

个铁保险柜。这时,钥匙就插在上面。尤利亚突然起了疑心;他看了米考伯先生一眼,就走过去,哗啦一声,猛地把柜门儿拉开。柜子是空的。

"账本儿到哪儿去了?"他叫道,同时现出了狰狞的面目,"有个小偷把账本儿偷走了!"

米考伯先生用那把尺子在自己身上拍了几下,"是我干的,今天早上我像平常一样,从你那里拿的钥匙——不过略早一点儿——把它打开了。"

"你不用担心,"特拉德说,"账本现在都在我手里。在我提到的那个人授权之下,我要好好地保管这些账本。"

"你窝藏赃物;是不是?"尤利亚叫道。

"在上面说的情况下,"特拉德答道,"是的。"

使我感到惊讶的,是我看见姨奶奶本来聚精会神地听着,这时突然朝着尤利亚·希普扑了过去,两手紧紧地抓住了他的领子。

"你知道我要什么?"姨奶奶说道。

"疯子穿的紧身衣。"他说道。

"不对。我要我的财产!"姨奶奶答道,"艾妮斯,亲爱的,我原来以为真是让你父亲给折腾光了,所以我一直只字未提把它作为投资放在这里了——而且,亲爱的,就连特洛,我也没告诉过,这他是知道的。可是现在我知道,应该由这家伙负责,我就要收回我的财产!——特洛,来,咱们把它拿走!"

姨奶奶是不是一时竟然认为他把她的财产藏在围巾里了,我确实不知道,不过她似乎是这样想的,因为她的确在拽那围巾。我赶紧过去把他们拉开,并且对她说,我们大家一会儿要叫他最大限度地归还他所攫取的不义之财。这样一来,再加上她自己也考虑了一会儿,她的心情就平静下来了。但她并没有因为刚才的事而显得有些慌乱(至于她的小帽儿,我就不好这么说了),接着就重新稳重地坐了下来。

在刚才这几分钟里,希普太太一直在对她儿子吆喝,让他"卑贱",并且向我们一个一个地下跪,许了很多极其不着边际的诺言。她儿子让出自己的椅子,让她坐下,自己则站在她身旁,抓着她的胳膊,倒没有显得很粗鲁的样子。他恶狠狠地看了我一眼,对我说:

"你要我怎么办吧?"

"我来告诉你,该怎么办。"特拉德说道。

"那个科波菲尔没长舌头吗?"尤利亚嘟囔着说道,"你要是说实话,告诉我,有人把你的舌头割掉了,我还可以帮你个大忙哩。"

"我的尤利亚是卑贱的!"他母亲叫道,"他说什么,你们可别见怪呀,你们这些好人呀!"

"你必须这么办,"特拉德说道,"首先,我们听说有个转让契约,你必须在此时此地把它交给我。"

"假如我没有呢。"他插言道。

"但是你有,"特拉德说道,"因此,你知道,我们是不会像你那样假设的。"我不得不承认,这是我头一次真正看到我的老同学头脑清楚,想法朴实、耐心、讲求实效。"其次,"特拉德说道,"你必须准备把你贪得无厌所弄到手的东西统统交出来,一个子儿也不能少。所有与合作经营有关的账本和文件都要由我们来掌管;所有你的账本和文件;所有收支账目和证券,无论是事务所的,还是你个人的。总而言之,这儿所有的一切。"

"是吗？我可不知道，"尤利亚说道，"我得花点儿时间考虑考虑。"

"当然可以；"特拉德答道，"不过，在这段时间，直到每件事都使我们感到满意，我们要掌管这些东西，并且要求你——简而言之，强迫你——待在自己屋里，不许跟任何人来往。"

"我不干！"尤利亚嘴里不干不净地说道。

"梅德斯通监狱拘留人犯更保险，"特拉德说道，"虽说依靠法律来补偿我们的损失，费的时间要长一些，而且不能像你那么彻底补偿我们的损失，但是毫无疑问，法律是要惩罚你的。唉，你跟我一样，心里是很清楚的！——科波菲尔，请你跑一趟好不好，到市政厅叫两个人来？"

这时候，希普太太又放声大哭起来，跪在地上求艾妮斯为他们说话，还说她儿子非常卑贱，那都是事实，要是他不肯按照我们的要求办，她愿意照办，还说了一些诸如此类的话，因为她为她那宝贝儿子而担心，都到了半疯的地步。要问尤利亚当时要是还有一点儿勇气，他会怎么办，就好比问一条杂种狗，他要是有老虎的劲头儿，会干出什么事儿来。他从头到脚，整个儿是一个懦夫，他那阴沉的、忍受屈辱的样子表现出了他那卑鄙的天性，在他卑贱的一生中，任何时候都是这个样子。

"别去！"他以低沉的声音对我说道，同时用手抹了一下他那发烧的脸，"母亲，别嚷嚷了。好吧，把那份契约给他们吧。你去把它拿来！"

"请你帮她去拿，好吗，迪克先生？"特拉德说道。

迪克先生承担这项任务，感到很光荣，而且了解这项任务的意义，所以他就陪着她去了，就像牧羊狗跟着羊一样。不过希普太太没给他制造什么困难,因为她不但拿来了那份契约,而且拿来了盛契约的盒子,我们还在盒子里发现了一本银行存折和一些别的文件,这些东西后来都是有用的。

"好!"契约拿来之后,特拉德说道,"希普先生,现在你可以考虑去了,不过请你特别注意,我代表所有在场的人向你宣布,现在只剩下一件事需要做了,我已经把这件事解释清楚了,这件事必须马上进行,不能拖延。"

尤利亚仍然看着地面,没有抬头,手摸着下巴,匆匆往外走去,走到门口,停下来,说道:

"科波菲尔,我一直恨你。你一向自命不凡,一向跟我作对。"

"我想以前跟你说过一次,"我说道,"你贪得无厌,诡计多端,是你自己跟所有的人对着干。以后你要是好好地想一想,会对你有好处的:世上凡是贪婪、诡诈的人,没有不做得过分,自作自受的。这是确定无疑、千真万确的。"

"或者说就跟他们过去在学堂里教的那一套一样确定无疑(我就是在那个学堂里学得这么卑贱的)。从九点到十一点,他们说劳动是倒霉的事儿,从十一点到一点,他们又说劳动是幸福的事儿,愉快的事儿,光荣的事儿,等等,等等,我也说不完全了,是不是?"他说着,哼了一声,"你宣扬的这一套和他们是一样的前后一致。卑贱有用没有用?我想,我要是没有这一手,就说服不了跟我合伙的这位先生了。——米考伯,你这个老无赖,我要跟你算账!"

米考伯先生以大义凛然的态度对他和他伸出的手指不予理睬,把胸脯挺得高高的,直到他灰溜溜地走出门外。米考伯先生接着对我说话,邀请我前去"观看他与米考伯太太重新建立相互信任的关系"，以饱眼福。随后，他还邀请在场的各位去参观这一动人场面。

"许久以来悬在我和我太太之间的帷幕，现在拉开了，"米考伯先生说道，"我的孩子和生养他们的人又可以平等相待了。"

我们都很感激米考伯先生，在当时那匆忙乱乎的情况下，都想尽量表现出对他的感激之情，我敢说本来我们都会去的，但是艾妮斯需要回去看他父亲，因为他除了这刚刚到来的希望，还承担不了更多的东西；另外还得有个人牢牢地看住尤利亚。于是特拉德就留下来做看守，过一会儿迪克先生来换他。我和迪克先生和姨奶奶就跟着米考伯先生回家去了。我和给过我那么多帮助的亲爱的姑娘匆匆告别，想到那天早上她可能是从什么样的情况下解脱出来——尽管她也下过很大的决心——这时候，我真心感谢我儿时受过的苦难，因为正是这些苦难使我结识了米考伯先生。

他的家离得不远；因为一进大门就是客厅，他又以他那特有的方式一头扎进屋里，我们一下子就让家里的人围起来了。米考伯先生喊着："爱玛！我的命根子！"冲进了米考伯太太的怀抱。米考伯太太大叫一声，把米考伯先生紧紧地搂在怀里。米考伯小姐很懂事儿，也受了感动，她正在哄那个米考伯太太写给我的最后一封信中提到的不明事理的陌生人。那个陌生人在那里蹦跶。那对双胞胎用了一些笨拙但是天真的动作来表达他们高兴的心情。米考伯少爷虽然似乎因早年受过挫折而脾气不好，抑郁寡欢，现在也受了感动，大哭起来。

"爱玛！"米考伯先生说道，"压在我心上的乌云过去了。我们之间保持过多年的相互信任，现在恢复了，将来也不会再中断了。穷日子,来吧,欢迎呀!"米考伯先生说着,流下了眼泪,"苦日子,来吧,欢迎呀! 无家可归的日子,来吧,欢迎呀! 无衣,无食,风里雨里沿街乞讨的日子,来吧,欢迎呀! 相互信任会帮助我们坚持到底!"

米考伯先生说完这番话,就让米考伯太太坐在椅子上,又对家里的人挨个儿拥抱了一遍;他对各种凄凉的前景表示欢迎,其实我无论怎样看,都觉得这种种前景都是不受他们欢迎的;他还号召他们出去,到坎特伯雷的街上去唱合唱,因为除此以外,他们是无法维持生活的。

但是米考伯太太由于过于激动,晕过去了,所以抢救她就成了组织合唱队之前首先要做的事。这件事是由我姨奶奶和米考伯先生完成的;接着就为姨奶奶做了介绍,米考伯太太也认出了我。

"对不起,亲爱的科波菲尔先生,"那可怜的女人说着,把手伸了过来,"我身体不好,我和米考伯先生之间过去的误会消除之后,我一下子承受不了呀。"

"这都是你的孩子吗,太太?"姨奶奶说道。

"眼下就这一些。"米考伯太太答道。

"哎哟,我不是指那个,太太,"姨奶奶说道,"我是说,这些孩子都是你的吗?"

"小姐,"米考伯先生答道,"这可是千真万确的呀。"

"最大的那个年轻先生,"姨奶奶一边儿想一边儿问,"把他抚养这么大,准备叫他干什么呀?"

"我到这儿来的时候,"米考伯先生说道,"我本想把威尔金斯弄到教会里去——说得准确一点儿,是想把他弄到唱诗班里去。但是,使得本城闻名遐迩的受人崇敬的尖塔里,并不缺少男高音;所以他就……简而言之,他就养成了一个习惯,不在圣堂里唱,而到酒馆里唱去了。"

"不过他的想法是好的。"米考伯太太温柔地说道。

"我敢说,亲爱的,"米考伯先生答道,"他的想法特别好;不过我还没看到,他在哪一方面实现他的想法了。"

米考伯少爷抑郁寡欢的那股劲儿又来了,他怒气冲冲地问道,他该怎么办? 他既然没有生做一只鸟,他是不是一个天生的木工,或者天生的车辆油漆工? 他能不能到旁边一条街上,开一个药店? 地方法院下次开庭的时候,他能不能冲进去,宣布自己是律师呢? 他能不能凭武力去演歌剧,靠暴力而成名呢? 他既然没有在某一方面受到培养,他还能不能做点儿事情呢?

姨奶奶想了一下,说道:

"米考伯先生,不知道你是不是想到过移居海外呀!"

"小姐,"米考伯先生答道,"我年轻的时候梦想过,在比较成熟的年代里,也有过这种愿望,只是没有实现。"我在这里要插一句,我完全有把握,他一辈子就没想到过这件事。

"哎?"姨奶奶说着,看了我一眼,"我说,米考伯先生,米考伯太太,你们要是现在移居海外,对你们和孩子们来说,岂不很好吗?"

"钱哪,小姐,钱哪。"米考伯先生强调说,心情很沉重。

"这是主要的,也可以说是唯一的困难了,亲爱的科波菲尔先生。"他太太也这么说。

"钱?"姨奶奶大声说道,"不过你可帮了我们一个大忙——可以说,已经帮了我们一个大忙,因为从火里取出的东西,数量是不少的。除了给你们准备一笔钱之外,我们做什么,才能赶上你做的一半呢?"

"我不能把它当做礼物收下,"米考伯先生说道,他显得非常热情,也非常活跃,"但是如果有可能给我垫上一笔钱,够这次使用,比方说年利五厘,算我个人的欠款——比方说让我打几个条子,期限分别为一年、一年半、两年,这样我就有时间,等待时来运转……"

"有可能? 可以,一定可以,就按你提的条件,"姨奶奶答道,"就等你说话了。你们两口子,现在合计合计。大卫认得几个人,不久就要到澳大利亚去。你们要是决定走,何必不坐同一条船走呢? 彼此可以有个照应。米考伯先生,米考伯太太,你们合计一下吧。不着急,好生考虑考虑。"

"有个问题,亲爱的小姐,我想问一下,"米考伯太太说道,"那儿的气候,我想,一定对身体很好吧?"

"那是世界上最好的气候了!"姨奶奶说。

"那就好,"米考伯太太答道,"不过我的问题又来了。那个国家有没有条件,让米考伯先生这样有才干的人有公平的机会步步高升啊? 眼下我不想说他可能惦记着想当总督,或者类似的差使;不过那儿有没有应有的机会,使他的天才得到发挥——有没有充分的机会——使他的天才得以发展?"

"对于又正派又勤快的人来说,"姨奶奶说道,"哪里的机会都不如那儿好。"

"又正派又勤快的人,"米考伯太太一本正经地重复道,"太对了。我看澳大利亚显然是米考伯先生最合适的活动场所了!"

"我怀着一种信念,亲爱的小姐,"米考伯先生说道,"在目前情况下,我本人和我全家就该到那里去,那是唯一可去的地方。在那里上岸以后，一种意想不到的机遇就会出现。那地方离得不算远——比较起来说；承蒙你提出的建议虽然需要考虑，但我可以肯定地告诉你，那只是个形式问题。"

　　过了一会儿，米考伯先生怎样成了最有信心的人，盼着发财；米考伯太太怎样大谈袋鼠的习性，这些情形难道我什么时候会忘记吗？米考伯先生在跟我们一起往回走的路上，摆出一种吃苦耐劳、到处流浪的架势，显得就像在一个地方暂住的人，一举一动都是尚未定居的样子，看见公牛走过来，就以澳大利亚的庄稼汉的眼光去看那公牛，将来我什么时候想起坎特伯雷集日这条街的情景，能不想起他来吗！

第五十三章　再 次 回 顾

说到这里,我又要暂停一下。哎哟,我的娃娃媳妇呀,在我的记忆中,流动的人群里,有一个人影,静悄悄的,一动不动,怀着天真的爱,带着稚气的美对我说,停下来,想一想我吧——扭过头来,看一看小花吧,它就要散落在地上了!

我停下来。一切别的东西都渐渐模糊了,消失了。我和朵拉又在一起了,在我们的小房子里。我不知道她病了多久了。对于她的病,我已感觉习惯了,所以无法计算时间了。其实,也不算长,还谈不上多少星期,或多少月;但是对我的习惯和经验来说,这是一段非常非常难熬的时间。

他们已经不再对我说"再等几天吧"。我也隐隐约约地担起心来,觉得天不会再晴了,我不可能再看着我的娃娃媳妇和她的老友吉卜在阳光下跑来跑去了。

吉卜好像突然变得很老了。这也许是因为它不能再从女主人身上得到某种东西,使它充满活力,使它保持年轻。它显得无精打采,视力衰退,四肢无力。我姨奶奶也感到伤心,因为它不再跟她对着干;在她坐在朵拉床边的时候,它就蜷缩在朵拉的床上,凑到她身边,轻轻地舔她的手。

朵拉躺在床上,对我们微笑,样子非常好看,说话不急不躁,毫无怨言。她说,我们大家都对她很好;她那亲爱的小伙子细心照顾她,已经累坏了;我姨奶奶睡不了觉,却老是那么清醒、活跃、和蔼可亲。有时候,她那两位样子像小鸟的矮个子姑姑来看她,我们就谈起当时举行婚礼的情景,以及整个那段幸福的时光。

我坐在沉静、幽暗、整齐的屋里,我那娃娃媳妇用她那双蓝眼睛看着我,用她那小手指紧紧地攥着我的手,这在一切生活中,无论是室内,还是户外,都像是我生命中一种多么不同寻常的休止!我这样坐在那里,往往一坐就是几个小时;但在那多次长坐之中,有三次我记得最清楚。

一次是在清晨。朵拉经过姨奶奶亲手打扮,显得整整齐齐。她让我看她那漂亮的头发在枕头上仍然可以卷成卷儿,那头发有多么长,多么亮,她多么喜欢把头发松松地拢在一起,罩上她戴的发网。

她看见我笑,就说:"这并不是因为我现在还引以为荣,你这个喜欢讥笑人的小伙子,而是因为你过去老说你觉得我的头发那么漂亮,还因为我刚开始思念你的时候,常对着镜子照一照,不知道你是不是很想要一缕。我真的给你一缕的时候,都第,哎哟,看你那副傻样子哟!"

"那一天你正在画我送你的那些花,朵拉,我还对你说,我是多么爱你呀。"

"唉!可是当时我不肯告诉你,"朵拉说道,"我对着那些花哭成了什么样子,因为我相信你真心喜欢我!等我能像以前那样到处跑的时候,都第,咱们再去看看这对小傻瓜待过的地方,好不好?再到过去散步的地方去散散步?可别忘了可怜的爸爸呀?"

"好哇,咱们一定去,再去快快活活地住几天。这样你就得赶快好起来呀,亲爱的。"

"哦,我很快就会好起来! 我都好多啦,你不知道啊!"

一次是在傍晚。我还是坐在那把椅子上,还是在床边,还是那张脸在看着我。我们沉默了一会儿,她脸上带着笑容。我现在已经不再抱着我这个不沉的包袱楼上楼下来回跑了。她整天就躺在这里。

"都第!"

"亲爱的朵拉!"

"刚才你对我说,威克菲尔先生身体不好,我要说的话,你不会觉得不合情理吧? 我要见一见艾妮斯。我非常想见她。"

"我给她写封信,亲爱的。"

"一定写吗?"

"马上就写。"

"真是个善良体贴的小伙子! 都第,把我抱起来。说真的,亲爱的,不是我心血来潮。不是我胡思乱想。我的确是非常想见她!"

"这没问题。我把这情况一告诉她,她一定会来。"

"你现在到了楼下,一定很寂寞吧?"朵拉搂着我的脖子,小声问道。

"怎么不寂寞呢,最最亲爱的,你那把椅子空着呀?"

"我那把椅子空着!"她紧紧地搂着我,沉默了一会儿,"你真的想我吗,都第?"她仰起头来,兴奋地笑着问道,"就是我这副昏头昏脑、傻里傻气的可怜样子?"

"我的心肝哟,世界上还有谁能让我这么想念呢?"

"哦,丈夫呀! 我是又高兴,又难过!"她两只胳膊搂着我,贴得更紧了。她笑一阵,哭一阵,随后就安静下来,有说不出的快活。

"就是这样!"她说,"只要给她我的一片爱心,告诉她我非常非常想见她,我就别无所求了。"

"还有赶快好起来,朵拉。"

"啊,都第! 有时候,我觉得——你知道我一向是个傻乎乎的小东西——那种情况永远不会出现了!"

"别这么说,朵拉! 最最亲爱的,别这么想呀!"

"只要我能克制得住,我就不这么想,都第;虽然我那亲爱的小伙子面对着他的娃娃媳妇的空椅子,一个人感到那么寂寞!"

一次是在夜间。我依然跟她在一起。艾妮斯来了——已经和我们待了一整天和一晚上。她,姨奶奶和我从早上就一起陪朵拉坐着。我们说话不多,但朵拉非常满足,非常高兴。这会儿,就剩我们俩了。

我现在是不是知道我的娃娃媳妇不久就要离开我呢? 他们对我说过这样的话;这我也想到过。他们说的并无新鲜之处,但我很难说这件确定无疑的事往我心里去了。我把握不住它。我今天有好几次独自躲在一旁哭过。我曾想到谁曾为生者与死者的别离而哭泣①。我也想到整个那段仁慈怜悯的

---

① 《新约·约翰福音》第11章记载,耶稣曾为拉撒路之死而哭泣,后又使拉撒路复活。

故事。我也想过,听天由命吧,也安慰过自己,在这方面,我希望能做到这种程度;但是我心里无法完全接受的就是,那结局注定了。我用手攥着她的手,我用心拥抱着她的心;我看到她对我的爱,还是那样强烈,那样炽热。我无法完全打消那一丝微弱的希望:她能得以幸免。

"我要和你谈一谈,都第。我要说的话,最近一直想对你说。你不会介意吧?"她说着,温柔地看了我一眼。

"我怎么会介意呢,亲爱的?"

"因为我不知道你会怎么想,也不知道你有时候可能是怎么想的。说不定你也常有同样的想法。都第,亲爱的,我恐怕是太年轻了。"

我挨着她把脸靠在枕头上,她看着我的眼睛,非常温柔地跟我说话。我听着她说下去,怀着沉重的心情渐渐意识到她在谈自己的过去。

"我恐怕,亲爱的,是太年轻了。我指的不光是年龄,还有经历、思想等一切方面。我本是个傻乎乎的小东西!我觉得咱们当时要是只像孩子一样相爱,然后忘掉,就好了。我开始觉得我并不适合做一个妻子。"

我尽量止住自己的眼泪,勉强答道:"哦,朵拉,亲爱的,你是适合的,和我适合做一个丈夫一样!"

"我不知道,"她说着,像往常一样抖动了一下她的鬈发,"也许是吧!不过我当时要是更适合结婚,我也许会使得你也更适合结婚。另外,你很聪明,而我从来就不聪明。"

"咱们一直很快活呀,亲爱的朵拉。"

"我当时的确非常非常快活。不过随着时间的推移,我那亲爱的小伙子就会对他的娃娃媳妇感到厌倦。她就会越来越不配做他的伴侣。他就会对家中所缺少的东西越来越敏感。而她也不会有什么长进。现在这样,是最好的了。"

"哦,最最亲爱的,最最亲爱的朵拉,你别这样跟我说话呀。每一句话都像是对我的指责!"

"不是,没有一个字是指责你的!"她说着,吻了我一下,"哦,亲爱的,你从来也不该受到指责;而且我爱你爱得那么深,是不会认真地说一句话来指责你的。我就有这么一个优点,除了长得漂亮以外——也许只是你觉得我漂亮。楼下很寂寞吗,都第?"

"非常非常寂寞!"

"别哭啊! 我的椅子还在吗?"

"还在老地方。"

"哦,我这可怜的小伙子,怎么哭得这么厉害呀! 别哭啦,别哭啦! 这样吧,你答应我一件事。我想跟艾妮斯说说话。你下楼的时候,告诉她,叫她上我这儿来一下;我跟她说话的工夫,不要让人来——就连姨奶奶,也不要让她来。我要跟艾妮斯一个人说话。我要跟艾妮斯单独谈一谈。"

我答应她马上办到;但我很难过,舍不得离开她。

"我说过,现在这样,最好了!"她把我搂在怀里,轻轻地说道,"哦,都第,再过几年,你就不会像现在这样爱你的娃娃媳妇了;再过几年,她就会使你为难,使你失望,到那时候,你爱她就不如现在的一半儿深了! 我知道我太年轻,也太傻。现在这样,好得多!"

我来到客厅的时候,艾妮斯还在楼下,我把朵拉的要求告诉了她。她走了，留下我一个人跟吉卜在一起。

吉卜的中国式房子就在壁炉旁边，它在里面，躺在它的绒布床上，睡不着觉，烦躁不安。明月当空，又高又亮。我看着窗外的夜色，眼泪直流，我那颗未经磨练的心受到了很严厉、很严厉的责难。

我坐在壁炉前，怀着一种说不清的悔恨之情，思索起结婚以来有过哪些隐秘的感情。我想起了我和朵拉之间的每一件琐事，体会到了生活的总体是由琐事构成的这一真理。我初次见到的那个可爱的孩子的形象不断从我那记忆的海洋涌现出来。这形象，由于我和她的年轻的爱心赋予它我们这种爱心所具有的无穷魅力，而增加了光彩。假如我们当时只像孩子一样相爱，然后忘掉，真是这样最好吗？我那颗未经磨练的心呀，你回答呀！

过了多长时间，我不知道，后来我那娃娃媳妇的老伙伴把我唤醒了。它比刚才更烦躁了，从房子里爬出来，看了看我，摇摇晃晃地走到门口，咕哝着要到楼上去。

"今天晚上不行啊，吉卜！今天晚上不行！"

它非常缓慢地回到我身旁，舔了舔我的手，抬起它那无精打采的眼睛，看着我的脸。

"哦，吉卜！也许永远不行了！"

它躺在我脚边，伸了伸腰，好像要睡觉，接着悲哀地叫了一声，就死了。

"哦，艾妮斯！快，快来！"

那脸上充满了惋惜与悲痛的神情，那眼泪像雨水流个不停，那向我发出的无言的恳求叫人害怕，那庄严举起的手伸向苍穹！

“艾妮斯？”

完了，我眼前一片黑暗，有一段时间，我什么也想不起来了。

第五十四章 米考伯先生的业务

　　我在悲哀的重压之下,是怎样一种心情,现在不是说这个的时候。我渐渐意识到,我的未来已经堵住,我的精力和活动已经到了尽头,我已无处躲避,除非进入坟墓。我说我是渐渐意识到的,而不是悲痛刚刚袭来的时候这样想到的。它是慢慢发展到那个地步的。要不是在我身边接连发生的我下面要说的几件事,起初搅乱了我的悲痛心情,末了又使之加剧,我就可能一下子陷入那种境地,虽然我现在觉得那是不会发生的事。事实上,在我充分认识自己的悲哀之前,间隔了一段时间,在这段时间里,我甚至认为最大的痛苦已经过去,只要依靠已经永远结束了的温柔的故事中一切最天真、最美好的东西,就可以使我的心得到恢复。

　　究竟是什么时候最初提出我应当到国外去,或者说,我们大家究竟是怎么逐渐一致认为我应当换换环境,出去走走,以恢复我心里的平静,直到现在,我也说不清楚。在那悲痛的日子里,我们所想、所说、所做的一切,无不弥漫着艾妮斯的精神,所以我觉得可以把这个想法归功于艾妮斯的影响。但她的影响是潜移默化的,我也就说不出更多的情况了。

　　现在我的确开始觉得,我过去把她跟教堂里的彩色玻璃窗联系在一起,这就是一种先兆,预示在时间注定发生的灾难中,她对我会起什么作用。在整个那段悲痛的时间里,从她抬着一只手站在我面前那永远难忘的时刻起,在我这冷清的家里,她就像一位神仙一样。在死神降临的时候,我那娃娃媳妇就是在她怀里含笑睡去的——这是后来在我经受得住的时候,他们告诉我的。我从昏迷中一醒过来就意识到,她由于同情我而在流泪,她劝我要想得开,要抱有希望,她那温柔的面孔好像从离天堂更近、更净的地方往下看,看见了我那未经磨练的心,也减轻了我心中的痛苦。

让我往下写吧。

我做了出国的安排。这好像是我们从一开始就定了的。所有能随我已故的妻子而消失的东西都已为黄土覆盖,我只剩下等着米考伯先生所说的"最后粉碎希普",和移居海外的人启程了。

特拉德是我遭受困难时最热心、最忠诚的朋友,我们受他的邀请,回到坎特伯雷——我指的是姨奶奶、艾妮斯和我。根据事先的安排,我们直接来到米考伯先生家里,自从上次爆炸性的会议之后,我那位朋友就一直在这里和威克菲尔先生家里忙活。可怜的米考伯太太看见我穿着一身黑衣服进来,就明白了,心里也很难受。米考伯太太的善良心地,并未因这些年来的生活而泯灭。

"我说,米考伯先生,米考伯太太,"我们坐下以后,姨奶奶开始跟他们打招呼、说话,"请问,我那个移居海外的建议,你们考虑过了没有?"

"亲爱的小姐,"米考伯先生答道,"米考伯太太和敝人,还可以加上我们的子女,分别并且一致得出结论,要表达这一结论,恐怕最好的方式莫过于借用一位著名诗人的话:我们的小船在岸边,我们的大船在海上。①"

"这就对了,"姨奶奶说道,"我预料你们这个明智的决定会一切顺利。"

"小姐,你给我们带来了莫大的光荣,"他答道。他接着看了看一个记事本,"你资助我们乘上脆弱的独木舟到事业的大洋里去航行,我把重要的手续问题重新考虑了一番,我打的条子——要按议会有关各项立法对这类契约规定的不同数额贴足印花,自不待言——现在我提出请求,将分为一年半、两年、两年半三种期限。我原来提出的建议是一年、一年半、两年,但我怕这一安排时间不够,弄不到应当归还的——一定的——数额。我们可能,"米考伯先生说着,把屋子四周看了一下,仿佛这地方就代表着几百英亩良田,"在第一笔应该归还的款项到期的时候,不是收成不好,就是还没来得及收割。我想,在我们手里的这块殖民地上,要想找到劳动力,有时候是很难的,这样我们自己就注定了要在那什么都长的土地上拼搏。"

"先生,随你安排好了。"姨奶奶说道。

"小姐,"他答道,"我们的朋友和恩人对我们非常关心,非常体贴,我太太和我本人都深为感动。我所希望的是完全公事公办,完全遵守时间。我们正在翻开全新的一页,我们正在为不同寻常的一跃而后退一步时,在这样的时候,除了为我的儿子做榜样以外,为了我的自尊心,也有必要把这些手续在个人与个人之间办理。"

我不知道米考伯先生这个提法有没有什么特殊的含义;

---

① 英国诗人拜伦赠汤马斯·穆尔的诗句。

也不知道别人当时或现在觉得里面有什么特殊的含义；但是他好像特别喜欢这个提法，而且还装模作样地咳嗽一声，再重复说："在个人与个人之间办理。"

"我提议，"米考伯先生说道，"咱们用期票——这在商业界是一种很方便的东西，我想，最初是犹太人发明的，不过从那以后，他们也似乎使用得过于普遍了——我提议使用期票，是因为期票可以兑换。不过要是你们喜欢债券，或者什么别的票据，我也愿意出具这样的文件——在个人与个人之间办理。"

我姨奶奶说，既然双方觉得怎么办都行，她认为这个问题理应不难解决。米考伯先生同意她的看法。

"小姐，大家知道我们正全力以赴准备迎接未来的命运，"米考伯先生颇为自豪地说道，"在这方面，我们家做了些什么，请允许我汇报一下。我的大女儿每天早晨五点钟到附近一个地方去学挤牛奶的过程——如果那能叫做过程的话。几个小一点儿的孩子，我叫他们到本地比较穷苦的地方，在条件允许的情况下，尽可能仔细观察猪和家禽的习性——有两次，回家的路上差一点儿叫车压了，有人把他们送了回来。我本人上星期花了一些精力学了烤面包的技术；我儿子威尔金斯曾拿着手杖出去赶牛，不过这要得到那帮粗野的放牛娃的允许，而且是白尽义务——我还要遗憾地说，由于我们家境的关系，这赶牛的事儿也不常有，他们老骂他，叫他走开。"

"这样做，的确是很对的，"姨奶奶说道，对他加以鼓励，"米考伯太太也在忙活吧，我敢说。"

"亲爱的小姐，"米考伯太太不紧不慢地答道，"我可以坦率地说，我并没有积极从事与种地和饲养牲口直接有关的行当,虽然我非常清楚,在国外,这两方面都会要求我花费精力。除了做家务以外,一有机会我就给我娘家人写相当长的信。因为我承认我觉得,亲爱的科波菲尔先生,"米考伯太太说道,她无论一开头是跟谁说话,最后落脚都要落到我身上(我想这是老习惯吧),"我觉得现在是时候了,应该把过去的一切埋葬、忘掉;现在我娘家的人应该拉起米考伯先生的手,米考伯先生应该拉起我娘家人的手;现在狮子应该与羔羊睡在一起,我娘家的人应该与米考伯先生和好。"

我说我也是这么想的。

"至少这是我对这个问题的看法,亲爱的科波菲尔先生,"米考伯太太继续说道,"过去我在家里跟我爸爸和我妈住在一起的时候,只要有什么问题在我们那有限的范围里讨论,我爸爸总要问:'我的爱玛对这个问题有什么看法?'我爸爸对我很偏爱,这我知道;不过米考伯先生和我的娘家人之间一直存在着这种冰冷的关系,我对这个问题,必然也形成了一定的看法,虽然可能不合乎实际。"

"毫无疑问。你当然应该有你的看法,太太。"我姨奶奶说道。

"正是这样,"米考伯太太表示赞同,"要说我的结论,可能是错的——很可能就是错的——不过我个人的印象是,我娘家人和米考伯先生之间的隔阂,究其根源,可能是我娘家人怕米考伯先生需要财力支援。我不能不认为,"米考伯太太以很精明的样子说道,"我娘家有些人怕米考伯先生去借用他们的名字。不是为了举行洗礼的时候给我们的孩子起名字,而是写在票据上,拿到金融市场去兑换。"

米考伯太太宣布这一发现的时候,显出一副善于观察的样子,仿佛谁都没有想到这一点。她这副样子似乎使姨奶奶感到惊讶;姨奶奶突然答道:"是啊,太太,总起来看,我相信你说的是对的。"

"米考伯先生眼看就要解除长期束缚他的经济枷锁了,"米考伯太太说道,"眼看就要开始一番新的事业,在国外,有广阔的天地,足以让他发挥他的才能——这一点,我认为极其重要;米考伯先生的才能特别需要有活动空间——我觉得我的娘家人应当出来张罗,为这件事增添光彩。我希望看到,我的娘家人操办一次欢乐的聚会,让米考伯先生跟我的娘家人见面,让我娘家的一位头面人物祝酒,祝米考伯先生身体健康,事业发达,米考伯先生就有机会详细说明他的看法了。"

"亲爱的,"米考伯先生气呼呼地说道,"我最好马上就说得一清二楚,我要是在聚会的时候当众详细说明我的看法,我的话很可能是要得罪人的——因为我的印象是,你的娘家人,从总体来看,是厚颜无耻的势利眼,从个人来看,是不折不扣的歹徒。"

"米考伯,"米考伯太太摇着头说,"话不能这么说! 你一直不了解他们,他们也一直不了解你。"

米考伯先生咳嗽了一声。

"他们一直不了解你,米考伯,"他太太说道,"他们也许没有能力了解你。要真是那样,那就是他们的不幸了。我只有对他们的不幸表示怜悯。"

"我非常抱歉,亲爱的爱玛,"米考伯先生以缓和的口气说,"我刚才一时不慎,可能说了似乎有点儿过于激烈的话。我只是想说,我移居海外,用不着你娘家人再来送给我……简而言之,送给我一对临别的白眼儿;总起来说,我宁愿依靠我现有的动力离开英国,也不希望那一帮人来给我加速。同时,亲爱的,要是他们肯放下架子给你回信——从咱们共同的经验来看,这是极不可能的事——我决不妨碍你实现你的愿望。"

这件事这样圆满解决以后,米考伯先生向米考伯太太伸出了胳膊,看了一眼特拉德面前的桌子上堆着的账簿和文件,说了声让我们单独待在这里吧,他们就大模大样地出去了。

他们走了以后,特拉德往后一仰,靠在椅子背上,满怀深情地看着我,眼圈都红了,头发乱七八糟。他说:"亲爱的科波菲尔,我不用找什么借口,麻烦你,叫你做事情,因为我知道你对此事非常关心,同时也可以分散一下你的脑筋。老伙计,我希望你没有累垮了吧。"

"我挺好的,"我停了一下,说道,"要说想到什么人,咱们首先应当想到我姨奶奶。你知道她做了多少事儿。"

"知道,知道,"特拉德答道,"谁能忘得了呢?"

"还不光是这个呢,"我说道,"最近两个星期,她又有了新的烦心事儿,每天都要往伦敦跑。有几次,走得很早,晚上才回来。昨天晚上,特拉德,明知今天要上这儿来,都快半夜了,她才回到家。你知道她多么体贴别人。她不肯告诉我,是什么事儿让她心烦。"

姨奶奶脸色苍白,皱纹显得很深,坐在那里一动不动,等我把话说完;这时,她止不住的泪水顺着两颊往下流,同时把手搭在了我手上。

"没什么,特洛——没什么。已经了结了。你慢慢就会知道的。——我说,艾妮斯,亲爱的,咱们来看看这里的情况吧。"

"我得给米考伯先生说句公道话，"特拉德说了起来，"虽然他看上去并没有为自己取得什么成就，他在为别人做事情的时候，真是孜孜不倦哪。我从来没见过他这样的人。他要是总这么干，现在他实际上就该大约二百岁了。他不断表现出来的干劲儿，他一天到晚扎到文件和账簿堆里，那着了魔似的急迫心情——更不要说他从这里写到威克菲尔先生家的无数信件，有时候他就坐在桌子对面，说话方便得多，他也常常要写信——这一切，都是非常了不起的。"

"写信！"姨奶奶大声说道，"我敢说他做梦都梦见写信！"

"还有迪克先生，"特拉德说道，"他一直在创造奇迹。他看守尤利亚·希普，我就没见过比他更认真的，腾出手来之后，马上又一心一意地照顾威克菲尔先生。说真的，他急切希望为我们进行的调查做事情，也的确做了事情，摘录、抄写、取这个、送那个，给了我们很大的鼓舞。"

"迪克是个了不起的人呀，"姨奶奶大声说道，"我过去一直这么说。特洛，你是知道的呀。"

"威克菲尔小姐，我很高兴告诉你，"特拉德继续说道，态度既很温柔，又很认真，"你不在的期间，威克菲尔先生的情况有了很大的改善。他摆脱了长期缠在身上的恶魔，消除了生活中可怕的恐惧心理，他简直就成了另外一个人。他的记忆力和注意力由于受到损害，难以集中在某个业务问题上来，现在有时候也大有好转；他还能帮我们把有些问题弄清楚，要是没有他，我们即便不能说没有希望，也的确会感到非常困难。但我现在要做的是把结果说一说——结果也很简单——我不能光说看到了哪些有希望的事情呀，要是那样，我就老也说不完了。"

他那自然的态度和纯朴顺耳的话语使我们一下子就看出来了,他说这番话是为了叫我们心里高兴,为了让艾妮斯听见别人提到她父亲的时候信心更足,不过这都没有使我们觉得他的话不爱听。

"现在我来看一下,"特拉德说着,看了看桌上的那些文件,"我们结清了各笔款项,把大量无意造成的混乱理出了个头绪,也把故意造成的混乱和做的手脚理出了个头绪,我们认为问题清楚了,威克菲尔先生现在可以歇业,并结束其代管业务,没有任何亏空或欠款。"

"啊,谢天谢地!"艾妮斯激动地叫道。

"但是,"特拉德说道,"余下的钱,供他维持生活的——这还得把房子卖掉——是很少的,无论如何不会超过几百镑,所以,威克菲尔小姐,最好考虑一下,能不能让他保留代管产业的业务,他已经受理多年了。现在他摆脱了羁绊,朋友们也能给他出主意呀,你知道。你自己,威克菲尔小姐——科波菲尔——我——"

"我考虑过了,特洛乌德,"艾妮斯冲着我说道,"我觉得不能这么办,一定不能,即便出主意的是一位朋友,我很感激他,还欠他很多情分,也不行。"

"不是说我出了这个主意,"特拉德说道,"我只是觉得应该提一提——如此而已。"

"听你这么说,我很高兴,"艾妮斯稳重地答道,"因为这样一来,我就可以希望,几乎可以肯定,咱们是想到一块儿去了。亲爱的特拉德先生,亲爱的特洛乌德,爸爸一旦脱离羁绊,保住面子,我更有何求?我一直有一个愿望,如果我能使他摆脱那束缚他的劳苦工作,我就要报答他对我的关心爱护于万一，并把我的一生奉献给他。许多年来，这就是我最大的希望。其次，最大的幸福——仅次于使他摆脱一切委托和责任——就是我自己把我们今后的生活承担起来，这是我能想到的。"

"怎么承担，你想过吗，艾妮斯？"

"想过多次了！我不害怕，亲爱的特洛乌德。我有把握，一定会成功。这里有这么多人认识我，关心我，这是肯定的。不要信不过我。我们的需要并不多。我要是把这座可爱的老房子租出去，再办上一所学校，我就是做了一件有益的事，自己心里也高兴。"

她那快乐的声音，又平静，又热情，使我生动地回想起那所房子，先是那所可爱的老房子本身，接着是我那孤单的家，一时激动得说不出话来。特拉德装模作样地忙了半天，找出要找的文件。

"下面，特洛乌德小姐，"特拉德说道，"谈谈你的那份财产。"

"好啊，先生，"姨奶奶叹了口气，说道，"关于这件事，我只想说，要是已经完了，我也就认了；要是没有完，我乐意把它收回。"

"我想，原来是八千镑统一公债吧？"特拉德说道。

"是的！"姨奶奶答道。

"我算的结果，不超过五。"特拉德说道，显出迷惑不解的样子。

"五千，你是说，"姨奶奶异常镇静地问道，"还是五镑？"

"五千镑。"特拉德说道。

"就应该这么多，"姨奶奶答道，"我自己卖掉了三个大数。一个大数,给你交了学徒的费用,特洛,亲爱的;另外那两个,我留在身边了。其余的损失了以后,我想最好不提这笔钱,暗中留着,以备不时之需。我想看你怎样应付困难,特洛;你应付得的确不错——能坚持,靠自己,又刻苦!迪克也是一样。——你们先别跟我说话了,我觉得我的神经有点儿支持不住了!"

任何人看见她端端正正地坐在那里,两臂交叉放在胸前,都不会想到她支持不住了;不过她的确是有极强的自制力。

"这样我就可以愉快地说,"特拉德满脸笑容,大声说道,"咱们把所有的钱都追回来了!"

"别向我祝贺,谁也别向我祝贺!"姨奶奶说道,"你为什么这么说呢,先生?"

"你是不是以为威克菲尔先生把你的钱滥用了?"特拉德问道。

"当然是这样,"姨奶奶说道,"所以我就没有啰嗦,保持沉默了。——艾妮斯,你就什么也别说了!"

"也的确是卖了,"特拉德说道,"因为他有你给他的支配权;但我不必说是谁卖的,究竟是谁签字卖的了。卖了以后,那个坏蛋又欺骗威克菲尔先生——还用数字向他证明——说他亲自掌管这笔钱(他说,这是根据总的指示),免得暴露其他方面的亏空和困难。威克菲尔先生在他控制之下,出于无奈,后来又假装根据本金付给你几笔利息,其实他也知道那本金已经不存在了,这样他就不幸而成了骗局中的一员。"

"最后他就把责任全揽在自己身上,"姨奶奶接茬儿说道,"给我写了封疯疯癫癫的信,指责自己的强盗行径,还给自己加了一些从来没听说过的罪名。我一看这样子,有一天清早就去看他,问他要了支蜡烛,把那封信烧了,我还对他说,他要是终究还能挽回我的损失和他自己的损失,那他就去挽回,要是不能挽回,那就看在他女儿的分上,不要声张出去。——谁要是再跟我说话,我就到外面去!"

我们都不吭声了,艾妮斯用手捂着脸。

"我说,亲爱的朋友,"过了一会儿,姨奶奶说道,"你确实把钱从他手里追回来了吗?"

"是啊,实际上,"特拉德答道,"米考伯先生完全把他团团围住了,要是一个点子不行,还有好多新点子等着哩,所以他逃不出我们的手心儿。有一件事儿最新鲜,我看他捞这笔钱,实际上不是为了满足他那没有底儿的贪心,而是因为他恨科波菲尔。他就明明白白地对我这么说过。他说他甚至于情愿花这么多钱,来给科波菲尔制造麻烦,或者伤害他。"

"哈哈!"姨奶奶说着,皱起眉头想了想,看了艾妮斯一眼,"他现在怎么样了?"

"我不知道,"特拉德说,"他带着他母亲离开这里了。他母亲叫嚷啊,求情啊,说明情况啊,一直闹个不停。他们是坐一趟去伦敦的夜间车走的,后来的情况就不知道了,不过他临走的时候对我那种恶狠狠的态度,实在岂有此理。他好像认为欠我的情分几乎不亚于欠米考伯先生的情分,我认为这太恭维我了,我当时就是这么对他说的。"

"你觉得他现在手里有钱吗,特拉德?"我问道。

"哦,有钱,我认为他有钱,"他认真地摇着头答道,"我看,他一定想方设法捞了很多钱。不过,科波菲尔,你要是有机会观察他怎样为人处世,就会发现,这个人有了钱,也挡不住做坏事儿。他是个十足的伪君子,无论他追求什么目标,他都要通过邪门歪道。他表面上装出一副克制自己的样子，全靠这个来补偿。他老在地上爬着去追求一些微小的目标，一遇障碍，就大惊小怪；结果，谁要是完全无意识地妨碍他去实现他的目标，他就恨人家，怀疑人家。所以，他的歪门邪道随时都会变得更歪更邪，只为了一点儿原因，或者什么原因都没有。只要看一下他在这儿的历史，"特拉德说道，"就明白了。"

"他是个卑鄙的坏蛋！"姨奶奶说。

"这我实在不知道，"特拉德说道，好像心里在想什么，"很多人要是存心卑鄙，可真是非常卑鄙。"

"现在谈谈米考伯先生吧。"姨奶奶说道。

"哦，说真的，"特拉德愉快地说道，"我得再一次把米考伯先生大大地赞扬一番。要不是他这么长时间这么耐心坚持，我们就别指望取得什么值得称道的成绩。我想，咱们要是想一想，假如他答应守口如瓶，他可以向尤利亚·希普本人提出什么条件的话，咱们就该认为米考伯先生是觉得这样对，才这样做的。"

"我也这样看。"我说道。

"那么，你想给他多少钱？"姨奶奶问道。

"哦，在谈这件事之前，"特拉德说道，他显得有些不自然，"我认为对这个难题作不受法律约束的调整——因为此事从头至尾都是不受法律约束的——恐怕最好避开两点（我也不可能把什么事都摆在面前）。米考伯先生为了预支工资给他打的那些借条什么的，他……"

"哦，那是要还的。"姨奶奶说道。

"是啊，不过我不知道这些欠条什么时候会受到追究，这些欠条现在在什么地方，"特拉德睁着大眼睛说道，"我预料米考伯先生从现在到他离开以前，会不断地被逮捕，或受到强制执行。"

"那他就得不断地被释放，或解除强制执行，"姨奶奶说道，"一共有多少钱？"

"哦，米考伯先生把那几笔业务——他管这叫业务——郑重其事地记在一个本子上了，"特拉德笑着答道，"他记的数是一百零三镑五先令。"

"我说，咱们该给他多少钱，包括这一笔？"姨奶奶说道，"艾妮斯，亲爱的，怎么分担，咱俩以后再谈。应该多少钱？五百镑？"

我跟特拉德一听这话，就都接了茬儿。我们俩都建议给一个小数目的钱，另外，尤利亚来要账的时候，替他把账还上，但不必向米考伯先生做硬性规定。我们建议负担他们全家的旅费和装备，再给他们一百镑现钱。关于米考伯先生归还垫付款项的安排，应当郑重其事地写张字据，这样他就会觉得自己有那份责任，对他有好处。此外，我还建议由我向裴果提先生介绍一下他的性情和经历，因为我知道这个人是靠得住的，可以再拿出一百镑，悄悄地托付给他，由他掌握使用。我还建议让米考伯先生对裴果提先生感兴趣，办法是把裴果提先生的经历里面我觉得能讲的，或者我认为讲了有用的，私下里告诉他，尽量让他们彼此互相联系，互相帮助。这些看法，我们大家都热烈赞同。我还可以在这里说一说，两位主要当事人过了不久就都照办了，十分友好，十分和睦协调。

我这时看见特拉德又焦急地看了一眼姨奶奶，就提醒他说一说刚才提到的第二点，也就是最后一点。

"科波菲尔，我生怕提起一个痛苦的话题，如果我提起了这样的话题，那就要请你和你姨奶奶原谅我了，"特拉德犹犹豫豫地说道，"不过我认为有必要请你们回想一下。那一天，米考伯先生发出了令人难忘的谴责，当时尤利亚·希普进行威胁，提到了你姨奶奶的……丈夫。"

姨奶奶保持着她那直挺挺的姿势和表面上的镇静，点了点头，表示同意。

"也许，"特拉德说道，"那不过是他无意之中作的无礼举动？"

"不对。"姨奶奶答道。

"对不起，难道真有这么个人，多少受他一点儿控制？"特拉德婉转地问道。

"是的，我的好朋友。"姨奶奶说道。

特拉德明显地拉长了脸，解释说，他未能处理这个问题，其结果是和米考伯先生债务的结果一样的，也没有包括在他提出的条件之内；我们现在已经没有权力再管尤利亚·希普了；他要是能对我们或我们之中的任何人下毒手，或进行骚扰，他肯定是干得出来的。

姨奶奶沉默了一会儿，止不住的眼泪又顺着双颊往下流。

"你说得很对，"她说道，"你考虑得真周到，提起这件事。"

"请问，我——或者科波菲尔——能不能做点什么呢？"特拉德轻轻地问道。

"不必了，"姨奶奶说道，"我对你们是感激不尽的。特洛，亲爱的，他的威胁是没有用的！咱们请米考伯先生和他太太回来吧。你们谁也不要跟我说话了！"她说完了，就掸了掸衣裳，直挺挺地坐在那儿，两眼看着门口。

"我说，米考伯先生，米考伯太太，"他们进来以后，姨奶奶说道，"我们刚才讨论了你们移居海外的事。让你们在外面待了这么长时间，非常抱歉。现在我来跟你们说一说，我们建议做哪些安排。"

姨奶奶对各项安排做了说明，全家——孩子们也都在场——听了喜出望外，这一下子又提醒了米考伯先生，对待一切契约，从开始阶段就要养成按时办事的习惯，于是谁劝他也不听，马上就兴致勃勃地跑出去买印花，准备往他开的条子上贴。但是他的兴致一下子就给打下去了，因为不到五分钟，他就被法警押着回来了，他泪如雨下，对我们说一切全完了。我们早就料到会出这样的事，这当然是尤利亚·希普起诉引起的，于是我们很快付了钱，过了五分钟，米考伯先生就又坐在桌边，在印花上画起来了，脸上显得万分高兴。只有这种他特别喜欢干的活儿，或者是配制果汁酒，才能使他把这种高兴劲儿在他那发亮的脸上充分体现出来。看他怀着艺术家的喜悦给印花加工，像画画儿似的画上几笔，再从侧面看看，一本正经地在记事本儿上记下日期和数额，写完之后，又不停地看，强烈地意识到其中包含的可贵的价值——这一切，实在好看。

姨奶奶默默地在一旁看了他一会儿，说道："我说，先生，你要是听劝，我就劝你从今以后发誓再也不干这种营生了。"

"小姐，"米考伯先生答道，"我是想在未来生活的首页上写上这样一句誓言。米考伯太太可以作证。我相信，"米考伯先生严肃地说，"我的儿子威尔金斯会永远记得，宁可把自己的拳头放在火里烧，也不要用来摆弄毒蛇，因为它毒化了他那不幸的父亲赖以生存的血液！"米考伯先生非常激动，一下子变成了绝望的样子,他以阴郁恐怖的目光看了看那些毒蛇(他刚才那种赞美的心情也还没有完全克制下去),把它们叠起来,揣到口袋里去了。

那天晚上的事,就这样结束了。我们是又难过,又劳累,弄得精疲力竭,第二天我和姨奶奶还要赶回伦敦去。我们的安排是:米考伯一家把东西卖给经纪人之后,跟我们到伦敦去;威克菲尔先生的各项事务由特拉德主持,在方便的情况下尽快了结;艾妮斯也到伦敦来,等候上述安排付诸实施。我们在那所老房子里过夜,这时候,那老房子里已经没有希普母子的踪影,就像消除了一种疾病一样。我躺在从前住过的屋里,觉得仿佛是一个出游的人触礁以后,又回到家里。

第二天,我们回到姨奶奶家里——没有回我的家;睡觉之前,我跟姨奶奶像往常一样单独在一起坐一会儿,她说:

"特洛,你真想知道我最近的心事吗?"

"真想知道,姨奶奶。我现在比任何时候都更不愿意看着你痛苦或者忧愁,而不能为你分担呀。"

"孩子啊,即便不增加我这些小的烦恼,你的苦也够多了,"姨奶奶亲切地说,"特洛,我瞒着你,没有别的动机。"

"这我非常了解,"我说道,"不过现在告诉我吧。"

"你明天上午陪我坐车出去一下,好吗?"姨奶奶问道。

"当然好啊。"

"九点,"她说道,"到那时候,我再告诉你,亲爱的。"

到了九点钟,我们按照事先的安排,坐着一辆小马车,到伦敦去了。我们在街上跑了很久,最后来到一家大医院。紧挨着医院大楼,停着一辆朴素的灵车。那赶车的认出了我姨奶奶,见她在窗口挥手示意,便赶着车缓缓地走起来,我们在后面跟着。

"你现在明白了吧,特洛?"姨奶奶说道,"他走了。"

"他是死在这所医院里吗?"

"是啊。"

她坐在我身旁,一动也不动;不过我又看见止不住的眼泪在她脸上流着。

"他以前在这儿住过院,"过了一会儿,姨奶奶说道,"很久以来,他一直有病——他穷困潦倒,已经多年了。最后这次生病,他自己知道情况不好,就叫他们把我找来。当时,他表示悔恨——非常悔恨。"

"你去了,姨奶奶,我知道。"

"我去了。后来我跟他一起待了很多时间。"

"他是在我们去坎特伯雷的前一天死的吧?"我说道。

姨奶奶点了点头。"现在谁也不能伤害他了,"她说道,"那威胁是没有用的。"

我们驱车出城,来到霍恩西的墓地。"葬在这里比扔在大街上强,"姨奶奶说,"他就是在这里出生的。"

我们下了车,跟在朴素的棺材后面,来到一个角落里,这地方我至今还记得很清楚。我们在那里举行了仪式,看着死者入了土。

在我们走着去上车的时候,姨奶奶说:"三十六年前的今天,亲爱的,我结的婚。愿上帝宽恕我们大家吧!"

我们坐在车上,没有说话。她就这样坐在我旁边,抓着我的手,待了好长时间。最后她突然大哭起来,说道:

"我跟他结婚的时候,他很漂亮呀,特洛——可他后来变了样儿,真叫人伤心!"

这样的情况并没有延续很长时间。流了一会儿眼泪之后,她很快就镇静下来,甚至快活起来。她的神经有点儿支持不住了,她说,否则她是不会控制不住自己的。愿上帝宽恕我们大家吧!

就这样,我们回到海格特她那所小房子。到了以后,我们看到米考伯先生的一封信,是通过早班车寄来的。信不长,是这么写的:

亲爱的小姐和科波菲尔:

最近在地平线上出现的富有希望的美好国度,又笼罩在无法看清的迷雾之中,从末日已定的可怜漂泊者眼前永远退去!

关于又一桩希普控告米考伯案,已经又发出传票(以国王陛下威斯敏斯特国王最高法院的名义),本案被告已被本管区执法地方官捕获。

时刻已到,决战已近,

前线的军情吃紧,

骄横的爱德华在统兵入侵——

带来锁链,带来奴役![1]

处于这种状态,而且很快就要结束(因为精神上的折磨,超过一定的限度,是承受不了的,我觉得我已经到了那个限度),我的路已经走完了。上帝保佑你们!上帝保佑你们!将来如有人出于好奇心,而且我们希望他也不无同情心,来参观本城这关押债户的地方,可能会而且我想一定会边看边想,他们会在墙上看到一个用粗糙

---

[1] 引自彭斯的诗《苏格兰人》,此处用的是王佐良先生的译文。

的指甲刻出的人名字的模糊的字头。

威·米

星期五于坎特伯雷

　　我又拆开此信以便告知:托玛斯·特拉德先生(此人尚未离去,身体十分健壮)已以特洛乌德小姐之大名,将债款及各项费用付清。我本人及全家现正处于人间幸福之顶峰矣。又及。

第五十五章　风　暴

我在这一章里要写我一生中的一件大事,这件大事是那么难忘,那么可怕,和前面发生的一切又有千丝万缕的联系,所以,从这本记述一开始我就看到,它像平原上的一座高塔,我往下写,它就变得越来越大,甚至对我孩提时代的一些事情预先投下了阴影。

这件事发生以后,许多年中,我常梦见它。我被它惊醒的时候,脑子里留下的印象是那么生动,就是在深更半夜,在我那寂静的卧室里,也会觉得它仍在狂暴肆虐。直到现在,我有时还梦见它,只不过间隔长了,也不定间隔多久了。只要遇到一场狂风,或者稍微提到一处海岸,我就会联想到它,这种联想不亚于我脑子里的任何其他联想。我要尽量把看到的情况如实地写下来。我不是回忆,而是看着它发生,因为它又在我眼前发生了。

移民船启程的日子越来越近了,我那好心的老奶妈就上伦敦来了。我们一见面,她的心都快碎了。我一直陪着她和她哥哥,还有米考伯一家(他们总爱在一起);但是艾米丽,我却一直没见着。

快到日子了,有一天晚上,我单独跟裴果提和她哥哥在一起。我们谈起了哈姆。裴果提向我们述说哈姆怎样依依不舍地向她告别，他的举止多么稳重，多么像个男子汉——尤其是最近，她觉得这是他承受最大痛苦的一段时间。谈起这个话题，这个充满爱心的女人就说个没完。她跟哈姆在一起的时间长，有很多故事要说，而且说起来津津有味，我们听起来，兴致也不亚于她。

我和姨奶奶当时正在腾海格特那两所房子——我打算到国外去，她准备回多佛，去住自己的房子。所以我们在科文特加登找了个地方暂时住一住。这天晚上聊完了以后，回家的路上，我走着走着回想起上次去亚茅斯的时候，我跟哈姆的一段交谈。我想改变原来的计划，我原来打算等到上船向艾米丽的舅舅告别的时候，托他转一封信给艾米丽，这会儿我觉得最好还是现在就给她写封信。我想，她收到我的信之后，也许愿意写几句告别的话，托我转给她那不幸的情人。我应当给她这个机会。

于是我在睡觉之前就在屋里坐下给她写信。我告诉她，我见到了他，他要求我转告她一些话，我已经在这本记述中该写的地方写过了。我老老实实地转达了他的话。即使我有权利，也没有必要把那些话加以夸大。那些话所表达的忠实与善意用不着我或者任何人来美化。我把信放在外头，让他们清早送出去，我还给裴果提先生写了一行，请他把信交给她。我睡觉的时候，天已经亮了。

我当时不知道自己的身体有那么弱；太阳出来了，我才睡着，第二天很晚才起来，还觉得不解乏。姨奶奶来到我的床边，虽然没出声，却把我弄醒了。我睡着觉，也能觉得出来，我想我们大家都有这种感觉。

我睁开眼，姨奶奶说："特洛，亲爱的，我刚才下不了决心叫醒你。裴果提先生来了。让他上来吗?"

我说好吧。他一会儿就上来了。

"大卫少爷,"我们握了手之后,他说,"我把你的信交给了艾米丽,少爷,这是她的回信,她让我请你先看一看,你要是认为没有不妥之处,就请你转交。"

"你看过了吗?"我说。

他点了点头,显出难过的样子。我拆开一看,信是这么写的:

> 你的口信儿收到了。哦,我能写些什么,来感谢你对我的善意和良好祝愿呢!
>
> 你的话,我已记在心间。一直到死,我也不会忘记。那是些尖刺,但也给人极大的宽慰。我已经用那些话来祈祷过了,哦,我祈祷过多少次了!我看得出你是什么样子,舅舅是什么样子,就想得出上帝是什么样子,就能向上帝哭泣了。
>
> 永别了。我的亲人,我的朋友啊,今生永别了。假如来世我得到宽恕,我会托生一个孩子,再来找你的。对你感激不尽,不断为你祝福。别了,永别了。

信里就是这些话,还有点点泪痕。

"大卫少爷,我能不能告诉她,你觉得没有什么不妥,而且愿意转交?"等我看完了信,裴果提先生说道。

"毫无疑问,"我说道,"不过我在考虑……"

"考虑什么,大卫少爷?"

"我在考虑,"我说道,"我得再到亚茅斯去一趟。开船之前,我还有足够的时间赶一个来回。他孤零零的,我老惦记着他。这时候,把她这封亲笔信交到他手里,你也好在启程的时候告诉她,他已经收到信了,这对他们两个人来说,都是一件好事。我郑重地接受了他的嘱托,亲爱的好伙伴,我无论多么认真去办,都不为过。去一趟,对我来说,算不了什么。我现在心烦意乱,活动活动更好。我今天晚上就去。"

虽然他想尽办法劝我不要去,我看得出,他跟我的想法是一样的。如果说我原来的打算还不够坚定,这样一来,也就坚定了。他按照我的要求,跑到驿站,给我订了车把式旁边的座位。当天晚上我就坐着驿车上了路,我一生起起落落,曾多次走过这条路。

"你不觉得这天空显得非常怪吗?"出了伦敦头一站,我就问车把式,"我不记得见过这样的天空啊。"

"我也没见过——没见过这样的,"他答道,"起风啦,先生。我估摸着海上一会儿就该出事啦。"

天上黑云翻滚——间或出现一种颜色,很像湿柴冒出的烟——乱云聚集成堆,呈现出千奇百怪的样子,使人感到那云彩极厚,比从那里到地上最深的谷底还要深,那发了疯的月亮看上去到处乱窜,好像在自然规律受到可怕的干扰的情况下,迷了路,受了惊。风已经刮了一整天,这时候刮起来更有一种不同寻常的巨大的声响。一个钟头以后,风势大大加剧,天阴得更厉害了,风也在使劲地刮。

夜渐渐深了,厚厚的云彩聚集起来,布满了整个天空。当时天很黑,风越刮越猛,风势还在加剧,我们的马几乎不可能顶着风往前走。在夜里最黑的时候(当时正是九月底,夜已经不短了),前头的马左右摇摆,或者干脆停了下来。我们常常十分担心,怕驿车会被风吹翻。在这场暴风雨到来之前,也有过几次随风刮过来的阵雨,像下刀子一样,碰上那种情况,只要能找到树或者挡风墙躲避一下,我们就高高兴兴地停下来,因为继续奋斗是绝对不可能了。

天亮了,风越刮越大。我以前上亚茅斯来的时候,听水手们说这里刮起风来像打炮,但我从来没经历过这样的风暴,连类似的也没经历过。我们来到伊普斯威奇——到得很晚,因为出了伦敦,走了十英里以后,每前进一寸都是一场战斗——在集市那里看见一群人,他们夜里就从床上爬起来了,怕烟囱倒了砸着。我们在旅店的院子里换马,有些人就凑过来对我们说,大张的铅皮从教堂的塔楼上掀走了,落在一条后街上,把道儿都给堵了。有的人说,附近村里来的乡下人看见大树从地上拔起来,倒在那里,整堆的草垛吹得七零八落,路上,田里,到处都是。那风势仍然不减,而且刮得更凶了。

我们奋力前进,离海越来越近,这大风就是从海上拼命往岸边吹的,那风力越来越可怕。我们离着能看见海的地方还很远,那水汽已经落在我们嘴唇上,带咸味儿的雨下在我们身上。洪水泛滥,淹没了亚茅斯附近多少英里的平地,每一个池塘和水面都拍打着岸边,那小小的浪头使劲儿向我们涌来。等我们看见海的时候,天边的巨浪断断续续地出现在翻滚的浪潮的低谷之上,看上去就像一段一段的另一条海岸,那里有楼阁,有房舍。最后我们终于来到镇上,人们跑到大门口,斜着身子,头发让风吹得乱飘,他们纳闷在那样的夜晚,怎么还会有驿车到来。

我在老客店住下之后,就出去看海上的情况。我跟跟跄跄地在街上走,那街上到处都是沙子和海藻,一团团海水的泡沫在空中飞舞;一路上我老怕石板或瓦片掉下来砸着;走到难走的路口，碰上谁就抓他一把。到了海边，我看见不光是打鱼的，而且镇上一半的人都在房子后头躲着。有时候，有人顶着怒吼的狂风出来向海上张望，回来的时候，被吹得无法走自己的路，只好曲里拐弯儿地往回走。

我来到人群中间，就看到有些女人在号啕大哭，因为她们的丈夫出海去打青鱼或捞牡蛎去了，人们有充分的理由认为他们的船早就翻了，因为来不及到安全地方避风。人群当中有一些花白头发的老水手，他们看看海，再看看天，摇着头，彼此含糊地说些什么；船主们焦躁不安；孩子们缩着身子聚在一起，眯着眼睛看大人的脸色；就连健壮的海员也心神不定，焦急万分，他们从避风的地方举着望远镜往海上看，仿佛是在察看敌情。

那茫茫大海，等我有时间停下来看一看它的时候，加上那使人睁不开眼的风，那飞沙走石，那可怕的声音，叫我心烦意乱，弄得我不知所措。那一面面高耸的水墙滚滚而来，在最高处化为飞沫，就连最矮的好像也能把镇子吞没。浪花带着沙哑的吼声退去的时候，好像在岸边挖了点点深坑，似乎其目的是要毁掉这个世界。有些白顶巨浪轰鸣咆哮，未到岸边就已撞得粉碎，整体化为碎片之后，每一碎片仍然充满了原有的怒气，很快就被后面的浪头吸收，形成另一个怪物。一会儿起伏不定的山头变成了谷底，一会儿起伏不定的谷底（有时还有孤独的小海燕从水面掠过）逐渐上升，而成为山头；汹涌的大海带着深沉的响声震撼着海滩；各种形状的浪头轰鸣着向前滚动，刚一成形，便改变其形状和位置，并挤掉另一形状的浪头，取代其位置；地平线上那幻想的海岸，连同其楼阁、房舍，也在时起时伏；云层很厚，飘得也很快，我觉得仿佛大自然全部瓦解,天翻地覆了。

我在因这次难忘的风暴——直到现在当地人还记得这次风暴,认为这是那一带海岸经历过的最大的风暴——而聚在一起的人群中找不到哈姆,就向他的住处走去。门关着,我敲门也没有人开,我就顺着后街小巷到他干活儿的船厂去了。我从船厂了解到,他到洛斯托夫特去了,因为那里有一项紧急的修船任务,需要他的技术,明天一早儿就回来。

我又回到旅店;我洗了洗,换了衣服,想睡一会儿,可是睡不着,这时候,已是下午五点了。我在咖啡厅的炉火旁坐了不到五分钟,堂倌过来捅炉子,借机跟我说话,告诉我几英里外有两条运煤船已经沉没,全体船员都在上面,还说有人看见停泊处还有几条船在危难之中奋力拼搏,以免冲上海滩。他说,要是今天晚上还像昨天晚上那样,就得乞求上帝保佑他们,保佑所有那些可怜的水手了!

我的情绪非常不好,也很孤独,哈姆不在,使我感到特别不安。最近发生的几件事对我影响很大,究竟大到什么程度,我也说不清楚。老待在外面,那狂风也把我吹得蒙头转向。我心里想的和我回忆起来的事都乱作一团了,时间、地点也都记不清了。所以,假如我出去,到了镇上,碰见一个人,而我认为他当时应当在伦敦,我想,我也不会感到奇怪的。换句话说,在这些方面,我的心思老不能集中,这是一种很奇怪的现象。然而我的思想又非常活跃,因为这个地方自然而然使我回想起许多事情,特别清楚,特别生动。

在这种情况下,我一听那堂倌说的悲惨沉船的消息,并没有主动地联想,就一下子想起了我所担心的哈姆。我相信我的确是害怕他从洛斯托夫特走海路回来,在路上出了事儿。

我越来越担心，就打定主意在吃晚饭之前再到船厂去一趟，问问厂主哈姆是不是有可能走海路回来。只要他说出一点儿理由，认为有这种可能，我就到洛斯托夫特去接他，而不让他走海路回来。

我匆匆订了饭，就又到船厂去了。我来得可不算早，因为那厂主手里提着灯笼，正在锁船厂的大门。我一问他，他就大笑起来，他说不用担心；有头脑的人，或者没有头脑的人，都不会顶着这样的大风出海，哈姆·裴果提从小就出海，尤其不会干这样的事。

我事先也意识到会有这样的结果，不过我还是不由自主地跑去问了，实在感到不好意思，便又回到旅店。假如那样的风还能加剧，我觉得那风的确是加剧了。那狂风怒吼，那门窗碰撞，那烟囱呼呼地响，我在里面躲风避雨的这所房子摇摇晃晃，那海面上波浪翻腾，都比早上更加可怕了。不过除此之外，现在到处一片漆黑，这就使得这场暴风雨愈加恐怖，这恐怖有真实的一面，也有虚幻的一面。

我吃不下东西，我坐不稳当，我做什么都安不下心来。我心里有一件什么东西，隐隐约约地跟外面的暴风雨相呼应，把我记在心底的东西翻了出来，搅得乱作一团。然而我这些匆匆而过的想法，与大海的雷鸣交织在一起——那风暴和我对哈姆的担心却一直处于最明显的地位。

我的晚饭几乎没吃就端走了。我喝一两杯酒，想振作一下。一点儿作用也没有。我在炉火前头迷迷糊糊打起盹儿来，但我并没有睡着，我还意识到门外的风声，也意识到我所待的地方。一阵突如其来的莫名其妙的恐惧把这两方面都遮住了；在我醒来的时候——或者说在我摆脱了困意，从椅子上站起来的时候——我有一种说不清道不明的恐惧，浑身发抖。

我来回走了一会儿，试着看一本旧杂志，听了听那些可怕的声音，又盯着炉火，看里面的面孔、人物和景色。最后，墙上挂钟那稳定不乱的滴答声把我折磨得受不了了，我就决心去睡觉了。

在这样一个夜晚，知道店里有几个仆人愿意守夜到天明，心里也就踏实了。我去睡的时候，昏昏沉沉的，困极了；可是等躺下以后，好像有什么魔力，使这种感觉完全消失了，我清醒得很，所有的感官都很灵敏。

我在床上躺了好几个钟头，一边听着风声雨声，一边想，一会儿觉得听见海上有人喊叫，一会儿觉得清清楚楚地听见信号枪声，一会儿又听见镇上房屋倒塌的声音。我爬起来好几次，往外看，但什么也看不见，只看见窗玻璃上映出来的我未熄灭的昏暗烛光，和我自己那张无精打采的脸，从黑洞洞的外边往里看着我。

最后我烦躁极了，就匆匆穿上衣服，到楼下去了。在宽大的厨房里，我模模糊糊地看见咸肉和成串的洋葱挂在房梁上，人们以各种姿势聚集在一张桌子周围，他们特意把这张桌子从大烟囱旁边挪开，放到靠近门的地方了。有个漂亮姑娘用围裙把耳朵堵起来，两眼盯着门口，见我进来，便大叫一声，以为我是鬼呢；不过别的人倒还镇静，觉得多一个人跟他们做伴儿，都挺高兴。有一个人说他们正在谈论运煤船上的船员，他们淹死之后，他们的灵魂是不是在风暴中游荡，问我对这个问题怎么看。

我待在那里，我敢说，待了两个钟头。有一次，我打开院子的大门，往街上看了看，空荡荡的。狂风卷着沙子、海草和一团团泡沫从地面上掠过,我不得不叫人帮忙,才把大门关上,并且关紧,免得叫风吹开。

后来我又回到自己屋里,屋里冷清而阴郁,但我这时感到困倦,就又上了床,从一座高塔上坠落下来,贴着一片悬崖,坠入了梦乡。在很长一段时间里,虽然我梦见我是在别处,而且是在不同的地方,我的印象是到处都是风。到后来,和现实之间这一点微小的联系也失去了,我梦见在隆隆的炮声中跟两个很要好的朋友一起攻打一座小镇去了。

炮声连续不断,而且声音很大,弄得我非常想听的东西,怎么也听不见,于是我一使劲儿,就醒了。这时天已大亮——有八九点钟了。呼啸的风声代替了大炮声,我门口有人一边敲门,一边喊。

"有什么事儿?"我问道。

"沉船啦!就在附近!"

我从床上跳起来,问他沉的是什么船。

"一条帆船,从西班牙也许是葡萄牙开来的,装的全是水果和酒。你要是想看,先生,就快去吧!海边的人说,那船随时都会变成碎片儿。"

我听着那激动的声音顺着楼梯渐渐远去,连忙穿上衣服,跑到街上去了。

在我前头,已经有许多人,都往一个方向跑——海滩。我也往这个方向跑去,超过了不少人,一会儿的工夫,眼前就是汹涌的大海了。

这时候,风势可能减轻了一点儿,但不大容易觉察,正如我梦见的炮声,几百门炮,停放几门,声音也小不了多少。但是那海面,经过一整夜的翻腾,比我前一天看到的情况又可怕得多了。从各方面来看,都给人一种上涨的印象。那浪头那么高,一个接着一个,一个压过一个,连续不断,滚滚而来,真可怕极了。

除了风浪的吼声,很难听见别的声音。我在人群中间,不知如何是好,屏着呼吸,奋力迎风站着,迷惘之中,我往海面上看去,想找到那条出事的船,但什么也看不见,只有那巨浪尖儿上的白沫。当时有一个水手,光着膀子,站在我身旁,他抬起胳臂,指着左边,他的胳臂上文了一个箭头,也指着那个方向。这时候,我的天哪,我就看见了,就在我们附近呀!

一根桅杆已经在离甲板约六英尺或八英尺的地方折断了,躺在一边,与帆布和绳索缠绕在一起;船体在风中摇动——一刻也不停,而且其猛烈程度是难以想象的——这一堆乱东西就撞击船帮,仿佛要把它撞碎。即便在这种情况下,船上仍然有人尽力把这一堆东西砍下来,因为那船侧面对着我们,船体朝我们这边一歪的时候,我看得很清楚,船上的人在挥动着斧子干活儿,有一个长着长鬈发的人特别积极,在干活儿的人当中显得格外突出。就在这时候,岸边响起一片叫声,即便在那大风大浪的情况下也能听见:原来海浪从颠簸的破船上掠过,把船上的人、桅杆、酒桶、木板和船舷像一堆堆玩具一样一扫光,通通扔进翻滚的波涛中去了。

第二条桅杆还立着,撕破了的帆和乱七八糟的断了的绳索还在上面飘来飘去。还是刚才那个水手,哑着嗓子凑到我耳边说道,那船已经撞了一次,离开以后,又撞了一次。听他的意思,他还说那船要从中间断裂;我很容易也看出了这一情况,因为颠簸、冲击得太厉害,任何一件人造的东西,时间长了,都承受不了。他正说着,岸边又响起一片表示怜悯的喊叫声:原来有四个人随着破船又浮出了水面,他们紧紧地抓着还没折断的桅杆上的绳索——最高处的就是那个长着鬈发干活儿积极的人。

这条船像一个走投无路的人被逼到了发疯的地步,一会儿向岸边倾斜,我们可以看见整个甲板,一会儿又猛地歪过去朝着大海,我们就只能看见它的龙骨,别的什么也看不见了。船上有一口钟,船这样颠簸、冲撞,钟就响了起来。那钟声顺着风向我们飘来,这是为那些不幸的人们而敲的丧钟。一会儿我们看不见它了,一会儿它又浮了上来。两个人不见了。岸上的人更加焦虑。男人呻吟,手指交叉紧紧攥在一起,女人尖叫,把脸转向一边。有些人在岸边疯狂地跑来跑去,向无法救助的人呼救。我也跟他们一样,拼命央求我认识的一伙水手,不要眼睁睁看着那两个落水的人送了命。

他们也都很激动,对我说——我也不知道是怎么弄明白的,因为我即便能听见一点儿,也几乎无法沉住气,听个明白——一个钟头以前,勇敢的人就登上了救生船,但是毫无办法;他们还说,由于没有人肯不顾一切带着绳子涉水过去,使那条船跟岸边建立联系,也就没有别的办法了。我忽然注意到岸上的人群中又出现了骚动,接着就看见他们往两边分开,哈姆穿过人群,来到前边。

我记得,我跑到他跟前,是想把我希望救人的话再对他说一遍。但是我虽然被眼前一种可怕的新景象弄得六神无主,他脸上那种坚定的神情和他向海面上张望的那种眼神——我记得,他那眼神和艾米丽出走的那天早上的眼神一模一样——使我意识到他会遇到的危险。我用两只胳膊拦着他,恳求刚才跟我交谈过的人不要听他的,不要让他送死,不要让他动一动！

　　岸边又是一片喊声。我们朝破船一看，只见那残暴的帆一下一下把两人之中下面的一个打落下来，然后骄傲地往上一卷，向着桅杆上唯一剩下的那个干活儿积极的人飞去。

　　面对这一情景，面对这个沉着、不怕死的人那样坚定的表情，而且此人能号召一半在场的人跟他走，我向他恳求还不如向风恳求更有希望。"大卫少爷，"他双手攥着我的手，热情地说道，"要是我的时候到了，那就是到了。要是还没到，我就再等等。愿老天保佑你，保佑所有的人！伙伴们，帮我收拾收拾，我要去了！"

　　我被挤到一边儿去了，这倒并不是出自恶意，周围的人把我拦住，我恍惚听见他们劝我，说他不管有没有人帮忙，都非去不可，还说他的安全措施全靠那些人，我若去打搅他们，就会危及他的安全。我也不知道当时是怎么回答的，也不知道他们又说了些什么，不过我看见岸边的人忙了起来。有人拿着那里一座绞盘上的绳子奔跑，钻进一圈儿人里去了，由于有这一圈儿人挡着，我看不见他。后来我看见他独自站在那里，穿着水手的上衣和裤子，手里拿着一根绳子，也许是斜搭在手腕上，还有一根绳子系在腰间；有几个最强壮的人在不远的地方拉着系在他腰间的绳子，他就把这绳子松松地放在海滩上他的脚边。

　　那破船，就连我这没有经验的眼睛也看出来了，断裂了。我看着它从中间断成两截，桅杆上那个孤零零的人，他的性命也是一发千钧。他还在抓着，不松手。他戴着一顶奇怪的红帽子——不像是水手的帽子，颜色更好看；他赖以生存的几块木板翻来滚去，越来越不中用了，丧钟也预先为他响了起来。

这时候,大家都看见他在摇动那红帽子。我这时候也看见他在摇动那红帽子,我还觉得自己神经错乱了,因为他这个动作使我回想起一个一度很要好的朋友。

哈姆一个人站在那里,注视着海面,前面是风暴,身后是屏住呼吸一声不吭的人群,最后他趁着一个大浪往回退的时候,回头瞥了一眼那些抓着他腰间系着的绳子的人,随着那浪扑到海里,霎时间就跟海水搏斗起来——一会儿跟着山头升起,一会儿随着山谷落下,沉入沫底,冲到岸边。他们就连忙把他拽上来。

他受伤了。从我站的地方,我就看见他脸上有血,但是他毫不在意。他好像匆匆地给他们提了些要求,让他能够活动自如——或者说这是我根据他胳膊的动作而做出的判断——接着就又去了。

这一次,他朝着破船冲了过去,一会儿跟着山头升起,一会儿随着山谷落下,一会儿沉到翻滚的白沫下面,一会儿漂向岸边,一会儿又漂向破船;他在英勇不屈地奋力搏斗。距离并不远,但那风浪之大使得这场搏斗九死一生。最后他终于来到破船旁边。他已经离得很近了,只要他再用力划一下就能抓着它了——就在这时候,一个大浪像一座绿色的高山从破船那边朝着岸上压了过来,他好像用力一跳,钻进浪里,那破船也不见了!

我朝着他们往上拽的地方跑去,看见海面上有些碎片在打旋儿,好像只是摔碎了一只酒桶。每一个人都惊呆了。他们把他拽上来,放在我脚边——失去了知觉——死了。大家把他抬到最近的一所房子里,这时候,没有人再阻拦我了,我就在他身边忙活;各种起死回生的办法都用到了,但是他已经让那个大浪给打死了,他那颗火热的心永远不再跳动了。

我坐在床边,不抱希望了,能做的,都做了。这时候,有一个打鱼的,他从我和艾米丽小的时候就认识我,在门口小声叫我的名字。

"先生,"他嘴唇发抖,脸色煞白,饱经风霜的脸上流着眼泪,说道,"你能来一下吗?"

看样子,我回想起来的那个人,他也回想起来了。我非常害怕,他伸手来扶我,我倚着他的胳膊问道:

"有死尸漂到岸上来吗?"

他说:"有。"

"我认得吗?"我又问道。

他没有回答。

但他领我来到海边。就在我和她小时候一起捡贝壳的地方——就在昨晚吹倒旧船,碎片散落的地方——就在他危害的这个家破败的地方——我看见他枕着胳膊躺在那里,上学的时候,我就常见他这样躺着。

第五十六章　新仇旧恨

啊,斯蒂福啊,咱们最后一次谈话,我没想到那竟是咱们的诀别,当时你不必说呀——不必说"想着我的好处吧!"我一直就是这么做的;现在看着眼前这个样子,我还能变吗?

他们弄来了一副抬尸体的担架,把他放在上面,给他盖上一面旗子,把他抬起来,朝着有房子的地方走去。抬他的人都认识他,跟他一起出过海,见过他又勇敢、又快活。他们冒着怒吼的狂风,抬着他往前走——这是一片喧嚣之中唯一的寂静之处——他们把他抬到一所房子里,死神已经在那里降临。

但是,他们把担架放在门口,互相看了看,又看了看我,小声说了些什么。我知道这是为什么。他们觉得似乎不应当把他放到那间肃穆的屋里。

我们来到镇上,把他抬到旅店里。我定了定神,让人把乔兰请来,我求他给我弄辆车,好连夜把尸体运到伦敦。我知道,照顾尸体以及使他母亲有思想准备,并把尸体交给她,这些艰巨的任务只能落在我的身上。我也很想尽我所能,忠实地履行这个责任。

我决定连夜上路,是为了在我离开镇子的时候尽量少惊动大家。可是,虽然已经临近午夜我才乘车从院子里动身,后面跟着我照管的尸体,还是有许多人等在那里。在镇上走着,直至出了镇子,刚刚上了大路,我还时不时地看见一些人。不过到了后来,就只剩下凄凉的夜色和空旷的野地围绕着我和我幼年好友的遗体了。

在一个秋意正浓的日子,大约中午时分,我来到海格特。当时地上的落叶散发着香气,还有更多的叶子挂在树上,有黄的,有红的,有棕色的,在阳光的照耀下,绚丽多彩。最后一英里,我是步行的,边走边想,我应该怎么办;我让跟了我一夜的那辆车子停下来,等候通知,再往前走。

我走到那房子跟前,发现它还是老样子。窗帘都没有拉起来;那砖铺的院子,和那通往长久不用的房门的廊子,一片沉寂,全无一点生气。风小多了,什么都纹丝不动。

起先,我没有勇气去拉那门铃。不过我还是拉了。这时我的使命好像就体现在那铃声之中了。年轻的女仆手里拿着钥匙走了出来,开门的时候,认真看了我一眼,问道:

"对不起,先生,你病了吗?"

"我心里一直很乱,也太累了。"

"出了什么事吗,先生?詹姆斯先生……"

"嘘!"我说道,"是出了事了,我得告诉斯蒂福太太。她在家吗?"

那女仆连忙回答说,女主人现在很少外出,有车也不出去。她待在屋子里,也不见客,不过她会见我的。她说,女主人已经起来了,达特尔小姐在陪着她。她问我,应当怎样上楼去禀报。

我对她说,一定要注意自己的举止,叫她把我的名片送上去,就说我在等候。这时候,我们已经来到客厅,我就在客厅里坐下,等她回来。过去有人在的时候屋里那种欢乐气氛没有了,百叶窗半开半闭。那竖琴多日不弹了。他小时候的照片还放在那里。他母亲用来存放他的信件的小匣子还在那里。这些信,不知道她现在还看不看了,她要是以后还看就好了!

房子里一片寂静,我能听见那女仆上楼时轻微的脚步声。她回来的时候,带来的口信儿大意是斯蒂福太太有病,不能下楼来,但我如果谅解她,到她屋里去,她是很愿意见我的。过了一会儿,我就站在她面前了。

她并没在自己屋里,而是在她儿子屋里。我当然觉得她之所以待在这间屋里,是因为怀念儿子;而且由于同样的原因,她周围许多与儿子过去运动和娱乐有关的东西,仍在儿子放的地方,没有动过。然而就在接待我的时候,她还低声说,她不住在自己屋里,是因为她年老体弱,那间屋子的方向不合适。她那庄重的神态让你不会产生丝毫的怀疑。

罗莎·达特尔和往常一样,就在她椅子旁边。从她那双黑眼睛看见我的一刹那开始,我就看出她知道我带来了不幸的消息。就在那一刹那,她的伤疤变得非常显眼。她往椅子后面退了一步,免得让斯蒂福太太看见她脸上的表情,同时以犀利的眼光打量着我,毫不动摇,毫不退缩。

"先生,我看见你穿着丧服,感到很难过。"斯蒂福太太说道。

"我不幸死了太太。"我说道。

"你这么年轻,就遇上了这么大的不幸,"她说道,"我为此而感到悲痛。我为此而感到悲痛。我希望时光老人会给你帮助。"

"我希望时光老人会帮助我们所有的人,"我看着她说道,"亲爱的斯蒂福太太,遇到天灾人祸的时候,我们都得相信这一条。"

她见我态度严肃,眼里含着泪,大为吃惊。她的整个思路好像突然中断了,改变了。

我尽量控制自己的声音,温和地说出他的名字,但我的声音还是颤抖了。她用低沉的声音把他的名字对自己重复了两三次。然后她勉强镇静地对我说:

"我儿子病了吧。"

"病得很厉害。"

"你见他啦?"

"见啦。"

"你们和好啦?"

我既不能说是,也不能说不是。她稍微一扭头,朝罗莎·达特尔刚才在她胳膊肘儿旁边站的地方看了一眼,就在这一刹那,我的嘴唇一动,对罗莎说:"死了!"

为了防止斯蒂福太太回头,看出已经表现得很明显,但她仍无思想准备的情况,我赶紧接过了她的眼光;但我已经看见罗莎·达特尔带着强烈的失望与恐惧,把两手伸向空中,又紧紧地捂在脸上。

那位俊秀的夫人——多么像,哦,多么像啊!——以呆滞的目光看了我一眼,便把手贴在前额上。我央告她,让她镇静下来,做个思想准备,我还有话对她说;不过看来我应当恳求她哭上一通,因为她坐在那里,像是一座石雕。

"我上一次来的时候,"我吞吞吐吐地说道,"达特尔小姐告诉我,他坐着船到处旅行。前天晚上,海上的情况可真可怕。听说那天晚上,他正好在海上,而且靠近一段危险的海岸,要是果真这样,大家看见的那条船又正是那条船……"

"罗莎!"斯蒂福太太说道,"你过来!"

她过来了,但她既不同情,也不体贴。她面对着斯蒂福的母亲,两眼好像喷射着火焰,大笑起来,那样子真叫人害怕。

"你那颗傲慢的心,"她说,"现在满足了吧,你这个疯子?他现在向你悔过了——他送了命呀!你听见了吗?——送了命呀!"

斯蒂福太太在椅子上直挺挺地往后一靠,呻吟了一声,什么也没说,睁着大眼睛,目不转睛地看着她。

"唉!"罗莎说着,激动地捶起胸来,"看看我吧!呻吟吧,叹息吧,看看我吧!看看这里呀,"她拍打着自己脸上的伤疤说道,"这是你那死了的儿子亲手干的!"

这位母亲一次次发出的呻吟打动了我的心。每次呻吟都是一样。每次呻吟都含糊,压抑。每次呻吟的时候,头都勉强动一下,脸上的表情却毫无变化。每次呻吟,那声音都是从僵硬的嘴和紧闭的牙齿缝里透出来的,仿佛下巴已经僵化,脸也疼得不能动了。

"你还记得这是他什么时候干的吗?"她接着说道,"你还记得这是他什么时候继承了你的性格,受了你的纵容,傲慢,任性,干下这样的事,让我破相一辈子?看看我吧,这是他极度不快的时候留下的痕迹,我至死无法摆脱,你把他造就成这个样子,你就呻吟吧,叹息吧!"

"达特尔小姐,"我对她恳求道,"看在老天爷的分上……"

"我要说,"她说着,转过脸来,用闪电一般的眼光看着我,"你给我住嘴!——你听我说,你这个傲慢的母亲,看看我吧!你儿子又傲慢,又虚伪,你为养育了他而呻吟吧,你为毁掉了他而呻吟吧,你为失去了他而呻吟吧,你为我失去了他而呻吟吧!"

她攥着拳头,她那瘦削、疲惫的身子颤抖着,仿佛她那激动的心情正在一步一步将她置之死地一样。

"你,嫌弃他任性!"她大声说道,"你,痛恨他高傲!你,生他的时候就给了他这两种脾气,你头发花白了,却又反对!你,从他在摇篮里的时候就培养他成为他后来的样子,就不让他成为他应有的样子!你这些年的心血,现在得到报酬了吧?"

"哦,达特尔小姐,太放肆了!哦,太残忍了!"

"我告诉你,"她答道,"我要说给她听。只要我还站在这里,世上什么力量都拦不住我!我沉默了这些年,现在还不说话吗?我爱他,而你从来没有那样爱过他!"她恶狠狠地对她说,"我本来可能只是爱他,而并不要求回报。假如我做了他的妻子,我会像奴隶一样任他摆布,只要他一年说上一句爱我的话就行了。我本来是会做他的妻子的。谁能比我更清楚呢?你吹毛求疵,高傲自大,故步自封,自私自利。我的爱情是忠贞不渝的——会把你那些闲言碎语通通踩在脚下!"

她目光炯炯,在地上跺起脚来,好像真把那些闲言碎语踩在了脚下。

"你看!"她说着,又死命地打了一下自己脸上的伤疤。"他长大了以后,比较懂事了,看见这伤疤,后悔做了这样的事!我对他唱歌,跟他说话,无论他做什么,我都显得很热心,他最感兴趣的东西,我也努力去学;这样我就迷住了他。在他最单纯、最朴实的时候,他爱的是我。是的,他的确爱过我!

有好多次,他用轻蔑的字眼儿提到你,把你丢在一边,他心里想的是我!"

她说这番话的时候,疯狂——因为她当时的确和疯了差不多——之中夹杂着鄙视与傲慢的神情,然而其中也有殷切回忆过去的神情,回忆往事,一种缠绵的感情竟余烬复燃。

"后来我演变成了一个玩具——要不是他那青春的追求迷住了我,我本来是可能看到这一点的——我这个玩具娃娃是他消磨时光的玩物,随着他的性情变化无常,有时把我扔在一边,有时又把我拿起来,玩弄一番。后来他腻了,我也腻了。既然他不感兴趣了,我也就不再费劲儿了。他要是被迫娶我做妻子,我是不会嫁给他的,这是同样的道理。我们什么也没说,渐渐疏远了。这你也许看到了,但不觉得遗憾。从那以后,我就成了你们两个中间的一件破损的家具——没有眼睛,没有耳朵,没有感情,也没有记住往事。呻吟吗?你就为把他培养成那个样子而呻吟吧,而不要为你疼爱过他而呻吟了。我告诉你,我爱过他,而你从来没有像我那么强烈地爱过他!"

她站在那里,两只愤怒的眼睛闪闪发光,面对着对方睁着大眼睛发出的呆滞的目光,和那张僵硬的脸;对方一再呻吟,她也毫不心软,就像那张脸是一幅画,毫无变化。

"达特尔小姐,"我说道,"你要真是那么坚持己见,不肯同情这位苦难中的母亲……"

"有谁同情我呢?"她尖锐地反驳道,"这是她种下的恶果。让她为今天收获的果实而呻吟去吧!"

"要是他的过错……"我又开始说道。

"过错!"她叫了一声,就号啕大哭起来,"谁敢说他不好?

他的灵魂多么高贵,抵得上无数个他看得上的朋友!"

"没有人比我跟他更要好了,没有人回想过去比我更觉得他亲切了,"我说道,"我的意思是说,你要是不同情他的母亲,要是他的过错……你是很痛恨他的过错的呀……"

"那不是真的,"她说着,揪起了自己的黑头发,"我是爱他的!"

"……要是他的过错在这样的时候还不能从你的记忆中消失,你就看看那个人吧,即便你从来没有见过她,也该帮她一把呀!"

在这段时间里,那个人全然没有变化,看上去也不可能有什么变化——她愣着,僵着,注视着;她一再发出那种无声的呻吟,跟着无力地动一动脑袋,此外就没有活着的迹象了。达特尔小姐突然在她面前跪下,着手解开她的衣服。

"你这个丧门星!"她说着,扭过头来看了我一眼,脸上的表情又是愤怒,又是悲哀,"你什么时候来,俺什么时候倒霉!你这个丧门星!滚!"

我走出屋门以后,又连忙跑回去拉铃,好尽快让仆人知道出事了。这时候,她已经把那僵直的人搂在怀里,她依然跪在地上,对着她哭,又吻她,又叫她,把她抱在怀里来回摇晃,就像摇晃一个小孩子,还用各种柔和的办法想把她那呆滞的知觉重新启动起来。现在把她丢下,我不再担心了,我又悄悄地转身往外走,我离开这所住宅的时候,把家里的人都惊动了。

当天下午,我又回来了。我们把他安放在他母亲屋里。他们告诉我,她还是老样子。达特尔小姐一直没有离开她,大夫们为她诊治,各种办法都试过了,但她躺在那里,像一座雕像,只是有时发出一点微弱的声音。

我在这所阴郁的宅子里走了一圈，把窗户都遮挡起来。停放他的那间屋子的窗户，我是最后遮挡起来的。我拉起那只像铅一样沉的手，把它贴在我的胸口，除了偶尔听见他母亲的呻吟，仿佛整个世界都处于死亡与寂静之中。

第五十七章　移居海外的人们

我暂时还不能为这些感情上的冲击而悲伤，因为我还有一件事情要做。那就是对即将远行的人保密，不让他们知道最近发生的事，好叫他们高高兴兴地启程。这件事决不能拖延。

当天晚上，我把米考伯先生拉到一旁，悄悄地嘱咐他，一定不要让裴果提先生听到最近这场灾难的消息。他满口应承了这件事，他要把报纸卡住，免得传到他耳朵里去。

"消息要是能传到他那里，先生，"米考伯先生拍着胸脯说道，"那它必须先从我这里穿过去！"

我还得说一句，米考伯先生为适应新的社会环境，现在具有一种天不怕地不怕的劲头，倒也不完全是无法无天，而是善于自卫，行动及时。我们可以把他看做出生于荒野的人，长期习惯于在文明的范围以外生活，现在又要回到荒野里去了。

米考伯先生为自己准备了一些东西，其中有一整套油布衣裳，一顶矮顶子草帽，外面有沥青或麻刀。他穿上这套粗制的衣服，胳肢窝里夹着一副普通水手用的望远镜，再摆出一副很精明的架势，仰望天空，就知道要变天，他远比裴果提先生更像一个水手，而且有自己的特色。如果我可以这样说，他的全家也都准备停当，随时可以行动。我看见米考伯太太头戴一顶紧而又紧、很难松动的小帽,带子牢牢地系在下巴颏儿底下,身上裹着披肩,像个包袱(跟姨奶奶初次见我的时候把我裹起来的情形一样),在后腰上结结实实地打了一个结。我看见米考伯小姐为了预防暴风雨,也同样穿得暖暖和和——身上没有一点儿多余的东西。米考伯少爷身穿一件根西羊毛衫,外面是一套我从未见过的绒毛那么厚的水手服,都快看不见他人了。小孩子们也都收拾好了,裹得严严的,像储存的肉一样。米考伯先生和他的大儿子都信手把袖口卷起来,随时准备着,哪里出了事,就到哪里去帮忙,一声令下,就尽快"甲板集合",或者唱起"嗨——哟——嗬!"

黄昏时候,我和特拉德看见他们就是这样聚集在当时叫做亨格福阶梯的木头台阶上,他们正看着一条小船载着他们的一部分财物离去。我已经把那件可怕的事告诉了特拉德,他大吃一惊,但他会保守秘密,这是毫无问题的。他这次来,就是帮我处理这最后一件事。我就是在这里把米考伯先生拉到一边儿,让他答应我的要求的。

米考伯一家住在一个又脏又破的小酒店里,当时这酒店离亨格福阶梯很近,酒店的木头屋子伸出来,悬在河面上。他们一家,作为移居海外的人,引起了亨格福一带人们的兴趣,吸引了不少围观的人,所以我们宁愿到他们屋里躲一躲。他们就住在楼上一间木屋子里,河水从下面流过。我姨奶奶和艾妮斯在那里忙着准备一些零星物品,好让孩子们穿戴得更舒服一些。裴果提也在不声不响地帮着干,面前摆着原来那些没有知觉的针线盒、码尺和蜡烛头儿,许多人和物都已不在了,而这些东西还在。

回答裴果提的问话,可不是件容易的事。等米考伯先生把裴果提先生领进屋来,我悄悄地对他说信已转交,一切都好,就更不容易了。但这两件事我都做了,使得他们很高兴。如果说我流露出了我的真实感情,那就完全归咎于我心中的痛苦了。

"什么时候起航啊,米考伯先生?"姨奶奶问道。

米考伯先生认为无论是我姨奶奶,还是他的妻子,都需要慢慢地有个思想准备,就说比他昨天预计的要早一点儿。

"准是那小船儿传话过来了吧?"姨奶奶问道。

"是的,小姐。"他答道。

"怎么说的?"姨奶奶说道,"启程的时间是……"

"小姐,"他答道,"我接到通知,说明天早上七点钟以前我们必须上船。"

"哎哟!"姨奶奶说道,"这么快。漂洋过海,都要这样吗,裴果提先生?"

"是这样,小姐。那船要随着潮水往下走。大卫少爷和我姐姐明天下午要是在格雷夫森到船上来,就能最后再见我们一次。"

"那我们一定来,"我说道,"准来!"

"在那以前,在还没到海上之前,"米考伯先生以很有头脑的样子看了我一眼,说道,"我和裴果提先生老得加倍注意,共同看好我们的行李物品。爱玛,亲爱的,"米考伯先生说着,大模大样地清了清嗓子,"我的朋友托玛斯·特拉德先生太客气了,他悄悄地要求我允许他去要一些材料,用来做成一定数量的饮料,这种饮料特别使我们联想起英格兰早先的烤牛肉。简而言之,我指的是果汁酒。在通常情况下,我是不会轻易请特洛乌德小姐和威克菲尔小姐赏光的,不过……"

"我可只能表明我自己的态度,"姨奶奶说道,"米考伯先生,我要以极其愉快的心情为你干杯,祝你幸福如意,心想事成。"

"我也一样!"艾妮斯笑着说道。

米考伯先生马上下楼来到酒吧,他在酒吧里如鱼得水,到了一定的时候,就拿着热气腾腾的一罐子饮料回来了。我还不能不说一下,他刚才是用自己的折刀削柠檬的,那刀有一英尺长,是适合于一个会干活的移民佩带的,他把这刀多少有些造作地在衣袖上擦了擦。这时候,我发现米考伯太太和两个大孩子也都有同样吓人的器械,同时每一个小孩子都有一把木勺,用一根粗绳子拴在身上。米考伯先生对海上生活和丛林生活也有类似的考虑,他本来是可以让米考伯太太和两个大孩子用酒杯喝那果汁酒的,这样做很容易,因为屋里的架子上摆满了酒杯,他却用了一套讨厌的小锡罐儿给她们盛饮料。他自己用的是一只专用的品脱罐儿。那天晚上,喝完了以后,他就把那罐儿放在口袋儿里,我从来没见他喝得这么高兴。

"故国的享乐,我们放弃了,"米考伯先生说着,为放弃这种享乐而显得极为满意,"树林子里的居民当然不能指望享受自由国度里的文明生活。"

这时候,一个堂倌进来说,楼下有人找米考伯先生。

"我有一种预感,"米考伯太太说着,放下了手里的锡罐儿,"来的是我娘家的人。"

"如果是这样的话,亲爱的,"米考伯先生说道,他跟往常一样,一碰到这个问题,马上就激动起来,"既然你娘家的人——无论是男,是女,还是什么玩意儿——叫咱们等了这么长时间,现在此人大概也该等我的方便吧。"

"米考伯，"他太太低声说道，"在眼下这种时候……"

"'轻微过失不宜严加追究！'"米考伯先生说着，站了起来，"爱玛，我甘愿受申斥。"

"受损失的，米考伯先生，"他太太说道，"是我娘家，而不是你。要是我娘家的人终于意识到了他们过去干的那些事儿给自己带来了什么样的损失，如今又伸出手来，表示愿意和好，就不要把它顶回去了。"

"亲爱的，"他答道，"就依你吧！"

"要是不看在他们的分上，就看在我的分上吧，米考伯。"他的太太说道。

"爱玛，"他答道，"在这个时候，对问题这样看，是无可非议的。不过即便是现在，我也不能明确地保证对你娘家的人搂着脖子表示亲热，但是你娘家的人既然眼下正在等候，我也不会对人家的一片诚意泼冷水。"

米考伯先生下了楼，待了一阵子，没上来。在这段时间里，米考伯太太并不完全放心，生怕他跟她娘家的人发生争吵。后来，那个堂倌又来了，交给我一张用铅笔写的字条儿，天头上以法律的语气写着"希普控告米考伯"。我从这张字条儿了解到，米考伯先生又被抓起来了，最后一次处于绝望之中，他请求我把他的刀和品脱罐儿交给来人，因为这些东西对他在狱中有限的余生也许有用。他还要求我看在友情的分儿上，为他做最后一件事，那就是把他家里的人送到教区的贫民院去，并且忘掉有过他这样一个人。

我对这张字条儿的回答，当然是跟着那堂倌下楼去付钱。到了楼下，我看见米考伯先生坐在一个角落里，以阴沉的目光看着抓起他来的警官。得到释放以后，他极其热烈地和我拥抱,还在随身带的小本儿上记了一笔。我记得他把我在说总数的时候不小心漏掉的半便士也都清清楚楚地记上了。

这个重要的小本儿及时地提醒了他,使他想起了另一笔账。我们回到楼上以后(他解释说,他刚才在楼下,是因为出现了他无法控制的情况),他从小本儿里拿出一张大纸,叠得很小,写满了很长的数字,整整齐齐。我扫了一眼,可以说从来没有在学校里的算术书上看见这样的数字。这些数字好像是他对他所说的"本金四十一镑十先令十一个半便士"根据不同的期限计算出来的复利。他对此做了慎重的考虑,又对自己的收入做了精细的估计,最后确定了这个数字,认为它体现了本金加两年的复利,即从那一天起,十五个日历月,加十四天。他就这笔钱开了一张期票,写得工工整整,当场交给了特拉德,这样他的债务(在个人与个人之间)就算全部结清了,他还说了很多感谢的话。

"我还是有一种预感,"米考伯太太说着,怀着沉重的心情摇了摇头,"觉得我娘家的人还是会在我们最后离开之前到船上来看我们的。"

在这件事上,米考伯先生显然也有他的预感,不过他把那预感放到他的锡罐里,又吞到肚里去了。

"你们在路上,米考伯太太,要是有机会往回写信,"姨奶奶说道,"可一定要给我们写信哪,你该知道吧!"

"亲爱的特洛乌德小姐,"她答道,"我一想到有人希望收到我们的信,就会感到非常高兴。我不会不写信的。科波菲尔先生呢,他是我们熟悉的一位老朋友,自从我这一对双胞胎还不懂事儿的时候,我就认识他了,偶尔收到我的信,该不会拒绝吧?"

我说，我希望她一有机会写信，就给我写信。

"上帝保佑，这样的机会是很多的，"米考伯先生说道，"如今这海洋就是一个大舰队，我们这次航行，一定会遇上许多迎面开来的船只。这简直就是轮渡，"米考伯先生摸弄着眼镜说道，"简直是轮渡。那距离完全是想出来的。"

米考伯先生从伦敦到坎特伯雷，谈起来就像到天涯海角一样，而从英国到澳大利亚的时候，谈起来却像是到英吉利海峡对面来一次短途旅行，现在想一想这件事有多么怪，不过这又多么像米考伯先生干的事。

"我在路上会尽我所能，时不时地给他们讲个故事，"米考伯先生说道，"我儿子威尔金斯的歌声，我相信，也会在厨房的炉火旁边受到欢迎。米考伯太太的大腿一旦在船上行走自如——我希望大腿一词在这里没有什么传统的不雅之处——我敢说，她定会给他们唱《小塔夫林》。我相信我们会经常看见各种海豚在船头斜着穿过去，也会在右舷或后左舷不断看见各种有趣的东西。简而言之，"米考伯先生以他那一贯的文雅神气说道，"很可能出现这样的情况，全船的人，无论是在上头的，还是在下头的，都会兴高采烈，听见主桅上头的瞭望哨大喊'见陆地喽！'我们还会感到非常惊讶哩！"

说罢，他神气活现地把小锡罐儿里的东西一饮而尽，好像他已经完成了这次航行，并且在海军最高当局面前通过了甲级考试。

"亲爱的科波菲尔先生，"米考伯太太说道，"我所盼望的，主要是咱们家不定哪一支，将来还会回到老家来。你别皱眉呀，米考伯！我指的不是我的娘家人，而是咱们的孩子的孩子。不论幼苗长得多么苗壮，"米考伯太太摇着头说，"我都忘不了母本;等咱们家飞黄腾达,发财致富以后,坦白地说,我还是希望那钱财都能流进不列颠的腰包呢。"

"亲爱的,"米考伯先生说道,"那就要看不列颠的运气如何了。到那时候,我就要说,她从来没有为我做多少事,我对此事没有什么特别的考虑。"

"米考伯,"米考伯太太答道,"这你就不对了。你这次出远门,到那异国他乡,米考伯,为的是加强你自己和阿尔比昂①之间的关系,而不是削弱这种关系呀。"

"你说的那种关系,亲爱的,"米考伯先生答道,"我重复一遍,并没有使我个人觉得有义务,非要再建立一种关系不可。"

"米考伯,"米考伯太太答道;"我又要说你不对了。你不知道自己有多大能力呀,米考伯。正是这种能力,即便通过你即将走出的这一步,也能加强你本人和阿尔比昂的关系。"

米考伯先生坐在扶手椅上,把眉毛抬得高高的,对米考伯太太提出的看法,又接受,又反对,深感这些看法是很有远见的。

"亲爱的科波菲尔先生,"米考伯太太说道,"我希望米考伯先生能认识自己的地位。依我看,让米考伯先生从上船的时候起,就认识自己的地位,是非常重要的。从你过去对我的了解,亲爱的科波菲尔先生,你就会知道,我可不像米考伯先生那样性情乐观。我的性格,要是可以这么说的话,是非常讲求实际的。我知道这是一次很长的旅行。我知道路上会缺这个,少那个,有很多不便。我不能闭上眼,不看这些实际情况。

~~~~~~~~~

① 英国的古称。

不过我也知道米考伯先生是个什么样的人。我知道米考伯先生有潜力。所以,我认为让米考伯先生认识自己的地位,是至关重要的。"

"亲爱的,"米考伯先生说,"你也许不会介意,我要说此时此刻非让我认识自己的地位,那几乎是不可能的。"

"我看也不见得,米考伯,"她反驳道,"不完全如此。——亲爱的科波菲尔先生,米考伯先生可是与众不同。米考伯先生这次远去他乡,就是毫不含糊地为了第一次得到人们充分的理解与赏识。我希望米考伯先生站在船头,坚定地说:'这片国土,我征服了!你们有荣华富贵吗?你们有高官厚禄吗?统统拿出来吧!全都归我啦!'"

米考伯先生扫了我们一眼,仿佛觉得这个想法很有道理。

"我要是把话说清楚,"米考伯太太以她那有条不紊的语气说道,"我希望米考伯先生能够主宰自己的命运。亲爱的科波菲尔先生,我觉得那就是他应有的地位。我希望米考伯先生一开船就站到船头上,说道:'拖延的时间太长了!失望的日子太长了!穷困的日子太长了!这都是发生在老家的事,而这里是一个新的国度!你们有什么补偿,拿出来吧!'"

米考伯先生交叉着两臂,显出很坚决的样子,仿佛他当时就站在船头上。

"他要是这样做了,慢慢找到了自己的地位,"米考伯太太说道,"我说米考伯先生不是削弱而是加强了他与不列颠的联系,难道说得不对吗?要是一位要人出现在南半球,谁能说在老家就感觉不到他的影响呢?要是米考伯先生在澳大利亚才华出众,大权在握,我能那么糊涂,认为英国就会对他不屑一顾吗?我不过是个女人,但是我如果糊涂到那样可笑的地步,我既对不起我自己,也对不起我爸爸呀!"

米考伯太太深信自己的论点是无可辩驳的,这就使得她的语调特别神气,我觉得从来没听她用这种语调说过话。

"所以,"米考伯太太说道,"我越来越希望有朝一日我们会重归故土。米考伯先生可能——我无法对自己掩饰我认为米考伯先生很可能——成为历史的一页,到那时候,他就应当在这个让他出生却不给他工作的国度里占有一定的地位!"

"亲爱的,"米考伯先生说道,"你的满腔热情使我不能不受感动。你的高见,我从来都是甘心顺从的。将来该怎么样,就怎么样吧!要是咱们的子孙有了钱,无论拿出多少来献给我的故国,要是我有什么怨言,上帝也不答应呀!"

"说得太好了,"我姨奶奶说着,朝裴果提先生点了点头,"我怀着一片爱心为你们干杯,愿你们随时得到保佑,事事顺利成功!"

裴果提先生本来在哄两个小家伙玩儿,一个膝头上一个,这时便把他们放下,和米考伯夫妇一起举杯向我们回敬。他跟米考伯夫妇像亲密战友一样热情握手,红彤彤的脸上露出了开朗的笑容,这时候,我感到他无论走到哪里,都会闯出自己的路,树起好的名声,受到人们的爱戴。

就连小孩子们也都遵照大人的吩咐,各人用木勺从米考伯先生的罐子里舀了一勺饮料喝下去,表示祝我们身体健康。在这之后,我姨奶奶和艾妮斯就站起身来,向这些远走他乡的人告别。那离别之情实在叫人难受。他们都哭了,孩子们缠着艾妮斯,直到最后才撒手。我们离开的时候,可怜的米考伯太太难过极了,在昏暗的烛光旁边掉泪,抽泣,使得这间屋子从河面上看过来,一定很像一座凄凉的灯塔。

第二天早上，我又去看他们，他们已经走了。早在五点钟，他们就乘小船离开了。我只是前一天晚上才把他们跟那破旧的酒店和木头台阶联系起来。他们这一走，那酒店和台阶就显得又冷清，又荒凉。我觉得这是一个极好的例子，说明这样的离别会造成多大的差异。

第二天下午，我和我的老奶妈来到格雷夫森。我们看见那条大船停在河上，周围有许多小船，风向正合适，桅杆顶上挂着起航的信号。我赶紧雇了一条小船，向大船靠过去，穿过它周围横七竖八乱作一团的小船，上了大船。

裴果提先生正在甲板上等我们。他对我说，米考伯先生刚才又被捕了（这也是最后一次了），是希普告了他；他还说，根据我事先的嘱托，已经把钱垫上了，我又把钱给了他。接着他就带我们下到舱里，米考伯先生从暗处走过来，抓住他的胳膊，显得又热情又关怀的样子，还对我说，从前天晚上开始，他们几乎连一分钟也没分开过。我原来心里还嘀咕，怕他听见消息，知道出了事儿，一看这情形，我的疑虑就全消了。

我面前是一副非常陌生的景象，又闷，又黑，起先我什么也看不清，眼睛慢慢地适应这昏暗的光线了，就看得越来越清楚了。这时候，我觉得好像是站在奥斯塔德①画的一幅画里。我看见船上粗大的横梁、货舱、用铆钉铆住的环子，还有移民的舱位、箱子、包袱、木桶和一堆堆杂七杂八的行李——有些地方挂着摇摇晃晃的灯笼照明，有些地方则是通过通风口和舱口透进一些黄色的日光——在这些东西中间，一群群的人聚在一起，有的在结识新朋友，有的在互相告别，有的在说，有

① 十七世纪荷兰画家。

的在笑,有的在哭,有的吃吃喝喝;有些人已经占了几尺地盘,安顿下来,把随身的东西放好了,把挺小的小孩子们安置在小凳上,或小扶手椅上;也有些人找不着休息的地方,还在忧心忡忡地到处游荡。从刚出生一两个星期的婴儿,到似乎还能活一两个星期的驼背老头儿、老太太;从靴子上沾着一块块英国泥土的庄稼汉,到皮肤上挂着一片片煤灰的烟熏火燎的铁匠——狭窄的船舱里好像挤满了不同年龄各行各业的人。

我在这个地方往四下里一看,觉得看见一个人影儿,很像艾米丽。她坐在一个敞着的舱口,和米考伯家的一个小孩子在一起。我注意到这个人影儿,起先是因为还有一个人影儿吻了她一下,跟她告别,这个人影儿安详而庄重地穿过嘈杂的人群离去的时候,我想起来了——这是艾妮斯呀!不过当时一切都是急匆匆、乱糟糟的,我自己也是心神不定,那人影儿又不见了,我只知道时间到了,已经在提醒送行的人下船了;我还看到我的奶妈坐在我身旁一只箱子上哭泣,古米治太太正忙着安置裴果提先生的东西,还有一个比较年轻的女人,穿着一身黑衣服,弯着腰,给她帮忙。

“最后还有什么话要说吗,大卫少爷?”裴果提先生说道,“咱们分手之前,还忘了什么没有?”

“有啊!”我说道,“马莎呢?”

他碰了碰我刚才提到的那个年轻女人的肩膀,马莎立刻就站在了我的面前。

“上帝保佑你呀,你这个好心人!”我大声说道,“你把她也带上了吗?”

没等他答话,马莎就哭了起来。我一时说不出话来,只好紧紧地攥着他的手,如果说我一生中爱过什么人,尊敬过什么人，我打心眼儿里爱过、尊敬过的就是他。

送行的人很快陆续下船去了。我还要经受一次最大的考验。我把那位已故的品德高尚的人托我在临别的时候说的话告诉了他。那番话使他深受感动。他又托我带很多热情和悔恨的话，但那个人已经什么也听不见了。这使我更为感动。

时间到了。我跟他拥抱了一下，拉上我那仍在哭泣的奶妈，让她挽上我的胳膊，我们就赶快离开了。来到甲板上，我向可怜的米考伯太太告了别。即便在这时候，她仍在东张西望，寻找娘家的人。她对我说的最后一句话是，她永远不会抛弃米考伯先生。

我们从船的侧面上了小船，停在不远的地方，看着大船慢慢起航。当时正是日落时分，一片平静，满天彩霞。红光从大船后面照射过来，每一条绳索和每一根桅杆都在晚霞的衬托下看得清清楚楚。那宏伟的大船静静地停在照得通红的水面上，有一会儿的工夫，船上的人都来到船边，挤在一起，光着头，鸦雀无声，那景象又壮观，又悲伤，又充满希望，这样的景象，我从来没有见过。

鸦雀无声，只有一会儿的工夫。等到船帆迎风升起，那船开始移动，所有的小船顿时欢呼三声，震耳欲聋；大船上的人马上接过去，欢呼响应，两边又互相响应，此起彼伏。我听着那欢呼声，心都跳出来了，我看见人们挥舞着帽子，摇动着手绢——忽然我看见了她！

忽然我看见她站在她舅舅身边，趴在舅舅肩膀上发抖。他急切地用手指着我们；她看见我们了，最后向我挥手告别。唉，美丽而憔悴的艾米丽，怀着你那颗受伤的心，以最大的信任守着他吧，因为他一直怀着伟大的爱，以其所有的力量守着你。

在玫瑰色的光线里,他们高高地站在甲板上,两人单独在一起,她守着他,他搂着她,神态庄重,渐渐远去了。小船摇着送我们上岸,这时黑夜已经笼罩着肯特郡的群山——也深深地笼罩在我身上。

第五十八章 离 去

笼罩在我身上的黑夜,漫长而阴郁,时有幽灵出没,其中有许多希望,许多幸福的回忆,许多失误,许多无谓的悔恨与烦恼。

我离开了英国,即便这时,也还不清楚我所受到的打击究竟有多大。我丢下所有亲近的人,走了;自以为已经受过打击,那打击已经过去了。正如一个人在战场上受了致命伤,却几乎不知道自己挂了彩。我也是这样,在我怀着那颗未经磨练的心一人独处的时候,对于自己需要对付的创伤竟一无所知。

我不是很快了解的,而是点点滴滴慢慢了解的。我出国时的沮丧情绪,时刻在加深,在扩大。起初,我为故去的人难过,心情沉重,此外也说不出什么别的感情。后来,不知不觉地感到绝望了,因为我意识到我失去的一切——爱情、友谊、兴趣;我意识到我毁掉的一切——我最初的信任,我最初的热情,我生活中整个的空中楼阁;我意识到我残留的一切——一片废墟与荒野在我四周一直伸延到昏暗的天边。

如果说我是为自己而感到悲哀,我觉得也并不是这样。我为我那娃娃媳妇而悲伤,她那么年轻,正在如花似玉的时候,就被夺去了生命。我为那个人悲伤,他在许多年前曾受到我的爱戴与仰慕,他本来也同样会受到众人的爱戴与仰慕的。我为那颗破碎的心而悲伤,它已经在狂风暴雨的海面上找到了归宿;我也为这纯朴的家庭尚存的人漂流他乡而悲伤,我小时候曾在他们家里听过夜晚的风声。

我陷在越积越深的忧伤之中,最后感到永远没有希望摆脱了。我漫无目的地到处游荡,走到哪里就把这沉重的包袱背到哪里。现在我感到这包袱的全部重量了,我被它压弯了腰,我在心里对自己说,这包袱永远不可能减轻了。

我这种沮丧情绪闹得最严重的时候,我觉得还是死了的好。有时候,我觉得我愿意死在家里,而且真的转身往回走,希望早一点儿回到家里。有时候,我又越走越远,从一座城市到另一座城市,不知道在追求什么,也不知道想丢下什么。

我度过的那些思想痛苦的无聊日子,现在也不可能一段一段地回忆了。有些梦境,描绘起来只可能是零碎的,模糊的。我硬要自己回顾这一时期的生活,仿佛就是在回忆这样一种梦境。我看见自己像做梦的时候那样,走过奇异的外国城镇、宫殿、教堂、寺庙、绘画、城堡、陵墓、神奇的街道——这些历史与幻想的古老遗迹;走到哪里都背着我那痛苦的包袱,各种景物在我眼前消逝,而我却几乎没有看见。在苦闷中沉思默想,对什么都提不起精神,这就是在我这未经磨练的心上降下的黑夜。让我抬起头来——感谢上帝,我终于抬起头来了!——走出那漫长、凄凉、悲惨的梦境,看一看黎明吧。

一连几个月,我思想上笼罩着这越来越黑的乌云,到处游历。由于一些难以说清的原因,我没有回家——这些原因在我心里翻来覆去,希望表现得清楚一些,却未能做到——而是继续游荡。有时候,我心烦意乱,不停地从一个地方到另一个地方;有时候,我又在一个地方逗留很长时间。无论到了哪里,我都没有明确的目的,也无心久留。

我到了瑞士。我是通过阿尔卑斯山一个宏伟的山口,从意大利过来的。过来以后,就一直在向导的陪同下,顺着小路在山里转。如果说那些冷清得叫人害怕的去处曾对我说过什么知心话,我一点儿也不知道。在那可怕的高山和悬崖上、在那滚滚的洪流中,在那冰雪覆盖的野地里,我看到了令人望而生畏的奇观异景,但除此以外,我没有学到更多的东西。

有一天,太阳快落了,我往一个山谷里走去,准备在那里过夜。我顺着山坡上的羊肠小道往下走去,看见下面老远的地方在闪闪发光。这时候,我觉得我有一种许久以来未曾有过的美的感受,和宁静的体验,我感觉到那平静的环境产生的缓和作用,心中微微一震。我记得有一次停下了脚步,虽然悲伤,却不感到压抑,更不感到绝望。我记得几乎可以说产生了一种希望,希望我的心情有可能好转起来。

我来到谷底的时候,落日的余晖仍照射在远处的山头上,那山头有白雪覆盖,好像永不飘散的云。山的底部形成峡谷,那小村庄就坐落在这峡谷里,两边的山坡郁郁葱葱。在这些比较矮小的植物后面高处便是黑黑的枞树林,像楔子一样楔在雪堆里,还可以防止雪崩。再往上便是一层层陡峭的岩石,灰色的石头,明亮的冰,小片平坦的绿色牧场,这一切都渐渐与山顶的积雪融合在一起。山坡上星星点点,每一个小点儿就是一家人家,那一所所孤单的木头房子,在巍峨的高山衬托下显得小极了,当玩具都嫌太小了。就连山谷里人们聚居的这个村子也是这样。那里的小溪上架着木桥,溪水从乱石上奔腾而下,在树丛中不停地轰鸣。在这寂静的夜晚,从远处传来了歌声,那是牧人的声音;这时恰有一片明亮的彩云在半山腰飘动,我几乎以为那歌声是从那片云彩上传来的,而并不是人间的音乐。在这幽静的环境中,忽然大自然跟我说话了,劝了我一阵子,使得我把我这沉重的头贴在草地上,痛哭了一场,自从朵拉死后,我还没有这样哭过呢!

几分钟以前,我发现有一包信在等着我看,于是就趁他们准备晚饭的工夫,信步走出村外去看信。别的信都跟我走岔了,所以我很久没有收到信了。自我离家之后,除了写一两行,报个平安,或告诉一声我到了什么地方,我始终鼓不起勇气,也缺乏耐心,好好地写一封信。

我手里拿着这包信。打开以后,拿出艾妮斯写的一封,看了起来。

她过得很快活,而且做了很多事情,事遂人愿,也都顺利。关于她自己,就对我说了这么多。另外谈的都是我。

她没给我出什么主意,也没劝我尽什么义务,只以她特有的那种热情告诉我,她对我多么信任。她说,她知道像我这种性格的人怎样会把痛苦变成好事。她知道痛苦的磨练和情绪的考验怎样会使我的性格得到提高,得到加强。她相信我经过这番苦难之后,一定会以更坚定、更大的决心去实现我的每一个目标。她为我的声誉而感到非常自豪。她渴望我的声誉会进一步提高,她深信我会继续努力。她知道悲痛不会使我软弱,一定会使我更加坚强。我小时候受的磨难起了一定的作用,使我成长为现在这样一个人,更大的灾难同样会激励我比现在更进一步;过去的苦难教育了我,我同样也可以教育别人。上帝已经把我那天真的爱人接到他那里安息去了,现在艾妮斯又把我托付给了上帝。她总是怀着姊妹的情谊疼爱着我,无论我走到哪里,她总在我身边——为我取得的成绩而自豪,将来更会为我可能取得的成绩而无限自豪。

我把这封信贴在胸口上,一边想,一个钟头之前,我是个什么样子呀?我听着那歌声消失了,看着那寂静的晚霞暗了下来,看着山谷里所有的颜色都褪了,看着山顶上那金色的积雪在远处与灰白的夜空融为一体,不过这时我感到在我思想上黑夜已经过去,阴影都在消失,我对她的爱是叫不出名字来的,从此以后,对她感到从未有过的亲切。

这封信,我看了好几遍。睡觉以前,我给她写了回信。我告诉她,我一直急需得到她的帮助;如果没有她,我就不是而且从来也不是她认为我应有的样子;不过她既然鼓励我那样做,我愿意努力去做。

我也的确努力去做了。再过三个月,从我开始苦恼的时候算起,就整整一年了。我决心在三个月期满以前暂且不做决定,只是努力去做就是了。在整个这段时间里,我就待在这座山谷里和附近一些地方。

三个月过去了,我决定暂不回家,在外面再待一些时候;眼下我要在瑞士安顿下来,因为我想到那天晚上的情景,就对瑞士倍感亲切;我要重新拿起我的笔;我要工作。

我向艾妮斯托付我的地方谦逊地寻求帮助。我求助于大自然,而且从不落空;我敞开心扉,重又接受人间的温暖,而我最近对这种感情是回避的。没有多久,我在这山谷里交的朋友就几乎跟我在亚茅斯交的朋友一样多了。冬季到来之前我离开这山谷去日内瓦,春天又从日内瓦回来,朋友们的问候虽然都没有用英语,我却觉得听到了家乡的声音。

我起早贪黑地写作,又耐心,又努力。我写了一篇故事,谈的不是遥远的事,而是从我的切身经验中产生的主题。我把它寄给特拉德,请他安排出版,条件对我非常有利。我的名气越来越大,这方面的消息,我从偶尔碰上的游客嘴里就可以听到。我经过一番休整之后,又怀着过去那种热情,一心扑在写作上,写一篇新故事,这故事使我深深地着了迷。这件事有了一些进展之后,我就越来越喜欢它,使出最大的劲儿,把它做好。这是我的第三部小说。写了不到一半,我停下来歇息一下,这时候,我突然感到要回家了。

许久以来,我虽然又学习,又写作,都很耐心,同时也习惯于剧烈的运动了。我离开英国的时候,身体很不好,现在恢复得相当不错了。我开了眼界。我到过很多国家,我希望我的知识也积累得丰富一些了。

我在国外这段时间,我认为有必要在这里回顾的,现在都已经回顾了——只有一项保留。我把它保留到这会儿,并不是有意回避我的任何想法;因为我在前面已经说了,我这篇记述就是要把我记得的东西写下来。我一直想把心中最秘密的想法搁在一边,到最后时刻再说出来。现在我可以说了。

我无法透过自己内心的迷雾,清楚地说出我究竟从什么时候开始,觉得自己可能早就把最光明的希望寄托在艾妮斯身上了。我说不清楚,是在哪一段悲痛的时期,我最初产生了这样的想法,认为自己小时候太任性,把她那可贵的爱情丢掉了。我曾觉得,过去我不幸失去过或者缺少过什么,而这是永远无法弥补的了,我想也许就是在这时候,那个念头就隐隐约约低声向我呼唤了。但是等到我在这世界上落到这样悲伤、孤独的地步,这个想法出现在我的脑海里,就成了一种新的责备,新的悔恨。

那时候,我要是和她接触比较多,由于孤独的原因,我就会流露出这种情绪。我最初感到暂时不能回英国,内心深处所惧怕的,就在于此。她那份姐妹般的情谊,无论失去多么小的一部分,我都会觉得承受不了;然而,我要是流露出那样的情绪,我们之间就会拘谨起来,而这种情况过去是从来没有过的。

我不能忘记,她现在用来对待我的那种感情,是在我可以自由选择,自由发展的情况下产生的;如果说她曾经用另外一种感情爱过我的话——有时候我觉得她过去也可能这样爱过我——我已经把它丢掉了。现在已经无所谓了,因为自从我们都还是小孩子的时候,我就老认为自己放荡不羁,跟她没有缘分。我已经把自己那炽热的感情放到另外一个人身上,本来可能做的事情,没有做;艾妮斯对我来说,就是我和她那颗高尚的心所塑造的样子。

我内心逐渐发生的变化刚开始的时候,我很想对自己有更好的了解,从而更好地做人,当时我的确想过,希望通过一定的磨练,将来有一天可能抹掉错误的过去,有幸和她结婚。但是随着时间的推移,这种模糊的前景变得渺茫了,在我心中消失了。如果她曾经爱过我,那么,我就应当把她看得更加神圣,因为我记得我怎样对她无话不说,她怎样了解我这颗放荡不羁的心,记得她为了做我的朋友和姐妹而不得不做出的牺牲,以及她取得的胜利。如果她不曾爱过我,我能认为现在她会爱我吗?

我和她相比,总觉得她忠贞不渝、百折不挠,而自己显得薄弱,现在我这种感觉就越来越深。假如许久以前我更能配得上她,不论我当时可能对她是怎样的情况,也不论她可能对我是怎样的情况,反正现在我不是那样的情况,她也不是那样的情况。时光已经过去了,是我错过了机会,失去了她,也是我罪有应得。

我在这些斗争中吃了很多苦,这些斗争使得我痛苦、悔恨,不过我老觉得,既然在我的希望像花朵一样鲜艳的时候,我漫不经心地忽视了那可爱的姑娘,现在我的希望凋谢了,如果再想回去找她,便有碍于情面,我决不能再有这样的想法——我每次想到她,都有这样一条基本的考虑——这一切都是千真万确的。现在我不想对自己隐瞒我爱她,我真心实意地爱她;不过我也紧紧地叮嘱自己,已经为时太晚了,而且我们之间久已存在的关系也不应该受到破坏。

我曾时时想起,而且想得很多,朵拉怎样含含糊糊地向我指出,在那些注定不使我们为难的日子里,可能发生什么事情。我也考虑过,对我们来说,从未发生的事情在实际上和发生了的事情同样真实。她提到的年代,就我纠正错误而言,如今已成事实;虽然我们在最早的愚蠢行动中就分了手,那样的年代总有一天会成为现实,不过可能晚一点儿罢了。我尽量把我和艾妮斯之间可能有过的关系变为一种手段,用来更好地克制自己,更好地下定决心,更好地认识自己,了解自己的缺点和错误。就这样,我考虑了过去本来可能发生的事情之后,得出结论,那样的事今后是不可能发生的。

这些想法,还有与之相关的细枝末节和相互矛盾的东西,就像不断移动的流沙一样,在我脑子里翻来覆去,从我离开到回来,延续了三年之久。移居海外的人们起航以后,三年过去了,又是在那日落时分,在那同一地点,我站在回国乘的邮轮甲板上,看着那玫瑰色的水面,三年前我看见那船的倒影也映照在这水面上。

　　三年,过的时候虽然都很短,放在一起却很长。我觉得家是很可爱的,艾妮斯也很可爱。但她并不属于我——她永远不会属于我。她本来可能是属于我的,但事情已经过去了!

第五十九章　归　来

　　秋天，一个寒冷的夜晚，我在伦敦上了岸。天很黑，下着雨，我在一分钟里看见的雾和泥，比我以前在一年里看见的还要多。我从海关大楼走到纪念碑，才找到一辆马车。虽然房屋的正面，还有房前积满了水的阳沟，我觉得都像是老朋友一样，我却不能不承认，他们都是些蓬头垢面的朋友。

　　我常说——恐怕大家都这么说——一个人离开一个熟悉的地方，似乎意味着这个地方要发生变化。我从窗口向车外望去，发现鱼街山上一所老房子，一百年来都没有漆工、木工、瓦工碰过的，却在我出国的时候已经拆掉了；还发现旁边一条街，素以污秽和不便而著称，正在修下水道，同时拓宽路面。这时候，我估计很可能会发现圣保罗教堂显得更陈旧了。

　　亲戚朋友的景况有些变化，是我意料之中的事。我姨奶奶早已在多佛重振家业；特拉德在我走后第一学期就在法院里干起了少量的律师业务。现在他在格雷律师学院有自己的房间，他还在最后几封信里对我说过，他很快就与世界上最可爱的姑娘结合，这希望不是不存在的。

　　他们预计我在圣诞节前回来，却没料到我回来得这么快。我故意迷惑他们，我想在他们毫无准备的情况下突然回来，一定挺好玩儿。可是看看没有人迎接我，孤零零一个人，一声不响,在大雾弥漫的街上匆匆而过,却又心里不是滋味,感到凄凉,感到失望。

好在那些有名的商店灯火通明,使我的情绪有所好转,等我在格雷律师学院的咖啡馆门前下车的时候,我的精神已经重新振作起来。这咖啡馆首先使我回想起住在金十字的时候,当时的情况多么不同,它也提醒我,自那时以来,已经发生了种种变化;但这都是很自然的。

"你知道特拉德先生住在律师学院什么地方吗?"我一边在那咖啡馆里烤火取暖,一边问茶房。

"霍尔本院,先生。二号。"

"我想特拉德先生在律师当中,一定是越来越有名吧?"我说。

"哦,先生,"茶房答道,"也许是这样,先生,不过我本人不知道。"

这茶房是个瘦瘦的中年人,他问了问另一个更有威信的茶房——那是一个粗壮的老人,双下巴颏儿,身穿黑色裤袜,从咖啡馆的一头儿走了过来,他待的那地方很像教会执事的专座,身边摆着钱盒子、地址簿、法界名册,还有一些别的本子和单据。

"特拉德先生,"那瘦茶房说道,"住在院儿里二号。"

那胖子摆摆手,让他走开,郑重其事地向我走来。

"我想问问,"我说,"住在院儿里二号的特拉德先生,在律师当中,是不是越来越有名气呀?"

"没听说过这个名字呀。"茶房以浑厚而沙哑的声音说道。

我真为特拉德感到愤愤不平。

"他一定是个年轻人吧?"那胖茶房说道,一面用严厉的目光看着我,"他在律师学院待了多长时间了?"

"不超过三年。"我说。

这个茶房,我想恐怕在他那教会执事专座待了四十年了,是不会再继续谈这个无关紧要的话题的。他紧接着就问我,晚饭想吃点儿什么。

我感到我又回到英国了,我为特拉德感到非常沮丧。看来他是没有希望了。我随便要了一点儿鱼和一份牛排,随后就站在炉火前面思索,为什么特拉德老出不了名。

我两眼跟着那领班的茶房,不由自主地想到,他逐渐长成现在这样的花朵,他所待的花园一定是个不利于生长的艰苦的地方;它有一种非常传统的、顽固的、悠久的、严肃的、古老的气氛。我往四下里一看,那砂纸打过的地板肯定和领班的茶房儿童时代的地板一模一样——假如那茶房有过儿童时代的话,看来他是不曾有过的;我看见那一张张发亮的桌子,我的影子照在古老的红木上,丝毫没有变形的地方;我看见那一盏盏的灯,都修剪擦洗得无可挑剔;我看见那舒适的绿色帷幔,挂在纯铜的棍儿上,挡在温暖的包厢的周围;我看见那两只大煤炉子,烧得正旺;我看见那一排排粗大的酒罐子,仿佛它们都知道管子下面有昂贵的陈年葡萄酒:这使我感到英国和法律看来是很难一攻就破的。我来到楼上的卧室里,把身上的湿衣服换下来;我记得那房间就在律师学院入口的门洞儿上面,那镶着墙裙的古色古香的屋子是那么宽阔,那立着四根柱子的大床是那么雅致,那沉重的五斗柜是那么稳如泰山,这一切好像联合起来向特拉德这种勇敢青年的命运严厉地表示不悦。我又回到楼下,来吃晚饭。就连那悠然自得的晚饭,和那井井有条的幽静的环境——客人不多，因为长假尚未结束——都足以说明特拉德是胡思乱想，说明他为今后二十年的生活所打的小算盘是异想天开。

我自从走后，还没有见到过这样的情况，这就使得我为朋友所抱的希望归于破灭。领班的茶房对我不耐烦了。他不再靠近我，而去专心致志地伺候一位戴着长护腿的老先生，好像有一品脱特制葡萄酒自动从酒窖里流出来让他喝，因为他并没有要。另外那个茶房悄悄地告诉我，这位老先生是位退了休的办理财产转手手续的人，住在方场，有很多钱，估计他会把这笔钱留给洗衣女人的女儿。他还告诉我，听说他在一个柜子里放着一套贵重餐具，放得久了，已经不亮了，虽然除了一把叉子和一把勺儿之外，谁也没看见他家里还有别的东西。到了这个时候，我的确觉得特拉德不行了，确信他没有希望了。

然而我急于见到我那亲爱的老朋友，我那副吃饭的样子决显不出我想提高我在那领班茶房眼中的身价。吃完之后，我就匆匆地从后门走了。二号很快就到了。我一看，门框上写着，特拉德先生住在最高一层楼上，我就爬起楼梯来。我发现那楼梯已很破旧，拐弯儿的地方点着一盏粗捻儿的小油灯，发出微弱的亮光，那油灯放在污秽的小玻璃盒子里，也快熄了。

我跌跌撞撞地往楼上走去，觉得好像听见一阵愉快的笑声，既不是法律顾问或高级律师的笑声，也不是法律顾问的秘书或高级律师的秘书的笑声，而是两三个姑娘的愉快的笑声。然而就在我停下脚步来静听的时候，我一脚插在窟窿里，因为堂堂格雷律师学院就在这里少一块木板，我跌倒在地，发出了一些响声,等我站起身来的时候,什么声音也听不见了。

我继续摸索着往上走,更加小心了。我忽然看见门上写着"特拉德先生"几个大字,而且外屋的门是开着的,我的心突突地跳了起来。我敲了敲门。只听见里面有一阵打架的声音,别的声音什么也没有。于是我又敲了敲门。

一个长得挺机灵的小伙子出来了,他又是听差,又是秘书。他上气不接下气,看着我,那样子像是逼着我以法律手续来证明我的身份。

"特拉德先生在家吗?"我说道。

"在家,先生;不过他有事儿。"

"我想见见他。"

那长得挺机灵的小伙子打量了我一番,决定让我进去。他先把房门开大了一点儿,让我进到狭窄的走廊里,随后又来到一间不大的起居室里。这时候,我就看见我那老朋友(也是上气不接下气)坐在桌子旁边,低着头看文件。

"哎呀!"特拉德大声说着,抬起头来,"这不是科波菲尔吗!"接着就冲到我的怀里,我紧紧地搂着他。

"一切都好吗,亲爱的特拉德?"

"一切都好,最最亲爱的科波菲尔,所有的消息都是好消息!"

我们两个人都高兴得流出了眼泪。

"亲爱的朋友,"特拉德说着,激动地抓弄起头发来,其实他这样做是完全不必要的,"最亲爱的科波菲尔,好久不见最为想念的朋友,见到你,我是多么高兴啊! 你晒得真黑呀! 我真高兴呀! 说真的,我从来没有这么高兴过,亲爱的科波菲尔,从来没有!"

我也跟他一样不知道怎样表达自己的感情。一开始,我几乎说不出话来了。

　　"亲爱的朋友!"特拉德说道,"你这么有名了! 你真行,科波菲尔! 哎呀,你是什么时候回来的,你是从哪里回来的,你一直在干什么呢?"

　　特拉德只顾自己说,从不停下来等我回答。他已经把我安置在炉火旁边的安乐椅上,这时他一只手急切地捅火,一只手抓着我的围巾,因为他有一种错觉,以为抓的是我的大衣。他还没放下捅火棍儿,就又跟我拥抱起来,我也跟他拥抱;我们俩一边笑,一边擦眼睛,又在炉前坐下,互相握手。

　　"你看,"特拉德说道,"你就晚回来了一点儿,你要是早回来一点儿,亲爱的老伙计,就不至于错过那场仪式了。"

　　"什么仪式呀,亲爱的特拉德?"

　　"哎呀!"特拉德叫道,和以前一样,把眼睛睁得大大的,"你没收到我最后一封信吗?"

　　"要是信里提到什么仪式的话,那肯定没收到。"

　　"哦,亲爱的科波菲尔,"特拉德说着,两只手把头发揪得竖了起来,然后又把手放在我的膝头,"我结婚啦!"

　　"结婚啦!"我高兴得叫了起来。

　　"上帝保佑,我结婚啦!"特拉德说道——"霍勒斯牧师主持仪式——在德文郡那边——和索菲结婚啦。哦,老伙计,她就在窗帘后面躲着呢! 喂!"

　　出我所料,世界上最可爱的姑娘立刻一边笑着,而且羞得满脸通红,一边从她躲藏的地方走了出来。我相信世界上没有比她更快活、更和蔼、更憨厚、更幸福、更聪明的新娘了。我当时也忍不住说出了我这个看法。我像老朋友那样吻了她一下,并且衷心地祝他们生活愉快。

"你看,"特拉德说道,"这是一次多么美好的聚会呀!你晒得黑极了,亲爱的科波菲尔!上帝保佑我,我多么快活呀。"

"我也觉得多么快活呀。"我说道。

"说真的,我也是那么快活。"索菲红着脸,笑着说道。

"咱们都别提多快活了!"特拉德说,"就连姑娘们也都快活。你看,我不能不说把她们给忘了!"

"忘了?"我说道。

"姑娘们,"特拉德说,"就是索菲的姐妹们呀。现在她们就住在我们这儿。她们是来看看伦敦是个什么样儿的。其实,刚才……是你上楼的时候摔了一跤吧,科波菲尔?"

"是呀。"我说着,笑了起来。

"那就对了,你刚才跌跌撞撞上楼的时候,"特拉德说道,"我正和姑娘们做游戏。实际上我们是在玩儿抢座位。不过因为这种游戏在威斯敏斯特大厅是不能玩儿的,而且要是让顾客看见,也显得不成体统,所以她们都溜了。她们这会儿——毫无疑问,都在听着呢。"特拉德说着,朝另外一间屋子的门儿看了一眼。

"对不起,"我说着,又笑了起来,"我把她们都吓跑了。"

"说真的,"特拉德兴致勃勃地说道,"你刚才要是看见她们听见你敲门之后,怎样跑出去,又跑回来捡头上掉下来的梳子,然后又极其疯狂地跑出去,你就不会说这个话了。——我说,亲爱的,叫姑娘们出来吧?"

索菲迈着轻盈的步子走了,我们听见在隔壁迎接她的是一阵欢笑声。

"真像音乐一样,是不是,亲爱的科波菲尔?"特拉德说道,"听着真好听。能为这几间旧房子增添不少乐趣。对一个一辈子独自生活的不幸的单身汉来说,你知道,这绝对是甜蜜的生活,是令人陶醉的生活。这些人真可怜,她们在索菲身上已经蒙受了巨大的损失——我告诉你,科波菲尔,无论是现在还是过去,索菲都是最可爱的姑娘!现在我看到她们的情绪这么好,我心里感到说不出的欣慰。和姑娘们相处是件非常愉快的事,科波菲尔。不合乎正轨,但是非常愉快。"

我注意到他略微迟疑了一下,而且意识到他出于好心,怕刚才这番话会给我带来一些痛苦,所以我就热情地表示我有同感,这就明显地使他松了一口气,而且大为高兴。

"不过,亲爱的科波菲尔,"特拉德说,"我们家里的安排,说实话,也是很不合乎正轨的。就连索菲住在这里都是不合正轨的。我们没有别的住处呀。我们是驾着一叶扁舟出海,但我们决心乘风破浪向前进。况且索菲极会理家。姑娘们怎样各得其所,你要是知道了,会感到惊讶。究竟是怎样安排的,我几乎一点儿也不知道。"

"有好几位小姐跟你们在一起吗?"我问道。

"大姑娘,就是那位美人儿,在这里,"特拉德悄悄地说道,"名叫卡罗琳。萨拉也在这里——我对你说过,你知道,就是脊椎有点儿毛病的那一位。现在好多了!索菲教她们认字儿的那俩最小的也在这里。路易莎也在这里。"

"真的吗!"我说道。

"真的,"特拉德说道,"我这里一共——我指的是房子——只有三间屋子;不过索菲把姑娘们安排得再好不过了,她们睡得别提有多舒服了。三个睡在那屋里,"特拉德一边指着一边说，"两个睡在那屋里。"

我禁不住往四下里一看，想知道还有什么地方剩下来，供特拉德夫妇居住。特拉德明白我的意思。

"是这么回事儿，"特拉德说道，"我刚才说了，我们决心乘风破浪向前进，实际上，我们上星期就在这地上打地铺。但是楼顶上还有一间小屋——你一上去就知道了，那小屋住着很舒服——索菲亲手用纸糊了糊，为的是让我感到意外，我们暂且就住在那里。那很像是一间吉卜赛人住的小屋，好极了。窗外的景色也非常好。"

"你们终于幸福地结婚了，亲爱的特拉德！"我说道，"我真为你高兴。"

"谢谢你，亲爱的科波菲尔，"特拉德说道，这时我们又握了握手，"是啊，我现在别提有多幸福了。你看，这是你的老朋友，"特拉德说着，得意地朝着那花盆和花架子点了点头，"这是那张大理石桌面的桌子！别的家具，你看得出，都是简单而实用的。至于贵重餐具，哎呀，我们连一个茶匙也没有啊。"

"挣了钱再添置？"我以轻快的语气说道。

"太对了，"特拉德答道，"挣了钱再添置。我们当然也有些样子很像茶匙的东西，喝茶的时候用来搅一搅。不过那都是用不列颠合金做的。"

"等将来有了银器，就会显得特别亮了。"我说道。

"我们也是这么说！"特拉德大声说道，"你看，亲爱的科波菲尔，"他又压低了声音，悄悄地对我说，"我在某吉普斯和某维其尔这场官司里发表了我的看法，这对我的事业大有好处，随后我就到了德文郡，私下里跟霍勒斯牧师认真地讨论了一番。我详细说明了索菲是个最可爱的姑娘！——科波菲尔，这一点，我决不含糊。"

"我相信，她是这样一个姑娘！"我说道。

"她的确是这样一个姑娘！"特拉德说道，"我恐怕离题了。我刚才是不是说到霍勒斯牧师了？"

"你刚才说你详细说明了……"

"对啦！详细说明了我和索菲已经订婚很久了，而且索菲经她父母允许，也很愿意嫁给我——简而言之，"特拉德带着昔日坦诚的笑容说道，"就在我们眼下这种不列颠合金餐具的境况下也行。这多好啊！于是我就去找霍勒斯牧师。霍勒斯牧师是一位极好的牧师，科波菲尔，他应该提升为主教，至少也应该能维持生活，而不至于过得太苦。我对他说，我要是时来运转，比如一年之内收入二百五十镑，而且第二年看得很清楚，还能挣这么多钱，或者比这更多，除此以外，还能购置一些简单的家具，布置这样一个小的住处——在这种情况下，我和索菲就应该完婚。我还趁机向他表示，我们已经耐心等待了很多年，虽然索菲在家里极为有用，她那疼爱子女的双亲也不该因此就认为可以不让她建立自己的生活——难道你还看不出来吗？"

"当然不能那样办。"我说道。

"科波菲尔，你这样看，我感到很高兴，"特拉德说道，"因为我的确认为在这种问题上，做父母的，做兄长的，以及诸如此类的人，有时是比较自私的，我丝毫没有指责霍勒斯牧师的意思。另外，我当时还表示，自己最强烈的愿望就是为他们家效劳；我要是混得不错，他要是出什么事儿——我指的是霍勒斯牧师——"

"我明白。"我说道。

"——或者说克鲁洛太太出什么事儿——最能满足我的愿望的就是让我像父母一样照顾那些姑娘们。他的回答好极了,使我深受感动。他还表示要争取克鲁洛太太同意这一安排。为了说服她,他们可费劲啦。从她的腿部上升到她的胸部,又上升到她的头部……"

"什么东西上升呀?"我问道。

"她的痛苦呀,"特拉德脸上带着严肃的表情答道,"总的说来,也就是她的感情。有一次,我说过,她是个很突出的女人,可惜两腿不听使唤了。无论发生了什么烦心的事,一般都是停留在她的腿上;不过这一次却上升到胸部,又上升到头部,总而言之,蔓延到了全身,实在叫人害怕。然而他们不断给她热情的照顾,终于把她说通了。于是我们就结了婚,到昨天整六个星期。科波菲尔,我看着他们全家哭哭啼啼,东倒西歪地晕了过去,你不知道我觉着自己是个多么坏的恶魔!在我们离开之前,克鲁洛太太不肯见我——当时她不肯宽恕我,因为我从她手里夺走了她的孩子;不过她是个善良的人,后来也就宽恕我了。今天早上我还收到她一封信,读起来叫人高兴。"

"总而言之,亲爱的朋友,"我说道,"你感到这么幸福,这是理所当然的!"

"哦,这你可就偏心了!"特拉德笑着说道,"不过我现在的处境也的确叫人羡慕。我努力工作,如饥似渴地攻读法律。每天早上五点钟起床,毫不在意。白天把姑娘们藏起来,晚上就跟她们玩儿。她们星期二就要回去了,因为第二天就开始过米迦勒节了,说真的,她们这一走,我还真难过。她们来了,"特拉德忽然不再窃窃私语,大声说道,"姑娘们来了！科波菲尔先生,克鲁洛小姐——萨拉小姐——路易莎小姐——玛格丽特和露西!"

她们是一丛十全十美的玫瑰花,看上去是那么健壮,那么清新。她们都很漂亮,卡罗琳小姐非常清秀,但索菲的容貌又更胜一筹,她那聪慧的脸上带有疼爱、愉快、温暖的气质,这就使我断定我的朋友是选对了。我们大家围炉而坐;那个挺机灵的小伙子,我现在看出来了,原先他为了把文件摆出来,忙得上气不接下气,现在则又把文件收起来,摆上了茶具。随后他就用力把外面的门一关,歇息去了。特拉德太太极其愉快而端庄,朴实的眼睛里露出微笑,冲好了茶之后,就坐在火炉旁边一个角落里,悄悄地烤起面包来。

她一边烤面包,一边对我说,她见过艾妮斯。"汤姆"曾在婚后带他到肯特郡去旅行,她在那里还见过我姨奶奶,我姨奶奶和艾妮斯都很好,她们没谈别的,光谈我。她的确认为在我离开的那段时间里,"汤姆"无时不惦记着我。什么事儿都要"汤姆"说了算。"汤姆"显然是她生活中崇拜的偶像——无论出现什么混乱局面,都不会从它的基座上跌落下来,无论发生什么事情,它永远会受到她的信任,得到她由衷的尊敬。

索菲和特拉德都对美人儿很尊重,这使我非常满意。我不知道我是不是认为这是合乎情理的事,不过我认为这是非常令人高兴的,而且这是他们性格中极为重要的一部分。如果说,特拉德有一刹那痛感缺少将来才能挣来的茶匙,我敢肯定那就是在他给美人儿上茶的时候。如果说,他那脾气随和的太太坚持自己的意见,不赞成别人的意见,使我高兴的是那也只是因为她是美人儿的妹妹。我在美人儿身上发现了些许娇惯和任性的迹象,特拉德和他太太显然认为这是她生来就有的特权,是她固有的财产。如果说,她生来就是蜂王,而他们生来就是工蜂,那他们也是再乐意不过了。

　　然而特拉德和他太太的忘我精神使我很受感动。他们为这些姑娘感到自豪,他们对姑娘们各种奇怪的想法一概顺从,如果说我想看一看他们的为人,这就是最令人高兴的一点证据。如果说那天晚上姑娘们每一次求特拉德把什么东西拿来,或者把什么东西拿走,把什么东西拿起来,或者把什么东西放下,去找什么东西,或者去取什么东西,就叫他一声"亲爱的",那么他那些大姨子、小姨子一小时至少要叫他十二次。她们无论干什么也离不开索菲。要是谁的头发垂下来了,除了索菲,谁也无法给她挽上去。要是谁忘了某个曲子是怎么唱的,除了索菲,谁也哼不对。要是谁想回忆德文郡一个地名,那就只有索菲知道。要是需要给家里写封信,那就只有索菲会受到委托,早饭前把信写好。要是谁打毛活儿出了差错,那就只有索菲能给她把差错纠正过来。姑娘们俨然是这里的主人,由索菲和特拉德伺候她们。索菲究竟照顾过多少孩子,我想象不出来,但她是有名的会唱歌,用英语为儿童写的各种歌曲,她都会唱。让她唱,她就唱,世上没有比她的嗓音更清脆可爱的了。她唱完一支又唱一支,一连唱上几十支(姊妹们各有自己的要求,唱哪支歌,最后总是由美人儿来决定),我都听得入了迷。最可喜的是,姊妹们虽然提出很多要求,她们对索菲和特拉德却是极其温柔,极其尊敬的。等我告辞的时候,特拉德要出来送我到咖啡馆,这时亲吻像阵雨一样落下来,弄得他脑袋摇来摇去,我敢说,无论是头发直立还是不直立的人,我都没看见他们遇到过这种情形。

这样的场面,在我回到咖啡馆,向特拉德道了晚安之后,禁不住想了很长时间,而且感到很高兴。在那衰败的格雷律师学院里,假如我看见在楼顶上某一套房子里有一千朵玫瑰盛开,也远不及这样的场面更能为之增辉。我想到在法律文具店和律师事务所的枯燥环境里,有这一群德文郡的姑娘,在到处都是吸墨粉、羊皮纸、红带子、积了灰尘的封信的封条、墨水瓶、公文纸、草稿纸、法律报告、传票、原告的诉状、费用清单的沉闷气氛中,有茶水和烤面包干儿,还有儿童歌曲,我好像有一种令人愉快的奇妙的想法,觉得我仿佛梦见赫赫有名的苏丹家族在律师行业里注了册,把他们那会说话的鸟、会唱歌的树、金色的流水全都带进了格雷律师学院的大厅。① 反正我发现在我告别了特拉德,回到咖啡馆歇息的时候,我为他忧心忡忡的情绪发生了很大的变化。我开始觉得,纵然英国的茶房领班有许多层次,他还是有前途的。

我把一把椅子拉到咖啡馆的一个壁炉跟前,想从从容容地想一想特拉德的事。我逐渐地从考虑他的幸福转而注意熊熊燃烧的煤火呈现出的各种景象,煤块裂开,火苗变样,我就想到自己生活中沉浮巨变、生离死别的情景。我于三年前离开英国以后,一直没看见烧煤的炉火,虽然我看过许多烧柴的炉火,那炉火变成灰白色的炉灰,与炉膛里积起的松软的炉灰掺和在一起,在我心情沮丧的时候,向我显示出我那些破灭了的希望,不能算是不相宜的。

我现在回想过去,虽然心情沉重,却不感到痛心,而且能以勇敢的精神考虑未来。家,就其最美好的含义而言,对我说

---

① 引用《天方夜谭》里的故事。

来,已不复存在。那个女人,我本来可能唤起她更亲切的爱情,却引导她做了我的姐妹。她可能已经结婚了,有新人索取她的温柔;这样一来,她就永远不会知道我心中已经形成的对她的爱情。我应当为我那鲁莽的感情而付出代价,这是对的。这就叫种瓜得瓜,种豆得豆。

我在思索。难道我真的磨练了自己的心,能够承担这一切吗,难道我能毫不动摇地忍受这一切吗?虽然她在我家里占有现在这样一个位置,心里很平静,难道我在她家里占有同样的位置,心里会平静吗?这时候,我忽然发现我的眼光落在了一个人的脸上,这个人好像就是从火里蹦出来的,因为他跟我回忆起来的小时候的事情有关。

矮个子医生祁力普先生,正坐在对面一个昏暗的角落里看报呢。我在这本历史的头一章里就说过了,他帮了我的大忙。事到如今,他也已年高体弱,但他是个温和、顺从、安详的矮个子,日子好打发,所以我觉得他现在的样子可能和他当年坐在我们家客厅里等我出生的时候一模一样。

祁力普先生六七年前离开了布伦德斯通,从那以后,我没有再见过他。他坐在那里,安安静静地细心看报,把头歪向一边,胳膊肘儿旁边放着一杯热雪利尼格斯酒。他显出一副非常想讨好的样子,看上去甚至像是在向报纸道歉,因为他擅自读起这份报纸来了。

我朝着他坐的地方走了过去,说道:"你好,祁力普先生?"

有生人突然跟他打招呼,弄得他惶惶不安,他照例慢吞吞地答道:"谢谢你,先生;你真好。谢谢你,先生。我愿你身体健康。"

"你不记得我了吧?"我说道。

"哦,先生,"祁力普先生谦逊地微笑着答道,他一边打量我,一边摇头,"我似乎有一点儿印象,觉得你面熟,先生,不过我可实在说不准你的名字了。"

"我这名字,我自己还不知道,你早就知道了。"我答道。

"真的吗,先生?"祁力普先生说道,"难道我可能有幸,先生,为你接……"

"是呀。"我说道。

"哎呀!"祁力普先生叫道,"不过,先生,从那时候起,你的变化可真大呀,是不是?"

"也许是吧。"我说道。

"哦,先生,"祁力普先生说道,"我希望你能原谅我,因为我不得不请问尊姓大名。"

我把名字告诉他,他非常激动。他竟然认真地跟我握起手来,这对他来说可是一个剧烈的举动,因为他通常总是把微微有点儿温和、像小鱼夹子一样的手从大腿边往前伸一两英寸,谁要是把它握住,他就露出极其难受的表情。即便是现在,他把手抽回去之后,马上就放进上衣口袋里,把手安安全全地缩回去了,才算松了一口气。

"哎呀,先生!"祁力普先生说着,歪着脑袋打量起我来,"这就是科波菲尔先生吗? 唉,先生,我刚才要是冒昧地再仔细看看你,我想我就会认出你来了。先生,你长得和你那可怜的父亲可是很像啊。"

"我从来就没见过我父亲,没有那个福分。"我说道。

"的确是这样,先生,"祁力普先生以安慰我的语气说道,"这从各方面来说,都是非常令人遗憾的事! 在我们那一带,先生，"祈力普先生说着，又慢慢地摇起他那小脑袋来，"对你的名声也不是全然不知。你这里一定非常劳累吧，先生，"祈力普先生说着，用食指轻轻地敲了敲前额，"你一定觉得这是件苦差使吧，先生！"

"你说你那一带是什么地方？"我一边问，一边在他身旁坐下。

"我住在离伯里圣埃德蒙兹几英里的地方，先生，"祁力普先生说道，"我太太根据她父亲的遗嘱，在那一带地方继承了一小笔财产，我就在那里买了一个诊所，你一定愿意知道，我在那里干得不错。我女儿现在长成一个大个子姑娘了，先生，"祈力普先生说着，把他那小脑袋又轻轻地摇了摇，"就在上星期，她母亲还给她把裙子从下边放开了两褶。你看，时间竟过得这么快呀，先生！"

这个小个子在这样回忆过去的时候，把已经空了的酒杯放在了唇边，我就向他提议，再斟上一杯，我也再来一杯，与他作陪。"唉，先生，"他照例慢吞吞地答道，"那就超过我平时的酒量了，但我不能错过和你谈话的乐趣。你出麻疹，我有幸照顾你，这就像是昨天的事呀。先生，你恢复得再好不过了！"

我对他这番恭维话表示感谢，又叫了尼格斯酒，酒很快就来了。"这可太出格了！"祁力普先生搅动着酒说道，"不过我可不能错过这样好的一次机会。你还没有家眷吗，先生？"

我摇了摇头。

"我知道，先生，几年以前你失去了亲人，"祁力普先生说道，"我是从你继父的姐姐那里听说的。那个人性格非常果断吧，先生？"

"是啊,是啊,"我说道,"是够果断的。你在哪里见过她,祁力普先生?"

"你还不知道吗,先生?"祁力普先生面带极其安详的笑容答道,"你继父又跟我做邻居了。"

"不知道。"我说道。

"真的跟我做邻居了,先生!"祁力普先生说道,"娶了当地的一个年轻小姐,她有一笔不小的产业,真可怜哪!再说说这动脑子的事儿吧,先生?你不觉得累吗?"祁力普先生像知更鸟一样以羡慕的眼光看着我。

我回避了这个问题,又谈起摩德斯通一家来,"我知道他又结婚了。你为他家看病吗?"我问道。

"不常去。他们请过我,"他答道,"摩德斯通先生和他姐姐与坚定性格有关的器官,从颅相学上来看,特别发达,先生。"

祁力普先生见我回答的时候脸上的表情特别丰富,胆子大了起来,再加上喝了点儿尼格斯酒,就轻轻地摇了几下脑袋,意味深长地叹息道:"哎哟哟!咱们总也忘不了过去的事,科波菲尔先生!"

"他和他姐姐依然故我,是不是?"我说道。

"唉,先生,"祁力普答道,"作为一个大夫,老到人家家里去看病,因此眼睛耳朵除了注意本职工作,别的都不应该注意。不过我还是要说,他们是很严格的,先生——无论是对待今生,还是对待来世,都是如此。"

"来世如何,我敢说,在很大程度上,是由不得他们的,"我答道,"他们对今生在干些什么呢?"

祁力普先生摇了摇头,搅了搅尼格斯酒,喝了一小口。

"那个女人很可爱,先生!"他以一种伤感的语调说道。

"你是说现在这位摩德斯通太太吗?"

"她的确很可爱,先生,"祁力普先生说道,"待人接物,我知道,别提多和蔼了!我太太认为,自打结婚以后,她的精神就全完了,如今只落得心情忧郁,疯疯癫癫的。女人的眼力,"祁力普先生战战兢兢地说道,"是再好不过的,先生!"

"我想他们就是逼她就范,硬把她塞到他们那个可恶至极的模子里。老天救救她吧!"我说道,"他们已经得逞了。"

"不过,说真的,先生,起初也是吵得不可开交,"祁力普先生说道,"但她现在已经是骨瘦如柴了。如果我私下里告诉你,先生,自从那位姐姐过来帮忙以后,姐弟二人合伙折腾她,已经快把她弄成白痴了,你不会认为我太放肆了吧?"

我对他说,这是不难相信的。

"我可以毫不犹豫地说,先生,"祁力普先生说着,又喝了一小口酒壮壮胆,"这话可就咱们俩知道,她母亲就是这么死的,而且他们那种残暴、阴郁、忧虑几乎把摩德斯通太太弄成了白痴。结婚以前,先生,她本是个活泼、年轻的女人;但是他们那么阴郁、严厉,摧毁了她。现在他们带她出去,不像是她的丈夫和大姑子,而像是看守。这是我太太上星期刚对我说的。我可以向你担保,先生,女人的眼力是再好不过的!我太太的眼力就是再好不过的!"

"他仍然阴郁地声称自己是虔诚的教徒吗(我把这个称呼和他联系在一起,实在不好意思)?"我问道。

"你有先见之明呀,先生,"祁力普先生说道,这时候,他的眼皮已经通红了,这是因为他放纵自己,招来了平常没有的刺激。"这正是我太太说的最感人的一句话。我太太说过,"

他以极其安详的、慢吞吞的态度继续说道，"摩德斯通先生为自己塑造了一个形象，称之为'神性'。我听她这么一说，身上像过了电一样。在我太太那样说他的时候，你只要用鹅毛笔捅我一下，我保险就得摔个四脚朝天。女人的眼力是再好不过的，先生！"

"她们的本能啊。"我说道，他一听，高兴得不得了。

"有人这样支持我的见解，我真高兴，先生，"他答道，"说真的，我很少随便谈与治病无关的话。摩德斯通先生有时候公开发表讲话，听说——实际上，先生，也就是听我太太说——他新近越是残暴得厉害，他的主张就越恶毒。"

"我看，祁力普太太说得一点儿不错。"我说道。

"我太太甚至还说，"这个最温顺的小个子胆子更大了，继续说道，"这种人胡说他们搞的是宗教，其实他们是发泄自己的怨气和傲气。你知道吗，我不得不说，先生，"他稍微把头往旁边一歪，继续说道，"我没有在《新约全书》里为摩德斯通先生和他姐姐找到依据呀！"

"我也没找到。"我说道。

"还有，先生，"祁力普先生说道，"大家都非常讨厌他们。他们很随便地就把他们讨厌的人都打入地狱，这样一来，我们这一带打入地狱的人可就多了！然而，据我太太说，先生，他们也不断受到惩罚；因为他们已经变得内向，靠吃自己的心过活，而自己的心是很不好吃的。我说，先生，你要是能原谅我，我想再谈一谈你的脑子。你是不是用脑用得很多，使它很兴奋呀，先生？"

祁力普先生不断地喝尼格斯酒，他自己的脑子也非常兴奋，在这种情况下，我发现要把他的注意力从这个话题引到他自己的事情上去,是并不困难的。关于他自己,他滔滔不绝地说了半个钟头,这就使我了解到许多情况,包括他当时就住在这格雷律师学院咖啡馆里,因为他要向一个精神失常委员会从医学方面提出证据,此事涉及一位病人的思维状况,这位病人因饮酒过度而变得精神错乱。

"说真的,先生,"他说道,"在这种场合,我是非常紧张的。我受不了人们常说的让人欺负,先生。那会使我非常沮丧。你知道吗,科波菲尔先生,你出生的那天夜里,那位女士的所作所为吓得我好长时间都缓不过来?"

我告诉他,第二天一早我就要看我姨奶奶去了,这也就是他说的那天夜里的吓人精。我还对他说,她是个心肠最软、最善良的女人,他要是对她有进一步的了解,就明白了。他一想到有可能再见到她,好像害怕得不得了。他脸色苍白,微微一笑,答道,"她的确是那样一个人吗,先生?真的吗?"接着几乎马上就要了一支蜡烛,上床睡觉去了,仿佛别处什么地方都不大安全似的。他虽然喝了尼格斯酒,实际上倒并没有腿软,但我认为他那平缓的小脉搏,比那个重要的夜晚我姨奶奶在失望之余用便帽打了他以后,每分钟至少多跳两三下。

到了午夜,我累极了,也去睡了;第二天是在去多佛的驿车上度过的;我平平安安地突然来到姨奶奶陈旧的客厅里,当时她正在用茶(她已经戴起眼镜来了);她和迪克先生,还有亲爱的老裴果提,都伸出两手,高兴地流着眼泪欢迎我,裴果提现在是管家了。等我们心情平静下来,开始谈话的时候,我说起怎样遇见祁力普先生,他怎样一想到我姨奶奶就吓得那个样子,她听了以后,觉得非常有趣;她跟裴果提都说了很多话,议论我那可怜的母亲的第二个丈夫,和他那个"杀人不见血的姐姐",对于这个女人,我想我姨奶奶无论受到什么折磨和惩罚,也不肯给她一个教名、名字或什么其他称呼的。

第六十章　艾妮斯

　　我和姨奶奶，只剩下我们两个人的时候，就一直谈到深夜。移居海外的人怎样每次来信都说生活愉快，充满希望；米考伯先生怎样真的汇回了数额不等的小笔款项，以了结他在"金钱方面的债务"，即他原来以人对人一本正经欠下的债务；珍妮怎样在我姨奶奶回到多佛以后又来服侍她，后来嫁给了一个生意兴隆的酒店老板，终于贯彻了她那排斥男性的主张；我姨奶奶怎样为这位新娘帮忙，并亲自出席婚礼，为之增添光彩，从而最后为排斥男性的伟大主张盖上了她的印章——这些都是我们的话题，我从收到的信中也已多少了解一些了。迪克先生，和往常一样，也没有受到忽略。姨奶奶告诉我，他怎样不停地弄到什么抄什么，而且因为有了这份类似正常职业的差使，就能够对查理一世国王敬而远之；她怎样看着他不再过单调而拘谨的生活，日渐消瘦，而是过得自由自在，快快活活。她认为这是她生活中最大的一种幸福，和最高的一种奖赏；还说怎样除了她以外，谁也不可能充分了解这个人（这是一项新的概括性的结论）。

　　"特洛，你什么时候，"我们像往常一样坐在壁炉前，姨奶奶拍着我的手背说道，"你什么时候上坎特伯雷去呀？"

　　"姨奶奶，我明天早上就骑马去——除非你跟我一块儿去？"

"我不去！"姨奶奶以她特有的简短的方式答道，"我打算就待在这里。"

那我就骑马去了，我说。我今天来看的要不是她，而是别人，经过坎特伯雷的时候，就不会不停一下了。

她听了这话，很高兴，不过又说："得啦，特洛；我这把老骨头，怎么也能等到明天呀！"她说着，又拍了拍我的手，我当时坐在那里，一边看着炉火，一边思索。

我思索，是因为我又一次来到这里，离艾妮斯这么近，不可能不重新引起已经困扰我多时的悔恨心情。这种悔恨心情也许已经冲淡了，教会我在前程远大的青年时代没有学到的东西，但那终究还是一种悔恨心情。"哦，特洛，"我好像又听见姨奶奶说——我现在也能更好地理解她的话了——"糊涂，糊涂，糊涂哇！"

我们俩沉默了几分钟。我抬头一看，见她聚精会神地看着我。也许她一直在顺着我的思路想，因为我的思路虽然一度是随心所欲，现在却很容易看出它的轨迹了。

"你会看到，她父亲是一个满头白发的老人了，"姨奶奶说道，"虽然他在其他方面都强了——重新振作起来了。你还会看到，他现在也不用自己那把可怜的小尺子来量一切人间的得失，欢乐和忧愁了。孩子呀，请你相信我，这些东西用那种办法量，不等量完，就都大大缩小了。"

"肯定是那样。"我说道。

"你会发现，"姨奶奶接着说道，"她还像往常那样善良，那样漂亮，那样认真，那样无私。我要是能想出更好的言词，特洛，我也会用那样的言词来称赞她的。"

没有更好的言词来称赞她了,也没有更好的言词来责怪我了。哦,我怎么在歧路上走得这么远呢!

"要是她能把身边的姑娘们培养得都像她那样,"姨奶奶说道,她认真得甚至两眼充满了泪水,"上天知道,她的生活就是有意义的。就像她那天说的,是有益的,快活的!她怎么可能是别的样子,而不是有益的、快活的呢?"

"艾妮斯有没有……"与其说我在说话,不如说我是自言自语。

"嗯?嗯?有没有什么?"姨奶奶敏锐地问道。

"有没有情人呀?"我说道。

"有二十多个呢!"姨奶奶气呼呼地而又骄傲地大声说道,"你不在的时候,亲爱的,她要是结婚,可能已经结了二十次了!"

"肯定,肯定,"我说道,"不过有没有能配得上她的情人呢?别的人,艾妮斯是看不上的。"

姨奶奶坐在那里,手托着下巴,沉思了一会儿。接着,她慢慢抬起眼睛看着我,说道:

"我猜测她心里是有一个人的,特洛。"

"是不是很有希望?"我说道。

"特洛,"姨奶奶严肃地答道,"我说不准。我连这些也不该告诉你。她从来也没在私下里对我说过,我只是猜测。"

她那么聚精会神而又焦虑不安地看着我(我甚至看见她在发抖),使得我特别明显地感到她对我最近的一些想法是很清楚的。于是我拿出了我许久以来白天黑夜以及在那许多内心矛盾之中下定的决心。

"要真是那样的情况,"我开始说道,"我也希望就是那样的情况……"

"我不敢说就是那样的情况，"姨奶奶果断地说，"你可不能拿我的猜测作依据。你一定要保守这个秘密。可能是很靠不住的。我本不该说出来的。"

"要真是那样的情况，"我重复说道，"艾妮斯到了时候自然会告诉我的。姨奶奶，我对这个妹妹说了那么多心里话，她不会不肯对我说心里话的。"

姨奶奶像刚才慢慢把眼光移到我脸上一样，又慢慢把眼光从我脸上移开了，把手遮在眼睛上，显出若有所思的样子。随后她把另一只手搭在我的肩上；我们俩这样坐在那里，回忆往事，直到分开歇息的时候，没有再说什么。

第二天清早，我骑着马向我先前上学的地方进发。虽然我很快就会再次跟她见面，我也不能说我感到很快活，因为我希望能够战胜我自己。

我很快就走过了那记忆犹新的路，来到清静的街道。这里的每一块石头，对我说来，都是儿时读过的一本书。我步行来到那所古老的房子，但我一时心潮澎湃，不能走进去，就走开了。后来我又回来，经过起初是尤利亚·希普，然后是米考伯先生常坐在里面的圆形屋子，我从那低矮的窗户往里面一看，发现里面现在是一间小客厅，而不再是事务所了。除此以外，这所古雅的房子干干净净、井井有条，和我初次见到的时候一模一样。出来接待我的使女，以前没有见过，我请她禀报威克菲尔小姐，就说有一位先生受国外一个朋友之托，前来看她。她带我走上那古色古香的楼梯（还提醒我注意脚底下，岂不知我对这楼梯是很熟悉的），来到那没有变化的起居室里。我和艾妮斯在一起念过的书，都摆在原来的架子上，我多少个夜晚趴在那儿做功课的书桌,挨着大桌子的一角,依然放在老地方。希普母子在的时候悄悄做的微小变动,都已改了回来。处处都恢复了过去欢乐时光的原样儿。

我站在一个窗口,看着那条古老的街对面的房子,回想起我初来时,午后阴天下雨,我看那些房子的情景;回想起我当时怎样揣测对面窗口出现的那些人,看着他们楼上楼下跑来跑去,女人们穿着木底套鞋在人行道上噔噔地走过,沉闷的雨点儿斜着落下来,那边水溜子里的水满了,就流到了街上。早先我常在雨天的黄昏时分,看见流浪的人来到镇上,一瘸一拐地从街上走过,肩上用手杖挑着滴里嘟噜的包裹,现在我重又体味到当时的感情,而且和当时一样,闻到了湿土的气味,闻到了雨中叶子和杂草的气味,嗅到了我自己在那艰难的路途上朝我迎面扑来的气息。

镶着墙裙的墙上那个小门开了,我惊讶地转过身来。她朝我走来,她那美丽安详的眼睛遇上了我的眼睛。她停下脚步,把手放在胸前,我接着就把她搂在了怀里。

"艾妮斯! 亲爱的姑娘! 我来看你,来得太突然了吧。"

"不,不! 见到你,我真高兴,特洛乌德!"

"亲爱的艾妮斯,又一次见到你,我真快活!"

我把她紧紧地搂在怀里,有一会儿的工夫,我们谁也没说话。后来我们并排坐下,她把她那天使一般的脸转过来对着我,脸上带着欢迎的神情,几年来,无论是我醒着,还是睡着,无时不在梦想看到这样的神情。

她那么真诚,那么漂亮,那么善良——我有那么深的谢意要向她表示,我觉得她那么亲切,我竟然无法用言语来表达我的感情。我试着为她祝福,我试着向她表示感谢,我试着对她说,她给了我多大的影响;但是我无论怎么做,都失败了。我的爱心和欢乐都表达不出来了。

她以自己甜美的宁静使我忐忑不安的心情安定下来;她使我回想起分手的情景;她跟我谈起艾米丽,她曾多次偷偷地去看望她;她温柔地跟我谈起朵拉的坟墓。她凭着自己一颗高尚的心准确无误的直觉,温柔而和谐地拨动我那记忆之琴的琴弦,我心里没有感到任何不协调。我可以聆听远处充满忧伤的音乐,而并不想躲避它在我心中唤起的一切。和这一切融合在一起的,不是别的,正是那个亲爱的她,我一生中保佑我的天使,我怎么会想躲避呢?

"那么,艾妮斯,"我慢慢开始说话了,"你跟我说说你自己的情况吧。你几乎没有告诉过我,在过去这段时间里,你的生活是怎么过的!"

"有什么好告诉你的呢?"她带着满脸笑容答道,"爸爸身体很好。你看我们在这里,完全是在自己家里;我们的顾虑清除了,我们的家又还给了我们。亲爱的特洛乌德,你了解到这些,也就知道了全部情况。"

"全部情况吗,艾妮斯?"我说道。

她以惊奇的眼光看了看我,脸上显出忐忑不安的样子。

"就没有别的情况吗,妹妹?"我说道。

她脸上的颜色刚刚褪去,又复回,接着又褪去了。她笑了笑——带着一种苦涩的平静,我觉得——摇了摇头。

我也曾试着引导她谈谈姨奶奶没有明说的事,因为听她说出心里话虽然对我来说一定极为痛苦,可我却应该磨练我的这颗心,并对她尽到我的责任。然而我发现她有些紧张,就把这个话题放过去了。

“你很忙吧，亲爱的艾妮斯？”

“在学校里？”她说着，又愉快而稳重地抬起头来。

“是啊。很苦，是不是？”

“这活儿干起来很愉快，”她答道，“所以，我要是嫌它苦，就有点儿说不过去了。”

“无论做什么好事，你都不觉得困难。”我说道。

她的脸又红了一阵，接着又白了；在她低下头的时候，我又一次看见了那苦涩的微笑。

“你等着见见爸爸，”艾妮斯兴致勃勃地说道，“跟我们待一天吧？也许你会愿意睡在你自己的屋子里？我们总说那是你的屋子呢。”

我不能照办，因为我说好了，当天晚上要回姨奶奶那里去；但我白天可以快快活活地待在那里。

“我该去当一会儿囚犯了，”艾妮斯说：“不过以前那些书都在这儿，特洛乌德，还有以前的音乐。”

“就连以前的花儿也在这儿呀，”我说着，往四下里看了看，“也许应当说以前的品种。”

“你不在的时候，”艾妮斯笑着答道，“我把每件东西都按咱们小时候那样保持原样。因为我觉得当时咱们很快活。”

“上天知道，当时咱们很快活！”我说道。

“还有，能使我想起我兄弟的每一件小东西，都是我欢迎的伴侣。就连这个，”她说着，向我指了指仍然挂在她身边的装满了钥匙的小篮子，“也好像丁零当啷发出的是以前的曲调！”

她又笑了笑，就从进来的那个门儿走了出去。

我必须像信奉宗教那样认真维护这种姊妹的情谊。这是我仅剩的一点东西，这是一件珍宝。她之所以对我有这种情谊，就是因为我们之间有一种神圣的信任与交往，一旦我动摇它的根基，这情谊就会一去而不复返。我将此事牢牢地记在心间。我越爱她，就越提醒自己千万不要忘记这件事。

我从街上走过，又看见我的老对手、那个卖肉的——他现在当了警察，警棍就挂在肉铺里——我来到先前跟他交手的地方，在那里深深回忆起谢泼德小姐和拉金斯家的大小姐，以及当时那些无聊的眷恋、喜爱与厌恶。事过境迁，剩下的只有艾妮斯了；而她永远是我头顶上的一颗星，这时显得更亮，也更高了。

我回来的时候，威克菲尔先生已经从他的花园里回来了。他在镇子外边两三英里的地方有一个花园，现在他就几乎每天待在那里。我一见他，看到他跟姨奶奶说的一模一样。我们坐下，和五六个小姑娘一起吃饭。跟墙上挂的他那幅漂亮的肖像比，他好像瘦得只剩下骨头了。

我记得，过去清静的家里有一种平安、祥和的气氛，现在家里又充满了这样的气氛。吃过饭以后，威克菲尔先生不喝酒了，我也不想喝，我们就来到楼上，艾妮斯在那里跟她的学生们唱歌、玩耍，做功课。茶点过后，孩子们都走了，我们三个人坐在一起，聊起了过去的生活。

"在过去的生活里，"威克菲尔先生说着，摇了摇他那白发苍苍的头，"许多事情使我后悔——使我非常后悔，非常悔恨，特洛乌德，这你都知道。不过，即使我有那个能力，我也不会把这些事情抹掉的。"

我看着他身旁那张脸，相信他这番话，是不难的。

"我要是把这些事情抹掉的话，"他接着说道，"我就把那样的耐心、那样的忠实、那样的体贴、那样赤诚的童心一齐抹掉了,不! 就是把我自己忘了,也不能忘了这些品质。"

"我明白你的心意,先生,"我温和地说道,"对于这种情况——现在也好,过去也好——我一向是崇敬的。"

"不过谁也不知道,连你也不知道,"他说道,"她做了多少事情,受了多少磨难,费了多少力气。亲爱的艾妮斯呀!"

这时候,她已经把手搭在他的胳膊上,求他不要说了,她的脸色煞白煞白的。

"好吧,好吧!"他说着,叹了一口气,我当时就看出,他就此止住,不再谈她因姨奶奶对我说过的事而经历过的一些磨难,或以后会经历的磨难。"我说,特洛乌德,我从来没向你提起过她的母亲吧。有人提起过吗?"

"从来没有过,先生。"

"可说的,并不多——要吃的苦,倒不少。她嫁给我,违背了她父亲的心愿,他就不认她这个女儿了。她恳求父亲原谅她,那是我的艾妮斯出生以前的事。可她父亲是个铁石心肠的人,她母亲又早就去世了。她父亲还是不认她。他伤透了她的心。"

艾妮斯靠在他的肩头,轻轻地用胳膊搂住了他的脖子。

"她有一颗温暖而又温柔的心,"他说道,"这颗心受到了伤害。我非常了解,她的心是很娇嫩的。要是我也不了解,就没有人了解了。她真诚地爱我,但她始终不快活。她一直暗地里忍受着这巨大的痛苦;她父亲最后一次拒不认她的时候——因为不止一次,而是多次拒绝——她身子虚弱,心情阴郁,支持不住,就死了。她给我撇下艾妮斯,生下来刚两个星期,她留下的还有你记得你初次来的时候我那一头灰发。"

他在艾妮斯脸上亲了亲。

"我对我这亲爱的孩子的爱是一种病态的爱,不过我当时整个的精神状态也是萎靡不振的。这些事,不提了。我不是在谈我自己,特洛乌德,而是在谈她母亲和她本人。关于我是怎么样一个人,或者说我一向是怎么样一个人,只要我给你一点儿线索,我知道,你一定会弄个一清二楚的。艾妮斯是怎么样一个人,我就不必说了。我总觉得能在她身上看见她那可怜的母亲的影子。咱们三个人历尽沧桑,今天晚上又聚在一起,所以我把这些事对你说一说。我说完了。"

他那低着的头,还有她那天使一般的脸和孝顺的举止,都比先前增加了一种叫人心酸的含义。如果说我需要什么东西来纪念今晚这次团聚,那就是这种含义了。

过了一会儿,艾妮斯从父亲身边站了起来,轻轻地走到钢琴前面,弹了几支曲子,都是我们过去常在这里听的熟悉的曲子。

"你还打算走吗?"艾妮斯问道,当时我就站在她身边。

"妹妹有什么想法?"

"我希望你不打算走了。"

"那我就不打算走了,艾妮斯。"

"你既然问我,特洛乌德,我就觉得你不该走了,"她温和地说道,"你的名气和成就越来越大,这就增加了你做好事的能力;即便我不拦着我这个兄弟,"她用眼睛盯着我,"可能时间也不允许吧。"

"我之所以有今天,是因为你培养了我,艾妮斯。这你最了解。"

"我培养了你,特洛乌德?"

"是啊,艾妮斯,我亲爱的姑娘!"我向她弯着腰说道,"今天咱们一见面,我就想对你说说朵拉死后我心里的一些想法。当时在我们的小屋里,你从楼上下来,手指朝上指着,向我走来,你还记得吗,艾妮斯?"

"哦,特洛乌德!"她眼泪汪汪地答道,"那么疼爱,那么亲切,那么年轻! 我怎么能忘得了呢?"

"从那以后,我常常这么想,我的妹妹,对我来说,你当时是那样,你一向也是那样。你总是朝上指着,艾妮斯;总是引导我做得更好,总是指引我追求更高的目标!"

她只摇了摇头;透过她的眼泪,我又看见了她那文静苦涩的微笑。

"所以我那么感激你,艾妮斯,那么和你心连心,我心里的感情是无法用言语来表达的。我希望你知道,可又不知道怎么告诉你,我要一生一世都听你的,由你指引,就像过去我在黑暗之中所做的那样。无论出现什么新的情况,无论你建立什么新的关系,我们之间无论发生什么变化,我总会求你帮忙,我总是爱你的,就像我现在和我历来所做的那样。你永远会给我安慰,帮我克服困难,你一向就是这么做的。一直到我死,亲爱的妹妹,我会永远看见你在我面前,用手指朝上指着!"

她把手放在我手里,对我说,她为我和我说的话而感到骄傲,虽然我对她的赞扬是非常言过其实的。接着她又轻轻地弹起琴来,但她的眼睛从来没有离开我。

"艾妮斯,今天晚上我所听到的,说也奇怪,竟然和我初次见你的时候对你的感情一样,和我在颠簸的求学时代坐在你身边的时候对你的感情一样,你知道吗?"

"当时你就知道我没有母亲，"她笑着答道，"所以对我关心吧。"

"还不光是这样，艾妮斯。当时简直就像我知道今天说的这些事一样，我知道在你身上有一种说不清的温顺、柔和的东西，——这要是搁在别人身上，就会变成忧愁（据我现在的了解，情况正是那样），而在你身上，却不是那样。"

她继续轻轻地弹下去，眼睛依然看着我。

"我有这么多奇怪的想法，你会笑话我吗，艾妮斯？"

"不会！"

"要是我说，即便在当时，我也的确认为你会不顾一切挫折，而情真意切地献出爱心，生命不止，决不变心——你会笑话这样一种梦想吗？"

"哦，不会！哦，不会！"

有一刹那，一片痛苦的阴影从她脸上掠过，使我吃了一惊；还没等我镇静下来，那阴影已经消失了，她仍在继续弹下去，眼睛还在看着我，脸上带着她那特有的文静的微笑。

夜晚我孤单一人骑马往回走，风从我身边吹过，像是一场心绪不宁的回忆，这时候，我想到这件事，担心她并不快活。我就不快活；不过事到如今，我已经老老实实地把过去的一切封了起来，而且想到她用手往上指，就觉得她指的是我头顶上的天，在神秘的未来，我在那里也许会用世上没有的爱来爱她，并且告诉她，我在这里爱她的时候，心中经历过什么样的斗争。

第六十一章　我见到两个有趣的忏悔者

有一段时间,我在多佛住在姨奶奶家里——无论如何也要住到我把书写完的时候,那要好几个月呢。我刚到这里来安身的时候就曾在窗口遥望海上的明月,现在我又坐在窗口,静悄悄地从事我的工作了。

我有个想法,只有在我的小说进展情况偶然与我这篇记述的发展有联系的时候才提到我写的小说,本着这种想法,我不谈我在这门艺术之中有什么愿望,什么乐趣,什么焦虑,什么成就。我已经说了,我极其认真地全心全意地投入这项工作,把每一份心思都花在了这上面。如果说我写好的那几本书有什么价值的话,再写几本,也会是这样。否则,我的写作就没有意义,再写几本,也不会有人感兴趣了。

有时候,我到伦敦去——在那沸沸扬扬的生活中混上一会儿,或者找特拉德谈点儿公事。我不在期间,他代我料理事务,处理问题极为稳妥,因此我财路颇丰。我出了名以后,就有我不认识的人给我来了许多信——毫无内容,又极难答复——我就同意让特拉德把我的名字添在他的门上。跑这一片邮路的邮递员认真负责,给我往这里投递了成捆的信件;过一阵子,我就到这里来,花点儿力气清理一次,像内务大臣一样,不领那份薪水就是了。

在这些信件中,时不时地会有这样的信,那是老在民法博士协会周围转悠的无数的局外人,不定哪一位写来的,恳求我允许他借用我的名字开业(假如我完成尚未完成的必要步骤,当上了代诉人的话),所得的利益,按比例与我分成。这些建议,我都回绝了,因为我知道,这种冒名开业的人已经很多了,而且我还考虑到,那协会已经够糟的了,用不着我费事把它弄得更糟了。

我的名字在特拉德的门上大放异彩的时候,姑娘们已经都回家去了。那个精明的小伙子整天好像没听说过索菲这个人,索菲则关在后面一间屋里,有时候放下手里的活儿,往下面看一看,下面是一个煤烟熏黑了的狭长的小花园,里面有个水泵。我总看见她待在那间屋里,她永远是一位能干的主妇。只要听不见有生人上楼的脚步声,她就常哼她那德文郡的民歌,使得那在柜橱般的办公室里干活儿的精明的小伙子听乐曲听多了,都显得迟钝了。

我为什么常看见索菲在一个习字本上写字,为什么我一来,她就把习字本合上,连忙放到抽屉里,起初我是有疑问的。不过这秘密很快就揭开了。有一天,雨雪交加,特拉德刚从法院回到家里,就从书桌里拿出一张纸,问我觉得那书法如何?

"哦,别这样,汤姆!"索菲喊道,当时她正在炉火前为他把拖鞋烘暖。

"亲爱的,"汤姆兴高采烈地答道,"怕什么的?——你觉得这字写得怎么样,科波菲尔?"

"非常合乎法律文件的要求,非常正式,"我说道,"我想我从来没见过这么工整的字迹。"

"不像女人的字迹吧,是不是?"特拉德说道。

"女人的字迹!"我跟着重复了一遍,"就连砖头和砂浆也比这更像女人的字迹呀!"

特拉德哈哈大笑,对我说,那是索菲的笔迹;他说索菲断言,他很快就需要一个文书,她就来当这文书;他还说她这笔迹是跟着一本字帖学会的,她写得很快——对开的纸,不记得她一小时能写几页了。这些事让我知道了,弄得索菲很不好意思,于是她说等"汤姆"当了法官,他就不会轻易把这件事儿说出去了。"汤姆"对此矢口否认,坚持说在任何情况下,他都会同样引以为荣的。

"你太太多么贤惠,多么漂亮啊,亲爱的特拉德!"等她出去以后,我笑着说道。

"亲爱的科波菲尔,"特拉德答道,"她在各方面都毫无疑问,是最可爱的姑娘! 她料理家务有办法——做事准时、熟悉家务、精打细算、井井有条——她还性情开朗,科波菲尔!"

"你的确有理由夸奖她!"我答道,"你是个幸福的人。我相信,你们彼此使对方幸福,成为世界上最幸福的两个人了。"

"我们的确是最幸福的两个人,"特拉德答道,"无论如何,这我是承认的。哎呀,我亲眼看着她天不亮就点蜡起床,忙着安排一天的事儿,不管天气好坏,趁着学院的文书还没来上班,出去把东西买回来,用最普通的东西做出最可口的简单的饭菜,还有布丁和果子饼,每样物品都放在该放的地方,她自己总是收拾得整整齐齐、漂漂亮亮的,晚上不论多晚,她都陪着我熬夜,她脾气老是那么好,老给人鼓劲儿,这一切都是为了我,有时候,我真不敢相信哪,科波菲尔!"

他对她刚刚烘暖的拖鞋也很温柔,穿上以后,美滋滋地伸了伸腿,把脚放在了炉挡上。

"有时候,我真不敢相信哪,"特拉德说道,"另外还有我们那些乐趣!哎哟,花钱不多,那可真叫绝!晚上,我们都在这家里待着,关上大门,拉上帘子——那帘子也是她做的——到哪里能有这么舒坦啊?赶上天好,我们晚上出去散步,那街上叫人高兴的东西可就太多了。我们看一看珠宝店那闪闪发光的橱窗,里面摆着一些钻石眼睛的长虫,盘在白缎子的衬垫上,我就指给索菲看,对她说,我要是买得起,就给她买哪一只。索菲则指给我看,那些带着盖儿、镶着宝石的金表,上面有机刻花纹的轮卡,还有各式各样的东西,她对我说,她要是买得起,就给我买哪一只。我们选定了一些勺子、叉子、鱼刀、黄油刀、糖夹子,我们俩都看中了,要是买得起,我们是会买的。我们走开的时候,真觉得好像买下了这些东西。随后我们来到广场和大街上,见到一所等待出租的房子,有时候我们会仰起头来看一看说,我要是当上法官,这所房子怎么样?我们还把房子分配一下——这一间,我们住,这几间,姑娘们住,等等;分完以后,我们感到满意,就说这所房子可以,否则就说不行,这就要看情况而定了。我们有时候花一半的钱,在池座后边看戏——我觉得花这点儿钱,就光是那气味也便宜呀——我们在那里高高兴兴地看戏,戏里说什么,索菲就信什么,我也是这样。回家的路上,我们也许在小吃店买点儿什么,也许在鱼店买一只小龙虾带回来,做上一顿精美的晚餐,边吃边谈我们在外面看到的东西。我说,你知道,科波菲尔,我要是当了大法官,我们可就不能这么办了!"

"不管你当了什么,亲爱的特拉德,"我心里想道,"你都会做些叫人快活、叫人高兴的事的。"接着我大声说道,"顺便问一句,我想你现在不再画骷髅了吧?"

"说实在的,"特拉德答道,他一边说,一边笑,脸也红了,"我不能完全否认,说我不画了,亲爱的科波菲尔。因为前几天我在国王法院的后排坐着,正好手里有一支笔,忽然异想天开,想试试看我这份才干保持得怎么样。恐怕在那书桌边儿上就画了一个骷髅,还戴着假发哩。"

我们俩都捧腹大笑,笑了一阵之后,特拉德看着炉火,面带微笑,以他特有的宽宏大量的语气说道:"那个老克里克尔呀!"

"我这里有封信,是那个老——坏蛋来的,"我说道,我这么说,是因为想一想他当年怎么样狠揍特拉德,一看特拉德本人这么轻易地原谅他了,我就更不想原谅他了。

"是校长克里克尔来的?"特拉德惊讶地问道,"不可能吧。"

"有一些人,他们见我越来越有名,越来越优裕,就向我靠近,"我一边说,一边翻腾我的信,"他们还觉得自己一向对我很关心,其中就有这个克里克尔。他现在不当校长了,特拉德。他退了。在米德尔塞克斯当治安法官了。"

我本以为特拉德一听这话,会感到惊讶,但他一点儿也没惊讶。

"你猜他是怎样在米德尔塞克斯当上治安法官的?"我说道。

"哎哟!"特拉德答道,"要回答这个问题,是很困难的。也许是他投了某人一票,或者是把钱借给了某人,或者从某人那里买了某件东西,或者以其他方式为某人办过什么事儿,或者为某人拉过生意,而此人又认识某人,这个人就想办法让郡长提名,任命了他。"

"不管怎么说,他得到了任命,"我说道,"我这里有他的一封信,说他愿意让我实地看一看,唯一有效的监狱管理体制是什么样子;要想使犯人真诚地永远改过悔罪,唯一的无可辩驳的办法,你知道,就是单独监禁。你有什么看法?"

"对他那个体制吗?"特拉德郑重其事地问道。

"不是;对我接受他的邀请,和你陪我一起去。"

"我不反对。"特拉德说道。

"那我就写信这么答复他了。我想你还记得就是这个克里克尔(且不说他怎样对待我们),他怎样把儿子赶出家门,他让他太太和女儿过的什么日子吧?"

"记得清清楚楚。"特拉德说道。

"可是,你要是看一看他的信,你就会觉得他对那些无恶不作的犯人倒成了心肠最软的人,"我说道,"虽然我看不出他对待世界上任何别人也用同样的心肠。"

特拉德耸了耸肩,丝毫没有感到惊讶。我本来也没预料他会感到惊讶,而且我自己也没有感到惊讶,否则我在现实生活中看到的这类具有讽刺意味的事例也就太少了。我们确定了去的时间,当天晚上我就给克里克尔先生写了封信,告诉他了。

到了约定的那一天——我想就是第二天,不过哪一天都无所谓——我和特拉德来到克里克尔先生掌管的监狱。那监狱又大,又结实,花了很多钱盖起来的。快到大门口的时候,我禁不住产生了一个想法,要是哪位仁兄一时心血来潮,提议把修监狱所花的钱拿出一半来为年轻人修一所工业学校,或为应当受到照顾的老年人修一所养老院,不知要在全国引起多大的轰动哩。

我们来到一间办公室,这办公室的墙很厚,盖得很结实,可以充做通天塔①最下面的一层。我们在这里见到了老校长。当时屋里有一群人,其中有两三个特别忙活的治安法官,还有他们请来的几位客人。他接待我的那副样子,显得好像他过去指导我逐渐成熟起来的,而且一直对我又疼爱,又关怀。在我介绍特拉德的时候,克里克尔先生又表现出同样的态度,只是程度上略轻一点,表示他一向是特拉德的导师、哲人和朋友。我们这位尊敬的老师显得老多了,容貌倒并无太大的变化。他还是那么满脸通红,眼睛也还是那么小,眼窝也更深了。他那稀稀拉拉的看上去湿漉漉的灰发,这是我对他印象最深的地方,也快掉光了;那光头上鼓起的青筋,看上去也不觉得更为顺眼。

我听那几位先生谈话,似乎可以得出这样的看法:世界上没有什么事情比给犯人最大的舒适更值得注意,花多少钱都在所不惜,在广阔的地球上,在监狱的大门之外,是无事可做的。随后我们就开始参观了。当时正是吃午饭的时候,我们就先来到大厨房,那里正在把囚犯的午饭一份份地摆出来(然后送到囚犯的牢房里),那种机械和准确的程度和钟表里的机器一样。我把特拉德叫到一旁说道,不知有没有人曾经想到,且不去和乞丐相比,即便是和士兵、水兵、工人相比,和绝大多数勤勤恳恳的劳苦大众相比,他们所吃的和这里这些丰盛的美味佳肴竟有天壤之别;他们五百人中也不见得有一人曾吃得有这里的一半这么好。但我了解到,这一“制度”要

---

① 古巴比伦人建通天塔未成,见《旧约·创世记》第11章。

求高水平的生活；总而言之，我看到"这个制度"，说到底，在这一方面以及其他各方面，消除了一切疑虑，纠正了一切不正常的现象。看来谁也不曾想到除了这个制度以外，还有什么别的制度可以考虑。

在我们穿过一些金碧辉煌的走廊的时候，我问了克里克尔先生和他的几位朋友，他们认为这个凌驾于一切之上的无所不包的制度有什么主要的优点。我发现那主要的优点便是囚犯之间绝对不许接触，没有一个在押犯人知道其他在押犯人的情况；再就是迫使犯人保持健康的思想状态，以便真诚悔罪，改过自新。

现在我们开始到牢房去，对犯人进行个别访问，我们穿过牢房所在的走廊，有人向我们解释犯人如何去教堂，等等，这时我忽然觉得很可能犯人彼此非常熟悉，他们通过一个相当完整的系统来进行联系。在我现在记述这段经历的时候，我相信已经得到证明，情况确实如此；不过当时如果我流露出那样的怀疑，那就完全玷污了那个制度，所以我就一心一意盼着看到有人悔过自新。

即便是在这里，我也非常怀疑。我发现悔过的形式有一种普遍的格式，就像我在外面看见的裁缝铺橱窗里陈列的上衣和背心的式样一样。我发现大量表示悔过的话，实质上没有多少差别——就连词句也没有多少差别（这一点，我觉得尤其值得怀疑）。我看见许多狐狸，把满园够不着的葡萄说得一塌糊涂，不过凡是能够得着一串葡萄的狐狸，我认为很少是能信得过的。除此以外，我发现最会悔过的人，也是人们最感兴趣的人。他们妄自尊大，羡慕虚荣，无动于衷，酷爱欺骗（在这一方面，他们几乎到了令人难以置信的程度，这只要看一下他们的历史就清楚了），这一切都促使他们悔过，同时也借悔过之机而得到满足。

然而在我们来回参观的过程中，我曾反复听到一位二十七号，他最得宠，似乎真是个模范犯人，所以我决定暂不给他下结论，等见到二十七号再说。二十八号，据我了解，也是一颗特别出众的明星，却不幸因为二十七号光彩夺目，而显得有些暗淡。因为老有人跟我念叨二十七号，说他怎样对周围的每一个人进行善意的规劝，说他怎样经常给母亲写信，那信写得别提多好了（他似乎认为母亲的处境很困难），我竟然非常急于见到他。

不过我还得耐着性子等上一阵子，因为二十七号要留着让他产生大轴戏的效果。后来我们终于来到他的牢房门口。克里克尔先生从一个小窟窿往里面一看，以极其钦佩的心情向我们报告，说他正在读赞美诗呢。

大家一听这话，立刻把头凑过来，看二十七号怎样在那里读赞美诗，弄得六七层人堵在那小窟窿前面。为了方便起见，也为了给我们一个机会，和这个纯洁无瑕的二十七号谈谈话，克里克尔先生下令把牢房的门打开，把二十七号请到走廊里来。这样一来，我和特拉德就大吃一惊，我们看见这个改恶从善的二十七号，原来就是尤利亚·希普呀！

他一下子就认出我们来了，他照例扭动着身子走出牢房，说道：

"你好吗，科波菲尔先生？你好吗，特拉德先生？"

他这样表示认出了我们，使得在场的人都对他非常钦佩。我倒觉得大家感到惊讶，是因为他并不傲慢，而且肯跟我们打招呼。

"哦,二十七号,"克里克尔先生以又惋惜又钦佩的样子说道,"你今天觉得怎么样?"

　　"我很卑贱,先生!"尤利亚·希普答道。

　　"你一向如此,二十七号。"克里克尔先生说道。

　　这时候,另一位先生以极其关心的口气问道:"你觉得很舒服吗?"

　　"是很舒服,谢谢你,先生!"尤利亚·希普朝那边看着说道,"在这里可舒服多了,我在外边从来没这么舒服。现在我认识了自己的错误,先生。这就是我为什么感到舒服。"

　　有几位先生深受感动;第三个提问的人挤到前面,怀着非常真挚的感情问道:"你觉得那牛肉做得怎么样?"

　　"谢谢你,先生,"尤利亚又朝这个提问的人那边瞥了一眼,答道,"昨天的牛肉比我料想的要硬;不过忍受是我的责任。我犯过错误,先生们,"尤利亚说着,带着温顺的微笑往四下里看了看,"所以我应该承担后果,而不该有所不满。"

　　接着就听见有些人低声说话,一方面是赞扬二十七号这种高尚的思想境界,一方面是责怪承包人没有搞好,惹得他抱怨(克里克尔先生立刻把他的抱怨记了下来)。安静下来之后,二十七号站在我们中间,仿佛觉得自己是突出成就博物馆里的主要展品一样。为了让我们这些初入教门的人即刻看到更多的光明,传令将二十八号也放出来。

　　我本来就已经大吃一惊了,所以等到黎提摩先生念着一本劝善的书走出来的时候,我只觉得虽然惊讶,却也有些无所谓了。

　　"二十八号,"一位戴眼镜的先生说道,他还没有说过话,"你这个善良的人,上星期你抱怨说喝的可可不好。从那以后,情况怎么样?"

"谢谢你,先生,"黎提摩先生说道,"好喝一点儿了。如果我能冒昧地说一句,先生,我觉得可可里加的牛奶不太纯;不过我也知道,先生,伦敦的牛奶掺水掺得很厉害,纯牛奶是很难弄到的。"

看来戴眼镜的先生支持他的二十八号,与克里克尔先生的二十七号相对抗,因为他们各自掌握着一个自己的人。

"你现在有什么认识,二十八号?"那个戴眼镜的问话人说道。

"谢谢你,先生,"黎提摩先生答道,"现在我认识了自己的错误,先生。我想到过去的伙伴犯下的罪过,心里感到非常不安,先生;不过我相信,他们会得到宽恕的。"

"你本人现在过得挺快活吧?"那问话人说着,点了点头,表示鼓励。

"我非常感激你,先生,"黎提摩先生答道,"我非常快活。"

"你现在还有什么心事吗?"问话的人说道,"如果有的话,就说出来吧,二十八号。"

"先生,"黎提摩先生头也没抬,说道,"要是我没看错的话,在场的有一位先生,过去是认识我的。我愿意告诉他,先生,我把过去犯的错误完全归咎于伺候年轻人的时候不动脑子,让他们把我引上歧途,而我自己又无力抗拒。他知道这情况,也许对他是有好处的。我希望这位先生能以此为戒,先生,不要因我这样直言而生我的气。这是为他好。我认识到了自己过去的错误。我希望他能为自己参与过的坏事和罪恶而悔过自新。"

我看见有几位先生用手遮眼，好像刚从外面进到教堂里来一样。

"你做得好，二十八号，"问话的人说道，"我应该料到你会这样做的。还有什么要说的吗？"

"先生，"黎提摩先生说着，轻轻地抬了抬眉毛，但没有抬眼睛，"从前有个年轻女人，过起了放荡的生活，我试着挽救她，先生，但没有救得了她。我恳求这位先生，如果他能做到，就转告那年轻女人，她对我做的坏事儿，我原谅她了，同时我要求她悔过自新——他要是好心，就请他转告这些话。"

"我敢肯定，二十八号，"问话的人答道，"你提到的那位先生——和我们大家一样——对于你说的这番恰如其分的话，一定深受感动。好了，我们不再多留你了。"

"谢谢你，先生，"黎提摩先生说道，"先生们，我祝你们全天愉快，并且希望你们和你们全家都看到自己坏的一面，悔过自新！"

二十八号说完了，就回去了，回去之前，他和尤利亚互相看了一眼，好像他们通过某种交际手段，并不是完全互不相识。他的牢门关上以后，那群人就小声议论起来，说他是个极为体面的人，是个很好的例子。

"现在我来问你，二十七号，"舞台已经空出来了，克里克尔先生和他的人上场，他说，"有谁能为你做什么事吗？要是有的话，就说吧。"

"我愿意卑贱地请求，先生，"尤利亚猛地摇了摇他那恶毒的脑袋，说道，"允许我给母亲写信。"

"这当然可以允许。"克里克尔先生说道。

"谢谢你,先生。我为我母亲担心。我怕她不安全。"

有个人没动脑子,问他怎么不安全?别人一听,为之愕然,发出了轻轻的嘘声。

"长生不老地安全呀,先生,"尤利亚说着,朝问话人的方向扭动了一下身子,"我希望母亲也能进入我这样的境界。我要是不进来,永远也到不了现在的境界。我希望母亲也进来。无论是谁,抓起来,关起来,都有好处。"

他这种心情使得在场的人极为满意——我认为,这比刚才发生的任何一件事都更使人满意。

"我进来之前,"尤利亚说着,偷看了我们一眼,仿佛他要是能做到,他那一看就能摧毁我们所处的外部世界,"常犯错误,不过现在我意识到了自己的错误。外面有许多罪过。母亲身上就有许多罪过。没有别的,只有罪过,到处都是这样——只有这里不是这样。"

"你的变化很大呀,是不是?"克里克尔先生说道。

"哦,是的,先生!"这位大有希望的忏悔者大声说道。

"你要是出去的话,不会旧病复发吧?"有人问道。

"哦,不会的,先生!"

"好啦,"克里克尔先生说道,"这是非常令人满意的。二十七号,你刚才提到科波菲尔先生了。你还想跟他说点儿什么吗?"

"科波菲尔先生,我没进来、没变化的时候,你早就认识我了,"尤利亚看着我说道,那副凶狠的表情,我从来没看见过,就连在他脸上也没看见过,"你认识我的时候,我虽然犯过一些错误,我在傲慢的人中间是卑贱的,在粗暴的人中间是温顺的。科波菲尔先生,你本人就待我粗暴。有一次,你往我脸上打过一拳,这你是知道的。"

一片同情声。有几个人向我投来了愤怒的目光。

"不过我宽恕你,科波菲尔先生,"尤利亚说道,他这是以他那宽恕的天性为题目,来宣扬他那极不虔诚、极为可怕的天性,我就不在这里记述了,"我宽恕每一个人。嫉恨别人,我是不干的。我痛痛快快地宽恕你,也希望你今后克制你的感情。我希望威先生悔过自新,还有威小姐,还有所有那些罪恶的人。你已经受到了一些磨难,我希望这对你有好处;不过你最好还是到这里来。威先生最好也到这里来,还有威小姐。我能向你科波菲尔先生以及所有各位先生表示的最大愿望,就是让他们把你们抓起来,关起来。想一想我过去的错误和现在的境界,我敢断定,那样对你们最为有利。我怜悯所有没有关在这里的人!"

他就在一些人异口同声表示赞同的情况下,溜回了自己的牢房。他又被关起来了,这时我和特拉德才长舒了一口气。

这次活动中一个突出的特点就是我想问问清楚,这两个人干了什么事儿,才关到这里来的。他们对此好像讳莫如深。我就跟那俩看守中的一位聊起来了,因为他们脸上露出一些不明显的迹象,使我怀疑他们是非常清楚这次兴师动众的活动有什么价值的。

"你知不知道,"我们穿过走廊的时候,我问道,"二十七号最后一个'错误'是什么罪行?"

回答是此案与银行有关。

"是欺诈英格兰银行吗?"我问道。

"是的,先生。有欺诈,有伪造,还有阴谋。除了他,还有别人。他指使那些人去干。那是个周密的计划,想弄一大笔钱。判刑——终生流放。那一伙人里，二十七号最精，差一点儿叫他溜了，不过还是没溜成。银行还是把他揪住了——刚好揪住了。"

"二十八号有什么过错，你知道吗？"

"二十八号嘛，"给我提供情况的那个人答道，他始终声音低沉，我们穿过走廊的时候，他老回头张望，免得不小心让克里克尔或者别人听见他非法议论那些完人。"二十八号（也是流放）在一个地方当听差，算计少东家，连款项加贵重物品，一共弄了二百五十镑，事情发生在他们出国的头一天晚上。这个案子，我记得特别清楚，因为他是叫一个小矮子逮住的。"

"一个什么？"

"一个矮个子女人。名字我不记得了。"

"不是叫毛奇尔吧？"

"正是这个名字！那个人本来已经逃脱了，准备到美国去，他戴着淡黄色的假发和假胡子，化装化得那个好，你一辈子都没见过，他正在南安普敦的街上走着，碰上了那矮个子女人，她眼睛好使，一下子就把他认出来了——冲到他两腿之间，把他绊倒——死命揪住他不放。"

"毛奇尔小姐真是好样的！"我大声说道。

"你要是跟我一样，看见她在审判的时候站在证人席的椅子上，你早就这么说了，"我的朋友说道，"她逮住他的时候，那个人把她的脸都抓破了，还极其野蛮地使劲儿打她，可是她始终不撒手，一直到把他关起来。实际上，她抓他抓得那么紧，弄得警官不得不把他俩一块儿带走。她作证的时候，情绪极为饱满，受到法庭的高度赞扬，回家的时候，一路上欢呼声不断。她在法庭上说，即便他是参孙①，她也能独自把他逮住（因为她知道他的底细）。我相信她能做到！"

我也相信，而且我因此十分敬重毛奇尔小姐。

到这时候，我们该看的都看了。对尊贵的克里克尔先生这样一个人，要是想说明二十七号和二十八号完全是依然故我，毫无变化；说明他们原来是什么样儿，现在还是什么样儿；说明那些虚伪的坏蛋不过是叫人用来在那样的地方干那样的营生儿；说明他们至少跟我们看得一样清楚，到了流放的时候，这对他们会马上产生什么效果，具有什么实际价值；总而言之，这完全是一桩腐朽、虚假、值得痛苦地回味的事情——要是想对他说明这一切，那是徒劳的。于是我们让他们按自己的制度办，随他们的便吧，我们就带着疑问回家去了。

"使劲儿骑一匹有病的小马，也许是件好事，特拉德，"我说道，"因为这样一来，它就死得更快了。"

"但愿如此。"特拉德答道。

① 大力士，见《旧约·士师记》第 13—16 章。

第六十二章　一盏明灯照亮我的路

一年过去,到了过圣诞节的时候,我回来也有两个多月了。我常见艾妮斯。不论大家鼓励我的声音有多大,不论这种鼓励使得我在情绪和行动上有多么热情,我也能听见她的赞扬,哪怕声音极其轻微,因为别的声音我一概听不见。

我骑马去看她,在那里待一晚上,至少每星期一次,有时还更勤。我常常是深夜回来,因为过去那种不快的感觉总是在我心头萦绕——离开她的时候,尤为苦恼——与其在无聊的不眠之夜或在痛苦的梦中回到过去,不如在外面活动,感到高兴。有许多极度悲伤的夜晚,绝大部分时间我就是那样在马背上消磨的,一边走,一边重温我长期不在的那段时间里有过的一些想法。

其实,如果说我听的是我那些想法的回声,倒可以更好地说明实际情况。那些想法在很远的地方对我说话。是我把它们放到那远处去的,同时我也接受了现在这种无法逃脱的处境。我把我写的东西念给艾妮斯听,看着她脸上那倾听的表情,感动得她时而微笑,时而流泪,听着她对我在其中生活的想象的世界里那些捉摸不定的故事热情地发表那样认真的意见,这时候,我就想,我的命运本来会是什么样子;不过也就是想想而已,就像我跟朵拉结婚以后也曾想过,我本来希望我的太太是个什么样子。

艾妮斯用她的一种爱来爱我,如果我打乱了她这种爱,我就是极为自私、极为残忍地破坏了它,也就永远无法加以恢复,因此我对艾妮斯是负有责任的;同时,我认识到,我的命运是自己造成的,我得到了我一见倾心的东西,也就无权抱怨,而不得不忍受——我的这种责任,和我这种成熟的认识,是我感受到的,是我体验到的。可是我爱她。我模模糊糊地设想,而且现在这种设想甚至成了对我的一种安慰,设想在遥远的将来,有一天,我可以毫无顾虑地说出这句话,到那时候,现在这一切都已经过去,我可以说:"艾妮斯,我回来的时候,就是这个样子;现在我老了,而我从那个时候起,就没有恋爱过!"

她没有一次向我表示过她有什么改变。她对我一直是什么样儿,现在还是什么样儿——完全没有变化。

在这一方面,自从我回来的那天晚上,在我和姨奶奶之间一直存在着一种情况,与其说那是一种拘束,或者说是回避这个话题,不如说那是一种默契,我们俩都想到了这件事,却没有把我们的想法用语言表达出来。晚上我们照例坐在炉火前,我们常常陷入这样的思绪——那么自然,那么心照不宣,就像毫无保留地说出来了一样。不过我们一直没有打破这种沉默。我相信,那天晚上她就看透了或者说部分地看透了我的心思。她也完全明白我为什么不把自己的想法清清楚楚地说出来。

到了过圣诞节的时候了,而艾妮斯并没有对我说更多的心里话,在此之前,我心里就反复出现过一种疑虑——她会不会知道了我真正的心思,怕我痛苦,才不肯说呢——现在这种疑虑重重地压在我身上。假如情况果真是那样,我的牺牲就全白费了;我对她连最简单的义务也没尽到;我一向回避的可怜的行动却时刻都在进行。于是我下定决心,一定要把这种情况纠正过来;要是我们之间的确存在着这样的障碍,那就采取坚决措施,立即铲除。

那是冬天一个寒冷刺骨的日子——我有多么经久不衰的理由来记住这个日子啊! 雪已经下了几个钟头,积得并不厚,却在地面上冻硬了。窗外远处的海面上,寒风从北方刮来。我一直在想那北风吹过瑞士荒凉的雪山的情景,这时那里已是人迹罕至,我一直在琢磨究竟哪里更凄凉——是那些孤独的地方呢,还是那无人的海洋。

"今天骑马出去吗,特洛?"姨奶奶在门口探进头来问道。

"是啊,"我说,"我要去坎特伯雷。今天骑马出去,可是个好日子啊。"

"我希望你的马也这么想,"姨奶奶说道,"不过眼下它可是低着头,耷拉着耳朵,在门口儿站着哩,好像觉得还是待在马厩里好。"

我可以顺便提一句,姨奶奶容许我的马到那块禁地上去,但是对驴子仍然决不心慈手软。

"它一会儿就精神了。"我说道。

"不管怎么说,出去一趟,对它的主人是有好处的,"姨奶奶说着,看了一眼我桌上的稿子,"孩子啊,你已经在这里干了好几个钟头了! 从前我看书的时候,从来没想过写书这么费劲儿。"

"有时候,看书也挺费劲儿,"我答道,"至于写书嘛,自有其迷人之处啊,姨奶奶。"

"哦,我明白了!"姨奶奶说,"准是能实现理想,受到称赞,得到同情,还有许多别的好处,是不是？好啦,你走吧!"

"关于艾妮斯的心事,"我平心静气地站在她面前说道,这时候,她已经拍了拍我的肩膀,坐在我的椅子上了,"你还知道什么情况吗?"

她抬起头来看了我一会儿,然后答道:

"我想,我是知道的,特洛。"

"对于你这个印象,你有把握吗?"我问道。

"我想,我是有把握的,特洛。"

她目不转睛地看着我,在疼爱的心情里夹杂着怀疑、怜悯,也许是惊恐,于是我就拿出更大的决心,让她看到我脸上非常愉快的表情。

"还有,特洛……"姨奶奶说道。

"什么?"

"我觉得艾妮斯要结婚了。"

"愿上帝保佑她!"我愉快地说道。

"愿上帝保佑她,"姨奶奶说道,"也保佑她的丈夫!"

我重复了一遍姨奶奶的话,向她告了别,轻快地下了楼,骑上马,就出发了。这时候,我更有理由去做我决心要做的事了。

那次冬天骑马外出的情景,我记得多么清楚啊!风把草叶上的碎冰碴儿吹起来,打在我的脸上;马蹄落在地上,咯噔咯噔响,发出乐曲的声音;耕过的土地硬邦邦的;微风吹过,把石灰石坑里的积雪吹得轻轻打旋儿;拉干草的牲口,鼻子冒着热气,在山头上停下来喘口气,摇动铃铛发出悦耳的声音;这一带起伏的丘陵,覆盖着白雪,衬托着昏暗的天空,就像是画在一块巨大的石板上一样!

我到了那里一看，艾妮斯一个人待在那里。那些小女孩儿都回家去了，她独自一人在炉旁看书。她见我进来，就把书放下，像平常一样向我表示欢迎，接着就拿起针线筐子，在一个古色古香的窗子前头坐下了。

我在她身旁坐在窗前的座位上，我们就说起我当时在干什么，什么时候能干完，上次来看她之后有什么进展。艾妮斯兴致勃勃，笑着说她预料我很快就会名声太大，不能再跟我谈这种话题了。

"所以，你看，我就抓紧现在这段时间，"艾妮斯说道，"趁着还能谈的时候，跟你交谈。"

我正看着她那漂亮的脸蛋儿，看着她做活儿，她抬起了她那温柔明亮的眼睛，看见我在盯着看她。

"你今天有心事呀，特洛乌德！"

"艾妮斯，我告诉你我有什么心事，好吗？我是专门来告诉你的。"

她把手里的活计放在一边，我们认真讨论什么事情的时候，她总是这样的，她全神贯注地听我说。

"亲爱的艾妮斯，我对你一片忠心，你还有什么怀疑吗？"

"没有啊！"她答道，显出惊讶的样子。

"我一向怎样待你，现在还怎样待你，你还有什么怀疑吗？"

"没有啊！"她和刚才一样答道。

"我刚回来的时候，想方设法告诉你，我欠你多大的恩情还没有报答，最最亲爱的艾妮斯，我对你怀着多么炽热的感情，你还记得吗？"

"我记得，"她温柔地说道，"记得很清楚。"

"你有个秘密，"我说道，"让我和你共有吧，艾妮斯。"

她朝下看着，颤抖起来。

"即便我没有听说，也几乎不可能不知道，有一个人，你已经把你珍贵的爱情给了他。我是从别人嘴里而不是从你嘴里知道的，艾妮斯，这看起来似乎挺怪。和你的幸福这样密切相关的一件事，你就不要瞒我了！你说你能相信我，我也知道你会相信我，果真如此，至少在这件事情上，就让我做你的朋友，做你的兄弟吧！"

她以恳求的目光，几乎是责怪的目光，扫了我一眼，从窗前的座位上站起来，匆匆地从屋子的这一头走到另一头，好像并不知道自己在往哪里走。她把两手捂到脸上，大哭起来，把我的心都哭碎了。

然而她这一哭，倒使我有所醒悟，给我带来了希望。我也不知道为什么，她的眼泪使我联想到深深印在我脑海里的她那文静而悲伤的微笑，也使我感到震动，不是因为害怕或忧伤，而是因为有了希望。

"艾妮斯！好妹妹！最最亲爱的！我怎么惹着你了？"

"让我出去吧，特洛乌德。我不舒服。我心里很乱。以后再说吧，我会慢慢告诉你。我会给你写信。现在别跟我说了。别说了！别说了！"

我记得过去有一天晚上，我跟她说话，她曾表示她的爱心并不需要得到回报，我尽量回想她当时是怎么说的。要一下子想起来，简直像大海捞针一样。

"艾妮斯，看着你这副样子，而且知道这都是我引起的，我不忍心哪。最最亲爱的姑娘，你比我生活里的一切都更亲，你要是不快活，就让我与你分忧吧。你要是需要别人帮助，或者给你出主意,那就让我试一试吧。你要真是有什么心事,就让我来给你化解一下吧。艾妮斯,我要不是为你,还为谁活着呢?"

"哦,放开我吧!我心里很乱!以后再说吧!"我只模模糊糊地听出了这样几句话。

是不是因为犯了自私的错误,我才这样做的呢?是不是因为有一线希望,我就觉得面前出现了机会,而过去我是连想都不敢想的?

"我还有话要说。我不能让你就这样离开我!看在上帝的分上,艾妮斯,咱们相处这么些年,风里来雨里去的,彼此可不能误解呀!我有话,就要直说。你要是还有一点儿这样的想法,觉得我会因为得不到你所给的幸福而忌妒,觉得我不会心甘情愿地让你自己选定一位更亲切的保护者,觉得我不会满足于在我那遥远的地方看着你们过幸福美满的日子——那你就丢掉这些想法吧,因为加在我身上是不合适的!我受过罪,这不会完全不起作用的。你教导过我,这也不会完全不起作用的。在我对你的感情里,并没有掺杂着自私的成分。"

这时候,她平静下来了。过了一会儿,她把她那苍白的脸朝我转过来,断断续续地低声对我说,但说得很清楚:

"你纯洁的友情,特洛乌德,我的确是不怀疑的;就冲着你对我的这种友情,我告诉你,你错了。我是无能为力了。如果说,这些年来,我有时候需要有人帮助我,给我出主意,我都得到了满足。如果说,我有时候不快活,这种情绪也已经过去了。如果说,我心里有过一种沉重的负担,对我来说,已经减轻了。如果说,我有什么秘密,那也……不是新近才有的;而且……也不是你想象的那样。我不能泄露,也不能分给别人。

它很久以来就是我的秘密,今后也仍然是我的秘密。"

"艾妮斯! 你别走! 等一等!"

她正要走,我拦住了她。我用胳膊搂住了她的腰,"这些年来!""那也不是新近才有的!"新的想法和新的希望在我心里翻腾,我的生活里所有的颜色都在改变。

"最最亲爱的艾妮斯! 我多么尊敬你,爱戴你……我多么忠心地爱你! ……今天来的时候,我想无论如何也不能迫不得已,说出这句心里话。我觉得我能把这句话留在心里,留一辈子,等到咱们老了再说。但是,艾妮斯,假如我真的有了新的希望,有朝一日,称呼你的时候,能用一个比妹妹更亲切的称呼,一个和妹妹截然不同的称呼! ……"

她的眼泪扑簌扑簌地掉下来,不过这跟刚才掉的眼泪不同,我从中看出,我的希望更光明了。

"艾妮斯! ——你永远是我的引路人,是我最大的支持者! ——咱们是在这儿一起长大的,如果当时你多关心自己,少关心我,我这个漫不经心、胡思乱想的人也就不会不注意你了。但是你比我强多了,我小时候每逢有什么希望或使我失望的事,就觉得那么离不开你,结果遇事都要悄悄地告诉你、依赖你,这就成了我的第二天性,而且这第二天性当时竟然取代了就像我现在这样爱你的更重要的第一天性!"

她仍然在哭,但不是悲哀——而是高兴了! 她紧紧地偎在我的怀里,她从来没有这样过,我也从来没想到她会这样!

"过去我爱朵拉——深深地爱她,艾妮斯,这你是知道的……"

"是啊!"她认真地说道,"我知道这情况,感到很高兴!"

"过去我爱她——就在当时,如果没有你的同情,我的爱情也是不完美的。我得到了你的同情，我的爱情也就完美了。后来我失去了她，要是没有你的话，我会成个什么样子呢？"

她在我怀里偎得更紧了，和我的心贴得更近了，她那颤抖的手搭在我肩上，她那双甜美的眼睛闪闪发光，透过泪水看着我的眼睛！

"我出去的时候，亲爱的艾妮斯，是爱你的。待在外面的时候，是爱你的。回来的时候，也是爱你的！"

现在我试着告诉她我经历的斗争，和我得出的结论。我试着真诚地、彻底地把心里的话都告诉她。我试着向她表明，我曾经怎样希望进一步了解自己，进一步了解她，怎样心甘情愿地按照了解的结果行事，怎样即便在那一天，也是老老实实地以此为依据，而到这里来的。我说，她要是那么爱我，肯让我做她的丈夫，那并不是因为我理应得到她，而是因为我对她爱得真挚，这爱情是经过磨难才成熟，才成为现在的样子，也正是因为这个原因，我才把它说出来。哦，艾妮斯，就在那同时，我那娃娃媳妇的灵魂就是通过你那忠诚的双眼看着我，表示赞许，并且通过你引起我的回忆，使我最亲切地回忆那枝正在盛开的时候凋谢了的花朵！

"我真快活，特洛乌德——我真激动——不过有一件事，我一定要说一说。"

"最最亲爱的，什么事？"

她把那温柔的两手搭在我肩上，静静地看着我的脸。

"你知道是什么事了吗？"

"我不敢猜测是什么事。告诉我吧，亲爱的。"

"我这一辈子都在爱你。"

哦,我们真高兴,我们真高兴!我们经历了苦难的历程(她的苦难比我大得多),才走到现在这一步,我们流泪,不是为了过去,而是为了现在,现在我们永远不分离!

在那个冬天的夜晚,我们一起在田野里散步,我们那幸福而平静的心情似乎感染了周围寒冷的空气。我们在那里流连忘返,早亮的星星开始发光了,我们仰望着那些星星,感谢我们的上帝,是他指引我们来到这恬静的境界。

那天夜里,我们一起又站在那个古色古香的窗户前面,那时明月当空,艾妮斯抬起沉静的眼睛看那明月,我也跟着望去。在我脑海里忽然出现了一条漫长的路,一个破衣烂衫、疲惫不堪的男孩子迈着艰难的步子往前走,没有人可怜他,没有人照顾他,现在他竟然能够说,紧贴着我的心跳动的那颗心是属于他的了。

第二天,快到吃晚饭的时候,我们才去见我姨奶奶。她在我的书房里,裴果提说——她觉得把书房收拾得整整齐齐,随时准备我用,这是她的光荣。我们见到了她,她戴着眼镜,在炉边坐着。

"哎哟哟!"姨奶奶在暮色中眯缝着眼睛说道,"你这是把谁带回来了?"

"艾妮斯呀。"我说道。

我们事先说好了,一开头我们什么话也不说,所以姨奶奶颇为伤心。我说"艾妮斯呀"的时候,她满怀希望地瞟了我一眼;但她见我和平常一样,就绝望地摘下眼镜,用眼镜抹起鼻子来。

不过她还是热情地跟艾妮斯打招呼,过了一会儿,我们就都在楼下灯光明亮的客厅里吃晚饭了。姨奶奶曾两三次戴上眼镜,一再看我,每一次都失望地摘下眼镜,接着就用眼镜抹鼻子——这使得迪克先生心里很难受,因为他知道这不是个好兆头。

"你听我说,姨奶奶,"吃过晚饭,我说道,"你对我说的事儿,我跟艾妮斯谈过了。"

"那你可就错了,特洛,"姨奶奶说着,脸也红了,"你违背了自己的诺言呀。"

"我相信,你没有生气吧,姨奶奶? 我敢肯定,你要是知道关于艾妮斯的心事,就没有什么不快活,一定不会生气的。"

"净胡说!"姨奶奶说道。

既然姨奶奶显出心烦的样子,我想最好还是别让她继续心烦了。于是我搂着艾妮斯来到姨奶奶坐的椅子后面,我们俩都朝前靠在她身上。姨奶奶把两手一拍,又戴上眼镜看了一眼,接着就歇斯底里大发作,据我所知,这是她第一次这样发作,也是仅有的一次。

她这一发作,把裴果提也引来了。姨奶奶镇静下来之后,马上冲到裴果提跟前,说她是个老糊涂虫,并用全身的劲儿来拥抱她。接着姨奶奶又拥抱迪克先生(迪克先生感到极为荣幸,但也感到非常惊讶);在这之后,她又向他们解释为什么拥抱他们。这样一来,我们就都高兴了。

我弄不清楚的是,我们上次简短交谈的时候,姨奶奶是出于好意,成心骗我呢,还是真的误解了我的心情。她说,她早就告诉我,艾妮斯要结婚了,而我现在比谁都清楚,这是千真万确的。有她这么句话,也就足够了。

没出半个月，我们就结了婚。在我们那清静的婚礼上，来宾只有特拉德和索菲，斯特朗博士和他太太。他们都很高兴，我们随后就坐上车，走了。我紧紧地搂在怀里的，是我有过的一切奋斗目标的源泉——是我的主心骨儿，是我的生活的轨迹，我的亲人，我的太太——我对她的爱是建立在磐石之上的。

　　"最最亲爱的丈夫！"艾妮斯说道——"现在我可以这样称呼你了——我就还有一件事要告诉你。"

　　"你说吧，亲爱的。"

　　"这得从朵拉去世的那天晚上说起。她不是让你来叫我吗？"

　　"是啊。"

　　"她跟我说，给我留下了一样东西。你猜是什么？"

　　我觉得我是能猜出来的。我太太爱我爱了那么长时间了，这时候，我把她拉到身旁。

　　"她跟我说，她最后再求我一次，最后托我办一件事。"

　　"那就是……"

　　"只有我能填补这个空出来的位子。"

　　艾妮斯接着就把头靠在我胸前，哭了起来；我也陪着她哭起来，不过我们都快活极了。

第六十三章 一位来客

我打算记述的事情已经快写完了；不过有一件事我还记得很清楚，这件事，我想起来就感到高兴，如果不提一下，我织的这个蛛网就会有一根丝没有着落了。

我的名气大了，日子也富裕了，家庭生活十全十美，婚后的幸福生活已经过了十年。那年春天，有一天晚上，我和艾妮斯在伦敦寓所里坐在炉边烤火，我们的三个孩子在屋里玩耍，忽然听见禀报，说有个生人要见我。

仆人问他是不是有公事，他说不是，就是想来看看我，而且是远道而来的。仆人说他是个老人，看上去像个种庄稼的。

孩子们一听，觉得很稀奇，特别是他们觉得这很像艾妮斯常给他们讲的一个爱听的故事，那故事就是这么开始的，接下去就是来了一个黑心的老妖精，身穿黑色斗篷，见了谁恨谁，所以孩子们大为惊慌。一个男孩子把头趴在母亲腿上以躲避灾难，小艾妮斯（我们最大的孩子）把玩具娃娃留在椅子上做她的代表，而她自己则躲在窗帘后面，从窗帘缝里露出她那一头金色鬈发，想看个究竟。

"让他进来吧！"我说道。

接着就有一个健壮的灰发老人在昏暗的门廊里迟疑了一下，走了进来。小艾妮斯早为他的面容所吸引，跑上前去，迎他进来,我还没看清他的相貌,我太太就站起身来,以愉快而激动的口吻对我大声说道,那是裴果提先生呀!

那果真是裴果提先生。他已经上了年纪,但他面色红润,性情开朗,身子骨儿也挺结实。我们见面时激动了一阵子之后,他在炉火前坐下,把孩子们揽在腿上,火光照在他脸上,我觉得从来没有看见过一位老人,像他这么精神,这么强壮,而且这么漂亮。

"大卫少爷,"他说道,我听他用那熟悉的语气说出那熟悉的名字,觉得多么顺耳呀!"大卫少爷,现在我又见到你,见到你这善良的太太,真叫人高兴呀!"

"实在叫人高兴,老朋友!"我大声说道。

"看看这些可爱的孩子,"裴果提先生说道,"看看这些美丽的花朵!哎呀,大卫少爷,我头一回见你的时候,你不过和这最小的一个一般高呀!那时候,艾米丽也这么矮,我们那个可怜的年轻人也刚刚算得上年轻人!"

"在这段时间里,我的变化比你大呀,"我说道,"不过咱们还是打发这些可爱的小无赖睡觉去吧。既然在整个英国你只能待在我们家,快告诉我到哪里去取你的行李(不知道其中是不是包括那个跟着你长途跋涉的大黑包呀),然后咱们就一边喝着亚茅斯水酒,一边通报这十年来的情况吧!"

"就你一个人吗?"艾妮斯问道。

"是啊,太太,"他说着,吻了吻她的手,"就我一个人。"

我们请他坐在我们两人中间,不知道怎么欢迎他才好;我一听见往日他那熟悉的声音,几乎觉得他仍在长途跋涉,寻找他那亲爱的外甥女呢。

"来这一趟,"裴果提先生说道,"远得很呢,也只能待上大约四个星期。不过水（特别是有咸味的水），我是习以为常的；想念朋友啊，我这就来啦。——这成了做诗了，"裴果提先生意识到这一点，也感到惊讶，说道，"我本来可没有做诗的打算啊。"

"来一趟几千里，你这么快，就回去吗？"艾妮斯问道。

"是啊，太太，"她答道，"我临来的时候答应过艾米丽。你看，时间一年年过去，我也不能越活越年轻了，我要不早点儿回来，很可能就永远回不来了。我一直惦记着，一定要趁我还没老得动不了，来看看大卫少爷，看看你自己这鲜花一样甜美的容貌，看看你们结婚以后的幸福生活呀。"

他看着我们，好像老也看不够。艾妮斯笑着替他把散开的几缕灰发往后撩了撩，好让他看我们看得更清楚。

"快来跟我们说说，"我说道，"你们都过得怎么样啊。"

"我们过得怎么样，大卫少爷，"他说道，"没有多少好说的。我们没有很大的发展，不过日子倒还兴旺。我们一直挺兴旺。我们该怎么干，就怎么干，开头那段时间，可能艰苦一点儿，不过我们一直挺兴旺。我们又是养羊，又是养牲口，又搞这个，又搞那个，我们都全力以赴，尽力搞好。我们也算是有福气，"裴果提先生说着，以崇敬的心情点了点头，"搞得挺火爆。这是从长远来说。要是没有昨天，怎么会有今天。要是没有今天，怎么会有明天。"

"艾米丽怎么样？"我和艾妮斯异口同声地问道。

"艾米丽嘛，"他说道，"你离开她以后，太太——我们到了地球的那一边儿，在丛林里安顿下来以后，我再也没听见她晚上祈祷，而老听见她念叨你的名字——那天黄昏时候，我和她都看不见了大卫少爷以后——起初她的情绪很低，当时幸亏大卫少爷那么好心,也那么周到,没有把那个消息告诉她,要是告诉了她,我想她就会消沉下去。不过当时船上有些穷人生病了,她就照顾那些病人;跟我们同行的还有一些孩子,她也照顾那些孩子;这么一来,她还挺忙活,为别人做好事,这对她很有好处。"

"她什么时候才听说那件事的?"我问道。

"我听说那件事以后,没有告诉她,"裴果提先生说道,"差不多有一年光景。我们当时单独住在一个地方,不过周围的树都美极了,玫瑰花盖满了我们的屋顶。有一天,我下地了,忽然有一个人来到我们那里,是从英国老家的诺福克或萨福克来的(究竟从哪里来的,就无所谓了),我们当然请他进来,拿东西给他吃,给他喝,热情招待他。我们都是这样,整个殖民地都是这样。他带着一份旧报纸,还有一些别的印刷品,谈到那场暴风雨。这样她就知道了。晚上我从地里回来,就发现她已经知道了。"

他说着说着压低了声音,我还记得很清楚,脸上显出沉痛的样子。

"这件事对她影响大不大?"我们问道。

"唉,影响了她很长时间呀,"他摇着头说道,"虽然不能说一直影响到现在。不过我觉得那里的孤独生活对她是有好处的。她照料鸡鸭什么的,有很多活儿要干,也很尽心尽力,总算过来了。我不知道,"他若有所思地说道,"你现在看到我的艾米丽,大卫少爷,还能不能认出她来!"

"她变化那么大吗?"我问道。

"我说不准。我天天见她,说不准呀;不过有时候我是觉得她变化很大。她身材瘦小,"裴果提先生注视着炉火说道,

"脸色憔悴;一双蓝眼睛又温柔,又悲伤,脸上一副脆弱的样子,漂亮的脑袋微微往前耷拉着,说话细声细气,举止文静——几乎可以说胆怯。艾米丽就是这个样子!"

我们默默地看着他坐在那里,两眼依然望着炉火。

"有些人觉得,"他说道,"她的感情没用在该用的地方;有些人觉得,人一死,她也就没了丈夫。谁也不知道究竟是怎么回事。她有很多次机会,可以找一个好丈夫,'但是,舅舅,'她对我说,'这永远不可能了。'她跟我在一起的时候很愉快;有别人在场就不言不语;她走多远的路都愿意,为了去教一个孩子,为了去照顾一个病人,或者为了帮着一个年轻姑娘为结婚做准备(她为许多姑娘帮过忙,却没有参加过一次婚礼);知道疼她舅舅;挺有耐心;老人孩子都喜欢她;谁有了麻烦都来找她。艾米丽就是这个样子!"

他用手在脸上搓了一把,叹了半口气,又压住了,同时抬起头来,不再看那炉火了。

"马莎还跟你们在一起吗?"我问道。

"马莎,"他答道,"第二年就结婚了,大卫少爷。有个年轻人,是个庄稼汉,赶着主人的大车上集市——来回要走五百多英里——他路过我们这里,愿意娶她做太太(在那个地方,太太是很稀罕的),然后两个人到丛林里去安家。她对我说,让我把她的真实情况告诉那个男人。我告诉了他。他们结了婚,住的地方,四百英里以内只能听见自己说话和鸟叫的声音。"

"古米治太太呢?"我问道。

这是一个叫人愉快的话题,因为裴果提先生突然大笑起来,上下搓起他的两腿来。过去他在那只老破船里,高兴的时候,就老这样。

"信不信由你!"他说道,"真的,甚至有个人愿意娶她做太太! 要是有个船上的大师傅不想干了,要安家落户,大卫少爷,他要是没向古米治太太求婚,我就天打五雷轰——我说这话,再公平不过了!"

我从没见过艾妮斯笑得这么开心。她觉得裴果提先生那一阵大笑是那么有趣,弄得她自己也笑个不止;我见她笑得越厉害,我自己也笑得越厉害,裴果提先生也就高兴得越厉害,搓腿也就搓得越厉害。

"那么古米治太太又是怎么说的呢?"我镇静下来以后问道。

"你要是相信,就听我说,"裴果提先生答道,"古米治太太没有说'谢谢,我非常感激你,不过到了我这个年纪,我不想再改嫁了',而是顺手抄起一只水桶,扣在大师傅的头上,他大喊救命,我进去才把他救了出来。"

裴果提先生哈哈大笑起来,我和艾妮斯也都陪他笑了一阵。

"不过我要为这个善良的人说句话,"我们笑得没劲儿了,他抹了一把脸,接着说道,"她说过要为我们做什么,果然全都做到了,而且做得更多。大卫少爷,她是世界上最心甘情愿、最诚心诚意帮人做事的女人。据我了解,我们刚去的时候,整个殖民地都是我们的,即便在那种情况下,她也没有一时一刻觉得孤苦伶仃,无依无靠。我敢向你们保证,她自从离开英国以后,从来没有再怀念自己的老伴儿!"

"最后,这倒不是说最不重要,谈谈米考伯先生吧,"我说道,"他在这里欠的账,已经都还上了——你记得,亲爱的艾

妮斯,就连欠特拉德的账他也还上了——所以我们自然可以认为他混得不错。不过他有什么最新消息?"

裴果提先生笑着把手伸到胸前的口袋里,掏出一个扁平的纸包儿,小心翼翼地从里面抽出一份样子有点儿怪的报纸。

"你要明白,大卫少爷,"他说道,"我们有了钱,现在已经离开丛林了,一直来到中湾港附近,我们现在管那个地方叫镇了。"

"在丛林里的时候,米考伯先生离你们很近吧?"我说道。

"哎呀,可不是吗,"裴果提先生说道,"关于遗嘱的事儿,都去找他帮忙。我觉得,要是有遗嘱方面的事儿,需要找一位先生帮忙,没有比他更好的了。我看见过他那光头在太阳底下直冒汗,大卫少爷,我几乎觉得那光头都要晒化了。现在他当上治安法官了。"

"治安法官啊,是吗?"我说道。

裴果提先生指了指《中湾港时报》上的一段话,我就拿着报纸大声念了起来:

> 为欢迎中湾港地区治安法官、著名的殖民者和镇民威尔金斯·米考伯先生,于昨日在饭店大厅举行公众聚餐会;厅里挤得水泄不通。据估计,同时就餐者不下四十七人,在走廊里和台阶上就餐者尚未计算在内。中湾港的人们打扮得花枝招展,穿着时髦的衣服,争先恐后地向一位这样值得尊敬、这样才气横溢、这样众望所归的人表示敬意。梅尔博士(在中湾港殖民地萨伦文法学校任职)主持了这次聚餐会,右首坐的就是那位尊贵的客人。宴席撤后,共唱"不归我们"①(效果极好,我们毫不费力

---

① 即《旧约·诗篇》第115章。

地分辨出小威尔金斯·米考伯先生这位业余歌唱家那宛如钟声的歌声），接着就照例以忠诚爱国的精神分别祝酒，受到了热烈的欢迎。梅尔博士随即发表了热情洋溢的讲话，他提议"为我们尊贵的客人、本镇的荣耀而干杯。希望他除非另有高就，永远不要离开我们，希望他在我们中间成绩卓著，这样他就不必另有高就了！"这番祝酒受到的热烈欢迎，是无法形容的。那一阵阵欢呼声此起彼伏，像大海里的波涛一样。最后谁都不许出声了，威尔金斯·米考伯先生出来答谢。鉴于本社目前人才欠缺，全然无法详细报道我们这位尊贵的镇民那文雅流畅极其华丽的演说。这里只概括地说一句，那是演说中的精品。有些段落，比较详细地叙述了他是怎样发迹的，并提醒在场的年轻人，如果无力偿还，就不要去借债，在场的人听了，就连最刚强的人也掉下泪来。随后便向以下各位祝酒：梅尔博士；米考伯太太（她在侧门旁以优美的姿势鞠躬表示谢意，旁边一群美人儿一齐站到椅子上，观看并赞赏这欢乐的场面）；利吉尔·贝格斯太太（即原米考伯小姐）；梅尔太太；小威尔金斯·米考伯先生（他风趣地说，他不能用一段话来表示谢意，如果大家同意，他愿意唱一支歌，众人一听这话，大笑起来）；米考伯太太的娘家人（他们在故国都是知名人士，这自不待言），等等，等等。祝贺完毕，像变魔术一样把桌子撤去，准备跳舞。舞神的信徒尽情欢乐，直到太阳公公提醒他们该散了，才停下来。跳舞的人当中，小威尔金斯·米考伯先生和梅尔先生的四女儿又可爱又有教养的海伦娜小姐，表现得尤为突出。

我回到前面去看梅尔博士的名字。梅尔先生过去是米德尔塞克斯的治安法官的助手,穷困拮据,现在混得好多了。我正为他高兴,忽见裴果提先生指着报上另外一块地方,我一眼看见自己的名字,就看了下去:

致著名作家大卫·科波菲尔先生的信

亲爱的先生:

自从上次亲眼看到你的容颜,已经数年,而今你的容颜已为文明世界中相当一部分人在想象中所熟悉。

然而,亲爱的先生,虽然由于我无法控制之情势,未能与我青年时代的朋友和伴侣在一起,我却不曾忽略他的飞黄腾达。我也不曾因为

"如今大海的怒涛把我们隔开"①(彭斯诗),而没有参加他摆在我们面前的智慧的宴席。

因此,值此我们二人都崇敬之人回国之际,亲爱的先生,我不能不借此机会以我个人的名义,并不揣冒昧代表中湾港全体居民公开向你表示感谢,感谢你给予我们的恩惠。

前进吧,亲爱的先生! 你在此地决非无人知晓,决非无人欣赏。我们虽然"远在他乡",却并不"举目无亲","心情抑郁"(我还可以加上一句),也不"举止迟缓"。②前进吧,亲爱的先生,愿你鹏程万里! 中湾港的居民至少都盼望看到这一天,他们会感到高兴,感到快乐,受到教益!

---

① 引自彭斯的诗《往昔的时光》。此处用的是王佐良先生的译文。
② 见十八世纪英国作家戈尔斯密斯的《游客》。

在地球的这一方,许多双眼睛仰望着你,其中有一双,只要还在发亮,只要还有活力,

　　　这双

　　　　眼睛

　　　　　就属于

　　　　　　治安法官

　　　　　　　威尔金斯·米考伯。

　　我看了看报上其他的内容,发现米考伯先生给这家报纸写了很多稿子,并且受到重视。就在这份报纸上,还有他写的一封信,涉及一座桥。还有一则广告,说他写的这类书信集不久将重新出版,装帧精美,"篇幅大增"。此外,如果我没有十分看错,那篇社论也是他写的。

　　裴果提先生和我们在一起的这段时间里,我们曾多次在晚上谈起米考伯先生的许多事情。他这次回来,一直住在我们家里——我想大约不到一个月的光景——他妹妹和我姨奶奶都到伦敦来看过他。临走的时候,我和艾妮斯都到船上去给他送行;今生今世我们是不可能再给他送行了。

　　启程之前,他跟我到亚茅斯去了一趟,去看看我在墓地给哈姆立的小碑。他叫我把那简朴的碑文给他抄下来。我抄的时候,见他弯腰从坟上拔了一丛草,抓了一把土。

　　"带给艾米丽,"他说着,放进了胸前的口袋里,"我答应过她,大卫少爷。"

第六十四章　最后的回顾

我的记述就要结束了。我再一次回顾——这是最后一次——然后就要搁笔了。

我看见自己有艾妮斯陪着，沿着人生的道路往前走。我看见我们的孩子们和朋友们在我们周围；我一边往前走，一边听见许多嘈杂的声音，这些声音并不是和我无关的。

在这流动的人群中，哪些人的脸，我看得最清晰呢？你看哪，这些人，在我问自己这个问题的时候，都回过头来看我了。

这位是我姨奶奶，眼镜的度数更深了，她已是八十开外的老太太，但腰板儿还挺直，步子还稳健，大冬天儿能一口气走上六英里。

一直跟着她的，是这位裴果提，我那善良的老奶妈。她也戴着眼镜，经常晚上在灯光下做针线活儿，但每次坐下干活儿，决忘不了一段蜡烛头儿、搁在小房子里的码尺和那盖儿上画着圣保罗大教堂的针线盒。

裴果提的脸和胳膊，在我小的时候，又丰满，又红润，当时我就纳闷，那些鸟儿为什么不来啄她，而去啄苹果，现在也都萎缩了；她的眼睛，过去弄得眼睛周围都显得一片黑，现在虽然依旧炯炯有神，却已变得暗淡了；不过她那粗糙的二拇指，过去曾使我联想到轻便的肉豆蔻夹子，现在还是老样子，而且我看着我那最小的孩子从姨奶奶这边摇摇晃晃地往那边走，去抓那二拇指，我就想起先前家里那间小客厅，当时我还不大会走哩。当年使得姨奶奶失望的事，现在也纠正过来了。她成了一个真正活生生的贝西·特洛乌德的教母；朵拉（二女儿）说，我姨奶奶都把她宠坏了。

裴果提的口袋里有件东西，显得鼓鼓囊囊的。那不是本小书，而是那本鳄鱼的故事，现在这本书已经破烂不堪，好几页都是撕了又缝上的，不过裴果提依然拿着当宝贝，给孩子们看。我看着鳄鱼的故事，就像看着我儿时的面孔又抬起头来看我自己，这还使我想起我的老朋友谢菲尔德的布鲁克斯，我觉得这一切都很有趣。

今年暑假期间，我在我的男孩子中间看见一位老人，他做了几只大风筝，目不转睛地看着风筝在天上飞，那个高兴劲儿，是无法形容的。他兴高采烈地跟我打招呼，又连连点头、挤眼，小声对我说，"特洛乌德，你听了一定很高兴，我现在没有别的事可做，我那呈文就要写好了，还有，先生，你姨奶奶是世界上最了不起的女人。"

这个驼背女人是谁呢？她拄着一根拐杖，从她脸上可以看出，她当年是又气派、又漂亮，现在却在勉强挣扎，因为她怨天尤人、糊里糊涂、烦躁不安、心神不定。她在花园里，旁边站着一个女人，那女人瘦瘦的，黑黑的，面容憔悴，嘴唇上有一条白色的伤疤。让我来听听她们说什么吧。

"罗莎，这位先生叫什么名字，我不记得了。"

罗莎弓着身子，大声对她说，"那是科波菲尔先生。"

"见到你，我很高兴，先生。见你穿着丧服，我又为你难过。我希望时间久了，你会好一些。"

照顾她的那个人不耐烦,斥责了她一通,告诉她我没有穿丧服,叫她再好好地看看,想让她清醒清醒。

"先生,你见着我儿子了吧,"那老女人说道,"你们和好了吗?"

她两眼盯着我,又把手搭在额头上,呻吟起来。忽然她叫道:"罗莎,快来。他死了!"那声音叫人害怕。罗莎跪在她身旁,对她又哄又吵,两种办法交替使用;一会儿声色俱厉地对她说:"我比你任何时候都更爱他!"——一会儿又把她搂在胸前,安抚她睡觉,就像是对待一个生病的孩子。就这样我离开了他们;我看见他们总是这样;他们就这样年复一年,消磨时光。

哪一条船从印度航行归来?这是哪一位英格兰女士,嫁了一个苏格兰大富翁,他爱生气,还长着一副大耳朵?这难道是朱莉亚·米尔斯吗?

那还真是朱莉亚·米尔斯,她又难伺候,又讲究,有一个黑人用金盘给她递名片和信件,还有一个棕色皮肤的女人,身穿细麻布衣裳,头上缠着色彩鲜艳的头巾,伺候她在更衣室里吃午饭。不过朱莉亚现在不记日记了,也不唱《爱情的挽歌》了,她老跟那个苏格兰大富翁争吵,那大富翁就像晒黑了皮的黄熊一样。朱莉亚掉在了钱堆里,钱都堆到她的嗓子眼儿了,她说的,想的,没有别的,只有钱。我真希望她是在撒哈拉沙漠里呀。

也许这里就是撒哈拉沙漠!因为朱莉亚虽然有一栋很排场的房子,天天高朋满座,日日山珍海味,我在她身边却看不见绿色植物,没有能够开花结果的东西。朱莉亚所说的"社交界",我也看见了;其中有杰克·马尔登先生,他在专利局工作,但他对给他这份工作的人嗤之以鼻,在跟我谈到博士的时候,竟然说他是个"叫人着迷的老古董"。不过,朱莉亚啊,如果社交界这个名称指的就是这样一些空虚的男女,如果他们的教养就是声言对任何促进或者阻碍人类发展的事物漠不关心,我想咱们一定是在这个撒哈拉沙漠里迷了路,还是早点儿找到出路为好。

你看,那位博士,他永远是我们的好朋友,还在辛辛苦苦地编字典,大约编到 D 这个字母了。他在家里和妻子在一起,过得很快活。还有那位老将,威风大减,也不像以前那么有影响了。

后来,我有一天来看我的老朋友特拉德,他在律师学院自己的事务所里工作,显出非常忙碌的样子,他的头发(在还没全掉光的地方),由于当律师,戴假发,经常摩擦,比以前更难让它服帖了。他的桌上摆满了一大摞一大摞的文件。我往四下里看了看,说道:

"特拉德,现在要是索菲给你当秘书,可够她干的呀!"

"你可以这么说,亲爱的科波菲尔。当时,在霍尔本院的时候,那日子过得才叫美哩!是不是?"

"那时候她对你说,你将来会当个法官,是不是?不过当时并没弄得满城风雨!"

"不管怎么说,"特拉德说道,"要是有朝一日我真当了法官……"

"哎呀,你知道你是会当的。"

"哦,亲爱的科波菲尔,一旦我当了法官,我就要把这段故事说一说,这是我以前说过的话。"

我们俩挽着胳膊走了。我这是到特拉德家里赴宴去。那一天是索菲的生日；特拉德在路上对我述说了他的幸福生活。

"我心里最想做的，亲爱的科波菲尔，我都做到了。那位霍勒斯牧师提升了，一年有四百五十镑了。我们家那两个男孩子受的是最好的教育，表现得也很突出，学业扎实，品行也好。霍勒斯牧师家那些姑娘们，有三个舒舒服服地嫁出去了；有三个跟着我们；还有三个，自从母亲去世以后，就在家里为霍勒斯牧师料理家务了；她们都很快活。"

"只是……"我提示说。

"只是那位美人儿不行，"特拉德说道，"是啊，她嫁了那么一个坏蛋，实在是很不幸。那个人本来容貌和举止也都不错，所以把她迷住了。不过她现在平平安安地待在我们家里，已经把他甩了，我们一定要让她再振作起来。"

特拉德的房子就是——也许本来很容易就是——他和索菲晚上出去散步的时候做０过安排的一所房子。这所房子很大，但是特拉德还得把文件放在更衣室里，靴子也跟文件放在一起，他跟索菲还得挤在楼上的屋里，把最好的屋子留给那位美人和姑娘们。房子里没有富余屋子了，因为"那些姑娘们"还有几位住在这里，而且老住在这里，不定是由于什么偶然的原因，我也说不清楚。我们进门的时候，有一群人涌到门口，轮流跟特拉德亲吻，亲得他喘不过气来。那位可怜的美人儿，独身带着一个小女孩儿，永远在这里定居了。来参加索菲生日宴会的有结了婚的那三个姑娘，带着她们的三个丈夫，其中有一位丈夫带来了一个兄弟，一位丈夫带来了一个表弟，还有一位丈夫带来了一个妹妹，看来这个妹妹已经跟那个表弟订了婚。特拉德跟往常一模一样，还是那么纯朴、随和，他坐在一张大桌子的下手，像家长一样，索菲坐在桌子的上手，对他微笑,中间的人兴高采烈,那闪闪发光的餐具肯定不是不列颠合金餐具。

现在我克制自己恋恋不舍的心情,即将完成任务了,那些面孔也渐渐消失了。但是在它们之上,在它们以外,有一张面孔像天上的一支光照在我身上,使我看清所有的物品。只有这张面孔没有消失。

我一扭头,看见这个面孔就在我身旁,那是一张美丽而恬静的面孔。我的油灯着得不旺了,我已经写到深夜了,但那张可爱的面孔依然陪伴着我,要是没有它,也就没有我自己。

哦,艾妮斯,哦,我的灵魂!我希望在我真的结束我这一生的时候,能在身边看到你的面容;我希望,像那些形象现在从我心中消失那样,现实中的一切烟消云散的时候,我仍能在身边看到你,手指向上指着。

"外国文学名著丛书"书目

第 一 辑

书 名	作 者	译 者
伊索寓言	〔古希腊〕伊索	周作人
源氏物语	〔日〕紫式部	丰子恺
堂吉诃德	〔西班牙〕塞万提斯	杨 绛
泰戈尔诗选	〔印度〕泰戈尔	冰 心 石 真
坎特伯雷故事	〔英〕杰弗雷·乔叟	方 重
失乐园	〔英〕约翰·弥尔顿	朱维之
格列佛游记	〔英〕斯威夫特	张 健
傲慢与偏见	〔英〕简·奥斯丁	王科一
雪莱抒情诗选	〔英〕雪莱	查良铮
瓦尔登湖	〔美〕亨利·戴维·梭罗	徐 迟
欧·亨利短篇小说选	〔美〕欧·亨利	王永年
特利斯当与伊瑟	〔法〕贝迪耶	罗新璋
巨人传	〔法〕拉伯雷	鲍文蔚
忏悔录	〔法〕卢梭	范希衡 等
欧也妮·葛朗台 高老头	〔法〕巴尔扎克	傅 雷
雨果诗选	〔法〕雨果	程曾厚
巴黎圣母院	〔法〕雨果	陈敬容
包法利夫人	〔法〕福楼拜	李健吾
叶甫盖尼·奥涅金	〔俄〕普希金	智 量
死魂灵	〔俄〕果戈理	满 涛 许庆道

书　名	作　者	译　者
当代英雄	〔俄〕莱蒙托夫	草　婴
猎人笔记	〔俄〕屠格涅夫	丰子恺
白痴	〔俄〕陀思妥耶夫斯基	南　江
列夫·托尔斯泰中短篇小说选	〔俄〕列夫·托尔斯泰	草　婴
怎么办？	〔俄〕车尔尼雪夫斯基	蒋　路
高尔基短篇小说选	〔苏联〕高尔基	巴　金 等
浮士德	〔德〕歌德	绿　原
易卜生戏剧四种	〔挪〕易卜生	潘家洵
鲵鱼之乱	〔捷〕卡·恰佩克	贝　京
金人	〔匈〕约卡伊·莫尔	柯　青

第 二 辑

荷马史诗·伊利亚特	〔古希腊〕荷马	罗念生　王焕生
荷马史诗·奥德赛	〔古希腊〕荷马	王焕生
十日谈	〔意大利〕薄伽丘	王永年
莎士比亚悲剧五种	〔英〕威廉·莎士比亚	朱生豪
多情客游记	〔英〕劳伦斯·斯特恩	石永礼
唐璜	〔英〕拜伦	查良铮
大卫·科波菲尔	〔英〕查尔斯·狄更斯	庄绎传
简·爱	〔英〕夏洛蒂·勃朗特	吴钧燮
呼啸山庄	〔英〕爱米丽·勃朗特	张　玲　张　扬
德伯家的苔丝	〔英〕托马斯·哈代	张谷若
海浪　达洛维太太	〔英〕弗吉尼亚·吴尔夫	吴钧燮　谷启楠
哈克贝利·费恩历险记	〔美〕马克·吐温	张友松
一位女士的画像	〔美〕亨利·詹姆斯	项星耀
喧哗与骚动	〔美〕威廉·福克纳	李文俊
永别了武器	〔美〕欧内斯特·海明威	于晓红

书　名	作　者	译　者
波斯人信札	〔法〕孟德斯鸠	罗大冈
伏尔泰小说选	〔法〕伏尔泰	傅　雷
红与黑	〔法〕司汤达	张冠尧
幻灭	〔法〕巴尔扎克	傅　雷
莫泊桑中短篇小说选	〔法〕莫泊桑	张英伦
文字生涯	〔法〕让-保尔·萨特	沈志明
局外人　鼠疫	〔法〕加缪	徐和瑾
契诃夫小说选	〔俄〕契诃夫	汝　龙
布宁中短篇小说选	〔俄〕布宁	陈　馥
一个人的遭遇	〔苏联〕肖洛霍夫	草　婴
少年维特的烦恼	〔德〕歌德	杨武能
德国，一个冬天的童话	〔德〕海涅	冯　至
绿衣亨利	〔瑞士〕戈特弗里德·凯勒	田德望
斯特林堡小说戏剧选	〔瑞典〕斯特林堡	李之义
城堡	〔奥地利〕卡夫卡	高年生

第　三　辑

埃斯库罗斯悲剧二种	〔古希腊〕埃斯库罗斯	罗念生
索福克勒斯悲剧二种	〔古希腊〕索福克勒斯	罗念生
欧里庇得斯悲剧二种	〔古希腊〕欧里庇得斯	罗念生
神曲	〔意大利〕但丁	田德望
西班牙流浪汉小说选	〔西班牙〕克维多　等	杨　绛　等
阿拉伯古代诗选	〔阿拉伯〕乌姆鲁勒·盖斯　等	仲跻昆
列王纪选	〔波斯〕菲尔多西	张鸿年
蕾莉与马杰农	〔波斯〕内扎米	卢　永
莎士比亚喜剧五种	〔英〕威廉·莎士比亚	方　平
鲁滨孙飘流记	〔英〕笛福	徐霞村

书 名	作 者	译 者
彭斯诗选	〔英〕彭斯	王佐良
艾凡赫	〔英〕沃尔特·司各特	项星耀
名利场	〔英〕萨克雷	杨 必
人性的枷锁	〔英〕威廉·萨默塞特·毛姆	叶 尊
儿子与情人	〔英〕D.H.劳伦斯	陈良廷 刘文澜
杰克·伦敦小说选	〔美〕杰克·伦敦	万 紫 等
了不起的盖茨比	〔美〕菲茨杰拉德	姚乃强
木工小史	〔法〕乔治·桑	齐 香
恶之花 巴黎的忧郁	〔法〕波德莱尔	钱春绮
萌芽	〔法〕左拉	黎 柯
前夜 父与子	〔俄〕屠格涅夫	丽 尼 巴 金
卡拉马佐夫兄弟	〔俄〕陀思妥耶夫斯基	耿济之
安娜·卡列宁娜	〔俄〕列夫·托尔斯泰	周 扬 谢素台
茨维塔耶娃诗选	〔俄〕茨维塔耶娃	刘文飞
德国诗选	〔德〕歌德 等	钱春绮
安徒生童话选	〔丹麦〕安徒生	叶君健
外祖母	〔捷〕鲍·聂姆佐娃	吴 琦
好兵帅克历险记	〔捷〕雅·哈谢克	星 灿
我是猫	〔日〕夏目漱石	阎小妹
罗生门	〔日〕芥川龙之介	文洁若

第 四 辑

书 名	作 者	译 者
一千零一夜		纳 训
培根随笔集	〔英〕培根	曹明伦
拜伦诗选	〔英〕拜伦	查良铮
黑暗的心 吉姆爷	〔英〕约瑟夫·康拉德	黄雨石 熊 蕾
福尔赛世家	〔英〕高尔斯华绥	周煦良

书　名	作　者	译　者
月亮与六便士	〔英〕威廉·萨默塞特·毛姆	谷启楠
萧伯纳戏剧三种	〔爱尔兰〕萧伯纳	潘家洵 等
红字　七个尖角顶的宅第	〔美〕纳撒尼尔·霍桑	胡允桓
汤姆叔叔的小屋	〔美〕斯陀夫人	王家湘
白鲸	〔美〕赫尔曼·梅尔维尔	成　时
马克·吐温中短篇小说选	〔美〕马克·吐温	叶冬心
老人与海	〔美〕欧内斯特·海明威	陈良廷 等
愤怒的葡萄	〔美〕斯坦贝克	胡仲持
蒙田随笔集	〔法〕蒙田	梁宗岱　黄建华
悲惨世界	〔法〕雨果	李　丹　方　于
九三年	〔法〕雨果	郑永慧
梅里美中短篇小说选	〔法〕梅里美	张冠尧
情感教育	〔法〕福楼拜	王文融
茶花女	〔法〕小仲马	王振孙
都德小说选	〔法〕都德	刘　方　陆秉慧
一生	〔法〕莫泊桑	盛澄华
普希金诗选	〔俄〕普希金	高　莽 等
莱蒙托夫诗选	〔俄〕莱蒙托夫	余　振　顾蕴璞
罗亭　贵族之家	〔俄〕屠格涅夫	陆　蠡　丽　尼
日瓦戈医生	〔苏联〕帕斯捷尔纳克	张秉衡
大师和玛格丽特	〔苏联〕布尔加科夫	钱　诚
茨威格中短篇小说选	〔奥地利〕斯·茨威格	张玉书 等
玩偶	〔波兰〕普鲁斯	张振辉
万叶集精选	〔日〕大伴家持	钱稻孙
人间失格	〔日〕太宰治	魏大海

第 五 辑

书 名	作 者	译 者
泪与笑 先知	〔黎巴嫩〕纪伯伦	冰 心 等
华兹华斯 柯尔律治 诗选	〔英〕华兹华斯 柯尔律治	杨德豫
济慈诗选	〔英〕约翰·济慈	屠 岸
汤姆·索亚历险记	〔美〕马克·吐温	张友松
大街	〔美〕辛克莱·路易斯	潘庆舲
田园三部曲	〔法〕乔治·桑	罗 旭 等
金钱	〔法〕左拉	金满成
果戈理小说戏剧选	〔俄〕果戈理	满 涛
奥勃洛莫夫	〔俄〕冈察洛夫	陈 馥
谁在俄罗斯能过好日子	〔俄〕涅克拉索夫	飞 白
亚·奥斯特洛夫斯基戏剧六种	〔俄〕亚·奥斯特洛夫斯基	姜椿芳 等
复活	〔俄〕列夫·托尔斯泰	草 婴
静静的顿河	〔苏联〕肖洛霍夫	金 人
谢甫琴科诗选	〔乌克兰〕谢甫琴科	戈宝权 任溶溶
维廉·麦斯特的学习时代	〔德〕歌德	冯 至 姚可崑
叔本华随笔集	〔德〕叔本华	绿 原
艾菲·布里斯特	〔德〕台奥多尔·冯塔纳	韩世钟
豪普特曼戏剧三种	〔德〕豪普特曼	章鹏高 等
铁皮鼓	〔德〕君特·格拉斯	胡其鼎
加西亚·洛尔卡诗选	〔西班牙〕加西亚·洛尔卡	赵振江
你往何处去	〔波兰〕亨利克·显克维奇	张振辉
显克维奇中短篇小说选	〔波兰〕亨利克·显克维奇	林洪亮
裴多菲诗选	〔匈〕裴多菲	孙 用
轭下	〔保〕伐佐夫	施蛰存

书　名	作　者	译　者
卡勒瓦拉（上下）	〔芬兰〕埃利亚斯·隆洛德	孙　用
破戒	〔日〕岛崎藤村	陈德文
戈拉	〔印度〕泰戈尔	刘寿康